Stevenage, Été 2014

Chers lecteurs français,

« Aux portes de l'éternité » est le troisième et dernier volume de la trilogie du Siècle. C'est de loin l'entreprise la plus passionnante dans laquelle je me sois jamais engagé.

J'y ai travaillé pendant sept ans. J'ai dû agrandir ma bibliothèque et malgré cela, je ne sais plus où ranger les centaines de livres que j'ai lus pour mes recherches, sans compter les cartes, les photos et les films. Plusieurs dizaines d'historiens m'ont aidé. Une grande partie du passé de ma famille a trouvé place dans ces pages.

Ces trois romans totalisent presque un million de mots. Le voyage a été long, mais j'étais en bonne compagnie. Pendant toute cette aventure, j'ai été soutenu par vos courriels et vos tweets. Savoir que mes livres vous plaisaient m'a donné l'énergie de continuer à écrire. Merci pour votre appui.

Et maintenant, voici le dernier volume…

Bonne lecture !

Très cordialement,

Ken Follett

AUX PORTES
DE L'ÉTERNITÉ

DU MÊME AUTEUR

L'ARME À L'ŒIL, Laffont, 1980.
TRIANGLE, Laffont, 1980.
LE CODE REBECCA, Laffont, 1981.
L'HOMME DE SAINT-PÉTERSBOURG, Laffont, 1982.
COMME UN VOL D'AIGLES, Stock, 1983.
LES LIONS DU PANSHIR, Stock, 1987.
LES PILIERS DE LA TERRE, Stock, 1989.
LA NUIT DE TOUS LES DANGERS, Stock, 1992.
LA MARQUE DE WINDFIELD, Laffont, 1994.
LE PAYS DE LA LIBERTÉ, Laffont, 1996.
LE TROISIÈME JUMEAU, Laffont, 1997.
APOCALYPSE SUR COMMANDE, Laffont, 1999.
CODE ZÉRO, Laffont, 2001.
LE RÉSEAU CORNEILLE, Laffont, 2002.
LE VOL DU FRELON, Laffont, 2003.
PEUR BLANCHE, Laffont, 2005.
UN MONDE SANS FIN, Laffont, 2008.
LA CHUTE DES GÉANTS, Le Siècle, 1, Laffont, 2010.
L'HIVER DU MONDE, Le Siècle, 2, Laffont, 2012.

KEN FOLLETT

AUX PORTES DE L'ÉTERNITÉ

LE SIÈCLE

3

roman

traduit de l'anglais par Jean-Daniel Brèque,
Odile Demange, Nathalie Gouyé-Guilbert,
Dominique Haas

ROBERT LAFFONT

Titre original : EDGE OF ETERNITY

ISBN 978-2-221-14600-2, n° d'éditeur : 54140/01
(édition originale : ISBN 978-0-525-95309-8 Dutton/Penguin Group, New York)

À tous les combattants de la liberté,
et plus particulièrement à Barbara.

Les personnages

Américains

Famille Dewar
Cameron Dewar
Ursula Dewar, dite « Beep », sa sœur
Woody Dewar, son père
Bella Dewar, sa mère

Famille Pechkov-Jakes
George Jakes
Jacky Jakes, sa mère
Greg Pechkov, son père
Lev Pechkov, son grand-père
Marga, sa grand-mère

Famille Marquand
Verena Marquand
Percy Marquand, son père
Babe Lee, sa mère

Agents de la CIA
Florence Geary
Tony Savino
Tim Tedder, en semi-retraite
Keith Dorset

Autres
Maria Summers
Joseph Hugo, agent du FBI

Larry Mawhinney, employé au Pentagone
Nelly Fordham, ancienne fiancée de Greg Pechkov
Dennis Wilson, conseiller de Robert Kennedy
Skip Dickerson, conseiller de Lyndon Johnson
Leopold « Lee » Montgomery, journaliste
Herb Gould, journaliste de télévision, producteur de l'émission *This Day*
Suzy Cannon, journaliste de la presse à sensation
Frank Lindeman, propriétaire d'une chaîne de télévision

Personnages historiques
John F. Kennedy, 35e président des États-Unis
Jackie, son épouse
Robert Kennedy, son frère
Dave Powers, conseiller spécial du président Kennedy
Pierre Salinger, porte-parole du président Kennedy, chef du service de presse de la Maison Blanche
Martin Luther King Jr., président de la Southern Christian Leadership Conference, la Conférence des dirigeants chrétiens du Sud
Lyndon B. Johnson, 36e président des États-Unis
Richard Nixon, 37e président des États-Unis
Jimmy Carter, 39e président des États-Unis
Ronald Reagan, 40e président des États-Unis
George H. W. Bush, 41e président des États-Unis
J. Edgar Hoover, directeur du FBI

Anglais

Famille Leckwith-Williams
Dave Williams
Evie Williams, sa sœur
Daisy Williams, sa mère
Lloyd Williams, député, son père
Eth Leckwith, sa grand-mère

Famille Murray
Jasper Murray
Anna Murray, sa sœur
Eva Murray, sa mère

Musiciens des Guardsmen et de Plum Nellie
Lennie, cousin de Dave Williams
Lew, batteur
Buzz, bassiste
Geoffrey, guitariste

Autres
Comte Fitzherbert, dit Fitz
Sam Cakebread, condisciple puis collègue de Jasper Murray
Byron Chesterfield (de son vrai nom Brian Chesnowitz), agent artistique
Hank Remington (de son vrai nom Harry Riley), pop star
Eric Chapman, responsable d'une maison de disques

Allemands

Famille Franck
Rebecca Hoffmann
Carla Franck, mère adoptive de Rebecca
Werner Franck, père adoptif de Rebecca
Walli Franck, fils de Carla
Lili Franck, fille de Werner et Carla
Maud von Ulrich, née Fitzherbert, mère de Carla
Hans Hoffmann, mari de Rebecca

Autres
Bernd Held, professeur de lycée
Karolin Koontz, chanteuse folk
Odo Vossler, pasteur

Personnages historiques
Walter Ulbricht, premier secrétaire du parti socialiste unifié (communiste)
Erich Honecker, successeur d'Ulbricht
Egon Krenz, successeur de Honecker

Polonais

Stanislaw Pawlak dit « Staz », officier
Lidka, petite amie de Cameron Dewar
Danuta Gorski, militante de Solidarnosc

Personnages historiques
Anna Walentynowicz, grutière
Lech Walesa, président du syndicat Solidarnosc
Général Wojcieh Jaruzelski, premier ministre

Russes

Famille Dvorkine-Pechkov
Tania Dvorkine, journaliste
Dimka Dvorkine, conseiller du Kremlin, frère jumeau de Tania
Nina, petite amie de Dimka
Ania Dvorkine, mère de Tania et Dimka
Grigori Pechkov, leur grand-père
Katerina Pechkov, leur grand-mère
Vladimir Pechkov, dit Volodia, leur oncle
Zoïa, femme de Volodia

Autres
Daniil Antonov, rédacteur en chef à la TASS
Piotr Opotkine, responsable éditorial à la TASS
Vassili Ienkov, dissident
Natalia Smotrov, fonctionnaire au ministère des Affaires étrangères
Nik Smotrov, mari de Natalia
Ievguéni Filipov, conseiller du ministre de la Défense Rodion Malinovski
Vera Pletner, secrétaire de Dimka
Valentin Lebedev, ami de Dimka
Mikhaïl Pouchnoï, maréchal

Personnages historiques
Nikita Sergueïevitch Khrouchtchev, premier secrétaire du parti communiste d'Union soviétique
Andreï Gromyko, ministre des Affaires étrangères sous Khrouchtchev

Rodion Malinovski, ministre de la Défense sous Khrouchtchev
Alexeï Kossyguine, président du conseil des ministres
Léonid Brejnev, successeur de Khrouchtchev
Iouri Andropov, successeur de Brejnev
Konstantin Tchernenko, successeur d'Andropov
Mikhaïl Gorbatchev, successeur de Tchernenko

Autres pays

Paz Oliva, général cubain
Frederik Bíró, homme politique hongrois
Enok Andersen, comptable danois

Première partie

Mur
1961

I

Par un lundi pluvieux de 1961, Rebecca Hoffmann reçut une convocation de la police secrète.

La journée avait commencé comme toutes les autres. Son mari l'avait conduite au lycée dans sa Trabant 500 mastic. Les vieilles rues pleines de charme du centre de Berlin portaient encore les plaies béantes des bombardements de la guerre, sauf là où des immeubles de béton neufs se dressaient comme autant de fausses dents dépareillées. Au volant, Hans réfléchissait tout haut : « Nos tribunaux sont au service des juges, des avocats, de la police, du gouvernement – de tout le monde, sauf des victimes, disait-il. Personne ne s'étonne que ça se passe ainsi dans les pays capitalistes occidentaux, mais sous un régime communiste, les tribunaux devraient être au service du peuple, tu ne trouves pas ? C'est apparemment une évidence qui échappe à mes collègues. » Hans travaillait au ministère de la Justice.

« À propos de collègues, remarqua Rebecca, ça fait presque un an qu'on est mariés et deux ans qu'on se connaît, mais tu ne m'en as encore présenté aucun.

— Tu les trouverais assommants, crois-moi, s'empressa-t-il de répondre. Ce sont tous des juristes.

— Il y a des femmes ?

— Non. Pas dans mon service en tout cas. » Hans exerçait un emploi administratif : il s'occupait de la nomination des juges, du calendrier des audiences, de la gestion des tribunaux.

« N'empêche, ça me ferait plaisir de les connaître. »

Hans était un homme vif qui avait appris à se maîtriser. Rebecca surprit dans son regard un éclair de colère qu'elle ne connaissait que trop bien. Il dut prendre sur lui pour se dominer.

« Entendu, je vais essayer d'organiser quelque chose, proposa-t-il. On pourrait aller prendre un verre dans un bar tous ensemble un soir. »

De tous les hommes qu'avait rencontrés Rebecca, Hans avait été le premier à pouvoir prétendre égaler son père. Il était sûr de lui et autoritaire, mais il l'écoutait toujours. Il avait un bon emploi – les Allemands de l'Est n'étaient pas nombreux à avoir leur voiture personnelle –, et les employés du gouvernement étaient généralement des communistes purs et durs, alors que Hans, chose surprenante, partageait le scepticisme politique de Rebecca. Comme son père, il était grand, séduisant et élégant. L'homme de sa vie, en un mot.

Une seule fois avant leur mariage, elle avait douté de lui, pour peu de temps. Ils avaient eu un accident de voiture sans gravité. L'autre conducteur était entièrement dans son tort : il avait débouché d'une rue latérale sans marquer l'arrêt. Ce genre d'incident arrivait quotidiennement, mais Hans s'était mis dans une rage folle. Les dégâts se limitaient à de la tôle froissée, ce qui ne l'avait pas empêché d'appeler la police, de présenter aux agents sa carte du ministère de la Justice et de faire arrêter et embarquer l'autre automobiliste pour conduite dangereuse.

Il avait immédiatement prié Rebecca de l'excuser d'avoir perdu son sang-froid. Sa brutalité l'avait effrayée et elle avait été à deux doigts de rompre. Il lui avait alors expliqué qu'il était à cran, surchargé de travail, et elle l'avait cru. Elle se félicitait de lui avoir fait confiance : elle ne l'avait plus jamais vu dans cet état.

Ils étaient sortis ensemble pendant un an et avaient partagé le même lit presque tous les week-ends durant six mois, sans qu'il demande à Rebecca de l'épouser. Elle s'en était étonnée. Après tout, ils n'étaient plus des enfants : elle avait vingt-huit ans, et lui trente-trois. Elle avait donc pris les devants et lui avait proposé qu'ils se marient. Interloqué au premier abord, il avait tout de même accepté.

Hans arrêta la voiture devant le lycée où elle travaillait. C'était un bâtiment moderne, bien équipé : les communistes prenaient l'enseignement très au sérieux. Devant la grille, cinq ou six jeunes fumaient des cigarettes sous un arbre. Ignorant leurs regards, Rebecca embrassa Hans sur la bouche avant d'ouvrir la portière.

Les garçons la saluèrent poliment, mais elle sentit leurs yeux d'adolescents concupiscents se poser sur elle tandis qu'elle rejoignait la cour en évitant les flaques.

Rebecca était issue d'une famille politiquement engagée. Son grand-père avait été député social-démocrate au Reichstag, le parlement allemand, jusqu'à l'arrivée d'Hitler au pouvoir. Sa mère avait été conseillère municipale, elle aussi dans le camp des sociaux-démocrates, durant la brève période de démocratie qu'avait connue Berlin-Est au lendemain de la guerre. Mais l'Allemagne de l'Est vivait désormais sous une dictature communiste, et Rebecca ne voyait pas l'intérêt de faire de la politique. Elle mettait donc tout son idéalisme au service de sa mission d'enseignante, en espérant que la génération suivante serait moins dogmatique, plus tolérante et plus intelligente.

Elle vérifia les emplois du temps sur le tableau d'affichage de la salle des professeurs, pour voir s'il n'y avait pas de modifications de dernière minute. La plupart de ses classes avaient été doublées pour la journée, ce qui l'obligeait à rassembler deux groupes d'élèves dans la même salle. Alors qu'elle était professeur de russe, elle devait également assurer un cours d'anglais. C'était une langue qu'elle ne parlait pas, excepté quelques mots qu'elle avait glanés auprès de Maud, sa grand-mère anglaise, toujours aussi combative à soixante-dix ans.

C'était la deuxième fois que Rebecca était chargée du cours d'anglais et elle se demanda sur quel texte elle allait bien pouvoir faire travailler ses élèves. La fois précédente, elle avait choisi une brochure de conseils distribuée aux soldats américains pour leur expliquer comment se comporter avec les Allemands : les élèves avaient trouvé ça désopilant et, en même temps, ils avaient appris beaucoup de choses. Peut-être pourrait-elle aujourd'hui copier au tableau les paroles d'une chanson en anglais qu'ils connaissaient tous, comme « The Twist » – diffusée en boucle sur la station des forces américaines – et leur demander de les traduire en allemand. Ce ne serait pas un cours conventionnel, mais elle ne pouvait pas faire mieux.

Le lycée manquait terriblement de personnel : la moitié des enseignants avaient émigré en Allemagne de l'Ouest, où ils touchaient trois cents marks de plus par mois et vivaient libres. La situation était identique dans presque tous les établissements scolaires d'Allemagne de l'Est. Et le problème ne se limitait pas aux professeurs. Les médecins pouvaient doubler leurs revenus en passant à l'Ouest. La mère de Rebecca, Carla, responsable du personnel infirmier dans un grand hôpital de Berlin-Est, s'arrachait les cheveux devant la pénurie d'infirmières et de médecins. C'était la même chose dans l'industrie, et jusque dans l'armée. Une crise nationale.

Alors que Rebecca griffonnait les paroles de « The Twist » dans un carnet, essayant de se rappeler le vers à propos de « *my little sis* », « ma petite sœur », le proviseur adjoint entra dans la salle des professeurs. Après les membres de sa famille, Bernd Held était sans doute le meilleur ami de Rebecca. C'était un homme d'une quarantaine d'années, mince, aux cheveux bruns, sur le front duquel courait une cicatrice livide à l'endroit où un éclat d'obus l'avait touché, alors qu'il défendait les Hauteurs de Seelow, dans les derniers jours de la guerre. Il était professeur de physique, mais partageait l'intérêt de Rebecca pour la littérature russe, et ils mangeaient leurs sandwichs de midi ensemble deux ou trois fois par semaine. « Écoutez tous, dit Bernd. J'ai une mauvaise nouvelle à vous annoncer. Anselm nous a quittés. »

Son intervention fut saluée par un murmure de surprise. Anselm Weber était le proviseur. C'était un communiste loyal comme tous ceux qui occupaient des postes à responsabilité. Les sirènes ouest-allemandes de la prospérité et de la liberté avaient apparemment eu raison de ses principes.

Bernd poursuivit : « On m'a demandé de le remplacer jusqu'à la nomination de son successeur. » Rebecca et tous les enseignants du lycée savaient que le proviseur adjoint aurait dû obtenir ce poste si les compétences avaient été le seul critère en jeu ; mais l'accès lui en était barré parce qu'il refusait d'adhérer au parti socialiste unifié, le SED – le parti communiste qui ne disait pas son nom.

Pour la même raison, Rebecca ne serait jamais chargée d'une fonction de direction. Anselm avait insisté pour qu'elle adhère au Parti, mais elle n'avait rien voulu entendre. Elle aurait eu l'impression d'entrer de son plein gré dans un asile de fous et de faire comme si les autres internés étaient sains d'esprit.

Pendant que Bernd exposait les derniers aménagements d'emploi du temps, Rebecca se demanda quand le prochain proviseur serait nommé. Dans un an ? Combien de temps cette crise durerait-elle ? Nul ne le savait.

Avant son premier cours, elle jeta un coup d'œil dans son casier. Il était vide. Le courrier n'était pas encore arrivé. Peut-être le facteur était-il passé à l'Ouest, lui aussi...

La lettre qui allait faire basculer sa vie était encore en chemin.

Elle alla donner son premier cours qui traitait du poème russe «Le cavalier de bronze» devant une salle pleine à craquer de jeunes de dix-sept et dix-huit ans. C'était un sujet qu'elle reprenait tous les ans depuis qu'elle avait commencé à enseigner. Comme chaque fois, elle guida ses élèves dans une analyse de texte d'une parfaite orthodoxie soviétique, leur expliquant que Pouchkine tranchait le conflit entre intérêt personnel et intérêt public en faveur du second.

À midi, elle rejoignit le bureau du proviseur avec son sandwich et prit place en face de Bernd, assis derrière sa grande table de travail. Ses yeux se posèrent sur l'étagère de bustes en céramique bon marché : Marx, Lénine et Walter Ulbricht, le dirigeant communiste de l'Allemagne de l'Est. Bernd suivit son regard et sourit. «C'est un malin, Anselm, dit-il. Il a prétendu être un vrai croyant pendant des années, et maintenant, zou, il a filé.

— Tu n'as pas envie d'en faire autant? Tu es divorcé, tu n'as pas d'enfants, pas d'attaches.»

Il regarda autour de lui, comme s'il craignait des oreilles indiscrètes puis haussa les épaules. «J'y ai pensé – comme tout le monde sans doute. Et toi? Ton père travaille à Berlin-Ouest d'ailleurs, tu ne m'as pas dit ça un jour?

— Si. Il dirige une usine de téléviseurs. Mais ma mère est bien décidée à rester à l'Est. Elle dit qu'il faut affronter les problèmes, pas les fuir.

— Je l'ai déjà rencontrée. Une vraie tigresse.

— C'est vrai. En plus, la maison où nous vivons appartient à sa famille depuis des générations.

— Et ton mari?

— Il tient beaucoup à son emploi.

— Tant mieux. Au moins, je ne risque pas de te perdre.

— Bernd..., commença Rebecca avant de s'interrompre, hésitante.

— Oui, vas-y.

— Je peux te poser une question personnelle?

— Bien sûr.

— Tu as quitté ta femme parce qu'elle avait une liaison, c'est bien ça ? – Bernd se raidit, mais acquiesça. – Comment l'as-tu appris ? »

Il tressaillit, comme sous l'effet d'une vive douleur.

« Je n'aurais pas dû te demander ça ? regretta Rebecca embarrassée. C'est trop personnel ?

— Non, à toi, je veux bien le dire. Je lui ai posé la question en face et elle a reconnu qu'elle avait rencontré quelqu'un d'autre.

— Mais qu'est-ce qui a éveillé tes soupçons ?

— Un tas de petites choses...

— Le téléphone qui sonne, l'interrompit Rebecca, tu décroches, personne ne répond pendant plusieurs secondes et puis la ligne est coupée. »

Il hocha la tête.

« Ton conjoint déchire un billet en petits morceaux qu'il jette dans la cuvette des toilettes avant de tirer la chasse. Le week-end, il est convoqué à une réunion imprévue. Le soir, il passe deux heures à écrire quelque chose qu'il refuse de te montrer.

— Oh là là ! constata Bernd tristement. Tu parles de Hans.

— Il a une maîtresse, tu ne crois pas ? » Elle reposa son sandwich : elle n'avait pas faim. « Réponds-moi franchement.

— Je ne sais pas quoi te dire. »

Bernd l'avait embrassée une fois, quatre mois auparavant, le dernier jour du trimestre d'automne. Ils s'étaient dit au revoir, s'étaient souhaité un joyeux Noël et il l'avait retenue doucement par le bras, avait incliné la tête vers elle et l'avait embrassée sur la bouche. Elle lui avait demandé de ne jamais recommencer et avait ajouté qu'elle aimerait bien rester son amie ; quand les cours avaient repris en janvier, ils avaient fait comme s'il ne s'était rien passé. Il lui avait même confié, quelques semaines plus tard, qu'il avait rendez-vous avec une veuve de son âge.

Rebecca ne voulait surtout pas lui donner de faux espoirs, mais Bernd était le seul à qui elle pouvait se confier en dehors de sa famille, et elle n'avait pas envie de tracasser les siens, pas encore. « J'étais tellement sûre qu'Hans m'aimait, soupira-t-elle, les larmes aux yeux. Et puis je l'aime moi.

— Peut-être qu'il t'aime tout de même. Il y a des hommes qui ne savent pas résister à la tentation, tu sais. »

Rebecca se demandait souvent si Hans était satisfait de leur vie sexuelle. Il ne se plaignait jamais, mais ils faisaient l'amour à peu près une fois par semaine, ce qu'elle trouvait peu fréquent pour de jeunes mariés. « Tout ce que je veux, c'est une famille à moi, exactement comme celle de ma mère, dans laquelle tout le monde se sente aimé, soutenu et protégé, murmura-t-elle. J'ai cru que Hans pourrait m'offrir cette vie-là.

— Ne te décourage pas. Une liaison, ce n'est pas forcément la fin d'un couple.

— La première année de mariage ?

— Ce n'est pas très bon signe, je te l'accorde.

— Qu'est-ce que tu ferais à ma place ?

— Pose-lui la question. Il avouera peut-être, ou bien il niera, mais au moins, il saura que tu es au courant.

— Et ensuite ?

— Qu'est-ce que tu veux ? Divorcer ? »

Elle secoua la tête. « Je ne le quitterai jamais. Le mariage est une promesse. On ne peut pas tenir une promesse simplement quand ça vous convient. Il faut la tenir même quand on n'en a pas envie. Autrement, ça n'a pas de sens.

— Ce n'est pas ce que j'ai fait. Tu me désapprouves sans doute.

— Je ne te juge pas plus que je ne juge les autres. Je parle pour moi, c'est tout. J'aime mon mari et je veux qu'il me soit fidèle. »

Bernd lui adressa un sourire plein d'une admiration teintée de regret. « J'espère que ton vœu sera exaucé.

— Tu es un véritable ami. »

La cloche sonna pour le premier cours de l'après-midi. Rebecca se leva et rangea son sandwich dans son papier d'emballage. Elle n'avait pas l'intention de le manger, ni maintenant ni plus tard, mais avait horreur de jeter de la nourriture, comme la plupart de ceux qui avaient connu la guerre. Elle tamponna ses yeux humides avec son mouchoir. « Merci de m'avoir écoutée.

— Je n'ai pas été d'un grand secours.

— Plus que tu ne crois. » Elle sortit.

Alors qu'elle approchait de la salle où se déroulait son cours d'anglais, elle se rappela qu'elle n'avait pas fini de noter les paroles de « The Twist ». Après tout, elle enseignait depuis suffisamment longtemps pour être capable d'improviser. « Qui d'entre vous a déjà entendu une chanson qui s'appelle "The Twist" ? » s'enquit-elle d'une voix sonore en franchissant le seuil.

Ils connaissaient tous ce morceau.

Elle se dirigea vers le tableau et prit un bâton de craie. « Vous pouvez me dicter les paroles ? »

Ils se mirent tous à crier en même temps.

Elle écrivit au tableau : « *Come on, baby, let's do the Twist* », avant de demander : « Et en allemand, ça donne quoi ? »

Pendant un moment, elle oublia tous ses tracas.

Elle trouva la lettre dans son casier à la pause de trois heures. Elle l'emporta dans la salle des professeurs et se prépara une tasse de café instantané avant de l'ouvrir. Quand ses yeux se posèrent sur les premières lignes, elle lâcha sa tasse.

L'unique feuillet que contenait l'enveloppe portait l'en-tête du ministère de la Sécurité d'État. Tel était le nom officiel de la police secrète, connue officieusement sous celui de Stasi. La lettre, signée par un certain inspecteur Scholz, lui donnait ordre de se présenter à son bureau pour un interrogatoire.

Rebecca épongea le café renversé, présenta ses excuses à ses collègues, les rassura et fila aux toilettes où elle s'enferma. Il fallait qu'elle réfléchisse avant de se confier à qui que ce fût.

Tout le monde en Allemagne de l'Est connaissait ces lettres et tout le monde redoutait d'en recevoir une. Cela voulait dire qu'elle avait fait un faux pas – il pouvait s'agir d'un écart totalement banal, qui avait cependant attiré l'attention des services de surveillance. Elle avait entendu dire qu'il ne servait à rien de protester de son innocence. Les policiers partiraient du principe qu'elle était forcément coupable de quelque chose – autrement, pourquoi l'interrogerait-on ? Suggérer qu'ils aient pu commettre une erreur serait faire affront à leur compétence, ce qui représentait un second délit.

Reprenant la lettre, elle constata qu'elle était convoquée à dix-sept heures, l'après-midi même.

Qu'avait-elle bien pu faire ? Sa famille était très suspecte, évidemment. Son père, Werner, était un capitaliste, propriétaire d'une usine à laquelle le gouvernement est-allemand ne pouvait pas toucher parce qu'elle se trouvait à Berlin-Ouest. Sa mère, Carla, était une social-démocrate notoire. Sa grand-mère, Maud, était la sœur d'un comte anglais.

Cela faisait pourtant à peu près deux ans que les autorités les laissaient tranquilles et Rebecca s'était dit que son mariage avec un fonctionnaire du ministère de la Justice leur avait peut-être conféré une certaine respectabilité. Manifestement, elle s'était trompée.

De quel délit était-elle responsable ? Elle possédait un exemplaire de l'allégorie anticommuniste de George Orwell, *La Ferme des animaux,* ce qui était illégal. Son petit frère, Walli, qui avait quinze ans, jouait de la guitare et chantait des chansons contestataires américaines comme « This Land is Your Land ». Il arrivait à Rebecca de se rendre à Berlin-Ouest pour voir des expositions de peinture abstraite. En matière d'art, les communistes étaient aussi conservateurs que des infirmières-chefs victoriennes.

Tout en se lavant les mains, elle se regarda dans la glace. Elle n'avait pas *l'air* terrifiée. Elle avait le nez droit, un menton volontaire et des yeux bruns au regard profond. Ses cheveux châtains indisciplinés étaient sévèrement tirés en arrière. Elle était grande et sculpturale, intimidante même, disaient certains. Elle pouvait faire face à une classe de jeunes chahuteurs de dix-huit ans et les réduire au silence d'un seul mot.

Pourtant, elle *était* terrifiée. Le plus effrayant était de savoir que la Stasi pouvait agir en toute impunité. Elle n'était soumise à aucun contrôle : se plaindre de ses agissements était un délit en soi. Ça lui rappelait l'armée Rouge à la fin de la guerre. Libres de piller, de violer et d'assassiner les Allemands à leur guise, les soldats soviétiques avaient profité de cette liberté pour se livrer à une indicible orgie de barbarie.

Le dernier cours de Rebecca portait sur la construction du passif dans la grammaire russe. Elle s'embrouilla et fit sans doute le plus mauvais cours de sa carrière. Remarquant qu'elle n'était pas dans son assiette, les élèves s'efforcèrent de lui faciliter la tâche, allant jusqu'à lui suggérer des solutions quand elle ne trouvait pas le bon mot. Elle s'en sortit grâce à eux.

Elle aurait voulu parler à Bernd mais découvrit qu'il était enfermé dans le bureau du proviseur avec des fonctionnaires du ministère de l'Éducation, réfléchissant probablement à la manière d'assurer le fonctionnement du lycée malgré le départ de la moitié de son personnel. Rebecca ne voulait pas se rendre au siège de la Stasi sans avoir prévenu quelqu'un : elle ne pouvait pas savoir s'ils ne décideraient pas de la garder. Elle lui laissa donc un billet l'informant de sa convocation.

Puis elle prit un bus qui parcourut les rues mouillées de Berlin jusqu'à la Normannenstrasse, dans la banlieue de Lichtenberg.

Le siège de la Stasi était situé dans un affreux immeuble de bureaux tout neuf. Les travaux n'étaient pas terminés : il y avait des bulldozers dans le parking et un échafaudage à une extrémité du bâtiment. Sous la pluie, il se présentait sous des dehors lugubres, qui ne devaient pas être beaucoup plus gais par beau temps.

En franchissant la porte, elle se demanda si elle ressortirait de cet immeuble un jour.

Elle traversa le vaste hall d'entrée, présenta sa convocation à l'accueil et fut escortée jusqu'à l'ascenseur par un employé qui y pénétra avec elle. Sa peur grandissait au fur et à mesure que la cabine montait. Elle se retrouva enfin dans un couloir d'un jaune moutarde cauchemardesque. Son accompagnateur la fit entrer dans une petite salle nue, meublée d'une table à plateau de plastique et de deux chaises inconfortables en tubes métalliques. Il y régnait une âcre odeur de peinture. On la laissa seule.

Elle resta assise là pendant cinq minutes, tremblant de tous ses membres. Elle regretta de ne pas fumer : une cigarette l'aurait peut-être calmée. Elle serra les dents pour retenir ses larmes.

L'inspecteur Scholz entra. Il était un peu plus jeune qu'elle – environ vingt-cinq ans, estima-t-elle. Un mince dossier entre les mains, il s'assit, se racla la gorge, ouvrit la chemise en carton et fronça les sourcils. Rebecca eut l'impression qu'il cherchait à se donner l'air important et se demanda si c'était son premier interrogatoire.

« Vous êtes professeur à l'école supérieure polytechnique Friedrich-Engels, commença-t-il.

— Oui.

— Où habitez-vous ? »

Elle lui répondit, intriguée. La police secrète ignorait-elle vraiment son adresse ? Voilà qui expliquait peut-être pourquoi elle avait reçu cette convocation au lycée et non à son domicile.

Elle dut indiquer le nom et l'âge de ses parents et grands-parents. « Vous mentez ! s'écria Scholz triomphant. Vous venez de me dire que votre mère a trente-neuf ans alors que vous en avez vingt-neuf. Vous voulez me faire croire qu'elle vous a eue à dix ans ?

— J'ai été adoptée, répliqua Rebecca, soulagée d'avoir une explication innocente à donner. Mes vrais parents ont été tués à la fin de la guerre, quand notre maison a été bombardée. » Elle avait alors treize ans. Des obus de l'armée Rouge s'abattaient impitoyablement sur la ville en ruine et elle était seule, perdue, terrifiée. Adolescente bien en chair, elle avait été repérée par un groupe de soldats russes qui avaient décidé de la violer. Elle avait été sauvée par Carla, qui s'était offerte à sa place. Cette expérience terrifiante n'en avait pas moins traumatisé Rebecca, qui était restée indécise et craintive dès qu'il s'agissait de sexe. Si Hans était insatisfait, elle en était sûrement responsable, se disait-elle.

Elle frissonna, cherchant à refouler ces terribles souvenirs. « Carla Franck m'a sauvée de... » Rebecca s'interrompit juste à temps. Les communistes niaient les viols commis par les soldats de l'armée Rouge, alors que toutes les femmes qui vivaient en Allemagne de l'Est en 1945 n'ignoraient rien de cette affreuse vérité. « Carla m'a sauvée, répéta-t-elle, glissant sur les détails scabreux. Par la suite, Werner et elle m'ont adoptée légalement. »

Scholz notait tout ce qu'elle disait. Son dossier ne pouvait pas contenir grand-chose, songea Rebecca. Mais il n'était certainement pas vide non plus. Si cet inspecteur était aussi mal informé sur sa famille, quel détail avait bien pu lui mettre la puce à l'oreille ?

« Vous êtes professeur d'anglais, reprit-il.

— Non. J'enseigne le russe.

— Vous mentez encore.

— Je ne mens pas, pas plus maintenant que tout à l'heure », rétorqua-t-elle sèchement. Son agressivité la surprit elle-même. Elle n'avait plus peur. Peut-être était-ce imprudent. Il est sans doute jeune et inexpérimenté, se morigéna-t-elle, il n'en a pas moins le pouvoir de détruire ma vie. « J'ai un diplôme de langue et de littérature russes, poursuivit-elle, s'efforçant de sourire aimablement. Je suis responsable du département de russe dans mon lycée. Mais comme la moitié de nos enseignants sont passés à l'Ouest, nous sommes obligés de nous débrouiller avec les moyens du bord. Voilà pourquoi j'ai donné deux cours d'anglais la semaine dernière.

— Vous voyez bien ! Et vous en profitez pour intoxiquer l'esprit de nos enfants par de la propagande proaméricaine.

— Oh non ! gémit-elle. Vous voulez parler des conseils aux soldats américains, c'est ça ? »

Il lut un extrait d'une feuille de notes. « “Rappelez-vous toujours que la liberté de pensée n'existe pas en Allemagne de l'Est.” Et vous prétendez que ce n'est pas de la propagande américaine ?

— J'ai expliqué à mes élèves que les Américains ont une conception naïve et prémarxiste de la liberté. Sans doute est-ce un détail que votre informateur n'a pas pris la peine de vous préciser. » Elle se demanda qui pouvait bien être le mouchard. Un élève forcément, ou bien un parent qui avait eu vent de ce cours. La Stasi avait plus d'espions que les nazis.

« Je n'ai pas fini. “À Berlin-Est, ne demandez pas votre chemin à des policiers. Contrairement à leurs homologues américains, ils ne sont pas là pour vous aider.” Que dites-vous de ça ?

— N'est-ce pas la vérité ? répliqua Rebecca. Quand vous étiez adolescent, vous est-il arrivé de demander à un Vopo où était la station de métro la plus proche ? » Les Vopos étaient les membres de la Volkspolizei, la police est-allemande.

« Vous ne pouviez vraiment pas trouver un texte plus approprié pour vos élèves ?

— Mais je vous en prie, venez donc au lycée donner les cours d'anglais à ma place !

— Je ne parle pas anglais.

— Moi non plus ! » s'énerva Rebecca. Elle regretta immédiatement d'avoir haussé le ton. Mais Scholz ne s'en offusqua pas. Il avait plutôt l'air intimidé. Décidément, il devait être nouveau dans le métier. Inutile pourtant de le provoquer. « Moi non plus, répéta-t-elle plus doucement. Ce qui m'oblige à improviser et à utiliser tous les documents en anglais sur lesquels je peux mettre la main. » Le moment était venu de jouer l'humilité, songea-t-elle. « Si j'ai commis une erreur, je le regrette, inspecteur.

— Vous m'avez l'air d'une femme intelligente. »

Elle plissa les yeux. Était-ce un piège ? « Merci du compliment, répondit-elle d'un ton neutre.

— Nous avons besoin de gens intelligents, de femmes surtout.

— Pour quoi faire ? demanda Rebecca, perplexe.

— Pour garder les yeux ouverts, observer ce qui se passe, nous avertir en cas de problème. »

Rebecca resta muette un moment, puis murmura, incrédule : « Vous me demandez d'être une informatrice de la Stasi ?

— Vous nous donneriez ainsi la preuve de votre esprit civique. C'est une mission importante, capitale même dans les établissements scolaires où se forgent les attitudes des jeunes.

— Je vois. » Ce que voyait Rebecca, c'est que ce jeune inspecteur de la police secrète avait été quelque peu négligent. Elle avait attiré son attention dans le cadre de son travail d'enseignante, mais il ignorait tout de sa célèbre famille. Si Scholz avait cherché à en savoir un peu plus, il ne lui aurait jamais fait cette proposition.

Il n'était pas difficile d'imaginer ce qui s'était passé. « Hoffmann » était un des patronymes allemands les plus courants, et le prénom de « Rebecca » n'était pas rare. Un débutant inexpérimenté pouvait facilement faire la confusion entre deux Rebecca Hoffmann.

Il poursuivit : « Il va de soi que ceux qui acceptent cette mission doivent être des gens honnêtes et dignes de confiance. »

Le paradoxe était tel qu'elle eut du mal à ne pas éclater de rire. « Honnêtes et dignes de confiance ? répéta-t-elle. Alors qu'ils espionnent leurs propres amis ?

— Bien sûr. » L'ironie sembla lui échapper. « Il y a des avantages, vous savez. » Il baissa la voix. « Vous seriez des nôtres.

— Je ne sais pas quoi vous répondre.

— Vous n'êtes pas obligée de vous décider tout de suite. Rentrez chez vous et réfléchissez. Mais surtout, n'en parlez à personne. Ma proposition doit rester secrète, cela va de soi.

— Évidemment. » Elle commençait à respirer. Scholz ne tarderait pas à découvrir qu'elle n'était pas la personne adéquate pour ce genre de mission et il reviendrait sur son offre. Mais il serait trop tard alors pour qu'il recommence à l'accuser de propagande en faveur de l'impérialisme capitaliste. Peut-être réussirait-elle après tout à passer entre les gouttes.

Scholz se leva et Rebecca l'imita. Se pouvait-il que sa visite au siège de la Stasi se termine aussi bien ? C'était sûrement trop beau pour être vrai.

Il lui tint courtoisement la porte avant de l'accompagner dans le couloir jaune. Un groupe de cinq ou six membres de la Stasi se tenait près de la porte de l'ascenseur, discutant avec animation. Une des silhouettes lui sembla étrangement familière : un homme grand, large d'épaules, très légèrement voûté, vêtu d'un complet de flanelle gris clair que Rebecca connaissait bien. Elle lui jeta un regard incrédule en s'approchant de l'ascenseur.

C'était Hans, son mari.

Que faisait-il ici ? Sa première pensée fut qu'on l'avait, lui aussi, convoqué pour un interrogatoire. Il ne lui fallut cependant qu'un instant pour comprendre, à l'attitude de ses compagnons, qu'il n'était pas traité en suspect.

Alors pourquoi était-il là ? Elle sentit son cœur s'emballer. Mais que redoutait-elle ?

Peut-être son emploi au ministère de la Justice le conduisait-il ici de temps en temps, pensa-t-elle, cherchant à se rassurer. C'est alors qu'un des autres s'adressa à Hans : « Tout de même, lieutenant, malgré tout le respect que... » Elle n'entendit pas le reste de la phrase. Lieutenant ? On ne donnait pas de grades militaires aux fonctionnaires – sauf s'ils travaillaient dans la police...

Hans pivota légèrement et aperçut Rebecca.

Elle vit une succession d'émotions défiler sur son visage : les hommes savaient si mal dissimuler leurs sentiments... La surprise lui fit d'abord hausser les sourcils, comme lorsque l'on aperçoit un objet familier dans un contexte inhabituel, un navet dans une bibliothèque, par exemple. Puis ses yeux s'écarquillèrent et sa bouche s'entrouvrit quand la réalité de ce qu'il voyait s'imposa brusquement à lui. Mais ce fut son expression suivante qui blessa Rebecca le plus cruellement : ses joues s'empourprèrent de honte et il détourna le regard d'un air coupable.

Rebecca demeura longuement silencieuse, cherchant à assimiler la scène. Toujours incapable de comprendre ce qu'elle voyait, elle lança : « Bonjour, *lieutenant* Hoffmann. »

Scholz parut tout à la fois intrigué et effrayé. « Vous connaissez le lieutenant ?

— Assez bien, oui, répondit-elle, cherchant à garder son sang-froid malgré le terrible soupçon qui s'insinuait peu à peu en elle. Je commence à me demander s'il ne me surveille pas depuis un certain temps. » Ce n'était tout de même pas possible !

« Vraiment ? » s'étonna stupidement Scholz.

Rebecca jeta un regard dur à Hans, se demandant comment il allait réagir à cette supposition. Elle espérait de tout cœur qu'il l'écarterait d'un éclat de rire et lui offrirait immédiatement une explication sincère, innocente. Il avait la bouche ouverte comme pour parler, mais de toute évidence, il ne s'apprêtait pas à dire la vérité : il avait plutôt l'air d'un homme qui cherche désespérément une excuse sans arriver à trouver de justification convaincante.

Scholz était au bord des larmes. «Je ne savais pas !»

Sans quitter son mari du regard, Rebecca reprit : «Je suis la femme de Hans.»

L'expression de Hans changea une nouvelle fois, la culpabilité laissant place à la colère, transformant son visage en un masque de fureur. Quand il prit enfin la parole, ce ne fut pas pour rassurer Rebecca. «Bouclez-la, Scholz», aboya-t-il.

Elle comprit alors, et le monde s'écroula autour d'elle.

Scholz était trop éberlué pour obtempérer. «Vous êtes *cette* Frau Hoffmann là ?» demanda-t-il à Rebecca.

Hans réagit avec la promptitude de l'éclair. Brandissant son poing droit, il frappa brutalement Scholz au visage. Le jeune homme recula, les lèvres en sang. «Espèce d'imbécile, siffla Hans. Vous venez de gâcher deux longues années de travail d'infiltration.»

Rebecca murmura pour elle-même. «Les coups de fil bizarres, les réunions imprévues, les notes déchirées...» Hans n'avait pas de maîtresse.

C'était bien pire.

Malgré sa stupéfaction, elle savait que c'était le moment ou jamais de mettre à profit la confusion générale pour découvrir l'entière vérité. Il ne fallait pas laisser à Hans le temps d'élaborer des explications mensongères, d'inventer une quelconque couverture. Faisant un gros effort de concentration, elle l'interrogea froidement : «Tu ne m'as épousée que pour m'espionner, Hans ?»

Il la dévisagea sans répondre.

Scholz fit demi-tour et repartit dans le couloir d'un pas mal assuré. «Rattrapez-le !» lança Hans. L'ascenseur arriva et Rebecca monta dans la cabine à l'instant même où Hans criait : «Arrêtez cet imbécile et collez-le en cellule.» Il se retourna pour parler à sa femme mais les portes de l'ascenseur se refermèrent et elle appuya sur le bouton du rez-de-chaussée.

C'est presque aveuglée par les larmes qu'elle traversa le hall d'entrée. Personne ne lui adressa la parole : sans doute avait-on l'habitude de voir des gens pleurer en ces lieux. Elle rejoignit l'arrêt de bus de l'autre côté du parking balayé par la pluie.

Son mariage n'était qu'un simulacre. Elle n'arrivait pas à assimiler cette information. Elle avait couché avec Hans, elle l'avait aimé, épousé, et pendant tout ce temps, il lui avait menti. On pouvait accepter une infidélité en se disant que c'était un écart de conduite sans lendemain, mais Hans l'avait trompée dès le début. Il avait sans doute commencé à sortir avec elle uniquement pour mieux la surveiller.

En réalité, il n'avait jamais eu l'intention de l'épouser, évidemment. Il ne cherchait au départ qu'un flirt qui lui permettrait de s'introduire chez elle. La supercherie avait trop bien marché. Il avait dû être effondré le jour où elle lui avait suggéré qu'ils se marient. Sans doute s'était-il trouvé devant un dilemme : refuser de l'épouser et renoncer à sa surveillance, ou accepter et poursuivre son travail. Ses supérieurs lui avaient peut-être même donné l'ordre d'en passer par là. Comment avait-elle pu se laisser abuser de la sorte ?

Un bus s'arrêta et elle y monta. Les yeux baissés, elle se dirigea vers le fond du véhicule, s'assit et enfouit son visage dans ses mains.

Elle repensa à l'époque où ils sortaient ensemble, avant leur mariage. Quand elle avait évoqué les problèmes qui avaient fait fuir ses précédents petits amis – son féminisme, son anticommunisme, sa proximité avec Carla –, il avait toujours admirablement réagi. Elle avait cru que, presque miraculeusement, ils étaient sur la même longueur d'onde. Elle n'aurait jamais imaginé qu'il puisse jouer la comédie.

Le bus avançait au pas en direction du quartier du Mitte, au centre de Berlin, à travers un paysage où se mêlaient gravats et béton neuf. Rebecca essayait de réfléchir à son avenir, vainement. Elle n'arrivait qu'à ruminer le passé. Elle se rappela le jour de leur mariage, leur lune de miel et leur unique année de vie conjugale, voyant tout désormais comme une pièce de théâtre dont Hans était l'acteur principal. Il lui avait volé deux ans de son existence, et cette idée lui inspira une telle colère qu'elle cessa de pleurer.

Elle songea au soir où elle lui avait parlé mariage. Ils avaient flâné au Volkspark de Friedrichshain et s'étaient attardés devant la vieille Fontaine aux Contes pour admirer les tortues de pierre sculptée. Elle portait une robe bleu marine, la couleur qui lui allait le mieux. Hans avait une veste de tweed neuve : il réussissait toujours à s'habiller avec chic dans ce désert de mode qu'était l'Allemagne de l'Est. Son bras autour de sa taille, Rebecca s'était sentie en sécurité, protégée, aimée. Elle voulait un homme, un homme pour toujours, et c'était lui. « Marions-nous, Hans, avait-elle dit en souriant et il l'avait embrassée avant de s'exclamer : "C'est une très bonne idée !" »

Quelle imbécile j'ai été, pensa-t-elle, furieuse. Quelle satanée imbécile !

Une question trouvait ainsi sa réponse. Hans n'avait pas souhaité d'enfants pour le moment. Il prétendait vouloir attendre une nouvelle promotion et préférait qu'ils aient d'abord un logement à eux. Il ne le lui avait pas dit avant le mariage et Rebecca avait été étonnée, à cause de leur âge : elle avait vingt-neuf ans et lui trente-quatre. Elle comprenait mieux ses réticences, maintenant.

Quand elle descendit du bus, elle fulminait. Bravant le vent et la pluie, elle se dirigea d'un pas vif jusqu'à la vieille villa où elle vivait. Dès qu'elle fut dans l'entrée, elle aperçut, par la porte de la pièce de devant, sa mère en grande conversation avec Heinrich von Kessel, qui avait été, comme elle, conseiller municipal social-démocrate après la guerre. Rebecca passa rapidement sans dire un mot. Sa petite sœur de douze ans, Lili, faisait ses devoirs sur la table de la cuisine. Des notes de piano résonnaient dans le salon, à l'étage : son frère, Walli, jouait un blues. Rebecca monta l'escalier pour rejoindre les deux pièces qu'elle partageait avec Hans.

La première chose qu'elle vit en entrant dans leur chambre fut la maquette à laquelle Hans travaillait depuis leur mariage. C'était un modèle réduit de la porte de Brandebourg réalisé en allumettes collées. Tous ses amis et connaissances gardaient précieusement leurs allumettes usagées pour lui. La maquette presque terminée occupait la petite table, au milieu de la pièce. Il avait déjà fabriqué l'arche centrale et les ailes latérales, et venait de s'attaquer à la partie la plus difficile, le quadrige, le char tiré par quatre chevaux qui ornait le sommet du monument.

Comme il a dû s'ennuyer, songea Rebecca amèrement. Il n'avait rien trouvé d'autre pour tuer le temps pendant les longues soirées qu'il était forcé de passer au côté d'une femme qu'il n'aimait pas. Leur couple était comme cette maquette, une frêle copie de l'original.

S'approchant de la fenêtre, elle regarda la pluie tomber. Une minute plus tard, une Trabant 500 mastic se gara le long du trottoir. Hans en descendit.

Comment avait-il le culot de revenir ?

Rebecca ouvrit la fenêtre toute grande, indifférente à la pluie qui s'engouffrait par le battant, et hurla : « Fiche le camp ! »

Il se figea sur le trottoir mouillé et leva la tête.

Rebecca aperçut une paire de chaussures de son mari, par terre à côté d'elle. Elles avaient été faites à la main par un vieux cordonnier que Hans avait déniché. Elle en ramassa une et la lança dans sa direction. Elle avait bien visé et il eut beau se baisser, le soulier le heurta à la tête.

« Espèce de cinglée ! » vociféra-t-il.

Walli et Lili s'approchèrent de la chambre et s'arrêtèrent sur le seuil, contemplant leur grande sœur d'un regard incrédule. Ils ne l'avaient jamais vue dans un état pareil.

« Tu m'as épousée sur ordre de la Stasi ! cria Rebecca par la fenêtre. Et c'est moi qui suis cinglée ? » La seconde chaussure suivit le même chemin que la première, manquant sa cible cependant.

« Mais qu'est-ce que tu fais ? demanda Lili d'une voix ébahie.

— Wouah, c'est super ! » s'exclama Walli avec un grand sourire.

Dehors, deux passants s'immobilisèrent afin d'observer la scène et une voisine sortit sur le pas de sa porte pour ne pas en perdre une miette. Hans leur jeta un regard noir. C'était un homme fier qui ne supportait pas de se ridiculiser en public.

Rebecca parcourut la chambre du regard à la recherche d'un autre projectile et ses yeux s'arrêtèrent sur la maquette en allumettes de la porte de Brandebourg.

Elle était posée sur un plateau de contreplaqué. Rebecca le souleva. C'était lourd, mais elle était de taille.

« Wouah ! » répéta Walli.

Rebecca porta la maquette jusqu'à la fenêtre.

Hans cria : « Je t'interdis de faire ça, c'est à moi ! »

Elle posa le plateau de contreplaqué sur l'appui de la fenêtre. « Tu as détruit ma vie, espèce de salaud de la Stasi ! » hurla-t-elle.

Une passante éclata de rire, un ricanement méprisant, moqueur qui couvrit le bruit de la pluie. Hans s'empourpra de colère, cherchant à identifier la coupable, en vain. Qu'on rie de lui était la pire torture qu'on pût lui infliger.

« Repose cette maquette, salope ! J'y ai travaillé toute une année ! rugit-il.

— Comme ça, on est quittes : moi, c'est à notre couple que j'ai travaillé pendant un an ! » Rebecca souleva le contreplaqué.

Hans poussa un cri. « Je te défends de faire ça ! »

Rebecca fit basculer la maquette par la fenêtre et la lâcha.

Elle se retourna à mi-course, le plateau se retrouvant sur le haut avec le quadrige dessous. Sa chute sembla n'en plus finir. Rebecca eut l'impression que le temps était suspendu. Puis la maquette tomba sur les pavés de la cour devant la maison dans un grand bruit de papier froissé. Elle se fracassa, les allumettes jaillirent, se dispersant en tous sens, avant de retomber sur les pierres mouillées où elles restèrent collées, telle une explosion de rayons de soleil. Le plateau gisait sur le sol, toute la construction ayant été écrasée, réduite à néant.

Hans contempla le spectacle pendant un long moment, ahuri, bouche bée.

Lorsqu'il reprit ses esprits, il tendit le doigt vers Rebecca : « Écoute-moi bien, toi, lança-t-il d'une voix si glaciale qu'elle prit peur. Tu le regretteras, je te préviens. Toi, et ta famille. Vous le regretterez jusqu'à la fin de vos jours. J'en fais le serment. »

Il rejoignit sa voiture et démarra.

II

Pour le petit déjeuner, la mère de George Jakes lui servit des crêpes aux myrtilles et du bacon accompagnés de gruau de maïs. « Si j'avale tout ça, on va me coller chez les poids lourds », protesta-t-il. Avec ses soixante-quinze kilos, George avait été champion de l'équipe de lutte de Harvard, catégorie welters.

« Mange à ta faim et laisse tomber la lutte, répondit-elle. Je ne t'ai pas élevé pour faire de toi un abruti de sportif. » Assise en face de lui à la table de la cuisine, elle versa des corn-flakes dans un bol.

George était loin d'être un abruti, et elle le savait. Il serait bientôt diplômé de la faculté de droit de Harvard. Il avait passé ses derniers examens et était confiant dans ses chances de réussite. Il petit-déjeunait ce jour-là dans le modeste pavillon de banlieue de sa mère dans le comté de Prince George, dans le Maryland, à proximité de Washington. « Il faut que je reste en forme, expliqua-t-il. Je vais peut-être être chargé d'entraîner une équipe de lycéens.

— Ça, ça serait vraiment bien. »

Il la regarda tendrement. Jacky Jakes avait été une très jolie fille, il ne l'ignorait pas ; il avait vu des photos d'elle adolescente, à l'époque où elle espérait faire du cinéma. Elle faisait encore jeune : les rides n'avaient pas prise sur son type de peau couleur chocolat. « Une bonne peau noire reste lisse comme un miroir », disaient les Noires. Mais la bouche pulpeuse qui arborait un si large sourire sur ces vieux portraits appartenait désormais au passé : ses commissures s'abaissaient dans une expression de détermination sévère. Jacky n'était jamais devenue actrice. Peut-être n'avait-elle jamais eu, en réalité, la moindre chance de l'être : les rares rôles destinés à des comédiennes noires étaient généralement confiés à des beautés au teint plus clair que le sien. En tout état de cause, sa carrière s'était achevée avant d'avoir commencé, quand elle était tombée enceinte de George à seize ans. Elle devait ce visage soucieux aux six années qu'elle avait consacrées à l'élever seule, exerçant un emploi de serveuse et vivant dans une toute petite maison derrière Union Station, inculquant à son fils de solides principes sur la nécessité de travailler dur pour pouvoir accéder à l'éducation et à la respectabilité.

« Tu sais que je t'adore, Mom, reprit-il, mais j'irai quand même à la Freedom Ride. »

Elle pinça les lèvres dans une moue désapprobatrice. « Tu as vingt-cinq ans, après tout. Tu es libre de faire ce que tu veux.

— Mais non. Chaque fois que j'ai eu une décision importante à prendre, j'en ai discuté avec toi. Et il n'y a aucune raison pour que ça change un jour.

— En attendant, tu ne fais pas ce que je dis.

— Pas toujours, c'est vrai. Il n'empêche que je ne connais personne de plus intelligent que toi, tous les grands pontes de Harvard compris.

— Inutile de me passer la pommade, se récria-t-elle, mais il savait que ce compliment la touchait.

— Mom, la Cour suprême a déclaré anticonstitutionnelle la ségrégation dans les autocars et les gares routières inter-États – mais ces Sudistes se fichent pas mal de la loi. On ne va tout de même pas les laisser faire !

— Parce que tu crois que ce "voyage de la liberté" changera quelque chose ?

— On va prendre le car ici, à Washington, en direction du sud. On s'installera tous à l'avant, on utilisera les salles d'attente réservées aux Blancs et on demandera à être servis dans les restaurants réservés aux Blancs ; et s'il y a des gens qui râlent, on leur rappellera que la loi est de notre côté et que ce sont eux les délinquants et les fauteurs de troubles.

— Mon fils, je sais que tu as raison sur le principe. Inutile de m'expliquer tout ça. Je connais la Constitution. Mais à ton avis, que va-t-il se passer ?

— J'imagine qu'on va se faire arrêter, à un moment ou à un autre. Comme ça au moins, il y aura un procès et nous pourrons plaider notre cause devant le monde entier. »

Elle secoua la tête. « J'espère de tout cœur que tu t'en tireras aussi facilement.

— Comment ça ?

— Tu as eu une enfance privilégiée. Enfin, en tout cas depuis que ton père blanc est réapparu dans notre vie quand tu avais six ans. Tu ne sais rien du monde dans lequel vivent la plupart des gens de couleur.

— Tu n'as pas le droit dire ça. » George était piqué au vif : c'était un reproche que lui faisaient régulièrement des militants noirs, et cela l'agaçait. « Ce n'est pas parce qu'un riche grand-père blanc a payé mon éducation que je suis complètement aveugle. Je sais ce qui se passe.

— Dans ce cas, tu sais peut-être qu'une arrestation est probablement la chose la moins grave qui puisse t'arriver. Et si la situation dégénère ? »

Elle avait raison, George ne l'ignorait pas. Les membres de la Freedom Ride risquaient peut-être pire que la prison. « J'ai pris des cours de résistance passive », s'obstina-t-il. Tous ceux qui avaient été choisis pour participer à la Freedom Ride étaient des militants des droits civiques expérimentés qui avaient suivi un cursus de formation spécial comprenant des exercices de jeux de rôle. « Un Blanc qui faisait semblant d'être un Sudiste raciste m'a traité de sale nègre, il m'a bousculé, m'a fait tomber puis m'a traîné hors de la pièce par les talons – et je l'ai laissé faire alors que j'aurais pu le balancer par la fenêtre d'un seul bras.

— Qui était-ce ?

— Un militant des droits civiques.

— Donc, ce n'était pas sérieux.

— Bien sûr que non. Il jouait un rôle.

— D'accord, acquiesça-t-elle et son ton lui fit comprendre qu'elle n'en pensait pas moins.

— Tout ira bien, Mom.

— Je crois qu'il vaut mieux que je me taise. Tu vas manger ces crêpes, oui ou non ?

— Regarde-moi. Costume en mohair, cravate étroite, cheveux courts et chaussures si bien cirées qu'elles pourraient me servir de miroir pour me raser. » Il s'habillait toujours très correctement, mais les Freedom Riders, comme on les appelait, avaient reçu instruction de soigner leur apparence.

« Tu es parfait, abstraction faite de ton oreille en chou-fleur. » George avait l'oreille droite déformée à la suite d'un combat de lutte.

« Qui pourrait vouloir du mal à un aussi charmant jeune homme de couleur ?

— Tu vis dans les nuages, répliqua-t-elle avec une colère soudaine. Ces Blancs du Sud, ils... » À son grand désarroi, George vit les yeux de sa mère s'embuer. « Oh, mon Dieu, j'ai tellement peur qu'ils te tuent. »

Il tendit le bras par-dessus la table et lui prit la main. « Je ferai attention, Mom, c'est promis. »

Elle s'essuya les yeux à son tablier. George grignota son bacon pour lui faire plaisir, mais il n'avait pas très faim. Il était plus inquiet qu'il ne le prétendait. Sa mère n'exagérait pas. Certains militants des droits civiques étaient hostiles à la Freedom Ride, redoutant des violences.

« Ça va être bien long, ce voyage en car, reprit-elle.

— Treize jours, d'ici à La Nouvelle-Orléans. Nous nous arrêterons tous les soirs pour des meetings et des rassemblements.

— Tu as de quoi bouquiner ? Qu'est-ce que tu emportes à lire ?

— L'autobiographie du Mahatma Gandhi. » George estimait ne pas connaître assez bien Gandhi, dont la philosophie avait inspiré la tactique de contestation non violente du mouvement des droits civiques.

Elle prit un livre posé sur le réfrigérateur. « Tu trouveras peut-être ça un peu plus distrayant. Ça a beaucoup de succès. »

Ils avaient toujours partagé leurs lectures. Le père de Jacky avait été professeur de littérature dans une université pour Noirs et elle avait été une lectrice assidue dès son plus jeune âge. Quand George était petit, sa mère et lui avaient lu ensemble les histoires des *Bobbsey Twins* et des *Hardy Boys*, dont tous les héros étaient blancs cependant. À présent, ils se prêtaient régulièrement les livres qui leur avaient plu. Il regarda le volume qu'elle lui tendait. Il avait dû être emprunté à la bibliothèque de quartier, comme en témoignait sa couverture en plastique transparent. « *Quand meurt le rossignol*, lut-il. Il vient d'obtenir le prix Pulitzer, non ?

— Oui. Et l'histoire se passe en Alabama, là où tu vas.

— Merci, Mom. »

Quelques minutes plus tard, il embrassa sa mère, quitta la maison une petite valise à la main et monta dans un bus pour Washington. Il descendit dans le centre-ville, au terminus des Greyhound Lines. Un petit groupe de militants des droits civiques, composé d'un mélange de Blancs et de Noirs, d'hommes et de femmes, de vieux et de jeunes, s'était rassemblé à la cafétéria. George avait fait la connaissance d'un certain nombre d'entre eux aux séances de formation. À une bonne dizaine de Riders s'ajoutaient quelques organisateurs du Congress for Racial Equality, le Congrès pour l'égalité des races, deux ou trois journalistes de la presse noire et une poignée de sympathisants. Le CORE avait décidé de diviser le groupe en deux, une moitié prenant le départ à la gare des Trailways, de l'autre côté de la rue. Il n'y avait ni banderoles, ni caméras de télévision : tout se faisait de façon discrète et rassurante.

George alla saluer Joseph Hugo, un de ses condisciples de la fac de droit, un Blanc aux yeux bleus exorbités. Ils avaient organisé ensemble le boycott du restaurant du magasin Woolworth's de Cambridge, dans le Massachusetts. Tout en pratiquant l'intégration dans la plupart des États, Woolworth's maintenait la ségrégation dans le Sud, à l'image des compagnies d'autocars. Joseph avait le chic pour s'éclipser juste avant les affrontements, et George l'avait catalogué comme un type plein de bonnes intentions, mais pas très courageux. « Tu nous accompagnes, Joe ? » demanda-t-il, cherchant à dissimuler son scepticisme.

Joe secoua la tête. « Je suis juste venu vous souhaiter bonne chance. » Il fumait une cigarette mentholée extra-longue avec un filtre blanc, qu'il tapotait nerveusement contre le bord d'un cendrier métallique.

« Dommage. Tu es du Sud, non ?

— Oui, de Birmingham, dans l'Alabama.

— Ils vont nous présenter comme des agitateurs extérieurs. Ça aurait été bien d'avoir un type du Sud dans le car avec nous pour leur donner tort.

— Je ne peux pas, j'ai des trucs importants à faire. »

George n'insista pas. Lui-même n'était pas franchement rassuré. S'il s'engageait dans une conversation sur les dangers de l'opération, il risquait de se convaincre d'y renoncer. Il embrassa le groupe d'un regard circulaire et fut heureux de reconnaître John Lewis, un étudiant en théologie d'un calme impressionnant qui faisait partie des membres fondateurs du Student Nonviolent Co-ordinating Committee, le SNCC – le Comité de coordination non violent – des étudiants –, le plus radical des groupes de lutte pour les droits civiques.

Le responsable réclama leur attention et prononça un bref communiqué à l'intention de la presse. Pendant qu'il parlait, George aperçut un grand Blanc d'une quarantaine d'années en costume de lin froissé qui se glissait dans la cafétéria. Séduisant malgré son embonpoint et son teint rubicond de buveur, il avait l'allure d'un passager et personne ne lui prêta particulièrement attention. Il s'assit à côté de George et, posant le bras sur son épaule, le serra rapidement contre lui.

C'était le sénateur Greg Pechkov, le père de George.

Sans jamais avoir été publiquement admis, leur lien de parenté était un secret de polichinelle dans le petit monde de Washington. Greg n'était pas le seul homme politique à avoir ce genre de secret. Le sénateur Strom Thurmond avait financé les études universitaires d'une jeune métisse, fille d'une domestique de sa famille : la rumeur prétendait que c'était lui le père – ce qui n'empêchait pas Thurmond d'être un ségrégationniste acharné. Quand Greg avait fait son apparition dans la vie de son fils de six ans, pour qui il était un parfait étranger, il avait proposé à George de l'appeler oncle Greg, et ils n'avaient jamais trouvé meilleure formule.

Greg était un égoïste sur qui on ne pouvait pas toujours compter mais, à sa manière, il était profondément attaché à George. Après avoir traversé une longue phase de révolte contre son père pendant son adolescence, le jeune homme avait fini par l'accepter tel qu'il était, se disant qu'après tout, mieux valait un demi-père que pas de père du tout.

« George, lui dit Greg à voix basse, je me fais de la bile.

— Mom aussi.

— Qu'est-ce qu'elle pense de tout ça ?

— Elle est persuadée que ces racistes du Sud vont tous nous massacrer.

— Je n'irai pas jusque-là, mais tu pourrais perdre ton boulot.

— Mr. Renshaw t'a dit quelque chose ?

— Non, il ne sait rien de cette affaire, pour le moment. Il l'apprendra bien assez tôt si tu te fais coffrer. »

Originaire de Buffalo et ami d'enfance de Greg, Renshaw était l'associé d'un prestigieux cabinet juridique de Washington, Fawcett Renshaw. L'été précédent, Greg l'avait convaincu d'embaucher George pour un boulot d'été et, comme ils l'avaient espéré tous les deux, ce poste temporaire avait débouché sur une offre d'emploi à plein temps dès que George aurait son diplôme en poche. C'était un beau coup : George serait le premier Noir employé à autre chose qu'au ménage dans ce cabinet juridique.

George répliqua avec un soupçon d'agacement : « Les Freedom Riders n'enfreignent pas la loi. Nous cherchons au contraire à la faire appliquer. S'il y a des délinquants dans l'affaire, ce sont les ségrégationnistes. On pourrait penser qu'un juriste aussi avisé que Renshaw le comprendrait.

— Il le comprend. N'empêche qu'il ne pourra pas embaucher quelqu'un qui a eu des démêlés avec la police. Crois-moi, ce serait pareil si tu étais blanc.

— Mais on a la loi pour nous !

— La vie est injuste. Les études, c'est fini – bienvenue dans le monde réel. »

Le responsable appela les participants : « Hé, vous tous, allez prendre vos billets et enregistrez vos bagages, s'il vous plaît. »

George se leva.

«Je n'arriverai pas à te dissuader d'y aller, si?» demanda Greg.

Il avait l'air si malheureux que George eut envie de céder, mais il se reprit. « Non, je suis vraiment décidé.

— Dans ce cas, essaie au moins de faire gaffe. »

George fut ému par sa sollicitude. «J'ai bien de la chance d'avoir des parents qui se font du souci pour moi, remarqua-t-il. J'en ai conscience, tu sais. »

Greg lui serra le bras et s'éloigna à grands pas.

George rejoignit les autres dans la file qui s'était formée devant le guichet et prit un billet pour La Nouvelle-Orléans. Il s'approcha du car bleu et gris et tendit son sac à un employé qui le rangea dans le compartiment à bagages. Un grand lévrier était peint sur le flanc du véhicule, accompagné de ce slogan « VOYAGEZ CONFORTABLEMENT... LAISSEZ-NOUS LE VOLANT ». George monta à bord.

Un des organisateurs lui indiqua un siège dans les premières rangées et demanda à d'autres de s'asseoir par couples interraciaux. Le chauffeur ne prêta pas attention aux Riders et les passagers ordinaires ne manifestèrent qu'une légère curiosité. George ouvrit le livre que sa mère lui avait donné et lut la première ligne.

Un instant plus tard, un responsable invita une jeune fille à s'asseoir à côté de George. Celui-ci, ravi, lui fit un petit signe de tête. Il l'avait déjà croisée deux ou trois fois et la trouvait sympathique. Elle s'appelait Maria Summers. Elle était vêtue sobrement d'une robe en coton gris pâle ras du cou à jupe ample. Sa peau avait la couleur sombre et profonde de celle de la mère de George, elle avait un adorable petit nez aplati et des lèvres qui appelaient le baiser. Il savait qu'elle était à la faculté de droit de Chicago et s'apprêtait à passer son diplôme, comme lui ; ils avaient donc probablement le même âge. Elle devait être non seulement intelligente mais déterminée, deux qualités indispensables pour être admise à la fac de droit de Chicago malgré un double handicap : être une femme et être noire.

Il referma son livre quand le chauffeur démarra et que le car partit. Maria baissa les yeux et déchiffra le titre : « *Quand meurt le rossignol.* Je suis allée à Montgomery, l'été dernier. »

Montgomery était la capitale de l'Alabama. « Pour quoi faire ? demanda George.

— Mon père est avocat et un de ses clients a intenté un procès à l'État. Je travaillais pour papa pendant les vacances.

— Vous avez gagné ?

— Non. Mais je t'empêche de lire, excuse-moi.

— Tu veux rire ? Je peux lire n'importe quand. En revanche, ce n'est pas tous les jours qu'on a la chance d'être assis dans un car à côté d'une jolie fille comme toi.

— Oh là là, soupira-t-elle. On m'avait bien dit que tu étais un sacré baratineur.

— Tu veux que je te confie mon secret ?

— D'accord, vas-y.

— Je suis sincère. »

Elle éclata de rire.

« Surtout, ne le dis à personne, poursuivit-il. Ma réputation n'y survivrait pas. »

Le car franchit le Potomac et prit la Route 1 en direction de la Virginie. « Te voilà dans le Sud, George, remarqua Maria. Tu n'as pas peur ?

— Si, et pas qu'un peu.

— Moi aussi. »

L'autoroute dessinait une mince balafre rectiligne au milieu de kilomètres de forêt d'un vert printanier. Ils traversèrent des bourgades assoupies où les hommes étaient si désœuvrés qu'ils s'arrêtaient pour regarder passer le car. Mais George ne contempla pas beaucoup le paysage. Il apprit que Maria avait été élevée dans une famille très pratiquante et que son grand-père était prédicateur. George lui raconta que s'il allait à l'église, c'était surtout pour faire plaisir à sa mère, et Maria avoua qu'elle en faisait autant. Ils bavardèrent ainsi jusqu'à Fredericksburg, à quatre-vingts kilomètres de Washington.

Les Riders se turent quand l'autocar entra dans la petite ville historique où le principe de la suprématie blanche régnait encore. La gare des Greyhound était située entre deux églises en brique rouge aux portes blanches ; mais le christianisme n'était pas forcément de bon augure dans le Sud. Quand le car s'arrêta, George repéra les toilettes et s'étonna de l'absence de panneaux précisant « RÉSERVÉ AUX BLANCS » et « RÉSERVÉ AUX GENS DE COULEUR ».

Les passagers descendirent du véhicule et clignèrent des yeux, éblouis par le soleil. Un regard plus attentif révéla à George des zones plus claires au-dessus des portes des toilettes et il en déduisit que les panneaux de ségrégation avaient été retirés très récemment.

Les Riders n'en mirent pas moins leur plan à exécution. Un organisateur blanc commença par entrer dans les toilettes miteuses du fond, manifestement destinées aux Noirs. Il en ressortit sans avoir été inquiété, mais c'était la partie la plus facile. George s'était déjà porté volontaire pour l'étape suivante. « Bon, j'y vais », annonça-t-il à Maria, et il poussa la porte des toilettes les plus proches, fraîchement repeintes : le panneau « RÉSERVÉ AUX BLANCS » venait indéniablement d'en être décroché.

Un jeune Blanc se trouvait à l'intérieur, en train de recoiffer sa banane. Il jeta un coup d'œil à George dans la glace, mais ne dit rien. George avait trop peur pour arriver à uriner ; ne pouvant pas repartir sur-le-champ, il se lava les mains. Le jeune s'éloigna et fut remplacé par un homme plus âgé qui entra dans une des cabines. George se sécha au rouleau essuie-mains. Comme il n'y avait rien d'autre à faire, il ressortit.

Les autres l'attendaient à l'extérieur. Il haussa les épaules. « Rien, annonça-t-il. Personne n'a cherché à m'empêcher d'entrer et personne ne m'a rien dit.

— J'ai commandé un Coca au comptoir et la serveuse me l'a apporté, intervint Maria. J'ai l'impression que les autorités locales préfèrent éviter tout problème.

— Tu crois que ça va être comme ça jusqu'à La Nouvelle-Orléans ? Que tout le monde va faire comme si de rien n'était ?

Et qu'ensuite, dès qu'on sera repartis, ils réintroduiront la ségrégation ? Ils vont nous couper l'herbe sous le pied !

— Ne t'en fais pas, dit Maria. J'ai rencontré ceux qui gouvernent l'Alabama. Crois-moi, ils ne sont pas assez malins pour ça. »

III

Walli Franck jouait du piano au salon du premier étage. C'était un superbe Steinway à queue que le père de Walli faisait régulièrement accorder pour sa belle-mère Maud. Walli jouait de mémoire le riff d'« A Mess of Blues », un morceau d'Elvis Presley. Comme il était en do majeur, ce n'était pas trop difficile.

Assise dans un fauteuil, Maud von Ulrich lisait les notices nécrologiques du *Berliner Zeitung*. À soixante-dix ans, elle était toujours svelte et parfaitement droite dans sa robe de cachemire bleu foncé. « C'est le genre de choses que tu joues bien, remarqua-t-elle sans lever les yeux de son journal. Tu as hérité de mon oreille, en plus de mes yeux verts. Ton grand-père Walter, dont tu portes le prénom, n'a jamais été capable de jouer un ragtime correctement, paix à son âme. Je me suis donné un mal de chien pour essayer de lui apprendre, mais c'était un cas désespéré.

— Tu jouais du ragtime ? demanda Walli, surpris. Je ne t'ai jamais entendue jouer que de la musique classique.

— C'est grâce au ragtime que nous ne sommes pas morts de faim quand ta mère était bébé. Juste après la Première Guerre mondiale, je m'étais fait embaucher dans un cabaret qui s'appelait le Nachtleben, ici, à Berlin. Je touchais plusieurs milliards de marks par soirée, ce qui était à peine suffisant pour acheter du pain ; mais certains clients me donnaient des pourboires en devises étrangères. À l'époque, avec deux dollars, on vivait comme des nababs pendant une semaine.

— Wouah ! » Walli avait du mal à imaginer sa grand-mère aux cheveux gris en train de taper sur un piano dans une boîte de nuit en supputant le montant des pourboires de la soirée.

La sœur de Walli les rejoignit. Lili avait presque trois ans de moins que lui, et depuis quelque temps, il ne savait plus très bien sur quel pied danser avec elle. Aussi loin que remontaient ses souvenirs, elle avait toujours été une sacrée enquiquineuse, un peu comme un petit frère, mais en plus bête. Elle devenait pourtant un peu plus raisonnable et, pour compliquer encore les choses, certaines de ses copines commençaient à avoir des seins.

Il s'écarta du clavier pour attraper sa guitare. Il l'avait achetée un an plus tôt chez un prêteur sur gages de Berlin-Ouest. Sans doute avait-elle été laissée en dépôt par un soldat américain en échange d'une somme qu'il n'avait jamais remboursée. La marque de l'instrument était Martin et Walli avait l'impression qu'il était excellent bien qu'il l'ait obtenu pour trois fois rien. Il se disait que ni le prêteur ni le soldat n'avaient probablement été conscients de sa valeur.

« Écoute un peu ça », dit-il à Lili et il se mit à chanter une mélodie des Bahamas intitulée « All My Trials », avec des paroles en anglais. Il l'avait entendue sur des chaînes de radio occidentales et savait qu'elle était populaire dans les groupes folks américains. La chanson avait des accents mélancoliques dus aux accords mineurs et il était assez satisfait de l'accompagnement plaintif en picking qu'il avait inventé.

Quand il se tut, Maud leva les yeux de son journal et lui dit en anglais : « Tu as un accent absolument épouvantable, mon pauvre Walli.

— Désolé.

— Mais tu chantes très joliment, ajouta-t-elle en revenant à l'allemand.

— Merci. » Walli se tourna vers Lili. « Qu'est-ce que tu penses de cette chanson ?

— Elle est un peu triste. Peut-être que quand je l'aurai entendue plusieurs fois, elle me plaira mieux.

— Flûte alors. J'avais l'intention de la jouer ce soir au Minnesänger. » Il s'agissait d'un club de folk proche du Kurfürstendamm, à Berlin-Ouest. *Minnesänger* voulait dire « troubadour ».

« Parce que tu joues au Minnesänger ? demanda Lili, impressionnée.

— C'est une soirée spéciale. Ils organisent un concours. Tout le monde peut se produire. Le gagnant sera invité à venir jouer régulièrement.

— Je ne savais pas que les clubs faisaient des trucs comme ça.

— Ce n'est pas courant. C'est un événement exceptionnel.

— Tu n'es pas un peu jeune pour fréquenter ce genre d'endroits ? s'inquiéta Maud.

— Si, mais ça ne sera pas la première fois, tu sais.

— Walli fait plus que son âge, renchérit Lili.

— Hmm.

— Tu n'as encore jamais chanté en public, reprit Lili. Tu as le trac ?

— Tu parles !

— Tu devrais jouer un truc plus gai.

— Ah oui ? Tu as peut-être raison.

— Pourquoi pas "This Land is Your Land" ? J'adore cette chanson. »

Walli se mit à la jouer et Lili joignit sa voix à la sienne.

Pendant qu'ils chantaient, Rebecca, leur grande sœur, entra dans la pièce. Walli l'adorait. Après la guerre, à l'époque où leurs parents travaillaient comme des forcenés pour parvenir à nourrir la famille, Rebecca s'était souvent occupée de Walli et de Lili. Elle était comme une seconde maman pour eux, en moins sévère.

En plus, elle avait un de ces crans ! Il avait été pétrifié d'admiration en la voyant balancer la maquette de son mari par la fenêtre. Walli n'avait jamais aimé Hans et avait été secrètement ravi de son départ.

L'histoire de Rebecca qui avait épousé à son insu un officier de la Stasi avait fait le tour du quartier. Walli en avait tiré un certain prestige au collège : personne n'avait imaginé jusque-là que les Franck pouvaient ne pas être comme tout le monde. Les filles surtout étaient fascinées à l'idée que tout ce qui s'était dit et fait sous son toit avait été rapporté à la police pendant presque un an.

Rebecca avait beau être sa sœur, Walli avait parfaitement conscience de sa beauté. Elle avait une silhouette de rêve et des traits adorables, à la fois pleins de bonté et de force. Mais ce jour-là, elle faisait une tête d'enterrement. Il cessa de jouer et lui demanda : « Ça ne va pas ?

— J'ai été renvoyée. »

Maud posa son journal.

« Arrête ! s'écria Walli. Il paraît que tu es le meilleur prof de ton lycée. Et ce sont des élèves qui le disent !

— Je sais.
— Mais alors, pourquoi est-ce qu'ils t'ont virée ?
— Une vengeance de Hans, probablement. »

Walli n'avait pas oublié la réaction de Hans devant le spectacle de sa maquette fracassée, les milliers de petites allumettes éparpillées sur le trottoir mouillé. « Tu le regretteras », avait-il crié, en levant la tête sous la pluie. Walli n'y avait vu que fanfaronnade, alors qu'un instant de réflexion aurait dû lui faire comprendre qu'un officier de la police secrète ne manquait pas de moyens pour mettre ses menaces à exécution. « Toi, et ta famille », avait poursuivi Hans, incluant ainsi Walli dans sa malédiction. Le jeune garçon frissonna.

« J'avais cru comprendre qu'on était terriblement à court d'enseignants, observa Maud.
— Bernd Held est dans tous ses états, confirma Rebecca. Mais il a reçu des ordres d'en haut.
— Qu'est-ce que tu vas faire ? demanda Lili.
— Chercher un autre emploi. Ça ne devrait pas être très difficile. Bernd m'a donné une lettre de recommandation du tonnerre. Et tous les établissements scolaires d'Allemagne de l'Est manquent de profs. Ils sont si nombreux à être passés à l'Ouest !
— Tu devrais en faire autant, lança Lili.
— On devrait tous en faire autant, renchérit Walli.
— Maman ne veut pas, vous le savez bien, dit Rebecca. Elle dit qu'il faut affronter les problèmes, pas les fuir. »

Le père de Walli entra, vêtu d'un complet trois pièces bleu sombre, élégant bien qu'un peu démodé. Maud le salua : « Bonsoir, Werner. Un petit verre ne ferait pas de mal à Rebecca. Elle vient d'être renvoyée. » Maud conseillait souvent aux autres de prendre un « petit verre », ce qui lui permettait de les accompagner.

« Je suis au courant pour Rebecca, répondit Werner sèchement. Je lui ai parlé. »

Il fallait qu'il soit de bien mauvaise humeur pour parler sur ce ton à sa belle-mère qu'il aimait et admirait tant. Walli se demanda ce qui avait bien pu contrarier ainsi son père.

Il ne tarda pas à le savoir.

« Viens dans mon bureau, Walli. Je voudrais te parler. » Il franchit la double porte conduisant dans le petit salon, dont il avait fait son bureau, Walli sur ses talons. Werner s'assit derrière sa table de travail. Walli savait qu'il devait rester debout. « Il me semble que nous avons déjà eu une conversation il y a un mois à propos des cigarettes », commença Werner.

Walli se sentit immédiatement coupable. Il s'était mis à fumer pour avoir l'air plus âgé, mais il y avait pris goût et c'était devenu une habitude.

« Tu m'avais promis d'arrêter. »

Walli estimait que ce qu'il faisait ne regardait pas son père.

« Tu as arrêté ?

— Oui, mentit Walli.

— Ne me prends pas pour un idiot. Ça se sent, quand tu as fumé.

— Si tu le dis...

— Je l'ai su à l'instant où je suis entré au salon. »

Walli se sentit bête. Il s'était fait prendre en flagrant délit de mensonge comme un gamin. Cela ne le mit pas dans de meilleures dispositions à l'égard de son père.

« Je sais donc parfaitement que tu n'as pas arrêté.

— Dans ce cas, pourquoi me poses-tu la question ? » Walli détestait l'irritation qui perçait dans sa voix.

« J'espérais que tu me dirais la vérité.

— Tu espérais me coincer, oui.

— Crois ce que tu veux. Tu en as certainement un paquet dans ta poche, là, maintenant.

— Oui.

— Pose-le sur mon bureau. »

Walli sortit le paquet de la poche de son pantalon et le plaqua sur le bureau d'un geste furieux. Son père le ramassa et le jeta négligemment dans un tiroir. Ce n'étaient pas des f6, la marque est-allemande de second ordre, mais des Lucky Strike et en plus, le paquet était presque plein.

« Tu seras privé de sortie tous les soirs pendant un mois, reprit son père. Comme ça, au moins, je saurai que tu ne traînes pas dans les bars avec des gens qui passent leur temps à jouer du banjo et à fumer. »

Le ventre de Walli se noua. Il fit un gros effort pour rester calme et posé. « Ce n'est pas du banjo, c'est de la guitare. Et il n'est pas question que je sois privé de sortie pendant un mois.

— Tu feras ce que je te dis, un point c'est tout.

— D'accord, acquiesça Walli, acculé. Mais pas ce soir.

— Dès aujourd'hui.

— C'est impossible ! Il faut que j'aille au Minnesänger !

— C'est précisément le genre d'endroit que je ne souhaite pas que tu fréquentes. »

Le paternel était décidément impossible ! « Je resterai à la maison tous les soirs à partir de demain, d'accord ?

— Parce que tu crois que tu peux aménager ta punition à ta convenance ? Ce n'est pas le but recherché. Si cette sanction te dérange, tant mieux. »

Quand Werner était dans cet état, rien ne pouvait l'ébranler, mais Walli était tellement exaspéré qu'il fut incapable de renoncer. « Tu ne comprends vraiment rien ou quoi ! Il y a un concours ce soir au Minnesänger – c'est une chance exceptionnelle.

— Je n'ai pas l'intention de reporter ta sanction pour que tu puisses aller gratter du banjo !

— De la guitare, espèce de vieux schnock ! De la guitare ! » Walli sortit en trombe.

Sa grand-mère et ses deux sœurs qui se trouvaient dans la pièce voisine n'avaient pas perdu un mot de cet échange et le regardèrent d'un air effaré. « Oh, Walli... » murmura Rebecca.

Il attrapa sa guitare et quitta la pièce.

Il n'avait aucune idée de ce qu'il allait faire en descendant au rez-de-chaussée, il était simplement fou de rage ; mais dès qu'il vit la porte d'entrée, il sut. Guitare à la main, il sortit en claquant le battant derrière lui, si violemment que toute la maison en fut ébranlée.

Une fenêtre de l'étage s'ouvrit brutalement et il entendit son père crier : « Reviens, tu m'entends ? Reviens immédiatement, ou tu auras affaire à moi. »

Walli ne se retourna pas.

Tout d'abord, il ne décoléra pas mais au bout d'un moment, un sentiment d'euphorie l'emporta. Il avait défié son père, il l'avait même traité de vieux schnock ! Il se dirigea vers l'Ouest d'un pas guilleret. Ce bel enthousiasme ne tarda cependant pas à retomber et il commença à s'inquiéter des conséquences de sa bravade. Son père ne prenait pas la désobéissance à la légère. Il donnait des ordres à ses enfants et à ses employés et s'attendait à ce qu'ils soient exécutés. Mais après tout, que pouvait-il lui faire ? Cela faisait maintenant deux ou trois ans que Walli était trop grand pour se prendre une fessée. Aujourd'hui, son père avait prétendu le cloîtrer à la maison, et il lui avait tenu tête. Il lui arrivait de menacer son fils de lui faire quitter l'école pour le faire travailler dans sa chère usine, mais Walli n'y voyait que vaines menaces : son père n'apprécierait certainement pas d'avoir un adolescent rancunier dans les pattes. Tout de même, le paternel allait sûrement réagir, se tracassa Walli.

La rue qu'il avait empruntée passait de Berlin-Est à Berlin-Ouest au niveau d'un carrefour. Trois Vopos, les membres de la police est-allemande, traînaient à l'intersection, cigarette au bec. Ils avaient le droit de demander des explications à tous ceux qui franchissaient cette frontière invisible. Ils ne pouvaient évidemment pas arrêter tout le monde, car des milliers d'individus se rendaient quotidiennement d'un côté à l'autre, parmi lesquels de nombreux *Grenzgänger*, des Berlinois de l'Est qui travaillaient à l'Ouest où les salaires étaient plus élevés et étaient versés en précieux deutsche marks. Le père de Walli était un *Grenzgänger*, mais il n'était pas salarié puisqu'il touchait des bénéfices. Walli lui-même traversait au moins une fois par semaine, généralement pour aller au cinéma avec ses copains. À Berlin-Ouest, on projetait des films américains violents et sexy, bien plus sympas que les fables moralisatrices chères aux communistes.

Dans les faits, les Vopos interceptaient tous ceux qui attiraient leur regard. Des familles entières, des parents accompagnés de leurs enfants, pouvaient être à peu près sûrs de se faire interroger, surtout s'ils portaient des bagages : on les soupçonnait immédiatement de vouloir quitter l'Est pour de bon. Les autres cibles de prédilection des Vopos étaient les adolescents, et plus particulièrement ceux qui étaient habillés à la mode occidentale. De nombreux garçons de Berlin-Est faisaient partie de bandes hostiles à l'ordre établi : il y avait ainsi le Texas Gang, le Jeans Gang, l'Elvis Presley Appreciation Society, et bien d'autres encore. Ils détestaient les policiers, lesquels le leur rendaient bien.

Walli portait un pantalon noir banal, un T-shirt blanc et un blouson beige. Ça lui donnait l'air relax, trouvait-il, un petit côté James Dean, sans le faire ressembler pour autant au membre d'une bande. La guitare en revanche risquait d'attirer l'attention. C'était le symbole par excellence de ce qu'on appelait ici la « culture américaine dégénérée » – plus compromettant encore qu'une bande dessinée de Superman.

Il traversa la rue, veillant à ne pas croiser le regard des Vopos. Du coin de l'œil, il eut l'impression que l'un d'eux l'avait repéré. Mais aucun des flics ne broncha, et il passa sans encombre dans le monde libre.

Il prit le tram du côté sud du parc pour gagner le Ku'damm. Ce qu'il y avait de vraiment sympa à Berlin-Ouest, pensa-t-il, c'était que *toutes* les filles portaient des bas.

Il rejoignit le Minnesänger, un caveau situé dans une rue latérale à deux pas du Ku'damm, où on servait de la bière légère et des saucisses de Francfort. Il était en avance, mais la salle commençait déjà à se remplir. Walli parla au jeune propriétaire du club, Danni Hausmann, et nota son nom sur la liste des concurrents. Il commanda une bière sans que personne lui demande son âge. Il y avait beaucoup de garçons comme lui venus avec leur guitare, presque autant de filles et quelques personnes plus âgées.

Le concours commença une heure plus tard. Chaque candidat pouvait interpréter deux chansons. Certains étaient visiblement des débutants, de vrais zéros qui raclaient tant bien que mal quelques accords rudimentaires, mais à sa grande consternation, Walli constata que plusieurs guitaristes étaient meilleurs que lui. La plupart copiaient la tenue des artistes américains dont ils interprétaient les morceaux. Trois types habillés comme le Kingston Trio jouèrent « Tom Dooley » et une fille aux longs cheveux noirs chanta « The House of the Rising Sun » en s'accompagnant à la guitare exactement comme Joan Baez. Elle fut saluée par des applaudissements et de bruyantes acclamations.

Un couple plus âgé en pantalons de velours côtelé se leva et entonna une chanson paysanne intitulée « Im Märzen der Bauer », en s'accompagnant à l'accordéon. C'était de la musique folk, sans doute, mais pas de celle que ce public avait envie d'entendre. Leur numéro complètement démodé leur valut des applaudissements ironiques.

Alors que Walli attendait son tour et commençait à s'impatienter, il fut abordé par une jolie fille. Cela lui arrivait souvent. Il savait qu'il avait des traits originaux, avec ses pommettes très hautes et ses yeux en amande qui lui donnaient un petit air asiatique ; beaucoup de filles le trouvaient sexy. Celle-ci se présenta sous le nom de Karolin. Elle devait avoir un an ou deux de plus que Walli. Ses longs cheveux raides séparés par une raie au milieu encadraient un visage ovale. Il trouva d'abord qu'elle ressemblait à toutes les autres fans de folk, mais son large sourire fit battre son cœur un peu plus vite. « Je devais passer le concours avec mon frère à la guitare, expliqua-t-elle, et il m'a laissée tomber. Ça ne t'intéresse sans doute pas de faire équipe avec moi ? »

La première impulsion de Walli fut de refuser. Son répertoire ne contenait aucun duo. Mais Karolin était adorable et il avait besoin d'un prétexte pour prolonger la conversation. « Il faudrait qu'on puisse répéter, répondit-il d'un air dubitatif.

— On n'a qu'à sortir un moment. Tu avais l'intention de jouer quoi ?

— "All My Trials" et puis "This Land is Your Land".

— Qu'est-ce que tu dirais de "Noch einen Tanz" ? »

Cette chanson ne faisait pas partie des pièces que jouait Walli mais il la connaissait et elle n'était pas difficile. « Je n'avais pas prévu de présenter un machin comique, objecta-t-il.

— Le public va adorer. Tu pourrais chanter la partie de l'homme, tu sais, quand il lui dit de rentrer chez elle soigner son mari malade et moi, je répondrais "Juste une dernière danse" et puis on chanterait le dernier vers ensemble.

— On peut toujours essayer. »

Ils sortirent. C'était le début de l'été et il faisait encore jour. Ils s'assirent sur le seuil d'un immeuble et commencèrent à répéter. Leurs voix se mariaient joliment, et Walli improvisa une harmonie sur le dernier vers.

Karolin avait un timbre pur de contralto qu'il trouva très émouvant, et il suggéra qu'ils interprètent une chanson triste en guise de deuxième numéro, pour créer un effet de contraste. Elle écarta « All My Trials » qu'elle trouvait trop déprimant ; en revanche, elle aimait bien « Nobody's Fault but Mine », un negro spiritual lent. Quand ils l'entonnèrent ensemble, Walli sentit les poils de sa nuque se hérisser.

Un soldat américain qui entrait dans le club leur sourit et leur lança en anglais : « Ça alors, on dirait les Bobbsey Twins ! »

Karolin rit. « Les Bobbsey Twins, répéta-t-elle, les jumeaux Bobbsey. On doit se ressembler un peu – blonds, les yeux verts. Tu sais qui c'est, toi, les Bobbsey Twins ? »

Walli n'avait pas remarqué la couleur de ses yeux et fut flatté que les siens aient attiré son attention. « Aucune idée, répondit-il.

— N'empêche que ça ferait un bon nom pour un duo. Un peu comme les Everly Brothers.

— Il nous faut un nom ?

— Si on gagne, oui.

— Bon, c'est d'accord. On devrait rentrer, ça va bientôt être à nous.

— Un truc encore, reprit-elle. Quand on chantera "Noch einen Tanz", ça serait bien qu'on se regarde de temps en temps et qu'on se sourie.

— Si tu veux.

— Un peu comme si on sortait ensemble, tu vois? Ça fera bien sur scène.

— Sûr.» Il ne demandait pas mieux que de sourire comme ça à Karolin.

Dans la salle, une blonde grattait sa guitare en chantant «Freight Train». Elle n'était pas aussi belle que Karolin, mais elle était jolie, indéniablement. Un virtuose joua ensuite un blues compliqué bourré de pickings. Puis Danni Hausmann appela Walli.

Face au public, il fut pris d'un trac épouvantable. La plupart des guitaristes avaient des sangles en cuir tape-à-l'œil, alors que Walli n'avait jamais pris la peine de s'en procurer une et n'avait qu'un morceau de ficelle pour suspendre son instrument autour du cou. Il regretta soudain de ne pas avoir de lanière un peu plus chic.

«Bonsoir à tous, lança Karolin. Nous sommes les Bobbsey Twins.»

Walli plaqua un accord et se mit à chanter, oubliant cette histoire de bandoulière. C'était une valse, et il la joua avec entrain. Karolin interprétait le rôle d'une catin dévergondée, tandis que Walli campait celui d'un lieutenant prussien collet monté.

Le public éclata de rire.

Walli éprouva alors une curieuse sensation. Il n'y avait qu'une centaine de personnes dans la salle et le bruit qu'elles faisaient ne dépassait guère un gloussement collectif d'approbation, mais cela lui inspira un sentiment totalement inconnu, un peu comme le coup de fouet de la première bouffée de cigarette.

Le public éclata de rire plusieurs fois et, à la fin du numéro, applaudit de bon cœur.

Walli était aux anges.

«Ça leur plaît!» lui chuchota Karolin, ravie.

Walli commença à jouer «Nobody's Fault but Mine», pinçant les cordes d'acier avec ses ongles pour accentuer le caractère dramatique des septièmes sonores, et le silence se fit dans la salle. Karolin changea du tout au tout, se transformant en femme déchue et désespérée. Walli observait le public. Personne ne pipait mot. Une spectatrice avait les larmes aux yeux et il se demanda si elle avait vécu ce dont parlait Karolin dans sa chanson.

Cette concentration silencieuse lui fit encore plus plaisir que leurs rires.

Lorsqu'ils eurent fini, le public hurla de joie, réclamant un bis.

Le règlement ayant prévu deux numéros par candidat, Walli et Karolin sortirent, ignorant les rappels, mais Hausmann les pria de remonter sur scène. Ils n'avaient pas répété de troisième morceau, et se dévisagèrent, affolés. Walli lui demanda : « Tu connais "This Land is Your Land?" » et Karolin hocha la tête.

Le public reprit en chœur, ce qui incita Karolin à chanter plus fort, et Walli fut surpris par la puissance de sa voix. Il la doubla à la tierce supérieure, et leurs deux voix s'élevèrent au-dessus de celles de la foule.

Quand ils quittèrent la scène pour de bon, ils étaient euphoriques. Karolin avait les yeux brillants. « On a été vraiment bons, remarqua-t-elle. Tu es vachement meilleur que mon frère.

— Tu as des cigarettes ? » s'enquit Walli.

Le concours n'était pas terminé et ils restèrent encore une heure dans la salle, à fumer. « Je crois qu'on a été les meilleurs », déclara Walli.

Karolin était plus prudente. « Ils ont bien aimé la blonde qui chantait "Freight Train". »

Et ce fut l'annonce des résultats.

Les Bobbsey Twins étaient seconds.

La gagnante était le sosie de Joan Baez.

« Elle a joué comme un pied ! » fulmina Walli.

Karolin était plus philosophe : « Les gens adorent Joan Baez. »

Le club commença à se vider, et Walli et Karolin se dirigèrent vers la sortie. Walli était complètement abattu. Ils allaient franchir le seuil quand Danni Hausmann les arrêta. Âgé d'une petite vingtaine d'années, il était vêtu de façon moderne et décontractée, jean et pull noir à col roulé. « Dites donc, vous deux, vous pourriez assurer une heure lundi prochain ? » leur demanda-t-il.

Walli fut trop étonné pour répondre, mais Karolin s'empressa d'accepter : « Bien sûr !

— C'est pourtant l'imitatrice de Joan Baez qui a gagné, fit remarquer Walli avant de se dire : mais pourquoi est-ce que je discute ?

— J'ai eu l'impression que vous aviez un répertoire capable de tenir une salle pendant plus d'un ou deux numéros. Vous avez suffisamment de morceaux pour assurer toute une partie de concert ? »

Walli hésita à nouveau et, cette fois encore, Karolin intervint : « On sera prêts lundi. »

Walli se rappela que son père avait décidé de le boucler à la maison tous les soirs pendant un mois, mais préféra ne rien dire.

« Parfait, approuva Danni. Vous passerez en premier : le créneau de huit heures et demie. Soyez là une heure avant. »

Ils sortirent, ravis, dans la rue qu'éclairaient les réverbères. Walli ne savait absolument pas comment il allait convaincre son père, ce qui ne l'empêchait pas d'être optimiste : tout finirait par s'arranger.

Karolin habitait Berlin-Est, elle aussi. Ils prirent le bus et se mirent à discuter des morceaux qu'ils pourraient jouer la semaine suivante. Il y avait de nombreuses chansons folks qu'ils connaissaient tous les deux.

Lorsqu'ils descendirent du bus et s'engagèrent dans le parc, Karolin fronça les sourcils. « Le type derrière nous », chuchota-t-elle.

Walli se retourna. Un homme à casquette les suivait à trente ou quarante mètres de distance, cigarette à la bouche. « Oui, quoi ?

— Il n'était pas au Minnesänger ? »

L'homme détourna les yeux sous le regard insistant de Walli. « Non, je n'ai pas l'impression. Tu aimes les Everly Brothers ?

— Vachement, oui ! »

Tout en marchant, Walli se mit à jouer « All I Have to Do is Dream », frappant la guitare suspendue à son cou par sa ficelle. Karolin joignit sa voix à la sienne avec entrain. Ils chantèrent ensemble en traversant le parc, puis il entonna le grand succès de Chuck Berry, « Back in the USA ».

Ils hurlaient à tue-tête le refrain « *I'm so glad I'm living in the USA* », quand Karolin s'interrompit soudain. « Chut ! » fit-elle. Walli se rendit compte qu'ils étaient arrivés à la frontière. Sous un réverbère, trois Vopos les regardaient d'un air malveillant.

Il se tut immédiatement, espérant s'être repris à temps.

Un des policiers était un inspecteur, et il ne regardait pas Walli, mais derrière lui. Jetant un coup d'œil dans cette direction, ce dernier vit le type à la casquette esquisser un petit signe de tête. L'inspecteur fit un pas vers Walli et Karolin : « Papiers », ordonna-t-il. L'homme à la casquette parlait dans un talkie-walkie.

Walli fronça les sourcils. Karolin ne s'était pas trompée, on les avait suivis.

Il se demanda si Hans n'était pas derrière tout cela.

Pouvait-il vraiment être aussi mesquin et aussi assoiffé de vengeance ?

Oui, certainement.

L'inspecteur vérifia l'identité de Walli : « Vous n'avez que quinze ans. Vous ne devriez pas être dehors à une heure pareille. »

Walli se mordit la lèvre. Inutile de discuter avec ces gens-là.

L'inspecteur contrôla ensuite la carte de Karolin. « Vous avez dix-sept ans ! Qu'est-ce que vous foutez avec ce môme ? »

Se rappelant soudain sa dispute avec son père, Walli rétorqua, vexé : « Je ne suis pas un môme. »

L'inspecteur l'ignora. « Vous feriez mieux de sortir avec moi, dit-il à Karolin. Je vous ferais voir ce qu'est un homme, un vrai. » Les deux autres Vopos rirent, trouvant visiblement la plaisanterie d'un comique achevé.

Karolin garda le silence, mais l'inspecteur insista : « Ça ne vous dit rien ?

— Vous avez dû perdre la tête », répliqua Karolin calmement.

L'homme fut piqué au vif. « Vous n'êtes pas très polie, dites-moi. »

Walli avait déjà observé ce genre de comportement masculin. Si une fille rembarrait un type, celui-ci était furieux ; en même temps, toute autre attitude était prise pour un encouragement. Comment les femmes étaient-elles censées réagir ?

« Rendez-moi ma carte, s'il vous plaît, demanda Karolin.

— Vous êtes vierge ? » continua l'inspecteur.

Karolin rougit.

Une fois encore, les deux autres flics ricanèrent.

« Ça devrait être une mention obligatoire sur les cartes d'identité des femmes, reprit le premier. Vierge ou non.

— Ça suffit ! intervint Walli.

— Je suis très doux avec les pucelles. »

Walli bouillait de colère. « Cet uniforme ne vous donne pas le droit d'importuner les jeunes filles.

— Ah ouais, tu crois ça, toi ? » L'inspecteur ne leur avait toujours pas rendu leurs cartes d'identité.

Une Trabant 500 mastic se rangea le long du trottoir et Hans Hoffmann en sortit. Walli s'affola. Comment avait-il pu se fourrer dans un tel pétrin ? Son seul tort avait été de chanter dans un parc, après tout.

Hans s'approcha. « Montre-moi ce machin que tu portes autour du cou. »

Il fallut que Walli rassemble tout son courage pour lui demander : « Pourquoi ?

— Parce que je te soupçonne de t'en servir pour faire passer de la propagande impérialiste capitaliste en République démocratique allemande. Donne-moi ça. »

Walli tenait tellement à sa guitare qu'il ne put se résoudre à obéir, malgré sa terreur. « Et si je refuse ? Vous allez m'arrêter ? »

L'inspecteur frotta les jointures de sa main droite dans sa paume gauche.

« Oui, quand il en aura fini avec toi. »

Walli perdit courage. Il fit passer la ficelle au-dessus de sa tête et tendit la guitare à Hans.

Ce dernier la tint comme pour en jouer, il frappa les cordes et chanta : « *You ain't nothing but a hound dog.* » Les Vopos éclatèrent d'un rire hystérique.

Il fallait croire que les flics eux-mêmes écoutaient de la musique pop à la radio.

Hans glissa sa main sous les cordes, cherchant à l'introduire à l'intérieur de la rosace.

« Attention ! » cria Walli.

La corde du mi aigu claqua dans un tintement métallique.

« C'est un instrument de musique ! C'est fragile ! » protesta Walli au désespoir.

Les cordes gênaient Hans pour fouiller dans la caisse de résonance. « Vous n'auriez pas un couteau, les gars ? »

L'inspecteur glissa la main à l'intérieur de sa veste et en sortit un couteau à large lame – qui ne faisait certainement pas partie de sa tenue réglementaire, Walli en était convaincu.

Hans essaya de trancher les cordes, mais elles étaient plus

solides qu'il ne le pensait. Il réussit à faire claquer la corde de si et de sol, mais les plus graves lui résistèrent.

« Il n'y a rien à l'intérieur, supplia Walli. Vous n'avez qu'à la secouer, vous verrez bien. »

Hans le regarda, sourit, puis abattit le couteau brutalement, pointe en avant, dans la table d'harmonie, juste à côté du chevalet.

La lame s'enfonça dans le bois, arrachant à Walli un cri de douleur.

Stimulé par sa réaction, Hans répéta son geste, criblant la guitare de trous. Une fois la surface fragilisée, la tension des cordes détacha le chevalet et la partie en bois qui l'entourait du corps de l'instrument. Hans arracha le reste, dégageant l'intérieur de la caisse. On aurait dit un cercueil vide.

« Pas de propagande, remarqua-t-il. Félicitations – tu es innocent. » Il tendit la guitare fracassée à Walli, qui la prit.

L'inspecteur leur rendit leurs cartes d'identité avec un sourire mauvais.

Karolin prit Walli par le bras et l'entraîna. « Viens, dit-elle tout bas. Fichons le camp. »

Walli se laissa guider. Il voyait à peine où il allait. Il sanglotait éperdument.

IV

George Jakes monta à bord d'un car des Greyhound à Atlanta, en Georgie, le dimanche 14 mai 1961. C'était le jour de la fête des Mères.

Il était terrifié.

Maria Summers était assise à côté de lui, comme toujours. C'était devenu une habitude : tout le monde savait que la place libre à côté de George était réservée à Maria.

Pour dissimuler son inquiétude, il bavarda avec la jeune fille. « Alors, qu'est-ce que tu as pensé de Martin Luther King ? »

King était le président de la Southern Christian Leadership Conference (la SCLC, la Conférence des dirigeants chrétiens du Sud), un des principaux groupes de lutte pour les droits civiques. Ils l'avaient rencontré la veille au soir lors d'un dîner dans un des restaurants noirs d'Atlanta.

« C'est un homme incroyable ! » s'enthousiasma Maria.

George était plus réservé. « Il a dit des trucs formidables sur les Freedom Riders, mais, en attendant, il n'est pas monté dans le car avec nous.

— Mets-toi à sa place, fit Maria, cherchant à le raisonner. Il dirige un autre groupe de défense des droits civiques. Tu ne voudrais tout de même pas qu'un général se fasse fantassin dans un régiment qui n'est pas le sien. »

George n'avait pas vu les choses sous cet angle. Décidément, Maria était d'une intelligence redoutable.

George était un peu amoureux. Il aurait bien aimé avoir l'occasion de passer quelques instants seul à seul avec elle, mais les gens qui logeaient les Riders étaient des citoyens noirs sérieux et respectables, fervents chrétiens pour la plupart, qui n'auraient jamais admis que leurs pensionnaires utilisent leurs chambres d'amis pour se bécoter. Quant à Maria, aussi séduisante fût-elle, elle se contentait de s'asseoir à côté de George, de bavarder avec lui et de rire de ses plaisanteries. Elle s'abstenait de tous les gestes qui vous apprenaient d'ordinaire qu'une femme était prête à être plus qu'une amie : elle ne lui touchait pas le bras, ne prenait pas sa main pour descendre du bus, ne se pressait pas contre lui au milieu de la foule. Elle ne flirtait pas. Peut-être même était-elle encore vierge à vingt-cinq ans.

« Vous avez parlé drôlement longtemps, King et toi, remarqua-t-il.

— S'il n'était pas pasteur, j'aurais pu croire qu'il me draguait. »

George ne sut trop comment réagir. Il n'aurait pas été étonné qu'un pasteur fasse des avances à une jeune fille aussi charmante que Maria. Elle est bien naïve à propos des hommes, se dit-il. « J'ai un peu discuté avec King, moi aussi.

— Qu'est-ce qu'il t'a dit ? »

George hésita. Les paroles de King l'avaient effrayé. Il décida de les confier tout de même à Maria : elle avait le droit de savoir. « Il pense qu'on n'arrivera pas à passer, en Alabama.

— Il a vraiment dit ça ? blêmit Maria.

— Ce sont ses propres mots. »

Du coup, ils furent deux à avoir peur.

Le Greyhound démarra.

Les premiers jours, George avait craint que la Freedom Ride ne soit trop paisible. Les passagers ordinaires ne réagissaient pas en présence de Noirs occupant les mauvaises places, et il leur arrivait de reprendre leurs chants en chœur. Il ne s'était rien passé quand les Riders avaient bravé les panneaux « RÉSERVÉ AUX BLANCS » et « RÉSERVÉ AUX GENS DE COULEUR » dans les gares routières. Certaines villes avaient même passé un coup de badigeon sur ces inscriptions. George se disait avec regret que les ségrégationnistes avaient adopté la stratégie idéale. Il n'y avait ni troubles, ni publicité, et les Riders étaient servis courtoisement dans les restaurants blancs. Tous les soirs, ils descendaient des cars et assistaient à des meetings qui se déroulaient pacifiquement, généralement dans des églises, avant de passer la nuit chez des sympathisants. Mais George était certain que dès, leur départ des villes, les panneaux retrouvaient leur place et que la ségrégation y était rétablie; la Freedom Ride risquait de n'avoir été qu'une perte de temps.

L'ironie était flagrante. Aussi loin que remontaient ses souvenirs, George avait été blessé et exaspéré par les allusions réitérées, implicites parfois, mais souvent clairement formulées, à son infériorité. Il avait beau être plus intelligent que quatre-vingt-dix-neuf pour cent des Américains blancs, cela n'y changeait rien. Qu'il soit travailleur, bien élevé et toujours impeccable non plus. Il se faisait regarder de haut par des Blancs disgracieux, trop bêtes ou trop paresseux pour faire un travail plus exigeant que remplir des verres ou des réservoirs d'essence. Il ne pouvait pas entrer dans un grand magasin, il ne pouvait pas s'asseoir dans un restaurant ni postuler à un emploi sans se demander si on allait feindre de ne pas le voir, lui dire de s'en aller ou le rejeter à cause de sa couleur. Cela le faisait bouillir de ressentiment. Mais à présent, paradoxalement, il était déçu que ce ne soit pas le cas.

Pendant ce temps, la Maison Blanche tergiversait. Le troisième jour de la Freedom Ride, le ministre de la Justice, Robert Kennedy, avait prononcé un discours à l'université de Georgie, promettant de faire respecter les droits civiques dans le Sud. Et puis, trois jours plus tard, son frère, le Président, avait fait machine arrière, refusant de soutenir deux projets de loi sur ces mêmes droits civiques.

Était-ce ainsi que les ségrégationnistes l'emporteraient? s'était interrogé George. En évitant tout affrontement et puis en continuant à agir comme si de rien n'était?

Non. La paix n'avait duré que quatre jours.

Le cinquième jour, un des Freedom Riders avait été incarcéré après avoir exigé de faire cirer ses chaussures.

La violence avait éclaté le sixième jour.

La victime était John Lewis, l'étudiant en théologie que connaissait George. Il s'était fait agresser par des voyous dans des toilettes blanches de Rock Hill, en Caroline du Sud. Lewis s'était laissé bourrer de coups de poing et de pied sans riposter. George n'avait pas assisté à cet incident, ce qui était sans doute préférable, parce qu'il n'était pas certain qu'il aurait réussi à faire preuve de la maîtrise de soi gandhienne de Lewis.

George avait lu de brefs comptes rendus des brutalités dans la presse du lendemain, mais, à sa grande déception, l'affaire avait été éclipsée par le lancement de la fusée d'Alan Shepard, le premier Américain envoyé dans l'espace. Qui s'intéresse à nous? se demandait George amèrement. Le cosmonaute soviétique Iouri

Gagarine avait été le premier homme à se rendre dans l'espace, moins d'un mois auparavant. Les Russes nous ont coiffés au poteau, ruminait le jeune homme. Un Américain blanc peut voler en orbite autour de la terre, mais un Américain noir ne peut pas entrer dans des toilettes.

Et puis, à Atlanta, les Riders avaient été accueillis par une foule en liesse quand ils étaient descendus des cars, et le moral de George était remonté en flèche.

Il est vrai que la Georgie n'était pas l'Alabama, l'État vers lequel ils se dirigeaient à présent.

« Selon toi, pourquoi King pense-t-il qu'on ne s'en sortira pas, en Alabama ? demanda Maria.

— Certaines rumeurs prétendent que le Ku Klux Klan préparerait quelque chose à Birmingham, répondit George sombrement. Il paraît que le FBI est parfaitement au courant mais n'a rien fait pour l'en empêcher.

— Et la police locale ?

— Les policiers sont tous membres de ce foutu Klan.

— Et ces deux-là ? » D'un geste du menton, Maria lui désigna les sièges situés de l'autre côté du couloir central, une rangée derrière eux.

George jeta un coup d'œil par-dessus son épaule et aperçut deux Blancs costauds assis côte à côte. « Oui, quoi ?

— Tu ne trouves pas qu'ils puent le flic ? »

Elle avait raison. « Tu crois qu'ils sont du FBI ?

— Leurs fringues sont trop bon marché pour ça. Pour moi, ce sont des membres de la police routière de l'Alabama en civil. »

George était impressionné. « Un vrai détective, dis-moi ! Qui est-ce qui t'a appris des choses pareilles ? »

— Personne, mais j'ai mangé beaucoup de poisson quand j'étais petite, voilà tout. Et puis mon père est avocat à Chicago, la capitale américaine du crime.

— À ton avis, pourquoi sont-ils là ?

— Je n'en sais rien, mais ça m'étonnerait que ce soit pour défendre nos droits civiques. »

En regardant par la vitre, George aperçut une pancarte indiquant « VOUS ENTREZ DANS L'ALABAMA ». Il consulta sa montre. Treize heures. Le soleil brillait dans un ciel sans nuage. Quel beau jour pour mourir, songea-t-il.

Maria avait l'ambition de travailler dans la politique ou la fonction publique : « Les manifestants peuvent exercer une grande influence, mais pour finir, ce sont les gouvernements qui refont le monde. » George se demanda s'il était d'accord avec cette affirmation, qui le fit réfléchir. Maria avait postulé à un emploi au service de presse de la Maison Blanche et avait été convoquée pour un entretien. Pourtant, on ne lui avait pas confié le poste qu'elle briguait. « On n'embauche pas beaucoup de juristes noirs à Washington, avait-elle expliqué à George, dépitée. Je vais probablement rester à Chicago et entrer dans le cabinet de mon père. »

Une Blanche d'âge mûr en manteau et en chapeau, tenant sur ses genoux un gros sac à main en plastique blanc, était assise de l'autre côté de l'allée centrale par rapport à George. Celui-ci lui sourit : « Belle journée pour voyager, n'est-ce pas ?

— Je vais voir ma fille à Birmingham, précisa-t-elle sans qu'il ait eu à lui poser la question.

— Vous devez être bien contente. Je m'appelle George Jakes.

— Cora Jones. Madame Jones. Ma fille va accoucher dans une semaine.

— C'est son premier ?

— Le troisième.

— Vraiment ! Vous paraissez bien jeune pour être déjà grand-mère, si je puis me permettre. »

Elle roucoula d'aise. « J'ai tout de même quarante-neuf ans.

— Alors ça ! Je ne l'aurais jamais cru. »

Un Greyhound arrivant en sens inverse fit un appel de phares au véhicule des Riders qui ralentit et s'arrêta. Un Blanc s'approcha de la vitre du chauffeur et George l'entendit qui disait : « Il y a un attroupement à la gare routière d'Anniston. » La réponse du chauffeur fut inaudible. « Fais gaffe, c'est tout », reprit l'autre.

Le car repartit.

« Comment ça, un attroupement ? s'inquiéta Maria. Ça peut désigner vingt personnes aussi bien que mille. Un comité d'accueil ou une foule en colère. Il aurait pu être plus précis, tout de même ! »

George devina que son agacement masquait son angoisse.

Il se rappela les paroles de sa mère : « J'ai tellement peur qu'ils te tuent. » Certains membres du mouvement se disaient prêts à mourir pour la liberté. George n'était pas sûr d'avoir envie d'être un martyr. Il y avait encore tant de choses qu'il aurait voulu faire ; par exemple coucher avec Maria, peut-être.

Une minute plus tard, ils arrivèrent à Anniston, une petite bourgade du Sud pareille à toutes les autres : des bâtiments bas, des rues à angle droit, poussiéreuses sous la chaleur torride. Des habitants faisaient la haie au bord de la route, comme pour assister à un défilé. Beaucoup s'étaient mis sur leur trente et un, les femmes coiffées de leurs plus beaux chapeaux, les enfants propres comme des sous neufs; sans doute sortaient-ils de l'église. « Qu'est-ce qu'ils sont venus voir? demanda George. Ils croient qu'on a des cornes? Hé, c'est nous, les gars, des vrais Nègres du Nord. On a même des chaussures, vous vous rendez compte? » Il faisait comme s'il s'adressait à eux, bien qu'il n'y eût que Maria pour pouvoir l'entendre. « On est venus vous piquer vos fusils et vous enseigner le communisme. Où est-ce que les jolies petites Blanches vont se baigner, dites-moi? »

Maria pouffa. « S'ils t'entendaient, ils ne trouveraient pas ça drôle. »

Il ne blaguait pas vraiment, il cherchait plutôt à se donner du courage, comme quand on sifflote en passant devant un cimetière. Il essayait d'ignorer la peur qui lui nouait les tripes.

Le bus s'engagea dans la gare routière, étrangement déserte. Les bâtiments avaient l'air vides et fermés. George en eut la chair de poule.

Le chauffeur ouvrit la portière.

George ne vit pas d'où la foule arrivait. Soudain, le véhicule fut encerclé par des hommes blancs en grand nombre, certains en tenue de travail, d'autres en habits du dimanche. Ils brandissaient des battes de baseball, des barres de fer, des chaînes métalliques. Et ils hurlaient. La plupart de leurs cris étaient inintelligibles, mais George perçut quelques paroles haineuses, parmi lesquelles le salut nazi *Sieg heil!*

Son réflexe fut de se lever pour aller refermer la porte du car; mais les deux hommes que Maria avait identifiés comme des flics le prirent de vitesse et la claquèrent précipitamment. Sont-ils là pour nous protéger finalement, se demanda George, ou craignent-ils pour eux-mêmes?

Il regarda à l'extérieur. Il n'y avait pas l'ombre d'un policier en vue. Comment la police locale pouvait-elle ignorer qu'une foule armée s'était massée à la gare routière? Elle était évidemment de connivence avec le Klan. Rien d'étonnant.

Une seconde plus tard, les hommes attaquèrent le car. Une cacophonie effrayante éclata quand les chaînes et les barres de fer s'abattirent sur la carrosserie. Du verre vola en éclats, et Mrs. Jones hurla. Dès que le chauffeur redémarra, un des hommes s'allongea devant les roues. George se dit que le car allait lui rouler dessus mais il n'avança pas.

Une pierre traversa une vitre qui se brisa et George sentit une douleur aiguë à la joue, comme une piqûre d'abeille. Il avait été touché par un éclat de verre. Maria, assise côté fenêtre, était en danger. George l'attrapa par le bras, la tirant vers lui. « Accroupis-toi dans le couloir ! » lui hurla-t-il.

Un homme au sourire mauvais armé d'un coup de poing américain passa le bras par la vitre, juste à côté de Mrs. Jones. « Baissez-vous, venez avec moi ! » cria Maria et elle entraîna Mrs. Jones, l'entourant d'un bras protecteur.

Les injures s'amplifiaient. « Communistes ! Bande de lâches !

— Baisse-toi, George ! » supplia Maria.

George ne se résignait pas à plier l'échine devant ces brutes.

Soudain, le bruit reflua. Les coups portés sur les flancs du car s'interrompirent, les casseurs cessèrent de fracasser les vitres. George repéra un policier.

Il était temps, songea-t-il.

Le flic agitait une matraque tout en discutant cordialement avec l'homme au coup de poing américain.

George aperçut alors trois autres policiers. Ils avaient calmé la foule, mais, à la grande indignation de George, n'avaient manifestement pas l'intention d'en faire davantage. On aurait pu croire que personne n'avait commis le moindre délit. Ils bavardaient tranquillement avec les émeutiers, qui avaient tout l'air d'être leurs copains.

Les deux membres de la police routière étaient toujours assis à leurs places, l'air ahuri. Ils étaient peut-être chargés d'espionner les Riders et n'avaient certainement pas prévu de devoir affronter une foule en colère. Les circonstances les avaient obligés à se ranger du côté des Riders pour assurer leur sécurité. Peut-être cela les inciterait-il à considérer les choses sous un autre angle.

Le car s'ébranla. George vit à travers le pare-brise qu'un flic exhortait les gens à s'écarter du passage tandis qu'un autre faisait signe au chauffeur d'avancer. Au-delà de la gare routière, une voiture de patrouille démarra devant l'autocar et l'escorta jusqu'à la sortie de la ville.

George commença à respirer. « Je crois qu'on s'en est sortis », constata-t-il.

Maria se redressa, apparemment indemne. Elle sortit le mouchoir qui se trouvait dans la poche de poitrine du costume de George et lui essuya doucement le visage. Le coton blanc se rougit de sang. « C'est une vilaine coupure, remarqua-t-elle.

— Je n'en mourrai pas.

— Non, mais tu seras moins joli.

— Parce que je suis joli ?

— Tu l'étais, oui, mais maintenant... »

Le répit fut de courte durée. En se retournant, George aperçut derrière le car un long cortège de pick-ups et de voitures. Les véhicules semblaient remplis d'hommes en fureur. « J'ai parlé trop vite, ils sont toujours là, gémit-il.

— À Washington, juste avant qu'on monte dans le car, dit Maria, tu bavardais avec un jeune Blanc.

— Joseph Hugo, oui. Il est en droit à Harvard. Pourquoi ?

— Il m'a semblé le repérer au milieu de la foule, tout à l'heure.

— Joseph Hugo ? Sûrement pas ! Il est dans notre camp. Tu as dû te tromper. » Mais Hugo venait d'Alabama, se rappela George.

« J'ai remarqué ses yeux bleus globuleux, insista Maria.

— S'il était avec ces types, ça voudrait dire que, pendant tout ce temps, il a fait semblant de défendre les droits civiques... tout en nous espionnant. Je n'arrive pas croire que ce soit un mouchard.

— Vraiment ? »

George se retourna encore.

Il constata que leur escorte policière faisait demi-tour à la sortie de l'agglomération, contrairement aux véhicules qui les suivaient.

Les types qui étaient dans les voitures criaient si fort qu'on les entendait malgré le vrombissement des moteurs.

Au-delà des faubourgs, sur une longue section déserte de la Highway 202, deux voitures dépassèrent le car puis ralentirent, obligeant le chauffeur à freiner. Lorsqu'il essaya de les doubler, elles se mirent à zigzaguer sur la chaussée, l'empêchant de passer.

Blême, Cora Jones tremblait de tous ses membres, cramponnée à son sac à main en plastique comme à une bouée de sauvetage. « Je regrette que nous vous ayons entraînée dans cette aventure, madame Jones, lui dit George.

— Moi aussi », répondit-elle.

Les voitures qui les précédaient s'écartèrent enfin, et le car poursuivit sa route. L'épreuve n'était pas terminée pour autant : le convoi les suivait toujours. C'est alors que George entendit un bruit d'explosion familier. Quand le car se mit à faire des embardées, il comprit qu'un pneu avait éclaté. Le chauffeur ralentit et s'arrêta au bord de la route, devant une épicerie. George déchiffra le panneau : Forsyth & Son.

Le chauffeur sauta à terre. George l'entendit dire : «*Deux* pneus crevés?» Puis il se dirigea vers la boutique, sans doute pour téléphoner et demander de l'aide.

George était tendu comme une corde de violon. Un pneu à plat pouvait s'expliquer par une crevaison : deux, c'était forcément une embuscade.

Effectivement, les voitures du convoi s'arrêtèrent et une dizaine de Blancs en complet du dimanche en sortirent, hurlant des insultes et agitant leurs armes, de vrais sauvages sur le sentier de la guerre. L'estomac de George se noua une nouvelle fois quand il les vit se précipiter vers le car, le visage grimaçant de haine. Il comprit alors pourquoi les yeux de sa mère s'étaient mouillés de larmes quand elle avait parlé des Blancs du Sud.

En tête de la meute, un adolescent brandissait une barre de fer avec laquelle il fracassa allègrement une vitre.

L'homme qui le suivait chercha à monter dans le car. Un des deux Blancs qu'avait repérés Maria se campa au sommet des marches et sortit un revolver, confirmant l'hypothèse de la jeune fille : c'étaient bien des policiers en civil. L'intrus recula et le policier referma la portière, bloquant le système de sécurité.

George se demanda si ce n'était pas une erreur. Et si les Riders devaient sortir précipitamment du car?

Au-dehors, les hommes commencèrent à balancer le car comme pour le retourner, tout en hurlant «À mort les Nègres! À mort les Nègres!» Des passagères criaient. Maria se cramponnait à George avec une fougue qu'il aurait pu apprécier s'il n'avait pas craint pour sa vie.

Il reprit espoir en apercevant deux agents de police en uniforme, avant de constater avec fureur qu'ils ne faisaient rien pour calmer la foule. Il se tourna vers les deux policiers en civil qui avaient voyagé avec eux : ils avaient l'air hébétés et terrifiés. De toute évidence, les agents en uniforme n'avaient pas été informés de la présence de leurs collègues infiltrés. La police routière de l'Alabama était manifestement aussi désorganisée que raciste.

George jeta un regard affolé autour de lui : comment protéger Maria et se protéger lui-même ? Fallait-il sortir du car et fuir en courant ? S'allonger par terre ? Arracher un revolver à un des flics en civil et abattre quelques Blancs ? Aucune de ces solutions n'était raisonnable. Mieux valait encore ne rien faire.

Il observa, furieux, les deux agents de police qui se tenaient à l'extérieur et assistaient paisiblement à la scène comme si de rien n'était. Ils étaient flics, bon sang ! Qu'est-ce qu'ils attendaient pour intervenir ? S'ils n'avaient pas l'intention de faire respecter la loi, de quel droit portaient-ils cet uniforme ?

C'est alors qu'il aperçut Joseph Hugo. Il n'y avait pas d'erreur possible ; George ne connaissait que trop bien ces yeux bleus exorbités. Hugo s'approcha d'un policier et lui adressa la parole, puis ils éclatèrent de rire.

C'était un mouchard.

Si je m'en sors vivant, se jura George, ce salaud va le payer.

Les hommes au-dehors hurlaient aux Riders de descendre du car. George entendit : « Sortez de là et vous allez voir ce que vous allez voir, sales baiseurs de nègres ! » Il se dit que décidément, il était plus en sécurité à l'intérieur.

Pas pour longtemps, cependant.

Un des types avait regagné sa voiture dont il avait ouvert le coffre. Il revenait maintenant au pas de course vers l'autocar, tenant entre ses mains un objet enflammé, qu'il lança par une des fenêtres brisées. Quelques secondes plus tard, le projectile explosa, dégageant une fumée grise. Mais ce n'était pas un simple fumigène. L'engin mit le feu aux garnitures des sièges et, quelques instants plus tard, les passagers commencèrent à suffoquer au milieu d'épaisses vapeurs noires. Une femme cria : « Il y a de l'air à l'avant ? »

George entendit hurler au-dehors : « Brûlez les nègres ! Qu'on les fasse frire ! »

Tout le monde se précipita vers la portière. L'allée centrale était encombrée de gens à demi asphyxiés. Certains poussaient les autres, mais le passage était apparemment bloqué. George cria : « Sortez du car ! Tout le monde dehors ! »

Près du chauffeur, quelqu'un répliqua : « On n'arrive pas à ouvrir ! »

George repensa au policier au revolver qui avait verrouillé la portière pour empêcher la foule d'entrer. « Il va falloir sauter par les fenêtres ! hurla-t-il. Allons-y ! »

Il grimpa sur un siège et donna de grands coups de pied dans une vitre dont certains fragments tenaient encore. Puis, retirant sa veste, il en enveloppa le cadre encore hérissé d'éclats de verre coupants.

Maria était secouée par des quintes de toux. « Je vais passer le premier, lui dit George, tu n'auras qu'à sauter ensuite, je te rattraperai. » Empoignant le dossier du siège pour garder l'équilibre, il se hissa, plié en deux, sur le bord de la fenêtre, et sauta. Il entendit sa chemise se déchirer, mais ne sentit aucune douleur. Elle avait dû simplement s'accrocher et il n'était pas blessé. Il atterrit sur l'herbe du bas-côté de la route. La foule effrayée s'était écartée du véhicule en flammes. George se retourna et tendit les bras vers Maria. « Fais comme moi, grimpe ! » lui cria-t-il.

Les chaussures de la jeune fille étaient bien légères par rapport à ses propres oxfords aux bouts renforcés, et il ne regretta pas d'avoir sacrifié sa veste quand il vit ses pieds délicats sur le bord de la fenêtre. Elle était plus petite que lui, mais plus large en raison de ses formes féminines. Il frémit de voir sa hanche frôler un éclat de verre au moment où elle se glissait par la brèche. Heureusement, le tissu de sa robe résista et, un moment plus tard, elle tombait dans ses bras.

Il n'eut pas de mal à la réceptionner. Elle n'était pas lourde, et il était en forme. Une fois sur ses pieds, elle tomba à genoux, suffoquant.

Regardant autour de lui, il vit que les brutes restaient encore à distance. Il jeta alors un coup d'œil à l'intérieur du car. Debout dans l'allée centrale, Cora Jones toussait comme une damnée et tournait en rond, trop désemparée et désorientée pour s'enfuir. « Cora, par ici ! » hurla-t-il. En entendant son nom, elle tourna la tête vers lui. « Passez par la fenêtre, comme nous ! Je vais vous aider ! » Elle parut comprendre. Non sans difficulté, elle se hissa sur le siège, sans lâcher son sac à main. Elle hésita en voyant les éclats de verre acérés entourant le cadre de la fenêtre ; mais elle portait un manteau épais et se dit probablement qu'une estafilade était préférable à l'asphyxie. Elle posa un pied sur le rebord. George tendit les bras à travers le châssis, lui attrapa le bras et tira. Son manteau se déchira mais elle ne se blessa pas et il la posa au sol. Elle fit quelques pas chancelants, réclamant de l'eau.

« Il faut s'éloigner du car, cria-t-il à Maria. Le réservoir risque d'exploser. » Mais la jeune fille toussait toujours tellement qu'elle semblait incapable de bouger. Il glissa un bras dans son dos, l'autre derrière ses genoux et la souleva. Il la porta en direction de l'épicerie et la reposa quand il la jugea en sécurité.

En se retournant, il constata que le car se vidait rapidement. La portière avait enfin été débloquée et les passagers se bousculaient pour sortir. D'autres sautaient par les fenêtres.

Les flammes grandirent. Au moment où les derniers passagers quittaient le véhicule, l'intérieur se transforma en brasier. George entendit un homme crier quelque chose à propos du réservoir, et la foule reprit son cri, hurlant : « Ça va exploser ! Ça va exploser ! » Tous s'éparpillèrent, affolés, s'éloignant le plus possible. C'est alors qu'on entendit un grand bruit sourd ; un jet de flammes s'éleva brusquement et le car fut ébranlé par l'explosion.

George était presque sûr qu'il ne restait plus aucun passager à bord : au moins, personne n'est mort – pour le moment –, pensa-t-il.

La déflagration sembla avoir assouvi la faim de violence de la foule. Immobiles, tous regardaient le car brûler.

Plusieurs personnes, des habitants probablement, s'étaient rassemblées devant l'épicerie, et un certain nombre d'entre elles acclamaient la foule. Une jeune fille sortit cependant du bâtiment avec un seau d'eau et des gobelets en plastique. Elle en tendit un à Mrs. Jones, puis s'approcha de Maria qui, reconnaissante, vida son verre d'un trait et en demanda un deuxième.

Un jeune Blanc s'approcha, l'air soucieux. Il avait une tête de rongeur, l'angle du front et du menton en retrait par rapport à son nez pointu et à ses dents de lapin, ses cheveux acajou lissés en arrière à la brillantine. « Ça va, chérie ? » demanda-t-il à Maria. L'homme dissimulait en fait un objet derrière son dos et, alors que Maria s'apprêtait à répondre, il brandit une barre de fer qu'il abaissa brutalement, visant le sommet du crâne de la jeune fille. George tendit immédiatement le bras pour la protéger et la barre s'abattit avec violence sur son avant-bras gauche. Il éprouva une douleur fulgurante et poussa un rugissement. L'homme leva à nouveau sa barre. Malgré sa blessure,

George se précipita, et, d'un grand coup d'épaule, repoussa l'homme si brutalement qu'il le projeta en arrière.

Lorsqu'il se retourna vers Maria, il vit trois autres types se ruer vers lui pour venger leur copain à la face de rat. George avait eu tort de croire que les ségrégationnistes avaient eu leur content de violence.

Il était habitué aux combats. Il avait fait partie de l'équipe de lutte de Harvard quand il était en premier cycle et avait été entraîneur pendant qu'il préparait son diplôme de droit. Il ne fallait toutefois pas s'attendre à un combat à la loyale, dans le respect des règles. Et il ne pouvait se servir que d'un bras.

D'un autre côté, il avait fréquenté l'école primaire des bas quartiers de Washington et était parfaitement capable de donner des coups en traître.

Les voyant foncer sur lui à trois de front, il s'écarta. Cette tactique avait l'avantage de les éloigner de Maria, et de les obliger à pivoter et à avancer désormais l'un derrière l'autre.

L'air mauvais, le premier balançait une chaîne de fer dans sa direction.

George esquissa un pas de danse pour reculer, et la chaîne le manqua. L'homme fut déséquilibré par son élan, et George en profita pour lui faire un croche-pied. La brute s'effondra, lâchant sa chaîne.

Le deuxième trébucha sur le premier. George fit un pas en avant, lui tourna le dos et le frappa au visage de son coude droit, espérant bien lui déboîter la mâchoire. L'homme poussa un cri étranglé et bascula. Le cric qu'il tenait tomba à terre.

Le troisième s'arrêta net, effrayé. George s'avança vers lui et le frappa au visage en y mettant toute sa force. Son poing s'abattit sur son nez. Les os se brisèrent et le sang jaillit. L'homme hurla de douleur. C'était le coup le plus satisfaisant que George eût jamais porté. Au diable Gandhi, pensa-t-il.

Deux détonations retentirent. Tout le monde se figea et se tourna en direction du bruit. Un des policiers en uniforme brandissait un revolver. « C'est bon, les gars, lança-t-il. Fini la rigolade. On se tire. »

George était furieux. Rigolade ? Le flic avait été témoin d'une tentative de meurtre, et il parlait de rigolade ? Il commençait à comprendre qu'en Alabama, un uniforme de policier ne voulait pas dire grand-chose.

Les brutes regagnèrent leurs voitures. George remarqua avec fureur qu'aucun des quatre flics ne prenait la peine de relever la moindre plaque minéralogique. Ni de noter un seul nom. De toute manière, ils connaissaient probablement tout le monde.

Quant à Joseph Hugo, il avait disparu.

Une nouvelle explosion secoua l'épave du car et George en conclut qu'il y avait un deuxième réservoir ; heureusement, plus personne n'était assez près pour être en danger. L'incendie sembla ensuite s'éteindre tout seul.

Plusieurs passagers étaient allongés par terre, beaucoup s'efforçant encore de reprendre leur souffle après avoir inhalé de la fumée. D'autres avaient été blessés et saignaient. Certains étaient des Riders, d'autres des voyageurs ordinaires, blancs et noirs. De sa main droite, George tenait son bras gauche étroitement serré contre ses côtes pour l'immobiliser : chaque mouvement lui arrachait un cri de douleur. Les quatre hommes à qui il avait réglé leur compte se soutenaient mutuellement pour rejoindre leurs voitures en clopinant.

George s'approcha tant bien que mal des policiers. « Il nous faudrait une ambulance, dit-il. Peut-être même deux. »

Le plus jeune des agents en uniforme lui jeta un regard malveillant. « Vous dites ?

— Il y a des gens qui ont besoin de soins médicaux. Appelez une ambulance. »

George comprit qu'il avait commis l'erreur de donner un ordre à un Blanc, à l'air furieux du policier que son collègue plus âgé chercha à tempérer : « Laisse tomber, laisse tomber. » Puis il s'adressa à George : « L'ambulance est en route, mon gars. »

Quelques instants plus tard, une ambulance de la taille d'un petit bus arriva et les Riders commencèrent à s'entraider pour y monter. Mais quand George et Maria s'approchèrent, le chauffeur intervint : « Pas vous. »

George le regarda, incrédule : « Comment ?

— C'est une ambulance pour Blancs. C'est pas pour les Négros.

— Arrêtez vos conneries.

— Tu ferais mieux de pas me chercher, mon gars. »

Un Rider blanc qui était déjà monté dans l'ambulance en ressortit. « Vous devez conduire tout le monde à l'hôpital, dit-il au chauffeur. Blancs et Noirs.

— C'est pas une ambulance de Négros, s'obstina le chauffeur.

— Nous ne partirons pas sans nos amis. » Sur ces mots, les Riders blancs entreprirent de quitter l'ambulance, un par un.

Le chauffeur était visiblement décontenancé. Il aurait l'air idiot, supposa George, s'il regagnait l'hôpital sans patients.

Le plus âgé des policiers s'approcha alors de l'ambulancier : « Tu ferais mieux de les prendre, Roy.

— Si c'est toi qui le dis », répondit le conducteur.

George et Maria montèrent dans le véhicule.

Tandis qu'ils s'éloignaient, George se retourna vers le car dont il ne restait plus qu'un nuage de fumée et une carcasse noircie : une rangée calcinée de traverses de toit émergeait, telles les côtes d'un martyr brûlé sur le bûcher.

V

Tania Dvorkine quitta Iakoutsk en Sibérie – la ville la plus froide du monde – après avoir pris son petit déjeuner aux aurores. Elle rejoignit Moscou, à environ cinq mille kilomètres de là, dans un Tupolev Tu-16 des forces aériennes soviétiques. La cabine était prévue pour une demi-douzaine de soldats dont le confort avait manifestement été le cadet des soucis du concepteur : les sièges étaient en aluminium perforé et l'isolation acoustique brillait par son absence. Le voyage dura huit heures avec une escale de ravitaillement. Le décalage horaire entre Iakoutsk et Moscou étant de six heures, Tania arriva juste à temps pour prendre un deuxième petit déjeuner.

C'était l'été à Moscou, et elle était vêtue de son gros manteau et d'une chapka. Elle prit un taxi pour la Maison du gouvernement, l'immeuble résidentiel réservé à l'élite privilégiée de Moscou, où elle partageait un appartement avec sa mère Ania et son frère jumeau, Dimitri, que tout le monde appelait Dimka. C'était un vaste logement, avec trois chambres à coucher, mais leur mère prétendait qu'il n'était spacieux que pour les normes soviétiques : l'appartement de Berlin où elle avait vécu enfant, à l'époque où leur grand-père Grigori était diplomate, était bien plus luxueux.

Ce matin-là, l'appartement était vide et silencieux : Mama et Dimka étaient déjà partis travailler. Leurs manteaux, l'imperméable noir de Dimka et le manteau de tweed brun de Mama, évidemment inutiles par cette chaleur, étaient suspendus dans l'entrée, à des clous plantés par le père de Tania un quart de siècle auparavant. Tania accrocha son manteau à côté des leurs et alla poser sa valise dans sa chambre. Elle savait bien qu'ils ne seraient pas là, ce qui ne l'empêcha pas d'éprouver un pincement de regret : pas de Mama pour lui faire son thé, pas de Dimka pour écouter ses aventures en Sibérie. Elle songea un instant à aller voir ses grands-parents, Grigori et Katerina Pechkov, qui logeaient dans le même immeuble, à un autre étage, mais elle se ravisa : elle n'avait pas vraiment le temps.

Elle prit une douche et se changea, puis sauta dans un bus pour rejoindre les bureaux de la TASS, l'agence de presse soviétique. S'ils étaient plus de mille journalistes à y travailler, ils n'étaient pas nombreux à se déplacer en jet de l'aviation militaire. Tania était en effet une étoile montante, capable de rédiger des articles vivants et intéressants qui plaisaient aux jeunes sans s'éloigner pour autant de la ligne du Parti. Mais la médaille avait son revers : on lui confiait souvent des missions difficiles, très exposées.

Elle prit à la cantine un bol de kacha de blé noir à la crème aigre, avant de rejoindre son service, celui des reportages. Elle avait beau être une vedette, elle n'avait pas encore droit à un bureau personnel. Elle salua ses collègues, puis s'assit devant une machine à écrire, glissa des feuilles de papier et de carbone derrière le rouleau et se mit à taper.

Elle avait été trop secouée dans l'avion pour prendre des notes, mais avait déjà préparé ses textes dans sa tête, ce qui lui permit de rédiger son papier d'un trait ou presque, se reportant de temps en temps à son carnet pour vérifier des points de détail. Son reportage devait encourager de jeunes familles soviétiques à émigrer en Sibérie pour travailler dans les industries minières et dans les forages, deux secteurs en pleine expansion. La tâche n'était pas facile. Les camps de détention fournissaient pléthore de main-d'œuvre non qualifiée, mais la région avait besoin de géologues, d'ingénieurs, de géomètres, d'architectes, de chimistes et d'administrateurs. Dans sa série d'articles, Tania avait pourtant choisi d'ignorer les hommes pour se concentrer sur leurs épouses. Elle commença par le portrait de Klara, une charmante jeune mère de famille qui lui avait expliqué avec enthousiasme et humour comment survivre par des températures inférieures à zéro.

En milieu de matinée, le rédacteur en chef de Tania, Daniil Antonov, ramassa les feuillets qui s'accumulaient dans la corbeille posée sur son bureau et se mit à lire. C'était un homme de petite taille, d'une grande douceur, une qualité rare dans l'univers du journalisme. « Excellent, observa-t-il au bout d'un moment. Tu me donnes le reste quand ?

— Je tape aussi vite que je peux. »

Il s'attarda devant son bureau. « Quand tu étais en Sibérie, as-tu eu des nouvelles d'Oustine Bodian ? » Bodian était un chanteur d'opéra qui s'était fait arrêter alors qu'il cherchait à introduire clandestinement dans le pays deux exemplaires du *Docteur Jivago* qu'il s'était procurés au cours d'une tournée en Italie. On l'avait envoyé dans un camp de travail.

Le cœur de Tania s'emballa. Daniil la soupçonnait-elle ? Il faisait souvent preuve d'une étonnante intuition pour un homme. « Non, mentit-elle. Pourquoi ? Tu as appris quelque chose, toi ?

— Non, rien. » Daniil regagna son bureau.

Tania avait presque terminé son troisième article quand Piotr Opotkine s'arrêta à côté d'elle et commença à lire son texte, cigarette aux lèvres. Opotkine, un homme corpulent au visage bouffi, était responsable éditorial des articles de fond. À la différence de Daniil, il n'était pas journaliste de formation. C'était un commissaire, nommé pour des motifs politiques. Son travail consistait à vérifier que les textes n'enfreignaient pas les directives du Kremlin, et sa seule qualification pour cet emploi était la rigidité de son orthodoxie.

Il parcourut les premières pages qu'avait rédigées Tania : « Je vous avais pourtant dit de ne pas parler du temps », lui fit-il remarquer. Il venait d'un village situé au nord de Moscou et n'avait pas perdu son accent régional.

Tania soupira. « Piotr, il s'agit d'une série d'articles sur la Sibérie. Tout le monde sait qu'il y fait froid. Aucun lecteur ne serait dupe.

— Mais vous ne parlez *que* du temps.

— Je parle de la manière dont une jeune femme astucieuse originaire de Moscou élève sa famille dans des conditions difficiles – tout en vivant une grande aventure. »

Daniil intervint. « Elle a raison, Piotr. Si nous évitons toute mention du climat, les lecteurs se diront que c'est n'importe quoi et ne croiront pas un mot de l'article.

— Je ne suis pas d'accord, s'obstina Opotkine.

— Admettez tout de même, insista Daniil, que Tania rend tout cela exaltant. »

Opotkine prit l'air pensif. « Vous avez peut-être raison, reconnut-il enfin en laissant retomber le texte dans la corbeille.

J'organise une fête chez moi samedi soir, poursuivit-il à l'adresse de Tania. Ma fille vient de finir la fac. Je me demandais si vous accepteriez de venir, votre frère et vous ? »

Opotkine était un arriviste raté qui donnait des réceptions à périr d'ennui. Tania était certaine de pouvoir répondre au nom de son frère. « J'en serais ravie, et je suis sûre que Dimka aussi, mais c'est l'anniversaire de notre mère. Quel dommage !

— Tant pis », fit Opotkine et il s'éloigna, l'air vexé.

Dès qu'il fut hors de portée de voix, Daniil se tourna vers Tania. « Ce n'est pas l'anniversaire de votre mère, si ?

— Non.

— Il va vérifier.

— Dans ce cas, il comprendra que j'ai fait un pieux mensonge parce que je n'avais pas envie de venir.

— Tu ferais mieux d'aller à ses réceptions. »

Cette discussion assommait Tania. Elle avait des choses tellement plus importantes en tête ! Il fallait qu'elle écrive ses articles, qu'elle sorte d'ici et qu'elle sauve la vie d'Oustine Bodian. Mais comme Daniil était un bon patron, aux idées libérales, elle refréna son impatience. « Piotr se fiche pas mal que j'aille à ses fêtes, répondit-elle. C'est mon frère qu'il veut, parce qu'il bosse pour Khrouchtchev. » Tania avait l'habitude qu'on recherche son amitié à cause de sa famille influente. Son défunt père avait été colonel du KGB, la police secrète ; et son oncle Volodia était général dans les services de renseignement de l'armée Rouge.

Daniil avait l'obstination propre aux journalistes. « Piotr a cédé à propos des articles sur la Sibérie. Tu devrais lui montrer que nous lui en savons gré.

— Je déteste ses fêtes. Tous ses amis sont bourrés et passent leur temps à peloter les femmes des autres.

— Je serais désolé qu'il t'en veuille.

— Pourquoi m'en voudrait-il ?

— Tu es très séduisante. » Daniil ne cherchait pas à draguer Tania. Il vivait avec un ami et elle était certaine qu'il faisait partie de ces hommes qui ne sont pas attirés par les femmes. Il s'exprimait d'un ton neutre. « Belle, douée et – pire encore – jeune. Tout ce qu'il faut pour que Piotr te prenne en grippe. Tu devrais essayer d'être plus sympa avec lui. » Daniil s'éloigna.

Il avait certainement raison, Tania ne l'ignorait pas, mais elle décida d'y réfléchir plus tard et reporta toute son attention sur sa machine à écrire.

À midi, elle alla chercher une assiette de salade de pommes de terre avec des harengs saurs qu'elle mangea à son bureau.

Elle termina son troisième article peu de temps après et tendit les feuillets à Daniil. «Je rentre me coucher, lui annonça-t-elle. S'il te plaît, ne m'appelle pas.

— Tu as fait du bon boulot, approuva-t-il. Dors bien.»

Elle glissa son carnet de notes dans son sac à bandoulière et sortit du bâtiment.

Il fallait maintenant qu'elle s'assure que personne ne la filait. La fatigue risquait de lui faire commettre des erreurs stupides. Elle était inquiète.

Elle dépassa l'arrêt de bus, remonta la rue sur plusieurs pâtés d'immeubles jusqu'à l'arrêt précédent, où elle prit le bus. C'était tellement absurde que si quelqu'un d'autre en faisait autant, cela voudrait dire qu'elle était surveillée.

Personne ne l'avait suivie.

Elle descendit à côté d'une grandiose demeure prérévolutionnaire transformée en appartements. Elle en fit le tour, mais ne vit personne faire le guet à proximité. Anxieuse, elle recommença le même manège par mesure de précaution. Puis elle entra dans le vestibule lugubre et gravit l'escalier aux marches de marbre fissuré, jusqu'au logement de Vassili Ienkov.

À l'instant où elle s'apprêtait à enfoncer sa clé dans la serrure, la porte s'ouvrit et une jeune fille blonde d'environ dix-huit ans s'encadra dans l'embrasure, Vassili derrière elle. Tania pesta intérieurement. Il était trop tard pour qu'elle fasse machine arrière ou feigne de se rendre à un autre appartement.

La blonde jeta à Tania un regard peu amène, jaugeant sa coiffure, sa silhouette et ses vêtements. Puis elle embrassa Vassili sur la bouche, et après un dernier coup d'œil triomphant à Tania, elle dévala l'escalier.

Vassili avait trente ans mais il aimait les très jeunes filles à qui il plaisait grâce à sa grande taille, à son allure folle, à ses traits finement ciselés, à ses épais cheveux bruns toujours un peu trop longs et à ses yeux langoureux d'un marron doux. Tania l'admirait pour une multitude de raisons, qui n'avaient rien à voir avec son physique : parce qu'il était brillant, courageux et que c'était un écrivain de stature internationale.

Elle posa son sac sur une chaise en entrant dans son bureau. Vassili, qui travaillait comme scénariste pour la radio, était d'un naturel désordonné. Des papiers jonchaient sa table de travail et les livres s'empilaient par terre. Il était apparemment en train de réaliser une adaptation radiophonique de la première pièce de Maxime Gorki, *Les Petits-Bourgeois*. Sa chatte grise, Mademoiselle, dormait sur le canapé. Tania la fit descendre et s'assit. « C'était qui, cette petite pute ? demanda-t-elle.

— Ma mère. »

Tania rit, malgré sa contrariété.

« Excuse-moi, elle n'aurait pas dû être là, je sais, enchaîna Vassili sans visiblement en penser un mot.

— Tu savais pourtant que je venais aujourd'hui.

— Je pensais que tu arriverais plus tard.

— Elle a vu mon visage. Personne ne doit pouvoir établir un lien entre toi et moi.

— Elle travaille au grand magasin Goum. Elle s'appelle Varvara. Elle ne soupçonnera rien du tout.

— Je t'en prie, Vassili, débrouille-toi pour que ça n'arrive plus. Ce que nous faisons est déjà assez dangereux comme ça. Inutile de prendre des risques supplémentaires. Tu peux sûrement baiser tes gamines à d'autres moments, non ?

— Tu as raison, ça n'arrivera plus. Je vais te faire du thé. Tu as l'air crevée. »

Vassili s'affaira autour du samovar.

« Je suis fatiguée, c'est vrai. Mais Oustine Bodian est mourant, lui.

— Merde ! Qu'est-ce qu'il a ?

— Pneumonie. »

Tania ne connaissait pas Bodian personnellement, mais elle l'avait interviewé avant ses démêlés avec les autorités. Non content d'être exceptionnellement doué, c'était un homme chaleureux, qui avait le cœur sur la main. Artiste soviétique admiré du monde entier, il avait mené une existence de privilégié, sans hésiter pourtant à exprimer publiquement sa colère lorsque des gens moins chanceux que lui étaient victimes d'injustice ni à prendre des risques pour défendre ses idées – ce qui lui avait valu de se retrouver en Sibérie.

« Ils le font encore bosser ? » demanda Vassili.

Tania secoua la tête. « Il en est incapable. Mais ils refusent de l'hospitaliser. Il reste allongé sur sa couchette toute la journée et son état ne cesse de s'aggraver.

— Tu l'as vu ?

— Tu veux rire ? Il est déjà dangereux de poser la moindre question à son sujet. Si j'étais allée jusqu'à son camp de détention, je n'en serais pas ressortie. »

Vassili lui tendit une tasse de thé et du sucre. « On lui donne des médicaments au moins, quelque chose ?

— Non.

— À ton avis, il peut tenir encore combien de temps ? »

Tania secoua encore la tête. « Tu en sais autant que moi.

— Il faut faire passer l'information. »

Tania acquiesça. « La seule chance de le sauver est d'attirer l'attention de l'opinion publique sur l'état dans lequel il se trouve et d'espérer que le gouvernement aura la bonne grâce d'être ennuyé.

— Tu veux qu'on sorte un numéro spécial ?

— Oui. Aujourd'hui même. »

Vassili et Tania dirigeaient ensemble la publication d'un petit journal d'informations intitulé *Dissidence.* Ils y évoquaient la censure, les manifestations, les procès et le sort des prisonniers politiques. Dans son bureau de Radio Moscou, Vassili disposait de son propre duplicateur à stencils, utilisé en temps normal pour ronéoter les scénarios. En secret, il imprimait cinquante exemplaires de chaque numéro de *Dissidence.* La plupart des destinataires recopiaient eux-mêmes ce bulletin en plusieurs exemplaires sur leurs propres machines à écrire, ou à la main, et la diffusion faisait ainsi boule de neige. Ce système d'autoédition appelé *samizdat* était très répandu : il avait permis de publier des romans entiers.

« Je vais l'écrire. » Tania se dirigea vers le placard d'où elle tira une vieille valise tout éraflée. Elle en sortit une machine à écrire recouverte d'une housse. C'était celle qu'ils utilisaient pour dactylographier *Dissidence.*

Les machines à écrire mécaniques étaient aussi uniques que l'écriture de chaque individu. Chacune présentait des caractéristiques personnelles. Les lettres n'étaient jamais parfaitement alignées : certaines étaient un peu plus hautes, d'autres décentrées. Elles s'usaient ou s'abîmaient chacune à sa manière. Ces singularités permettaient aux techniciens de la police de rattacher un texte dactylographié à une machine précise. Si *Dissidence* avait été tapé sur la même machine que les scénarios de Vassili, quelqu'un l'aurait probablement remarqué. Aussi Vassili avait-il volé une machine à écrire au service de la programmation, il l'avait rapportée chez lui et la dissimulait dans une vieille valise pour la dérober aux regards. Elle n'aurait pas échappé à une perquisition en bonne et due forme, mais le cas échéant, Vassili aurait de toute manière été en bien mauvaise posture, avec ou sans machine.

La valise contenait aussi les feuilles de papier paraffiné de la ronéo. La machine à écrire n'avait pas de ruban : les lettres perçaient le papier, et la ronéo l'imprimait en faisant passer l'encre à travers les trous.

Tania rédigea un article sur Bodian, ajoutant que le secrétaire général, Nikita Khrouchtchev, risquait d'être personnellement responsable du décès de l'un des plus grands ténors d'URSS dans un camp de détention. Elle récapitula les principaux éléments du procès du chanteur, rappela sa condamnation pour activités antisoviétiques et sa défense passionnée de la liberté artistique. Pour détourner les soupçons, elle attribua fallacieusement les informations concernant la maladie de Bodian à un amateur imaginaire d'opéra, prétendument membre du KGB.

Son texte terminé, elle tendit deux feuilles de stencil à Vassili. « J'ai essayé de faire court, précisa-t-elle.

— La concision est sœur du talent. C'est Tchekhov qui l'a dit. » Il lut lentement, puis fit un signe de tête approbateur. « Je file à Radio Moscou faire les copies. On ira ensuite les distribuer place Maïakovski. »

Sa réponse ne surprit pas Tania qui n'en était pas moins soucieuse. « Tu crois qu'il n'y a pas de danger ?

— Bien sûr que si ! C'est une manifestation culturelle qui n'a pas l'approbation du gouvernement. Elle n'en convient que mieux à nos objectifs. »

Quelques mois auparavant, de jeunes Moscovites avaient commencé à se rassembler spontanément au pied de la statue du poète bolchevique Vladimir Maïakovski. Certains d'entre eux lisaient des poèmes à haute voix, attirant ainsi encore plus de monde. Une sorte de festival permanent de poésie avait peu à peu vu le jour, certaines des œuvres déclamées devant le monument n'hésitant pas à critiquer le régime à mots couverts.

Une telle initiative n'aurait pas duré dix minutes sous Staline. Heureusement, Khrouchtchev était un réformateur, partisan d'un degré limité de tolérance culturelle et jusqu'alors, aucune mesure n'avait été prise pour mettre fin à ces lectures. La libéralisation progressait cependant par à-coups, deux pas en avant, un pas en arrière. Le frère de Tania lui avait expliqué que cela dépendait de la situation politique de Khrouchtchev : quand tout allait bien et qu'il se sentait en position de force, il pouvait faire preuve de tolérance; en revanche, quand il subissait des revers ou redoutait un coup d'État de ses adversaires conservateurs au sein du Kremlin, il se raidissait. Quoi qu'il en fût, la réaction des autorités était toujours imprévisible.

Trop épuisée pour réfléchir à tout cela, Tania songea que n'importe quel autre endroit serait tout aussi dangereux. «Je vais profiter de ce que tu es à la radio pour dormir un peu.»

Elle gagna la chambre. Les draps étaient froissés : elle devina que Vassili et Varvara avaient passé la matinée au lit. Elle remit la courtepointe en place, se déchaussa et s'allongea.

Son corps était las, mais son esprit était agité. Malgré sa peur, elle était décidée à aller place Maïakovski. *Dissidence* était une publication importante, en dépit de sa diffusion restreinte et de l'amateurisme de sa fabrication. Ce petit journal prouvait que le gouvernement communiste n'était pas tout-puissant et montrait aux dissidents qu'ils n'étaient pas seuls. Des responsables religieux qui luttaient contre les persécutions y apprenaient que des musiciens folks s'étaient fait arrêter à cause de leurs chansons contestataires, et inversement. Au lieu d'avoir l'impression de n'être qu'une voix isolée au milieu d'une société monolithique, le dissident comprenait qu'il faisait partie d'un vaste réseau, que des milliers de gens souhaitaient, comme lui, un gouvernement différent, meilleur.

En plus, cela pourrait peut-être sauver la vie d'Oustine Bodian.

Tania s'endormit enfin.

Elle fut réveillée par une caresse sur sa joue. Ouvrant les yeux, elle aperçut Vassili allongé à côté d'elle.

«Va te faire voir! murmura-t-elle.

— C'est mon lit.»

Elle s'assit. «Je te rappelle que j'ai vingt-deux ans – je suis bien trop vieille pour t'intéresser.

— Je suis prêt à faire une exception pour toi.

— Le jour où j'aurai envie de rejoindre un harem, je te préviendrai.

— Je suis prêt à renoncer à toutes les autres pour toi.

— Parce que tu crois que je vais avaler ça!

— Si, si c'est vrai.

— Pendant cinq minutes, oui, peut-être.

— Pour toujours.

— Tiens six mois, et j'y réfléchirai.

— Six mois ?

— Tu vois ? Si tu ne peux pas rester sage pendant la moitié d'une année, comment peux-tu t'engager à l'être pour toujours ? Et puis d'ailleurs, quelle heure est-il ?

— Tu as dormi tout l'après-midi. Ne te lève pas. Je vais simplement me déshabiller et me fourrer au lit avec toi. »

Tania se leva. « Il faut qu'on y aille. »

Vassili céda. Sans doute n'avait-il même pas parlé sérieusement. Il se croyait obligé de faire des avances à toutes les jeunes femmes. Après s'être livré machinalement à ce petit rituel, il n'y penserait plus, jusqu'à la prochaine occasion. Il lui tendit un petit paquet d'environ vingt-cinq feuilles de papier, imprimées recto verso de lettres légèrement tremblées : les exemplaires du nouveau numéro de *Dissidence.* Il noua une écharpe de coton rouge autour de son cou, malgré le beau temps : ça lui donnait l'air artiste. « Puisque c'est comme ça, allons-y », dit-il.

Tania le fit attendre, le temps de passer à la salle de bains. Le miroir lui renvoya l'image d'un visage au regard bleu acier, encadré de cheveux blond pâle coupés à la garçonne. Elle dissimula ses yeux derrière des lunettes de soleil et noua un foulard brun passe-partout autour de sa tête. Elle ressemblait à présent à n'importe quelle jeune femme.

Elle se rendit à la cuisine, ignorant Vassili qui trépignait d'impatience, ouvrit le robinet et remplit un verre d'eau. Après l'avoir bu, elle annonça : « Voilà, je suis prête. »

Ils rejoignirent la station de métro à pied, évitant d'emprunter le même trottoir. La rame était bourrée de travailleurs qui rentraient chez eux. Ils descendirent à la station Maïakovski, sur le boulevard périphérique qu'on appelait la Ceinture des Jardins. Ils n'avaient pas l'intention de s'attarder : ils fileraient dès qu'ils auraient distribué les cinquante exemplaires de leur nouveau bulletin. « En cas de problème, lui rappela Vassili, on ne se connaît pas. » Ils se séparèrent et ressortirent à l'air libre à une minute d'intervalle l'un de l'autre. Le soleil était bas, et l'air estival fraîchissait déjà.

Vladimir Maïakovski, à la fois poète de carrure internationale et bolchevik, faisait la fierté de l'Union soviétique. Sa statue héroïque surplombait du haut de ses six mètres le centre de la place qui portait son nom. Plusieurs centaines de personnes avaient envahi les pelouses, des jeunes surtout, dont certains vêtus plus ou moins à la mode occidentale, en jeans et cols roulés. Un garçon coiffé d'une casquette vendait son propre roman, des pages reproduites au carbone, perforées et nouées par une ficelle. Son livre était intitulé *Grandir à l'envers*. Une fille à cheveux longs portait une guitare sans même essayer d'en jouer : c'était peut-être un simple accessoire, à l'image d'un sac à main. Il n'y avait qu'un flic en uniforme, mais les membres de la police secrète se voyaient comme le nez au milieu de la figure ; malgré la douceur de l'air, ils portaient des vestes en cuir pour dissimuler leurs armes. C'en était presque comique. Tania évita pourtant leur regard : ils n'étaient pas si drôles que ça.

Les gens s'avançaient à tour de rôle pour réciter un ou deux poèmes chacun. C'étaient surtout des hommes, mais il y avait aussi une petite poignée de femmes. Un garçon au sourire malicieux lut un texte qui parlait d'un fermier essayant maladroitement de mener son troupeau d'oies, et la foule comprit rapidement que c'était une métaphore du parti communiste qui prétendait diriger la nation. Bientôt, le public tout entier hurlait de rire, à l'exception des hommes du KGB, perplexes.

Tania se perdit discrètement dans la foule, prêtant vaguement l'oreille à un poème d'angoisse existentielle pubertaire dans le style futuriste de Maïakovski. Elle sortait les feuillets de sa poche un par un et les glissait furtivement à ceux qui lui paraissaient sympathiques. Elle ne perdait pas de vue Vassili qui en faisait autant de son côté. Elle entendit derrière elle des exclamations scandalisées et soucieuses ; les gens commençaient à parler de Bodian : la plupart de ceux qui s'étaient rassemblés là savaient évidemment qui il était et pourquoi il avait été emprisonné. Elle continua à distribuer les feuillets aussi vite que possible, impatiente de s'en débarrasser avant que la police ne remarque quelque chose.

Un homme aux cheveux courts qui avait tout l'air d'un ancien militaire se dressa au pied de la statue et, au lieu de réciter un poème, se mit à lire tout haut l'article de Tania sur Bodian. La jeune femme était ravie : l'information circulait encore plus rapidement qu'elle ne l'avait espéré. Des cris d'indignation fusèrent quand il aborda le passage sur le refus de soins médicaux. Mais le changement d'atmosphère n'échappa pas aux hommes en vestes de cuir, qui s'en alarmèrent. Elle en repéra un qui parlait à toute allure dans un talkie-walkie.

Il lui restait cinq feuilles, qui lui brûlaient la poche.

Les membres de la police secrète qui s'étaient tenus jusque-là à la périphérie du rassemblement se mirent alors à converger vers l'orateur. Celui-ci brandit son exemplaire de *Dissidence* d'un air provocant, évoquant le sort de Bodian d'une voix de plus en plus sonore tandis que les flics approchaient. Certains spectateurs se regroupèrent en rangs serrés sur le socle de la statue, empêchant les policiers d'avancer. Les hommes du KGB réagirent brutalement, bousculant les gens pour les obliger à se disperser. Voilà comment commençaient les émeutes. Tania recula, inquiète, s'écartant de la foule. Il lui restait un exemplaire de *Dissidence*. Elle le laissa tomber par terre.

C'est alors qu'elle vit surgir une demi-douzaine de policiers. Se demandant anxieusement d'où ils avaient bien pu venir, elle tourna les yeux de l'autre côté de la rue et vit de nombreux flics débouler encore du bâtiment le plus proche de la place : ils avaient dû être en planque à l'intérieur, attendant qu'on ait besoin d'eux. Ils sortirent leurs matraques et se frayèrent un chemin à travers la foule, frappant les gens à l'aveuglette. Tania vit Vassili faire demi-tour et s'éloigner aussi vite que le lui permettait la cohue. Elle l'imita. C'est alors qu'un jeune homme affolé la heurta violemment. Elle tomba.

Elle en fut tout étourdie. Quand elle commença à y voir plus clair, elle se rendit compte que tout le monde courait. Elle se mit à genoux, mais fut prise de vertige. Quelqu'un trébucha sur elle, la faisant retomber. Soudain, Vassili fut à côté d'elle, l'empoignant des deux mains pour la relever. Elle n'en revenait pas : elle n'aurait jamais cru qu'il se mettrait lui-même en danger pour la secourir.

C'est alors qu'un flic frappa Vassili à la tête. Il tomba. Le flic s'accroupit, lui tira les bras derrière le dos et le menotta d'un geste rapide, expérimenté. Vassili redressa la tête, son regard croisa celui de Tania et sa bouche esquissa un seul mot : « Cours ! »

Se retournant, elle prit ses jambes à son cou. Un instant plus tard, elle entrait en collision avec un policier en uniforme qui la saisit par le bras. Elle chercha à se dégager, en hurlant : « Lâchez-moi ! »

Il resserra son emprise : « Tu es en état d'arrestation, salope. »

VI

La salle Nina Onilova du Kremlin portait le nom d'une héroïne soviétique, membre d'une section de mitrailleurs, tuée à la bataille de Sébastopol. Un des murs était orné d'une photographie encadrée en noir et blanc sur laquelle on voyait un général de l'armée Rouge déposer la médaille de l'Ordre du drapeau rouge sur la tombe de la jeune femme. Ce cadre était suspendu au-dessus de la cheminée de marbre blanc, jaunie comme les doigts d'un fumeur. Tout autour de la pièce, d'élégantes moulures en stuc entouraient des rectangles de peinture plus claire, révélant l'emplacement d'anciens tableaux et donnant à penser que les murs n'avaient pas été repeints depuis la révolution. Peut-être cette pièce avait-elle été jadis un salon raffiné. Elle était désormais meublée de tables de cantines rassemblées pour former un rectangle allongé, entouré d'une vingtaine de chaises bon marché. Les cendriers de céramique posés sur les tables donnaient l'impression d'être vidés quotidiennement, mais probablement jamais nettoyés.

Dimka Dvorkine entra, la tête à l'envers et les tripes nouées.

Cette pièce était le lieu de réunion habituel des conseillers des ministres et des secrétaires qui constituaient le présidium du Soviet suprême, l'organe dirigeant de l'URSS.

Dimka était un des conseillers de Nikita Khrouchtchev, premier secrétaire du parti communiste d'URSS et président du présidium ; il avait pourtant l'impression de ne pas être à sa place dans cette salle.

Le sommet de Vienne devait se tenir quelques semaines plus tard. C'était un événement capital, la première rencontre entre Khrouchtchev et le nouveau président des États-Unis, John Kennedy. Le lendemain, lors de la plus importante réunion du présidium de l'année, les dirigeants du pays définiraient la stratégie à suivre à ce sommet. Pour le moment, leurs conseillers se rassemblaient pour leur préparer le travail. C'était, autrement dit, une réunion de planification d'une réunion de planification.

Le représentant de Khrouchtchev était chargé d'exposer le point de vue du chef de l'État, afin que les autres conseillers puissent en informer leurs patrons avant le lendemain. Sa mission tacite était de repérer la moindre opposition larvée aux idées de Khrouchtchev et, si possible, de l'étouffer. Il était de son devoir de veiller à ce que la discussion du lendemain se déroule sans accroc pour son patron.

Dimka avait beau connaître parfaitement les idées de celui-ci à propos du sommet, il n'en redoutait pas moins de ne pas être à la hauteur. Il était le plus jeune et le plus inexpérimenté de tous les conseillers de Khrouchtchev. Cela ne faisait qu'un an qu'il avait quitté les bancs de l'université et n'avait encore jamais assisté à une réunion préparatoire à l'assemblée du présidium : il occupait un rang bien trop modeste dans la hiérarchie. Mais dix minutes auparavant, sa secrétaire, Vera Pletner, une femme intelligente d'une quarantaine d'années, lui avait annoncé qu'un des conseillers plus chevronnés était malade et que les deux autres venaient d'avoir un accident de la route. Dimka n'avait pas le choix : il était le seul à pouvoir les remplacer.

Il avait obtenu cet emploi de collaborateur de Khrouchtchev pour deux raisons. La première était qu'il avait toujours été en tête de classe, de la maternelle à sa dernière année de fac. L'autre était que son oncle était général. Il ne savait pas quel facteur avait pesé le plus lourd.

Vu de l'extérieur, le Kremlin présentait une façade monolithique, mais en réalité, c'était un panier de crabes. Khrouchtchev n'avait pas une emprise inexpugnable sur le pouvoir. Bien que dévoué corps et âme à la cause communiste, c'était également un réformateur qui n'ignorait pas les défauts du système soviétique et cherchait à imposer des idées nouvelles. Les vieux staliniens du Kremlin ne s'avouaient cependant pas encore vaincus. Ils étaient à l'affût de la moindre occasion d'affaiblir Khrouchtchev et d'annuler ses réformes.

La réunion était détendue, les conseillers sirotant du thé et fumant, veste ouverte et cravate dénouée – les hommes étaient largement majoritaires, malgré la présence de quelques femmes.

Dimka repéra un visage amical : celui de Natalia Smotrov, conseillère du ministre des Affaires étrangères Andreï Gromyko. Âgée d'environ vingt-cinq ans, elle était charmante malgré sa robe noire un peu triste. Dimka ne la connaissait pas bien, mais ils s'étaient parlé plusieurs fois. Lorsqu'il s'assit à côté d'elle, elle parut étonnée de le voir. « Konstantinov et Padjari ont eu un accident de voiture, expliqua-t-il.

— Ils sont blessés ?

— Rien de grave.

— Et Alkaïev ?

— Il a un zona.

— C'est moche. Vous voilà donc propulsé au rang de porte-parole du grand patron.

— Je suis mort de trouille.

— Vous vous en tirerez très bien, ne vous en faites pas. »

Il parcourut la salle du regard. Tout le monde semblait attendre quelque chose. Il demanda tout bas à Natalia : « Qui préside la réunion ? »

Quelqu'un surprit ses propos. C'était Ievguéni Filipov, qui travaillait pour le ministre de la Défense, Rodion Malinovski, un conservateur. Filipov avait entre trente et quarante ans, mais s'habillait comme s'il en avait vingt de plus, complet trop large d'après-guerre et chemise de flanelle grise. Il répéta la question de Dimka tout haut, d'un ton méprisant. « Qui préside cette réunion ? Mais vous, bien entendu ! N'êtes-vous pas le conseiller du président du présidium ? Alors allez-y, mon petit gars. »

Dimka se sentit rougir. Il fut incapable de prononcer un mot pendant un moment. Puis l'inspiration lui vint : « Grâce au remarquable vol dans l'espace du commandant Iouri Gagarine, commença-t-il, les félicitations du monde entier résonneront encore aux oreilles du camarade Khrouchtchev quand il partira pour Vienne ». Le mois précédent, Gagarine avait été le premier être humain à explorer le cosmos dans une capsule spatiale, devançant les Américains de quelques semaines, un exploit scientifique stupéfiant, doublé d'un chef-d'œuvre de propagande à la gloire de l'Union soviétique et de Khrouchtchev.

Les conseillers assis autour de la table applaudirent et Dimka reprit confiance.

Filipov intervint : « Le premier secrétaire ferait peut-être mieux d'avoir présent aux oreilles le discours inaugural du président Kennedy. » Il semblait incapable de parler sans aigreur.

« Au cas où les camarades réunis autour de cette table l'auraient oublié, Kennedy nous a accusés de rechercher la domination mondiale et a fait serment de nous en empêcher à tout prix. Après toutes nos initiatives amicales – fort imprudentes de l'avis de certains camarades expérimentés –, Kennedy n'aurait pu exprimer plus clairement ses intentions agressives. » Il leva le bras, agitant l'index comme un maître d'école. « Il n'y a qu'une réaction possible : accroître notre force militaire. »

Dimka cherchait encore une repartie quand Natalia lui coupa l'herbe sous le pied : « C'est une course que nous ne pouvons pas remporter, lança-t-elle avec une vivacité pleine de bon sens. Les États-Unis sont plus riches que l'Union soviétique et n'auront aucun mal à nous damer le pion, quel que soit le développement de nos forces militaires. »

Elle était plus raisonnable que son patron conservateur, en conclut Dimka. Il lui jeta un regard reconnaissant et enchaîna : « D'où la politique de coexistence pacifique prônée par Khrouchtchev, qui nous permet de réduire nos dépenses militaires et d'investir davantage dans l'agriculture et l'industrie. » Les conservateurs du Kremlin abhorraient la coexistence pacifique. Pour eux, le conflit avec l'impérialisme capitaliste ne pouvait être qu'une lutte à mort.

Du coin de l'œil, Dimka vit sa secrétaire, Vera, entrer dans la pièce, l'air inquiet. Il lui fit signe de ne pas l'interrompre.

Se débarrasser de Filipov était moins aisé. « Ne laissons pas une vision naïve de la politique internationale nous encourager à réduire trop vite notre défense, reprit celui-ci d'un ton cassant. Nous ne pouvons guère prétendre l'emporter sur la scène diplomatique. Les Chinois nous défient, vous le voyez bien. Notre position à Vienne s'en trouve affaiblie. »

Pourquoi Filipov cherchait-il constamment à faire passer Dimka pour un imbécile ? Ce dernier se rappela alors que Filipov avait brigué un poste au bureau de Khrouchtchev – et que c'était lui qui l'avait obtenu.

« Tout comme le débarquement de la baie des Cochons a affaibli Kennedy », rétorqua Dimka. Le président américain avait approuvé un plan tordu de la CIA pour envahir Cuba en un lieu appelé la baie des Cochons : l'opération avait été un échec et avait tourné à l'humiliation pour Kennedy. « Il me semble que la position de notre premier secrétaire est plus solide.

— Toujours est-il que Khrouchtchev n'a pas réussi à... » Filipov s'interrompit, conscient d'aller trop loin. Ces discussions préparatoires se tenaient dans un climat de franchise, mais il y avait des limites.

Dimka s'engouffra dans la brèche. « Qu'est-ce que Khrouchtchev n'a pas réussi à faire, camarade ? Je vous en prie, éclairez-nous sur ce point. »

Filipov se reprit promptement. « Nous n'avons pas réussi à atteindre notre objectif majeur en matière de politique étrangère : apporter une solution définitive au problème de Berlin. L'Allemagne de l'Est constitue notre poste avancé en Europe. Ses frontières garantissent la sécurité de celles de la Pologne et de la Tchécoslovaquie. Le flou qui entoure encore son statut est intolérable.

— Bien, dit Dimka, surpris de l'assurance de son ton. Il me semble que nous avons suffisamment discuté de principes généraux. Avant de clore cette réunion, je vais vous exposer dans quel sens vont les réflexions actuelles du premier secrétaire sur la question. »

Filipov ouvrit la bouche pour protester contre cette conclusion abrupte, mais Dimka lui coupa la parole. « Les camarades s'exprimeront quand ils y seront invités par le président de séance », lança-t-il, d'une voix délibérément dure. Tous se turent.

« À Vienne, le camarade Khrouchtchev fera savoir à Kennedy que nous ne pouvons pas attendre plus longtemps. Nous avons présenté des propositions raisonnables pour régler la situation berlinoise et la seule chose que nous répondent les Américains, c'est qu'ils ne veulent pas de changement. » Autour de la table, plusieurs participants hochèrent la tête. « S'ils refusent de sanctionner un plan, dira Khrouchtchev, nous nous verrons contraints de prendre des mesures unilatérales; et si les Américains prétendent nous en empêcher, nous répondrons à la force par la force. »

Un long silence accueillit ces propos. Dimka en profita pour se lever. « Je vous remercie de votre attention. »

Natalia prit la parole, exprimant la pensée de tous. « Cela signifie-t-il que nous sommes prêts à entrer en guerre contre les États-Unis à cause de Berlin ?

— Le premier secrétaire ne croit pas que les choses puissent aller jusque-là, la rassura Dimka, répétant l'affirmation évasive de Khrouchtchev. Kennedy n'est pas fou. »

Il surprit une lueur d'étonnement mêlé d'admiration dans les yeux de Natalia quand il s'éloigna de la table. Il avait peine à croire qu'il s'était montré aussi déterminé. Il n'avait jamais été une chiffe molle, certes, mais il se trouvait en présence d'un groupe d'hommes puissants et intelligents, et il leur avait tenu tête. Sa position était évidemment un atout : aussi débutant fût-il, son poste dans les bureaux du premier secrétaire lui donnait un certain pouvoir. Et paradoxalement, l'hostilité de Filipov l'avait aidé. Tous pouvaient comprendre qu'il ait dû remettre brutalement à sa place un homme qui cherchait à saper l'autorité de leur chef d'État.

Vera l'attendait dans l'antichambre. C'était une secrétaire expérimentée, qui n'était pas du genre à s'affoler inutilement. Dimka eut un éclair d'intuition. « Il s'agit de ma sœur, c'est ça ? »

Vera en fut éberluée. Ses yeux s'écarquillèrent. « Comment faites-vous ? » demanda-t-elle, impressionnée.

Son intuition n'avait rien de surnaturel. Cela faisait un certain temps qu'il redoutait que Tania ne s'attire des ennuis. « Qu'a-t-elle fait ? demanda-t-il.

— Elle a été arrêtée.

— Et merde ! »

Vera lui désigna un téléphone décroché, posé sur une table d'appoint. Dimka souleva le combiné. Sa mère, Ania, était en ligne. « Tania est à la Loubianka ! » lui annonça-t-elle en employant le surnom que tout le monde donnait au siège du KGB, place Loubianka. Elle était au bord de la crise de nerfs.

La nouvelle n'étonna pas Dimka outre mesure. Sa jumelle et lui étaient d'accord pour penser que bien des choses devaient changer en Union soviétique, mais, alors que lui-même misait sur des réformes, elle était d'avis qu'il fallait purement et simplement abolir le communisme. Cette divergence de vues ne changeait rien à l'affection mutuelle qu'ils se portaient. Chacun était le meilleur ami de l'autre. Il en avait toujours été ainsi.

On pouvait être arrêté parce qu'on partageait les idées de Tania – c'était une des choses qui ne plaisaient pas à Dimka dans le système actuel. « Sois tranquille, Mama, je vais la sortir de là, déclara-t-il, espérant que cette belle assurance était justifiée. Tu sais ce qui s'est passé ?

— Si j'ai bien compris, c'est une lecture de poésie qui a mal tourné.

— Je parie qu'elle est allée place Maïakovski. Si ça ne va pas plus loin... » Il ne savait pas tout ce que faisait sa sœur, mais il la soupçonnait d'agissements bien plus graves que la lecture de poèmes.

« Il faut que tu interviennes, Dimka ! Avant qu'ils ne...

— Je sais. » Avant qu'ils ne commencent à l'interroger, voulait dire sa mère. Un frisson de crainte le parcourut, telle une ombre passant au-dessus de lui. La perspective d'un interrogatoire dans les sinistres cellules au sous-sol du siège du KGB avait de quoi terrifier n'importe quel citoyen soviétique.

Sa première réaction fut d'essayer de régler l'affaire d'un simple coup de fil, mais il songea alors que ce ne serait pas suffisant. Il fallait qu'il se montre personnellement. Il hésita un instant : si l'on apprenait qu'il était allé à la Loubianka pour en faire sortir sa sœur, sa carrière risquait d'en pâtir. Il s'arrêta à peine à cette idée. Tania passait avant tout, avant lui-même, avant Khrouchtchev et avant l'Union soviétique. « J'y vais de ce pas, Mama, reprit-il. En attendant, appelle oncle Volodia pour le prévenir.

— Oh oui, bien sûr, c'est une bonne idée. Mon frère saura quoi faire. »

Dimka raccrocha. « Téléphonez à la Loubianka, demanda-t-il à Vera. Faites-leur bien comprendre que vous appelez du bureau du premier secrétaire qui est préoccupé par l'arrestation de la grande journaliste Tania Dvorkine. Dites-leur que le conseiller du camarade Khrouchtchev est en route pour examiner l'affaire avec eux et que surtout, ils ne prennent aucune initiative avant son arrivée. »

Elle prenait des notes. « Voulez-vous que je fasse venir une voiture ? »

La place Loubianka était à moins de cinq cents mètres du complexe du Kremlin. « J'ai ma moto en bas. J'irai plus vite. » Dimka avait le privilège de posséder une Voskhod 175 avec une boîte à cinq vitesses et un double échappement.

Il aurait dû se douter que Tania était en train de se fourrer dans un guêpier, au fait que, paradoxalement, elle avait cessé de tout lui dire, songea-t-il en roulant vers le siège du KGB. Généralement, ils n'avaient pas de secret l'un pour l'autre. La relation de Dimka avec sa jumelle était d'une grande intimité qu'ils ne partageaient avec personne d'autre. Quand leur mère était sortie et qu'ils étaient seuls, Tania se promenait nue dans l'appartement pour aller chercher du linge propre après sa douche et Dimka urinait sans prendre la peine de fermer la porte des toilettes. Il arrivait aux amis de Dimka de suggérer avec un petit rire étouffé que leur proximité était teintée d'érotisme, mais en réalité, c'était l'inverse. Ils ne pouvaient être aussi impudiques que parce qu'il n'y avait pas la moindre attirance sexuelle entre eux.

Depuis un an pourtant, il se doutait qu'elle lui cachait quelque chose. Il ne savait pas quoi, mais il pouvait le deviner. Ce n'était pas une liaison, il en était sûr : ils ne se taisaient rien de leur vie sentimentale, ils comparaient leurs expériences, se consolaient au besoin. C'était forcément politique, songea-t-il. Elle cherchait certainement à le protéger en gardant le silence sur ses activités.

Il s'arrêta devant le bâtiment redouté, un palais de brique jaune construit avant la révolution pour servir de siège à une compagnie d'assurances. Il était malade à l'idée que sa sœur soit détenue dans un lieu pareil. Pendant un instant, il eut même un haut-le-cœur.

Il rangea sa moto juste en face de l'entrée principale, s'arrêta un moment pour se ressaisir et entra.

Le rédacteur en chef de Tania, Daniil Antonov, était déjà dans le hall, en grande discussion avec un type du KGB. Daniil était un petit homme frêle que Dimka jugeait inoffensif. Il se montrait pourtant extrêmement péremptoire. « J'exige de voir Tania Dvorkine, et *tout de suite* », disait-il.

Le visage de l'employé du KGB exprimait une obstination butée. « Ça risque d'être impossible. »

Dimka intervint alors. « Je travaille au bureau du premier secrétaire », annonça-t-il.

L'homme ne se laissa pas impressionner. « Et tu y fais quoi, fiston ? Le thé ? demanda-t-il grossièrement. Ton nom ? » Il cherchait à l'intimider ; les gens étaient terrifiés à l'idée de donner leur identité au KGB.

« Dimitri Dvorkine. Je suis venu vous prévenir que le camarade Khrouchtchev s'intéresse personnellement à cette affaire.

— Va te faire foutre, Dvorkine. Le camarade Khrouchtchev en ignore tout. Tu es venu essayer de sortir ta sœur du pétrin. »

Dimka fut déconcerté par l'assurance brutale de cet homme. Sans doute bien des gens qui cherchaient à tirer un ami ou un membre de leur famille des griffes du KGB se targuaient-ils de relations haut placées. Il repartit pourtant à l'attaque : « Comment vous appelez-vous ?

— Capitaine Mets.

— De quoi accuse-t-on Tania Dvorkine ?

— D'avoir agressé un policier.

— Une jeune fille a tabassé une de vos brutes en veste de cuir ? Et vous voulez me faire croire ça ? lança Dimka, moqueur. Il aurait fallu qu'elle commence par lui arracher son revolver. Arrêtez, Mets, ne faites pas le con.

— Elle a assisté à une réunion séditieuse au cours de laquelle on a distribué de la littérature antisoviétique. » Mets tendit à Dimka une feuille de papier froissée. « La réunion a dégénéré en émeute. »

Dimka regarda le feuillet. Il était intitulé *Dissidence.* Il avait déjà entendu parler de ce bulletin d'informations subversif. Il n'était pas impensable que Tania soit effectivement mêlée à cette affaire. Ce numéro était consacré à Oustine Bodian, le chanteur d'opéra. Dimka fut momentanément distrait de ses soucis en apprenant que Bodian était en train de mourir de pneumonie dans un camp de travail sibérien. Il en fut bouleversé. Il se rappela alors que Tania était rentrée de Sibérie le jour même. C'était évidemment elle qui avait écrit cet article. L'incident était peut-être plus grave qu'il ne l'avait cru. « Prétendez-vous que Tania avait ce document en sa possession ? » demanda-t-il. Il vit Mets hésiter avant de répondre : « Je ne crois pas. Mais elle n'aurait pas dû se trouver là-bas, voilà tout.

— Elle est journaliste, espèce d'imbécile, intervint Daniil. Elle suivait les événements, exactement comme vos policiers.

— Elle n'est pas policière.

— Tous les journalistes de la TASS coopèrent avec le KGB, vous le savez aussi bien que moi.

— Pouvez-vous prouver qu'elle était sur les lieux en mission officielle ?

— Évidemment. Je suis son rédacteur en chef. C'est moi qui l'ai envoyée. »

Dimka se demanda si c'était vrai. Il en doutait. Mais il était reconnaissant à Daniil de prendre des risques pour défendre Tania.

Mets commençait à perdre sa belle assurance. « Elle était avec un certain Vassili Ienkov, qui avait cinq exemplaires de ce journal dans sa poche.

— Vassili Ienkov? Elle ne connaît personne qui s'appelle comme ça», répliqua Dimka. C'était peut-être vrai : en tout cas, il n'avait jamais entendu ce nom. «S'il y avait une émeute, comment pouvez-vous savoir qui était avec qui?

— Il faut que je parle à mes supérieurs, fit Mets en se détournant.

— Grouillez-vous, lança Dimka sèchement. Le prochain représentant du Kremlin que vous verrez ne sera peut-être pas le petit gars qui fait le thé.»

Mets descendit un escalier. Dimka frissonna : tout le monde savait que les salles d'interrogatoire se trouvaient au sous-sol.

Un instant plus tard, Dimka et Daniil furent rejoints dans le hall par un homme plus âgé, une cigarette au coin de la bouche. Il était très laid, le visage adipeux et la mâchoire agressive. Daniil ne parut pas ravi de le voir. Il le présenta à Dimka sous le nom de Piotr Opotkine, responsable éditorial des articles de fond.

Opotkine dévisagea Dimka, les yeux plissés pour éviter la fumée. «Alors comme ça, votre sœur s'est fait arrêter à une manifestation de contestataires», remarqua-t-il d'un ton irrité. Dimka sentit pourtant que curieusement, en son for intérieur, il n'était pas mécontent.

«À une lecture de poésie, rectifia Dimka.

— Ça ne fait pas grande différence.

— C'est moi qui l'y ai envoyée, intervint Daniil.

— Le jour de son retour de Sibérie? s'étonna Opotkine.

— Ce n'était pas une mission à proprement parler. Je lui ai suggéré d'y faire un saut pour voir ce qui se passait, c'est tout.

— Ne me racontez pas de bobards, rétorqua Opotkine. Vous cherchez à la protéger.»

Daniil leva le menton et lui adressa un regard de défi. «Parce que ce n'est pas pour ça que vous êtes ici?»

Avant qu'Opotkine ait pu répondre, le capitaine Mets revint. «L'affaire n'est pas encore réglée», annonça-t-il.

Opotkine se présenta et tendit à Mets sa carte d'identité. «La question n'est pas de savoir si Tania Dvorkine doit être sanctionnée, mais de quelle manière, dit-il.

— Exactement, camarade, approuva Mets avec respect. Voulez-vous bien m'accompagner?»

Opotkine acquiesça et Mets le devança dans l'escalier.

Dimka demanda tout bas : «Il ne va pas les laisser la torturer, quand même?

— Opotkine était déjà furieux contre Tania, répondit Daniil, visiblement inquiet.

— Pourquoi ? C'est une bonne journaliste, non ?

— Brillante même. Mais elle a refusé de venir à une fête qu'il donne chez lui samedi. Il voulait vous inviter, vous aussi. Piotr adore les gens importants et les rebuffades le blessent profondément.

— Oh ! merde.

— J'ai dit à Tania qu'elle aurait mieux fait d'accepter.

— C'est vraiment vous qui l'avez envoyée place Maïakovski ?

— Non. De toute façon, on ne pourrait jamais publier un article sur un rassemblement non autorisé.

— Merci d'essayer de la couvrir.

— Je vous en prie. Malheureusement, j'ai bien peur que ça ne serve à rien.

— Qu'est-ce qui va se passer, selon vous ?

— Elle risque d'être virée. Mais je pense plutôt qu'on va lui trouver un poste dans un endroit où personne n'a envie d'aller, le Kazakhstan par exemple. » Daniil fronça les sourcils. « Il faut que je trouve une solution de compromis qui puisse satisfaire Opotkine sans être trop pénible pour Tania. »

Se tournant vers la porte d'entrée, Dimka vit arriver un homme d'une bonne quarantaine d'années à la coupe de cheveux militaire, vêtu de l'uniforme de général de l'armée Rouge. « Te voilà enfin, oncle Volodia ! »

Volodia Pechkov avait le même regard bleu acier que Tania. « Qu'est-ce que c'est que ce merdier ? » demanda-t-il d'un ton visiblement contrarié.

Dimka le mit au courant de la situation. Il terminait ses explications quand Opotkine réapparut. Il s'adressa obséquieusement à Volodia. « Mon général, je viens d'évoquer le problème de votre nièce avec nos amis du KGB qui acceptent que je le considère comme une affaire interne et que je le traite au niveau de la TASS. »

Dimka poussa intérieurement un soupir de soulagement avant de se demander si Opotkine n'avait pas manœuvré d'emblée pour paraître faire une fleur à Volodia.

« Permettez-moi une suggestion, répondit ce dernier. Vous pourriez montrer qu'il s'agit d'un incident grave, sans formuler de blâme contre qui que ce soit, en vous contentant de muter Tania à un autre poste. »

C'était la sanction que Daniil avait évoquée quelques instants plus tôt.

Opotkine hocha la tête, songeur, comme s'il réfléchissait à cette proposition ; Dimka était pourtant convaincu qu'il suivrait avec empressement la moindre « suggestion » du général Pechkov.

« Pourquoi pas un poste à l'étranger ? intervint Daniil. Elle parle allemand et anglais. »

C'était un peu exagéré, Dimka était bien placé pour le savoir. Tania avait appris ces deux langues au lycée, mais de là à les parler couramment... Daniil cherchait évidemment à lui éviter le bannissement dans une région reculée de l'Union soviétique.

Il ajouta alors : « Elle pourrait d'ailleurs continuer à faire des reportages pour mon service. Je n'aimerais pas la perdre au profit des informations générales – ce serait du gâchis. »

Opotkine avait l'air sceptique. « Impossible de l'envoyer à Londres ou à Bonn. On y verrait une promotion. »

C'était vrai. Les nominations dans les pays capitalistes étaient très prisées. Les indemnités journalières étaient considérables et, même si la vie y était plus chère qu'en URSS, les citoyens soviétiques vivaient tout de même bien plus confortablement à l'Ouest que chez eux.

« Berlin-Est, alors, ou bien Varsovie », suggéra Volodia.

Opotkine acquiesça. Une mutation dans un autre pays communiste ressemblait davantage à une sanction.

« Voilà un problème réglé », se félicita Volodia.

Opotkine se tourna alors vers Dimka : « Je donne une petite soirée samedi. Je serais ravi de vous avoir parmi nous. »

Dimka comprit que son accord conclurait l'affaire. Il hocha la tête. « Tania m'en a parlé, approuva-t-il avec un enthousiasme feint. Nous y serons tous les deux. Merci. »

Le visage d'Opotkine s'épanouit dans un large sourire.

« Il se trouve que j'ai appris qu'un poste dans un pays communiste était actuellement vacant, intervint alors Daniil. Nous avons besoin de quelqu'un là-bas de toute urgence. Elle pourrait partir dès demain.

— Où est-ce ? demanda Dimka.

— À Cuba. »

Opotkine, désormais d'humeur radieuse, acquiesça : « Ce serait parfaitement envisageable. »

C'était en tout cas mieux que le Kazakhstan, se dit Dimka.

Mets réapparut dans le hall, flanqué de Tania. Le cœur de Dimka fit un bond dans sa poitrine : sa sœur était pâle, visiblement terrifiée, mais indemne. Mets prit la parole avec un mélange de déférence et de défi, comme un chien qui aboie parce qu'il a peur : « Permettez-moi de suggérer que la jeune Tania évite les lectures de poésie à l'avenir. »

Oncle Volodia se força à sourire, malgré son envie manifeste d'étrangler cet imbécile : « Un conseil très avisé, vous avez raison. »

Ils sortirent tous. La nuit était tombée. Dimka se tourna vers Tania : « J'ai ma moto – je te raccompagne, tu veux ?

— Oui, s'il te plaît. » De toute évidence, elle souhaitait lui parler.

Moins habitué que son frère à lire dans ses pensées, Volodia intervint : « Je vais te ramener en voiture, tu as l'air trop secouée pour faire de la moto. »

Au grand étonnement de son oncle, Tania refusa : « Merci, oncle Volodia, mais Dimka va me raccompagner. »

Volodia haussa les épaules et se dirigea vers une limousine Zil qui l'attendait. Daniil et Piotr s'éloignèrent, eux aussi.

Dès que les autres furent hors de portée d'oreille, Tania se tourna vers Dimka, l'air affolé. « Est-ce qu'ils ont parlé de Vassili Ienkov ?

— Oui. Ils ont dit que vous étiez ensemble. C'est vrai ?

— Oui.

— Merde ! Ce n'est pas ton petit copain, si ?

— Non. Tu sais ce qui lui est arrivé ?

— On a trouvé cinq exemplaires de *Dissidence* dans sa poche. Avec ça, il a peu de chances de sortir rapidement de la Loubianka, même s'il a, lui aussi, des amis haut placés.

— Oh non ! Tu penses qu'il va y avoir une enquête sur lui ?

— Tu peux en être sûre. Le KGB voudra savoir s'il ne fait que distribuer *Dissidence* ou si c'est lui qui le publie, ce qui serait infiniment plus grave.

— Ils vont fouiller son appartement, tu crois ?

— Ce serait une grave négligence de ne pas le faire. Pourquoi ? Qu'est-ce qu'ils vont y trouver ? »

Elle regarda autour d'elle. La rue était déserte. Elle baissa tout de même la voix. « La machine à écrire sur laquelle *Dissidence* est tapé.

— Dans ce cas, heureusement que tu ne sors pas avec lui, parce que ton Vassili est bon pour passer les vingt-cinq prochaines années en Sibérie.

— Arrête, c'est impossible ! »

Dimka fronça les sourcils. « Tu n'es pas amoureuse de lui, c'est sûr... mais il ne te laisse pas complètement indifférente non plus.

— Tu sais, c'est un type courageux et un excellent poète, mais notre relation n'a rien d'intime. Je ne l'ai même jamais embrassé. Il fait partie de ces hommes qui collectionnent les filles.

— Comme mon copain Valentin. » Le camarade de chambre de Dimka à l'université, Valentin Lebedev, était un vrai don Juan.

« C'est le même genre, oui.

— Mais alors... qu'est-ce que ça peut te faire qu'ils fouillent l'appartement de Vassili et découvrent cette machine ?

— Ça me touche plus que tu ne crois. On publie *Dissidence* ensemble. C'est moi qui ai rédigé le numéro d'aujourd'hui.

— Merde... C'est bien ce que je craignais. » Dimka connaissait à présent le secret qu'elle lui avait dissimulé pendant toute une année.

« Il faut qu'on passe chez lui, là, maintenant, qu'on récupère la machine et qu'on s'en débarrasse. »

Dimka recula d'un pas. « Pas question. Tu es folle ?

— Il le faut !

— Non. Je suis prêt à tout risquer pour toi et à risquer beaucoup pour quelqu'un dont tu serais amoureuse, mais il n'est pas question que je me mouille pour ce type. On va finir par se retrouver à geler tous ensemble en Sibérie.

— Dans ce cas, j'irai seule. »

Dimka plissa le front, examinant différentes solutions et pesant le pour et le contre. « Quelqu'un d'autre est au courant de votre relation, à Vassili et toi ?

— Non. On a été très prudents, tu penses. J'ai toujours vérifié que je n'étais pas suivie quand j'allais chez lui. On ne s'est jamais rencontrés dans un lieu public.

— Dans ce cas, l'enquête du KGB ne pourra pas établir de lien entre vous. »

Comme elle hésitait, il comprit que les ennuis ne faisaient que commencer.

« Quoi donc ? s'inquiéta-t-il.

— Tout dépend de la méticulosité de leur enquête.

— Pourquoi ?

— Ce matin, quand je suis allée chez Vassili, j'ai croisé une fille, une certaine Varvara.

— Oh ! merde !

— Elle sortait. Elle ne connaît pas mon nom.

— Peut-être, mais si le KGB lui montre des photos de gens arrêtés place Maïakovski aujourd'hui, est-ce qu'elle te reconnaîtra ? »

Tania eut l'air affolé. « Elle m'a examinée de la tête aux pieds. Elle m'a prise pour une rivale. Oui, elle reconnaîtrait certainement mon visage.

— La poisse ! Dans ce cas, on n'a pas le choix. Il faut aller chercher la machine. S'ils ne mettent pas la main dessus, ils penseront que Vassili se contente de distribuer *Dissidence* et n'enquêteront certainement pas sur chacune de ses passades, surtout si elles sont aussi nombreuses que tu le dis. Mais s'ils trouvent la machine, tu es cuite.

— Je vais y aller seule. Tu as raison, je ne peux pas te faire courir un risque pareil.

— Et moi, je ne peux pas te laisser courir un risque pareil. Il habite où ? »

Elle lui donna l'adresse.

« Ce n'est pas très loin. Monte derrière. » Il enfourcha sa moto et la fit démarrer d'un coup de kick.

Après un instant d'hésitation, Tania obéit.

Dimka alluma le phare et ils s'éloignèrent.

Tout en conduisant, il se demanda si le KGB ne serait pas déjà en train de perquisitionner chez Vassili. Ce n'était pas impossible, conclut-il, mais c'était tout de même peu probable. À supposer qu'ils aient arrêté une quarantaine ou une cinquantaine de personnes, il leur faudrait la plus grande partie de la nuit pour procéder aux interrogatoires préliminaires, obtenir les noms et les indications de domiciles, définir les cas prioritaires. Tout de même, mieux valait être prudent.

Quand il arriva à l'adresse que lui avait donnée Tania, il passa devant sans ralentir. Les réverbères éclairaient la majestueuse demeure du XIXe siècle dans laquelle Vassili habitait. Tous les bâtiments de ce genre avaient été désormais transformés en bureaux du gouvernement ou divisés en appartements.

Il ne repéra aucune voiture rangée le long du trottoir, pas de types du KGB en manteaux de cuir rôdant devant l'entrée. Il fit tout le tour du pâté de maisons sans repérer quoi que ce soit de suspect. Il arrêta sa moto à deux cents mètres de l'entrée.

Ils descendirent de l'engin. Une femme qui promenait son chien leur dit bonsoir et passa sans s'arrêter. Ils entrèrent dans l'immeuble.

Le hall avait dû être imposant jadis. À présent, une unique ampoule électrique révélait son sol de marbre fissuré et rayé, et sa cage d'escalier grandiose dont la rampe avait perdu plusieurs barreaux.

Ils gravirent les marches. Sortant une clé de sa poche, Tania ouvrit la porte de l'appartement. Ils entrèrent et refermèrent derrière eux.

Tania le précéda jusqu'au salon. Sous le regard méfiant de la chatte grise, elle tira une vieille valise d'un placard, elle l'ouvrit et en sortit une machine à écrire ainsi que plusieurs feuilles de papier stencil.

Elle les déchira, les jeta dans la cheminée et approcha une allumette. Les yeux fixés sur les flammes, Dimka lui demanda, furieux : « Mais bon sang, pourquoi est-ce que vous prenez des risques pareils pour une contestation aussi absurde ?

— Nous vivons sous une tyrannie brutale, rétorqua-t-elle. Il faut bien faire quelque chose pour ne pas sombrer dans le désespoir.

— Nous vivons dans une société qui est en train d'instaurer le communisme, répliqua Dimka. Ce n'est pas facile et nous avons des problèmes. Tu ferais mieux de nous aider à les résoudre au lieu d'attiser le mécontentement.

— Comment veux-tu trouver des solutions si personne n'a le droit d'évoquer les problèmes ?

— Nous n'arrêtons pas d'en parler au Kremlin.

— Et la même poignée de types obtus décide systématiquement de ne pas entreprendre les changements qui s'imposent.

— Ils ne sont pas tous obtus. Certains travaillent d'arrache-pied pour essayer d'améliorer la situation. Laisse-nous un peu de temps.

— La révolution remonte à quarante ans déjà. Combien de temps vous faudra-t-il encore pour admettre enfin que le communisme est un échec ? »

Dans la cheminée, les feuillets s'étaient rapidement réduits en cendres noires. Dimka se détourna, exaspéré. « Nous avons déjà eu tellement de discussions de ce genre... Il faut filer. » Il souleva la machine à écrire.

Tania attrapa la chatte et ils sortirent.

Au moment où ils partaient, un homme tenant un porte-documents entra dans le hall. Il leur fit un petit signe de tête en les croisant dans l'escalier. Dimka espéra que la lumière était trop faible pour qu'il distingue leurs visages.

Devant la porte, Tania posa la chatte sur le trottoir : « Il va falloir te débrouiller toute seule, maintenant, mademoiselle ».

L'animal s'éloigna dédaigneusement.

Ils coururent jusqu'au coin de la rue, Dimka cherchant tant bien que mal à dissimuler la machine sous sa veste. La lune s'était levée, à son grand désespoir, et on y voyait comme en plein jour. Ils rejoignirent la moto.

Dimka tendit la machine à Tania. « Où est-ce qu'on va s'en débarrasser ? chuchota-t-il.

— Dans le fleuve ? »

Il se creusa la cervelle avant de se rappeler un endroit sur la rive de la Moskova où il était allé plusieurs fois avec d'autres étudiants pour passer la nuit à boire de la vodka. « J'ai une idée. »

Ils enfourchèrent la moto et Dimka quitta le centre-ville en direction du sud. Le lieu auquel il pensait se trouvait en périphérie, ce qui était plutôt un avantage : ils passeraient plus facilement inaperçus.

Il roula pleins gaz pendant vingt minutes, puis s'arrêta devant le monastère Nicolo-Perervinski.

Ce monument historique avec sa superbe cathédrale n'était plus qu'une ruine dépouillée de ses trésors et fermée au culte depuis plusieurs dizaines d'années. Il était situé sur un bras de terre entre la ligne de chemin de fer principale du sud et la Moskova. Les champs qui l'entouraient étaient défoncés par les chantiers de construction de nouvelles tours d'habitation, mais la nuit, le quartier était désert. Il n'y avait pas âme qui vive.

Dimka poussa sa moto à l'écart de la route jusqu'à un bosquet et la mit sur sa béquille. Puis il conduisit Tania à travers le taillis jusqu'au monastère en ruine. Les bâtiments abandonnés luisaient d'une blancheur spectrale au clair de lune. Les clochers à bulbes de la cathédrale s'écroulaient, mais les toits recouverts de tuiles vernissées vertes du monastère étaient encore largement intacts. Dimka avait l'impression obsédante que les fantômes de plusieurs générations de moines l'observaient à travers les fenêtres brisées.

Il prit vers l'ouest à travers un champ marécageux pour rejoindre le fleuve.

« Comment connais-tu cet endroit ? chuchota Tania.

— J'y suis venu avec des copains quand on était étudiants. On se bourrait la gueule et on regardait le soleil se lever sur l'eau. »

Ils arrivèrent au bord du fleuve. C'était un bras paresseux qui dessinait un large méandre et l'eau coulait, placide, sous la lune. Dimka savait cependant qu'il y avait suffisamment de fond pour mener leur projet à bien.

Tania hésita : « Quel gâchis, murmura-t-elle.

— C'est cher, les machines à écrire, c'est sûr, approuva-t-il avec un haussement d'épaules.

— Ce n'est pas seulement une question d'argent. C'est une voix dissidente, une autre vision du monde, un mode de pensée différent. Une machine à écrire, c'est la liberté de parole.

— Raison de plus pour t'en débarrasser. »

Elle lui tendit la machine.

Il déplaça le chariot au maximum vers la droite, en guise de poignée. « Bon voyage ! » dit-il. Il balança le bras en arrière, puis, de toutes ses forces, jeta la machine qui décrivit un arc de cercle au-dessus du fleuve. Elle n'alla pas très loin mais toucha la surface avec un grand bruit d'éclaboussures et disparut immédiatement aux regards.

Ils restèrent là, immobiles, à regarder s'élargir les rides de l'eau sous le clair de lune.

« Merci, dit Tania. Et merci d'autant plus que tu ne crois pas à ce que je fais. »

Il la prit par les épaules et ils s'éloignèrent, bras dessus bras dessous.

VII

George Jakes était de mauvaise humeur. Son bras en écharpe lui faisait encore un mal de chien, malgré son plâtre. Il avait perdu l'emploi qu'il avait tant convoité, avant même de commencer : comme l'avait prédit Greg, le cabinet juridique Fawcett Renshaw était revenu sur son offre dès que les journaux avaient publié la liste des Freedom Riders blessés. Il ne savait pas ce qu'il allait faire de sa vie.

La cérémonie de remise des diplômes, le « commencement » comme on l'appelait, avait lieu dans l'Old Yard de l'université de Harvard, une vaste cour recouverte de gazon qu'entouraient les élégants bâtiments universitaires de brique rouge. Les membres du Board of Overseers, le conseil d'administration, étaient en chapeau haut de forme et en frac. Ils décernèrent des titres de docteurs honoris causa au ministre britannique des Affaires étrangères, un aristocrate au visage sans menton du nom de Lord Home, et au curieusement nommé McGeorge Bundy, qui appartenait à l'équipe du président Kennedy à la Maison Blanche. Malgré sa morosité, George éprouvait un pincement de mélancolie à l'idée de quitter Harvard. Il y avait passé sept ans, comme étudiant de premier cycle d'abord puis à la faculté de droit. Il y avait rencontré des personnalités remarquables, et s'était fait quelques bons amis. Il avait réussi tous les examens auxquels il s'était présenté. Il était sorti avec plusieurs jeunes filles et avait couché avec trois. Il s'était enivré une fois et avait détesté ne plus se sentir maître de lui.

Mais aujourd'hui, il était trop amer pour céder à la nostalgie. Il avait pensé que l'administration Kennedy réagirait énergiquement aux actes de violence d'Anniston. John Kennedy s'était présenté au peuple américain sous les traits d'un libéral et il avait remporté les suffrages des Noirs. Robert Kennedy était ministre de la Justice, la plus haute autorité chargée de faire appliquer la loi dans le pays. George aurait voulu que Bob affirme, haut et clair, que la constitution des États-Unis était en vigueur dans l'Alabama comme partout ailleurs.

Il ne l'avait pas fait.

Personne n'avait été arrêté pour avoir agressé les Freedom Riders. Ni la police locale ni le FBI n'avaient engagé d'enquête sur les innombrables délits et brutalités qui avaient été commis. Dans l'Amérique de 1961, sous les yeux de la police, des racistes blancs avaient pu attaquer des défenseurs des droits civiques, leur briser les os, essayer de les brûler vifs – tout cela impunément.

La dernière fois que George avait vu Maria Summers, c'était dans un cabinet médical. L'hôpital le plus proche avait refusé d'admettre les Freedom Riders blessés et ils avaient fini par trouver plusieurs médecins prêts à les soigner. Une infirmière était en train de plâtrer son bras cassé quand Maria était venue annoncer à George qu'elle avait trouvé une place sur un vol pour Chicago. S'il avait pu bouger, il se serait levé pour la serrer dans ses bras. Les choses ayant alors été ce qu'elles étaient, elle l'avait embrassé sur la joue et avait disparu.

Il se demanda s'il la reverrait un jour. J'aurais pu tomber vraiment amoureux d'elle, pensa-t-il. C'était peut-être déjà fait. Au cours de dix jours de conversation ininterrompue, il ne s'était pas ennuyé un instant : elle était au moins aussi intelligente que lui, peut-être même plus. Et malgré ses airs ingénus, elle avait des yeux de velours qu'il imaginait très bien à la lueur des bougies...

La première partie de la cérémonie s'achevait à onze heures trente. Étudiants, parents et anciens élèves commencèrent à se disperser sous les ombres des grands ormes vers les tables dressées pour les déjeuners assis qui suivraient la remise des diplômes. George chercha sa famille du regard, sans réussir à la repérer.

En revanche, il vit Joseph Hugo.

Hugo était seul, debout près de la statue de bronze de John Harvard, en train d'allumer une de ses cigarettes extra-longues. Dans sa toge de cérémonie noire, son teint blanc paraissait encore plus crayeux. George serra les poings. Si seulement il avait pu coller une bonne raclée à ce salaud. Mais son bras gauche était hors d'usage et, de toute façon, si Hugo et lui en étaient venus aux mains dans l'Old Yard, surtout en un jour pareil, ils l'auraient payé cher. On leur aurait peut-être même refusé leur diplôme. George avait déjà suffisamment d'ennuis comme ça. Le plus raisonnable était d'ignorer Hugo et de passer son chemin.

Il ne put cependant s'empêcher de lui lancer : « Hugo, tu n'es qu'une ordure. »

Hugo eut l'air inquiet, malgré le bras en écharpe de George. Il avait la même taille que lui et était sans doute aussi costaud, mais George avait l'avantage de la colère, et Joseph le savait. Il détourna les yeux et chercha à l'éviter en marmonnant : « Je n'ai pas envie de te parler.

— Tu m'étonnes. » George lui barra le passage. « Tu étais là quand ces cinglés m'ont agressé. Ces salauds m'ont cassé le bras, putain. »

Hugo recula d'un pas. « Personne ne t'a obligé à aller dans l'Alabama.

— Et toi, personne ne t'a obligé à faire semblant d'être un défenseur des droits civiques alors que pendant tout ce temps, tu espionnais au profit de l'autre camp. Qui t'a payé, le Ku Klux Klan ? »

Hugo releva le menton, sur la défensive, et George eut du mal à ne pas lui flanquer un coup de poing. « J'ai proposé au FBI de lui livrer des informations sans contrepartie financière, répondit-il.

— Alors en plus, tu ne t'es même pas fait payer ! Parce que tu t'imagines que c'est une excuse ?

— Je ne travaillerai plus à l'œil bien longtemps. Je commence à bosser pour le Bureau la semaine prochaine », expliqua Hugo du ton mi-gêné mi-agressif de celui qui avoue appartenir à une secte religieuse.

« Tu as si bien fait tes preuves en nous mouchardant qu'ils t'ont filé un job, c'est ça ?

— J'ai toujours voulu travailler dans un service chargé de faire respecter la loi.

— Ce n'est pas ce que tu as fait à Anniston. Tu étais du côté des criminels.

— Vous êtes des communistes, vous autres. Je vous ai entendus parler de Karl Marx.

— Et de Hegel, de Voltaire, de Gandhi et même de Jésus. Allons Hugo, tu n'es pas con à ce point, quand même !

— J'ai horreur du désordre. »

Voilà bien le problème, songea George amèrement. Les gens avaient horreur du désordre. La presse avait reproché aux Riders d'avoir attisé les troubles, au lieu de s'en prendre aux ségrégationnistes avec leurs battes de baseball et leurs bombes incendiaires. Ça le rendait fou : n'y avait-il donc personne en Amérique qui sache faire la différence entre le bien et le mal ?

Apercevant à l'autre bout de la pelouse Verena Marquand qui lui faisait de grands signes, il se désintéressa soudain de Joseph Hugo.

Verena venait de finir ses études à la faculté d'anglais. Mais les étudiants de couleur étaient si peu nombreux à Harvard qu'ils se connaissaient tous. Et puis elle était si jolie avec ses yeux verts et son teint caramel qu'il l'aurait remarquée même si elle avait été perdue à Harvard au milieu de mille filles de couleur. Elle portait sous sa toge une robe verte à jupe courte qui laissait apparaître ses longues jambes lisses. Sa toque noire était perchée de biais sur sa tête, lui donnant un petit air coquin. C'était une bombe.

Les gens trouvaient qu'ils formaient un beau couple, George et elle, et pourtant, ils n'étaient jamais sortis ensemble. Chaque fois qu'il était libre, elle était avec quelqu'un, et inversement. Maintenant, il était trop tard.

Militante active des droits civiques, Verena avait l'intention d'aller travailler pour Martin Luther King à Atlanta après avoir passé son diplôme. Elle s'écria, enthousiaste : « Vous avez mis un sacré truc en branle avec cette Freedom Ride ! »

C'était vrai. Après la bombe incendiaire d'Anniston, George avait quitté l'Alabama en avion, le bras dans le plâtre. Mais d'autres avaient poursuivi la lutte. Dix étudiants de Nashville avaient pris un bus pour Birmingham, où ils s'étaient fait arrêter. De nouveaux Riders avaient remplacé le groupe initial. Les actes de violence collective perpétrés par les racistes blancs s'étaient répétés et la Freedom Ride était devenue un grand mouvement.

« En attendant, j'ai perdu mon boulot, soupira-t-il.

— Viens avec moi à Atlanta bosser pour King », suggéra immédiatement Verena.

George fut surpris. « Il t'a demandé de me faire une offre ?

— Non. Mais il a besoin d'un juriste, et aucun candidat aussi brillant que toi ne s'est présenté. »

George était tenté. Il était presque tombé amoureux de Maria Summers, mais il ferait mieux de l'oublier : il ne la reverrait sans doute jamais. Peut-être Verena accepterait-elle de sortir avec lui s'ils travaillaient tous les deux pour Martin Luther King. « C'est une idée », répondit-il. Il lui fallait tout de même un peu de temps pour réfléchir.

Il changea de sujet. « Tes parents sont là ?

— Bien sûr. Viens, je vais te présenter. »

Les parents de Verena étaient des célébrités qui avaient affiché leur soutien à Kennedy. George espérait qu'ils se décideraient à présent à critiquer la réaction frileuse du Président face aux violences ségrégationnistes. George et Verena réussiraient peut-être ensemble à les persuader de faire une déclaration publique. Cela contribuerait grandement à soulager la douleur de son bras.

Il traversa la pelouse au côté de Verena.

« Mom, Dad, je voudrais vous présenter mon ami George Jakes », dit Verena.

Son père était un grand Noir remarquablement élégant et sa mère une Blanche très blonde, à la coiffure élaborée. George avait souvent vu leurs photos : ils formaient un couple interracial très connu. Percy Marquand était le « Bing Crosby noir », vedette de cinéma et chanteur de charme, Babe Lee une comédienne spécialisée dans les rôles de femme à poigne.

Percy s'adressa à George de sa chaude voix de baryton qu'une bonne dizaine de disques à succès avait rendue familière à tous. « Monsieur Jakes, quand vous étiez dans l'Alabama, vous avez été blessé alors que vous défendiez notre cause. C'est un honneur pour moi de vous serrer la main.

— Merci, monsieur, mais je vous en prie, appelez-moi George. »

Babe Lee lui prit la main et le regarda droit dans les yeux, comme si elle éprouvait pour lui une passion dévorante. « Nous vous sommes infiniment reconnaissants, George, et nous sommes fiers de vous. » Son attitude était tellement charmeuse que George jeta un coup d'œil embarrassé à son mari, craignant qu'il ne s'en offusque, mais ni Percy ni Verena ne manifestèrent la moindre réaction et George se demanda si Babe faisait ce numéro à tous les hommes qu'elle rencontrait.

Dès qu'il réussit à dégager sa main, il se tourna vers Percy : « Je sais que vous avez fait campagne pour Kennedy à la présidentielle de l'année dernière, remarqua-t-il. N'êtes-vous pas irrité de son inaction en matière de droits civiques ?

— Nous sommes tous déçus, reconnut Percy.

— Il y a de quoi, renchérit Verena. Bob Kennedy a réclamé une trêve aux Riders. Vous vous rendez compte ? Le CORE a refusé, évidemment. L'Amérique est gouvernée par des lois, pas par des gangs !

— Un point que le ministre de la Justice aurait bien fait de rappeler », insista George.

Percy hocha la tête, sans se laisser démonter par cette double attaque. « Il paraît que l'administration a conclu un accord avec les États du Sud », leur confia-t-il. George tendit l'oreille : les journaux n'en avaient pas parlé. « Les gouverneurs ont accepté de refréner les auteurs de violences, comme le veulent les frères Kennedy. »

George savait qu'en politique, on n'obtenait jamais rien sans rien. « Et quelle est la contrepartie ?

— Le ministre de la Justice fermera les yeux sur les arrestations illégales de Freedom Riders. »

Verena était scandalisée, et furieuse contre son père. « Tu aurais pu me le dire plus tôt, Dad, observa-t-elle sèchement.

— Je savais que ça te rendrait folle, ma chérie. »

Le visage de Verena s'assombrit devant ce ton protecteur, et elle détourna le regard.

George se concentra sur la question cruciale : « Protesterez-vous publiquement, monsieur Marquand ?

— J'y ai pensé. Mais je ne crois pas que cela aurait beaucoup d'effet.

— Cela pourrait inciter les électeurs noirs à ne pas voter pour Kennedy en 1964.

— Est-ce vraiment notre objectif ? Nous serions en bien plus mauvaise posture avec un homme comme Richard Nixon à la Maison Blanche. »

Verena ne décolérait pas. « Mais alors, qu'est-ce qu'on peut faire ?

— Ce qui s'est passé dans le Sud le mois dernier a prouvé, de manière irréfutable, que la législation existante n'est pas efficace. Il nous faut un nouveau projet de loi sur les droits civiques.

— Je suis parfaitement d'accord avec vous, approuva George.

— Je pourrais peut-être apporter ma pierre à une initiative de ce genre, poursuivit Percy. À l'heure actuelle, j'ai quelque influence à la Maison Blanche. Si je critique les Kennedy, je la perdrai. »

George n'en estimait pas moins qu'il fallait que Percy prenne clairement position. Verena exprima la même idée. « Tu devrais quand même exprimer le fond de ta pensée, affirma-t-elle. L'Amérique regorge de gens trop prudents. Voilà comment on s'est retrouvé dans ce pétrin.

— Ton père est connu pour dire ce qu'il a à dire, protesta sa mère, vexée. Il est déjà monté au créneau plusieurs fois. »

Percy ne se laisserait visiblement pas convaincre. Après tout, peut-être avait-il raison, songea George. Une nouvelle loi sur les droits civiques qui empêcherait les États du Sud d'opprimer les Noirs était peut-être la seule solution réaliste.

« Il faut que j'aille retrouver mes parents, dit-il. Ça a été un plaisir et un honneur de faire votre connaissance.

— Réfléchis à cette histoire de boulot pour Martin », lui lança Verena alors qu'il s'éloignait.

Il gagna la partie du parc où devait avoir lieu la remise des diplômes de droit. On y avait dressé une estrade temporaire et de grandes tables sur tréteaux avaient été installées sous des chapiteaux dans l'attente du déjeuner. Il trouva immédiatement ses parents.

Sa mère portait une robe jaune qu'il ne lui connaissait pas. Elle avait dû économiser pour se l'acheter : elle était trop fière pour accepter que les riches Pechkov payent quoi que ce soit, sauf si c'était pour George. Elle l'inspecta alors sous toutes les coutures, admirant sa toge universitaire et sa toque. « Je n'ai jamais été aussi fière de ma vie », avoua-t-elle. Et, à la stupéfaction de George, elle fondit en larmes.

Ce n'était pourtant pas son genre : cela faisait vingt-cinq ans qu'elle se refusait la moindre manifestation de faiblesse. Il la prit dans ses bras et la serra contre lui. « J'ai tellement de chance de t'avoir, Mom. »

Puis il se dégagea doucement et essuya les larmes de Jacky avec un mouchoir blanc immaculé, avant de se tourner vers son père. Comme la plupart des anciens élèves, Greg était coiffé d'un canotier orné d'un ruban indiquant l'année de son diplôme – 1942, en l'occurrence. « Félicitations, mon garçon », dit-il, et il serra la main de George. Eh bien, songea ce dernier, il est venu, c'est mieux que rien.

Les grands-parents de George apparurent quelques instants plus tard. C'étaient des immigrés russes, l'un comme l'autre. Son grand-père, Lev Pechkov, avait débuté dans la vie en dirigeant des bars et des boîtes de nuit à Buffalo; il était à présent propriétaire d'un studio à Hollywood. Il avait toujours été un dandy et arborait ce jour-là un costume blanc. George ne savait jamais quoi penser de lui. On disait que c'était un homme d'affaires redoutable, qui n'hésitait pas à faire des entorses à la loi. D'un autre côté, il avait toujours été adorable avec son petit-fils noir, à qui il avait accordé une généreuse pension tout en finançant ses études.

Il prit alors George par le bras et lui dit en confidence : « Si j'ai un conseil à te donner dans ta carrière d'avocat, c'est de ne jamais défendre de criminels.

— Pourquoi ?

— Parce que ce sont des losers », pouffa Lev.

La plupart des gens s'accordaient à penser qu'il avait lui-même été un criminel, se livrant à la contrebande d'alcool du temps de la prohibition. « *Tous* les criminels sont des losers ? demanda George.

— Ceux qui se font prendre, oui. Quant aux autres, ils n'ont pas besoin d'avocat. » Il éclata de rire.

La grand-mère de George, Marga, l'embrassa chaleureusement. « N'écoute pas tout ce que raconte ton grand-père.

— Je suis bien obligé, répliqua George. C'est lui qui a payé mes études. »

Lev tendit le doigt vers son petit-fils. « Je suis heureux de constater que tu ne l'oublies pas. »

Marga l'ignora. « Oh, quand je te vois comme ça ! dit-elle à George d'une voix vibrante de tendresse. Si joli garçon et en plus avocat, maintenant ! »

George était l'unique petit-fils de Marga et elle raffolait de lui. Il était prêt à parier qu'elle lui glisserait cinquante dollars dans la main avant la fin de l'après-midi.

Dans sa jeunesse, Marga avait été chanteuse dans une boîte de nuit, et à soixante-cinq ans, elle se déplaçait encore comme si elle entrait en scène en robe moulante. Ses cheveux noirs devaient certainement aujourd'hui leur couleur de jais aux artifices d'un coiffeur et elle portait plus de bijoux qu'il n'était de mise pour une cérémonie en plein air; sans doute, songea George, son statut de maîtresse et non d'épouse légitime l'incitait-il à faire un peu d'esbroufe.

Marga était la maîtresse de Lev depuis presque cinquante ans et Greg était le seul fruit de leur amour.

Lev avait également une épouse, Olga, qui vivait à Buffalo, et une fille, Daisy, qui avait épousé un Anglais et s'était installée à Londres. George avait donc des cousins anglais qu'il ne connaissait pas – blancs, supposait-il.

Marga embrassa Jacky, et George remarqua les regards surpris et désapprobateurs de ceux qui les entouraient. Harvard avait beau être connu pour son libéralisme, il était rare d'y voir une Blanche embrasser une Noire. La famille de George attirait toujours les regards dans les rares occasions où ses membres se montraient tous ensemble en public. Même là où toutes les races étaient acceptées, une famille mixte risquait toujours d'éveiller les préjugés latents. George savait qu'avant la fin de la journée, il entendrait forcément quelqu'un marmonner tout bas « moricaud » à son passage. Il ignorerait l'insulte. Ses grands-parents noirs étaient morts depuis longtemps, et il n'avait pas d'autre famille que celle-ci. Que ces quatre personnes assistent, gonflées d'orgueil, à sa remise de diplôme était sans prix à ses yeux.

« J'ai déjeuné avec le vieux Renshaw hier, annonça alors Greg. Je suis arrivé à le convaincre de reconduire la proposition d'emploi de Fawcett Renshaw.

— Quoi ? Mais c'est formidable, s'écria Marga. George ! Tu vas quand même être avocat à Washington ! »

Jacky adressa à Greg un de ses rares sourires. « Merci, Greg », dit-elle.

Greg leva l'index dans un geste de mise en garde. « Il y a des conditions, évidemment.

— Oh ! réagit Marga, George acceptera n'importe quoi pourvu que ce soit raisonnable. C'est une telle chance pour lui ! »

Elle voulait dire *pour un jeune Noir.* George le comprit, mais ne protesta pas. De toute façon, elle avait raison. « Quelles conditions ? demanda-t-il prudemment.

— Rien qui ne s'applique à tous les avocats du monde, répondit Greg. Évite de t'attirer des ennuis, c'est tout. Un avocat ne peut pas se permettre de se mettre les autorités à dos.

— Éviter les ennuis…, répéta George, méfiant.

— Débrouille-toi pour rester désormais à l'écart de tout mouvement de contestation, des défilés, des manifestations, de tous ces machins-là. De toute façon, en tant que jeune associé, tu n'auras plus de temps à consacrer à tout ça. »

Cette recommandation irrita George. « Si je comprends bien, je suis censé m'engager dans la vie professionnelle en promettant de ne jamais rien faire pour défendre la liberté.

— Ne prends donc pas les choses comme ça », protesta son père.

George retint une réplique cinglante. Sa famille ne lui voulait que du bien, il le savait. S'efforçant de rester calme, il demanda : « Et comment dois-je les prendre ?

— Ton rôle dans le mouvement des droits civiques ne sera plus celui d'un soldat du front, voilà tout. Ça ne t'empêchera pas de le soutenir. Tu n'as qu'à envoyer un chèque tous les ans à la NAACP. » La National Association for the Advancement of Colored People – Association nationale pour la promotion des gens de couleur – était le plus ancien groupe de défense des droits civiques, le plus conservateur aussi : elle s'était opposée aux Freedom Rides qu'elle considérait comme une dangereuse provocation. « Fais profil bas, en un mot. Laisse les autres monter dans le car.

— Il y a peut-être une autre solution, reprit George.

— Oui ?

— Je pourrais travailler pour Martin Luther King.

— Il t'a offert un emploi ?

— J'ai reçu une proposition.

— Tu toucherais combien ?

— Pas grand-chose, sans doute.

— Ne te figure pas, intervint Lev, que tu peux te permettre de refuser un emploi idéal pour toi et venir ensuite me réclamer de l'argent de poche.

— Compris, dit George bien que ce fût exactement ce qu'il avait envisagé. Je crois que je vais quand même accepter cette offre. »

Sa mère protesta. « Oh non ! George, ne fais pas ça. » Elle était sur le point d'en dire davantage, quand les étudiants furent appelés à se ranger les uns derrière les autres pour recevoir leurs diplômes. « Va vite, fit-elle. Nous en reparlerons plus tard. »

George quitta sa famille pour rejoindre la file. La cérémonie commença et il avança à pas lents vers l'estrade. Il se remémora son stage d'été chez Fawcett Renshaw. Mr. Renshaw avait eu le sentiment de faire preuve d'un libéralisme héroïque en engageant un assistant noir. Mais le travail qu'on avait confié à George était d'une facilité humiliante, même pour un stagiaire. Il avait fait preuve de patience, attendant son heure, et une occasion avait fini par se présenter. Il avait effectué une recherche juridique qui avait permis au cabinet de remporter un procès, et on lui avait offert un poste aussitôt qu'il aurait son diplôme en poche.

Ce n'était pas sa première expérience de ce genre. Le monde était convaincu qu'un étudiant de Harvard était forcément intelligent et compétent – sauf s'il était noir, auquel cas on pouvait s'attendre à tout. Toute sa vie, George avait dû prouver qu'il n'était pas un imbécile. Ça finissait par être exaspérant. S'il avait des enfants un jour, il espérait qu'ils grandiraient dans un monde différent.

Il était arrivé au pied de l'estrade. Alors qu'il gravissait la courte volée de marches, il fut étonné d'entendre des sifflets.

Siffler était une tradition à Harvard, une manifestation d'hostilité généralement dirigée contre les professeurs qui donnaient de mauvais cours ou étaient particulièrement désagréables avec les étudiants. George en fut tellement atterré qu'il s'arrêta sur les marches et se retourna. Son regard croisa celui de Joseph Hugo. Hugo n'était pas le seul – les sifflets étaient trop bruyants pour cela –, mais George était certain qu'il avait orchestré ce tohu-bohu.

George fut accablé par cette manifestation de haine. Trop humilié pour monter sur l'estrade, il resta sur place, figé, le visage en feu.

Quelqu'un se mit alors à applaudir. Parcourant du regard les rangées de sièges, George aperçut un professeur debout. C'était Merv West, un des enseignants les plus jeunes. D'autres suivirent son exemple, et bientôt, les sifflets furent noyés sous les applaudissements. Plusieurs spectateurs se levèrent, eux aussi. Même ceux qui ne le connaissaient pas, songea George, avaient dû deviner qui il était en voyant son plâtre.

Il serra les dents et traversa la scène. Une ovation éclata lorsqu'on lui tendit son diplôme. Il se retourna lentement pour faire face au public et remercia d'une légère inclinaison de la tête. Puis il se retira.

En rejoignant les autres étudiants, il avait le cœur qui battait à tout rompre. Plusieurs jeunes gens lui serrèrent la main en silence. Il avait été accablé par les sifflets, puis transporté par les applaudissements. Constatant qu'il était en nage, il s'épongea le visage avec son mouchoir. Quelle épreuve !

Il assista à la fin de la cérémonie dans un brouillard, heureux de disposer de quelques instants pour reprendre ses esprits. La terrible honte qu'il avait éprouvée commençant à se dissiper, il comprit que les sifflets étaient le fait d'Hugo et d'une poignée de cinglés de droite, alors que le reste de Harvard la libérale lui avait rendu hommage. Il pouvait être fier de lui, se dit-il.

Les étudiants rejoignirent alors leurs familles pour le déjeuner. La mère de George le serra dans ses bras. « Ils t'ont acclamé, mon chéri !

— C'est vrai, reconnut Greg. Mais pendant un moment, j'ai eu peur que ça tourne mal. »

George écarta les mains dans un geste de prière. « Comment veux-tu que je me tienne à l'écart de cette lutte ? J'ai très envie de ce poste chez Fawcett Renshaw et j'ai très envie de faire plaisir à ma famille qui m'a soutenu pendant toutes mes années d'études – mais ça ne suffit pas. Et si j'ai des enfants un jour ?

— Quelle bonne idée ! se réjouit Marga.

— Mais Mamie Marga, mes enfants ne seront pas blancs. Dans quel monde grandiront-ils ? Seront-ils condamnés à rester toute leur vie des Américains de seconde catégorie ? »

Leur conversation fut interrompue par l'arrivée de Merv West qui serra la main de George et le félicita chaleureusement. Le professeur West était vêtu de façon un peu trop décontractée pour la circonstance, avec son complet de tweed et sa chemise boutonnée sans cravate.

« Merci, monsieur, d'avoir déclenché les applaudissements, dit George.

— Ne me remerciez pas, vous les méritiez. »

George lui présenta sa famille. « Nous étions en train de parler de mon avenir.

— J'espère que vous n'avez pas pris de décision définitive. »

Cette remarque piqua la curiosité de George. Où voulait-il en venir ? « Pas encore, répondit-il. Pourquoi ?

— Il se trouve que j'ai discuté l'autre jour avec le ministre de la Justice, Robert Kennedy, un ancien de Harvard, comme vous le savez.

— J'espère que vous lui avez dit que son attitude face aux événements de l'Alabama est une honte nationale. »

West lui adressa un sourire contrit. « Pas dans ces termes, enfin pas exactement. Mais nous sommes tombés d'accord pour reconnaître que la réaction de l'administration a été inadéquate.

— C'est le moins que l'on puisse dire. Je ne peux pas croire qu'il... » George n'acheva pas sa phrase : une idée venait de lui traverser l'esprit. « Quel est le rapport avec les décisions concernant mon avenir ?

— Bob a décidé d'embaucher un jeune avocat noir pour donner à son équipe le point de vue de la communauté noire sur les droits civiques. Il m'a demandé si j'avais quelqu'un à lui recommander.

— Vous voulez dire... », bégaya George, interloqué.

West leva la main pour l'empêcher de s'emballer. « Attendez. Je ne vous offre pas le poste – Bob est le seul habilité à le faire. Mais je peux vous obtenir un entretien... si vous le souhaitez.

— George ! s'écria Jacky. Un poste dans l'équipe de Robert Kennedy ! Ce serait formidable !

— Mom, tu oublies que les Kennedy nous ont drôlement laissés tomber.

— Eh bien, va travailler pour Robert Kennedy et fais bouger les choses ! »

George hésita. Son regard se posa tour à tour sur les visages enthousiastes de sa mère, de son père, de sa grand-mère, de son grand-père, avant de revenir sur celui de sa mère.

« C'est peut-être une idée », murmura-t-il enfin.

VIII

Dimka Dvorkine avait honte d'être encore puceau à vingt-deux ans.

Il était sorti avec plusieurs filles pendant ses études, mais aucune ne l'avait jamais laissé aller jusqu'au bout. De toute façon, il aurait eu des scrupules à le faire. Personne ne lui avait clairement dit que les rapports sexuels devaient s'inscrire dans une relation amoureuse de longue durée, mais c'était ainsi qu'il voyait les choses. Il n'avait jamais été terriblement pressé de mettre une fille dans son lit, contrairement à d'autres garçons de sa connaissance. Tout de même, son inexpérience commençait à l'embarrasser.

Son ami Valentin Lebedev était tout le contraire de lui. Grand et plein d'assurance, il avait les cheveux noirs, les yeux bleus et du charme à revendre. À la fin de leur première année à l'université de Moscou, il avait déjà couché avec la plupart des étudiantes de l'Institut d'études politiques, et avec une des enseignantes.

Au début de leur amitié, Dimka lui avait demandé : « Comment tu fais, tu sais bien, pour éviter qu'elles tombent enceintes ?

— C'est à la fille de se débrouiller, non ? avait répondu Valentin avec insouciance. Au pire, elle peut se faire avorter, ce n'est pas bien compliqué. »

En discutant avec d'autres étudiants, Dimka avait constaté que beaucoup partageaient le même point de vue. Les hommes ne risquaient rien, donc ce n'était pas leur problème. Et l'avortement pour convenance personnelle était autorisé pendant les douze premières semaines de grossesse. Dimka avait tout de même du mal à approuver l'attitude de Valentin, peut-être à cause de la profonde réprobation qu'elle inspirait à sa sœur.

Le sexe était le centre d'intérêt majeur de Valentin, qui y avait consacré bien plus de temps qu'à ses études. Pour Dimka, cela avait été l'inverse ce qui expliquait que ce dernier soit devenu conseiller au Kremlin alors que le premier était employé au service des parcs et jardins de la ville de Moscou.

C'était grâce aux relations de travail de Valentin qu'en ce mois de juillet 1961, ils bénéficiaient tous les deux d'une semaine au camp de vacances V. I. Lénine pour jeunes communistes.

Le camp était évidemment un peu militaire, avec ses tentes alignées au cordeau et l'extinction obligatoire des feux à vingt-deux heures trente, mais il y avait une piscine, un lac où l'on pouvait canoter et une flopée de filles. Une semaine dans un endroit pareil était un privilège très convoité.

Dimka estimait qu'il méritait bien des vacances. Le sommet de Vienne avait été un succès pour l'Union soviétique, et le mérite lui en revenait en partie.

En réalité, les choses avaient mal commencé pour Khrouchtchev. Kennedy et son éblouissante épouse étaient arrivés à Vienne au milieu d'un cortège de limousines arborant des dizaines de drapeaux étoilés. Quand les deux chefs d'État s'étaient rencontrés, les téléspectateurs du monde entier avaient pu constater que Kennedy dépassait Khrouchtchev de plusieurs centimètres et devait, pour lui parler, incliner son nez patricien vers le crâne chauve de son interlocuteur soviétique. Les vestons sur mesure de Kennedy et ses cravates étroites donnaient à Khrouchtchev l'air d'un paysan endimanché. L'Amérique avait remporté un concours de beauté auquel l'Union soviétique ne savait même pas qu'elle participait.

Mais dès que les discussions avaient commencé, Khrouchtchev avait pris l'ascendant. Quand Kennedy avait essayé de dialoguer aimablement, entre hommes raisonnables, Khrouchtchev avait manifesté une agressivité palpable. Kennedy avait fait remarquer qu'il n'était pas cohérent que l'Union soviétique encourage le communisme dans les pays du tiers monde et accueille par des protestations indignées les efforts américains pour juguler le communisme dans la sphère d'influence soviétique. Khrouchtchev avait répliqué avec mépris que l'expansion du communisme était une nécessité historique et qu'aucune action d'un chef d'État, quel qu'il fût, ne pourrait l'empêcher. Kennedy, qui connaissait mal la philosophie marxiste, était resté coi.

La stratégie élaborée par Dimka et d'autres conseillers avait triomphé. À son retour à Moscou, Khrouchtchev avait donné l'ordre de distribuer des dizaines d'exemplaires des procès-verbaux du sommet, non seulement à travers tout le bloc soviétique, mais aussi aux dirigeants de pays aussi éloignés que le Cambodge et le Mexique. Depuis, Kennedy était demeuré silencieux, ne réagissant même pas à la menace de Khrouchtchev de s'emparer de Berlin-Ouest. Et Dimka était parti en vacances.

Le premier jour, il enfila une tenue neuve, une chemisette à carreaux et un short taillé par sa mère dans le pantalon d'un vieux complet de serge bleue.

« C'est à la mode à l'Ouest, ce genre de shorts ? demanda Valentin.

— Je n'en sais rien », répondit Dimka en riant.

Il décida d'aller faire les courses pendant que Valentin se rasait.

En sortant de leur tente, il fut ravi de voir, immédiatement sur la droite, une jeune femme qui essayait d'allumer le petit réchaud portatif fourni à tous les campeurs. Elle était un peu plus âgée que Dimka, vingt-sept ans, estima-t-il. Ses épais cheveux acajou étaient coupés au carré et son visage était constellé de séduisantes taches de rousseur. Avec son chemisier orange et son pantalon noir étroit qui s'arrêtait juste au-dessus du genou, elle avait une allure à la mode presque intimidante.

« Salut ! » lui lança Dimka en souriant. Elle leva les yeux vers lui. « Tu veux un coup de main pour allumer ce machin ? » demanda-t-il.

Elle approcha une allumette du brûleur puis rentra dans sa tente sans un mot.

Eh bien, ce n'est pas avec elle que je vais perdre ma virginité, songea Dimka en poursuivant son chemin.

Il acheta des œufs et du pain dans la boutique située à côté du bloc sanitaire collectif. Quand il regagna leur emplacement, deux filles se tenaient devant la tente d'à côté : celle à laquelle il avait adressé la parole, et une jolie blonde svelte. La blonde portait le même genre de pantalon noir que la première, avec un chemisier rose. Valentin était en train de leur parler, et elles riaient.

Il les présenta à Dimka. La rousse s'appelait Nina, et ne fit aucune allusion à leur précédente rencontre ; elle semblait très réservée. La blonde, Anna, était manifestement la plus hardie des deux ; elle souriait beaucoup et repoussait ses cheveux en arrière d'un geste gracieux.

Dimka et Valentin n'avaient apporté qu'une casserole de fer dans laquelle ils prévoyaient de faire toute leur cuisine, et Dimka l'avait remplie d'eau pour cuire des œufs ; les filles étaient mieux équipées et Nina lui prit les œufs pour confectionner des blinis.

La situation s'améliore, songea Dimka.

Il profita du petit déjeuner pour observer attentivement Nina. Son nez étroit, sa petite bouche et son menton légèrement pointu lui donnaient un air circonspect, comme si elle passait son temps à peser le pour et le contre. Mais elle avait une silhouette voluptueuse et quand Dimka songea qu'il avait de bonnes chances de la voir en maillot de bain, il eut soudain la bouche sèche.

« On va prendre un canot, Dimka et moi, pour faire la traversée du lac », annonça Valentin. C'était la première fois que Dimka entendait parler de ce projet, mais il se tut. « Et si on y allait à quatre ? poursuivit Valentin. On pourrait emporter un pique-nique. »

Ça ne peut pas être aussi facile, se dit Dimka, Ils venaient à peine de faire connaissance !

Les filles échangèrent un long regard, chacune cherchant à deviner ce que l'autre en pensait, puis Nina répondit sèchement : « On verra. Pour le moment, débarrassons. » Elle commença à rassembler les assiettes et les couverts.

C'était décevant, mais tout n'était peut-être pas encore perdu.

Dimka se proposa pour porter la vaisselle sale jusqu'au bloc sanitaire.

« Où as-tu déniché ce short ? demanda Nina pendant le trajet.

— C'est ma mère qui me l'a fait.

— Ce que tu es mignon », répondit-elle en riant.

Dimka se demanda ce que sa sœur aurait voulu dire en qualifiant un homme de mignon et en conclut que Nina le trouvait sympa mais pas franchement séduisant.

Un bloc de béton abritait les toilettes, les douches et de grands éviers collectifs. Dimka regarda Nina faire la vaisselle. Il eut beau essayer de trouver un sujet de conversation, l'inspiration lui manquait. Si elle l'avait interrogé sur la crise de Berlin, il aurait pu discourir toute la journée. Mais il n'était pas doué pour les bêtises plus ou moins amusantes que Valentin débitait sans effort à jet continu. Il finit par bredouiller : « Ça fait longtemps que vous êtes amies, Anna et toi ?

— On travaille ensemble au siège du syndicat de la métallurgie à Moscou. Dans l'administration. J'ai divorcé il y a un an et Anna cherchait quelqu'un pour partager son appartement, alors on habite ensemble maintenant. »

Divorcée, songea Dimka ; ça signifiait qu'elle ne manquait pas d'expérience sexuelle. Il en fut tout intimidé. « Comment était ton mari ?

— C'est un con. Je n'ai pas envie d'en parler.

— Bon. » Dimka se creusa la tête, à la recherche d'une banalité quelconque. « Anna a l'air très sympa, tenta-t-il.

— Elle a des relations utiles. »

Il trouva que c'était une curieuse remarque à faire au sujet d'une amie. « Comment ça ?

— C'est grâce à son père qu'on est ici. Il est secrétaire du syndicat pour le district de Moscou. » Nina semblait s'en enorgueillir.

Dimka rapporta la vaisselle propre jusqu'aux tentes. Quand ils arrivèrent, Valentin leur annonça gaiement : « On a préparé des sandwichs – jambon et fromage. » Anna regarda Nina en esquissant un geste d'impuissance, comme pour dire que Valentin était un vrai rouleau compresseur et qu'elle n'avait pas pu l'arrêter. Dimka ne fut pas dupe : elle n'avait pas dû faire de gros efforts. Nina haussa les épaules, et l'affaire du pique-nique fut entendue.

Ils durent attendre une heure pour avoir un canot, mais les Moscovites étaient habitués à faire la queue et ils prirent enfin le large en fin de matinée sur l'eau froide et limpide. Valentin et Dimka ramèrent à tour de rôle, pendant que les filles prenaient le soleil. Personne ne semblait éprouver le besoin de bavarder.

Arrivés sur l'autre rive, ils tirèrent le canot sur une petite plage et l'amarrèrent. Valentin retira sa chemise, et Dimka l'imita. Anna ôta son chemisier et son pantalon, révélant le deux-pièces bleu ciel qu'elle portait dessous. Ça s'appelait un bikini, Dimka le savait, et c'était à la mode à l'Ouest mais il n'en avait jamais vu pour de vrai et fut gêné par l'émoi que cette tenue provoquait en lui. Il avait le plus grand mal à détourner les yeux du ventre plat et lisse et du nombril de la jeune fille.

À sa grande déception, Nina resta habillée.

Ils mangèrent leurs sandwichs et Valentin sortit une bouteille de vodka. La boutique du camp ne vendait pourtant pas d'alcool et le jeune homme expliqua : «Je l'ai achetée au type qui s'occupe des canots. Il est à la tête d'une petite entreprise capitaliste.» Dimka n'en fut pas surpris : un grand nombre d'articles dont rêvaient les gens se vendaient au marché noir, des téléviseurs aux jeans.

Ils firent tourner la bouteille, et les deux filles en burent une grande lampée.

Nina s'essuya la bouche du revers de la main. «Alors comme ça, vous travaillez tous les deux au service des parcs et jardins?

— Mais non, répondit Valentin en riant. Dimka est bien trop intelligent pour ça.

— Je travaille au Kremlin, indiqua Dimka.

— Ah oui? Et qu'est-ce que tu y fais?» demanda Nina, visiblement impressionnée.

Dimka ne savait jamais comment répondre à cette question sans avoir l'air prétentieux. «Je travaille pour le premier secrétaire, finit-il par avouer.

— Tu veux parler du camarade Khrouchtchev? insista Nina, étonnée.

— Oui.

— Alors ça! Comment est-ce que tu as obtenu un boulot pareil?

— Je te l'ai dit, c'est un crack, intervint Valentin. Il a toujours été premier dans toutes les matières.

— Il ne suffit pas d'avoir de bonnes notes pour dégoter un tel emploi, répliqua Nina sèchement. Il faut connaître quelqu'un. Qui est-ce?

— Mon grand-père, Grigori Pechkov, a fait partie de ceux qui ont donné l'assaut au palais d'Hiver pendant la révolution d'Octobre.

— Ça ne peut pas être à cause de ça.

— Je ne sais pas, moi... Mon père était membre du KGB – il est mort l'année dernière. Et puis j'ai un oncle général. En plus, c'est vrai, je *suis* un crack.

— Et modeste avec ça, commenta-t-elle avec une ironie amusée. Comment s'appelle ton oncle?

— Vladimir Pechkov. On l'appelle Volodia.

— J'ai entendu parler du général Pechkov. Alors, c'est ton

oncle ? Avec une famille pareille, comment se fait-il que tu portes un short cousu par ta maman ? »

Dimka était embarrassé. Elle semblait s'intéresser enfin à lui, mais il n'aurait su dire si elle l'admirait ou le méprisait. Peut-être était-elle toujours comme ça, après tout.

Valentin se leva. « Viens, on va explorer les environs, proposa-t-il à Anna. Ils n'ont qu'à discuter du short de Dimka sans nous. » Il lui tendit la main. Anna la prit et il la hissa sur ses pieds. Puis ils se dirigèrent vers la forêt main dans la main.

« Ton copain n'a pas l'air de m'aimer beaucoup, remarqua Nina.

— Je ne sais pas, en tout cas, il aime bien Anna.

— Elle est jolie. »

Dimka dit tout doucement : « Toi, tu es belle. » Il n'avait rien prévu : la phrase était sortie comme ça. Et il était sincère.

Nina le regarda pensivement, comme si elle révisait son jugement à son égard. « On va nager ? » proposa-t-elle enfin.

Dimka n'adorait pas l'eau ; pourtant, il mourait d'envie de la voir en maillot. Il s'empressa donc de se déshabiller : il avait enfilé un caleçon de bain sous son short.

Nina ne portait pas de bikini mais un maillot une pièce en nylon brun qu'elle remplissait si bien néanmoins que Dimka ne fut pas déçu. Sa silhouette contrastait avec celle d'Anna, très mince. Nina avait des seins généreux et des hanches larges, et sa gorge était parsemée de taches de rousseur. Sous le regard insistant du jeune homme, elle se détourna et se précipita dans le lac.

Dimka la suivit.

L'eau était d'un froid mordant malgré le soleil, mais Dimka apprécia sa caresse sensuelle sur son corps. Ils nagèrent énergiquement pour se réchauffer, s'éloignant vers le centre du lac, avant de revenir plus lentement vers la berge. Ils s'arrêtèrent avant la plage, et Dimka reprit pied. Ils avaient de l'eau jusqu'à la taille. Il n'arrivait pas à détacher ses yeux des seins de Nina. L'eau glacée tendait ses mamelons, qui saillaient sous son maillot.

« Tu as fini de me reluquer comme ça ? » dit-elle en lui éclaboussant la figure par jeu.

Il lui rendit la pareille.

« Tu vas voir ! » cria-t-elle et elle lui appuya sur la tête, cherchant à le couler.

Dimka se débattit et l'attrapa par la taille. Ils luttèrent dans l'eau. Le corps de Nina était lourd mais ferme, et il apprécia sa vigueur. Passant les deux bras autour d'elle, il la souleva. Elle se débattit, cherchant à se libérer, mais il la serra plus fort et sentit la douceur de sa poitrine contre son visage.

« J'abandonne ! » hurla-t-elle.

À contrecœur, il la reposa. Pendant un moment, ils se dévisagèrent sans rien dire. Il distingua dans les yeux de Nina une lueur de désir. Quelque chose lui avait fait changer d'attitude à son égard : était-ce la vodka, son appartenance à la classe des puissants apparatchiks ou l'euphorie de leurs ébats aquatiques ? Peut-être les trois. Peu lui importait. L'invitation de son sourire était claire, et il l'embrassa sur la bouche.

Elle lui rendit son baiser avec ardeur.

Il oublia l'eau froide, perdu dans les sensations délicieuses des lèvres et de la langue de Nina, mais au bout de quelques minutes, elle frissonna et dit : « Sortons. »

Il la prit par la main tandis qu'ils pataugeaient dans l'eau peu profonde pour regagner la terre ferme. Ils s'allongèrent côte à côte dans l'herbe et s'embrassèrent à nouveau. Dimka lui caressa les seins et commença à se demander si le jour où il perdrait sa virginité n'était pas enfin venu.

Ils furent interrompus par une voix sévère amplifiée par un mégaphone : « Regagnez immédiatement l'embarcadère ! La durée de votre sortie est écoulée ! »

Nina murmura : « La police sexuelle... »

Dimka pouffa, malgré sa déception.

Levant les yeux, il vit un petit canot pneumatique à moteur hors-bord passer à une centaine de mètres au large.

Il agita le bras pour indiquer qu'ils avaient compris. Ils étaient censés restituer le canot au bout de deux heures. Sans doute un billet glissé au gardien aurait-il permis d'obtenir un délai supplémentaire, mais Dimka n'y avait pas pensé sur le moment. Il n'avait pas imaginé que sa relation avec Nina progresserait aussi rapidement.

« On ne peut pas rentrer sans les autres », observa la jeune fille. Valentin et Anna surgirent alors du bois. Ils devaient être tout près, pensa Dimka, et avaient certainement entendu le mégaphone.

Les garçons s'éloignèrent légèrement des filles et tous enfilèrent leurs vêtements par-dessus leurs maillots. Dimka entendit

Nina et Anna parler tout bas, Anna d'une voix pressante, tandis que Nina riait et hochait la tête pour acquiescer.

Anna adressa à Valentin un regard lourd de sens. Ils avaient dû mijoter quelque chose tous les deux. Valentin esquissa un signe de tête et se tourna vers Dimka. Il lui dit tout bas : « On va aller tous les quatre aux danses folkloriques ce soir. Quand on rentrera, Anna m'accompagnera dans notre tente. Tu iras avec Nina dans la leur. D'accord ? »

Il était plus que d'accord, il était fou de joie. « Tu as arrangé tout ça avec Anna ?

— Oui, et Nina vient d'accepter. »

Dimka avait peine à y croire. Il allait pouvoir passer toute la nuit en serrant le corps ferme de Nina entre ses bras. « Hé, mais elle m'aime bien alors !

— Ton short y est sûrement pour quelque chose ! »

Ils embarquèrent et regagnèrent la rive à la rame. Les filles annoncèrent qu'elles voulaient prendre une douche dès qu'ils seraient arrivés. Dimka se demanda comment faire passer le temps plus vite jusqu'au soir.

Un inconnu en costume noir les attendait sur le quai.

Dimka comprit immédiatement que c'était pour lui. J'aurais dû m'en douter, pensa-t-il contrit. C'était trop beau.

Ils débarquèrent et Nina se tourna vers l'homme qui transpirait dans son complet : « Vous allez nous arrêter parce que nous avons gardé le canot trop longtemps ? » Elle ne plaisantait qu'à moitié.

« C'est moi que vous cherchez ? intervint alors Dimka. Je suis Dimitri Dvorkine.

— Oui, Dimitri Ilitch, confirma l'homme, utilisant son patronyme en signe de respect. Je suis votre chauffeur. Je dois vous conduire à l'aéroport.

— Une urgence ? »

Le chauffeur haussa les épaules. « Le premier secrétaire a besoin de vous.

— Je vais chercher mes affaires », acquiesça Dimka à regret.

Sa seule consolation fut la stupeur évidente de Nina.

*

La voiture conduisit Dimka à l'aéroport de Vnoukovo, au sud-ouest de Moscou, où Vera Pletner l'attendait avec une grosse enveloppe et un billet d'avion pour Tbilissi, capitale de la république socialiste soviétique de Georgie.

Khrouchtchev ne se trouvait en effet pas à Moscou mais dans sa datcha, sa résidence secondaire de Pitsounda, un lieu de villégiature destiné aux dignitaires du régime, au bord de la mer Noire. Dimka devait l'y rejoindre au plus vite.

Il n'avait encore jamais pris l'avion.

Il n'était pas le seul conseiller dont les vacances avaient été ainsi écourtées. Dans le hall des départs, alors qu'il s'apprêtait à ouvrir l'enveloppe que lui avait remise Vera, il fut abordé par Ievguéni Filipov, vêtu de sa sempiternelle chemise de flanelle grise malgré la chaleur estivale. Filipov avait l'air ravi, ce qui ne pouvait être que de mauvais augure.

« Votre stratégie a échoué, annonça-t-il à Dimka en buvant manifestement du petit-lait.

— Comment ça ?

— Le président Kennedy a prononcé un discours télévisé. »

Kennedy était resté muet pendant sept semaines, depuis le sommet de Vienne. Les États-Unis n'avaient pas réagi à la manœuvre d'intimidation de Khrouchtchev qui avait menacé de signer un traité avec l'Allemagne de l'Est et de reprendre Berlin-Ouest. Dimka s'était figuré que le président américain était trop timoré pour tenir tête au Soviétique. « Qu'est-ce qu'il a raconté ?

— Il a demandé au peuple américain de se préparer à la guerre. »

C'était donc ça, l'urgence...

On les appela en salle d'embarquement. « Qu'est-ce que Kennedy a dit, exactement ? insista Dimka.

— Voilà ce qu'il a dit à propos de Berlin : "Une attaque dirigée contre cette ville serait considérée comme une attaque contre nous tous." Vous trouverez la transcription complète dans votre enveloppe. »

Ils montèrent à bord d'un avion de ligne, un Tupolev Tu-104. N'ayant pas eu le temps de se changer, Dimka était toujours en short. Il regarda par le hublot au moment du décollage. Il savait comment fonctionnaient les avions, la surface supérieure incurvée de l'aile créant une différence de pression atmosphérique ; tout de même, voir l'appareil s'élever ainsi dans les airs, c'était magique.

Détournant enfin les yeux, il décacheta l'enveloppe.

Filipov n'avait pas exagéré.

Kennedy ne se contentait pas d'avertissements. Il avait l'intention de tripler le nombre de soldats du contingent, de rappeler les réservistes et d'augmenter les effectifs de l'armée américaine pour atteindre un million d'hommes. Il préparait un nouveau pont aérien sur Berlin, envoyait six divisions en Europe et s'apprêtait à appliquer des sanctions économiques contre les pays du pacte de Varsovie.

De plus, il avait augmenté le budget de l'armée de plus de trois *milliards* de dollars.

Dimka ne pouvait que se rendre à l'évidence : la stratégie que Khrouchtchev et ses conseillers avaient élaborée était un échec flagrant. Ils avaient tous sous-estimé ce jeune et fringant président. Finalement, il n'était pas du genre à se laisser intimider.

Que pouvait faire Khrouchtchev ?

Il risquait de devoir démissionner. Aucun dirigeant soviétique ne l'avait jamais fait – Lénine comme Staline étaient en fonction au moment de leur mort –, mais il fallait un début à tout dans la politique révolutionnaire.

Dimka lut et relut le discours, et consacra l'intégralité des deux heures de trajet à y réfléchir. Si Khrouchtchev ne démissionnait pas, il ne pouvait prendre qu'une décision : virer tous ses conseillers, en embaucher de nouveaux et remanier le présidium pour augmenter le pouvoir de ses ennemis, reconnaissant ainsi qu'il s'était trompé et promettant d'écouter à l'avenir des avis plus raisonnables.

Quelle que fût la solution choisie, la brève carrière de Dimka au Kremlin était terminée. Peut-être avait-il été trop ambitieux, songea-t-il piteusement. Sans doute devait-il se préparer à un avenir plus modeste.

Il se demanda si la voluptueuse Nina aurait encore envie de passer la nuit avec lui.

L'avion se posa à Tbilissi. Dimka et Filipov s'envolèrent ensuite dans un petit appareil militaire qui atterrit sur une piste aménagée au bord de la mer Noire.

Natalia Smotrov du ministère des Affaires étrangères les y attendait. L'humidité des bords de mer lui avait bouclé les cheveux, lui donnant un petit air déluré. « Nous avons reçu de mauvaises nouvelles de Pervoukhine », leur annonça-t-elle en les faisant monter dans une voiture à la sortie de l'avion. Mikhaïl Pervoukhine était l'ambassadeur soviétique en Allemagne de l'Est. « Le flot d'émigrants en direction de l'Ouest s'est transformé en marée. »

Filipov eut l'air contrarié, sans doute parce qu'il n'en avait pas été informé avant Natalia. « De quel ordre de grandeur parlons-nous ?

— On n'est pas loin de mille personnes par jour. »

Dimka en resta ébahi. « Mille par *jour ?* »

Natalia acquiesça. « D'après Pervoukhine, le gouvernement est-allemand est complètement déstabilisé. Le pays est au bord de l'effondrement. Un soulèvement populaire n'est pas exclu.

— Vous voyez ? lança Filipov à Dimka. Voilà où votre politique nous a conduits. »

Dimka resta muet.

Natalia longea la route côtière en direction d'une péninsule boisée et bifurqua devant une grille de fer forgé massive qui s'ouvrait dans un long mur enduit de stuc. Une villa blanche était sertie dans un écrin de pelouses impeccablement entretenues. Au premier étage, un balcon courait sur toute la façade, tandis qu'une grande piscine miroitait juste à côté. Dimka n'avait encore jamais vu de maison avec une piscine particulière.

« Il est sur la plage », lui annonça un gardien en faisant un signe de tête vers l'arrière de la villa.

Un sentier conduisait à travers les arbres jusqu'à une grève de galets. Un soldat armé d'une mitraillette jeta à Dimka un regard méfiant avant de lui faire signe de passer.

Il trouva Khrouchtchev sous un palmier. Le dirigeant de la deuxième puissance mondiale était petit, gros, chauve et laid. Vêtu d'un pantalon de costume porté haut avec des bretelles et d'une chemise blanche aux manches retroussées, il était assis dans un fauteuil de plage en osier, devant une table sur laquelle étaient disposés une cruche d'eau et un verre. Apparemment, il ne faisait rien.

Il se tourna vers Dimka et lui demanda : « Où avez-vous trouvé ce short ?

— C'est ma mère qui me l'a fait.

— Voilà ce qu'il me faudrait. »

Dimka prononça alors les paroles qu'il avait soigneusement préparées. « Camarade premier secrétaire, je vous prie d'accepter ma démission immédiate. »

Khrouchtchev fit celui qui n'avait rien entendu. « Il va nous falloir vingt ans pour rattraper les États-Unis dans le domaine militaire et économique, remarqua-t-il comme s'ils poursuivaient une conversation déjà engagée. En attendant, comment éviter que la puissance la plus forte ne domine la politique internationale et n'entrave l'essor du communisme mondial ?

— Je ne sais pas, répondit Dimka.

— Regardez, reprit Khrouchtchev. Je suis l'Union soviétique. » Il attrapa la cruche et versa lentement de l'eau dans le verre jusqu'à ce qu'il soit plein à ras bord. Puis il tendit la cruche à Dimka. « Vous, vous êtes les États-Unis. Maintenant, versez de l'eau dans le verre. »

Dimka obtempéra. Le verre déborda, et l'eau inonda la nappe blanche.

« Vous voyez ? demanda Khrouchtchev comme s'il venait de se livrer à une démonstration irréfutable. Quand le verre est plein, on ne peut pas ajouter d'eau sans provoquer un sacré gâchis. »

Dimka était perplexe. Il posa la question escomptée : « Que voulez-vous dire au juste, Nikita Sergueïevitch ?

— La politique internationale est comme un verre. Les démarches agressives d'un camp ou de l'autre le remplissent d'eau. Quand il déborde, c'est la guerre. »

Dimka comprit alors où il voulait en venir. « Quand la tension est à son maximum, personne ne peut plus intervenir sans provoquer une guerre. C'est ça ?

— Exactement. Or les Américains n'en veulent pas plus que nous. Autrement dit, si nous maintenons la tension internationale à son niveau maximum – le verre plein à ras bord –, le président américain sera acculé. Il ne pourra rien faire sans provoquer une guerre, autrement dit, il ne fera rien ! »

C'était brillant, comprit Dimka. Une remarquable démonstration de la manière dont la puissance la plus faible pouvait l'emporter.

« Kennedy est donc impuissant ?

— Oui, parce qu'au moindre geste de sa part, c'est la guerre ! »

Ce plan à long terme avait-il toujours été dans l'esprit de Khrouchtchev ? s'interrogea Dimka. Ou celui-ci venait-il de l'imaginer pour se justifier a posteriori ? C'était un improvisateur de génie. Après tout, cela n'avait aucune importance. « Dans ce cas, comment allons-nous régler la crise de Berlin ? demanda-t-il.

— Nous allons construire un mur », répondit Khrouchtchev.

IX

George Jakes invita Verena Marquand à déjeuner au Jockey Club. En réalité, ce n'était pas un club mais un nouveau restaurant à la mode situé dans l'hôtel Fairfax et très apprécié du cercle des Kennedy. George et Verena formaient le couple le plus élégant de la salle : elle était absolument ravissante dans une robe vichy serrée à la taille par une large ceinture rouge et il n'était pas moins chic avec sa veste de lin bleu nuit sur mesure et sa cravate rayée. Le maître d'hôtel leur attribua pourtant une table près de la porte des cuisines. Washington avait beau pratiquer l'intégration raciale, les préjugés étaient tenaces. George ne se laissa pas atteindre.

Verena était venue à Washington avec ses parents. Ceux-ci avaient été invités à un cocktail donné un peu plus tard ce jour-là à la Maison Blanche pour remercier les sympathisants les plus en vue du Président – dont les Marquand – et, George le savait, s'assurer leur concours lors de la prochaine campagne électorale.

Verena regarda autour d'elle d'un air approbateur. « Ça fait longtemps que je n'ai pas mis les pieds dans un restaurant correct, remarqua-t-elle. Atlanta est un vrai trou. » Avec deux parents vedettes de Hollywood, elle avait grandi dans l'idée que le luxe était une chose normale.

« Tu devrais venir t'installer ici », lui conseilla George en plongeant son regard dans ses incroyables yeux verts. Sa robe sans manches révélait la perfection de sa peau café au lait, ce dont elle était certainement consciente. Si elle déménageait à Washington, il lui proposerait de sortir avec lui.

George faisait tout son possible pour oublier Maria Summers. Il sortait avec Norine Latimer, une diplômée d'histoire qui travaillait comme secrétaire à l'American History Museum. Elle était séduisante et intelligente, mais il n'y avait rien à faire : il n'arrêtait pas de penser à Maria. Peut-être Verena constituerait-elle un remède plus efficace.

Il garda tout cela pour lui, évidemment. « Tu es complètement sur la touche, là-bas, au fin fond de la Georgie, c'est sûr !

— Ne crois pas ça. Je travaille pour Martin Luther King. Cet homme-là changera l'Amérique plus profondément que John F. Kennedy.

— Parce que King n'a qu'un sujet de préoccupation, les droits civiques. Le Président en a une centaine, lui. Il est le défenseur du monde libre. À l'heure actuelle, son souci majeur, c'est Berlin.

— Tu ne trouves pas ça bizarre ? remarqua-t-elle. La liberté et la démocratie sont essentielles à ses yeux quand il s'agit du peuple allemand de Berlin-Est, mais pas quand il s'agit des Noirs américains du Sud. »

George sourit. Elle n'avait rien perdu de sa combativité. « Il ne s'agit pas seulement de ce qui est essentiel à ses yeux. Mais de ce qu'il est capable de réaliser. »

Elle haussa les épaules. « Et *toi*, tu t'imagines que tu vas pouvoir changer quelque chose ?

— Le ministère de la Justice emploie neuf cent cinquante juristes. Avant mon arrivée, il n'y avait que dix Noirs. Mon embauche représente donc un progrès de dix pour cent.

— Mais qu'est-ce que tu as réussi à faire, concrètement ?

— Le ministère a adopté une ligne dure face à l'Interstate Commerce Commission, qui s'occupe de toutes les questions de transport. Bob Kennedy lui a demandé d'interdire la ségrégation dans les services de cars et de bus.

— Et qu'est-ce qui te permet de croire que cette décision sera plus efficace que les précédentes ?

— Pas grand-chose jusqu'à présent. » George était déçu mais préférait cacher l'étendue de sa déconvenue à Verena. « Tu sais, il y a un certain Dennis Wilson, un jeune avocat blanc de l'équipe personnelle de Bob qui me considère comme un intrus et me tient à l'écart de toutes les réunions vraiment importantes.

— Comment peut-il se le permettre ? C'est Robert Kennedy qui t'a embauché : il faut croire qu'il avait besoin de ta contribution, non ?

— Il faut d'abord que je gagne la confiance de Bob.

— Tu n'as qu'un rôle symbolique, voilà ce que je pense, lança-t-elle avec mépris. Bob ne t'a pris dans son équipe que pour pouvoir dire au monde entier qu'un Noir le conseille sur les questions des droits civiques. Rien ne l'oblige à t'écouter. »

Il avait bien peur qu'elle ait raison mais refusa pourtant de l'admettre. « Ça dépend de moi. Il faut que j'arrive à me faire entendre.

— Viens à Atlanta. Le boulot avec King t'attend toujours. »

George secoua la tête. « Ma carrière est ici. » Se rappelant les propos de Maria, il les répéta : « Les manifestants peuvent exercer une grande influence, mais pour finir, ce sont les gouvernements qui refont le monde.

— Certains, oui, mais pas tous », répliqua Verena.

En sortant, ils trouvèrent la mère de George dans le hall de l'hôtel. George lui avait donné rendez-vous mais n'avait pas pensé un instant qu'elle les attendrait à l'extérieur du restaurant. « Pourquoi ne nous as-tu pas rejoints ? » demanda-t-il.

Ignorant la question, elle s'adressa à Verena. « Nous nous sommes croisées à Harvard, pour la remise des diplômes. Comment allez-vous, Verena ? » Elle était d'une courtoisie inhabituelle, ce qui voulait dire, George le savait, qu'elle n'appréciait pas beaucoup la jeune fille.

George accompagna Verena jusqu'à un taxi et l'embrassa sur la joue. « J'ai été vraiment content de te revoir », lui dit-il.

Sa mère et lui repartirent à pied vers le ministère de la Justice. Jacky Jakes avait envie de voir où son fils travaillait et George avait profité d'un jour relativement calme pour organiser une visite à son intention. Bob Kennedy se trouvait au siège de la CIA à Langley, en Virginie, à une dizaine de kilomètres de la ville.

Jacky avait pris une journée de congé. Elle s'était habillée pour l'occasion, gantée et chapeautée comme si elle allait à la messe. « Que penses-tu de Verena ? lui demanda-t-il tout en marchant.

— C'est une très jolie fille, répondit Jacky immédiatement.

— Tu apprécierais ses idées politiques. Khrouchtchev aussi. » Il exagérait, mais Verena comme Jacky avaient des opinions très avancées. « Elle estime que les Cubains ont parfaitement le droit d'être communistes s'ils en ont envie.

— C'est vrai, approuva Jacky, donnant ainsi raison à George.

— Alors qu'est-ce qui ne te plaît pas chez elle ?

— Rien.

— Mom, on prétend souvent que les hommes manquent d'intuition, mais quand même, je te connais suffisamment pour savoir quand tu n'es pas emballée par quelqu'un. »

Elle sourit et lui effleura le bras tendrement. « Elle t'attire, ce que je comprends parfaitement. Elle est tout à fait charmante. Je ne voudrais pas critiquer une fille qui te plaît, mais...

— Mais quoi ?

— Être le mari de Verena ne serait peut-être pas de tout repos, tu sais. J'ai l'impression qu'elle a fait, fait et fera toujours passer ses envies avant tout le reste.

— Tu la trouves égoïste ?

— Nous le sommes tous. Je la crois trop gâtée, si tu veux savoir ce que je pense. »

George hocha la tête, essayant de ne pas mal le prendre. Sa mère avait sans doute raison. « Ne t'en fais pas. De toute façon, elle n'a pas l'intention de quitter Atlanta.

— Tant mieux, peut-être. Je ne veux qu'une chose, c'est ton bonheur. »

Le ministère de la Justice occupait un grand bâtiment néo-classique, juste en face de la Maison Blanche. En y pénétrant, Jacky semblait gonflée d'orgueil. Elle était tellement heureuse que son fils travaille dans un lieu aussi prestigieux ! George était ravi de sa réaction. Sa mère le méritait bien : elle avait consacré toute sa vie à son fils, et sa réussite la récompensait de ses sacrifices.

Ils arrivèrent dans le grand hall, où Jacky admira les célèbres fresques représentant des scènes de la vie américaine, mais jeta un regard désapprobateur à la statue en aluminium de l'*Esprit de la Justice*, figuré sous les traits d'une femme au sein dénudé. « Je ne suis pas pudibonde, remarqua-t-elle, mais je ne vois pas pourquoi la Justice devrait s'exhiber de la sorte. Tu comprends ça, toi ? »

George réfléchit. « C'est peut-être pour montrer que la Justice n'a rien à cacher ?

— Bien joué », approuva-t-elle en riant.

Ils prirent l'ascenseur. « Comment va ton bras ? » demanda Jacky.

On lui avait retiré son plâtre et George n'avait même plus besoin d'écharpe. « Il me fait encore un peu mal, reconnut-il.

En fait, ça va mieux quand je garde la main gauche dans ma poche. Ça le soutient un peu. »

Ils arrivèrent au cinquième étage. George conduisit Jacky jusqu'à la pièce qu'il partageait avec Dennis Wilson et d'autres. Le bureau du ministre de la Justice était juste à côté.

Dennis était assis à sa table de travail, près de la porte. C'était un homme pâle et blond, au crâne prématurément dégarni. « À quelle heure rentre-t-il ? » s'enquit George.

Dennis comprit qu'il parlait de Robert Kennedy. « Pas avant une bonne heure, au plus tôt.

— Viens, je vais te montrer le bureau de Bob Kennedy, proposa George à sa mère.

— Tu crois qu'on peut ?

— Il n'est pas là. De toute façon, ça ne le dérangerait pas. »

Il fit passer Jacky par l'antichambre, salua les deux secrétaires d'un petit signe de tête et entra dans le bureau du ministre. Avec ses lambris de noyer, sa cheminée massive, son tapis et ses rideaux à motifs ainsi que les lampes posées sur des tables d'appoint, on se serait cru dans le salon d'une grande maison de campagne. C'était une pièce gigantesque, que Bob réussissait pourtant à faire paraître exiguë tant elle était encombrée. Un aquarium et un tigre empaillé complétaient le mobilier. Son immense table de travail était jonchée de papiers, de cendriers et de photos de famille. Quatre téléphones s'alignaient sur une étagère, derrière le fauteuil de bureau.

« Tu te rappelles la maison d'Union Station où nous habitions quand tu étais petit ? demanda Jacky.

— Bien sûr.

— Elle tiendrait tout entière dans cette pièce.

— Sans doute, oui, approuva George en parcourant les lieux du regard.

— Et cette table de travail est plus grande que le lit où nous avons dormi tous les deux avant tes quatre ans.

— Tous les deux, plus le chien. »

Un béret vert, le couvre-chef des Forces spéciales de l'armée américaine que Bob Kennedy admirait tant, était posé sur le bureau. Mais c'étaient les photos qui intéressaient le plus Jacky. George lui tendit un portrait encadré de Bob et Ethel assis sur la pelouse devant une grande maison, entourés de leurs sept enfants.

— Ça, c'est Hickory Hill, leur maison de McLean, en Virginie.

— J'aime bien cette photo, dit-elle en la contemplant. Sa famille a l'air de beaucoup compter pour lui. »

Une voix pleine d'assurance demanda avec l'accent de Boston : « De compter beaucoup pour qui ? »

George se retourna d'un bond. Robert Kennedy venait d'entrer dans la pièce, vêtu d'un costume d'été gris clair fripé. Sa cravate était dénouée et le col de sa chemise déboutonné. Il était moins séduisant que son frère aîné, surtout à cause de ses grandes incisives de lapin.

« Je vous prie de m'excuser, monsieur, bredouilla George terriblement gêné. Je croyais que vous étiez sorti pour l'après-midi.

— Aucune importance, le rassura Bob sans convaincre George de sa sincérité. Ce bureau appartient au peuple américain : il est libre de venir le visiter.

— Permettez-moi de vous présenter ma mère, Jacky Jakes », reprit George.

Bob lui serra la main énergiquement. « Madame Jakes, vous avez un fils brillant », dit-il en mobilisant tout son charme, comme chaque fois qu'il s'adressait à un électeur.

Le visage de Jacky se crispa d'embarras, mais elle s'exprima avec assurance. « Je vous remercie. Vous en avez plusieurs vous-même – j'étais justement en train de les admirer sur cette photo.

— J'ai quatre fils et trois filles. Ce sont des enfants formidables, et je suis parfaitement objectif, croyez-moi. »

Ils éclatèrent tous de rire.

« J'ai été ravi de faire votre connaissance, madame Jakes, poursuivit Bob. Revenez nous voir quand vous voulez. »

C'était une manière élégante mais parfaitement claire de leur donner congé. George et sa mère quittèrent la pièce.

Pendant qu'ils longeaient le couloir pour rejoindre l'ascenseur, Jacky remarqua : « C'était franchement gênant, mais le ministre a été très aimable.

— C'était un traquenard, rétorqua George, furieux. Bob n'est jamais en avance. Dennis nous a délibérément piégés. Il a voulu me faire passer pour un frimeur.

— S'il ne t'arrive rien de pire aujourd'hui, le réconforta sa mère en lui tapotant le bras, tu n'auras pas à te plaindre.

— Je ne sais pas. » George se rappela le commentaire de Verena sur le caractère purement symbolique de son emploi. « Crois-tu que j'aie pu être embauché juste pour servir d'alibi, pour donner de Bob l'image d'un homme qui écoute les Noirs alors que ce n'est pas vrai ?

— Ce n'est pas impossible, répliqua Jacky après un instant de réflexion.

— Dans ce cas, je ferais peut-être mieux d'aller travailler pour Martin Luther King à Atlanta.

— Je comprends ce que tu éprouves, mais je crois qu'il faut que tu restes ici.

— J'étais sûre que tu répondrais ça. »

Il la raccompagna jusque sur le perron. « Et ton appartement, il est comment ? demanda-t-elle. Il faudra que tu me le montres, la prochaine fois.

— Il me plaît beaucoup. » George avait loué le dernier étage d'une maison victorienne haute et étroite dans le quartier de la colline du Capitole. « Et si tu venais dimanche ?

— Volontiers. Je pourrai te faire à dîner dans ta cuisine.

— Ce serait vraiment sympa.

— Tu me présenteras ton amie ?

— J'inviterai Norine, c'est entendu. »

Ils échangèrent un baiser. Jacky allait prendre un train de banlieue pour rentrer chez elle, dans le comté de Prince George. Avant de s'éloigner, elle reprit : « Écoute-moi bien. Il y a mille jeunes gens intelligents qui ne demandent qu'à travailler pour Martin Luther King. Mais il n'y a qu'un Noir assis dans le bureau voisin de celui de Bob Kennedy. »

Elle avait raison, songea-t-il. Comme d'habitude.

Quand il regagna son bureau, il ne dit rien à Dennis. Il s'installa et rédigea pour Bob le résumé d'un rapport sur l'intégration scolaire.

À dix-sept heures, Robert Kennedy et ses conseillers sautèrent dans des limousines pour parcourir le bref trajet qui les séparait de la Maison Blanche, où Bob devait retrouver le Président. C'était la première fois que George était invité à assister à une réunion à la Maison Blanche et il se demanda comment l'interpréter : lui faisait-on davantage confiance ou cette réunion était-elle simplement moins importante que d'autres ?

Ils entrèrent dans l'aile ouest et se dirigèrent vers la salle du cabinet présidentiel, celle où se réunissait le gouvernement américain. C'était une pièce tout en longueur, dont un côté était occupé par quatre hautes fenêtres. Une vingtaine de fauteuils de cuir bleu foncé entouraient une longue table hexagonale. C'était là que se prenaient des décisions susceptibles de changer la face du monde, pensa George impressionné.

Un quart d'heure plus tard, le président Kennedy n'était toujours pas là. Dennis se tourna vers George : « Allez vérifier que Dave Powers sait où nous sommes, voulez-vous ? » Powers était le conseiller spécial du Président.

« Bien sûr », obtempéra George, tout en songeant amèrement : sept années à Harvard et je sers de coursier.

Avant la réunion avec Bob, le Président avait dû faire une apparition à un cocktail offert à des célébrités qui lui avaient accordé leur soutien. George se dirigea vers le bâtiment principal et se repéra au bruit. Sous les lustres massifs du salon est, une centaine de personnes étaient en train de prendre un verre et de bavarder depuis plus d'une heure. George fit signe aux parents de Verena, Percy Marquand et Babe Lee, qui discutaient avec un membre du Comité national démocrate.

Le Président n'était pas dans la pièce.

Jetant un regard autour de lui, George avisa l'entrée d'une cuisine. Il avait entendu dire que le Président affectionnait les portes de service et les couloirs dérobés qui lui évitaient de se faire retenir par des importuns.

Il franchit la porte de service et trouva immédiatement le groupe présidentiel. Le séduisant président au teint hâlé, qui n'avait que quarante-quatre ans, portait un complet bleu marine avec une chemise blanche et une cravate étroite. Il avait l'air fatigué et sur les nerfs. « Il n'est pas question de me laisser photographier en compagnie d'un couple interracial ! lança-t-il d'une voix exaspérée, comme si on l'obligeait à se répéter. Ça me ferait perdre dix millions d'électeurs ! »

George n'avait aperçu qu'un couple mixte dans le salon est : Percy Marquand et Babe Lee. Il était outré. Ce président prétendument libéral refusait de se faire photographier à leurs côtés !

Dave Powers, un homme affable, d'âge mûr, qui avec son crâne chauve et son long nez offrait un contraste saisissant avec son patron, s'adressa au Président : « Que dois-je faire ?

— Les faire sortir de là ! »

Dave était un ami personnel de Kennedy et n'avait pas peur de lui faire connaître son agacement. « Mais qu'est-ce que vous voulez que je leur dise, bon sang ? »

Soudain, la colère de George tomba et il se mit à réfléchir.

Était-ce une chance à saisir ? Sans savoir très bien à quoi il s'engageait, il se risqua : « Monsieur le Président, je suis George Jakes, je travaille pour le ministre de la Justice. Me permettrez-vous de régler ce problème à votre place ? »

Observant les visages, il y lut ce qu'ils étaient tous en train de penser : si Percy Marquand devait se faire insulter à la Maison Blanche, autant que ce soit par un Noir.

« Très volontiers, répondit Kennedy. Ce serait fort aimable à vous, George.

— Bien monsieur », répliqua-t-il avant de regagner le salon est.

Comment allait-il faire ? Il se creusa la cervelle tout en se dirigeant vers Percy et Babe sur le parquet ciré. Il fallait qu'il leur fasse quitter la pièce pendant quinze ou vingt minutes, pas plus. Qu'allait-il bien pouvoir leur dire ?

N'importe quoi, sauf la vérité.

Au moment où il rejoignit le groupe en pleine conversation et effleura doucement la manche de Percy Marquand, il ne savait toujours pas comment il allait s'en tirer.

Percy se retourna, le reconnut, lui sourit et lui serra la main. « Écoutez tous ! lança-t-il à ceux qui l'entouraient. Je vous présente un Freedom Rider ! »

Babe Lee lui prit le bras à deux mains, comme si elle craignait que quelqu'un ne l'enlève. « Vous êtes un héros, George », s'exclama-t-elle.

Il sut alors ce qu'il allait dire : « Monsieur Marquand, miss Lee, je travaille actuellement pour Robert Kennedy. Le ministre serait heureux de s'entretenir quelques minutes avec vous à propos des droits civiques. Puis-je vous conduire jusqu'à lui ?

— Très volontiers », répondit Percy. Quelques secondes plus tard, ils avaient quitté la salle.

George regretta immédiatement ses paroles. Son cœur battait à tout rompre pendant qu'il les pilotait jusqu'à l'aile ouest. Comment Bob allait-il le prendre ? Il pouvait très bien dire, *Pas question, je n'ai pas le temps.* Si toute cette affaire donnait lieu à un incident embarrassant, c'était à George qu'on le reprocherait. Mais quelle idée avait-il eue !

« J'ai déjeuné avec Verena, dit-il pour meubler le silence.

— Elle est ravie de son travail à Atlanta, s'écria Babe Lee. La Conférence des dirigeants chrétiens du Sud est une organisation modeste, mais elle réalise de grandes choses.

— Martin Luther King est un homme remarquable, approuva

Percy. De tous les dirigeants du mouvement des droits civiques que j'ai rencontrés, c'est celui qui m'a le plus impressionné. »

Ils rejoignirent la salle du cabinet présidentiel et entrèrent. La demi-douzaine d'hommes qui s'y trouvaient étaient assis en train de bavarder à une extrémité de la longue table. Certains fumaient. Ils levèrent les yeux, surpris, vers les nouveaux arrivants. George repéra Bobby et chercha à déchiffrer son expression. Il semblait perplexe et agacé. « Bob, dit George. Vous connaissez Percy Marquand et Babe Lee. Ils seraient heureux de vous parler brièvement des droits civiques. »

L'espace d'un instant, le visage de Bob s'assombrit de colère. George songea que c'était la seconde fois de la journée qu'il imposait un invité surprise à son patron. Puis Bob sourit. « Quel honneur ! Asseyez-vous, je vous en prie. Merci de soutenir la campagne électorale de mon frère. »

George fut soulagé, provisoirement. Il n'y aurait pas d'incident gênant. Bob avait choisi de déclencher l'opération charme. Il demanda leur avis à Percy et Babe et évoqua avec franchise les difficultés que les Kennedy rencontraient au Congrès avec les démocrates du Sud. Ses prétendus invités étaient visiblement flattés.

Le Président arriva quelques instants plus tard. Il serra la main à Percy et Babe, puis demanda à Dave Powers de les raccompagner à la réception.

Dès que la porte se referma derrière eux, Bob s'en prit vertement à George. « Ne me refaites jamais une chose pareille ! » cria-t-il. Ses traits crispés révélaient la violence de sa fureur contenue.

George vit Dennis Wilson réprimer un sourire.

« Merde à la fin, vous vous prenez pour qui ? » explosa Bob.

George crut un instant que le ministre allait le frapper. Il se prépara instinctivement à esquiver le coup. « Le Président voulait absolument qu'ils quittent la pièce ! expliqua-t-il en désespoir de cause. Il ne voulait pas se faire photographier avec Percy et Babe. »

Bob se tourna vers son frère qui acquiesça d'un signe de tête.

« Je n'ai eu que trente secondes pour trouver un prétexte qui ne les froisse pas, poursuivit George. Je leur ai dit que vous souhaitiez les rencontrer. Et ça a marché, non ? Ils ne sont pas vexés – ils sont même convaincus d'avoir bénéficié d'un traitement de faveur !

— C'est vrai, Bob, approuva le Président. George nous a tirés d'un bien mauvais pas.

— Je ne voulais surtout pas que le Président perde leur soutien pour sa campagne de réélection. »

Bob resta ébahi un instant, le temps d'assimiler l'information. « Si je comprends bien, vous leur avez dit que je voulais les voir simplement pour qu'ils ne figurent pas sur les photos présidentielles ?

— En effet.

— Il a réagi au quart de tour », reconnut le Président.

Le visage de Bob se détendit. Quelques secondes plus tard, il se mit à rire à gorge déployée. Son frère l'imita et les autres participants en firent autant.

Bob prit George par les épaules.

Celui-ci était encore tout tremblant. Il avait eu tellement peur de se faire renvoyer !

« Georgie boy, s'écria Bob, tu es des nôtres ! »

George comprit qu'il venait d'être admis dans le cercle des élus et poussa intérieurement un immense soupir de soulagement.

En même temps, il n'était pas très fier de lui. Il s'était livré à une petite supercherie minable et avait aidé le Président à flatter les préjugés raciaux de ses électeurs. Il se sentait sali.

Toutefois, quand il remarqua l'expression de rage qui se peignait sur le visage de Dennis Wilson, il se sentit nettement mieux.

X

Dans le courant du mois d'août, Rebecca fut convoquée pour la deuxième fois au siège de la police secrète.

Elle se demandait avec inquiétude ce que la Stasi lui voulait encore. Sa vie était déjà détruite. Elle s'était laissé prendre au piège d'un mariage qui n'était que supercherie et à présent, elle n'arrivait pas à trouver d'emploi, sûrement parce que les autorités interdisaient aux établissements scolaires de l'embaucher. Que pouvaient-elles lui faire d'autre? Elles n'allaient tout de même pas la jeter en prison parce qu'elle avait été leur victime?

D'un autre côté, elles étaient libres d'agir comme bon leur semblait.

Il faisait chaud quand elle prit le bus pour traverser Berlin. Le nouveau siège de la Stasi était aussi laid que l'organisation qu'il symbolisait : une boîte de béton ultramoderne aux murs rectilignes conçue pour des gens qui pensaient à angle droit. Comme lors de sa première visite, on l'escorta dans l'ascenseur et le long des couloirs jaune moutarde, mais cette fois, on la conduisit dans un autre bureau. Son mari, Hans, l'y attendait. Dès qu'elle l'aperçut, sa peur céda la place à une rage sans borne. Bien qu'il eût le pouvoir de lui nuire, elle était trop furieuse pour plier l'échine devant lui.

Il portait un nouveau complet bleu-gris qu'elle ne lui connaissait pas. Il disposait d'une vaste pièce avec deux fenêtres et un mobilier moderne flambant neuf : sa position était manifestement plus importante qu'elle ne l'avait cru.

Cherchant à gagner du temps pour reprendre ses esprits, elle lança : «Je m'attendais à rencontrer l'inspecteur Scholz.»

Hans détourna les yeux. «Le travail de sécurité ne lui convenait pas.»

Rebecca voyait bien qu'il lui cachait quelque chose. Sans doute Scholz avait-il été renvoyé, ou muté à la circulation. « J'imagine qu'il a commis une erreur en m'interrogeant ici et non au commissariat de quartier.

— Il n'aurait pas dû t'interroger du tout. Assieds-toi. » Il lui désigna une chaise, devant son affreux bureau.

La chaise était faite de tubes métalliques et de plastique orange moulé – destinée à accroître l'inconfort de ses victimes, songea Rebecca. Sa colère contenue lui donna le courage de le provoquer. Au lieu de s'asseoir, elle s'approcha de la fenêtre et contempla le parking. « Tu as perdu ton temps, pas vrai ? remarqua-t-elle. Tu t'es donné tout ce mal pour surveiller ma famille sans arriver à mettre la main sur un seul espion, un seul saboteur. » Elle se tourna vers lui. « Tes patrons ne doivent pas être contents de toi.

— Détrompe-toi. Ils considèrent que c'est une des opérations les plus réussies qu'ait jamais menées la Stasi. »

Rebecca était perplexe. « Tu ne peux pas avoir appris grand-chose de très intéressant chez nous.

— Mon équipe a pu dresser la liste de tous les sociaux-démocrates d'Allemagne de l'Est, avec l'intégralité des liens qu'ils entretiennent, se rengorgea-t-il. Et c'est chez vous que j'ai obtenu les informations essentielles. Tes parents connaissent les pires réactionnaires, et un certain nombre d'entre eux fréquentent votre maison. »

Rebecca fronça les sourcils. Effectivement, la plupart des gens qui fréquentaient la demeure de ses parents étaient d'anciens sociaux-démocrates : c'était parfaitement normal après tout. « Mais ce ne sont que des amis ! » s'écria-t-elle.

Hans s'esclaffa. « Que des amis ! railla-t-il. Je t'en prie. Je sais que tu nous prends pour des imbéciles – tu me l'as suffisamment fait comprendre quand nous vivions ensemble –, mais nous ne sommes pas complètement débiles, tu sais. »

Évidemment, se dit Rebecca, Hans et les autres membres de la police secrète étaient obligés de croire – ou du moins de faire semblant de croire – à d'invraisemblables complots fomentés contre le gouvernement. Autrement, leur travail aurait été une perte de temps injustifiable. Hans avait donc imaginé un réseau de sociaux-démocrates à qui la villa des Franck servait de base et qui œuvraient tous au renversement du gouvernement communiste.

Si seulement cela avait été vrai !

« Bien sûr, nous n'avions pas prévu que je t'épouse, reprit Hans. Un flirt, juste de quoi m'introduire chez vous, nous pensions que ça s'arrêterait là.

— Tu as dû être bien embêté par ma proposition de mariage.

— Notre opération se déroulait si bien ! Je recueillais des informations cruciales. Chaque rencontre que je faisais chez vous nous conduisait à d'autres sociaux-démocrates. Si je déclinais ta proposition, le robinet risquait fort de se refermer.

— Quel courage tu as eu ! Tu dois être fier de toi. »

Il la dévisagea. Son expression était indéchiffrable. Il se passait quelque chose dans son crâne, et elle ne savait pas quoi. Elle se demanda un instant s'il n'avait pas l'intention de la toucher ou de l'embrasser. Cette simple idée lui donna la chair de poule. Puis il secoua la tête comme pour reprendre ses esprits. « Nous ne sommes pas ici pour parler de notre mariage, dit-il d'un ton exaspéré.

— Pourquoi, alors ?

— Tu as provoqué un incident à l'agence pour l'emploi.

— Un incident ? J'ai demandé au type qui faisait la queue devant moi depuis combien de temps il était au chômage. L'employée qui était au guichet s'est levée pour me passer un savon : "Le chômage n'existe pas dans les pays communistes", a-t-elle hurlé. J'ai regardé la file qui s'étirait devant et derrière moi, et j'ai ri. Tu appelles ça un incident ?

— Tu as ri comme une cinglée, tu n'arrivais plus à t'arrêter et il a fallu t'expulser.

— J'ai eu un fou rire, c'est vrai. Ce qu'elle disait était tellement ridicule.

— Ça n'avait rien de ridicule ! » D'une main nerveuse, Hans sortit une cigarette d'un paquet de f6. Comme tous les tyrans, il perdait contenance dès qu'on lui tenait tête. « Elle avait raison, poursuivit-il. Il n'y a pas de chômage en Allemagne de l'Est. Le communisme a réglé ce problème.

— Arrête, je t'en prie. Je vais me remettre à rire et tu devras me faire expulser une nouvelle fois.

— Tes sarcasmes ne m'impressionnent pas. »

Le regard de Rebecca se posa sur une photographie encadrée suspendue au mur, sur laquelle on voyait Hans échanger une poignée de main avec Walter Ulbricht, le dirigeant est-allemand. Ulbricht était chauve et arborait moustache et barbiche, ce qui lui donnait une ressemblance vaguement comique avec Lénine. Rebecca demanda : « Qu'est-ce qu'Ulbricht t'a dit ?

— Il m'a félicité pour mon avancement au grade de capitaine.

— Une récompense pour avoir cruellement berné ta femme, j'imagine. Mais dis-moi, si je ne suis pas au chômage, je fais quoi ?

— Tu fais l'objet d'une enquête pour parasitisme social.

— Quoi ? Mais c'est scandaleux ! Je n'ai pas cessé de travailler depuis que j'ai passé mon diplôme ! Huit ans, sans un seul jour de congé maladie. J'ai obtenu de l'avancement, on m'a confié des responsabilités supplémentaires, notamment l'accueil des nouveaux enseignants. Un beau jour, je découvre que mon mari est un espion de la Stasi et je me fais virer juste après. Depuis, je suis allée à six entretiens d'embauche dans des lycées. Chaque fois, les proviseurs voulaient que je commence le plus tôt possible. Et pourtant – sans la moindre justification –, chaque fois, ils m'envoyaient ensuite une lettre pour me faire savoir que le poste n'était plus disponible. Tu peux me dire pourquoi ?

— Parce que personne ne veut de toi.

— Tout le monde veut de moi. Je suis un bon prof.

— Tu es idéologiquement douteuse. Tu risques d'avoir une mauvaise influence sur des adolescents impressionnables.

— Mon précédent employeur m'a fourni d'excellentes références.

— Tu veux parler de Bernd Held ? Il est lui aussi idéologiquement douteux, et nous avons ouvert une enquête sur lui. »

Rebecca sentit un étau de terreur lui broyer la poitrine. Elle chercha pourtant à rester impassible. Pourvu que Bernd, le gentil et compétent Bernd, n'ait pas d'ennuis à cause d'elle ! Ce serait affreux. Il faut que je le prévienne, songea-t-elle.

Hans avait lu dans ses pensées. « Ça t'en bouche un coin, hein ? Je me suis toujours méfié de lui. Tu l'appréciais un peu trop à mon goût.

— Il aurait voulu qu'on ait une liaison. Mais j'ai refusé de te tromper. Non mais quelle idiote j'ai été !

— Je l'aurais appris tout de suite.

— Au lieu de quoi, c'est moi qui t'ai démasqué.

— Je n'ai fait que mon devoir.

— C'est ça ! Tu fais tout pour que je ne puisse pas trouver

d'emploi et tu m'accuses d'être un parasite de la société. Tu cherches quoi au juste, à me faire passer à l'Ouest ?

— L'émigration sans autorisation est un délit.

— Ça n'arrête pas grand monde ! Il paraît qu'ils sont maintenant près d'un millier par jour à franchir définitivement la frontière. Des enseignants, des médecins, des ingénieurs, et même des policiers. Oh ! » Une idée venait de lui traverser l'esprit. « L'inspecteur Scholz ? C'est ce qu'il a fait ?

— Ça ne te regarde pas, dit Hans d'un air évasif.

— Je le vois bien à ta tête. Alors comme ça, Scholz est passé à l'Ouest... Pourquoi tous ces gens respectables se transforment-ils en délinquants, selon toi ? Serait-ce parce qu'ils veulent vivre dans un pays qui organise des élections libres, entre autres ? »

Hans haussa le ton sous l'effet de la colère. « Des élections libres ? Elles ont conduit Hitler au pouvoir : c'est ça qu'ils veulent ?

— Peut-être qu'ils n'ont pas envie de vivre dans un pays où la police secrète est libre d'agir à sa guise. Tu peux comprendre à quel point ça les met mal à l'aise, non ?

— Ça ne met mal à l'aise que ceux qui ont des secrets coupables !

— Et quel est mon secret, Hans ? Voyons, tu dois bien le savoir.

— Tu es une parasite sociale.

— Tu m'empêches de trouver du travail, puis tu me menaces de la prison parce que je n'ai pas de travail. Tu vas finir par me faire envoyer dans un camp, oui ? Comme ça, j'aurai un emploi, à cette différence près que je ne serai pas payée. J'adore le communisme, il est d'une logique imparable ! Pourquoi les gens cherchent-ils à tout prix à lui échapper, franchement, je me le demande.

— Ta mère m'a dit je ne sais combien de fois qu'elle ne passerait jamais à l'Ouest. Elle considérerait ça comme une démission. »

Rebecca se demanda où il voulait en venir. « Et... ?

— Si tu émigres illégalement, tu ne pourras plus revenir. Plus jamais. »

Rebecca comprit alors, et le désespoir la terrassa.

« Tu ne reverrais plus jamais ta famille », conclut Hans triomphalement.

*

Atterrée, Rebecca sortit du bâtiment et se dirigea vers l'arrêt de bus. L'alternative était simple : renoncer à sa famille ou renoncer à la liberté.

Complètement démoralisée, elle rejoignit son ancien lycée. Elle ne s'attendait pas à la bouffée de nostalgie qui l'envahit à peine le seuil franchi : le brouhaha des élèves, l'odeur de poussière de craie et de produits ménagers, les panneaux d'affichage, les chaussures de football et les affiches « IL EST INTERDIT DE COURIR DANS LES COULOIRS ». Elle se rendit compte qu'elle avait été vraiment heureuse dans son métier. C'était un travail d'une importance vitale, et elle le faisait bien. Elle ne supportait pas l'idée de l'abandonner à jamais.

Elle trouva Bernd dans le bureau du proviseur, vêtu d'un costume de velours côtelé noir. L'étoffe était usée, mais la couleur lui allait bien. Il lui adressa un sourire radieux quand elle poussa la porte. « Ils t'ont nommé proviseur ? demanda-t-elle tout en devinant la réponse.

— Ça n'arrivera jamais. Je fais le boulot quand même et j'aime ça. Tu sais, notre ancien patron, Anselm, est proviseur d'un grand lycée de Hambourg maintenant : il gagne deux fois plus qu'ici. Et toi, comment vas-tu ? Assieds-toi ! »

Elle se laissa tomber sur une chaise et lui parla de ses entretiens d'embauche. « C'est la vengeance de Hans, expliqua-t-elle. Je n'aurais jamais dû balancer sa satanée maquette par la fenêtre.

— Ce n'est peut-être pas ce que tu crois. J'ai déjà vu des cas de ce genre. Il arrive paradoxalement qu'on déteste la personne à qui on a causé du tort. Sans doute parce que votre victime vous rappelle éternellement votre mauvaise action. »

Bernd était tellement intelligent. Il lui manquait tant ! « J'ai bien peur que Hans te déteste presque autant que moi, reprit-elle. Il paraît que tu fais l'objet d'une enquête, toi aussi. Figure-toi que tu es idéologiquement douteux – à cause de la lettre de recommandation que tu m'as donnée.

— Et merde ! » Il frotta la cicatrice qui lui sillonnait le front, ce qui, chez lui, était toujours un signe de profonde préoccupation. Être dans le collimateur de la Stasi ne pouvait qu'avoir des conséquences redoutables.

« Je suis navrée.

— Il ne faut pas. Je suis content de t'avoir donné cette lettre. Je n'hésiterais pas un instant à le refaire. Il faut bien que quelqu'un dise la vérité dans ce foutu pays.

— En plus, Hans a deviné, je ne sais comment, que tu étais... attiré par moi.

— Et il est jaloux ?

— Incroyable, non ?

— Pas du tout. Un espion lui-même ne pourrait s'empêcher de tomber amoureux de toi.

— Ne sois pas ridicule.

— C'est pour ça que tu es venue ? Pour me prévenir ?

— Et pour te dire... » Il fallait qu'elle soit discrète, même avec Bernd. « Pour te dire que je ne te reverrai sans doute pas avant un certain temps.

— Ah ! » Il hocha la tête d'un air entendu.

Les gens disaient rarement qu'ils avaient l'intention de passer à l'Ouest. On pouvait se faire arrêter simplement pour l'avoir envisagé. Et quelqu'un qui était informé de vos intentions commettait un délit s'il n'avertissait pas la police. De sorte que personne, hormis la famille la plus proche, ne souhaitait se voir confier un projet aussi compromettant.

Rebecca se leva. « Bien, merci pour ton amitié. »

Il fit le tour de son bureau et lui prit les deux mains. « Non, merci à toi. Et bonne chance.

— À toi aussi. »

Elle comprit alors qu'inconsciemment, elle avait déjà pris la décision de passer à l'Ouest, ce qui l'étonna et l'inquiéta, quand sans crier gare, Bernd inclina la tête et l'embrassa.

Elle ne s'y attendait pas. Ce fut un baiser très doux. Il laissa ses lèvres s'attarder sur les siennes, sans les desserrer pourtant. Elle ferma les yeux. Après une année d'un mariage qui n'avait été que mensonge, il était réconfortant de savoir que quelqu'un la trouvait sincèrement désirable, que quelqu'un pouvait l'aimer. Elle refréna une terrible envie de se jeter dans ses bras. Ce serait de la folie de s'engager maintenant dans une relation condamnée d'avance. Au bout de quelques instants, elle se dégagea.

Elle était au bord des larmes, mais ne voulait pas que Bernd la voie pleurer. Elle réussit à murmurer, « Au revoir ». Puis elle se détourna et quitta précipitamment la pièce.

*

Elle avait décidé de partir deux jours plus tard, le dimanche matin de bonne heure.

Toute la famille se leva pour lui dire adieu.

Elle était tellement émue qu'elle fut incapable d'avaler son petit déjeuner. « Je vais sans doute aller à Hambourg, dit-elle en feignant l'optimisme. Anselm Weber est proviseur d'un lycée là-bas, je suis sûre qu'il m'embauchera.

— Tu trouveras un emploi n'importe où en Allemagne de l'Ouest, observa sa grand-mère Maud, vêtue d'un peignoir de soie violette.

— Sans doute, mais je préfère aller dans une ville où je connais quelqu'un, même si ce n'est qu'une personne, expliqua Rebecca d'une petite voix.

— Il paraît qu'il y a une scène musicale du tonnerre, à Hambourg, intervint Walli. Je te rejoindrai dès que je pourrai quitter le lycée.

— Si tu fais ça, il faudra que tu travailles, objecta leur père d'un ton caustique. Ça te changera !

— Ne vous disputez pas ce matin, je vous en prie », supplia Rebecca.

Son père lui tendit une enveloppe remplie de billets. « Dès que tu seras de l'autre côté, prends un taxi. Rends-toi directement à Marienfelde. » Un centre pour réfugiés s'était ouvert dans le quartier de Marienfelde, au sud de la ville, près de l'aéroport de Tempelhof. « Entreprends tout de suite les démarches d'émigration. Prépare-toi à devoir faire la queue pendant des heures, des jours peut-être. Dès que tout sera en ordre, passe à l'usine. Je t'ouvrirai un compte bancaire ouest-allemand et tout ce qu'il faut. »

Sa mère était en larmes. « Nous te reverrons, balbutia-t-elle. Tu pourras prendre l'avion pour Berlin-Ouest quand tu voudras. Et nous, nous n'aurons qu'à franchir la frontière pour te retrouver. On ira pique-niquer ensemble sur la plage de Wannsee. »

Rebecca serrait les dents pour ne pas pleurer. Elle glissa l'argent dans un petit sac à bandoulière. Elle n'emportait rien d'autre. Tout bagage supplémentaire risquait de paraître suspect aux yeux des Vopos. Elle se serait volontiers attardée, mais craignait de ne plus avoir le courage de partir. Elle les embrassa tour à tour : grand-mère Maud, son père adoptif Werner, ses frère et sœur adoptifs Lili et Walli et, en dernier, Carla, la femme qui lui avait sauvé la vie, la mère qui n'était pas sa mère et n'en était que plus précieuse.

Puis, les yeux baignés de larmes, elle quitta la maison.

C'était un beau matin d'été, le ciel était bleu, sans nuage. Elle chercha à se convaincre que tout irait bien : elle commençait une vie nouvelle, échappant ainsi à la répression du sinistre régime communiste. Et elle se débrouillerait pour revoir sa famille, d'une manière ou d'une autre.

Elle marchait d'un pas vif, se faufilant dans les rues du vieux centre-ville. Elle dépassa le complexe tentaculaire de l'hôpital de la Charité et s'engagea dans l'Invalidenstrasse, laissant à sa gauche le pont de Sandkrug, qu'empruntaient habituellement les véhicules qui franchissaient le canal de navigation Berlin-Spandau pour rejoindre Berlin-Ouest.

Pas ce matin-là.

Tout d'abord, Rebecca ne comprit pas ce qu'elle voyait. Une file de voitures était arrêtée devant le pont. Au-delà des véhicules, une foule de gens se tenait immobile, les yeux rivés sur quelque chose. Peut-être y avait-il eu un accident sur le pont. Mais à sa droite, sur la Platz vor dem Neuen Tor, vingt ou trente soldats est-allemands avaient pris position. Ils ne faisaient rien. Derrière eux, elle distingua deux chars soviétiques.

C'était déroutant, et effrayant.

Elle bouscula la foule, cherchant à avancer, avant de comprendre ce qui se passait. Une barrière sommaire en barbelés avait été dressée à l'entrée du pont. Il restait une étroite brèche occupée par des policiers qui, manifestement, bloquaient le passage.

Rebecca aurait bien voulu poser des questions, mais craignait d'attirer l'attention. Elle n'était pas très loin de la gare de la Friedrichstrasse : de là, le métro la conduirait directement à Marienfelde.

Elle obliqua vers le sud, pressant le pas, et contourna plusieurs bâtiments universitaires avant d'arriver à la gare.

Il se passait quelque chose d'inhabituel, là aussi.

Plusieurs dizaines de personnes étaient massées près de l'entrée. Rebecca réussit à s'avancer et découvrit une affiche annonçant ce qui sautait aux yeux : la gare était fermée. Au sommet des marches, une rangée de policiers armés de pistolets formait une barrière. Personne ne pouvait accéder aux quais.

Rebecca commença à s'affoler. Peut-être les deux premiers points de passage qu'elle avait choisis étaient-ils fermés par pure coïncidence. Ou peut-être pas.

On pouvait se rendre de Berlin-Est à Berlin-Ouest par quatre-vingt-un endroits différents. Le plus proche était désormais la porte de Brandebourg, où Unter den Linden, une large avenue, passait sous l'arc de triomphe monumental pour déboucher dans le Tiergarten. Elle prit donc la Friedrichstrasse en direction du sud.

Dès qu'elle s'engagea vers l'ouest dans Unter den Linden, elle découvrit que la situation était tout aussi tendue. Les chars et les soldats étaient là. Des centaines de personnes se bousculaient devant le célèbre monument. Quand elle arriva au premier rang, Rebecca découvrit une nouvelle barrière de barbelés, dressée entre des chevalets de bois et gardée par des policiers est-allemands.

Des jeunes gens qui ressemblaient à Walli – blousons de cuir, pantalons étroits, coupes à la Elvis – hurlaient des insultes tout en se tenant à distance respectueuse. Côté ouest-allemand, des garçons vêtus à l'identique criaient également, furieux, eux aussi. Certains jetaient des pierres aux policiers.

En observant la scène plus attentivement, Rebecca constata que tous les policiers – Vopos, gardes-frontières ou membres des milices ouvrières – creusaient des trous dans la chaussée. Ils plantaient de hauts poteaux de béton et tendaient des barbelés de l'un à l'autre pour créer une barrière plus définitive.

Définitive, songea-t-elle, et un désespoir insondable l'accabla.

Elle se renseigna auprès de son voisin. « Ils ont mis ces trucs-là partout ? Ces barrières ?

— Partout, confirma-t-il. Les salauds... »

Le régime est-allemand avait fait ce que tout le monde avait cru impossible : il avait construit un mur en plein cœur de Berlin.

Et Rebecca se trouvait du mauvais côté.

Deuxième partie

Écoutes téléphoniques 1961-1962

XI

George était sur ses gardes en allant déjeuner avec Larry Mawhinney à l'Electric Diner. Il ne savait pas très bien pourquoi Larry lui avait fait cette proposition, mais il l'avait acceptée par curiosité. Ils avaient le même âge et exerçaient le même genre d'emploi puisque Larry était conseiller au bureau du chef d'état-major des forces aériennes, le général Curtis LeMay. Mais leurs patrons respectifs étaient à couteaux tirés : les frères Kennedy se méfiaient de l'armée.

Larry portait l'uniforme de lieutenant d'aviation. C'était un militaire jusqu'au bout des ongles : rasé de près, cheveux blonds tondus, nœud de cravate serré, chaussures étincelantes. « Le Pentagone est profondément hostile à la ségrégation », déclara-t-il.

George haussa les sourcils. « Ah bon ? Je croyais que par tradition, l'armée hésitait à confier des fusils aux Noirs. »

Mawhinney leva une main conciliante. « Je comprends ce que vous voulez dire. Mais primo, la nécessité a toujours eu raison de ce principe : des Noirs se sont battus dans tous nos conflits, depuis la guerre d'Indépendance. Secundo, cette attitude relève du passé. Aujourd'hui, le Pentagone a besoin d'hommes de couleur dans l'armée. La ségrégation est source de frais inutiles et d'inefficacité : deux séries de salles de bains, deux séries de baraquements, des préjugés et de la haine entre des hommes qui sont censés combattre au coude à coude.

— Jusque-là, je vous suis. »

Larry enfonça son couteau dans son sandwich au fromage grillé tandis que George avalait une bouchée de chili con carne. « Eh bien, reprit Larry. Khrouchtchev a obtenu ce qu'il voulait à Berlin. »

George comprit qu'il en venait enfin au vrai motif de ce déjeuner. « Je suis bien content que nous n'ayons pas à faire la guerre aux Soviétiques, fit-il remarquer.

— Kennedy s'est dégonflé. Le régime est-allemand était au bord de l'effondrement. Une contre-révolution n'était pas exclue. Il aurait suffi que notre Président se montre un peu plus coriace. Malheureusement, le mur de Berlin a endigué le flot des départs vers l'Ouest et maintenant, les Soviets ont les mains libres à Berlin-Est. Nos alliés ouest-allemands sont fous de rage. »

George se hérissa : « Le Président nous a évité une troisième guerre mondiale !

— Au prix d'un renforcement de l'emprise soviétique. On ne peut pas franchement parler de victoire.

— C'est l'avis du Pentagone ?

— Plus ou moins. »

Évidemment, songea George avec contrariété. Tout était clair : Mawhinney était là pour défendre le point de vue du Pentagone, dans l'espoir de le convaincre. Je devrais être flatté, se dit-il : cela prouve qu'on me considère désormais comme un proche de Bob.

Ce n'était pas une raison pour laisser critiquer le président Kennedy sans riposter. « Je n'aurais pas dû en attendre moins du général LeMay. Est-ce qu'on ne le surnomme pas "Bombs Away" LeMay, le général "bombes larguées" ? »

Mawhinney esquissa une grimace de réprobation. S'il trouvait le surnom de son patron amusant, il n'allait certainement pas le montrer.

George ne résista pas à l'envie de faire de l'humour aux dépens de LeMay, un homme autoritaire qui mâchonnait sempiternellement l'extrémité de son cigare. « Il aurait dit, paraît-il, qu'en cas de guerre nucléaire, s'il restait, pour finir, deux Américains et un Russe, nous aurions gagné.

— Je ne l'ai jamais entendu tenir ce genre de propos.

— À quoi le président Kennedy aurait rétorqué : "Pourvu que les Américains soient un homme et une femme !"

— Nous devons être forts ! coupa Mawhinney, légèrement agacé. Nous avons perdu Cuba, nous avons perdu le Laos et Berlin-Est, et nous risquons aujourd'hui de perdre le Vietnam.

— Qu'est-ce qu'on peut faire pour le Vietnam selon vous ?

— Envoyer l'armée, répondit immédiatement Larry.

— Je croyais que nous avions déjà des milliers de conseillers militaires sur place ?

— Ça ne suffit pas. Le Pentagone a demandé je ne sais combien de fois au Président d'envoyer des troupes de combat au sol. Il faut croire qu'il n'a pas les couilles de le faire. »

George se rebiffa : ce jugement était franchement injuste. « Le président Kennedy ne manque pas de courage, lança-t-il sèchement.

— Dans ce cas, pourquoi n'attaque-t-il pas les communistes au Vietnam ?

— Il ne croit pas à nos chances de victoire.

— Il ferait mieux d'écouter les généraux. Ce sont des hommes expérimentés et compétents.

— Ah oui ? Ce sont pourtant eux qui lui ont conseillé d'appuyer cette stupide opération de la baie des Cochons. Si le Comité des chefs d'état-major interarmées est formé d'hommes expérimentés et compétents, pourquoi n'ont-ils pas dit au Président qu'un débarquement des exilés cubains était voué à l'échec ?

— Nous lui *avons dit* d'envoyer une couverture aérienne...

— Excusez-moi, Larry, mais l'objectif majeur était d'éviter d'impliquer les États-Unis. Il n'empêche que, dès que les choses ont commencé à déraper, le Pentagone a voulu envoyer les marines. Les frères Kennedy vous soupçonnent de coup bas. Vous l'avez convaincu d'envoyer les exilés mener cette opération condamnée d'avance parce que vous vouliez l'obliger à envoyer des troupes américaines à Cuba.

— Vous vous trompez.

— Admettons. En tout cas, il est convaincu que vous êtes en train de chercher à le pousser à intervenir au Vietnam par la même méthode. Et il est bien décidé à ne pas se laisser avoir une nouvelle fois.

— D'accord. Si je comprends bien, il nous en veut à cause de cette histoire de la baie des Cochons. Sérieusement, George, vous trouvez que c'est une raison suffisante pour laisser le Vietnam tomber aux mains des communistes ?

— Il me semble que nous ferions mieux d'en rester là. »

Mawhinney reposa ses couverts. « Vous prendrez un dessert ? » Il avait compris qu'il perdait son temps : George ne serait jamais l'allié du Pentagone.

« Non merci. » Il travaillait aux côtés de Robert Kennedy pour défendre la justice, pour que ses enfants puissent grandir en citoyens américains égaux en droits. Que d'autres aillent combattre le communisme en Asie.

Le visage de Mawhinney se dérida et il fit un grand geste du bras à quelqu'un, au fond du restaurant. Jetant un coup d'œil par-dessus son épaule, George resta pétrifié.

La personne à qui Mawhinney faisait signe était Maria Summers.

Elle ne l'avait pas vu. Elle reprenait déjà sa conversation avec une jeune Blanche approximativement du même âge qu'elle.

« C'est bien Maria Summers ? demanda George, n'en croyant pas ses yeux.

— Ouais.

— Vous la connaissez ?

— Bien sûr. On était à la fac de droit ensemble, à Chicago.

— Qu'est-ce qu'elle fabrique à Washington ?

— C'est une drôle d'histoire. Elle avait postulé à un emploi au service de presse de la Maison Blanche mais on lui a préféré quelqu'un d'autre. Et voilà que la personne qu'ils avaient engagée n'a pas fait l'affaire. Maria était la deuxième sur la liste. »

George était dans tous ses états. Maria était à Washington – pour de bon ! Il décida d'aller lui parler avant de quitter le restaurant.

Il songea alors que Mawhinney pourrait sans doute lui en apprendre plus long sur son compte. « Vous êtes sorti avec elle, quand vous étiez à la fac ?

— Non. Elle ne sortait qu'avec des mecs de couleur, et encore, ils n'étaient pas bien nombreux. On la surnommait le glaçon, c'est vous dire. »

George ne prit pas ce commentaire pour argent comptant. Pour certains hommes, toutes les filles qui disaient non étaient des glaçons. « Elle avait un petit copain attitré ?

— Je me rappelle qu'elle a fréquenté un type pendant presque un an, mais qu'il l'a plaquée parce qu'elle ne voulait pas coucher.

— Ça ne m'étonne pas. Elle vient d'une famille très stricte.

— Comment vous savez ça, vous ?

— On était ensemble à la première Freedom Ride. On a un peu discuté.

— Elle est jolie.

— C'est vrai. »

Ils demandèrent l'addition et la partagèrent. En sortant, George s'arrêta à la table de Maria. « Bienvenue à Washington », dit-il.

Elle lui adressa un sourire chaleureux. « Bonjour, George. Je me demandais quand nos chemins allaient se croiser.

— Salut, Maria, fit Larry. J'étais justement en train de raconter à George qu'on t'appelait le glaçon, à la fac de Chicago. » Il éclata de rire.

C'était une petite vacherie masculine typique, qui n'avait rien d'inhabituel, mais Maria rougit.

George laissa Larry sortir du restaurant et s'attarda un instant. « Il n'aurait pas dû dire ça, Maria. Je suis gêné de l'avoir entendu. C'était franchement grossier.

— Merci. » Elle fit un geste vers la jeune femme qui l'accompagnait. « Je te présente Antonia Capel. Elle est juriste, elle aussi. »

Antonia était une femme mince, à la mine sérieuse et aux cheveux sévèrement tirés en arrière. « Enchanté de faire votre connaissance », dit George.

Maria se tourna vers Antonia : « George a eu le bras cassé en me protégeant d'un ségrégationniste armé d'une barre de fer dans l'Alabama.

— Vous êtes un vrai gentleman, George », remarqua Antonia, impressionnée.

George se rendit compte que les jeunes filles s'apprêtaient à partir : leur addition était sur la table, dans une soucoupe, recouverte de quelques billets. « Je peux te raccompagner à la Maison Blanche ? proposa-t-il à Maria.

— Volontiers.

— Il faut que je fasse un saut au drugstore », s'excusa Antonia.

La douceur de l'automne de Washington les accueillit au-dehors. Après avoir pris congé d'Antonia, George et Maria se dirigèrent vers la Maison Blanche.

Il observa la jeune fille du coin de l'œil en traversant Pennsylvania Avenue. Elle portait un imperméable noir très seyant au-dessus d'un pull blanc à col roulé, une tenue des plus correctes pour une jeune femme travaillant dans les milieux politiques ; mais son sourire chaleureux démentait cette rigueur apparente. Elle était si jolie, avec son petit nez et son menton arrondi ; ses grands yeux bruns et ses lèvres pulpeuses étaient irrésistibles.

« Je viens de parler du Vietnam avec Mawhinney, lui confia George. Je crois qu'il espérait me convaincre de me ranger à ses vues, dans l'espoir d'influencer Bob Kennedy indirectement.

— J'en suis certaine, confirma Maria. Mais le Président n'a aucune intention de donner satisfaction au Pentagone sur ce point.

— Comment le sais-tu ?

— Il va prononcer un discours ce soir pour expliquer qu'il y a des limites à ce que nous pouvons réaliser en matière de politique étrangère. Nous ne pouvons pas redresser tous les torts du monde, ni remédier à tous ses malheurs. Je viens de rédiger le communiqué de presse.

— Il a donc décidé de tenir bon ? Tu m'en vois ravi

— George, tu ne m'écoutes pas ! J'ai rédigé un communiqué de presse ! Tu ne comprends pas à quel point c'est inhabituel ? Généralement, ce sont les hommes qui les rédigent. Et les femmes qui les tapent à la machine. »

George lui adressa un grand sourire. « Bravo ! » Il était heureux d'être en sa compagnie et constatait avec joie que leur relation amicale avait repris naturellement son cours.

« Attends, je vais voir ce qu'ils en pensent à mon retour au bureau, ajouta-t-elle. Et à la Justice, ça avance un peu ?

— J'ai l'impression que la Freedom Ride a vraiment fait bouger les choses, répondit George avec passion. Bientôt, tous les autocars inter-États seront obligés d'afficher ce texte : "Dans ce véhicule, les places sont accessibles à tous, sans considération de race, de couleur, de confession ou d'origine nationale." Et le même texte sera imprimé sur les tickets. » Il était fier de ce qu'il avait obtenu. « Qu'est-ce que tu dis de ça ?

— Bien joué. » Maria posa alors la question essentielle : « Et tu crois que cette réglementation sera appliquée ?

— Ça dépend de nous, au ministère, et je peux te dire que nous ne ménageons pas nos efforts. Nous sommes déjà intervenus plusieurs fois pour rappeler à l'ordre les autorités du Mississippi et de l'Alabama. Dans d'autres États, un nombre surprenant de villes obtempèrent sans discussion.

— J'ai peine à croire que nous soyons vraiment en train de l'emporter. Les ségrégationnistes semblent avoir constamment un sale coup en réserve.

— Notre prochaine campagne concernera les inscriptions sur les listes électorales. Martin Luther King veut doubler le nombre d'électeurs noirs dans le Sud avant la fin de l'année.

— Ce qui serait vraiment bien, murmura Maria songeuse,

c'est une nouvelle loi sur les droits civiques qui empêcherait les États du Sud d'enfreindre les règles.

— Nous y travaillons.

— Tu es en train de me dire que Robert Kennedy est un défenseur des droits civiques ?

— Oh là là, non ! Il y a un an, la question ne faisait même pas partie de son programme. Mais Bob et le Président n'ont vraiment pas apprécié les photos des violences commises par les Sudistes. Elles ont été publiées à la une de tous les journaux du monde, ce qui n'était évidemment pas très bon pour leur image.

— Et ce qui les intéresse vraiment, c'est la politique internationale.

— Exactement. »

George brûlait d'envie de lui demander un rendez-vous, mais il se retint. Il décida de rompre dès que possible avec Norine Latimer : impossible de faire autrement, maintenant qu'il avait retrouvé Maria. Il préférait toutefois annoncer à Norine que leur histoire était finie avant de proposer à Maria de sortir avec lui. Il trouvait cela plus honnête. Et il n'aurait pas longtemps à attendre : il devait voir Norine quelques jours plus tard.

Ils entrèrent dans l'aile ouest. Les visages noirs étaient assez rares à la Maison Blanche pour que tout le monde les suive du regard. Ils gagnèrent le service de presse. George découvrit avec étonnement une petite pièce, encombrée de bureaux. Une demi-douzaine de personnes y travaillait avec application devant des machines à écrire Remington grises et des téléphones sur lesquels clignotaient des rangées de petites lumières. On entendait depuis la pièce voisine le bruissement ininterrompu des téléscripteurs, ponctué de sonneries signalant les messages particulièrement importants. C'était probablement là, pensa George, que travaillait le porte-parole du président, Pierre Salinger.

Tout le monde semblait très concentré, personne ne bavardait ni ne regardait par la fenêtre.

Maria lui montra son bureau et lui présenta la femme assise devant la machine à écrire voisine, une sémillante rousse d'une bonne trentaine d'années : « George, je te présente mon amie, miss Fordham. Nelly, pourquoi tout le monde est-il aussi calme ? »

Avant que Nelly ait eu le temps de répondre, Salinger sortit de son bureau. C'était un petit homme rondouillard, vêtu d'un costume sur mesure de coupe européenne. Il était accompagné du président Kennedy.

Le Président adressa un sourire à la ronde, fit un signe de tête à George et s'approcha de Maria. « Vous devez être Maria Summers. Vous avez rédigé un bon communiqué de presse – clair et énergique. Bravo. »

Maria rougit de plaisir. « Merci, monsieur le Président. »

Il n'avait pas l'air pressé. « Que faisiez-vous avant de travailler ici ? » Il posa cette question comme si sa réponse l'intéressait plus que tout au monde.

« Je faisais mes études à la faculté de droit de Chicago.

— Vous plaisez-vous au service de presse ?

— Oh, oui, c'est tellement intéressant !

— Eh bien, sachez que j'apprécie votre travail. Continuez comme ça !

— Je ferai tout mon possible. »

Le Président sortit, suivi de Salinger.

George adressa un regard amusé à Maria. Elle avait l'air sur un petit nuage.

Au bout d'un moment, Nelly Fordham se tourna vers elle : « Je sais, ça te tombe dessus comme ça. Pendant une minute, tu as été la femme la plus belle du monde. »

Maria la regarda. « C'est vrai, approuva-t-elle. C'est exactement l'impression que j'ai eue. »

*

Maria se sentait parfois un peu seule, mais à part cela, elle était heureuse.

Elle était enchantée d'avoir un poste à la Maison Blanche où elle était entourée de gens brillants, sincères qui n'avaient qu'une ambition : rendre le monde meilleur. Elle pensait pouvoir aider à faire bouger les choses en travaillant pour le gouvernement. Elle savait qu'elle aurait à lutter contre les préjugés – les préjugés contre les femmes et contre les Noirs – mais pensait réussir à les surmonter à force d'intelligence et de détermination.

Sa famille avait dû triompher des pires obstacles à maintes reprises. Son grand-père, Saul Summers, avait quitté sa ville natale de Golgotha, dans l'Alabama, pour rejoindre Chicago à pied. Il s'était fait arrêter en chemin pour « délit de vagabondage » et condamner à trente jours de travaux forcés dans une mine de charbon. Pendant qu'il travaillait dans cette mine, il avait vu les gardiens rosser à mort un homme qui avait cherché à s'évader. Au bout de trente jours, constatant qu'on ne le libérait pas bien qu'il eût achevé sa peine, il avait protesté, ce qui lui avait valu d'être fouetté. Il avait risqué sa vie en s'enfuyant et était arrivé jusqu'à Chicago. Là, il avait fini par devenir pasteur de la Bethlehem Full Gospel Church. Désormais âgé de quatre-vingts ans, il était en semi-retraite, mais il lui arrivait encore de prêcher occasionnellement.

Le père de Maria, Daniel, avait fréquenté une université et une faculté de droit pour Noirs. En 1930, en pleine crise économique, il avait ouvert un cabinet juridique au rez-de-chaussée d'une maison de South Side, un quartier où personne n'avait de quoi se payer un timbre-poste, et moins encore un avocat. Maria l'avait souvent entendu évoquer le souvenir de ses clients qui le payaient en nature : des gâteaux maison, des œufs de leurs poules, une coupe de cheveux, quelques menus travaux de menuiserie dans son cabinet. Au moment où les effets du New Deal de Roosevelt commencèrent à se faire sentir et où l'économie se redressa, il était l'avocat noir le plus populaire de Chicago.

Maria n'avait donc pas peur des difficultés. Mais elle se sentait très seule. Tout son entourage était blanc. Saul Summers disait souvent : « Y a rien qui cloche chez les Blancs. C'est juste qu'ils sont pas noirs. » Elle comprenait ce qu'il voulait dire. Les Blancs ignoraient l'existence de lois sur le « vagabondage ». Curieusement, ils n'avaient pas conscience que l'Alabama avait continué à envoyer des Noirs dans des camps de travaux forcés jusqu'en 1927. Si elle abordait ce genre de sujets, ils prenaient l'air attristé avant de se détourner. Elle savait bien qu'ils pensaient qu'elle exagérait. Les Noirs qui parlaient de préjugés ennuyaient les Blancs, comme ces malades qui énumèrent inlassablement leurs symptômes.

Elle avait été enchantée de revoir George Jakes. Elle serait bien partie à sa recherche dès son arrivée à Washington, mais une jeune fille comme il faut ne court pas après un homme, aussi charmant soit-il. Elle appréciait George plus que tous les hommes qu'elle avait rencontrés depuis sa rupture avec Frank Baker, deux ans auparavant. Elle aurait épousé Frank s'il le lui avait demandé, mais ce qu'il voulait, c'était des relations sexuelles hors mariage et elle avait refusé. Quand George l'avait raccompagnée au service de presse, elle était sûre qu'il allait lui demander un rendez-vous et avait été déçue qu'il ne le fasse pas.

Elle partageait un appartement avec deux jeunes Noires avec qui elle n'avait pas grand-chose de commun. Elles étaient secrétaires toutes les deux et s'intéressaient avant tout à la mode et au cinéma.

Maria avait l'habitude de ne pas être comme les autres. Les Noires n'étaient pas nombreuses dans son université, et elle était la seule à la faculté de droit. Elle était à présent la seule femme noire de la Maison Blanche, abstraction faite des femmes de ménage et des cuisinières. Elle ne se plaignait pas : tout le monde était aimable avec elle. Mais elle était seule.

Le lendemain matin de sa rencontre avec George, elle épluchait un discours de Fidel Castro à la recherche d'informations utiles au service de presse quand son téléphone sonna. Une voix masculine lui demanda : « Ça vous dirait, d'aller nager ? »

L'accent monocorde de Boston avait beau lui être familier, elle fut incapable d'identifier son correspondant. « Qui est à l'appareil ?

— Dave. »

C'était Dave Powers, le conseiller spécial du président, qu'on surnommait parfois le « Premier ami ». Maria lui avait parlé deux ou trois fois. Comme la plupart de ceux qui travaillaient à la Maison Blanche, il avait été aimable et charmant.

Maria n'en fut pas moins déconcertée par sa question. « Où ça ? s'enquit-elle.

— Ici, à la Maison Blanche, bien sûr », répondit-il dans un éclat de rire.

Elle se rappela qu'il y avait une piscine dans la galerie ouest, entre la Maison Blanche et l'aile ouest. Elle ne l'avait jamais vue, mais savait qu'elle avait été construite pour le président Roosevelt. Elle avait entendu dire que le président Kennedy s'efforçait de nager une fois par jour, s'il le pouvait, car l'eau soulageait ses douleurs dorsales.

Dave ajouta : « Il y aura d'autres jeunes filles que vous. »

La première pensée de Maria fut pour ses cheveux. Presque toutes les Noires qui exerçaient un emploi de bureau portaient un postiche ou une perruque pour aller travailler. Noirs comme Blancs s'accordaient en effet pour trouver que les cheveux crépus ne faisaient pas professionnel. Ce jour-là, Maria arborait une choucroute, un postiche soigneusement entrelacé avec ses propres cheveux, eux-mêmes assouplis à grand renfort de produits chimiques pour imiter la texture lisse et raide des cheveux des Blanches. Ce n'était pas un secret : n'importe quelle Noire l'aurait remarqué au premier coup d'œil. Mais un Blanc comme Dave ne voyait pas ce genre de choses.

Impossible d'aller nager ! Si elle se mouillait les cheveux, ce serait la catastrophe.

Elle était trop embarrassée pour exposer le problème, et trouva promptement une excuse : « Je n'ai pas de maillot.

— Nous avons tout ce qu'il faut, répondit Dave. Je viendrai vous prendre à midi. » Il raccrocha.

Maria consulta sa montre. Il était midi moins dix.

Comment faire ? Arriverait-elle à se glisser précautionneusement dans l'eau à un endroit peu profond sans se mouiller les cheveux ?

Elle n'avait pas posé les bonnes questions et en avait douloureusement conscience. Elle aurait évidemment dû demander pourquoi elle était invitée et ce qu'on attendait d'elle – et aussi si le Président serait là.

Elle jeta un coup d'œil à sa voisine de bureau. Nelly Fordham était une célibataire qui travaillait à la Maison Blanche depuis une dizaine d'années. Elle lui avait laissé entendre qu'elle avait eu autrefois une déception amoureuse. Dès le début, elle avait beaucoup aidé Maria et la regardait à présent avec curiosité. « Je n'ai pas de maillot ? cita-t-elle.

— Je suis invitée à aller nager dans la piscine du Président, expliqua Maria. Tu crois que je dois y aller ?

— Évidemment ! À une condition : c'est que tu me racontes tout après. »

Maria baissa la voix. « Il paraît qu'il y aura d'autres filles. Tu penses que le Président sera là ? »

Nelly jeta un coup d'œil à la ronde, mais personne ne les écoutait. « John Kennedy aime-t-il nager entouré de jolies filles ? Voilà une devinette à laquelle il n'est pas difficile de répondre. »

Maria hésitait toujours. Elle se rappela alors que Larry Mawhinney l'avait traitée de glaçon. L'insulte l'avait blessée. Elle n'était pas un glaçon. Elle était encore vierge à vingt-cinq ans parce qu'elle n'avait jamais rencontré d'homme à qui elle avait eu envie de se donner corps et âme ; ça ne voulait pas dire qu'elle était frigide.

Dave Powers passa la tête par la porte. « Vous venez ? »

Et puis zut, pensa-t-elle et elle répondit oui.

Dave l'accompagna le long de la colonnade qui bordait la roseraie, jusqu'à l'entrée de la piscine. Ils arrivèrent en même temps que deux autres filles que Maria avait déjà vues, toujours ensemble : elles étaient secrétaires à la Maison Blanche. Dave les lui présenta : « Voici Jennifer et Geraldine, que tout le monde appelle Jenny et Jerry. »

Les filles conduisirent Maria dans un vestiaire où une bonne dizaine de maillots étaient suspendus à des crochets. Jenny et Jerry se déshabillèrent sans perdre de temps. Maria remarqua qu'elles avaient toutes les deux un corps superbe. Elle n'avait pas l'habitude de voir des Blanches nues. Bien que blondes, elles avaient des poils pubiens foncés, qui dessinaient un triangle parfait. Maria se demanda si elles les égalisaient aux ciseaux. Elle n'avait jamais pensé à faire ça.

Les maillots étaient tous des une pièce en coton. Écartant les couleurs les plus tapageuses, Maria se décida pour un bleu marine pudique. Puis elle suivit Jenny et Jerry jusqu'à la piscine.

Trois des murs étaient ornés de peintures de scènes caribéennes, palmiers et voiliers. Le quatrième était recouvert d'un miroir, et Maria en profita pour observer son reflet. Elle n'était pas grosse, se dit-elle, à part ses fesses, peut-être un peu trop rebondies. Le bleu marine seyait à sa peau brun foncé.

Elle remarqua d'un côté de la salle une table chargée de verres et de sandwichs. Elle était bien trop nerveuse pour avaler quoi que ce soit.

Dave était assis au bord de la piscine, déchaussé, le bas du pantalon retroussé, remuant les pieds dans l'eau. Jenny et Jerry barbotaient déjà, bavardant et riant. Maria s'assit en face de Dave et plongea ses pieds dans l'eau. Elle était aussi chaude que celle d'un bain.

Une minute plus tard, le Président apparut et le cœur de Maria s'emballa.

Il portait comme d'habitude un costume sombre, une chemise blanche et une cravate étroite. Elle sentit l'odeur citronnée de son eau de Cologne 4711. « Me permettez-vous de vous rejoindre ? demanda-t-il à ses invitées comme si ce n'était pas sa propre piscine.

— Je vous en prie ! » répondit Jenny. Jerry et elle n'étaient manifestement pas surprises de le voir, et Maria en déduisit que ce n'était pas la première fois qu'elles nageaient avec le Président.

Il se dirigea vers le vestiaire et en ressortit vêtu d'un caleçon de bain bleu. Il était mince et bronzé, très en forme pour un homme de quarante-quatre ans, sans doute grâce aux longues heures qu'il passait sur son voilier quand il allait à Hyannis Port, au Cap Cod, où il avait une résidence secondaire. Il s'assit au bord de la piscine avant de se laisser glisser dans l'eau avec un soupir d'aise.

Il nagea pendant quelques minutes. Maria se demanda ce que sa mère dirait en la voyant. Ma désapprouverait certainement que sa fille aille nager avec un homme marié, quel qu'il fût, sauf s'il était président, bien sûr. Il ne pouvait évidemment rien lui arriver de fâcheux ici, à la Maison Blanche, en présence de Dave Powers et de Jenny et Jerry !

Le Président s'approcha de l'endroit où elle était assise. « Alors, Maria, comment ça se passe au service de presse ? s'enquit-il avec un intérêt marqué.

— Très bien, monsieur le Président, merci.

— Pierre est-il un bon patron ?

— Excellent. Tout le monde l'apprécie beaucoup.

— Moi aussi, je l'aime bien. »

De près, Maria distingua les légères rides au coin de ses yeux et de sa bouche, et les quelques cheveux gris qui parsemaient son épaisse chevelure brun roux. Ses yeux n'étaient pas vraiment bleus ; plutôt noisette, en fait.

Il avait remarqué qu'elle l'observait et ne lui en tenait pas rigueur, nota-t-elle. Sans doute y était-il habitué. Peut-être aimait-il même cela. Il lui demanda avec un sourire : « Quel genre de travail faites-vous ?

— Un peu de tout. » Elle était flattée au-delà de toute mesure. Elle essaya de se convaincre qu'il cherchait simplement à être aimable, mais ne pouvait se défendre de l'impression qu'il s'intéressait sincèrement à elle. « Je fais principalement des recherches documentaires pour Mr. Salinger. Ce matin, j'ai passé un discours de Castro au peigne fin.

— J'aime autant que ce soit vous que moi. Ses discours sont interminables ! »

Maria rit. Une petite voix lui chuchotait intérieurement : *Le Président plaisante avec moi à propos de Fidel Castro ! Dans une piscine !* « Il arrive à Mr. Salinger de me demander de rédiger un communiqué de presse, ajouta-t-elle. C'est l'aspect de mon travail que je préfère.

— Demandez-lui de vous en confier plus souvent. Vous faites cela très bien.

— Merci, monsieur le Président. Vous ne pouvez pas imaginer combien cela me touche.

— Vous êtes de Chicago, c'est bien ça ?

— Oui, monsieur.

— Où habitez-vous actuellement ?

— À Georgetown. Je partage un appartement avec deux jeunes filles qui travaillent au Département d'État.

— Parfait. Je suis heureux de savoir que vous êtes bien installée. J'apprécie votre travail, et je sais que Pierre aussi. »

Il se détourna pour aller bavarder avec Jenny, mais Maria n'entendit pas ce qu'il lui disait. Elle avait la tête à l'envers. Le Président se souvenait de son nom ! Il savait qu'elle venait de Chicago ! Il pensait le plus grand bien de son travail ! Et il était tellement séduisant... Elle se sentait si légère qu'elle aurait pu s'envoler jusqu'à la lune.

Dave consulta sa montre. « Midi et demi, monsieur le Président. »

Cela faisait une demi-heure qu'elle était là ! Maria ne parvenait pas à le croire. Elle avait l'impression qu'elle venait d'arriver. Le Président sortit de l'eau et passa dans le vestiaire.

Les trois filles sortirent de la piscine à leur tour. « Prenez un sandwich », leur proposa Dave. Elles s'approchèrent de la table toutes les trois. Maria essaya de grignoter – c'était sa pause déjeuner, après tout – mais son estomac semblait avoir rétréci au point qu'elle ne pouvait rien avaler. Elle but une bouteille de soda sirupeux.

Dave s'éloigna et les trois jeunes filles allèrent se changer, remettant leur tenue de travail. Maria se regarda dans la glace. Ses cheveux étaient légèrement humides, mais toujours parfaitement en place.

Elle prit congé de Jenny et Jerry et regagna le service de presse. Un épais dossier sur les services de santé était posé sur son bureau avec une note de Salinger. Il en voulait un résumé de deux pages une heure plus tard.

Elle croisa le regard de Nelly qui lui lança : « Alors ? Qu'est-ce qu'il te voulait ? »

Maria réfléchit un instant avant de répondre : « Aucune idée. »

*

George Jakes reçut un message lui demandant de passer chez Joseph Hugo, au siège du FBI. Hugo était désormais secrétaire particulier de J. Edgar Hoover, directeur du FBI. Le message précisait que le Bureau avait obtenu des informations de première importance sur Martin Luther King et qu'Hugo souhaitait les communiquer aux collaborateurs du ministre de la Justice.

Hoover détestait Martin Luther King. Le FBI ne comptait pas un seul agent noir. Hoover détestait également Robert Kennedy. Il détestait beaucoup de gens.

George envisagea de refuser ce rendez-vous. Il n'avait aucune envie de parler à ce salaud d'Hugo qui avait trahi le mouvement des droits civiques en général, et George en particulier. Son bras lui faisait encore mal de temps en temps depuis la blessure reçue à Anniston, où Hugo avait assisté au spectacle, cigarette aux lèvres, bavardant avec les policiers.

D'un autre côté, s'il s'agissait de mauvaises nouvelles, George préférait être le premier à les apprendre. Peut-être le FBI avait-il surpris King en flagrant délit d'adultère ou avait-il été informé de quelque autre incartade. George ne serait que trop heureux de pouvoir intervenir pour empêcher la diffusion de toute information préjudiciable au mouvement des droits civiques. Mieux valait éviter qu'un homme comme Dennis Wilson la fasse circuler. Il devait donc se résoudre à aller voir Hugo et, probablement, à supporter sa joie malveillante.

Le siège du FBI se trouvait à un autre étage du bâtiment du ministère de la Justice. George trouva Hugo dans un petit bureau, près de l'enfilade de pièces réservées au directeur. Les cheveux très courts, comme tous les agents du FBI, il portait un costume ordinaire d'un gris moyen avec une chemise blanche en nylon et une cravate bleu marine. Un paquet de cigarettes mentholées était posé sur son bureau, à côté d'un classeur.

« Qu'est-ce que tu veux ? » lui demanda George.

Hugo sourit, incapable de dissimuler sa jubilation. « Un des conseillers de Martin Luther King est communiste », lui annonça-t-il.

Cette allégation désarçonna George. Elle était susceptible de ruiner tous les efforts du mouvement des droits civiques. Il en fut glacé d'effroi. Il était impossible de prouver que quelqu'un n'était *pas* communiste. De toute façon, la vérité n'avait guère d'importance : la calomnie elle-même pouvait être mortelle. Comme l'accusation de sorcellerie au Moyen Âge, c'était une manière redoutablement efficace d'attiser la haine des ignorants et des imbéciles.

« Qui est ce conseiller ? » demanda-t-il à Hugo.

Hugo consulta une fiche, comme pour se rafraîchir la mémoire. « Un certain Stanley Levison.

— Ce n'est pas un nom noir, ça.

— Il est juif. » Hugo sortit une photo du classeur, et la lui tendit.

George vit un visage blanc quelconque, avec un grand front dégarni et de grosses lunettes. L'homme portait un nœud papillon. George avait rencontré King et ses collaborateurs à Atlanta, et n'avait vu personne qui ressemblât à cet individu. « Tu es sûr qu'il travaille pour la Conférence des dirigeants chrétiens du Sud ?

— Je n'ai pas dit qu'il *travaillait* pour King. C'est un avocat new-yorkais. Et un homme d'affaires prospère qui plus est.

— Alors pourquoi le présentes-tu comme un "conseiller" de King ?

— Il l'a aidé à trouver un éditeur pour son bouquin et a assuré sa défense, lui évitant un procès pour fraude fiscale dans l'Alabama. Ils ne se voient pas souvent, mais ils se téléphonent. »

George se redressa sur son siège. « Et comment tu sais ça ?

— J'ai mes sources, répondit Hugo d'un air suffisant.

— Tu prétends donc qu'il arrive à King de téléphoner à un avocat new-yorkais et de se faire conseiller sur des affaires fiscales et éditoriales, c'est ça ?

— Un avocat communiste.

— Comment sais-tu qu'il est communiste ?

— J'ai mes sources, je te dis.

— Quelles sources ?

— Nous ne pouvons pas révéler l'identité de nos informateurs.

— Bien sûr que si, au ministre de la Justice.

— Tu n'es pas le ministre de la Justice.

— Tu as le numéro de la carte de Levison ?

— Quoi donc ? » Hugo se troubla.

« Les membres du parti communiste ont une carte, tu dois savoir ça. Chaque carte porte un numéro. Quel est le numéro de celle de Levison ? »

Hugo fit semblant de chercher dans son dossier. « Je n'ai pas l'impression de l'avoir ici.

— Autrement dit, tu ne peux pas prouver que Levison est communiste.

— Nous n'avons pas besoin de *preuve,* s'énerva Hugo. Nous n'avons pas l'intention d'engager des poursuites contre lui. Nous informons simplement le ministre de la Justice de nos soupçons, comme l'exige notre devoir. »

George haussa le ton. « Tu salis le nom de King en prétendant sans la moindre preuve qu'un avocat qu'il a consulté est communiste ?

— Tu as parfaitement raison, approuva Hugo à la grande surprise de George. Il nous faut plus d'indices. Raison pour laquelle nous allons demander la mise sur écoute de la ligne téléphonique de Levison. » Aucune écoute téléphonique ne pouvait se faire sans l'autorisation du ministre de la Justice. « Tiens, ce dossier est pour toi. » Il le lui tendit.

George ne le prit pas. « Si vous mettez Levison sur écoute, vous allez entendre ses conversations avec King. »

Hugo haussa les épaules. « C'est un risque que courent ceux qui parlent à des communistes. Tu y vois quelque chose à redire ? »

George estimait qu'il y avait effectivement quelque chose à redire à l'utilisation d'un tel procédé dans un pays libre, mais il préféra se taire. « Nous ne savons pas si Levison est communiste.

— Il faut donc que nous le découvrions. »

George prit le dossier, se leva et ouvrit la porte.

« Hoover évoquera certainement cette affaire la prochaine fois qu'il verra Bob, reprit Hugo. J'espère que tu ne comptais pas garder ça pour toi. »

Cette pensée avait effleuré l'esprit de George qui répondit : « Bien sûr que non. » De toute façon, ce n'était pas une bonne idée.

« Alors qu'est-ce que tu vas faire ?

— En parler à Bob. C'est à lui de décider. » Il quitta la pièce et prit l'ascenseur jusqu'au cinquième étage. Plusieurs fonctionnaires du ministère de la Justice sortaient précisément du bureau de Robert Kennedy. George jeta un coup d'œil à l'intérieur. Comme à son habitude, Bob avait retiré sa veste et retroussé ses manches de chemise. Il avait ses lunettes sur le nez et venait manifestement de clore une réunion. George vérifia l'heure : il avait quelques minutes devant lui avant la suivante. Il entra.

Bob l'accueillit chaleureusement. « Salut, George, tout va bien ? »

Leur relation avait pris cette tournure depuis le jour où George avait eu l'impression que Bob était prêt à le frapper. Robert Kennedy le traitait désormais en copain. George se demandait s'il était toujours comme ça : peut-être avait-il besoin d'une dispute avant de devenir intime avec quelqu'un.

« Mauvaises nouvelles, annonça George.

— Asseyez-vous et racontez-moi ça. »

George referma la porte. « Hoover prétend avoir déniché un communiste dans l'entourage de Martin Luther King.

— Hoover est un emmerdeur et un pédé de première », répliqua Bob.

George était stupéfait. Bob voulait-il dire que Hoover était homosexuel ? C'était impossible. Sans doute n'était-ce qu'une insulte gratuite. « Un certain Stanley Levison, précisa George.

— Qui est-ce ?

— Un avocat que King a consulté à propos d'affaires fiscales notamment.

— À Atlanta ?

— Non. Levison a son cabinet à New York.

— Il ne doit pas être très proche de King, dans ce cas.

— C'est aussi mon avis.

— Peu importe, soupira Bob d'un air las. Hoover a le chic pour présenter les choses comme plus graves qu'elles ne sont.

— Le FBI affirme que Levison est communiste, mais ils refusent de me donner des preuves. Peut-être vous les donneront-ils à vous.

— Je ne veux pas connaître leurs sources d'information. » Bob leva les mains dans un geste de défense. « S'il y a une fuite, c'est à moi qu'on la reprochera.

— Ils n'ont même pas le numéro de carte du parti de Levison.

— Ils ne savent rien du tout, merde, reprit Bob. Ils jouent aux devinettes, c'est tout. Mais ça n'y change rien. Les gens les croiront.

— Qu'est-ce qu'on va faire ?

— Il faut que King rompe toute relation avec Levison, répondit Bob résolument. Autrement, Hoover va sortir l'affaire, King en subira les conséquences et ce merdier de droits civiques deviendra complètement ingérable. »

George ne considérait pas la campagne pour les droits civiques comme un « merdier », contrairement aux frères Kennedy. Mais là n'était pas la question. L'accusation de Hoover était une menace à laquelle il fallait faire face, et Bob avait raison : le plus simple était d'obtenir que King rompe avec Levison.

« Comment comptez-vous le convaincre ? demanda George.

— Vous allez vous rendre à Atlanta et lui dire de le faire. »

George était accablé. Martin Luther King était connu pour sa capacité de résistance à toute autorité et George savait par Verena qu'en privé comme en public, il était extrêmement difficile de le persuader de quoi que ce soit. Il dissimula pourtant ses réserves derrière une façade impassible. « Je vais appeler et prendre rendez-vous », annonça-t-il. Il se dirigea vers la porte.

« Merci, George, lui dit Bob avec un soulagement manifeste. Quel plaisir de pouvoir compter sur vous ! »

*

Le lendemain de la séance piscine, le téléphone de Maria sonna. C'était à nouveau Dave Powers. « Il y a une petite fête à cinq heures et demie pour le personnel, dit-il. Voulez-vous vous joindre à nous ? »

Maria et ses colocataires avaient prévu d'aller voir Audrey Hepburn et l'irrésistible George Peppard dans *Diamants sur canapé*. Mais une simple assistante de la Maison Blanche ne disait pas non à Dave Powers. Les filles n'auraient qu'à baver devant le beau Peppard du film sans elle. « Où suis-je attendue ? demanda-t-elle.

— À l'étage.

— À l'étage ? » L'expression désignait habituellement la résidence privée du Président.

« Je passerai vous prendre. » Dave raccrocha.

Maria regretta immédiatement de ne pas s'être habillée plus élégamment ce jour-là. Elle portait une jupe écossaise plissée et un corsage blanc uni, fermé par des petits boutons dorés. Son postiche était une coupe au carré toute simple, courte derrière avec de longues mèches qui encadraient son menton, comme le voulait la mode. Elle devait ressembler à n'importe quelle employée de bureau de Washington, se dit-elle avec regret.

Elle se tourna vers Nelly. « Tu as été invitée à une fête du personnel ce soir ?

— Ah non... Ça se passe où ?

— À l'étage.

— Petite veinarde. »

À cinq heures et quart, Maria fit un saut aux toilettes pour arranger sa coiffure et se remaquiller. Aucune des autres employées ne semblant faire d'effort particulier, elle en déduisit qu'elles n'avaient pas été invitées. Peut-être cette fête était-elle réservée aux dernières embauchées.

À cinq heures et demie, Nelly prit son sac à main et s'apprêta à partir. « Fais bien attention à toi ce soir, d'accord ? dit-elle à Maria.

— Toi aussi.

— Je parle sérieusement. » Et Nelly sortit avant que Maria ait pu lui demander ce qu'elle voulait dire.

Dave Powers apparut un instant plus tard. Il lui fit franchir plusieurs portes, le long de la colonnade ouest. Ils passèrent devant l'entrée de la piscine, puis pénétrèrent dans le bâtiment où ils prirent l'ascenseur.

La porte de la cabine s'ouvrit sur un immense vestibule éclairé par deux lustres, aux murs bleu-vert. Était-ce la teinte appelée *eau-de-nil*, s'interrogea Maria qui eut juste le temps de se poser la question. « Voici la salle d'attente ouest », lui annonça Dave en l'introduisant dans une pièce très simple où étaient disposés plusieurs canapés confortables. Une grande fenêtre cintrée laissait pénétrer les rayons du soleil couchant.

Les deux secrétaires, Jenny et Jerry, qu'elle avait rencontrées la veille étaient là, seules. Maria s'assit ; les autres membres du personnel allaient sans doute les rejoindre. Un plateau chargé de verres à cocktail et d'un pichet était posé sur la table. « Vous prendrez bien un daïquiri ? » proposa Dave, et il remplit un verre sans attendre sa réponse. Maria n'avait pas l'habitude de boire d'alcool mais elle sirota son verre et trouva ça délicieux. Elle prit un feuilleté au fromage sur l'assiette de biscuits apéritif. Que se passait-il au juste ?

« La Première Dame sera-t-elle là ? questionna-t-elle. J'aimerais tellement faire sa connaissance ! »

Le silence se fit, et elle se demanda si elle avait commis un impair. Enfin, Dave répondit : « Jackie est partie à Glen Ora. »

Glen Ora était une ferme de Middleburg en Virginie, où Jackie Kennedy possédait des chevaux et où elle montait avec l'Orange County Hunt, une prestigieuse société de chasse à courre. Cette propriété se trouvait à une heure environ de Washington.

« Elle a emmené Caroline et John John », précisa Jenny.

Caroline Kennedy avait quatre ans, et son petit frère un an.

Si j'étais sa femme, songea Maria, je ne l'abandonnerais pas pour aller faire du cheval.

Soudain, il entra. Tous se levèrent.

Il avait l'air fatigué et tendu, mais son sourire était aussi chaleureux qu'à l'accoutumée. Il retira son veston, le jeta sur le dossier d'une chaise, s'assit sur le canapé auquel il s'adossa, posant les pieds sur la table basse.

Maria se sentit miraculeusement admise dans le cercle le plus sélect du monde. Elle était chez le Président, ils buvaient et grignotaient des biscuits salés ensemble, dans une ambiance si familière qu'il n'hésitait pas à mettre les pieds sur la table. Quoi qu'il pût advenir ce soir, ces instants resteraient éternellement gravés dans sa mémoire.

Elle vida son verre et Dave le lui remplit.

Pourquoi avait-elle pensé *Quoi qu'il pût advenir ce soir* ? La situation était évidemment étrange. Elle n'était qu'une modeste documentaliste qui espérait obtenir rapidement une promotion au poste d'assistante attachée de presse. L'atmosphère était détendue, mais ces gens-là n'étaient pas vraiment ses amis. Ils ne savaient rien d'elle. Que faisait-elle ici ?

Le Président se leva et lui demanda : « Maria, avez-vous envie de visiter la résidence ? »

Visiter la résidence ? Avec le Président en personne ? Qui aurait pu refuser ?

« Bien sûr ! » Elle se leva. Les daïquiris lui étaient montés à la tête et elle eut un instant de vertige, mais se reprit immédiatement.

Le Président franchit une porte latérale, et elle le suivit.

« Cette pièce était une chambre d'amis, mais Mrs. Kennedy l'a transformée en salle à manger », expliqua-t-il. Les murs étaient entièrement tapissés de scènes de batailles de la Révolution américaine. La table carrée disposée au centre était trop petite et le lustre trop volumineux, jugea Maria. Mais elle était obsédée par cette pensée : je suis seule avec le Président dans la résidence de la Maison Blanche – moi ! Maria Summers !

Il sourit et la regarda dans les yeux. « Qu'est-ce que vous en dites ? » lui demanda-t-il comme s'il était incapable de se faire une opinion avant de connaître la sienne.

« C'est magnifique », s'écria-t-elle, regrettant de ne pas trouver de formule plus originale.

« Par ici. » Il lui fit retraverser la salle d'attente ouest et ils franchirent la porte d'en face. « Voici la chambre de Mrs. Kennedy. » Il referma derrière eux.

« Que c'est beau ! » s'exclama Maria.

Deux longues fenêtres encadrées de rideaux bleu pâle s'ouvraient en face de la porte. À sa gauche, Maria admira une cheminée et un canapé disposé sur un tapis dont le motif reprenait le bleu des rideaux. Sur le manteau de la cheminée, une collection de dessins encadrés donnait à la pièce un petit côté raffiné et intellectuel, parfaitement dans l'esprit de Jackie. La courtepointe et le baldaquin du lit qui occupait le fond de la pièce étaient eux aussi assortis, à l'image de la nappe qui recouvrait la table d'appoint, dans un angle. Maria n'avait jamais vu de chambre aussi élégante, même dans les revues de décoration.

En même temps, elle ne pouvait s'empêcher de s'interroger : pourquoi a-t-il parlé de « la chambre de Mrs. Kennedy » ? Ne dormait-il pas ici ? Le grand lit double était visiblement fait de deux parties distinctes, et Maria se rappela que le Président avait besoin d'un matelas très ferme à cause de ses problèmes de dos.

Il l'entraîna vers la fenêtre pour contempler la vue. La lumière du soir éclairait avec douceur la pelouse sud et la fontaine où il arrivait aux petits Kennedy de barboter.

« Que c'est beau ! » répéta Maria.

Il posa la main sur son épaule. C'était la première fois qu'il la touchait, et elle se sentit frémir d'émoi. Le parfum de son eau de Cologne lui parvint, suffisamment proche pour qu'elle pût distinguer le romarin et le musc sous l'acidité du citron. Il la regarda avec son léger sourire, si charmant. « C'est une chambre tout à fait privée », murmura-t-il.

Elle plongea son regard dans le sien. « Oui », souffla-t-elle. Un profond sentiment d'intimité la liait à cet homme. Elle avait l'impression de l'avoir connu toute sa vie, de savoir, sans l'ombre d'un doute, qu'elle pouvait lui faire confiance et l'aimer sans réserve. Elle éprouva un petit pincement de culpabilité en pensant à George Jakes. Après tout, George ne lui avait même pas demandé de rendez-vous. Elle le chassa de son esprit.

Le Président avait à présent les deux mains sur ses épaules, et il la poussait doucement en arrière. Quand le creux de ses genoux entra en contact avec le lit, elle s'assit.

Il continua cependant à la pousser, jusqu'à ce qu'elle soit obligée de prendre appui sur ses coudes. Toujours yeux dans les yeux, il entreprit de déboutonner son chemisier. Elle eut honte un instant de ces boutons dorés bon marché, ici, dans cette chambre d'un incroyable raffinement. Puis il posa les mains sur sa poitrine.

Elle détesta soudain le soutien-gorge de nylon qui s'interposait entre leurs deux peaux. Prestement, elle défit les derniers boutons de son chemisier, le fit glisser de ses épaules, passa les mains dans son dos pour dégrafer son soutien-gorge qu'elle laissa tomber au sol. Il couva ses seins d'un regard adorateur, puis les prit dans ses mains si douces, les caressant délicatement avant de les empoigner plus fermement.

Il glissa la main sous sa jupe plissée et baissa sa culotte. Elle regretta de ne pas avoir légèrement taillé sa toison pubienne, comme Jenny et Jerry.

Il avait le souffle court ; elle aussi. Il défit la ceinture de son pantalon de costume, le retira puis s'allongea sur elle.

Les choses se passaient-elles toujours aussi vite ? Elle n'en avait aucune expérience.

Il la pénétra avec une grande douceur. Puis, sentant une résistance, il s'arrêta, étonné. « C'est la première fois ?

— Oui.

— Vous voulez bien ?

— Oui. » Bien sûr qu'elle voulait ! Elle était au comble du bonheur, pleine de désir et d'impatience.

Il s'introduisit en elle encore plus doucement. L'obstacle céda, et elle ressentit une douleur aiguë qui lui arracha un petit cri.

« Ça va ? demanda-il.

— Oui. » Elle ne voulait surtout pas qu'il arrête.

Il continua, les yeux fermés. Elle observa son visage, son air de concentration, son sourire de plaisir. Puis il poussa un soupir de satisfaction. C'était terminé.

Il se releva et enfila son pantalon.

Toujours souriant, il lui dit : « La salle de bains est par là. » Il désigna une porte dans l'angle, puis reboutonna sa braguette.

Maria fut soudain tout embarrassée. Que faisait-elle, allongée ainsi sur ce lit, sa nudité exposée aux regards ? Elle se leva d'un bond. Elle attrapa son chemisier, son soutien-gorge, sa culotte et se précipita dans la salle de bains.

Elle se regarda dans la glace et dit à son reflet : « Qu'est-ce qui s'est passé ? »

J'ai perdu ma virginité. J'ai fait l'amour avec un homme merveilleux. Il se trouve que c'est le président des États-Unis. Ça m'a plu.

Elle se rhabilla, puis rectifia son maquillage. Heureusement, leurs ébats ne l'avaient pas décoiffée.

C'est la salle de bains de Jackie, pensa-t-elle alors avec remords ; et soudain, elle n'eut plus qu'une idée en tête : sortir de là.

La chambre était déserte. Elle se dirigea vers la porte, puis se retourna pour jeter un dernier regard au lit.

Le Président ne l'avait pas embrassée une seule fois...

Elle rejoignit la salle d'attente ouest. Il y était assis seul, les pieds sur la table basse. Dave et les filles étaient partis, laissant derrière eux un plateau de verres sales et les restes des biscuits salés. Kennedy paraissait détendu, comme s'il ne s'était rien passé d'inhabituel. Faisait-il cela tous les jours ?

« Voulez-vous manger quelque chose ? proposa-t-il. La cuisine est juste là.

— Non merci, monsieur le Président. »

Il vient de me baiser, et moi, je l'appelle toujours monsieur le Président, constata-t-elle.

Il se leva. « Une voiture vous attend au portique sud pour vous raccompagner chez vous », dit-il. Il s'effaça pour la laisser passer dans le vestibule. « Tout va bien ? s'inquiéta-t-il encore.

— Oui. »

L'ascenseur arriva. Elle se demanda s'il l'embrasserait pour lui dire bonsoir.

Il ne le fit pas. Elle entra dans la cabine.

« Bonsoir, Maria.

— Bonsoir », dit-elle et les portes se refermèrent.

*

Une semaine s'écoula sans que George trouve l'occasion de rompre avec Norine Latimer.

Il redoutait ce moment.

Ce n'était pas la première fois qu'il plaquait une fille, bien sûr. Après un ou deux rendez-vous seulement, c'était facile : on ne rappelait pas, voilà tout. En cas de relation plus durable, lui avait appris l'expérience, la lassitude était généralement réciproque : vous saviez, l'un comme l'autre, que le frisson initial s'était dissipé. Mais avec Norine, il était plus ou moins à mi-chemin entre ces deux extrêmes. Cela ne faisait que quelques mois qu'ils sortaient ensemble, et ils s'entendaient très bien. Il avait espéré passer bientôt une nuit avec elle. Elle ne s'attendait certainement pas à se faire envoyer balader.

Il l'invita à déjeuner. Elle aurait voulu aller au restaurant situé au sous-sol de la Maison Blanche, qu'on appelait le « mess », mais les femmes n'y étaient pas admises. George ne tenait pas à l'emmener dans un endroit huppé comme le Jockey Club : elle risquait d'imaginer qu'il allait lui faire sa demande en mariage. Ils allèrent finalement à l'Old Ebbitt's, un restaurant où les hommes politiques avaient leurs habitudes et qui avait connu des jours meilleurs.

Norine avait l'air plus arabe qu'africaine. Elle était d'une beauté spectaculaire, avec des cheveux noirs ondulés, la peau mate et le nez busqué. Elle portait un pull duveteux qui ne la mettait pas en valeur : George devina qu'elle voulait éviter d'impressionner son patron. Les hommes n'aimaient pas que les femmes avec lesquelles ils travaillaient leur en imposent.

« Je suis vraiment navré d'avoir dû annuler notre rendez-vous, hier soir, lui dit-il lorsqu'ils eurent passé leur commande. J'ai été convoqué à une réunion avec le Président.

— Évidemment, je ne peux pas rivaliser avec lui. »

Quelle réflexion stupide, pensa-t-il. Elle ne pouvait pas rivaliser avec le Président, naturellement; personne ne le pouvait. Il préféra toutefois ne pas s'engager sur ce terrain. Il alla droit au but. « Il faut que je te dise quelque chose. J'ai connu une autre fille avant de te rencontrer.

— Je sais.

— Comment ça ?

— Je t'aime beaucoup, George. Tu es intelligent, drôle et gentil. Et tu es joli garçon, abstraction faite de ton oreille.

— Mais...

— Mais je sais très bien quand un homme en pince pour une autre.

— Ah oui ?

— Je parierais même que c'est Maria. »

George en resta bouche bée. « Mince alors, comment tu sais ça ?

— Tu as mentionné son nom quatre ou cinq fois. Et tu n'as jamais parlé d'aucune autre fille de ton passé. Pas la peine de sortir de Harvard pour comprendre que tu ne l'as pas oubliée. Mais comme elle est à Chicago, j'espérais que, peu à peu, tu te détacherais d'elle, poursuivit Norine d'un petit air triste.

— Elle s'est installée à Washington, reprit George.

— Malin de sa part.

— Elle n'est pas venue pour moi mais pour un boulot.

— Quoi qu'il en soit, tu me plaques pour elle. »

Il ne pouvait tout de même pas répondre oui. Mais comme c'était vrai, il garda le silence.

Le serveur arriva avec leurs plats. Norine laissa sa fourchette posée à côté de son assiette. « Je te souhaite beaucoup de bonheur, George, fit-elle. Bonne chance pour tout. »

Tout cela était tellement précipité ! « Euh... à toi aussi.

— Au revoir. » Elle se leva.

« Au revoir, Norine. » Qu'aurait-il pu dire d'autre ?

« Tu peux manger ma salade, si tu veux. » Elle sortit.

George chipota dans son assiette pendant quelques instants. Il avait mauvaise conscience. Norine avait été sympa, à sa manière. Elle lui avait facilité les choses. Il espérait que ce n'était pas trop dur pour elle. Elle ne méritait pas de souffrir.

Quittant le restaurant, il regagna la Maison Blanche. Il devait assister au Comité présidentiel sur l'égalité des chances en matière d'emploi, dirigé par le vice-président Lyndon Johnson. George s'était allié à l'un des conseillers de Johnson, Skip Dickerson. Comme la réunion ne commençait qu'une demi-heure plus tard, il décida de faire un saut au service de presse, espérant y trouver Maria. Il la rencontra en chemin.

Elle portait ce jour-là une robe à pois avec un serre-tête assorti, qui maintenait probablement une perruque : la plupart des Noires portaient des postiches compliqués, et la jolie coupe au carré de Maria n'était certainement pas naturelle.

Quand elle lui demanda comment il allait, il ne sut que répondre. Il se sentait coupable vis-à-vis de Norine. Mais à présent au moins, il pouvait proposer à Maria de sortir avec lui sans scrupule. « Pas trop mal, à tout prendre, dit-il. Et toi ? »

Elle baissa la voix. « Il y a des jours où je déteste les Blancs.

— Pourquoi ?
— Tu ne connais pas mon grand-père.
— Je ne connais aucun membre de ta famille.
— Grandpa continue à prêcher à Chicago de temps en temps, mais il passe l'essentiel de son temps dans sa ville natale, à Golgotha, dans l'Alabama. Il dit qu'il n'est jamais arrivé à se faire au vent froid du Midwest. Il est encore pugnace quand même. L'autre jour, il a enfilé son plus beau costume et s'est rendu au tribunal de Golgotha pour s'inscrire sur les listes électorales.
— Et... ?
— Ils ont été ignobles avec lui. » Elle secoua la tête. « Tu sais comment ils sont. Ils font passer aux gens un test d'alphabétisation : on te demande de lire à haute voix un extrait de la Constitution de l'État, de l'expliquer, puis de le recopier. L'officier d'état-civil choisit le paragraphe que tu dois lire. Il donne aux Blancs une phrase toute simple, comme : "Personne ne doit être emprisonné pour dette." Mais il refile aux Noirs un paragraphe interminable et alambiqué, absolument incompréhensible si tu n'es pas juriste. C'est donc l'officier d'état-civil qui détermine qui est alphabétisé et qui ne l'est pas, et évidemment, il décide toujours que les Blancs le sont, et pas les Noirs.
— Quels salauds.
— Attends, ce n'est pas fini. Les Noirs qui viennent s'inscrire sur les listes se font virer de leur boulot, histoire de leur donner une bonne leçon. Avec Grandpa, ils n'ont pas pu le faire puisqu'il est à la retraite. Alors, au moment où il sortait du tribunal, ils l'ont arrêté pour présence injustifiée dans une zone de surveillance. Il a passé la nuit au poste – à quatre-vingts ans, tu te rends compte ? » Elle avait les larmes aux yeux.

Cette anecdote ne fit que raffermir la résolution de George. De quoi avait-il à se plaindre ? Certes, il lui arrivait de devoir faire des choses dont il se sentait honteux ensuite. Mais tout de même, c'était certainement en travaillant pour Bob Kennedy qu'il pourrait aider le plus efficacement des gens comme Saul Summers. Ils finiraient bien un jour par avoir la peau de ces racistes du Sud.

Il consulta sa montre. « J'ai une réunion avec Lyndon.
— Parle-lui de mon grand-père.
— Je vais essayer. » Le temps que George passait avec Maria lui semblait toujours trop court. « Excuse-moi, mais il faut que

je file. Tu veux qu'on se retrouve en fin de journée ? On pourrait aller prendre un verre, ou même dîner ensemble quelque part ?

— Merci George, répondit-elle en souriant. Mais ce soir, je suis prise.

— Oh... » George en fut tout décontenancé. Il n'avait pas imaginé un instant qu'elle pût ne pas être libre. « Euh, il faut que j'aille à Atlanta demain, mais je serai de retour dans deux ou trois jours. On pourrait peut-être se voir ce week-end ?

— Non, je te remercie. » Elle hésita, avant de se jeter à l'eau : « Je sors avec quelqu'un, tu sais. »

George en fut anéanti – ce qui était ridicule : pourquoi une fille aussi séduisante que Maria n'aurait-elle pas quelqu'un dans sa vie ? Il s'était conduit comme un idiot et avait du mal à se ressaisir. Il réussit à murmurer : « Il a bien de la chance. »

Elle lui sourit. « C'est gentil de ta part. »

George mourait d'envie d'en savoir plus sur son rival. « Qui est-ce ?

— Tu ne le connais pas. »

Non, songea-t-il, mais je me débrouillerai pour le connaître dès que je saurai son nom. « Dis toujours. »

Elle secoua la tête. « Non. »

George était terriblement contrarié. Il avait un rival, et ne savait même pas son nom. Il aurait voulu insister, mais craignait de l'importuner : les filles détestaient ça. « Bon très bien », acquiesça-t-il à contrecœur. Et avec une hypocrisie colossale, il ajouta : « Passe une bonne soirée.

— Merci. »

Ils se séparèrent, Maria se dirigeant vers le service de presse, et George vers le bureau du Vice-Président.

George avait la mort dans l'âme. Il aimait Maria plus que toute autre fille au monde, et était obligé d'y renoncer, à cause d'un autre.

Si seulement je pouvais savoir qui c'est, ruminait-il.

*

Maria se déshabilla et rejoignit le président Kennedy dans la baignoire.

John Kennedy se bourrait de comprimés, mais rien ne soulageait ses douleurs dorsales aussi efficacement que l'eau chaude.

Il se rasait même dans la baignoire le matin. Il aurait dormi dans une piscine s'il l'avait pu.

C'était sa baignoire, sa salle de bains personnelle, avec son flacon turquoise et or d'eau de Cologne 4711 posé sur sa tablette au-dessus de son lavabo. Depuis qu'ils avaient fait l'amour pour la première fois, Maria n'avait plus mis les pieds dans l'appartement de Jackie. Le Président avait une chambre et une salle de bains séparées, reliées à celles de sa femme par un petit couloir où – pour d'obscures raisons – était rangé un électrophone.

Jackie était absente, une fois de plus et Maria avait appris à ne pas se torturer l'esprit en pensant à l'épouse de son amant : elle avait conscience de trahir cruellement une femme bien, et comme cela l'affligeait, elle préférait ne pas y penser.

Cette salle de bains lui plaisait infiniment avec son luxe inimaginable, ses serviettes moelleuses, ses peignoirs immaculés et ses savons hors de prix – sans oublier toute une famille de petits canards en plastique jaune.

Leur liaison avait pris un caractère routinier. Chaque fois que Dave Powers l'y invitait, c'est-à-dire environ une fois par semaine, elle prenait l'ascenseur pour rejoindre la résidence après sa journée de travail. Un pichet de daïquiri et un plateau de biscuits l'attendaient toujours dans la salle d'attente ouest. Tantôt Dave était là, parfois accompagné de Jenny et Jerry, tantôt il n'y avait personne. Maria se servait un verre et attendait, ardente mais patiente, l'arrivée du Président.

Ils passaient rapidement dans la chambre à coucher. C'était l'endroit au monde que Maria préférait. Elle était meublée d'un lit à baldaquin aux tentures bleues, de deux fauteuils disposés devant un vrai feu, et il y avait des piles de livres, de revues et de journaux partout. Elle avait l'impression qu'elle aurait pu y vivre jusqu'à la fin de ses jours.

Il lui avait appris avec douceur l'art de la fellation. Elle était une élève appliquée. C'était généralement la première chose qu'il voulait quand il la rejoignait. Il était souvent pressé qu'elle s'exécute, avide ; et cette urgence même l'emplissait de désir. Mais elle le préférait après, quand il se détendait et devenait plus chaleureux, plus affectueux.

Parfois, il mettait un disque. Il aimait Sinatra, Tony Bennett et Percy Marquand. Il n'avait jamais entendu parler des Miracles ni des Shirelles.

Un dîner froid les attendait à la cuisine : poulet, crevettes, sandwichs, salade. Après avoir mangé, ils se déshabillaient et prenaient un bain.

Elle était assise en face de lui, à l'autre bout de la baignoire. Il mit deux canards dans l'eau. « Je vous parie un *quarter* que mon canard est plus rapide que le vôtre », lui dit-il Avec son accent de Boston, il prononçait « quarter » comme un Anglais, en avalant le « r ».

Elle prit un des jouets. C'était comme ça qu'elle l'aimait le plus : espiègle, puéril, n'hésitant pas à faire l'idiot. « Entendu, monsieur le Président. Mais si vous aviez du cran, vous feriez monter les enchères à un dollar. »

Elle l'appelait presque toujours monsieur le Président. Elle savait que sa femme l'appelait Jack et ses frères parfois Johnny. Elle-même ne l'appelait Johnny que dans les instants d'intense passion.

« Je ne peux pas me permettre de perdre un dollar », répliqua-t-il en riant. Mais c'était un homme sensible et il se rendit compte qu'elle n'était pas d'humeur à plaisanter. « Que se passe-t-il ?

— Je ne sais pas. » Elle haussa les épaules. « J'évite d'ordinaire de vous parler de politique.

— Et pourquoi ? La politique est ma vie, la vôtre aussi.

— On vous harcèle avec ça toute la journée. Les moments que nous passons ensemble doivent être une détente pour vous, un divertissement.

— Faisons une exception. » Il prit le pied de Maria posé contre sa cuisse dans l'eau, et lui caressa les orteils. Elle avait de beaux pieds, elle le savait, et n'oubliait jamais de se vernir les ongles. « Quelque chose vous tracasse, reprit-il tout bas. Dites-moi ce que c'est. »

Comment aurait-elle pu résister au regard intense de ses yeux noisette ? « Avant-hier, mon grand-père a été incarcéré parce qu'il a voulu s'inscrire sur les listes électorales.

— Incarcéré ? C'est impossible ! Pour quelle raison ?

— Présence non justifiée dans une zone de surveillance.

— Oh ! Ça s'est passé dans le Sud, c'est ça ?

— À Golgotha, dans l'Alabama. Sa ville natale. » Elle hésita, mais décida de lui dire toute la vérité, au risque de lui déplaire. « Voulez-vous savoir ce qu'il a déclaré en sortant de prison ?

— Je vous écoute.

— Il a dit : “Avec le président Kennedy à la Maison Blanche, j'ai cru que je pourrais voter, mais j'ai dû me tromper.” C'est ce que ma grand-mère m'a raconté.

— Mince alors ! Il avait confiance en moi et je l'ai déçu.

— Je pense que c'est comme ça qu'il voit les choses, en effet.

— Et vous, Maria, qu'est-ce que vous pensez de tout ça ? » Il lui caressait toujours les orteils.

Elle hésita encore, les yeux fixés sur son pied sombre entre ses mains blanches. Elle craignait que cette discussion ne prenne une tournure périlleuse. Le Président était sensible à la moindre insinuation d'hypocrisie et supportait très mal qu'on lui fasse remarquer, fût-ce à demi mot, qu'on ne pouvait pas compter sur lui ou qu'il n'avait pas tenu ses promesses politiques. Si elle allait trop loin, il risquait de rompre. Et alors, elle en mourrait.

Mais elle se devait d'être franche. Elle prit une profonde inspiration et essaya de parler calmement. « Pour autant que je puisse en juger, les choses ne sont pas très compliquées, commença-t-elle. Les Sudistes se conduisent ainsi parce qu'ils le peuvent. La loi, telle qu'elle est, leur permet d'agir en toute impunité, malgré la Constitution.

— Ce n'est pas tout à fait exact, l'interrompit-il. Grâce à mon frère Bob, le nombre de poursuites judiciaires engagées par le ministère de la Justice pour violation des droits de suffrage a considérablement augmenté. Il a parmi ses conseillers un jeune avocat noir très brillant. »

Elle hocha la tête. « George Jakes. Je le connais. Mais ce qu'ils font n'est pas suffisant.

— Je ne peux pas vous donner tort », reconnut-il avec un haussement d'épaules.

Elle décida d'enfoncer le clou. « Tout le monde admet qu'il faut modifier la législation en faisant passer une nouvelle loi sur les droits civiques. Beaucoup de gens ont eu l'impression que vous aviez promis de le faire pendant votre campagne électorale. Et... personne ne comprend pourquoi vous ne l'avez pas encore fait. » Elle se mordit la lèvre, puis risqua le tout pour le tout. « Tout le monde, moi comprise. »

Le visage du Président se crispa.

Elle regretta immédiatement sa franchise. « Ne vous fâchez pas, supplia-t-elle. Je ne voudrais vous contrarier pour rien au monde mais vous m'avez posé la question, et j'ai voulu être honnête. » Ses yeux s'embuèrent. « Et mon pauvre Grandpa a passé toute la nuit en prison, dans son plus beau costume. »

Il lui adressa un sourire contraint. «Je ne suis pas fâché, Maria. Pas contre vous, en tout cas.

— Vous pouvez tout me dire, murmura-t-elle. Je vous aime tant. Jamais je ne vous critiquerai, vous le savez bien. Dites-moi ce que vous avez sur le cœur.

— Si je suis furieux, c'est sans doute parce que je suis faible. Pour avoir la majorité au Congrès, nous avons besoin des démocrates du Sud conservateurs. Si je dépose un projet de loi sur les droits civiques, ils le saboteront – et ce n'est pas le pire. Pour se venger, ils voteront contre tout le reste de mon programme de politique intérieure, Medicare compris. Et voyez-vous, Medicare pourrait améliorer la vie des Américains de couleur plus efficacement encore qu'une loi sur les droits civiques.

— Dois-je comprendre que vous baissez les bras sur les droits civiques ?

— Non. Les élections de mi-mandat ont lieu en novembre prochain. Je demanderai au peuple américain d'envoyer plus de démocrates au Congrès pour que je puisse tenir mes promesses électorales.

— Le feront-ils ?

— Probablement pas. Les républicains m'attaquent sur ma politique extérieure. Nous avons perdu Cuba, nous avons perdu le Laos et nous allons perdre le Vietnam. J'ai été obligé de laisser Khrouchtchev ériger une barrière de barbelés en plein cœur de Berlin. En ce moment, je suis littéralement dos au mur, c'est le cas de le dire.

— C'est étrange, observa Maria. Vous ne pouvez pas obliger les États du Sud à laisser voter les Noirs parce que vous êtes vulnérable sur le plan extérieur...

— Tout chef d'État doit paraître fort sur la scène internationale, faute de quoi, il n'obtient rien.

— Vous pourriez tout de même essayer, non ? Présenter un projet de loi sur les droits civiques, même s'il a toutes les chances d'être repoussé ? Cela prouverait au moins aux gens que vous êtes sincère. »

Il secoua la tête. « Si je présente un projet de loi et qu'il est rejeté, je donnerai une image de faiblesse qui compromettra tout le reste. Et j'aurai perdu mon unique chance de faire aboutir la question des droits civiques.

— Alors que dois-je dire à mon grand-père ?
— Qu'il n'est pas toujours facile de bien agir, même quand on est président. »

Il se leva, et elle l'imita. Ils se séchèrent réciproquement, puis passèrent dans la chambre. Maria enfila une des chemises de nuit présidentielles de coton bleu très doux.

Ils refirent l'amour. Quand il était fatigué, c'était rapide, comme la toute première fois ; mais ce soir-là, il était détendu. Il retrouva son humeur espiègle et ils restèrent allongés sur le dos, jouant l'un avec l'autre, comme si rien d'autre au monde ne comptait.

Il s'endormit ensuite immédiatement. Allongée à son côté, elle savourait son bonheur. Elle n'avait pas envie que le jour se lève, elle n'avait pas envie de devoir s'habiller, descendre au service de presse pour entamer sa journée de travail. Elle vivait comme dans un rêve, n'attendant qu'une chose : l'appel de Dave Powers lui annonçant qu'elle pouvait se réveiller et revenir à la seule réalité qui avait du sens pour elle.

Elle savait que certaines de ses collègues se doutaient de ce qui se passait. Elle savait qu'il ne quitterait jamais sa femme pour elle. Elle savait qu'elle risquait de tomber enceinte et qu'elle aurait dû s'en inquiéter. Elle savait que tout ce qu'elle faisait était insensé, que c'était mal, et que cette aventure ne pouvait pas avoir une fin heureuse.

Elle était trop amoureuse pour s'en soucier.

*

George savait pourquoi Bob était si content de pouvoir l'envoyer discuter avec King. Quand il devait faire pression sur le mouvement des droits civiques, il avait plus de chances de l'emporter s'il envoyait un messager noir. Tout en estimant que Bob avait raison à propos de Levison, George n'était pas très à l'aise dans son rôle – un sentiment qui commençait à lui être familier.

Une pluie froide tombait sur Atlanta. Verena était venue chercher George en voiture à l'aéroport, vêtue d'un manteau marron clair orné d'un col de fourrure noire. Elle était superbe, mais George souffrait encore trop d'avoir perdu Maria pour être attiré par elle. « Je connais Stanley Levison, dit-elle tout en traversant l'immense ville. C'est un type tout à fait sincère.

— Il est avocat, c'est bien ça ?

— Pas seulement. Il a aidé Martin à rédiger *Combats pour la liberté.* Ils sont très proches.

— Le FBI prétend que Levison est communiste.

— Tous ceux qui ne sont pas d'accord avec J. Edgar Hoover sont communistes, à en croire le FBI.

— Figure-toi que Bob a traité Hoover de pédé. »

Verena éclata de rire. « Il le pensait vraiment, tu crois ?

— Aucune idée.

— Hoover, une tantouze ? » Elle secoua la tête, incrédule. « Ce serait trop beau. La vie n'est jamais aussi drôle. »

Ils rejoignirent sous la pluie le quartier de l'Old Fourth Ward, qui abritait des centaines de commerces tenus par des Noirs. Il semblait y avoir une église à chaque coin de rue. On avait dit un jour qu'Auburn Avenue était la rue noire la plus prospère d'Amérique. La Conférence des dirigeants chrétiens du Sud avait son siège au numéro 320 et Verena s'arrêta devant un long bâtiment de brique rouge à deux niveaux.

« Bob trouve King arrogant », remarqua George.

Verena haussa les épaules. « Martin trouve Bob arrogant.

— Et toi, tu en penses quoi ?

— Qu'ils ont raison tous les deux. »

George rit. Il adorait l'humour cinglant de Verena.

Traversant rapidement la rue sous l'averse, ils entrèrent et attendirent un quart d'heure devant le bureau avant d'être appelés.

Martin Luther King était un homme séduisant de trente-trois ans, portant la moustache et au front déjà dégarni. Il était petit, probablement un mètre soixante-cinq ou soixante-dix, estima George, et légèrement corpulent. Il était vêtu d'un complet gris foncé parfaitement repassé avec une chemise blanche et une étroite cravate de satin noir. Un mouchoir de soie blanche dépassait de sa poche de poitrine et il portait de gros boutons de manchettes. George perçut l'odeur de son eau de Cologne. Martin Luther King lui fit l'effet d'un homme pour qui l'apparence de dignité importait beaucoup, ce que George comprenait fort bien.

King lui serra la main. « La dernière fois que nous nous sommes rencontrés, lui dit-il, vous étiez en route pour Anniston avec la Freedom Ride. Comment va votre bras ?

— Il est complètement guéri, merci. J'ai dû renoncer aux compétitions de lutte, mais de toute façon, je n'avais pas l'intention de continuer. J'entraîne maintenant des lycéens à Ivy City. » Ivy City était un quartier noir de Washington.

« Enseigner aux jeunes Noirs à canaliser leur force dans un sport discipliné, en respectant des règles est une excellente chose. Asseyez-vous, je vous en prie. » Il lui désigna une chaise et se retira derrière son bureau. « Dites-moi pourquoi le ministre vous envoie. » Il y avait dans sa voix un soupçon d'orgueil blessé : King estimait peut-être que Bob aurait pu faire personnellement le déplacement. George se rappela que le surnom de King au sein du mouvement des droits civiques était « De Lawd », autrement dit « The Lord », le Seigneur.

George lui exposa rapidement le problème de Stanley Levison, sans rien omettre, sauf la requête de mise sur écoute. « Bob m'a demandé de vous exhorter, aussi énergiquement que possible, à rompre tout lien avec Mr. Levison, conclut-il. C'est le seul moyen d'éviter qu'on vous accuse d'être un compagnon de route des communistes, une accusation qui pourrait faire grand tort au mouvement auquel nous croyons, vous et moi. »

Quand il se tut, King prit la parole : « Stanley Levison n'est pas communiste. »

George ouvrit la bouche pour poser une question.

King leva la main pour le réduire au silence : il n'était pas homme à tolérer qu'on l'interrompe. « Stanley n'a jamais été membre du parti communiste. Le communisme est athée et en tant que disciple de Notre Seigneur Jésus-Christ, je ne pourrais en aucun cas être l'ami intime d'un athée. Toutefois... » Il s'inclina vers George, se couchant presque sur son bureau. « ... la vérité ne s'arrête pas là. »

Il resta silencieux quelques instants, mais George avait compris qu'il devait se taire.

« Permettez-moi de vous dire toute la vérité à propos de Stanley Levison, reprit enfin King et George se prépara à entendre un sermon. Stanley s'y entend admirablement pour gagner de l'argent. Cela le gêne un peu parce qu'il trouve qu'il devrait consacrer sa vie à aider les autres. Alors, quand il était jeune, il est tombé... en extase. Oui, c'est le mot juste. Il est tombé en extase devant les idéaux du communisme. Sans avoir jamais adhéré au parti, il a mobilisé son extraordinaire talent pour aider le parti communiste des États-Unis de toutes sortes de façons. Il a rapidement compris qu'il s'était fourvoyé, il a rompu avec le parti et décidé de soutenir la cause des Noirs, de lutter pour leur liberté et pour l'égalité de leurs droits. C'est ainsi qu'il est devenu mon ami. »

George attendit d'être sûr que King avait terminé pour dire : « Je suis vraiment navré d'apprendre cela, monsieur le pasteur. Si Levison a été conseiller financier du parti communiste, il en restera marqué à vie.

— Il a évolué.

— Je vous crois, mais certains resteront sceptiques. Si vous ne rompez pas avec Levison, vous donnerez du grain à moudre à nos ennemis.

— Ainsi soit-il », dit King.

George en demeura bouche bée. « Comment cela ?

— Nous devons respecter les règles morales même quand elles ne nous conviennent pas. Autrement, à quoi serviraient-elles ?

— Tout de même, si vous pesez le pour et...

— Nous ne pesons rien du tout. Stanley a eu tort d'aider les communistes. Il l'a regretté et a fait amende honorable. Je suis un prédicateur au service du Seigneur. Je dois pardonner comme le fait Jésus et accueillir Stanley les bras grands ouverts. Il y aura de la joie dans le ciel pour un seul pécheur qui se convertit, plus que pour quatre-vingt-dix-neuf justes. J'ai bien trop souvent besoin, moi aussi, de la grâce de Dieu pour refuser la miséricorde à autrui.

— Mais le prix...

— Je suis un pasteur chrétien, George. La doctrine du pardon est profondément enracinée dans mon âme, plus profondément que les vertus de liberté et de justice elles-mêmes. Je ne reviendrai jamais là-dessus, à aucun prix. »

George comprit que sa mission avait échoué. King était d'une honnêteté intransigeante. Il était inutile d'envisager de lui faire changer d'avis.

Il se leva. « Merci d'avoir pris le temps de m'exposer votre point de vue. J'apprécie votre disponibilité, et le ministre de la Justice aussi.

— Que Dieu vous bénisse », conclut King.

George et Verena quittèrent le bureau du pasteur et sortirent du bâtiment. Sans un mot, ils montèrent dans la voiture de Verena. « Je te dépose à ton hôtel », proposa-t-elle.

George hocha la tête. Il pensait aux paroles de King. Il n'avait pas envie de parler.

Ils roulèrent en silence jusqu'à ce qu'elle s'arrête devant l'entrée de l'hôtel. « Alors ? dit-elle.

— King a réussi à me faire honte. »

*

« Les prédicateurs vous font cet effet-là, le rassura sa mère. C'est leur boulot. Ça ne peut pas te faire de mal. » Elle versa un verre de lait à George et lui tendit une part de gâteau. Il n'avait envie ni de l'un ni de l'autre.

Il lui avait raconté toute l'histoire, assis dans sa cuisine. « Il est tellement fort. Dès qu'il a su ce qu'il fallait faire, il a décidé que ce serait comme ça, coûte que coûte.

— Ne le mets pas sur un piédestal, lui conseilla Jacky. Personne n'est un ange – surtout s'il est de sexe masculin. » C'était la fin de l'après-midi et elle était en tenue de travail, robe noire très sobre et souliers plats.

« Je sais, Mom. Mais tu vois, j'étais là, moi, à essayer de le convaincre de rompre avec un ami fidèle pour de cyniques motifs politiques, et lui, il ne parlait que d'une chose, le bien et le mal.

— Et comment va Verena ?

— Superbe, comme toujours. Tu aurais dû la voir, dans ce manteau à col de fourrure noire !

— Tu l'as invitée quelque part ?

— On a dîné ensemble. » Mais il ne l'avait pas embrassée quand ils s'étaient séparés.

Passant du coq à l'âne, Jacky lança : « J'aime bien Maria Summers. »

George sursauta. « D'où la connais-tu ?

— Elle est membre du club. » Jacky était chef du personnel de couleur à l'University Women's Club. « Les Noires n'y sont pas très nombreuses, alors nous avons bavardé, bien sûr. Elle a mentionné qu'elle travaillait à la Maison Blanche, je lui ai parlé de toi, et nous nous sommes rendu compte que vous vous connaissiez déjà. Sa famille est très sympathique. »

George était amusé. « Et *ça*, comment tu le sais ?

— Elle est venue déjeuner avec ses parents. Son père est un grand avocat de Chicago. Il connaît Daley. » Daley, le maire de Chicago, était un partisan notoire de Kennedy.

« Alors ça ! Tu en sais plus long sur elle que moi !

— Les femmes écoutent. Les hommes parlent.

— J'aime bien Maria, moi aussi.

— Tant mieux. » Jacky fronça les sourcils, cherchant à se rappeler leur sujet de conversation initial. « Qu'a dit Bob Kennedy à ton retour d'Atlanta ?

— Il va donner l'autorisation de mettre Levison sur écoute. Ce qui veut dire que le FBI va espionner certaines conversations téléphoniques de King.

— Est-ce que ça a vraiment une telle importance ? Tout ce que fait King est destiné à être connu du public, non ?

— Le FBI sera informé à l'avance de tous les projets de King. Et rien ne l'empêchera de refiler le tuyau aux ségrégationnistes, qui, grâce à ces informations, pourront à leur tour mettre des bâtons dans les roues de toutes ses initiatives.

— C'est moche, mais ce n'est pas la fin du monde.

— Je pourrais informer King de cette mise sur écoute. Dire à Verena de conseiller à King de faire attention à ce qu'il dit au téléphone à Levison.

— Tu trahirais la confiance de tes collègues de travail.

— C'est bien ce qui m'embête.

— En fait, ça t'obligerait sans doute à démissionner.

— Exactement. Je me ferais l'effet d'être un traître.

— En plus, s'ils apprennent que King a été informé et qu'ils regardent autour d'eux à la recherche du coupable, ils ne verront qu'un visage noir : le tien.

— Je devrais peut-être le faire quand même, si c'est juste.

— Si tu démissionnes, George, il n'y aura plus *un seul* visage noir dans le cercle rapproché de Bob Kennedy.

— J'étais sûr que tu me dirais de la boucler et de continuer à faire mon boulot.

— C'est dur, mais oui, je crois que c'est ce que tu dois faire.

— Moi aussi », acquiesça George.

XII

« Quelle maison incroyable ! » dit Beep Dewar à Dave Williams.

Dave avait treize ans ; aussi loin que remontaient ses souvenirs, il avait toujours vécu là ; il n'avait jamais vraiment prêté attention à cette maison. Il leva les yeux vers la façade de brique, côté jardin, avec ses rangées régulières de fenêtres géorgiennes. « Incroyable ? répéta-t-il.

— Elle est tellement vieille !

— Elle est du XVIIIe siècle, je crois. Ça ne lui fait jamais que deux cents ans à peu près.

— Que deux cents ans ! » Elle éclata de rire. « On ne trouve rien d'aussi vieux dans tout San Francisco ! »

La maison en question se trouvait dans Great Peter Street, à Londres, à quelques minutes à pied du Parlement. La plupart des demeures du quartier étaient de la même époque et Dave avait vaguement entendu dire qu'elles avaient été construites pour les députés et les pairs qui devaient assister aux séances de la Chambre des communes et de la Chambre des lords. Le père de Dave, Lloyd Williams, était député.

« Tu fumes ? demanda Beep en sortant un paquet de cigarettes.

— De temps en temps, quand l'occasion se présente. »

Elle lui en offrit une et ils les allumèrent.

Ursula Dewar, que tout le monde appelait Beep, avait treize ans elle aussi, mais paraissait plus âgée que Dave. Elle portait des vêtements américains dernier cri, pull moulant et jean étroit rentré dans des bottes. Elle prétendait savoir conduire et trouvait la radio anglaise ringarde : seulement trois stations, dont aucune ne diffusait de rock'n'roll – en plus, les émissions s'arrêtaient à minuit ! Quand elle surprit le regard de Dave posé sur les petites protubérances que dessinaient ses seins sous son col roulé noir, elle ne fut absolument pas gênée ; elle se contenta de sourire. Mais il n'avait pas encore trouvé le moyen de lui arracher un baiser.

Elle n'aurait pourtant pas été la première fille qu'il embrassait. Il aurait bien voulu qu'elle le sache, pour qu'elle ne croie pas qu'il manquait d'expérience. Elle aurait été la troisième, avec Linda Robertson, qu'il comptait, même si elle ne lui avait pas vraiment rendu son baiser. L'essentiel, c'était qu'il savait comment faire.

Pourtant, il n'y était pas arrivé avec Beep, pas encore.

Il n'en avait pas été loin, pourtant. Il avait discrètement glissé son bras autour de ses épaules à l'arrière de la Humber Hawk de son père, mais elle avait détourné le visage pour regarder les rues qu'éclairaient les réverbères. Elle ne gloussait pas quand il la chatouillait. Ils avaient dansé le swing au son de l'électrophone Dansette, dans la chambre d'Evie, sa sœur de quinze ans. Beep avait toutefois refusé de lui accorder un slow quand Dave avait mis « Are You Lonesome Tonight ? » d'Elvis.

Il n'avait cependant pas renoncé à tout espoir. Malheureusement, le moment ne s'y prêtait guère : ils étaient dans le petit jardin de ses parents par un après-midi d'hiver, Beep serrait les bras autour de son buste pour se réchauffer et ils étaient tous les deux engoncés dans leurs plus beaux vêtements. Ils étaient sur le point de partir avec leurs familles assister à une cérémonie officielle. Heureusement, il devait y avoir une fête ensuite. Beep avait fourré dans son sac un flacon de vodka dans l'intention de corser un peu les sodas qu'on leur servirait pendant que leurs hypocrites de parents descendraient du whisky et du gin. Et après, tout pouvait arriver. Dave regarda ses lèvres roses serrées autour du filtre de la Chesterfield et imagina, plein de désir, le goût de ses baisers.

L'accent américain de la mère de Dave se fit entendre depuis la maison : « Venez vite les enfants, on y va ! » Ils laissèrent tomber leurs cigarettes dans une plate-bande et rentrèrent.

Les deux familles étaient en train de se rassembler dans le vestibule. La grand-mère de Dave, Eth Leckwith, devait être « présentée » à la Chambre des lords. Autrement dit, elle allait devenir baronne, il faudrait l'appeler Lady Leckwith et elle siégerait en tant que pair travailliste à la Chambre haute du Parlement. Les parents de Dave, Lloyd et Daisy, attendaient en compagnie de sa sœur Evie, et d'un jeune ami de la famille,

Jasper Murray. Les Dewar, des amis des années de guerre, étaient là, eux aussi. Woody Dewar, qui était photographe, avait été affecté à Londres pour un an. Il était venu avec sa femme, Bella, et leurs enfants, Cameron et Beep. Tous les Américains semblaient fascinés par le spectacle de la vie publique britannique et les Dewar étaient ravis de pouvoir assister à cette cérémonie. Ce fut donc un groupe imposant qui quitta la maison en direction de Parliament Square.

Pendant le trajet dans les rues brumeuses de Londres, délaissant Dave, Beep concentra son attention sur Jasper Murray. Jasper avait dix-huit ans et ressemblait à un Viking : grand, large d'épaules, avec une abondante chevelure blonde. Dave aurait bien aimé avoir l'air aussi adulte et viril que lui et susciter dans le regard de Beep cette expression d'admiration et de désir !

Dave traitait Jasper en grand frère et lui demandait souvent conseil. Il lui avait avoué qu'il était fou de Beep et ne savait comment la séduire. « Ne lâche pas, lui avait dit Jasper. L'obstination paye parfois. »

Dave tendit l'oreille. « Alors, tu es le cousin de Dave ? demanda Beep à Jasper pendant qu'ils traversaient Parliament Square.

— Pas vraiment, répondit Jasper. En fait, nous n'avons aucun lien de parenté.

— Mais alors comment ça se fait que tu vives chez eux sans payer de loyer et tout ça ?

— Ma mère était une copine de classe de celle de Dave, à Buffalo. C'est là qu'elles ont fait la connaissance de ton père. Depuis, ils sont tous restés amis. »

Les choses étaient plus compliquées que ça, Dave ne l'ignorait pas. Eva, la mère de Jasper, était arrivée aux États-Unis pour fuir l'Allemagne nazie, et la mère de Dave, Daisy, s'était prise d'affection pour elle et l'avait accueillie avec sa générosité habituelle. Mais Jasper préférait minimiser tout ce que sa famille devait aux Williams.

« Tu fais quoi comme études ? reprit Beep.

— Français et allemand. Je suis à St Julian's, un des plus grands départements de l'université de Londres. Mais surtout, j'écris des articles pour le journal des étudiants. Je veux être journaliste. »

Dave était jaloux. Il ne pourrait jamais étudier le français ni aller à la fac. Il était en queue de classe dans toutes les matières, au grand désespoir de son père.

« Et tes parents, ils sont où ? demandait Beep à Jasper.

— En Allemagne. Ils font le tour du monde avec l'armée. Mon père est colonel.

— Wouah ! Colonel ! » fit Beep, admirative.

Evie chuchota à l'oreille de son frère. « Cette petite garce, elle se prend pour qui ? D'abord, elle te fait du gringue et ensuite elle drague un type qui a cinq ans de plus qu'elle ! »

Dave s'abstint de tout commentaire. Il savait que sa sœur avait le béguin pour Jasper. Il aurait pu en profiter pour la taquiner, mais il se retint : il aimait bien Evie. Et autant garder des munitions en réserve pour la prochaine fois où elle lui chercherait des crosses.

Beep jacassait toujours.

« Mais est-ce qu'il ne faut pas être aristocrate de naissance ?

— Il faut bien qu'il y ait eu un premier, même dans les plus vieilles familles, expliqua Jasper. Mais aujourd'hui, vois-tu, il existe des pairs à vie, qui ne transmettent pas le titre à leurs héritiers. Mrs. Leckwith sera pair à vie.

— On devra lui faire la révérence ?

— Mais non, bécasse, répondit Jasper en riant.

— La reine sera là ?

— Non.

— Oh, flûte ! »

Evie chuchota « Quelle petite conne. »

Ils pénétrèrent dans le palais de Westminster par l'entrée des lords, où ils furent accueillis par un huissier en habit de cour, culottes à la française et bas de soie. Dave entendit sa grand-mère lancer avec son mélodieux accent gallois : « Les uniformes désuets sont symptomatiques d'une institution qui a grand besoin de réforme. »

Dave et Evie étaient venus régulièrement au Parlement depuis leur plus tendre enfance, mais l'expérience était nouvelle pour les Dewar qui n'en revenaient pas. Beep en oublia de jouer les charmantes écervelées et s'écria : « Vous avez vu tous ces décors ! Les carreaux de céramique, les tapis à motifs, le papier peint, les lambris, les vitraux ! Il y a même des sculptures en pierre ! »

Jasper la regarda avec un peu plus d'intérêt. « C'est du néo-gothique victorien typique.

— Oh, vraiment ? »

Ce Jasper commençait à être franchement énervant à frimer comme ça devant Beep, rumina Dave.

Leur groupe se divisa, la plupart d'entre eux emboîtant le pas à un autre huissier qui leur fit gravir plusieurs volées de marches jusqu'à une galerie surplombant la salle des débats. Les amis d'Ethel étaient déjà là. Beep se précipita vers la place voisine de celle de Jasper, mais Dave réussit à s'asseoir près d'elle, lui aussi, tandis qu'Evie se glissait à côté de son frère. Dave s'était souvent rendu à la Chambre des communes, à l'autre extrémité du même palais; il constata que cette salle-ci était plus ornée et que ses bancs n'étaient pas recouverts de cuir vert, mais rouge.

Après une longue attente, on entendit un brouhaha en contrebas, et sa grand-mère fit son entrée en même temps que quatre autres personnes. Elles avançaient l'une derrière l'autre, coiffées de chapeaux comiques et de robes de cérémonie parfaitement ridicules avec des parements de fourrure. « Incroyable ! » s'émerveilla Beep, tandis que Dave et Evie pouffaient.

La procession s'arrêta devant un trône et Ethel s'agenouilla, non sans difficulté – elle avait soixante-huit ans. Une série de rouleaux de parchemin qui devaient être lus à haute voix passèrent de main en main. Daisy, la mère de Dave, expliquait tout bas le déroulement de la cérémonie aux parents de Beep, l'immense Woody et la replète Bella. Dave n'écoutait pas. Ce n'était que des conneries.

Au bout d'un moment, Ethel et deux des personnes qui étaient entrées avec elle allèrent s'asseoir sur un des bancs. Alors débuta la partie la plus drôle.

Les nouveaux pairs du royaume s'assirent, et se relevèrent immédiatement. Ils se décoiffèrent et saluèrent. Ils se rassirent et remirent leurs chapeaux. Puis ils recommencèrent, telles des marionnettes dont on aurait tiré les fils : debout, chapeau bas, salut, assis, chapeau sur la tête. Dave et Evie furent pris d'un fou rire qu'ils eurent le plus grand mal à réprimer. Le manège recommença une troisième fois. Dave entendit sa sœur bredouiller : « Arrêtez, je vous en supplie, arrêtez ! », ce qui le fit glousser de plus belle. Daisy leur jeta un regard sévère d'un bleu glacial, mais elle avait trop d'humour pour être insensible au comique de la situation, et finit par sourire, elle aussi.

La cérémonie s'acheva enfin et Ethel sortit. Sa famille et ses amis se levèrent. La mère de Dave les conduisit à travers un dédale de couloirs et de cages d'escalier jusqu'à une pièce en sous-sol où devait se tenir la réception. Dave vérifia que sa guitare apportée la veille était en sécurité dans un coin. Evie et lui allaient se produire, mais c'était elle la vedette : il n'était que son accompagnateur.

Au bout de quelques minutes seulement, une centaine de personnes se bousculaient déjà dans la pièce.

Evie se rapprocha de Jasper et commença à lui poser des questions sur le journal étudiant. Le sujet lui tenait à cœur et il lui répondit avec passion ; Dave était pourtant convaincu que sa sœur n'arriverait pas à ses fins. Jasper ne savait que trop bien où était son intérêt. Pour le moment, il disposait gratuitement d'un luxueux logement, à quelques minutes en bus de la fac. Il n'allait certainement pas compromettre cette situation avantageuse pour une passade avec la fille de la maison, se disait Dave non sans cynisme.

Evie avait tout de même réussi à détourner l'attention de Jasper, laissant le champ libre à Dave auprès de Beep. Il alla lui chercher une boisson au gingembre et lui demanda ce qu'elle avait pensé de la cérémonie. Subrepticement, elle versa de la vodka dans leurs verres. Une minute plus tard, tout le monde applaudit l'arrivée d'Ethel, qui avait changé de tenue pour une robe rouge et un manteau assorti avec un petit chapeau perché sur ses boucles grises. Beep chuchota : « Elle a dû être vachement belle, autrefois ! »

L'idée que sa grand-mère ait pu être une femme séduisante inspira un certain malaise à Dave.

Ethel prit alors la parole : « C'est un immense plaisir de vous voir tous rassemblés autour de moi en cette occasion. Je n'ai qu'un regret : que mon cher Bernie nous ait quittés avant d'avoir pu assister à cette cérémonie. Il était l'homme le plus sage que j'aie jamais connu. »

Granddad Bernie était mort un an plus tôt.

« Vous imaginez que pour une socialiste de longue date, m'entendre appeler "My lady" me fait un drôle d'effet, poursuivit-elle, déclenchant un éclat de rire général. Bernie n'aurait pas manqué de me demander si j'avais vaincu mes adversaires ou si je venais de les rejoindre. Permettez-moi donc de vous rassurer : je n'ai accepté la pairie que pour l'abolir. »

Ils applaudirent.

« Sérieusement, camarades, j'ai renoncé à être députée d'Aldgate parce que j'ai estimé qu'il était temps de laisser place aux jeunes. Mais je n'ai pas pris ma retraite, soyez tranquilles. Il y a trop d'injustice dans notre société, trop de problèmes de logement et trop de pauvreté, trop de faim dans le monde – et il ne me reste peut-être que vingt ou trente années de lutte devant moi ! »

Nouveaux rires.

« On m'a affirmé qu'ici, à la Chambre des lords, il est judicieux de choisir un sujet et d'en faire son cheval de bataille. J'ai donc choisi le mien. »

Le silence se fit. Tout le monde était curieux de savoir ce qu'Eth Leckwith avait bien pu inventer.

« La semaine dernière, mon cher vieil ami Robert von Ulrich est mort. Il avait combattu pendant la Première Guerre mondiale, avait eu des démêlés avec les nazis dans les années 1930 et avait fini par diriger le meilleur restaurant de Cambridge. Un jour, du temps où j'étais une jeune couturière exploitée qui travaillait dans un atelier de l'East End, il m'avait acheté une robe neuve et m'avait emmenée dîner au Ritz. Et... » Elle leva le menton d'un air provocant. « Et il était homosexuel. »

Un murmure de surprise parcourut la salle.

« La vache ! marmonna Dave.

— J'adore ta grand-mère », lança Beep.

Les gens n'avaient pas l'habitude de voir ce sujet abordé aussi ouvertement, surtout par une femme. Dave sourit. Cette bonne vieille Grandmam, toujours prête à mettre les pieds dans le plat en dépit des années !

« Inutile de chuchoter, vous n'êtes pas vraiment choqués, reprit-elle sèchement. Vous savez tous que certains hommes aiment les hommes. Ces gens-là ne font de mal à personne – en fait, l'expérience m'a appris qu'ils sont souvent plus doux que les autres – et pourtant, ce qu'ils font est considéré comme un crime par les lois de notre pays. Pis encore, des policiers en civil font semblant d'être des leurs pour les prendre au piège, les arrêter et les jeter en prison. Moi, je trouve que cela ne vaut pas mieux que de persécuter les gens parce qu'ils sont juifs, pacifistes ou catholiques. Mon principal cheval de bataille ici, à la Chambre des lords, sera donc la réforme de la loi sur les homosexuels. J'espère que vous me souhaitez tous bonne chance. Merci. »

Son discours fut accueilli par une salve d'applaudissements. Dave était convaincu que presque tous les membres de l'assistance souhaitaient sincèrement bonne chance à sa grand-mère. Il était impressionné. Il trouvait stupide d'emprisonner les pédés. La Chambre des lords remonta dans son estime : si on pouvait se battre ici pour obtenir un changement aussi important, peut-être cette institution n'était-elle pas complètement ridicule.

Ethel reprit alors la parole : « Et maintenant, en l'honneur de nos parents et amis américains, une chanson. »

Evie gagna le devant de la salle, suivie par Dave. « Tu peux compter sur Grandmam pour leur donner matière à réflexion, lui chuchota-t-elle. En plus, je parie qu'elle va réussir.

— Elle a l'habitude d'obtenir ce qu'elle veut, c'est sûr. » Il prit sa guitare et joua un accord de sol.

Evie commença immédiatement :

Oh ! Regardez dans la clarté du matin...

La plupart des invités d'Ethel n'étaient pas américains mais britanniques, et pourtant la voix d'Evie les incita tous à tendre l'oreille.

Le drapeau par vos chants célèbre dans la gloire...

Dave avait beau tenir le nationalisme en piètre estime, il avait malgré lui la gorge serrée. Cet hymne américain, c'était quand même quelque chose...

Dont les étoiles brillent dans un ciel d'azur,
Flottant sur nos remparts, annonçant la victoire...

Le silence était si profond que Dave s'entendait respirer. Evie était vraiment forte pour ça. Quand elle était sur scène, tout le monde n'avait d'yeux que pour elle.

L'éclair brillant des bombes éclatant dans les airs
Nous prouva dans la nuit cet étendard si cher...

Se tournant vers sa mère, Dave la vit essuyer une larme.

Que notre bannière étoilée flotte longtemps
Sur le pays de la liberté, au pays des braves !

Tous applaudirent et acclamèrent la chanteuse. Dave devait reconnaître que, si sa sœur pouvait être une fameuse enquiquineuse, elle savait captiver son public comme pas deux.

Il prit une autre boisson au gingembre et chercha Beep du regard, en vain. Il aperçut en revanche le fils Dewar, Cameron, un type antipathique au possible. « Hé, Cam, tu sais où est Beep ?

— Elle a dû sortir cloper. »

Dave n'était pas sûr de la trouver, mais décida d'essayer tout de même. Il posa son verre.

Il arriva près de la sortie en même temps que sa grand-mère, à qui il tint la porte. Elle allait sûrement au petit coin : il avait entendu dire que les vieilles dames avaient souvent de pressants besoins. Elle lui sourit et s'engagea dans un escalier aux marches recouvertes d'un tapis rouge. Comme il était un peu perdu, il la suivit.

À mi-étage, elle fut arrêtée par un vieil homme appuyé sur une canne. Dave remarqua qu'il portait un élégant costume d'une étoffe gris pâle à rayures écrues. Un mouchoir de soie à motif retombait gracieusement de sa poche de poitrine. Malgré son visage tavelé et ses cheveux blancs, on voyait encore qu'il avait dû être très bel homme. « Félicitations, Ethel », dit-il en lui serrant la main.

« Merci, Fitz. » Ils avaient l'air de bien se connaître.

Il la retint par la main. « Alors, vous voilà baronne à présent.

— La vie ne réserve-t-elle pas de bien étranges surprises ? répondit-elle en souriant.

— C'est le moins qu'on puisse dire. »

Comme il ne pouvait pas passer, Dave attendit. Sous la banalité de leurs propos, il perçut une étrange passion contenue, qu'il n'arrivait pas à définir.

« Cela doit vous faire un drôle d'effet de voir votre intendante élevée à la pairie », remarqua Ethel.

Intendante ? Dave savait qu'autrefois, Ethel avait été domestique dans une grande demeure du pays de Galles. Cet homme avait dû être son employeur.

« Voilà bien longtemps que j'ai cessé de prêter attention à ces choses-là ! murmura-t-il en lui tapotant la main avant de la libérer. Sous le gouvernement Attlee, pour être précis. »

Elle rit. De toute évidence, elle avait plaisir à bavarder avec lui. Il se demanda ce qui transparaissait d'aussi singulier à travers leur conversation. Ce n'était ni de l'amour, ni de la haine, c'était autre chose. S'ils n'avaient pas été aussi vieux, Dave aurait pu croire que c'était du désir.

Commençant à s'impatienter, il toussota.

« Voici mon petit-fils, David Williams, intervint Ethel. Si vraiment vous avez cessé de prêter attention à ces choses-là, vous pouvez lui serrer la main. Dave, je te présente le comte Fitzherbert. »

Le comte hésita et, l'espace d'un instant, Dave crut qu'il allait la refuser; puis il parut se raviser et lui tendit la main. Dave la serra : « Enchanté de faire votre connaissance.

— Je vous remercie, Fitz », dit Ethel mais elle parut s'étrangler sans pouvoir finir sa phrase et s'éloigna. Dave adressa un signe de tête poli au comte et la suivit.

Un instant plus tard, Ethel disparaissait derrière une porte sur laquelle figurait l'inscription « Dames ».

Dave se demanda s'il y avait eu quelque chose entre Ethel et Fitz. Il décida de poser la question à sa mère. Il repéra alors une issue qui donnait certainement sur l'extérieur, et oublia toutes ces histoires de croulants.

Poussant la porte, il se retrouva dans une cour intérieure de forme irrégulière où l'on rangeait des poubelles. Un endroit parfait pour se bécoter en douce, pensa-t-il. C'était un cul-de-sac, aucune fenêtre ne donnait de ce côté-là et il y avait de nombreux recoins discrets. Il reprit espoir.

Il n'y avait pas trace de Beep, mais une odeur de tabac parvint à ses narines.

Contournant les poubelles, il jeta un coup d'œil de l'autre côté.

Elle était là, comme il l'avait espéré, une cigarette dans la main gauche. Malheureusement, elle était avec Jasper qui la tenait étroitement enlacée. Dave les regarda fixement. Leurs corps semblaient collés l'un à l'autre, et ils s'embrassaient passionnément, la main droite de Beep dans les cheveux de Jasper, sa main droite à lui posée sur le sein de la jeune fille.

« Tu es un beau salopard de traître, Jasper Murray », siffla Dave en faisant demi-tour pour rentrer dans le bâtiment.

*

Pour la représentation d'*Hamlet* que donnait son lycée, Evie Williams avait proposé de jouer nue la scène de la folie d'Ophélie.

Cette simple pensée faisait transpirer Cameron Dewar.

Cameron adorait Evie. Ce qui ne l'empêchait pas de détester ses idées. Elle embrassait toutes les causes généreuses évoquées dans la presse, de la défense des animaux au désarmement nucléaire, et parlait comme si les gens qui ne partageaient pas ses convictions n'étaient que des brutes bornées. Cameron y était habitué : il désapprouvait les idées de la plupart des jeunes de son âge, et celles de l'intégralité de sa famille. Ses parents étaient des libéraux indécrottables, et sa grand-mère avait été autrefois rédactrice en chef d'un journal intitulé – pouvait-on imaginer ça ? – le *Buffalo Anarchist.*

Les Williams ne valaient pas mieux, de gauche du premier au dernier. Le seul occupant plus ou moins sensé de la maison de Great Peter Street était ce parasite de Jasper Murray, qui avait des avis plus ou moins cyniques sur tout. Londres était un repaire de subversifs, pire encore que San Francisco, la ville natale de Cameron. Il attendait avec impatience la fin de la mission de son père pour pouvoir retourner en Amérique.

Evie lui manquerait pourtant. Cameron avait quinze ans et il était amoureux pour la première fois. Il n'avait aucune envie de sortir avec une fille : il avait bien trop à faire. Mais voilà qu'assis à son pupitre de classe en train d'essayer d'apprendre par cœur des listes de vocabulaire français et latin, il ne cessait de repenser à Evie en train de chanter le « Star-Spangled Banner ».

Elle l'aimait bien, il en était convaincu. Elle avait compris qu'il était intelligent, et elle lui posait des questions sérieuses : comment fonctionnent les centrales nucléaires ? Est-ce que Hollywood est un lieu réel ? Comment les Noirs sont-ils traités en Californie ? Mieux encore, elle écoutait ses réponses avec attention. Elle n'était pas du genre à parler pour ne rien dire ; comme lui, elle ne s'intéressait pas aux bavardages superficiels. Ils formeraient un couple d'intellectuels renommé, fantasmait Cameron.

Cameron et Beep fréquentaient cette année-là, comme Evie et Dave, le lycée de Lambeth, un établissement londonien progressiste dont – selon Cameron – la plupart des enseignants étaient communistes. La controverse à propos de la scène de la folie jouée par Evie fit le tour de l'établissement en un clin d'œil. Le professeur de théâtre, Jeremy Faulkner, un barbu qui arborait une écharpe universitaire rayée, approuvait cette idée. Mais le proviseur, qui avait les pieds sur terre, y opposa son veto.

Ce fut l'une des rares occasions où Cameron aurait préféré voir la décadence libérale l'emporter.

Les familles Williams et Dewar se rendirent au spectacle ensemble. Cameron avait beau détester Shakespeare, il était impatient de voir Evie sur scène. La présence d'un public semblait accentuer encore la nature passionnée de la jeune fille. À en croire Ethel, sa grand-mère, elle ressemblait à son arrière-grand-père, Dai Williams, syndicaliste de la première heure et prédicateur évangélique. Ethel disait souvent : « Mon père avait dans les yeux cette lumière qu'ont ceux qui marchent vers la gloire. »

Cameron avait étudié *Hamlet* consciencieusement – comme tout ce qu'il étudiait, pour avoir de bonnes notes – et savait qu'Ophélie était un rôle connu pour sa difficulté. Censé être pathétique, le personnage pouvait facilement sombrer dans le grotesque avec ses chansons obscènes. Comment une fille de quinze ans allait-elle interpréter ce personnage et emporter l'adhésion du public ? Cameron n'avait pas envie de la voir échouer (malgré la présence obsédante, tout au fond de son esprit, d'un petit fantasme dans lequel il la prenait dans ses bras et la réconfortait de son échec cuisant, tandis que ses frêles épaules étaient agitées de sanglots).

Accompagné de ses parents et de sa petite sœur Beep, il fit la queue pour entrer dans la salle des fêtes du lycée : comme elle servait également de gymnase, elle sentait à la fois les livres de cantiques poussiéreux et les tennis pleines de sueur. Ils s'assirent à côté de la famille Williams : Lloyd Williams, le député travailliste, son épouse américaine, Daisy, Eth Leckwith, la grand-mère, et Jasper Murray, le pensionnaire. Le jeune Dave, le petit frère d'Evie, était allé mettre en place la buvette de l'entracte.

Ces derniers mois, Cameron avait entendu évoquer à plusieurs reprises la rencontre de ses parents ici même, à Londres, pendant la guerre. Après une soirée donnée par Daisy, Papa avait raccompagné Mama chez elle : quand il racontait cette histoire, une étrange lueur s'allumait dans ses yeux. Mais Mama lui jetait un regard qui disait *Tu vas la boucler immédiatement*, et il s'arrêtait net. Cameron et Beep se demandaient tout émoustillés ce que leurs parents avaient bien pu faire en chemin.

Quelques jours plus tard, Papa avait été largué en parachute au-dessus de la Normandie et Mama avait cru qu'elle ne le reverrait jamais. Ce qui ne l'avait pas empêchée de rompre ses fiançailles avec un autre. « Ma mère était furieuse, disait Mama. Elle ne me l'a jamais pardonné. »

Cameron trouvait déjà les sièges de la salle des fêtes inconfortables pendant la demi-heure que durait la réunion obligatoire du matin. Ce soir-là, ce serait un vrai supplice : la pièce intégrale durait cinq heures, il le savait, mais Evie lui avait juré qu'ils en donneraient une version abrégée. Cameron espérait qu'ils n'avaient pas lésiné sur les coupures.

Il se tourna vers Jasper, assis à côté de lui. « Qu'est-ce qu'Evie va porter pour la scène de la folie ?

— Aucune idée. Elle n'a voulu le dire à personne. »

Le noir se fit dans la salle tandis que le rideau se levait sur les remparts d'Elseneur.

Les toiles de fond peintes qui servaient de décor étaient l'œuvre de Cameron. Il avait un solide sens artistique, qu'il devait sans doute à son père le photographe. Il était particulièrement content de l'astuce qui permettait à la lune peinte de dissimuler le projecteur éclairant la sentinelle.

Il n'y avait pas grand-chose d'autre d'acceptable. Tous les spectacles de théâtre scolaires auxquels Cameron avait assisté étaient épouvantables, et celui-ci ne faisait pas exception. Le garçon de dix-sept ans qui jouait le rôle d'Hamlet cherchait à prendre des airs énigmatiques mais ne réussissait qu'à paraître emprunté. Evie, en revanche, se détachait nettement du lot.

Dans sa première scène, Ophélie n'avait pas grand-chose à faire, sinon écouter son frère condescendant et son père pompeux. Tout à la fin, cependant, elle mettait son frère en garde contre l'hypocrisie dans un bref discours qu'Evie prononça avec un ravissement hargneux. Mais dans sa seconde scène, lorsqu'elle informa son père de l'intrusion d'Hamlet hagard dans ses appartements privés, elle s'épanouit littéralement. Extrêmement agitée au début, elle se calma ensuite, parla moins vite, avec une plus grande concentration, jusqu'à l'instant où le public retint son souffle pendant qu'elle disait : « Il poussa un soupir si profond et si piteux. » Et puis, dans sa scène suivante, lorsque Hamlet fou de colère et délirant lui conseilla d'entrer au couvent, elle parut si déconcertée et si profondément blessée que Cameron dut se retenir pour ne pas bondir sur scène et assommer Hamlet. Jeremy Faulkner avait judicieusement décidé de terminer la première partie à cet endroit, et la salle applaudit à tout rompre.

Dave gérait une buvette qui vendait des sodas et des friandises. Une dizaine de ses amis assuraient le service avec une célérité qui fit l'admiration de Cameron : il n'avait jamais vu des élèves travailler avec un zèle pareil. « Tu les as dopés, ou quoi ? demanda-t-il en prenant un verre de cherry pop.

— Pas du tout. Vingt pour cent de commission sur tout ce qu'ils vendent, c'est tout. »

Cameron espérait qu'Evie rejoindrait sa famille pendant l'entracte mais elle ne s'était toujours pas montrée quand la sonnerie annonça la deuxième partie. Il regagna sa place, tout à la fois déçu et impatient de la voir dans la fin de la pièce.

Hamlet s'améliora quand il se mit à accabler publiquement Ophélie de plaisanteries salaces. Cela venait peut-être naturellement à l'acteur, pensa Cameron avec malveillance. L'embarras et la détresse d'Ophélie s'intensifièrent jusqu'à frôler la crise de nerfs.

Mais ce fut sa scène de folie qui fit crouler la salle sous les applaudissements.

Evie entra, pareille à une aliénée échappée d'un asile, vêtue d'une chemise de nuit de mince cotonnade, tachée et déchirée, qui ne lui arrivait qu'à mi-cuisses. Loin d'être pitoyable, elle était sardonique et agressive, comme une putain ivre qui titube dans la rue. Quand elle dit « On raconte que la chouette était fille du boulanger », une phrase qui n'avait aucun sens aux yeux de Cameron, elle donna l'impression d'un persiflage ignoble.

Cameron entendit sa mère chuchoter à son père : « Quand tu penses que cette fille n'a que quinze ans ! J'ai peine à le croire. »

En prononçant le vers « Garçon le fera s'il est tenté, mais pour elle c'est grand mécompte », Ophélie tendit la main vers les parties génitales du roi, provoquant les gloussements nerveux du public.

Et soudain, tout bascula. Des larmes se mirent à ruisseler sur ses joues et sa voix baissa presque jusqu'au murmure alors qu'elle évoquait son défunt père. Le public était pétrifié. Elle redevint une enfant en prononçant ces mots : « Je ne puis que pleurer en pensant qu'ils vont le coucher dans la terre froide. »

Cameron faillit fondre en larmes, lui aussi.

Puis elle roula des yeux, tituba et caqueta telle une vieille sorcière. « Holà ! mon carrosse ! » hurla-t-elle comme une démente. Elle leva les deux mains jusqu'à l'encolure de sa chemise de nuit, qu'elle déchira de haut en bas. Le public ne respirait plus. « Bonsoir, Mesdames ! » cria-t-elle, laissant le vêtement tomber au sol. Dans le plus simple appareil, elle cria encore : « Bonsoir, charmantes Dames. Bonsoir ! Bonsoir. » Et elle sortit en courant.

Après cela, la pièce se traîna. Le fossoyeur n'était pas drôle du tout et le duel final tellement artificiel qu'il en était rasoir.

Cameron ne pouvait plus chasser de son esprit l'image d'Ophélie nue divaguant sur le devant de la scène, ses petits seins fièrement dressés, les poils de son pubis d'une ardente couleur auburn ; une fille superbe qui avait sombré dans la folie. Sans doute tous les hommes de la salle partageaient-ils son sentiment, songea-t-il. Le sort d'Hamlet était certainement le cadet de leurs soucis.

Lorsque le rideau retomba, les applaudissements les plus enthousiastes furent pour Evie. Toutefois, le proviseur ne monta pas sur scène pour se répandre en compliments et pour prodiguer les remerciements interminables qui accompagnent d'ordinaire les plus médiocres représentations théâtrales d'amateurs.

Quand ils quittèrent la salle, tout le monde suivit la famille d'Evie des yeux. Daisy bavardait gaiement avec les autres parents, cherchant à faire bonne figure. Lloyd, dans un austère complet trois pièces gris foncé, était muet, le visage fermé. Un petit sourire flottait sur les lèvres de la grand-mère d'Evie, Eth Leckwith ; si elle éprouvait quelques réserves, elle n'allait certainement pas en faire part.

Les réactions de la famille de Cameron étaient tout aussi ambiguës. Sa mère pinçait les lèvres d'un air désapprobateur, alors que son père arborait un sourire d'amusement tolérant. Quant à Beep, elle débordait d'admiration.

Cameron se tourna vers Dave : « Ta sœur est remarquable.

— J'aime bien la tienne aussi, répondit Dave avec un sourire.

— Ophélie a volé la vedette à Hamlet !

— Evie est géniale, renchérit Dave. Elle fait salement enrager nos parents.

— Pourquoi ?

— Pour eux, le show-biz n'est pas un vrai métier. Ils voudraient qu'on fasse de la politique tous les deux. » Il leva les yeux au ciel.

Le père de Cameron, Woody Dewar, surprit ses propos. « J'ai eu le même problème, intervint-il. Mon père était sénateur des États-Unis, mon grand-père aussi. Ils étaient incapables de comprendre que je veuille être photographe. À leurs yeux, ce n'était qu'un passe-temps. » Woody travaillait pour *Life*, le plus grand magazine photo du monde sans doute, après *Paris-Match*.

Au moment où les deux familles rejoignaient les coulisses, Evie sortit du vestiaire des filles, l'air parfaitement innocent avec son twin-set et sa jupe au-dessous du genou, une tenue qui proclamait clairement *Je ne suis pas une exhibitionniste, c'était Ophélie.* Mais de toute évidence, elle exultait intérieurement. Quels que soient les commentaires sur sa nudité, personne ne pourrait nier que son interprétation avait tenu le public en haleine.

Son père fut le premier à prendre la parole. « Tout ce que j'espère, c'est que la police ne va pas t'arrêter pour attentat à la pudeur.

— Je n'avais rien prévu, répondit Evie comme s'il venait de lui faire un compliment. Ça a été une inspiration soudaine, spontanée. Je ne savais même pas si la chemise de nuit se déchirerait. »

Tu parles, pensa Cameron.

Jeremy Faulkner apparut alors, son éternelle écharpe rayée autour du cou. Il était le seul professeur à autoriser les élèves à l'appeler par son prénom. « Tu as été formidable ! s'emballa-t-il. Un moment inoubliable ! » Ses yeux brillaient de passion. Cameron se demanda un instant si Jeremy n'était pas, lui aussi, amoureux d'Evie.

« Jerry, je vous présente mes parents, Lloyd et Daisy Williams », fit Evie.

Le professeur, d'abord visiblement inquiet, se reprit rapidement. « Monsieur et madame Williams, vous avez dû être encore plus surpris que moi, dit-il en niant habilement toute responsabilité dans cette affaire. Je tiens à vous dire que je n'ai jamais eu d'élève aussi douée qu'Evie. » Il serra la main de Daisy puis celle d'un Lloyd visiblement réticent.

Evie se tourna vers Jasper. « Tu veux venir à la fête des acteurs ? Tu seras mon invité personnel.

— Une fête ? demanda Lloyd en fronçant les sourcils. Après ce spectacle ? » Il estimait manifestement qu'il n'y avait pas de quoi pavoiser.

Daisy posa la main sur son bras. « C'est bon », murmura-t-elle.

Il haussa les épaules.

« Ça ne durera qu'une heure, précisa Jeremy d'un ton jovial. Il y a classe demain matin ! »

Jasper se défila. « Je suis trop vieux. Je ne serais pas à ma place.

— Tu n'as qu'un an de plus que les terminales », protesta Evie.

Cameron se demanda pourquoi elle tenait tant à ce qu'il

vienne. Il *était* trop vieux. Il était déjà étudiant. Il n'avait rien à faire à une fête de lycée.

Heureusement, Jasper demeura inflexible. « Je préfère rentrer avec tes parents, dit-il fermement.

— Permission de onze heures, c'est bien entendu ? » rappela Daisy.

Les adultes s'éloignèrent. « Tu t'en es tirée à bon compte, dis donc ! lança Cameron.

— Je sais », approuva Evie avec un grand sourire.

Ils fêtèrent la réussite de la pièce avec du café et du gâteau. Cameron regretta que Beep ne soit pas là pour ajouter un peu de vodka au café, mais elle n'avait pas participé au spectacle et était rentrée à la maison, comme Dave.

Evie était au centre de l'attention. Le garçon qui avait joué le rôle d'Hamlet reconnaissait lui-même qu'elle était la vedette de la soirée. Jeremy Faulkner ne cessait d'expliquer que sa nudité avait mis en relief la vulnérabilité d'Ophélie. Il était tellement dithyrambique que cela en devenait gênant, et même un peu malsain.

Cameron attendit patiemment, laissant les autres la monopoliser, conscient de posséder l'avantage ultime : c'était lui qui la raccompagnerait.

Ils partirent à dix heures et demie. « Je suis drôlement content que mon père ait été envoyé à Londres, dit Cameron tandis qu'ils revenaient par de petites rues écartées et sinueuses. J'étais furax de quitter San Francisco, mais en fait, c'est vachement sympa ici.

— Tant mieux si tu t'y plais, répondit-elle avec tiédeur.

— Le plus sympa, c'est que ça m'a permis de te connaître.

— C'est très gentil de ta part. Merci.

— Ça a changé ma vie, je t'assure.

— Tu exagères un peu, tu ne crois pas ? »

Les choses ne se passaient pas comme Cameron l'avait imaginé. Ils étaient seuls dans les rues désertes, ils discutaient à voix basse en marchant tout près l'un de l'autre, traversant alternativement les flaques de ténèbres et les cercles de lumière dessinés par les réverbères, mais aucune intimité ne se nouait entre eux. Il en fallait cependant davantage pour faire renoncer Cameron. « Je voudrais tellement que nous soyons bons amis.

— On l'est déjà », répliqua-t-elle avec une ombre d'impatience.

Ils arrivèrent dans Great Peter Street sans qu'il ait pu aborder le sujet qui lui tenait à cœur. Alors qu'ils approchaient de la maison, il s'arrêta. Comme elle poursuivait son chemin, il l'attrapa par le bras et la retint. « Evie, dit-il. Je suis amoureux de toi.

— Oh ! Cam, ne sois pas ridicule ! »

Cameron eut l'impression d'avoir reçu un coup de poing en plein visage.

Evie tenta de se dégager. Cameron lui serra le bras plus fort, sans se soucier de lui faire mal. « Ridicule ? » répéta-t-il. Un chevrotement embarrassant dans la voix l'obligea à reprendre d'un ton plus ferme : « Tu peux me dire en quoi je suis ridicule ?

— Tu ne comprends rien à rien », lança-t-elle exaspérée.

C'était un reproche particulièrement blessant. Cameron se flattait en effet de comprendre énormément de choses et s'était même figuré que c'était une excellente raison pour qu'elle l'apprécie. « Qu'est-ce que je ne comprends pas ? »

Elle dégagea son bras d'une violente secousse. « J'aime Jasper, espèce d'idiot. » Et elle rentra dans la maison.

XIII

Au petit matin, alors qu'il faisait encore nuit, Rebecca et Bernd refirent l'amour.

Cela faisait trois mois qu'ils vivaient ensemble dans la vieille villa berlinoise du quartier du Mitte. C'était une grande maison, heureusement, parce qu'ils la partageaient avec les parents de Rebecca, Werner et Carla, ainsi qu'avec son frère Walli et sa sœur Lili, sans oublier Maud, leur grand-mère.

L'amour les avait consolés pendant un temps de tout ce qu'ils avaient perdu. Ils n'avaient plus de travail, ni l'un ni l'autre, la police secrète les empêchant de retrouver un emploi – malgré la pénurie tragique d'enseignants que connaissait l'Allemagne de l'Est.

De plus, ils faisaient tous les deux l'objet d'une enquête pour parasitisme social, puisque le chômage était un délit en pays communiste. Tôt ou tard, ils seraient condamnés et emprisonnés. Bernd serait envoyé dans un camp de travail d'où il ne reviendrait peut-être jamais.

Ils avaient donc décidé de s'enfuir.

C'était la dernière journée qu'ils passeraient à Berlin-Est.

Quand Bernd glissa tendrement la main sous la chemise de nuit de Rebecca, elle se déroba : «Je suis trop énervée, pardonne-moi.

— Nous n'aurons peut-être plus beaucoup d'occasions, tu sais.»

Elle se jeta dans ses bras et se cramponna à lui. Il avait raison, elle le savait. Ils risquaient de mourir l'un et l'autre dans leur tentative de fuite.

Pis encore, l'un d'eux pouvait mourir, et l'autre vivre.

Bernd tendit le bras pour attraper un préservatif. Ils avaient décidé de se marier dès qu'ils auraient rejoint le monde libre et qu'elle aurait pu obtenir le divorce. En attendant, mieux valait éviter une grossesse. Si leur plan échouait, Rebecca refusait de devoir élever un enfant en Allemagne de l'Est.

Malgré toutes les craintes qui l'assaillaient, Rebecca éprouva un soudain élan de désir et réagit avec fougue aux caresses de Bernd. La passion était une découverte récente pour elle. Ses relations avec Hans, comme avec ses deux amants précédents, ne lui avaient apporté qu'un plaisir modéré. Jamais avec eux elle n'avait été entièrement submergée par le désir au point de tout oublier l'espace d'un moment. L'idée que c'était peut-être la dernière fois qu'ils faisaient l'amour ne fit qu'attiser son ardeur.

« Tu es une tigresse », lui dit-il ensuite.

Elle rit. « C'est nouveau, tu sais. C'est grâce à toi.

— C'est grâce à nous. Nous sommes faits l'un pour l'autre. »

Quand elle eut repris son souffle, elle murmura : « Des gens passent de l'autre côté tous les jours.

— Personne ne sait combien ils sont. »

Les candidats à l'évasion traversaient canaux et rivières à la nage, escaladaient les barbelés, se cachaient dans des voitures et des camions. Les Allemands de l'Ouest, qui avaient le droit de se rendre à Berlin-Est, apportaient de faux passeports ouest-allemands à leurs proches. Les soldats alliés étant libres d'aller et venir à leur guise, un Allemand de l'Est avait acheté un uniforme de l'armée américaine dans une boutique de costumes de théâtre et franchi un poste de contrôle sans encombre.

« Et beaucoup meurent », poursuivit Rebecca.

Les gardes-frontières étaient sans pitié ni scrupule. Ils tiraient pour tuer. Il leur arrivait de laisser les blessés se vider de leur sang dans le no man's land, afin de dissuader de nouveaux candidats au départ. Quiconque cherchait à quitter le paradis communiste méritait la mort.

Rebecca et Bernd avaient l'intention de s'enfuir par la Bernauer Strasse.

Par une des sinistres ironies du Mur, les immeubles de certaines rues appartenaient à Berlin-Est, alors que leurs entrées donnaient sur les trottoirs de Berlin-Ouest. Les habitants du côté est de la Bernauer Strasse qui avaient tenté d'ouvrir la porte de chez eux le dimanche 13 août 1961 avaient découvert qu'elle était condamnée. Dans un premier temps, un grand nombre d'entre eux avaient choisi la liberté en sautant par les fenêtres des étages – certains s'étaient blessés tandis que d'autres avaient été sauvés par les pompiers de Berlin-Ouest qui les avaient réceptionnés sur des couvertures tendues. Mais à présent, tous les immeubles avaient été évacués, leurs portes et leurs fenêtres murées.

Rebecca et Bernd avaient un autre plan.

Ils s'habillèrent et allèrent prendre le petit déjeuner avec le reste de la famille – pour la dernière fois avant longtemps, sans doute. C'était une réplique, en plus crispé, du repas qu'ils avaient pris ensemble, le 13 août de l'année précédente. Ce jour-là, la famille était malheureuse et inquiète : Rebecca avait prévu de partir, mais elle ne risquait pas sa vie. Cette fois, ils étaient tous fous d'angoisse.

Rebecca chercha à détendre l'atmosphère : « Vous nous rejoindrez peut-être un jour de l'autre côté.

— Tu sais bien que non, répliqua Carla. Vous *devez* partir, il n'y a plus de vie possible pour vous ici. Mais nous, nous restons.

— Et le travail de Vati ?

— Pour le moment, je continue », répondit Werner. Il ne pouvait plus se rendre à l'usine qu'il possédait parce qu'elle se trouvait à Berlin-Ouest. Il s'efforçait de la diriger à distance, ce qui était quasiment impossible. Il n'y avait pas de liaison téléphonique entre les deux parties de Berlin, ce qui l'obligeait à communiquer exclusivement par courrier, malgré les retards dus à la censure.

Rebecca vivait un vrai cauchemar : sa famille était ce qu'elle avait de plus cher au monde, et elle était obligée de la quitter. « Aucun mur n'est éternel, insista-t-elle. Un jour, Berlin sera réunifié, et ce jour-là, nous nous retrouverons tous. »

La sonnette de la porte d'entrée retentit, et Lili bondit de sa chaise. « Pourvu que ce soit le facteur avec la comptabilité de l'usine, murmura Werner.

— Moi en tout cas, je franchirai le Mur dès que possible, assura Walli. Je n'ai pas l'intention de passer ma vie à l'Est et de laisser ces vieux croûtons de communistes me dire quelle musique je dois jouer.

— Tu feras tes choix toi-même – quand tu seras adulte », répondit Carla.

Lili regagna la cuisine, l'air terrifié. « Ce n'est pas le facteur. C'est Hans. »

Rebecca poussa un petit cri. Son ancien mari ne pouvait tout de même pas avoir été informé de leur plan d'évasion ?

« Il est seul ? demanda Werner.

— Je crois. »

Maud se tourna vers Carla : « Tu te rappelles comment on s'est débarrassées de Joachim Koch ? »

Carla jeta un coup d'œil aux enfants. Elle préférait évidemment qu'ils n'en sachent rien.

Werner se dirigea vers le placard de la cuisine et ouvrit le tiroir du bas qui contenait de pesantes marmites. Retirant complètement le tiroir, il le posa par terre. Puis il se pencha à l'intérieur de la cavité et en sortit un pistolet noir à poignée brune et une petite boîte de munitions.

« Bon sang ! » lâcha Bernd.

Rebecca ne s'y connaissait pas très bien en armes, mais crut reconnaître un Walther P38. Werner avait dû le conserver après la guerre.

Qu'était-il arrivé à Joachim Koch ? se demanda Rebecca. S'était-il fait tuer ?

Par Mutti ? Et *grand-mère* ?

Werner s'adressa à Rebecca « Si Hans Hoffmann t'emmène, nous ne te reverrons jamais. » Il chargea le pistolet.

« Attends, il n'est peut-être pas venu l'arrêter, intervint Carla.

— C'est vrai, reconnut Werner qui se tourna vers Rebecca. Va lui parler. Va voir ce qu'il veut. Crie si tu as besoin d'aide. »

Rebecca se leva. Bernd l'imita. « Pas toi, dit Werner à Bernd. Il risque de devenir fou s'il te voit.

— Mais...

— Vati a raison, coupa Rebecca. Sois prêt à intervenir si j'appelle, c'est tout.

— Entendu. »

Rebecca prit une profonde inspiration, essaya de retrouver son calme et se dirigea vers l'entrée.

Hans attendait dans son nouveau complet gris bleu, avec une cravate à rayures que Rebecca lui avait offerte pour son dernier anniversaire. « J'ai reçu les papiers du divorce, annonça-t-il.

— C'est bien, aquiesça-t-elle, tu t'y attendais quand même, j'imagine.

— On peut en discuter un instant ?

— Parce qu'il y a quelque chose à dire ?

— Peut-être. »

Elle ouvrit la porte de la salle à manger, qui servait de temps en temps quand ils avaient du monde mais était utilisée le plus souvent par les enfants pour faire leurs devoirs. Ils entrèrent et s'assirent. Rebecca laissa la porte ouverte.

« Tu es sûre de le vouloir ? » demanda Hans.

Rebecca s'affola. Parlait-il de son évasion ? Que savait-il ? Elle réussit à bégayer : « Vouloir quoi ?

— Divorcer. »

Elle n'y comprenait plus rien. « Pourquoi cette question ? C'est ce que tu veux, toi aussi, non ?

— Je ne sais pas.

— Hans, qu'est-ce que tu cherches à me dire ?

— Que nous ne sommes pas obligés de divorcer. Nous pourrions refaire un essai, toi et moi. Cette fois, tout serait clair entre nous. Maintenant que tu sais que je travaille pour la Stasi, je ne serais plus obligé de te mentir. »

Elle avait l'impression de faire un rêve absurde où il se passe des choses impossibles. « Mais pourquoi ? » s'alarma-t-elle.

Hans se pencha vers elle au-dessus de la table. « Tu ne comprends pas ? Tu ne peux pas deviner ?

— Mais non ! » s'écria-t-elle. Un soupçon terrifiant commençait pourtant à s'insinuer en elle.

« Je t'aime !

— Arrête ! cria Rebecca. Comment peux-tu dire des choses pareilles ? Après ce que tu m'as fait !

— Il faut me croire. Au début, j'ai fait semblant, c'est vrai. Mais j'ai fini par comprendre quelle femme merveilleuse tu es. Je *voulais* t'épouser, ce n'était pas seulement à cause du boulot. Tu es belle, intelligente, tu aimes enseigner – j'admire les gens qui se dévouent corps et âme à leur métier. Je n'ai jamais rencontré de femme comme toi. Reviens-moi, Rebecca.

— Non ! hurla-t-elle.

— Réfléchis. Un jour. Toute une semaine si tu veux.

— Non ! »

Elle avait beau le hurler de toutes ses forces, il semblait prendre son refus pour une coquetterie. « Nous en reparlerons, dit-il en souriant.

— Non ! cria-t-elle. Jamais ! Jamais ! Jamais ! » Et elle se précipita hors de la pièce.

Ils se tenaient tous près de la porte ouverte de la cuisine, l'air terrifié. « Eh bien, s'inquiéta Bernd. Qu'est-ce qui s'est passé ?

— Il ne veut pas divorcer, sanglota Rebecca. Il dit qu'il m'aime. Il veut recommencer – donner une nouvelle chance à notre couple.

— Putain, je vais l'étrangler », siffla Bernd.

Personne n'eut à le retenir, car ils entendirent la porte d'entrée claquer au même moment.

« Il est parti, soupira Rebecca. Dieu merci. »

Bernd la prit dans ses bras et elle enfouit la tête dans le creux de son épaule.

« Ça alors, murmura Carla d'une voix tremblante. Si je m'attendais à une chose pareille ! »

Werner déchargea le pistolet.

Maud intervint : « Il ne s'arrêtera pas là. Il reviendra. Les officiers de la Stasi sont incapables d'admettre que le commun des mortels puisse leur dire "non".

— Et effectivement, personne ne peut leur dire non, approuva Werner. Rebecca, il faut que vous partiez aujourd'hui même, tous les deux. »

Elle se dégagea des bras de Bernd. « Oh non ! Aujourd'hui ?

— Immédiatement, renchérit son père. Vous courez un terrible danger.

— Il a raison, acquiesça Bernd. Hans risque de revenir avec des renforts. Il va falloir faire maintenant ce que nous avions prévu de faire demain.

— Très bien », se résigna Rebecca.

Bernd et elle remontèrent dans leur chambre en courant. Bernd endossa son costume de velours côtelé noir avec une chemise blanche et une cravate noire, comme s'il allait à un enterrement. Rebecca s'habilla tout en noir, elle aussi. Ils enfilèrent tous les deux des chaussures de sport noires. Bernd sortit de sous le lit le rouleau de corde qu'il avait acheté la semaine précédente. Il le plaça en bandoulière sur son épaule comme une cartouchière, puis le dissimula sous une veste de cuir brune. Rebecca passa un manteau court de couleur sombre sur son pull noir à col roulé et son pantalon assorti.

Il ne leur fallut que quelques minutes pour être prêts.

La famille les attendait dans l'entrée. Rebecca les serra dans ses bras et les embrassa tous. Lili pleurait. « Ne vous faites pas tuer », sanglotait-elle.

Des gants de cuir parachevèrent leur tenue et ils se dirigèrent vers la porte.

Un dernier geste d'adieu à la famille – ils étaient partis.

*

Walli décida de les suivre de loin.

Il voulait voir comment ils faisaient. Ils n'avaient confié leur plan à personne, pas même à leurs proches. Mutti disait que la seule manière de garder un secret était de ne le dire à personne. Vati et elle étaient inflexibles à ce sujet, et Walli soupçonnait que leurs mystérieuses expériences des années de guerre sur lesquelles ils n'avaient jamais donné de détails n'y étaient pas étrangères.

Walli avait dit aux autres qu'il allait faire de la musique dans sa chambre. Il avait à présent une guitare électrique. S'ils n'entendaient aucun bruit, ses parents supposeraient qu'il n'avait pas branché l'ampli.

Il sortit furtivement par la porte de derrière.

Rebecca et Bernd marchaient enlacés. Ils allaient d'un pas vif, mais sans hâte excessive, pour ne pas attirer l'attention. Il était huit heures et demie et la brume matinale commençait à se dissiper. Walli n'avait pas de mal à filer ces deux silhouettes dont l'une avait une bosse à l'épaule à cause de la corde. Ils ne se retournaient pas, et les chaussures de tennis de Walli ne faisaient aucun bruit quand il marchait. Il remarqua qu'ils en portaient, eux aussi, et se demanda pourquoi.

Walli était tout à la fois exalté et effrayé. La journée avait drôlement commencé ! Il avait failli tomber à la renverse quand Vati avait enlevé ce tiroir et en avait sorti un putain de pistolet. Le paternel, prêt à buter Hans Hoffmann ! Après tout, peut-être que Vati n'était pas tout à fait un vieux con.

Walli avait peur pour sa sœur chérie. Elle risquait de se faire tuer dans les minutes à venir. En même temps, il éprouvait un frisson d'excitation. Si elle arrivait à s'échapper, rien ne l'empêcherait d'en faire autant.

Il était lui-même toujours bien décidé à passer à l'Ouest. Après avoir défié son père en allant au Minnesänger malgré son interdiction, il ne s'en était pas trop mal tiré : son père avait estimé que la destruction de sa guitare était une punition suffisante. Mais quand même, il était victime d'une double tyrannie, celle de Werner Franck et celle du secrétaire général Walter Ulbricht, et il avait bien l'intention d'échapper à l'une et à l'autre à la première occasion.

Rebecca et Bernd arrivèrent dans une rue qui débouchait directement sur le Mur. Tout au fond, on distinguait deux gardes-frontières qui tapaient des pieds pour se réchauffer. Ils portaient à l'épaule des pistolets-mitrailleurs soviétiques PPSh-41 à chargeur camembert. Personne ne pouvait franchir les barbelés sous les yeux de ces deux types, se dit Walli.

Rebecca et Bernd quittèrent alors la rue et pénétrèrent dans un cimetière.

Walli ne pouvait pas les suivre le long des allées qui longeaient les tombes : il aurait été trop visible dans cet espace découvert. Aussi pressa-t-il le pas perpendiculairement à eux, pour aller se réfugier derrière la chapelle au milieu du cimetière . Il la longea et jeta un coup d'œil de l'autre côté. De toute évidence, ils ne l'avaient pas vu.

Il les vit se diriger vers l'angle nord-ouest du cimetière.

Celui-ci jouxtait l'arrière-cour d'un immeuble dont il était séparé par une clôture grillagée.

Rebecca et Bernd escaladèrent le grillage.

Voilà qui expliquait les chaussures de sport, comprit Walli.

Et la corde ?

*

Les habitations de la Bernauer Strasse avaient été évacuées, mais celles des rues latérales étaient toujours occupées normalement. Tendus et anxieux, Rebecca et Bernd traversèrent discrètement la cour arrière d'un immeuble situé dans l'une de ces rues, à cinq portes de l'extrémité barrée par le Mur. Ils escaladèrent une deuxième clôture donnant sur une nouvelle arrière-cour, puis une troisième, passant ainsi de cour en cour et se rapprochant progressivement du Mur. Rebecca avait trente ans et était agile. Bernd était un peu plus âgé avec ses quarante ans passés, mais il était en forme : il avait entraîné l'équipe de foot du lycée. Ils arrivèrent derrière le troisième immeuble depuis le bout de la rue.

Ils étaient déjà venus une fois dans ce cimetière en tenue de deuil pour ne pas attirer l'attention, dans l'idée d'examiner ces bâtiments. L'angle de vue n'était pas idéal – et ils ne pouvaient pas prendre le risque d'utiliser des jumelles –, mais ils étaient presque sûrs qu'il devait être possible de monter sur les toits au niveau du troisième immeuble.

Les toitures attenantes rejoignaient les immeubles vides de la Bernauer Strasse.

Au pied du mur, l'appréhension de Rebecca monta d'un cran.

Ils avaient prévu de gagner les toits en grimpant sur un coffre à charbon assez bas et de là, sur une remise formant terrasse, avant de s'accrocher à un pignon percé d'une fenêtre au rebord en saillie. Du cimetière, Rebecca n'avait pas eu l'impression que toutes ces prises étaient aussi hautes. De près, l'ascension paraissait redoutable.

Il leur était impossible de passer par l'intérieur de l'immeuble car leurs occupants risquaient de donner l'alerte : s'ils ne le faisaient pas, les conséquences pouvaient être terribles.

Le brouillard avait rendu les toits humides et glissants, mais au moins, il ne pleuvait pas.

« Tu es prête ? » demanda Bernd.

Elle ne l'était pas. Elle était terrifiée. « Oui, bien sûr, affirma-t-elle.

— Une vraie tigresse ! »

Le coffre à charbon était à hauteur de poitrine. Ils montèrent dessus. Leurs chaussures à semelles souples ne faisaient presque aucun bruit.

De là, Bernd posa les deux avant-bras sur le toit plat de la remise et se hissa. Couché ensuite sur le ventre, il attrapa les mains de Rebecca qu'il aida à le rejoindre. Ils se redressèrent, debout sur le toit, tous les deux. Rebecca avait l'impression que tout le monde pouvait la voir, mais en regardant autour d'elle, elle n'aperçut personne, sinon une unique silhouette au loin, tout au fond du cimetière.

L'étape suivante était plus périlleuse. Bernd posa un genou sur le rebord de fenêtre, mais il était très étroit. Heureusement, les rideaux étaient tirés – s'il y avait des gens à l'intérieur, ils ne verraient rien, à moins évidemment qu'ils n'entendent du bruit et ne viennent voir ce qui se passe. Il réussit non sans mal à poser son deuxième genou sur le rebord. Prenant appui sur l'épaule de Rebecca, il parvint à se mettre debout. Il se retourna et assura la position de ses pieds, malgré l'étroitesse du rebord, pour faire monter Rebecca à ses côtés.

L'ayant rejoint, elle resta sur les genoux un moment, s'efforçant de ne pas regarder en bas.

La prochaine étape de leur ascension était le toit au-dessus d'eux. Il était impossible à Bernd d'y grimper tout seul depuis le rebord : les tuiles de rive n'offraient pas une prise suffisante. C'était un problème dont ils avaient déjà discuté. Toujours à genoux, Rebecca se tint prête. Bernd posa un pied sur son épaule droite. Une douleur atroce lui déchira l'épaule, mais elle serra les dents et Bernd posa son autre pied sur son épaule gauche. Au moins, la charge était équilibrée et elle pouvait la supporter – quelques instants.

Une seconde plus tard, il passa la jambe au-dessus des tuiles de rive, et roula sur le toit.

À plat ventre, il écarta les bras et les jambes pour augmenter son adhérence, puis tendit un bras vers le bas. D'une main gantée, il attrapa Rebecca par le col de son manteau et elle s'agrippa à son biceps.

Soudain, les rideaux de la fenêtre s'écartèrent et un visage de femme apparut, à quelques centimètres de Rebecca.

La femme poussa un cri perçant.

Bandant ses muscles, Bernd souleva Rebecca jusqu'à ce qu'elle parvienne à passer la jambe au-dessus du bord du toit. Elle était en sécurité. Ils montèrent en rampant jusqu'au faîte et passèrent de l'autre côté

C'est alors qu'ils perdirent l'équilibre et se mirent à glisser.

Rebecca chercha à freiner sa chute en essayant d'agripper les tuiles de ses mains gantées. Bernd en fit autant mais ils glissaient toujours, lentement, inexorablement : enfin, les chaussures de Rebecca touchèrent une gouttière de zinc. Elle ne paraissait pas très solide, mais résista pourtant et ils réussirent à s'arrêter.

« C'était quoi ce cri ? demanda Bernd d'une voix pressante.

— Une femme qui était dans la chambre. Elle m'a vue. Mais ça m'étonnerait qu'on l'ait entendue de la rue.

— Elle risque tout de même de donner l'alarme.

— Que veux-tu y faire ? Continuons. »

Ils progressèrent sur le toit incliné en se déplaçant en crabe. Les immeubles étaient vieux, et certaines tuiles brisées. Rebecca s'efforça de ne pas peser sur la gouttière que frôlaient ses pieds. Ils progressaient avec une terrible lenteur.

Elle imagina que la femme de la fenêtre discutait avec son mari. « Si on ne fait rien, on va nous accuser de complicité. Même si on dit qu'on dormait et qu'on n'a rien entendu, ils nous arrêteront quand même. De toute façon, en supposant qu'on les prévienne, les flics risquent d'avoir des soupçons et de nous coffrer. Quand ça va mal, ils embarquent tous ceux qui ont le malheur d'attirer leurs regards. Mieux vaut faire profil bas. Tu sais quoi ? Je vais refermer le rideau. »

Les gens ordinaires évitaient tout contact avec la police – mais la femme de la fenêtre n'était pas forcément quelqu'un d'ordinaire. Si elle ou son mari étaient membres du Parti, s'ils avaient un petit boulot pépère et jouissaient de privilèges, ils bénéficiaient d'une certaine immunité face aux tracasseries policières et n'hésiteraient sûrement pas à donner l'alerte.

Les secondes s'écoulaient, aucun bruit ne déchirait le silence. Ils s'en étaient peut-être tirés.

Ils arrivèrent à la jonction avec le toit suivant. Campant fermement ses pieds de chaque côté, Bernd réussit à se hisser assez haut pour glisser les mains au-dessus du faîtage. La prise était plus sûre désormais, mais les policiers de faction dans la rue pouvaient remarquer l'extrémité de ses doigts gantés de noir visibles sur l'autre face du toit.

Il continua à ramper, se rapprochant peu à peu de la Bernauer Strasse, et de la liberté.

Rebecca le suivit. Elle jeta un coup d'œil par-dessus son épaule, se demandant si on ne risquait pas de les apercevoir, Bernd et elle. Leurs vêtements sombres se détachaient peu sur les tuiles grises, mais n'étaient pas totalement invisibles. Quelqu'un les observait-il ? Elle distinguait les cours d'immeubles et le cimetière. Le personnage qu'elle avait remarqué quelques instants auparavant avait quitté l'ombre de la chapelle et rejoignait la grille du cimetière en courant. La peur lui noua le ventre. Les avait-il vus ? Courait-il prévenir la police ?

Elle s'affola, avant de prendre conscience que cette silhouette lui était familière.

« Walli ? » murmura-t-elle.

Qu'est-ce qu'il fabriquait là ? Il avait dû les suivre. Mais pourquoi ? Et où courait-il comme ça ?

Elle ne pouvait rien faire, sinon s'inquiéter.

Ils étaient arrivés au niveau du mur arrière de l'immeuble de la Bernauer Strasse.

Les fenêtres étaient condamnées. Bernd et Rebecca avaient envisagé de briser les planches pour s'introduire à l'intérieur, puis d'en briser d'autres sur la façade pour sortir, mais la méthode aurait été trop bruyante, trop longue et trop compliquée, avaient-ils estimé. Mieux valait passer par le toit.

Le faîte du toit sur lequel ils se trouvaient était au niveau des gouttières du bâtiment adjacent, plus élevé, ce qui permettait de passer aisément de l'un à l'autre.

Dès cet instant cependant, ils allaient être parfaitement visibles pour les gardes armés de mitraillettes qui patrouillaient dans la rue, en contrebas.

C'était la phase la plus périlleuse de toute l'opération.

Bernd gravit le toit de leur immeuble et rejoignit le faîtage, se mit à califourchon dessus avant d'escalader le toit plus élevé de l'immeuble voisin, cherchant à gagner la partie supérieure.

Rebecca le suivit. Elle était essoufflée, ses genoux étaient écorchés et elle avait les épaules endolories, là où Bernd avait pesé de tout son poids.

À cheval sur le toit qu'avait quitté Bernd, elle regarda en bas. Elle était dangereusement près des policiers de la rue. Ils étaient en train d'allumer des cigarettes : si l'un d'entre eux levait les yeux, tout était perdu. Bernd et elles seraient des cibles faciles pour leurs mitraillettes.

Ils n'étaient plus qu'à quelques pas de la liberté.

Elle se prépara à passer sur le toit qui se dressait devant elle. Sous son pied gauche, quelque chose bougea. Sa chaussure glissa et Rebecca bascula, retombant brutalement à califourchon sur le faîtage. Elle poussa un cri étouffé, s'inclina vertigineusement pendant un moment de pure terreur, puis retrouva l'équilibre.

Malheureusement, l'objet qui l'avait fait chuter, une tuile mal assujettie, se détacha, glissa le long du toit, rebondit dans la gouttière et alla se fracasser dans la rue.

Le bruit fit sursauter les flics. Ils s'approchèrent des fragments de terre cuite qui gisaient sur le trottoir.

Rebecca se figea.

Les policiers regardèrent autour d'eux. D'un instant à l'autre, ils allaient comprendre que la tuile ne pouvait qu'être tombée du toit et regarder en l'air. Mais avant qu'ils n'aient eu le temps de le faire, l'un d'eux fut touché par un jet de pierre. Une seconde plus tard, Rebecca entendit la voix de son frère qui hurlait : « Tous les flics sont des salauds ! »

*

Walli ramassa une autre pierre et la jeta en direction des policiers. Elle manqua sa cible.

Provoquer les policiers est-allemands était d'une inconscience suicidaire, il ne l'ignorait pas. Il avait toutes les chances de se faire arrêter, tabasser et jeter au trou. Mais il n'avait pas le choix.

Il avait bien vu que Bernd et Rebecca étaient terriblement exposés. Les policiers allaient les repérer d'une seconde à l'autre. Ils n'hésitaient jamais à abattre les candidats à l'évasion. Les deux fugitifs étaient à portée de tir, à peine une quinzaine de mètres : ils seraient criblés de balles en un rien de temps.

Sauf si Walli réussissait à détourner l'attention des flics.

Ceux-ci n'étaient pas beaucoup plus âgés que lui. Il avait seize ans, et ils devaient en avoir vingt. Ils regardaient autour d'eux, stupéfaits, les cigarettes qu'ils venaient d'allumer aux lèvres, incapables de comprendre par quelle prodige une tuile s'était fracassée à leurs pieds, tandis qu'on leur jetait des pierres.

« Têtes de nœuds ! hurlait Walli. Connards ! Fils de putes ! »

C'est alors qu'ils l'aperçurent. Il était à une centaine de mètres, visible malgré la brume. Ils s'avancèrent dans sa direction dès qu'ils l'eurent repéré.

Il recula.

Ils se mirent à courir.

Walli fit demi-tour et prit ses jambes à son cou.

Arrivé à la grille du cimetière, il jeta un coup d'œil en arrière. Un des types s'était arrêté, se demandant sans doute s'il était bien raisonnable de quitter tous les deux leur poste devant le Mur pour poursuivre un simple lanceur de pierres. Ils ne s'étaient pas encore demandé pour quelle raison quelqu'un pouvait avoir l'idée de commettre une telle imprudence.

Le deuxième flic mit un genou en terre et arma sa mitraillette.

Walli se glissa à l'intérieur du cimetière.

*

Bernd passa une boucle de la corde autour d'une cheminée de brique, serra de toutes ses forces et fit un nœud de sécurité.

Rebecca était couchée de tout son long sur le faîte, regardant en bas, hors d'haleine. Elle vit un flic courir pesamment derrière Walli, puis aperçut celui-ci qui traversait le cimetière au pas de course. Le deuxième flic avait décidé de regagner son poste mais – par bonheur – n'arrêtait pas de se retourner pour voir ce que faisait son collègue. Rebecca était tout à la fois soulagée et terrifiée de voir son frère risquer ainsi sa vie pour détourner l'attention de la police pendant les quelques secondes, cruciales, qui allaient suivre.

Son regard se porta de l'autre côté, vers le monde libre. Dans la Bernauer Strasse, sur le trottoir opposé, un homme et une femme la regardaient, discutant avec animation.

Corde en main, Bernd s'assit avant de se laisser glisser sur les fesses sur la pente ouest du toit, jusqu'au bord. Il enroula alors la corde deux fois autour de son torse, la faisant passer sous ses aisselles en laissant libre une longueur d'une quinzaine de mètres. Il pouvait maintenant se pencher par-dessus bord, maintenu par la corde accrochée à la cheminée.

Il remonta, rejoignit Rebecca et se remit à califourchon sur le faîte. « Assieds-toi », lui dit-il. Il entoura l'extrémité libre de la corde autour d'elle et fit un nœud. Il tenait la corde fermement dans ses mains gantées de cuir.

Rebecca jeta un dernier regard à Berlin-Est. Walli escaladait agilement la clôture du cimetière. Elle vit sa petite silhouette traverser une rue et disparaître dans une ruelle latérale. Le flic renonça et rebroussa chemin.

C'est alors qu'il leva la tête vers le toit de l'immeuble. Il en resta bouche bée.

Rebecca savait ce qu'il avait vu. Bernd et elle étaient perchés au sommet du toit, se détachant nettement sur le ciel.

L'homme cria et tendit le bras, avant de partir en courant.

Rebecca passa de l'autre côté du toit et se laissa descendre lentement sur la pente jusqu'à ce que ses tennis touchent la gouttière de la façade.

Elle entendit une rafale de pistolet-mitrailleur.

Bernd se tenait debout au-dessus d'elle, s'arc-boutant à l'aide de la corde nouée autour de la cheminée tandis qu'il l'assurait.

Allons-y, se dit-elle.

Elle passa au-delà de la gouttière et se laissa pendre dans le vide.

La corde la serrait douloureusement au niveau de la poitrine, juste au-dessus des seins. Elle oscilla dans l'air un moment, puis Bernd laissa filer la corde et elle commença à descendre par à-coups.

Ils s'étaient exercés chez ses parents. Bernd l'avait fait descendre depuis la plus haute fenêtre jusqu'au jardin. Ça faisait mal aux mains, avait-il dit, mais avec de bons gants, ce serait plus facile. Il lui avait tout de même demandé de faire brièvement halte chaque fois qu'elle pourrait prendre appui sur un rebord de fenêtre pour lui accorder un instant de répit.

Elle entendit des cris d'encouragement et devina que des badauds s'étaient rassemblés dans la Bernauer Strasse, du côté ouest du Mur.

Elle apercevait en contrebas le trottoir et les barbelés qui couraient le long de la façade de l'immeuble. Était-elle déjà à Berlin-Ouest ? La police des frontières ne tirait que sur les fugitifs qui se trouvaient encore du côté est et avait des instructions strictes lui interdisant d'intervenir à l'Ouest. Les Soviétiques tenaient en effet à éviter tout incident diplomatique. Mais elle était suspendue juste au-dessus des barbelés, ni d'un côté, ni de l'autre.

Elle entendit une nouvelle rafale de mitraillette. Où étaient les flics, et sur qui tiraient-ils ? Ils allaient certainement essayer de grimper sur le toit pour les abattre, Bernd et elle, avant qu'il ne soit trop tard. S'ils suivaient le même trajet que les fuyards, ils n'arriveraient pas à temps. Mais ils pouvaient certainement gagner de précieuses minutes en pénétrant dans le bâtiment et en empruntant l'escalier, tout simplement.

Elle y était presque. Ses pieds frôlèrent les barbelés. Elle se repoussa loin du bâtiment, mais ses jambes n'évitèrent pas tout à fait les pointes acérées qui déchirèrent son pantalon et lui lacérèrent douloureusement la peau. Des gens se précipitèrent vers elle pour la secourir. Ils la soulevèrent, la dégagèrent des barbelés, dénouèrent la corde qui l'entourait et l'aidèrent à se remettre debout.

Dès qu'elle fut sur ses pieds, elle leva les yeux. Bernd était près de la gouttière et déroulait la corde qui lui enserrait le torse. Elle traversa la rue pour mieux voir. Les policiers n'avaient pas encore atteint le toit.

Bernd prit fermement la corde à deux mains puis rejoignit le bord du toit à reculons. Il commença à descendre lentement en rappel le long du mur de l'immeuble, laissant filer la corde entre ses mains. C'était extrêmement périlleux car il ne tenait que par la force de ses bras. Il s'était exercé à descendre ainsi le long du mur arrière de la villa la nuit, quand personne ne pouvait le voir. Mais cet immeuble était bien plus haut.

Dans la rue, la foule l'acclama.

C'est alors qu'un policier surgit en haut du toit.

Bernd accéléra, prenant le risque de moins bien assurer sa prise pour gagner en rapidité.

Quelqu'un cria : « Une couverture, vite ! »

Rebecca savait qu'ils n'avaient plus le temps.

Le policier visa Bernd, mais hésita. Il ne pouvait pas tirer sur quelqu'un qui se trouvait en Allemagne de l'Ouest ; de plus, il risquait de toucher des badauds. C'était le genre d'incident susceptible de déclencher une guerre.

L'homme se retourna vers la corde qui entourait la cheminée. Il aurait pu la dénouer, mais Bernd serait arrivé en bas avant.

Avait-il un couteau ? se demanda Rebecca.

Apparemment non.

L'homme eut une inspiration soudaine. Posant le canon de sa mitraillette contre la corde tendue, il tira une seule salve.

Rebecca hurla.

La corde se déchira, son extrémité s'envolant au-dessus de la Bernauer Strasse.

Bernd tomba comme une pierre.

La foule s'écarta.

Bernd heurta le trottoir dans un sinistre bruit mat.

Puis il ne bougea plus.

*

Trois jours plus tard, Bernd ouvrit les yeux et vit Rebecca : « Bonjour.

— Oh, merci, mon Dieu », murmura-t-elle.

Elle avait été folle d'inquiétude. Les médecins étaient persuadés qu'il reprendrait conscience, mais elle avait hésité à les croire. Il avait subi plusieurs opérations, et on lui avait administré entre-temps des doses massives de sédatifs. C'était la première fois depuis son accident qu'elle distinguait une lueur de lucidité sur son visage.

Cherchant à refouler ses larmes, elle se pencha sur le lit d'hôpital et embrassa Bernd sur la bouche : « Te revoilà, dit-elle tout bas. Quel bonheur !

— Que s'est-il passé ?

— Tu es tombé. »

Il hocha la tête. « Le toit. Je me rappelle. Mais...

— Le policier a coupé la corde. »

Il baissa les yeux vers son corps allongé. « Je suis plâtré ? »

Elle avait eu tellement envie qu'il reprenne conscience, et en même temps, elle avait redouté ce moment. « Au-dessous de la taille, oui, confirma-t-elle.

— Je... Je n'arrive pas à bouger les jambes. C'est bizarre. Je ne les sens même pas. » Il lui jeta un regard affolé. « On m'a amputé ?

— Non. » Rebecca prit une profonde inspiration. « Tu t'es brisé presque tous les os des jambes, mais si tu ne les sens pas, c'est parce que ta moelle épinière a subi de graves lésions. »

Il resta silencieux un moment. « Ça va s'arranger ? demanda-t-il enfin.

— D'après les médecins, les nerfs peuvent guérir, mais ça prendra du temps.

— Alors...

— Alors, tu finiras peut-être par récupérer certaines fonctions au niveau des membres inférieurs. Mais c'est en fauteuil roulant que tu sortiras de cet hôpital.

— Ils t'ont dit pour combien de temps j'en ai ?

— Ils disent... » Elle dut prendre sur elle pour ne pas fondre en larmes. « Il faut que tu te prépares à l'éventualité que ce soit définitif. »

Il détourna le regard. « Je suis un infirme...

— Mais nous sommes libres. Tu es à Berlin-Ouest. On a réussi à s'enfuir.

— Oui, pour que je me retrouve en fauteuil roulant...

— Ne le prends pas comme ça.

— Mais merde, qu'est-ce que je vais faire ?

— J'ai bien réfléchi à la question. » Elle s'obligea à prendre un ton ferme et assuré. « Tu vas m'épouser et recommencer à enseigner.

— Je vois mal comment.

— J'ai déjà appelé Anselm Weber. Tu n'as sûrement pas oublié qu'il est proviseur d'un lycée de Hambourg maintenant. Il a deux postes pour nous, à partir de septembre.

— Un prof en fauteuil roulant ?

— Et alors ? Ça ne t'empêchera pas d'expliquer la physique avec une telle clarté que même le plus bouché des élèves comprendra. Tu n'as pas besoin de jambes pour ça.

— Ne me dis pas que tu as envie d'épouser un infirme.

— Non. Mais j'ai envie de t'épouser, toi. Et je le ferai. »

Le ton de Bernd se teinta d'amertume. « Tu ne vas pas épouser un homme qui n'éprouve plus aucune sensation au-dessous de la taille.

— Écoute-moi, répondit-elle avec fougue. Il y a trois mois, je ne savais pas ce qu'est l'amour. Je viens de le découvrir, et je n'ai pas l'intention de te perdre. On est passés à l'Ouest, on est vivants et on va continuer à vivre. On va se marier, on va enseigner et on va s'aimer.

— Je ne sais pas...

— Je ne te demande qu'une chose, poursuivit-elle. Ne perds pas espoir. Nous affronterons toutes les difficultés ensemble et nous résoudrons tous les problèmes ensemble. Je peux supporter n'importe quelle épreuve, pourvu que tu sois avec moi. Promets-moi, maintenant, Bernd Held, que tu n'abandonneras jamais. Jamais. »

Il y eut un long silence.

« Promets », insista-t-elle.

Il sourit. « Tigresse », murmura-t-il.

Troisième partie

Île
1962

XIV

Dimka et Valentin firent un tour de grande roue au parc Gorki en compagnie de Nina et Anna.

Après que Dimka eut été rappelé d'urgence du camp de vacances, Nina s'était liée avec un ingénieur avec qui elle était sortie pendant quelques mois, mais ils avaient rompu et elle était à nouveau libre. Quant à Valentin et Anna, ils ne s'étaient plus quittés et formaient un vrai couple : le jeune homme passait la nuit dans l'appartement des filles presque tous les week-ends. Et, ce qui était encore plus révélateur, il avait confié à Dimka à plusieurs reprises qu'enchaîner les conquêtes n'était qu'une phase que traversaient tous les hommes dans leur jeunesse.

Si seulement..., songeait Dimka.

Le premier week-end de beau temps du bref été moscovite, Valentin avait proposé un double rendez-vous que Dimka avait accepté avec empressement. Nina était intelligente et volontaire, et n'hésitait pas à lui tenir tête : il aimait ça. Mais surtout, elle était si sensuelle ! Il se rappelait fréquemment l'ardeur avec laquelle elle l'avait embrassé. Il avait follement envie de recommencer. Le souvenir de ses seins tendus par la fraîcheur de l'eau du lac n'avait jamais quitté son esprit. Il se demandait s'il lui arrivait, à elle aussi, de repenser à cette journée de vacances.

Son problème avec les filles était qu'il était incapable d'adopter l'attitude joyeusement opportuniste de Valentin à leur égard. Celui-ci était prêt à dire n'importe quoi pour les attirer dans son lit alors que Dimka se refusait à les manipuler ou à leur forcer la main. Il estimait également qu'un « non » était un « non », alors que pour son ami, cela signifiait « peut-être pas encore ».

Le parc Gorki était une oasis dans le désert puritain du communisme, un des rares lieux où les Moscovites pouvaient se rendre simplement pour s'amuser. Ils se mettaient sur leur trente et un, achetaient des glaces et des bonbons, flirtaient avec des inconnus et s'embrassaient dans les buissons.

Sur la grande roue, Anna faisait semblant d'être terrifiée et Valentin faisait semblant d'y croire, la serrant contre lui en lui prodiguant des paroles rassurantes. Nina était manifestement à l'aise et détendue, ce que Dimka préférait à la comédie que jouait son amie mais ne lui donnait aucun prétexte pour se rapprocher d'elle.

Elle était ravissante dans sa robe chemisier de coton à rayures orange et vertes. De dos, elle était particulièrement séduisante, songea Dimka quand ils descendirent de la roue. Pour ce rendez-vous, il avait réussi à se procurer un jean américain et une chemise bleue à carreaux. En échange, il avait donné deux billets de ballet dont Khrouchtchev ne voulait pas : un spectacle de « Roméo et Juliette » au Bolchoï.

« Qu'est-ce que tu as fabriqué depuis la dernière fois qu'on s'est vus ? lui demanda Nina alors qu'ils flânaient dans le parc en sirotant une boisson à l'orange tiède achetée à une buvette.

— J'ai bossé.

— C'est tout ?

— J'arrive généralement au bureau une heure avant Khrouchtchev, pour vérifier que tout est prêt : les documents, la presse étrangère, tous les dossiers dont il peut avoir besoin. Il travaille souvent tard le soir et je rentre rarement chez moi avant son départ. » Il avait envie de lui faire comprendre à quel point son métier était passionnant. « Ça ne me laisse pas beaucoup de temps pour autre chose.

— Dimka était déjà comme ça à la fac, confirma Valentin. Le travail, le travail, toujours le travail, il ne connaît que ça. »

Heureusement, Nina ne semblait pas trouver que la vie de Dimka était terne. « Tu vois vraiment le camarade Khrouchtchev tous les jours ?

— Presque, oui.

— Où habites-tu ?

— Dans la Maison du gouvernement. » C'était un immeuble résidentiel réservé à l'élite, pas très loin du Kremlin.

« Génial !

— Je vis avec ma mère, précisa-t-il.

— Je vivrais volontiers avec la mienne si c'était dans un endroit pareil.

— En temps normal, ma sœur jumelle habite avec nous, mais en ce moment, elle est à Cuba. Elle est journaliste à la TASS.

— J'aimerais bien aller à Cuba, soupira Nina d'un ton mélancolique.

— C'est un pays très pauvre, tu sais.

— Je pourrais supporter la pauvreté sous un climat pareil. Pas d'hiver ! Tu imagines ça, danser sur la plage au mois de janvier ? »

Dimka hocha la tête. Cuba le passionnait, mais pour d'autres raisons. La révolution de Castro montrait que l'orthodoxie soviétique rigide n'était pas la seule forme possible de communisme. Castro avait des idées nouvelles, différentes. « J'espère que Castro tiendra le coup, dit-il.

— Tu en doutes ?

— Les Américains ont déjà envahi le pays une fois. Le débarquement de la baie des Cochons a été un fiasco mais ils réessaieront, avec des forces supérieures – probablement en 1964, quand Kennedy cherchera à se faire réélire.

— Mais c'est affreux ! Et on ne peut pas les en empêcher ?

— Castro cherche à faire la paix avec Kennedy.

— Tu crois qu'il va réussir ?

— Le Pentagone est hostile à toute démarche en ce sens et les membres conservateurs du Congrès font un foin d'enfer, alors comment veux-tu que ça aboutisse ?

— Nous devons soutenir la révolution cubaine !

— Je suis bien d'accord avec toi mais nos conservateurs n'apprécient pas non plus Castro. Ils ne sont pas sûrs que ce soit un vrai communiste.

— Qu'est-ce qui va se passer ?

— Tout dépend des Américains. Peut-être ficheront-ils la paix à Cuba. En fait, je ne les crois pas assez malins pour ça. À mon avis, ils vont harceler Castro jusqu'à ce qu'il n'ait pas d'autre solution que de demander l'aide soviétique. Autrement dit, je pense qu'il finira par réclamer notre protection, tôt ou tard.

— Que pouvons-nous faire ?

— Bonne question. »

Valentin les interrompit. « J'ai faim. Vous avez de quoi manger chez vous, les filles ?

— Bien sûr, répondit Nina. J'ai acheté un morceau de jarret de porc pour faire un ragoût.

— Eh bien, qu'est-ce qu'on attend ? On prendra de la bière en route, Dimka et moi. »

Ils se rendirent en métro à l'appartement que les filles occupaient dans un bâtiment qui dépendait du syndicat des aciéries, leur employeur. C'était un logement exigu : une chambre avec deux lits simples, un salon meublé en tout et pour tout d'un canapé, d'un fauteuil et d'un poste de télévision, une cuisine avec une table minuscule et une salle de bains. Dimka devina que les coussins en dentelle disposés sur le canapé et les fleurs en plastique qui ornaient le vase posé sur le téléviseur étaient un choix d'Anna, et que Nina avait acheté les rideaux à rayures et les affiches murales représentant des paysages de montagne.

La chambre commune le préoccupait. Si Nina acceptait de coucher avec lui, les deux couples seraient-ils condamnés à faire l'amour dans la même pièce ? Il avait connu ce genre d'arrangements du temps de ses études, les étudiants logeant à plusieurs par chambre mais cette idée le rebutait. Toutes autres considérations mises à part, il n'avait pas envie que son ami découvre l'étendue de son inexpérience.

Il se demanda où Nina dormait quand Valentin passait la nuit chez elles. Il remarqua alors un petit tas de couvertures posé sur le sol du salon et en déduisit qu'elle se faisait un lit sur le canapé.

Nina mit le jarret dans une grande casserole, Anna coupa un gros navet en petits morceaux, Valentin dressa le couvert et Dimka servit la bière. Tout le monde, sauf lui, semblait savoir comment la soirée allait se dérouler. Malgré son trouble, il suivit le mouvement.

Nina prépara un plateau de hors-d'œuvre : champignons au vinaigre, blinis, charcuterie et fromage. Pendant que le ragoût mijotait, ils passèrent au salon. Nina s'assit sur le canapé et tapota un coussin pour inviter Dimka à prendre place à côté d'elle. Valentin se laissa tomber dans le fauteuil et Anna s'assit par terre, à ses pieds. Ils écoutèrent de la musique à la radio en buvant leur bière ; Nina avait ajouté des herbes aromatiques à la viande, et les effluves qui venaient de la cuisine mirent Dimka en appétit.

Ils parlèrent de leurs parents. Ceux de Nina étaient divorcés, ceux de Valentin séparés et ceux d'Anna se détestaient. « Ma mère n'aimait pas mon père, dit Dimka. Moi non plus d'ailleurs. Personne n'aime les agents du KGB.

— J'ai été mariée une fois, et franchement, ça me suffit, lança Nina. Vous connaissez des couples heureux, vous ?

— Oui, répondit Dimka. Mon oncle Volodia. Il faut dire que ma tante Zoïa est tellement jolie ! Elle est physicienne, mais on dirait une actrice de cinéma. Quand j'étais petit, je l'appelais Tantine Magazine, parce qu'elle ressemblait à ces femmes d'une beauté incroyable qu'on voit dans les magazines. »

Valentin caressa les cheveux d'Anna et elle posa la tête sur sa cuisse d'une manière que Dimka trouva terriblement sensuelle. Il avait envie de toucher Nina. Elle n'y verrait sûrement rien à redire – autrement, pourquoi l'aurait-elle invité chez elle ? –, mais il était gêné, il se sentait maladroit. Si seulement elle avait pris l'initiative : elle avait plus d'expérience que lui après tout. Elle semblait toutefois ne rien demander d'autre que d'écouter de la musique en sirotant sa bière, un léger sourire aux lèvres.

Enfin, le dîner fut prêt. Le ragoût était délicieux : Nina était bonne cuisinière. Ils le dégustèrent avec du pain noir.

Une fois le repas terminé et la vaisselle faite, Valentin et Anna se retirèrent dans la chambre et refermèrent la porte derrière eux.

Dimka s'éclipsa pour aller aux toilettes. L'image que lui renvoya le miroir surmontant le lavabo n'était pas flatteuse. Ses grands yeux bleus étaient ce qu'il avait de mieux. Ses cheveux bruns étaient coupés court, dans le style militaire de rigueur pour les jeunes apparatchiks. Il avait l'air d'un jeune homme bien trop sérieux pour s'intéresser au sexe.

Il vérifia qu'il avait bien un préservatif dans sa poche. On manquait constamment de ce genre d'articles en Union soviétique et il avait eu beaucoup de mal à s'en procurer. Il n'approuvait pas Valentin qui prétendait que c'était aux femmes de se débrouiller pour éviter une grossesse. Il était certain d'être incapable de prendre du plaisir s'il craignait que la fille ait un enfant ou doive se faire avorter à cause de lui.

Regagnant le salon, il constata, à sa grande surprise, que Nina avait enfilé son manteau.

« Je vais te raccompagner jusqu'à la station de métro, lui proposa-t-elle.

— Pourquoi ? s'étonna Dimka, déconcerté.

— Tu ne connais pas le quartier : je ne voudrais pas que tu te perdes.

— Ce n'est pas ça que je te demande. Pourquoi veux-tu que je parte ?

— Qu'est-ce que tu voudrais faire d'autre ?

— Rester ici et t'embrasser. »

Nina éclata de rire. « Si tu manques un peu de subtilité, tu te rattrapes par ton enthousiasme ! » Elle retira son manteau et se rassit.

Dimka prit place à côté d'elle et l'embrassa timidement.

Elle lui rendit son baiser avec une ardeur rassurante. Il se rendit compte avec une excitation croissante que son inexpérience ne la dérangeait pas. Bientôt, il se débattait avec les boutons de sa robe chemisier. Ses seins plantureux étaient prisonniers d'un soutien-gorge redoutablement fonctionnel, mais elle le retira et les offrit à ses baisers.

Après quoi, l'affaire alla bon train.

Quand le grand moment arriva, elle était allongée sur le canapé, la tête sur l'accoudoir et un pied par terre, une position qu'elle avait prise si naturellement que Dimka devina que ce n'était sans doute pas la première fois.

Alors qu'il attrapait son préservatif et le déballait maladroitement, elle interrompit son geste : « Pas la peine.

— Comment ça ? demanda-t-il, surpris.

— Je ne peux pas avoir d'enfants. Les médecins l'ont dit. C'est pour ça que mon mari a voulu qu'on divorce. »

Il laissa tomber le préservatif par terre et s'allongea sur elle.

« Doucement », dit-elle en le guidant en elle.

Ça y est, pensa Dimka ; enfin, je ne suis plus puceau.

*

C'était une vedette du modèle qu'on appelait autrefois un *rumrunner*, parce que c'était l'embarcation favorite des contrebandiers qui se livraient au trafic d'alcool : longue et étroite, extrêmement rapide et affreusement inconfortable. Elle traversait le détroit de Floride à quatre-vingts nœuds, heurtant chaque vague avec la violence d'une voiture lancée à toute allure contre une barrière de bois. Les six hommes qui se trouvaient à bord étaient solidement harnachés, une mesure de sécurité indispensable dans un bateau ouvert qui filait à une vitesse pareille. La cale exiguë contenait trois mitraillettes M3, des pistolets et des bombes incendiaires. Ils se dirigeaient vers Cuba.

En fait, George Jakes n'aurait pas dû se trouver avec eux.

Il contempla l'eau éclairée par la lune, cherchant à combattre sa nausée. Quatre des hommes étaient des Cubains exilés à Miami : George ne les connaissait que par leurs prénoms. Ils détestaient le communisme, détestaient Castro et détestaient tous ceux qui ne pensaient pas comme eux. Le sixième homme était Tim Tedder.

Tout avait commencé le jour où Tedder était entré dans le bureau de George, au ministère de la Justice. Son visage lui disait vaguement quelque chose et George avait cru reconnaître un agent de la CIA, officiellement « retraité », qui travaillait désormais comme consultant privé en sécurité.

George était seul dans la pièce. «Je peux faire quelque chose pour vous ? avait-il demandé poliment.

— Je viens pour la réunion Mangouste. »

George avait entendu parler de l'opération Mongoose ou Mangouste, un projet auquel participait Dennis Wilson, un homme dont il se méfiait profondément. Mais il n'en connaissait pas tous les détails. « Entrez », avait-il dit en lui désignant un siège. Tedder s'était avancé, avec une chemise en carton sous le bras. Il devait avoir une dizaine d'années à peine de plus que George, mais semblait sorti tout droit des années 1940 : il portait un complet à veste croisée et ses cheveux ondulés, enduits de brillantine, étaient séparés par une raie de côté tracée très haut sur le crâne. « Dennis sera de retour d'un instant à l'autre, avait annoncé George.

— Merci.

— Ça avance comme vous voulez ? Je veux parler de Mangouste. »

Manifestement sur ses gardes, Tedder avait répondu : «Je présenterai mon rapport lors de la réunion.

— Je ne pourrai pas y assister, » avait fait George en consultant sa montre, laissant ainsi entendre qu'il avait été invité, ce qui n'était pas vrai. Il était dévoré de curiosité. «J'ai une réunion à la Maison Blanche.

— Dommage. »

George s'était alors rappelé une bribe d'information dont il avait eu connaissance. « D'après le plan initial, vous devez en être à la phase deux, la montée en puissance. »

Le visage de Tedder s'était détendu : George était apparemment au courant du déroulement de l'opération. « Voilà le rapport », avait-il dit en ouvrant la chemise en carton.

George avait fait semblant d'en savoir plus long que ce n'était le cas. L'opération Mangouste était un projet destiné à aider les anticommunistes cubains à fomenter une contre-révolution ; elle devait aboutir au renversement de Castro en octobre de l'année en cours, juste avant les élections législatives américaines de mi-mandat. Des équipes d'infiltration formées par la CIA étaient censées se charger de l'organisation politique et de la propagande anticastriste.

Tedder avait tendu à George deux feuilles de papier. Feignant un intérêt très modéré, George avait demandé : « Nous avons pu respecter le calendrier jusqu'à présent ? »

Tedder avait éludé la question. « Il est temps de mettre toute la gomme. Les tracts que nous avons discrètement fait circuler pour ridiculiser Castro ne sont pas efficaces.

— Comment pouvons-nous faire monter la pression ?

— Tout est là-dedans », avait répondu Tedder en tapotant le document.

George s'était penché sur le dossier. C'était pire que tout ce qu'il avait pu imaginer. La CIA prévoyait de saboter des ponts, des raffineries de pétrole et de sucre, ainsi que des navires.

Dennis Wilson était entré à cet instant. Il avait le col de sa chemise défait, la cravate dénouée et les manches retroussées, exactement comme Bob Kennedy, avait remarqué George. Mais son crâne prématurément dégarni n'aurait jamais pu rivaliser avec l'épaisse crinière de Bob. En voyant Tedder parler à George, Wilson avait eu l'air surpris, puis inquiet.

George s'adressait à Tedder : « Si vous faites sauter une raffinerie de pétrole et qu'il y a des morts, tous ceux qui ont approuvé ce projet ici à Washington seront coupables de meurtre. »

Dennis s'était tourné vers Tedder, furieux. « Qu'est-ce que vous lui avez raconté ?

— J'ai cru qu'il avait l'habilitation défense ! avait protesté Tedder.

— C'est bien le cas, avait confirmé George. Mon habilitation est la même que celle de Dennis. » Il s'était alors adressé à Wilson. « Pourquoi avez-vous pris grand soin de me cacher ça ?

— Parce que je savais que vous en feriez tout un plat.

— Vous aviez raison. Nous ne sommes pas en guerre contre Cuba. Tuer des Cubains est un meurtre.

— Nous sommes en guerre, avait objecté Tedder.

— Ah oui ? avait demandé George. Alors, si Castro envoie des agents ici à Washington, s'ils bombardent une usine et tuent votre femme, ce ne sera pas un crime.

— Ne soyez pas grotesque.

— Hormis le fait qu'il s'agit effectivement d'un meurtre, vous ne comprenez pas le tapage que ça va déclencher, si la nouvelle transpire ? Un scandale international ! Je vois d'ici Khrouchtchev aux Nations unies, mettant notre président en demeure de cesser de financer le terrorisme international. Imaginez les articles dans le *New York Times* ! Bob risquerait d'être contraint à la démission. Et la campagne de réélection du Président ? Personne n'a donc pensé aux conséquences politiques de cette affaire ?

— Bien sûr que si. Voilà pourquoi elle est classée top secret.

— Et vous comptez faire comment, au juste ? » George avait tourné une page. « Attendez, je lis bien ? Nous avons l'intention d'assassiner Fidel Castro à l'aide de cigares empoisonnés ?

— Vous ne faites pas partie de l'équipe qui pilote ce projet, avait coupé Wilson. Tout cela ne vous regarde pas, compris ?

— C'est ce que vous croyez. Je vais de ce pas en parler à Bob. »

Wilson s'était esclaffé. « Espèce de connard ! Vous êtes complètement bouché ou quoi ? C'est Bob qui est à l'origine de ça. »

George avait été atterré.

Il était tout de même allé voir Bob qui lui avait dit calmement : « Allez à Miami, George. Allez voir sur place ce qui se passe. Demandez à Tedder de tout vous montrer. Et à votre retour, vous me direz ce que vous en pensez. »

George avait donc visité l'immense camp flambant neuf de la CIA en Floride où l'on formait les exilés cubains à leurs missions d'infiltration. Puis Tedder avait suggéré : « Vous devriez peut-être participer à une mission. Ça vous permettrait de voir les choses de plus près. »

C'était un défi, et Tedder ne pensait pas que George le relèverait. Mais celui-ci avait eu le sentiment que, s'il se dérobait, il se placerait lui-même en position de faiblesse. Pour le moment, il pouvait se targuer d'une certaine supériorité : il était hostile à l'opération Mangouste pour des raisons morales et politiques. S'il refusait de participer à un raid, il passerait pour un lâche. Peut-être était-il tout simplement incapable de résister à l'envie de prouver son courage. Alors, bêtement, il avait accepté : « Entendu. Vous en serez ? »

Tedder n'en revenait pas et George avait bien compris qu'il aurait préféré retirer sa proposition. Mais il avait été provoqué, lui aussi. C'était ce que Greg Pechkov aurait appelé un combat de bites. Tedder n'avait pas pu reculer, lui non plus; il avait tout de même ajouté, après coup : «Évidemment, il n'est pas question d'informer Bob de votre présence.»

Voilà comment ils en étaient arrivés là. Quel dommage, se disait George, que le président Kennedy aime autant les romans d'espionnage de l'auteur britannique Ian Fleming. Le Président semblait croire que James Bond pouvait sauver le monde dans la réalité aussi bien que dans la littérature. Bond avait «l'autorisation de tuer». Foutaises. Personne n'avait l'autorisation de tuer.

Leur destination était une petite ville appelée La Isabela, située près d'une étroite péninsule qui s'écartait comme un doigt de la côte septentrionale de Cuba. C'était un port, dont la seule activité était le commerce. Ils avaient pour mission d'endommager les installations portuaires.

Ils avaient prévu de débarquer aux premières lueurs de l'aube. À l'est, le ciel commençait à pâlir quand le capitaine Sanchez mit le puissant moteur au ralenti; son vrombissement s'atténua en un faible murmure. Sanchez connaissait bien cette zone du littoral : son père avait été propriétaire d'une plantation de canne à sucre dans les environs, avant la révolution. La silhouette d'une ville commença à se dessiner sur la ligne d'horizon encore floue. Sanchez coupa le moteur et sortit une paire de rames.

La marée les dirigeait vers la ville et les rames servaient essentiellement à diriger la vedette. Sanchez avait parfaitement calculé son approche. Une rangée de piliers d'embarcadère apparut. Derrière la jetée, George distingua vaguement de vastes entrepôts aux toits inclinés. Aucun grand navire n'était à quai : quelques petits bateaux de pêche étaient amarrés plus loin, le long de la côte. On entendait le doux chuchotis du ressac sur la plage; pour le reste, le monde était muet. La vedette silencieuse heurta doucement un pilier.

L'écoutille s'ouvrit et les hommes s'armèrent. Tedder tendit un pistolet à George. Celui-ci secoua la tête. «Prenez-le, insista Tedder. C'est dangereux.»

George avait percé Tedder à jour : il voulait qu'il ait du sang sur les mains pour qu'il ne puisse plus critiquer l'opération Mangouste. Mais George n'était pas homme à se laisser manipuler aussi facilement. «Non, merci. Je suis un simple observateur.

— Je suis responsable de cette mission. C'est un ordre.

— Et moi, je vous dis d'aller vous faire foutre. »

Tedder n'insista pas.

Sanchez amarra la vedette et ils débarquèrent. Personne ne pipait mot. Le Cubain montra du bras l'entrepôt le plus proche, le plus grand aussi, apparemment. Ils coururent tous dans cette direction. George fermait la marche.

Il n'y avait personne en vue. George distingua une rangée de maisons qui ressemblaient plutôt à des cabanes de planches. Un âne à la longe broutait l'herbe rare sur le bas-côté du chemin de terre. Le seul véhicule visible était un pick-up rouillé époque 1940. C'était un endroit vraiment très pauvre, se dit-il. Pourtant, ce port avait dû être animé autrefois. George devina qu'il avait périclité à la suite de l'embargo que le président Eisenhower avait imposé sur le commerce entre les États-Unis et Cuba en 1960.

Un chien aboya au loin.

L'entrepôt était fait de planches de bois recouvertes d'un toit en tôle ondulée. Il n'avait pas de fenêtres. Apercevant une petite porte, Sanchez l'ouvrit d'un coup de pied. Ils se précipitèrent tous à l'intérieur. L'endroit ne contenait que des déchets d'emballage : caisses, cartons, morceaux de corde et de ficelle, sacs mis au rebut et filets déchirés.

« Parfait », se félicita Sanchez.

Les quatre Cubains jetèrent des bombes incendiaires au sol, tout autour d'eux. Elles s'embrasèrent presque immédiatement, mettant le feu aux détritus. Il ne faudrait que quelques instants pour que les murs de bois s'enflamment. Ils sortirent tous en courant.

Une voix s'éleva. « Hé ! Que se passe-t-il ? » demanda-t-elle en espagnol.

Se retournant, George aperçut un Cubain à cheveux blancs vêtu d'une sorte d'uniforme. Il était trop âgé pour être un policier ou un soldat et George en conclut que c'était le gardien de nuit. Il était chaussé de sandales, mais avait un pistolet à la ceinture et essayait maladroitement d'ouvrir l'étui.

Sans lui en laisser le temps, Sanchez l'abattit. Une tache de sang s'épanouit sur le devant de sa chemise d'uniforme blanche et il tomba à la renverse.

« Allons-y ! » lança Sanchez et les cinq hommes coururent vers la vedette.

George s'agenouilla près du vieil homme. Ses yeux étaient levés vers le ciel qui s'éclaircissait, mais ils ne voyaient plus.

Derrière lui, Tedder hurla : « George ! On y va ! »

Le sang jaillissait par à-coups de la blessure du vieil homme. Puis le flot tarit. Ce n'était plus qu'un filet. George chercha son pouls, mais n'en trouva pas. Au moins, il était mort rapidement.

Le feu se répandait rapidement dans l'entrepôt et George en sentait la chaleur jusque sur sa peau.

« George ! Vous avez vraiment l'intention de rester là ? »

Le moteur de la vedette démarra dans un rugissement.

George ferma les yeux du mort. Il se leva et demeura debout quelques secondes, tête baissée. Puis il courut pour regagner la vedette.

Dès qu'il fut à bord, le bateau s'écarta du quai et se dirigea vers le milieu de la baie. George se harnacha.

Tedder lui hurla à l'oreille : « Mais merde, qu'est-ce que vous foutiez ?

— Nous avons tué un innocent. Il m'a semblé qu'il méritait un minimum de respect.

— Il bossait pour les communistes !

— Il était gardien de nuit – et probablement incapable de distinguer le communisme d'une tarte aux pommes.

— Quelle putain de lopette ! »

George regarda derrière lui. L'entrepôt n'était plus qu'un immense brasier. Des silhouettes grouillaient tout autour ; sans doute des habitants qui cherchaient à éteindre les flammes. Il reposa les yeux sur la mer, devant lui, et ne se retourna plus.

Quand ils furent enfin arrivés à Miami et eurent regagné la terre ferme, George se planta devant Tedder : « Vous m'avez traité de lopette tout à l'heure, quand nous étions en mer. » Il savait que c'était idiot, presque aussi idiot que de participer à ce raid, mais il était trop fier pour laisser passer cet affront. « Nous sommes à terre, maintenant, et il n'y a plus de règles de sécurité à respecter. Êtes-vous prêt à le répéter, là, maintenant ? »

Tedder le regarda attentivement. Il était plus grand que George, mais moins costaud. Il avait certainement suivi une formation de combat à mains nues, et George le vit peser le pour et le contre pendant que les Cubains observaient la scène avec curiosité, sans prendre pourtant parti.

Le regard de Tedder s'arrêta un instant sur l'oreille déformée de George, puis se détourna. « Oublions ça, voulez-vous ?

— C'est bien ce que je pensais. »

Dans l'avion qui le ramenait à Washington, George rédigea un bref compte rendu à l'intention de Bob Kennedy, expliquant que, selon lui, l'opération Mangouste était inefficace et qu'il n'y avait pas le moindre indice de volonté de la population cubaine (à la différence des exilés) de renverser Castro. Cette opération mettait également en péril le prestige international des États-Unis et risquait de provoquer un sentiment d'hostilité contre les Américains si l'affaire venait à s'ébruiter. En remettant son rapport à Bob, il lui dit laconiquement : « L'opération Mangouste ne sert à rien, et elle est dangereuse.

— Je sais, répondit Bob. Mais il faut bien qu'on fasse quelque chose. »

*

Dimka voyait toutes les femmes d'un autre œil.

Valentin et lui passaient presque tous leurs week-ends chez Nina et Anna, les couples occupant le lit ou couchant par terre dans le salon à tour de rôle. Dans le courant d'une seule nuit, Nina et lui faisaient l'amour deux fois, ou même trois. Il connaissait, avec plus de détails qu'il n'en avait jamais rêvé, l'aspect, l'odeur et le goût d'un corps féminin.

Voilà pourquoi il regardait les autres femmes d'un œil nouveau, plus averti. Il arrivait à se les représenter nues, à imaginer la courbure de leurs seins, leur toison pubienne, leur visage quand elles prenaient du plaisir. En un sens, connaissant une femme, il les connaissait toutes.

Sur la plage de Pitsounda, il n'était pas loin d'avoir l'impression d'être infidèle à Nina quand il admirait Natalia Smotrov vêtue d'un maillot jaune canari, les cheveux mouillés et les pieds couverts de sable. Sa silhouette élancée était moins voluptueuse que celle de Nina, mais non moins ravissante. Peut-être son intérêt était-il excusable : cela faisait deux semaines qu'il se trouvait sur le littoral de la mer Noire avec Khrouchtchev à mener une vie monacale. De toute façon, il ne s'exposait pas vraiment à la tentation, car Natalia portait une alliance.

Elle lisait un rapport dactylographié pendant qu'il profitait de la pause de midi pour nager, et elle passa une robe au-dessus de son maillot au moment même où il enfilait le short cousu par sa mère. Ils remontèrent ensemble de la plage jusqu'au bâtiment qu'ils appelaient la caserne.

C'était une affreuse bâtisse neuve abritant des chambres destinées aux visiteurs de rang relativement modeste, comme eux. Ils y retrouvèrent les autres conseillers dans la salle à manger déserte, qui sentait le porc et le chou bouillis.

C'était une réunion de positionnement, en préparation du Politburo de la semaine suivante. L'objectif était, comme toujours, d'identifier les questions sujettes à controverse et d'évaluer les soutiens des différents camps. Un conseiller pouvait ainsi éviter à son patron l'embarras de défendre une proposition dont le rejet était assuré.

Dimka prit immédiatement l'offensive : « Pourquoi le ministère de la Défense ne se dépêche-t-il pas d'envoyer des armes à nos camarades cubains ? Cuba est l'unique État révolutionnaire du continent américain. Il prouve que le marxisme peut s'appliquer dans le monde entier, et pas seulement à l'Est. »

La passion que la révolution cubaine inspirait à Dimka n'était pas simplement de nature idéologique. Il était fasciné par les héros barbus en treillis, cigare aux lèvres, qui contrastaient si vivement avec les dirigeants soviétiques à la mine sévère et aux austères complets gris. Le communisme était censé être une joyeuse croisade pour un monde meilleur. Et il trouvait que bien souvent, l'Union soviétique ressemblait plus à un monastère médiéval dont tous les occupants avaient fait vœu de pauvreté et d'obéissance.

Ievguéni Filipov, le conseiller du ministre de la Défense, se hérissa : « Castro n'est pas un vrai marxiste. Il ne respecte pas la ligne orthodoxe définie par le parti socialiste populaire de Cuba. » Le PSP était le parti pro-Moscou. « Il suit une voie révisionniste individuelle. »

Le communisme a grand besoin de révision, songea Dimka, mais il préféra se taire. « La révolution cubaine a porté un coup massif à l'impérialisme capitaliste, fit-il remarquer. Nous devrions l'encourager, ne serait-ce que parce que les frères Kennedy détestent Castro !

— Ah oui ? intervint Filipov. J'en suis moins sûr que vous. Le débarquement de la baie des Cochons remonte à l'année dernière. Qu'ont fait les Américains depuis ?

— Ils ont repoussé les avances de paix de Castro.

— C'est vrai : les conservateurs du Congrès n'auraient jamais laissé Kennedy conclure de pacte avec Castro, même s'il l'avait voulu. Ce qui ne veut pas dire qu'il fera la guerre. »

Dimka parcourut la salle du regard, observant les conseillers en chemisette et en sandales. Ils suivaient le duel qui se déroulait entre Filipov et lui, gardant un silence prudent jusqu'à l'instant où ils pourraient désigner le vainqueur. « Il faut absolument éviter un renversement de la révolution cubaine, reprit Dimka. Le camarade Khrouchtchev est convaincu qu'il va y avoir une nouvelle invasion, mieux organisée cette fois et plus généreusement financée.

— Avez-vous des preuves ? »

Dimka s'avoua vaincu. Il avait fait preuve de pugnacité et n'avait pas ménagé sa peine, mais sa position était faible. « Nous n'avons de preuve ni dans un sens, ni dans l'autre. Nous ne pouvons que nous appuyer sur des probabilités.

— Nous pouvons aussi retarder la livraison d'armes à Cuba en attendant que la situation soit plus claire. »

Autour de la table, plusieurs participants hochèrent la tête pour marquer leur approbation. Filipov avait marqué plusieurs points contre Dimka.

C'est alors que Natalia prit la parole : « En réalité, si, nous avons des preuves. » Elle fit passer à Dimka les pages dactylographiées qu'il l'avait vue lire sur la plage.

Dimka parcourut le document. C'était un rapport du chef de l'antenne du KGB aux États-Unis intitulé : « Opération Mangouste ».

Pendant qu'il lisait rapidement les feuillets, Natalia poursuivit : « Contrairement à ce qu'affirme le camarade Filipov du ministère de la Défense, le KGB a la certitude que les Américains n'ont *pas* renoncé à Cuba. »

Filipov était furieux. « Pourquoi ce document ne nous a-t-il pas été transmis ?

— Il vient d'arriver de Washington, répondit froidement Natalia. Vous en aurez tous un exemplaire cet après-midi, ne vous en faites pas. »

Décidément, Natalia se débrouillait toujours pour disposer d'informations capitales avant tout le monde, songea Dimka. C'était un précieux atout pour un conseiller. Elle avait dû se rendre ainsi indispensable à son patron, le ministre des Affaires étrangères Gromyko. Voilà qui expliquait le poste à responsabilités qu'elle occupait.

Poursuivant plus attentivement la lecture des feuillets, Dimka fut stupéfait. Certes, ce document allait lui permettre de sortir vainqueur de la joute qui l'opposait à Filipov, mais c'était une mauvaise nouvelle pour la révolution cubaine. « C'est encore pire que ce que craignait le camarade Khrouchtchev ! s'exclama-t-il. La CIA a envoyé à Cuba des équipes de sabotage prêtes à détruire les raffineries de sucre et les centrales électriques. C'est une véritable guérilla ! En plus, ils prévoient d'assassiner Castro !

— Cette information est-elle fiable ? » demanda Filipov acculé.

Dimka lui jeta un regard dur. « Quelle opinion avez-vous du KGB, camarade ? »

Filipov resta coi.

Dimka bondit sur ses pieds. « Désolé de clore prématurément cette séance, dit-il, mais il faut que je montre ça immédiatement au premier secrétaire. » Il se précipita hors du bâtiment.

Il longea un sentier qui traversait la forêt de pins jusqu'à la villa de Khrouchtchev, aux murs enduits de stuc. L'aménagement intérieur était d'une surprenante originalité, avec des rideaux clairs et un mobilier en bois blanchi semblable à du bois flotté. Dimka se demanda qui avait choisi un style aussi radicalement contemporain : certainement pas ce paysan de Khrouchtchev qui, en admettant qu'il ait prêté attention au décor qui l'entourait, aurait certainement préféré des tentures de velours et des tapis à fleurs.

Dimka trouva le dirigeant sur le balcon de l'étage donnant sur la baie. Khrouchtchev avait à la main une paire de puissantes jumelles Komz.

Dimka n'éprouvait aucune inquiétude. Khrouchtchev s'était pris de sympathie pour lui, il le savait. Le patron aimait le voir tenir tête aux autres conseillers. « J'ai pensé que vous voudriez voir ce rapport sans tarder, expliqua Dimka. Opération Mangouste...

— Je viens de le lire », l'interrompit Khrouchtchev. Il tendit les jumelles à Dimka. « Regardez là-bas », poursuivit-il en tendant le bras au-delà de l'eau, en direction de la Turquie.

Dimka approcha les jumelles de ses yeux.

« Des missiles nucléaires américains, s'écria Khrouchtchev. Pointés sur ma datcha ! »

Dimka ne voyait pas l'ombre d'un missile. Il n'apercevait même pas la côte turque qui se trouvait à près de deux cent cinquante kilomètres. Il savait pourtant que ce geste théâtral, si caractéristique de Khrouchtchev, correspondait grosso modo à la réalité. Les États-Unis avaient déployé en Turquie des missiles Jupiter qui, bien qu'obsolètes, n'étaient pas inoffensifs pour autant : il tenait cette information de son oncle Volodia qui travaillait dans les services de renseignement de l'armée Rouge.

Dimka était perplexe. Devait-il feindre d'arriver à distinguer les missiles aux jumelles ? Khrouchtchev savait évidemment que c'était impossible.

Ce dernier régla le problème en lui arrachant l'instrument des mains. « Et vous savez ce que je vais faire ?

— Non. Dites-le-moi, je vous en prie.

— Je vais montrer à Kennedy quel effet ça fait. Je vais déployer des missiles nucléaires à Cuba – dirigés contre *sa* datcha ! »

Dimka en resta sans voix. C'était la derrière chose à laquelle il s'attendait. Et il était loin d'y voir une bonne idée. Comme son chef, il estimait qu'il fallait développer l'aide militaire au profit de Cuba et s'était opposé au ministère de la Défense sur ce point – mais cette fois, Khrouchtchev allait trop loin. « Des missiles nucléaires ? répéta-t-il, cherchant à gagner un peu de temps pour réfléchir.

— Exactement ! » Khrouchtchev tendit le doigt vers le rapport du KGB sur l'opération Mangouste que Dimka tenait toujours. « Et ce machin-là convaincra le Politburo de me soutenir. Des cigares empoisonnés ! Ha !

— Nous avons toujours eu pour ligne officielle de ne pas déployer d'armes nucléaires à Cuba, releva Dimka sans chercher à argumenter, du ton neutre de celui qui présente une information d'intérêt secondaire. Nous en avons donné la garantie aux Américains plusieurs fois, et publiquement. »

Khrouchtchev lui adressa un sourire espiègle. « Kennedy n'en sera que plus surpris ! »

Quand Khrouchtchev était dans ces dispositions, il inquiétait Dimka. Le premier secrétaire était loin d'être un imbécile, mais c'était un joueur. Si l'affaire tournait mal, l'humiliation diplomatique qui en résulterait risquait d'entraîner la chute de Khrouchtchev – et, par voie de conséquence, de mettre fin à la carrière de Dimka. Pis encore, une telle initiative pouvait provoquer l'invasion américaine de Cuba qu'elle était censée éviter. Or, sa sœur chérie s'y trouvait. On ne pouvait même pas exclure qu'elle déclenche la guerre atomique qui sonnerait le glas du capitalisme, du communisme et, très vraisemblablement, de l'espèce humaine tout entière.

D'un autre côté, Dimka ne pouvait s'empêcher d'être galvanisé. Quel coup cela porterait à ces fils Kennedy riches et arrogants, aux États-Unis qui prétendaient dominer la planète par la force et à tout le bloc impérialiste capitaliste ! Si l'URSS l'emportait, quel triomphe pour elle et pour Khrouchtchev !

Que pouvait-il faire ? Adoptant un point de vue pragmatique, il chercha une façon de limiter les risques apocalyptiques de ce projet. « Nous pourrions commencer par signer un traité de paix avec Cuba, suggéra-t-il. Les Américains ne pourraient guère s'y opposer sans reconnaître leur intention d'attaquer un pauvre pays du tiers-monde. » Khrouchtchev n'eut pas l'air très enthousiaste mais il ne dit rien, et Dimka poursuivit. « Nous pourrions ensuite accroître nos livraisons d'armes conventionnelles. Kennedy aurait, là encore, du mal à protester : pourquoi un pays ne serait-il pas autorisé à acheter des fusils pour son armée ? Et enfin, nous pourrions envoyer les missiles...

— Non », coupa sèchement Khrouchtchev. Le gradualisme ne l'avait jamais beaucoup séduit, se rappela Dimka. « Voilà ce que nous allons faire, continua Khrouchtchev. Nous allons expédier les missiles en secret. Nous les emballerons dans des caisses marquées “conduites de canalisation”, ce genre de choses. Les capitaines des navires eux-mêmes ne sauront pas ce qu'elles contiennent. Nous enverrons nos artilleurs à Cuba pour assembler les lanceurs. Les Américains n'y verront que du feu. »

Dimka fut pris d'une légère nausée, suscitée par la crainte autant que par l'euphorie. Il serait affreusement difficile de garder le secret sur un projet de cette envergure, même en Union soviétique. Des milliers d'hommes participeraient au conditionnement des missiles, à leur expédition par train jusqu'aux ports, à l'ouverture des caisses et au déploiement des armes à Cuba. Était-il réaliste d'espérer obtenir leur silence ?

Il se tut pourtant.

Khrouchtchev conclut : « Et puis, quand les armes seront opérationnelles, nous ferons une annonce publique. Les Américains seront mis devant le fait accompli. Il sera trop tard pour qu'ils interviennent. »

C'était le genre de geste théâtral qu'affectionnait Khrouchtchev et Dimka comprit qu'il n'arriverait pas à l'en dissuader.

«Je me demande comment le président Kennedy réagira à cette annonce», dit-il prudemment.

Khrouchtchev émit un petit bruit méprisant. «Ce n'est qu'un gamin – inexpérimenté, timoré, faible.

— Bien sûr, acquiesça Dimka tout en craignant que Khrouchtchev ne sous-estime le jeune Président. Mais leurs élections de mi-mandat auront lieu le 6 novembre. Si nous révélons l'existence des missiles pendant la campagne, Kennedy sera soumis à de fortes pressions et risque de devoir réagir énergiquement pour éviter une déculottée électorale.

— Dans ce cas, vous devrez veiller à ce que le secret soit parfaitement gardé jusqu'au 6 novembre.

— Qui ça, vous?

— Vous. Je vous confie la responsabilité de ce projet. Vous serez mon agent de liaison avec le ministère de la Défense qui se chargera de son exécution. À vous de vous débrouiller pour que le secret ne s'ébruite pas avant que nous soyons prêts.»

Dimka fut tellement éberlué qu'il lâcha : «Pourquoi moi?

— Vous détestez ce con de Filipov. Je peux donc compter sur vous pour lui mener la vie dure.»

Dimka était trop atterré pour se demander comment Khrouchtchev savait qu'il détestait Filipov. L'armée se voyait confier une mission quasi impossible et si les choses tournaient mal, cela retomberait sur Dimka. C'était une catastrophe.

Il était toutefois assez avisé pour s'abstenir de récriminer. «Merci, Nikita Sergueïevitch, déclara-t-il solennellement. Vous pouvez compter sur moi.»

XV

La GAZ-13 était appelée la Mouette, à cause de ses ailes arrière profilées à l'américaine. Elle pouvait atteindre cent soixante kilomètres à l'heure, allure à laquelle elle était toutefois redoutablement inconfortable sur les routes soviétiques. Il en existait un modèle bicolore, bordeaux et crème, avec des pneus à flanc blanc, mais celle de Dimka était noire.

Assis sur la banquette arrière, il longeait les quais de Sébastopol, en Ukraine. Ce port était situé à l'extrémité de la péninsule de Crimée, là où elle faisait saillie dans la mer Noire. Vingt ans plus tôt, la ville avait été rasée par les bombardements et les tirs d'artillerie allemands. Reconstruite après la guerre, elle s'était transformée en station balnéaire pimpante avec des balcons méditerranéens et des arcades vénitiennes.

Dimka sortit du véhicule et son regard se posa sur le navire amarré à l'embarcadère, un cargo spécialisé dans le transport des grumes, équipé d'écoutilles surdimensionnées permettant le passage de troncs entiers. Sous le soleil d'été torride, des dockers chargeaient des skis et des cartons de vêtements d'hiver soigneusement étiquetés, pour faire croire que le bâtiment était en partance pour le grand Nord. Dimka avait imaginé le nom de code délibérément trompeur d'opération Anadir, du nom d'une ville de Sibérie.

Une deuxième Mouette s'arrêta sur le quai et se rangea derrière celle de Dimka. Quatre hommes en uniforme des services de renseignement de l'armée Rouge en sortirent et restèrent debout, attendant ses instructions.

Une ligne de chemin de fer longeait le dock. Un portique massif la chevauchait, positionné pour transférer directement les charges des wagons aux cales du navire. Dimka consulta sa montre. « Ce foutu train devrait déjà être là. »

Dimka était tendu. Il n'avait jamais été aussi nerveux de sa vie. Il n'avait même pas su ce qu'était le stress avant de se lancer dans ce projet.

Le plus haut gradé de l'armée Rouge était un colonel du nom de Pankov. Malgré son rang, il s'adressa à Dimka avec un respect cérémonieux : « Souhaitez-vous que je passe un coup de fil, Dimitri Ilitch ? »

Un deuxième officier, le lieutenant Meyer, intervint : « Je crois qu'il arrive. »

Dimka tourna les yeux vers la voie ferrée. Il distingua au loin une colonne de wagons ouverts surbaissés, chargés de longues caisses de bois, qui approchait lentement.

« Merde à la fin, pourquoi est-ce que tout le monde ici s'imagine qu'un retard d'un quart d'heure n'est pas un vrai retard ? » s'impatienta Dimka.

Il craignait les espions. Il était allé voir le chef de l'antenne locale du KGB et avait consulté la liste des individus suspects de la région. C'étaient tous des dissidents : poètes, prêtres, peintres abstraits et Juifs désireux d'émigrer en Israël – les mécontents habituels du régime soviétique, à peu près aussi menaçants qu'une association de cyclotourisme. Aucun n'avait l'air dangereux, mais Dimka les avait tout de même fait arrêter par précaution. S'il y avait de vrais agents de la CIA à Sébastopol, ce qui était probable, le KGB ignorait où ils étaient.

Un homme en uniforme de capitaine franchit la passerelle du bateau et les rejoignit : « C'est vous, le responsable de l'opération, mon colonel ? » demanda-t-il à Pankov.

Pankov pointa le menton en direction de Dimka.

Le capitaine se montra soudain beaucoup moins déférent : « Mon navire ne peut pas aller en Sibérie, lança-t-il.

— Votre destination est une information classée défense. Vous ne devez pas en parler. » Dimka avait dans la poche une enveloppe cachetée à remettre au capitaine, lequel ne l'ouvrirait qu'après avoir quitté la mer Noire pour entrer en Méditerranée. Il apprendrait à ce moment-là qu'il se rendait à Cuba.

« Il me faut de l'huile de graissage spéciale grand froid, de l'antigel, du matériel de dégivrage...

— Vous allez la boucler, oui ? coupa Dimka.

— Je proteste. Les conditions sibériennes... »

Dimka se tourna vers le lieutenant Meyer. « Clouez-lui le bec ! »

Meyer était un grand type, et il frappait dur. Le capitaine tomba à la renverse, les lèvres en sang.

« Remontez à bord, commanda Dimka, attendez les ordres et fermez votre putain de gueule. »

Le capitaine s'éloigna et les hommes qui se tenaient sur le quai reportèrent leur attention sur le train qui approchait.

L'opération Anadir était d'une envergure colossale. Ce train était le premier de dix-neuf convois identiques, indispensables pour conduire ce seul premier régiment de missiles à Sébastopol. Au total, Dimka envoyait cinquante mille hommes et deux cent trente mille tonnes de matériel à Cuba. Il disposait d'une flotte de quatre-vingt-cinq navires.

Il se demandait encore comment réussir à garder le secret sur une entreprise de cette ampleur.

En Union soviétique, beaucoup de responsables étaient négligents, paresseux, ivres en permanence ou simplement idiots. Ils comprenaient les ordres de travers, les oubliaient, abordaient des tâches complexes en rechignant avant de renoncer lorsqu'ils ne décidaient pas, tout bonnement, qu'ils n'avaient de leçon à recevoir de personne. Il était inutile de raisonner avec eux ; quant au charme, il était encore plus inefficace. Si on cherchait à faire preuve de compréhension, ils vous prenaient pour un imbécile qu'il était inutile d'écouter.

Le convoi s'approcha, parallèlement au navire, dans un grincement de freins strident, acier sur acier. Chaque wagon, construit expressément pour cette mission, transportait une seule caisse de bois de vingt-cinq mètres de long sur deux mètres soixante-quinze. Un grutier monta sur le portique et prit place dans la cabine de contrôle. Des dockers bondirent sur les wagons ouverts et commencèrent à préparer les caisses pour le transbordement. La compagnie de soldats qui avait voyagé avec le train entreprit de prêter main-forte aux dockers et Dimka constata avec soulagement que, conformément à ses instructions, les hommes avaient retiré de leurs uniformes les écussons du régiment de missiles.

Un civil sauta d'une voiture et Dimka reconnut avec contrariété Ievguéni Filipov, son homologue du ministère de la Défense. Filipov s'approcha de Pankov, comme l'avait fait le capitaine, mais Pankov répondit : « C'est le camarade Dvorkine qui commande ici. »

Filipov haussa les épaules. « À quelques minutes près, nous sommes dans les temps, observa-t-il avec satisfaction. Nous avons été retardés... »

Quelque chose attira soudain l'attention de Dimka. « Oh non ! Merde !

— Qu'est-ce qui vous prend ? » s'étonna Filipov.

Dimka tapa du pied sur le quai de béton. « Merde, merde et merde !

— Quoi donc ? »

Dimka le regarda, fou de rage. « Qui est responsable du train ?

— Le colonel Kats nous accompagne.

— Je veux voir ce crétin de première immédiatement. »

Filipov n'avait aucune envie d'obéir aux ordres de Dimka, mais il pouvait difficilement refuser et il s'éloigna.

Pankov jeta un regard interrogateur à Dimka.

Celui-ci soupira : « Vous voyez ce qui est peint au pochoir sur le flanc de chaque caisse ?

— Oui. C'est un numéro de code de l'armée, répondit Pankov.

— Exactement, confirma Dimka avec une rage amère. Un code qui signifie : “missile balistique R-12”.

— Et merde ! »

Dimka secoua la tête de rage impuissante. « Il y a des gens pour qui la torture serait encore trop douce. »

Il avait redouté d'en arriver tôt ou tard à une épreuve de force avec l'armée, et tout bien considéré, mieux valait que l'affrontement se produise immédiatement, à l'occasion de la toute première cargaison. Il s'y était préparé.

Filipov revint, flanqué d'un colonel et d'un commandant. Le plus gradé prit immédiatement la parole : « Bonjour, camarades. Je suis le colonel Kats. Un léger retard, mais pour le reste, ça roule...

— Ah oui, vous croyez ça, espèce de connard d'abruti », lança Dimka.

Kats en resta bouche bée. « Pardon ? Qu'avez-vous dit ?

— Voyons, Dimka, vous ne pouvez pas parler à un officier sur ce ton », intervint Filipov.

Dimka l'ignora et s'adressa à Kats. « Vous avez mis en péril la sécurité de cette opération par votre désobéissance. Vous aviez reçu l'ordre de repeindre les codes de l'armée figurant sur les caisses. On vous a fourni de nouveaux pochoirs indiquant "Conduites de plastique qualité bâtiment". Vous étiez censés remplacer le marquage de l'intégralité des caisses.

— Nous n'avons pas eu le temps, protesta Kats, indigné.

— Soyez raisonnable, Dvorkine », renchérit Filipov.

Dimka se doutait que Filipov ne serait que trop heureux que le secret soit éventé, ce qui discréditerait Khrouchtchev et irait peut-être même jusqu'à provoquer sa chute.

Dimka tendit le bras vers le sud, en direction de la mer. « Il y a un pays de l'Otan à deux cent cinquante kilomètres d'ici. Kats, espèce d'imbécile ! Vous ne savez donc pas que les Américains ont des espions ? Et qu'ils les envoient de préférence dans des endroits comme Sébastopol ? Faut-il vous rappeler que c'est une base navale et un grand port soviétique ?

— Les inscriptions sont codées...

— Codées ? Mais qu'est-ce que vous avez dans le crâne, de la merde de chien ou quoi ? À votre avis, quelle formation reçoivent les espions des puissances impérialistes capitalistes ? On leur apprend à reconnaître les insignes – l'écusson du régiment de missiles que vous portez à votre col, par exemple, en dépit des ordres, une fois encore – ainsi que les autres symboles militaires et le marquage du matériel. Espèce de crétin ! N'importe quel traître, n'importe quel informateur de la CIA en Europe est capable de déchiffrer les codes qui figurent sur ces caisses. »

Kats s'accrocha désespérément à sa dignité. « Pour qui vous prenez-vous ? Je n'ai pas de leçon à recevoir d'un gamin ! J'ai des enfants plus âgés que vous.

— Vous êtes démis de votre commandement, lança Dimka.

— Ne soyez pas ridicule.

— Montrez-lui, je vous prie. »

Le colonel Pankov sortit une feuille de papier de sa poche et la tendit à Kats.

« Comme vous le confirmera ce document, j'ai toute l'autorité nécessaire », ajouta Dimka.

Il constata que Filipov en restait bouche bée.

« Vous êtes en état d'arrestation pour trahison, fit-il en se tournant à nouveau vers Kats. Suivez ces hommes. »

Le lieutenant Meyer et un autre membre du groupe de Pankov prirent promptement position de part et d'autre de Kats, le saisirent par les bras et le conduisirent jusqu'à la limousine.

Filipov reprit ses esprits. « Dvorkine, bon sang !

— Si vous n'avez rien d'intelligent à dire, bouclez-la », coupa Dimka. Il se tourna vers le commandant du régiment de missiles, qui n'avait pas encore prononcé un mot. « Vous êtes le second de Kats ? »

L'homme avait l'air terrifié. « Oui, camarade. Commandant Spektor, à vos ordres.

— Dorénavant, c'est vous qui exercez le commandement.

— Merci, camarade.

— Éloignez ce train. À quelques kilomètres au nord d'ici, vous trouverez un vaste complexe de hangars ferroviaires. Arrangez-vous avec l'administration des chemins de fer pour pouvoir vous y arrêter pendant douze heures, le temps de repeindre les caisses. Ramenez le train ici demain.

— Bien, camarade.

— Le colonel Kats passera le reste de sa vie, qui ne devrait pas être très longue à mon avis, dans un camp de travail en Sibérie. Alors ne commettez pas d'erreur, commandant Spektor.

— Comptez sur moi. »

Dimka monta dans sa limousine. En s'éloignant, il passa devant Filipov, debout près des rails. Celui-ci semblait n'avoir pas encore compris ce qui venait de se produire.

*

Tania Dvorkine se trouvait sur le quai de Mariel, sur la côte nord de Cuba, à une quarantaine de kilomètres de la Havane, où un étroit bras de mer s'élargissait pour former un immense port naturel dissimulé parmi les collines. Elle couvait d'un regard inquiet un navire soviétique amarré à une jetée de béton. Un camion soviétique ZIL-130 équipé d'une remorque de vingt-cinq mètres était garé à côté de lui. Une grue était en train d'extraire une longue caisse de bois de la soute du navire. Elle la souleva, avec une lenteur angoissante, tout en pivotant en direction du camion. La caisse portait une inscription en caractères cyrilliques : « Conduites de plastique qualité bâtiment. »

Tania distingua tout cela à la lumière des projecteurs. Les navires devaient en effet être déchargés de nuit, sur ordre de son frère. Tous les autres bateaux avaient été évacués du port. Des patrouilleurs avaient fermé le bras de mer. Des hommes-grenouilles fouillaient les eaux tout autour pour se prémunir contre tout risque d'attaque sous-marine. Le nom de Dimka était prononcé avec crainte : sa parole faisait loi et sa colère pouvait, disait-on, être terrible.

Dans les articles que rédigeait Tania pour la TASS, l'Union soviétique aidait efficacement Cuba, et le peuple cubain éprouvait une immense reconnaissance pour sa lointaine alliée, sa fidèle amie. La jeune femme réservait la vérité sans fard aux câbles codés qu'elle envoyait, par le système télégraphique du KGB, à Dimka, au Kremlin. Et son frère lui avait confié la tâche officieuse de vérifier que ses instructions étaient appliquées à la lettre. Telle était la raison de son angoisse.

Tania était accompagnée du général Paz Oliva, l'homme le plus séduisant qu'elle eût jamais rencontré.

Paz était d'une beauté à vous couper le souffle : grand, musclé et vaguement effrayant jusqu'à l'instant où il vous décochait un sourire ravageur et vous parlait d'une douce voix de basse qui évoquait pour la jeune femme les cordes d'un violoncelle caressées par l'archet. Il avait une trentaine d'années : la plupart des officiers de Castro étaient jeunes. Avec sa peau sombre et ses cheveux bouclés, il faisait plus négroïde qu'hispanique. Il était l'incarnation de la politique d'égalité raciale de Castro, qui contrastait si vivement avec celle de Kennedy.

Tania aimait Cuba, mais il lui avait fallu un moment pour s'y faire. Vassili lui manquait plus qu'elle ne l'aurait cru. Elle comprenait enfin la place qu'il occupait dans sa vie, bien qu'ils n'aient jamais été amants. Elle s'inquiétait pour lui souffrant de la faim et du froid dans son camp de travail de Sibérie. Le combat qui lui avait valu cette condamnation – informer l'opinion publique qu'Oustine Bodian, le célèbre chanteur, était gravement malade – avait été un succès, en un sens : Bodian avait effectivement été libéré. Malheureusement, il était mort peu après dans un hôpital moscovite. Vassili aurait apprécié l'ironie.

Il y avait des choses à Cuba auxquelles elle n'arrivait pas à s'habituer. Elle enfilait toujours un manteau avant de sortir, alors qu'il ne faisait jamais froid. Elle en avait plus qu'assez des haricots et du riz et se prenait à rêver avec nostalgie d'un bol de kacha à la crème aigre. Après d'interminables journées de canicule estivale, il lui arrivait d'espérer une averse qui rafraîchirait les rues.

Les paysans de ce pays étaient aussi pauvres que leurs frères soviétiques, mais ils semblaient plus heureux, peut-être à cause du climat. Et Tania avait fini par succomber au charme de l'irrépressible joie de vivre du peuple cubain. Elle fumait des cigares et buvait du rhum avec du tuKola, le succédané local du Coca. Elle ne se lassait pas de danser avec Paz sur les rythmes irrésistiblement langoureux de la musique qu'on appelait *trova.* Castro avait fait fermer la plupart des boîtes de nuit, mais personne ne pouvait empêcher les Cubains de jouer de la guitare, et les musiciens s'étaient réfugiés dans de petits bars, les *casas de la trova.*

Elle s'inquiétait néanmoins pour le peuple cubain. Il avait défié son puissant voisin, les États-Unis, qui n'était qu'à cent cinquante kilomètres de ses côtes, par-delà le détroit de Floride, et elle savait qu'il risquait de payer un jour cette audace. Quand elle y pensait, Tania se faisait l'effet d'un pluvian d'Égypte, bravement perché entre les mâchoires ouvertes d'un crocodile, nettoyant les débris alimentaires d'une rangée de dents acérées comme des lames brisées.

Le jeu en valait-il la chandelle ? Seul le temps le dirait. Tania ne croyait guère aux possibilités de réformer le communisme, mais elle devait convenir que Castro avait à son actif certaines réalisations admirables. En 1961, l'Année de l'éducation, dix mille étudiants avaient afflué dans les régions rurales pour apprendre aux paysans à lire, une croisade héroïque destinée à éradiquer l'analphabétisme en une seule campagne. Bien sûr, la première phrase du manuel de lecture était : « Les paysans travaillent à la coopérative. » Et après ? Ceux qui savaient lire étaient mieux armés pour décrypter la propagande gouvernementale.

Castro n'était pas un bolchevik. Il n'avait que mépris pour l'orthodoxie et explorait inlassablement de nouvelles pistes. Voilà pourquoi il contrariait tant le Kremlin. Ce n'était pas un démocrate pour autant. Tania avait été consternée de l'entendre annoncer que la révolution avait rendu les élections inutiles. De plus, il y avait un domaine dans lequel il avait imité servilement l'Union soviétique : avec les conseils du KGB, il avait créé une police secrète d'une efficacité impitoyable pour écraser toute velléité de dissidence.

Tout bien pesé, Tania espérait sincèrement que la révolution l'emporterait. Cuba devait échapper au sous-développement et au colonialisme. Personne ne souhaitait voir revenir les Américains, avec leurs casinos et leurs prostituées. Tania se demandait tout de même si les Cubains pourraient un jour décider de leur sort en toute liberté. L'hostilité des États-Unis les poussait dans les bras des Soviétiques ; et à chaque pas de Castro en direction de l'URSS, les risques d'une invasion américaine s'aggravaient. Ce dont les Cubains avaient vraiment besoin, c'était qu'on les laisse tranquilles.

Mais peut-être pourraient-ils enfin saisir leur chance. Ils faisaient partie, Paz et elle, du très petit nombre de personnes à savoir ce que contenaient ces caisses de bois oblongues. Tania rendait directement compte à Dimka de l'efficacité des dispositifs de sécurité. Si ce plan réussissait, Cuba serait sans doute définitivement à l'abri de tout risque d'invasion américaine. Le pays disposerait alors d'un répit qui lui permettrait de tracer lui-même son avenir.

Elle l'espérait, en tout cas.

Cela faisait un an qu'elle connaissait Paz. « Tu ne m'as jamais parlé de ta famille, » observa-t-elle alors qu'ils vérifiaient le positionnement de la caisse sur la remorque. Elle s'adressait à lui en espagnol, une langue qu'elle parlait désormais presque couramment. Elle avait même acquis quelques rudiments de l'anglais fortement teinté d'accent américain dont nombre de Cubains se servaient occasionnellement.

« Ma famille, c'est la révolution », répondit-il.

Tu parles, pensa-t-elle.

Tout de même, elle était presque décidée à coucher avec lui.

Peut-être Paz était-il une version à peau sombre de Vassili, le séduisant, charmant et infidèle Vassili. Il y avait sûrement toute une ribambelle de Cubaines au corps de liane et aux yeux de braise qui ne demandaient qu'à tomber dans son lit.

Elle se reprocha son cynisme. Ce n'était pas parce qu'un homme était beau qu'il était obligatoirement un don Juan sans cervelle. Paz attendait peut-être de rencontrer la femme dont il ferait sa compagne pour la vie et qui œuvrerait à ses côtés à l'édification d'un nouveau Cuba.

Lorsque la caisse contenant le missile fut solidement amarrée sur le plateau de la remorque, un petit lieutenant obséquieux nommé Lorenzo s'approcha de Paz : « Prêt à partir, mon général...

— Allez-y », ordonna Paz.

Le camion s'éloigna lentement du quai. Un essaim de motos démarra et passa devant le poids lourd pour lui dégager la route. Tania et Paz montèrent dans son véhicule militaire, un break Buick LeSabre vert, et suivirent le convoi.

Les routes de Cuba n'avaient pas été prévues pour des camions de vingt-cinq mètres. Au cours des trois mois précédents, des ingénieurs de l'armée Rouge avaient construit de nouveaux ponts et redessiné les virages en épingle à cheveux ; le convoi avançait tout de même au pas la plupart du temps. Tania constata avec soulagement que les routes avaient été fermées à toute circulation. Dans les villages qu'ils traversaient, les petites maisons de bois basses de deux pièces étaient plongées dans l'obscurité, et les bars étaient fermés. Dimka serait satisfait.

Tania savait que sur le quai, on était déjà en train de charger un autre missile sur un autre camion. L'opération durerait jusqu'à l'aube. Il faudrait deux nuits pour débarquer toute la cargaison.

Pour le moment, la stratégie de Dimka était un succès. Personne apparemment ne soupçonnait les menées soviétiques à Cuba. Aucune rumeur à ce sujet n'avait circulé dans les milieux diplomatiques, pas plus que dans les pages non censurées de la presse occidentale. L'explosion d'indignation de la Maison Blanche que l'on redoutait n'avait pas encore eu lieu.

Il restait pourtant encore deux mois avant les élections américaines de mi-mandat ; deux mois durant lesquels il faudrait préparer la mise en place de ces énormes missiles dans le secret le plus absolu. Tania n'était pas certaine que cela soit possible.

Deux heures plus tard, ils s'engagèrent dans une large vallée qu'occupait l'armée Rouge. Des ingénieurs y construisaient une base de lancement. Une dizaine avaient été prévues, dissimulées aux regards dans des gorges encaissées, sur toute l'étendue de l'île, longue de mille deux cent cinquante kilomètres.

Tania et Paz sortirent de leur voiture pour assister au déchargement de la caisse, toujours à la lumière des projecteurs. « Ça y est, murmura Paz d'un ton satisfait. Maintenant, nous avons l'arme atomique. » Il sortit un cigare et l'alluma.

C'était aller un peu vite en besogne, estima Tania qui demanda : « Combien de temps faudra-t-il pour déployer les missiles ?

— Pas longtemps, répondit-il évasivement. Une quinzaine de jours. »

Il n'avait visiblement pas envie de s'embarrasser de ce genre de problèmes, mais Tania était convaincue que l'opération prendrait largement plus de deux semaines. La vallée avait été transformée en chantier poussiéreux où, pour le moment, peu de travaux avaient été menés à bien. Mais Paz avait raison : ils avaient accompli la tâche la plus difficile, livrer des armes nucléaires à Cuba à l'insu des Américains.

« Regarde ce beau bébé, s'extasia Paz. Un jour, il atterrira peut-être en plein cœur de Miami. Bang ! »

Cette idée fit frissonner Tania. « J'espère bien que non.

— Pourquoi ? »

Avait-il vraiment besoin qu'on le lui explique ? « Ces armes doivent constituer une menace. Elles sont destinées à dissuader les Américains d'envahir Cuba. Si elles servent, cela voudra dire qu'elles n'auront pas rempli leur objectif.

— Peut-être. Mais au moins s'ils nous attaquent, nous pourrons pulvériser des villes américaines tout entières. »

Tania était troublée par le plaisir manifeste avec lequel il envisageait cette perspective effroyable. « Et ça vous avancerait à quoi ? »

La question sembla l'étonner. « Il s'agit de défendre la dignité de la nation cubaine, voyons. » Dans sa bouche, le mot espagnol *dignidad* prenait des connotations sacrées.

Elle avait peine à en croire ses oreilles. « Tu déclencherais une guerre nucléaire pour une simple question de dignité ?

— Évidemment ! Tu connais une raison plus importante, toi ? »

Révoltée, elle répondit : « La survie de l'espèce humaine, par exemple. »

Il agita son cigare d'un geste dédaigneux. « Tu te préoccupes de l'espèce humaine. Moi, je me soucie de mon honneur.

— Je rêve ! Tu es fou ou quoi ? »

Paz la regarda. « Le président Kennedy est prêt à employer des armes atomiques si les États-Unis sont attaqués, dit-il. Le secrétaire Khrouchtchev en fera autant en cas d'agression contre l'Union soviétique. De même pour de Gaulle en France et pour le dirigeant de Grande-Bretagne, quel qu'il soit. Si un seul d'entre eux affirmait le contraire, il ne faudrait que quelques heures pour qu'il soit chassé du pouvoir. » Il tira sur son cigare, dont l'extrémité rougeoya, et exhala un nuage de fumée. « Si je suis fou, conclut-il, ils le sont tous. »

*

George Jakes ignorait la nature de l'urgence. En ce mardi 16 octobre au matin, Bob Kennedy l'avait convoqué avec Dennis

Wilson à une réunion de crise à la Maison Blanche. Son hypothèse la plus optimiste était que le ministre voulait discuter avec eux de la une du *New York Times* qui titrait :

EISENHOWER REPROCHE AU PRÉSIDENT
SA FAIBLESSE EN POLITIQUE ÉTRANGÈRE

La règle tacite voulait que les anciens présidents n'attaquent jamais leurs successeurs. George n'était cependant pas surpris qu'Eisenhower ait passé outre à cette tradition. John Kennedy avait remporté les élections en critiquant la mollesse d'Eisenhower et en inventant un prétendu *missile gap*, un déséquilibre balistique imaginaire, en faveur des Soviétiques. De toute évidence, Ike avait mal pris ce coup bas. Et, constatant que Kennedy n'avait pas fait mieux que lui, l'ancien président se vengeait – trois semaines exactement avant les élections de mi-mandat.

L'autre éventualité était bien plus inquiétante. Il pouvait s'agir d'une fuite dans l'opération Mangouste. Si l'on apprenait que le Président et son frère étaient à l'origine d'actes de terrorisme international, les candidats républicains boiraient du petit-lait. Ils déclareraient que les Kennedy étaient des criminels pour avoir agi de la sorte, et des imbéciles pour n'avoir pas su garder le secret. Sans parler des représailles que pourrait imaginer Khrouchtchev.

George remarqua immédiatement que son patron était furieux. Bob était incapable de dissimuler ses sentiments. Sa mâchoire serrée, ses épaules crispées et l'éclat arctique de son regard d'azur trahissaient sa colère.

George appréciait Bob pour la sincérité de ses émotions. Ses collaborateurs lisaient bien souvent en lui comme à livre ouvert. Cela le rendait plus vulnérable, bien sûr, plus attachant aussi.

Quand ils entrèrent dans la salle du cabinet présidentiel, le président Kennedy s'y trouvait déjà. Il était assis derrière la longue table sur laquelle étaient disposés plusieurs gros cendriers. Il occupait la place centrale, marquée par le sceau présidentiel qui ornait le mur du fond. De part et d'autre, de hautes fenêtres cintrées donnaient sur la roseraie.

Il était accompagné d'une petite fille en robe blanche, de toute évidence sa fille, Caroline, qui n'avait pas tout à fait cinq ans. Ses cheveux châtains coupés court avec une raie sur le côté – comme ceux de son père – étaient retenus par une simple barrette. Elle lui parlait, lui expliquant quelque chose avec le plus grand sérieux, et il l'écoutait, captivé, comme si ses propos étaient d'un intérêt aussi vital que tous ceux qui pouvaient se tenir dans cette pièce au cœur du pouvoir. George fut profondément frappé par l'intensité du lien entre ce père et son enfant. Si j'ai une fille un jour, se dit-il, je l'écouterai aussi attentivement, pour qu'elle sache qu'elle est la personne la plus importante au monde.

Les conseillers s'assirent sur leurs sièges le long du mur. George était à côté de Skip Dickerson, qui travaillait pour le vice-président Lyndon Johnson. Avec ses cheveux raides très clairs et sa peau pâle, on aurait presque pu le prendre pour un albinos. Repoussant une mèche de ses yeux, il adressa la parole à George avec l'accent du Sud : « Tu sais où ça chauffe, toi ?

— Bob ne m'a rien dit », répondit George.

Une inconnue entra dans la salle et emmena Caroline. « La CIA a des informations pour nous, annonça le Président. Commençons tout de suite. »

On avait disposé à une extrémité de la pièce, devant la cheminée, un chevalet sur lequel était posée une grande photographie en noir et blanc. L'homme qui se tenait à côté se présenta comme un spécialiste de photo-interprétation. George ignorait jusqu'à l'existence d'un tel métier. « Les images que vous voyez ont été prises dimanche par un appareil de reconnaissance U-2 de la CIA qui a survolé Cuba. »

Tout le monde connaissait ces avions espions de la CIA. Les Soviétiques en avaient abattu un au-dessus de la Sibérie deux ans plus tôt, et avaient fait passer le pilote en jugement pour espionnage.

Ils étudièrent tous attentivement la photo exposée sur le chevalet. Le grain était important, et l'image manquait de netteté. George ne reconnut que des arbres, et encore. Ils auraient grand besoin d'un interprète pour leur expliquer ce qu'ils étaient censés voir.

« Il s'agit d'une vallée de Cuba, située à une trentaine de kilomètres à l'intérieur des terres par rapport au port de Mariel », déclara l'agent de la CIA. Il désigna une ligne du bout d'une baguette. « Une nouvelle route conduit à un vaste terrain découvert. Ces petites formes dispersées tout autour sont des engins de construction : bulldozers, tractopelles et tombereaux. Et ici – il tapota la photo du bout de sa baguette pour attirer leur attention – ici, au centre, vous pouvez distinguer une série d'objets qui ressemblent à des planches de bois alignées. Il s'agit en réalité de caisses de vingt-cinq mètres de long sur deux mètres soixante-quinze. Exactement les dimensions et la forme susceptibles de contenir un missile balistique R-12 soviétique à portée intermédiaire destiné à être équipé d'une ogive nucléaire. »

George se mordit les lèvres pour ne pas lâcher *Merde alors*, mais d'autres firent preuve de moins de réserve et pendant un moment, la salle résonna de jurons stupéfaits.

« Vous en êtes sûr ? lâcha quelqu'un.

— Monsieur, répondit le photo-interprète, cela fait de longues années que j'analyse des clichés de reconnaissance aérienne et je peux vous garantir deux choses : primo, c'est exactement l'aspect des missiles nucléaires, deuzio, rien d'autre ne ressemble à ça. »

Que Dieu nous protège, songea George terrifié ; ces foutus Cubains ont l'arme atomique.

« Mais comment diable sont-ils arrivés là ? s'étonna quelqu'un.

— Il semblerait, répondit le photo-interprète, que les Soviétiques aient effectué leur transport dans des conditions ultrasecrètes.

— Ils les ont fait entrer à notre nez et à notre barbe, la vache ! s'exclama celui qui avait posé la question.

— Quelle est la portée de ces missiles ? s'enquit un autre.

— Plus de mille cinq cents kilomètres.

— Autrement dit, ils pourraient frapper...

— Ce bâtiment, monsieur. »

George dut réprimer une envie irrationnelle de se lever et de prendre ses jambes à son cou.

« Et il leur faudrait combien de temps ?

— Pour arriver ici depuis Cuba ? Treize minutes, selon nos calculs. »

Involontairement, George se tourna vers la fenêtre comme s'il pouvait voir un missile traverser la roseraie.

« Ce salopard de Khrouchtchev m'a menti, lança le Président. Il m'avait assuré qu'il ne déploierait pas de missiles nucléaires sur Cuba.

— Et la CIA nous a dit qu'il fallait le croire, ajouta Bob.

— Cette affaire va forcément dominer le reste de la campagne électorale, ajouta une voix – encore trois semaines. »

George se concentra avec soulagement sur les conséquences possibles en matière de politique intérieure : cela lui évitait d'avoir à penser à l'éventualité vraiment trop terrifiante d'une guerre atomique. Il repensa au *New York Times* du matin. Voilà qui allait donner du grain à moudre à Eisenhower ! Au moins, quand il était président, il n'avait pas laissé l'URSS transformer Cuba en base nucléaire communiste...

C'était une catastrophe et la politique extérieure américaine ne serait pas seule à en pâtir. Un raz-de-marée républicain en novembre paralyserait Kennedy pendant les deux dernières années de sa présidence et sonnerait le glas du programme de droits civiques. Des effectifs de républicains plus nombreux s'allieraient aux démocrates du Sud pour refuser qu'on accorde l'égalité aux Noirs et Kennedy n'aurait aucune chance de faire adopter une nouvelle loi sur la question. Combien de temps encore le grand-père de Maria devrait-il attendre pour pouvoir aller s'inscrire sur les listes électorales sans se faire jeter en prison ?

En politique, tout était imbriqué.

Il va falloir réagir à propos de ces missiles, songea George.

Mais comment ? Il n'en avait pas la moindre idée.

Heureusement, John Kennedy en avait une.

« Pour commencer, il faut multiplier les opérations de reconnaissance des U-2 sur Cuba. Il faut que nous sachions combien de missiles ils ont, et où ils se trouvent. Et ensuite, nom d'un chien, nous allons les virer de là. »

George en fut tout ragaillardi. Soudain, le problème ne lui parut plus insurmontable. Les États-Unis possédaient des centaines d'avions et des milliers de bombes. Et si le président Kennedy prenait des mesures décisives, agressives pour protéger l'Amérique, les démocrates pourraient remporter les élections de mi-mandat.

Tout le monde se tourna alors vers le général Maxwell Taylor, président du Comité des chefs d'état-major interarmées, le plus haut commandant militaire d'Amérique après le Président. Ses cheveux ondulés, luisants de brillantine et séparés par une raie un tout petit peu décentrée, lui donnaient, songea George, l'air vaniteux. Il jouissait de la confiance de John et de Bob Kennedy, sans que George sache vraiment pourquoi. « Une frappe aérienne de Cuba nécessiterait ensuite une invasion terrestre, une opération de grande envergure, déclara Taylor.

— Nous avons un plan d'urgence pour une telle situation.

— Nous pouvons faire débarquer cent cinquante mille hommes dans la semaine qui suivra le bombardement.

— Pouvons-nous être certains de détruire toutes les bases de lancement cubaines ? demanda Kennedy, toujours soucieux de se débarrasser des missiles.

— Il est impossible de le garantir à cent pour cent, monsieur le Président », répondit Taylor.

George n'avait pas pensé à ce problème. Cuba s'étendait sur mille deux cent cinquante kilomètres de long. L'aviation ne serait pas forcément capable de repérer toutes les bases, et moins encore de les détruire intégralement.

« Et je suppose, reprit le président Kennedy, que s'il reste un seul missile après notre frappe aérienne, il pourra être tiré immédiatement contre les États-Unis.

— C'est un risque à assumer, monsieur le Président », confirma Taylor.

Le visage du Président s'assombrit et George éprouva soudain le sentiment pénétrant du terrible fardeau de responsabilité qui reposait sur ses épaules. « Dites-moi, poursuivit Kennedy. Si un seul missile tombait sur une ville américaine de dimensions moyennes, quels en seraient les effets ? »

George oublia d'un coup la politique électorale, le cœur glacé d'effroi à l'idée d'une guerre nucléaire.

Le général Taylor alla s'entretenir quelques instants avec ses conseillers avant de regagner la table. « Monsieur le Président, d'après nos calculs, il y aurait six cent mille morts. »

XVI

La mère de Dimka, Ania, tenait à faire la connaissance de Nina. Il ne comprenait pas pourquoi. Il vivait des moments exaltants avec elle et ils couchaient ensemble à la première occasion, mais en quoi cela regardait-il sa mère ?

Comme il lui posait la question, elle lui répondit d'un ton exaspéré : « Il paraît que tu étais l'élève le plus intelligent de ton lycée, et pourtant, il t'arrive d'être tellement bête ! Écoute-moi bien. Quand tu n'es pas parti je ne sais où avec Khrouchtchev, tu passes tous tes week-ends avec cette femme. Il faut croire qu'elle a une certaine importance à tes yeux. Ça fait trois mois que vous vous voyez régulièrement. Et tu ne trouves pas normal que ta mère ait envie de voir à quoi elle ressemble ! Franchement, ça me dépasse ! »

Elle avait sans doute raison. Nina était plus qu'une passade ou une petite amie. C'était sa maîtresse attitrée. Elle faisait désormais partie de sa vie.

Dimka avait beau aimer sa mère, il ne lui obéissait pas aveuglément : elle désapprouvait sa moto, ses jeans et Valentin. Mais comme il était prêt à faire tout ce qui pouvait lui faire plaisir dans les limites du raisonnable, il invita Nina à l'appartement.

Elle commença par refuser. « Ta famille va m'inspecter sous toutes les coutures. J'aurai l'impression d'être une voiture d'occasion que tu envisages d'acheter, ronchonna-t-elle. Dis à ta mère que de toute façon, je n'ai pas l'intention de me marier. Ça la calmera, tu verras.

— Il ne s'agit pas de ma famille, protesta Dimka. Il n'y aura qu'elle. Mon père est mort et ma sœur est à Cuba. Et puis d'abord, qu'est-ce que tu as contre le mariage ?

— Pourquoi ? Tu as l'intention de me faire ta demande ? »

Dimka était embarrassé. Il adorait Nina. Elle était remarquablement attirante et il n'avait jamais entretenu de relation aussi intime avec une femme. Mais il n'avait pas encore pensé au mariage. Avait-il envie de passer le reste de sa vie à ses côtés ?

Il éluda la question. « J'essaie de te comprendre, c'est tout.

— Le mariage, j'ai déjà donné, tu vois, et je ne peux pas dire que j'aie beaucoup apprécié. Ça te va ? »

Elle ne pouvait pas s'empêcher d'être agressive. Dimka ne le prenait pas mal. Il trouvait même que cela faisait partie de son charme. « Tu préfères rester célibataire, alors ?

— Bien vu.

— Pourquoi est-ce que tu trouves ça mieux ?

— Je n'ai pas besoin de plaire à un homme, alors je peux faire ce qui me plaît, à moi. Et quand j'ai envie d'autre chose, je n'ai qu'à aller te voir.

— Je sers de bouche-trou, autrement dit. »

Le double sens la fit sourire. « Exactement. »

Elle resta cependant pensive un moment, avant de s'écrier : « Oh et puis flûte ! Inutile de me mettre ta mère à dos. Je viendrai. »

Le jour dit, Dimka était sur les nerfs. Nina était tellement imprévisible. Quand quelque chose lui déplaisait – une assiette cassée par inadvertance, un affront réel ou imaginaire, une once de reproche dans la voix de Dimka –, son mécontentement pouvait être aussi cinglant que la bise à Moscou au mois de janvier. Pourvu qu'elle s'entende avec sa mère !

Nina n'avait encore jamais mis les pieds dans la Maison du gouvernement. Elle fut impressionnée par le vestibule, vaste comme une salle de bal. L'appartement n'était pas grand, mais disposait d'un équipement luxueux par rapport à la plupart des logements moscovites, avec ses épais tapis, son papier peint de bonne qualité et son « combiné » – un coffret en noyer contenant un électrophone et une radio. Autant de privilèges réservés aux officiers supérieurs du KGB tels que le père de Dimka.

Ania avait préparé une profusion de hors-d'œuvre, une formule que les Moscovites préféraient aux dîners proprement dits : maquereau fumé et œufs durs avec du poivron rouge sur du pain blanc, petits sandwichs de pain de seigle au concombre et à la tomate et sa grande spécialité, un plat de « voiliers », des toasts ovales avec des triangles de fromage tenus à la verticale par un cure-dent qui faisait office de mât.

Elle portait une robe neuve et s'était discrètement maquillée. Elle avait pris un peu de poids depuis la mort de son mari, et ça lui allait plutôt bien. Dimka avait l'impression que sa mère était plus heureuse depuis qu'elle était veuve. Peut-être Nina avait-elle raison après tout de ne pas vouloir se marier.

La première chose qu'Ania dit à Nina fut : « Vingt-trois ans, et figurez-vous que c'est la première fois que Dimka amène une fille à la maison ! »

Il aurait préféré que sa mère se taise. Ça le faisait passer pour un garçon inexpérimenté. C'était le cas, bien sûr, et Nina s'en était rendu compte depuis longtemps, mais il était inutile de le lui rappeler. De plus, il apprenait vite. Nina disait qu'il était meilleur amant que son ancien mari, tout en refusant d'entrer dans les détails.

À sa grande surprise, Nina fit de gros efforts pour être aimable avec sa mère, l'appelant respectueusement Ania Grigorievna, donnant un coup de main à la cuisine, lui demandant où elle avait acheté cette jolie robe.

Un petit verre de vodka acheva de détendre Ania : « Alors comme ça, Nina, Dimka prétend que vous ne voulez pas vous marier. C'est vrai ? »

Dimka gémit. « Mama, je t'en prie, ça ne te regarde pas ! »

Mais Nina ne se formalisa pas. « Je suis comme vous, vous savez, j'ai déjà été mariée.

— Oui, mais moi, je suis une vieille dame, ce n'est pas pareil. »

Ania avait quarante-cinq ans, ce que l'on s'accordait à considérer comme trop vieux pour se remarier. Les femmes de cet âge étaient censées avoir renoncé au désir et s'exposaient à la réprobation dans le cas contraire. Une veuve respectable qui se remariait à un âge mûr prenait grand soin d'expliquer à son entourage que c'était « simplement pour ne pas rester seule ».

« Vous n'avez pas l'air vieille, Ania Grigorievna, protesta Nina. On pourrait croire que vous êtes la grande sœur de Dimka. »

Balivernes, songea Dimka, mais sa mère le prit pour argent comptant. Peut-être les femmes aimaient-elles ce genre de flatteries, plausibles ou non. Toujours est-il qu'elle ne protesta pas. « Je suis tout de même trop âgée pour avoir des enfants.

— Je ne peux pas en avoir non plus.

— Oh ! » Cet aveu qui mettait fin à tous ses rêves ébranla manifestement Ania, qui en oublia sa bonne éducation. « Et pourquoi ? demanda-t-elle tout à trac.

— Raisons médicales.

— Ah. »

Ania aurait évidemment aimé en savoir davantage. Dimka avait remarqué que les détails médicaux passionnaient certaines femmes. Mais Nina resta muette, comme chaque fois que l'on abordait ce sujet.

Quelqu'un frappa à la porte et Dimka soupira, devinant qui c'était. Il alla ouvrir.

Ses grands-parents, qui habitaient le même immeuble, se tenaient sur le seuil. « Tiens, Dimka, tu es là ! » s'écria son grand-père Grigori Pechkov, feignant la surprise. Il était en uniforme. Malgré ses soixante-treize ans, il refusait de prendre sa retraite. Les vieux qui ne savaient pas tirer leur révérence étaient un vrai fléau en Union soviétique, selon Dimka.

La grand-mère de Dimka, Katerina, était allée chez le coiffeur. « Nous vous avons apporté un peu de caviar », dit-elle. Ils n'étaient évidemment pas venus à l'improviste, comme ils le prétendaient. Ania leur avait annoncé la visite de Nina et ils étaient venus se faire une opinion à son sujet. Toute la famille était bien décidée à faire subir à Nina un examen de passage, comme elle l'avait redouté.

Dimka se chargea des présentations. Sa grand-mère embrassa Nina et son grand-père, qu'il appelait Dedouchka, tint la main de la jeune femme plus longtemps que nécessaire. Au grand soulagement de Dimka, Nina continua à être charmante. Elle donna du « Camarade général » à Grigori. Comprenant immédiatement qu'il n'était pas insensible au charme féminin, elle flirta avec lui, à son grand ravissement ; pendant ce temps, elle ne manquait pas d'adresser à Katerina des regards complices disant : *Nous savons bien, vous et moi, comment sont les hommes.*

Dedouchka l'interrogea sur son travail. Elle venait d'obtenir de l'avancement, expliqua-t-elle, et était désormais responsable de publication, chargée de coordonner l'impression des différents bulletins d'information du syndicat des aciéries. Babouchka l'interrogea sur les membres de sa famille et elle répondit qu'elle ne les voyait pas souvent : ils habitaient tous dans sa ville natale de Perm, à une journée de train vers l'est.

Elle ne tarda pas à entraîner Dedouchka sur son sujet de conversation préféré, les inexactitudes historiques d'*Octobre*, le film d'Eisenstein, et plus particulièrement des scènes représentant l'assaut du palais d'Hiver, auquel Grigori avait personnellement participé.

Dimka était heureux de cette belle entente, sans pouvoir cependant se défendre du sentiment déplaisant de n'être pas maître des événements. Il avait l'impression d'être sur un bateau faisant voile sur une mer calme vers une destination inconnue : tout se passait bien pour le moment, mais qu'est-ce qui l'attendait au large ?

Le téléphone sonna. Dimka alla décrocher comme il le faisait toujours quand il était là le soir : c'était généralement le Kremlin qui cherchait à le joindre. La voix de Natalia Smotrov résonna dans le combiné : « Je viens de recevoir des nouvelles de notre antenne du KGB à Washington. »

Parler à Natalia en présence de Nina lui inspira un vague malaise. Il se reprocha sa stupidité : après tout, il n'avait jamais touché Natalia. Il y avait pensé, peut-être. Mais un homme devait-il se sentir coupable de ses pensées ?

« Que s'est-il passé ? demanda-t-il.

— Le président Kennedy a réservé un créneau à la télévision ce soir pour parler au peuple américain. »

Comme toujours, elle était la première à avoir accès aux dernières informations. « Pourquoi ?

— Personne n'en sait rien. »

Dimka pensa immédiatement à Cuba. La plupart de ses missiles s'y trouvaient à présent, accompagnés de leurs ogives nucléaires. Plusieurs tonnes de matériel annexe et des milliers de soldats étaient sur place. Les armes seraient opérationnelles dans peu de temps. Sa mission était presque achevée.

Il restait cependant deux semaines avant les élections américaines de mi-mandat. Dimka avait envisagé de prendre l'avion pour Cuba – il y avait un vol régulier Prague-La Havane – pour s'assurer que le couvercle demeurerait solidement en place pendant quelques jours encore. Il était essentiel de garder le secret un peu plus longtemps.

Il espérait de tout cœur que l'apparition télévisée surprise de Kennedy concernait un autre sujet : Berlin, peut-être, ou le Vietnam.

« À quelle heure passe-t-il ? demanda Dimka à Natalia.

— Dix-neuf heures. Heure de la côte Est. »

Ce qui correspondait à deux heures du matin à Moscou. « Je l'appelle tout de suite. Merci. » Il coupa la communication et composa le numéro de la résidence de Khrouchtchev.

Il tomba sur Ivan Tepper, chef du personnel de maison, l'équivalent d'un majordome. « Bonsoir, Ivan, dit Dimka. Il est là ?

— Il est sur le point de se coucher.

— Dites-lui qu'il peut remettre son pantalon. Kennedy va parler à la télévision à deux heures du matin, heure de Moscou.

— Un instant, je vous le passe. »

Dimka entendit un bruit de conversation étouffée, suivi de la voix de Khrouchtchev. « Ils ont trouvé nos missiles ! »

Le moral de Dimka tomba à zéro. Les premières intuitions de Khrouchtchev étaient habituellement justes. Le secret était éventé – et la faute en retomberait sur Dimka... « Bonsoir, camarade premier secrétaire, dit-il, et les quatre personnes qui se trouvaient dans la pièce se turent. Nous ne savons pas encore de quoi va parler Kennedy.

— Des missiles, forcément. Convoquez une réunion d'urgence du présidium.

— Quand ?

— Dans une heure.

— Entendu. »

Khrouchtchev raccrocha.

Dimka composa le numéro de sa secrétaire. « Bonsoir Vera. Réunion d'urgence du présidium à dix heures ce soir. Il est en route pour le Kremlin.

— Je commence immédiatement à donner des coups de fil.

— Vous avez les numéros chez vous ?

— Oui.

— Évidemment. Merci. Je serai au bureau dans quelques minutes. » Il raccrocha.

Tous les regards étaient rivés sur lui. Ils l'avaient entendu dire *Bonsoir, camarade premier secrétaire.* Dedouchka rayonnait d'orgueil, Babouchka et Mama avaient l'air inquiètes. Quant à Nina, il crut déceler une lueur d'excitation dans son regard. « Il faut que je retourne au bureau, annonça Dimka inutilement.

— Que se passe-t-il de si urgent ? demanda son grand-père.

— Nous ne le savons pas encore. »

Grigori lui tapota l'épaule d'un air sentimental. « Avec des hommes comme toi et mon fils Volodia aux affaires, je suis certain que la révolution est entre de bonnes mains. »

Dimka faillit ajouter qu'il aurait bien aimé être aussi confiant que lui. Il se contenta de demander : « Dedouchka, tu veux bien faire venir une voiture de l'armée pour raccompagner Nina ?

— Bien sûr.

— Désolé d'interrompre cette petite fête...

— Ne t'en fais pas, coupa Grigori. Le travail d'abord. File ! »

Dimka enfila son manteau, embrassa Nina et partit.

Dans l'ascenseur, il se demanda, fou d'inquiétude, s'il avait, malgré tous ses efforts, laisser filtrer des informations sur les missiles de Cuba. Il avait dirigé toute l'opération en imposant des mesures de sécurité draconiennes. Il avait été d'une efficacité brutale. Il s'était montré tyrannique, sanctionnant les erreurs sévèrement, humiliant les imbéciles, ruinant la carrière de ceux qui n'appliquaient pas ses ordres à la lettre. Qu'aurait-il pu faire de plus ?

Il faisait nuit dehors et l'armée préparait le défilé militaire qui devait avoir lieu deux semaines plus tard, à l'occasion de la fête de la Révolution. Une interminable colonne de chars, d'engins d'artillerie et de soldats passait bruyamment le long de la berge de la Moscova. Tout cela ne nous servira à rien en cas de guerre nucléaire, songea-t-il. Les Américains l'ignoraient, mais l'Union soviétique avait peu d'armes atomiques, rien de comparable avec l'arsenal des États-Unis. Les Soviétiques pouvaient porter quelques coups aux Américains, sans doute, mais ces derniers étaient en mesure d'effacer l'Union soviétique de la surface du globe.

La route étant bloquée par le défilé et le Kremlin se trouvant à un kilomètre à peine, Dimka abandonna sa moto et partit à pied.

Le Kremlin était une forteresse triangulaire située sur la rive nord du fleuve. Il abritait plusieurs palais transformés désormais en bâtiments gouvernementaux. Dimka se dirigea vers le Sénat, une bâtisse jaune aux piliers blancs, et prit l'ascenseur jusqu'au troisième étage. Il suivit un tapis rouge le long d'un couloir haut de plafond pour rejoindre le bureau de Khrouchtchev. Le premier secrétaire n'étant pas encore arrivé, Dimka se rendit deux portes plus loin, dans la salle du présidium. Heureusement, elle était propre et parfaitement rangée.

Le présidium du Comité central du parti communiste était, dans les faits, l'organe dirigeant de l'Union soviétique. Khrouchtchev en était le président. C'était le siège du pouvoir. Qu'allait faire Khrouchtchev ?

Dimka était en avance, mais les membres du présidium et leurs conseillers ne tardèrent pas à se présenter au compte-gouttes. Nul ne savait de quoi allait parler Kennedy. Filipov entra dans la salle en compagnie de son patron, le ministre de la Défense Rodion Malinovski. « Le coup a foiré », annonça Filipov, dissimulant à grand-peine sa jubilation. Dimka l'ignora.

Natalia arriva au côté d'Andreï Gromyko, le ministre des Affaires étrangères, un homme fringant aux cheveux noirs. Elle avait estimé que l'heure tardive autorisait une tenue décontractée et était ravissante dans un jean étroit de style américain avec un pull de laine ample à gros col roulé.

« Merci de m'avoir prévenu tout de suite, lui chuchota Dimka. J'apprécie beaucoup. »

Elle lui effleura le bras. « Je suis de votre côté. Vous le savez. »

Khrouchtchev annonça la couleur tout de suite : « À mon avis, le discours télévisé de Kennedy portera sur Cuba », déclara-t-il en ouvrant la séance.

Dimka était assis contre le mur derrière Khrouchtchev, prêt à se précipiter. Le patron pouvait avoir besoin d'un dossier, d'un journal ou d'un rapport ; il pouvait demander du thé, une bière ou un sandwich. Deux autres conseillers de Khrouchtchev étaient assis près de Dimka. Aucun n'avait de réponses aux questions essentielles. Les Américains avaient-ils découvert les missiles ? Le cas échéant, qui avait vendu la mèche ? L'avenir du monde était en suspens, mais Dimka, non sans un léger sentiment de honte, était tout aussi inquiet pour son avenir personnel.

Il était fou d'impatience. Kennedy ne parlerait que dans quatre heures. Le présidium devait certainement pouvoir connaître la teneur de son discours plus tôt ! Sinon, à quoi servait le KGB ?

Le ministre de la Défense, Rodion Malinovski, avait l'air d'un vieil acteur de cinéma, avec ses traits réguliers et son épaisse crinière argentée. Il était convaincu que les États-Unis ne s'apprêtaient pas à envahir Cuba. Les services de renseignement de l'armée Rouge avaient des agents en Floride. On y avait relevé quelques mouvements de troupes, mais aucun rassemblement pouvant laisser présager une invasion, selon lui.

« C'est de l'esbroufe à destination des électeurs, voilà tout », déclara-t-il. Dimka le trouva bien présomptueux.

Khrouchtchev était sceptique, lui aussi. Peut-être Kennedy ne voulait-il pas d'une guerre avec Cuba, mais le président des États-Unis avait-il les mains aussi libres qu'il le souhaitait? Khrouchtchev était persuadé qu'il était au moins en partie prisonnier des hommes du Pentagone et de représentants de l'impérialisme capitaliste comme la famille Rockefeller. « Nous avons un plan d'urgence en cas d'invasion américaine, affirma-t-il. Nos troupes doivent être prêtes à toute éventualité. » Il annonça une interruption de séance de dix minutes pour laisser aux membres du comité le temps d'examiner les différentes options.

Dimka était atterré par la rapidité avec laquelle le présidium avait commencé à envisager la guerre. Pareille possibilité n'avait jamais été au programme ! Quand Khrouchtchev avait décidé d'envoyer des missiles à Cuba, il n'avait pas l'intention de provoquer un conflit. Comment en sommes-nous arrivés là? se demandait Dimka consterné.

Il aperçut Filipov avec Malinovski et quelques autres. Cela ne présageait rien de bon. Filipov prenait des notes. Quand tout le monde se retrouva, Malinovski donna lecture d'un projet d'ordre à l'intention du commandant soviétique à Cuba, le général Issa Pliyev, l'autorisant à employer « tous les moyens disponibles » pour défendre Cuba.

Dimka se mordit les lèvres pour ne pas crier : *Vous êtes cinglés ou quoi ?*

Visiblement, Khrouchtchev partageait son jugement. « Ce serait donner à Pliyev le pouvoir de déclencher une guerre nucléaire ! » observa-t-il, furieux.

Au grand soulagement de Dimka, Anastase Mikoyan apporta son soutien à Khrouchtchev. Toujours partisan de la paix, Mikoyan ressemblait à un avocat de petite ville provinciale, avec sa moustache bien taillée et son crâne dégarni. Mais il était capable de détourner Khrouchtchev de ses projets les plus téméraires. Il tint alors tête à Malinovski. Mikoyan jouissait d'un surcroît d'autorité car il s'était rendu à Cuba peu après la révolution locale.

« Pourquoi ne pas confier le contrôle des missiles à Castro ? » demanda Khrouchtchev.

Dimka avait déjà entendu son patron tenir des propos farfelus, surtout lors de débats où l'on passait en revue différentes hypothèses, mais cette proposition était d'une irresponsabilité qui dépassait toutes les bornes. Qu'avait-il en tête ?

« Puis-je me permettre un nouveau conseil ? demanda Mikoyan d'une voix douce. Les Américains savent que nous ne voulons pas de guerre nucléaire, et tant que nous contrôlons ces armes, ils chercheront à régler le problème par la diplomatie. En revanche, ils ne feront pas confiance à Castro. S'ils savent qu'il a le doigt sur la détente, ils risquent de détruire tous les missiles de Cuba en lançant une première frappe massive. »

Bien qu'il reconnût la justesse de l'argument, Khrouchtchev n'était pas prêt à exclure définitivement tout recours à l'arme atomique. « Nous n'allons tout de même pas laisser les Américains reprendre Cuba ! » s'écria-t-il, indigné.

Alexeï Kossyguine prit alors la parole. Bien que de dix ans son cadet, il était le plus fidèle allié de Khrouchtchev. Un début de calvitie lui avait laissé sur le sommet de la tête une houppe grise qui se dressait comme la proue d'un navire. Il avait le visage rubicond d'un solide buveur mais était, de l'avis de Dimka, l'homme le plus intelligent du Kremlin. « Il ne s'agit pas de nous demander à quel moment employer l'arme atomique, remarqua Kossyguine. Si nous en arrivons là, nous aurons subi un échec catastrophique. La question dont nous devons discuter est la suivante : quelles mesures pouvons-nous prendre pour éviter que la situation ne dégénère en guerre atomique ? »

Enfin, se dit Dimka, quelqu'un qui tient des propos sensés.

Kossyguine poursuivit : « Je propose que nous autorisions le général Pliyev à défendre Cuba par tous les moyens nécessaires *sauf* l'arme atomique. »

Malinovski était dubitatif, craignant que les services de renseignement américains n'aient vent de cette restriction ; mais la proposition fut acceptée en dépit de ses réserves, au grand soulagement de Dimka, et le message fut transmis au général soviétique. Si le danger d'un holocauste nucléaire menaçait toujours, au moins le présidium cherchait-il désormais à éviter la guerre au lieu de s'interroger sur la meilleure manière de la mener.

Peu après, Vera Pletner passa la tête dans l'embrasure de la porte et fit signe à Dimka. Il s'éclipsa. Dans le large couloir, elle lui tendit six feuilles de papier. « Le discours de Kennedy, lui dit-elle calmement.

— Formidable ! » Il consulta sa montre. Une heure quinze du matin. Le président américain ne devait s'exprimer à la télévision américaine que dans trois quarts d'heure. « Comment avons-nous obtenu ça ?

— Le gouvernement américain a eu l'obligeance de fournir à l'avance à notre ambassade de Washington des exemplaires du texte, et le ministère des Affaires étrangères l'a fait traduire immédiatement. »

Debout dans le couloir, en la seule présence de Vera, Dimka parcourut rapidement les feuillets. « Conformément à ses engagements, le gouvernement a continué de surveiller de très près les préparatifs militaires soviétiques sur l'île de Cuba. »

Kennedy appelait Cuba une île, releva Dimka, comme si ce n'était pas un pays à part entière.

« Au cours de la dernière semaine, nous avons obtenu des preuves irréfutables de la construction de plusieurs bases de missiles offensifs dans cette île privée de liberté. »

Des preuves, se demanda Dimka, quelles preuves ?

« Ces bases ne peuvent avoir d'autre but que la constitution d'un potentiel de frappe nucléaire dirigé contre l'hémisphère occidental. »

Dimka poursuivit sa lecture, mais, chose exaspérante, Kennedy n'indiquait pas comment il avait obtenu cette information, si c'était par des traîtres ou des espions, en Union soviétique ou à Cuba, ou par d'autres moyens. Dimka ignorait toujours s'il était lui-même responsable de cet état de crise.

Kennedy insistait sur le secret qui avait entouré l'opération soviétique, parlant de « tromperie ». C'était de bonne guerre, pensa Dimka ; Khrouchtchev aurait fait le même reproche aux Américains dans la situation inverse. Mais qu'allait décider le Président américain ? Dimka sauta plusieurs pages pour en arriver au passage essentiel.

« Premièrement : Pour mettre fin à la mise en place de ce dispositif offensif, une stricte “quarantaine” sera imposée à tout équipement militaire offensif expédié à Cuba. »

Ah, songea Dimka, un blocus. C'était une mesure contraire au droit international, raison pour laquelle Kennedy parlait de quarantaine, comme s'il s'agissait de lutter contre une épidémie.

« Tous les navires à destination de Cuba, quels que soient leur pavillon ou leur port d'attache, seront obligés de faire demi-tour s'ils transportent des armes offensives. »

Dimka comprit immédiatement qu'il ne s'agissait que d'un préliminaire. La quarantaine n'aurait aucun effet : la plupart des missiles étaient déjà à pied d'œuvre, prêts à être lancés – ce que Kennedy savait certainement, si ses renseignements étaient aussi solides qu'on pouvait le penser. Le blocus était purement symbolique.

Le texte contenait aussi une menace. « Cette Nation considérera tout missile nucléaire lancé à partir de Cuba contre n'importe quel pays de l'hémisphère occidental comme une attaque soviétique contre les États-Unis, attaque qui entraînerait des représailles massives contre l'Union soviétique. »

Dimka eut l'impression qu'un objet pesant et glacé lui était tombé au fond de l'estomac. C'était un avertissement redoutable. Kennedy ne chercherait même pas à savoir si le missile avait été lancé par les Cubains ou par l'armée Rouge. Pour lui, c'était du pareil au même. Et il ne se soucierait pas d'en connaître la cible. S'ils bombardaient le Chili, ce serait la même chose que s'ils bombardaient New York.

À l'instant précis où une seule des ogives nucléaires de Dimka serait lancée, les États-Unis transformeraient l'Union soviétique en désert radioactif.

Dimka revit en esprit l'image du nuage atomique que tout le monde connaissait; et dans son imagination, l'affreux champignon s'élevait au-dessus du centre de Moscou, au-dessus des ruines du Kremlin, des ruines de sa maison et de tous les bâtiments qu'il connaissait, tandis que des corps calcinés flottaient telle une écume hideuse sur les eaux empoisonnées de la Moscova.

Une autre phrase retint son attention : « Il est difficile de régler ou même de discuter de ces problèmes dans une atmosphère d'intimidation. » L'hypocrisie des Américains coupa littéralement le souffle à Dimka. Qu'était l'opération Mangouste sinon de l'intimidation ?

C'était cette opération qui avait initialement persuadé un présidium réticent d'envoyer les missiles. Dimka commençait à se demander si en politique internationale, l'agressivité n'était pas contre-productive.

Il en avait suffisamment lu. Regagnant la salle du présidium, il se dirigea d'un pas alerte vers Khrouchtchev et lui tendit la liasse de papiers. « Le discours télévisé de Kennedy, dit-il suffisamment fort pour que tout le monde l'entende. Un exemplaire fourni d'avance par les États-Unis. »

Khrouchtchev lui arracha le document des mains et commença à le parcourir. On aurait entendu une mouche voler. Personne ne pouvait rien dire avant d'en connaître le contenu.

Khrouchtchev prit son temps pour lire ce texte formel et abstrait. De temps en temps, il poussait un grognement de mépris ou un petit cri de surprise. Tandis qu'il tournait les pages, Dimka sentit que son humeur passait de l'inquiétude au soulagement.

Au bout de quelques minutes, il reposa le dernier feuillet. Il garda le silence un instant, plongé dans ses réflexions. Enfin, il releva les yeux. Un sourire s'épanouit sur ses traits bosselés de paysan tandis que son regard se posait sur ses collaborateurs assis autour de la table. « Camarades, annonça-t-il, nous avons sauvé Cuba ! »

*

Comme à son habitude, Jacky interrogea George sur sa vie sentimentale. « Tu sors avec quelqu'un en ce moment ?

— Voyons, Mom, je viens de rompre avec Norine !

— Tu viens de rompre ? C'était il y a six mois.

— Ah... Si tu le dis... »

Elle avait préparé du poulet frit avec du gombo et les beignets à la farine de maïs appelés *hush puppies.* C'était son plat favori quand il était petit. À vingt-sept ans, il aurait préféré un bifteck saignant accompagné de salade ou des pâtes avec une sauce aux palourdes. De plus, il dînait généralement à huit heures du soir, pas à six. Mais il vida son assiette sans protester. Elle prenait tant de plaisir à lui préparer à manger !

Elle était assise en face de lui à la table de la cuisine, à sa place habituelle. « Et cette gentille petite Maria Summers, comment va-t-elle ? »

George essaya de rester impassible. Il avait perdu Maria, qui en aimait un autre. « Maria sort avec quelqu'un. Il semblerait que ce soit sérieux, avoua-t-il.

— Oh ? Qui est-ce ?

— Je ne sais pas. »

Jacky ne dissimula pas sa déception. « Tu ne lui as pas demandé ?

— Bien sûr que si. Mais elle n'a pas voulu me le dire.

— Pourquoi ? »

George haussa les épaules.

« C'est sûrement un homme marié, déclara sa mère avec assurance.

— Mom, comment peux-tu dire ça? » protesta George. En même temps, il fut pris d'un terrible soupçon : elle avait peut-être raison.

« En général, une fille se vante de l'homme avec qui elle sort. Si elle ne veut rien dire, c'est qu'elle a honte.

— Parce que tu crois que c'est la seule raison possible?

— Tu en vois une autre, toi? »

Sur le moment, George fut incapable d'en trouver une seule.

Jacky continua : « C'est sans doute quelqu'un avec qui elle travaille. J'espère simplement que son grand-père le prédicateur n'en saura rien. »

George envisagea alors une autre possibilité. « Peut-être qu'il est blanc.

— Marié, et blanc de surcroît, je parie. À quoi ressemble ce Pierre Salinger, le porte-parole du Président?

— Un type sympa d'une bonne trentaine d'années, bien habillé, dans le style français, un peu corpulent. Il est marié et j'ai entendu dire qu'il avait des vues sur sa secrétaire. Ça m'étonnerait qu'il ait le temps de courir deux lièvres à la fois.

— S'il est français, c'est très possible. »

George sourit. « Tu connais des Français?

— Non, mais ils sont réputés pour ça.

— Et les Noirs sont réputés pour leur paresse.

— Tu as raison, je ne devrais pas dire ça, les gens sont des individus.

— C'est ce que tu m'as toujours appris. »

George n'avait pas vraiment la tête à poursuivre cette conversation. La nouvelle de la présence des missiles à Cuba avait été dissimulée au peuple américain pendant huit jours, mais elle était sur le point d'être révélée. La semaine avait été marquée par des débats animés au sein du cercle restreint d'initiés, sans grand résultat. Rétrospectivement, George se reprochait d'avoir réagi mollement à cette annonce. Il avait surtout pensé à l'imminence des élections de mi-mandat et à leurs conséquences pour la campagne des droits civiques. Pendant un moment, il avait même envisagé avec un certain plaisir la perspective de représailles américaines. La vérité ne lui était apparue que plus tard : les droits civiques n'auraient plus aucune importance et il n'y aurait plus jamais d'élections en cas de guerre atomique.

Jacky changea de sujet. « Le cuisinier du club où je travaille a une fille adorable.

— Ah oui ?

— Cindy Bell.

— Cindy... C'est le diminutif de quoi ? Cinderella ?

— Lucinda. Elle a passé sa licence à l'université de Georgetown cette année. »

Georgetown était un quartier de Washington, mais ils étaient peu, parmi la majorité noire de la ville, à fréquenter sa prestigieuse université. « Elle est blanche ?

— Non.

— Elle doit être bigrement forte, alors.

— En effet.

— Catholique ? » L'université de Georgetown avait été fondée par les jésuites.

« Les catholiques sont des gens très bien, tu sais », répondit Jacky légèrement sur la défensive. Elle fréquentait quant à elle l'église évangélique de Bethel, mais avait les idées larges. « Les catholiques croient en Dieu, eux aussi.

— Mais pas à la contraception.

— Moi non plus, en un sens.

— Comment ça ? Tu plaisantes ?

— Si j'avais utilisé un moyen de contraception, je ne t'aurais pas eu.

— Ce n'est pas une raison pour priver d'autres femmes de la liberté de choix.

— Oh, ce que tu peux être raisonneur ! Je ne prétends pas interdire le contrôle des naissances. » Elle lui sourit tendrement. « Mais je suis bien contente d'avoir été aussi ignorante et aussi insouciante quand j'avais seize ans. » Elle se leva. « Je vais faire du café. » La sonnette de la porte d'entrée tinta. « Tu veux bien aller ouvrir ? »

George découvrit sur le perron une jolie fille noire d'une petite vingtaine d'années, vêtue d'un corsaire moulant et d'un pull ample. Elle fut manifestement surprise de le voir. « Oh ! Excusez-moi, je croyais être chez Mrs. Jakes.

— Vous ne vous êtes pas trompée, je suis venu dîner, c'est tout.

— Mon père m'a demandé de déposer ça en passant. » Elle lui tendit un livre intitulé *La Nef des fous* de Katherine Anne

Porter. Ce titre lui disait quelque chose : cet ouvrage avait apparemment remporté un grand succès. « Je crois que mon père l'a emprunté à Mrs. Jakes.

— Merci, dit George en prenant le livre avant d'ajouter poliment : Entrez donc un instant. »

Elle hésita.

Jacky apparut à la porte de la cuisine. De là, elle pouvait voir l'entrée, la maison n'étant vraiment pas grande. « Bonsoir, Cindy, lança-t-elle. J'étais justement en train de parler de toi. Je viens de faire du café, tu en prendras bien une tasse avec nous.

— Ça sent délicieusement bon, dit Cindy en franchissant le seuil.

— Est-ce qu'on peut se mettre au salon, Mom ? C'est presque l'heure du Président !

— Tu ne vas quand même pas regarder la télé ! Va donc bavarder avec Cindy. »

George ouvrit la porte du salon tout en demandant à Cindy : « Ça vous dérangerait beaucoup qu'on regarde l'intervention du Président ? Il va dire des choses importantes.

— Comment le savez-vous ?

— Je l'ai aidé à rédiger son discours.

— Dans ce cas, il n'est pas question de manquer ça », acquiesça-t-elle.

Ils entrèrent au salon. Le grand-père de George, Lev Pechkov, avait acheté et meublé cette maison pour Jacky et son fils en 1949. Après cela, Jacky avait fièrement refusé toute aide de sa part, exception faite des frais de scolarité de George. Son modeste salaire ne lui avait pas permis de refaire les papiers peints et les peintures, et le salon n'avait guère changé en treize ans. George l'aimait bien comme ça : les tapisseries à franges des fauteuils, le tapis d'Orient, le vaisselier. Il était démodé mais accueillant.

La principale innovation était le poste de télévision, un RCA Victor. George l'alluma et ils regardèrent chauffer l'écran vert.

« Votre mère travaille à l'University Women's Club avec Dad, c'est bien ça ?

— Oui.

— Dans ce cas, je ne comprends pas pourquoi il m'a demandé d'aller déposer ce livre chez elle. Il pouvait très bien le lui rendre demain au travail.

— En effet.

— C'est un coup monté.
— J'en ai bien peur.
— Oh, la vache ! » pouffa-t-elle.

Sa réaction l'enchanta.

Jacky apporta un plateau. Elle n'avait pas encore fini de servir le café quand le président Kennedy apparut sur l'écran noir et blanc. « Mes compatriotes, bonsoir. » Vêtu d'un complet sombre, d'une chemise blanche et d'une cravate étroite, il était assis derrière un bureau sur lequel étaient posés un petit lutrin et deux micros. George savait que les marques laissées sur son visage par le stress avaient été gommées par le fond de teint des maquilleurs de la télévision.

Quand il déclara que Cuba possédait « un potentiel de frappe nucléaire dirigé contre l'hémisphère occidental », Jacky en eut le souffle coupé et Cindy lâcha : « Oh mon Dieu ! »

Il lisait des feuillets posés sur le lutrin de son accent monocorde de Boston, avalant les « r » comme les Britanniques. Son ton était impassible, son élocution presque soporifique, mais la teneur de ses propos était électrisante. « Ce qui signifie que chacune de ces fusées peut atteindre Washington... »

Jacky poussa un petit cri.

« ... le canal de Panama, cap Canaveral, Mexico... »

« Qu'allons-nous faire ? demanda Cindy.

— Attendez, vous allez voir, répondit George.

— Mais comment une chose pareille a-t-elle pu arriver ? s'interrogea Jacky.

— Les Soviets ont plus d'un tour dans leur sac. »

Kennedy parlait toujours : « Nous n'avons aucun désir de dominer ou de conquérir une autre nation, quelle qu'elle soit, ni d'imposer un système à son peuple. » En des circonstances ordinaires, de telles paroles auraient incité Jacky à faire une remarque ironique sur le débarquement de la baie des Cochons ; mais l'heure n'était pas à la controverse politique.

La caméra zooma et Kennedy apparut en gros plan alors qu'il disait : « Pour mettre fin à la mise en place de ce dispositif offensif, une stricte "quarantaine" sera imposée sur tout équipement militaire offensif expédié à Cuba. »

« À quoi ça sert ? s'étonna Jacky. Les missiles s'y trouvent déjà – il vient de le dire ! »

Lentement, d'un ton résolu, le Président poursuivit : « Cette nation considérera tout missile nucléaire lancé à partir de Cuba contre n'importe quel pays de l'hémisphère occidental comme une attaque soviétique contre les États-Unis, attaque qui entraînerait des représailles massives contre l'Union soviétique. »

« Oh ! mon Dieu ! répéta Cindy. Il suffit que Cuba tire un seul missile et c'est la guerre atomique totale !

— En effet », confirma George qui avait assisté aux réunions au cours desquelles cette option avait été débattue.

Dès que le Président eut dit : « Merci et bonne nuit », Jacky éteignit le poste et se tourna vers George : « Qu'est-ce qui va nous arriver ? »

Il mourait d'envie de la rassurer, de lui dire qu'ils ne couraient aucun danger, mais c'était impossible. « Je ne sais pas, Mom.

— Cette quarantaine ne peut avoir aucun effet, observa Cindy. C'est une évidence, même pour quelqu'un d'aussi peu informé que moi.

— Ce n'est qu'une mesure préliminaire.

— Suivie de quoi ?

— Nous n'en savons rien.

— George, reprit Jacky, dis-moi la vérité. Est-ce qu'il va y avoir la guerre ? »

George hésita. On était en train de charger des armes atomiques et de les répartir aux quatre coins du pays, pour s'assurer que certaines au moins résisteraient à une première frappe soviétique. Les spécialistes peaufinaient le plan d'invasion de Cuba tandis que le département d'État passait au crible les candidats possibles à la direction du futur gouvernement proaméricain de Cuba. Le commandement des forces aériennes stratégiques avait fait passer son niveau d'alerte à DEFCON-3 – « Defense condition » trois : autrement dit, elles étaient prêtes à lancer une attaque nucléaire dans un délai de quinze minutes.

Tout bien pesé, quelle était l'issue la plus vraisemblable ?

Le cœur gros, George répondit : « Oui, Mom, je crois qu'il va y avoir la guerre. »

*

Finalement, le présidium ordonna à tous les navires chargés de missiles qui n'étaient pas encore arrivés à Cuba de faire demi-tour et de regagner l'URSS.

Khrouchtchev estimait n'avoir pas perdu grand-chose en prenant cette décision, et Dimka lui donnait raison. Cuba disposait à présent de l'arme atomique ; le nombre exact de missiles importait peu. L'Union soviétique éviterait tout affrontement en haute mer et se poserait en artisan de la paix au cours de cette crise – tout en possédant une base nucléaire à cent cinquante kilomètres des côtes américaines.

Personne ne pouvait ignorer cependant que l'affaire n'était pas close. Les deux superpuissances n'avaient pas encore abordé la vraie question, celle des armes nucléaires déjà présentes sur le sol cubain. Toutes les options de Kennedy restaient ouvertes et, selon l'analyse de Dimka, la plupart conduisaient à la guerre.

Khrouchtchev décida de ne pas rentrer chez lui ce soir-là. Il ne pouvait pas se permettre d'être ne fût-ce qu'à quelques minutes en voiture du Kremlin : si la guerre éclatait, il fallait qu'il soit sur place, prêt à prendre des décisions immédiates.

Une petite chambre équipée d'un confortable canapé jouxtait son spacieux bureau. Le premier secrétaire s'y allongea tout habillé. La plupart des membres du présidium prirent la même décision, et les responsables de la seconde puissance mondiale s'installèrent dans leurs bureaux, se préparant à passer une bien mauvaise nuit.

Dimka avait pour bureau un petit cagibi au fond du couloir, sans canapé bien sûr : son mobilier se limitait à une chaise dure, un bureau fonctionnel et un classeur. Il était en train de se demander où il pourrait s'installer pour prendre un peu de repos quand il entendit frapper à la porte. Natalia entra, environnée d'un léger parfum qui n'avait certainement pas été acheté en Union soviétique.

Elle avait eu raison de choisir une tenue décontractée. Dimka prit conscience qu'ils allaient tous dormir habillés. « J'aime bien votre pull, remarqua-t-il.

— Ça s'appelle un "Sloppy Joe", dit-elle en utilisant l'expression anglaise.

— Qu'est-ce que ça veut dire ?

— Aucune idée, mais j'aime bien la sonorité de ce mot. »

Il rit. « J'étais en train de me demander où j'allais bien pouvoir passer la nuit.

— Moi aussi.

— De toute façon, ça m'étonnerait que j'arrive à m'endormir.

— En sachant que vous risquez de ne jamais vous réveiller, c'est ça ?

— Exactement.

— J'éprouve la même impression que vous. »

Dimka réfléchit un instant. Même s'il devait se ronger les ongles toute la nuit, autant que ce soit dans un endroit plus ou moins confortable. « C'est un palais et il est vide », fit-il remarquer. Il hésita avant d'ajouter : « Et si on partait à la découverte ? » Il n'en revenait pas d'avoir dit ça. C'était le genre de proposition qu'aurait pu faire un tombeur comme son ami Valentin.

« Pourquoi pas ? » acquiesça Natalia.

Dimka attrapa son manteau. Il pourrait toujours servir de couverture.

Les spacieuses chambres à coucher et les jolis boudoirs du palais avaient été cloisonnés grossièrement pour servir de bureaux aux administrateurs et aux dactylos. Ils ne contenaient que du mobilier bon marché en sapin ou en plastique. Certaines pièces plus vastes destinées aux cadres supérieurs possédaient des fauteuils capitonnés, mais il était certainement impossible d'y dormir. Dimka commençait à se demander comment aménager un lit par terre. Mais voilà qu'à l'extrémité de l'aile du bâtiment, après avoir longé un couloir encombré de seaux et de serpillières, ils arrivèrent dans une immense salle qui servait manifestement d'entrepôt.

La pièce n'était pas chauffée et leur haleine se transforma immédiatement en vapeur blanche. Les immenses fenêtres étaient couvertes de givre. Les appliques et les lustres dorés étaient équipés de supports à bougies, tous vides, tandis que deux ampoules nues suspendues au plafond peint dispensaient une faible lueur.

Le mobilier empilé là semblait y prendre la poussière depuis la révolution. Ils distinguèrent des tables aux pieds grêles et au placage écaillé, des fauteuils recouverts de brocart moisi et des bibliothèques sculptées aux rayonnages vides. Tous les trésors des tsars, réduits à l'état de bric-à-brac, qu'on avait laissés s'abîmer...

Ces meubles portaient trop la marque de l'ancien régime pour pouvoir être réutilisés dans les bureaux des commissaires ; Dimka devinait pourtant que c'était le genre d'antiquités qui atteignait des prix fabuleux dans les ventes aux enchères des pays occidentaux.

Son regard se posa sur un lit à baldaquin.

Ses tentures étaient grises de poussière, mais le dessus-de-lit bleu passé paraissait intact. Il y avait même un matelas et des oreillers.

« Eh bien, dit Dimka. Voilà au moins un lit.

— Nous risquons de devoir le partager », remarqua Natalia. Cette idée avait traversé l'esprit de Dimka qui s'était empressé de la rejeter. S'il pouvait arriver que des jolies filles lui proposent avec désinvolture de partager leur lit, c'était toujours dans ses fantasmes, jamais dans la vraie vie.

Jusqu'à cet instant.

En avait-il envie ? Nina et lui n'étaient pas mariés, mais elle tenait évidemment à ce qu'il lui soit fidèle, et il n'en attendait pas moins de sa part. D'un autre côté, Nina n'était pas là, contrairement à Natalia.

Il demanda bêtement : « Vous proposez que nous dormions ensemble, c'est ça ?

— Juste pour se tenir chaud. Je peux vous faire confiance, j'espère ?

— Bien sûr. » Voilà qui réglait tout, supposa-t-il.

Natalia souleva la vieille courtepointe. Le nuage de poussière qui s'en éleva la fit éternuer. Les draps avaient jauni avec les années, mais n'étaient apparemment pas troués. « Les mites n'aiment pas le coton, remarqua-t-elle.

— Je ne savais pas. »

Elle retira ses chaussures et se fourra dans le lit, en jean et en pull. Elle frissonna. « Venez, dit-elle. Ne faites pas le timide, voyons. »

Dimka posa son manteau par-dessus la courtepointe du côté de la jeune fille. Puis il défit ses lacets et se déchaussa. C'était une situation bizarre, mais excitante. Natalia voulait dormir à côté de lui, sans qu'ils fassent l'amour.

Nina ne le croirait jamais.

Tout de même, il fallait bien qu'il dorme quelque part.

Il défit sa cravate et se glissa dans le lit. Les draps étaient glacés. Il prit Natalia dans ses bras. Elle posa la tête sur son épaule et se blottit contre lui. Le gros pull de la jeune femme et son propre veston avaient beau l'empêcher de sentir les contours de son corps, il eut une érection. Si elle s'en rendit compte, elle n'en montra rien.

Au bout de quelques minutes, ils cessèrent de grelotter et commencèrent à se réchauffer. Dimka avait le visage enfoncé dans l'épaisse chevelure ondulée de Natalia, d'où émanait une odeur de savon au citron. Il avait les mains posées sur son dos, mais sa peau était inaccessible sous son gros pull. Il sentait son souffle dans son cou. Le rythme de sa respiration changea, il se fit régulier et léger. Lorsqu'il l'embrassa sur le sommet de la tête, elle demeura impassible.

Il avait du mal à cerner Natalia. Elle n'était qu'une conseillère, comme lui, et n'avait pas plus de trois ou quatre ans d'ancienneté de plus, et pourtant elle conduisait une Mercedes vieille d'une douzaine d'années, magnifiquement conservée. Elle s'habillait le plus souvent avec l'austérité sans chic des employés du Kremlin, mais portait des parfums d'importation hors de prix. Charmante au point d'en être presque aguichante, elle rentrait chez elle ponctuellement préparer le dîner de son mari.

Elle avait entraîné Dimka dans ce lit, puis s'était endormie.

Il était convaincu qu'il n'arriverait jamais à trouver le sommeil, couché comme ça, en étreignant une fille toute chaude.

Et pourtant, il s'assoupit.

Il faisait encore nuit quand il se réveilla.

« Quelle heure est-il ? » marmonna Natalia.

Elle était toujours dans ses bras. Il tendit le cou vers son poignet, glissé derrière l'épaule de la jeune femme. « Six heures et demie.

— Et nous sommes encore en vie.

— Les Américains ne nous ont pas bombardés.

— Pas encore.

— On ferait mieux de se lever », suggéra Dimka qui regretta immédiatement ses paroles. Khrouchtchev n'était certainement pas encore réveillé. Et même s'il l'était, rien n'obligeait Dimka à mettre prématurément fin à ce délicieux moment. Il était troublé mais heureux. Pourquoi avait-il proposé qu'ils se lèvent ! Quel idiot !

Par bonheur, elle n'était pas prête à sortir du lit tout de suite. « Encore une minute », protesta-t-elle.

Il fut tout heureux de penser qu'elle se sentait bien dans ses bras.

C'est alors qu'elle l'embrassa dans le cou.

Ses lèvres effleurèrent à peine sa peau ; il aurait pu croire qu'un papillon de nuit s'était envolé des tentures anciennes pour le frôler de ses ailes.

Pourtant, il n'avait pas rêvé : elle l'avait embrassé.

Il lui caressa les cheveux.

Elle inclina la tête en arrière et le regarda. Sa bouche était entrouverte, ses lèvres pulpeuses à peine écartées esquissaient un léger sourire, comme si elle découvrait une agréable surprise. Dimka était loin d'être un expert en femmes, mais l'invitation était flagrante. Il hésitait pourtant encore à lui rendre son baiser.

« Une bombe va sans doute nous pulvériser avant la fin de la journée », murmura-t-elle alors.

Dimka posa les lèvres sur les siennes.

Ce baiser les embrasa comme un éclair. Elle lui mordit la lèvre et enfonça la langue dans sa bouche. Il la fit rouler sur le dos et glissa les mains sous son gros pull. Elle dégrafa habilement son soutien-gorge. Ses seins étaient délicieusement menus et fermes, avec de gros mamelons pointés qui durcissaient déjà sous le bout de ses doigts. Quand il les suça, elle haleta de plaisir.

Il essaya de défaire la fermeture de son jean, mais elle avait un autre projet. Elle le repoussa sur le dos et entreprit fébrilement de lui retirer son pantalon. Il craignit d'éjaculer immédiatement – ce qui arrivait à beaucoup d'hommes, à en croire Nina – mais parvint à se retenir. Natalia dégagea son sexe de son caleçon. Elle le caressa de ses deux mains, le frotta contre sa joue et l'embrassa, avant de le prendre dans sa bouche.

Quand il se sentit sur le point d'exploser, il chercha à se retirer, écartant la tête de la jeune femme, comme le préférait Nina. Mais Natalia émit un grognement de protestation, le suça et le caressa avec une énergie redoublée, si bien qu'il perdit tout contrôle et jouit dans sa bouche.

Une minute plus tard, elle l'embrassa. Ses lèvres avaient un goût de sperme. Était-ce bizarre ? Il n'y voyait qu'une délicieuse manifestation de tendresse.

Elle retira alors son jean et ses sous-vêtements et il comprit que c'était maintenant à lui de lui donner du plaisir. Heureusement, Nina avait été bon professeur.

La toison pubienne de Natalia était aussi bouclée et luxuriante que ses cheveux. Il y enfouit le visage, brûlant d'envie de lui faire éprouver une jouissance égale à celle qu'elle lui avait offerte. Elle posa les mains sur sa tête pour le guider, lui indiquant par une légère pression quand ses baisers devaient se faire plus appuyés ou plus légers, faisant basculer ses hanches d'avant en arrière pour lui faire comprendre où concentrer son attention. Elle n'était que la deuxième femme avec laquelle il partageait cette intimité, et il s'enivra de son goût et de son odeur.

Avec Nina, ces caresses n'étaient qu'un préliminaire, mais en étonnamment peu de temps, Natalia poussa un grand cri, appuyant fermement sa tête contre elle avant de le repousser, comme si le plaisir était trop violent.

Allongés côte à côte, ils reprenaient leur souffle. L'expérience était tout à fait nouvelle pour Dimka qui murmura : « Décidément, toute cette affaire de sexe est bien plus compliquée que je ne le croyais. »

À sa grande surprise, cette réflexion la fit rire de bon cœur.

« Qu'est-ce que j'ai dit ? » demanda-t-il.

Elle rit de plus belle et se contenta de répondre : « Oh ! Dimka, je t'adore. »

*

La Isabela était une ville fantôme, songea Tania. Jadis prospère, ce port cubain avait été durement frappé par l'embargo commercial imposé par Eisenhower. Il était à des kilomètres de tout, environné de marais salants et de mangroves marécageuses. Des chèvres décharnées traînaient dans les rues. Le port abritait quelques misérables barques de pêche ainsi que l'*Aleksandrovsk*, un cargo soviétique de cinq mille quatre cents tonneaux, bourré d'ogives nucléaires jusqu'aux plats-bords.

Le navire aurait dû arriver à Mariel. Après l'annonce du blocus par le président Kennedy, la plupart des bâtiments soviétiques avaient fait demi-tour, mais certains, qui n'étaient qu'à quelques heures de la terre ferme, avaient reçu l'ordre de gagner au plus vite le port cubain le plus proche.

Tania et Paz regardèrent le bateau accoster lentement le quai de béton sous l'averse. Les canons antiaériens qui hérissaient le pont étaient dissimulés sous des rouleaux de cordages.

Tania était terrifiée. Qu'allait-il advenir ? Elle n'en savait strictement rien. Tous les efforts de son frère avaient été impuissants : la livraison de missiles s'était ébruitée avant les élections américaines de mi-mandat – et les ennuis que risquait Dimka n'étaient pas ce qui préoccupait le plus sa sœur. Le blocus ne pouvait être qu'une première étape de la riposte. Kennedy était obligé de montrer ses muscles. Et si le président américain faisait une démonstration de force face à des Cubains prêts à tout pour défendre leur précieuse *dignidad*, n'importe quoi pouvait arriver, d'une invasion américaine à un holocauste nucléaire mondial.

Tania et Paz étaient devenus plus intimes. Ils avaient échangé des confidences sur leur enfance respective, leur famille et leurs précédentes liaisons. Ils multipliaient les occasions de contact physique et riaient souvent. Ils évitaient pourtant d'aller plus loin. Tania avait beau être tentée, elle résistait. Elle désapprouvait l'idée de coucher avec un homme simplement parce qu'il était d'une beauté renversante. Elle appréciait beaucoup Paz – malgré sa fameuse *dignidad* – mais n'était pas amoureuse de lui. S'il lui était déjà arrivé d'embrasser des hommes qu'elle n'aimait pas, surtout pendant ses années de fac, elle n'avait pas couché avec eux. Elle n'avait fait l'amour qu'avec un homme, et elle l'aimait, ou du moins c'est ce qu'elle avait cru à l'époque. Tout de même, elle pourrait coucher avec Paz, ne fût-ce que pour être dans les bras d'un homme au moment où les bombes tomberaient.

Le plus vaste des entrepôts du quai avait été incendié. « Comment est-ce arrivé ? demanda Tania en le désignant du doigt.

— La CIA y a mis le feu, répondit Paz. Il y a beaucoup d'attentats terroristes par ici. »

Tania regarda autour d'elle. Les installations portuaires étaient vides et abandonnées. La plupart des habitations n'étaient que des cabanes en bois d'un étage. La pluie laissait des flaques dans les rues non goudronnées. Les Américains pouvaient bien rayer de la carte toute la localité, le régime de Castro n'en serait guère affecté. « Mais pourquoi ? » s'étonna-t-elle.

Paz haussa les épaules. « C'est une cible facile, ici, à l'extrémité de la péninsule. Ils arrivent de Floride en vedette, ils débarquent discrètement, font sauter un bâtiment, descendent un ou deux pauvres diables qui n'ont rien fait et retournent en Amérique. *Fuckin' cowards* », les insulta-t-il en anglais.

Tania se demanda si tous les gouvernements étaient pareils. Les frères Kennedy parlaient de liberté et de démocratie, et en même temps, ils envoyaient des gangs armés terroriser le peuple cubain. Les communistes soviétiques prétendaient libérer le prolétariat alors qu'ils emprisonnaient ou assassinaient tous ceux qui s'opposaient à eux ; ils avaient envoyé Vassili en Sibérie parce qu'il avait eu l'audace de protester. Existait-il un régime honnête quelque part dans le monde ?

« Allons-y, proposa Tania. Nous avons une longue route jusqu'à La Havane et il faut que j'annonce à Dimka que son bateau est là. » Moscou avait estimé que l'*Aleksandrov* était assez proche de Cuba pour arriver à bon port, et Dimka était impatient d'en avoir confirmation.

Ils montèrent dans la Buick de Paz et quittèrent Mariel. D'épais bouquets de canne à sucre s'élevaient de part et d'autre de la route. Des urubus à tête rouge – une espèce de vautour – survolaient les champs, chassant les rats dodus qui y pullulaient. Au loin, la haute cheminée d'une raffinerie de sucre était pointée vers le ciel, tel un missile. Le paysage de plateaux qui s'étendait au centre de Cuba était parcouru de lignes de chemin de fer à une seule voie, construites pour transporter la canne à sucre des champs jusqu'aux raffineries. Là où la terre n'était pas cultivée, elle était pour l'essentiel recouverte de jungle tropicale, de flamboyants, de jacarandas et d'immenses palmiers royaux, ou de broussailles épineuses au milieu desquelles paissait le bétail. Les sveltes aigrettes blanches qui suivaient les vaches apportaient une note gracieuse à ce paysage brun grisâtre.

Dans les régions rurales de Cuba, les transports se faisaient encore essentiellement à l'aide de charrettes tirées par des chevaux, mais à proximité de La Havane, les routes étaient encombrées de camions et de cars militaires transportant les réservistes à leurs bases. Castro avait mis le pays en état d'alerte maximum. La nation était sur le pied de guerre. Lorsque la Buick de Paz les doublait, les hommes faisaient de grands gestes et criaient : « *Patria o muerte!* La patrie ou la mort ! *Cuba si, yanqui no!* »

Dans les faubourgs de la ville, Tania remarqua qu'une nouvelle affiche apparue du jour au lendemain recouvrait désormais tous les murs. En noir et blanc, elle représentait une main brandissant un pistolet-mitrailleur avec ces quelques mots : « *A LAS ARMAS* – Aux armes ! » Castro était décidément très fort en propagande, songea-t-elle, contrairement à ces vieux croûtons du Kremlin, incapables d'imaginer slogan plus accrocheur que « Appliquez les résolutions du vingtième congrès du Parti ! »

Tania avait déjà rédigé et chiffré son message auparavant, et n'avait plus qu'à préciser l'heure à laquelle l'*Aleksandrov* était arrivé à quai. Elle porta le message à l'ambassade soviétique et le remit au responsable des communications du KGB, qu'elle connaissait bien.

Dimka serait soulagé, mais Tania n'en était pas moins effrayée. Fallait-il vraiment considérer comme une bonne nouvelle que Cuba dispose d'une nouvelle cargaison d'armes atomiques ? Le peuple cubain – et Tania elle-même – ne seraient-ils pas plus en sécurité sans elles ?

« Tu as autre chose à faire aujourd'hui ? demanda Tania à Paz quand elle ressortit de l'ambassade.

— Ma mission est d'être ton agent de liaison.

— Oui, mais dans un moment de crise pareil...

— Dans un moment pareil, il n'y a rien de plus important que de veiller à éviter tout malentendu dans nos communications avec nos alliés soviétiques.

— Dans ce cas, on pourrait aller faire un tour sur le Malecón tous les deux. »

Ils rejoignirent le front de mer et Paz gara sa Buick devant l'Hotel Nacional. Des soldats étaient en train d'installer un canon antiaérien devant ce célèbre établissement.

Tania et Paz laissèrent la voiture pour aller flâner sur la promenade. Le vent du nord fouettait la mer et des vagues furieuses s'écrasaient contre le mur de pierre, projetant des explosions d'embruns qui retombaient en pluie sur la promenade. C'était un lieu de rendez-vous populaire, mais il y avait aujourd'hui plus de monde encore que d'ordinaire et l'humeur était loin d'être décontractée. Les gens se rassemblaient en petits groupes, certains discutant avec animation, la plupart silencieux. Ils ne flirtaient pas, ils n'échangeaient pas de plaisanteries et ne paradaient pas dans leurs plus beaux vêtements. Tout le monde avait les yeux braqués dans la même direction, le nord, vers les États-Unis. Ils attendaient les *yanquis*.

Paz et Tania scrutèrent l'horizon avec eux pendant un moment. Elle sentait, au fond d'elle-même, que cette invasion était inéluctable. Des destroyers arriveraient, fendant les flots ; des sous-marins feraient surface à quelques mètres ; et les avions gris aux étoiles blanches sur fond bleu apparaîtraient, traversant les nuages, chargés de bombes destinées à être larguées sur le peuple cubain et ses amis soviétiques.

Tania prit la main de Paz qui serra doucement la sienne en retour. Elle leva la tête vers ses profonds yeux bruns. « Je crois que nous allons mourir, murmura-t-elle.

— Oui.

— Tu as envie de coucher avec moi avant ?

— Oui », répéta-t-il.

Ils rejoignirent la voiture et se dirigèrent vers une rue étroite de la vieille ville, près de la cathédrale, où Tania avait un appartement à l'étage, dans un bâtiment colonial.

Le premier et unique amant de Tania avait été Piotr Iloyan, un prof de fac. Il avait été en extase devant son corps juvénile, ne se lassant pas de contempler ses seins, de caresser sa peau et d'embrasser ses cheveux comme s'il n'avait jamais vu pareille merveille. Paz avait le même âge que Piotr mais Tania ne tarda pas à se rendre compte que l'expérience allait être bien différente. S'il y avait à ses yeux un objet à idolâtrer, c'était son corps à lui. Il retira lentement ses vêtements, comme pour la faire languir, puis se tint nu devant elle, lui laissant tout le temps d'apprécier la perfection de sa peau et la courbure de ses muscles. Assise au bord du lit, Tania savourait le spectacle. Cette exhibition sembla l'exciter parce que son sexe était déjà gonflé et presque en érection. Tania avait hâte de le toucher.

Piotr avait été un amant lent et doux. Il savait inspirer à Tania une impatience fébrile, retenant l'instant du plaisir pour continuer à l'émoustiller. Il aimait changer de position, la faisant rouler sur le dos puis s'agenouillant à côté d'elle avant de la hisser à califourchon sur lui. Paz n'était pas brutal, mais vigoureux et Tania s'abandonna à l'excitation et au plaisir.

Elle prépara ensuite des œufs et du café. Paz alluma le téléviseur et ils suivirent le discours de Castro en mangeant.

Castro était assis devant le drapeau national cubain, dont les rayures bleues et blanches éclatantes apparaissaient en noir et blanc à la télévision. Il était, comme toujours, en treillis militaire, avec pour tout signe de son rang une étoile unique sur son épaulette. Tania ne l'avait jamais vu en civil, ni vêtu du genre d'uniforme pompeux, cuirassé de médailles, qu'affectionnaient les dirigeants communistes dans le reste du monde.

Tania fut prise d'un élan d'optimisme. Castro n'était pas un imbécile. Il savait qu'en cas de guerre, il ne pourrait pas vaincre les États-Unis, même avec l'appui des Soviétiques. Il allait certainement se livrer à un geste spectaculaire de réconciliation, prendre une initiative qui renverserait la situation et désamorcerait la bombe à retardement.

Sa voix était aiguë mais il parlait avec une passion qui emportait tout. Sa barbe broussailleuse lui donnait l'aspect d'un ermite. Ses sourcils noirs frémissaient de manière expressive sur son haut front. Il faisait des gestes de ses grandes mains, levant parfois l'index tel un maître d'école pour parer toute objection, serrant souvent le poing. Il lui arrivait d'agripper les accoudoirs de son fauteuil comme s'il craignait de décoller telle une fusée. Il n'avait apparemment pas de texte écrit, pas même quelques notes. Son visage exprimait l'indignation, l'orgueil, le mépris, la colère – jamais le doute. Castro vivait dans un univers de certitudes.

Castro s'en prit point par point au discours télévisé de Kennedy, diffusé en direct à la radio à l'intention de Cuba. Il railla l'appel du président américain au « peuple captif de Cuba ». « Nous ne devons pas notre souveraineté à la grâce des *yanquis* », déclara-t-il avec morgue.

En revanche, il ne parla pas de l'Union soviétique, ni des armes nucléaires.

Son discours dura une heure et demie et fut un grand numéro de magnétisme churchillien : la brave petite nation cubaine défierait la grande Amérique tyrannique et ne céderait jamais. Ses propos galvanisèrent certainement le peuple cubain, même s'ils ne changeaient rien fondamentalement. Tania était amèrement déçue, et plus inquiète encore. Castro n'avait même pas essayé d'éviter la guerre.

En conclusion, il s'écria : « La patrie ou la mort ! Nous vaincrons ! » Puis il bondit de son fauteuil et se précipita hors du studio comme s'il n'avait pas une minute à perdre pour aller sauver Cuba.

Tania se tourna vers Paz. Il avait les yeux embués de larmes.

Elle l'embrassa et ils refirent l'amour, sur le canapé, devant l'écran scintillant. Ce fut plus lent cette fois, plus satisfaisant aussi. Elle le traita comme Piotr l'avait traitée. Il n'était pas difficile d'adorer son corps et de toute évidence, il appréciait cela. Elle le serra dans ses bras, embrassa ses mamelons et enfonça les doigts dans ses boucles. « Tu es si beau », murmura-t-elle en lui suçant le lobe de l'oreille.

Alors qu'ils étaient allongés ensuite à partager un cigare, ils entendirent du bruit au-dehors. Tania ouvrit la porte du balcon. La ville était restée silencieuse pendant l'intervention télévisée de Castro, mais à présent, les gens sortaient dans les rues étroites. Comme la nuit était tombée, certains portaient des bougies et des flambeaux. Cette image déclencha l'instinct de journaliste de Tania. « Il faut que j'y aille, annonça-t-elle à Paz. C'est un super sujet de reportage.

— Je t'accompagne. »

Ils se rhabillèrent et quittèrent l'immeuble. Les rues étaient mouillées mais la pluie avait cessé. Les gens affluaient, de plus en plus nombreux, dans une ambiance de carnaval. Tout le monde poussait des cris et hurlait des slogans. Certains chantaient l'hymne national, *La Bayamesa.* La mélodie n'avait rien de latin – on aurait plutôt dit une chanson à boire allemande –, mais chaque parole était lourde de sens.

Vivre enchaîné, c'est vivre exposé
À l'opprobre et aux affronts
Écoutez le son du clairon,
Aux armes, braves, accourez !

Tandis que Tania et Paz parcouraient les ruelles de la vieille ville en suivant le mouvement de la foule, la jeune femme remarqua que beaucoup d'hommes avaient déjà pris les armes. Faute de fusils, ils brandissaient des outils de jardin et des machettes, ou avaient passé des couteaux de cuisine et des couperets à leur ceinture, comme s'ils avaient l'intention d'aller en découdre à mains nues avec les Américains sur le Malecón.

Tania se rappela qu'un seul Boeing B-52 Stratofortress de l'United States Air Force transportait trente-deux tonnes de bombes.

Pauvres fous, songea-t-elle amèrement. À quoi pensez-vous que vos couteaux puissent vous servir contre des armes aussi meurtrières ?

XVII

George ne s'était jamais senti aussi près de mourir qu'en ce mercredi 24 octobre, dans la salle du cabinet présidentiel de la Maison Blanche.

La séance de travail débuta à dix heures et il était convaincu que la guerre éclaterait avant onze heures.

En théorie, il s'agissait d'une réunion du Comité exécutif du Conseil de Sécurité nationale, autrement dit l'ExComm. En fait, le président Kennedy convoquait tous ceux qu'il jugeait susceptibles de l'aider en cas de crise. Son frère Bob était toujours du nombre.

Les membres du comité étaient assis sur des fauteuils en cuir autour de la longue table. Leurs conseillers avaient pris place sur des sièges identiques alignés le long des murs. L'atmosphère dans la pièce était tendue et étouffante.

Le niveau d'alerte du Strategic Air Command était passé à DEFCON-2, la dernière étape avant une guerre imminente. Tous les bombardiers de l'US Air Force étaient prêts à attaquer. Nombre d'entre eux étaient en permanence dans les airs, armés de missiles nucléaires et patrouillant au-dessus du Canada, du Groenland et de la Turquie, le plus près possible des frontières de l'URSS. Chacun d'eux s'était vu assigner une cible soviétique.

Si la guerre éclatait, les Américains déchaîneraient une tempête atomique qui annihilerait toutes les grandes villes d'Union soviétique. Les morts se compteraient par millions. La Russie mettrait plus d'un siècle à s'en relever.

Et les Soviétiques avaient sûrement prévu une intervention du même genre contre les États-Unis.

Dix heures, c'était l'heure où prenait effet le blocus. Tout navire soviétique croisant à moins de cinq cents milles marins de Cuba pouvait être arraisonné. On s'attendait à ce que l'USS *Essex* intercepte son premier navire soviétique chargé de missiles entre dix heures et demie et onze heures. À onze heures, peut-être seraient-ils tous morts.

John McCone, le directeur de la CIA, commença par dresser la liste de tous les cargos soviétiques en route pour Cuba. Il parlait d'une voix monotone qui agaçait tout le monde, faisant encore monter la tension. Quel serait le premier navire soviétique intercepté par la marine ? Que se passerait-il alors ? Les Soviétiques accepteraient-ils une inspection de leurs bâtiments ? Ouvriraient-ils le feu sur les navires américains ? Que devrait faire la marine en pareil cas ?

Pendant que les membres du comité s'efforçaient de deviner les réactions de leurs homologues moscovites, un conseiller transmit une note à McCone, un sexagénaire aux cheveux blancs tiré à quatre épingles. C'était un homme d'affaires et George soupçonnait les professionnels de la CIA de ne pas l'informer de tous leurs faits et gestes.

McCone examina la note derrière les verres de ses lunettes sans monture et parut intrigué. « Monsieur le Président, dit-il enfin, le renseignement maritime vient de nous informer que les six navires soviétiques qui se trouvaient dans les eaux cubaines ont stoppé ou fait demi-tour. »

Qu'est-ce que ça peut bien signifier ? s'interrogea George.

Dean Rusk, le secrétaire d'État, un homme au crâne dégarni et au nez camus, demanda : « Qu'entendez-vous par “dans les eaux cubaines” ? »

McCone ignorait ce que cela voulait dire.

Robert McNamara, l'ancien président de la Ford Motor Company que Kennedy avait nommé ministre de la Défense, intervint : « La plupart de ces navires s'éloignent de Cuba pour regagner l'Union soviétique...

— Il vaudrait mieux nous en assurer, non ? coupa le Président d'un air agacé. Parlons-nous de bateaux qui partaient de Cuba ou qui s'y rendaient ?

— Je vais vérifier », dit McCone, et il quitta la salle.

La tension monta encore d'un cran.

George avait toujours imaginé les réunions de crise à la Maison Blanche comme crépitant d'une énergie surnaturelle, chacun des participants fournissant au Président des informations précises pour l'aider à prendre la décision la plus sage.

Mais il n'y avait jamais eu de crise plus grave et il ne voyait que malentendus et confusion. Il n'en était que plus terrifié.

À son retour, McCone déclara : « Ces navires faisaient tous route vers l'ouest, à destination de Cuba. » Il indiqua leurs noms.

McNamara prit alors la parole. Il n'avait que quarante-six ans et on l'avait surnommé « Whiz Kid », le « petit génie », quand il avait réussi à remettre les comptes des usines Ford dans le vert. De tous les participants, c'était à lui que le Président se fiait le plus, son frère Robert excepté. De mémoire, il indiqua la position de chacun des six navires. La plupart étaient encore à des centaines de milles de Cuba.

Le Président était impatient. « Et maintenant, qu'est-ce qu'ils fabriquent ces navires, John ?

— Ils ont stoppé ou fait demi-tour, répondit McCone.

— S'agit-il de *tous* les navires soviétiques ou seulement d'un petit nombre ?

— D'un petit nombre. Il y en a vingt-quatre en tout. »

Une nouvelle fois, ce fut McNamara qui donna l'information essentielle. « Apparemment, ce sont les bâtiments les plus proches de la zone de quarantaine. »

George se tourna vers Skip Dickerson, assis près de lui. « On dirait que les Soviétiques font marche arrière, murmura-t-il.

— J'espère que tu as raison, chuchota Skip.

— Nous n'avons pas l'intention d'arraisonner ces navires, n'est-ce pas ? dit le Président.

— Nous n'intercepterons que ceux qui poursuivent vers Cuba. »

Le général Maxwell Taylor, président du Comité des chefs d'état-major interarmées, décrocha un téléphone. « Passez-moi George Anderson », dit-il. L'amiral Anderson était le chef des opérations navales et le responsable du blocus.

Il y eut une pause tandis que Taylor parlait dans le combiné. Tous s'efforçaient d'interpréter ce qu'ils venaient d'apprendre. Les Soviétiques étaient-ils en train de céder ?

Le Président déclara : « Il faut d'abord vérifier cette information. Comment être sûr que six navires font demi-tour en même temps ? Général, que dit la marine à propos de ce rapport ? »

Le général Taylor leva les yeux et répondit : « On me confirme que trois navires ont fait demi-tour.

— Contactez l'*Essex* et dites-leur d'attendre une heure de plus. Il faut agir vite car les premières interceptions doivent avoir lieu entre dix heures et demie et onze heures. »

Toutes les personnes présentes consultèrent leur montre.

Il était dix heures trente-deux.

George aperçut le visage de Bob. On aurait dit un condamné à mort venant d'apprendre qu'on lui a accordé un sursis.

La crise immédiate semblait s'éloigner, mais George ne mit que quelques minutes à comprendre que rien n'avait été réglé. Si les Soviétiques avaient décidé d'éviter un affrontement en mer, leurs missiles nucléaires se trouvaient toujours à Cuba. On avait retardé la pendule d'une heure, mais le compte à rebours continuait.

L'ExComm aborda le sujet de l'Allemagne. Le Président craignait que Khrouchtchev annonce un blocus de Berlin en réponse au blocus américain de Cuba. Dans un cas comme dans l'autre, ils étaient impuissants.

La séance fut levée. Bob Kennedy n'avait pas besoin de George pour son rendez-vous suivant. Celui-ci sortit avec Skip Dickerson, qui lui demanda : « Comment va ton amie Maria ?

— Bien, je crois.

— Je suis passé au service de presse hier. Elle est en congé maladie. »

Le cœur de George battit plus fort. Il avait renoncé à tout espoir de la conquérir, ce qui ne l'empêcha pas de s'inquiéter en apprenant qu'elle était souffrante. Il fronça les sourcils. « Je l'ignorais.

— Ça ne me regarde pas, George, mais c'est une chic fille et je me suis dit que ce serait bien que quelqu'un aille la voir. »

George lui serra le bras. « Merci de m'avoir mis au courant. Tu es un pote. »

Un employé de la Maison Blanche ne s'absente pas de son poste au milieu de la crise la plus grave de la guerre froide, à moins d'être gravement malade. L'angoisse de George s'accrut encore.

Il se précipita au service de presse. Le siège de Maria était vide.

« Maria n'est pas bien, lui annonça Nelly Fordham, son aimable voisine de bureau.

— Je viens de l'apprendre. Savez-vous ce qu'elle a ?

— Non. »

George fronça les sourcils. « Je me demande si je ne devrais pas prendre une heure pour aller la voir.

— C'est une bonne idée, approuva Nelly. Je me fais du souci, moi aussi. »

George consulta sa montre. Bob n'aurait certainement pas besoin de lui dans le courant de la matinée. « Cela devrait être possible. Elle habite à Georgetown, n'est-ce pas ?

— Oui, mais elle a déménagé.

— Pourquoi ?

— Ses colocataires étaient trop curieuses, paraît-il. »

George n'était pas surpris. Ces jeunes filles devaient mourir d'envie de découvrir l'identité de son amant clandestin et Maria tenait tant à garder le secret qu'elle avait fini par déménager. Cela prouvait qu'elle prenait cette liaison très au sérieux.

Nelly consulta son Rolodex. « Je vais vous donner sa nouvelle adresse.

— Merci. »

Elle lui tendit un bout de papier. « Vous êtes Georgy Jakes, n'est-ce pas ?

— Oui. » Il sourit. « Mais ça fait un bail que personne ne m'a plus appelé Georgy.

— J'ai bien connu le sénateur Pechkov. »

Si elle lui parlait de Greg, cela voulait certainement dire qu'elle savait que c'était son père. « Ah bon ? fit-il. Comment avez-vous fait sa connaissance ?

— Nous sommes sortis ensemble, si vous voulez tout savoir. Mais ça n'a pas marché. Comment va-t-il ?

— Très bien. Je déjeune avec lui au moins une fois par mois.

— Il ne s'est jamais marié, j'imagine.

— Pas encore.

— Il doit avoir passé la quarantaine maintenant.

— Je crois qu'il a quelqu'un dans sa vie.

— Oh ! Je ne lui cours pas après, ne vous en faites pas. J'y ai renoncé depuis longtemps. Quoi qu'il en soit, donnez-lui le bonjour de ma part.

— Je n'y manquerai pas. Maintenant, je saute dans un taxi et je file chez Maria.

— Merci, Georgy – pardon, George. »

George sortit précipitamment. Nelly était une femme séduisante, pleine de bonté. Pourquoi Greg ne l'avait-il pas épousée ? Peut-être le célibat lui convenait-il mieux.

« Vous bossez à la Maison Blanche ? lui demanda le chauffeur de taxi.

— Je travaille pour Robert Kennedy. Je suis juriste.

— Sans blague ! » Le chauffeur n'essaya même pas de dissimuler sa surprise à l'idée qu'un Noir puisse être juriste et évoluer dans les plus hautes sphères du pouvoir. « Dites à Bobby qu'on devrait balancer des bombes sur Cuba. Ouais, c'est ça qu'il faut faire. Les réduire en poussière.

— Vous connaissez la longueur de Cuba, d'une extrémité à l'autre de l'île ?

— On est dans un jeu télévisé ou quoi ? » répliqua le chauffeur, contrarié.

George haussa les épaules et se tut. Ces derniers temps, il évitait de discuter politique avec des inconnus. Ils avaient le plus souvent des réponses simplistes : renvoyez tous les Mexicains chez eux, recrutez des Hell's Angels dans l'armée, castrez toutes les tantouzes. Plus leur ignorance était grande, plus leurs opinions étaient tranchées.

Georgetown ne se trouvait qu'à quelques minutes, mais le trajet lui sembla long. Il imaginait Maria effondrée sur le sol, dans le coma ou gisant sur son lit à l'article de la mort.

L'adresse que lui avait donnée Nelly correspondait à une élégante vieille maison divisée en studios. Maria ne répondit pas à son coup de sonnette, mais une jeune Noire aux allures d'étudiante le laissa entrer et lui indiqua l'appartement.

Maria lui ouvrit en robe de chambre. Elle était malade, cela ne faisait pas de doute, elle avait le teint blafard, l'air abattu. Elle ne l'invita pas à entrer, mais recula en laissant la porte ouverte. Aussi s'avança-t-il. Au moins, elle tenait debout, pensa-t-il, soulagé : il avait craint bien pire.

Le studio était minuscule – une pièce avec kitchenette, rien d'autre. Sans doute y avait-il une salle de bains commune à chaque étage.

Il la dévisagea attentivement. Cela lui faisait mal au cœur de la voir dans cet état, souffrante et visiblement malheureuse. Il brûlait d'envie de la prendre dans ses bras, mais savait que ce serait déplacé. « Que se passe-t-il, Maria ? demanda-t-il. Tu as vraiment l'air mal en point !

— Des problèmes de fille, voilà tout. »

En général, cette expression était un euphémisme désignant les règles, mais il était convaincu qu'elle souffrait d'autre chose.

«Je vais te préparer du café – ou tu préfères du thé ?» Il ôta son manteau.

«Non, merci», dit-elle.

Il décida d'en faire quand même, simplement pour lui montrer qu'il se souciait d'elle. C'est alors qu'en jetant un coup d'œil à la chaise sur laquelle elle s'apprêtait à s'asseoir, il remarqua une grande tache de sang.

Elle s'en aperçut en même temps que lui et rougit. «Eh merde», lâcha-t-elle.

George avait quelques notions de physiologie féminine. Plusieurs hypothèses lui traversèrent l'esprit. «Tu as fait une fausse couche, Maria ?

— Non», répondit-elle d'une voix atone. Elle hésita.

George ne la pressa pas.

«Je me suis fait avorter, murmura-t-elle enfin.

— Ma pauvre.» Il attrapa un torchon dans la kitchenette, le plia et le posa sur le siège. «Assieds-toi là, pour le moment. Repose-toi.» Il se tourna vers l'étagère située au-dessus du réfrigérateur et trouva un paquet de thé au jasmin. Supposant que c'était celui qu'elle préférait, il mit de l'eau à chauffer. Il attendit en silence que le thé soit prêt.

La législation sur l'avortement était différente selon les États. Dans le district de Columbia, il n'était autorisé que si la vie de la mère était en danger. Nombre de médecins interprétaient cette restriction au sens large, prenant en compte le bien-être et la santé des femmes. En pratique, quand on en avait les moyens, on trouvait toujours un médecin qui acceptait d'intervenir.

Elle avait dit qu'elle ne voulait rien, mais accepta pourtant une tasse de thé.

Il s'assit en face d'elle après s'être servi. «Ton mystérieux amant, dit-il. Je suppose que c'est lui le père.»

Elle acquiesça. «Merci pour le thé. La Troisième Guerre mondiale n'a sans doute pas encore commencé, sinon tu ne serais pas ici.

— Les Soviétiques ont rappelé leurs navires, et les risques d'affrontement naval se sont estompés. Il n'empêche que les Cubains ont toujours des missiles braqués sur nous.»

Maria semblait trop déprimée pour s'en soucier.

«Il n'a pas voulu t'épouser ? reprit George.

— Non.

— Parce qu'il est déjà marié ? »

Elle ne répondit pas.

« Alors, il t'a trouvé un médecin et a payé la note. »

Elle acquiesça.

Quel comportement méprisable, songea George. Il ne pouvait lui dire le fond de sa pensée sous peine de se faire mettre à la porte pour avoir critiqué son grand amour. S'efforçant de maîtriser sa colère, il demanda : « Où est-il en ce moment ?

— Il doit m'appeler. » Elle jeta un coup d'œil à la pendule. « Bientôt, sans doute. »

George décida de ne plus poser de questions. Il serait trop cruel de la soumettre à un interrogatoire en règle. Et elle n'avait certainement pas besoin qu'on lui dise qu'elle avait été stupide. De *quoi* avait-elle besoin ? Le plus simple était de le lui demander. « Est-ce qu'il te faut quelque chose ? Qu'est-ce que je peux faire pour toi ? »

Elle fondit en larmes. Entre deux sanglots, elle balbutia : « Je te connais à peine ! Comment se fait-il que tu sois mon seul véritable ami dans cette ville ? »

Il connaissait la réponse à cette question. Elle avait un secret qu'elle refusait de partager et qui empêchait les autres de se rapprocher d'elle.

« J'ai bien de la chance que tu sois si gentil », reprit-elle. Cette gratitude l'embarrassait.

« Tu as mal ?

— Oui, affreusement.

— Veux-tu que j'appelle un médecin ?

— Ce n'est pas la peine. Ils m'ont prévenue que ça se passerait comme ça.

— Tu as de l'aspirine ?

— Non.

— Tu veux que j'aille t'en chercher ?

— Tu ferais ça ? J'ai horreur de demander à un homme de faire mes courses.

— Aucune importance, c'est un cas d'urgence.

— Il y a un drugstore au coin de la rue. »

George posa sa tasse, se leva et enfila son manteau.

« Je peux solliciter une autre faveur ? Plus grande encore ? demanda Maria.

— Bien sûr.

— Il me faudrait des serviettes hygiéniques. Tu pourrais m'en prendre un paquet ? »

Il hésita. Un homme ? Acheter des serviettes hygiéniques ?

« Non, c'est trop demander, n'y pense plus.

— Qu'est-ce que tu veux qu'ils me fassent, bon sang – qu'ils me mettent en état d'arrestation ?

— De la marque Kotex, alors, si tu veux bien. »

George hocha la tête. « Je reviens tout de suite. »

Cette bravade ne dura guère. Dès qu'il posa le pied dans le drugstore, il fut pris d'un profond sentiment de gêne. Il se sermonna. D'accord, ça le mettait mal à l'aise. Mais des hommes de son âge risquaient leur vie dans les jungles vietnamiennes. Qu'est-ce qu'il risquait, après tout ?

Si certains articles étaient en libre-service, d'autres étaient uniquement vendus au comptoir. C'était notamment le cas de l'aspirine.

Et, comme le constata George à son grand désespoir, des articles d'hygiène féminine.

Il attrapa sur un rayonnage un pack de six bouteilles de Coca-Cola. Maria perdait du sang et avait certainement besoin de se réhydrater. Il ne pouvait cependant retarder plus longtemps l'heure de sa mortification.

Il se dirigea vers le comptoir.

La pharmacienne était une Blanche d'un certain âge. C'est bien ma veine, songea-t-il.

Il posa le Coca sur le comptoir et dit : « Il me faudrait aussi de l'aspirine, s'il vous plaît.

— Un flacon de quel format ? Petit, moyen, grand ? »

George était désemparé. Et si elle lui posait le même genre de question à propos des serviettes hygiéniques ? « Euh... un grand, je crois. »

La pharmacienne posa l'article demandé sur le comptoir. « Il vous faut autre chose ? »

Une jeune femme s'approcha et fit la queue derrière lui, un panier métallique rempli de produits de maquillage à la main. Impossible de parler sans qu'elle l'entende.

« Il vous faut autre chose ? » répéta la pharmacienne.

Allons, George, conduis-toi en homme, se dit-il. « Je voudrais un paquet de serviettes hygiéniques, répondit-il. De la marque Kotex. »

La jeune femme qui le suivait étouffa un gloussement.

La pharmacienne le regarda par-dessus ses lunettes. « Vous faites un pari avec vos copains, jeune homme ?

— Non, madame ! protesta-t-il. C'est pour une amie qui est trop malade pour se déplacer. »

Elle le toisa de la tête aux pieds, s'attardant sur le costume gris anthracite, la chemise blanche, la cravate sobre et la pochette immaculée soigneusement pliée. Il se félicita de ne pas ressembler à un étudiant en goguette. « Très bien, je vous crois », dit-elle. Elle glissa la main sous le comptoir et attrapa un paquet.

George le regarda, effaré. Le mot « Kotex » y était imprimé en gros caractères. Allait-il devoir se promener avec ça en pleine rue ?

La pharmacienne lut dans ses pensées. « Vous souhaitez certainement que je vous l'emballe.

— Oui, s'il vous plaît. »

Avec des gestes rapides trahissant une longue expérience, elle enveloppa le paquet dans du papier marron, et le glissa dans un sachet avec l'aspirine.

George paya.

La pharmacienne lui jeta un regard sévère, puis sembla se radoucir. « Excusez-moi d'avoir eu des doutes. Cette jeune fille a bien de la chance d'avoir un ami comme vous.

— Merci », dit-il, et il se hâta de sortir.

Malgré la fraîcheur de cette journée d'octobre, il était en nage.

Il retourna chez Maria. Elle avala trois cachets d'aspirine, puis se dirigea vers la salle de bains commune en serrant contre elle le paquet encore emballé.

George rangea les Coca au réfrigérateur, puis parcourut les lieux du regard. Il vit une étagère pleine de livres de droit au-dessus d'un petit bureau orné de photos encadrées. Un portrait de famille avec ses parents, supposa-t-il. Un vieux pasteur qui devait être son grand-père le prédicateur. Maria en tenue de diplômée. Et une photo du président Kennedy. Elle possédait un téléviseur, un poste de radio et un électrophone. Il passa sa collection de disques en revue. Apparemment, elle aimait la pop music récente : les Crystals, Little Eva, Booker T and the MGs. Sur sa table de chevet, il reconnut le fameux best-seller, *La Nef des fous.*

Le téléphone sonna.

George décrocha. « Vous êtes bien chez Maria.

— Puis-je lui parler ? » demanda un homme.

Cette voix lui était vaguement familière, mais George fut incapable de l'identifier. « Elle est sortie. Qui est... Un instant, la voilà. »

Maria lui arracha le combiné des mains. « Allô ? Oh ! Bonjour... C'est un ami, il est allé m'acheter de l'aspirine... Oh ! Pas trop mal, ça va aller...

— Je sors quelques instants », murmura George pour ne pas être indiscret.

Il était furieux contre l'amant de Maria. Même s'il était marié, ce salaud aurait quand même pu venir la voir. C'est lui qui lui avait fait un enfant, c'était donc à lui de prendre soin d'elle après l'avortement.

Cette voix... George l'avait déjà entendue, il en était certain. Connaissait-il l'amant de Maria ? Il ne serait guère surprenant que ce soit un collègue de travail, comme le supposait sa mère. Mais la voix qu'il avait entendue n'était pas celle de Pierre Salinger.

La jeune fille qui l'avait fait entrer dans l'immeuble sortit sur le palier. Elle lui adressa un large sourire en le voyant planté devant la porte comme un élève dissipé. « Vous n'avez pas été sage ? demanda-t-elle.

— Si seulement ! » répliqua-t-il.

Elle s'éloigna en riant.

Maria lui ouvrit la porte et il rentra. « Il va falloir que je retourne au boulot, annonça-t-il.

— Je sais. Tu es venu prendre de mes nouvelles en pleine crise cubaine. Je ne l'oublierai jamais. » Elle était visiblement rassérénée depuis qu'elle avait parlé à ce mystérieux interlocuteur.

George eut soudain un éclair de perspicacité. « Cette voix ! s'exclama-t-il. Au téléphone.

— Tu l'as reconnue ? »

Il n'en revenait pas. « Tu as une liaison avec Dave Powers ? »

Au grand désarroi de George, Maria éclata de rire. « Je t'en prie ! » s'écria-t-elle.

C'était invraisemblable, évidemment. Dave, l'assistant personnel du Président, était un quinquagénaire parfaitement ordinaire qui ne sortait jamais sans chapeau. Il avait peu de chances de séduire une jeune femme belle et dynamique comme Maria.

C'est alors que George comprit *qui* était son amant.

« Oh mon Dieu ! » fit-il, stupéfait. Il était abasourdi par la conclusion à laquelle il venait d'aboutir.

Maria resta muette.

« Tu couches avec le président Kennedy, murmura-t-il, ébahi.

— Je t'en supplie, ne le dis à personne ! Sinon, il me quittera. Promets-le-moi, s'il te plaît !

— Je te le promets. »

*

Pour la première fois de sa vie d'adulte, Dimka avait commis un acte méprisable dont il avait honte.

Nina et lui n'étaient pas mariés, mais elle s'attendait à ce qu'il lui soit fidèle et il présumait la même chose de sa part ; il avait donc trahi sa confiance en passant la nuit avec Natalia.

Il avait été persuadé que ce serait la dernière nuit de sa vie, une bien piètre excuse puisqu'il n'en était rien.

Il n'avait pas fait l'amour avec Natalia, mais là encore, c'était une mauvaise excuse. En un sens, ce qu'ils avaient fait ensemble était encore plus tendre, encore plus intime qu'un acte sexuel. Il se sentait affreusement coupable. Jamais avant ce jour il ne s'était considéré comme un homme malhonnête et indigne de confiance.

Dans ce genre de situation, son ami Valentin choisirait probablement de poursuivre allègrement une liaison avec les deux femmes jusqu'à ce qu'il soit découvert. Dimka n'envisageait même pas cette possibilité. Une seule nuit de duplicité, et il ne pouvait déjà plus se regarder dans la glace : jamais il ne pourrait en faire une habitude. Il finirait par se jeter dans la Moskova.

Il devait tout avouer à Nina, ou bien rompre avec elle, ou encore les deux. Il ne pouvait pas vivre en la trompant ainsi. Il s'aperçut qu'il avait peur. C'était ridicule. Il était Dimitri Ilitch Dvorkine, le bras droit de Khrouchtchev, haï de certains, redouté de tous. Comment pouvait-il avoir peur d'une fille ? C'était pourtant le cas.

Et Natalia, au fait ?

Il avait des tas de questions à lui poser. Il voulait savoir ce qu'elle éprouvait pour son mari. Dimitri ne savait rien sur ce dernier, hormis son prénom : Nik. Était-elle en instance de divorce ? Le cas échéant, y était-il pour quelque chose, lui,

Dimka ? Et surtout, quelle place Natalia envisageait-elle de lui accorder dans sa vie ?

Ils se voyaient constamment au Kremlin, sans avoir jamais la possibilité de s'isoler. Ce mardi-là, il y eut trois séances du présidium – le matin, l'après-midi et le soir – et les conseillers furent encore plus occupés pendant les pauses repas. Chaque fois que Dimka apercevait Natalia, elle lui semblait encore plus belle. Il portait encore le costume dans lequel il avait dormi, comme tous les autres hommes, mais Natalia s'était changée, enfilant une robe bleu nuit sous une veste assortie qui lui donnait un aspect à la fois autoritaire et séduisant. Dimka avait du mal à se concentrer pendant les réunions, alors même qu'ils étaient censés empêcher le déclenchement de la Troisième Guerre mondiale. Il la fixait du regard, se rappelait leurs étreintes, détournait les yeux avec gêne puis, l'instant d'après, les reposait sur elle.

Leur rythme de travail était si intense qu'il lui fut impossible de lui parler en tête à tête, ne fût-ce que quelques secondes.

Le mardi soir, Khrouchtchev rentra tard chez lui, et tout le monde en fit autant. Le mercredi à la première heure, Dimka lui annonça une bonne nouvelle – transmise par sa sœur depuis Cuba : l'*Alexandrovsk* était arrivé à bon port à La Isabela. Le reste de la journée fut aussi chargé que la veille. Il ne cessait de croiser Natalia, mais ni l'un ni l'autre n'avaient une minute de répit.

Dimka en était arrivé à se poser des questions. Quel sens donnait-il, *lui*, à la nuit de lundi ? Quel avenir envisageait-il ? S'ils étaient encore en vie la semaine suivante, avait-il envie de passer le reste de son existence avec Natalia, avec Nina... ou sans l'une ni l'autre ?

Le jeudi, il était au désespoir. Aussi irrationnel que cela pût paraître, il tenait à résoudre son dilemme avant de périr dans une guerre atomique.

Il avait rendez-vous avec Nina ce soir-là : ils devaient aller au cinéma en compagnie d'Anna et de Valentin. S'il pouvait s'échapper du Kremlin pour ce rendez-vous, que dirait-il à Nina ?

La séance matinale du présidium commençait d'ordinaire à dix heures, et les conseillers se retrouvaient de façon informelle à huit heures dans la salle Nina Onilova. Le jeudi matin, Dimka arriva avec une nouvelle proposition de Khrouchtchev à leur présenter. Il espérait aussi s'entretenir en privé avec Natalia. Il était sur le point de l'aborder lorsque Ievguéni Filipov apparut avec les premières éditions des journaux européens. « Les manchettes sont unanimement négatives », annonça-t-il. Il feignait d'en être profondément affligé, mais Dimka savait que ses sentiments étaient diamétralement opposés. « Le retrait de nos navires est présenté comme une reculade humiliante de l'Union soviétique ! »

Il exagérait à peine, constata Dimka en parcourant les quotidiens.

Natalia se précipita pour défendre Khrouchtchev. « Et cela vous surprend ? rétorqua-t-elle. Tous ces journaux appartiennent à des capitalistes. Vous attendiez-vous à ce qu'ils célèbrent la sagesse et la retenue de notre dirigeant ? Seriez-vous naïf à ce point !

— C'est *vous* qui êtes naïve ! Le *Times* de Londres, le *Corriere della Sera* italien, *Le Monde* de Paris – tous ces journaux façonnent l'opinion des dirigeants du tiers-monde que nous espérons gagner à notre cause. »

C'était la vérité. À tort ou à raison, les habitants de la planète faisaient davantage confiance à la presse capitaliste qu'aux publications communistes.

« Nous ne pouvons pas définir notre politique étrangère en fonction des réactions probables de la presse occidentale, répliqua Natalia.

— Cette opération était censée être top secrète, rappela Filipov. Pourtant, les Américains en ont eu vent. Nous savons tous qui était responsable de la Sécurité. » Il voulait parler de Dimka. « Pourquoi l'intéressé est-il encore assis à cette table ? Ne devrait-on pas être en train de l'interroger ?

— Ce sont peut-être les dispositifs de sécurité de l'armée qui sont en cause », se défendit Dimka. Filipov travaillait pour le ministre de la Défense. « Quand nous saurons comment le secret a été ébruité, nous saurons aussi qui doit être interrogé. » L'argument était un peu faible, il le savait, mais il n'avait toujours aucune idée de l'origine de la catastrophe.

Filipov adopta alors un nouvel angle d'attaque. « Lors du présidium de ce matin, le KGB annoncera que les Américains ont accéléré leurs procédures de mobilisation en Floride. Les voies ferrées sont encombrées de convois chargés de tanks et de pièces d'artillerie. Le champ de courses de Hallandale a été réquisitionné par la 1re division blindée et plusieurs milliers d'hommes dorment dans les tribunes. Les usines d'armement tournent vingt-quatre heures sur vingt-quatre pour fournir des munitions aux avions chasseurs qui attaqueront les troupes cubaines et soviétiques. Des bombes au napalm... »

Natalia l'interrompit. « Nous l'avions prévu, ça aussi.

— Mais qu'allons-nous faire quand ils envahiront Cuba ? poursuivit Filipov. Si nous n'employons que des armes conventionnelles, nous ne pouvons pas gagner : les Américains sont trop puissants. Et si nous recourons à l'arme atomique ? Le président Kennedy a déclaré que si un seul missile nucléaire était lancé de Cuba, il bombarderait l'Union soviétique.

— Il ne parlait sans doute pas sérieusement, dit Natalia.

— Lisez les rapports du service de renseignement de l'armée Rouge. Les bombardiers américains nous encerclent en ce moment même ! » Il pointa l'index vers le plafond, comme s'ils avaient pu voir les avions au travers. « L'alternative est simple : d'un côté, et c'est la solution la plus favorable, l'humiliation sur la scène internationale, de l'autre, l'anéantissement nucléaire. »

Natalia resta muette. Aucun de ceux qui étaient assis autour de la table ne pouvait répondre à cela.

Aucun, sauf Dimka.

« Le camarade Khrouchtchev a une solution », annonça-t-il.

Tous le regardèrent d'un air surpris.

« Pendant la réunion de ce matin, le premier secrétaire nous exposera la proposition qu'il compte présenter aux États-Unis. » Silence de mort. « Nous démantèlerons nos missiles de Cuba... »

Il fut interrompu par une salve de réactions, du hoquet de surprise au cri de protestation. Il leva la main pour réclamer le silence.

« Nous démantèlerons nos missiles *en échange* de la garantie que nous voulons obtenir depuis le début. Les Américains devront s'engager à ne pas envahir Cuba. »

Il leur fallut quelques instants pour assimiler la nouvelle.

Natalia fut la première à comprendre. « C'est remarquable, lança-t-elle. Comment Kennedy pourrait-il refuser ? Il reconnaîtrait avoir l'intention d'envahir un pauvre pays du tiers-monde. Le monde entier lui reprocherait cette entreprise colonialiste. Et les États-Unis donneraient la preuve que nous avions raison, que Cuba a besoin de missiles nucléaires pour se défendre. » C'était la plus intelligente de toutes les personnes réunies à cette table, la plus belle aussi.

« Mais si Kennedy accepte, nous devrons rapatrier tous nos missiles, remarqua Filipov.

— Ils ne seront plus nécessaires ! insista Natalia. La révolution cubaine n'aura plus rien à craindre. »

Filipov aurait bien voulu la contrer, observa Dimka, mais il en était incapable. Après avoir mis l'Union soviétique dans une situation critique, Khrouchtchev avait trouvé un moyen honorable de l'en sortir.

À la fin de la réunion, Dimka réussit enfin à aborder Natalia. « Prenons une minute pour discuter des termes de la proposition de Khrouchtchev à Kennedy », lui proposa-t-il.

Ils se retirèrent dans un coin de la salle et s'assirent. Il était incapable de quitter des yeux le haut de sa robe, se rappelant ses petits seins aux mamelons dressés.

« Arrête de me reluquer comme ça », le gronda-t-elle.

Il se sentit ridicule. « Je ne te reluquais pas », s'indigna-t-il, tout en sachant que c'était faux.

Elle resta sourde à ses protestations. « Si tu continues, les autres finiront par remarquer quelque chose.

— Pardon, je ne peux pas m'en empêcher. » Dimka était consterné. Ce tête-à-tête était moins tendre que ce qu'il avait imaginé.

« Personne ne doit savoir ce qui s'est passé entre nous. » Elle semblait terrorisée.

Dimka avait l'impression de discuter avec une personne très différente de la joyeuse jeune femme sensuelle qui l'avait séduit pas plus tard que l'avant-veille. « Ça va, je n'ai pas l'intention de crier ça sur tous les toits, mais je ne pouvais pas savoir que c'était un secret d'État.

— Je suis mariée !

— Tu as l'intention de rester avec Nik ?

— C'est quoi cette question ?

— Vous avez des enfants ?

— Non.

— Le divorce, ça existe.

— Jamais mon mari n'accepterait de divorcer. »

Dimka la regarda fixement sans rien dire. L'argument ne tenait pas la route : une femme pouvait obtenir le divorce sans le consentement de son époux. Mais le problème n'était manifestement pas juridique. Natalia paraissait affolée. « Mais alors, pourquoi as-tu fait ça ? lui demanda Dimka.

— J'étais sûre que nous allions tous mourir !
— Et maintenant, tu le regrettes ?
— Je suis mariée ! » répéta-t-elle.
Cela ne répondait pas à sa question, mais il comprit qu'il n'obtiendrait rien de plus.
Boris Kozlov, un autre conseiller de Khrouchtchev, le héla : « Dimka ! Allons-y ! »
Dimka se leva. « On en reparlera un de ces jours, tu veux bien ? » murmura-t-il.
Natalia baissa les yeux sans rien dire.
« Allez Dimka, dépêchons-nous ! » insista Boris.
Il s'éloigna.
Le présidium passa le plus clair de la journée à discuter de la proposition de Khrouchtchev. Il y avait des complications. Les Américains insisteraient-ils pour inspecter les bases de lancement afin de vérifier qu'elles étaient bien désactivées ? Castro accepterait-il cette inspection ? Promettrait-il de ne pas déployer d'armes nucléaires provenant d'une autre source, de Chine par exemple ? Dimka restait cependant persuadé que c'était leur meilleure chance de paix.
Pendant ce temps, il ne cessait de penser à Nina et à Natalia. Avant de parler à cette dernière, il avait cru que c'était à lui de décider avec laquelle des deux femmes il souhaitait vivre. Il comprenait à présent qu'il s'était trompé. Ce n'était pas à lui de faire un choix.
Natalia ne quitterait jamais son mari.
Il prit alors conscience qu'il était fou d'elle comme jamais il ne l'avait été de Nina. Chaque fois qu'il entendait frapper à la porte de son bureau, il espérait que c'était elle. Il revoyait en esprit encore et encore les heures qu'ils avaient passées ensemble, se remémorant jusqu'à l'obsession le moindre de ses propos, jusqu'à cette déclaration inoubliable : « Oh ! Dimka, je t'adore. »
Ce n'était pas *Je t'aime*, mais tout de même, cela s'en rapprochait.
Pourtant, elle refusait de divorcer.
C'était quand même Natalia qu'il voulait.
Il allait donc devoir annoncer à Nina la fin de leur liaison. Il ne pouvait pas continuer à sortir avec une fille qui n'était pas celle qu'il aimait vraiment : ce serait malhonnête. Il pensa à

Valentin qui se moquerait bien de ses scrupules ! Mais il ne pouvait s'empêcher d'en avoir.

Natalia avait néanmoins l'intention de rester avec son mari. Et alors Dimka n'aurait plus personne.

Il parlerait à Nina le soir même. Ils devaient se retrouver tous les quatre chez elle. Il la prendrait à part et lui expliquerait... quoi donc ? Trouver les mots adéquats lui parut soudain presque impossible. Allons, se sermonna-t-il, tu as rédigé des discours pour Khrouchtchev, tu peux en écrire un pour toi-même.

Notre histoire est finie... Je ne veux plus te voir... Je croyais que je t'aimais, mais j'ai compris que non... Ça a été formidable tant que ça a duré...

Tout lui paraissait si cruel. N'existait-il donc aucune bonne manière de rompre ? Peut-être. Et pourquoi pas la vérité pure et simple ? *J'ai rencontré une autre femme et je l'aime vraiment...*

C'était encore pire.

En fin d'après-midi, Khrouchtchev décida que le présidium manifesterait publiquement sa bonne volonté en matière de politique étrangère en se rendant massivement au Bolchoï, où l'Américain Jerome Hines interprétait *Boris Godounov,* le plus populaire des opéras russes. Les conseillers étaient également invités. Dimka jugeait cette idée stupide. Qui pensaient-ils duper ? D'un autre côté, il était soulagé de pouvoir annuler son rendez-vous avec Nina, qu'il appréhendait désormais.

Il lui téléphona à son travail et réussit à la joindre juste avant son départ. « Je ne peux pas venir ce soir, lui annonça-t-il. Il faut que j'aille au Bolchoï avec le patron.

— Tu ne peux pas te défiler ?

— Tu plaisantes ? » Un homme qui travaillait pour le premier secrétaire aurait préféré manquer les funérailles de sa mère plutôt que de lui désobéir.

« Je veux te voir.

— C'est impossible.

— Passe chez moi après le spectacle.

— Il sera tard.

— Peu importe, viens, je te dis. Je serai debout, même si je dois t'attendre toute la nuit. »

Il était intrigué. Elle ne se montrait jamais aussi insistante. On aurait pu croire qu'elle avait besoin de lui, ce qui ne lui ressemblait pas. « Quelque chose ne va pas ?

— Il faut que je te parle.
— De quoi ?
— Tu le sauras ce soir.
— Dis-le-moi tout de suite. »

Nina raccrocha.

Dimka enfila son manteau et se rendit au théâtre, à quelques pas du Kremlin.

Jerome Hines mesurait près de deux mètres auxquels s'ajoutait encore une couronne surmontée d'une croix : sa présence était imposante. Sa voix de basse d'une puissance étonnante emplissait la salle qui en paraissait minuscule. Mais Dimka assista à l'opéra de Moussorgski sans en entendre grand-chose. Il ne regardait même pas la scène. Il passa la soirée à s'inquiéter tantôt des réactions américaines à la proposition de paix de Khrouchtchev, tantôt des réactions de Nina à sa déclaration de rupture.

Lorsque Khrouchtchev leur souhaita enfin bonne nuit, Dimka gagna l'appartement de la jeune fille, à un peu plus d'un kilomètre du théâtre. En chemin, il s'efforça de deviner de quoi Nina voulait lui parler. Peut-être souhaitait-elle mettre fin à leur liaison : quel soulagement ce serait ! Peut-être lui avait-on offert une promotion l'obligeant à déménager à Leningrad. Peut-être avait-elle rencontré quelqu'un d'autre et décidé que c'était l'homme de sa vie. À moins qu'elle ne soit souffrante : une maladie mortelle, sans doute liée aux mystérieuses raisons qui l'empêchaient d'avoir des enfants. Toutes ces hypothèses offraient une échappatoire à Dimka et il se rendit compte que n'importe laquelle ferait son affaire, peut-être même – à sa grande honte – celle de la maladie mortelle.

Non, se reprit-il, je ne souhaite pas vraiment sa mort.

Comme promis, Nina l'attendait.

Elle portait un peignoir de soie verte, comme si elle s'apprêtait à aller se coucher, mais était coiffée et avait même mis une touche de maquillage. Elle l'embrassa sur la bouche et il lui rendit son baiser, le cœur rongé de honte. Il trahissait Natalia en appréciant ce baiser, il trahissait Nina en pensant à Natalia. Ce double sentiment de culpabilité lui nouait l'estomac.

Nina lui servit un verre de bière, dont il but la moitié d'un trait pour se donner du courage.

Elle s'assit à côté de lui sur le canapé. Il était presque sûr qu'elle ne portait rien sous son peignoir. Le désir s'éveilla en lui et l'image de Natalia s'effaça un peu de son esprit.

« Nous ne sommes pas encore en guerre, lui annonça-t-il. Voici les nouvelles de mon côté. Et du tien ? »

Nina lui retira son verre de bière et le posa sur la table basse, puis le prit par la main. « Je suis enceinte. »

Dimka eut l'impression qu'on venait de l'assommer. Abasourdi, il la regarda sans comprendre. « Enceinte, répéta-t-il bêtement.

— D'un peu plus de deux mois.

— Tu en es sûre ?

— Ça fait deux fois que je n'ai pas mes règles.

— Mais même...

— Regarde. » Elle écarta son peignoir pour lui montrer ses seins. « Ils ont grossi. »

C'était vrai, constata-t-il avec un mélange de désir et de consternation.

« Et ils me font mal. » Elle referma le peignoir, mais sans serrer la ceinture. « Et je ne supporte plus la fumée de cigarette. Je me *sens* enceinte, bon sang. »

Ce n'était pas possible. « Mais tu m'avais dit...

— Que je ne pouvais pas avoir d'enfant. » Elle détourna les yeux. « C'est ce que prétendait le médecin.

— Tu es allée consulter ?

— Oui. Il a confirmé la grossesse. »

Incrédule, Dimka s'obstina : « Et comment l'explique-t-il ?

— Il dit que c'est un miracle.

— Les médecins ne croient pas aux miracles.

— Je le pensais. »

Dimka avait l'impression que le salon tournait autour de lui. Il déglutit et s'efforça de surmonter le choc. Il fallait être pragmatique. « Tu ne veux pas te marier et moi non plus, reprit-il. Qu'as-tu l'intention de faire ?

— Il faut que tu me donnes de l'argent pour me faire avorter. »

Dimka déglutit à nouveau. « D'accord. » Il était facile d'avorter à Moscou, mais ce n'était pas gratuit. Dimka se demanda comment trouver la somme nécessaire. Il avait envisagé de revendre sa moto pour acheter une voiture d'occasion. S'il remettait ce projet, il devrait pouvoir s'en tirer. À moins qu'il n'emprunte de l'argent à ses grands-parents. « Je peux faire ça », confirma-t-il.

Elle s'adoucit aussitôt. « Nous devrions en payer la moitié chacun. Ce bébé, on l'a fait ensemble. »

Soudain, Dimka se sentit différent. C'était ce mot qu'elle avait prononcé – *bébé*. Il ne savait plus ou il en était. Il s'imagina un bébé dans les bras, le regardant faire ses premiers pas, lui apprenant à lire, l'emmenant à l'école. « Tu es sûre que tu veux avorter ? demanda-t-il.

— Et *toi* ? Qu'en penses-tu ?

— Je ne sais pas trop. » Il se demanda pourquoi il hésitait. «Je ne pense pas que ce soit un péché, ni rien de ce genre. Mais je ne peux pas m'empêcher de l'imaginer... un petit bébé. » Il n'aurait su dire ce qui éveillait cette réaction en lui. « On ne pourrait pas le faire adopter ?

— Que j'accouche, puis qu'on le confie à des inconnus ?

— Je sais, ça ne m'enchante pas vraiment, moi non plus. Mais c'est dur d'élever un enfant toute seule. Je pourrais évidemment t'aider.

— Pourquoi ?

— Parce que cet enfant sera aussi le mien. »

Elle le prit par la main. « Merci d'avoir dit ça. » Elle lui parut soudain très vulnérable, et il sentit son cœur battre plus vite. « Nous nous aimons, n'est-ce pas ? demanda-t-elle.

— Oui. » En cet instant, il l'aimait. Il repensa à Natalia, mais curieusement, l'image qu'il avait d'elle était floue et lointaine, alors que Nina était là et bien là – en chair et en os, se dit-il, et cette expression lui parut plus pertinente que jamais.

« Nous aimerons cet enfant tous les deux, n'est-ce pas ?

— Oui.

— Eh bien alors...

— Mais tu ne veux pas te marier.

— Je ne voulais pas.

— Tu parles au passé.

— Je n'étais pas enceinte quand je disais ça.

— Tu as changé d'avis ?

— Tout me paraît différent maintenant. »

Dimka était désemparé. Étaient-ils vraiment en train de parler mariage ? Ne sachant pas quoi dire, il tenta de plaisanter : « Si tu veux qu'on se marie, où sont le pain et le sel ? » La cérémonie de fiançailles exigeait que les deux promis échangent le pain et le sel.

À son grand étonnement, elle éclata en sanglots.

Son cœur fondit. Il la prit dans ses bras. Elle commença par résister, puis se laissa étreindre. Il sentit ses larmes mouiller sa chemise. Il lui caressa les cheveux.

Elle leva la tête pour qu'il l'embrasse. Au bout d'une minute, elle se dégagea. « Tu veux bien me faire l'amour avant que je sois grosse et affreuse ? » Les pans de son peignoir s'écartèrent et il aperçut un sein moelleux, constellé de charmantes taches de rousseur.

« Bien sûr. » Et il refoula l'image de Natalia dans les profondeurs de son esprit.

Nina l'embrassa encore. Il lui caressa les seins : ils semblaient encore plus plantureux qu'avant.

Elle se dégagea à nouveau de son étreinte. « Tu ne parlais pas sérieusement au début, n'est-ce pas ?

— Comment ça ?

— Quand tu disais que tu n'avais pas l'intention de te marier. »

Il sourit, la main toujours sur son sein. « Non. Je ne parlais pas sérieusement. »

*

Le jeudi après-midi, George se sentit pris d'une légère propension à l'optimisme.

La marmite bouillonnait mais le couvercle tenait bon. Le blocus était en place, les transporteurs de missiles soviétiques avaient fait demi-tour et aucune bataille navale n'avait été signalée. Les États-Unis n'avaient pas encore envahi Cuba et personne n'avait lancé de missiles à ogive nucléaire. Peut-être pouvait-on encore éviter la Troisième Guerre mondiale.

Ce sentiment ne dura que quelques instants.

Les conseillers de Robert Kennedy disposaient d'un poste de télévision dans leur bureau du ministère de la Justice et, à cinq heures, ils assistèrent à une émission en direct depuis les Nations unies à New York. Le Conseil de sécurité était réuni : vingt sièges étaient disposés autour d'une table en forme de fer à cheval, à l'intérieur duquel avaient pris place des interprètes coiffés de casques. Le reste de la pièce grouillait de conseillers et d'autres observateurs, venus assister à l'affrontement entre les deux superpuissances.

L'ambassadeur américain auprès des Nations unies était Adlai Stevenson, un intellectuel dégarni qui s'était porté candidat aux primaires démocrates de 1960, et avait été vaincu par John Kennedy, nettement plus télégénique.

Le représentant soviétique, un homme insipide du nom de Valerian Zorine, discourait de la voix monocorde qu'on lui connaissait, affirmant que Cuba n'abritait aucune arme atomique.

George, qui suivait la session à la télévision depuis Washington, déclara exaspéré : « Quel fieffé menteur ! Pourquoi Stevenson ne sort-il pas ses photos ?

— C'est ce que le Président lui a dit de faire.

— Alors qu'est-ce qu'il attend ? »

Wilson haussa les épaules. « Les types comme Stevenson se croient toujours plus malins que les autres. »

Sur l'écran, on vit Stevenson se lever. « Permettez-moi de vous poser une question très simple. Monsieur l'Ambassadeur, niez-vous que l'URSS ait installé et continue d'installer à Cuba des bases de lancement et des missiles à portée moyenne et intermédiaire ? Oui ou non ?

— Vas-y, Adlai », dit George, et un murmure d'assentiment parcourut les hommes rassemblés avec lui devant le téléviseur.

À New York, Stevenson gardait les yeux fixés sur Zorine, assis à quelques sièges de lui autour du fer à cheval. Zorine prenait toujours des notes sur son bloc.

« Inutile d'attendre la traduction, s'impatienta Stevenson. C'est oui ou c'est non ? »

À Washington, les conseillers s'esclaffèrent.

Zorine finit par répondre en russe et son interprète traduisit : « Monsieur Stevenson, veuillez poursuivre votre déclaration, vous recevrez la réponse en temps voulu, ne vous inquiétez pas.

— Je suis prêt à attendre cette réponse jusqu'à ce que l'enfer soit pris dans les glaces. »

Les conseillers de Robert Kennedy applaudirent. L'Amérique leur montrait enfin de quel bois elle se chauffait !

Stevenson reprit alors : « Et je suis prêt à montrer ici même les preuves de ce que j'affirme.

— Oui ! fit George en levant le poing.

— Si vous voulez bien patienter quelques instants, nous allons installer au fond de la pièce des chevalets. J'espère que tout le monde verra bien. »

La caméra se braqua sur une demi-douzaine d'hommes en civil qui disposaient prestement toute une série d'agrandissements photographiques.

« On les tient, ces salopards ! » lança George.

La voix de Stevenson, sèche et mesurée, continuait l'exposé avec une nuance d'agressivité. « La première série de clichés concerne une zone située au nord du village de Candelaria, près de San Cristobal, au sud-ouest de La Havane. Le premier a été pris dans cette zone à la fin du mois d'août 1962 ; ce n'était alors qu'un coin de campagne paisible. »

Représentants et conseillers se pressaient autour des chevalets, s'efforçant de voir ce que Stevenson leur décrivait.

« Sur la deuxième photographie, vous pouvez voir le même secteur, la semaine dernière. Des tentes et des véhicules ont fait leur apparition, une route secondaire a été tracée et la route principale refaite. »

Stevenson marqua une pause au milieu d'un silence de plomb. « La troisième photographie, prise à peine vingt-quatre heures plus tard, montre des installations destinées à accueillir un bataillon de missiles à moyenne portée », expliqua-t-il.

Un murmure de surprise général ponctué d'exclamations émana des conseillers.

Stevenson poursuivit. De nouvelles photographies furent produites. Jusqu'alors, certains dirigeants avaient accordé foi aux dénégations de l'ambassadeur soviétique. Désormais, tout le monde était fixé.

Zorine, le visage figé, restait muet.

George quitta le téléviseur des yeux en voyant Larry Mawhinney entrer dans la pièce. George lui jeta un regard soupçonneux. Leur dernier entretien avait été assez houleux. Mais aujourd'hui, il semblait d'humeur amicale.

« Salut, George, dit-il, comme s'ils n'avaient jamais échangé de propos acerbes.

— Des nouvelles du Pentagone ? demanda George d'un ton neutre.

— Je suis venu vous prévenir que nous allons arraisonner un navire soviétique, annonça Larry. Le Président en a pris la décision il y a quelques minutes. »

Le cœur de George s'emballa. « Merde, fit-il. Juste au moment où je commençais à croire que ça se calmait.

— Il estime apparemment que la quarantaine n'a aucun sens si nous n'interceptons pas au moins un bâtiment suspect afin de l'inspecter. Il s'est déjà fait éreinter parce que nous avons laissé passer un pétrolier.

— Quel type de navire allons-nous arrêter ?

— Le *Marucla*, un cargo libanais à équipage grec, affrété par le gouvernement soviétique. Il a appareillé de Riga avec, prétend-on, un chargement de papier, de soufre et de pièces détachées destinées à des camions soviétiques.

— Je ne vois pas les Soviétiques confier leurs missiles à des marins grecs.

— Si vous avez raison, tout se passera bien. »

George consulta sa montre. « C'est prévu pour quelle heure ?

— Il fait nuit au-dessus de l'Atlantique. Ils devront attendre le matin. »

Larry repartit et George se demanda si cette initiative était dangereuse. Difficile à dire. Si le *Marucla* était aussi innocent qu'il le prétendait, peut-être l'interception se déroulerait-elle sans violence. Mais s'il transportait des armes atomiques, que se passerait-il ? Le président Kennedy avait pris une nouvelle décision risquée.

Et il avait séduit Maria Summers.

George n'était pas très surpris que Kennedy ait une liaison avec une jeune Noire. Si la moitié seulement des rumeurs sur ses amours étaient fondées, il n'était pas très difficile de plaire au Président : il appréciait autant les femmes mûres que les adolescentes, les blondes que les brunes, ses égales dans la haute société que les petites dactylos écervelées.

George se demanda un instant si Maria se doutait qu'elle n'était que l'une des nombreuses conquêtes du Président.

John Kennedy n'était pas obnubilé par les problèmes raciaux, qu'il considérait comme une question purement politique. Bien qu'il ait refusé de se faire photographier avec Percy Marquand et Babe Lee de crainte de perdre des voix, George l'avait vu serrer la main d'hommes et de femmes noirs, discuter et rire avec eux avec aisance et décontraction. On lui avait également dit que Kennedy participait à des soirées en présence de prostituées de toutes couleurs de peau, mais il ignorait si c'était vrai.

C'était son insensibilité qui choquait George. Moins à cause de l'intervention qu'avait dû subir Maria – encore qu'elle ait été certainement désagréable –, que de la solitude dans laquelle il l'avait laissée. Le responsable de sa grossesse aurait dû venir la chercher après l'opération, la reconduire chez elle et rester à ses côtés jusqu'à ce qu'elle soit parfaitement rétablie. Un coup de fil, c'était un peu maigre. Qu'il soit président ne constituait pas une excuse valable. John Kennedy était tombé bien bas dans l'estime de George.

À l'instant même où il pensait à ces irresponsables qui engrossent des filles trop naïves, son père entra dans le bureau.

George sursauta. Greg n'était jamais venu le voir au travail.

« Salut, George », dit-il, et ils se serrèrent la main comme s'ils n'étaient pas père et fils. Greg portait un costume fripé coupé dans une étoffe qui devait être du cachemire, aux rayures bleues très fines. Si je pouvais me payer un costume pareil, songea George, je me débrouillerais pour le faire repasser. C'était une réflexion qu'il se faisait souvent en voyant son père.

« Je ne m'attendais pas à te voir, remarqua-t-il. Comment vas-tu ?

— Je passais devant ta porte. Tu viens prendre un café ? »

Ils se rendirent à la cafétéria. Greg commanda du thé et George une bouteille de Coca avec une paille. Comme ils s'asseyaient, George dit : « Quelqu'un m'a demandé de tes nouvelles l'autre jour. Une dame du service de presse.

— Ah oui ? Comment s'appelle-t-elle ?

— Nell quelque chose. Je ne sais plus très bien. Nelly Ford ?

— Nelly Fordham. » Le regard de Greg se perdit dans le lointain, comme s'il s'abîmait dans la nostalgie de souvenirs déjà presque évanouis.

George était amusé. « Une petite amie, je parie.

— Bien plus que ça. Nous étions fiancés.

— Mais vous ne vous êtes pas mariés.

— Elle a rompu. »

George hésita. « Ça ne me regarde sûrement pas, mais... pourquoi ?

— Eh bien... si tu veux tout savoir, elle a découvert ton existence et m'a dit qu'elle ne souhaitait pas épouser un homme qui avait déjà une famille. »

George était fasciné. Il était rare que son père lui parle ouvertement de ce temps-là.

Greg prit un air pensif. « Nelly avait probablement raison, reprit-il. Vous étiez ma famille, ta mère et toi. Mais je ne pouvais pas épouser ta maman – impossible de faire une carrière politique avec une épouse noire. J'ai choisi la carrière. Je ne peux pas dire que cela m'ait apporté le bonheur.

— Tu ne m'as jamais parlé de ça.

— Je sais. Il faut la menace d'une Troisième Guerre mondiale pour que je te dise la vérité. À propos, comment la situation évolue-t-elle à ton avis ?

— Attends. Il a été question un moment que tu épouses Mom ?

— Quand j'avais quinze ans, c'était ce que je voulais le plus au monde. Mais mon père a tout fait pour m'en empêcher. Il y aurait bien eu une autre occasion, dix ans plus tard, mais j'avais alors assez de bouteille pour comprendre que c'était une folie. Tu sais, ce n'est déjà pas facile aujourd'hui, dans les années 1960, pour les couples mixtes. Alors imagine ce que cela aurait été dans les années 1940... Nous aurions été malheureux tous les trois. Et puis, je n'ai pas eu le courage, ajouta-t-il tristement – et *ça*, c'est la vérité. Maintenant, parle-moi de la crise. »

George fit un effort pour en revenir aux missiles cubains. « Il y a une heure, je commençais à croire qu'on allait pouvoir s'en sortir... mais le Président vient d'ordonner à la marine d'intercepter un navire soviétique demain matin. » Il donna à Greg des détails sur le *Marucla*.

« Si ce cargo n'a rien à se reprocher, il ne devrait pas y avoir de problème, commenta Greg.

— Exact. Nos hommes monteront à bord, inspecteront la cargaison, distribueront des bonbons et s'en iront.

— Des bonbons ?

— Chaque bâtiment d'interception s'est vu accorder deux cents dollars de “matériel de fraternisation” – friandises, revues et briquets bon marché.

— Que Dieu bénisse l'Amérique. Mais...

— Mais si les marins grecs sont des soldats soviétiques et que la cargaison est faite d'ogives nucléaires, le navire ne s'arrêtera probablement pas quand on lui en donnera l'ordre. Alors ça commencera à canarder.

— Je ferais mieux de te laisser, il faut que tu sauves le monde. »

Ils se levèrent et sortirent de la cafétéria. Dans le hall, ils échangèrent une nouvelle poignée de main. « En fait, si je suis venu ici... » commença Greg.

George attendit.

« Nous allons peut-être tous mourir ce week-end, alors avant ça, je tenais à ce que tu saches une chose.

— Oui... » George était curieux d'entendre la suite.

« Tu es ce qui m'est arrivé de mieux dans la vie.

— Oh ! fit George à mi-voix.

— Je n'ai pas été un très bon père, je n'ai pas été sympa avec ta mère et... tu sais déjà tout ça. Mais je suis fier de toi, George. Je ne suis pour rien dans ce que tu es devenu, je le sais, mais, bon sang ! Je suis fier de toi. » Il avait les larmes aux yeux.

Jamais George n'aurait cru que son père pouvait éprouver des sentiments aussi violents. Il n'en revenait pas. Il ne savait pas comment réagir à des émotions tellement inattendues. Finalement, il se contenta de dire : « Merci.

— Adieu, George.

— Adieu.

— Que Dieu te bénisse et te protège », ajouta Greg, et il s'éloigna.

*

De bonne heure le vendredi matin, George se rendit dans la salle de crise de la Maison Blanche.

Le président Kennedy avait fait aménager cette pièce au sous-sol de l'aile ouest, où elle remplaçait une salle de bowling. Elle était officiellement destinée à faciliter les communications en cas d'urgence. En vérité, Kennedy était persuadé que les militaires lui avaient dissimulé des informations lors de l'opération de la baie des Cochons et voulait s'assurer qu'ils n'auraient aucune possibilité de récidiver.

Ce matin-là, les murs étaient couverts de cartes à grande échelle représentant Cuba et ses abords maritimes. Les téléscripteurs crépitaient comme des cigales par temps chaud. C'est ici qu'étaient retranscrits tous les télégrammes du Pentagone. Le Président pouvait écouter l'intégralité des communications militaires. Le blocus cubain était coordonné depuis une salle du Pentagone baptisée la « passerelle-amiral », mais on pouvait entendre dans cette pièce ses échanges radio avec les navires.

L'armée détestait la salle de crise.

George prit place sur une chaise moderne et inconfortable, devant une table bon marché, et écouta. Il repensait encore à sa conversation de la veille avec Greg. Celui-ci s'attendait-il à ce qu'il se jette dans ses bras en criant « Papa » ? Probablement pas. Greg semblait à l'aise dans son rôle d'oncle, et cela convenait parfaitement à George. Ce n'était pas à vingt-six ans qu'il allait commencer à le traiter comme un père ordinaire. Il n'empêche qu'il était plutôt heureux de ce qu'il lui avait dit. Mon père m'aime, songea-t-il ; c'est forcément une bonne chose.

L'USS *Joseph P. Kennedy, Jr.* arraisonna le *Marucla* à l'aube.

Le *Kennedy* était un destroyer de deux mille quatre cents tonneaux armé de huit lance-missiles, d'un lance-roquettes anti-sous-marin, de six lance-torpilles et de deux canons de 380. Il pouvait également larguer des charges nucléaires sous-marines.

Le *Marucla* coupa aussitôt ses moteurs et George poussa un soupir.

Le *Kennedy* mit à l'eau une chaloupe avec six hommes à bord. La mer était agitée, mais les marins du *Marucla* jetèrent une échelle de corde pour les aider à monter. La houle ne leur facilitait cependant pas la tâche. L'officier responsable ne voulait pas se ridiculiser en tombant à l'eau, mais il finit par tenter le coup, saisissant l'échelle d'un bond pour monter à bord du cargo. Ses hommes le suivirent.

Les marins grecs leur offrirent du café.

Ils se montrèrent ravis d'ouvrir les écoutilles pour laisser les Américains inspecter leur cargaison, laquelle correspondait plus ou moins à ce qui avait été annoncé. La tension monta d'un cran lorsque les Américains insistèrent pour ouvrir une caisse étiquetée « Instruments scientifiques », qui contenait finalement du matériel de laboratoire aussi peu sophistiqué que celui d'un lycée.

Les Américains repartirent et le *Marucla* reprit la direction de La Havane.

Après avoir téléphoné à Robert Kennedy pour lui faire part de la bonne nouvelle, George sauta dans un taxi.

Il demanda au chauffeur de le conduire au carrefour de la 5e Rue et de K Street, dans l'un des quartiers les plus pauvres de la ville. C'était là, au-dessus du hall d'exposition d'un concessionnaire automobile, que se trouvait le Centre national d'interprétation photographique de la CIA. George, très intéressé par cette technique, avait demandé à bénéficier d'un briefing spécial et, comme il travaillait pour Bob, sa requête avait été acceptée. Se frayant un chemin parmi les bouteilles de bière qui jonchaient le trottoir, il entra dans le bâtiment et franchit un tourniquet de sécurité ; on l'escorta ensuite jusqu'au troisième étage.

Il fut accueilli par un photo-interprète grisonnant du nom de Claud Henry, qui avait appris le métier pendant la Seconde Guerre mondiale en analysant des photographies aériennes des dégâts provoqués par les bombardements en Allemagne.

« Hier, dit-il à George, la marine a envoyé des chasseurs Crusader survoler Cuba, de sorte que nous disposons de photos prises à faible altitude, plus faciles à déchiffrer. »

George ne trouva pas cela si facile. À ses yeux, les clichés punaisés aux murs du bureau de Claud ressemblaient à de l'art abstrait, des formes dénuées de sens, agencées en compositions aléatoires. « Ce que vous voyez ici, c'est une base militaire soviétique, fit Claud en désignant une des photos.

— Comment le savez-vous ?

— Là, c'est un terrain de football. Les Cubains ne jouent pas au football. Si c'était un camp militaire cubain, il y aurait un terrain de baseball. »

George acquiesça. Astucieux, se dit-il.

« Voici une rangée de chars T-54. »

George ne voyait que des carrés noirs.

« Ces tentes abritent des missiles, poursuivit Claud. À en croire nos tentologues.

— Vos tentologues ?

— Oui. Personnellement, je suis caissologue. C'est moi qui ai rédigé le manuel de la CIA sur les caisses. »

George sourit. « C'est une blague ?

— Quand les Soviétiques expédient des objets volumineux, comme des chasseurs, par exemple, ils doivent être arrimés sur le pont des navires. Ils les déguisent en les mettant dans des caisses. Mais en général, nous arrivons à déterminer les dimensions de chaque caisse. Celles qui contiennent des Mig-15 n'ont pas la même taille que celles qui contiennent des Mig-21.

— Dites-moi une chose. Est-ce que les Soviétiques possèdent le même degré d'expertise que nous ?

— Probablement pas. Réfléchissez. Ils ont abattu un U-2, ils savent donc que nous disposons d'avions espions volant à haute altitude. Mais ils pensaient pouvoir lancer des missiles depuis Cuba sans que nous les repérions. Hier encore, ils niaient l'existence de ces missiles. Il a fallu que nous leur montrions les photos. S'ils savent que nous avons des avions espions, ils ignoraient avant aujourd'hui que nous pouvions détecter leurs missiles depuis la stratosphère. Ce qui m'amène à conclure qu'ils n'ont pas atteint notre niveau en matière de photo-interprétation.

— Cela me paraît sensé.

— Mais voici la révélation de la nuit dernière. » Claud désigna du doigt un objet pourvu d'ailerons. « Mon patron va en aviser le Président dans l'heure qui vient. Ce machin-là mesure dix mètres soixante-dix de long. Nous appelons ça un FROG – Free Rocket Over Ground. C'est un missile à courte portée conçu pour les affrontements au sol.

— Qui sera donc utilisé contre nos troupes si nous envahissons Cuba.

— Oui. Et ils peuvent être équipés d'une ogive nucléaire.

— Et merde !

— C'est probablement ce que dira le président Kennedy. »

XVIII

Le vendredi soir, la radio était allumée dans la cuisine de la maison de Great Peter Street. Les habitants de toute la planète avaient l'oreille collée au poste, attendant les bulletins d'information, la peur au ventre.

C'était une grande cuisine, avec une longue table en pin brossé au centre. Jasper Murray préparait des toasts en lisant la presse. Lloyd et Daisy Williams recevaient tous les quotidiens londoniens ainsi que certains journaux du reste de l'Europe. En tant que député, Lloyd s'était spécialisé dans les affaires étrangères, un domaine qui le passionnait depuis qu'il avait participé à la guerre d'Espagne. Jasper parcourait les pages en quête d'un signe d'espoir.

Le lendemain, un samedi, une manifestation était prévue à Londres, en admettant que Londres ne soit pas devenue un champ de ruines au lever du soleil. Jasper y assisterait en tant que reporter du *St Julian's News*, son journal d'étudiants. Jasper n'aimait pas particulièrement le reportage : il préférait les articles de fond, plus longs et plus documentés, où il pouvait prendre plus de liberté dans la rédaction. Il espérait pouvoir travailler un jour dans une revue, ou peut-être même à la télévision.

Mais avant cela, son ambition était de devenir rédacteur en chef du *St Julian's News*. Ce poste s'accompagnait d'un petit salaire et permettait de bénéficier d'une année sabbatique. Il était très convoité, car son titulaire était presque assuré d'obtenir un emploi de journaliste une fois son diplôme en poche. Jasper s'était porté candidat, mais on lui avait préféré Sam Cakebread. C'était un nom très connu dans la presse britannique. Le père de Sam était rédacteur en chef adjoint du *Times* et son oncle était un commentateur radio très populaire.

Sa sœur cadette, également élève à St Julian's College, avait fait un stage au magazine *Vogue*. Jasper soupçonnait Sam d'avoir décroché le poste grâce à son nom plus qu'à ses compétences.

Mais, en Angleterre, les compétences ne suffisaient jamais. Le grand-père de Jasper était général, et son père avait entamé une carrière militaire prometteuse jusqu'à ce qu'il commette l'erreur d'épouser une Juive, ce qui lui avait valu de ne jamais dépasser le grade de colonel. La classe dirigeante britannique ne pardonnait pas à ceux qui violaient ses règles. Ce n'était pas le cas aux États-Unis, avait entendu dire Jasper.

Evie Williams se trouvait également à la cuisine, en train de préparer une affiche proclamant « PAS TOUCHE À CUBA ».

Elle n'avait plus le béguin pour Jasper, heureusement. Aujourd'hui âgée de seize ans, elle était très belle, dans le style pâle et éthéré, mais trop péremptoire et passionnée à son goût. Le garçon qui voudrait sortir avec elle devrait partager son engagement en faveur de toute une série de campagnes contre la cruauté et l'injustice, de l'apartheid en Afrique du Sud aux expériences sur les animaux. Ce n'était pas le genre de Jasper et, de toute façon, il préférait les filles comme la malicieuse Beep Dewar, qui, à treize ans à peine, lui avait enfoncé la langue dans la bouche et s'était frottée contre son sexe en érection.

Sous les yeux de Jasper, Evie dessina dans le « O » de « touche » le symbole à quatre branches de la campagne pour le désarmement nucléaire. « Comme ça, lui dit-il, ton slogan défend deux causes idéalistes pour le prix d'une !

— Il n'est pas question d'idéalisme, répliqua-t-elle sèchement. Si la guerre éclate ce soir, sais-tu quelle sera la première cible des bombes atomiques soviétiques ? L'Angleterre. Parce que nous possédons l'arme nucléaire et qu'ils doivent nous éliminer avant d'attaquer les États-Unis. Ils ne bombarderont ni la Norvège, ni le Portugal, ni les autres pays qui ont eu la sagesse de ne pas se lancer dans la course aux armements. Il suffit de réfléchir avec un minimum de logique aux questions de défense pour comprendre que la force nucléaire ne nous protège pas – elle nous met en danger. »

Jasper n'avait pas fait cette remarque sérieusement, mais Evie prenait tout au sérieux.

Son frère Dave, quatorze ans, était lui aussi dans la cuisine où il confectionnait de petits drapeaux cubains. Il avait peint les couleurs au pochoir sur du papier à gros grain et agrafait les pavillons sur des bâtonnets de contreplaqué. Jasper lui en voulait de mener une vie de privilégié, d'avoir des parents aisés et indulgents, mais il s'efforçait d'être aimable. « Tu vas en faire combien ? demanda-t-il.

— Trois cent soixante.

— Tu n'as pas choisi ce nombre au hasard, je suppose.

— Si les bombes ne nous tuent pas tous pendant la nuit, je compte les vendre à six pence pièce lors de la manifestation de demain. Trois cent soixante fois six pence, ça fait cent quatre-vingts shillings, soit neuf livres, le prix de l'amplificateur que je veux acheter. »

Dave avait le sens des affaires. Jasper se rappelait sa buvette au spectacle du lycée, tenue par des adolescents qui se démenaient parce qu'il les payait au pourcentage. Mais Dave était mauvais élève et se classait parmi les derniers dans toutes les matières. Ce qui mettait son père en rage, car dans d'autres domaines, Dave faisait preuve d'une vive intelligence. Lloyd l'accusait de paresse, alors que Jasper estimait que le problème était plus complexe. Dave avait du mal à déchiffrer tout ce qui était écrit. Ses devoirs étaient lamentables, bourrés de fautes d'orthographe et même de lettres interverties. Cela rappelait à Jasper son meilleur camarade de classe, incapable de chanter l'hymne de l'école : il avait du mal à percevoir la différence entre son bourdonnement monocorde et la mélodie que chantaient les autres élèves. De même, Dave devait se concentrer pour distinguer le « d » du « b ». Il rêvait de combler les attentes de ses brillants parents sans jamais y parvenir.

Son esprit devait vagabonder pendant qu'il fabriquait ses drapeaux à six pence, car il dit soudain, à brûle-pourpoint : « Ta mère et la mienne ne devaient pas avoir grand-chose en commun quand elles se sont connues.

— En effet, approuva Jasper. Daisy Pechkov était la fille d'un gangster américain d'origine russe. Eva Rothmann celle d'un médecin juif de la bourgeoisie berlinoise, envoyée en Amérique pour fuir le nazisme. Ta mère a hébergé la mienne. »

Evie, qu'on avait baptisée ainsi à cause d'Eva, intervint : « Ma mère a le cœur sur la main, c'est sûr.

— J'aimerais bien qu'on m'envoie en Amérique, murmura Jasper, à moitié pour lui-même.

— Tu n'as qu'à y aller ! lança Evie. Tu pourrais leur dire de fiche la paix au peuple cubain. »

Jasper se souciait comme d'une guigne du sort des Cubains. « Je n'ai pas les moyens. » Même logé gratuitement, il était trop fauché pour s'acheter un billet pour les États-Unis.

À cet instant, la femme au cœur sur la main entra dans la cuisine. À quarante-six ans, Daisy Williams était toujours séduisante, avec ses grands yeux bleus et ses boucles blondes : dans sa jeunesse, elle avait dû être irrésistible, songea Jasper. Ce soir-là, elle était vêtue plutôt sobrement, d'une jupe bleue avec une veste assortie, sans bijou ; elle préférait sans doute ne pas faire étalage de sa fortune pour mieux jouer son rôle d'épouse d'un homme politique, se dit Jasper, sardonique. Sa silhouette s'était très légèrement empâtée, mais elle était encore longiligne. L'imaginant nue, il se dit qu'elle serait sans doute plus ardente au lit que sa fille Evie. Daisy devait être prête à tout, comme Beep. Il s'étonna de fantasmer ainsi sur une femme qui avait l'âge de sa mère. Heureusement que les femmes ne savaient pas lire dans les pensées des hommes.

« Quelle belle scène, observa-t-elle avec amour. Trois enfants travaillant dans le calme. » Elle avait toujours une pointe d'accent américain, atténué pourtant par le quart de siècle qu'elle avait passé à Londres. Elle jeta un regard surpris aux drapeaux de Dave. « Voilà que tu t'intéresses à l'actualité mondiale ? C'est nouveau.

— J'ai l'intention de les vendre à six pence pièce.

— J'aurais dû me douter que tu ne travaillais pas pour la paix dans le monde.

— La paix dans le monde, je laisse ça à Evie.

— Il faut bien que quelqu'un s'en soucie, répliqua cette dernière avec fougue. Nous risquons d'être morts avant la manifestation, tu sais – tout ça à cause de l'hypocrisie des Américains. »

Jasper se tourna vers Daisy, mais elle ne semblait pas offensée. Elle avait l'habitude des jugements moraux péremptoires de sa fille. « Ils ont été terrifiés par les missiles de Cuba, dit-elle d'une voix posée.

— Comme ça, ils sauront quel effet ça fait aux autres, et ils retireront peut-être leurs propres missiles de Turquie.

— Je pense que tu as raison et que le président Kennedy n'aurait pas dû les déployer là-bas. Cela étant, il y a quand même une différence. Ici, en Europe, nous avons l'habitude d'avoir des missiles pointés sur nous – de part et d'autre du Rideau de fer. Mais en envoyant clandestinement des missiles à Cuba, Khrouchtchev a bouleversé le statu quo.

— La justice, c'est la justice.

— Et la politique sur le terrain, c'est autre chose. Mais l'histoire se répète étrangement, tu sais. Mon fils ressemble à mon père, toujours à l'affût d'une occasion de gagner un peu d'argent, même à la veille d'une guerre mondiale. Quant à ma fille, elle me fait penser à Grigori, mon oncle bolchevique, bien décidé à changer le monde. »

Evie leva les yeux. « S'il était bolchevique, il a changé le monde, en effet.

— Mais était-ce en mieux ? »

Lloyd entra. Comme ses ancêtres mineurs, il était petit et large d'épaules. Quelque chose dans sa démarche rappela à Jasper qu'il avait jadis été champion de boxe. Il était vêtu à l'ancienne mode mais avec élégance, d'un costume noir aux chevrons discrets, avec une pochette en lin d'un blanc immaculé. De toute évidence, Lloyd et Daisy se rendaient à une soirée politique. « Si tu es prête, nous pouvons y aller, chérie, dit-il à sa femme.

— On va parler de quoi, à votre réunion ? demanda Evie.

— De Cuba, répondit son père. Évidemment ! » Il remarqua son écriteau. « Je vois que tu t'es déjà fait une opinion sur la question.

— C'est assez simple, tu ne crois pas ? Le peuple cubain doit avoir le droit de choisir sa destinée – c'est un principe démocratique fondamental ou je me trompe ? »

Jasper sentit l'imminence d'une querelle. Dans cette famille, la moitié des disputes concernait la politique. Lassé par l'idéalisme d'Evie, il aborda un autre sujet : « Demain, Hank Remington va chanter "Poison Rain" à Trafalgar Square. » Remington, de son vrai nom Harry Riley, était le chanteur irlandais d'un groupe de pop-music baptisé les Kords. Cette chanson parlait des retombées nucléaires.

« Il est formidable, s'exclama Evie. Quelle lucidité ! » Hank était l'un de ses héros.

« Il est venu me voir », annonça Lloyd.

Evie changea aussitôt de ton. « Tu aurais pu me le dire !

— Je n'en ai pas eu l'occasion, ça s'est passé aujourd'hui.

— Que penses-tu de lui ?

— C'est un authentique génie de la classe ouvrière.

— Que voulait-il ?

— Que je prenne la parole à la Chambre des communes pour accuser le président Kennedy de pousser à la guerre.

— Il a raison !

— Et que se passera-t-il si le parti travailliste remporte les prochaines élections ? Imagine que je devienne ministre des Affaires étrangères. Je pourrais devoir me rendre à la Maison Blanche pour demander au président des États-Unis de soutenir une décision de notre gouvernement, par exemple une résolution des Nations unies condamnant la discrimination raciale en Afrique du Sud. Kennedy pourrait se rappeler que je l'ai insulté et me dire d'aller me faire voir.

— Tu devrais quand même le faire.

— En général, accuser quelqu'un de pousser à la guerre ne sert à rien. Si je pensais que cela peut résoudre la crise actuelle, je le ferais. Mais c'est une carte qu'on ne peut jouer qu'une fois, et je préfère la garder pour une phase de jeu plus favorable. »

Lloyd était un politicien pragmatique, songea Jasper. Il l'approuvait.

Ce n'était pas le cas d'Evie. « Moi, je pense que les gens devraient avoir le courage de dire la vérité », insista-t-elle.

Lloyd sourit. « Je suis fier d'avoir une fille comme toi. J'espère que tu t'accrocheras à cette conviction toute ta vie. Mais il faut que j'aille expliquer cette crise à mes électeurs de l'East End.

— Au revoir, les enfants, dit Daisy. À plus tard. »

Ils sortirent.

« Qui est le vainqueur de ce débat ? » demanda Evie.

Ton père, pensa Jasper, et haut la main ; mais il préféra ne pas le dire.

*

George était rongé d'angoisse en regagnant le centre-ville de Washington. Tout le monde partait de l'hypothèse qu'une invasion de Cuba serait forcément un succès. Ces FROG remettaient tout en question. Les soldats américains auraient désormais à affronter des armes nucléaires tactiques. Peut-être l'emporteraient-ils tout de même, mais la guerre serait plus acharnée et plus meurtrière, et son issue était désormais incertaine.

Il descendit du taxi devant la Maison Blanche et passa au service de presse. Maria était à son poste. Il fut ravi de constater qu'elle avait bien meilleure mine que trois jours plus tôt. « Ça va, merci », répondit-elle lorsqu'il s'enquit de sa forme. Il se sentit un peu plus léger, pourtant un gros fardeau continuait de peser sur son cœur. Physiquement, elle se remettait, mais il ignorait l'étendue des dégâts psychologiques de cette liaison clandestine.

Comme elle n'était pas seule, il s'abstint de lui poser des questions plus intimes. Un jeune Noir en veste de tweed se tenait à côté d'elle. «Je te présente Leopold Montgomery, dit-elle. Il travaille pour Reuters. Il est venu chercher un communiqué de presse.

— Appelez-moi Lee, dit le jeune homme.

— Les journalistes de couleur doivent être rares à Washington, observa George.

— Je suis le seul.

— George Jakes travaille avec Robert Kennedy », expliqua Maria.

L'intérêt de Lee sembla soudain s'éveiller. « Comment est-il ?

— C'est un boulot fantastique, dit George en éludant la question. Pour l'essentiel, je lui donne des conseils en matière de droits civiques. Nous intentons des actions en justice contre les États sudistes qui empêchent les Noirs de voter.

— Ce qu'il nous faut, c'est une nouvelle loi sur les droits civiques.

— À qui le dites-vous ! » George se tourna vers Maria. «Je ne peux pas rester. Je suis ravi que tu ailles mieux.

— Si vous allez au ministère de la Justice, je vous accompagne », fit Lee.

George évitait de fréquenter les journalistes, mais il se sentit des affinités avec Lee, qui s'efforçait de se faire une place dans les milieux blancs de Washington, un peu comme lui. Aussi accepta-t-il.

« Merci d'être venu, Lee, lança Maria. Rappelez-moi si vous avez besoin de précisions sur ce communiqué.

— Je n'y manquerai pas. »

George et Lee sortirent du bâtiment et s'engagèrent dans Pennsylvania Avenue. « De quoi parle ce fameux communiqué ? demanda George.

— Les navires russes ont fait demi-tour, mais les Soviétiques continuent à construire des bases de lancement de missiles à Cuba. Ils ont même accéléré le mouvement. »

George repensa aux photographies aériennes qu'il venait de voir. Il fut tenté d'en parler à Lee. Il aurait bien aimé donner un scoop à ce jeune reporter noir. Mais c'eût été un grave manquement à son obligation de réserve, et il résista à la tentation. « C'est possible, remarqua-t-il sans se compromettre.

— On a l'impression que l'administration ne fait rien.

— Que voulez-vous dire ?

— Le blocus est manifestement inefficace et le Président ne prend aucune autre initiative. »

George fut piqué au vif. Cette administration, il en faisait partie, même si sa fonction était des plus modestes, et l'accusation lui semblait injuste. « Dans son discours télévisé de lundi, le Président a bien précisé que ce blocus n'était qu'une première étape.

— Il va prendre d'autres décisions ?

— C'est ce qu'il avait en tête, de toute évidence.

— Et que compte-t-il faire ? »

George sourit, comprenant que l'autre cherchait à lui tirer les vers du nez. « À suivre... » dit-il.

Lorsqu'il arriva au ministère, Bob était fou de rage. Il n'était pas homme à hurler, pester et jeter des objets à l'autre bout de la pièce. Sa colère était froide et cinglante. Tous étaient impressionnés par l'éclat glacial de ses yeux bleus.

« Après qui en a-t-il ? demanda George à Dennis Wilson.

— Tim Tedder. Il a envoyé des agents d'infiltration à Cuba, trois équipes de six hommes. D'autres sont prêts à les rejoindre.

— Hein ? Pourquoi ? Qui a autorisé la CIA à faire ça ?

— Ça faisait partie de l'opération Mangouste, et apparemment, personne ne leur a dit d'arrêter les frais.

— Mais ils risquent de déclencher la Troisième Guerre mondiale à eux tout seuls !

— C'est pour ça que Bob est en pétard. Par ailleurs, ils ont envoyé deux hommes saboter une mine de cuivre... et, malheureusement, on a perdu tout contact avec eux.

— Ces types sont probablement en taule à l'heure qu'il est, en train de dessiner les plans de l'antenne de la CIA à Miami au bénéfice de leurs interrogateurs soviétiques.

— Il y a des chances.

— Le moment est vraiment mal choisi, pour tout un tas de raisons, remarqua George. Cuba est sur le pied de guerre.

Les services de Sécurité de Castro sont toujours efficaces, mais là, ils doivent être en état d'alerte maximum.

— Je ne vous le fais pas dire. Dans quelques minutes, Bob doit participer à une réunion sur Mangouste au Pentagone. Je suppose qu'il va crucifier Tedder. »

George n'accompagna pas Robert Kennedy au Pentagone. Il n'était toujours pas convié aux réunions sur Mangouste – ce dont il ne se plaignait pas : son aller-retour à La Isabela l'avait convaincu que cette opération était criminelle et il préférait ne plus y être associé.

Il s'assit à son bureau mais eut du mal à se concentrer. De toute façon, les droits civiques étaient passés au second plan : cette semaine, plus personne ne se souciait de l'égalité des Noirs.

George avait l'impression que le président Kennedy perdait le contrôle de la situation. Il avait ordonné à contrecœur l'arraisonnement du *Marucla*. L'inspection s'était déroulée sans anicroche, mais que se passerait-il la prochaine fois? Désormais, Cuba possédait des armes nucléaires tactiques : si l'Amérique décidait d'envahir l'île, le coût de cette offensive serait élevé. Et, comme pour aggraver encore les risques, la CIA se mettait à jouer en solo.

Alors que tout le monde cherchait désespérément à faire tomber la fièvre, c'était le scénario inverse qui se déroulait : une escalade cauchemardesque que personne ne souhaitait.

Plus tard dans l'après-midi, Bob revint du Pentagone, une dépêche d'agence à la main. « Qu'est-ce que ça veut dire, bon sang? » demanda-t-il à ses conseillers. Il se mit à lire à haute voix : « En réponse à l'accélération du déploiement de missiles à Cuba, on attend d'un instant à l'autre une nouvelle initiative du président Kennedy... » Il leva la main droite, l'index pointé vers le ciel. « ... à en croire une source proche du ministre de la Justice. » Bob balaya la pièce du regard. « Qui a bavardé?

— Oh! merde », fit George.

Tous les regards se tournèrent vers lui.

« Vous avez quelque chose à me dire, George? » demanda Bob.

George aurait bien voulu disparaître dans un trou. « Je suis navré. Je n'ai fait que lui rappeler le discours du Président, dans lequel il disait que le blocus n'était qu'une première étape.

— Il ne faut jamais dire ce genre de truc à un journaliste! Vous lui avez donné un sujet en or.

— Oh, flûte! J'étais loin de me douter...

— Et vous envenimez la situation alors que nous cherchons tous à calmer le jeu. Le prochain article s'interrogera sur le type d'initiative qu'envisage le Président. Et s'il n'agit pas, la presse l'accusera d'être velléitaire.

— Oui, monsieur.

— Pourquoi avez-vous discuté avec lui, au fait ?

— On me l'a présenté à la Maison Blanche et il m'a accompagné dans Pennsylvania Avenue.

— C'est une dépêche de Reuters ? s'informa Dennis Wilson.

— Oui, pourquoi ? répliqua Bob.

— Elle a sans doute été rédigée par Lee Montgomery. »

George gémit intérieurement. Il savait ce qui allait suivre. Wilson cherchait à l'enfoncer.

« Qu'est-ce qui vous fait dire ça, Dennis ? » demanda Bob.

Comme Wilson hésitait, George répondit à sa place. « Montgomery est noir.

— C'est pour ça que vous lui avez parlé, George ?

— Je crois que je n'ai pas eu envie de l'envoyer paître.

— La prochaine fois, c'est exactement ce que vous ferez, et vous en ferez autant avec tous les journalistes qui essaieront de vous cuisiner, quelle que soit la couleur de leur peau. »

George fut soulagé en entendant « la prochaine fois ». Il n'était pas viré. « Je ne l'oublierai pas. Merci, dit-il.

— Vous avez intérêt. » Bob entra dans son bureau.

« Vous vous en êtes bien tiré, remarqua Wilson. Petit veinard.

— Ouais. » George ajouta d'une voix sarcastique : « Merci de votre aide, Dennis. »

Tous retournèrent à leur travail. George était consterné par ce qu'il avait fait. Il avait, lui aussi, sans le vouloir, jeté de l'huile sur le feu.

Il ruminait toujours sa déconvenue lorsque le standard lui passa un appel longue distance d'Atlanta. « Salut, George, ici Verena Marquand. »

La voix de la jeune femme lui remonta le moral. « Comment vas-tu ?

— Je suis malade d'inquiétude.

— Comme le reste de la planète.

— Martin Luther King m'a demandé de t'appeler pour avoir une idée plus précise de la situation.

— Vous en savez probablement autant que nous. » Il ne s'était pas encore remis de la réprimande de Bobby et tenait à éviter toute nouvelle indiscrétion. « Tout ou presque était dans les journaux.

— Est-ce qu'on va vraiment envahir Cuba ?

— Le Président est le seul à le savoir.

— Est-ce qu'il va y avoir une guerre atomique ?

— Ça, même le Président ne le sait pas.

— Tu me manques, George. J'aimerais tellement m'asseoir près de toi et tu sais... simplement bavarder un peu. »

Voilà qui le surprit. Ils ne se connaissaient pas très bien quand ils étaient à Harvard et cela faisait six mois qu'il ne l'avait pas vue. Il n'aurait jamais pensé qu'elle lui était attachée à ce point. Il ne savait pas comment réagir.

« Que dois-je dire au pasteur King ? questionna-t-elle.

— Dis-lui... » George s'interrompit. Il pensa à tous ceux qui entouraient le président Kennedy : ces têtes brûlées de généraux qui voulaient la guerre tout de suite, les agents de la CIA qui se prenaient pour James Bond, les journalistes qui criaient à l'inaction quand le Président faisait preuve de prudence. « Dis-lui que notre sort est entre les mains de l'homme le plus intelligent des États-Unis et que nous ne pouvons pas espérer mieux.

— Entendu », dit Verena, et elle raccrocha.

George se demanda s'il croyait sincèrement à ce qu'il venait de dire. Il aurait voulu détester John Kennedy pour la façon dont il s'était conduit avec Maria. Mais qui d'autre pourrait régler cette crise mieux que lui ? Personne. Il était le seul à allier le courage, la sagesse, la retenue et le calme.

Tard dans l'après-midi, après avoir répondu à un coup de téléphone, Wilson annonça à la cantonade : « Nous allons recevoir une lettre de Khrouchtchev. C'est le Département d'État qui nous la transmettra.

— Qu'est-ce qu'elle dit ? interrogea quelqu'un.

— Pour l'instant, pas grand-chose. » Wilson consulta ses notes. « Nous n'avons pas encore l'intégralité du texte. "Vous nous menacez de guerre, mais vous savez parfaitement que vous devez vous attendre à subir au minimum la même chose en retour..." Notre ambassade à Moscou a reçu cette lettre ce matin à dix heures, heure de Washington.

— Dix heures ! s'exclama George. Mais il est six heures du soir. Pourquoi a-t-il fallu tout ce temps ? »

Wilson lui répondit avec une condescendance un peu lasse, comme s'il était fatigué d'expliquer les procédures élémentaires à des débutants. « Nos hommes à Moscou doivent d'abord traduire la lettre en anglais, puis la crypter et la coder. Quand elle arrive à Washington, les responsables du Département d'État doivent la décrypter et la dactylographier. Chaque mot doit être vérifié trois fois avant que le Président prenne une décision. C'est une procédure très longue.

— Merci », dit George. Wilson était un crétin bouffi de suffisance. Mais il savait beaucoup de choses.

En ce vendredi soir, personne ne comptait rentrer chez soi.

Le message de Khrouchtchev leur arriva par bribes. Comme on pouvait le prévoir, le plus important se trouvait à la fin. Si les États-Unis s'engageaient à ne pas envahir Cuba, disait Khrouchtchev, « la nécessité de la présence de nos conseillers militaires cesserait de s'imposer ».

C'était une offre de compromis, et donc une bonne nouvelle. Mais que signifiait-elle exactement ?

Sans doute les Soviétiques retireraient-ils leur arsenal nucléaire de Cuba. C'était le minimum requis.

Mais les États-Unis pouvaient-ils s'engager à ne jamais envahir Cuba ? Le président Kennedy pouvait-il ne fût-ce qu'envisager de se lier ainsi les mains ? Selon George, il répugnerait à renoncer à tout espoir de se débarrasser de Castro.

Et comment le monde réagirait-il à un tel accord ? Y verrait-on une réussite de Khrouchtchev en matière de politique étrangère ? Ou dirait-on que Kennedy avait obligé les Soviétiques à reculer ?

Était-ce vraiment une bonne nouvelle ? George était incapable d'en décider.

La tête aux cheveux ras de Larry Mawhinney apparut dans l'embrasure de la porte. « Cuba dispose désormais d'armes nucléaires tactiques, annonça-t-il.

— Nous le savons, répondit George. La CIA l'a découvert hier.

— Il faut absolument que nous en ayons aussi.

— Comment ça ?

— La force d'invasion cubaine doit être équipée de missiles sol-sol.

— Ah bon ?

— Évidemment ! Les chefs d'état-major interarmées vont déposer une demande dans ce sens. Il n'est pas question d'envoyer nos hommes au combat moins bien armés que l'ennemi ! »

Il n'avait pas tort, songea George, mais la conséquence était terrible. « Autrement dit, tout conflit contre Cuba sera dès le départ un conflit atomique.

— Exactement », confirma Larry, et il s'éclipsa

*

Pour finir, George alla faire un saut chez sa mère. Jacky prépara du café et lui servit une assiette de cookies. Il n'y toucha pas. « J'ai vu Greg hier, annonça-t-il.

— Comment va-t-il ?

— Comme d'habitude. Sauf que... Sauf qu'il m'a dit que j'étais ce qui lui était arrivé de mieux dans la vie.

— Hum ! fit-elle d'un ton dédaigneux. Qu'est-ce qui lui a pris ?

— Il voulait que je sache qu'il est fier de moi.

— Tiens, tiens. Cet homme a encore quelques bons côtés.

— Ça fait combien de temps que tu n'as pas vu Lev et Marga ? »

Jacky plissa les yeux d'un air soupçonneux. « Pourquoi cette question ?

— Tu t'entends bien avec mamie Marga.

— C'est parce qu'elle t'aime. Quand quelqu'un aime ton enfant, tu le trouves forcément sympathique. Tu verras quand tu en auras.

— Tu ne l'as pas revue depuis la cérémonie à Harvard, ça fait plus d'un an.

— C'est vrai.

— Tu ne travailles pas le week-end.

— Le club est fermé le samedi et le dimanche. Quand tu étais petit, il fallait que je sois libre en fin de semaine pour m'occuper de toi. Tu n'avais pas classe.

— La Première Dame a emmené Caroline et John-John à Glen Ora.

— Oh ! Et tu penses sûrement que je devrais, moi aussi, partir pour notre maison de campagne de Virginie et passer deux jours à monter à cheval ?

— Tu pourrais aller voir Marga et Lev à Buffalo.

— Partir en week-end à Buffalo ? dit-elle, incrédule. Tu n'y penses pas, mon garçon ! Je passerais deux jours dans le train, le samedi pour y aller, le dimanche pour rentrer.

— Tu pourrais prendre l'avion.

— Je n'ai pas les moyens.

— Je t'achèterai le billet.

— Oh mon Dieu, fit-elle. Tu penses que les Russes vont nous bombarder ce week-end, c'est ça ?

— On n'en a jamais été aussi près. Va à Buffalo. »

Elle vida sa tasse, puis se dirigea vers l'évier pour la laver. Après un instant de silence, elle reprit : « Et toi ?

— Je dois rester ici et faire ce que je peux pour empêcher le pire. »

Jacky secoua la tête d'un air décidé. « Je n'irai pas à Buffalo.

— Ça me rassurerait, Mom.

— Si tu veux être rassuré, prie le Seigneur.

— Tu connais ce dicton arabe ? "Aie confiance en Allah, mais n'oublie pas d'attacher ton chameau." Je prierai si tu vas à Buffalo.

— Comment sais-tu que les Russes ne bombarderont pas Buffalo ?

— Je n'en sais rien, évidemment. Mais j'ai tendance à penser que c'est une cible secondaire. Et peut-être hors de portée de ces missiles cubains.

— Pour un avocat, ta plaidoirie n'est pas très convaincante.

— Je parle sérieusement, Mom.

— Moi aussi, rétorqua-t-elle. Et tu es un bon fils de t'inquiéter ainsi pour ta mère. Mais maintenant, écoute-moi bien. Depuis l'âge de seize ans, j'ai consacré toute ma vie à t'élever. Si le fruit de mes efforts doit être anéanti par une bombe atomique, je préfère ne plus être là et ne jamais le savoir. Je reste où tu es.

— Soit nous survivrons tous les deux, soit nous mourrons tous les deux.

— "Le Seigneur donne, le Seigneur reprend", acquiesça-t-elle. "Béni soit le nom du Seigneur." »

*

À en croire Volodia, l'oncle de Dimka qui travaillait dans les services de renseignement de l'armée Rouge, les États-Unis possédaient plus de deux cents missiles atomiques susceptibles de frapper l'Union soviétique. Les Américains estimaient que les Russes disposaient d'une centaine de missiles intercontinentaux. En réalité, l'URSS n'en possédait que quarante-deux.

Et certains d'entre eux étaient technologiquement obsolètes.

Comme les États-Unis tardaient à répondre à l'offre de compromis de l'Union soviétique, Khrouchtchev ordonna que même les plus anciens et les moins fiables de ces missiles soient rendus opérationnels.

Le samedi de bonne heure, Dimka téléphona au directeur du centre de lancement de Baïkonour, dans le Kazakhstan. La base militaire détenait deux fusées Semiorka à cinq moteurs, du modèle R-7 à présent dépassé qui avait mis Spoutnik sur orbite cinq ans plus tôt. On les préparait en vue de l'envoi d'une sonde sur Mars.

Dimka annula le projet Mars. Ces Semiorka faisaient partie des quarante-deux missiles intercontinentaux de l'Union soviétique. On en avait besoin pour la Troisième Guerre mondiale.

Il ordonna aux scientifiques de les équiper de têtes nucléaires et de les alimenter en carburant.

Leur lancement nécessitait vingt heures de préparatifs. Les Semiorka utilisaient un propergol liquide instable et on ne pouvait pas les maintenir en état d'alerte pendant plus d'une journée. Elles serviraient ce week-end ou pas du tout.

Il arrivait souvent que les Semiorka explosent au décollage. Dans le cas contraire, elles pouvaient atteindre Chicago.

Chacune serait chargée d'une bombe de deux mégatonnes huit.

Si l'une d'entre elles atteignait sa cible, elle détruirait tout dans un rayon de onze kilomètres autour du centre de Chicago, soit, à en croire l'atlas de Dimka, des rivages du lac Michigan jusqu'à la ville d'Oak Park.

Après s'être assuré que le commandant avait bien compris ses ordres, Dimka alla se coucher.

XIX

Le téléphone réveilla Dimka. Son cœur s'emballa : était-ce la guerre ? Combien de minutes lui restait-il à vivre ? Il s'empara précipitamment du combiné. C'était Natalia. Toujours la première informée, elle lui annonça : « On a reçu un message de Pliyev. »

Le général Pliyev commandait les forces soviétiques à Cuba.

« Quoi ? fit Dimka. Que dit-il ?

— Ils pensent que les Américains vont attaquer aujourd'hui, au lever du jour. »

Il faisait encore nuit à Moscou. Dimka alluma sa lampe de chevet et consulta sa montre. Il était huit heures du matin : il aurait déjà dû être au Kremlin. Mais le soleil ne se lèverait sur Cuba que dans cinq heures. Son cœur battit un peu moins vite. « Comment le savent-ils ?

— La question n'est pas là, s'impatienta-t-elle.

— Elle est où, alors ?

— Écoute la dernière phrase. "Nous avons décidé qu'en cas d'attaque américaine contre nos installations, nous ferions usage de tous les moyens disponibles en matière de défense antiaérienne." Ils sont prêts à utiliser l'arme atomique.

— Ils ne le peuvent pas sans l'autorisation de Moscou !

— C'est pourtant leur intention.

— Malinovski ne les laissera pas faire.

— J'en suis moins sûre que toi. »

Dimka jura à mi-voix. Les militaires semblaient parfois rechercher l'anéantissement nucléaire. « Je te retrouve à la cantine.

— Dans une demi-heure. »

Dimka fit rapidement sa toilette. Sa mère lui proposa un petit déjeuner, qu'il refusa, aussi lui fourra-t-elle dans la poche un morceau de pain de seigle noir. « N'oublie pas la fête de ton grand-père aujourd'hui », lui rappela Ania.

C'était l'anniversaire de Grigori : il avait soixante-treize ans. Un grand déjeuner était organisé dans son appartement. Dimka avait promis d'y venir avec Nina. Ils comptaient surprendre tout le monde en annonçant leurs fiançailles.

Il n'y aurait pas de fête si les Américains attaquaient Cuba.

Sa mère l'arrêta sur le pas de la porte. « Dis-moi la vérité, murmura-t-elle. Que va-t-il se passer ? »

Il la serra dans ses bras. « Je suis désolé, Mama, je n'en sais rien.

— Quand je pense à ta sœur, là-bas, à Cuba.

— Je sais.

— Elle est en première ligne.

— Les Américains ont des missiles intercontinentaux, Mama. Nous sommes tous en première ligne. »

Elle l'étreignit puis se détourna.

Dimka prit sa moto pour rejoindre le Kremlin. Lorsqu'il arriva au bâtiment du présidium, Natalia l'attendait à la cantine. Comme lui, elle s'était habillée à la va-vite et n'avait pas pris le temps de se coiffer. Ses cheveux ébouriffés retombaient sur son visage d'une façon qu'il trouva charmante. Il faut que j'arrête d'avoir des idées pareilles, se dit-il. Je vais faire mon devoir, épouser Nina et élever notre enfant.

Il se demanda comment réagirait Natalia quand il le lui annoncerait.

Ce n'était pas le moment. Il sortit le pain de sa poche. « J'aurais bien aimé un peu de thé », dit-il. Les portes de la cantine étaient ouvertes mais les employés n'étaient pas encore arrivés.

« Il paraît qu'aux États-Unis, les restaurants ouvrent quand les gens ont envie de boire et de manger, pas quand le personnel est décidé à travailler, remarqua Natalia. Tu crois que c'est vrai ?

— C'est sûrement de la propagande », répliqua Dimka. Il s'assit.

« Préparons un projet de réponse à Pliyev », suggéra-t-elle en ouvrant son calepin.

Sans cesser de mâcher, Dimka se concentra sur le problème. « Le présidium doit lui interdire d'utiliser l'arme atomique sans ordre exprès de Moscou.

— Il vaudrait mieux lui interdire d'équiper les fusées d'ogives nucléaires. Au moins, elles ne pourront pas être lancées par accident.

— Bonne idée. »

Ievguéni Filipov entra dans la salle. Il portait un pull-over marron sous un veston gris. « Bonjour, Filipov, vous êtes venu me faire des excuses ? demanda Dimka.

— Pourquoi ?

— Vous m'avez accusé d'avoir mal protégé le secret de nos missiles cubains. Vous avez même affirmé que je méritais d'être arrêté. À présent, nous savons que les missiles ont été photographiés par un avion espion de la CIA. Il me semble que vous devriez me présenter vos plus plates excuses.

— Ne soyez pas ridicule, fulmina Filipov. Nous ne pensions pas que leurs photographies aériennes pouvaient montrer quelque chose d'aussi petit qu'un missile. Qu'est-ce que vous complotez, tous les deux ? »

Natalia répondit par la vérité. « Nous discutons du message de Pliyev qui est arrivé ce matin.

— J'en ai déjà parlé à Malinovski. » Filipov travaillait pour le ministre de la Défense. « Il est d'accord avec Pliyev. »

Dimka était atterré. « On ne peut tout de même pas autoriser Pliyev à déclencher la Troisième Guerre mondiale de son propre chef !

— Il ne la déclenchera pas. Il défendra nos troupes contre une agression américaine.

— Le niveau de riposte ne peut pas relever d'une décision locale.

— Nous n'aurons peut-être pas le temps d'agir autrement.

— Pliyev doit se débrouiller pour gagner du temps et surtout ne pas provoquer un échange nucléaire.

— Malinovski est d'avis que nous devons protéger les armes que nous avons déployées à Cuba. Si elles étaient détruites par les Américains, cela réduirait notre capacité à défendre l'URSS. »

Dimka n'avait pas pensé à cela. Une partie significative de l'arsenal atomique soviétique se trouvait à présent à Cuba. Les Américains pouvaient anéantir d'un coup toutes ces armes coûteuses, affaiblissant considérablement les Soviétiques.

« Non, protesta Natalia. Toute notre stratégie doit reposer sur le non-recours à l'arme nucléaire. Pourquoi ? Parce que notre arsenal est trop réduit par rapport à celui des États-Unis. » Elle se pencha au-dessus de la table. « Écoutez-moi, Ievguéni. Si on en arrive à la guerre atomique totale, *ce sont eux qui gagneront.* »

Elle se redressa. « Nous pouvons fanfaronner, plastronner, menacer, mais nous ne pouvons pas nous servir de nos armes. Pour nous, la guerre atomique est un suicide.

— Le ministre de la Défense n'est pas de cet avis. »

Natalia hésita. « Vous parlez comme si la décision était déjà prise.

— Elle l'est. Malinovski a validé la proposition de Pliyev.

— Khrouchtchev ne va pas apprécier, intervint Dimka.

— Détrompez-vous, rétorqua Filipov, il a approuvé cette décision. »

Dimka comprit qu'il avait raté les discussions qui avaient eu lieu ce matin-là du fait de son coucher tardif de la veille. Il en était désavantagé. Il se leva. « Allons-y », dit-il à Natalia.

Ils sortirent de la cantine. Pendant qu'ils attendaient l'ascenseur, Dimka maugréa : « Flûte de zut. Il faut absolument faire annuler cette décision.

— Je suis sûre que Kossyguine évoquera le sujet au présidium d'aujourd'hui.

— Tu devrais taper le texte que nous avons rédigé et lui suggérer de l'apporter à la réunion. Moi, je vais essayer d'amadouer Khrouchtchev.

— Entendu. »

Ils se séparèrent et Dimka gagna le bureau de son patron. Le premier secrétaire parcourait des traductions d'articles de presse occidentaux, dont chacune était agrafée à la coupure d'origine. « Vous avez lu l'article de Walter Lippmann ? »

Lippmann était un chroniqueur politique américain de tendance libérale. On le disait proche du président Kennedy.

« Non. » Dimka n'avait pas encore regardé les journaux.

« Lippmann propose un échange : nous retirons nos missiles de Cuba et ils retirent leurs missiles de Turquie. C'est un message que m'envoie Kennedy !

— Lippmann n'est qu'un journaliste...

— Non, non. C'est un porte-parole du Président. »

Selon Dimka, la démocratie américaine ne fonctionnait pas de cette manière, mais il se tut.

Khrouchtchev enchaîna : « Cela veut dire que si nous proposons cet échange, Kennedy l'acceptera.

— Mais nous avons déjà présenté une nouvelle demande – nous exigeons qu'ils s'engagent à ne pas envahir Cuba.

— Comme ça, Kennedy ne saura pas sur quel pied danser ! »

Et il sera dans l'incertitude la plus totale, compléta Dimka. Mais la méthode était typique de Khrouchtchev. Pourquoi être cohérent? Cela ne faisait que faciliter les choses à l'ennemi.

Dimka changea de sujet. «Les membres du présidium vont poser des questions sur le message de Pliyev. L'autoriser à faire usage de l'arme nucléaire...

— Ne vous inquiétez pas, le coupa Khrouchtchev rejetant le sujet d'un geste de la main comme s'il était sans intérêt. Les Américains ne comptent pas attaquer aujourd'hui. Ils sont même en train de discuter avec le secrétaire général des Nations unies. Ils veulent la paix.

— Bien sûr, dit Dimka avec déférence. Tant que vous êtes sûr que le sujet sera abordé.

— Oui, oui.»

Quelques minutes plus tard, les dirigeants de l'Union soviétique se rassemblèrent dans la salle du présidium aux murs lambrissés. Khrouchtchev ouvrit la séance par un long discours affirmant que l'heure d'une attaque américaine était passée. Il évoqua ensuite ce qu'il appelait la proposition Lippmann. Celle-ci ne suscita guère d'enthousiasme autour de la table, mais personne ne s'opposa à Khrouchtchev. La plupart savaient que le premier secrétaire tenait à conduire la diplomatie du pays à sa manière.

Khrouchtchev était tellement emballé par cette nouvelle idée qu'il dicta sur-le-champ sa lettre à Kennedy pendant que les autres l'écoutaient. Puis il ordonna qu'elle soit lue à l'antenne de Radio Moscou. L'ambassade américaine pourrait ainsi la transmettre à Washington sans la coder, ce qui leur ferait gagner un temps précieux.

Pour finir, Kossyguine évoqua le problème du message de Pliyev. Il déclara que Moscou devait garder le contrôle des armes atomiques et lut à haute voix la réponse à Pliyev rédigée par Natalia et Dimka.

«Oui, oui, envoyez-lui ça», approuva Khrouchtchev avec impatience, et Dimka poussa un soupir de soulagement.

Une heure plus tard, Dimka se trouvait avec Nina dans l'ascenseur de la Maison du gouvernement. «Essayons d'oublier nos malheurs un moment, lui suggéra-t-il. Nous ne parlerons pas de Cuba. Nous allons faire la fête. Profitons-en.

— Ça me va», approuva Nina.

Ils se dirigèrent vers l'appartement des grands-parents de Dimka. Katerina leur ouvrit la porte, vêtue d'une robe rouge. Dimka remarqua avec étonnement qu'elle s'arrêtait à hauteur du genou, à la dernière mode occidentale, et que sa grand-mère avait encore de belles jambes. Elle avait vécu à l'Ouest lorsque son époux était diplomate, et avait appris à s'habiller avec plus d'élégance que la plupart des femmes soviétiques.

Elle toisa Nina de la tête aux pieds avec la franche curiosité des vieilles personnes. « Vous avez l'air très en forme », conclut-elle d'un ton bizarre qui surprit Dimka.

Nina y vit un compliment. « Merci, vous aussi. Où avez-vous trouvé cette jolie robe ? »

Katerina les conduisit au salon. Dimka se rappela l'époque où il venait ici dans son enfance. Sa grand-mère lui offrait toujours des bonbons à la pomme de Belev, une confiserie traditionnelle russe. Il eut l'eau à la bouche rien que d'y penser : il aurait bien aimé en déguster une en cet instant.

Katerina semblait un peu instable sur ses talons hauts. Comme d'habitude, Grigori était assis dans son fauteuil inclinable devant le téléviseur éteint. Il avait déjà ouvert une bouteille de vodka. Peut-être cela expliquait-il la démarche vacillante de Katerina.

« Bon anniversaire, Dedouchka, dit Dimka.

— Prends donc un verre », répondit Grigori.

Dimka préférait rester sobre. Ivre, il ne serait d'aucune utilité à Khrouchtchev. Il vida d'un trait le petit verre de vodka que Grigori venait de lui servir, puis le reposa hors de portée de son grand-père pour éviter d'être resservi.

La mère de Dimka était déjà arrivée pour aider Katerina. Elle sortit de la cuisine portant une assiette de biscuits salés et de caviar rouge. Ania n'avait pas hérité du chic de Katerina. Quelle que fût sa tenue, elle paraissait toujours à l'aise mais mal fagotée.

Elle embrassa Nina.

On sonna à la porte et l'oncle Volodia entra, accompagné de toute sa famille. Il avait quarante-huit ans et ses cheveux coupés court étaient gris à présent. Il était en uniforme : on pouvait le rappeler à son poste d'un instant à l'autre. Tante Zoïa le suivait. À l'approche de la cinquantaine, elle avait toujours l'allure d'une déesse russe au teint de lait. Leurs deux enfants adolescents, Kotia et Galina, les cousins de Dimka, étaient eux aussi de la fête.

Celui-ci leur présenta Nina. Volodia et Zoïa lui firent un accueil chaleureux.

« Maintenant, nous sommes tous réunis ! » lança Katerina.

Dimka parcourut la pièce du regard : le vieux couple par qui tout avait commencé ; sa mère un peu ordinaire et son séduisant oncle aux yeux bleus ; sa splendide tante et ses jeunes cousins ; et la superbe rousse qu'il allait épouser. C'était sa famille. Et c'était le plus précieux des biens qu'il perdrait aujourd'hui si ses craintes se réalisaient. Ils vivaient tous à moins de quinze cents mètres du Kremlin. Si les Américains tiraient leurs missiles atomiques contre Moscou cette nuit-là, toutes les personnes présentes dans ce salon seraient mortes le matin venu, la cervelle ébouillantée, le corps broyé, la peau carbonisée. Sa seule consolation était qu'il n'aurait pas à les pleurer, car il serait mort lui aussi.

Tous burent à l'anniversaire de Grigori.

« Quel dommage que mon petit frère Lev ne soit pas avec nous, regretta-t-il.

— Et Tania aussi, renchérit Ania.

— Lev Pechkov n'est plus si petit que ça, Papa, remarqua Volodia. Il a soixante-huit ans et c'est un millionnaire américain.

— Je me demande s'il a des petits-enfants là-bas.

— Non, je ne pense pas qu'il en ait en Amérique », répondit Volodia. Les services de renseignement de l'armée Rouge n'avaient généralement aucune peine à obtenir ce genre d'information, Dimka le savait bien. « Greg, le sénateur, son fils illégitime, est toujours célibataire. Mais Daisy, sa fille légitime, qui vit à Londres, a deux grands enfants, un garçon et une fille, à peu près du même âge que Kotia et Galina.

— J'ai donc des petits-neveux britanniques, murmura Gregori, l'air à la fois songeur et ravi. Comment s'appellent-ils ? John et Bill, peut-être. » Les autres rirent en entendant ces prénoms anglais à la sonorité incongrue.

« David et Evie, corrigea Volodia.

— C'est moi qui étais censé aller en Amérique, vous savez, reprit Grigori. Mais, au dernier moment, j'ai dû laisser mon billet à Lev. » Il partit dans l'évocation de ses souvenirs. Tous les membres de la famille connaissaient cette histoire, mais ils l'écoutèrent de bonne grâce, pour lui faire plaisir en ce jour de fête.

Au bout d'un moment, Volodia entraîna Dimka à l'écart et lui demanda : « Comment s'est passé le présidium de ce matin ?

— Ils ont interdit à Pliyev d'utiliser l'arme atomique sans ordre exprès du Kremlin. »

Volodia grommela d'un ton méprisant. « Quelle perte de temps !

— Comment ça ? fit Dimka, surpris.

— Ça n'y changera rien.

— Tu veux dire que Pliyev désobéira aux ordres ?

— C'est ce que ferait n'importe quel commandant. Tu n'as jamais participé à une bataille, je me trompe ? » Volodia jeta à Dimka un regard inquisiteur de ses yeux bleu acier. « Quand tu es attaqué, quand ta vie est en jeu, tu ripostes avec tout ce qui est à ta portée. C'est une réaction viscérale, irrépressible. Si les Américains envahissent Cuba, nos forces armées auront recours à la totalité de leur arsenal, quels que soient les ordres de Moscou.

— Merde », fit Dimka. Si Volodia disait vrai, tous leurs efforts du matin auraient été vains.

Grigori acheva son histoire et Nina effleura le bras de Dimka. « C'est peut-être le bon moment. »

Dimka s'adressa alors à toute sa famille. « Maintenant que nous avons célébré l'anniversaire de Dedouchka, j'ai une annonce à vous faire. Un instant de silence, s'il vous plaît. » Il attendit que les deux adolescents se soient tus. « J'ai demandé à Nina de m'épouser et elle a accepté. »

Tous les acclamèrent.

On servit une nouvelle tournée de vodka, mais Dimka réussit à laisser son verre plein.

Ania l'embrassa. « Bien joué, mon fils. Elle ne voulait pas se marier – jusqu'à ce qu'elle te rencontre !

— Peut-être que j'aurai bientôt des arrière-petits-enfants ! s'exclama Grigori en lançant un clin d'œil à Nina.

— Papa, tu embarrasses cette pauvre fille, intervint Volodia.

— L'embarrasser, moi ? Voyons. Nous sommes bons amis, Nina et moi.

— Ne t'en fais pas pour ça, remarqua Katerina, à présent bien éméchée. Elle est déjà enceinte.

— Mama ! » protesta Volodia.

Katerina haussa les épaules. « Une femme sent ces choses-là. »

Voilà pourquoi Babouchka avait examiné Nina avec une telle attention lors de leur arrivée, songea Dimka. Il vit Volodia et Zoïa échanger un regard. Volodia haussa un sourcil, Zoïa hocha doucement la tête et Volodia faillit lâcher un « Oh ! » de surprise.

Ania en était bouche bée. « Mais je croyais que...

— Je sais, coupa Dimka. Nous pensions que Nina ne pouvait pas avoir d'enfant. Mais les médecins s'étaient trompés ! »

Grigori leva à nouveau son verre. « Hourra pour ces médecins qui ne valent rien ! Je veux un garçon, Nina – un arrière-petit-fils pour continuer la lignée des Pechkov-Dvorkine ! »

Nina lui sourit. « Je ferai de mon mieux, Grigori Sergueïevitch. »

Ania paraissait toujours troublée. « Les médecins ont fait une erreur ?

— Ils ne reconnaissent jamais leurs erreurs, vous le savez bien, expliqua Nina. Pour eux, c'est un miracle.

— J'espère vivre assez longtemps pour voir mon arrière-petit-fils, murmura Grigori. Que les Américains aillent au diable ! » Il vida son verre.

« Pourquoi les Américains ont-ils plus de missiles que nous ? » demanda alors Kotia, qui avait seize ans.

Ce fut sa mère qui lui répondit. « Quand nous avons commencé à faire des recherches sur l'énergie atomique, en 1940, nous, les scientifiques, et que nous avons expliqué au gouvernement que cela permettrait de fabriquer une bombe superpuissante, Staline ne nous a pas crus. C'est ainsi que les pays occidentaux ont pris de l'avance sur l'URSS, et ils l'ont en partie conservée. Voilà ce qui arrive quand le gouvernement refuse d'écouter les chercheurs.

— Mais ne répète pas à l'école ce qu'a dit ta mère, d'accord ? ajouta Volodia.

— Quelle importance ? intervint Ania. Staline a tué la moitié d'entre nous et maintenant, Khrouchtchev va tuer l'autre moitié.

— Ania ! protesta Volodia. Pas devant les enfants !

— Je m'inquiète pour Tania, poursuivit Ania, sourde aux remontrances de son frère. Là-bas, à Cuba, alors qu'une attaque américaine est imminente... » Elle se mit à pleurer. « J'aurais tellement voulu revoir ma fille, dit-elle, les joues soudain striées de larmes. Rien qu'une fois, avant que nous mourions tous. »

*

Le samedi matin, les États-Unis étaient prêts à envahir Cuba.

Larry Mawhinney donna tous les détails de l'opération à

George dans la salle de crise située au sous-sol de la Maison Blanche. Le président Kennedy surnommait cette partie du bâtiment « la porcherie » tant on y était à l'étroit selon lui, mais il avait été élevé dans de somptueuses demeures : cette pièce était plus vaste que l'appartement de George.

Selon Mawhinney, l'armée de l'air disposait de cinq cent soixante-seize appareils en état d'alerte sur cinq bases différentes, prêts à décoller et à transformer Cuba en décombres fumants. L'armée de terre avait mobilisé cent cinquante mille hommes pour l'invasion qui suivrait. La marine avait fait encercler l'île par vingt-six destroyers et trois porte-avions. Mawhinney récitait ces chiffres avec fierté, comme s'il était personnellement responsable de ce déploiement.

George le trouvait d'une incroyable légèreté. « Tout cela ne servira à rien contre des missiles nucléaires, remarqua-t-il.

— Heureusement, nous en avons aussi », répliqua Mawhinney.

Comme si cela suffisait à arranger les choses.

« Comment le lancement se fait-il ? demanda George. Je veux dire, quelle est la procédure que doit appliquer le Président ?

— Il doit appeler la salle de guerre interarmées du Pentagone. Le téléphone du Bureau ovale est équipé d'une touche rouge qui le met directement en communication avec elle.

— Et alors, que dit-il ?

— Il possède une mallette de cuir noir contenant une série de codes qu'il doit utiliser à ce moment-là. Cette mallette ne le quitte jamais.

— Et après... ?

— C'est automatique. Nous avons une procédure appelée “Plan opérationnel intégré unique”. Nos bombardiers et nos missiles décollent, avec environ trois mille armes nucléaires, et se dirigent vers un millier de cibles dans le bloc communiste. » Mawhinney fit mine d'écraser un insecte avec sa paume. « Et alors, on les anéantit », dit-il en jubilant.

George n'appréciait pas cette attitude : « Et ils en font autant avec nous. »

Mawhinney prit l'air agacé. « Écoutez, si nous frappons les premiers, nous pouvons détruire la majorité de leurs armes avant même qu'elles aient quitté le sol.

— Le problème étant que nous ne frapperons certainement pas les premiers, parce que nous ne sommes pas des barbares et que nous ne voulons pas déclencher une guerre atomique qui ferait des millions de victimes.

— C'est là que vous vous trompez, vous autres politiciens. Pour gagner, il faut frapper le premier.

— Mais même si nous agissons comme vous semblez le souhaiter, nous ne détruirons que *la majorité* de leurs armes. C'est vous qui l'avez dit.

— Il est évidemment impossible de les éliminer à cent pour cent.

— Donc, quoi qu'il arrive, les États-Unis subiront une attaque atomique.

— La guerre n'est pas un pique-nique, lança Mawhinney avec colère.

— Si nous évitons la guerre, nous pourrons continuer à faire des pique-niques. »

Larry consulta sa montre. « ExComm à dix heures », annonça-t-il.

Ils sortirent de la salle de crise pour monter dans la salle du cabinet présidentiel. Les principaux collaborateurs du Président s'y rassemblaient déjà, accompagnés de leurs conseillers. Kennedy arriva peu après dix heures. C'était la première fois que George le croisait depuis l'avortement de Maria. Il le voyait d'un autre œil. Ce quadragénaire en costume sombre à fines rayures avait baisé une jeune femme avant de l'abandonner aux mains d'un avorteur. George éprouva un bref élan de rage féroce pendant lequel il sentit qu'il aurait pu tuer John Kennedy.

Le Président n'avait pourtant pas l'air d'un mauvais homme. Il portait sur ses épaules tout le poids du monde, littéralement, et George ne put se défendre d'une certaine compassion.

Comme d'habitude, McCone, le directeur de la CIA, ouvrit la réunion par un compte rendu des informations collectées par son agence. Il annonça de sa voix soporifique des nouvelles suffisamment terrifiantes pour que personne n'ait envie de dormir. À Cuba, cinq rampes de lancement de missiles à portée intermédiaire étaient désormais pleinement opérationnelles. Chacune d'elles disposait de quatre missiles, de sorte qu'il y avait à présent vingt armes atomiques pointées sur les États-Unis et prêtes à être envoyées.

L'une d'elles au moins devait viser ce bâtiment, se dit George, et il sentit ses tripes se nouer d'angoisse.

McCone proposa que ces cinq sites soient surveillés vingt-quatre heures sur vingt-quatre. Huit chasseurs de la marine étaient prêts à décoller de Key West pour survoler les rampes de lancement à basse altitude. Huit autres effectueraient le même circuit dans l'après-midi. À la nuit tombée, on ferait un nouveau passage en s'aidant de fusées éclairantes. En outre, les vols de reconnaissance à haute altitude des avions espions U-2 seraient poursuivis.

George se demanda à quoi cela servirait. Ces missions aériennes permettraient peut-être de déceler des préparatifs de mise à feu, et ensuite ? Même si les bombardiers américains décollaient sur-le-champ, ils n'atteindraient pas Cuba avant que les missiles n'aient été tirés.

Un autre problème se posait. Outre les missiles nucléaires braqués sur les États-Unis, l'armée Rouge disposait à Cuba de missiles SAM, des missiles sol-air conçus pour la défense anti-aérienne. Leurs vingt-quatre batteries de SAM étaient opérationnelles, rapporta McCone, et ils avaient activé leur équipement radar. Tout avion américain survolant Cuba serait donc repéré et pris pour cible.

Un conseiller entra dans la salle, portant une longue feuille de papier arrachée à un téléscripteur. Il la remit au président Kennedy. « Une dépêche de l'Associated Press à Moscou, annonça celui-ci en la lisant à haute voix. Le premier secrétaire Khrouchtchev a déclaré hier au président Kennedy qu'il retirerait ses armes offensives de Cuba si les États-Unis retiraient leurs fusées de Turquie. »

Mac Bundy, le conseiller à la Sécurité nationale, lança : « Il n'a pas pu dire ça. »

George était aussi déconcerté que les autres. Dans sa lettre de la veille, Khrouchtchev exigeait des États-Unis la promesse de ne pas envahir Cuba. Il ne disait rien à propos de la Turquie. L'Associated Press s'était-elle trompée ? Ou bien était-ce un nouveau tour de Khrouchtchev ?

« Nous allons peut-être recevoir une autre lettre », suggéra le Président.

Il ne s'était pas trompé. Dans les minutes qui suivirent, de nouveaux rapports vinrent éclairer la situation : Khrouchtchev faisait une nouvelle proposition, totalement distincte de la précédente, qu'il avait fait diffuser sur Radio Moscou.

« Il nous met dans un sacré pétrin, remarqua le président Kennedy. La plupart des gens considéreraient que cette proposition n'a rien de déraisonnable. »

Cette idée n'était pas du goût de Mac Bundy. « Qu'entendez-vous par "la plupart des gens", monsieur le Président ?

— Je crois que vous aurez du mal à expliquer pourquoi nous voulons engager les hostilités avec Cuba alors que Khrouchtchev nous dit : "Débarrassez la Turquie de vos missiles et je débarrasserai Cuba des nôtres." Oui, il nous place dans une situation extrêmement délicate. »

Bundy était partisan de s'en tenir à la première offre de Khrouchtchev. « Pourquoi suivre cette piste alors qu'il nous en a indiqué une autre il y a moins de vingt-quatre heures ?

— C'est leur position actuelle, s'impatienta le Président, et ils l'ont prise publiquement. » La presse ignorait encore l'existence de la première lettre de Khrouchtchev, mais cette nouvelle proposition avait été annoncée dans les médias.

Bundy insista. Les autres pays de l'Otan se sentiraient trahis si l'Amérique procédait à un échange de missiles, affirma-t-il.

Robert McNamara, le ministre de la Défense, se fit l'écho des sentiments généraux de crainte et d'incertitude. « Il nous proposait un marché dans sa première lettre, et voilà qu'il en propose un autre, dit-il. Comment négocier avec un type qui change d'avis avant même qu'on ait eu le temps de lui répondre ? »

Nul n'aurait su le dire.

*

Ce samedi-là, les flamboyants des rues de La Havane s'ornaient d'une profusion de fleurs rouge vif, pareilles à des taches de sang dans le ciel.

De bon matin, une Tania lugubre alla faire des provisions pour la fin du monde : de la viande fumée, du lait en boîte, du fromage pasteurisé, une cartouche de cigarettes, une bouteille de rhum et des piles pour sa lampe torche. En dépit de l'heure matinale, il y avait déjà une file d'attente devant le magasin, mais elle ne patienta qu'un quart d'heure, une broutille pour qui avait l'habitude des queues moscovites.

Une atmosphère sinistre régnait dans les rues étroites de la vieille ville. Les Havanais avaient cessé d'agiter des machettes et de chanter l'hymne national. Ils stockaient du sable dans des seaux pour éteindre les incendies, collaient du ruban adhésif sur les vitres pour se protéger des éclats de verre, trimbalaient des sacs de farine. Ils avaient eu l'inconscience de défier la superpuissance voisine et allaient être punis. Ils auraient dû y réfléchir à deux fois.

Avaient-ils raison : la guerre était-elle désormais inévitable ? Tania était sûre qu'aucun dirigeant ne la souhaitait, pas même Castro, qui commençait pourtant à paraître à moitié fou. Mais elle pouvait quand même éclater. Elle repensa avec effroi aux événements de 1914. Personne ne voulait la guerre à l'époque. Or, l'empereur d'Autriche avait considéré l'indépendance serbe comme une menace, comme Kennedy face à l'indépendance cubaine. Et il avait suffi que l'Autriche déclare la guerre à la Serbie pour que les dominos tombent les uns après les autres, jusqu'à ce que la moitié du globe s'abîme dans le conflit le plus cruel et le plus sanglant que le monde ait jamais connu. On pouvait sûrement éviter de commettre la même erreur, non ?

Elle pensa à Vassili Ienkov, dans son camp de détention sibérien. Ironie de l'histoire, il avait peut-être une chance de survivre à une guerre atomique. Sa condamnation pourrait lui sauver la vie. Si seulement !

De retour dans son appartement, elle alluma la radio. Le poste était réglé sur une station américaine émettant depuis la Floride. Khrouchtchev venait de proposer un marché aux Américains, annonçait-on. Il retirerait les missiles de Cuba si Kennedy faisait de même en Turquie.

Elle contempla son lait en boîte avec un sentiment de profond soulagement. Peut-être n'aurait-elle pas besoin de rations de survie, après tout.

Il était trop tôt pour en être sûr. Kennedy accepterait-il ce marché ? Se montrerait-il plus raisonnable que François-Joseph, l'empereur autrichien ultraconservateur ?

Une voiture klaxonna au-dehors. Elle avait prévu de longue date de s'envoler ce jour-là pour la pointe est de Cuba en compagnie de Paz. Elle voulait faire un reportage sur une batterie de DCA soviétique. Elle n'avait pas pensé que le jeune homme passerait, vu les circonstances, mais, en se penchant par la fenêtre, elle reconnut son break Buick au bord du trottoir, ses essuie-glaces luttant vaillamment contre une averse tropicale. Attrapant son sac et son imperméable, elle sortit.

« Tu as appris ce qu'a fait ton dirigeant ? » lança-t-il d'une voix furieuse dès qu'elle fut montée en voiture.

Elle fut surprise par sa colère. « La proposition turque, tu veux dire ?

— Il ne nous a même pas consultés ! » Paz démarra et fonça dans les rues étroites.

Tania n'avait même pas imaginé que les responsables cubains puissent être associés aux négociations. De toute évidence, Khrouchtchev ne s'était pas non plus embarrassé de cette courtoisie élémentaire. Le monde considérait cette crise comme un conflit entre deux superpuissances, alors qu'aux yeux des Cubains, l'enjeu était évidemment leur pays. Et à leurs yeux, ce léger espoir d'accord de paix était une trahison.

Elle chercha à calmer Paz, ne fût-ce que pour éviter un accident. « Qu'auriez-vous dit si Khrouchtchev vous avait posé la question ?

— Qu'il n'est pas question d'échanger notre sécurité contre celle de la Turquie ! » répondit-il en tapant sur son volant du plat de la main.

Les armes atomiques ne protégeaient pas Cuba, songea Tania. Bien au contraire. La souveraineté du pays était plus menacée que jamais. Elle se garda cependant d'exprimer son opinion pour ne pas attiser la colère de Paz.

Il arrêta la voiture à un aérodrome militaire des faubourgs de La Havane, où les attendait leur appareil, un avion soviétique de transport léger à hélices de type Yakovlev Yak-16. Tania l'observa avec intérêt. Elle n'avait jamais eu l'intention de devenir correspondante de guerre, mais, pour ne pas paraître ignorante, elle s'était efforcée d'en savoir autant que les hommes, notamment en matière d'identification d'avions, de navires et de chars d'assaut. Elle remarqua que cet appareil avait été modifié en vue d'un usage militaire et qu'on avait monté sur son fuselage une mitrailleuse dans une tourelle.

Ils partagèrent la cabine à dix places avec deux commandants du 32e régiment des chasseurs de la Garde, vêtus d'une chemise à carreaux bariolée et d'un pantalon bouffant, une tenue grotesque censée faire passer les soldats soviétiques pour des Cubains.

Le décollage fut mouvementé : c'était la saison des pluies dans les Caraïbes et le vent était aussi de la partie. Lorsqu'ils purent distinguer la terre entre les nuages, ils découvrirent un patchwork de taches vertes et brunes, zébré de routes de terre battue pareilles à des lignes jaunes en dents de scie. Le petit avion fut ballotté par la tempête deux heures durant. Puis le ciel s'éclaircit, avec la rapidité caractéristique des changements de temps sous les tropiques, et ils firent un atterrissage en douceur près de la ville de Banes.

Ils furent accueillis par un colonel de l'armée Rouge, un nommé Ivanov qui savait déjà tout de Tania et de l'article qu'elle devait écrire. Il les conduisit à une base antiaérienne où ils arrivèrent à dix heures du matin, heure locale.

Le site se déployait en étoile à six branches, le poste de commandement étant au centre et les lanceurs à chaque pointe. À côté de chacun se trouvait une remorque de camion chargée d'un missile sol-air. Les soldats avaient l'air de souffrir dans leurs tranchées inondées. À l'intérieur du PC, des officiers se concentraient sur des écrans radar verts qui émettaient des bips monotones.

Ivanov leur présenta le commandant responsable de la batterie. Il était visiblement tendu. Nul doute qu'il se serait bien passé d'une visite de VIP à un moment pareil.

Quelques minutes après leur arrivée, on repéra un appareil inconnu volant à haute altitude qui avait pénétré dans l'espace aérien cubain à trois cents kilomètres à l'ouest. Il constituait désormais la cible numéro 33.

Tout le monde parlant russe, Tania dut jouer les interprètes pour Paz. « C'est sans doute un avion espion U-2, dit-il. Il n'y a pas d'autre modèle qui vole aussi haut.

— C'est un exercice d'entraînement ? s'inquiéta-t-elle auprès d'Ivanov.

— Nous avions prévu d'en organiser un pour vous, répondit-il. Mais là, c'est pour de vrai. »

Il avait l'air si angoissé qu'elle n'eut pas de mal à le croire. « Nous n'allons pas l'abattre, quand même ?

— Je ne sais pas.

— L'arrogance de ces Américains ! s'emporta Paz. Ils ont l'audace de survoler notre territoire ! Que diraient-ils si un avion cubain volait au-dessus de Fort Bragg ? Imaginez leur indignation ! »

Le commandant donna le signal d'alerte et les soldats commencèrent à charger les missiles et à assurer les câbles.

Ils procédèrent avec calme et efficacité, et Tania devina qu'ils avaient dû s'entraîner à de nombreuses reprises.

Un capitaine relevait la trajectoire de l'U-2 sur une carte. Cuba était une île allongée et étroite, mille deux cents cinquante kilomètres d'est en ouest mais seulement entre quatre-vingts et deux cents du nord au sud. Tania vit que l'avion espion avait déjà pénétré de quatre-vingts kilomètres à l'intérieur des terres. « Quelle est sa vitesse ? demanda-t-elle.

— Huit cents kilomètres à l'heure, répondit Ivanov.

— Et son altitude ?

— Plus de vingt mille mètres, environ le double de celle d'un avion de ligne.

— Pouvons-nous vraiment atteindre une cible aussi élevée et aussi rapide ?

— Nous n'avons pas besoin d'une frappe directe. Le missile est équipé d'une fusée de proximité. Celle-ci explose quand elle est suffisamment proche de sa cible.

— Je sais que nous visons cet avion. Mais, je vous en supplie, dites-moi que nous n'allons pas lui tirer dessus.

— Le commandant demande des instructions.

— Mais les Américains pourraient exercer des représailles.

— Ce n'est pas moi qui décide. »

Le radar suivait la trajectoire de l'avion intrus et un lieutenant, penché sur un écran, annonçait tout haut son altitude, sa vitesse et sa distance. Autour du PC, les servants soviétiques ajustèrent la visée de leurs lanceurs pour suivre la cible numéro 33. Le U-2 traversa Cuba du nord au sud avant de virer à l'est en suivant la côte, se rapprochant de Banes. Les lance-missiles tournèrent lentement sur leurs socles pivotants, traquant leur cible tels des loups flairant une piste. « Et s'ils tiraient par inadvertance ? » murmura Tania à Paz.

Celui-ci avait d'autres soucis en tête. « Il photographie nos positions ! lança-t-il. Et ils se serviront de ces clichés pour guider leur armée d'invasion – dans quelques heures à peine, si ça se trouve.

— L'invasion sera encore plus certaine si vous tuez un pilote américain ! »

Le commandant scrutait les écrans radar, un téléphone collé à l'oreille. Il se tourna vers Ivanov : « Ils consultent Pliyev. » Ainsi que Tania le savait, Pliyev était le commandant en chef russe en poste à Cuba. Mais Pliyev n'oserait pas abattre un avion américain sans l'autorisation de Moscou.

Le U-2 atteignit l'extrémité sud de Cuba et vira une nouvelle fois pour longer la côte nord. Banes se situait tout près de celle-ci. La trajectoire de l'appareil américain allait passer pile au-dessus d'eux. À moins qu'il ne reparte vers le nord – s'il volait à près de quinze cents mètres par seconde, il serait rapidement hors de portée.

« Descendez-le ! cria Paz. Tout de suite ! »

Personne ne lui prêta attention.

L'avion vira au nord. Il était presque à la verticale de la batterie, mais à vingt et un mille mètres d'altitude.

Encore quelques secondes, je vous en supplie, songea Tania, priant quelque dieu inconnu.

Tania, Paz et Ivanov avaient les yeux rivés sur le commandant, lequel regardait fixement les écrans. Seuls les bip-bip des radars rompaient le silence de la pièce.

Le commandant dit alors : « À vos ordres. »

Qu'était-ce : un sursis ou le cataclysme ?

Sans lâcher son téléphone, il se tourna vers les officiers qui se trouvaient dans la salle : « Détruisez la cible numéro 33. Balancez deux missiles.

— Non ! » cria Tania.

On entendit un rugissement. Elle regarda par la fenêtre. Un missile s'éleva au-dessus de son lanceur et disparut en un clin d'œil. Un autre le suivit quelques secondes plus tard. Tania se plaqua la main sur la bouche, craignant de vomir sous l'effet de la terreur.

Il ne leur faudrait qu'une minute pour atteindre vingt mille mètres d'altitude.

Un accident était toujours possible, se dit-elle. Les missiles pouvaient tomber en panne, dévier de leur trajectoire et s'abîmer en mer sans avoir touché leur cible.

Sur l'écran radar, deux petites taches s'approchaient d'une grande.

Tania pria pour qu'elles la manquent.

Et puis d'un coup, les trois taches n'en firent qu'une.

Paz poussa un cri de triomphe.

Une multitude de petits points envahit l'écran.

Le commandant annonça dans le combiné : « Cible numéro 33 détruite. »

Tania regarda au-dehors, comme si elle s'attendait à voir tomber les débris du U-2.

Le commandant éleva la voix. « Objectif atteint. Félicitations à tous.

— Et que va nous faire le président Kennedy maintenant ? » demanda Tania.

*

George était plein d'espoir en ce samedi après-midi. Les messages incohérents de Khrouchtchev semaient la confusion, mais le dirigeant soviétique semblait chercher une sortie de crise. Et le président Kennedy voulait absolument éviter la guerre. Si les deux camps faisaient preuve de bonne volonté, ils ne pouvaient certainement pas échouer.

Avant de gagner la salle du cabinet présidentiel, il fit halte au service de presse et trouva Maria à son bureau. Elle portait une robe grise fort élégante et ses cheveux étaient retenus par un bandeau rose bonbon, comme pour annoncer au monde entier qu'elle était heureuse et en pleine forme. George préféra ne pas lui poser de question sur sa santé : de toute évidence, elle n'avait pas envie qu'on la traite en invalide. « Tu es occupée ? demanda-t-il.

— Nous attendons la réponse du président à Khrouchtchev. Comme la proposition soviétique a été faite publiquement, nous supposons que la réponse américaine sera communiquée à la presse.

— C'est l'objet de la réunion à laquelle je dois assister avec Bob. La rédaction de cette réponse.

— Échanger les missiles de Cuba contre ceux de Turquie me paraît raisonnable. D'autant que ça pourrait nous sauver la vie à tous.

— Dieu soit loué !

— Tu parles comme ta mère. »

Il éclata de rire et repartit. Dans la salle du cabinet présidentiel, les membres de l'ExComm et leurs conseillers se rassemblaient en vue de la réunion prévue à quatre heures. Près de la porte, entouré d'un groupe de militaires, Larry Mawhinney déclarait : « Nous devons les empêcher de livrer la Turquie aux communistes ! »

George gémit. Aux yeux de l'armée, tout était une lutte à mort. En vérité, nul ne songeait à livrer la Turquie. Il s'agissait seulement de démanteler des missiles, obsolètes de surcroît.

Le Pentagone allait-il vraiment s'opposer à un accord de paix? Il avait peine à le croire.

Le président Kennedy entra et s'assit à sa place habituelle, au milieu de la longue table, dos aux fenêtres. Tous avaient une copie du projet de réponse élaboré plus tôt dans la journée. Il affirmait que les États-Unis n'accepteraient de discuter des missiles turcs que lorsque la crise de Cuba aurait été réglée. Le président n'appréciait pas cette formulation. « Nous rejetons l'offre qu'il nous a faite », protesta-t-il. « Il » désignait toujours Khrouchtchev. Pour Kennedy, le conflit était de nature personnelle. « Ça ne marchera pas. Il va annoncer au monde que nous repoussons sa proposition. Nous devons déclarer que nous serons *ravis* de discuter de cette question – une fois que nous aurons la preuve formelle qu'ils ont cessé toute activité à Cuba.

— Autrement dit, nous mettons la Turquie dans la balance », remarqua quelqu'un.

Mac Bundy, le conseiller à la Sécurité nationale, renchérit : « C'est bien ce qui m'inquiète. » Bundy, au front largement dégarni à quarante-trois ans à peine, était issu d'une famille de républicains et avait tendance à adopter la voie la plus dure. « Si l'Otan et nos autres alliés ont l'impression que nous sommes disposés à faire ce troc, il faut nous attendre à de graves ennuis. »

George était découragé. Bundy faisait cause commune avec le Pentagone contre cet accord.

« Si nous donnons l'impression d'échanger la défense de la Turquie contre la levée de la menace cubaine, reprit Bundy, c'est toute l'efficacité de l'alliance qui sera compromise. »

Là était le problème, comprit George. Les missiles Jupiter étaient peut-être dépassés, mais ils symbolisaient la détermination américaine à s'opposer à l'expansion du communisme.

Le Président ne se laissa pas convaincre par les arguments de Bundy. « La situation là-bas est en train d'évoluer, Mac. »

Bundy insista. « Notre message ne se justifie que parce que nous sommes convaincus qu'il sera rejeté. »

Ah bon? se dit George. Il était certain que le Président comme son frère ne voyaient pas les choses sous cet angle.

« Nous sommes supposés passer à l'action contre Cuba demain ou après-demain, poursuivit Bundy. Quel est notre plan de bataille? »

La réunion prenait une tournure que George n'avait pas prévue. Ils étaient censés parler de paix et non de guerre.

Ce fut Robert McNamara, le ministre de la Défense qui répondit à Bundy. « Le plan, c'est une frappe aérienne de grande ampleur suivie d'une invasion. Pour limiter la réaction soviétique contre l'Otan à la suite de l'attaque américaine contre Cuba – continua-t-il pour en revenir au problème turc –, retirons les Jupiter de Turquie avant de passer à l'attaque... et informons-en les Soviétiques. Je serais surpris qu'ils lancent une frappe contre la Turquie dans ces circonstances. »

Quelle ironie, songea George : pour protéger ce pays, il fallait le priver de ses armes nucléaires.

Dean Rusk, le secrétaire d'État que George considérait comme un des hommes les plus intelligents de la pièce, les mit en garde : « Ils risquent de réagir ailleurs – à Berlin. »

George prit conscience, ébahi, que le président des États-Unis ne pouvait pas attaquer une île des Caraïbes sans prendre en compte les répercussions qu'une telle initiative pouvait avoir en Europe de l'Est, à quelque sept mille kilomètres de distance. Cela montrait bien que la planète était un échiquier pour les deux superpuissances.

« Je ne préconise pas, à l'heure qu'il est, des frappes aériennes contre Cuba, précisa McNamara. Tout ce que je dis, c'est que nous devons examiner la situation de façon plus réaliste. »

Le général Maxwell Taylor prit alors la parole. Il venait de contacter les chefs d'état-major interarmées. « Ils nous recommandent de lancer la frappe la plus importante, le Plan d'attaque 312, lundi matin au plus tard, à moins d'avoir reçu auparavant des preuves irréfutables du démantèlement des armes offensives. »

Assis derrière Taylor, Mawhinney et ses amis semblaient enchantés. C'étaient bien les militaires, songea George : ils brûlaient d'envie d'en découdre, même si cela entraînait la fin du monde. Il pria pour que les politiques présents dans la salle ne se laissent pas guider par les soldats.

« Par ailleurs, reprit Taylor, l'exécution de cette frappe doit être suivie sept jours plus tard par celle du plan d'attaque 316, le plan d'invasion.

— Quelle surprise ! » s'écria Robert Kennedy, sarcastique.

On rit à gorge déployée autour de la table. Apparemment, tout le monde jugeait les recommandations de l'armée d'une prévisibilité grotesque. George en fut grandement soulagé.

Mais l'ambiance redevint grave lorsque McNamara, lisant une note que venait de lui passer un assistant, déclara soudain : « Le U-2 a été abattu. »

George étouffa un cri. Il savait qu'un avion espion de la CIA en mission au-dessus de Cuba avait cessé de répondre, mais tout le monde espérait qu'il s'agissait d'un simple problème de radio et que l'appareil était sur le chemin du retour.

De toute évidence, le président Kennedy n'avait pas été informé de la disparition de cet avion. « Un U-2 a été abattu ? » dit-il d'une voix rauque.

George comprenait qu'il soit atterré. Jusqu'à cet instant, les deux superpuissances étaient montées sur leurs ergots mais n'avaient fait qu'échanger des menaces. À présent, le premier coup avait été porté. Dès lors, il allait devenir plus difficile d'éviter la guerre.

« Wright vient de m'apprendre qu'on a retrouvé son épave », annonça McNamara. Le colonel John Wright travaillait à la Defence Intelligence Agency, le service de renseignement de l'armée.

« Le pilote est-il mort ? » demanda Bob Kennedy.

Comme souvent, il avait posé la question essentielle.

« Le cadavre du pilote est dans l'appareil, répondit le général Taylor.

— Quelqu'un l'a-t-il vu ? demanda le président Kennedy.

— Oui, monsieur le Président. L'avion s'est écrasé au sol et son pilote est mort. »

Le silence se fit dans la salle. Cela changeait tout. Un Américain était mort, tué au-dessus de Cuba par des armes soviétiques.

« Il va falloir aborder la question des représailles », ajouta Taylor.

C'était inévitable. Le peuple américain allait réclamer vengeance. Du reste, George éprouvait le même sentiment. Il désirait soudain ardemment que le président déclenche le raid aérien massif qu'avait recommandé le Pentagone. Il vit en esprit plusieurs centaines de bombardiers en formation serrée traverser le ciel au-dessus du détroit de Floride et lâcher sur Cuba une grêle de charges meurtrières. Il voulait que toutes les rampes de missiles sautent, que toutes les troupes soviétiques soient massacrées, que Castro soit tué. Et si toute la nation cubaine devait en souffrir, tant pis pour elle, ça lui apprendrait : elle n'avait qu'à éviter de tuer des Américains.

La réunion durait depuis deux heures et un épais nuage de fumée de cigarette flottait dans la pièce. Le Président annonça une pause. Bonne idée, pensa George. Lui-même avait grand besoin de se calmer. Si les autres étaient d'humeur aussi sanguinaire que lui, ils n'étaient pas en état de réfléchir rationnellement.

Il savait en outre que le Président devait prendre ses médicaments et que c'était la raison majeure de cette interruption. La plupart des gens étaient informés des problèmes de dos de Kennedy, mais peu savaient qu'il livrait une bataille de tous les instants contre quantité d'affections, notamment la colite et la maladie d'Addison. Deux fois par jour, ses médecins lui injectaient un cocktail de stéroïdes et d'antibiotiques pour qu'il soit en état d'exercer son mandat.

Bob Kennedy entreprit de préparer une nouvelle réponse à Khrouchtchev, aidé par Ted Sorensen, le jeune homme jovial qui écrivait les discours du Président. Accompagnés de leurs conseillers, ils rejoignirent tous deux le secrétariat présidentiel, une pièce minuscule contiguë au Bureau ovale. George attrapa un stylo et un bloc-notes jaune et nota tout ce que lui dicta Bob. Comme il n'y avait que deux personnes pour discuter de sa formulation, le projet de lettre fut rapidement rédigé.

Les paragraphes les plus importants étaient les suivants :

1. Vous accepterez de retirer de Cuba ces systèmes d'armes sous une observation et un contrôle appropriés des Nations unies, et vous vous engagerez, avec des garanties convenables, à mettre un terme à toute nouvelle entrée de tels systèmes d'armes à Cuba.

2. De notre côté, nous accepterons – après la mise au point d'arrangements convenables par l'intermédiaire des Nations unies – d'assurer l'exécution et la poursuite des engagements suivants : a) lever rapidement les mesures de quarantaine actuellement en vigueur, et b) donner des assurances contre toute invasion de Cuba. Je suis persuadé que les autres nations de l'hémisphère occidental seront prêtes à agir de même.

Les États-Unis acceptaient la première proposition de Khrouchtchev. Et la seconde? Bob et Sorensen convinrent d'écrire :

Un tel accord en vue de diminuer la tension internationale aurait pour effet de nous permettre de travailler sur des dispositions plus générales concernant les « autres armes » tel que proposé dans votre seconde lettre.

Ce n'était pas grand-chose, une vague promesse de discussions, mais l'ExComm n'accepterait certainement pas d'aller plus loin.

George se demanda dans son for intérieur si cela suffirait.

Il remit ses notes à l'une des secrétaires du Président et la pria de les dactylographier. Quelques minutes plus tard, Bob était convoqué au Bureau ovale, où se rassemblait un comité restreint : le Président, Dean Rusk, Mac Bundy et deux ou trois autres, tous accompagnés de leurs plus proches conseillers. Le vice-président Lyndon Johnson était exclu de cette réunion : George le considérait comme un politicien habile, mais ses manières rugueuses de Texan agaçaient les Bostoniens raffinés qu'étaient les frères Kennedy.

Le Président souhaitait que Bob porte lui-même la lettre à Anatoli Dobrynine, l'ambassadeur soviétique à Washington. Au cours des derniers jours, les deux hommes s'étaient rencontrés à plusieurs reprises de façon informelle. S'ils ne s'appréciaient guère, ils parvenaient à se parler avec franchise et avaient ouvert la voie à une communication qui contournait la bureaucratie washingtonienne. Lors d'un face à face, peut-être Bob développerait-il la promesse de discuter plus avant des missiles déployés en Turquie – en se passant de l'approbation préalable de l'ExComm.

Dean Rusk suggéra que Bob aille même un peu plus loin avec Dobrynine. Les réunions du jour avaient permis de conclure que personne ne souhaitait que les missiles Jupiter restent en Turquie. D'un point de vue strictement militaire, ils ne servaient à rien. La question était symbolique : le gouvernement turc et les autres alliés de l'Otan seraient furieux que les États-Unis renoncent à ces missiles en échange d'un règlement de la crise cubaine. Rusk proposa une solution que George jugea particulièrement astucieuse. « Proposez-leur un démantèlement des Jupiter plus tard – disons, dans cinq ou six mois. À ce moment-là, nous pourrons le faire discrètement, avec l'accord de nos alliés, tout en intensifiant l'activité de nos sous-marins nucléaires lanceurs d'engins en Méditerranée pour compenser. Les Soviétiques devront toutefois promettre de garder cet accord ultrasecret. »

Une suggestion surprenante mais brillante, se dit George.

Tout le monde s'empressa de l'approuver. L'ExComm avait perdu une bonne partie de la journée en discussions interminables sur toutes les régions du monde, et c'était le petit comité du Bureau ovale qui avait tranché. « Appelez Dobrynine », dit Bob à George. Il consulta sa montre et George l'imita : il était sept heures et quart. « Demandez-lui de me retrouver au ministère de la Justice dans une demi-heure, précisa Bob.

— Et communiquez cette lettre à la presse un quart d'heure plus tard », ajouta le Président.

George rejoignit le secrétariat adjacent au Bureau ovale et décrocha un téléphone. « Passez-moi l'ambassade soviétique », demanda-t-il à la standardiste.

L'ambassadeur accepta aussitôt le rendez-vous.

George apporta la lettre dactylographiée à Maria et lui annonça que le Président voulait qu'elle soit communiquée à la presse à vingt heures.

Elle regarda sa montre d'un air inquiet avant de lancer : « Très bien, les filles, on a intérêt à s'activer. »

Bob et George sortirent de la Maison Blanche et une voiture les conduisit au ministère de la Justice, quelques rues plus loin. Les statues du grand hall, sous l'éclairage réduit du week-end, semblaient leur jeter des regards soupçonneux. George expliqua au personnel de sécurité que Bob attendait sous peu un visiteur important.

Ils prirent l'ascenseur. George trouva que Bob avait l'air épuisé, ce qui était certainement le cas. Les échos de leurs pas résonnèrent dans les couloirs vides du gigantesque bâtiment. Le vaste bureau de Bob était à peine éclairé, mais il ne prit pas la peine d'allumer d'autres lampes. Il s'effondra dans son fauteuil et se frotta les yeux.

George contempla les rues éclairées derrière la fenêtre. Si le centre de Washington était un joli parc orné de monuments et de palais, le reste de la ville était une métropole surpeuplée de cinq millions d'habitants dont la moitié étaient noirs. Serait-elle encore debout demain à la même heure ? George avait vu des images d'Hiroshima : des kilomètres d'immeubles réduits à l'état de gravats, des survivants brûlés et mutilés à la périphérie du site, jetant des regards désemparés sur un monde qu'ils ne reconnaissaient plus. Washington présenterait-elle le même aspect le lendemain matin ?

On fit entrer l'ambassadeur Dobrynine à huit heures moins le quart précises. C'était un quadragénaire déjà chauve qui jubilait visiblement de se voir accorder ce rendez-vous informel avec le frère du Président.

« Je voudrais vous exposer le point de vue du Président sur la situation alarmante que nous vivons, déclara Bob. Un de nos avions a été abattu au-dessus de Cuba et son pilote est mort.

— Vos avions n'ont pas le droit de survoler Cuba », rétorqua Dobrynine du tac au tac.

Bob pouvait avoir des échanges assez agressifs avec Dobrynine, mais, aujourd'hui, le ministre de la Justice était d'une tout autre humeur. « Je tiens à vous faire comprendre certaines réalités politiques, insista-t-il. Le Président est soumis à de fortes pressions en faveur de représailles militaires. Nous ne pouvons pas renoncer à ces vols : nous n'avons pas d'autre moyen de contrôler les travaux de construction de vos bases de missiles. Mais si les Cubains tirent sur nos avions, nous riposterons. »

Bob exposa ensuite à Dobrynine les termes de la réponse du président Kennedy au premier secrétaire Khrouchtchev.

« Et la Turquie ? » demanda sèchement Dobrynine.

Bob répondit en pesant ses mots. « Si c'est le seul obstacle à la conclusion d'un accord, le Président ne le considère pas comme insurmontable. La plus grande difficulté, à ses yeux, est le caractère public de cette question. Une décision annoncée aujourd'hui mettrait l'Otan sens dessus dessous. Il nous faut quatre à cinq mois pour retirer nos missiles de Turquie. Mais ce que je vous dis là est hautement confidentiel : seule une poignée de personnes connaissent la teneur de mes propos. »

George observa attentivement le visage de Dobrynine. Était-ce un effet de son imagination, ou bien le diplomate faisait-il un effort pour dissimuler son excitation ?

« George, reprit Bob, donnez à monsieur l'ambassadeur les numéros de téléphone permettant de joindre directement le Président. »

George attrapa un bloc-notes, inscrivit trois numéros, arracha la feuille et la tendit à Dobrynine.

Bob se leva et l'ambassadeur en fit autant. « Il me faut une réponse demain, dit encore Bob. Ce n'est pas un ultimatum, c'est la réalité. Nos généraux brûlent d'envie d'en découdre.

Et ne nous envoyez pas une de ces interminables lettres de Khrouchtchev dont la traduction nécessite toute une journée. Monsieur l'ambassadeur, nous attendons de vous une réponse claire et concise. Et nous l'attendons au plus tôt.

— Très bien », acquiesça le Russe, et il sortit.

*

Le dimanche matin, le chef de l'antenne du KGB à La Havane rapporta au Kremlin que les Cubains jugeaient désormais une attaque américaine inévitable.

Dimka se trouvait dans une datcha appartenant au gouvernement, à Novo-Ogariovo, un pittoresque village des environs de Moscou. C'était un petit bâtiment à colonnes blanches qui ressemblait un peu à la Maison Blanche de Washington. Dimka préparait la réunion du présidium qui devait s'y tenir quelques minutes plus tard, à midi. Il fit le tour de la table avec dix-huit chemises en carton, qu'il disposa une par une à chaque place. Elles contenaient une copie de la traduction russe du dernier message adressé à Khrouchtchev par le président Kennedy.

Dimka était plein d'espoir. Le président américain avait accepté toutes les demandes initiales de Khrouchtchev. Si, par miracle, cette lettre était arrivée quelques minutes après l'envoi du premier message de Khrouchtchev, la crise aurait été immédiatement désamorcée. Mais le délai inévitable avait permis au premier secrétaire d'ajouter d'autres exigences. Et, malheureusement, la lettre de Kennedy n'évoquait pas directement la Turquie. Dimka ne savait pas si son patron y verrait une pierre d'achoppement.

Les membres du présidium se rassemblaient lorsque Natalia Smotrov entra dans la pièce. Dimka trouva que ses cheveux détachés ajoutaient encore à son charme, avant de remarquer son air angoissé. Il fallait qu'il lui parle en privé pour lui annoncer ses fiançailles. Il ne voulait pas en informer ses collègues du Kremlin sans l'avoir mise au courant d'abord. Mais, encore une fois, le moment était mal choisi. Il avait besoin de la voir seul à seule.

Fonçant droit sur lui, elle lui annonça : « Ces imbéciles ont abattu un avion américain.

— Oh, non ! »

Elle hocha la tête. « Un avion espion U-2. Le pilote est mort.

— Merde ! Qui a fait ça, nous ou les Cubains ?

— Personne ne veut le dire, j'en déduis que c'est nous.

— Mais aucun ordre n'avait été donné !

— En effet. »

C'était ce qu'ils avaient craint tous les deux : que quelqu'un se mette à tirer sans autorisation.

Les membres du présidium prenaient place, leurs conseillers derrière eux comme d'habitude. « Je vais le prévenir », souffla Dimka, mais Khrouchtchev fit son entrée à ce moment-là. Dimka se précipita vers lui et lui parla à l'oreille tandis que le dirigeant s'asseyait. Khrouchtchev ne dit rien : son air sinistre était suffisamment éloquent.

Il ouvrit la réunion par un discours de toute évidence préparé. « Il fut un temps où nous allions de l'avant, comme en octobre 1917 ; mais en mars 1918, nous avons dû battre en retraite, ayant signé le traité de Brest-Litovsk avec les Allemands. Aujourd'hui, nous nous trouvons face à un risque de guerre et d'anéantissement atomique, dont l'espèce humaine pourrait ne pas se relever. Pour sauver le monde, nous devons battre en retraite. »

Cela ressemblait au début d'un plaidoyer pour un compromis, se dit Dimka.

Mais Khrouchtchev passa aussitôt à des considérations d'ordre militaire. Que devait faire l'Union soviétique si les Américains attaquaient Cuba aujourd'hui, comme les Cubains eux-mêmes le prévoyaient ? Le général Pliyev allait recevoir l'ordre de défendre les forces soviétiques de Cuba. Il ne pourrait cependant pas utiliser l'arme nucléaire sans autorisation.

Pendant que le présidium discutait de cette éventualité, Vera Pletner, la secrétaire de Dimka, lui fit signe de la rejoindre. On le demandait au téléphone.

Natalia le suivit.

Le ministère des Affaires étrangères avait une information qui devait être transmise à Khrouchtchev sur-le-champ – oui, en pleine réunion. On venait de recevoir un câble de l'ambassadeur soviétique à Washington. Robert Kennedy lui avait annoncé que les missiles turcs seraient retirés quatre ou cinq mois plus tard – mais cela devait rester top secret.

« Excellente nouvelle ! dit Dimka, enchanté. Je l'en informe tout de suite.

— Autre chose, reprit le fonctionnaire du ministère. Robert Kennedy a insisté sur la nécessité de faire vite. Apparemment, le président américain est pressé par le Pentagone d'attaquer Cuba.

— Nous nous en doutions.

— Robert Kennedy a été clair : nous avons très peu de temps. Ils exigent une réponse aujourd'hui même.

— Je le lui dirai. »

Il raccrocha. Natalia se tenait près de lui, dévorée de curiosité. Elle n'avait pas son pareil pour flairer les informations importantes. « Robert Kennedy a proposé de retirer les missiles de Turquie », lui confia-t-il.

Elle sourit de toutes ses dents. « C'est fini ! s'exclama-t-elle. Nous avons gagné ! » Et elle l'embrassa sur la bouche.

Dimka retourna dans la salle au comble de l'excitation. Malinovski, le ministre de la Défense, avait pris la parole. Dimka s'approcha de Khrouchtchev et lui dit à voix basse : « Un câble de Dobrynine – il a reçu une nouvelle proposition de Robert Kennedy.

— Racontez ça à tout le monde », ordonna Khrouchtchev en coupant la parole à l'orateur.

Dimka répéta ce qu'il venait d'apprendre.

Les membres du présidium ne se déridaient que rarement, mais Dimka vit fleurir de larges sourires autour de la table. Kennedy avait cédé sur tout ! C'était un triomphe pour l'Union soviétique et un succès personnel pour Khrouchtchev.

« Nous devons accepter le plus vite possible, reprit celui-ci. Allez chercher une sténographe. Je vais immédiatement dicter une lettre d'approbation qui sera lue à l'antenne de Radio Moscou.

— Quand dois-je ordonner à Pliyev de commencer à démanteler les lance-missiles ? » demanda Malinovski.

Khrouchtchev le regarda comme s'il avait affaire à un demeuré. « Tout de suite », répondit-il.

*

Après le présidium, Dimka put enfin parler à Natalia en tête à tête. Assise dans une antichambre, elle relisait les notes prises pendant la réunion. «J'ai quelque chose à te dire », déclara-t-il. Il avait l'estomac curieusement noué, alors qu'il n'avait aucune raison d'être inquiet.

«Je t'écoute. » Elle tourna une page de son calepin.

Il hésita, sentant qu'elle ne l'écoutait pas vraiment.

Natalia posa son carnet et sourit.

C'était maintenant ou jamais.

« Nina et moi venons de nous fiancer. »

Natalia pâlit et resta bouche bée.

Dimka se sentit obligé d'ajouter quelques mots. « Nous l'avons annoncé hier à ma famille. C'était l'anniversaire de mon grand-père. » Tais-toi, arrête de bafouiller, s'ordonna-t-il. « Il a eu soixante-treize ans »

Les premières paroles de Natalia le désarçonnèrent : « Et moi ? »

Il comprenait à peine ce qu'elle voulait dire. « Toi ? »

La voix de Natalia se réduisit à un murmure. « Nous avons passé une nuit ensemble.

— Je ne l'oublierai jamais. » Dimka était complètement désorienté. « Mais ensuite, tout ce que tu as trouvé à me dire, c'est que tu étais mariée.

— J'avais peur.

— De quoi ? »

Elle semblait sincèrement affligée. Sa large bouche se tordit, comme sous l'effet d'une vive douleur. « Ne te marie pas, je t'en supplie !

— Pourquoi ?

— Parce que je ne veux pas ! »

Dimka était stupéfait. « Pourquoi est-ce que tu ne me l'as pas dit plus tôt ?

— Je ne savais pas quoi faire.

— C'est trop tard, maintenant.

— Vraiment ? » Elle lui jeta un regard implorant. « Tu peux rompre des fiançailles... si tu le veux.

— Nina va avoir un bébé. »

Natalia s'étrangla.

« Tu aurais dû me dire quelque chose... avant..., poursuivit Dimka.

— Et si je l'avais fait ? »

Il secoua la tête. « Il ne sert à rien d'en discuter.

— Non, soupira-t-elle. Je vois bien.

— Enfin, fit Dimka, au moins nous avons évité une guerre atomique.

— Oui, acquiesça-t-elle. Nous sommes vivants. C'est déjà ça. »

XX

L'odeur du café réveilla Maria. Elle ouvrit les yeux. Le président Kennedy était assis dans le lit à côté d'elle, le dos calé par plusieurs oreillers, une tasse à la main, en train de lire l'édition dominicale du *New York Times*. Tout comme elle, il portait une chemise de nuit bleu ciel. « Oh ! » fit-elle.

Il sourit. « Tu as l'air surprise.

— Je le suis. Surprise d'être en vie. J'étais sûre que nous allions mourir cette nuit.

— Ce n'était pas pour cette fois. »

Elle l'avait pourtant presque espéré en s'endormant. Elle redoutait la fin de leur liaison. Celle-ci n'avait pas d'avenir, elle le savait. S'il quittait son épouse, ce serait la fin de sa carrière politique ; et il était impensable qu'il la quitte pour une femme noire. De toute façon, il n'avait pas la moindre intention de se séparer de Jackie : il l'aimait et il adorait leurs enfants. Ils formaient un couple heureux. Maria était sa maîtresse et, quand il serait lassé d'elle, il la laisserait tomber. Elle se disait parfois qu'elle préférerait mourir avant – surtout si la mort la frappait, couchée près de lui, dans un éclair de destruction nucléaire qui aurait pris fin avant qu'ils aient eu le temps de comprendre ce qui leur arrivait.

Mais elle gardait cela pour elle : son rôle était de le rendre heureux, pas de l'attrister. Elle se redressa, l'embrassa sur l'oreille, jeta un coup d'œil au journal par-dessus son épaule, lui prit sa tasse et but une gorgée de café. Malgré tout, elle était heureuse d'être encore en vie.

Il ne lui avait pas parlé de l'avortement. C'était comme s'il l'avait oublié. D'ailleurs, elle n'avait jamais abordé la question avec lui. Elle avait appelé Dave Powers pour lui annoncer qu'elle était enceinte, et Dave lui avait donné un numéro de téléphone en précisant qu'il s'occuperait des honoraires du médecin. La seule fois que le Président avait évoqué le sujet, c'était lorsqu'il lui avait téléphoné après l'opération. Il avait évidemment d'autres soucis en tête.

Maria envisagea un instant d'en parler, mais se ravisa aussitôt. Tout comme Dave, elle souhaitait préserver le Président des soucis et non l'accabler de problèmes supplémentaires. Tout en étant sûre que c'était la bonne décision, elle était attristée et même un peu blessée de ne pas pouvoir discuter avec lui d'un sujet aussi important pour elle.

Elle redoutait que leurs rapports sexuels soient douloureux après l'intervention. Cependant, lorsque Dave l'avait priée de se rendre à la résidence la veille au soir, elle avait tellement hésité à refuser l'invitation qu'elle avait préféré courir le risque ; et ça s'était très bien passé – merveilleusement même.

« Il faut que je file, annonça le Président. Je dois aller à la messe ce matin. »

Il était sur le point de se lever lorsque le téléphone posé sur la table de chevet sonna. Il décrocha. « Bonjour, Mac », dit-il.

Maria devina qu'il parlait à Mac Bundy, le conseiller à la Sécurité nationale. Elle sortit du lit d'un bond et fila dans la salle de bains.

Kennedy recevait souvent des appels le matin au lit. Maria supposait que ses correspondants ignoraient qu'il n'était pas seul, ou bien que cela leur était indifférent. Pour éviter d'embarrasser le Président, elle s'éclipsait alors au plus vite : il pouvait s'agir de conversations ultrasecrètes.

Elle repassa la tête par la porte à l'instant même où il raccrochait. « Bonne nouvelle ! lança-t-il. Radio Moscou vient d'annoncer que Khrouchtchev allait démanteler les missiles de Cuba et les renvoyer en URSS. »

Maria retint un cri de joie. C'était fini !

« Je me sens un homme neuf », dit le Président.

Elle se jeta à son cou et l'embrassa. « Tu as sauvé le monde, Johnny », murmura-t-elle.

Il parut songeur. Au bout d'une minute, il répondit : « Ouais, ça m'en a tout l'air. »

*

Debout sur son balcon, accoudée à la balustrade en fer forgé, Tania inspirait avec avidité l'air humide du matin havanais lorsque la Buick de Paz s'arrêta en contrebas, bloquant la rue étroite sur toute sa largeur. Il en descendit d'un bond, leva les yeux et hurla : « Tu m'as trahi !

— Hein ? » Elle était stupéfaite. « Comment ?

— Tu le sais très bien. »

C'était un homme passionné, sujet aux sautes d'humeur, mais jamais elle ne l'avait vu dans une telle colère, et elle se félicita qu'il lui parle ainsi depuis le trottoir. Elle ne comprenait toujours pas les raisons de sa fureur. « Je n'ai confié aucun de tes secrets à personne et je n'ai pas couché avec un autre, déclara-t-elle. En quoi t'ai-je trahi ?

— Dans ce cas pourquoi sont-ils en train de démanteler les lance-missiles ?

— Ils les démantèlent ? » Si c'était exact, cela signifiait que la crise était passée. « Tu en es sûr ?

— Ne fais pas semblant de l'ignorer.

— Je ne fais semblant de rien. Mais si c'est vrai, nous sommes sauvés. » Du coin de l'œil, elle vit les voisins ouvrir portes et fenêtres pour ne rien perdre de leur querelle. Elle fit celle qui n'avait rien remarqué. « Pourquoi es-tu en colère comme ça ?

— Parce que Khrouchtchev a passé un marché avec les *yanquis* – sans même en discuter avec Castro ! »

Les voisins émirent des bruits réprobateurs.

« Je ne pouvais évidemment pas être au courant, se défendit-elle, contrariée. Tu crois que Khrouchtchev me consulte avant de prendre de telles décisions ?

— C'est lui qui t'a envoyée ici.

— Pas en personne.

— Il parle à ton frère.

— Tu me prends vraiment pour une envoyée spéciale de Khrouchtchev ?

— Pourquoi crois-tu que je t'accompagne partout depuis des mois ? »

D'une voix plus douce, elle répondit : « Je croyais que c'était parce que tu m'aimais bien. »

Les voisines poussèrent des gémissements de compassion.

« Tu n'es plus la bienvenue ici, cria-t-il. Fais tes valises. Tu dois immédiatement quitter Cuba. Aujourd'hui même ! »

Sur ces mots, il reprit le volant et partit dans un rugissement de moteur.

« Ravie de t'avoir connu », murmura Tania.

*

Dimka et Nina fêtèrent leurs fiançailles dans un bar proche de l'appartement de la jeune femme.

Dimka était résolu à ne plus penser à sa troublante conversation avec Natalia. Cela ne changeait rien. Il la relégua au fond de son esprit. Ils avaient eu une brève aventure et c'était fini. Il aimait Nina et elle allait devenir sa femme.

Il acheta deux bouteilles d'une insipide bière russe et s'assit à côté d'elle sur un banc. « Nous allons nous marier, dit-il avec tendresse. Je veux que tu aies une robe magnifique.

— Je préférerais éviter tous les chichis.

— Moi aussi, bien sûr, mais ça ne sera peut-être pas si facile, reprit-il en fronçant les sourcils. Je suis le premier de ma génération à me marier. Ma mère et mes grands-parents voudront marquer le coup. Et ta famille ? » Il savait que le père de Nina était mort à la guerre, mais sa mère était encore en vie et elle avait un frère de deux ans son cadet.

« J'espère que la santé de Mama lui permettra de venir. » La mère de Nina vivait à Perm, à mille quatre cents kilomètres de Moscou. Dimka sentait pourtant que Nina n'avait pas vraiment envie qu'elle assiste à la cérémonie.

« Et ton frère ?

— Il demandera une permission, mais je ne sais pas si on la lui accordera. » Le frère de Nina était dans l'armée Rouge. « Je ne sais même pas où il se trouve. On l'a peut-être envoyé à Cuba.

— Ça, je peux le savoir. Et l'oncle Volodia peut tirer quelques ficelles.

— Ne te mets pas en quatre pour ça.

— J'y tiens. Ce sera sans doute mon seul mariage !

— Qu'est-ce que tu veux dire ? lança-t-elle sèchement.

— Rien. » Il avait dit ça en plaisantant, et regrettait de l'avoir irritée. « N'y pense plus.

— Tu crois que ça va finir par un divorce comme mon premier mariage ?

— Je viens de dire exactement le contraire, non ? Qu'est-ce qui te prend ? » Il se força à sourire. « Nous devrions être heureux aujourd'hui. Nous allons nous marier, nous allons avoir un bébé, et Khrouchtchev a sauvé le monde.

— Tu ne comprends pas. Je ne suis pas une jeune vierge.

— Figure-toi que je m'en étais douté.

— Tu veux bien être un peu sérieux ?

— Pardon.

— Normalement, lors d'un mariage, deux jeunes gens se promettent un amour éternel. Ce n'est pas une chose qu'on peut dire deux fois. Tu ne comprends pas que ça me gêne de devoir répéter ça après un premier échec ?

— Oh ! Si, bien sûr, maintenant que tu l'expliques. » L'attitude de Nina était un peu démodée – un tas de gens divorçaient ces derniers temps –, mais c'était sans doute parce qu'elle venait d'une petite ville de province. « Autrement dit, tu souhaites une cérémonie adaptée à un second mariage : pas de promesses extravagantes, pas de blagues sur les jeunes mariés, l'union de deux adultes qui savent déjà que la vie ne se déroule pas toujours comme prévu.

— Exactement.

— Eh bien, ma chérie, si c'est ce que tu veux, c'est ce que tu auras – j'y veillerai.

— Vraiment ?

— Qu'est-ce qui t'en fait douter ?

— Je ne sais pas. J'oublie parfois à quel point tu es gentil. »

*

Ce matin-là, lors de la dernière réunion de l'ExComm, George entendit Mac Bundy inventer une nouvelle formule pour désigner les factions adverses qui s'opposaient au sein des conseillers du Président. « Tout le monde sait qui étaient les faucons et qui étaient les colombes », dit-il. Bundy quant à lui faisait partie des faucons. « Aujourd'hui, c'était le jour des colombes. »

Rares étaient les faucons ce matin-là : tous prodiguaient des louanges au président Kennedy pour le talent avec lequel il avait réglé la crise, y compris ceux qui lui avaient, récemment encore, reproché sa dangereuse faiblesse et l'avaient poussé à entraîner les États-Unis dans la guerre.

George, rassemblant son courage, se risqua à plaisanter avec lui. « La prochaine fois, vous devriez peut-être résoudre la dispute frontalière entre l'Inde et la Chine, monsieur le Président.

— Je pense qu'aucune des deux parties ne le souhaite, ni personne d'autre d'ailleurs.

— Mais aujourd'hui, vous êtes un géant. »

Le président Kennedy éclata de rire. « Ça ne durera pas plus de huit jours. »

Bob Kennedy était ravi à l'idée de voir plus souvent sa famille. « Je ne suis même plus sûr de savoir rentrer chez moi », remarqua-t-il.

Les seuls mécontents étaient les généraux. Les chefs d'état-major interarmées, réunis au Pentagone pour mettre au point les derniers plans de l'attaque aérienne de Cuba, étaient furieux. Ils envoyèrent au Président un message urgent affirmant que l'accord de Khrouchtchev n'était qu'une ruse pour gagner du temps. À en croire Curtis LeMay, c'était la plus grande défaite de l'histoire américaine. Personne ne lui prêta attention.

George avait appris quelque chose et avait l'impression qu'il lui faudrait du temps pour assimiler cette leçon. Les problèmes politiques étaient plus imbriqués qu'il ne l'avait imaginé jusqu'ici. Il avait toujours cru que des questions comme celles de Berlin et de Cuba étaient distinctes et n'entretenaient que peu de rapports avec celles des droits civiques et de la couverture maladie, par exemple. Or le président Kennedy n'avait pu régler la crise des missiles cubains sans réfléchir aux répercussions que ces décisions pourraient avoir en Allemagne. Et s'il avait échoué à Cuba, le résultat des élections de mi-mandat aurait affecté son programme de politique intérieure et l'aurait empêché de faire passer une loi sur les droits civiques. Tout était lié. Cette prise de conscience avait sur la carrière de George des incidences auxquelles George devait réfléchir sérieusement.

Lorsque l'ExComm se dispersa, George garda son costume pour aller chez sa mère. Il faisait grand soleil en ce jour d'automne et les feuilles avaient viré au rouge et à l'or. Elle lui prépara à dîner, comme elle adorait le faire. Elle lui servit un steak avec de la purée de pommes de terre. La viande était trop cuite : il n'arrivait pas à la convaincre de la servir saignante, à la française. Mais il apprécia son repas, parce que celui-ci avait été fait avec amour.

Elle lava ensuite la vaisselle et il l'essuya, puis ils se préparèrent à assister à l'office du soir à l'église évangélique de Bethel. « Nous devons remercier le Seigneur de nous avoir tous sauvés, remarqua-t-elle en mettant son chapeau devant le miroir de l'entrée.

— Remercie le Seigneur, Mom, dit George en souriant. Moi, je remercie le président Kennedy.

— Pourquoi ne pas remercier les deux ?

— Ça me va », approuva George, et ils sortirent.

Quatrième partie

Arme à feu
1963

XXI

L'Orchestre Joe Henry se produisait tous les samedis soir au restaurant de l'hôtel Europe à Berlin-Est, où il interprétait des classiques du jazz et des extraits de comédies musicales à l'intention des membres de l'élite est-allemande et de leurs épouses. Joe, alias Josef Heinried, n'était pas un très bon batteur de l'avis de Walli ; mais il savait garder le rythme, même saoul, et, comme il exerçait des fonctions dans le syndicat des musiciens, on ne pouvait pas le virer.

Joe arriva devant l'entrée de service de l'hôtel à six heures du soir, au volant d'une vieille camionnette Framo V901 noire dont l'arrière contenait ses précieux instruments protégés par des coussins. Pendant qu'il allait boire une bière au bar, Walli était chargé de transporter les percussions jusqu'à la scène, de les sortir de leurs housses en cuir et de les mettre en place comme Joe le souhaitait. Il y avait une grosse caisse munie d'une pédale, deux toms, une caisse claire, une charleston, des cymbales crash et une cloche. Walli manipulait cette batterie avec des précautions infinies : c'était une Slingerland que Joe avait gagnée à l'issue d'une partie de cartes avec un GI dans les années 1940 et il n'en trouverait jamais de pareille.

Les cachets étaient minables, mais Walli et Karolin, autrement dit les Bobbsey Twins, donnaient un petit récital durant les vingt minutes d'entracte et, plus important encore, avaient obtenu des cartes du syndicat des musiciens, alors que Walli n'avait encore que dix-sept ans.

Maud, sa grand-mère anglaise, avait bien ri quand il lui avait appris le nom de leur duo. « Vous êtes Flossie et Freddie, ou bien Bert et Nan ? » avait-elle lancé. C'est ainsi qu'il avait appris que les Bobbsey Twins n'avaient rien à voir avec les Everly

Brothers. Il s'agissait des héros d'une vieille série de livres pour enfants, deux paires de charmants jumeaux aux joues roses. Walli et Karolin avaient tout de même décidé de garder ce nom.

Joe était un crétin, ce qui n'empêchait pas Walli d'apprendre beaucoup de choses à son contact. Joe veillait à ce que l'orchestre joue assez fort pour qu'on soit obligé de l'écouter, mais pas trop pour que les clients ne se plaignent pas de ne plus pouvoir bavarder. Il mettait chacun de ses musiciens en vedette sur un morceau donné, ce qui suffisait à les contenter. Il commençait toujours la soirée par un air connu et quittait la scène quand la piste était encore noire de monde, ce qui incitait les danseurs à réclamer des bis.

Si Walli ignorait ce que lui réservait l'avenir, il savait en revanche ce qu'il voulait. Il serait musicien, le leader d'un groupe populaire, voire célèbre ; et il jouerait du rock. Peut-être les communistes finiraient-ils par adopter une position plus souple à l'égard de la musique américaine et par autoriser la pop-music. Peut-être le communisme finirait-il par s'effondrer. Mieux encore, peut-être Walli trouverait-il le moyen d'aller en Amérique.

Il en était encore loin. Tout ce qu'il voulait pour le moment, c'était que les Bobbsey Twins soient suffisamment populaires pour que Karolin et lui puissent obtenir le statut de musiciens professionnels.

Les membres de l'orchestre arrivèrent pendant que Walli finissait de tout installer et ils se mirent à jouer à sept heures pile.

Les communistes ne savaient que penser du jazz. Ils se méfiaient de tout ce qui venait d'Amérique, mais les nazis avaient interdit le jazz, ce qui lui prêtait une aura antifasciste. Pour finir, ils avaient décidé de le tolérer, ne fût-ce que parce que beaucoup de gens l'appréciaient. Comme il n'y avait pas de chanteur dans l'orchestre de Joe, on ne risquait pas de lui reprocher des paroles célébrant les valeurs bourgeoises, telles celles de « Top Hat, White Tie and Tails » ou encore « Puttin' on the Ritz ».

Karolin arriva une minute plus tard et sa présence illumina les coulisses miteuses comme l'éclat d'une chandelle, baignant les murs gris d'une nuance rosée et faisant disparaître dans l'ombre les recoins crasseux.

Pour la première fois, il y avait dans la vie de Walli quelque chose d'aussi important que la musique. Il avait déjà eu des petites amies : en fait, les filles lui tombaient littéralement dans les bras. Et elles étaient généralement prêtes à coucher avec lui, si bien que le sexe n'était pas pour lui le rêve inaccessible qui obsédait la plupart de ses camarades de classe. Pourtant, il n'avait jamais connu l'amour débordant, la passion même, qu'il éprouvait pour Karolin. « Nous avons les mêmes idées – il nous arrive même de dire la même chose en même temps », avait-il confié à sa grand-mère Maud, qui lui avait répondu : « Ah, je vois ! Des âmes sœurs. » Walli et Karolin parlaient de sexe aussi naturellement qu'ils parlaient de musique, se confiant ce qu'ils aimaient et ce qu'ils n'aimaient pas – mais Karolin aimait presque tout.

L'orchestre devait jouer pendant une heure encore. Walli et Karolin montèrent à l'arrière de la camionnette de Joe et s'allongèrent. L'espace se transforma en boudoir, que les réverbères du parking baignaient d'une lueur jaune ; les coussins de Joe se métamorphosèrent en divan de velours et Karolin en une langoureuse odalisque qui relevait sa longue robe pour offrir son corps aux baisers de Walli.

Ils avaient essayé de faire l'amour avec un préservatif, mais ils n'aimaient pas ça. Alors il leur arrivait de s'en passer, et Walli se retirait au dernier moment. Mais Karolin jugeait que c'était encore trop risqué. Ce soir-là, ils se contentèrent de caresses. Après que Walli eut éjaculé dans le mouchoir de Karolin, elle lui montra comment la satisfaire à son tour, guidant ses doigts en elle, et elle jouit en poussant un petit « Oh ! », qui semblait traduire la surprise plus qu'autre chose.

« Faire l'amour à quelqu'un que l'on aime, c'est la deuxième plus belle chose en ce monde », avait dit Maud à Walli. Une grand-mère pouvait se permettre de tenir des propos interdits à une mère.

« La deuxième ? avait-il demandé. Et la première, c'est quoi ?

— Voir ses enfants heureux.

— Je croyais que tu allais répondre : "jouer du ragtime" », avait répliqué Walli, et elle avait ri aux éclats.

Fidèles à leur habitude, Walli et Karolin passèrent sans transition du sexe à la musique, comme s'il s'agissait d'une seule et même chose. Walli apprit une nouvelle chanson à Karolin. Il avait un poste de radio dans sa chambre et écoutait des stations américaines émettant depuis Berlin-Ouest, si bien qu'il connaissait les chansons les plus populaires. Celle-ci s'intitulait « If I Had a Hammer » et c'était le grand succès d'un trio américain qui s'appelait Peter, Paul and Mary. Son rythme était entraînant et il était sûr que le public allait l'adorer.

Karolin hésitait pourtant à cause des paroles, qui évoquaient la justice et la liberté.

« En Amérique, Pete Seeger, celui qui l'a écrite, s'est fait traiter de communiste ! remarqua Walli. Je crois qu'elle exaspère les tyrans de tous les pays.

— Et en quoi ça nous aide ? demanda Karolin, avec un pragmatisme impitoyable.

— De toute façon, personne ici ne comprendra des paroles en anglais.

— Très bien », concéda-t-elle à contrecœur. Puis elle ajouta : « De toute façon, il faut que j'arrête. »

Walli la regarda, ébahi. « Comment ça ? »

Le visage de Karolin s'assombrit. Elle avait gardé les mauvaises nouvelles pour la fin afin de ne pas leur gâcher le plaisir, comprit-il. Elle avait une incroyable maîtrise de soi. « Mon père a été interrogé par la Stasi », déclara-t-elle.

Le père de Karolin était responsable d'une gare routière. Il semblait indifférent à la politique et ne faisait sûrement pas figure de suspect aux yeux de la police secrète. « Pour quelle raison ? demanda Walli. Qu'est-ce qu'ils lui voulaient ?

— Ils lui ont posé des questions sur toi.

— Oh ! merde.

— Ils lui ont dit que tu étais idéologiquement douteux.

— Est-ce que tu connais le nom du type qui l'a interrogé ? Ce ne serait pas Hans Hoffmann ?

— Je n'en sais rien.

— Je le parierais. » Si Hans n'avait pas procédé lui-même à l'interrogatoire, il en était certainement responsable, se dit Walli.

« Ils ont dit à Vati qu'il serait renvoyé si je continuais à me produire publiquement avec toi.

— Tu es obligée de faire tout ce que disent tes parents ? Tu as dix-neuf ans, quand même.

— Mais je vis encore chez eux. » Karolin avait quitté le lycée et suivait des cours de comptabilité dans un lycée professionnel.

« Et puis, je ne veux pas que mon père perde son boulot à cause de moi. »

Walli était consterné. Son rêve s'effondrait. « Mais... on est tellement bons, pourtant ! Le public nous adore !

— Je sais. Je suis désolée.

— Comment la Stasi sait-elle que tu chantes, d'ailleurs ?

— Tu te rappelles le type à la casquette qui nous a suivis le soir où on s'est rencontrés ? Je l'aperçois de temps en temps.

— Tu penses qu'il me file en permanence ?

— Non, pas tout le temps », répondit-elle en baissant la voix. On n'évoquait jamais la Stasi qu'en chuchotant, même s'il n'y avait pas d'oreilles indiscrètes dans les parages. « De temps en temps, sans doute. Mais il a dû finir par remarquer que j'étais souvent avec toi, alors il s'est mis à me suivre, il a découvert mon nom et mon adresse et c'est comme ça qu'ils ont abouti à mon père. »

C'en était trop pour Walli. « On n'a qu'à passer à l'Ouest, suggéra-t-il.

— Mon Dieu ! si seulement c'était possible ! soupira Karolin, visiblement angoissée.

— Il y a des gens qui le font tous les jours. »

Walli et Karolin avaient souvent abordé la question. Les candidats à l'évasion traversaient des canaux à la nage, obtenaient des faux papiers, se dissimulaient au milieu de chargements de légumes ou se contentaient de traverser à toutes jambes. On racontait parfois leurs exploits à la radio ouest-allemande ; les rumeurs les plus folles circulaient.

« Et il y a des gens qui meurent tous les jours », rétorqua Karolin.

Aussi impatient de fuir fût-il, Walli s'inquiétait à l'idée que Karolin se fasse blesser lors de leur tentative – blesser ou même tuer. Les gardes-frontières ne faisaient pas de quartier. Et le Mur ne cessait de se transformer, devenant de plus en plus redoutable. Au début, ce n'était qu'une clôture de barbelés. Désormais, on avait construit en plusieurs endroits une double barrière de blocs de béton, séparés par un espace éclairé par des projecteurs, surveillé par des miradors et gardé par des chiens. On y trouvait même des chevaux de frise pour arrêter les chars. Personne n'avait jamais tenté de fuir à bord d'un char, mais il n'était pas rare que les gardes-frontières passent de l'autre côté.

« Ma sœur a réussi à s'évader, lui rappela Walli.

— Mais son mari est infirme. »

Rebecca et Bernd s'étaient mariés et vivaient aujourd'hui à Hambourg. Ils étaient tous deux professeurs, et Bernd enseignait en fauteuil roulant : il ne s'était pas encore complètement remis de sa chute. Les lettres qu'ils envoyaient à Carla et à Werner finissaient par leur parvenir, toujours avec du retard à cause de la censure.

« De toute façon, je ne veux pas vivre ici, déclara Walli d'un ton moqueur. Je passerais ma vie à chanter des chansons approuvées par le parti communiste et toi, tu bosserais comme comptable pour que ton père conserve son boulot à la gare routière. Plutôt mourir.

— Le communisme ne peut pas durer éternellement.

— Tu crois ça ? Il dure déjà depuis 1917. Et si on a des enfants ?

— Pourquoi parles-tu de ça ? demanda-t-elle sèchement.

— Si nous restons ici, il n'y a pas que nous que nous condamnons à une vie en prison. Nos enfants souffriront, eux aussi.

— Tu veux avoir des enfants ? »

Walli n'avait pas eu l'intention d'aborder le sujet. Il ne savait pas s'il voulait des enfants ou non. Il devait avant tout penser à sa propre vie. « En tout cas pas en Allemagne de l'Est », répondit-il. Il n'y avait jamais pensé avant ce jour-là mais, à présent que c'était dit, il en était convaincu.

Karolin prit un air grave. « Dans ce cas, nous devrions peut-être effectivement passer à l'Ouest. Mais comment faire ? »

Walli avait envisagé plusieurs méthodes, dont l'une avait sa préférence. « Tu connais le point de passage près de mon lycée ?

— Je n'y ai jamais fait attention.

— Il est emprunté par les camions qui transportent des produits alimentaires à Berlin-Ouest – viande, légumes, fromage et le reste. » Le gouvernement est-allemand se serait bien dispensé de nourrir Berlin-Ouest, mais, à en croire le père de Walli, cette source de revenus lui était indispensable.

« Et... ? »

Walli avait déjà tiré des plans sur la comète. « La barrière est faite d'une unique barre de bois de quinze centimètres de diamètre. Tu présentes tes papiers et le garde la relève pour laisser passer ton camion. Ton chargement est inspecté dans l'enceinte, puis tu franchis une deuxième barrière pour sortir.

— Oui, j'ai déjà vu ça. »

Walli parlait avec une assurance qu'il était loin d'éprouver. « Je suis sûr qu'un chauffeur qui aurait des démêlés avec les gardes pourrait facilement défoncer les deux barrières.

— Oh ! Walli, c'est trop dangereux !

— Impossible de passer à l'Ouest sans prendre de risques.

— Tu n'as pas de camion.

— On n'a qu'à voler cette camionnette. » À l'issue du spectacle, Joe passait toujours un moment au bar pendant que Walli remballait et embarquait sa batterie. Lorsqu'il avait fini, Joe était plus ou moins ivre et Walli le ramenait chez lui. Le jeune homme n'avait pas de permis, mais Joe n'en savait rien et n'avait jamais été suffisamment sobre pour remarquer sa conduite plutôt fantaisiste. Après avoir aidé Joe à gagner son appartement, Walli rangeait la batterie dans l'entrée et la camionnette au garage. « Je pourrais la garder ce soir après le concert, dit-il à Karolin. Et on partirait demain à l'aube, dès l'ouverture du point de contrôle.

— Si je ne rentre pas à l'heure, mon père va se mettre à ma recherche.

— Rentre chez toi comme d'habitude, couche-toi et lève-toi de bonne heure. Je t'attendrai devant le lycée. Joe n'émergera pas avant midi. Le temps qu'il s'aperçoive que sa camionnette a disparu, on se baladera tous les deux au Tiergarten. »

Karolin l'embrassa. « Je suis morte de peur, mais je t'aime. »

Walli entendit l'orchestre jouer « Avalon », le dernier morceau de la première partie. Ils avaient parlé longtemps. « C'est à nous dans cinq minutes. Allons-y. »

Les musiciens sortirent de scène et la piste de danse se vida. Il fallut à Walli moins d'une minute pour régler les micros et le petit amplificateur de sa guitare. Les clients retournèrent à leurs verres et à leurs conversations. Puis les Bobbsey Twins entrèrent en scène. Certains ne leur prêtèrent aucune attention, d'autres les regardèrent avec intérêt. Walli et Karolin formaient un joli couple, un atout indéniable.

Comme d'habitude, ils commencèrent par « Noch einen Tanz », une chanson qui surprenait les auditeurs et les faisait rire. Ils enchaînèrent avec deux folksongs, deux morceaux des Everly Brothers et « Hey, Paula », le grand succès de Paul and

Paula, un duo américain qui leur ressemblait beaucoup. Walli avait une voix de ténor et accompagnait la mélodie de Karolin à un intervalle supérieur. Il avait élaboré à la guitare un style de picking à la fois mélodique et rythmé.

Ils achevèrent par « If I Had a Hammer ». La plupart des spectateurs adorèrent, tapant dans les mains en cadence, mais quelques visages se renfrognèrent au moment du refrain, lorsqu'il fut question de « justice » et de « liberté ».

Ils saluèrent sous une tempête d'applaudissements. Le public était ravi et Walli nageait dans l'euphorie. C'était mieux que l'alcool. Il était ivre de joie.

En les croisant dans les coulisses, Joe lança : « Si vous chantez encore cette chanson, vous êtes virés. »

L'allégresse de Walli s'évapora. C'était comme si on l'avait giflé. Furieux, il lança à Karolin : « C'est décidé. Je pars cette nuit. »

Ils retournèrent à la camionnette. Il leur arrivait souvent de faire l'amour une seconde fois, mais ce soir-là, ils étaient trop tendus. Walli écumait de rage. « Il faut qu'on se retrouve le plus tôt possible demain matin. À quelle heure est-ce que tu peux être là ? » demanda-t-il à Karolin.

Elle réfléchit une minute. « Je vais rentrer tout de suite et dire à mes parents que je dois me coucher tôt parce que je me lève de bonne heure demain... pour une répétition du défilé du 1er-Mai avec le lycée.

— Bonne idée.

— Comme ça, je pourrai te retrouver à sept heures sans qu'ils se doutent de rien.

— Parfait. Un dimanche matin de bonne heure, il n'y aura pas grand monde au poste de contrôle.

— Embrasse-moi encore une fois. »

Ils échangèrent un long baiser sensuel. Walli lui caressa les seins, puis s'écarta. « La prochaine fois que nous ferons l'amour, nous serons libres. »

Ils descendirent de la camionnette. « Sept heures », répéta Walli.

Karolin lui fit un signe de la main et disparut dans la nuit.

Walli passa le reste de la soirée partagé entre l'espoir et la rage. Il mourait d'envie de faire savoir à Joe le mépris qu'il lui inspirait, tout en craignant de ne pas arriver, pour une raison ou pour une autre, à lui voler son véhicule. Joe ne remarqua rien de son irritation, et, à une heure du matin, Walli était garé dans la rue de son lycée. On ne pouvait pas le voir depuis le point de contrôle, situé à deux croisements de là, ce qui était une bonne chose : il ne voulait pas se faire remarquer et éveiller les soupçons des gardes.

Il s'allongea sur les coussins à l'arrière de la camionnette et ferma les yeux, mais il avait trop froid pour dormir. Il passa l'essentiel de la nuit à penser à sa famille. Cela faisait plus d'un an que son père était de mauvaise humeur. Il n'était plus propriétaire de son usine de téléviseurs à Berlin-Ouest : il l'avait mise au nom de Rebecca pour empêcher définitivement le gouvernement est-allemand de la confisquer. Il s'efforçait toujours de la diriger, de loin puisqu'il ne pouvait plus se rendre sur place. Il avait engagé un comptable danois qui lui servait d'agent de liaison. En tant qu'étranger, Enok Andersen pouvait passer de Berlin-Ouest à Berlin-Est une fois par semaine pour venir le voir. Tout de même, ce n'était pas comme ça qu'on gérait une affaire, et cela le rendait fou.

Sa mère n'était certainement pas heureuse non plus. Infirmière-chef dans un grand hôpital, elle ne pensait guère qu'à son travail. Elle détestait les communistes autant qu'elle avait détesté les nazis, mais que pouvait-elle y faire ?

Grand-mère Maud était plus stoïque que jamais. Aussi loin que remontaient ses souvenirs, affirmait-elle, l'Allemagne n'avait cessé d'affronter la Russie, et elle espérait vivre assez longtemps pour savoir qui l'emporterait. Elle disait que jouer de la guitare était une chose épatante, contrairement aux parents de Walli qui n'y voyaient qu'une perte de temps.

C'était Lili qui lui manquerait le plus. Elle avait quatorze ans à présent, et il l'appréciait beaucoup plus que lorsqu'ils étaient enfants et qu'elle n'était qu'une petite peste.

Il s'efforça de ne pas trop penser aux dangers qui l'attendaient. Il ne voulait pas se décourager. Quand vint le petit matin et qu'il sentit sa détermination faiblir, il repensa aux paroles de Joe : « Si vous chantez encore cette chanson, vous êtes virés. » Ce souvenir suffit à attiser sa colère. S'il restait en Allemagne de l'Est, il passerait toute son existence à chanter ce que lui dicteraient des imbéciles comme Joe. Ce ne serait pas une vie ; ce serait un enfer. C'était impossible. Quoi qu'il advienne, il devait partir. C'était la seule solution.

Cette pensée le ragaillardit.

À six heures, il partit chercher une boisson chaude et quelque chose à manger. Mais rien n'était ouvert à cette heure matinale, pas même dans les gares, et c'est le ventre creux qu'il regagna la camionnette. La marche l'avait tout de même un peu réchauffé.

Le soleil acheva de faire remonter la température. Il s'assit au volant pour guetter Karolin. Elle ne pouvait pas le manquer : elle connaissait bien la camionnette et, de toute façon, il n'y en avait pas d'autre rangée à proximité du lycée.

Il ne cessait de revoir dans sa tête le déroulement des opérations. Il devait prendre les gardes par surprise. Ils mettraient plusieurs secondes à comprendre. Ensuite, sans doute ouvriraient-ils le feu.

À ce moment-là, avec un peu de chance, Walli et Karolin auraient pris un peu d'avance et seul l'arrière de la camionnette serait exposé. Le risque était-il très grand? Pour être franc, Walli n'en avait aucune idée. On ne lui avait jamais tiré dessus. Il n'avait jamais vu personne tirer un coup de feu, pour quelque raison que ce fût. Il ne savait pas si une balle pouvait traverser une carrosserie. Il se rappela que son père avait dit un jour qu'abattre quelqu'un était bien plus difficile dans la réalité qu'au cinéma. Les connaissances de Walli se limitaient à cela.

Il eut un accès de panique en voyant arriver une voiture de police. Le flic assis à la place du passager lui jeta un regard mauvais. S'ils demandaient à voir son permis de conduire, il était cuit. Il se maudit de ne pas avoir eu la sagesse de rester à l'arrière. Mais le véhicule poursuivit sa route.

Jusque-là, il s'était dit que si les choses tournaient mal, Karolin et lui seraient abattus tous les deux. Pour la première fois, il songea alors que l'un pouvait être tué et l'autre non. Ce serait affreux! Ils se disaient souvent «je t'aime», mais les sentiments de Walli avaient évolué. Aimer quelqu'un, il le comprenait à présent, c'était posséder un bien si précieux qu'on ne supportait pas de le perdre.

Une hypothèse encore plus sinistre lui vint à l'esprit : l'un d'eux pouvait rester estropié, comme Bernd. Comment réagirait Walli si Karolin se retrouvait paralysée par sa faute? Il serait prêt à se suicider.

Sa montre afficha enfin sept heures. Il se demanda si les pensées de Karolin avaient suivi le même cours que les siennes. Oui, très certainement. À quoi d'autre avait-elle pu penser durant la nuit ? Allait-elle venir vers lui dans la rue, monter à ses côtés et lui dire posément qu'elle n'était pas prête à courir ce risque ? Que ferait-il dans ce cas ? Il ne pouvait pas renoncer et se résigner à vivre derrière le Rideau de fer. Mais pouvait-il partir seul en l'abandonnant ?

À sept heures et quart, elle n'était toujours pas là.

À sept heures et demie, il commençait sérieusement à s'inquiéter ; à huit heures, il était au désespoir.

Que lui était-il arrivé ?

Son père avait-il appris qu'aucune répétition n'était prévue ce jour-là pour le défilé du 1er-Mai ? Pourquoi aurait-il pris la peine de vérifier une chose aussi anodine ?

Karolin était-elle malade ? Elle était pourtant en parfaite santé la veille au soir.

Avait-elle changé d'avis ?

Peut-être.

Elle avait toujours été moins convaincue que lui de la nécessité de s'enfuir. Elle exprimait des doutes, prévoyait des difficultés. Quand ils en avaient discuté la veille, il l'avait soupçonnée d'être hostile à ce projet jusqu'à ce qu'il parle d'élever des enfants en Allemagne de l'Est. Elle ne s'était ralliée à la position de Walli qu'à ce moment-là. À présent, il semblait bien qu'elle se soit ravisée.

Il décida d'attendre jusqu'à neuf heures.

Et que ferait-il ensuite ? Partirait-il seul ?

Il n'avait plus faim. Il avait un tel nœud à l'estomac qu'il se savait incapable d'avaler quoi que ce soit. En revanche, la soif le tenaillait. Il aurait presque échangé sa guitare contre un café crème bien chaud.

À neuf heures moins le quart, une fille mince aux longs cheveux blonds s'avança dans la rue en direction de la camionnette et le cœur de Walli battit un peu plus fort ; mais, lorsqu'elle se rapprocha, il vit que ce n'était pas Karolin : elle avait les sourcils noirs, une petite bouche et les dents en avant.

À neuf heures, elle n'était toujours pas là.

Partir ou rester ?

Si vous chantez encore cette chanson, vous êtes virés.

Walli démarra.

Il avança lentement et tourna à la première intersection.

Il faudrait qu'il prenne de la vitesse pour pouvoir défoncer la barrière. D'un autre côté, s'il arrivait à tombeau ouvert, cela alerterait les gardes. Le mieux était de rouler normalement, de ralentir un peu pour endormir leur méfiance, puis d'appuyer sur le champignon.

Malheureusement, il ne se passait pas grand-chose quand on accélérait avec la Framo, équipée d'un moteur trois cylindres deux-temps de neuf cents centimètres cubes. Walli regretta d'avoir déchargé la batterie, car son poids aurait augmenté l'élan de la camionnette.

Il tourna une seconde fois et le poste de contrôle surgit devant lui. À trois cents mètres, la rue était bloquée par une barrière qu'il fallait lever pour accéder à une enceinte contenant un bâtiment pour les gardes. L'enceinte mesurait environ cinquante mètres de long. Une autre barrière de bois en bloquait la sortie. Plus loin, la chaussée était encore dégagée sur une trentaine de mètres avant de se transformer en rue ordinaire de Berlin-Ouest.

Berlin-Ouest, songea-t-il ; ensuite, l'Allemagne de l'Ouest ; et pour finir, l'Amérique.

Un camion attendait devant la barrière. Walli s'empressa de freiner. S'il s'insérait dans une file, il aurait des problèmes, car il ne pourrait pas prendre d'élan.

Comme le camion franchissait la barrière, un deuxième véhicule se présenta derrière lui. Walli patienta. Mais il vit un garde se tourner vers lui et comprit que sa présence n'était pas passée inaperçue. Pour détourner l'attention, il descendit de la camionnette, en fit le tour et ouvrit la portière arrière. De là, il pouvait observer le poste de contrôle à travers le pare-brise. Dès que le deuxième véhicule fut entré dans l'enceinte, il se remit au volant.

Il enclencha la première et hésita. Il pouvait encore faire demi-tour. Il lui suffisait de ramener la camionnette dans le garage de Joe, de la laisser là et de rentrer chez lui. Il n'aurait plus qu'à expliquer à ses parents pourquoi il avait découché.

La vie ou la mort.

S'il attendait encore, un troisième camion risquait de lui bloquer le passage ; et un garde pouvait se pointer et lui demander pourquoi il traînait ainsi à proximité d'un poste de contrôle ; il aurait perdu sa dernière chance.

Si vous chantez encore cette chanson…

Il embraya et avança.

Lorsqu'il atteignit quarante-cinq kilomètres à l'heure, il ralentit légèrement. Le garde en faction près de la barrière le regardait. Il donna un petit coup de frein. Le garde détourna les yeux.

Walli appuya à fond sur l'accélérateur.

Entendant rugir le moteur, le garde se retourna, l'air vaguement intrigué. Comme la camionnette prenait de la vitesse, il agita la main pour lui faire signe de ralentir. Walli appuya encore plus fort, sans grande efficacité. La Framo avançait avec une pesanteur d'éléphant. Walli vit au ralenti le garde changer d'expression, la curiosité cédant à la réprobation et ensuite à l'affolement. Puis ce fut la panique. Il n'était pas sur la trajectoire de la camionnette, mais recula de trois pas et se plaqua contre un mur.

Walli poussa un glapissement, entre cri de guerre et hurlement de terreur.

La camionnette percuta la barrière dans un fracas de métal torturé. Walli fut projeté contre le volant, qui s'enfonça violemment dans ses côtes. Il ne s'y attendait pas et eut soudain du mal à respirer. La barre de bois s'était brisée dans un bruit de détonation et la camionnette poursuivit sa route, sa vitesse à peine réduite par le choc.

Walli repassa en première et accéléra. Les deux camions qui le précédaient s'étaient garés pour être inspectés et il avait la voie libre. Les autres personnes qui se trouvaient dans l'enceinte, trois gardes et deux chauffeurs, se tournèrent surpris par le vacarme. La Framo prit de la vitesse.

Walli se sentit soudain invincible. Il allait réussir ! C'est alors qu'un garde doté de plus de présence d'esprit que la moyenne mit un genou à terre et leva sa mitraillette.

Il était tout au bord de la voie conduisant à la sortie. En un éclair, Walli comprit qu'il allait profiter de son passage pour lui tirer dessus à bout portant. Il ne pourrait pas échapper à la mort.

Sans réfléchir, il donna un coup de volant et fonça droit sur le garde.

Celui-ci lâcha une rafale. Le pare-brise se fracassa, mais Walli ne fut pas touché, à sa grande surprise. Il était à deux pas de l'homme. Soudain horrifié à l'idée d'écraser un être vivant, il donna un nouveau coup de volant, cherchant à l'éviter. Il était trop tard, et la calandre de la camionnette heurta le garde dans un bruit écœurant et le renversa. « Non ! » hurla Walli. Le véhicule se souleva d'un côté au moment où l'une des roues passait sur le corps. « Oh mon Dieu ! » gémit Walli. Il n'avait jamais voulu faire de mal à personne.

La camionnette ralentit tandis que le désespoir s'abattait sur Walli. Il avait envie de s'arrêter, de descendre voir si le garde s'en était tiré, de le secourir le cas échéant. Puis une nouvelle rafale retentit et il comprit que les autres allaient le tuer. Derrière lui, il entendit les balles frapper le métal de la carrosserie.

Il appuya sur l'accélérateur et tourna le volant pour corriger sa trajectoire. Il avait perdu un peu de son élan en arrivant sur la barrière de sortie. Il ignorait si sa vitesse lui permettrait de la franchir. Résistant à l'envie de passer en seconde, il attendit que le moteur se mette à hurler.

Une douleur soudaine lui déchira la jambe, violente comme un coup de poignard. Il poussa un cri de souffrance et de saisissement. Son pied quitta la pédale et la camionnette ralentit aussitôt. Il serra les dents et se força à recommencer à accélérer. Un nouveau cri lui échappa. Il sentit le sang chaud ruisseler sur sa cheville et à l'intérieur de sa chaussure.

La camionnette percuta la seconde barrière. Walli fut à nouveau projeté vers l'avant ; le volant lui rentra à nouveau dans les côtes ; la barrière se brisa et céda à nouveau ; et la camionnette poursuivit à nouveau sa route.

Walli roula sur une plaque de béton. Les coups de feu cessèrent. Il aperçut une rue avec des magasins, des publicités pour Lucky Strike et Coca-Cola, des voitures flambant neuves et, bonheur suprême, un petit groupe de soldats visiblement surpris, portant l'uniforme américain. Il leva le pied de l'accélérateur et chercha à freiner. Mais la douleur était trop forte. Sa jambe semblait paralysée et il était incapable d'appuyer sur la pédale. En désespoir de cause, il alla emboutir un réverbère.

Les soldats se précipitèrent vers la camionnette et l'un d'eux ouvrit la portière. « Bien joué, mon gars, tu as réussi ! » dit-il.

J'ai réussi, songea Walli. Je suis vivant et je suis libre. Mais sans Karolin.

« Une sacrée virée, dis donc », lança le soldat, admiratif. Il n'était pas beaucoup plus âgé que lui.

Comme Walli se détendait, la douleur devint insoutenable. « Je suis blessé à la jambe », articula-t-il.

Le soldat baissa les yeux. « La vache, regardez-moi tout ce sang. » Il se retourna vers un de ses camarades. « Hé ! appelle une ambulance. »

Walli s'évanouit.

*

À l'hôpital, on soigna sa blessure et il sortit le lendemain, les côtes endolories et un bandage au mollet gauche.

Selon les journaux, le garde-frontière qu'il avait écrasé était mort.

Walli se rendit en boitillant à l'usine Franck et raconta son histoire à Enok Andersen, le comptable danois, qui rassura immédiatement Werner et Carla sur son sort. Enok lui remit quelques deutsche marks ouest-allemands et Walli prit une chambre à la YMCA.

Ses côtes lui faisaient mal chaque fois qu'il se retournait et il dormit très peu.

Le lendemain, il récupéra sa guitare dans la camionnette. Contrairement à lui, son instrument avait survécu intact à l'aventure. Quant au véhicule, ce n'était plus qu'une épave.

Walli fit une demande de passeport ouest-allemand, systématiquement accordé à tous les réfugiés de l'Est.

Il était libre. Il avait échappé au puritanisme étouffant du régime de Walter Ulbricht. Il pouvait chanter et jouer tout ce qu'il voulait.

Et il était affreusement malheureux.

Karolin lui manquait. Il avait l'impression qu'on lui avait coupé une main. Il ne cessait de penser à ce qu'il allait lui dire ou lui demander, ce soir ou demain, avant de se rappeler qu'il ne pouvait plus lui parler ; et cette prise de conscience le frappait avec la violence d'un coup de poing dans l'estomac. Il suffisait qu'il aperçoive une jolie fille dans la rue pour songer à ce que Karolin et lui feraient le samedi suivant dans la camionnette de Joe ; puis il se rappelait qu'il n'y aurait plus de samedi soir à l'arrière de la camionnette, et le chagrin le terrassait. En passant devant des night-clubs où il aurait pu se produire, il se demandait s'il supporterait de monter sur scène sans Karolin à ses côtés.

Il téléphona à sa sœur Rebecca, qui l'encouragea à venir vivre à Hambourg avec son mari et elle ; il déclina poliment l'invitation. Il ne pouvait se résoudre à quitter Berlin tant que Karolin était à l'Est.

Huit jours plus tard, toujours cruellement affecté par cette séparation, il prit sa guitare et alla faire un tour au Minnesänger, où il l'avait rencontrée deux ans auparavant. Un écriteau annonçait que l'établissement était fermé le lundi, mais comme la porte était ouverte, il entra.

Danni Hausmann, le jeune patron, était assis au comptoir en train de faire ses comptes. «Je me souviens de toi, lui dit-il. Les Bobbsey Twins. Vous étiez chouettes. Pourquoi n'êtes-vous jamais revenus ?

— Les Vopos ont cassé ma guitare.

— Tu en as trouvé une autre, à ce que je vois. »

Walli acquiesça. « Mais j'ai perdu Karolin.

— Tu es bien négligent. Elle était drôlement mignonne.

— On vivait tous les deux à l'Est. Elle est restée là-bas, et moi, je me suis échappé.

— Comment tu as fait ?

— J'ai forcé un poste de contrôle avec une camionnette.

— C'était toi ? J'ai lu ça dans les journaux. Super, mon pote ! Pourquoi tu n'as pas emmené ta copine ?

— Elle ne s'est pas pointée au rendez-vous.

— Dommage. Tu veux boire un coup ?» Danni passa derrière le comptoir.

« Merci. J'aimerais bien retourner là-bas et la ramener, mais je suis recherché pour meurtre à présent. »

Danni leur servit deux pressions. « Les communistes ont fait un sacré foin. Ils te traitent d'assassin. »

Ils avaient également demandé son extradition. Le gouvernement d'Allemagne de l'Ouest l'avait refusée, arguant que le garde-frontière avait tiré sur un citoyen allemand qui souhaitait seulement passer d'une rue de Berlin à une autre et affirmant que sa mort était imputable au gouvernement non élu qui emprisonnait sa population au mépris de la loi.

Walli avait beau savoir dans son for intérieur qu'il n'avait rien à se reprocher, il n'arrivait pas à se faire à l'idée d'avoir tué un homme.

« Si je refranchissais la frontière, je me ferais arrêter, expliqua-t-il à Danni.

— Ouais, t'es bien baisé, mec.

— En plus, je ne sais toujours pas pourquoi Karolin n'est pas venue.

— Et tu ne peux pas aller le lui demander. À moins que... »

Walli tendit l'oreille. « Oui ? »

Danni hésita. « Non, rien. »

Walli reposa son verre. Il n'allait pas laisser Danni s'en sortir à si bon compte. « Allez, mec – de quoi tu parles ?

— Le type qui a tué un garde-frontière est-allemand est sûrement *le* Berlinois en qui je peux avoir confiance », murmura Danni, l'air pensif.

Walli commençait à s'énerver. « De quoi tu parles, bon sang ? »

Danni sembla se décider. « Oh, d'un truc que j'ai entendu dire. »

S'il s'agissait d'une simple rumeur, il n'aurait pas fait autant de manières, songea Walli. « Plus précisément ?

— Il y a peut-être un moyen pour retourner là-bas sans passer par un poste de contrôle.

— Ah oui ? Lequel ?

— Je ne peux pas te le dire. »

Walli sentit la colère monter. Il avait l'impression que Danni se fichait de lui. « Alors pourquoi tu me racontes ça, bordel ?

— Calme-toi, d'accord ? Je ne peux pas te le dire, mais je peux t'emmener voir quelqu'un.

— Quand ? »

Danni réfléchit une minute puis répondit à sa question par une autre : « Tu serais prêt à y retourner aujourd'hui ? Tout de suite ? »

La peur étreignit Walli, qui n'hésita pourtant pas un instant. « Oui. Mais pourquoi aussi vite ?

— Pour que tu n'aies pas le temps d'en parler à qui que ce soit. Ces types ne sont pas des pros de la sécurité, mais ce ne sont pas non plus des imbéciles. »

Il parlait d'un groupe organisé. Ça avait l'air prometteur. Walli descendit de son tabouret. « Je peux laisser ma guitare ici ?

— Je vais la ranger dans la réserve. » Danni prit l'étui et le glissa dans un placard, au milieu d'amplis et d'autres instruments de musique. « Allons-y », dit-il.

Le club se trouvait à deux pas du Ku'damm. Danni ferma la porte à clé et ils se dirigèrent vers la station de métro la plus proche. Il remarqua que Walli boitait. « À en croire les journaux, tu t'es pris une balle dans la jambe.

— Ouais. Ça fait un mal de chien.

— Je peux sûrement te faire confiance. Un agent de la Stasi n'irait pas jusqu'à se blesser lui-même. »

Walli était tout à la fois électrisé et terrifié. Pourrait-il vraiment retourner à Berlin-Est – dès aujourd'hui, en plus ? Ça paraissait trop beau pour être vrai. En même temps, c'était extrêmement angoissant. La République démocratique allemande appliquait encore la peine capitale. S'il se faisait arrêter, il finirait sans doute guillotiné.

Walli et Danni traversèrent la ville en métro. Walli se demanda soudain si ce n'était pas un piège. La Stasi avait probablement des agents à Berlin-Ouest et le propriétaire du Minnesänger pouvait en faire partie. Se donneraient-ils autant de mal pour le capturer ? C'était difficile à croire, mais, connaissant Hans Hoffmann et sa soif de vengeance, ce n'était pas impossible.

Walli étudia discrètement Danni pendant le trajet. Était-il un agent de la Stasi ? C'était presque inconcevable. Danni avait environ vingt-cinq ans et portait des cheveux longs coiffés vers l'avant comme le voulait la dernière mode. Il était chaussé de bottines australiennes à bout pointu. Il possédait un club réputé. Il était trop cool pour être un flic.

D'un autre côté, il occupait une position idéale pour espionner les jeunes anticommunistes de Berlin-Ouest. La plupart d'entre eux fréquentaient sans doute son club. Il devait connaître tous les responsables étudiants de Berlin-Ouest. La Stasi s'intéressait-elle à ce que faisaient ces jeunes ?

Évidemment. Ses agents étaient aussi obsédés par la chasse aux sorcières que les prêtres médiévaux.

Mais Walli n'avait pas le choix. C'était sa seule chance de revoir Karolin et de pouvoir lui parler une fois encore.

Il se jura de rester sur ses gardes.

Le soleil se couchait lorsqu'ils sortirent d'une station de métro dans le quartier de Wedding. Ils se dirigèrent vers le sud et Walli comprit qu'ils rejoignaient la Bernauer Strasse, là où Rebecca était passée à l'Ouest.

Il vit à la lueur du crépuscule que la rue avait bien changé. Côté sud, à la place de la clôture en barbelés, se dressait à présent un mur de béton, et les bâtiments de la zone communiste étaient en voie de démolition. Côté monde libre, là où se trouvaient Walli et Danni, la rue paraissait délabrée. Les boutiques des rez-de-chaussée avaient l'air en ruine. Walli devina que personne n'avait envie de vivre aussi près du Mur, qui offensait le regard et le cœur.

Danni le conduisit dans l'arrière-cour d'un immeuble et ils pénétrèrent, par l'entrée de service, dans une boutique désaffectée. C'était sans doute une ancienne épicerie, à en croire les plaques d'émail vantant du cacao et du saumon en conserve placardées au mur. Mais la boutique et ses dépendances étaient remplies de grands tas de terre, entre lesquels on avait aménagé un étroit passage, et Walli commença à deviner ce qui se déroulait là.

Danni ouvrit une porte donnant sur un escalier de béton éclairé par une ampoule nue. Walli le suivit. Danni lança un appel qui était sans doute un mot de passe : « Sous-marins en approche ! » Au pied des marches s'ouvrait une vaste cave qui avait dû servir de réserve à l'épicier. Le sol était percé d'un trou d'un mètre carré surmonté d'un treuil d'allure étonnamment professionnelle.

Ils avaient creusé un tunnel.

« Depuis combien de temps existe-t-il ? » demanda Walli. Si sa sœur en avait eu connaissance l'année précédente, elle aurait pu s'enfuir par là, et Bernd n'aurait pas été blessé.

« Trop longtemps, répondit Danni. On l'a terminé il y a huit jours.

— Oh ! » Rebecca n'aurait pas pu s'en servir.

« On ne l'utilise qu'au crépuscule, ajouta Danni. En plein jour, on se ferait sûrement repérer, et la nuit, on serait obligés d'utiliser des lampes torches, ce qui serait tout aussi peu discret. Mais chaque nouvelle opération ne fait qu'accroître les risques de se faire prendre. »

Un jeune homme en jean, sans doute l'un des étudiants qui avaient creusé le tunnel, émergea du trou. Il jeta à Walli un regard méfiant et demanda : « Qui est-ce, Danni ?

— Je réponds de lui, Becker. Je le connaissais bien avant la construction du Mur.

— Qu'est-ce qu'il fiche ici ? » Becker était hostile et soupçonneux.

« Il veut passer de l'autre côté.

— Passer à l'Est ? »

Walli expliqua sa situation. « Je me suis évadé la semaine dernière, mais il faut que j'y retourne pour chercher ma copine. Je ne peux pas passer par un poste de contrôle. J'ai tué un garde en m'enfuyant et je suis recherché pour meurtre.

— C'est toi ? » Becker le dévisagea. « Oui, je te reconnais, j'ai vu ta photo dans le journal. » Il changea d'attitude. « Tu peux y aller, mais il va falloir que tu fasses vite. » Il consulta sa montre. « Ils vont commencer à arriver dans dix minutes pile. On ne peut pas se croiser dans le tunnel et je ne voudrais pas que tu crées un embouteillage et que tu ralentisses leur progression. »

Walli était terrifié mais il ne voulait pas laisser passer cette chance. « J'y vais tout de suite, dit-il en dissimulant sa peur.

— D'accord, fonce. »

Il serra la main de Danni. « Merci. Je reviendrai chercher ma guitare.

— Bonne chance avec ta copine. »

Walli descendit l'échelle.

Le puits était profond de trois mètres. Au fond s'ouvrait l'entrée d'un tunnel d'un mètre carré de section. Walli vit tout de suite qu'on l'avait creusé avec soin. Le sol était recouvert de planches et le plafond étayé à intervalles réguliers. Il se mit à quatre pattes et commença à ramper.

Au bout de quelques secondes, il s'aperçut qu'il n'y avait pas d'éclairage. Il continua d'avancer dans une obscurité de plus en plus épaisse, la peur au ventre. Il avait beau savoir qu'il ne serait vraiment en danger qu'une fois arrivé à l'autre bout, en Allemagne de l'Est, il avait une peur instinctive, animale, de ramper dans les ténèbres sans y voir goutte.

Pour se distraire, il essaya de se représenter la ville au-dessus de lui. Il passait sous la chaussée, puis sous le Mur, puis sous les bâtiments à demi démolis côté communiste, mais il n'avait aucune idée de la longueur du tunnel, ni de l'emplacement de sa sortie.

L'effort lui coupait le souffle, il avait mal aux mains et aux genoux, sa blessure au mollet l'élançait de façon atroce ; il fallait pourtant serrer les dents et continuer.

Ce tunnel n'était pas interminable. Il s'arrêtait forcément quelque part. Walli devait tenir bon. S'il avait l'impression d'être perdu dans des ténèbres sans fin, ce n'était qu'un réflexe de panique infantile. Il fallait rester calme. Il pouvait y arriver. Karolin l'attendait à l'arrivée – pas au sens littéral, certes, mais il revit en esprit sa grande bouche, son sourire sensuel, ce qui lui donna la force de lutter contre la peur.

Apercevait-il une lueur devant lui, ou n'était-ce que le fruit de son imagination ? Durant un long moment, cette vague clarté fut trop ténue pour qu'il puisse avoir la moindre certitude, mais elle finit par se renforcer et, quelques secondes plus tard, il émergeait sous une ampoule électrique.

Il y avait un autre puits au-dessus de sa tête. Il escalada une échelle et se retrouva dans une autre cave. Trois personnes le fixaient du regard. Deux d'entre elles avaient des valises : c'étaient évidemment les candidats à l'évasion. La troisième, très certainement un étudiant, le dévisagea et dit : « Je ne te connais pas !

— C'est Danni qui m'a amené, expliqua-t-il. Je m'appelle Walli Franck.

— Trop de gens sont au courant de l'existence de ce tunnel ! » protesta l'homme. L'angoisse lui donnait une voix de fausset.

Évidemment, songea Walli ; tous ceux qui l'ont emprunté pour s'échapper en connaissent le secret. Il comprenait la remarque de Danni : plus on utilisait ce tunnel, plus il devenait dangereux. Il se demanda s'il serait encore accessible à son retour. À l'idée de se trouver à nouveau piégé en Allemagne de l'Est, il faillit faire demi-tour et repartir en rampant.

L'homme se tourna vers les deux fugitifs. « Allez-y », ordonna-t-il. Ils descendirent dans le puits. Revenant à Walli, il lui indiqua une volée de marches en béton. « Monte et attends. Dès que la voie sera libre, Cristina ouvrira la trappe depuis l'extérieur. Tu pourras sortir. Ensuite, à toi de te débrouiller.

— Merci. » Walli monta jusqu'à ce que son crâne vienne heurter une trappe de fer. Sans doute se trouvait-il dans un ancien entrepôt, songea-il. Il s'accroupit sur une marche et s'exhorta à la patience. Heureusement que quelqu'un faisait le guet au-dehors, sinon il aurait pu se faire repérer au moment où il sortait.

La trappe s'ouvrit au bout de deux ou trois minutes. Walli distingua dans la pénombre une jeune femme coiffée d'un châle gris. Il sortit en hâte et deux autres personnes s'empressèrent de descendre. La jeune femme nommée Cristina referma la trappe. Il fut surpris de constater qu'elle avait un pistolet à sa ceinture.

Walli parcourut les lieux du regard. Il se trouvait dans une courette fermée, derrière un immeuble d'habitation en ruine. Cristina lui désigna une porte en bois dans le mur. « Par ici, dit-elle.

— Merci.

— Barre-toi. Et vite. »

Ils étaient tous trop angoissés pour être polis.

Walli ouvrit la porte et déboucha dans la rue. Sur sa gauche, à quelques mètres de là, se dressait le Mur. Il tourna à droite et commença à marcher.

Au début, il ne cessait de jeter des regards autour de lui, s'attendant à voir une voiture de police s'arrêter à côté de lui dans un crissement de pneus. Puis il s'obligea à se comporter normalement et à marcher d'un pas nonchalant, comme il en avait l'habitude. En dépit de tous ses efforts, il ne pouvait pas s'empêcher de boiter : sa jambe lui faisait trop mal.

Sa première impulsion fut d'aller chez Karolin. Mais il ne pouvait pas frapper à sa porte. Son père appellerait la police.

Il n'avait pas réfléchi à ce qu'il ferait une fois à l'Est.

Le mieux était peut-être de la retrouver le lendemain après-midi à la sortie des cours. Qu'un garçon vienne attendre sa copine devant son lycée n'aurait rien de suspect et Walli l'avait souvent fait. Il devrait veiller à ce qu'aucune des autres élèves ne voie son visage. Il brûlait du désir de la revoir, mais savait qu'il devait être très prudent.

Qu'allait-il faire en attendant?

Le tunnel débouchait dans Strelitzer Strasse, qui se dirigeait au sud vers le vieux centre-ville, le quartier du Mitte où habitait sa famille. Il n'était qu'à quelques rues de la villa de ses parents. Il pouvait rentrer chez lui.

Peut-être même seraient-ils ravis de le voir.

Comme il approchait de leur rue, il se demanda si la maison était placée sous surveillance. Le cas échéant, il ne pouvait évidemment pas y aller. Il aurait fallu qu'il se déguise, mais il n'avait rien sous la main : lorsqu'il avait quitté sa chambre de la YMCA ce matin-là, il n'avait pas imaginé un instant qu'il se retrouverait à Berlin-Est le soir venu. Chez ses parents, il trouverait tout ce qu'il fallait comme chapeaux, écharpes et accessoires divers – encore fallait-il d'abord y arriver sans encombre.

Par chance, la nuit était tombée. Il longea le trottoir en face de chez lui, cherchant du regard d'éventuels espions de la Stasi. Il ne repéra aucun rôdeur, aucun automobiliste assis dans sa voiture, aucun guetteur derrière une fenêtre. Il poussa néanmoins jusqu'au bout de la rue et fit le tour du pâté de maisons. En chemin, il s'engouffra dans la ruelle qui donnait sur les arrière-cours. Il ouvrit une grille, traversa la cour de ses parents et arriva à la porte de la cuisine. Il était neuf heures et demie : son père n'avait pas encore fermé. Walli poussa la porte et entra.

La lampe était allumée mais la pièce était vide. La famille avait fini de dîner depuis longtemps et devait se trouver au salon de l'étage. Walli traversa l'entrée et gravit l'escalier. La porte du salon était ouverte et il entra. Sa mère, son père, sa sœur et sa grand-mère regardaient la télévision. « Bonsoir, tout le monde », dit-il.

Lili hurla.

Maud s'exclama : « *Oh, my goodness !* »

Carla devint livide et porta les mains à sa bouche.

Werner se leva. « Mon fils », dit-il. Il traversa la pièce en deux enjambées et prit Walli dans ses bras. « Mon fils, merci mon Dieu. »

Ce fut comme une digue qui cédait dans le cœur de Walli, et il se mit à pleurer.

Sa mère vint l'étreindre, les joues inondées de larmes. Puis ce fut au tour de Lili, puis de Maud. Walli s'essuya les yeux contre la manche de sa chemise en jean, mais les larmes continuaient de couler. Cette vague d'émotion l'avait pris par surprise. À dix-sept ans, il s'était cru endurci, capable de vivre seul, séparé de sa famille. Il comprenait à présent qu'il n'avait fait que refouler sa peine.

Tous finirent par se calmer et par se sécher les yeux. Carla refit le bandage de Walli, car sa blessure s'était remise à saigner pendant sa traversée du tunnel. Puis elle prépara du café, apporta du gâteau, et Walli se rendit compte qu'il était mort de faim. Une fois rassasié, il leur raconta ce qui s'était passé. Puis, lorsqu'ils lui eurent posé toutes les questions qui leur brûlaient les lèvres, il alla se coucher.

*

Le lendemain après-midi, à trois heures et demie, il était adossé à un mur en face du lycée de Karolin, une casquette sur la tête et des lunettes noires sur le nez. Il était en avance ; les élèves ne sortaient qu'à quatre heures.

Le soleil qui brillait sur Berlin incitait à l'optimisme. La ville était un patchwork d'imposantes vieilles demeures, d'immeubles modernes en béton et de terrains vagues, dernières traces des bombardements de la guerre, qui se transformaient l'un après l'autre en chantiers de construction.

Le désir faisait battre plus fort le cœur de Walli. Dans quelques minutes, il reverrait le visage de Karolin, encadré par deux longs rideaux de cheveux blonds, sa grande bouche souriante. Il l'embrasserait et sentirait la douceur de ses lèvres sur les siennes. Peut-être se retrouveraient-ils dans un lit avant la fin de la nuit, peut-être y feraient-ils l'amour.

Il était également dévoré de curiosité. Pourquoi n'était-elle pas venue au rendez-vous neuf jours plus tôt, pourquoi ne s'était-elle pas enfuie avec lui ? Un événement imprévu avait dû bouleverser leurs plans : son père, devinant qu'elle mijotait quelque chose, l'avait sans doute enfermée dans sa chambre, ou bien elle s'était heurtée à un autre obstacle du même genre. Cependant, un doute le taraudait, infime mais insistant : peut-être avait-elle changé d'avis, peut-être ne voulait-elle plus le suivre. Dans ce cas, il redoutait d'en apprendre la raison. L'aimait-elle encore ? Les gens changent. Les médias est-allemands le présentaient comme un assassin. Cela l'avait-il affectée ?

Il ne tarderait pas à être fixé.

Ses parents avaient été bouleversés par sa décision, mais ils n'avaient pas tenté de s'y opposer. Ils auraient évidemment préféré qu'il reste à la maison, car ils le trouvaient beaucoup trop jeune pour une aventure pareille ; en même temps, ils savaient que, s'il restait à l'Est, il finirait en prison. Ils lui avaient demandé ce qu'il comptait faire à l'Ouest – poursuivre ses études ou trouver du travail ? – et il leur avait répondu qu'il ne prendrait aucune décision avant d'avoir parlé à Karolin. Ils avaient compris et, pour la première fois de sa vie, son père n'avait pas cherché à lui imposer sa volonté. Ils le traitaient en adulte. Cela faisait des années qu'il le réclamait, mais maintenant qu'il avait obtenu ce qu'il voulait, il était déconcerté et effrayé.

Les élèves commencèrent à sortir.

Le bâtiment était une ancienne banque reconvertie en lycée professionnel. Il accueillait des jeunes filles qui voulaient devenir dactylos, secrétaires, comptables ou travailler dans des agences de voyage. Elles portaient des cartables, des livres et des classeurs en carton. Elles étaient vêtues de tenues printanières, pull-overs et jupes un peu démodés : de futures employées de bureau étaient censées s'habiller sobrement.

Karolin sortit enfin, portant un twin-set vert, un vieux cartable de cuir à la main.

Elle avait l'air changé, songea Walli ; son visage s'était un peu arrondi. Elle n'avait pourtant pas grossi en une semaine, quand même ? Elle bavardait avec deux filles, sans partager pourtant leurs éclats de rire. Walli hésita à l'aborder. Ses camarades ne manqueraient pas de le remarquer, ce qui pouvait être dangereux : il avait beau être déguisé, elles savaient peut-être que Walli Franck, assassin et traître à sa patrie, avait été le petit ami de Karolin. Elles se douteraient certainement de l'identité de ce garçon aux lunettes noires.

Il sentit la panique le gagner : après tout ce qu'il avait enduré, allait-il devoir reculer à l'instant même où il touchait au but ? Puis les deux autres élèves prirent à gauche et dirent au revoir à Karolin qui traversa la rue toute seule.

Comme elle approchait, Walli ôta ses lunettes noires et lui dit : « Salut, baby. »

Elle se tourna vers lui, le reconnut et s'arrêta net, étouffant un cri de surprise. Il vit les émotions se succéder sur son visage : l'étonnement puis la peur, et enfin un autre sentiment – la culpabilité ? Lâchant alors son cartable, elle courut vers lui et se jeta dans ses bras. Ils s'embrassèrent, s'étreignirent, et Walli se laissa emporter par le bonheur et le soulagement. Il avait la réponse à sa première question : elle l'aimait toujours.

Au bout d'une minute, il remarqua que les passants les regardaient – certains en souriant, d'autres d'un air réprobateur. Il remit ses lunettes noires. « Filons d'ici, dit-il. Il ne faut pas qu'on me reconnaisse. » Il ramassa le cartable de Karolin.

Ils s'éloignèrent du lycée, main dans la main. « Comment es-tu revenu ? demanda-t-elle. Tu es sûr que c'est raisonnable ? Qu'est-ce que tu vas faire ? Quelqu'un sait que tu es ici ?

— On a tant de choses à se dire. Il faut trouver un endroit où discuter tranquillement. » Il aperçut une église de l'autre côté de la rue. Peut-être était-elle ouverte aux fidèles désireux de se recueillir.

Il s'y dirigea avec Karolin. « Tu boites, remarqua-t-elle.

— Je me suis pris une balle dans la jambe.

— Ça fait mal ?

— Pas qu'un peu. »

La porte n'était pas verrouillée et ils entrèrent.

C'était un lieu de culte protestant tout simple, chichement éclairé, avec plusieurs rangées de bancs en bois dur. Au fond de la salle, une femme coiffée d'un foulard époussetait le lutrin. Walli et Karolin s'assirent sur la dernière rangée et parlèrent à voix basse.

« Je t'aime, commença Walli.

— Moi aussi, je t'aime.

— Que s'est-il passé l'autre dimanche ? Pourquoi est-ce que tu n'es pas venue ?

— J'avais trop peur. »

Ce n'était pas la réponse à laquelle il s'attendait et il avait du mal à l'accepter. « Moi aussi, j'avais peur. Mais nous nous étions fait une promesse.

— Je sais. »

Il voyait bien qu'elle était rongée par le remords ; cependant il y avait autre chose. S'il ne voulait pas la torturer, il voulait néanmoins savoir la vérité. « J'ai pris un risque terrible, insista-t-il. Tu n'aurais pas dû renoncer comme ça, sans rien dire.

— Je te demande pardon.

— Je ne t'aurais jamais fait ça, moi. » Et il ajouta d'un air accusateur : « Je t'aime trop. »

Elle tressaillit comme s'il l'avait giflée. Mais elle réagit avec vigueur : « Je ne suis pas une trouillarde.

— Si tu m'aimes, comment as-tu pu me laisser tomber ?

— Je donnerais ma vie pour toi.

— Si c'était vrai, tu serais venue avec moi. Comment peux-tu dire ça, maintenant ?

— Parce qu'il n'y avait pas que ma vie qui était en danger.

— Je sais, il y avait la mienne aussi.

— Et encore une autre. »

Walli ne comprenait plus rien. « Laquelle, bon sang ?

— Celle de notre enfant.

— Hein ?

— Nous allons avoir un bébé. Je suis enceinte, Walli. »

Il en resta bouche bée, muet. En un instant, tout son univers venait de basculer. Karolin était enceinte. Un bébé allait entrer dans leur vie.

Son enfant.

« Alors ça, murmura-t-il enfin.

— J'étais complètement déchirée, Walli, expliqua-t-elle, au supplice. Essaie de comprendre. Je voulais venir avec toi, mais je ne pouvais pas mettre la vie du bébé en danger. Je ne pouvais pas monter dans cette camionnette en sachant que tu allais forcer le passage à la frontière. Que je sois blessée, ça m'était bien égal, mais pas notre enfant, non, pas lui. » Elle le supplia. « Dis-moi que tu comprends.

— Je comprends. Enfin, je crois.

— Merci. »

Il la prit par la main. « Bon, et qu'est-ce que nous allons faire maintenant ?

— Moi, je sais ce que je vais faire, déclara-t-elle d'une voix ferme. J'aime déjà ce bébé. Il n'est pas question de m'en débarrasser. »

Cela faisait plusieurs semaines qu'elle savait qu'elle était enceinte, devina-t-il, et elle y avait déjà longuement réfléchi. Il n'en fut pas moins surpris par la force de sa résolution. « Tu parles comme si je n'avais pas mon mot à dire, remarqua-t-il.

— C'est mon corps ! » s'écria-t-elle. La femme de ménage se retourna et Karolin baissa la voix, sans perdre pourtant de sa fougue. « Aucun homme ne me dira ce que je dois faire de mon corps, ni mon père, ni toi ! »

Son père avait dû tenter de la convaincre de se faire avorter, songea Walli. « Je ne suis pas ton père. Je n'ai pas l'intention de te dire ce que tu dois faire et je ne souhaite pas que tu avortes.

— Pardon.

— Mais est-ce que c'est notre bébé à tous les deux, ou seulement le tien ? »

Elle fondit en larmes. « C'est notre bébé à tous les deux, reconnut-elle.

— Alors est-ce qu'on peut discuter de ce qu'on va faire – ensemble ? »

Elle lui serra la main. « Tu es tellement adulte, murmura-t-elle. Heureusement, en un sens – tu vas être père à dix-huit ans. »

C'était une idée déroutante. Il vit en pensée son propre père, cheveux courts et costumes trois-pièces. Walli allait devoir jouer le même rôle que lui : celui d'un homme imposant, autoritaire, digne de confiance, capable de se sacrifier pour nourrir sa famille. Il ne se sentait pas prêt, quoi que pût en dire Karolin.

Mais il allait bien falloir qu'il assume.

« C'est pour quand ? demanda-t-il.

— Novembre.

— Tu veux qu'on se marie ? »

Elle sourit à travers ses larmes. « Tu veux m'épouser ?

— Plus que tout au monde.

— Merci. » Elle le serra dans ses bras.

La femme de ménage toussota en signe de réprobation. Ici, on avait le droit de parler, mais pas de se toucher.

«Je ne peux pas rester à l'Est, tu le sais, dit Walli.

— Ton père ne pourrait pas engager un avocat? Ou exercer des pressions politiques? Le gouvernement pourrait peut-être te gracier. C'est un cas un peu particulier, quand même.»

La famille de Karolin ne faisait pas de politique, contrairement à celle de Walli, et il savait avec certitude que jamais il n'obtiendrait de grâce pour la mort de ce garde-frontière. «C'est impossible, répondit-il. Si je reste ici, je serai exécuté pour meurtre.

— Que peux-tu faire, alors?

— Il faut que je retourne à l'Ouest et que j'y reste, à moins que le communisme ne s'effondre, et ça m'étonnerait que cela arrive de mon vivant.

— En effet.

— Et il faut que tu m'accompagnes à Berlin-Ouest.

— Comment?

— Par le chemin que j'ai pris pour revenir. Des étudiants ont creusé un tunnel sous la Bernauer Strasse.» Il consulta sa montre. Le temps filait. «Nous devons être là-bas au coucher du soleil.»

Elle eut l'air horrifié. «Aujourd'hui?

— Oui, tout de suite.

— Oh!

— Tu ne préférerais pas que notre enfant grandisse dans un pays libre?»

Elle fit la grimace, comme déchirée par un conflit intérieur. «C'est tellement risqué!

— Je sais, mais nous n'avons pas le choix.»

Elle détourna les yeux, contemplant les rangées de bancs et la vaillante femme de ménage, puis une plaque sur le mur qui disait JE SUIS LE CHEMIN, LA VÉRITÉ ET LA VIE. Nous voilà bien avancés, songea Walli, mais Karolin se décida. «D'accord, allons-y», dit-elle en se levant.

Ils sortirent de l'église et Walli se dirigea vers le nord. Karolin était soucieuse et il essaya de la dérider. «Les Bobbsey Twins en route pour l'aventure», lança-t-il. Elle lui adressa un petit sourire.

Walli se demanda si on ne les surveillait pas. Il était certain que personne ne l'avait vu quitter la maison de ses parents : il était sorti par l'entrée de service et on ne l'avait pas suivi. Et si

Karolin faisait l'objet d'une filature ? Peut-être un autre que lui l'attendait-il à la sortie du lycée, un homme qui avait appris à passer inaperçu.

Walli commença à se retourner régulièrement pour tenter de repérer un éventuel espion. Il ne remarqua personne de suspect mais réussit à inquiéter Karolin. « Qu'est-ce que tu fais ? demanda-t-elle d'une voix tremblante.

— Je vérifie que personne ne nous suit.

— Tu penses à l'homme à la casquette ?

— Peut-être. Prenons le bus. » Ils arrivaient devant un arrêt et Walli entraîna Karolin au bout de la file.

« Pourquoi ?

— Pour voir si quelqu'un descend en même temps que nous. »

Malheureusement, on était en pleine heure de pointe et des millions de Berlinois rentraient chez eux par les transports en commun. Lorsque leur bus arriva, plusieurs personnes avaient pris place derrière eux. Tout en montant, Walli les examina avec attention. Une femme en imperméable, une jolie fille, un homme en salopette bleue, un autre en costume et chapeau mou, et deux adolescents.

Le bus se dirigeait vers l'est et ils descendirent au troisième arrêt. La femme en imperméable et l'homme en salopette en firent autant. Walli prit vers l'ouest, ce qui les obligeait à revenir sur leurs pas, se disant qu'un passager qui déciderait de les suivre serait forcément suspect.

Personne ne les suivit.

« Je suis presque sûr que personne ne nous file, dit-il à Karolin.

— J'ai tellement peur. »

Le soleil déclinait. Ils devaient faire vite. Ils se dirigèrent vers Wedding, au nord. Walli jeta un nouveau coup d'œil derrière eux. Il aperçut un quinquagénaire vêtu d'une blouse marron de manutentionnaire, mais c'était la première fois qu'il le voyait. « Je crois que tout va bien.

— Je ne reverrai plus jamais mes parents, n'est-ce pas ? demanda Karolin.

— Pas pendant un certain temps. Sauf s'ils décident eux aussi de passer à l'Ouest.

— Mon père n'acceptera jamais de partir. Il aime trop ses bus.

— Ils ont aussi des bus à l'Ouest.

— Tu ne le connais pas. »

C'était vrai, et Karolin avait raison : on n'aurait pu imaginer homme plus différent de Werner, intelligent et volontaire. Le père de Karolin n'avait aucune opinion, que ce fût en matière de religion ou de politique, et se souciait comme d'une guigne de la liberté de parole. S'il avait vécu dans une démocratie, il n'aurait sans doute même pas pris la peine de voter. Son travail, sa famille, son bistrot – voilà tout ce qu'il aimait. Il préférait le pain à tout autre aliment. Le communisme pourvoyait amplement à ses besoins. Jamais il ne passerait à l'Ouest.

Le soir tombait lorsque Walli et Karolin parvinrent dans la Streitlitzer Strasse.

Karolin devenait de plus en plus nerveuse à mesure qu'ils s'approchaient du Mur.

Walli aperçut devant eux un jeune couple avec un enfant. Il se demanda si c'étaient eux aussi des fugitifs. Oui : ils ouvrirent la porte et entrèrent dans la cour.

Walli et Karolin arrivèrent juste après eux. « C'est ici, dit-il.

— Je veux que ma mère soit avec moi quand j'accoucherai, gémit Karolin.

— On y est presque ! Derrière cette porte, il y a une cour avec une trappe. On descend dans un puits et on suit le tunnel vers la liberté !

— Je n'ai pas peur de m'enfuir. C'est l'accouchement qui me fait peur.

— Tout se passera bien, insista Walli. Ils ont d'excellents hôpitaux à l'Ouest. Tu seras entourée de médecins et d'infirmières.

— Je veux ma maman. »

Jetant un coup d'œil derrière eux, Walli aperçut au coin de la rue, à quatre cents mètres de là, l'homme en blouse marron qui parlait à un policier. « Merde ! On a été suivis. » Il se tourna vers la porte, puis vers Karolin. « C'est maintenant ou jamais. Je n'ai pas le choix, il faut que j'y aille. Tu m'accompagnes, oui ou non ? »

Elle se mit à pleurer. « Je voudrais bien, mais je ne peux pas. »

Une voiture tourna au coin de la rue à toute allure. Elle s'arrêta au niveau du policier et de leur mouchard. Une silhouette familière en descendit, un homme de haute taille au dos voûté. Hans Hoffmann. Il se mit à discuter avec l'homme à la blouse marron.

« Soit tu me suis, soit tu files au plus vite, dit Walli à Karolin. Il va y avoir du grabuge. » Il la regarda dans les yeux. « Je t'aime », ajouta-t-il. Puis il ouvrit la porte et fonça.

Cristina se tenait près de la trappe, toujours coiffée de son châle et armée de son pistolet. En voyant arriver Walli, elle ouvrit la trappe. « Tu risques d'avoir besoin de ton arme, remarqua-t-il. Les flics arrivent. »

Il jeta un coup d'œil derrière lui. La porte était toujours close. Karolin ne l'avait pas suivi. Son estomac se noua : c'était fini.

Il dévala les marches.

Dans la cave, il retrouva le jeune couple et son enfant en compagnie d'un étudiant. « Dépêchez-vous ! hurla-t-il. Voilà les flics ! »

Ils descendirent dans le puits, la mère d'abord, puis le petit et le père. L'enfant avait du mal à avancer.

Cristina les rejoignit et referma la trappe dans un claquement sonore. « Comment nous ont-ils repérés ? demanda-t-elle.

— La Stasi filait ma copine.

— Imbécile ! Tu nous as tous trahis.

— Je suis désolé, je passerai en dernier », proposa Walli.

L'étudiant descendit à son tour et Cristina s'apprêta à le suivre.

« Donne-moi ton flingue », dit Walli.

Elle hésita.

« Si je passe derrière toi, tu ne pourras pas t'en servir. »

Elle lui tendit le pistolet.

Il le prit précautionneusement. L'arme ressemblait à s'y méprendre à celle que son père avait sortie de sa cachette dans la cuisine le jour où Rebecca et Bernd s'étaient enfuis.

Cristina remarqua son hésitation. « Tu t'es déjà servi d'un pistolet ? demanda-t-elle.

— Jamais. »

Elle le lui reprit des mains, actionna un levier juste à côté du chien. « Comme ça, le dispositif de sûreté est déverrouillé. Tu n'as plus qu'à viser et à tirer. » Elle remit le levier en place et lui rendit l'arme. Puis elle descendit dans le puits.

Walli entendit des cris et des moteurs de voitures. Il ne savait pas ce que faisaient les policiers, mais pas de doute, le temps lui était compté.

Il comprit ce qui s'était passé. Hans Hoffmann avait fait placer Karolin sous surveillance, espérant que Walli reviendrait la chercher. L'homme qui la suivait l'avait vue retrouver un garçon et partir avec lui. Il avait été décidé de ne pas les arrêter sur-le-champ pour voir s'ils ne les conduiraient pas à d'autres conspirateurs. Celui qui la filait avait discrètement passé le relais à un collègue à la descente du bus, sans doute l'homme à la blouse marron. Voyant qu'ils se dirigeaient vers le Mur, ce dernier avait donné l'alerte.

À présent, la police et la Stasi fouillaient les arrière-cours des bâtiments en ruine, cherchant à localiser celle où étaient entrés Walli et Karolin. Ils trouveraient la trappe d'une seconde à l'autre.

Pistolet à la main, Walli descendit dans le puits à la suite des fugitifs.

Comme il arrivait en bas de l'échelle, il entendit le claquement de la trappe qui s'ouvrait. Les flics avaient localisé l'entrée. Des cris de surprise et de triomphe résonnèrent presque immédiatement : ils avaient découvert le puits.

Walli attendit, tendu, que Cristina ait disparu dans le boyau. Il la suivit, puis s'immobilisa. Comme il était mince, il pouvait se retourner dans cet étroit passage au prix de quelques contorsions. Il jeta un coup d'œil dans le puits par l'ouverture du tunnel et vit un policier qui descendait l'échelle.

C'était sans espoir. Ils étaient sur leurs talons. Il leur suffisait de pointer leurs armes dans le tunnel et de tirer. Walli serait le premier à tomber, puis les balles atteindraient Cristina, et ainsi de suite – ce serait un massacre. Il savait qu'ils n'hésiteraient pas à ouvrir le feu, car on ne faisait pas de quartier pour les fugitifs. Oui, ce serait un carnage.

Il fallait les empêcher d'accéder au tunnel.

Mais il ne voulait pas avoir une autre vie sur la conscience.

À genoux près de l'entrée du boyau, il débloqua le système de sécurité du Walther. Puis il tendit la main hors du tunnel, pointa son arme vers le haut et pressa la détente.

Le pistolet tressauta dans sa main. Dans cet espace confiné, le bruit de la détonation fut assourdissant. Il entendit aussitôt des cris d'effroi et de consternation, mais aucun hurlement de douleur. Il en conclut qu'il leur avait fait peur sans blesser personne. Un petit coup d'œil dans le puits, et il vit le flic qui remontait précipitamment les degrés pour regagner la cave.

Il attendit. Il savait que les autres fugitifs seraient retardés par l'enfant. Il entendit les policiers se quereller à propos de la conduite à adopter. Aucun ne voulait descendre : c'était du suicide, protesta l'un d'eux. En même temps, on ne pouvait pas laisser les gens s'enfuir comme ça !

Walli tira encore pour les inquiéter un peu plus. Il perçut des mouvements affolés, donnant à entendre qu'il s'étaient tous écartés du puits. Convaincu d'avoir réussi à les effrayer, il se retourna pour fuir à son tour.

C'est alors qu'il entendit une voix qu'il ne connaissait que trop bien. « Il nous faut des grenades, dit Hans Hoffmann.

— Oh ! merde », lâcha Walli.

Il coinça le pistolet dans sa ceinture et se mit à ramper. Il n'avait pas d'autre solution maintenant que d'avancer le plus loin possible. Bientôt, il sentit les semelles de Cristina devant lui. « Dépêchez-vous ! hurla-t-il. Les flics vont chercher des grenades !

— Je ne peux pas aller plus vite que celui qui est devant moi ! » répondit-elle en criant.

Walli ne pouvait que suivre le mouvement. Il faisait un noir d'encre. Il n'entendait plus aucun bruit en provenance de la cave derrière lui. L'équipement des policiers de base ne comportait sans doute pas de grenades, mais Hans en obtiendrait rapidement en s'adressant au poste de contrôle le plus proche.

Walli n'y voyait goutte. Il n'entendait que le halètement de ses compagnons de fuite et le frottement de leurs genoux sur les planches qui couvraient le sol. L'enfant se mit à pleurer. La veille, Walli aurait pesté contre lui et contre le danger qu'il leur faisait courir, mais il était désormais un futur père et n'éprouvait que compassion pour ce gamin fou de terreur.

Qu'allaient faire les flics avec leurs grenades ? Se contenteraient-ils d'en jeter une au fond du puits, où elle ne causerait guère de dégâts ? Ou bien l'un d'eux aurait-il le courage de descendre l'échelle pour en balancer une dans le tunnel ? Tous les fugitifs risquaient d'y rester.

Il fallait faire quelque chose pour les décourager, songea Walli. Il se coucha, roula sur le flanc, saisit son arme et prit appui sur son coude gauche. Dans le noir le plus complet, il pointa le canon dans le tunnel, derrière lui, et pressa la détente.

Des hurlements retentirent.

« Qu'est-ce que c'était ? » demanda Cristina.

Walli rangea le pistolet et se remit à ramper. « C'était juste pour décourager les flics.

— La prochaine fois, préviens, bon sang ! »

Il aperçut de la lumière devant lui. Le tunnel paraissait plus court qu'à l'aller. Ses compagnons poussèrent des cris de soulagement en constatant qu'ils approchaient de la sortie. Lui-même se surprit à avancer plus vite, et il buta contre les chaussures de Cristina.

Une explosion se produisit derrière lui.

Il perçut l'onde de choc. Elle était si faible qu'il comprit immédiatement qu'ils avaient lâché la première grenade du haut de l'échelle. Il n'était pas très doué en physique, mais devina que, dans un tel cas de figure, la force de l'explosion se dirigeait presque entièrement vers le haut.

Il n'était pas difficile de deviner ce que Hans allait faire à présent. S'étant assuré que plus personne ne les guettait à l'entrée du tunnel, il allait envoyer un policier en bas pour lancer une grenade en direction des fugitifs.

Les premiers fuyards venaient d'arriver dans le puits creusé dans la cave de l'ancienne épicerie. « Dépêchez-vous ! hurla Walli. Grimpez à l'échelle, vite ! »

Cristina émergea à son tour du tunnel et se redressa dans le puits, souriante. « Détends-toi, dit-elle. Nous sommes à Berlin-Ouest. Nous avons réussi – nous sommes libres !

— Les grenades ! glapit Walli. Montez, vite, ne traînez pas ! »

Le couple et son enfant gravirent les degrés avec une lenteur angoissante. L'étudiant et Cristina les suivirent. Walli resta au pied de l'échelle, tremblant d'impatience et de peur. Il commença à monter dès qu'il le put, le visage au niveau des genoux de Cristina. Arrivé en haut, il constata que ses compagnons d'évasion s'attardaient dans la cave, s'étreignant et riant de bon cœur. « Planquez-vous ! hurla-t-il. Les grenades ! » Il se jeta à terre.

On entendit un fracas terrifiant. L'onde de choc sembla faire trembler la cave. Suivit un bruit de geyser, et il se dit que la terre allait jaillir de l'entrée du tunnel. Effectivement, une grêle de terre et de cailloux s'abattit sur lui. Le treuil placé au-dessus du puits vacilla et s'abîma dans le trou.

Le silence revint peu à peu. On n'entendait plus dans la cave que les sanglots de l'enfant. Walli regarda autour de lui. Le pauvre petit saignait du nez mais semblait indemne et personne d'autre n'était blessé. Se penchant au bord du puits, il constata que le tunnel s'était effondré.

Il se releva tout tremblant. Il avait réussi. Il était vivant et libre.

Et seul.

*

Rebecca avait englouti une bonne partie de l'argent de son père dans l'appartement de Hambourg qui occupait le rez-de-chaussée d'une vieille demeure de négociant. Toutes les pièces – même la salle de bains – étaient suffisamment vastes pour que Bernd puisse y manœuvrer son fauteuil roulant. Elle fit faire tous les aménagements nécessaires à un homme paralysé en dessous de la ceinture. Des cordes étaient tendues le long des murs et des poignées judicieusement placées lui permettaient de faire sa toilette et de s'habiller tout seul, de se lever et de se coucher. Il aurait même pu faire la cuisine s'il en avait eu envie. Il est vrai qu'à l'instar de presque tous les hommes, il était incapable de se préparer autre chose qu'un œuf.

Elle était résolue – farouchement résolue – à ce qu'ils mènent une vie aussi normale que possible, malgré l'invalidité de Bernd. Ils profiteraient pleinement de leur mariage, de leur travail et de leur liberté. Ils mèneraient une existence pleine d'activités diverses et enrichissantes. Se contenter de moins aurait accordé la victoire aux tyrans de l'autre côté du Mur.

L'état de Bernd était stationnaire depuis sa sortie de l'hôpital. Les médecins espéraient toujours une amélioration et lui disaient de ne pas se décourager. Un jour, affirmaient-ils, il pourrait avoir des enfants. Rebecca ne devait jamais renoncer à le stimuler.

Elle estimait avoir bien des raisons d'être heureuse. Elle avait recommencé à enseigner, prenant un plaisir immense à ouvrir l'esprit de jeunes gens, à leur faire découvrir les richesses intellectuelles du monde où ils vivaient. Elle était amoureuse de Bernd, dont la tendresse et l'humour faisaient de chaque jour une fête. Ils étaient libres de lire, de penser et de dire ce qu'ils voulaient, sans avoir à s'inquiéter des espions de la police.

Rebecca avait aussi un projet à long terme. Elle brûlait du désir de retrouver un jour sa famille. Pas sa famille d'origine : elle ne gardait de ses parents biologiques qu'un souvenir vague et lointain, bien que poignant. Mais Carla l'avait sauvée de l'enfer de la guerre et lui avait offert amour et protection, même du temps où ils avaient tous souffert de la faim, du froid et de la peur. Au fil des ans, la villa du Mitte s'était remplie de personnes qu'elle aimait et qui l'aimaient : le bébé Walli, puis Werner, son nouveau père, et enfin une petite sœur, Lili. Grand-mère Maud, cette vieille dame anglaise à l'impressionnante dignité, avait elle aussi aimé et protégé Rebecca.

Elle les retrouverait le jour où les Allemands de l'Ouest et de l'Est seraient enfin réunis. Beaucoup de gens pensaient que ce jour ne viendrait jamais. Peut-être avaient-ils raison. Mais Carla et Werner lui avaient appris que si on voulait le changement, il fallait agir pour l'obtenir, autrement dit faire de la politique. « Dans ma famille, l'apathie n'est pas envisageable », avait-elle dit à Bernd. Ils avaient donc adhéré au parti libéral-démocrate, un peu moins à gauche que le parti social-démocrate de Willy Brandt. Rebecca était secrétaire et Bernd trésorier de la section locale.

En république fédérale d'Allemagne, on pouvait adhérer au parti de son choix, quel qu'il fût, à l'exception du parti communiste qui était interdit. Rebecca désapprouvait cette mesure. Elle haïssait le communisme, mais estimait que ce genre de décision, caractéristique des communistes, était indigne des démocrates.

Rebecca et Bernd partaient ensemble en voiture tous les matins. Ils rentraient chez eux une fois les cours finis, et Bernd dressait la table pendant que Rebecca préparait le dîner. Certains soirs, quand ils avaient fini de manger, ils accueillaient Heinz, le masseur de Bernd. Il fallait régulièrement masser ses jambes paralysées afin d'améliorer la circulation du sang et de ralentir, sinon prévenir, l'atrophie des muscles et des nerfs. Rebecca débarrassait la table pendant que Bernd se rendait dans sa chambre en compagnie de Heinz.

Ce soir-là, elle s'assit devant une pile de copies à corriger. Elle avait demandé à ses élèves de rédiger des publicités imaginaires vantant les qualités touristiques de Moscou. Ils adoraient les devoirs teintés d'ironie.

Heinz prit congé au bout d'une heure et Rebecca rejoignit son mari dans la chambre.

Bernd était étendu sur leur lit, nu. La moitié supérieure de son corps était musclée, car il se servait constamment de ses bras pour se déplacer. Ses jambes ressemblaient à celles d'un vieillard, grêles et pâles.

En règle générale, il se sentait bien après un massage, tant physiquement que mentalement. Rebecca se pencha sur lui et l'embrassa longuement, lentement. « Je t'aime, dit-elle. Je suis si heureuse de vivre avec toi. » Elle le lui répétait souvent, parce que c'était vrai et parce qu'il avait besoin d'être rassuré : elle savait qu'il lui arrivait de se demander comment elle pouvait aimer un infirme.

Elle se plaça devant lui et commença à se déshabiller. Il aimait cela, lui disait-il, malgré son absence d'érection. Comme elle l'avait appris, il était rare qu'un paralysé ait une érection psychogène, c'est-à-dire due à des images ou à des pensées érotiques. Il la suivait pourtant des yeux avec un plaisir évident tandis qu'elle dégrafait son soutien-gorge, laissait glisser ses bas et retirait sa culotte.

« Tu es splendide, dit-il.

— Et je suis tout à toi.

— Quel veinard je suis. »

Elle s'allongea près de lui et ils se caressèrent langoureusement. Même avant son accident, leurs étreintes étaient davantage une affaire de baisers et de mots doux que de coït brutal. À cet égard, il se distinguait nettement de son premier mari. Hans se conformait à une routine immuable : baisers, déshabillage, érection, pénétration, éjaculation. Bernd avait pour philosophie de faire tout ce qui pouvait procurer du plaisir à Rebecca, dans un ordre ou un autre.

Au bout d'un moment, elle l'enfourcha et se plaça de façon à ce qu'il puisse embrasser ses seins et téter leurs mamelons. Il avait toujours adoré sa poitrine et, aujourd'hui encore, il s'en délectait avec la même intensité, le même plaisir qu'avant son accident ; elle, cela l'excitait plus que tout.

Quand elle se sentit prête, elle demanda : « Tu veux essayer ?

— Oui, acquiesça-t-il. Il faut toujours essayer. »

Elle se recula pour se placer au-dessus de ses jambes flétries et se pencha au-dessus de son pénis. Elle le manipula quelques instants. Il durcit un peu, dans une érection réflexe. Durant quelques instants, il fut assez ferme pour la pénétrer ; puis il se ramollit. « Ça ne fait rien, dit-elle.

— Oui, ça ne fait rien », répéta-t-il, mais elle savait que c'était faux. Il aurait bien aimé avoir un orgasme. Et puis il voulait des enfants, lui aussi.

Elle s'allongea près de lui, lui prit la main et la posa sur son pubis. Il enfonça ses doigts dans la position qu'elle lui avait apprise, puis elle pressa une main sur la sienne et se mit à bouger le bassin dans un mouvement rythmé. C'était comme si elle se masturbait avec la main de Bernd. De l'autre, il lui caressait tendrement les cheveux. Cela l'excita, comme d'habitude, et elle eut un orgasme délicieux.

Peu après, immobile à ses côtés, elle dit : « Merci.

— Il n'y a pas de quoi.

— Pas seulement pour ça.

— Pour quoi d'autre ?

— Pour être venu avec moi. Pour t'être évadé. Jamais je ne pourrai te dire à quel point je te suis reconnaissante.

— J'en suis heureux. »

On sonna à la porte. Ils échangèrent un regard intrigué : ils n'attendaient personne. « Peut-être Heinz a-t-il oublié quelque chose », dit Bernd.

Un peu agacée par cette intrusion dans un moment pareil, Rebecca enfila un peignoir et se dirigea vers l'entrée en grommelant.

Walli se tenait sur le pas de la porte. Il était maigre comme un clou et empestait. En blue-jean, chaussures de baseball et chemise crasseuse, il ne portait ni veste, ni manteau. Il avait une guitare à la main, mais pas de bagage.

« Salut, Rebecca », fit-il.

Sa mauvaise humeur se dissipa en un éclair. Elle lui adressa son plus beau sourire. « Walli ! s'écria-t-elle. Quelle merveilleuse surprise ! Je suis tellement heureuse de te voir ! »

Elle s'écarta et il franchit le seuil.

« Qu'est-ce que tu fais là ? demanda-t-elle.

— Je suis venu vivre avec vous », dit-il.

XXII

Birmingham, dans l'Alabama, était probablement la ville la plus raciste d'Amérique. C'est là que George Jakes atterrit en avril 1963.

La dernière fois qu'il était venu dans cet État, on avait cherché à le tuer, et il en gardait un souvenir cuisant.

Birmingham était une ville industrielle crasseuse qui, vue d'avion, était nimbée d'une aura de pollution d'un rose délicat, évoquant le foulard de soie d'une prostituée défraîchie.

George perçut l'hostilité ambiante en traversant le terminal. Il était le seul homme de couleur en costume. Il se rappela l'agression qu'ils avaient subie, Maria, lui et les autres Freedom Riders : les bombes incendiaires, les battes de baseball, les chaînes de fer tournoyantes et surtout les visages, tordus et déformés par la haine et la folie.

Il sortit de l'aéroport, avisa la station de taxis et monta dans le premier de la file.

« Descends de là, dit le chauffeur.

— Je vous demande pardon ?

— J'embarque pas un salaud de nègre. »

George soupira. Il n'avait pas envie d'obtempérer et aurait préféré rester assis pour protester. Il n'aimait pas plier l'échine devant les racistes. Mais il avait une tâche à accomplir à Birmingham, et il ne pourrait rien faire du fond d'une cellule. Il descendit donc.

Debout devant la portière ouverte, il parcourut la file du regard. Le chauffeur du deuxième taxi était blanc : il supposa qu'il aurait droit au même traitement. Trois voitures plus loin, un bras noir sortit de l'habitacle pour lui faire signe.

Il se dirigea vers le véhicule.

« Ferme cette putain de portière ! » hurla le chauffeur.

George hésita avant de répondre : « Moi, je ne ferme pas la portière pour un salaud de ségrégationniste. » Comme réplique, ce n'était pas terrible, mais il n'en retira pas moins une petite satisfaction, et laissa l'autre en plan avec sa portière ouverte.

Il sauta dans le taxi du Noir. « Je sais où vous allez, dit celui-ci. À l'église baptiste de la 16e Rue. »

Cette église était le quartier général de Fred Shuttlesworth, un prêcheur militant. Il avait créé le Mouvement chrétien pour les droits de l'homme en Alabama après que les tribunaux locaux avaient interdit la très modérée Association nationale pour la promotion des gens de couleur. De toute évidence, se dit George, tout Noir qui débarquait à l'aéroport ne pouvait être qu'un défenseur des droits civiques.

Pourtant, ce n'était pas à cette église qu'il se rendait. « Conduisez-moi au Gaston Motel, s'il vous plaît.

— Je connais bien le Gaston, dit le chauffeur. J'y ai vu Little Stevie Wonder dans leur grand salon. C'est à une rue de l'église. »

Il faisait chaud ce jour-là et le taxi n'était pas climatisé. George baissa la vitre et laissa le courant d'air rafraîchir sa peau où perlait la sueur.

Bob Kennedy l'avait envoyé porter un message à Martin Luther King : arrêtez de vous agiter, calmez le jeu, cessez vos manifestations, les choses sont en train de changer. George avait l'impression que le pasteur n'allait pas apprécier.

Le Gaston était un motel moderne d'un seul étage. Son propriétaire, A. G. Gaston, était un ancien mineur, devenu le plus important homme d'affaires de couleur de la ville. George savait que, malgré l'inquiétude que lui inspirait l'agitation provoquée à Birmingham par la campagne de King, Gaston lui apportait un soutien indéfectible. Le taxi de George franchit le portail d'entrée pour s'arrêter dans la cour.

Martin Luther King logeait dans la chambre 30, la seule suite du motel ; mais, avant de le rencontrer, George alla déjeuner avec Verena Marquand au Jockey Boy, un restaurant tout proche. Lorsqu'il commanda un hamburger saignant, la serveuse le regarda comme s'il parlait une langue étrangère.

Verena prit une salade. Elle était plus séduisante que jamais, en pantalon blanc et chemisier noir. George se demanda si elle avait un petit ami. « Tu es sur la mauvaise pente, remarqua-t-il pendant qu'ils attendaient leur repas. Hier Atlanta, aujourd'hui Birmingham. Viens donc à Washington avant de te retrouver coincée dans un trou perdu du Mississippi. » Il la taquinait mais, si elle venait vivre à Washington, il chercherait sûrement à sortir avec elle.

« Je vais là où le mouvement a besoin de moi », répondit-elle d'un air sérieux.

Leur déjeuner arriva. « Pourquoi King a-t-il choisi cette ville ? demanda George alors qu'ils attaquaient leur repas.

— Le directeur de la Sécurité publique – autrement dit, le responsable des forces de police – est un salopard de raciste du nom d'Eugene Connor, dit “Bull”.

— J'ai vu son nom dans les journaux.

— Avec un sobriquet pareil, on est tout de suite fixé. Et comme si ça ne suffisait pas, la section du Ku Klux Klan locale est la plus violente de tout le pays.

— On sait pourquoi ?

— Birmingham vit de la sidérurgie, une industrie sur le déclin. Les emplois qualifiés et bien rémunérés ont toujours été réservés aux Blancs, les Noirs se contentant de postes de balayeurs ou équivalents. Maintenant, les Blancs tentent désespérément de conserver leur prospérité et leurs privilèges... au moment précis où les Noirs réclament leur juste part. »

Cette analyse pertinente fit encore grandir Verena dans l'estime de George. « Quelles sont les conséquences ?

— Les membres du Klan balancent des bombes artisanales sur les maisons des riches Noirs dans les quartiers mixtes. Il y a des gens qui surnomment la ville Bombingham. Inutile de te dire que la police n'arrête jamais personne et que le FBI est incapable d'identifier les coupables.

— Tu m'étonnes ! J. Edgar Hoover est tout aussi incapable de neutraliser la Mafia. En revanche, il connaît le nom de tous les communistes d'Amérique.

— Cela dit, la suprématie blanche commence à fléchir. Certaines personnes comprennent enfin qu'elle est néfaste à la ville. Bull Connor vient de prendre une veste aux élections municipales.

— Je sais. La Maison Blanche pense que les Noirs de Birmingham obtiendront satisfaction en temps voulu, à condition d'être patients.

— Et le pasteur King pense que le moment est venu de faire du forcing.

— Et ça donne quoi ?

— Pour être franche, c'est plutôt décevant. Quand nous entrons dans certains restaurants, les serveuses éteignent les lumières et annoncent qu'elles vont fermer.

— Astucieux. Certaines villes ont adopté la même tactique avec les Freedom Riders. Au lieu de faire un scandale, les gens feignaient de ne rien voir. Mais cette retenue a fini par exaspérer certains ségrégationnistes, et les brutalités ont rapidement repris.

— Comme Bull Connor refuse d'autoriser nos manifestations, elles sont toutes illégales et leurs participants finissent en prison ; mais ils sont trop peu nombreux pour que les médias nationaux s'y intéressent.

— Peut-être est-il temps de changer de tactique. »

Une jeune Noire entra dans le restaurant et s'approcha de leur table. « Le pasteur King est prêt à vous recevoir, monsieur Jakes. »

George et Verena n'achevèrent pas leur repas. À l'image du Président, Martin Luther King n'était pas de ces hommes que l'on fait attendre.

Ils retournèrent au Gaston et montèrent dans la suite de King. Comme à son habitude, celui-ci était vêtu d'un costume de ville sombre : la chaleur semblait avoir peu de prise sur lui. George fut à nouveau frappé par sa petite taille mais aussi par sa beauté. King l'accueillit cette fois avec plus de chaleur que de méfiance.

« Asseyez-vous, je vous prie, fit-il en lui désignant un canapé. Qu'est-ce que le ministre de la Justice souhaite me faire savoir qu'il ne puisse dire au téléphone ? » Même quand son propos était vif, sa voix restait douce.

« Il voudrait que vous envisagiez de reporter votre campagne ici, en Alabama.

— Je n'en suis pas vraiment surpris.

— Il soutient votre action mais estime que ces manifestations sont inopportunes.

— Expliquez-moi pourquoi.

— Bull Connor vient de perdre son siège de maire au profit d'Albert Boutwell. Il y a un nouveau conseil municipal. Boutwell est un réformateur.

— Certains estiment que Boutwell n'est qu'une version plus présentable de Bull Connor.

— C'est peut-être vrai, monsieur, mais Bob aimerait que vous lui donniez une chance de prouver ce qu'il vaut – dans un sens ou dans l'autre.

— Je vois. Son message se résume donc à ce mot : Attendez.

— Oui, monsieur. »

King se tourna vers Verena, comme pour l'inciter à faire un commentaire, mais elle resta muette.

Après un instant de silence, il reprit : « En septembre dernier, les commerçants de Birmingham se sont engagés à retirer de leurs magasins les écriteaux "RÉSERVÉ AUX BLANCS", en échange de quoi Fred Shuttlesworth a accepté un moratoire sur les manifestations. Nous avons tenu notre promesse, contrairement aux commerçants. Comme trop souvent hélas, nos espoirs ont été déçus.

— Je suis navré de l'apprendre, intervint George. Mais... »

King ne tint pas compte de son interruption. « L'action directe non-violente a pour objectif de créer un sentiment de crise, une tension insupportable afin d'obliger la société à affronter le problème et à ouvrir la porte à des négociations sincères. Vous me demandez de laisser à Boutwell le temps de prouver sa véritable nature. Il est peut-être moins brutal que Connor, mais c'est un ségrégationniste, un partisan du statu quo. Nous devons le forcer à agir. »

L'argument était si pertinent que George ne pouvait même pas feindre le désaccord. En même temps, il voyait se dissiper rapidement ses chances d'amener King à changer d'avis.

« En matière de droits civiques, nous n'avons jamais rien gagné en relâchant la pression, reprit le pasteur. Franchement, George, je ne me suis jamais engagé dans un mouvement d'action directe qui ait été jugé "opportun" par des hommes comme Bob Kennedy. Depuis des années, j'entends ce mot : "Attendez". J'en ai les oreilles rebattues. Ce mot signifie en fait "jamais". Nous avons attendu trois cent quarante ans les droits constitutionnels qui sont les nôtres. Les nations d'Afrique progressent vers l'indépendance à la vitesse d'un avion à réaction, tandis que nous nous traînons encore à l'allure d'une voiture à cheval pour essayer d'obtenir le droit de prendre une tasse de café au comptoir. »

George devina qu'il assistait à la répétition générale d'un prochain sermon, mais il n'en était pas moins fasciné. Il avait abandonné tout espoir d'accomplir la mission que lui avait confiée Bob.

« Le grand obstacle qui nous est opposé dans notre lutte pour la liberté, ce n'est pas le Conseil des citoyens blancs ni le Ku Klux Klan. C'est le Blanc modéré plus attaché à l'ordre qu'à la justice, qui répète constamment, à l'instar de Bob Kennedy : "Je suis d'accord avec vos objectifs, mais je ne puis approuver vos méthodes." Il croit pouvoir fixer, en bon paternaliste, un calendrier pour la libération d'un autre. »

George sentit la honte l'envahir, car il était le messager de Robert Kennedy.

« Notre génération ne doit pas seulement se repentir des actes et des propos haineux des méchants, mais aussi de l'effrayant silence des justes, reprit King, et George dut lutter contre les larmes. Il est toujours temps d'agir dans le bon sens. "Que le droit jaillisse comme les eaux et la justice comme un torrent intarissable", a dit le prophète Amos. Répétez donc cela à Robert Kennedy, George.

— Oui, monsieur, je n'y manquerai pas », acquiesça George.

*

De retour à Washington, George appela Cindy Bell, la fille que lui avait fait rencontrer sa mère et l'invita à sortir avec lui. « Pourquoi pas ? » répondit-elle.

Ce serait son premier rendez-vous depuis qu'il avait rompu avec Norine Latimer dans le vain espoir de séduire Maria Summers.

Le lendemain soir, un samedi, il se rendit chez elle en taxi. Cindy vivait encore chez ses parents, dans une petite maison ouvrière. Ce fut son père qui lui ouvrit. Il avait une barbe broussailleuse : un chef cuisinier n'a sans doute pas besoin d'être impeccable, songea George. « Enchanté de faire votre connaissance, George, lui dit-il. Si vous me permettez de vous dire quelque chose d'un peu personnel, votre mère est l'une des personnes les plus fantastiques que je connaisse.

— Merci, monsieur Bell, répliqua George. Je suis tout à fait de votre avis.

— Entrez, Cindy est presque prête. »

George remarqua un crucifix accroché au mur de l'entrée et se rappela que les Bell étaient catholiques. Quand il était adolescent, on lui avait dit que les filles qui fréquentaient des écoles tenues par des sœurs étaient les plus chaudes.

Cindy fit son apparition, vêtue d'un pull moulant et d'une jupe courte que son père accueillit d'un froncement de sourcils, mais sans commentaire. George réprima un sourire. Elle était bien roulée et ne cherchait pas à le cacher. Une petite croix en argent pendait entre ses seins généreux – un charme protecteur, peut-être ?

George lui offrit une petite boîte de chocolats fermée par un ruban bleu.

Quand ils sortirent, elle haussa les sourcils en découvrant le taxi.

« Je compte m'acheter une voiture, expliqua George. Mais je n'ai pas encore eu le temps. »

Comme ils se dirigeaient vers le centre-ville, Cindy déclara : « Mon père admire beaucoup ta mère de t'avoir élevé toute seule et d'avoir obtenu d'aussi bons résultats.

— Et ils se prêtent des livres. Ça ne dérange pas ta mère ? »

Cindy gloussa. L'idée que la génération précédente pût éprouver de la jalousie était évidemment comique. « Tu es futé. Ma mère sait bien qu'il ne se passe rien de suspect – ce qui ne l'empêche pas de rester sur ses gardes. »

George se félicita de l'avoir invitée. Elle était chaleureuse et intelligente, et il commençait à se dire que ce serait bien agréable de l'embrasser. L'image de Maria s'estompa dans son esprit.

Ils allèrent dans un restaurant italien. Cindy lui avoua qu'elle adorait toutes les recettes de pâtes. Ils prirent des tagliatelles aux champignons puis des escalopes de veau à la sauce au xérès.

Elle était diplômée de l'université de Georgetown, lui dit-elle, mais avait dû se contenter d'un emploi de secrétaire chez un agent d'assurances noir. « Même si elle a fait des études supérieures, une fille ne trouve que ce genre de poste. J'aimerais bien travailler pour le gouvernement. Les gens ont beau dire que c'est barbant, c'est quand même Washington qui dirige le pays. Malheureusement, le gouvernement recrute surtout des Blancs aux postes importants.

— C'est vrai.

— Comment as-tu décroché le tien ?

— Bob Kennedy voulait un Noir dans son équipe, pour asseoir sa crédibilité en matière de droits civiques.

— Autrement dit, tu n'es qu'un symbole.

— C'était vrai au début. Mais ça s'est amélioré. »

Après le dîner, ils allèrent voir le dernier film de Hitchcock, *Les Oiseaux*, avec Tippi Hedren et Rod Taylor. Durant les scènes les plus effrayantes, Cindy se serra contre George d'une façon qu'il trouva délicieuse.

Sur le chemin du retour, ils se disputèrent gentiment à propos de la fin du film. Cindy la détestait. « Quelle déception ! dit-elle. J'étais tellement impatiente de connaître l'explication. »

George haussa les épaules. « Tout ne s'explique pas dans la vie.

— Si, mais parfois, c'est simplement que nous ne le savons pas. »

Ils allèrent prendre un dernier verre au bar de l'hôtel Fairfax. Il commanda un scotch et elle un daiquiri. L'éclat de sa croix en argent accrocha le regard de George. « C'est un simple bijou ou un peu plus que ça ? demanda-t-il.

— Un peu plus que ça, convint-elle. Cette croix me rassure.

— Ah bon ? À propos de quoi ?

— De rien en particulier. Elle me protège. »

George était sceptique. « Tu n'y crois pas sérieusement, quand même.

— Pourquoi pas ?

— Euh... Je ne voudrais surtout pas te blesser si tu es sincère, mais je trouve que c'est de la superstition.

— Je pensais que tu étais croyant. Tu vas à l'église, non ?

— J'y accompagne ma mère parce que c'est important pour elle et que je l'aime. Pour lui faire plaisir, je chante des cantiques, j'écoute des prières et j'assiste à un sermon, mais le tout me fait l'effet de... d'une mascarade.

— Tu ne crois pas en Dieu ?

— Je pense qu'il existe probablement une intelligence qui contrôle l'univers, un être qui édicte les règles, telles que $E = mc^2$ et la valeur de pi. Mais cet être ne se soucie sûrement pas de nos chants de louanges. Je doute qu'on puisse influer sur ses décisions en priant devant une statue de la Vierge et cela m'étonnerait qu'il te réserve un traitement de faveur parce que tu portes ça autour du cou.

— Oh ! »

Il comprit qu'il l'avait choquée. Et il se rendit compte qu'il argumentait comme s'il se trouvait à une réunion de la Maison Blanche, où les questions étaient trop importantes pour qu'on cherche à ménager son interlocuteur. «Je ne devrais probablement pas être aussi direct, reconnut-il. Tu es fâchée ?

— Non, le rassura-t-elle. Je suis contente que tu me l'aies dit.» Elle vida son verre.

George posa quelques billets sur le bar et descendit de son tabouret. «Ça m'a fait plaisir de discuter avec toi, dit-il.

— Bon film, fin décevante», conclut-elle.

C'était un bon résumé de leur soirée. Cindy était charmante et séduisante, mais il ne se voyait pas amoureux d'une femme dont la conception de l'univers était tellement à l'opposé de la sienne.

Ils sortirent et montèrent dans un taxi.

Pendant le trajet, George se rendit compte qu'au fond de lui, il n'était pas mécontent que ce rendez-vous n'ait pas abouti. Il ne s'était toujours pas remis d'avoir perdu Maria. Il se demanda combien de temps cela prendrait.

Quand ils arrivèrent devant la maison de Cindy, elle lui dit : «Merci pour cette excellente soirée.» Elle l'embrassa sur la joue et descendit.

Le lendemain, Bob renvoya George dans l'Alabama.

*

Le vendredi 3 mai 1963 à midi, George et Verena se trouvaient dans le parc Kelly Ingram, au cœur du quartier noir de Birmingham. De l'autre côté de la rue, se dressait la célèbre église baptiste de la 16e Rue, un splendide bâtiment en brique rouge de style byzantin conçu par un architecte noir. Le parc était rempli de défenseurs des droits civiques, de badauds et de parents inquiets.

Un chant contestataire montait de l'église : «Ain't Gonna Let Nobody Turn Me 'Round». Un millier d'écoliers noirs se préparait à défiler.

À l'est du parc, les avenues menant au centre-ville étaient bloquées par plusieurs centaines de policiers. Bull Connor avait réquisitionné des cars de ramassage scolaire pour conduire les manifestants en prison et fait venir des chiens pour attaquer les plus récalcitrants. La police était appuyée par des pompiers armés de leurs lances à incendie.

Il n'y avait aucun homme de couleur dans la police ni dans le corps des sapeurs-pompiers.

Les défenseurs des droits civiques demandaient toujours l'autorisation de manifester. On la leur refusait systématiquement. S'ils défilaient quand même, on les arrêtait et on les incarcérait.

Aussi la plupart des Noirs de Birmingham hésitaient-ils à participer aux manifestations – ce qui permettait à la municipalité exclusivement blanche d'affirmer que le mouvement de Martin Luther King ne rencontrait que très peu de soutien auprès de la population.

Le pasteur lui-même s'était retrouvé en prison trois semaines plus tôt, le Vendredi saint. George n'en revenait pas de la bêtise des ségrégationnistes : ignoraient-ils qui avait été le premier à se faire arrêter ce jour-là? King avait été mis à l'isolement, une mesure de pure malveillance.

Hélas, la presse en avait à peine parlé. Un Noir maltraité parce qu'il revendiquait ses droits de citoyen américain, ce n'était pas un scoop. King avait également essuyé les critiques de pasteurs blancs dans une lettre qui avait eu un certain retentissement. Depuis sa cellule, il avait rédigé une réponse à la fois incendiaire et vertueuse. Aucun journal ne l'avait imprimée, mais cela viendrait peut-être. Dans l'ensemble, la campagne de Birmingham était passée relativement inaperçue.

Comme les adolescents noirs réclamaient à grands cris de pouvoir participer aux manifestations, King avait fini par autoriser les écoliers à défiler, ce qui n'avait pourtant rien changé : Bull Connor emprisonnait les enfants comme les adultes, dans l'indifférence générale.

Le son des cantiques qui montaient de l'église était émouvant, mais cela ne suffisait pas. La campagne de Birmingham piétinait, exactement comme la vie amoureuse de George.

George observa les pompiers qui se trouvaient dans les rues à l'est du parc. Ils disposaient d'un nouveau type d'arme. Apparemment, cet engin était alimenté par deux tuyaux distincts et projetait un seul jet. Il devait être d'une terrible puissance. Ce canon à eau était monté sur un trépied, ce qui suggérait que la force d'un homme n'était pas suffisante pour le manier. George se félicita d'être un simple observateur et de n'avoir pas prévu de manifester. Ce jet d'eau ne se contenterait pas de mouiller.

Les portes de l'église s'ouvrirent et un groupe d'élèves apparut sous la triple arcade, vêtus de leur costume du dimanche et chantant à tue-tête. Ils descendirent le grand escalier aux larges marches pour gagner la rue. Ils étaient une soixantaine, et George savait que ce n'était qu'un début : plusieurs centaines d'autres attendaient à l'intérieur. La plupart étaient en terminale, mais certains étaient plus jeunes.

George et Verena les suivirent de loin. La foule qui se massait dans le parc les applaudit tandis qu'ils défilaient dans la 16e Rue, devant des boutiques et des commerces majoritairement tenus par des Noirs. Ils prirent vers l'est dans la 5e Avenue et arrivèrent au coin de la 17e Rue, où la police avait érigé des barricades pour les empêcher de passer.

Un commissaire de police cria dans un mégaphone : « Circulez, dispersez-vous ! » Il désigna les pompiers postés derrière lui. « Sinon, vous allez vous faire mouiller. »

Au cours des précédentes manifestations, la police s'était contentée d'embarquer les gens dans des bus et des paniers à salade pour les conduire en prison. Mais, comme le savait George, les prisons étaient désormais pleines à craquer, surpeuplées, et Bull Connor espérait aujourd'hui limiter le nombre d'arrestations : il aurait préféré que les manifestants rentrent chez eux.

Ils n'en avaient aucunement l'intention. Les soixante adolescents s'arrêtèrent en face des forces blanches en rangs serrés et chantèrent de plus belle.

Le commissaire fit un signe aux pompiers, qui ouvrirent les vannes. George remarqua qu'ils utilisaient des lances à incendie ordinaires et non le canon à eau. Le jet fit néanmoins reculer la plupart des manifestants, et les badauds se dispersèrent dans le parc ou se réfugièrent dans des embrasures de porte. Le policier ne cessait de répéter dans son mégaphone : « Circulez ! Circulez ! »

La majorité des lycéens reculèrent – mais pas tous. Dix d'entre eux décidèrent de s'asseoir. Déjà trempés jusqu'aux os, ils continuèrent à chanter malgré les jets d'eau.

C'est alors que les pompiers actionnèrent le canon.

L'effet fut instantané. À la place d'une douche désagréable mais inoffensive, ce fut un véritable missile aquatique qui frappa les jeunes gens. Renversés en arrière, ils poussèrent des cris de douleur. Leur cantique se changea en hurlement.

Il y avait une fillette parmi eux. L'eau la souleva de terre et la projeta au-dessus de la chaussée. Elle roula dans la rue comme une feuille emportée par le vent. Elle battait des bras et des jambes sans parvenir à se redresser. Les spectateurs se mirent à crier et à protester.

Poussant un juron, George se précipita vers elle.

Impitoyables, les pompiers la pourchassaient avec leur canon : elle ne pouvait échapper à sa violence. Ils cherchaient à l'évacuer comme un vulgaire détritus. Plusieurs hommes avaient réagi, mais George fut le premier à l'atteindre. Il s'interposa pour la protéger du jet et se retourna.

On aurait dit qu'un boxeur lui martelait le dos.

L'impact le fit tomber à genoux. Au moins, la petite fille était à l'abri : elle réussit à se relever et à courir vers le parc. Mais le jet d'eau la suivit et la fit retomber.

George était fou de rage. Ces pompiers étaient pareils à des chiens de chasse coursant un faon. Les cris de colère montant de la foule lui firent comprendre que d'autres partageaient sa fureur.

Il courut jusqu'à la fillette et lui fit à nouveau un rempart de son corps. Cette fois, il était prêt à encaisser le choc et parvint à ne pas perdre l'équilibre. Il s'agenouilla pour la prendre dans ses bras. Sa jolie robe rose était trempée. Il se dirigea vers le trottoir en titubant. Les pompiers manœuvrèrent leur canon à eau, cherchant à le renverser encore, mais il resta debout assez longtemps pour se réfugier derrière une voiture en stationnement.

Il remit la fillette qui hurlait de terreur sur ses pieds. « Tout va bien, tu es en sécurité maintenant », lui dit-il, sans parvenir à la consoler. Une femme affolée se précipita vers eux et la prit dans ses bras. La fillette se pendit à son cou et George comprit que c'était sa mère. Celle-ci l'emmena, toujours sanglotante.

George était meurtri et trempé. Il se retourna pour voir ce qui se passait. Les manifestants étaient tous formés à l'action non-violente, mais ce n'était pas le cas des spectateurs furieux, et il constata qu'ils avaient commencé à riposter en jetant des pierres aux pompiers. La manifestation tournait à l'émeute.

Verena était invisible.

Policiers et pompiers s'avancèrent dans la 5e Avenue pour essayer de disperser la foule, lorsque une pluie de projectiles ralentit leur progression. Plusieurs hommes entrèrent dans les immeubles du côté sud et bombardèrent les policiers depuis les étages, balançant cailloux, bouteilles et détritus. George s'éloigna précipitamment. Il fit halte au premier croisement, devant le restaurant Jockey Boy, et se retrouva en compagnie d'un petit groupe de journalistes et de badauds, Noirs et Blancs mélangés.

En se tournant vers le nord, il vit que de nouveaux contingents d'élèves sortaient de l'église et empruntaient d'autres rues en direction du sud pour éviter les lieux des affrontements. Voilà qui allait poser un problème à Bull Connor, qui serait obligé de disperser ses troupes.

Connor résolut le problème en faisant appel aux chiens.

Ceux-ci sortirent des fourgons en grondant, montrant les crocs et tirant sur leur laisse de cuir. Les maîtres-chiens semblaient tout aussi agressifs : des Blancs costauds, avec casquette de police et lunettes de soleil. Les uns comme les autres étaient des fauves prêts à attaquer.

Flics et chiens foncèrent en meute. Les manifestants et les spectateurs cherchèrent à fuir, mais la foule était à présent si compacte que beaucoup furent pris au piège. Les chiens, fous d'excitation, mordaient bras et jambes, faisant couler le sang.

Plusieurs personnes filèrent vers l'ouest, le cœur du quartier noir, et les flics les prirent en chasse. D'autres cherchèrent refuge dans l'église. On ne voyait plus d'élèves sortir sous les arcades, remarqua George : la manifestation touchait à sa fin.

Mais les policiers n'en avaient pas encore fini.

Surgis de nulle part, deux maîtres-chiens et leurs fauves apparurent près de George. Un des flics se jeta sur un jeune Noir de haute taille, vêtu d'un cardigan d'aspect coûteux qui avait attiré l'attention de George. Âgé d'une quinzaine d'années, il s'était contenté d'observer la manifestation. Le flic l'empoigna par l'épaule pour le faire pivoter vers lui, et le chien lui bondit dessus, lui enfonçant les crocs dans le ventre. Le garçon poussa un cri de douleur. Un des reporters prit une photo.

George allait intervenir lorsque le flic tira sur la laisse pour stopper son chien. Il arrêta ensuite l'adolescent pour avoir manifesté sans autorisation.

George aperçut un homme blanc ventripotent, en manches de chemise, qui assistait à la scène. Il reconnut Bull Connor, qu'il avait déjà vu en photo dans la presse. « Pourquoi tu n'as pas choisi un chien plus méchant ? » dit-il au policier.

George eut envie de lui demander des comptes. C'était le directeur de la Sécurité publique, et il se comportait comme un voyou.

Il comprit cependant qu'il risquait de se faire arrêter lui aussi, d'autant que son beau costume n'était plus qu'une loque trempée. Bob Kennedy ne serait pas ravi que son conseiller se retrouve sous les verrous.

Non sans effort, il ravala sa colère, serra les dents, se retourna et rejoignit le Gaston d'un pas vif.

Heureusement, il avait un pantalon de rechange dans sa valise. Il prit une douche, enfila des vêtements secs et envoya son costume au nettoyage. Puis il appela le ministère de la Justice et dicta à une secrétaire un compte rendu des événements de la journée à l'intention de Bob Kennedy. Il resta délibérément sec et objectif, et passa sa mésaventure sous silence.

Il retrouva Verena dans le salon de l'hôtel. Elle s'en était tirée indemne mais semblait secouée. « Ils ont le droit de nous traiter comme ils veulent ! » s'écria-t-elle avec une pointe d'hystérie dans la voix. Il partageait son sentiment, tout en constatant qu'elle était visiblement plus choquée que lui. Elle n'avait pas participé aux Freedom Rides et c'était sans doute la première fois qu'elle voyait l'effrayant visage de la haine raciale.

« Je t'offre un verre », proposa-t-il, et ils allèrent au bar.

Il chercha à la tranquilliser pendant une bonne heure. Il l'écouta surtout, n'intervenant que de temps en temps pour compatir avec elle ou la rassurer ; ce fut son calme qui apaisa la jeune femme. Du coup, il réussit à maîtriser le bouillonnement de ses propres passions.

Ils dînèrent ensemble au restaurant de l'hôtel. La nuit commençait à tomber lorsqu'ils montèrent à l'étage. « Tu veux bien venir dans ma chambre ? » lui demanda Verena dans le couloir.

La question le surprit. Jusque-là, la soirée n'avait rien eu de sensuel ni de romantique et il ne s'était fait aucune idée. Ils n'étaient que deux militants partageant leurs malheurs.

Elle le vit hésiter. « J'ai besoin que quelqu'un me prenne dans ses bras, c'est tout, expliqua-t-elle. Tu veux bien ? »

Il n'était pas sûr de comprendre parfaitement mais il accepta.

L'image de Maria lui traversa l'esprit. Il la chassa. Il était grand temps qu'il l'oublie.

Dans la chambre, elle ferma la porte et lui passa les bras autour du cou. Il la serra contre lui et l'embrassa sur le front. Elle détourna la tête pour poser la joue sur son épaule. D'accord, se dit-il, tu veux bien qu'on t'enlace mais tu ne veux pas de baiser. Il décida de suivre les indications qu'elle lui donnerait. Quoi qu'elle souhaite, il s'en satisferait.

« Je ne veux pas dormir seule, dit-elle au bout d'une minute.

— D'accord, répondit-il d'un ton neutre.

— On peut se câliner sans aller trop loin, non ?

— Oui », acquiesça-t-il, tout en ayant peine à le croire.

Elle s'écarta de lui. Puis elle ôta ses chaussures et se défit prestement de sa robe. Elle portait un soutien-gorge et un slip blancs. Il avait du mal à quitter des yeux la perfection de sa peau crémeuse. Elle se débarrassa de ses sous-vêtements en quelques secondes. Ses seins n'étaient pas très rebondis mais fermes, avec de minuscules mamelons. Sa toison pubienne avait une nuance auburn. C'était la plus belle femme qu'il ait vue nue – et de loin.

Il n'eut que peu de temps pour apprécier le spectacle, car elle se glissa aussitôt entre les draps.

George se retourna et ôta sa chemise.

« Ton dos ! dit Verena. Oh mon Dieu – c'est horrible ! »

George se sentait endolori – les effets du jet d'eau – mais n'aurait pas cru que cela se voyait. Il se plaça dos au miroir situé près de la porte et regarda par-dessus son épaule. Il comprit alors la réaction de Verena : sa peau était marbrée d'hématomes pourpres.

Il ôta lentement ses chaussures et ses chaussettes. Il avait une érection et espérait qu'elle allait disparaître, ce qui ne fut pas le cas. Il n'y pouvait rien. Il se redressa et ôta son pantalon et son slip, puis se glissa dans le lit aussi vite qu'elle l'avait fait.

Ils s'étreignirent. Le sexe de George se pressa contre le ventre de Verena, mais elle ne manifesta aucune réaction. Il sentit ses cheveux qui lui chatouillaient le cou, ses seins qui se pressaient contre son torse. Il était fou de désir ; l'instinct lui dictait toutefois de se retenir et il lui obéit.

Verena se mit à pleurer. Elle commença par émettre de petits gémissements et George se demanda s'ils n'étaient pas l'expression d'une certaine excitation sexuelle. Il sentit alors couler des larmes sur son torse et elle se mit à trembler secouée de sanglots. Il lui tapota le dos dans un geste de réconfort presque archaïque.

Il s'étonnait lui-même : il était au lit avec une femme splendide et se contentait de lui tapoter le dos. Pourtant, c'était parfaitement raisonnable si on voyait les choses d'un œil moins superficiel. Il avait l'impression vague mais incontestable que le réconfort qu'ils se prodiguaient mutuellement était plus essentiel que le plaisir sexuel. Ils étaient tous deux en proie à une intense émotion que George n'aurait pourtant pas su nommer.

Verena cessa peu à peu de pleurer. Au bout d'un moment, elle se détendit, son souffle se fit léger et régulier, et elle sombra dans un sommeil innocent.

George sentit son érection disparaître. Il ferma les yeux et se concentra sur la chaleur de ce corps contre le sien, sur le subtil parfum féminin qui montait de sa peau et de ses cheveux. Avec une fille pareille dans les bras, jamais il ne s'endormirait, il en était sûr.

Il se trompait.

Quand il se réveilla au matin, elle avait disparu.

*

Ce samedi matin, Maria Summers était d'humeur pessimiste quand elle partit travailler.

Pendant que Martin Luther King était incarcéré en Alabama, la Commission des droits civiques avait publié un rapport effrayant sur les brutalités infligées aux Noirs du Mississippi. Or l'administration Kennedy l'avait adroitement désamorcé. Burke Marshall, un avocat du ministère de la Justice, avait rédigé une note ergotant sur ses conclusions ; Pierre Salinger, le patron de Maria, avait qualifié les propositions du compte rendu d'extrémistes ; et la presse américaine était tombée dans le panneau.

Et l'homme qu'elle aimait était responsable de tout cela. Le président Kennedy avait bon cœur, Maria en était persuadée, mais il avait toujours le regard rivé sur le prochain scrutin. Il s'en était bien sorti l'année précédente aux élections de mi-mandat : le sang-froid avec lequel il avait réglé la crise des missiles de Cuba avait accru sa popularité et le raz de marée républicain attendu ne s'était pas produit. À présent, il s'inquiétait de sa réélection l'année suivante. S'il n'aimait pas les ségrégationnistes du Sud, il n'était pas disposé à se sacrifier pour lutter contre eux.

Aussi la campagne pour les droits civiques s'essoufflait-elle.

Le frère de Maria avait quatre enfants qu'elle adorait. Lorsqu'ils seraient grands, ils seraient des Américains de deuxième zone et il en irait de même des siens, si elle en avait un jour. S'ils se rendaient dans le Sud, ils auraient du mal à trouver un hôtel acceptant de leur donner une chambre. S'ils entraient dans une église blanche, ils en seraient chassés, à moins de tomber sur un pasteur qui se dirait progressiste sous prétexte qu'il avait aménagé dans la nef un espace spécial pour les gens de couleur, isolé par un cordon. Ils verraient un écriteau indiquant « RÉSERVÉ AUX BLANCS » sur les toilettes publiques et un autre, avec « GENS DE COULEUR », au-dessus d'un seau dans l'arrière-cour. Ils demanderaient pourquoi on ne voyait jamais de Noirs à la télévision et leurs parents seraient incapables de leur répondre.

Maria arriva au service de presse et découvrit les journaux.

En première page du *New York Times* figurait une photographie prise à Birmingham qui la laissa muette d'horreur. Elle montrait un policier blanc accompagné d'un berger allemand fou furieux. Le chien mordait violemment un adolescent noir à l'air inoffensif que le flic maintenait par le haut de son cardigan. L'homme avait les lèvres retroussées en un rictus mauvais, comme s'il s'apprêtait à mordre, lui aussi.

Nelly Fordham l'entendit suffoquer et leva la tête du *Washington Post.* « C'est affreux, n'est-ce pas ? » commenta-t-elle.

La même photo était à la une d'un grand nombre d'autres quotidiens américains, mais aussi de certains journaux étrangers arrivés par avion.

Maria s'assit à son bureau et se mit à lire. La tonalité des reportages avait changé, remarqua-t-elle avec une bouffée d'espoir. La presse ne pouvait plus faire porter le chapeau à Martin Luther King, affirmer que sa campagne était inopportune et exhorter les Noirs à la patience. L'Histoire était en train d'évoluer sous l'effet de l'irrésistible alchimie provoquée par la couverture médiatique, un mystérieux processus que Maria avait appris à craindre et à respecter.

Son excitation grandit lorsqu'elle commença à soupçonner les Sudistes blancs d'être allés trop loin. Les journaux évoquaient désormais les actes de violence commis contre des enfants dans les rues d'Amérique. Ils citaient toujours ceux qui accusaient King et ses agitateurs, mais les ségrégationnistes avaient perdu leur assurance méprisante et leurs dénégations semblaient bien pathétiques. Était-il possible qu'une seule photographie fasse tout basculer ?

Salinger entra dans la pièce. « Votre attention, s'il vous plaît, dit-il. Ce matin, le Président a lu les journaux, il a vu la photographie de Birmingham et en a été écœuré – et il tient à ce que la presse le sache. Il ne s'agit pas d'une déclaration officielle mais de propos hors micro. Le mot clé est "écœuré". Faites-le savoir au plus vite, s'il vous plaît. »

Maria se tourna vers Nelly et toutes deux haussèrent les sourcils. Le changement était palpable.

Maria décrocha son téléphone.

*

Le lundi matin, George marchait comme un petit vieux, soucieux de ménager son corps perclus de douleurs. À en croire les journaux, la pression du canon à eau des pompiers de Birmingham était de sept kilos par centimètre carré et il en sentait l'impact sur chaque parcelle de son dos.

Il n'était pas le seul à souffrir en ce lundi matin. Plusieurs centaines de manifestants étaient blessés. Certains avaient été mordus si profondément par les chiens qu'on avait dû leur faire des points de suture. Des milliers d'écoliers étaient toujours en prison.

George espérait que leurs souffrances auraient servi à quelque chose.

L'espoir renaissait. Les riches hommes d'affaires blancs de Birmingham souhaitaient la fin du conflit. Le commerce était paralysé, faute d'acheteurs : les Noirs boycottaient les magasins du centre-ville et les Blancs redoutaient d'être pris dans une émeute en faisant leurs courses. Même les propriétaires des usines et des aciéries estimaient que leurs affaires pâtissaient de la réputation de Birmingham, désormais considérée comme la capitale mondiale de la violence raciale.

Et la Maison Blanche n'appréciait pas les manchettes des journaux internationaux. La presse étrangère, qui estimait que les Noirs avaient comme tout le monde droit à la justice et à la démocratie, ne comprenait pas pourquoi le Président américain était apparemment incapable de faire respecter ses propres lois.

Bob Kennedy dépêcha Burke Marshall pour tenter de conclure un accord avec les notables de Birmingham. Dennis Wilson l'assistait dans cette tâche. George ne leur faisait confiance ni à l'un ni à l'autre. Marshall avait saboté le rapport de la Commission des droits civiques à coups d'arguties juridiques et Dennis avait toujours jalousé George.

Comme l'élite blanche de Birmingham refusait de négocier directement avec Martin Luther King, Dennis et George devaient servir d'intermédiaires auprès de Verena qui elle-même représentait le pasteur.

Burke Marshall voulait que King annule la manifestation du lundi suivant. « Relâcher la pression au moment précis où nous prenons l'avantage ? » demanda Verena, incrédule, à Dennis Wilson dans le salon tape-à-l'œil du Gaston. George hocha la tête en signe d'assentiment.

« De toute façon, la municipalité ne peut rien faire pour le moment », répliqua Dennis.

La ville traversait une autre crise, en partie liée à celle qu'avait déclenchée la campagne de King. Bull Connor avait contesté devant les tribunaux les résultats de l'élection qu'il avait perdue, de sorte que deux candidats se prétendaient désormais maires de la ville. « Ils sont divisés et affaiblis – tant mieux pour nous ! lança Verena. Si nous attendons qu'ils aient réglé leur conflit, ils repartiront à l'attaque plus puissants et plus déterminés que jamais. Vous n'y connaissez donc rien en politique, à la Maison Blanche ? »

Dennis reprochait aux défenseurs des droits civiques d'avoir des objectifs confus. Cette allégation acheva d'exaspérer Verena. « Nous avons quatre revendications, très simples. Premièrement : déségrégation immédiate des restaurants, des toilettes publiques, des fontaines à eau et de tous les équipements des magasins. Deuxièmement : suppression de toute discrimination à l'embauche et à l'avancement professionnel des employés noirs dans les commerces. Troisièmement : libération de tous les manifestants incarcérés et abandon des charges retenues contre eux. Quatrièmement : création d'un comité biracial chargé de négocier la déségrégation dans la police, les établissements scolaires, les jardins publics, les salles de cinéma et les hôtels. » Elle jeta un regard furieux à Dennis. « Alors, vous trouvez ça confus ? »

King ne réclamait que des mesures qui auraient dû aller de soi, mais c'en était tout de même trop pour les Blancs. Ce soir-là,

Dennis revint au Gaston pour présenter des contre-propositions. Les propriétaires de magasins étaient prêts à renoncer sur-le-champ à la ségrégation dans les cabines d'essayage mais demandaient un délai pour les autres équipements. On offrirait à cinq ou six employés noirs des postes de cadres moyens dès que les manifestations auraient pris fin. Les hommes d'affaires ne pouvaient rien faire pour les prisonniers, leur sort étant du ressort des tribunaux. La déségrégation des écoles et des équipements municipaux incombait quant à elle au maire et au conseil municipal.

Dennis était content de lui. Pour la première fois, les Blancs consentaient à négocier !

Mais Verena réagit par le mépris. « Tout ça c'est du vent. On ne demande jamais à deux femmes de partager la même cabine d'essayage, il n'y a donc jamais eu de ségrégation sur ce point. Et il y a plus de cinq Noirs à Birmingham capables d'exercer un emploi de cadre. Quant au reste...

— Ils affirment ne pas pouvoir annuler une décision de justice ni changer les lois.

— Vous êtes vraiment naïf à ce point ? s'emporta Verena. Dans cette ville, les juges et le conseil municipal sont à la botte des entreprises. »

Bob Kennedy demanda à George de dresser la liste des hommes d'affaires blancs les plus influents de Birmingham, avec leurs numéros de téléphone. Le Président les appellerait personnellement et les encouragerait vivement à accepter un compromis.

George releva d'autres signes prometteurs. Le lundi soir, au cours de meetings organisés dans les églises de Birmingham, on rassembla la somme fabuleuse de quarante mille dollars au profit de la cause : l'équipe de King mit presque toute la nuit à compter les billets, dans une chambre de motel louée à cette fin. D'autres dons arrivaient par courrier. Le mouvement avait toujours eu du mal à se financer, mais Bull Connor et ses molosses avaient incité les gens à mettre massivement la main à la poche.

Verena et les autres conseillers de King se réunirent tard le soir dans le salon de la suite du pasteur, afin de définir des moyens de maintenir la pression. George n'avait pas été invité – il ne souhaitait pas pour sa part apprendre des choses qu'il se sentirait tenu de rapporter à Bobby –, aussi alla-t-il se coucher.

Le matin, il enfila son costume et descendit assister à la conférence de presse de King, prévue à dix heures. Il découvrit la cour du motel envahie par plus d'une centaine de journalistes venus du monde entier, transpirant sous le soleil de l'Alabama. La campagne de Birmingham faisait la une partout – grâce à Bull Connor, encore une fois. « Les événements qui se sont déroulés à Birmingham ces derniers jours marquent l'avènement du mouvement non-violent, déclara King. C'est un rêve qui se réalise. »

Verena était invisible et George éprouva un doute qui alla grandissant : l'action cruciale devait se passer ailleurs. Sortant du motel, il alla jusqu'à l'église. Verena n'y était pas, mais il vit des élèves sortir du sous-sol du bâtiment pour monter dans des voitures stationnées en file indienne dans la 5e Avenue. Les adultes qui les encadraient affichaient une nonchalance qui lui parut forcée.

Il tomba sur Dennis Wilson, qui avait des informations. « Le Conseil des sages organise une réunion d'urgence à la Chambre de commerce. »

George avait entendu parler de ce groupe informel, dont les membres étaient surnommés les « Grosses Mules ». C'étaient les véritables détenteurs du pouvoir dans la ville. S'ils paniquaient, quelque chose allait changer, c'était certain.

« Que mijote l'équipe de King ? » demanda Dennis.

George se félicita de n'en rien savoir. « On ne m'a pas invité à la réunion, répondit-il. Mais ils ont sûrement préparé quelque chose. »

Quittant Dennis, il se rendit au centre-ville. Même seul, il savait qu'il risquait de se voir reprocher de défiler sans autorisation et d'être arrêté, mais il devait tenter le coup : il ne serait d'aucune utilité à Bob s'il restait planqué au Gaston.

Dix minutes plus tard, il avait atteint le quartier commerçant, typique d'une ville du Sud : grands magasins, cinémas, bâtiments administratifs, le tout traversé par une voie ferrée.

George ne découvrit le plan de King que lorsqu'il le vit entrer en action.

Soudain, des Noirs qui marchaient seuls ou par groupes de deux ou trois se mirent à se rassembler, brandissant des pancartes tenues cachées jusque-là. Certains s'assirent pour bloquer les trottoirs, d'autres s'agenouillèrent pour prier sur les marches de l'hôtel de ville, un bâtiment massif de style Art déco.

Des adolescents chantant des cantiques et marchant à la queue leu leu se mirent à entrer et sortir de magasins pratiquant la ségrégation. La circulation ralentit peu à peu avant de s'arrêter tout à fait.

Les policiers furent pris de court : ils s'étaient concentrés autour du parc Kelly Ingram, à huit cents mètres de là, et les manifestants les avaient bernés. Mais George était sûr d'une chose : la manifestation perdrait son caractère bon enfant dès que Bull Connor se serait ressaisi.

En fin de matinée, il retourna au Gaston. Il y trouva une Verena inquiète. « C'est génial, mais nous ne contrôlons plus rien, reconnut-elle. Nos militants sont formés aux manifestations non-violentes, or il y a des milliers de gens qui se joignent à eux et qui ne respectent aucune discipline.

— Cela accroît la pression sur les Grosses Mules, observa George.

— Nous ne voulons surtout pas que le gouverneur impose la loi martiale. » George Wallace, gouverneur de l'Alabama, était un ségrégationniste intransigeant.

« Qui dit loi martiale dit contrôle fédéral, fit remarquer George. Le Président serait obligé de décréter des mesures d'intégration, au moins partielles.

— Si on force la main aux Grosses Mules, elles trouveront toujours des échappatoires. Mieux vaut que la décision vienne d'elles. »

Verena maîtrisait toutes les subtilités de l'analyse politique, songea George. Sans doute avait-elle beaucoup appris de King. Il n'était pas sûr tout de même qu'elle ait raison sur ce point.

Il déjeuna d'un sandwich au jambon et ressortit. L'atmosphère s'était tendue autour du parc Kelly Ingram. Plusieurs centaines de policiers agitaient leurs matraques et retenaient leurs chiens féroces. Les pompiers arrosaient à la lance tous ceux qui se dirigeaient vers le centre-ville. Exaspérés par les jets d'eau, les Noirs commencèrent à jeter des cailloux et des bouteilles sur les policiers. Verena et d'autres conseillers de King parcoururent la foule, suppliant les plus agités de se calmer et de ne pas recourir à la violence, sans grand effet. Un étrange véhicule blanc que l'on surnommait le Tank allait et venait dans la 16e Rue. À son bord, Bull Connor hurlait dans un micro : « Circulez ! Dispersez-vous ! » Ce n'était pas un char, avait-on expliqué à George, mais un véhicule blindé que Connor avait acheté aux surplus de l'armée.

George aperçut Fred Shuttlesworth, le grand rival de King à la tête de la campagne. Âgé de quarante et un ans, c'était un homme sec et dur d'aspect, vêtu avec élégance et arborant une fine moustache. Il avait survécu à deux attentats à la bombe et son épouse avait été poignardée par un membre du Ku Klux Klan. Il semblait pourtant ignorer la peur et refusait de quitter la ville. « Je n'ai pas été sauvé pour prendre la fuite », disait-il volontiers. Quoique belliqueux de nature, il cherchait à calmer certains des jeunes Noirs. « Ne provoquez pas les policiers, disait-il. Ne leur donnez pas l'impression que vous allez les attaquer. » Un excellent conseil, songea George.

Des enfants se rassemblèrent autour de Shuttlesworth qui, tel le joueur de flûte de Hamelin, les reconduisit vers son église, agitant un mouchoir blanc dans les airs pour signaler à la police ses intentions pacifiques.

Il faillit réussir.

Il fit contourner aux enfants les camions de pompiers garés devant l'église pour gagner l'entrée du sous-sol, située au niveau de la rue, et leur fit signe de descendre l'escalier. Lorsqu'ils eurent tous disparu, il s'apprêta à les suivre. À ce moment-là, George entendit une voix déclarer : « Une petite douche pour le pasteur ? »

Les sourcils froncés, Shuttlesworth se retourna. Le jet d'un canon à eau le frappa en plein torse. Il vacilla et tomba, dévalant les marches sur le dos dans un hurlement et un bruit épouvantable.

« Oh mon Dieu ! cria quelqu'un, Shuttlesworth est touché ! »

George fonça. Shuttlesworth gisait au pied des marches, suffoquant. « Ça va ? » cria George, mais Shuttlesworth était incapable de répondre. « Une ambulance, vite ! »

George était stupéfait de la bêtise des autorités. Shuttlesworth jouissait d'une immense popularité. Cherchait-on *vraiment* à provoquer une émeute ?

Des ambulances attendaient à proximité et deux minutes à peine s'étaient écoulées lorsque deux brancardiers arrivèrent pour évacuer Shuttlesworth.

George les suivit sur le trottoir. Badauds noirs et policiers blancs se regardaient en chiens de faïence. Les journalistes étaient arrivés sur les lieux et les photographes mitraillèrent le blessé qu'on embarquait dans l'ambulance. Tous la suivirent du regard tandis qu'elle s'éloignait.

Bull Connor fit son apparition presque tout de suite. « Ça faisait huit jours que j'attendais que Shuttlesworth se prenne un coup de jet, lança-t-il d'une voix joviale. Je regrette d'avoir raté ça. »

George était furieux. Si seulement l'un des spectateurs pouvait balancer un bon coup de poing dans ce visage bouffi.

Un journaliste blanc lui annonça : « On vient de l'emmener en ambulance.

— J'aurais préféré un corbillard », remarqua Connor.

George préféra s'éloigner, de crainte de céder à la colère. Il fut sauvé par Dennis Wilson, qui surgit à ses côtés et l'agrippa par le bras. « Bonne nouvelle ! dit-il. Les Grosses Mules ont cédé ! »

George pivota sur ses talons. « Comment ça, elles ont cédé ?

— Elles ont formé un comité pour négocier avec les manifestants. »

C'était une excellente nouvelle. Quelque chose les avait enfin convaincus : les manifestations, les coups de fil présidentiels ou la menace d'une loi martiale. Quelle que fût la raison, ils s'étaient résignés à s'asseoir à la même table que les Noirs et à négocier une trêve. Peut-être l'auraient-ils signée avant que les émeutes aient vraiment dégénéré.

« Il leur faut un lieu de réunion, ajouta Dennis.

— Verena nous trouvera ça. Allons la voir. » George s'apprêtait à partir mais il prit le temps de se retourner pour jeter un coup d'œil à Bull Connor. C'était un homme fini, il en était sûr. Connor pouvait bien arpenter les rues en se moquant des manifestants : à la Chambre de commerce, les hommes les plus puissants de la ville avaient changé de cap – sans prendre la peine de le consulter. L'heure où les grosses brutes blanches relâcheraient leur emprise sur le Sud était peut-être proche.

Ou peut-être pas.

*

Le vendredi, le compromis fut annoncé au cours d'une conférence de presse. Fred Shuttlesworth y assista, en dépit des côtes cassées qu'il devait au canon à eau. Il déclara : « Aujourd'hui,

Birmingham a signé un accord avec sa conscience ! » Peu après, il s'évanouit et dut être évacué. Martin Luther King proclama la victoire et reprit l'avion pour Atlanta.

L'élite blanche de Birmingham avait enfin accepté un début de déségrégation. Verena critiqua son manque d'envergure et, en un sens, elle n'avait pas tort : les Noirs n'avaient obtenu que quelques concessions mineures. George y voyait pourtant un important changement de principe : les Blancs avaient admis la nécessité de négocier avec les Noirs sur la ségrégation. Ils ne faisaient plus la loi. Ces négociations se poursuivraient et elles ne pouvaient progresser que dans un sens.

Avancée sans importance ou tournant crucial, toutes les personnes de couleur de Birmingham célébrèrent l'événement le samedi soir, et Verena invita George dans sa chambre.

Il découvrit rapidement qu'elle n'était pas de ces filles qui aimaient que l'homme prenne la direction des opérations au lit. Elle savait ce qu'elle voulait et n'hésitait pas à le demander. Cela convenait parfaitement à George.

Tout ou presque l'aurait satisfait. Il était ensorcelé par son splendide corps caramel et par ses yeux verts envoûtants. Elle parlait beaucoup pendant l'amour, lui décrivait ses sensations, lui demandait si telle ou telle caresse lui plaisait ou le gênait, et cette conversation accrut encore leur intimité. Il prit conscience, avec plus de force que jamais, que les relations sexuelles permettaient de découvrir la personnalité de quelqu'un autant que son corps.

À la fin, elle voulut le chevaucher. Encore une nouveauté pour lui : aucune femme ne l'avait encore fait. Elle cala les genoux contre ses flancs, il lui empoigna les hanches et bougea à son rythme. Elle ferma les yeux, mais il n'en fit pas autant. Il observait son visage, fasciné et émerveillé, et quand enfin elle jouit, il jouit en même temps qu'elle.

Quelques minutes avant minuit, il se posta devant la fenêtre en peignoir pour regarder les lumières de la 5e Avenue pendant que Verena était à la salle de bains. Il repensait à l'accord que King avait conclu avec les Blancs de Birmingham. C'était un triomphe pour le mouvement des droits civiques, et les ségrégationnistes les plus coriaces refuseraient sans doute d'accepter leur défaite ; mais que feraient-ils ? Bull Connor avait sûrement un plan pour saboter cet accord. Tout comme George Wallace, le gouverneur raciste, vraisemblablement.

Ce jour-là, le Ku Klux Klan s'était rassemblé à Bessemer, une petite ville située à trente kilomètres de Birmingham. Selon les informations recueillies par Bob Kennedy, des sympathisants étaient venus de Georgie, du Tennessee, de Caroline du Sud et du Mississippi. Leurs orateurs avaient dû passer la soirée à attiser leur indignation en leur serinant que Birmingham avait cédé devant les Noirs. À cette heure-ci, les femmes et les enfants étaient rentrés chez eux, mais les hommes avaient certainement commencé à boire et à jouer les fiers-à-bras.

Le lendemain, le dimanche 12 mai, c'était la fête des Mères. George se rappela ce même jour, deux ans plus tôt : des Blancs avaient tenté de le tuer, en même temps que d'autres Freedom Riders, en incendiant leur autocar à Anniston, à cent kilomètres de là.

Verena sortit de la salle de bains. « Reviens te coucher », dit-elle en se glissant entre les draps.

George ne demandait pas mieux. Il espérait bien lui refaire l'amour au moins une fois avant l'aube. Mais alors qu'il allait s'écarter de la fenêtre, quelque chose attira son attention : les phares de deux véhicules qui approchaient dans la 5e Avenue. Le premier était une voiture blanche de la police de Birmingham portant le numéro 25. Elle était suivie par une vieille Chevrolet du début des années 1950. Les deux véhicules ralentirent à la hauteur du Gaston.

George remarqua alors que les policiers qui patrouillaient dans les rues autour du motel avaient disparu, ceux de la ville comme ceux de l'État. Le trottoir était désert.

Que diable... ?

Une seconde plus tard, une main jaillit de la vitre arrière de la Chevrolet et jeta un objet contre le mur du motel. Il atterrit juste au-dessous de la fenêtre de la chambre d'angle, la suite qu'occupait Martin Luther King avant son départ pour Atlanta.

Puis les deux voitures mirent les gaz.

George se retourna, traversa la chambre en deux enjambées et se jeta sur Verena.

Son cri de protestation fut immédiatement étouffé par une explosion assourdissante. Le bâtiment tout entier fut ébranlé comme sous l'effet d'un séisme. On entendit de toutes parts du verre se briser et de la maçonnerie s'effondrer. La fenêtre de leur chambre se fracassa dans un bruit de clochettes évoquant un carillon des morts. Puis un calme sinistre se fit. Il ne dura que l'espace d'un moment, et George entendit alors des cris et des gémissements provenant de l'immeuble.

« Ça va ? demanda-t-il à Verena.

— Qu'est-ce qui s'est passé, bon sang ?

— Quelqu'un a balancé une bombe depuis une bagnole. » Il plissa le front. « Il était escorté par une voiture de police. Tu crois que c'est possible, toi ?

— Dans cette putain de ville ? Oh oui ! »

Redonnant sa liberté de mouvement à Verena, George parcourut la pièce du regard. Le sol était jonché d'éclats de verre. Une sorte de couverture verte enveloppait le bout du lit et il finit par comprendre que c'était le rideau. La force de l'explosion avait décroché le portrait du président Roosevelt qui ornait le mur, et il gisait sur le tapis, le sourire strié de verre brisé.

« Il faut qu'on descende, dit Verena. Il y a peut-être des blessés.

— Un instant. Je vais chercher tes chaussures. » Il posa les pieds sur un coin de tapis épargné par les débris. Pour traverser la chambre, il dut ramasser des morceaux de verre et les jeter de côté. Leurs chaussures étaient rangées côte à côte dans l'armoire, un détail qui l'émut. Il enfila ses richelieus en cuir noir, puis attrapa les bottines blanches à petits talons de Verena et les lui apporta.

Les lampes s'éteignirent.

Ils s'habillèrent en hâte dans l'obscurité. L'eau était coupée dans la salle de bains. Ils descendirent au rez-de-chaussée.

Affolés, clients et membres du personnel se bousculaient dans le hall plongé dans les ténèbres. Plusieurs personnes étaient blessées mais on ne déplorait apparemment pas de morts. George se fraya un chemin au-dehors. À la lueur des réverbères, il vit dans la façade du motel un trou d'un mètre cinquante de large et un tas de gravats sur le trottoir. Les caravanes garées sur le terrain voisin avaient été démolies par le souffle de l'explosion. Heureusement, personne n'était grièvement atteint.

Un policier arriva avec un chien, puis une ambulance s'arrêta, tandis que d'autres flics affluaient. Des groupes de Noirs commencèrent à se rassembler devant le motel et dans le parc Kelly Ingram tout proche. Ce n'étaient pas les chrétiens non-violents qui étaient sortis de l'église baptiste de la 16e Rue en chantant des cantiques pour défiler dans la joie, remarqua George avec un pincement d'inquiétude. Non, ceux-là avaient passé la soirée à boire dans des bars, des clubs de billard et des boîtes de nuit, et n'adhéraient pas aux principes de résistance passive enseignés par Gandhi et pratiqués par le pasteur King.

Quelqu'un annonça qu'une autre bombe avait explosé quelques rues plus loin, dans le presbytère occupé par A.D. King, autrement dit Alfred, le frère de Martin Luther King. Un témoin avait vu un policier en uniforme déposer un paquet devant l'entrée quelques secondes avant la déflagration. De toute évidence, la police de Birmingham avait cherché à assassiner les deux frères King en même temps.

Dans la foule, la colère monta.

Bientôt, les gens se mirent à jeter des pierres et des bouteilles. Chiens et canons à eau étaient les cibles d'élection. George retourna à l'intérieur du motel. Verena aidait à évacuer une vieille dame noire d'une chambre effondrée du rez-de-chaussée, où les sauveteurs devaient s'éclairer à la lampe torche.

« Ça tourne au vinaigre dehors, lui dit George. Ils jettent des pierres à la police.

— On ne peut pas leur donner tort. Ce sont les flics qui ont fait le coup.

— Réfléchis, insista George. Pourquoi les Blancs veulent-ils une émeute cette nuit ? Pour saboter l'accord. »

Elle essuya son front couvert de plâtre. George vit la rage s'effacer de ses yeux, remplacée par une froide réflexion. « Merde, tu as raison, murmura-t-elle.

— On ne peut pas les laisser faire.

— Mais comment arrêter ça ?

— Il faut faire venir tous les responsables du mouvement pour qu'ils calment la foule. »

Elle acquiesça. « Oui, tu as raison. Je m'en occupe. »

George retourna dans la rue. L'émeute avait rapidement pris de l'ampleur. On avait retourné et incendié un taxi qui brûlait au milieu de la chaussée. À une rue de là, une épicerie était en flammes. À la hauteur de la 17e Rue, une grêle de projectiles arrêta les voitures de police venues du centre-ville.

George s'empara d'un mégaphone et s'adressa à la foule. « Restez calmes, vous tous ! cria-t-il. Ne mettez pas notre accord en péril ! Les ségrégationnistes cherchent à déclencher une émeute – ne tombez pas dans leur piège ! Rentrez chez vous ! »

Un Noir qui se trouvait près de lui lança : « Et pourquoi c'est à *nous* de rentrer à la maison, chaque fois que c'est *eux* qui déclenchent les violences ? »

George sauta sur le toit d'une voiture. « Vous ne nous aidez pas ! supplia-t-il. Notre mouvement est non-violent ! Rentrez tous chez vous !

— Nous sommes non-violents, mais pas eux ! » hurla un homme.

Une bouteille de whisky vide vola alors dans les airs et frappa George en plein front. Il descendit de son perchoir et se palpa l'arcade sourcilière. Ça faisait mal, mais ça ne saignait pas.

D'autres vinrent prendre le relais. Verena apparut, accompagnée de plusieurs pasteurs et dirigeants du mouvement, qui se mêlèrent à la foule afin de tenter de calmer les plus agités. A. D. King monta lui aussi sur le toit d'une voiture. « Une bombe vient de sauter devant notre maison, cria-t-il. Et nous disons : "Père, pardonne-leur car ils ne savent pas ce qu'ils font." Mais vous ne nous aidez pas – vous nous faites du tort ! Je vous en supplie, évacuez ce parc ! »

Petit à petit, la situation évolua. George remarqua que Bull Connor restait invisible : les troupes étaient commandées par Jamie Moore, le préfet de police – un professionnel du maintien de l'ordre et non un politique –, ce qui était une bonne chose. La police aussi semblait avoir changé d'attitude. Maîtres-chiens et pompiers avaient l'air moins pressés d'en découdre. George entendit un flic lancer à un groupe de Noirs : « Nous sommes vos amis ! » C'était de la foutaise, mais c'était nouveau.

Il y avait aussi des faucons et des colombes dans les rangs des ségrégationnistes, songea George. Martin Luther King s'était allié aux colombes pour prendre les faucons à revers. À présent, les faucons cherchaient à rallumer les flammes de la haine. Il ne fallait pas les laisser faire.

Privée des violences policières qui la stimulait, la foule perdit sa combativité. George commença à entendre d'autres types de commentaires. Lorsque l'épicerie en feu s'effondra, les gens semblèrent pris de remords. « C'est une honte, bon sang », dit un homme, et un autre d'ajouter : « On est allés trop loin. »

Finalement, les prédicateurs leur firent entonner un chant et George se détendit. Il eut le sentiment que c'était fini.

Il retrouva le préfet de police à l'angle de la 5e Avenue et de la 17e Rue. « Il faut faire venir des ouvriers au motel, monsieur, dit-il poliment. L'eau et l'électricité sont coupées et il y aura bientôt des problèmes d'hygiène.

— Je vais voir ce que je peux faire », répondit Moore en collant un talkie-walkie à son oreille.

Mais avant qu'il ait eu le temps de passer un appel, la police d'État débarqua.

Les hommes étaient coiffés de casques bleus et armés de carabines et de fusils à pompe. Ils arrivèrent très rapidement, la majorité en voiture, quelques-uns à cheval. En l'espace de quelques secondes, ils furent au moins deux cents. George les fixa, horrifié. C'était une catastrophe – ils allaient déclencher une nouvelle émeute. Telle était évidemment l'intention du gouverneur George Wallace, se dit-il. À l'image de Bull Connor et des poseurs de bombe, il avait compris que le dernier espoir des ségrégationnistes consistait à mettre la ville à feu et à sang.

Une voiture s'arrêta et le colonel Al Lingo, directeur de la Sécurité publique de l'Alabama, en descendit d'un bond, brandissant un fusil à pompe. Les deux hommes qui l'accompagnaient, des gardes du corps selon toute apparence, étaient armés de mitraillettes Thompson.

Le préfet de police Moore rangea son talkie-walkie. Il s'adressa à Lingo d'une voix posée, tout en évitant soigneusement de mentionner son grade. « Si vous voulez bien vous éloigner, monsieur Lingo, je vous en serais reconnaissant. »

Lingo ne se donna pas la peine d'être courtois. « Retournez vous planquer dans votre bureau, espèce de lavette. C'est moi qui prends les choses en main, et je donne l'ordre de renvoyer ces salauds de nègres chez eux. »

George s'attendait à ce qu'on lui demande d'aller voir ailleurs, mais les deux hommes étaient trop absorbés par leur affrontement pour se soucier de lui.

« Ces armes sont inutiles, lança Moore. Voulez-vous bien les ranger ? Quelqu'un va finir par se faire tuer.

— Ça c'est sûr ! » répliqua Lingo.

George s'éloigna à la hâte pour retourner au motel.

Avant d'y entrer, il jeta un coup d'œil derrière lui, juste à temps pour voir les policiers d'État charger la foule.

L'émeute reprit de plus belle.

George trouva Verena dans la cour de l'hôtel. « Il faut que j'aille à Washington », lui annonça-t-il.

Il n'avait aucune envie de partir. Il aurait voulu rester avec Verena, discuter avec elle, approfondir leur intimité nouvelle.

Tout faire pour qu'elle soit amoureuse de lui. Mais cela devrait attendre.

« Qu'est-ce que tu comptes faire à Washington ? demanda-t-elle.

— M'assurer que les frères Kennedy comprennent la situation. Leur dire que le gouverneur Wallace provoque des actes de violence pour compromettre l'accord.

— Mais il est trois heures du matin !

— Je veux être à l'aéroport le plus tôt possible pour attraper le premier avion. Je vais peut-être devoir passer par Atlanta.

— Comment vas-tu te rendre à l'aéroport ?

— En taxi.

— Aucun taxi ne prendra de Noir cette nuit – surtout s'il a une bosse sur le front. »

George leva la main vers sa tête et y trouva effectivement une bosse. « D'où ça vient, ça ?

— Je crois me rappeler qu'une bouteille t'a frappé.

— Ah oui, c'est vrai ! Quoi qu'il en soit, c'est peut-être idiot, mais je dois aller à l'aéroport.

— Et tes affaires ?

— Je n'arriverai pas à faire mes bagages dans le noir. De toute façon, je n'avais pas pris grand-chose. Je pars tout de suite.

— Sois prudent. »

Il l'embrassa. Elle lui passa les bras autour du cou et pressa son corps mince contre le sien. « C'était fantastique », murmura-t-elle. Et elle le laissa partir.

Il sortit du motel. Les avenues conduisant au centre-ville étaient bloquées à l'est : il allait devoir faire un grand détour. Il prit vers le nord, puis obliqua à l'est lorsqu'il jugea être suffisamment loin de l'émeute. Il ne vit aucun taxi. Peut-être devrait-il attendre le premier bus du dimanche matin.

Une faible lueur se profilait à l'est lorsqu'une voiture pila près de lui dans un crissement de pneus. Redoutant des fanatiques blancs, il se prépara à prendre ses jambes à son cou, mais changea d'avis en voyant trois policiers d'État descendre du véhicule, carabine au poing.

Ils n'auront pas besoin de prétexte pour me tuer, pensa-t-il avec effroi.

Le chef était un petit type qui roulait des mécaniques. George remarqua sur son bras des insignes de brigadier. « Où tu vas comme ça, mon gars ? demanda-t-il.

— Il faut que j'aille à l'aéroport, expliqua George. Pourriez-vous me dire où je peux trouver un taxi ? »

Le brigadier adressa un sourire à ses deux subordonnés. « Il doit aller à l'aéroport, répéta-t-il comme si cette idée était du plus haut comique. Il pense qu'on peut l'aider à trouver un taxi ! »

Les deux hommes éclatèrent de rire.

« Qu'est-ce que tu vas faire à l'aéroport ? demanda le gradé. Nettoyer les chiottes ?

— Prendre un avion pour Washington. Je travaille au ministère de la Justice. Je suis avocat.

— Ah ouais ? Eh bien, moi, je travaille pour George Wallace, le gouverneur de l'Alabama, et on s'en fout pas mal de Washington par ici. Alors monte dans cette putain de voiture avant que je te casse ta tête frisée.

— Pour quelle raison m'arrêtez-vous ?

— Ne fais pas le malin avec moi, mon gars.

— Si vous m'appréhendez sans raison valable, vous vous conduisez en criminel et non en policier. »

Vif comme l'éclair, le brigadier leva son fusil, crosse en avant. George se baissa et para instinctivement de la main gauche pour se protéger le visage. L'extrémité de la crosse lui frappa le poignet et il grimaça de douleur. Les deux autres flics l'empoignèrent par les bras. Il ne leur opposa aucune résistance, ce qui ne les empêcha pas de le traîner comme s'il se débattait. Le brigadier ouvrit la portière arrière du véhicule et ils le jetèrent sur la banquette. Ils refermèrent la portière avant qu'il ne soit assis, et elle lui écrasa la jambe, lui arrachant un cri. Ils la rouvrirent, poussèrent sa jambe meurtrie dans l'habitacle et la refermèrent.

Il était effondré sur la banquette arrière. Sa jambe lui faisait mal, mais pas autant que son poignet. Ils peuvent nous faire absolument ce qu'ils veulent, songea-t-il, simplement parce que nous sommes noirs. Il se prit alors à regretter de ne pas avoir balancé des pierres et des bouteilles aux policiers au lieu d'exhorter les émeutiers à rentrer chez eux dans le calme.

Les policiers d'État filèrent vers le Gaston. Une fois arrivés, ils rouvrirent la portière arrière et se débarrassèrent de George. Tenant son poignet gauche au creux de sa main droite, il traversa en boitillant la cour.

*

Dans la matinée du dimanche, George trouva enfin un taxi conduit par un Noir et rejoignit l'aéroport où il prit un avion pour Washington. Son bras gauche l'élançait tellement qu'il ne pouvait pas s'en servir et devait garder la main dans sa poche. Son poignet était très enflé et, pour soulager un peu la douleur, il ôta sa montre-bracelet et déboutonna sa manchette.

Il appela le ministère de la Justice depuis une cabine téléphonique de l'aéroport national et apprit qu'une réunion d'urgence se tenait à dix-huit heures à la Maison Blanche. Le Président revenait par avion de Camp David et un hélicoptère venait de ramener Burke Marshall de Virginie-Occidentale. Robert Kennedy était en route pour le ministère, où il souhaitait sa présence pour un briefing, et non, il n'avait pas le temps de rentrer chez lui pour se changer.

Se jurant de garder désormais une chemise de rechange dans un tiroir de son bureau, George prit un taxi pour le ministère de la Justice et se rendit tout droit dans le bureau de Bob.

George affirma que ses blessures étaient trop bénignes pour nécessiter des soins médicaux, ce qui ne l'empêchait pas de grimacer chaque fois qu'il essayait de bouger le bras gauche. Il fit un résumé des événements de la nuit au ministre de la Justice et à ses conseillers, parmi lesquels figurait Marshall. Pour une raison qu'il ignorait, Brumus, l'énorme terre-neuve noir de Bob, était présent, lui aussi.

« La trêve arrachée de si haute lutte cette semaine est désormais en péril, conclut George. Les attentats à la bombe et la brutalité des policiers d'État incitent les Noirs à abandonner les principes de non-violence. Par ailleurs, les émeutes risquent d'affaiblir la position des Blancs qui ont négocié avec Martin Luther King. George Wallace et Bull Connor, les ennemis de l'intégration, espèrent que l'une des deux parties finira par dénoncer l'accord. Il faut absolument éviter cela.

— Bien, tout cela me paraît fort clair », commenta Bob.

Ils montèrent tous dans sa voiture, une Ford Galaxie 500. Comme c'était le printemps, il avait rabattu la capote. Ils parcoururent la courte distance les séparant de la Maison Blanche et Brumus fut enchanté de cette promenade.

Plusieurs milliers de manifestants étaient massés devant la Maison Blanche, notamment un groupe de Blancs et de Noirs mêlés qui brandissaient des pancartes proclamant : SAUVEZ LES ÉCOLIERS DE BIRMINGHAM.

Le président des États-Unis les attendait dans le Bureau ovale, assis dans son rocking-chair préféré. Avec lui se trouvaient trois militaires de haut rang, Robert McNamara, ministre de la Défense, le secrétaire pour l'armée de terre et le chef d'état-major des armées.

Si ce groupe est réuni ici aujourd'hui, se dit George, c'est parce que les Noirs de Birmingham ont provoqué des incendies et jeté des projectiles la nuit dernière. On n'avait jamais organisé de telle réunion d'urgence tout le temps qu'avaient duré les manifestations non-violentes pour les droits civiques, même lorsque le Ku Klux Klan avait balancé des bombes contre les maisons de Noirs. Une émeute faisait bouger les choses.

Les militaires étaient là parce qu'on envisageait d'envoyer l'armée à Birmingham. Bob se concentra tout de suite sur les réalités politiques. « Les gens vont exiger du Président qu'il prenne une initiative, dit-il. Mais les choses ne sont pas simples. Nous ne pouvons pas reconnaître que nous envoyons les troupes fédérales pour contrôler celles de l'État – ce serait comme si la Maison Blanche déclarait la guerre à l'Alabama. Il vaudrait mieux prétendre qu'elles sont chargées de contrôler les émeutiers – malheureusement, dans ce cas on va prétendre que la Maison Blanche déclare la guerre aux Noirs. »

Le président Kennedy comprit immédiatement le problème. « Une fois protégés par les troupes fédérales, les Blancs risqueraient de dénoncer l'accord qu'ils viennent de signer », remarqua-t-il.

En d'autres termes, pensa George, c'est la menace d'émeutes raciales qui assure la survie de cet accord. Cette conclusion avait beau lui déplaire, elle ne s'en imposait pas moins.

Burke Marshall prit alors la parole. Il considérait un peu l'accord comme son bébé. « Si cet accord passe à la trappe, dit-il d'un air las, les Noirs deviendront... euh... »

Le Président acheva à sa place : « Incontrôlables.

— Et pas seulement à Birmingham », ajouta Marshall.

Le silence se fit dans la pièce alors que tous envisageaient la perspective d'émeutes du même genre dans d'autres villes d'Amérique.

« Que fait King aujourd'hui ? demanda le président Kennedy.

— Il devait prendre l'avion pour revenir à Birmingham »,

répondit George. Il l'avait appris juste avant son départ du Gaston. « À l'heure qu'il est, il doit être en train de faire le tour des principales églises pour demander aux fidèles de rentrer chez eux après l'office et de ne pas sortir de la soirée.

— Le feront-ils ?

— Oui, à condition qu'il n'y ait pas d'autres attentats et que la police d'État soit reprise en main.

— Comment pouvons-nous garantir cela ?

— Et si vous déployiez des troupes fédérales *autour* de Birmingham sans qu'elles entrent dans la ville ? Cela montrerait que vous soutenez l'accord. Connor et Wallace comprendraient qu'en cas d'initiative déplacée de leur part, leur pouvoir serait compromis. En même temps, les Blancs n'auraient aucun prétexte pour revenir sur leurs engagements. »

Ils passèrent un moment à peser le pour et le contre, mais, en fin de compte, cette proposition emporta l'adhésion.

George et quelques autres se rendirent dans la salle du cabinet présidentiel pour rédiger une déclaration destinée à la presse. La secrétaire du Président la tapa à la machine. En général, les conférences de presse se déroulaient dans le bureau de Pierre Salinger, mais il aurait été impossible d'y faire entrer tous les journalistes et tous les cameramen. Comme il faisait beau, le choix se porta sur la roseraie. George vit le président Kennedy sortir du bâtiment, se présenter devant la presse internationale et déclarer : « L'accord de Birmingham était juste et le demeure. Le gouvernement fédéral ne permettra pas qu'il soit saboté par quelques extrémistes d'un camp ou de l'autre. »

Deux pas en avant, un pas en arrière, puis à nouveau deux pas en avant, songea George ; nous progressons tout de même.

XXIII

Dave Williams avait un plan pour le samedi soir. Trois filles de sa classe avaient prévu d'aller au Jump Club, à Soho, et avec deux de ses copains, il leur avait laissé entendre qu'ils pourraient les y retrouver. Linda Robertson faisait partie du trio. Dave avait l'impression qu'elle l'aimait bien. Elle discutait politique avec lui quand la plupart des gens le prenaient pour un idiot à cause de ses mauvais résultats scolaires.

Dave porterait une chemise neuve avec un col pelle à tarte. C'était un bon danseur – même ses copains lui reconnaissaient un indéniable talent pour le twist. Il pensait avoir de bonnes chances de convaincre Linda de sortir avec lui.

Il avait quinze ans mais la plupart des filles de son âge préféraient les garçons plus âgés, ce qu'il trouvait franchement exaspérant. Il grimaçait encore en se rappelant la sublime Beep Dewar, qu'il avait suivie plus d'un an auparavant dans l'espoir de lui voler un baiser pour la surprendre dans une étreinte passionnée avec Jasper Murray, qui venait de fêter ses dix-huit ans.

Le samedi matin, les enfants Williams étaient convoqués dans le bureau de leur père pour y recevoir leur argent de poche de la semaine. Evie, qui avait dix-sept ans, avait droit à une livre ; Dave devait se contenter de dix shillings. Comme les indigents de l'époque victorienne, ils étaient souvent obligés de subir d'abord un sermon. Ce jour-là, Evie toucha son dû et put repartir aussitôt, mais Dave fut prié de rester. Une fois la porte fermée, son père, Lloyd, déclara : « Tes derniers résultats sont très mauvais. »

Dave le savait. En dix ans de scolarité, il n'avait jamais réussi un seul devoir écrit. « Je suis navré », dit-il. Il n'avait pas envie de s'engager dans une querelle : il voulait prendre son fric et déguerpir.

Lloyd portait une chemise à carreaux et un cardigan, sa tenue du samedi matin. « Pourtant, tu n'es pas bête, poursuivit-il.

— Les profs pensent que si, répondit Dave.

— Je ne le crois pas. Tu es intelligent mais paresseux.

— Mais non, je t'assure.

— Quel est le problème, alors ? »

Dave n'avait pas de réponse à lui donner. Il lisait lentement et, ce qui était bien pire, il oubliait ce qu'il avait lu aussitôt la page tournée. En plus, il avait des problèmes d'écriture : quand il voulait écrire « quatre », il écrivait « quarte » sans remarquer la différence. Son orthographe était lamentable. « J'ai de bonnes notes à l'oral en français et en allemand, remarqua-t-il.

— Ce qui prouve que quand tu veux, tu peux. »

Cela ne prouvait rien de tel, mais Dave ne savait pas comment l'expliquer.

« J'ai longuement réfléchi à ce qu'il convenait de faire, reprit Lloyd, et ta mère et moi en avons discuté durant des heures. »

Tout ça n'annonçait rien de bon, songea Dave. Qu'est-ce qui allait bien pouvoir lui tomber dessus ?

« Tu es trop grand pour qu'on te donne la fessée et, de toute façon, nous n'avons jamais été partisans des châtiments corporels. »

C'était la vérité. La plupart des gamins prenaient une claque quand ils faisaient une bêtise, mais ça faisait des années que la mère de Dave ne l'avait pas frappé ; quant à son père, il ne l'avait jamais fait. Le mot « châtiments » l'inquiétait tout de même. De toute évidence, une sanction lui pendait au nez.

« La seule solution que je voie pour t'obliger à te concentrer sur tes études, c'est de te priver d'argent de poche. »

Dave n'en croyait pas ses oreilles. « Comment ça ?

— Je ne te donnerai plus un sou tant que tes résultats scolaires ne se seront pas améliorés. »

Dave fut pris de court. « Mais comment je vais faire pour me déplacer dans Londres ? » Et acheter des cigarettes, et entrer au Jump Club, se dit-il, affolé.

« De toute façon, tu vas à l'école à pied. Si tu as envie d'aller ailleurs, tu n'auras qu'à apprendre tes leçons.

— Je ne peux pas vivre comme ça !

— Tu es nourri et tu as une armoire pleine de vêtements. L'essentiel est donc assuré. Rappelle-toi que si tu ne fais pas de progrès, tu n'auras jamais d'argent pour aller où tu veux. »

Dave était scandalisé. Son samedi soir tombait à l'eau. Il se sentait impuissant, infantilisé. « Alors, c'est comme ça ?

— Oui.

— Qu'est-ce que je fais ici, à part perdre mon temps ?

— Tu écoutes ton père qui fait de son mieux pour t'élever.

— C'est du pareil au même », lança Dave, et il partit en claquant la porte.

Il décrocha son blouson de cuir dans l'entrée et sortit de la maison. Il faisait doux en ce jour de printemps. Qu'allait-il faire ? Il avait pensé retrouver des copains à Piccadilly Circus, se balader dans Denmark Street pour regarder les guitares dans les devantures, boire une bière dans un pub puis rentrer enfiler sa chemise à grand col avant d'aller au club.

Il avait un peu de monnaie dans sa poche – de quoi se payer un demi. Comment allait-il entrer au Jump Club ? En bossant un peu, peut-être. Qui l'embaucherait au pied levé ? Certains de ses amis travaillaient le samedi ou le dimanche, dans des boutiques et des restaurants qui avaient besoin de personnel supplémentaire le week-end. Il envisagea d'entrer dans un café et de se proposer pour faire la plonge. Ça valait le coup d'essayer. Il se dirigea vers le West End.

Il eut alors une autre idée.

Il avait de la famille qui pourrait sûrement lui donner un petit boulot. Millie, la sœur de son père, possédait trois boutiques de mode dans les riches banlieues du nord de Londres, Harrow, Golders Green et Hampstead. Il pourrait peut-être y travailler le samedi... Encore faudrait-il qu'il soit capable de vendre des robes à des dames. Millie était mariée à un grossiste en cuir, Abie Avery, qui avait un entrepôt à l'est de Londres. C'était sans doute un meilleur plan. Mais tante Millie et oncle Abie ne manqueraient pas de prévenir Lloyd, qui leur expliquerait que Dave était censé apprendre ses leçons. Dave pensa alors au fils de Millie et Abie. Son cousin Lennie avait vingt-trois ans et faisait du commerce, lui aussi, enfin, en quelque sorte. Le samedi, il tenait un stand au marché d'Aldgate, dans l'East End. Il vendait du N° 5 de Chanel et d'autres parfums de luxe à des prix ridiculement bas. Il laissait entendre que c'étaient des articles volés, alors qu'en réalité ce n'étaient que des contrefaçons – de l'eau de Cologne dans des flacons chic.

Lennie pourrait sûrement le tirer d'affaire.

Dave avait juste de quoi prendre le métro. Il se dirigea vers la station la plus proche et acheta un ticket. Si Lennie n'avait rien à lui proposer, il ignorait comment il rentrerait. Au pire, il pourrait bien faire quelques kilomètres à pied.

La rame l'emporta sous terre et il passa des riches quartiers de l'ouest aux quartiers prolétaires de l'est. Le marché était déjà bondé de clients en quête de bonnes affaires. Certains articles devaient être volés, songea Dave : bouilloires électriques, rasoirs, fers à repasser et postes de radio tombés du camion. D'autres étaient des surplus vendus à prix cassé par les fabricants : disques qui n'intéressaient personne, livres invendus, cadres hideux, cendriers en forme de coquillage. Mais la plupart des articles étaient défectueux. Il vit des boîtes de chocolats périmés, des écharpes tissées de travers, des bottes de cuir tachetées à cause d'un défaut de teinture, des assiettes en porcelaine décorées d'une moitié de fleur.

Lennie ressemblait à leur grand-père, feu Bernie Leckwith, avec sa crinière de cheveux noirs et ses yeux marron. Il avait passé ses cheveux à la brillantine pour se faire une banane à la Elvis Presley. Il accueillit chaleureusement son cousin. « Salut, jeune Dave ! Tu veux du sent-bon pour ta copine ? Essaie Fleur sauvage. » Il prononça ces mots en massacrant le français. « Je te garantis que ça fera dégringoler sa culotte en un clin d'œil, et ça ne te coûtera que deux shillings et six pence.

— J'ai besoin de bosser, Lennie. Tu peux me prendre ?

— De bosser ? Ta mère est millionnaire, non ? dit Lennie, éludant la question.

— Dad m'a privé d'argent de poche.

— Pourquoi ?

— À cause de mes mauvaises notes. Je suis fauché. Je veux gagner juste assez de fric pour pouvoir sortir ce soir. »

Pour la troisième fois, Lennie lui répondit par une question. « Tu me prends pour la Bourse du travail ?

— Donne-moi une chance. Je te parie que j'arriverai à vendre du parfum. »

Lennie se tourna vers une cliente. « Je vous félicite de votre bon goût, madame. Les parfums Yardley sont les plus chic du marché – pourtant, le flacon que vous tenez ne coûte que trois shillings et j'ai dû donner deux shillings et six pence à son voleur... je veux dire : à mon fournisseur. »

La femme gloussa et sortit son porte-monnaie.

« Je ne peux pas te verser de salaire, répondit enfin Lennie à Dave. Mais voilà ce que je te propose : je te céderai dix pour cent de tout ce que tu auras encaissé.

— Marché conclu », dit Dave et il rejoignit Lennie derrière le stand.

« Garde le fric dans ta poche, on fera les comptes plus tard. » Lennie lui donna un rouleau de pièces d'une valeur d'une livre.

Dave attrapa un flacon de Yardley, hésita, sourit à une passante et lança : « Le parfum le plus classe du marché. »

Elle lui rendit son sourire mais s'éloigna.

Il persista dans ses efforts, imitant les boniments de Lennie, et, au bout de quelques minutes, vendit un flacon de Joy de Jean Patou pour deux shillings et six pence. Il ne tarda pas à connaître par cœur les accroches de Lennie : « Il n'est pas donné à toutes les femmes de pouvoir le porter, mais vous... Ne l'achetez que s'il y a un homme à qui vous voulez *vraiment* plaire... Ils ont arrêté de fabriquer ce parfum, le gouvernement l'a interdit parce qu'il est trop sexy... »

Les chalands étaient de bonne humeur et toujours prêts à rire. Ils s'étaient mis sur leur trente et un pour venir au marché : c'était leur sortie de la semaine. Dave apprit un tas de mots d'argot ayant trait à l'argent : la pièce de six pence s'appelait un tilbury, celle de cinq shillings un dollar, et un billet de dix shilling représentait un demi-knicker.

Le temps fila rapidement. La serveuse du café du coin leur apporta des sandwichs, du bacon au ketchup entre deux épaisses tranches de pain blanc. Lennie la paya et tendit un des sandwichs à Dave, qui fut surpris de découvrir qu'il était déjà midi. Les poches de son jean moulant étaient pleines de monnaie, et il se rappela avec satisfaction que dix pour cent de ses recettes lui reviendraient. En milieu d'après-midi, il remarqua que la quasi-totalité des hommes s'étaient éclipsés et Lennie lui expliqua qu'ils étaient tous allés assister à un match de football.

En fin d'après-midi, les affaires commencèrent à stagner. Dave estima sa recette à environ cinq livres : il avait donc gagné dix shillings, l'équivalent de son argent de poche hebdomadaire... et pourrait aller au Jump Club.

À cinq heures, Lennie commença à démonter son stand et Dave l'aida à ranger les flacons invendus dans des cartons, qu'ils chargèrent ensuite dans sa fourgonnette Bedford jaune.

Lorsqu'ils firent les comptes, il s'avéra que Dave avait vendu pour un peu plus de neuf livres de marchandise. Lennie lui remit une livre, soit un peu plus que les dix pour cent convenus, « parce que tu m'as aidé à remballer ». Dave était aux anges : il avait gagné le double de ce que son père aurait dû lui donner ce matin-là. Il ne demandait qu'à remettre ça tous les samedis, se dit-il, surtout si ça pouvait le dispenser du sermon paternel.

Ils allèrent boire une bière au pub le plus proche. « Tu fais un peu de guitare, non ? demanda Lennie comme ils prenaient place à une table crasseuse au cendrier débordant de mégots.

— Oui.

— Tu as quoi comme instrument ?

— Une Eko. C'est une copie de Gibson bon marché.

— Elle est électrique ?

— Semi-acoustique. »

Lennie eut l'air agacé : peut-être n'y connaissait-il pas grand-chose en guitares. « Tu peux la brancher ? C'est ça que je veux savoir.

— Oui – pourquoi ?

— Parce que j'ai besoin d'un guitariste rythmique dans mon groupe. »

Ça, c'était excitant. Dave n'avait jamais songé à entrer dans un groupe, mais l'idée le séduisit aussitôt. « Je ne savais pas que tu avais un groupe.

— Les Guardsmen. Je suis pianiste et chanteur.

— Quel genre de musique vous faites ?

— Du rock'n'roll. La seule musique digne de ce nom.

— C'est-à-dire...

— Elvis, Chuck Berry, Johnny Cash... Tous les grands. »

Dave pouvait jouer sans difficulté des morceaux à trois accords. « Et les Beatles ? » Leurs accords étaient plus difficiles.

« Qui ça ? demanda Lennie.

— Un nouveau groupe. Ils sont sensass.

— Jamais entendu parler.

— Bon, enfin, oui, je peux jouer de la guitare rythmique sur des vieilles chansons de rock. »

Lennie sembla un peu froissé par cette réponse, mais demanda : « Tu veux passer une audition pour les Guardsmen ?

— Ce serait formidable ! »

Lennie consulta sa montre. « Il te faut combien de temps pour rentrer chez toi chercher ta gratte ?

— Une demi-heure aller, une demi-heure retour.

— Retrouve-moi au foyer ouvrier d'Aldgate à sept heures. On sera en train de s'installer. On aura le temps de t'écouter avant d'entrer en scène. Tu as un ampli ?

— Un petit.

— On fera avec. »

Dave reprit le métro. Son succès de vendeur le faisait rayonner, et la bière y était aussi pour quelque chose. Il fuma une cigarette pendant le trajet, se réjouissant d'avoir damé le pion à son père. Il s'imagina déclarant à Linda Robertson d'un air décontracté : « Je suis guitariste dans un groupe de beat. » Elle serait sûrement impressionnée.

Arrivé chez lui, il prit soin d'entrer par la porte de service. Il réussit à gagner sa chambre sans croiser ses parents. Il ne lui fallut que quelques instants pour glisser sa guitare dans son étui et récupérer son amplificateur.

Il allait repartir lorsque sa sœur Evie le rejoignit, prête à sortir. Elle portait une jupe courte et des bottes aux genoux et s'était fait une choucroute. Son maquillage lui faisait des yeux charbonneux, dans le style panda mis à la mode par la chanteuse Dusty Springfield. Elle faisait bien plus que ses dix-sept ans. « Où vas-tu ? lui demanda Dave.

— À une fête. Il paraît que Hank Remington sera là. »

Remington, le chanteur des Kords, soutenait certaines des causes qu'Evie avait à cœur et l'avait même déclaré dans des interviews.

« Tu as fait un sacré grabuge aujourd'hui », remarqua Evie. Elle ne disait pas cela pour l'accuser : elle se rangeait toujours dans son camp quand il se querellait avec les parents, et il en faisait autant.

« Pourquoi tu dis ça ?

— Dad avait l'air drôlement secoué.

— Ah bon ? » Dave ne savait que penser de cet adjectif. Son père pouvait être furieux, déçu, sévère, autoritaire, voire tyrannique, et il savait comment réagir à toutes ces attitudes ; mais secoué ? « Pourquoi ?

— Vous vous êtes engueulés, je suppose.

— Il m'a privé d'argent de poche à cause de mes mauvaises notes.

— Et qu'est-ce que tu as fait ?

— Rien. Je me suis tiré. J'ai sans doute claqué la porte.

— Tu étais où toute la journée ?

— J'ai bossé avec Lennie Avery au marché ; figure-toi que j'ai gagné une livre.

— Super ! Et tu vas où là, comme ça, avec ta guitare ?

— Lennie a un groupe de beat. Il veut que je fasse la guitare rythmique. » Il exagérait un peu : il n'avait pas encore été engagé.

« Bonne chance !

— Tu vas dire aux parents où je suis ?

— Seulement si tu veux.

— Je m'en fiche. » Dave se dirigea vers la porte puis hésita. « Secoué, tu disais ?

— Oui. »

Dave haussa les épaules et s'en alla.

Il ressortit de la maison sans avoir été vu.

Il était impatient de passer son audition. Il jouait et chantait souvent avec sa sœur, mais n'avait jamais travaillé avec un groupe qui avait un batteur. Il espérait qu'il serait assez bon – même s'il n'était pas très compliqué de jouer de la guitare rythmique.

Dans le métro, il ne cessa de penser à son père. Savoir qu'il l'avait secoué le tracassait quelque peu. Les pères étaient des êtres invulnérables – supposition puérile, il le comprenait à présent. Il risquait de devoir changer d'attitude, ce qui était irritant. Il ne pouvait plus se contenter de ruminer sa rancune et son indignation. Il n'était pas le seul à souffrir. Dad l'avait blessé, mais lui-même l'avait blessé en retour, et ils étaient tous les deux responsables. Se sentir responsable était moins confortable qu'être indigné.

Il repéra le foyer ouvrier d'Aldgate et y entra avec sa guitare et son ampli. C'était un lieu sinistre, avec des néons dont la lumière crue éclairait des tables en Formica et des chaises en tubes métalliques disposées en rangs comme dans une cantine d'usine : pas vraiment l'endroit idéal pour un concert de rock.

Les Guardsmen étaient sur scène, en train de s'accorder. Outre Lennie au piano, il y avait Lew à la batterie, Buzz à la basse et Geoffrey à la guitare. Ce dernier avait un micro devant lui, ce qui donnait à penser qu'il chantait aussi. Ils étaient tous les trois plus âgés que Dave, une petite vingtaine d'années, et il craignit qu'ils ne soient bien meilleurs musiciens que lui. Soudain, la guitare rythmique lui parut moins évidente.

Il accorda son instrument avec le piano et le brancha sur l'ampli. « Tu connais "Mess of Blues" ? » lui demanda Lennie.

Oui, Dave connaissait cette chanson, à son grand soulagement. C'était un morceau carré en do, mené par le rythme entraînant du piano, facile à accompagner à la guitare. Il s'en tira sans mal et s'aperçut qu'il prenait plus de plaisir à jouer en groupe qu'en solo.

Lennie chantait bien, se dit Dave. Buzz et Lew formaient une section rythmique solide et régulière. Geoff se permettait quelques riffs à la guitare. Un groupe compétent, mais sans trop d'imagination.

Une fois le morceau achevé, Lennie observa : « Tes accords font bien ressortir la sonorité du groupe, mais tu ne pourrais pas y mettre un peu plus de rythme ? »

La critique étonna Dave qui pensait s'être bien débrouillé. « Bon, d'accord », fit-il.

Le numéro suivant était « Shake, Rattle and Roll », un tube des années 1950 repris par Jerry Lee Lewis qui avait accordé le premier rôle au piano. Geoffrey chanta le refrain à l'unisson avec Lennie. Dave plaqua des accords sur les temps faibles, ce qui parut plaire à son cousin.

Celui-ci annonça « Johnny B. Goode » et, de sa propre initiative, Dave se lança dans l'intro à la manière de Chuck Berry. Quand il arriva à la cinquième mesure, moment où les autres étaient censés commencer à jouer, comme sur le disque, les Guardsmen restèrent silencieux. Dave s'interrompit et Lennie lui dit : « En général, c'est moi qui fais l'intro au piano.

— Pardon », fit Dave, et Lennie se mit à jouer.

Dave était découragé. Ça ne se passait pas comme il l'avait espéré.

La chanson suivante était « Wake Up Little Susie ». À la surprise de Dave, Geoffrey ne doublait pas la voix comme les Everly Brothers. Après le premier couplet, Dave s'approcha du micro de Geoffrey et se mit à chanter avec Lennie. Une minute plus tard, deux jeunes serveuses qui ramassaient les cendriers sur les tables s'arrêtèrent pour les écouter. Elles applaudirent à la fin du morceau. Dave sourit de plaisir. C'était la première fois qu'il était applaudi en dehors de sa famille.

« Comment s'appelle votre groupe ? » lui demanda l'une des filles.

Dave désigna Lennie du doigt. « C'est son groupe et il s'appelle les Guardsmen.

— Oh. » Elle semblait vaguement déçue.

Pour finir, Lennie choisit « Take Good Care of My Baby » et Dave chanta de nouveau avec lui. Les serveuses se mirent à danser entre les tables.

Lennie quitta son tabouret. « Eh bien, comme guitariste, tu n'es pas terrible, lança-t-il à Dave. Mais tu chantes bien et tu fais craquer les filles.

— Alors, je suis pris, oui ou non ?

— Tu peux jouer ce soir ?

— Ce soir ! » Dave était ravi, mais il n'avait pas prévu de commencer tout de suite. Il avait l'intention de retrouver Linda Robertson un peu plus tard.

« Tu as mieux à faire ? » Lennie avait l'air légèrement vexé que Dave n'ait pas accepté sur-le-champ.

« C'est-à-dire que je devais sortir avec une fille, mais ça ne fait rien, elle attendra. À quelle heure on est censés finir ?

— C'est un foyer d'ouvriers. Ils se couchent tôt. On sort de scène à dix heures et demie. »

Dave calcula qu'il pourrait être au Jump Club à onze heures. « C'est bon, acquiesça-t-il.

— Super, dit Lennie. Bienvenue dans le groupe. »

*

Jasper Murray n'avait toujours pas de quoi aller en Amérique. Au St Julian's College de Londres, un groupe qui s'appelait le Club Amérique du Nord proposait des vols charters à prix réduit. Un jour, en fin d'après-midi, il alla faire un saut dans leur petit bureau de l'association des étudiants pour leur demander leurs tarifs. Pour quatre-vingt-dix livres, il pourrait se rendre à New York, lui apprit-on. C'était encore trop cher et il repartit le moral à zéro.

Il aperçut Sam Cakebread au café. Cela faisait plusieurs jours qu'il cherchait une occasion de lui parler ailleurs que dans son bureau. Sam était rédacteur en chef du *St Julian's News*, le journal des étudiants, et Jasper responsable de la rubrique informations.

Sam était en compagnie de Valerie, sa petite sœur, également étudiante à St Julian's, en minirobe et casquette en tweed. Elle rédigeait des articles sur la mode pour le journal. C'était une fille séduisante : en d'autres circonstances, Jasper l'aurait draguée, mais aujourd'hui, il avait d'autres chats à fouetter. Il aurait préféré parler à Sam en tête à tête; tant pis, il faudrait bien qu'il s'accommode de la présence de Valerie.

Il apporta sa tasse de café à leur table. «J'ai besoin de tes conseils», dit-il. En fait, c'était des informations qu'il voulait; il savait cependant que les gens hésitaient parfois à partager celles qu'ils détenaient, alors qu'ils étaient toujours flattés qu'on leur demande conseil.

Sam portait une veste à chevrons et une cravate, et il fumait la pipe : il cherchait sûrement à se vieillir. «Assieds-toi», proposa-t-il en repliant le journal qu'il était en train de lire.

Jasper prit place à leur table. Il avait soigneusement dissimulé le ressentiment qu'il avait éprouvé quand Sam avait obtenu le poste de rédacteur en chef que lui-même convoitait et Sam lui avait confié la rubrique infos. S'ils étaient devenus collègues, ils n'en étaient pas amis pour autant. «Je voudrais être nommé rédac'chef l'année prochaine», expliqua Jasper. Il espérait que Sam le soutiendrait, soit parce qu'il était le meilleur candidat à ce poste – ce qui était le cas –, soit par sentiment de culpabilité.

«C'est du ressort de Lord Jane», répondit évasivement Sam. Jane était le doyen de St Julian's.

«Lord Jane te demandera ton avis.

— Il y a un comité chargé de la nomination.

— Mais les seules voix qui comptent sont les vôtres, au doyen et à toi.»

Sam ne le nia pas. «Donc, tu veux mes conseils.

— Quels sont les autres candidats?

— Il y a Toby, évidemment.

— Ah bon?» Toby Jenkins était le responsable de la rubrique reportages, et avait commandé une série d'articles affreusement barbants sur le travail de différents membres du personnel universitaire, tels le trésorier et le responsable du bureau des inscriptions. Lord Jane était toujours sensible à ce genre de choses, ce qui irritait Jasper au plus haut point.

«Oui, il sera candidat, confirma Sam.

— Toby est un mauvais journaliste, remarqua Jasper.

— Il n'est pas très imaginatif, je te l'accorde, mais il est scrupuleux.»

Jasper comprit que cette remarque était une pique contre lui. Il était tout l'opposé de Toby. Il plaçait le sensationnel au-dessus de la véracité. Dans ses papiers, une dispute devenait une rixe, un projet un complot et un simple lapsus un mensonge éhonté. Les gens attendaient de la presse plus d'excitation que d'information, il le savait.

« Je te rappelle qu'il a écrit cet article sur les rats du réfectoire, ajouta Cakebread.

— C'est vrai. » Jasper avait oublié ce détail. L'article avait fait un certain bruit. En fait, c'était un pur coup de chance : le père de Toby travaillait pour le conseil de quartier et avait su que les services de désinfection s'efforçaient d'éradiquer les rats infestant les caves du St Julian's College, dont les bâtiments dataient du XVIIIe siècle. C'était à cet article que Toby avait dû son poste, mais il n'avait rien pondu d'aussi bon depuis. « Autrement dit, il va me falloir un scoop, murmura Jasper d'un air pensif.

— Peut-être.

— Révéler que le doyen détourne les fonds de l'université pour rembourser ses dettes de jeu, ce genre de trucs ?

— Ça m'étonnerait que Lord Jane s'adonne au jeu. » L'humour n'était pas le point fort de Sam.

Jasper pensa alors à Lloyd Williams. Peut-être pourrait-il lui refiler un tuyau. Malheureusement, Lloyd était la discrétion même.

Puis il pensa à Evie. Elle avait déposé un dossier d'inscription pour le cours Irving, une école d'art dramatique rattachée au St Julian's College : il pouvait donc très bien lui consacrer un article dans le journal des étudiants. Elle venait de décrocher son premier rôle dans un film intitulé *Autour de Miranda*. Et elle sortait avec Hank Remington, le chanteur des Kords. Peut-être que...

Jasper se leva. « Merci de ton aide, Sam. Je t'en suis très reconnaissant.

— Pas de quoi. »

Il prit le métro pour rentrer chez lui. Plus il réfléchissait à l'idée d'interviewer Evie, plus il était enthousiaste.

Jasper savait tout sur Hank et Evie. Ils ne se contentaient pas de sortir ensemble, ils entretenaient une liaison passionnée. Les parents d'Evie n'ignoraient pas qu'elle retrouvait Hank deux ou trois soirs par semaine, et la laissaient rentrer à minuit le samedi. Mais Jasper et Dave savaient également que presque tous les jours après les cours, Evie allait chez Hank à Chelsea et couchait avec lui. Hank avait déjà écrit une chanson sur elle : « Too Young to Smoke ».

Accorderait-elle une interview à Jasper ?

Lorsqu'il entra dans la maison de Great Peter Street, Evie se trouvait dans la cuisine carrelée de rouge, en train d'apprendre son texte. Même coiffée à la diable et vêtue d'un vieux chemisier fané, elle était superbe. Jasper se félicitait d'entretenir d'excellentes relations avec elle. Même à l'époque où elle avait le béguin pour lui, il s'était toujours montré aimable sans jamais l'encourager. Il restait très prudent car des problèmes avec elle auraient risqué de lui mettre à dos ses parents, si généreux et si hospitaliers. « Comment ça va ? » dit-il en désignant le scénario d'un signe de tête.

Elle haussa les épaules. « Le rôle n'est pas difficile à apprendre, mais le tournage, ça va être une autre histoire.

— Je devrais peut-être t'interviewer. »

Elle eut l'air ennuyée. « Je suis censée me limiter aux entretiens organisés par le studio. »

Jasper s'affola un instant avant de se reprendre : il ferait un bien piètre journaliste s'il n'arrivait pas à obtenir une interview d'Evie alors qu'ils vivaient sous le même toit. « C'est juste pour le journal des étudiants, expliqua-t-il.

— Alors ça ne compte pas vraiment, je suppose. »

Il reprit espoir. « Bien sûr que non. Et ça pourrait même t'aider à être admise au cours Irving. »

Elle reposa son scénario. « D'accord. Qu'est-ce que tu veux savoir ? »

Jasper réprima un sentiment de triomphe. « Comment as-tu obtenu ce rôle dans *Autour de Miranda* ? demanda-t-il d'une voix neutre.

— J'ai passé une audition.

— Raconte-moi ça. » Jasper sortit un carnet de notes et se mit à écrire.

Il prit grand soin de ne pas mentionner la scène d'*Hamlet* où elle avait joué nue. Elle lui aurait sûrement interdit d'en parler dans son article. Heureusement, il n'avait pas besoin de détails, puisqu'il y avait assisté en personne. Il lui posa donc des questions sur les vedettes du film, sur les autres célébrités qu'elle avait eu l'occasion de rencontrer et, peu à peu, en vint à parler de Hank Remington.

Quand elle entendit son nom, Evie s'anima soudain et ses yeux se mirent à briller de passion. « Hank est l'être le plus courageux et le plus engagé que je connaisse, s'écria-t-elle. Je l'admire profondément !

— Tu ne fais pas que l'admirer, si ?

— Je l'adore !

— Et vous sortez ensemble.

— Oui, mais je ne tiens pas à m'étendre sur ce point.

— Bien sûr, entendu, pas de problème. » Elle avait dit « oui », cela lui suffisait.

Dave rentra du lycée et se prépara un café instantané avec du lait chaud. «Je croyais que tu devais t'abstenir de toute publicité », lança-t-il à Evie.

Ferme ta gueule, petit connard d'enfant gâté, pensa Jasper.

« Ce n'est que pour le *St Julian's News* », répondit Evie à son frère.

Jasper rédigea l'article le soir même.

Dès qu'il le vit dactylographié, il sut qu'il valait mieux qu'une publication dans un journal d'étudiants. Hank était une star, Evie une actrice débutante et Lloyd était député : ça pouvait faire un article sensationnel, songea-t-il avec une fébrilité croissante. S'il réussissait à le faire publier dans un journal national, cela donnerait un sacré coup de pouce à sa carrière.

Ça risquait aussi de lui attirer les foudres de la famille Williams.

Il remit son texte à Sam Cakebread le lendemain.

Puis, le cœur battant, il téléphona au *Daily Echo,* un tabloïd.

Il demanda le chef de la rubrique infos. Il ne l'obtint pas, mais on lui passa un reporter du nom de Barry Pugh. «Je suis étudiant en journalisme et j'ai un sujet d'article pour vous, annonça-t-il.

— Très bien, je vous écoute. »

Jasper n'hésita que quelques instants. Il avait conscience de trahir Evie, ainsi que toute la famille Williams, mais il fonça quand même. « C'est à propos de la fille d'un député qui couche avec une pop-star.

— Ça m'intéresse, dit Pugh. Des noms ?

— On peut se voir ?

— Vous voulez du fric, c'est ça ?

— Oui, mais ce n'est pas tout.

— Comment ça ?

— Je veux signer ce texte si vous le publiez.

— Commençons par rédiger l'article, on verra ensuite. »

Pugh cherchait à endormir sa méfiance, comme il l'avait lui-même fait avec Evie. « Non, merci, répondit Jasper d'une voix ferme. Si l'article ne vous plaît pas, rien ne vous oblige à le publier, mais si vous le publiez, je veux que ce soit moi qui le signe.

— D'accord, acquiesça Pugh. Quand est-ce qu'on peut se voir ? »

*

Deux jours plus tard, au petit déjeuner, Jasper lut dans le *Guardian* que Martin Luther King préparait une gigantesque manifestation de désobéissance civile à Washington pour soutenir une loi sur les droits civiques. Le pasteur prévoyait plus de cent mille participants. « J'aimerais bien y assister, lança Jasper.

— Moi aussi », renchérit Evie.

La manifestation devant avoir lieu au mois d'août, durant les vacances, Jasper serait libre. Malheureusement, il n'avait pas les quatre-vingt-dix livres que coûtait le billet d'avion pour les États-Unis.

Daisy Williams décacheta une enveloppe et s'exclama : « Alors ça ! Lloyd, c'est une lettre de Rebecca, ta cousine allemande ! »

Dave avala une bouchée de Sugar Puffs et demanda : « C'est qui, cette Rebecca ? »

Son père feuilletait la presse quotidienne avec la rapidité d'un professionnel de la politique. Levant les yeux, il expliqua : « Elle n'est pas vraiment de la famille. Elle a été adoptée par de lointains cousins à moi après la mort de ses parents pendant la guerre.

— J'avais oublié que nous avions de la famille en Allemagne, dit Dave. *Gott im Himmel !* »

Jasper avait remarqué que Lloyd restait toujours étonnamment vague quand il était question de sa famille. Bernie Leckwith, désormais décédé, n'était que son beau-père et personne ne parlait jamais de son vrai père. Jasper était sûr que Lloyd était un enfant illégitime. Ce genre de sujet n'intéressait plus guère la presse à sensation : la bâtardise avait cessé d'être un déshonneur. Lloyd n'en observait pas moins sur ce point un silence suspect.

« La dernière fois que j'ai vu Rebecca, c'était en 1948, reprit Lloyd. Elle devait avoir dix-sept ans. Elle avait été adoptée par ma cousine, Carla Franck. Ils vivaient à Berlin, dans le quartier du Mitte, ce qui fait que leur villa doit se trouver aujourd'hui du mauvais côté du Mur. Qu'a-t-elle bien pu devenir ?

— De toute évidence, elle a réussi à fuir l'Allemagne de l'Est puisqu'elle nous écrit de Hambourg, répondit Daisy. Oui... Oh ! Et son mari a été blessé au cours de leur évasion, il est en fauteuil roulant.

— Pourquoi nous écrit-elle ?

— Elle cherche à retrouver la trace de Hannelore Rothmann. » Daisy se tourna vers Jasper. « C'était ta grand-mère. Apparemment, elle a aidé Rebecca pendant la guerre, le jour où ses vrais parents ont été tués. »

Jasper n'avait jamais rencontré la famille de sa mère. « Nous ne savons pas très bien ce que sont devenus mes grands-parents allemands, mais ma mère est sûre qu'ils sont morts.

— Je vais montrer cette lettre à ta mère, reprit Daisy. Ça serait bien qu'elle écrive à Rebecca. »

Lloyd ouvrit le *Daily Echo* et s'exclama : « Nom de Dieu, qu'est-ce que ça veut dire ? »

Jasper attendait ce moment. Il joignit les mains sous la table pour les empêcher de trembler.

Lloyd étala le journal sur la table. En page 3 se trouvait une photographie montrant Evie sortant d'une boîte de nuit au bras de Hank Remington. Elle illustrait un article intitulé :

HANK, LE CHANTEUR DES KORDS
ET LA FILLE D'UN DÉPUTÉ,
DIX-SEPT ANS ET ADEPTE DES SCÈNES DE NU
par Barry Pugh et Jasper Murray

« Je n'ai jamais écrit ça ! » mentit Jasper. Son indignation semblait forcée à ses propres oreilles : il était tellement ravi de voir sa signature dans un quotidien national. Les autres ne semblèrent pas remarquer ses émotions contradictoires.

« "La dernière tocade de la pop-star Hank Remington est la fille de Lloyd Williams, député de Hoxton, tout juste âgée de dix-sept ans, lut Lloyd. Evie Williams, une starlette, est surtout connue pour avoir joué nue sur une scène de théâtre au lycée de Lambeth, un établissement huppé pour les enfants de la haute."

— Mon Dieu, fit Daisy, que c'est embarrassant.

— “Evie déclare : ‘Hank est l'être le plus courageux et le plus engagé que j'aie jamais connu.’ Evie et Hank soutiennent tous deux la campagne pour le désarmement nucléaire, malgré la réprobation de son père, porte-parole du parti travailliste pour les questions militaires.” » Lloyd décocha à Evie un regard sévère. « Tu connais beaucoup de personnes courageuses et engagées, notamment ta mère, qui a conduit une ambulance pendant le Blitz, et ton grand-oncle Billy Williams, qui a participé à la bataille de la Somme. Hank doit être vraiment remarquable pour les effacer ainsi de ta mémoire.

— Ce n'est pas la question, remarqua Daisy. Je croyais que tu n'avais pas le droit d'accorder d'interviews sans l'autorisation du studio, Evie.

— Oh flûte, c'est ma faute », lança Jasper. Ils se tournèrent tous vers lui. Il s'était attendu à cette scène et s'y était bien préparé. Il n'avait pas de mal à paraître désolé : il était dévoré de culpabilité. « J'ai interviewé Evie pour le journal des étudiants. Le *Daily Echo* a dû piquer mon papier... et le réécrire pour en faire un article à sensation. » Il avait élaboré ce bobard à l'avance.

« Première leçon en matière de vie publique, déclara Lloyd. Les journalistes sont des traîtres. »

C'est bien moi, se dit Jasper – un traître. Mais la famille Williams semblait prête à croire que le *Daily Echo* avait publié sa prose sans son accord.

Evie était au bord des larmes. « Ça risque de me faire perdre le rôle.

— Je ne pense pas que cet article cause du tort à ton film, la rassura Daisy. Au contraire, même.

— Pourvu que tu aies raison, murmura Evie.

— Je suis vraiment navré, Evie, dit Jasper avec toute la sincérité dont il était capable. J'ai vraiment l'impression de t'avoir joué un vilain tour.

— Tu ne l'as pas fait exprès », répondit Evie.

Jasper s'était tiré d'affaire. Personne autour de la table ne le fixait d'un œil accusateur. Ils étaient convaincus qu'il n'était pour rien dans l'article du *Daily Echo*. À l'exception de Daisy, peut-être, qui s'était renfrognée et évitait de croiser son regard. Mais elle aimait Jasper parce qu'elle aimait sa mère, et ne l'accuserait certainement pas de duplicité.

Jasper se leva. « Je vais passer aux bureaux du *Daily Echo*, dit-il. Je veux voir ce salaud de Pugh et lui demander des explications. »

C'est avec un immense soulagement qu'il quitta la maison. Il avait joué la comédie avec succès et s'était tiré d'un sacré guêpier.

Une heure plus tard, il était dans la salle de rédaction du *Daily Echo*. Un frisson le parcourut. C'était tout ce dont il rêvait : les bureaux, les machines à écrire, les téléphones qui sonnaient sans relâche, les tubes pneumatiques transportant les articles, l'atmosphère d'excitation.

Âgé d'environ vingt-cinq ans, Barry Pugh était un petit homme atteint de strabisme, vêtu d'un costume froissé et chaussé de souliers en daim éraflés. « Tu as fait du bon boulot, remarqua-t-il.

— Evie ne sait toujours pas que c'est moi qui vous ai refilé le sujet. »

Pugh se souciait comme d'une guigne des scrupules de Jasper. « Si on devait demander l'autorisation chaque fois qu'on veut publier un truc, les pages du journal seraient vierges.

— Elle était censée refuser toutes les interviews qui n'étaient pas organisées par l'agent du studio.

— Les agents sont vos ennemis. Réjouissez-vous d'en avoir berné un.

— C'est ce que je fais. »

Pugh lui tendit une enveloppe. Jasper l'ouvrit. Elle contenait un chèque. « Votre pige, déclara Pugh. C'est le tarif pour un article en page 3. »

Jasper lut le montant. Quatre-vingt-dix livres.

Il se rappela la marche de Washington. Quatre-vingt-dix livres, c'était le prix d'un billet pour les États-Unis. Il pouvait aller en Amérique.

Son cœur battit plus fort.

Il glissa le chèque dans sa poche. « Merci beaucoup. »

Barry hocha la tête. « Si vous avez d'autres sujets de ce genre, tenez-nous au courant. »

*

Dave Williams avait le trac à l'idée de jouer au Jump Club. C'était une boîte très fréquentée du centre de Londres, à deux pas d'Oxford Street. Considérée comme une pépinière de futures stars, elle avait lancé plusieurs groupes qui caracolaient désormais en tête des hit-parades. De célèbres musiciens y venaient pour écouter les nouveaux talents.

Question apparence, le lieu n'avait pourtant rien de spécial. Il y avait une petite scène à une extrémité de la salle et un bar à l'autre. Entre les deux, la piste de danse pouvait accueillir deux cents personnes serrées comme des sardines. Le sol tenait lieu de cendrier. En guise de décoration, on s'était contenté de quelques affiches défraîchies d'artistes qui s'étaient produits là autrefois – sauf dans la loge, dont les murs étaient couverts de graffiti, les plus obscènes que Dave ait jamais vus.

Il avait fait des progrès au sein des Guardsmen, en partie grâce aux précieux conseils de son cousin. Lennie l'avait à la bonne et lui parlait comme un oncle à son neveu, alors qu'il n'avait que huit ans de plus que lui. « Écoute le batteur, lui disait-il. Comme ça, tu es sûr d'être toujours en mesure. » Ou encore : « Apprends à jouer sans regarder ta guitare, comme ça, tu pourras capter le regard des spectateurs. » Dave lui était reconnaissant de tous ces tuyaux, mais il savait qu'il était encore loin d'avoir la carrure d'un pro. Ce qui ne l'empêchait pas d'adorer la scène. Là, personne ne lui demandait de lire ni d'écrire, et personne ne le prenait pour un idiot ; il était effectivement compétent et ne cessait de s'améliorer. Il lui arrivait même de rêver qu'il pourrait devenir musicien et laisser tomber ses études, pour de bon ; il était pourtant conscient que ses chances étaient infimes.

Le groupe était devenu meilleur, lui aussi. Quand Dave doublait Lennie à la voix, leur sonorité était plus moderne, plus proche de celle des Beatles. Et Dave avait convaincu Lennie d'élargir leur répertoire, du blues de Chicago à la soul bien dansante de Detroit, le genre de trucs que jouaient les nouveaux groupes. Conséquence : les engagements se multipliaient. Alors qu'ils jouaient autrefois tous les quinze jours, ils étaient désormais sur scène toutes les semaines, le vendredi et le samedi soirs.

Dave avait toutefois d'autres raisons d'être inquiet. S'ils étaient là ce soir, c'était parce qu'il avait demandé à Hank Remington, le petit copain d'Evie, de les recommander auprès de la direction. Hank avait fait la grimace en découvrant le nom du groupe. « Les Guardsmen, ça fait démodé, comme les Four Aces ou les Jordanaires, avait-il déclaré.

— On pourrait changer de nom, avait proposé Dave, prêt à tout pour passer au Jump Club.

— Le truc à la mode en ce moment, c'est les noms tirés de paroles de vieux blues, comme les Rolling Stones. »

Dave s'était alors rappelé une chanson de Booker T. & the M.G.'s qu'il avait entendue quelques jours plus tôt. Il avait été frappé par son titre loufoque. « Que penses-tu de Plum Nellie ? »

Hank avait approuvé sa suggestion et dit au patron du club qu'il devrait accorder un essai à un nouveau groupe, Plum Nellie. Venant d'un chanteur aussi célèbre que lui, c'était quasiment un ordre et le groupe avait obtenu un créneau.

Mais lorsque Dave avait proposé à Lennie de changer le nom du groupe, il avait essuyé un refus sans appel. « On est les Guardsmen, on reste les Guardsmen », avait répliqué son cousin d'un air buté, avant de changer de sujet. Dave n'avait pas osé lui avouer que c'était déjà sous le nom de Plum Nellie que le groupe avait été engagé au Jump Club.

La crise était proche.

Pendant les balances, ils jouèrent « Lucille ». Après le premier couplet, Dave s'arrêta et se tourna vers Geoffrey, le guitariste. « C'était quoi, ça ? demanda-t-il.

— Hein ?

— T'as joué un truc bizarre au milieu du couplet. »

Geoffrey esquissa un sourire suffisant. « C'est rien. Juste un accord de passage.

— Il n'est pas sur le disque.

— Où est le problème ? Tu sais pas jouer un accord de do dièse diminué ? »

Dave avait compris : Geoffrey essayait de le faire passer pour un débutant. Et malheureusement, Dave ignorait effectivement ce qu'était un accord diminué.

« Les pianistes de bar appellent ça un double mineur, Dave », intervint Lennie.

Ravalant sa fierté, Dave se tourna vers Geoffrey : « Fais-moi voir. »

Geoffrey leva les yeux au ciel et soupira, mais il lui montra l'accord. « Ça ira ? » demanda-t-il d'un air las, comme s'il en avait plus qu'assez de jouer avec un amateur.

Dave exécuta l'accord. Ça n'avait rien de difficile. « La prochaine fois, préviens-moi avant qu'on joue, bordel », lâcha-t-il.

Par la suite, tout se passa à merveille. Phil Burleigh, le propriétaire du club, arriva en milieu de répétition et les écouta. Sa calvitie précoce lui avait évidemment valu le surnom de Curly

– le Bouclé. Après le dernier morceau, il hocha la tête d'un air approbateur. « Merci, Plum Nellie », dit-il.

Lennie lança un regard noir à Dave. « Le groupe s'appelle les Guardsmen, répliqua-t-il d'un ton ferme.

— On avait parlé de changer le nom, lui rappela Dave.

— *Tu* en as parlé. J'ai refusé.

— Les Guardsmen, c'est minable comme nom, mon vieux, intervint Curly.

— C'est pourtant le nôtre.

— Écoute, Byron Chesterfield doit passer ce soir, reprit Curly visiblement tendu. C'est le plus grand impresario de Londres – peut-être même d'Europe. Il pourrait vous trouver des engagements – mais pas si vous gardez ce nom-là.

— Byron Chesterfield ? répéta Lennie en riant. Je le connais depuis toujours. En vrai, il s'appelle Brian Chesnowitz. Son frère tient un stand au marché d'Aldgate.

— C'est votre nom qui m'inquiète, pas le sien.

— Notre nom est très bien.

— Je ne peux pas présenter un groupe appelé les Guardsmen. Je tiens à ma réputation. » Curly se leva. « Désolé, les gars. Vous pouvez remballer votre matos.

— Allez, Curly, insista Dave, vous ne voudriez pas vous fâcher avec Hank Remington.

— Hank est un vieux copain. On jouait du skiffle ensemble au 2i's Coffee Bar dans les années 1950. Mais le groupe qu'il m'a recommandé s'appelle Plum Nellie, pas les Guardsmen. »

Dave était accablé. « Mais tous mes copains doivent venir ! » s'écria-t-il. C'était surtout à Linda Robertson qu'il pensait.

« Vraiment désolé », s'obstina Curly.

Dave se tourna vers Lennie. « Sois raisonnable, le supplia-t-il. Qu'est-ce que ça peut faire qu'on prenne un autre nom ?

— C'est mon groupe, pas le tien », s'entêta Lennie.

C'était donc ça, le problème. « Personne ne dit le contraire, fit Dave. Mais c'est toi-même qui m'as appris que le client avait toujours raison. » L'inspiration lui vint subitement. « Et tu pourras reprendre le nom de Guardsmen dès demain, si tu en as envie.

— Nooon », répondit Lennie, qui commençait visiblement à fléchir.

« C'est mieux que de ne pas jouer du tout, reprit Dave, enfonçant le clou. Ça serait vraiment nul de rentrer chez nous maintenant.

— Oh et puis merde ! D'accord », céda Lennie.

La crise était passée : Dave était soulagé et évidemment ravi.

Ils étaient en train de boire une bière au bar quand les premiers clients arrivèrent. Dave se limita à une pinte : assez pour se détendre, pas assez pour s'emmêler dans ses accords. Lennie en but deux, Geoffrey trois.

Linda Robertson fit son apparition, à la grande joie de Dave, vêtue d'une minijupe violette et chaussée de hautes bottes blanches. Les amis de Dave qui l'accompagnaient étaient encore trop jeunes pour consommer de l'alcool, mais ils ne ménageaient pas leurs efforts pour paraître plus âgés ; de toute façon, la loi n'était pas respectée très scrupuleusement.

Linda avait changé d'attitude vis-à-vis de Dave. Bien qu'ils aient le même âge, elle l'avait toujours traité comme un petit frère particulièrement doué. Le fait qu'il se produise au Jump Club l'avait métamorphosé à ses yeux. Elle le considérait désormais comme un adulte avisé et elle lui posa avec enthousiasme quantité de questions sur son groupe. S'il avait droit à un tel traitement en faisant partie du groupe minable de Lennie, se dit-il, qu'est-ce que ça devait être quand on était une vraie pop-star ?

Il accompagna les autres dans la loge pour se changer. En règle générale, les groupes pros avaient des tenues de scène identiques pour tous leurs membres, mais cela coûtait cher. En guise de compromis, Lennie avait imposé une chemise rouge pour tous ses musiciens. Dave était d'avis que l'uniforme n'était plus à la mode : les Rolling Stones, pour ne citer qu'eux, s'habillaient de façon plutôt anarchique.

Plum Nellie, le moins connu des groupes de la soirée, était de ce fait présenté en lever de rideau. Lennie, en tant que leader, annonçait chacun des morceaux. Il était sur un côté, son piano droit placé de façon à ce qu'il puisse voir le public. Dave se tenait au milieu, chantant et jouant de la guitare, et la plupart des regards étaient braqués sur lui. À présent que la question du nom du groupe était réglée – au moins provisoirement –, il pouvait se détendre. Il se déplaçait sur la scène en jouant, évoluant avec sa guitare en donnant l'impression qu'il dansait avec elle, et, quand il chantait, c'était comme s'il dialoguait avec le public, soulignant les paroles à grand renfort d'expressions et de signes de tête. Comme d'habitude, les filles lui souriaient en retour, se trémoussant au rythme de la musique, sans le quitter des yeux.

Byron Chesterfield les rejoignit dans la loge à la fin de leur partie.

Âgé d'une quarantaine d'années, il portait un splendide costume trois-pièces bleu ciel. Sa cravate avait des motifs de pâquerettes. Autour de sa houppe à l'ancienne figée par la brillantine, ses cheveux se faisaient rares. Un nuage d'eau de Cologne l'accompagna dans la pièce.

Il s'adressa à Dave. « Ton groupe n'est pas trop mal », dit-il.

Dave désigna Lennie. « Merci, monsieur Chesterfield, mais c'est le groupe de Lennie.

— Salut, Brian, tu te souviens de moi ? » demanda Lennie.

Après un instant d'hésitation, Byron s'exclama : « Ça alors ! C'est Lennie Avery. » Son accent londonien se fit plus prononcé. « Je ne t'avais pas reconnu. Comment vont les affaires ?

— Le stand marche du tonnerre.

— Écoute, ton groupe est bon, Lennie : la basse et la batterie assurent, le piano et les guitares sont sympa. Et j'aime bien les voix. » Il désigna Dave du pouce. « En plus, les filles adorent ton copain. Vous avez beaucoup de boulot ? »

Dave était tout excité. Byron Chesterfield appréciait le groupe !

« On est pris tous les week-ends, répondit Lennie.

— Si ça vous intéresse, je devrais pouvoir vous trouver un contrat de six semaines cet été, mais pas à Londres. Cinq soirs par semaine, du mardi au samedi.

— Je ne sais pas trop, dit Lennie avec une fausse indifférence. Il faudrait que ma sœur me remplace au stand pendant mon absence.

— Quatre-vingt-dix livres par semaine, net. »

C'était plus qu'on ne les avait jamais payés, calcula Dave. Et, avec un peu de pot, ça tomberait pendant les vacances scolaires.

Dave était agacé de voir Lennie hésiter. « Et on loge où ? et on bouffe comment ? » reprit son cousin. Et Dave se rendit compte qu'il n'était pas réservé : il négociait.

« Vous aurez le gîte, mais le couvert restera à votre charge.

— Je ne peux pas laisser tomber mon stand pour des picaillons, Brian. Dommage que tu ne proposes pas cent vingt livres par semaine. Là, je pourrais commencer à réfléchir.

— La boîte pourrait aller jusqu'à quatre-vingt-quinze, pour me rendre service.

— Disons cent dix.

— Si je renonce à ma commission, je peux pousser jusqu'à cent. »

Lennie se tourna vers les autres membres du groupe. « Qu'est-ce que vous en dites, les gars ? »

Tous étaient d'avis d'accepter.

« C'est quoi, ta boîte ? demanda Lennie.

— Un night-club qui s'appelle le Bouge. »

Lennie secoua la tête. « Jamais entendu parler. C'est où ?

— C'est vrai, j'ai oublié de le préciser, dit Byron Chesterfield. C'est à Hambourg. »

*

Dave était littéralement fou de joie. Un contrat de six semaines – en Allemagne ! Légalement, il était assez âgé pour quitter l'école. Avait-il une chance de devenir musicien professionnel ?

D'humeur exubérante, il rentra à Great Peter Street avec sa guitare, son ampli et Linda Robertson, comptant ranger son matériel avant de la raccompagner à pied jusque chez elle, à Chelsea. Malheureusement, ses parents n'étaient pas encore couchés et sa mère le coinça dans l'entrée. « Comment ça s'est passé ? lui demanda-t-elle d'une voix enjouée.

— Vachement bien, répondit-il. Je range mon matos et je raccompagne Linda.

— Bonsoir, Linda, fit Daisy. Quel plaisir de te revoir.

— Comment allez-vous ? » demanda poliment Linda, prenant des airs de petite écolière bien sage ; mais Dave vit que sa mère avait tiqué sur la minijupe et les bottes sexy.

« Ils ont l'intention de vous reprendre, dans cette boîte ? demanda Daisy.

— Figure-toi qu'un impresario, un certain Byron Chesterfield, nous a proposé un boulot dans un autre club cet été. C'est super, parce que ça tombe pendant les vacances. »

Son père sortit du salon, toujours vêtu du costume qu'il avait mis pour se rendre à une de ses sempiternelles réunions politiques du samedi soir. « Qu'est-ce qui tombe pendant les vacances ?

— Notre groupe a obtenu un contrat de six semaines. »

Lloyd fronça les sourcils. « Je te rappelle qu'il va falloir que tu révises pendant les vacances. Tu passes tes examens de fin de premier cycle l'année prochaine. Tes notes ne sont pas assez bonnes pour que tu puisses te permettre de ne rien faire de tout l'été.

— Je pourrai réviser pendant la journée. On ne jouera que le soir.

— Hum. La perspective de ne pas nous accompagner à Tenby comme tous les ans n'a pas l'air de t'attrister.

— Bien sûr que si, mentit Dave. J'adore Tenby. Mais c'est une occasion en or.

— Franchement, je ne vois pas comment nous pourrions te laisser seul ici pendant que nous serons au pays de Galles. Tu n'as que quinze ans.

— Euh... la boîte qui nous engage n'est pas à Londres, avoua Dave.

— Et où est-elle ?

— À Hambourg.

— Comment ? fit Daisy.

— C'est complètement absurde, rétorqua Lloyd. Tu t'imagines vraiment que nous allons te laisser partir aussi loin à ton âge ? Pour commencer, c'est sûrement contraire au code du travail allemand.

— Les lois ne sont pas toujours appliquées à la lettre, protesta Dave. Je parie que tu t'es payé des bières au pub avant d'avoir dix-huit ans.

— J'ai accompagné ma mère en Allemagne quand j'avais dix-huit ans. Je n'ai en aucun cas passé six semaines tout seul à l'étranger quand j'en avais quinze.

— Je ne serai pas seul. Le cousin Lennie sera avec moi.

— Je ne le considère pas comme un chaperon sérieux.

— Un chaperon ? répéta Dave, indigné. Tu me prends pour une pucelle victorienne ?

— Tu es un enfant, aux yeux de la loi, un adolescent en réalité. Mais tu n'es certainement pas un adulte.

— Tu as une cousine à Hambourg, suggéra Dave en désespoir de cause. Rebecca. Elle a écrit à Mam. Tu pourrais lui demander de veiller sur moi.

— Ce n'est qu'une cousine par adoption, et ça fait seize ans que je ne l'ai pas vue. Nous ne sommes pas assez proches pour que je lui impose la présence d'un adolescent rebelle pendant tout l'été. J'hésiterais à infliger cela à ma propre sœur. »

Daisy prit un ton conciliant. « À la lecture de sa lettre, elle m'a paru très sympathique, Lloyd, mon chéri. Et je ne crois pas qu'elle ait des enfants. Nous pourrions peut-être tout de même lui poser la question.

— Tu souhaites vraiment que Dave aille là-bas? demanda Lloyd, visiblement contrarié.

— Non, bien sûr que non. S'il ne tenait qu'à moi, il viendrait à Tenby avec nous. Mais il grandit et il faut bien lui lâcher la bride de temps à autre.» Elle se tourna vers Dave. «Il s'apercevra sûrement que c'est plus fatigant et moins amusant qu'il ne le croit, et peut-être en tirera-t-il des enseignements.

— Non, trancha Lloyd. S'il avait dix-huit ans, ce serait peut-être envisageable. Mais il est trop jeune, beaucoup trop jeune.»

Dave était partagé entre l'envie de hurler de rage et celle d'éclater en sanglots. Ils n'allaient quand même pas lui gâcher cette occasion en or?

«Il est tard, reprit Daisy. Nous en reparlerons demain matin. Dave doit raccompagner Linda chez elle avant que ses parents s'inquiètent.»

Dave hésita, peu disposé à laisser la discussion en suspens.

Lloyd se dirigea vers l'escalier. «Inutile de te monter la tête, lança-t-il à Dave. Il n'en est pas question.»

Dave ouvrit la porte d'entrée. S'il sortait maintenant, sans rien ajouter, ses parents en tireraient une fausse conclusion. Il devait leur faire comprendre qu'ils n'arriveraient pas sans peine à l'empêcher d'aller à Hambourg. «Écoute-moi», dit-il, et son père sursauta. «Pour la première fois de ma vie, je suis en train de réussir quelque chose, Dad. Alors comprends-moi bien : si tu cherches à m'en empêcher, je quitterai la maison. Et, je te le jure, si je m'en vais, je ne reviendrai jamais – jamais.»

Prenant le bras de Linda, il sortit en claquant la porte.

XXIV

Tania Dvorkine était de retour à Moscou, contrairement à Vassili Ienkov.

Après leur arrestation à la suite de la lecture de poèmes sur la place Maïakovski, Vassili avait été reconnu coupable de « propagande et activités antisoviétiques » et condamné à deux années de camp de travail en Sibérie. Tania avait des remords : elle était sa complice, et s'en était tirée sans dommages.

Elle supposait que Vassili avait été interrogé et passé à tabac. Puisqu'elle était toujours libre et continuait à faire son travail de journaliste, cela voulait dire qu'il ne l'avait pas dénoncée. Peut-être avait-il refusé de parler. Ou alors, ce qui était plus probable, il avait donné des noms de collaborateurs fictifs dont le KGB avait évidemment bien du mal à trouver la trace.

À l'été 1963, Vassili avait fini de purger sa peine. S'il était encore vivant – s'il avait résisté au froid, à la faim et aux maladies qui terrassaient de nombreux détenus dans les camps –, il devait être libre à présent. Pourtant, il n'avait pas réapparu, ce qui était inquiétant.

Normalement, les prisonniers avaient le droit d'envoyer et de recevoir une lettre par mois, soumise à la censure ; or Vassili n'avait pas pu écrire à Tania, car cela aurait attiré l'attention du KGB sur elle ; de ce fait, elle n'avait eu aucune nouvelle de lui et supposait qu'il en allait de même de la plupart de ses amis. Peut-être avait-il écrit à sa mère, à Leningrad. Tania ne l'avait jamais rencontrée. Vassili lui avait caché sa relation avec Tania.

Vassili était son ami le plus proche. Elle s'inquiétait tellement pour lui qu'elle n'en dormait plus. Était-il malade, ou même mort ? Peut-être avait-il été condamné pour un autre délit et sa peine prolongée. Rongée d'incertitude, Tania souffrait de migraines.

Un après-midi, elle prit le risque de parler de Vassili à Daniil Antonov, son patron. Le service reportage de l'agence TASS était une vaste salle bruyante, bondée de journalistes qui tapaient à la machine, discutaient au téléphone, lisaient des journaux ou faisaient des allers-retours à la bibliothèque. Si elle parlait tout bas, personne ne surprendrait ses propos. Elle commença par demander : « Tu sais ce qu'est devenu Oustine Bodian ? » Les mauvais traitements infligés à Bodian, le chanteur d'opéra dissident, constituaient le sujet du numéro de *Dissidence* que Vassili avait distribué lors de son arrestation – ce numéro rédigé par Tania.

« Il est mort de pneumonie », répondit Daniil.

Tania le savait parfaitement. Elle ne feignait l'ignorance que pour orienter la conversation sur Vassili. « L'écrivain qu'on a arrêté en même temps que moi – Vassili Ienkov, reprit-elle d'une voix songeuse. Tu sais ce qui lui est arrivé ?

— Le scénariste ? Il a écopé de deux ans.

— Dans ce cas, il doit être libre maintenant.

— Peut-être. Je n'en ai pas entendu parler. Il ne retrouvera pas son emploi, ça c'est sûr, alors je ne sais pas où il va aller. »

Il reviendrait à Moscou, Tania en était convaincue. Elle haussa pourtant les épaules, feignant l'indifférence, et retourna à son article sur une femme-maçon.

Elle avait posé discrètement des questions à des gens qui auraient dû savoir, si Vassili était de retour. Ils avaient été unanimes : personne n'avait de nouvelles de lui.

Tania en eut en fin d'après-midi.

Comme elle quittait le siège de TASS après sa journée de travail, elle fut accostée par un inconnu. « Tania Dvorkine ? » chuchota une voix. Elle se retourna pour découvrir un homme pâle et maigre, portant des vêtements sales.

« Oui ? » fit-elle, un peu inquiète ; elle ne voyait pas ce qu'un homme pareil pouvait lui vouloir.

« Vassili Ienkov m'a sauvé la vie », reprit-il.

C'était tellement inattendu que, pendant un moment, elle ne sut comment réagir. Trop de questions se bousculaient dans sa tête : Comment connaissez-vous Vassili ? Où et quand vous a-t-il sauvé la vie ? Pourquoi êtes-vous venu me voir ?

Il lui glissa dans la main une enveloppe crasseuse du format d'une feuille puis s'éloigna.

Tania mit quelques instants à reprendre ses esprits. Et soudain, elle prit conscience qu'il fallait qu'elle pose à cet homme la seule question vraiment importante. Comme il se trouvait encore à portée de voix, elle lui demanda : « Est-ce qu'il est vivant ? »

L'inconnu fit halte et se retourna vers elle sans rien dire. Son silence glaça le cœur de Tania. Puis il répondit : « Oui », et instantanément elle se sentit plus légère.

L'homme s'éloigna.

« Attendez ! » cria-t-elle, mais il pressa le pas, tourna au coin de la rue et disparut.

L'enveloppe n'était pas cachetée. Tania jeta un coup d'œil à l'intérieur. Elle aperçut plusieurs feuillets recouverts d'une écriture qu'elle identifia comme celle de Vassili. Elle les sortit en partie. La première page portait le titre suivant :

LA MORSURE DU GEL
PAR IVAN KOUZNETSOV

Elle remit les feuillets dans l'enveloppe et rejoignit l'arrêt de bus, partagée entre la peur et l'exaltation. « Ivan Kouznetsov » était de toute évidence un pseudonyme, le nom le plus banal possible, tel « Hans Schmidt » pour un Allemand ou « Jean Lefèvre » pour un Français. Vassili avait écrit quelque chose, un article ou une nouvelle. Tout en mourant d'envie de lire, elle éprouvait la terrible tentation de se débarrasser de cette enveloppe comme d'un objet contaminé ; son contenu ne pouvait qu'être subversif.

Elle la fourra dans son sac. Le bus arriva bondé – c'était l'heure de pointe des sorties de bureau. Elle ne pouvait courir le risque de jeter un coup d'œil au manuscrit car quelqu'un aurait pu lire par-dessus son épaule. Elle dut maîtriser son impatience.

Elle repensa à l'homme qui le lui avait donné. Mal habillé, à demi mort de faim et en piteux état, avec un regard où se lisaient une peur et une méfiance de tous les instants : exactement l'allure d'un homme fraîchement sorti de prison, songea-t-elle. Il avait semblé ravi de se débarrasser de l'enveloppe et réticent à l'idée d'en dire plus que le strict nécessaire. Cependant, il lui avait au moins expliqué pourquoi il avait accepté cette mission périlleuse. Il honorait une dette. « Vassili Ienkov m'a sauvé la vie », avait-il dit. Elle se demanda à nouveau dans quelles circonstances.

Elle descendit du bus et rejoignit à pied la Maison du gouvernement. À son retour de Cuba, elle était retournée chez sa mère. Elle n'avait aucune raison de prendre un appartement, qui, de toute façon, aurait été nettement moins luxueux.

Elle bavarda quelques instants avec Ania puis gagna sa chambre, s'asseyant sur le lit pour lire ce que Vassili avait écrit.

Son écriture avait changé. Les lettres étaient plus petites, leurs jambes plus courtes, leurs boucles moins flamboyantes. Cela reflétait-il un changement de personnalité ou une simple pénurie de papier ?

Elle se mit à lire.

Joseph Ivanovitch Maslov, alias Soso, était fou de joie lorsqu'on lui servit de la nourriture avariée.

Normalement, les gardes détournaient le plus gros des arrivages pour le revendre. Ne restaient plus aux prisonniers que le brouet insipide du matin et la soupe de navets du soir. Il était rare que la nourriture pourrisse en Sibérie, où la température ambiante était en général nettement inférieure à zéro – mais le communisme pouvait faire des miracles. Si bien que lorsque la viande grouillait d'asticots et que la graisse avait ranci, comme cela se produisait parfois, le cuisinier fourrait tout cela dans la marmite pour le plus grand bonheur des détenus. Soso engloutit la kacha luisante de graisse puante et regretta qu'il n'y en ait pas davantage.

Réprimant un haut-le-cœur, Tania poursuivit sa lecture.

Chaque page l'impressionnait davantage. C'était l'histoire de l'étrange relation entre deux prisonniers, un intellectuel dissident et un truand sans éducation. Vassili avait un style simple, direct, remarquablement efficace. La vie au camp était décrite de façon brutale et vivante. Mais il y avait là bien plus que des descriptions. Sans doute grâce à son expérience d'adaptateur de pièces pour la radio, Vassili savait faire avancer un récit, et Tania était tenue en haleine.

Le camp fictif était situé dans une forêt de mélèzes de Sibérie et les prisonniers y exécutaient un travail de bûcherons. Il n'y avait aucune règle de sécurité, aucun équipement de protection, si bien que les accidents étaient fréquents. Tania fut particulièrement marquée par un épisode où le truand se sectionnait une artère du bras avec sa scie, et était sauvé par l'intellectuel qui lui posait un garrot. Était-ce ainsi que Vassili avait sauvé la vie du messager qui avait transporté ce manuscrit de la Sibérie à Moscou ?

Tania lut et relut cette nouvelle. Elle avait presque l'impression d'entendre parler Vassili : ses tournures de phrase lui rappelaient une centaine de discussions et de disputes et elle reconnaissait le genre de détails qu'il trouvait comiques, ironiques ou dramatiques. Il lui manquait tellement qu'elle en avait le cœur serré.

Maintenant qu'elle savait que Vassili était en vie, il fallait qu'elle comprenne pourquoi il n'était manifestement pas rentré à Moscou. La nouvelle ne contenait aucun indice sur ce point. Mais Tania connaissait quelqu'un qui pouvait obtenir toutes les informations qu'il voulait : son frère.

Elle rangea le manuscrit dans le tiroir de sa table de chevet, et, sortant de sa chambre, elle annonça à sa mère : « Il faut que j'aille voir Dimka – je ne serai pas longue. » Elle prit l'ascenseur pour descendre à l'étage où habitait son frère.

Ce fut son épouse Nina, enceinte de neuf mois, qui lui ouvrit. « Tu as l'air en pleine forme ! » lui lança Tania.

C'était faux. Nina avait depuis longtemps dépassé le stade où l'on qualifie une femme enceinte d'« épanouie ». Elle était énorme, les seins pendants, le ventre proéminent. Sa peau était livide sous ses taches de rousseur et ses cheveux roux franchement gras. Elle faisait beaucoup plus que ses vingt-neuf ans. « Entre », dit-elle d'une voix lasse.

Dimka regardait le journal télévisé. Il éteignit le poste, embrassa Tania et lui offrit une bière.

Il y avait là Macha, la mère de Nina, qui était venue de Perm par le train pour aider sa fille avec le bébé. C'était une petite paysanne vêtue de noir, au visage prématurément ridé, visiblement fière de sa fille qui travaillait dans la grande ville et vivait dans un splendide appartement. Tania avait été surprise lorsqu'elle l'avait vue pour la première fois. Les propos de Nina lui avaient en effet fait croire que sa mère était institutrice alors qu'elle n'était que femme de ménage à l'école. Nina avait gratifié ses parents d'un statut social supérieur – une pratique si répandue qu'elle était quasiment universelle, supposait Tania.

Ils discutèrent de la grossesse de Nina. Tania se demandait comment arriver à voir Dimka en tête à tête. Il n'était pas question qu'elle parle de Vassili en présence de Nina ou de sa mère. Son instinct lui soufflait de se méfier de sa belle-sœur.

Pourquoi cette prévention ? s'interrogea-t-elle en se sentant un peu coupable. À cause de cette grossesse, sans doute. Nina n'était pas une intellectuelle, mais elle était futée : pas le genre de femme à tomber enceinte par accident. Sans le dire, Tania la soupçonnait d'avoir manipulé Dimka pour le pousser à l'épouser. Elle savait que son frère était compétent et subtil sur presque tous les sujets : il n'était naïf et romantique que lorsqu'il s'agissait des femmes. Pourquoi Nina aurait-elle voulu le piéger ? Parce que les Dvorkine appartenaient à l'élite et que Nina était ambitieuse.

Quelle peau de vache tu fais, se morigéna-t-elle.

Elle bavarda pendant une demi-heure, puis se leva pour prendre congé.

La relation entre les jumeaux n'avait rien de surnaturel, mais ils se connaissaient si bien que chacun devinait sans peine les pensées de l'autre, et Dimka comprit que Tania n'était pas venue chez lui pour parler de la grossesse de Nina. Il se leva à son tour. « Il faut que je descende les poubelles, dit-il. Tu veux bien me donner un coup de main, Tania ? »

Ils prirent l'ascenseur, chacun avec son seau d'ordures. Une fois dehors, derrière le bâtiment, sans personne dans les parages, Dimka demanda : « Qu'y a-t-il ?

— Vassili Ienkov a purgé sa peine, mais il n'est pas rentré à Moscou. »

Le visage de Dimka se durcit. S'il adorait Tania, il désapprouvait ses idées politiques. « Ienkov n'a pas ménagé ses efforts pour attaquer le gouvernement pour lequel je travaille. Pourquoi me soucierais-je de son sort ?

— Il croit à la liberté et à la justice, et toi aussi.

— Les activités subversives comme les siennes donnent des excuses aux tenants de la ligne dure pour s'opposer aux réformes, voilà tout. »

Tania savait qu'elle ne défendait pas seulement Vassili, mais aussi elle-même. « S'il n'y avait personne comme Vassili, les irréductibles du régime prétendraient que tout va bien et n'auraient aucune raison d'accepter le moindre changement. Sans Vassili, comment aurait-on su qu'ils ont tué Oustine Bodian, par exemple ?

— Bodian est mort de pneumonie.

— Dimka, c'est indigne de toi. Il est mort de négligence et tu le sais parfaitement.

— C'est vrai. » Dimka prit l'air penaud. Puis il demanda en baissant le ton : « Tu es amoureuse de Vassili Ienkov ?

— Non. Je l'aime bien, c'est tout. Il est drôle, intelligent et courageux. Mais c'est le genre de type qui ne peut pas s'empêcher de passer de fille en fille.

— C'*était* ce genre de type. Les nymphettes sont assez rares dans les camps de travail.

— Quoi qu'il en soit, c'est un ami et il a purgé sa peine.

— Le monde est plein d'injustices.

— Je veux savoir ce qui lui est arrivé et tu peux le découvrir pour moi. Si tu veux bien. »

Dimka poussa un soupir. « Tu as pensé à ma carrière ? Au Kremlin, on n'admire pas beaucoup les manifestations de compassion pour les dissidents victimes d'injustice. »

Tania sentit l'espoir renaître. Son frère faiblissait. « Je t'en supplie. C'est très important pour moi.

— Je ne peux rien te promettre.

— Fais pour le mieux.

— D'accord. »

Pleine de gratitude, Tania l'embrassa sur la joue. « Tu es un bon frère. Merci. »

*

À l'instar des Eskimos qui disposent, paraît-il, de plusieurs mots pour désigner la neige, les Moscovites avaient quantité d'expressions pour évoquer le marché noir. Exception faite des produits de première nécessité, il fallait tout acheter « à gauche ». Un grand nombre de ces achats étaient franchement illégaux : par exemple, des blue-jeans importés clandestinement de l'Ouest et proposés à des prix prohibitifs. D'autres n'étaient ni licites ni illicites. Pour acheter un tapis ou un poste de radio, il fallait s'inscrire sur une liste d'attente ; mais on pouvait se faire pistonner pour passer en tête de liste, soit parce qu'on avait de l'influence, soit parce qu'on était en mesure de renvoyer l'ascenseur, ou encore parce qu'on avait un ami ou un parent à même de corriger la liste. Ce genre de pratique frauduleuse était si répandu que plus personne ne croyait qu'il suffisait de patienter pour voir sa demande enfin acceptée.

Un jour, Natalia Smotrov pria Dimka de l'accompagner pour acheter un article au marché noir. « Normalement, j'aurais demandé à Nik. » Elle parlait de Nikolaï, son époux. « Mais c'est pour son anniversaire et je veux lui faire la surprise. »

Dimka ne savait pas grand-chose de la vie privée de Natalia. Elle était mariée et n'avait pas d'enfants, ses informations n'allaient pas plus loin. Les apparatchiks du Kremlin appartenaient à l'élite soviétique, mais la Mercedes de Natalia, ainsi que ses parfums d'importation témoignaient d'une autre source de revenus et de privilèges. Toutefois, s'il y avait un Nikolaï Smotrov au sommet de la hiérarchie communiste, Dimka n'en avait jamais entendu parler.

« Que comptes-tu lui offrir ? demanda-t-il.

— Un magnétophone. Il veut un Grundig – une marque allemande. »

Un citoyen soviétique qui voulait acheter un magnétophone allemand n'avait d'autre solution que de recourir au marché noir. Dimka se demanda comment Natalia pouvait se payer un cadeau aussi coûteux. « Et où vas-tu en trouver ?

— Chez un certain Max, au Marché central. » Ce bazar, situé rue Sadovaïa Samotiotchnaïa, était une solution de rechange légale aux magasins d'État. On y vendait au prix fort la production de potagers privés. Les affreuses vitrines et les interminables files d'attente y étaient remplacées par des montagnes de fruits et de légumes multicolores – réservés à ceux qui avaient les moyens. Mais la vente de ces marchandises licites dissimulait souvent un commerce criminel encore plus lucratif.

Dimka comprenait pourquoi Natalia souhaitait être accompagnée. Certains des hommes qui trempaient dans ces trafics étaient des voyous et une femme seule avait tout intérêt à être sur ses gardes.

Il espérait que c'était son seul motif. Il n'avait pas envie d'être soumis à la tentation. Il se sentait très proche de Nina, spécialement en cet instant où elle approchait du terme de sa grossesse. Cela faisait deux mois qu'ils n'avaient plus de rapports sexuels, ce qui rendait évidemment Dimka plus vulnérable aux charmes de Natalia. Mais l'enfant à naître passait avant tout. Dimka n'envisageait même pas une aventure avec Natalia. En même temps, il ne pouvait pas refuser de lui rendre service.

Ils profitèrent de leur pause déjeuner. Natalia conduisit Dimka au Marché central dans sa vieille Mercedes. En dépit de son âge, la voiture était rapide et confortable. Comment se procurait-elle des pièces détachées ? s'interrogea-t-il.

Elle lui demanda des nouvelles de Nina. « Le bébé doit naître d'un jour à l'autre, répondit-il.

— Si vous avez besoin de quelque chose, dis-le-moi, proposa Natalia. Le neveu de Nik a trois ans et sa mère n'a plus besoin de ses biberons ni de tout ces machins-là. »

Dimka était surpris. Plus encore que les magnétophones, les biberons étaient un véritable produit de luxe. « Merci, je n'hésiterai pas. »

Ils se garèrent et traversèrent le marché jusqu'à une boutique de meubles d'occasion. C'était un commerce semi-légal. Si les gens avaient le droit de revendre leurs biens, les intermédiaires étaient interdits par la loi, ce qui rendait ce commerce malcommode et inefficace. Aux yeux de Dimka, la difficulté d'imposer ces règles communistes illustrait bien la nécessité concrète d'un certain nombre de pratiques capitalistes – d'où le besoin de libéralisation.

Max était un homme corpulent d'une trentaine d'années, vêtu à l'américaine d'un tee-shirt blanc et d'un blue-jean. Assis derrière une table de cuisine en pin, il buvait du thé en fumant. Il était entouré de vieux meubles, lits, canapés et commodes, pour la plupart usagés et endommagés. « Qu'est-ce que vous voulez ? demanda-t-il d'un ton abrupt.

— Nous nous sommes parlé mercredi dernier, à propos d'un magnétophone Grundig, répondit Natalia. Vous m'avez dit de revenir cette semaine.

— Un magnétophone, c'est pas facile à dénicher », observa l'autre.

Dimka décida d'intervenir. « Ne nous racontez pas d'histoires, Max, lança-t-il sur le même ton que lui. Vous en avez un, oui ou non ? »

Pour les hommes comme Max, répondre directement à une question toute simple était une marque de faiblesse. « Il faudra payer en dollars américains, reprit-il.

— J'ai accepté votre prix, dit Natalia. J'ai apporté la somme convenue. Mais pas un dollar de plus.

— Montrez-moi le fric. »

Natalia sortit de la poche de sa veste une liasse de billets américains.

Max tendit la main.

Dimka agrippa le poignet de Natalia pour l'empêcher de payer trop vite. « Où est le magnétophone ? demanda-t-il.

— Joseph ! » lança Max par-dessus son épaule.

On entendit du bruit dans l'arrière-boutique. « Oui ?

— Le magnéto.

— Oui. »

Joseph les rejoignit, chargé d'un carton sans inscription. C'était un jeune homme d'environ dix-neuf ans, une cigarette pendue aux lèvres. Malgré sa petite taille, il était costaud. Il posa le carton sur une table. « C'est lourd, remarqua-t-il. Vous avez une voiture ?

— Au coin de la rue. »

Natalia compta ses billets.

« Il m'a coûté plus cher que prévu, annonça Max.

— J'ai la somme convenue, pas plus », répondit-elle.

Max prit les billets et les recompta. « D'accord, dit-il d'un air maussade. Il est à vous. » Il se leva et fourra les billets dans la poche de son jean. « Joseph va le porter jusqu'à votre voiture. » Il rejoignit l'arrière-boutique.

Joseph fit mine de soulever le carton.

« Un instant, intervint Dimka.

— Quoi ? lança Joseph. J'ai pas de temps à perdre.

— Ouvrez ce carton. »

Joseph saisit le carton sans tenir compte de son injonction, mais Dimka posa une main dessus et appuya de tout son poids, l'empêchant de le soulever. Joseph lui décocha un regard furibond et Dimka se demanda l'espace d'un instant s'ils n'allaient pas en venir aux mains. Le jeune homme finit par reculer : « Vous n'avez qu'à l'ouvrir vous-même. »

Le carton était fermé par des agrafes et du ruban adhésif et Dimka et Natalia durent s'escrimer un bon moment. Il contenait bien un magnétophone... de marque Magic Tone.

« Ce n'est pas un Grundig, observa Natalia.

— Ceux-là sont encore meilleurs, assura Joseph. Une qualité sonore bien supérieure.

— J'ai payé pour un Grundig. Ce n'est qu'une marque japonaise bon marché.

— On ne trouve pas de Grundig en ce moment.

— Alors rendez-moi l'argent.

— Impossible maintenant que le carton est ouvert.

— Si nous ne l'avions pas ouvert, nous n'aurions pas vu que vous cherchiez à nous tromper.

— Personne ne vous a trompée. Vous vouliez un magnétophone, non ?

— Et puis merde », lança Dimka. Il se dirigea vers l'arrière-boutique.

« Vous n'avez pas le droit ! » lança Joseph.

Dimka l'ignora et entra. La pièce était remplie de cartons. Quelques-uns étaient ouverts et il aperçut des téléviseurs, des électrophones et des postes de radio, tous de marque étrangère. Max n'était pas là. Dimka repéra une porte donnant sur l'extérieur.

Il retourna dans la boutique. « Max a fichu le camp avec ton argent, annonça-t-il à Natalia.

— C'est un homme très occupé, dit Joseph. Il a beaucoup de clients.

— Arrêtez de jouer au con, lui lança Dimka. Max est un voleur et vous aussi. »

Joseph pointa l'index sur lui. « J'apprécie pas trop qu'on me traite de con, siffla-t-il d'une voix menaçante.

— Rendez son argent à cette femme. Autrement, vous allez avoir des ennuis. »

— Ah oui ? Qu'est-ce que vous comptez faire – appeler la police ? » demanda Joseph avec un large sourire.

Il n'en était évidemment pas question. Ils s'étaient engagés dans une transaction illégale. Et comme Max et Joseph graissaient sans doute la patte aux policiers, seuls Dimka et Natalia auraient des ennuis.

« Il n'y a rien à faire, murmura celle-ci. Allons-nous-en.

— N'oubliez pas votre magnétophone, dit Joseph.

— Non, merci, répondit-elle. Ce n'est pas celui que je voulais. » Elle se dirigea vers la porte.

« On reviendra – pour chercher l'argent », reprit Dimka.

Joseph lui rit au nez. « Et vous comptez faire comment ?

— Vous verrez bien », répliqua Dimka piteusement avant de suivre Natalia.

Il ne décoléra pas de tout le trajet de retour. « Je les forcerai à te rendre cet argent, dit-il à Natalia.

— Oublie ça, s'il te plaît. Ces hommes sont dangereux. Je ne voudrais pas que tu prennes un mauvais coup. Laisse tomber. »

Il n'en avait aucune intention, mais n'ajouta rien.

De retour à son bureau, il vit qu'on lui avait transmis le dossier du KGB concernant Vassili Ienkov.

Il n'était pas très épais. Ienkov était scénariste et n'avait jamais attiré le moindre soupçon jusqu'à ce jour de mai 1961 où on l'avait arrêté en possession de cinq exemplaires d'un journal subversif intitulé *Dissidence*. Au cours de son interrogatoire, il avait affirmé qu'on lui en avait remis une dizaine quelques minutes plus tôt et qu'il en avait distribué spontanément quelques-uns par compassion pour le chanteur d'opéra atteint de pneumonie. Une perquisition à son domicile n'avait pas livré d'information de nature à contredire son récit. Sa machine à écrire ne correspondait pas à celle qui avait servi à publier le journal. Après avoir subi des décharges électriques dans les lèvres et les doigts, il avait donné les noms d'autres dissidents, mais tout le monde parlait sous la torture, innocents ou coupables. Conformément à ce qui se passait généralement, certains de ceux qu'il avait dénoncés étaient d'irréprochables membres du parti communiste, d'autres des inconnus dont le KGB n'avait pas retrouvé la trace. Tout bien pesé, la police secrète avait tendance à penser que Ienkov n'était pas l'éditeur illégal de *Dissidence*.

Dimka ne pouvait qu'admirer le courage d'un homme capable de mentir durant un interrogatoire du KGB. Malgré ses souffrances, Ienkov avait continué de protéger Tania. Peut-être méritait-il la liberté.

Dimka savait la vérité tue par Ienkov. Il n'avait pas oublié la nuit où il était allé avec Tania récupérer sa machine à écrire compromettante pour aller la jeter dans la Moskova, lui évitant ainsi une peine bien plus lourde.

À en croire son dossier, Ienkov ne se trouvait plus au camp de la forêt de mélèzes. On lui avait découvert une modeste compétence technique. Il s'y connaissait en microphones et en électricité car son premier poste à Radio Moscou avait été celui d'assistant de production. La pénurie de techniciens en Sibérie était telle que cela avait suffi à lui valoir une affectation comme électricien dans une centrale.

Il avait probablement été ravi de se voir confier un emploi où il ne risquait pas de se trancher un bras ou une jambe. Mais la médaille avait son revers. Quand elles tenaient un technicien compétent, les autorités renâclaient à l'idée de le laisser partir de Sibérie. Une fois sa peine accomplie, il avait voulu faire viser son passeport intérieur pour regagner Moscou, conformément à la réglementation. Sa demande avait été rejetée, ce qui l'obligeait à rester à son poste. Il était coincé.

C'était injuste, mais le monde était plein d'injustices, ainsi que Dimka l'avait fait remarquer à Tania.

Dimka observa la photographie contenue dans le dossier. Ienkov ressemblait à une vedette de cinéma, avec son visage sensuel, ses lèvres pleines, ses sourcils noirs et ses épais cheveux bruns. Mais sa physionomie révélait autre chose. L'amusement teinté d'ironie qui se lisait dans les petites rides de ses yeux suggérait qu'il ne se prenait pas terriblement au sérieux. Dimka n'aurait pas été surpris que Tania soit amoureuse de cet homme, malgré ses dénégations.

Quoi qu'il en fût, il allait essayer d'obtenir sa libération.

Il en parlerait à Khrouchtchev. Mieux valait néanmoins attendre que le patron soit de bonne humeur. Il rangea le dossier dans son tiroir.

Il n'eut pas l'occasion de tenter quelque chose ce jour-là. Khrouchtchev partit de bonne heure et, alors que Dimka s'apprêtait à rentrer chez lui, Natalia passa la tête dans son bureau. « Viens boire un verre, proposa-t-elle. On en a bien besoin après cette affreuse aventure au Marché central. »

Dimka hésita. « Il faut que j'aille retrouver Nina. L'accouchement est pour bientôt.

— Juste un verre, en vitesse.

— D'accord. » Il vissa le capuchon de son stylo à plume et se tourna vers sa secrétaire : « Vous pouvez partir, Vera.

— J'ai encore deux ou trois choses à finir », répondit-elle. C'était une employée consciencieuse.

Le Café de la berge, fréquenté par la jeune élite du Kremlin, était moins sinistre que les bars moscovites moyens. Les fauteuils y étaient confortables, les casse-croûte comestibles et les apparatchiks les mieux payés et amateurs de saveurs exotiques pouvaient s'y faire servir du scotch et du bourbon. Ce soir-là, Dimka et Natalia y retrouvèrent un grand nombre de personnes de leur connaissance, en majorité des conseillers comme eux. Quelqu'un tendit à Dimka un verre de bière et il en but une lampée avec plaisir. L'ambiance était à la fête. Boris Kozlov, un conseiller de Khrouchtchev comme lui, raconta une blague plutôt risquée. « Écoutez-moi tous ! Vous savez ce qui se passera quand on instaurera le communisme en Arabie Saoudite ? »

Tous lui demandèrent la chute à grands cris.

« Au bout d'un moment, il y aura pénurie de sable ! »

Un éclat de rire général accueillit la boutade. Si tous les clients du bar étaient des serviteurs zélés de l'Union soviétique, à l'image de Dimka, il n'en étaient pas moins conscients des défauts du système. Le fossé entre les ambitions du parti et la réalité du pays les tracassait tous, et des blagues de cet acabit leur permettaient de se détendre.

Dimka finit sa bière et en commanda une autre.

Natalia leva son verre comme pour porter un toast. « Le plus grand espoir pour la révolution mondiale est une compagnie américaine qui s'appelle United Fruit », annonça-t-elle. On s'esclaffa autour d'elle. « Je parle sérieusement, reprit-elle en souriant. Ses dirigeants persuadent le gouvernement des États-Unis de soutenir des dictatures fascistes et brutales dans toute l'Amérique latine. Si United Fruit était plus malin, il encouragerait une évolution progressive vers les valeurs bourgeoises – respect de la loi, liberté de parole, organisations syndicales –, mais, fort heureusement pour le communisme universel, ils sont trop bêtes pour comprendre ça. Ils répriment brutalement les mouvements réformistes, si bien que le peuple n'a pas d'autre solution que de se tourner vers le communisme – exactement comme l'avait prédit Karl Marx. » Elle trinqua avec son voisin. « Vive United Fruit ! »

Dimka éclata de rire. Natalia était à la fois l'une des personnes les plus intelligentes du Kremlin, et la plus belle. Les joues rosies par la gaieté, un rire s'épanouissant sur sa grande bouche ouverte, elle était ensorcelante. Dimka ne put s'empêcher de la comparer à la femme qui l'attendait chez lui, énorme, constamment épuisée, se refusant à toute relation sexuelle, tout en sachant qu'il était cruellement injuste.

Quand Natalia alla commander un en-cas au bar, Dimka prit conscience que cela faisait plus d'une heure qu'il était là : il devait rentrer chez lui. Il se dirigea vers Natalia dans l'intention de lui dire au revoir. Mais la bière avait émoussé sa prudence et, lorsque Natalia lui décocha un sourire chaleureux, il l'embrassa.

Elle lui rendit son baiser avec fougue.

Dimka ne comprenait pas cette femme. Elle avait passé une nuit avec lui, avant de lui rappeler avec force qu'elle était mariée, puis elle l'invitait à prendre un verre avec elle et l'embrassait. Où voulait-elle en venir ? Mais comment aurait-il pu s'arrêter à cette incohérence en sentant ses lèvres chaudes sur les siennes et le chatouillement du bout de sa langue ?

Elle s'écarta de lui et il vit sa secrétaire, debout près d'eux.

L'expression de Vera était franchement réprobatrice. «Je vous ai cherché partout, lui dit-elle d'un ton accusateur. Il y a eu un coup de fil pour vous.

— Pardon», fit Dimka, sans savoir s'il s'excusait de l'avoir obligée à le chercher ou d'avoir embrassé Natalia.

Natalia prit l'assiette de concombres au vinaigre que lui tendait le serveur et retourna près de ses amis.

« C'était votre belle-mère », précisa Vera.

L'euphorie de Dimka s'évapora d'un coup.

«Le travail a commencé depuis un bon moment. Tout se passe bien, mais vous feriez bien de rejoindre votre femme à l'hôpital.

— Merci », bredouilla Dimka, avec le sentiment d'être le plus déloyal des maris.

« Bonsoir », fit alors Vera, et elle sortit du bar.

Dimka la suivit. Il resta un instant à respirer l'air frais de la nuit, puis enfourcha sa moto et fonça à l'hôpital. Le moment était vraiment mal choisi pour être surpris en train d'embrasser une collègue. Il méritait de se sentir humilié : il s'était conduit comme un imbécile.

Il laissa sa moto au parking et entra dans la maternité où il trouva Nina, assise dans son lit. Macha se tenait à son chevet, tenant dans ses bras un bébé enveloppé d'un linge blanc. «Félicitations, dit-elle à Dimka. C'est un garçon.

— Un garçon », répéta-t-il. Il se tourna vers Nina. Elle lui adressa un sourire las mais triomphant.

Il regarda le bébé. Il avait une jolie houppette de cheveux noirs. En voyant le bleu de ses yeux, Dimka pensa à son grand-père Grigori. Tous les bébés ont les yeux bleus, se rappela-t-il. Était-ce son imagination, ou bien ce bébé semblait déjà poser sur le monde le même regard intense que celui de Grigori ?

Macha tendit le bébé à Dimka. Il le prit avec autant de précautions que s'il s'était agi d'un gros œuf à la coquille fragile. Tout ce qui s'était passé au cours de la journée s'effaça devant ce miracle.

J'ai un fils, songea-t-il, les larmes aux yeux.

«Il est splendide, murmura Dimka. Nous l'appellerons Grigor.»

*

Deux choses troublèrent le sommeil de Dimka cette nuit-là. Un sentiment de culpabilité, tout d'abord : au moment où sa femme accouchait dans le sang et la douleur, il était en train d'embrasser Natalia. Ensuite, la colère qui le dévorait à l'idée d'avoir été berné et humilié par Max et Joseph. Certes, c'était Natalia qui s'était fait voler, mais il n'en était pas moins indigné et désireux de se venger.

Le lendemain matin, avant d'aller au bureau, il passa par le Marché central. Il avait passé la moitié de la nuit à répéter ce qu'il dirait à Max. «Je m'appelle Dimitri Ilitch Dvorkine. Renseignez-vous sur moi. Renseignez-vous sur mon employeur. Renseignez-vous sur mon oncle et sur mon défunt père. Puis retrouvez-moi demain, ici même, avec l'argent de Natalia et suppliez-moi de vous épargner le traitement que vous méritez.» Il se demanda s'il aurait le courage de prononcer ces mots, si Max réagirait par l'effroi ou par le mépris, si ce discours serait suffisant pour qu'il puisse récupérer l'argent de Natalia et retrouver sa fierté.

Max n'était pas assis à sa table de cuisine. Il n'était pas non plus dans le magasin. Dimka n'aurait su dire s'il était déçu ou soulagé.

Joseph en revanche se tenait près de la porte de l'arrière-boutique. Dimka envisagea un instant d'infliger son discours au jeune homme. Probablement n'avait-il pas le pouvoir de restituer l'argent, mais Dimka n'en serait pas moins soulagé. Pendant qu'il hésitait, il remarqua que Joseph avait renoncé à l'attitude arrogante et menaçante qu'il affichait la veille. À son grand étonnement, avant même qu'il ait eu le temps d'ouvrir la bouche, Joseph recula, l'air terrorisé. « Pardon ! dit-il. Pardon ! »

Dimka ne savait comment expliquer cette métamorphose. Si le jeune homme avait découvert que Dimka travaillait au Kremlin et était issu d'une puissante famille, il se serait sans doute montré contrit et conciliant, peut-être même lui aurait-il rendu l'argent, mais il n'aurait pas eu l'air de craindre pour sa vie. « Tout ce que je veux, c'est l'argent de Natalia, lui dit-il.

— On l'a rendu ! On l'a déjà rendu ! »

Dimka était intrigué. Natalia l'avait-elle précédé ? «À qui l'avez-vous rendu ?

— À ces deux types. »

Dimka n'y comprenait plus rien. « Où est Max ?

— À l'hôpital, répondit Joseph. Ils lui ont cassé les deux bras, ça ne vous suffit pas ? »

Dimka réfléchit quelques instants. À moins que le jeune homme lui raconte des bobards, deux inconnus s'en étaient apparemment pris à Max et l'avaient contraint à leur rendre l'argent volé. Qui étaient-ils ? Et pourquoi avaient-ils fait cela ?

De toute évidence, Joseph n'en savait pas plus et Dimka n'était pas plus avancé quand il ressortit de la boutique.

Ce n'était pas la police qui était intervenue, raisonna-t-il en retournant à sa moto, pas plus que l'armée ou le KGB. Un représentant des autorités aurait arrêté et incarcéré Max, attendant d'être en tête à tête pour lui casser les bras. Tout cela n'avait rien d'officiel, il en était certain.

C'étaient forcément des truands. Natalia comptait donc des criminels dans son entourage immédiat.

Pas étonnant qu'elle parlât aussi peu de sa vie privée.

Dimka fila à toute allure vers le Kremlin mais constata avec consternation que Khrouchtchev était arrivé avant lui. Toutefois, le patron était de bonne humeur : Dimka l'entendit s'esclaffer. Peut-être le moment était-il bien choisi pour lui parler de Vassili Ienkov. Il ouvrit le tiroir de son bureau et en sortit le dossier du KGB. Il prit également une liasse de papiers que Khrouchtchev devait signer. Puis il hésita. Il était fou de faire ça, même si c'était pour sa sœur chérie. Il maîtrisa pourtant son angoisse et alla trouver son patron.

Le premier secrétaire parlait au téléphone, assis derrière son bureau. Il n'aimait guère cet instrument de communication, préférant voir les gens face à face : ainsi, disait-il, il savait quand ils lui mentaient. Mais cette conversation-là était joviale. Dimka posa les feuillets devant lui et Khrouchtchev se mit à les signer tout en continuant de parler.

Lorsqu'il eut raccroché, le premier secrétaire lui demanda : « Qu'est-ce que vous tenez là ? On dirait un dossier du KGB.

— Vassili Ienkov. Condamné à deux ans de camp de travail après avoir été trouvé en possession d'un tract à propos d'Oustine Bodian, le chanteur dissident. Il a accompli sa peine, mais on l'a gardé là-bas. »

Khrouchtchev cessa de signer. « Son sort vous intéresse personnellement ? »

Dimka sentit un frisson lui parcourir l'échine. « Pas le moins du monde », mentit-il en réussissant à ne pas laisser transparaître sa peur. S'il révélait les liens de sa sœur avec un homme condamné pour subversion, ils pourraient tous les deux dire adieu à leur carrière.

Khrouchtchev plissa les yeux. « Dans ce cas, quelle raison aurions-nous de le laisser rentrer chez lui ? »

Dimka regretta d'avoir cédé à Tania. Il aurait dû se douter que Khrouchtchev ne se laisserait pas berner : on ne devient pas dirigeant de l'Union soviétique si on ne possède pas une nature soupçonneuse confinant à la paranoïa. Dimka chercha frénétiquement à se tirer de ce pétrin. « Je ne dis pas que nous devons le laisser rentrer, déclara-t-il en s'efforçant de garder son calme. Je voulais seulement attirer votre attention sur son cas. Il a commis un délit relativement insignifiant et il a purgé sa peine. Rendre justice à un dissident mineur irait dans le sens de votre politique générale de libéralisation prudente. »

Khrouchtchev ne fut pas dupe. « Quelqu'un vous a demandé un service. » Dimka ouvrit la bouche pour protester de son innocence mais son patron leva la main pour lui intimer le silence. « Ne le niez pas, cela m'est égal. L'influence dont vous jouissez est le fruit de votre labeur. »

Dimka avait l'impression qu'il venait d'échapper à une condamnation à mort. « Merci, dit-il sur un ton plus pathétique qu'il ne l'aurait souhaité.

— Quel travail ce Ienkov effectue-t-il en Sibérie ? » demanda Khrouchtchev.

Dimka vit trembler celle de ses mains qui tenait le dossier. Il pressa son bras contre son flanc pour l'immobiliser. « Il est électricien dans une centrale. Il n'est pas qualifié pour ce poste, mais il a travaillé autrefois à la radio.

— Quel était son emploi à Moscou ?

— Scénariste.

— Oh ! bordel de merde ! » Khrouchtchev jeta son stylo. « Un scénariste ? Qu'est-ce qu'on a à foutre d'un scénariste ? On a terriblement besoin d'électriciens en Sibérie. Qu'il reste là-bas. Au moins, il se rend utile. »

Dimka le regarda, atterré. Il ne savait pas quoi dire.

Khrouchtchev reprit son stylo et se remit à signer. « Un scénariste, marmonna-t-il. Mon cul ! »

*

Tania dactylographia la nouvelle de Vassili, en faisant deux copies carbone.

Le texte de *La Morsure du gel* était trop bon pour être publié en samizdat. Vassili évoquait le monde des camps de façon vivante et brutale – mais il faisait bien plus que cela. En le tapant, elle s'était rendu compte avec un pincement au cœur que ce camp était une métaphore de l'Union soviétique et la nouvelle une critique féroce de la société soviétique. Vassili disait la vérité avec une franchise qu'elle ne pouvait pas se permettre d'avoir, et elle en était rongée de remords. Chaque jour, elle rédigeait des articles publiés dans des journaux et des revues à travers toute l'URSS ; chaque jour, elle veillait soigneusement à dissimuler la réalité. Elle ne mentait pas vraiment, elle passait seulement sous silence la pauvreté, l'injustice, la répression et le gaspillage qui caractérisaient son pays. La nouvelle de Vassili lui montrait que sa vie n'était qu'une imposture.

Elle porta le tapuscrit à Daniil Antonov, son rédacteur en chef. « Un texte anonyme reçu au courrier », expliqua-t-elle. Peut-être devina-t-il qu'elle lui mentait, mais elle savait qu'il ne la trahirait pas. « Une nouvelle située dans un camp de prisonniers.

— On ne peut pas publier ça, se hâta-t-il de dire.

— Je sais. Il se trouve qu'elle est excellente – l'œuvre d'un grand écrivain, à mon avis.

— Pourquoi me la montres-tu ?

— Tu connais le rédacteur en chef de *Nouveau Monde.* »

Daniil prit l'air pensif. « Il publie parfois des textes peu orthodoxes, c'est vrai. »

Tania baissa la voix. « J'ignore jusqu'où peut aller la libéralisation voulue par Khrouchtchev.

— C'est une politique un peu indécise, mais on continue à nous encourager à évoquer et à condamner les excès du passé.

— Tu veux bien la lire et la montrer à ton ami si elle te plaît ?

— Bien sûr. » Daniil parcourut les premières lignes. « Pourquoi te l'a-t-on envoyée, à ton avis ?

— Ça doit être quelqu'un que j'ai rencontré en Sibérie il y a deux ans.

— Ah. » Il acquiesça. « C'est une explication. » Ce qui voulait dire en réalité : *pas mal comme alibi.*

« Je suppose que l'auteur révélera son identité si le texte est accepté par la revue.

— Très bien, acquiesça Daniil. Je ferai de mon mieux. »

XXV

L'université de l'Alabama était la dernière université d'État américaine exclusivement blanche. Le mardi 11 juin, deux jeunes Noirs se présentèrent sur le campus de Tuscaloosa pour s'y inscrire. George Wallace, le gouverneur de l'Alabama, se planta de toute sa petite taille sur le seuil de l'université, bras croisés et jambes écartées, et jura qu'ils n'entreraient pas.

À Washington, au ministère de la Justice, George Jakes était en compagnie de Bob Kennedy et d'autres conseillers ; ils écoutaient les comptes rendus téléphoniques de leurs correspondants sur place. Le téléviseur était allumé mais, pour le moment, aucune chaîne ne diffusait les événements en direct.

Moins d'un an auparavant, à l'université du Mississippi, deux personnes avaient été tuées par balle lors d'émeutes qui avaient éclaté après l'admission du premier étudiant de couleur. Les frères Kennedy étaient résolus à empêcher que ce drame se reproduise.

George s'était rendu à Tuscaloosa pour visiter le campus arboré de l'université. On lui avait lancé des regards mauvais lorsqu'il avait arpenté les pelouses vertes, seul visage noir parmi les jolies filles en socquettes et les élégants jeunes gens en blazer. Il avait dessiné à l'intention de Bob le grand portique de l'amphithéâtre Foster, avec ses trois portes devant lesquelles se tenait à présent le gouverneur Wallace derrière un lutrin et entouré de membres de la police locale. En ce mois de juin, la température dépassait déjà trente-cinq degrés. George imaginait les reporters et les photographes massés en face de Wallace, transpirant à grosses gouttes sous le soleil dans l'attente du premier acte de violence.

Cela faisait longtemps que les deux camps se préparaient à l'affrontement.

George Wallace était un démocrate du Sud. Abraham Lincoln, le libérateur des esclaves, avait été en son temps un républicain, alors que les Sudistes de l'époque, partisans de l'esclavage, étaient des démocrates. Ils étaient restés membres du parti, contribuant à l'élection de présidents démocrates avant de saper leur travail dès qu'ils étaient en poste.

Wallace était un petit homme rusé, et George Jakes n'avait aucune idée de ce qu'il pouvait mijoter ce jour-là. Qu'espérait-il obtenir ? Du grabuge... ou quelque chose de plus subtil ?

Le mouvement des droits civiques, qui avait paru moribond deux mois plus tôt, avait repris du poil de la bête après les émeutes de Birmingham. L'argent affluait : lors d'un gala de collecte de fonds organisé à Hollywood, des acteurs aussi célèbres que Paul Newman et Tony Franciosa avaient signé des chèques de mille dollars chacun. Terrifiée à l'idée de nouveaux désordres, la Maison Blanche s'efforçait désespérément de calmer les contestataires.

Bob Kennedy avait fini par admettre la nécessité d'une nouvelle loi sur les droits civiques. Il était grand temps, disait-il, que le Congrès abolisse la ségrégation dans tous les lieux publics – hôtels, restaurants, bus, toilettes – et permette aux Noirs d'exercer leur droit de vote. Malheureusement il n'en avait pas encore convaincu son frère le Président.

Ce matin-là, Bob feignait d'être calme et parfaitement maître de la situation. Une équipe de télévision était venue le filmer et trois de ses sept enfants couraient partout dans son bureau. George savait pourtant que sa décontraction apparente pouvait virer à la colère glaciale si les choses tournaient mal.

Bob était résolu à empêcher toute émeute – mais il tenait également à ce que les deux étudiants puissent s'inscrire. Un juge avait émis une injonction en ce sens et, en tant que ministre de la Justice, Bob ne pouvait pas plier devant un gouverneur décidé à violer la loi. S'il était prêt à envoyer l'armée pour évacuer Wallace de force – il aurait tout de même préféré éviter l'image désastreuse de Washington imposant sa volonté au Sud.

Bob était en manches de chemise, des auréoles de transpiration sous les bras, penché au-dessus du haut-parleur posé sur son grand bureau. L'armée avait mis en place une unité de communication mobile et quelqu'un dans la foule de Tuscaloosa tenait

Bob informé du déroulement des événements. « Nick vient d'arriver », annonça la voix dans le haut-parleur. Nicholas Katzenbach, le ministre adjoint de la Justice, était le représentant de Bob sur place. « Il se dirige vers Wallace... il lui tend l'ordonnance. » Katzenbach était muni d'une ordonnance présidentielle mettant Wallace en demeure de cesser de défier illégalement l'injonction du juge. « Maintenant, Wallace prononce un discours. »

Le bras gauche de George était maintenu par une discrète écharpe noire. Il souffrait encore de la blessure au poignet que lui avaient infligée des membres de la police d'État lors de sa visite à Birmingham, dans l'Alabama. C'était aussi dans l'Alabama, à Anniston, que deux ans plus tôt, un émeutier raciste lui avait cassé le même bras. George espérait ne jamais remettre les pieds dans cet État.

« Wallace ne parle pas de ségrégation, poursuivit la voix dans le haut-parleur. Il parle des droits des États. Il dit que Washington n'a pas le droit d'intervenir dans les établissements scolaires et les universités d'Alabama. Je vais essayer de m'approcher pour que vous puissiez l'entendre. »

George fronça les sourcils. Lors de son discours inaugural de gouverneur, Wallace avait déclaré : « Ségrégation aujourd'hui, ségrégation demain, ségrégation toujours. » Il est vrai qu'il s'adressait alors à des citoyens blancs. Qui cherchait-il à impressionner aujourd'hui ? La réalité de qui se passait là-bas échappait encore aux frères Kennedy et à leurs conseillers.

Le discours de Wallace fut long. Lorsqu'il finit par se taire, Katzenbach lui demanda une nouvelle fois de se soumettre à l'injonction, et Wallace refusa. Impasse.

Katzenbach quitta alors la scène – mais la pièce n'était pas terminée. Les deux étudiants, Vivian Malone et James Hood, attendaient dans une voiture. Comme convenu, Katzenbach escorta Vivian jusqu'à sa résidence universitaire tandis qu'un autre juriste du ministère de la Justice en faisait autant pour James. Ce n'était que temporaire. Pour s'inscrire en bonne et due forme, il était indispensable d'entrer dans l'amphithéâtre Foster.

Le journal télévisé de la mi-journée commença et, dans le bureau de Bob Kennedy, quelqu'un monta le son du téléviseur. Wallace se tenait derrière son lutrin, paraissant bien plus grand qu'il ne l'était réellement. Il ne prononça pas un mot sur les gens de couleur, la ségrégation ou les droits civiques. Il parla de l'oppression qu'exerçait la puissance du gouvernement central sur la souveraineté de l'État de l'Alabama. Il évoqua d'un ton indigné la liberté et la démocratie comme si les Noirs ne se voyaient pas refuser l'exercice du droit de vote. Il cita la constitution américaine comme s'il ne la bafouait pas chaque jour de sa vie. Son discours était un vrai morceau de bravoure et George s'en inquiéta.

Burke Marshall, l'avocat blanc qui dirigeait le service des droits civiques, était présent dans le bureau de Bob. George se méfiait encore de lui, mais Marshall avait évolué depuis Birmingham et il proposa une solution plus radicale pour sortir de l'impasse : envoyer l'armée à Tuscaloosa. « C'est la seule chose à faire, non ? » dit-il à Bob.

Celui-ci acquiesça.

Cela prit du temps. Les conseillers de Bob commandèrent du café et des sandwichs. À l'université de Tuscaloosa, chacun campait sur ses positions.

Des nouvelles arrivèrent alors du Vietnam. À un carrefour de Saigon, un moine nommé Thich Quang Duc s'était aspergé de vingt litres d'essence, avait calmement craqué une allumette et s'était immolé par le feu. Par son suicide, il cherchait à protester contre les persécutions que faisait subir à la majorité bouddhiste le président Ngo Dinh Diem, un catholique soutenu par les États-Unis.

Pas de répit pour le président Kennedy.

La voix se fit enfin entendre dans le haut-parleur : « Le général Graham vient d'arriver avec... avec quatre soldats.

— Quatre ? répéta George. C'est ça, notre démonstration de force ? »

Ils entendirent une nouvelle voix, sans doute celle du général s'adressant à Wallace : « Monsieur, il est hélas de mon devoir de vous demander de vous écarter, par ordre du président des États-Unis. »

Graham commandait la garde nationale de l'Alabama et, de toute évidence, il n'accomplissait son devoir qu'à contrecœur.

Mais la voix dans le haut-parleur s'écria alors : « Wallace s'éloigne... il s'en va ! Wallace s'en va ! C'est fini ! »

Les conseillers de Bob échangèrent bravos et accolades.

Au bout d'une minute, ils remarquèrent que George ne participait pas à la liesse générale. « Qu'est-ce qui vous arrive ? » lui demanda Dennis Wilson.

George estimait que ceux qui l'entouraient ne réfléchissaient pas suffisamment. « Wallace avait prévu le coup, déclara-t-il. Dès le début, il avait l'intention de céder quand on lui enverrait l'armée.

— Et pourquoi ? s'interrogea Dennis.

— C'est bien ce qui me tracasse. Durant toute la matinée, j'ai eu l'impression qu'il nous manipulait.

— Mais que lui a rapporté tout ce cinéma ?

— Une tribune. Il vient de passer à la télévision, en se présentant comme un citoyen ordinaire qui tient tête à un gouvernement tyrannique.

— Le gouverneur Wallace, se plaindre qu'on le tyrannise ? reprit Wilson. Quelle blague ! »

Bob, qui avait suivi la discussion, décida d'intervenir. « Laissez parler George. Il met le doigt sur les vrais problèmes.

— Ça n'a pas plus de sens pour vous que pour moi, poursuivit alors George. Pourtant, de nombreux Américains de la classe ouvrière considèrent que l'intégration leur est imposée de force par des libéraux de Washington tels que nous, tous ici, dans cette pièce.

— Je sais, approuva Wilson. Mais il est curieux d'entendre ça dans la bouche d'un... » Il allait dire « d'un Noir » avant de se raviser. « ... d'un défenseur des droits civiques. Où voulez-vous en venir ?

— Ce qu'a fait Wallace aujourd'hui, c'est parler à ces Blancs de la classe ouvrière. Ils se rappelleront l'avoir vu planté devant cette porte, face à Nick Katzenbach – l'exemple type du libéral de la côte Est, à leurs yeux – et ils se rappelleront que le gouverneur Wallace n'a cédé que devant l'armée.

— Wallace est le gouverneur de l'Alabama. Pourquoi aurait-il besoin de s'adresser à la nation ?

— Je le soupçonne de vouloir affronter John Kennedy aux primaires démocrates de l'année prochaine. Il veut devenir Président. Et il a lancé sa campagne aujourd'hui, à la télévision nationale – avec notre concours. »

Le silence se fit pendant que tous cherchaient à digérer cette analyse. George vit qu'ils étaient convaincus par ses arguments et inquiets de leurs conséquences.

« Pour le moment, c'est Wallace qui fait l'actualité et en plus, il passe pour un héros, acheva George. Il faudrait peut-être que le président Kennedy reprenne l'initiative. »

Bob appuya sur le bouton de l'interphone et dit : « Passez-moi le Président. » Il alluma un cigare.

Dennis Wilson décrocha un téléphone qui sonnait et annonça : « Les deux étudiants sont entrés dans l'amphi et se sont inscrits. »

Quelques instants plus tard, Bobby décrocha le téléphone pour s'entretenir avec son frère. Il lui fit savoir qu'ils avaient remporté la victoire sans violences. Il l'écouta ensuite avec attention. « Oui ! fit-il à un moment. George Jakes est du même avis... » Suivit une pause assez longue. « Ce soir ? Mais on n'a pas de discours... Bien sûr, on peut l'écrire. Non, je crois que tu as pris la bonne décision. On va faire ça. » Il raccrocha et parcourut la salle du regard. « Le Président va présenter un nouveau projet de loi sur les droits civiques », déclara-t-il.

Le cœur de George fit un bond. C'était ce que réclamaient Martin Luther King et tous les militants du mouvement des droits civiques, lui-même compris.

« Et il va l'annoncer en direct à la télévision – ce soir même, conclut Bob.

— Ce soir ? demanda George, surpris.

— Dans quelques heures. »

C'était sensé, songea George, mais il faudrait faire vite. Le Président reviendrait au premier plan de l'actualité, comme il convenait – loin devant George Wallace et Thich Quang Duc.

« Il veut que vous alliez là-bas travailler sur ce discours avec Ted, ajouta Bob.

— Oui, monsieur », répondit George.

Il sortit du ministère de la Justice, très excité, et arriva hors d'haleine à la Maison Blanche, tellement il avait marché vite. Il s'arrêta un instant au rez-de-chaussée de l'aile ouest pour reprendre son souffle avant de monter à l'étage. Il trouva Ted Sorensen dans son bureau en compagnie de quelques collègues. George ôta sa veste et s'assit.

Parmi les documents éparpillés sur la table figurait un télégramme adressé par le pasteur King au président Kennedy. À Danville, Virginie, soixante-cinq Noirs avaient manifesté contre la ségrégation et quarante-huit d'entre eux s'étaient retrouvés à l'hôpital après avoir été passés à tabac par la police. « Les Noirs seront bientôt à bout de patience », concluait King. George souligna cette phrase.

Le groupe travailla d'arrache-pied sur le discours. Celui-ci commencerait par une allusion aux événements du jour en

Alabama et rappellerait que l'armée n'avait fait qu'appliquer une décision de justice. Toutefois, loin de s'attarder sur les détails de cette escarmouche, le Président s'empresserait de faire appel aux valeurs morales de tous les Américains honnêtes. De temps à autre, Sorensen allait porter des pages manuscrites aux dactylos.

George était agacé de devoir accomplir dans la précipitation une tâche aussi importante, mais il en comprenait les raisons. Le travail législatif était un processus rationnel; la politique, au contraire, tenait surtout de l'intuition. L'instinct de John Kennedy était sûr, et cet instinct lui soufflait qu'il fallait reprendre l'initiative le jour même.

Le temps fila trop vite. Le discours n'était toujours pas terminé quand les équipes de la télévision envahirent le Bureau ovale pour régler les éclairages. Le président Kennedy longea le couloir jusqu'au bureau de Sorensen et demanda comment avançaient les choses. Sorensen lui fit lire quelques pages et le Président se montra plutôt critique. Ils passèrent alors dans le bureau des secrétaires, où Kennedy commença à dicter les changements à apporter au texte. Lorsque huit heures sonnèrent, le discours était toujours inachevé, mais le Président était à l'antenne.

Dans le bureau de Sorensen, George regarda la télévision en se rongeant les ongles.

Le président Kennedy prononça le discours de sa vie.

Après un début un peu trop compassé, il s'anima en évoquant les perspectives qui étaient celles d'un nouveau-né noir : par rapport à un bébé blanc, il avait deux fois moins de chances de finir ses études secondaires, trois fois moins de chances d'obtenir un diplôme universitaire, deux fois plus de chances d'être au chômage et jouissait d'une espérance de vie inférieure de sept ans.

« De fait, nous sommes devant une crise des valeurs morales, poursuivit-il. Elle est aussi ancienne que les Saintes Écritures et aussi manifeste que la Constitution américaine. »

George s'étonna. Ce passage-là ne figurait pas dans le texte qu'ils avaient préparé et il lui révélait un autre John Kennedy. Ce Président si moderne, si chic, avait découvert le pouvoir de l'orateur biblique. Peut-être avait-il appris deux ou trois leçons du pasteur Martin Luther King. « Qui parmi nous serait prêt à changer de couleur de peau ? dit-il, revenant à des mots simples et brefs. Qui parmi nous se contenterait d'être patient et d'attendre que les choses changent ? »

C'étaient John Kennedy et son frère Bob qui avaient conseillé la patience et l'attente, se rappela George. Il constatait avec satisfaction qu'ils reconnaissaient enfin que ces conseils étaient mal inspirés.

« Nous prêchons la liberté à travers le monde », poursuivit le Président. George savait qu'il devait se rendre prochainement en Europe. « Pouvons-nous affirmer au monde, et surtout à nous-mêmes, que nous sommes le pays de la liberté pour tous sauf les Noirs ? Que nous n'avons pas de citoyens de seconde classe, sauf les Noirs ? Que nous n'avons aucun système de classe sociale, de caste, aucun ghetto, aucune race supérieure, sauf en ce qui concerne les Noirs ? »

George exultait. C'étaient des paroles fortes – surtout cette allusion à la race supérieure, qui rappelait les nazis. C'était le genre de discours qu'il avait toujours attendu du président Kennedy.

« Les feux de la frustration et de la discorde brûlent dans toutes les villes, du Nord et du Sud, là où il n'existe aucun recours juridique, dit encore Kennedy. La semaine prochaine, je demanderai au Congrès des États-Unis d'agir, de prendre l'engagement, ce qu'il n'a encore jamais fait au cours de ce siècle, de soutenir la proposition que… » Après cet instant plus solennel, il revint à un langage ordinaire. « … le critère de race ne saurait être pris en considération dans le mode de vie ni dans le droit américain. »

Ça, c'était une citation pour la presse, songea aussitôt George : le critère de race ne saurait être pris en considération dans le mode de vie ni dans le droit américain. Jamais il n'avait été aussi enthousiaste. L'Amérique changeait, en cet instant précis, seconde après seconde, et il participait à ce changement.

« Ceux qui ne font rien se couvrent de honte et invitent la violence », déclara le Président. George était convaincu de sa sincérité, alors que quelques heures plus tôt encore, il lui reprochait son immobilisme politique.

« Je demande l'appui de tous nos citoyens », acheva Kennedy.

L'émission prit fin. Les techniciens éteignirent leurs projecteurs et commencèrent à remballer leur matériel. Sorensen félicita le Président.

George était euphorique mais épuisé. Il rentra chez lui, mangea des œufs brouillés et regarda le journal télévisé. Comme il l'avait espéré, les journalistes ne parlaient que de l'allocution du Président. Il alla se coucher et s'endormit.

Le téléphone le réveilla. C'était Verena Marquand. Elle pleurait et tenait des propos incohérents. « Que se passe-t-il ? lui demanda George.

— Medgar », bredouilla-t-elle, avant de prononcer quelques mots incompréhensibles.

« Tu veux parler de Medgar Evers ? » George connaissait ce militant noir de Jackson, dans le Mississippi. Il travaillait à plein temps pour l'Association nationale pour la promotion des gens de couleur, le plus modéré de tous les groupes de lutte pour les droits civiques. Il avait enquêté sur le meurtre d'Emmett Till et organisé le boycott de magasins blancs. Son travail l'avait rendu célèbre dans tout le pays.

« Ils l'ont abattu, sanglotait Verena. Devant chez lui.

— Il est mort ?

— Oui. Il a trois enfants, George – trois ! Ils ont entendu le coup de feu, ils sont sortis et ils ont trouvé leur père qui se vidait de son sang dans l'allée.

— Seigneur !

— Mais qu'est-ce qu'ils ont à la fin ces Blancs ? Pourquoi est-ce qu'ils nous font ça, George ? Pourquoi ?

— Je ne sais pas, Verena, répondit George. Je ne sais pas. »

*

Pour la seconde fois, Bob Kennedy envoya George à Atlanta porter un message à Martin Luther King.

Lorsque George appela Verena pour prendre le rendez-vous, il lui dit également qu'il aimerait bien voir son appartement.

Il n'arrivait pas à la comprendre. À Birmingham, ils avaient fait l'amour et échappé à un attentat raciste, et il s'était senti très proche d'elle. Puis les jours avaient passé, les semaines, sans qu'ils retrouvent l'occasion de faire l'amour, et leur intimité avait disparu. Toutefois, quand le meurtre de Medgar Evers l'avait laissée complètement désemparée, ce n'était pas au pasteur King qu'elle avait téléphoné, ni même à son père, mais à George. Il ne savait plus où en était leur relation à présent.

« Bien sûr, dit-elle. Pourquoi pas ?

— J'apporterai une bouteille de vodka. » Il avait découvert que c'était son alcool préféré.

« Je partage cet appartement avec une amie.

— Tu veux que j'apporte deux bouteilles ? »

Elle rit. « Du calme, grand fauve. Laura se fera un plaisir de sortir ce soir-là. Je lui ai souvent rendu le même service.

— Ça veut dire que tu feras à dîner ?

— Je ne suis pas très bonne cuisinière, tu sais.

— Si tu fais cuire deux steaks, je m'engage à préparer une salade.

— Tu as des goûts drôlement raffinés.

— C'est pour ça que je t'apprécie.

— Baratineur, va. »

Il prit l'avion le lendemain. Il espérait passer la nuit avec Verena mais, ne voulant pas qu'elle ait l'impression qu'il considérait que cela allait de soi, il prit une chambre d'hôtel puis sauta dans un taxi pour aller chez elle.

Son entreprise de séduction n'était pas le seul enjeu de sa visite. La dernière fois qu'il avait apporté un message de Bob à King, il était un peu sceptique sur son contenu. Cette fois en revanche, c'était Bob qui avait raison et King tort, et George était bien décidé à le lui démontrer. Il devait donc d'abord convaincre Verena.

Il faisait chaud à Atlanta en ce mois de juin, et elle l'accueillit vêtue d'une robe de tennis sans manches qui mettait en valeur ses longs bras couleur caramel. Elle était pieds nus et il se demanda si elle portait quelque chose sous sa robe. Elle déposa un baiser sur ses lèvres, trop fugace pour qu'il en tire une quelconque conclusion.

Elle occupait un appartement moderne très chic, meublé dans un style contemporain. Étant donné le salaire que lui versait Martin Luther King, elle ne pouvait sûrement pas se l'offrir, se dit George. Sans doute étaient-ce les ventes des disques de Percy Marquand qui payaient le loyer.

Il posa la vodka sur le comptoir de la cuisine et elle lui tendit une bouteille de vermouth et un shaker. Avant de préparer les cocktails, il déclara : « Je veux être sûr que tu comprends la situation. Le président Kennedy traverse la plus grande épreuve de sa carrière politique. C'est encore pire que la baie des Cochons. »

Elle parut abasourdie, ce qui était l'effet recherché. « Explique-moi pourquoi, dit-elle.

— À cause de ce projet de loi sur les droits civiques. Le lendemain de son allocution – peu après ton coup de fil à propos du meurtre de Medgar –, le chef de la majorité à la Chambre des représentants a téléphoné au Président dans la matinée.

Il lui a annoncé qu'il serait impossible de faire voter la loi d'orientation agricole, le financement des transports publics, l'assistance aux pays étrangers et le budget de la conquête spatiale. Tout le programme législatif de Kennedy est dans l'impasse. Comme nous le craignions, les démocrates du Sud se vengent. Et la cote de popularité du Président a perdu dix points, du jour au lendemain.

— Mais ça a été bénéfique sur le plan international, fit-elle remarquer. Il va falloir que vous teniez bon maintenant sur le plan intérieur.

— C'est ce qu'on fait, tu peux me croire, rétorqua George. Lyndon Johnson est à son affaire.

— Johnson ? Tu me fais marcher ?

— Pas du tout. » George s'était lié d'amitié avec Skip Dickerson, un des conseillers du Vice-Président. « Tu savais que la ville de Houston avait coupé l'électricité des installations portuaires pour protester contre la nouvelle politique de déségrégation de la marine concernant les permissions ?

— Oui, les salauds.

— Lyndon a réglé le problème.

— Comment ?

— La NASA a l'intention de construire à Houston une station d'observation de satellites d'une valeur de plusieurs millions de dollars. Lyndon a menacé d'annuler le projet, tout simplement. La ville a rétabli le courant quelques secondes plus tard. Il ne faut jamais sous-estimer Lyndon Johnson.

— Il faudrait qu'il y ait plus de types comme lui au gouvernement.

— Je ne te le fais pas dire. » Malheureusement, les frères Kennedy étaient plus délicats. Ils ne voulaient pas se salir les mains. Ils préféraient l'arme de la raison. Aussi ne recouraient-ils pas souvent aux talents de Johnson, qu'ils méprisaient d'ailleurs pour ses méthodes brutales.

George mit de la glace dans le shaker, puis y versa un peu de vodka et le secoua. Verena ouvrit le réfrigérateur dont elle sortit deux verres à cocktail givrés. George versa dans chacun d'eux une cuillerée de vermouth, qu'il fit tourner dans les verres pour bien recouvrir la paroi, puis ajouta la vodka bien froide. Verena laissa choir une olive dans chacun.

George appréciait cette sensation de travailler en commun. « On fait une bonne équipe, pas vrai ? »

Verena leva son verre et but. « Tu fais un bon martini. »

George esquissa un sourire penaud. Il avait espéré une autre réponse, une réponse confirmant la nature de leur relation. Il sirota son verre et acquiesça : « Oui, c'est vrai. »

Verena sortit une laitue, des tomates et deux faux filets. George commença à laver la salade. Ce faisant, il orienta la conversation sur le véritable but de sa visite. « Je sais que nous en avons déjà parlé, mais la présence de communistes dans l'entourage du pasteur n'aide pas vraiment la Maison Blanche.

— Qui raconte ça ?

— Le FBI. »

Verena fit une moue méprisante. « La fameuse source d'information digne de confiance sur le mouvement des droits civiques. Laisse tomber, George. Tu sais très bien que pour J. Edgar Hoover, tous ceux qui ne sont pas d'accord avec lui sont des communistes, Bob Kennedy inclus. Où sont les preuves ?

— Il semblerait que le FBI en possède.

— Il semblerait ? Autrement dit, tu ne les as pas vues. Et Bob Kennedy, il les a vues ?

— Hoover prétend qu'il s'agit d'une source sensible, répondit George, embarrassé

— Hoover a refusé de montrer ses preuves au ministre de la Justice ? Pour qui croit-il bosser ? » Elle sirota son verre d'un air pensif. « Et le *Président*, il a vu ces preuves ? »

George resta muet.

L'incrédulité de Verena s'accrut encore. « Hoover ne peut pas dire non au Président.

— Je pense que le Président a préféré ne pas provoquer d'affrontement.

— Que vous êtes naïfs ! Écoute-moi, George : *ces preuves n'existent pas.* »

George décida de lui accorder ce point. « Tu as probablement raison. Je ne crois pas que Jack O'Dell et Stanley Levison soient communistes, bien qu'ils l'aient sans doute été ; mais la vérité n'a aucune importance, tu ne comprends pas ? Les soupçons qui pèsent sur eux suffisent à discréditer tout le mouvement. Et maintenant que le Président a lancé un projet de loi sur les droits civiques, il risque lui aussi d'être discrédité. » George enveloppa la laitue dans un torchon propre et fit de grands moulinets pour la sécher. Il était tellement agacé qu'il y mit un peu plus d'énergie qu'il n'était nécessaire.

« John Kennedy a mis sa carrière en jeu pour défendre les droits civiques ; il est inacceptable qu'il soit affaibli par des accusations de sympathies communistes. » Il mit la laitue dans un saladier. « Débarrassez-vous de ces deux types et le problème sera réglé ! »

Verena déclara d'une voix patiente : « O'Dell est un salarié de l'organisation de Martin Luther King, tout comme moi, mais Levison n'apparaît nulle part dans l'organigramme. Ce n'est qu'un ami et un conseiller de Martin. Tu veux vraiment donner à J. Edgar Hoover le pouvoir de choisir les amis de Martin ?

— Verena, ils représentent un obstacle pour la loi sur les droits civiques. Demande au pasteur King de se débarrasser d'eux – s'il te plaît. »

Elle soupira. « Je pense qu'il le fera. Il faut du temps pour que sa conscience de chrétien accepte l'idée de rejeter des hommes qui le soutiennent depuis longtemps, mais il finira par le faire.

— Le ciel en soit loué. » Le moral de George remonta d'un cran : pour une fois, il rapporterait de bonnes nouvelles à Bob.

Verena sala les faux-filets et les mit dans une poêle. « Et maintenant, je vais te dire un truc. Ça ne fera strictement aucune différence. Hoover continuera à raconter à la presse que le mouvement des droits civiques n'est qu'une couverture du parti communiste. Il le ferait même si nous étions tous des républicains de toujours. J. Edgar Hoover est un menteur pathologique qui déteste les Noirs, et c'est une honte que ton patron n'ait pas les couilles de le virer. »

George aurait bien voulu protester, malheureusement, cette accusation était fondée. Il coupa une tomate en tranches pour l'ajouter à la salade.

« Tu l'aimes bien cuit, ton steak ? demanda Verena.

— Non, saignant.

— À la française ? Moi aussi. »

George confectionna deux autres cocktails et ils s'assirent à la table basse pour manger. George enchaîna sur la seconde partie de son message. « Et ça aiderait aussi beaucoup le Président que le pasteur King renonce à son putain de sit-in à Washington.

— Il n'en est pas question. »

King avait appelé à une « manifestation massive, militante et monumentale » sous forme d'un sit-in à Washington, accompagnée d'actes de désobéissance civile dans tout le pays. Les frères Kennedy étaient consternés. « Réfléchis, insista George. Au

Congrès, il y a des gens qui voteront toujours en faveur des lois sur les droits civiques et d'autres qui s'y opposeront systématiquement. Ceux qui comptent, ce sont ceux dont le cœur balance.

— Les indécis, précisa Verena, usant d'une expression de plus en plus courue.

— Exactement. Ils savent que la loi est juste sur le plan moral mais dangereuse politiquement et ils cherchent des excuses pour voter contre. Vous allez leur permettre de dire : "Je suis pour les droits civiques, mais pas sous la menace d'une arme." Ce n'est pas le bon moment.

— Comme le dit Martin, ce n'est jamais le bon moment pour les Blancs. »

George lui sourit. « Tu es plus blanche que moi. »

Elle agita la tête. « Et plus jolie, aussi.

— Ça, c'est vrai. Je crois que tu es la plus jolie fille que j'aie jamais vue.

— Merci. Mange donc. »

George attrapa couteau et fourchette. Ils mangèrent presque en silence. George complimenta Verena sur ses steaks et elle reconnut qu'il avait fait une bonne salade – pour un homme.

Le repas fini, ils emportèrent leurs verres au salon, s'assirent sur le canapé, et George reprit la discussion. « Les choses ont évolué, tu ne le vois pas ? Le gouvernement est de notre côté. Le Président s'efforce de faire voter la loi que nous réclamons depuis des années. »

Elle secoua la tête. « Si on a appris une chose, c'est que le changement arrive plus rapidement quand on maintient la pression. Savais-tu que les serveuses blanches s'occupent désormais des clients noirs dans les restaurants de Birmingham ?

— Oui, je l'ai appris. Quel incroyable retournement !

— Et ce n'est pas en attendant patiemment que nous avons obtenu cela. Il a fallu jeter des pierres et provoquer des incendies.

— La situation a changé.

— Martin refusera d'annuler la manifestation.

— Est-ce qu'il accepterait alors de la modifier ?

— Comment ça ? »

C'était le plan B de George. « Et si c'était une simple marche, dans le respect de la loi, plutôt qu'un sit-in ? Les membres du Congrès se sentiraient sans doute moins menacés.

— Je ne sais pas. Martin accepterait sans doute d'y réfléchir.

— Organisez-la un mercredi, pour décourager les gens de rester en ville tout le week-end, et arrangez-vous pour qu'elle finisse assez tôt, que les participants soient dispersés avant la nuit.

— Tu cherches à nous couper les griffes.

— Si on ne peut pas éviter une manifestation, autant tout faire pour qu'elle soit non-violente et fasse bonne impression, notamment à la télévision.

— Dans ce cas, que dirais-tu d'installer des toilettes mobiles le long du parcours ? J'imagine que Bob peut faire ça, même s'il est incapable de virer Hoover.

— Excellente idée.

— Et si vous faisiez venir un certain nombre de manifestants blancs ? L'événement passerait mieux à la télé s'il y avait des manifestants blancs aux côtés des Noirs. »

George réfléchit. « Bob devrait pouvoir convaincre les syndicats d'envoyer du monde.

— Si tu peux t'engager sur ces deux points pour faire passer la pilule, je pense que nous avons une chance de faire fléchir Martin. »

George comprit que Verena s'était ralliée à son idée et cherchait à présent la meilleure façon de convaincre King. La bataille était donc à moitié gagnée. « Et toi, répliqua-t-il, si tu arrives à persuader le pasteur King de se décider pour une marche plutôt que pour un sit-in, je pense qu'on pourrait obtenir du Président qu'il approuve la manifestation. » C'était aller un peu loin, mais il savait que ce n'était pas impossible.

« Je ferai de mon mieux. »

George lui passa un bras autour des épaules. « Tu vois qu'on fait une bonne équipe », conclut-il. Elle sourit mais ne dit rien. Il insista. « Tu n'es pas d'accord ? »

Elle l'embrassa. C'était le même baiser qu'auparavant : un peu plus qu'amical, pas tout à fait érotique. « Quand la bombe a fracassé la fenêtre de notre chambre d'hôtel, tu l'as traversée pieds nus pour aller chercher mes chaussures, murmura-t-elle alors.

— Je me rappelle. Il y avait des éclats de verre partout.

— Voilà. C'est à ce moment-là que tu as commis une erreur. »

George fronça les sourcils. « Je ne comprends pas. Je trouvais ça galant.

— Exactement. Tu es trop bien pour moi, George.

— Comment? Mais c'est ridicule ! »

Elle était sérieuse. « Je couche avec n'importe qui, George. Je bois. Je suis infidèle. J'ai même couché avec Martin. »

George haussa les sourcils mais se tut.

« Tu mérites mieux que moi, poursuivit Verena. Tu vas avoir une carrière formidable. Si ça se trouve, tu seras notre premier Président noir. Tu as besoin d'une épouse qui te sera fidèle, qui travaillera à tes côtés et dont tu seras fier. Je ne suis pas faite pour ce rôle. »

George était déconcerté. « Je n'ai pas fait de projets à si long terme, remarqua-t-il. J'espérais simplement pouvoir t'embrasser encore.

— Ça, ça peut s'arranger », dit-elle avec un sourire.

Ils échangèrent un long baiser langoureux. Puis il lui caressa la cuisse, remonta sous sa robe. Sa main s'arrêta au niveau de la hanche. Il ne s'était pas trompé : elle n'avait pas de sous-vêtements.

Elle lisait dans ses pensées. « Tu vois? murmura-t-elle. Une dévergondée.

— Je sais. Ça ne m'empêche pas d'être fou de toi. »

XXVI

Walli avait eu beaucoup de peine à quitter Berlin. Karolin était dans cette ville et il voulait rester près d'elle. Il savait toutefois que cela n'avait aucun sens car ils étaient séparés par le Mur. Ils vivaient à un kilomètre l'un de l'autre, mais il ne pourrait jamais la voir. Pas question de courir le risque de repasser la frontière : il n'aurait pas autant de chance une deuxième fois. Il avait quand même eu beaucoup de mal à se décider à partir pour Hambourg.

Il comprenait que Karolin ait préféré rester auprès de sa famille pour accoucher, ou du moins il cherchait à s'en persuader. Qui était le plus qualifié pour l'aider à mettre son bébé au monde, sa mère ou un guitariste de dix-sept ans? Néanmoins, la logique de ce raisonnement ne le consolait guère.

Il pensait à elle lorsqu'il se couchait le soir et dès qu'il se réveillait le matin. Quand il voyait une jolie fille dans la rue, il était malheureux car il songeait à Karolin. Il se demandait comment elle allait. La grossesse la rendait-elle malade et nauséeuse, ou était-elle radieuse? Ses parents étaient-ils fâchés contre elle ou bien ravis à l'idée d'avoir un petit-fils ou une petite-fille?

Ils échangeaient des lettres dans lesquelles ils écrivaient toujours «je t'aime». Ils hésitaient cependant à s'épancher davantage, sachant que chacun de leurs mots serait examiné à la loupe par un agent de la police secrète, quelqu'un qu'ils connaissaient peut-être, comme Hans Hoffmann. Ils auraient eu l'impression d'échanger des mots d'amour devant un public hostile.

Ils n'étaient pas du même côté du Mur, et c'était comme s'ils avaient vécu à mille kilomètres l'un de l'autre.

Walli se rendit donc à Hambourg et emménagea dans le spacieux appartement de sa sœur.

Rebecca le laissait tranquille. Quand ils lui écrivaient, ses parents le houspillaient pour qu'il reprenne le lycée ou apprenne un métier. Ils l'abreuvaient de suggestions plus stupides les unes que les autres, lui conseillant de faire des études pour devenir électricien ou avocat, ou encore professeur comme Rebecca et Bernd. Rebecca, elle, ne disait jamais rien. Il pouvait passer la journée dans sa chambre à travailler sa guitare, elle n'y voyait aucune objection. Tout ce qu'elle lui demandait, c'était de laver sa tasse de café au lieu de la laisser traîner dans l'évier. S'il lui arrivait de lui parler de son avenir, elle lui répondait : « Rien ne presse. Tu n'as que dix-sept ans. Fais ce que tu as envie de faire et on verra bien. » Bernd était tout aussi tolérant. Walli adorait Rebecca et Bernd lui devenait de plus en plus sympathique.

Il ne s'était pas encore habitué à l'Allemagne de l'Ouest. Les voitures y étaient plus grosses, les vêtements plus neufs, les maisons plus belles. On pouvait critiquer ouvertement le gouvernement dans les journaux et même à la télévision. Lorsqu'il lui arrivait de lire une violente diatribe contre Konrad Adenauer, le chancelier vieillissant, Walli se surprenait à jeter un regard coupable par-dessus son épaule, craignant qu'on ne le surprenne plongé dans un article subversif; il devait se rappeler qu'il était à l'Ouest où régnait la liberté de parole.

S'il avait quitté Berlin à contrecœur, il découvrit à sa grande joie que Hambourg était le cœur de la scène musicale allemande. Cette ville portuaire cherchait à divertir les marins débarqués du monde entier. Une rue qui s'appelait la Reeperbahn était le centre du quartier Sankt Pauli, peuplé de bars, de boîtes de striptease, de clubs homosexuels semi-clandestins et de quantité de salles de concert.

Walli ne souhaitait que deux choses au monde : vivre avec Karolin et devenir musicien professionnel.

Le lendemain de son arrivée à Hambourg, il descendit la Reeperbahn la guitare sur l'épaule et entra dans tous les bars pour demander s'ils ne cherchaient pas un chanteur guitariste pour distraire la clientèle. Il se jugeait plutôt bon musicien. Il savait chanter, jouer et plaire au public. Il suffisait qu'on lui permette de faire ses preuves.

Il avait déjà essuyé une bonne dizaine de refus quand la chance lui sourit dans un bar à bière appelé l'El Paso. Le décor était de toute évidence d'inspiration américaine, avec crâne de taureau à longues cornes au-dessus de la porte et affiches de westerns sur les murs. Le propriétaire était coiffé d'un Stetson, mais il s'appelait Dieter et parlait avec un fort accent saxon. « Tu sais jouer de la musique américaine ?

— Bien sûr, répondit Walli.

— Reviens à sept heures et demie pour un essai.

— Je toucherai combien ? » demanda Walli. Enok Andersen, le comptable de l'usine de son père, continuait de lui verser une allocation, mais il tenait à être financièrement indépendant pour justifier son refus de suivre les conseils d'orientation professionnelle de ses parents.

Dieter parut vaguement offensé, comme si Walli avait proféré une grossièreté. « Commence par jouer une demi-heure, répliqua-t-il avec désinvolture. Si ça me plaît, on pourra parler argent. »

Walli avait beau manquer d'expérience, il n'était pas stupide, et le refus de Dieter de s'engager sur un montant le persuada qu'il ne fallait pas compter sur un gros cachet. Toutefois, comme c'était la seule proposition qu'on lui avait faite en deux heures, il l'accepta.

Il rentra à l'appartement et passa l'après-midi à préparer un programme de chansons américaines. Il commencerait par « If I Had a Hammer », décida-t-il ; le public de l'hôtel Europe avait vraiment adoré. Ensuite, il chanterait « This Land Is Your Land » et « Mess of Blues ». Il répéta chaque morceau à plusieurs reprises, bien qu'il n'en eût guère besoin.

Lorsque Rebecca et Bernd rentrèrent du travail et apprirent la nouvelle, sa sœur lui annonça qu'elle l'accompagnerait. « Je ne t'ai jamais vu en public, expliqua-t-elle. Je ne t'ai entendu qu'à la maison, et tu ne finis jamais les chansons que tu commences. »

C'était gentil de sa part, d'autant que ce soir-là, Bernd et elle étaient très excités par un autre événement : la visite en Allemagne du président Kennedy.

À en croire les parents de Walli et de Rebecca, seule la fermeté américaine avait empêché l'Union soviétique de s'emparer de Berlin-Ouest pour l'annexer à l'Allemagne de l'Est. Kennedy était un héros à leurs yeux. Et Walli avait un préjugé favorable pour tous ceux qui menaient la vie dure au régime tyrannique de l'Allemagne de l'Est.

Walli mit le couvert pendant que Rebecca préparait le dîner. « Mutti nous a toujours dit que quand on voulait quelque chose, on devait adhérer à un parti politique et militer pour l'obtenir, expliqua-t-elle. Bernd et moi, nous voulons que les deux Allemagnes soient réunies afin que des milliers d'Allemands comme nous puissent retrouver leur famille. C'est pour ça que nous nous sommes inscrits au parti libéral-démocrate. »

Walli était parfaitement en accord avec leurs objectifs mais ne voyait pas comment ils pourraient se réaliser. « Que va faire Kennedy, à ton avis ? demanda-t-il.

— Il va peut-être nous conseiller d'apprendre à vivre avec l'Allemagne de l'Est, pour le moment en tout cas. C'est la vérité, mais ce n'est pas ce que nous avons envie d'entendre. Si tu veux vraiment savoir ce que je pense, j'espère qu'il va secouer les puces aux communistes. »

Ils regardèrent le journal télévisé après le repas. Leur téléviseur Franck noir et blanc dernier modèle déclinait toutes les nuances de gris – au lieu du vert flou des vieux postes.

Ce jour-là, Kennedy s'était rendu à Berlin-Ouest.

Il avait prononcé un discours sur les marches de l'hôtel de ville de Schöneberg. Devant ce bâtiment s'étendait une vaste esplanade que la foule avait envahie. À en croire le commentateur, quatre cent cinquante mille personnes s'étaient réunies pour l'occasion.

Le jeune Président parlait en plein air, devant une gigantesque bannière étoilée, le vent ébouriffant ses cheveux. Il se montra pugnace. « Certains prétendent que le communisme est porteur d'avenir, déclara-t-il. Qu'ils viennent à Berlin ! » La foule hurla son approbation. Elle redoubla d'enthousiasme lorsqu'il répéta cette dernière phrase en allemand : « *Lass' sie nach Berlin kommen !* »

Rebecca et Bernd étaient manifestement aux anges. « Il ne parle pas de normalisation et il ne nous demande pas d'être réalistes et d'accepter le statu quo », commenta-t-elle en hochant la tête.

Kennedy prit un air de défi. « La liberté connaît certes de nombreuses difficultés et la démocratie est loin d'être parfaite.

— Il fait allusion aux Noirs », commenta Bernd.

Puis Kennedy ajouta, méprisant : « Cependant, nous n'avons jamais eu besoin, nous, de construire un mur pour empêcher notre peuple de s'enfuir !

— Bravo ! » s'écria Walli.

Le soleil de juin illuminait la tête du Président. « Tous les hommes libres, où qu'ils vivent, sont citoyens de Berlin. Voilà pourquoi, en homme libre, je dis avec fierté : *Ich bin ein Berliner* ! »

La foule se déchaîna. Kennedy s'éloigna du micro et glissa ses notes dans la poche de sa veste.

Bernd souriait de toutes ses dents. « Ce coup-ci, les Soviétiques ont dû comprendre le message, lança-t-il.

— Khrouchtchev va être fou furieux, remarqua Rebecca.

— Tant mieux », conclut Walli.

C'est d'excellente humeur que Rebecca et lui rejoignirent la Reeperbahn dans la fourgonnette qu'elle avait aménagée pour transporter Bernd et son fauteuil roulant. L'El Paso était désert l'après-midi et, à cette heure-là, les clients ne s'y bousculaient pas. Dieter, qui n'avait pas été particulièrement aimable lors du premier contact, était à présent d'humeur grincheuse. Il prétendit avoir oublié que Walli était censé revenir, et ce dernier crut qu'il allait annuler son offre ; puis il lui désigna du pouce une minuscule scène reléguée dans un coin.

Dieter était assisté d'une serveuse d'un certain âge à forte poitrine, vêtue d'une chemise à carreaux et coiffée d'un bandana : probablement sa femme, devina Walli. De toute évidence, ils cherchaient à donner à leur bar une image qui le distinguerait du lot, mais ils manquaient de charme l'un comme l'autre et n'attiraient que de rares clients, américains ou autres.

Walli espérait être l'ingrédient magique qui ferait accourir les foules.

Rebecca commanda deux bières. Walli brancha son amplificateur et alluma le micro. Il était fou d'excitation. Il adorait faire ça, et il le faisait bien. Il se tourna vers Dieter et sa femme, se demandant quand il était censé commencer, mais comme ni l'un ni l'autre ne lui prêtaient attention, il plaqua un accord de guitare et entonna « If I Had a Hammer ».

Les rares clients lui jetèrent des regards curieux et retournèrent à leurs conversations. Rebecca avait beau taper dans les mains avec enthousiasme, personne ne se joignit à elle. Cela n'empêcha pas Walli de se donner à fond, chantant à tue-tête et grattant sa guitare avec enthousiasme. Peut-être lui faudrait-il deux ou trois morceaux, mais il saurait conquérir ce public, se jura-t-il.

Il était arrivé à la moitié de la chanson quand le micro cessa de fonctionner. L'ampli aussi. L'alimentation électrique de la scène devait être en panne. Walli acheva son morceau sans micro ni ampli, jugeant que ce serait moins embarrassant que de s'arrêter.

Il posa sa guitare et se dirigea vers le comptoir. « Il n'y a plus d'électricité sur scène, fit-il observer à Dieter.

— Je sais. C'est moi qui l'ai coupée. »

Walli n'en revenait pas. « Mais pourquoi ?

— Je n'ai pas l'intention d'écouter cette merde. »

Walli eut l'impression d'avoir été giflé. Chaque fois qu'il s'était produit sur une scène, le public l'avait apprécié. Personne ne lui avait jamais dit qu'il faisait de la merde. Il en eut les tripes nouées. Il ne savait que faire ni que dire.

« J'avais demandé de la musique américaine », reprit Dieter.

Ça n'avait aucun sens. « Cette chanson-là a été numéro un au hit-parade américain ! protesta Walli.

— Mon bar s'appelle "El Paso", comme la chanson de Marty Robbins – la plus belle chanson qui ait jamais été écrite. Je croyais que tu allais jouer ce genre de trucs. "Tennessee Waltz" ou "On Top of Old Smoky", des chansons de Johnny Cash, de Hank Williams, de Jim Reeves. »

Jim Reeves était le musicien le plus rasoir que le monde eût jamais connu. « Vous vouliez de la country music, en fait », remarqua Walli.

Dieter n'avait visiblement pas envie qu'on lui donne de leçons. « Je veux de la musique américaine », répéta-t-il avec l'assurance du vrai béotien.

Inutile de discuter avec pareil abruti. Même si Walli avait compris ce qu'on attendait de lui, il aurait refusé de jouer ça. S'il voulait devenir musicien, ce n'était pas pour interpréter « On Top of Old Smoky ».

Il retourna sur scène et rangea sa guitare dans son étui.

Rebecca semblait décontenancée. « Que s'est-il passé ? demanda-t-elle.

— Le patron n'aime pas mon répertoire.

— Mais il n'a même pas écouté une chanson en entier !

— Il croit s'y connaître en musique.

— Pauvre Walli ! »

Si Walli pouvait encaisser le mépris bovin de Dieter, la compassion de Rebecca faillit le faire pleurer. « Aucune importance, crâna-t-il. Je n'ai pas envie de bosser pour un connard pareil.

— Je vais lui dire deux mots.

— Non, s'il te plaît, n'en fais rien. Si ma grande sœur va l'engueuler, ça n'arrangera pas mes affaires.

— Tu as sans doute raison.

— Viens. » Walli attrapa sa guitare et son ampli. « On rentre. »

*

Dave Williams et Plum Nellie arrivèrent à Hambourg pleins d'espoir. Ils avaient le vent en poupe. Ils commençaient à se faire connaître à Londres et allaient conquérir l'Allemagne.

Le directeur du Bouge s'appelait Herr Fluck, ce qu'ils trouvèrent hilarant. Ce qui était beaucoup moins drôle, c'est qu'il n'apprécia pas beaucoup Plum Nellie. Pis, à l'issue des deux premières soirées, Dave avait tendance à lui donner raison. Le groupe ne donnait pas le meilleur de lui-même.

« Faites-les danser ! les exhortait Herr Fluck. Faites-les danser ! » Les clients du club, tous jeunes ou adolescents, venaient surtout pour ça. Les morceaux qui connaissaient le plus de succès étaient ceux qui incitaient les filles à envahir la piste, dansant les unes avec les autres jusqu'à ce que les garçons aient le courage de les inviter.

Mais le plus souvent, ce que jouait le groupe n'était pas assez électrisant pour leur donner envie de bouger. Dave était consterné. C'était une occasion en or et elle allait leur filer sous le nez. S'ils n'arrivaient pas à faire mieux, on allait les renvoyer chez eux. « Pour la première fois de ma vie, je suis en train de réussir quelque chose », avait-il expliqué à son père, et malgré son scepticisme, celui-ci avait fini par le laisser partir à Hambourg. Allait-il devoir rentrer la queue entre les jambes ?

Il n'arrivait pas à cerner le problème, contrairement à Lennie. « C'est Geoff », dit-il. Geoffrey était le guitariste du groupe. « Il a le mal du pays.

— Et c'est pour ça qu'il joue comme un pied ?

— Non, du coup il picole, ce qui le fait jouer comme un pied. »

Dave essaya de se placer juste à côté de la batterie et de frapper les cordes de sa guitare plus fort, de façon plus rythmée, mais cela ne changea pas grand-chose. Quand un musicien n'était pas à la hauteur, comprit-il, tout le groupe en pâtissait.

Le quatrième jour, il alla rendre visite à Rebecca.

Il fut ravi de découvrir qu'il avait en réalité deux cousins à Hambourg et que le second avait dix-sept ans et jouait de la guitare. Dave parlait un allemand scolaire et Walli avait appris un peu d'anglais grâce à sa grand-mère Maud, mais ils maîtrisaient tous les deux le langage de la musique et passèrent un après-midi à échanger accords et riffs. Le soir venu, Dave amena Walli au Bouge et suggéra au club de l'embaucher pour meubler l'entracte au milieu des numéros de Plum Nellie. Walli interpréta un nouveau succès américain, « Blowin' in the Wind », qui plut au directeur. Il fut engagé sur-le-champ.

Huit jours plus tard, Rebecca et Bernd invitèrent tout le groupe à dîner. Walli expliqua à sa sœur que les musiciens travaillaient tard et se levaient vers midi, de sorte qu'ils préféraient manger vers six heures du soir, avant de monter sur scène. Cela ne posait pas de problème à Rebecca.

Quatre des cinq musiciens acceptèrent l'invitation. Geoff refusa.

Rebecca leur avait préparé des côtes de porc nappées d'une sauce succulente et accompagnées de pommes de terre sautées, de champignons et de chou. Dave la soupçonnait d'avoir voulu, avec un instinct quasi maternel, s'assurer qu'ils feraient au moins un repas correct dans la semaine. Elle n'avait pas tort de s'inquiéter : ils se nourrissaient surtout de bière et de cigarettes.

Bernd, son mari, l'aidait à la cuisine et au service, se déplaçant avec une étonnante agilité. Dave fut frappé de voir combien Rebecca était heureuse et combien elle aimait Bernd.

Le groupe engloutit le repas sans se faire prier. Ils parlaient tous un mélange d'anglais et d'allemand, et malgré quelques problèmes de compréhension, l'atmosphère était détendue.

Le dîner achevé, ils remercièrent Rebecca et prirent le bus pour gagner la Reeperbahn.

Le quartier chaud de Hambourg évoquait Soho, mais en plus ouvert, en moins feutré. Avant d'y venir, Dave ignorait qu'il existait des prostitués de sexe masculin.

Le Bouge n'était qu'une cave immonde. En comparaison, le Jump Club était super chic. Les meubles étaient abîmés, le chauffage et la ventilation brillaient par leur absence et les toilettes se trouvaient dans l'arrière-cour.

Lorsqu'ils arrivèrent, repus grâce à Rebecca, ils trouvèrent Geoff au comptoir en train de boire de la bière.

Le groupe montait sur scène à huit heures. Il était censé tenir jusqu'à trois heures du matin, avec plusieurs pauses. Chaque soir, ils jouaient toutes les chansons qui figuraient à leur répertoire et n'hésitaient pas à reprendre trois fois leurs préférées. Herr Fluck les faisait travailler dur.

Ce soir-là, ils jouèrent encore plus mal que d'habitude.

Durant la première partie, Geoff ne cessa d'accumuler fausses notes et solos foireux, ce qui désarçonna les autres. Au lieu de se concentrer sur la musique, ils se démenaient pour rattraper ses erreurs. Quand vint le moment de faire une pause, Lennie était furieux.

Pendant l'entracte, Walli s'assit sur un tabouret au bord de la scène et chanta des chansons de Bob Dylan en s'accompagnant à la guitare. Dave resta pour l'écouter. Walli avait placé un harmonica bon marché sur un support fixé à son cou, ce qui lui permettait de jouer des deux instruments à la fois, comme Dylan. C'était un bon musicien, se dit Dave, assez futé par ailleurs pour deviner que Dylan allait faire fureur. Les habitués du Bouge préféraient en majorité le rock'n'roll, mais certains écoutaient Walli avec attention et, quand il sortit de scène, il eut droit aux applaudissements enthousiastes d'un groupe de filles attablées dans un coin.

Dave accompagna Walli à la loge, où ils tombèrent en pleine crise.

Geoff gisait au sol, complètement ivre, incapable de tenir debout. À genoux près de lui, Lennie le giflait à intervalles réguliers. Cela le soulageait peut-être, mais ne suffisait pas à ranimer Geoff. Dave alla chercher une tasse de café noir au comptoir et ils l'obligèrent à en boire un peu, en pure perte.

« Il va falloir qu'on se produise sans guitariste, putain, maugréa Lennie. À moins que tu ne puisses jouer les solos de Geoff, Dave.

— Je peux assurer sur Chuck Berry, mais c'est tout, reconnut Dave.

— Eh bien, on se passera des autres. Ce public de crétins ne remarquera probablement rien. »

Dave n'était pas sûr que Lennie eût raison. Les solos de guitare étaient essentiels à la dynamique d'une bonne musique pour danser, car ils créaient des nuances et atténuaient le caractère répétitif de nombreuses mélodies.

« Je peux remplacer Geoff », intervint Walli.

Lennie réagit par le mépris. « Tu n'as jamais joué avec nous.
— Ça fait trois soirs de suite que je vous écoute. Je peux jouer ces morceaux. »
Se tournant vers lui, Dave lut dans ses yeux une envie qui lui serra le cœur. De toute évidence, cela faisait un moment qu'il attendait son heure.
Lennie restait sceptique. « Tu crois vraiment ?
— Oui. Ce n'est pas tellement difficile.
— Tu crois ça ? » rétorqua Lennie, un peu vexé.
Dave ne demandait qu'à donner une chance à Walli. « Il est meilleur guitariste que moi, Lennie.
— Ça ne veut pas dire grand-chose.
— Et il est meilleur que Geoff.
— Il a déjà fait partie d'un groupe ? »
Walli comprit la question. « D'un duo. Avec une chanteuse.
— Autrement dit, il n'a jamais bossé avec un batteur. »
C'était un point essentiel et Dave était bien placé pour le savoir. Il se rappela sa propre surprise, la première fois qu'il avait joué avec les Guardsmen, quand il avait découvert la discipline nécessaire pour rester en mesure. Mais il s'était débrouillé et Walli en était sûrement capable, lui aussi. « Laisse-le essayer, Lennie, plaida Dave. Si tu n'aimes pas ce qu'il fait, tu n'as qu'à l'envoyer paître après la première chanson. »
Herr Fluck passa la tête à la porte de la loge. « *Raus ! Raus !* En scène !
— D'accord, d'accord, *wir kommen* », répondit Lennie. Il se releva. « Prends ta gratte et magne-toi, Walli. »
Walli s'exécuta.
La seconde partie débutait par « Dizzy Miss Lizzy », un morceau où la guitare était absolument essentielle. « Tu veux qu'on s'échauffe avec un truc plus facile ? demanda Dave à Walli.
— Non, ça ira », dit Walli.
Dave espéra que son assurance était justifiée.
Lew, le batteur, compta : « Trois, deux, *un.* »
Walli embraya immédiatement et entonna le riff.
Les autres se lancèrent une mesure plus tard. Ils jouèrent l'intro. Juste avant que Lennie commence à chanter, Dave croisa son regard et le vit hocher la tête d'un air satisfait.
Walli joua la partie de guitare à la perfection, sans effort apparent.

À la fin de la chanson des Beatles, Dave lui adressa un clin d'œil.

Les morceaux s'enchaînèrent. Walli fit un sans-faute sur chacun d'eux et chanta même certains chœurs. Galvanisé, le groupe retrouva son énergie et les filles envahirent la piste.

C'était leur meilleur concert depuis leur arrivée en Allemagne.

Lorsqu'ils sortirent de scène, Lennie passa un bras autour des épaules de Walli et lui dit : « Bienvenue dans le groupe. »

*

Walli dormit très peu cette nuit-là. En jouant avec Plum Nellie, il s'était senti à sa place musicalement, et avait constaté que sa présence enrichissait le groupe tout entier. Cela le rendait tellement heureux qu'il ne tarda pas à redouter que ça ne dure pas. Lennie parlait-il sérieusement quand il lui avait dit : « Bienvenue dans le groupe » ?

Le lendemain, Walli se rendit à la pension de famille bon marché de Sankt Pauli où logeaient les musiciens. Il arriva à midi, au moment où ils se levaient.

Il travailla deux heures avec Dave et Buzz, le bassiste, passant en revue le répertoire du groupe pour peaufiner le début et la fin de certaines chansons. Ils semblaient tenir pour acquis qu'il jouerait à nouveau avec eux. Il tenait pourtant à en avoir confirmation.

Lennie et Lew, le batteur, émergèrent vers trois heures de l'après-midi. Lennie fut on ne peut plus direct. « Tu as vraiment envie de faire partie du groupe ?

— Oui.

— Eh bien, c'est d'accord. Tu es des nôtres. »

Walli n'était pas encore tout à fait convaincu. « Et Geoff ?

— Je lui parlerai quand il sera levé. »

Ils allèrent au Harald, un bistrot de la Grosse Freiheit, où ils passèrent une heure à fumer et à boire du café, avant de rentrer et de réveiller Geoff. Il avait l'air mal en point, ce qui n'était guère surprenant après tout ce qu'il avait éclusé. Il s'assit au bord de son lit pendant que Lennie lui parlait. Les autres écoutèrent la discussion depuis le couloir. « Tu ne fais plus partie du groupe, lui déclara Lennie. Je suis désolé, mais tu nous as salement laissés tomber hier soir. Tu étais trop bourré pour tenir debout, sans parler de jouer. Walli t'a remplacé et j'ai décidé que ce serait définitif.

— Ce n'est qu'un petit morveux, articula Geoff.

— Non seulement il est sobre, mais en plus il joue mieux que toi.

— Il me faut un café.

— Tu n'as qu'à aller au Harald. »

Ils ne revirent pas Geoff avant de partir pour le club.

Peu avant huit heures, comme ils finissaient de s'installer sur scène, Geoff fit son entrée, à jeun, guitare à la main.

Walli lui jeta un regard consterné. Un peu plus tôt, il avait eu l'impression que Geoff avait accepté le fait d'être viré. Peut-être avait-il trop la gueule de bois pour discuter.

Toujours est-il qu'il n'avait pas fait ses bagages et n'était pas parti. Walli commença à s'inquiéter. Il avait déjà subi tant de revers musicaux : les flics qui avaient démoli sa guitare l'empêchant ainsi de se produire au Minnesänger, Karolin qui avait refusé de continuer à jouer à l'hôtel Europe, le propriétaire de l'El Paso qui avait coupé le courant en plein morceau. Pourvu que ce ne soit pas une nouvelle déception !

Tous s'interrompirent pour regarder Geoff monter sur scène et ouvrir son étui à guitare.

« Qu'est-ce que tu fous, Geoff? demanda Lennie.

— Je vais te prouver que je suis le meilleur guitariste que tu as jamais entendu.

— Putain ! Tu es viré, point final. Casse-toi, va à la gare, prends le train et rentre à Londres. »

Geoff changea de ton. « Ça fait six ans qu'on joue ensemble, Lennie, supplia-t-il. Ce n'est pas rien quand même. Donne-moi une dernière chance, une seule. »

La requête semblait si raisonnable que Walli, mort de peur, était sûr que Lennie accepterait. Ce dernier fit non de la tête. « Tu es un guitariste potable, mais tu n'as rien d'un génie et en plus tu es un sacré emmerdeur. Depuis qu'on est arrivés, tu joues tellement mal qu'on a bien failli se faire jeter hier soir, avant que Walli ne sauve les meubles. »

Geoff regarda les musiciens du groupe. « Et les autres ? Ils en pensent quoi ?

— Qui t'a dit qu'on était en démocratie ? demanda Lennie.

— Qui t'a dit le contraire ? » Geoff se tourna vers Lew, le batteur, qui était en train de régler une de ses pédales. « Qu'est-ce que tu en penses, toi ? »

Lew était le cousin de Geoff. « Donne-lui une autre chance », dit-il.

Geoff s'adressa ensuite au bassiste. « Et toi, Buzz ? »

Buzz était un type accommodant qui suivait toujours celui qui parlait le plus fort. « Je lui laisserais sa chance, moi aussi. »

Geoff exultait. « Ça fait trois contre un, Lennie.

— Non, intervint Dave. En démocratie, il faut savoir compter. Ça fait trois contre Lennie, Walli et moi – égalité.

— Pas la peine de compter les voix, reprit Lennie. C'est mon groupe et c'est moi qui décide. Geoff est viré. Dégage ta guitare de là, Geoff, ou je la balance dehors. »

Geoff sembla enfin comprendre que Lennie ne plaisantait pas. Il remit sa guitare dans son étui qu'il referma violemment. « Je vous promets un truc, bande de salopards, déclara-t-il en l'empoignant. Si je me casse, vous vous casserez aussi. »

Walli se demanda ce qu'il voulait dire. Peut-être n'était-ce qu'une menace en l'air. De toute façon, ils n'avaient pas le temps d'y réfléchir. Ils commencèrent à jouer deux minutes plus tard.

Toutes les craintes de Walli s'évanouirent alors. Il savait qu'il était bon et qu'avec lui, le groupe était bien meilleur. Le temps fila à toute vitesse. Pendant l'entracte, il revint sur scène pour chanter des chansons de Bob Dylan. Il interpréta également un morceau de son cru, intitulé « Karolin ». Le public eut l'air d'apprécier. Puis il revint aussitôt pour ouvrir la seconde partie avec « Dizzy Miss Lizzy ».

Pendant qu'il jouait « You Can't Catch Me », il vit en coulisse deux policiers en uniforme discuter avec Herr Fluck, le propriétaire, mais n'y prêta pas grande attention.

Lorsqu'ils sortirent de scène à minuit, Herr Fluck les attendait dans la loge. « Quel âge as-tu ? demanda-t-il à Dave de but en blanc.

— Vingt et un ans.

— Ne me raconte pas de conneries.

— Qu'est-ce que ça peut vous faire ?

— En Allemagne, la loi interdit de faire travailler un mineur dans un bar.

— Je suis majeur.

— D'après les flics, tu as quinze ans.

— Qu'est-ce qu'ils en savent, eux ?

— C'est le guitariste que vous venez de virer – Geoff – qui le leur a dit.

— L'enfoiré ! fit Lennie. Il nous a balancés.

— Je dirige un night-club, reprit Herr Fluck. Il m'arrive d'y recevoir des prostituées, des vendeurs de drogue, des délinquants de toute sorte. Je dois constamment prouver à la police que je fais de mon mieux pour respecter la loi. Les flics m'ont donné l'ordre de vous renvoyer chez vous – tous. Alors, salut les gars.

— Quand est-ce qu'on doit partir ? demanda Lennie.

— Vous devez quitter le club immédiatement. Et l'Allemagne dès demain.

— Mais c'est dégueulasse ! protesta Lennie.

— Quand on tient un night-club, on obéit à la police. » Il désigna Walli. « Puisqu'il est allemand, cette mesure ne s'applique pas à lui. Il peut rester.

— Et merde, se lamenta Lennie. Je perds deux guitaristes le même jour.

— Non, rétorqua Walli. Je pars avec vous. »

XXVII

Jasper Murray tomba amoureux des États-Unis. Les radios émettaient toute la nuit, il y avait trois chaînes de télévision et un journal du matin dans chaque ville. Les Américains étaient généreux, leurs maisons spacieuses, leurs manières détendues et simples. Ça le changeait agréablement des Anglais qui avaient toujours l'air de prendre le thé dans un salon victorien, même lorsqu'ils discutaient affaires, accordaient une interview à la télévision ou pratiquaient un sport. C'était une caractéristique dont le père de Jasper, officier dans l'armée, ne pouvait se rendre compte, alors que sa mère, une Juive allemande y était sensible. Les Américains étaient francs et directs. Au restaurant, les garçons se montraient serviables et efficaces sans jamais faire de courbettes. L'obséquiosité était inconnue ici.

Jasper comptait rédiger une série de récits de voyage pour le *St Julian's News*, mais ses ambitions ne s'arrêtaient pas là. Avant de quitter Londres, il avait discuté avec Barry Pugh et lui avait demandé si ses articles étaient susceptibles d'intéresser le *Daily Echo*. « Bien sûr, si vous tombez sur un truc un peu spécial », avait tièdement répondu Pugh. La semaine précédente, à Detroit, Jasper avait décroché une interview de Smokey Robinson, le chanteur des Miracles, qu'il avait envoyée à l'*Echo* par courrier express. Le pli avait dû arriver maintenant. Il avait donné à Pugh le numéro de téléphone des Dewar, pourtant Pugh n'avait pas appelé. Jasper n'avait cependant pas perdu espoir et comptait lui téléphoner le jour même.

La famille Dewar l'avait invité à loger dans son appartement de Washington. C'était un vaste logement dans un immeuble huppé, à quelques rues de la Maison Blanche. « Cameron Dewar, mon grand-père, l'a acheté avant la Première Guerre mondiale, lui expliqua Woody Dewar à la table du petit déjeuner. Il était sénateur, comme mon père d'ailleurs. »

Miss Betsy, la domestique de couleur, servit du jus d'orange à Jasper et lui demanda s'il souhaitait des œufs. « Non merci, seulement du café, répondit-il. Je dois retrouver un ami de la famille dans une heure pour le petit déjeuner. »

Jasper avait fait la connaissance des Dewar dans la maison de Great Peter Street, pendant l'année qu'ils avaient passée à Londres. Il ne s'était pas beaucoup lié avec eux, sauf très brièvement avec Beep, mais ils l'avaient néanmoins accueilli chez eux à bras ouverts, plus d'un an plus tard. Tout comme les Williams, ils faisaient preuve d'une générosité sans façons, notamment à l'égard des jeunes. Lloyd et Daisy étaient toujours ravis d'offrir, aux adolescents un peu perdus un lit pour une nuit ou une semaine – voire pour des années, comme dans le cas de Jasper. Les Dewar leur ressemblaient. « C'est tellement aimable à vous de m'héberger, dit alors Jasper à Bella.

— Oh, tu es le bienvenu ! C'est normal », répondit-elle avec sincérité.

Jasper se tourna vers Woody. « Je suppose que vous allez photographier la marche d'aujourd'hui pour *Life*.

— En effet, acquiesça Woody. J'ai l'intention de me mêler à la foule et de prendre discrètement des instantanés avec mon petit trente-cinq millimètres. C'est un autre qui se chargera des célébrités qui monteront à la tribune. »

Il était vêtu de façon décontractée – chemisette et pantalon de toile –, mais il était difficile de ne pas remarquer un homme aussi grand. Les saisissantes photos d'actualités de Woody étaient célèbres dans le monde entier. « Je connais votre travail, bien sûr, comme tous ceux qui s'intéressent au journalisme, reprit Jasper.

— Il y a un sujet qui te tente plus particulièrement ? demanda Woody. Les faits divers, la politique, la guerre ?

— Non. Je suis prêt à couvrir tout ce qui se présente – comme vous, si j'ai bien compris.

— Ce qui m'intéresse le plus, ce sont les visages. Quel que soit l'événement – enterrement, match de football, enquête policière –, ce sont eux que je photographie.

— À votre avis, comment ça va se passer aujourd'hui ?

— Personne n'en sait rien. Martin Luther King espère rassembler cent mille manifestants. S'il atteint son objectif, ce sera la marche pour les droits civiques la plus importante de tous les temps. Nous espérons tous qu'elle se déroulera dans le calme, mais personne ne se fait trop d'illusions. Rappelle-toi ce qui est arrivé à Birmingham.

— La situation n'est pas la même à Washington, intervint Bella. Nous avons des policiers de couleur.

— Ils ne sont pas nombreux, objecta Woody. Même s'il est à parier qu'ils seront tous en première ligne aujourd'hui. »

Beep Dewar entra dans la salle à manger. « Qui sera en première ligne ? demanda-t-elle.

— Pas toi, j'espère, répliqua sa mère. Essaie d'éviter les ennuis, s'il te plaît.

— Bien sûr, Mama. »

Jasper remarqua que Beep, maintenant une adolescente menue de quinze ans, avait adopté une allure plus retenue que lors de leur dernière rencontre, deux ans auparavant. Aujourd'hui, elle était mignonne sans rien de particulièrement sexy, dans sa chemise de cow-boy un peu ample et son pantalon marron – une tenue appropriée pour une manifestation qui risquait de dégénérer.

Elle faisait comme si elle avait totalement oublié leur flirt londonien, lui signifiant clairement qu'elle n'avait pas l'intention de reprendre les choses là où ils les avaient laissées. Elle avait dû rencontrer d'autres garçons depuis, évidemment. Quant à lui, il était soulagé de constater qu'elle n'attendait rien de lui.

Le dernier membre de la famille Dewar à s'asseoir à la table du petit déjeuner fut Cameron, le frère aîné de Beep, aujourd'hui âgé de dix-sept ans. Il s'habillait comme un homme d'âge mûr : veste de lin, chemise blanche et cravate. « Toi aussi, Cam, tâche d'éviter les ennuis, dit sa mère.

— Compte sur moi pour ne pas m'approcher de cette marche, répondit-il d'un ton affecté. Je vais aller visiter le Smithsonian.

— Tu ne penses pas que les gens de couleur devraient pouvoir voter ? interrogea Beep.

— Je pense surtout qu'ils devraient éviter de troubler l'ordre public.

— Si on les laissait voter, ils ne seraient pas obligés de recourir à ce genre de méthodes.

— Ça suffit, vous deux », intervint Bella.

Jasper acheva son café. « Il faudrait que je passe un coup de fil en Angleterre, annonça-t-il. Je vous rembourserai l'appel, bien entendu. » Il se sentait obligé d'ajouter cette précision, mais n'était pas sûr de pouvoir tenir parole.

« Je t'en prie, dit Bella. Prends le téléphone du bureau. Et ne te fais pas de souci pour le coût de l'appel. »

Jasper était soulagé. « Vous êtes trop aimable. »

Bella agita la main. « De toute façon, je crois que c'est *Life* qui paie notre facture », ajouta-t-elle évasivement.

Jasper gagna le bureau d'où il appela le *Daily Echo* à Londres. On lui passa Barry Pugh. « Salut, Jasper, comment ça se passe aux USA ?

— C'est formidable. » Jasper déglutit. « Vous avez reçu mon papier sur Smokey Robinson ?

— Oui, merci. C'est du bon boulot, Jasper, mais ce n'est pas pour le *Daily Echo*. Vous devriez essayer le *New Musical Express*. »

Jasper était déçu. Il n'avait pas la moindre envie d'écrire pour la presse pop. « Entendu, dit-il sans s'avouer pourtant vaincu. Comme Smokey est le chanteur préféré des Beatles, insista-t-il, j'ai pensé que ça donnerait un petit plus à mon interview.

— Ça ne suffit pas. Mais c'était bien joué.

— Merci quand même, fit Jasper, cherchant à dissimuler sa déconvenue.

— Il n'y a pas une sorte de manifestation à Washington aujourd'hui ?

— Si, pour les droits civiques. » Jasper sentit renaître l'espoir. « J'y serai – vous voulez un reportage ?

— Euh... passez-nous un coup de fil si ça tourne mal. »

Sinon, pas la peine d'appeler, en déduisit Jasper. Découragé, il conclut : « C'est entendu, je n'y manquerai pas. »

Jasper raccrocha et contempla pensivement le téléphone. Il avait travaillé dur sur cette interview de Smokey Robinson, persuadé que le lien avec les Beatles lui confèrerait un intérêt particulier. Il s'était trompé, et il ne lui restait plus qu'à repartir de zéro.

Il retourna à la salle à manger. « Il faut que j'y aille, annonça-t-il. J'ai rendez-vous avec le sénateur Pechkov à l'hôtel Willard.

— C'est là que Martin Luther King est descendu », fit remarquer Woody.

Jasper s'anima. « Je réussirai peut-être à l'interviewer. » Voilà qui intéresserait sûrement le *Daily Echo*.

Woody sourit. « Plusieurs centaines de reporters espèrent obtenir une interview du pasteur King aujourd'hui. »

Jasper se tourna vers Beep. « Je te vois plus tard ?

— On a rendez-vous à dix heures au Washington Monument, dit-elle. Le bruit court que Joan Baez va venir chanter.

— J'essaierai de te retrouver.

— Tu as rendez-vous avec Greg Pechkov, disais-tu ? demanda Woody.

— Oui. C'est le demi-frère de Daisy Williams.

— Je sais. La vie sentimentale de son père, Lev Pechkov, faisait l'objet de sacrés ragots à Buffalo, à l'époque où ta mère et moi étions adolescents. Transmets-lui mon meilleur souvenir.

— Entendu », fit Jasper, et il sortit.

*

George Jakes entra à la cafétéria de l'hôtel Willard et chercha Verena du regard ; elle n'était pas encore arrivée. Il aperçut en revanche son père, Greg Pechkov, qui prenait le petit déjeuner en compagnie d'un séduisant jeune homme blond d'une vingtaine d'années, coiffé à la mode des Beatles. George s'assit à leur table. « Bonjour, dit-il.

— Je te présente Jasper Murray, un étudiant londonien. C'est le fils d'une vieille amie. Jasper, je vous présente George Jakes. »

Ils se serrèrent la main. Jasper sembla légèrement surpris, comme tous ceux qui voyaient Greg et George ensemble, mais, à l'instar de la plupart des gens, il était trop poli pour demander des précisions.

« La mère de Jasper s'était réfugiée ici pour fuir l'Allemagne nazie, précisa Greg à l'intention de George.

— Ma mère n'a jamais oublié la façon dont les Américains l'ont accueillie cet été-là, renchérit Jasper.

— La question de la discrimination raciale vous est donc familière, je suppose, lui dit George.

— Pas vraiment. Ma mère n'aime pas tellement parler de cette époque, répondit-il avec un sourire aimable. En Angleterre, mes camarades de classe m'ont surnommé un moment Jasper le Juif, mais ça n'a pas duré. Vous êtes impliqué dans la manifestation d'aujourd'hui, George ?

— En quelque sorte. Je travaille pour Bob Kennedy. Nous tenons avant tout à ce que tout se déroule sans problèmes.

— Comment comptez-vous vous y prendre ? demanda Jasper avec intérêt.

— On a installé sur le National Mall des fontaines publiques, des postes de premier secours, des toilettes mobiles et même un guichet pour encaisser les chèques. Une église new-yorkaise a fait préparer quatre-vingt mille sandwichs que les organisateurs distribueront gratuitement. Chaque discours est limité à sept minutes afin que la manifestation se termine à l'heure prévue et que les visiteurs puissent repartir avant la nuit. Et la vente d'alcool est interdite pendant toute la journée.

— Ça marchera ? »

George n'en savait rien. « Pour être franc, tout dépend des Blancs. Il suffit que quelques flics fassent les malins, qu'ils sortent leurs matraques, leurs lances à incendie ou leurs chiens pour qu'une prière collective se transforme en émeute.

— Washington n'est pas le Sud, remarqua Greg.

— Ce n'est pas non plus le Nord, rétorqua George. Il est donc impossible de dire ce qui peut arriver. »

Jasper insista. « Et s'il y a une émeute ? »

Ce fut Greg qui lui répondit. « Il y a quatre mille soldats postés en banlieue et quinze mille parachutistes à proximité, en Caroline du Nord. Les hôpitaux de Washington ont repoussé toutes les opérations sans caractère d'urgence pour être prêts à soigner les blessés.

— Bon sang, fit Jasper. Vous ne plaisantez pas. »

George fronça les sourcils. Ces mesures de précaution n'étaient pas connues du public. En tant que sénateur, Greg en avait été informé, mais il aurait dû tenir sa langue.

Verena entra dans la salle et se dirigea vers leur table. Les trois hommes se levèrent. « Bonjour, monsieur le sénateur, dit-elle à Greg. Ravie de vous revoir. »

Greg la présenta à Jasper, qui avait les yeux comme des soucoupes. Verena faisait cet effet à tous les hommes, blancs ou noirs. « Verena travaille pour Martin Luther King », expliqua Greg.

Jasper gratifia Verena d'un sourire à cent mille volts. « Vous pourriez m'obtenir une interview avec lui ?

— Pourquoi ? demanda sèchement George.

— Je suis étudiant en journalisme. Je ne vous l'avais pas dit ?

— Non, fit George, irrité.

— Pardon. »

Verena n'était pas insensible au charme de Jasper. « Je suis vraiment navrée, s'excusa-t-elle avec un sourire penaud. Il est hors de question que le pasteur King accorde une interview aujourd'hui. »

George était furieux. Greg aurait dû le prévenir que Jasper était journaliste. La dernière fois qu'il s'était confié à un reporter, il avait plongé Bob Kennedy dans l'embarras. Il espérait n'avoir commis cette fois aucune indiscrétion.

Verena s'adressa à George d'une voix contrariée. « Je viens de parler à Charlton Heston. Les agents du FBI ont téléphoné à toutes les célébrités qui nous soutiennent pour leur demander de rester dans leurs chambres d'hôtel toute la journée ; ils sont sûrs qu'il y aura des violences. »

George poussa un soupir écœuré. « Ce ne sont pas les violences que craint le FBI, c'est le succès de la manifestation. »

Verena n'était pas satisfaite pour autant. « Tu ne pourrais pas les empêcher de la saboter ?

— Je vais en parler à Bob, mais ça m'étonnerait qu'il ait envie de croiser le fer avec J. Edgar Hoover à ce sujet. » George se leva. « Verena et moi avons du travail. Veuillez nous excuser.

— Je suis assise là-bas », dit Verena.

Ils traversèrent la salle et George oublia ce fouineur de Jasper Murray. Comme ils s'asseyaient, il demanda à Verena : « Comment ça se présente ? »

Elle se pencha au-dessus de la table et parla à voix basse, mais elle frémissait d'excitation. « Il va y avoir encore plus de monde que prévu, annonça-t-elle, les yeux brillants. Avec cent mille personnes, on avait largement sous-estimé l'affluence.

— Comment le sais-tu ?

— Les autocars, les trains et les avions à destination de Washington sont tous pleins à craquer. Une bonne vingtaine de trains spéciaux sont arrivés ce matin. À la gare d'Union Station, on ne s'entend plus penser tellement il y a de gens qui chantent "We Shall Not Be Moved". On a dénombré cent autocars qui traversent le tunnel de Baltimore toutes les heures. Mon père a loué un avion à Los Angeles pour transporter toutes les vedettes de cinéma. Marlon Brando est ici, James Garner aussi. CBS diffuse l'événement en direct.

— Combien de personnes vont débarquer, à ton avis ?

— Pour l'instant, nous avons doublé notre estimation de départ. »

George était stupéfait. « Deux cent mille personnes ?

— C'est ce que nous pensons à l'heure actuelle. Peut-être davantage.

— Je me demande si c'est une bonne ou une mauvaise nouvelle. »

Elle se renfrogna. « Comment est-ce que ça pourrait être une mauvaise nouvelle ?

— Nous n'avions pas prévu autant de monde. Je ne voudrais pas qu'il y ait de troubles à l'ordre public.

— C'est une manifestation, George – *contre* l'ordre public.

— J'aurais voulu montrer que cent mille Noirs peuvent se réunir dans un parc sans déclencher de bagarre.

— On se bat déjà, et ce sont les Blancs qui ont commencé. Enfin, George, rappelle-toi qu'ils t'ont cassé le poignet parce que tu voulais aller à l'aéroport. »

George se palpa le bras gauche par réflexe. Son poignet était guéri, à en croire le médecin, mais il lui faisait encore mal de temps à autre. « Est-ce que tu as regardé *Meet the Press* ? » lui demanda-t-il. Le pasteur King avait été interrogé par un groupe de journalistes dans cette émission d'actualités de la NBC.

« Bien sûr que oui.

— Toutes les questions portaient sur la violence des Noirs ou la présence de communistes dans le mouvement des droits civiques. Il ne faudrait pas que ces sujets monopolisent l'intérêt !

— Nous ne pouvons pas laisser *Meet the Press* nous dicter notre stratégie. À quoi t'attendais-tu de la part de ces journalistes blancs, de toute façon ? Ils n'allaient pas interroger Martin sur la brutalité des flics blancs, la malhonnêteté des jurés sudistes, les juges blancs corrompus et le Ku Klux Klan !

— Voyons les choses d'un autre point de vue, reprit George d'une voix posée. Imagine que tout se passe bien aujourd'hui mais que le Congrès repousse la loi sur les droits civiques et que des émeutes éclatent ensuite. King pourra alors déclarer : "Cent mille Noirs sont venus ici en paix, en chantant des cantiques, ils vous ont donné une chance de faire ce qui était juste... mais vous avez refusé de la saisir et vous pouvez constater à présent les conséquences de votre entêtement. S'il y a des émeutes aujourd'hui, vous en êtes seuls responsables." Que dis-tu de ça ? »

Verena sourit à contrecœur et hocha la tête en signe d'assentiment. « Tu es sacrément futé, George. Tu savais ça ? »

*

Le National Mall était un parc de cent vingt hectares tout en longueur, qui s'étendait sur trois kilomètres du Capitole au Lincoln Memorial. Les marcheurs s'assemblèrent en son centre, au pied du Washington Monument, un obélisque de plus de cent cinquante mètres de haut. On y avait dressé une estrade et, à son arrivée, Jasper entendit la voix pure et exaltante de Joan Baez qui chantait « Oh, Freedom ».

Il chercha Beep Dewar du regard, mais il y avait déjà cinquante mille personnes sur les lieux et il ne s'étonna guère de ne pas la trouver.

Il était en train de vivre la journée la plus passionnante de sa vie, et il n'était même pas onze heures du matin. Greg Pechkov et George Jakes, qui évoluaient l'un comme l'autre dans les milieux les plus fermés de Washington, lui avaient confié à leur insu des informations exclusives : pourvu que ça intéresse le *Daily Echo* ! Et Verena Marquand, aux yeux verts si troublants, était sans doute la plus belle femme qu'il ait jamais vue. George couchait-il avec elle ? Si oui, c'était vraiment un veinard.

Joan Baez fut suivie par Odetta puis par Josh White, mais la foule se déchaîna lorsque apparurent Peter, Paul and Mary. Jasper n'arrivait pas à croire qu'il voyait toutes ces stars en direct sur scène sans avoir eu à acheter un billet. Peter, Paul and Mary interprétèrent leur tout dernier succès, « Blowin' in the Wind », une chanson de Bob Dylan. Apparemment, elle parlait du mouvement des droits civiques et un de ses vers disait : « Combien d'années un peuple peut-il exister avant d'avoir le droit d'être libre ? »

L'enthousiasme de la foule fut à son comble lorsque Dylan en personne monta sur l'estrade. Il interpréta une nouvelle chanson, « Only a Pawn in their Game », qui lui avait été inspirée par le meurtre de Medgar Evers. Jasper la trouva un peu énigmatique, mais ce public-là se fichait bien de son ambiguïté et se réjouissait d'avoir dans son camp cette nouvelle star de la musique américaine.

L'esplanade était noire de monde. Grâce à sa haute taille, Jasper dépassait la plupart des manifestants de la tête et des épaules, et la multitude lui paraissait à présent sans limites. À l'ouest, le célèbre bassin réfléchissant débouchait sur le temple grec bâti en hommage à Abraham Lincoln. Les manifestants étaient censés se diriger vers lui un peu plus tard, mais Jasper vit que certains se déplaçaient déjà dans cette direction, sans doute en quête des meilleures places pour écouter les discours.

Pour l'instant, on n'observait aucun signe de violence, et ce, en dépit du pessimisme des médias – ou de leur souhait secret ?

Les photographes et les cameramen grouillaient. Ils braquaient souvent leurs objectifs sur Jasper, sans doute à cause de sa coiffure de pop-star.

Il commença à rédiger mentalement un article. Cet événement était un pique-nique en forêt, décida-t-il, avec des convives déjeunant dans une clairière ensoleillée pendant que des prédateurs sanguinaires rôdaient dans les ombres des bois environnants.

Il suivit la foule vers l'ouest. Les Noirs s'étaient mis sur leur trente et un, remarqua-t-il, les hommes en cravate et chapeau de paille, les femmes coiffées de foulards et vêtues de robes aux couleurs vives, alors que les tenues des Blancs étaient plus décontractées. Les revendications ne se limitaient plus à la ségrégation pour aborder le droit de vote, l'emploi et le logement. Il y avait des délégations des syndicats, des églises et des synagogues.

Il tomba sur Beep près du Lincoln Memorial au milieu d'un groupe de filles qui se dirigeaient vers l'ouest. Ils trouvèrent un endroit d'où l'on avait une excellente vue sur la tribune dressée sur les marches.

Une grande bouteille de Coca-Cola tiède se mit à circuler. Certaines de ces filles étaient, apprit Jasper, des amies de Beep ; d'autres s'étaient contentées de suivre leur groupe. Son statut d'étranger un peu exotique éveilla leur intérêt. Allongé sous le chaud soleil d'août, il bavarda avec elles jusqu'à ce que le premier orateur prenne la parole. À ce moment-là, la foule s'étendait à perte de vue. Jasper était certain qu'il y avait plus de cent mille personnes.

Le lutrin était installé devant la gigantesque statue du président Lincoln, assis sur son immense trône de marbre, ses mains massives posées sur les accoudoirs, le visage sévère, les sourcils froncés, le front méditatif.

La plupart des orateurs étaient noirs, mais il y avait également quelques Blancs, notamment un rabbin. Marlon Brando était sur l'estrade, brandissant un aiguillon à bestiaux électrique semblable à ceux qu'utilisaient les policiers de Gadsden, dans l'Alabama, pour mater les Noirs. Jasper apprécia les propos du syndicaliste Walter Reuther, un homme qui n'avait pas sa langue dans sa poche et qui déclara, méprisant : « Nous ne pouvons pas défendre la liberté à Berlin tant que nous la refusons à Birmingham. »

Mais la foule commença alors à s'agiter et à réclamer Martin Luther King.

Il fut presque le dernier à prendre la parole.

King était un prédicateur, un excellent prédicateur, Jasper le constata tout de suite. Sa diction était irréprochable, sa voix de baryton vibrante. Il avait le pouvoir d'éveiller les émotions de la foule, un talent précieux qu'admirait Jasper.

Toutefois, King ne s'était probablement jamais adressé à autant de gens. Rares étaient ceux qui l'avaient fait.

Il fit remarquer que la manifestation de ce jour-là, malgré son indéniable succès, n'aurait aucun sens si elle n'entraînait aucun changement. « Ceux qui espèrent que les Noirs avaient seulement besoin de lâcher la bonde à leurs griefs et qu'ils n'iront pas plus loin se préparent à un rude réveil si le pays retourne à ses pratiques habituelles. » La foule acclamait et applaudissait chaque expression mémorable. « L'Amérique ne connaîtra plus ni repos ni tranquillité tant que les Noirs n'auront pas obtenu leurs droits de citoyens, poursuivit King. Les tornades de la révolte continueront d'ébranler les fondations de notre nation jusqu'au jour où poindra l'aube radieuse de la justice. »

Comme il approchait de la fin des sept minutes qui lui étaient imparties, le pasteur prit des accents bibliques. « Nous ne pourrons jamais être satisfaits tant que nos enfants seront dépouillés de leur identité et privés de leur dignité par des pancartes indiquant : "RÉSERVÉ AUX BLANCS". Nous ne serons pas satisfaits tant que le droit ne jaillira pas comme les eaux et la justice comme un torrent intarissable. »

Sur l'estrade derrière lui, la chanteuse de gospel Mahalia Jackson s'écria : « Seigneur ! Seigneur !

— Malgré les difficultés que nous devons affronter aujourd'hui et que nous affronterons demain, je fais un rêve. »

Jasper sentit que King avait abandonné son texte préparé, car il ne cherchait plus à manipuler les émotions du public. Il semblait au contraire chercher ses mots au fond d'un puits profond et glacial de douleur et de chagrin, un puits creusé par des siècles de cruauté. Jasper prit conscience que pour décrire leurs souffrances les Noirs utilisaient les termes des prophètes de l'Ancien

Testament et que pour supporter leurs épreuves, ils se consolaient avec les paroles d'espoir de l'Évangile de Jésus-Christ.

C'est d'une voix frémissante d'émotion que King poursuivit : «Je rêve qu'un jour, notre pays se lève et vive la vraie signification de son credo : "Nous considérons comme une vérité évidente que tous les hommes ont été créés égaux."

«Je rêve que, un jour, sur les rouges collines de Georgie, les fils d'anciens esclaves et les fils d'anciens propriétaires d'esclaves puissent s'asseoir ensemble à la table de la fraternité – je fais un rêve.

«Je rêve qu'un jour, l'État du Mississippi lui-même, un État qui étouffe dans les flammes de l'injustice, qui étouffe dans les flammes de l'oppression, se transforme en oasis de liberté et de justice – je fais un rêve.»

Il avait trouvé son rythme, et il emporta l'âme de deux cent mille personnes. C'était bien plus qu'un discours : c'était un poème, un hymne, une prière venue des profondeurs du tombeau. «Je fais un rêve», cette phrase à vous briser le cœur, résonnait comme un *Amen* à la fin de chaque verset.

«Je rêve que mes quatre petits enfants puissent vivre un jour dans un pays où on ne les jugera pas à la couleur de leur peau mais à ce qui fait leur caractère. Je fais aujourd'hui un rêve.

«Je rêve qu'un jour, même en Alabama – avec ses racistes violents, avec son gouverneur qui n'a d'autres mots à la bouche qu'"interposition" et "invalidation" –, qu'un jour, en Alabama justement, les petits garçons et petites filles noirs puissent donner la main aux petits garçons et petites filles blancs comme des frères et sœurs. Je fais aujourd'hui un rêve !

«Animés de cette foi nous réussirons à distinguer, au milieu de la montagne de désespoir, une pierre d'espérance.

«Animés de cette foi, nous réussirons à transformer la cacophonie discordante de notre nation en une merveilleuse symphonie de fraternité.

«Animés de cette foi, nous réussirons à travailler ensemble, à prier ensemble, à lutter ensemble, à aller en prison ensemble, à nous dresser ensemble pour défendre la liberté, sachant que nous serons libres un jour.»

Regardant autour de lui, Jasper vit que tous les visages, noirs comme blancs, étaient baignés de larmes. Lui-même était profondément ému, alors qu'il s'était cru immunisé contre ce genre de chose.

« Et quand cela adviendra, quand nous laisserons résonner la liberté, quand nous la laisserons résonner dans chaque village et dans chaque hameau, dans chaque État et dans chaque ville, nous hâterons la venue du jour où *tous* les enfants du Bon Dieu, Noirs et Blancs, Juifs et gentils, catholiques et protestants, pourront se prendre par la main... »

Il ralentit alors le débit de son discours et la foule fit silence.

La voix de King tremblait sous la violence sismique de sa passion. « ... et chanter les paroles de ce vieux negro spiritual :

« Enfin libres !

« Enfin libres !

« Merci Dieu tout-puissant, nous voilà enfin libres ! »

Il s'écarta du micro.

La foule poussa un rugissement tel que Jasper n'en avait jamais entendu. Les spectateurs se levèrent dans une vague d'espoir extatique. Les applaudissements montèrent et montèrent, sans cesse renouvelés comme les vagues de l'océan.

Ils ne diminuèrent que lorsque Benjamin Mays, l'éminent mentor aux cheveux blancs de King, s'approcha du micro pour prononcer une bénédiction. Les gens surent alors que c'était fini et, un peu à contrecœur, ils s'éloignèrent de l'estrade pour rentrer chez eux.

Jasper avait l'impression d'avoir essuyé une tempête, une bataille ou vécu une passion amoureuse : il était épuisé mais empli d'allégresse.

Beep et lui se dirigèrent vers l'appartement des Dewar, quasiment muets. Le *Daily Echo* s'y intéresserait sûrement, se dit Jasper. Des centaines de milliers de personnes venaient d'entendre un bouleversant plaidoyer pour la justice. La politique britannique, avec ses scandales sexuels sordides, ne pouvait tout de même pas rivaliser avec un événement pareil en première page des journaux.

Il ne se trompait pas.

Bella, la mère de Beep, écossait des petits pois assise à la table de la cuisine pendant que miss Betsy épluchait des pommes de terre. Dès qu'elle aperçut Jasper, Bella lui dit : « Le *Daily Echo* t'a appelé deux fois de Londres. Un certain Mr. Pugh.

— Merci, répondit Jasper, le cœur battant. M'autoriseriez-vous à le rappeler ?

— Bien sûr, vas-y. »

Jasper se rendit dans le bureau et téléphona à Pugh. « Vous avez participé à la marche ? demanda celui-ci. Vous avez entendu le discours ?

— Oui et encore oui. C'était incroyable...

— Je sais. On va en faire notre une. Vous pouvez nous écrire un article du genre "j'y étais" ? Des impressions personnelles, des anecdotes. Ne vous préoccupez pas des faits et des chiffres, nous les aurons dans l'article principal.

— J'en serais ravi », acquiesça Jasper. C'était un euphémisme : il était aux anges.

« Foncez. Mille mots environ. On pourra toujours couper au besoin.

— D'accord.

— Rappelez-moi dans une demi-heure et je vous passerai une sténo.

— Vous ne pouvez pas m'accorder un peu plus de temps ? » demanda Jasper, mais Pugh avait déjà raccroché.

« Alors ça ! » lâcha-t-il, les yeux fixés sur le mur.

Un bloc-notes jaune était posé sur le bureau de Woody Dewar. Jasper s'en saisit et attrapa un crayon. Il réfléchit une minute avant d'écrire :

« Aujourd'hui, au milieu d'une foule de deux cent mille personnes, j'ai entendu Martin Luther King redéfinir la signification du mot "Américain". »

*

Maria Summers était sur un petit nuage.

Le téléviseur du service de presse était allumé et elle avait interrompu son travail pour regarder Martin Luther King, comme presque tout le personnel de la Maison Blanche, d'ailleurs, y compris le président Kennedy.

Lorsque le discours s'acheva, elle flottait au-dessus du sol. Elle était impatiente de savoir ce qu'en pensait le Président. Quelques minutes plus tard, elle était convoquée au Bureau ovale. Elle avait encore plus envie que d'ordinaire de se jeter dans les bras de Kennedy. « Il est sacrément bon », commenta Kennedy d'un air quelque peu détaché. Puis il ajouta : « Il est en route pour venir ici », et Maria fut folle de joie.

John Kennedy avait changé. Quand Maria était tombée amoureuse de lui, il était favorable aux droits civiques d'un point de vue intellectuel, mais pas émotionnellement. Son évolution ne s'expliquait pas uniquement par leur liaison. C'était plutôt l'irrépressible brutalité des ségrégationnistes, ajoutée à leur manque de respect pour la loi, qui l'avait ébranlé au point de l'inciter à s'engager personnellement. Et il avait risqué gros en décidant de faire voter une nouvelle loi sur les droits civiques. Elle savait mieux que quiconque à quel point il était inquiet.

George Jakes entra, aussi élégant qu'à son habitude, vêtu d'un costume bleu marine, d'une chemise gris pâle et d'une cravate à rayures. Il lui adressa un sourire chaleureux. Elle l'aimait bien : il s'était conduit en véritable ami quand elle avait eu besoin de lui. Et il était en deuxième position sur la liste des hommes les plus séduisants qu'elle ait jamais connus.

Maria savait que George et elle étaient là pour la galerie, car ils faisaient partie des rares employés de couleur de la Maison Blanche. Ils s'étaient résignés l'un comme l'autre à servir de symboles. Cela n'avait rien de malhonnête : s'ils étaient encore peu nombreux, Kennedy avait nommé plus de Noirs à des postes clés que tous les présidents qui l'avaient précédé.

Lorsque Martin Luther King entra, le Président lui serra la main et dit : « Je fais un rêve ! »

Cela partait d'une bonne intention, Maria le savait, mais c'était malvenu. Le rêve de King prenait racine dans le terreau d'une répression brutale. John Kennedy était né au sein de l'élite des privilégiés américains : comment pouvait-il prétendre rêver de liberté et d'égalité ? De toute évidence, King partageait ses réserves, car il s'empressa de changer de sujet, l'air gêné. Maria savait que plus tard, au lit, le Président lui demanderait à quel moment il avait fait un faux pas ; et il lui incomberait de le lui expliquer tendrement et de le rassurer.

King et les autres leaders du mouvement des droits civiques n'avaient rien mangé depuis le petit déjeuner. En apprenant cela, le Président appela la cuisine de la Maison Blanche pour commander du café et des sandwichs.

Maria leur fit prendre la pose pour une photographie officielle, puis les discussions commencèrent.

King et ses compagnons étaient enthousiastes. Après cette manifestation, déclarèrent-ils au Président, la loi sur les droits civiques pouvait être renforcée. Il fallait ajouter un nouvel article interdisant toute discrimination à l'embauche. Un nombre inquiétant de jeunes Noirs abandonnaient l'école, car ils ne se voyaient aucun avenir.

Le Président suggéra que les Noirs s'inspirent des Juifs, qui attachaient un grand prix à l'éducation et obligeaient leurs enfants à étudier. Maria, issue d'une famille où régnaient les mêmes principes, ne pouvait que l'approuver. Si les jeunes Noirs désertaient l'école, était-ce le problème du gouvernement ? Mais elle constata également que Kennedy avait adroitement éludé le vrai sujet du débat, à savoir les millions d'emplois réservés aux Blancs.

Ils demandèrent à Kennedy de prendre la tête de la croisade pour les droits civiques. Maria savait qu'il ne pouvait pas leur dire le fond de sa pensée : un engagement trop profond de sa part pour la cause des Noirs inciterait tous les Blancs à voter républicain.

L'habile Walter Reuther proposa alors une autre méthode. Identifier les hommes d'affaires qui soutenaient le parti républicain, les prendre à part par petits groupes et leur expliquer que, s'ils refusaient de coopérer, leurs bénéfices ne pourraient qu'en pâtir. C'était une des tactiques préférées de Lyndon Johnson, Maria le savait : manier tout à la fois la carotte et le bâton. Le Président fit celui qui n'avait pas entendu : ce n'était pas son style, tout simplement.

Kennedy passa en revue les intentions de vote des sénateurs et des représentants, comptant sur ses doigts ceux qui risquaient de s'opposer à la loi sur les droits civiques. C'était un sinistre catalogue de préjugés, d'apathie et de timidité. Il aurait du mal à faire passer cette loi, même sous une forme édulcorée, il ne le leur cacha pas ; une version plus dure était donc hors de question.

La tristesse tomba soudain sur les épaules de Maria comme un voile de deuil. Elle était lasse, déprimée, pessimiste. Elle avait mal à la tête et voulait rentrer chez elle.

La réunion se prolongea plus d'une heure. Lorsqu'elle prit fin, toute euphorie s'était dissipée. Les leaders du mouvement des droits civiques prirent congé, sans dissimuler leur frustration et leur désenchantement. Que le pasteur King ait fait un rêve, c'était très bien, mais le peuple américain ne semblait pas le partager.

Maria avait peine à le croire, et pourtant, malgré les événements de la journée, la grande cause de la liberté et de l'égalité n'avait apparemment pas progressé d'un pas.

XXVIII

Jasper Murray était désormais sûr de décrocher le poste de rédacteur en chef du *St Julian's News.* Sa lettre de candidature était accompagnée d'une coupure de presse de son article sur le discours de Martin Luther King publié dans le *Daily Echo.* Tout le monde l'avait jugé excellent. Malheureusement, il ne lui avait rapporté que vingt-cinq livres, nettement moins que l'interview d'Evie : la politique était moins lucrative que le scandale.

« Toby Jenkins n'a jamais publié un seul paragraphe ailleurs que dans la presse pour étudiants, expliqua-t-il à Daisy Williams dans la cuisine de Great Peter Street.

— C'est ton seul rival ? demanda-t-elle.

— À ma connaissance, oui.

— Quand seras-tu informé de la décision ? »

Jasper consulta machinalement sa montre. « Le comité se réunit en ce moment même. Quand la séance sera levée à midi et demi, une notice sera affichée devant le bureau de Lord Jane. Mon ami Pete Donegan est sur place. J'ai l'intention de le prendre comme rédacteur en chef adjoint. Il me téléphonera tout de suite.

— Pourquoi tiens-tu autant à ce poste ? »

Parce que je sais que je suis le meilleur, pensa Jasper ; je vaux deux Cakebread et dix Tony Jenkins. Je le mérite. Il ne livra cependant pas le fond de sa pensée à Daisy Williams. Il se méfiait un peu d'elle. C'était sa mère qu'elle aimait, pas lui. Quand le *Daily Echo* avait publié l'interview d'Evie et que Jasper avait feint la consternation, il avait eu l'impression que Daisy n'était pas totalement dupe. Il craignait qu'elle ne l'ait percé à jour, même si elle se montrait toujours aimable avec lui, par égard pour sa mère.

Il lui donna donc la version édulcorée de la vérité. « Je peux rehausser le niveau du *St Julian's News*. Pour l'instant, on dirait un bulletin paroissial. Il relate les informations essentielles mais recule devant le conflit et la controverse. » Il chercha un exemple susceptible de répondre aux idéaux de Daisy. « St Julian's College est placé sous l'autorité d'un conseil d'administration dont certains membres ont investi en Afrique du Sud. Je serais prêt à publier cette information et à demander ce que font des partisans de l'apartheid dans une institution réputée pour son progressisme.

— Bonne idée, approuva Daisy. Ça les ferait sûrement bouger. »

Walli Franck les rejoignit. Midi sonnait, mais il venait manifestement de se lever : il avait des horaires de rocker.

« Maintenant que Dave est retourné au lycée, que comptes-tu faire ? » lui demanda Daisy.

Walli se prépara un café instantané. « Travailler ma guitare. ».

Daisy lui sourit. « Si ta mère était ici, elle te suggérerait certainement d'essayer de gagner un peu d'argent.

— Je ne veux pas gagner d'argent. Mais je le dois. C'est pour cela que j'ai un emploi. »

La grammaire de Walli était parfois si rigoureuse qu'on avait du mal à le comprendre. « Tu ne veux pas d'argent mais tu as un emploi ?

— Laver les verres de bière au Jump Club.

— Bravo ! »

On sonna à la porte et une domestique fit entrer Hank Remington. Gai, les cheveux roux, un charme classique d'Irlandais, il n'était pas avare de sourires. « Bonjour, madame Williams. Je suis venu inviter votre fille à déjeuner – à moins que vous ne soyez libre ! »

Les femmes appréciaient les flatteries de Hank. « Bonjour, Hank », répondit Daisy avec chaleur. Elle se tourna vers la domestique : « Allez prévenir Evie que Mr. Remington est là.

— C'est *monsieur* Remington maintenant? s'étonna l'intéressé. N'allez surtout pas faire croire aux gens que je suis respectable – ma réputation ne s'en relèverait pas. » Il serra la main de Jasper. « Evie m'a montré ton article sur Martin Luther King – excellent, très bien écrit. » Puis il se tourna vers Walli. « Salut, je suis Hank Remington. »

Bien que pétrifié d'admiration, Walli réussit à se présenter. «Je suis le cousin de Dave et le guitariste de Plum Nellie.

— Comment c'était, à Hambourg?

— Génial, jusqu'à ce qu'on se fasse virer parce que Dave était trop jeune.

— Les Kords ont pas mal joué à Hambourg, poursuivit Hank. C'était formidable. Je suis né à Dublin, mais j'ai grandi dans la Reeperbahn, si tu vois ce que je veux dire.»

Jasper était fasciné par Hank. Il était riche et célèbre, c'était l'une des plus grandes pop-stars du monde, et cela ne l'empêchait pas de se montrer charmant avec tous les occupants de la cuisine. Était-il animé par un profond désir d'être aimé... et était-ce là le secret de son succès?

Evie fit son entrée, très en beauté. Elle s'était fait couper les cheveux au carré dans un style rappelant celui des Beatles et portait une robe trapèze Mary Quant toute simple qui mettait ses jambes en valeur. Hank feignit de tomber à la renverse. «Bon sang, si tu te fringues comme ça, il va falloir que je t'emmène dans un resto chic, dit-il. Moi qui pensais t'offrir un Wimpy.

— Où qu'on aille, il faudra faire vite, répondit Evie. Je passe une audition à trois heures et demie.

— C'est pour quoi?

— Une nouvelle pièce qui s'appelle *Le Procès d'une femme*. Un drame judiciaire.»

Hank était ravi. «Tu vas faire tes débuts sur les planches!

— Si je décroche le rôle.

— Oh! Je ne me fais pas de souci pour ça. Viens, ne traînons pas, ma Mini est garée en stationnement interdit.»

Ils partirent et Walli regagna sa chambre. Jasper consulta sa montre : midi et demi. Il aurait la réponse d'une minute à l'autre.

«J'ai adoré les États-Unis, dit-il pour entretenir la conversation.

— Tu aimerais vivre là-bas? lui demanda Daisy.

— Plus que tout. Ce que je voudrais, c'est travailler à la télévision. Le *St Julian's News*, c'est bien, mais ce n'est qu'une première étape : la presse écrite est dépassée. Aujourd'hui, c'est la télé qui compte.

— L'Amérique est mon pays, murmura Daisy d'une voix songeuse, mais c'est à Londres que j'ai trouvé l'amour.»

Le téléphone sonna. On avait choisi le rédacteur en chef. Était-ce Jasper ou Toby Jenkins ?

Daisy décrocha. « Je vous le passe », dit-elle, et elle tendit le combiné à Jasper dont le cœur battait à tout rompre.

C'était Pete Donegan. « Ils ont pris Valerie Cakebread. »

Jasper resta interdit quelques instants. « Comment ? fit-il. Qui ça ?

— Valerie Cakebread est la nouvelle rédactrice en chef du *St Julian's News.* Sam Cakebread s'est arrangé pour que sa sœur lui succède.

— Valerie ? » Quand Jasper finit par assimiler la nouvelle, il en resta bouche bée. « Mais elle n'a jamais écrit que des trucs sur la mode !

— Et elle préparait le thé aux rédactrices de *Vogue.*

— Comment ont-ils pu faire ça ?

— Ça me dépasse.

— Je... je savais que Lord Jane était un crétin, mais à ce point...

— Tu veux que je passe chez toi ?

— Pour quoi faire ?

— Pour qu'on aille noyer notre chagrin ensemble.

— D'accord. » Jasper raccrocha.

« Mauvaise nouvelle, si j'ai bien compris, commenta Daisy. Je suis désolée. »

Jasper était sous le coup de l'émotion. « Ils ont refilé le poste à la sœur du rédacteur en chef actuel ! Je n'aurais jamais imaginé ça. » Il se rappela sa conversation avec Sam et Valerie au café de l'association des étudiants. Les traîtres, ils ne lui avaient même pas laissé entendre que Valerie était dans la course.

Il s'était fait berner par plus rusé que lui, songea-t-il avec amertume.

« Quel dommage », compatit Daisy.

C'était bien les Anglais, ça, songea Jasper avec ressentiment : les relations familiales passaient avant le talent. Son père avait été victime du même procédé, ce qui expliquait qu'il n'ait jamais dépassé le rang de colonel.

« Que vas-tu faire ? demanda Daisy.

— Émigrer », répondit Jasper. Sa résolution était désormais plus ferme que jamais.

« Décroche d'abord ton diplôme, lui conseilla-t-elle. Les Américains attachent un grand prix à l'éducation.

— Vous avez sans doute raison. » Mais, aux yeux de Jasper, le journalisme avait toujours passé avant les études. « Je ne peux pas travailler sous les ordres de Valerie. J'ai accepté de rester au *St Julian's News* l'année dernière, après avoir été battu par Sam, mais c'est hors de question à présent.

— Je comprends. Tu serais considéré comme un journaliste de seconde zone. »

Jasper eut soudain une idée. Un plan commença à se former dans son esprit. « Le plus grave, poursuivit-il, c'est que personne ne dénoncera les conseillers de St Julian's qui ont investi en Afrique du Sud. »

Daisy mordit à l'hameçon. « Quelqu'un pourrait peut-être lancer un journal concurrent.

— J'en doute, répliqua Jasper avec un faux scepticisme.

— C'est ce qu'ont fait la grand-mère de Dave et celle de Walli en 1916. Leur journal s'appelait *La Femme du soldat*. Si elles ont pu le faire... »

Jasper ouvrit de grands yeux innocents et posa la question clé : « Où ont-elles trouvé l'argent ?

— La famille de Maud était riche. Imprimer deux mille exemplaires ne doit pas coûter une fortune, tu sais. Tu finances le deuxième numéro avec les revenus du premier.

— Mon article sur Martin Luther King m'a rapporté vingt-cinq livres. Ça m'étonnerait que ça suffise...

— Je pourrais te donner un coup de main. »

Jasper feignit la réticence. « Vous risquez de ne jamais récupérer vos fonds.

— Prépare un budget.

— Pete est en route. On pourrait passer quelques coups de fil.

— Si tu investis ton argent, je double la mise. Qu'en penses-tu ?

— Merci ! » Jasper n'avait pas l'intention de débourser un seul penny. Mais un budget était un peu comme la rubrique des potins : on pouvait l'épicer de fiction, car personne ne connaissait jamais la vérité. « En faisant vite, on pourrait sortir le numéro un pour la rentrée.

— Avec cette affaire d'investissements sud-africains en première page. »

Jasper avait retrouvé le moral. Il allait peut-être même tirer profit de son échec. « Oui... le *St Julian's News* aura une manchette bateau du genre “Bienvenue à Londres”. La nôtre sera celle d’un vrai journal. » L’excitation le gagna.

« Présente-moi ton budget dès que possible, conclut Daisy. Je suis sûre qu’on trouvera une solution.

— Merci », répéta Jasper.

XXIX

George Jakes s'acheta une voiture à l'automne 1963. Il pouvait se le permettre et l'idée lui plaisait, même si les transports en commun étaient très commodes à Washington. Il préférait les marques étrangères : il leur trouvait plus d'allure. Il jeta son dévolu sur un cabriolet Mercedes-Benz 220S bleu marine, une décapotable très chic qui avait à peine cinq ans. Le troisième dimanche de septembre, il la prit pour se rendre dans le comté de Prince George, dans le Maryland, la banlieue de Washington où habitait sa mère. Elle lui ferait à dîner, puis ils iraient ensemble à l'église évangélique de Bethel assister à l'office du soir. Ces derniers temps, il n'avait guère eu le loisir de lui rendre visite, même le dimanche.

Tout en longeant Suitland Parkway, capote baissée pour profiter du soleil de septembre, il passa en revue les questions qu'elle ne manquerait pas de lui poser et les réponses qu'il y apporterait. Pour commencer, elle voudrait sûrement savoir où il en était avec Verena. « Elle prétend qu'elle n'est pas assez bien pour moi, Mom, répondrait-il. Qu'est-ce que tu en penses ?

— Elle a raison », dirait probablement sa mère. Il n'y avait pas beaucoup de filles qui trouvaient grâce à ses yeux.

Elle lui demanderait ensuite comment ça se passait avec Bob Kennedy. La vérité était que Bob était taillé d'un seul bloc. Certaines personnes lui inspiraient une haine farouche : J. Edgar Hoover, par exemple, ce que George comprenait parfaitement : Hoover était un être méprisable. Mais Lyndon Johnson était lui aussi dans le collimateur de Bob, ce que George regrettait, car il aurait fait selon lui un allié très puissant. Malheureusement, l'incompatibilité était totale entre les deux hommes. George imagina le Vice-Président, ce colosse expansif, rejoignant le clan Kennedy à Hyannis Port pour une sortie en yacht. Cela le fit sourire. Autant imaginer un rhinocéros parmi les petits rats de l'opéra.

Bob se montrait tout aussi entier en amitié et, fort heureusement, George faisait partie de ceux qu'il appréciait. Il avait été accepté dans son cercle d'intimes, un groupe restreint de conseillers en qui il avait une telle confiance qu'il leur pardonnait toutes leurs erreurs, persuadé qu'il était de leurs bonnes intentions. Qu'est-ce que George allait pouvoir dire à sa mère à propos de Bob ? « C'est un homme intelligent qui veut sincèrement faire progresser l'Amérique. »

Elle voudrait savoir pourquoi les frères Kennedy traînaient les pieds en matière de droits civiques. George lui répondrait : « S'ils tentent de forcer le passage, il y aura un retour de bâton des Blancs, avec deux conséquences. Primo, la loi sur les droits civiques sera rejetée par le Congrès. Secundo, John Kennedy ne sera pas réélu en 1964. Et si Kennedy perd, qui gagnera ? Richard Nixon ? Barry Goldwater ? Cela pourrait même être George Wallace, Dieu nous en préserve. »

Telles étaient les réflexions de George lorsqu'il rangea sa voiture dans l'allée et qu'il franchit le seuil de l'agréable petite maison rustique où demeurait Jacky Jakes.

Il oublia tout en entendant sa mère sangloter.

Une terreur enfantine l'envahit. Sa mère ne pleurait pas souvent : dans son enfance, il avait toujours vu en elle une tour inexpugnable. Les rares fois où elle s'était effondrée, cédant de façon incontrôlable à la crainte et au chagrin, le petit Georgy avait été terrifié et bouleversé. Et aujourd'hui, l'espace d'une seconde, il dut refouler cette frayeur de petit garçon et se rappeler qu'il était désormais un homme, un adulte, qui n'avait pas à s'affoler des pleurs de sa mère.

Claquant la porte, il traversa le vestibule à la hâte pour entrer dans le salon. Jacky était assise sur le canapé de velours beige devant le téléviseur, les mains sur ses joues comme pour empêcher sa tête de tomber. Les larmes ruisselaient sur son visage. Elle gémissait, bouche bée, regardant l'écran, les yeux exorbités.

« Mom, qu'y a-t-il, au nom de Dieu, que s'est-il passé ? demanda George.

— Quatre petites filles ! » sanglota-t-elle.

George se tourna vers l'image en noir et blanc. Il vit deux voitures cabossées comme à la suite d'une collision. Puis la caméra se dirigea vers un bâtiment aux murs défoncés, aux fenêtres fracassées. Elle prit du champ et il reconnut cet endroit. Son cœur se serra. « Mon Dieu, c'est l'église baptiste de la 16ᵉ Rue à Birmingham ! murmura-t-il. Que s'est-il passé ?

— Les Blancs ont fait sauter une bombe pendant l'école du dimanche !

— Non ! Non ! » L'esprit de George refusait d'accepter cette monstruosité. Même en Alabama, on ne lançait pas de bombes contre des enfants.

La voix du commentateur télé déclarait : « Les victimes ont été identifiées. Il s'agit de Denise McNair, onze ans...

— Onze ans ! répéta George. Ce n'est pas possible !

— ... Addie Mae Collins, quatorze ans ; Carole Robertson, quatorze ans ; et Cynthia Wesley, quatorze ans.

— Mais ce ne sont que des gosses ! s'exclama George.

— Plus de vingt personnes ont été blessées dans l'explosion », acheva le commentateur d'une voix impassible, et la caméra montra une ambulance qui s'éloignait en trombe.

George s'assit près de sa mère et lui passa le bras autour des épaules. « Qu'est-ce qu'on va faire ?

— Prier », répondit-elle.

Le commentateur poursuivit impitoyablement : « Cet attentat à la bombe est le vingt et unième commis à Birmingham contre des Noirs en l'espace de huit ans. À ce jour, la police locale n'a appréhendé aucun suspect.

— Prier ? » répéta George, la voix frémissante de chagrin.

En cet instant, il avait plutôt envie de tuer quelqu'un.

*

L'attentat de l'école du dimanche provoqua la stupeur du monde entier. Au pays de Galles, un groupe de mineurs se cotisa afin d'offrir à l'église baptiste de la 16ᵉ Rue un vitrail destiné à remplacer l'un de ceux qui avaient été soufflés par l'explosion.

Aux funérailles, Martin Luther King déclara : « En dépit de ces heures sombres, nous ne devons pas perdre foi en nos frères blancs. » George s'efforça de suivre ce conseil, mais ce n'était pas facile.

Pendant un temps, il eut l'impression que l'opinion publique basculait en faveur des droits civiques. Une commission parlementaire renforça le projet présenté par Kennedy, y incluant l'interdiction de la discrimination à l'embauche que les dirigeants du mouvement appelaient de leurs vœux.

Mais, quelques semaines plus tard, les ségrégationnistes reprirent du poil de la bête.

À la mi-octobre, un courrier adressé au ministère de la Justice fut transmis à George. L'enveloppe contenait un mince rapport relié du FBI qui s'intitulait :

COMMUNISME ET MOUVEMENT NOIR
ANALYSE ACTUALISÉE

« Qu'est-ce c'est que ces conneries ? » marmonna-t-il pour lui-même.

Il parcourut rapidement le texte. Ses onze pages allaient faire des ravages. Martin Luther King y était qualifié d'« homme dénué de principes », qui suivait les conseils des communistes « régulièrement, de sa propre volonté et en toute connaissance de cause ». Avec une assurance laissant supposer qu'il bénéficiait d'informations de première main, ce rapport précisait : « Les responsables du parti communiste envisagent de créer une situation où l'on pourra dire que quand quelque chose est bon pour le parti communiste, c'est bon aussi pour Martin Luther King. »

Ces affirmations péremptoires n'étaient pas étayées par une once de preuve.

George décrocha son téléphone et appela Joseph Hugo au siège du FBI, situé à un autre étage du ministère de la Justice. « C'est quoi, cette merde ? » lança-t-il.

Joe comprit tout de suite de quoi il parlait et ne prit pas la peine de feindre le contraire. « Je n'y peux rien si tes amis sont des communistes, dit-il. Ne tue pas le messager.

— Ce n'est pas un rapport ! C'est une campagne de diffamation.

— Nous avons des preuves.

— Des preuves qu'on ne peut pas montrer ne valent strictement rien, Joe, ce ne sont que des rumeurs – tu es sûr d'avoir suivi des cours de droit ?

— Nous devons protéger nos informateurs.

— À qui avez-vous envoyé ces conneries ?

— Attends, je regarde... À la Maison Blanche, au secrétaire d'État, au ministre de la Défense, à la CIA, à l'armée, à la marine et à l'aviation.

— Autrement dit, à tout Washington, espèce d'enfoiré.

— Il va de soi que nous ne cherchons pas à *dissimuler* des informations sur les ennemis de notre pays.

— C'est une tentative délibérée de sabotage de la loi sur les droits civiques voulue par le Président.

— Voyons, George, nous ne ferions jamais une chose pareille ! Nous sommes un service chargé de faire respecter la loi. » Joseph raccrocha.

George mit quelques minutes à recouvrer son calme. Il relut ensuite le rapport, soulignant ses passages les plus outranciers. Il tapa une liste des services à qui il avait été envoyé, selon Joseph. Puis il l'apporta à Bob.

Comme d'habitude, celui-ci était assis à son bureau en manches de chemise, le nœud de cravate desserré, lunettes sur le nez. Il fumait un cigare. « Ça ne va pas vous plaire », annonça George. Il lui tendit le rapport avant de lui en faire un résumé.

« Ce pédé de Hoover », lança Bob.

C'était la seconde fois que George l'entendait traiter Hoover de pédé. « Vous ne parlez pas sérieusement, dit-il.

— Vous croyez ça ? »

George n'en revenait pas. « Hoover est homo ? » C'était difficile à imaginer. Hoover était un petit homme corpulent aux cheveux clairsemés, au nez épaté, au visage de travers et au cou de taureau. Tout l'opposé d'une tante.

« Il paraît que la Mafia possède des photos de lui habillé en femme, renchérit Bob.

— C'est pour ça qu'il affirme à qui veut l'entendre qu'elle n'existe pas ?

— C'est une théorie parmi d'autres.

— Bon sang !

— Prenez rendez-vous avec lui, je veux le voir demain.

— Entendu. En attendant, laissez-moi passer en revue les enregistrements de Levison. Si celui-ci pousse King vers le communisme, on doit pouvoir le prouver grâce à leurs conversations téléphoniques. Levison ne peut manquer d'évoquer la bourgeoisie, les masses laborieuses, la lutte des classes, la révolution, la dictature du prolétariat, Lénine, Marx, l'Union soviétique et tout ça. Je vais noter toutes les allusions de ce type et voir si on peut en tirer quelque chose.

— Bonne idée. Préparez-moi un mémo avant ma rencontre avec Hoover. »

George retourna dans son bureau et ordonna qu'on lui communique les transcriptions des écoutes téléphoniques de Stanley Levison – dont le FBI avait scrupuleusement transmis des copies au ministère de la Justice. Une demi-heure plus tard, un employé poussait un chariot dans son bureau.

George se mit au travail. Il ne releva le nez que lorsqu'une femme de ménage ouvrit la porte et lui demanda si elle pouvait passer un coup de balai. Il resta assis pendant qu'elle accomplissait cette tâche en tournant autour de lui. Cela lui rappelait ses nuits blanches du temps de Harvard, en particulier lors de son éprouvante première année de droit.

Bien avant d'avoir fini, il avait acquis la conviction que les conversations de King avec Levison n'avaient aucun rapport avec le communisme. Aucun des mots clés que George avait notés, de A comme aliénation à Z comme Zapata, n'y apparaissait. Les deux hommes parlaient du livre que King était en train d'écrire ; ils discutaient des collectes de fonds ; ils préparaient la marche de Washington. King confiait à son ami ses craintes et ses doutes : bien que partisan de la non-violence, devait-il se sentir responsable des émeutes et des attentats provoqués par les manifestations pacifiques ? Les deux hommes n'abordaient que rarement les questions politiques du jour, et jamais les conflits de la guerre froide qui obsédaient tous les communistes : Berlin, Cuba, le Vietnam.

À quatre heures du matin, George posa la tête sur son bureau et s'endormit. À huit heures, il sortit d'un tiroir une chemise propre, encore dans son sachet de blanchisserie, et alla se laver et se changer dans les toilettes pour hommes. Il tapa ensuite le mémo que Bob lui avait demandé, affirmant qu'en deux années de coups de fil, Stanley Levison et Martin Luther King n'avaient jamais parlé de communisme ni d'aucun sujet lié au communisme. « Si Levison est un propagandiste de Moscou, il est le plus lamentable de l'histoire », conclut-il.

Plus tard dans la journée, Bob rendit visite à Hoover au FBI. À son retour, il annonça à George : « Il a accepté de retirer ce rapport. Demain, ses agents de liaison feront le tour des destinataires pour en récupérer tous les exemplaires, en expliquant qu'il nécessite une révision.

— Bien, fit George. Mais il est trop tard, n'est-ce pas ?

— Oui, acquiesça Bob. Le mal est fait. »

*

Comme pour ajouter aux soucis du président Kennedy en cet automne de 1963, la crise du Vietnam dégénéra le premier samedi de novembre.

Encouragés par Kennedy, les militaires sud-vietnamiens renversèrent leur Président impopulaire, Ngo Dinh Diem. À Washington, McGeorge Bundy, le conseiller à la Sécurité nationale, réveilla Kennedy à trois heures du matin pour lui annoncer que le coup d'État qu'il avait autorisé venait de se produire. On avait arrêté Ngo Dinh Diem et son frère, Ngo Dinh Nhu. Kennedy ordonna qu'on accorde à Diem et à sa famille un sauf-conduit leur permettant de partir en exil.

Bob appela George pour qu'il l'accompagne dans la salle du cabinet présidentiel où une réunion était prévue pour dix heures.

Au cours de cette réunion, un conseiller apporta un câble annonçant le suicide des deux frères Ngo Dinh.

Jamais George n'avait vu le président Kennedy aussi bouleversé. Il semblait terrassé. Pâle sous son hâle, il se leva d'un bond et quitta précipitamment la pièce.

« Ils ne se sont pas suicidés, expliqua Bob à George à l'issue de la réunion. Ce sont de fervents catholiques. »

George savait que Tim Tedder se trouvait à Saigon, où il assurait la liaison entre la CIA et l'armée régulière de la république du Vietnam, l'ARVN, que tout le monde appelait Arvin. Personne n'aurait été surpris d'apprendre que Tedder avait merdé.

Vers midi, un télégramme de la CIA révélait que les frères Ngo Dinh avaient été exécutés à l'arrière d'un camion de transport de troupes.

« On ne contrôle plus rien là-bas, fit remarquer George consterné à Bob. On essaie d'aider ce peuple à accéder à la liberté et à la démocratie, mais quoi qu'on fasse, ça ne marche jamais.

— Il faut tenir encore un an, répondit Bob. Pour le moment, on ne peut pas abandonner le Vietnam aux communistes – mon frère serait battu aux élections de novembre prochain. Mais dès qu'il sera réélu, il se tirera de ce guêpier plus vite que vous ne le pensez. Vous verrez. »

*

Un soir de ce mois de novembre, un groupe de conseillers à la mine sombre s'était rassemblé dans le bureau voisin de celui de Bob. L'initiative de Hoover avait porté ses fruits et la loi sur les droits civiques était en danger. Les parlementaires honteux d'être racistes n'attendaient qu'un prétexte pour s'y opposer et Hoover leur en avait donné un.

Comme le voulait l'usage, la loi avait été transmise à la Commission des règles de la Chambre, dont le Président, Howard W. Smith, représentant de Virginie, était un des démocrates sudistes les plus conservateurs. Enhardi par les accusations de collusion entre communistes et partisans des droits civiques émises par le FBI, Smith avait annoncé que sa commission s'efforcerait de retarder indéfiniment le vote de la loi.

George était furieux. Ces crétins ne comprenaient donc pas que c'était ce genre d'attitude qui avait provoqué l'attentat de l'église du dimanche ? Tant que des gens respectables jugeraient normal de traiter les Noirs comme s'ils n'étaient pas tout à fait humains, des brutes ignorantes se croiraient autorisées à massacrer des enfants.

Il y avait bien pire. À un an de l'élection présidentielle, la cote de popularité de John Kennedy baissait. Bob et lui s'inquiétaient tout particulièrement pour le Texas. Si Kennedy avait emporté cet État en 1960, c'était grâce à son populaire colistier texan, Lyndon Johnson. Malheureusement, trois ans passés au sein de l'administration Kennedy, particulièrement progressiste, avaient pratiquement décrédibilisé Johnson aux yeux de l'élite d'affaires conservatrice.

« Ce n'est pas seulement une question de droits civiques, avança George. Nous proposons de supprimer l'abattement fiscal sur les revenus du pétrole. Cela fait des dizaines d'années que les industriels du Texas sont exonérés d'une partie de leurs impôts et ils nous détestent parce que nous voulons toucher à leurs privilèges.

— Quelle que soit la raison, intervint Dennis Wilson, des milliers de conservateurs texans ont quitté les rangs des démocrates pour rejoindre ceux des républicains. Et ils adorent le sénateur Goldwater. » Barry Goldwater était un républicain d'extrême droite qui voulait supprimer les aides sociales et balancer des bombes atomiques sur le Vietnam. « Si Barry est candidat, il emportera le Texas.

— Il faut que le Président aille faire les yeux doux à ces emmerdeurs, conseilla un autre conseiller.

— C'est prévu, confirma Dennis. Jackie l'accompagnera.

— Quand ?

— Ils seront à Houston le 21 novembre, répondit Dennis. Et le lendemain, ils se rendront à Dallas. »

XXX

Maria Summers regardait la télévision au service de presse de la Maison Blanche lorsque Air Force One se posa sous un soleil éclatant à Love Field, l'aéroport de Dallas.

On disposa un escalier mobile devant la porte arrière de l'appareil. Le vice-président Lyndon Johnson et son épouse, Lady Bird Johnson, prirent position au pied des marches afin d'accueillir le Président. Une foule de deux mille personnes était contenue par une chaîne.

La porte de l'avion s'ouvrit. Pendant un instant, il ne se passa rien, puis Jackie Kennedy surgit, vêtue d'un tailleur Chanel et coiffée d'un chapeau tambourin assorti. Derrière elle apparut son mari, l'amant de Maria, le président John F. Kennedy. Dans ses pensées, Maria l'appelait Johnny, le petit nom que lui donnaient parfois ses frères.

Le commentateur, un envoyé de la chaîne locale, déclara : « Je vois son bronzage de l'endroit où je me trouve ! » C'était un novice, devina Maria : l'image était en noir et blanc et il ne prenait pas la peine de décrire les couleurs aux téléspectateurs. Toutes les femmes postées devant leur écran auraient aimé savoir que Jackie était vêtue de rose.

Maria se demanda si, l'occasion se présentant, elle aurait échangé sa place contre la sienne. Au fond de son cœur, elle désirait ardemment posséder cet homme, pouvoir proclamer ouvertement son amour, le désigner du doigt en disant : « C'est mon mari. » Mais un tel mariage aurait eu sa part de tristesse autant que de plaisir. Le président Kennedy trompait sa femme en permanence, et pas seulement avec Maria. Bien qu'il ne le lui ait jamais dit, elle avait fini par comprendre qu'elle n'était qu'une maîtresse parmi d'autres, des dizaines d'autres, peut-être. Il était déjà douloureux de le partager sans être sa femme légitime : quelle souffrance devait éprouver son épouse en sachant qu'il avait des liaisons avec d'autres femmes, qu'il les embrassait, caressait leurs parties intimes et ne manquait pas une occasion d'enfoncer sa queue dans leur bouche. Maria devait se satisfaire de son statut de maîtresse et de ce qui l'accompagnait. Jackie quant à elle n'avait même pas ce qui aurait dû lui revenir normalement en tant qu'épouse. Maria n'aurait su dire laquelle était la plus mal lotie.

Le couple présidentiel descendit l'escalier et échangea des poignées de main avec les pontes texans qui les attendaient. Maria se demanda combien de ceux qui étaient ravis de se montrer aujourd'hui en compagnie de Kennedy le soutiendraient encore lors de l'élection de l'année suivante – et combien prévoyaient déjà de le trahir à l'instant même où ils lui souriaient.

La presse texane lui était hostile. Au cours des deux années précédentes, le *Dallas Morning News*, qui appartenait à un conservateur acharné, avait traité Kennedy d'escroc, de sympathisant communiste, de voleur et de « crétin puissance cent ». Ce matin-là, les rédacteurs s'étaient creusé la tête pour trouver quelque chose de négatif à dire sur la tournée triomphale de John et de Jackie. Ils n'avaient imaginé que cette pitoyable manchette : UNE TEMPÊTE DE CONTROVERSES POLITIQUES ENTOURE KENNEDY PENDANT SA VISITE. À l'intérieur, toutefois, on trouvait une annonce belliqueuse en pleine page, payée par une « Commission d'information américaine », qui posait au Président une kyrielle de questions malintentionnées comme « Pourquoi Gus Hall, le dirigeant du parti communiste américain, fait-il presque toujours l'éloge de votre politique ? » Les idées contenues dans cet encart étaient complètement stupides, se dit Maria. De son point de vue, il fallait être fou à lier pour croire que le président Kennedy était communiste. Mais le ton était d'une méchanceté qui la fit frémir.

Un attaché de presse interrompit le fil de ses pensées. « Maria, si vous n'êtes pas trop occupée... »

Elle ne l'était évidemment pas, puisqu'elle regardait la télévision. « Que puis-je faire pour vous ? demanda-t-elle.

— Ça me rendrait service que vous alliez faire un tour aux archives. » Le bâtiment des Archives nationales se trouvait à quinze cents mètres de la Maison Blanche. « Voici ce qu'il me faut. » Il lui tendit une feuille de papier.

Maria rédigeait souvent des communiqués de presse, ou à tout le moins des projets, mais elle n'avait pas encore été promue attachée de presse : aucune femme ne l'avait été. Au bout de deux ans, elle occupait toujours ce poste de documentaliste. N'eût été sa liaison, elle aurait démissionné depuis longtemps. Elle consulta la liste et répondit : «J'y vais tout de suite.

— Merci.»

Elle jeta un dernier coup d'œil à l'écran. Le Président s'éloignait du groupe des officiels pour se diriger vers la foule, serrant des mains par-dessus la chaîne, suivi par Jackie coiffée de sa toque. Les gens hurlaient de joie à l'idée de toucher le célèbre couple. Maria vit les agents du Service secret, qu'elle connaissait bien, s'efforcer de rester tout près du Président, scrutant la foule d'un regard perçant, à l'affût du moindre trouble.

«Je vous en prie, prenez bien soin de mon Johnny», leur lança-t-elle mentalement.

Puis elle s'éloigna.

*

Ce matin-là, George Jakes avait pris le volant de sa Mercedes décapotable pour se rendre à McLean, en Virginie, à une douzaine de kilomètres de la Maison Blanche. Bob Kennedy y demeurait avec sa nombreuse famille, dans une maison en brique de treize chambres, peinte en blanc et baptisée Hickory Hill. Le ministre de la Justice avait convoqué ses conseillers à un déjeuner de travail pour discuter du crime organisé. Ce sujet n'était pas de la compétence de George, mais plus il devenait proche de Bob, plus il était invité souvent à participer à des réunions sur un large éventail de thèmes.

En compagnie de son rival Dennis Wilson, George regardait la retransmission de Dallas sur le téléviseur du salon. Le Président et son épouse accomplissaient la tâche que George et tous ses collègues attendaient d'eux : faire les yeux doux aux Texans, bavarder avec eux, leur taper dans le dos, avec en prime le sourire irrésistible de Jackie et sa délicate main gantée tendue vers eux.

George aperçut son ami Skip Dickerson au fond de la pièce, tout près du vice-président Johnson.

Les Kennedy finirent par gagner leur limousine. C'était une Lincoln Continental décapotable à quatre portes dont la capote était rabattue. Le public allait voir le Président en chair et en os, sans que la moindre vitre s'interpose. John Connally, le gouverneur du Texas, se tenait près de la portière ouverte, coiffé d'un gigantesque chapeau blanc. Le Président et son épouse montèrent à l'arrière. Kennedy posa le coude sur la portière, l'air ravi et détendu. La voiture démarra lentement, suivie de son escorte. Trois cars de journalistes fermaient la marche.

Le convoi sortit de l'aéroport pour s'engager sur la route et la retransmission s'acheva. George éteignit le téléviseur.

Le temps était également radieux à Washington et Bob avait décidé que la réunion se tiendrait en plein air ; aussi sortirent-ils pour traverser la pelouse et gagner le patio de la piscine, où l'on avait déjà installé des tables et des chaises. En se retournant vers la maison, George vit qu'une nouvelle aile avait été ajoutée et que les travaux n'étaient pas encore achevés, car des ouvriers peignaient les façades en écoutant un transistor, dont le bruit à cette distance était réduit à un murmure.

George admirait la tâche qu'avait accomplie Bob en matière de crime organisé. Il avait demandé à plusieurs services gouvernementaux de cibler un certain nombre de chefs de familles criminelles. Il avait secoué les puces au Federal Bureau of Narcotics, responsable de la lutte contre les stupéfiants. Il avait mobilisé le Bureau of Alcohol, Tobacco and Firearms. L'Internal Revenue Service avait reçu pour mission de contrôler les déclarations fiscales des gangsters. L'Immigration and Naturalization Service s'empressait d'expulser les criminels de nationalité étrangère. L'ensemble de cette campagne constituait la guerre contre le crime la plus efficace jamais livrée sur le territoire des États-Unis.

Seul le FBI lui avait fait défaut. J. Edgar Hoover, l'homme qui aurait dû être son allié le plus indéfectible, se tenait à l'écart du combat, prétendant que la Mafia n'existait pas, peut-être – comme George l'avait découvert – parce que la pègre le faisait chanter à cause de son homosexualité.

La croisade de Bob, à l'instar de presque tout ce que faisait l'administration Kennedy, n'inspirait que mépris au Texas. Le jeu, la prostitution et la drogue étaient populaires chez de nombreux notables texans. Le *Dallas Morning News* reprochait à Bob d'avoir accru la puissance du gouvernement fédéral et affirmait que la lutte contre le crime devait rester du ressort des autorités locales – dont tout le monde savait qu'elles étaient pour la plupart corrompues et incompétentes.

La réunion s'interrompit lorsque Ethel, l'épouse de Bob, vint servir le déjeuner : des sandwichs au thon et une chaudrée de palourdes. George lui jeta un regard admiratif. C'était une femme de trente-cinq ans mince et séduisante, dont on avait peine à croire qu'elle avait mis au monde leur huitième enfant à peine quatre mois plus tôt. Elle était vêtue avec ce chic teinté de discrétion que George avait appris à associer aux femmes du clan Kennedy.

Un téléphone placé près de la piscine sonna et Ethel décrocha. « Oui », dit-elle, et elle tira la rallonge vers Bob. « C'est J. Edgar Hoover », annonça-t-elle.

George sursauta. Se pouvait-il que Hoover sache qu'ils discutaient de crime organisé en son absence et téléphone pour exprimer son mécontentement ? Avait-il fait poser des micros dans le patio de Bob ?

Bobby prit le téléphone des mains d'Ethel. « Allô ? »

George remarqua soudain qu'un des peintres en bâtiment avait un comportement bizarre. Il ramassa son poste de radio, pivota sur ses talons et se mit à courir vers eux.

George se retourna vers le ministre de la Justice. Une grimace d'horreur déforma le visage de Bob et George sentit la peur lui glacer le sang. Bob se détourna de ses conseillers et se plaqua une main sur la bouche. *Qu'est-ce que ce salaud de Hoover est en train de lui dire ?* se demanda George.

Puis Bob fit à nouveau face à ses conseillers et s'écria : « On a tiré sur John ! Peut-être mortellement ! »

Le cheminement des pensées de George se fit au ralenti, comme sous l'eau. John. Cela voulait dire : le Président. On lui avait tiré dessus. À Dallas, sûrement. C'était peut-être mortel. Il était peut-être mort.

Le Président était peut-être mort.

Ethel courut vers Bob. Tous les hommes se levèrent d'un bond. Le peintre arriva au bord de la piscine, brandissant son poste de radio, incapable de dire un mot.

Puis tout le monde se mit à parler en même temps.

George n'avait pas encore repris pied. Il pensa aux gens qui comptaient le plus pour lui. Verena se trouvait à Atlanta et apprendrait la nouvelle par la radio. Sa mère était au travail, à l'University Women's Club, elle serait informée dans quelques minutes. Le Congrès était en séance, Greg devait s'y trouver. Maria...

Maria Summers. On avait tiré sur son amant. Elle allait être accablée de chagrin – et personne n'était là pour la consoler.

Il devait la rejoindre.

George franchit la pelouse au pas de course, traversa la maison, gagna le parking, sauta dans sa Mercedes et démarra sur les chapeaux de roue.

*

Il était presque deux heures de l'après-midi à Washington, une heure à Dallas, onze heures du matin à San Francisco où Cam Dewar était en cours de maths. Il étudiait les équations différentielles et les trouvait franchement ardues – une expérience inédite pour lui, car le travail scolaire ne lui avait jamais posé de problème.

L'année qu'il avait passée à Londres ne lui avait pas nui. En fait, les élèves anglais avaient un peu d'avance, car ils commençaient l'école plus jeunes. Seul son ego avait souffert de ce séjour, parce que Evie Williams avait repoussé ses avances.

Cameron n'éprouvait guère de respect pour Mark Fanshore, le jeune professeur de maths dans le vent aux cheveux coupés en brosse et aux cravates tricotées, que l'on surnommait Fabian en raison de sa ressemblance avec le chanteur et acteur américain. Il cherchait à être l'ami des élèves. Cameron était d'avis qu'un professeur devait affirmer son autorité.

Le professeur Douglas, qui était aussi le principal, entra dans la classe. Cameron le préférait nettement. C'était un universitaire sec et distant, qui se souciait peu de l'opinion des autres tant qu'ils exécutaient les consignes qu'il leur donnait.

« Fabian » lui jeta un regard surpris. Il était rare que le professeur Douglas se rende dans une classe. Il lui dit quelques mots à voix basse. Il devait s'agir de quelque chose de grave, car le beau visage de Fabian pâlit sous son hâle. Ils s'entretinrent pendant une minute, puis Fabian hocha la tête et Douglas ressortit.

La cloche sonna, annonçant la récréation du matin, mais Fabian dit d'un ton ferme : « Veuillez rester assis et m'écouter en silence, okay ? » Il avait cette curieuse habitude d'émailler à tout bout de champ ses phrases de « okay » et de « d'accord ». « J'ai une très mauvaise nouvelle à vous annoncer, poursuivit-il. Une horrible nouvelle, en fait, okay ? Un grand malheur vient de se produire à Dallas, dans le Texas.

— C'est là que le président Kennedy se trouve aujourd'hui, intervint Cameron.

— Exact, mais ne m'interrompez pas, okay? La mauvaise nouvelle, c'est qu'on a tiré sur notre Président. Nous ne savons pas encore s'il est mort, d'accord ? »

Quelqu'un s'exclama : « Putain ! », mais, à l'étonnement de tous, Fabian ne réagit pas.

« Je vous demande de garder votre calme. Certaines jeunes filles du lycée risquent d'être très affectées. » Il n'y avait que des garçons en cours de maths. « Vos camarades les plus jeunes auront besoin d'être rassurés. J'attends de vous que vous vous conduisiez comme les jeunes gens responsables que vous êtes et que vous aidiez les plus vulnérables de vos condisciples, okay? Vous pouvez sortir en récréation comme d'habitude, mais attendez-vous à des modifications de votre emploi du temps d'aujourd'hui. Vous pouvez y aller. »

Cameron ramassa ses livres et rejoignit le couloir, où tout espoir de maintien de l'ordre et du calme se dissipa en quelques secondes. Les bruits de voix enfantines et adolescentes qui montaient des classes se transformèrent en un rugissement collectif. Certains élèves couraient dans tous les sens, d'autres restaient pétrifiés et hagards, certains pleuraient, la plupart hurlaient.

Tout le monde voulait savoir si le Président était mort.

Cam n'appréciait pas la politique progressiste de John Kennedy, mais cela n'avait soudain plus aucune importance. S'il avait eu l'âge requis, il aurait voté pour Nixon, ce qui ne l'empêchait pas de se sentir personnellement indigné. Kennedy était le Président américain, élu par le peuple américain : s'en prendre à lui, c'était s'en prendre à tous les Américains.

Qui a tiré sur mon Président? songea-t-il. Les Russes? Fidel Castro ? La Mafia ? Le Ku Klux Klan ?

Il aperçut alors Beep, sa petite sœur. « Est-ce que le Président est mort? cria-t-elle.

— Personne n'en sait rien, répondit Cam. Où est-ce qu'on pourrait trouver une radio ? »

Elle réfléchit quelques instants. « Duggie en a une. »

Il y avait en effet un vieux poste en acajou dans le bureau du principal. « Je vais le voir », annonça Cam.

Après avoir longé plusieurs couloirs, il frappa à la porte du bureau du principal. « Oui ! » dit la voix du professeur Douglas. Cameron entra. Le principal écoutait la radio en compagnie de trois autres professeurs. « Que voulez-vous, Dewar ? demanda-t-il du ton irrité qui lui était coutumier.

— Tous les élèves aimeraient écouter la radio, monsieur.

— Eh bien, on ne peut pas les faire tous entrer ici, mon garçon.

— Je me demandais s'il ne serait pas possible d'apporter le poste dans la salle des fêtes en montant le son au maximum.

— Ah oui ? » Douglas semblait sur le point de le congédier d'une phrase cinglante.

C'est alors que Mrs. Elcot, son adjointe, murmura : « Ce n'est pas une mauvaise idée. »

Douglas hésita quelques instants, puis acquiesça. « D'accord, Dewar. Allez dans la salle des fêtes, j'apporte la radio.

— Merci, monsieur », dit Cameron.

*

Jasper avait été invité à la première du *Procès d'une femme* au King's Theatre, dans le West End. Un étudiant en journalisme ne reçoit pas habituellement ce genre d'invitation, mais Evie Williams faisait partie de la distribution et elle avait veillé à ce qu'il figure sur la liste.

À vrai dire, le journal qu'il avait créé, marchait bien, si bien même que le jeune homme avait interrompu ses études pour s'y consacrer entièrement pendant un an. Le tirage du premier numéro avait été épuisé à la suite d'une violente attaque de Lord Jane qui s'était lancé dans une diatribe surprenante durant la semaine de rentrée contre ceux qui souillaient la réputation de respectables bienfaiteurs membres du conseil d'administration. Jasper était ravi d'avoir réussi à pousser à bout Lord Jane, ce pilier de l'establishment britannique qui prenait de haut les gens moins privilégiés comme son père et lui. Le deuxième numéro, qui contenait de nouvelles révélations sur les bienfaiteurs en question et sur leurs investissements douteux, avait permis d'équilibrer les comptes du journal et le troisième l'avait rendu bénéficiaire. Jasper avait été obligé de cacher cette belle réussite à Daisy Williams, de crainte qu'elle ne demande à être remboursée.

Le quatrième numéro partait à l'imprimerie le lendemain. Il n'en était pas très satisfait : aucune controverse majeure au sommaire.

Il chassa ce souci de sa tête et prit place dans la salle. La carrière d'Evie avait progressé si vite qu'elle avait renoncé à toute formation : à quoi bon suivre des cours d'art dramatique quand on se voit déjà offrir des rôles au cinéma et dans un théâtre du West End ? L'adolescente qui languissait autrefois d'amour pour Jasper était devenue une jeune femme pleine d'assurance, qui n'avait pas encore découvert toute l'étendue de son talent mais était déjà bien décidée à aller très loin.

Son célèbre petit ami était assis à côté de Jasper. Hank Remington avait le même âge que lui. Quoique millionnaire et connu dans le monde entier, il ne regardait pas de haut un simple étudiant. En réalité, ayant quitté l'école à quinze ans, il éprouvait un certain respect pour les personnes qu'il croyait instruites. Cela comblait Jasper, qui se gardait bien de lui dire la vérité, à savoir qu'un génie à l'état brut comme celui de Hank valait bien plus qu'une poignée de diplômes.

Les parents d'Evie étaient assis dans la même rangée, ainsi que sa grand-mère, Eth Leckwith. Le seul absent notable était son frère Dave, dont le groupe donnait un concert ce soir-là.

Le rideau se leva. La pièce était un drame judiciaire. Jasper avait écouté Evie quand elle apprenait son rôle et savait que le troisième acte se déroulait dans un tribunal ; mais l'action débutait dans le cabinet de l'avocat de l'accusation. Evie, qui interprétait sa fille, entrait en scène au milieu du premier acte et se querellait avec son père.

Jasper resta bouche bée devant l'assurance de la jeune fille et la compétence de son jeu. Il dut à plusieurs reprises faire un effort pour se rappeler que c'était bien la gamine qui vivait sous le même toit que lui. Il se surprit à s'irriter de la condescendance suffisante du père et à partager l'indignation et la frustration de la fille. La colère d'Evie ne cessait de monter et, à l'approche de la fin de l'acte, elle se lança dans une plaidoirie passionnée pour la grâce de l'accusée qui hypnotisa littéralement le public.

Puis il se passa quelque chose.

Les gens se mirent à chuchoter.

Les acteurs ne le remarquèrent pas tout de suite. Jasper regarda autour de lui, se demandant si un spectateur venait de vomir ou de se trouver mal, mais il ne vit rien qui pût expliquer cette agitation. Au fond de la salle, deux hommes quittèrent leur place pour en suivre un troisième qui, de toute évidence, était venu les chercher. Hank, assis à côté de Jasper, souffla : « Ils ne peuvent pas se taire, ces connards ? »

Au bout d'une minute, l'interprétation magistrale d'Evie devint hésitante : elle avait dû sentir qu'il se passait quelque chose d'anormal. Elle s'efforça de capter à nouveau l'attention du public au prix d'un certain cabotinage : elle parlait plus fort, sa voix se brisait sous l'effet de l'émotion, elle arpentait la scène en faisant de grand gestes. C'était une tentative courageuse, qui suscita l'admiration de Jasper, mais elle fut infructueuse. Le murmure des conversations se transforma en bourdonnement, puis en clameur.

Hank bondit sur ses pieds, se retourna et lança à la cantonade : « Vous allez la boucler, oui ou merde ? »

Sur scène, Evie commençait à perdre ses moyens. « Pense à ce que cette femme... » Elle hésita. « Pense à ce que cette femme a vécu... a enduré... aux épreuves qu'elle a traversées... » Elle se tut.

L'acteur chevronné qui interprétait le rôle du père se leva et dit : « Allons, allons, ma chérie », une réplique probablement improvisée. Il fit le tour de son bureau, s'approcha d'Evie et lui passa un bras autour des épaules. Puis il se tourna, plissant les yeux sous les projecteurs, et s'adressa directement au public.

« Mesdames et messieurs, dit-il de la chaude voix de baryton qui l'avait rendu célèbre, l'un de vous aurait-il l'obligeance de nous expliquer ce qui se passe ? »

*

Rebecca Held était pressée. Elle fit le dîner dès que Bernd et elle furent rentrés du travail, puis se prépara pour sa réunion pendant qu'il débarrassait la table. Elle venait d'être élue au Parlement – qui comportait de plus en plus de femmes – qui gouvernait la cité-État de Hambourg. « Tu es sûr que ça ne te dérange pas que je file ? » demanda-t-elle à Bernd.

Il fit pivoter son fauteuil roulant pour lui faire face. « Ne renonce jamais à rien pour moi, répondit-il. Ne sacrifie jamais rien. Ne dis jamais que tu ne peux pas faire quelque chose ou aller quelque part parce que tu dois t'occuper de ton mari invalide. Je veux que tu aies une vie bien remplie qui t'apporte tout ce que tu as pu espérer. Comme ça, tu seras heureuse, tu resteras avec moi et tu continueras à m'aimer. »

Rebecca n'avait posé cette question que par courtoisie, ou presque, mais Bernd y avait de toute évidence beaucoup réfléchi. Elle fut émue par ses propos. « Tu es si bon, murmura-t-elle. Tu me fais penser à Werner, mon père adoptif. Tu es fort. Et tu dois avoir raison, parce que je t'aime, je t'aime plus que jamais.

— À propos de Werner, intervint-il, que penses-tu de la lettre de Carla ? »

En Allemagne de l'Est, tout le courrier était susceptible d'être lu par la police secrète. L'expéditeur pouvait se retrouver en prison pour en avoir trop dit, en particulier si sa lettre était à destination de l'Ouest. Toute mention des privations, des restrictions, du chômage et même de la police secrète risquait fort de vous valoir des ennuis. Carla procédait donc par sous-entendus. « Il paraît que Karolin s'est installée chez Werner et elle, dit Rebecca. Je pense que nous pouvons en déduire que la pauvre fille a été chassée par ses parents – probablement à l'instigation de la Stasi, voire de Hans en personne.

— La soif de vengeance de cet homme ne sera donc jamais assouvie ? interrogea Bernd.

— Quoi qu'il en soit, Karolin s'est liée d'amitié avec Lili, qui a presque quinze ans, l'âge idéal pour être fascinée par ces histoires de grossesse. Et la future maman aura droit aux conseils avisés de grand-mère Maud. Cette maison sera pour elle un havre sûr, comme il l'a été pour moi quand j'ai perdu mes parents. »

Bernd acquiesça. « Tu n'as jamais eu envie de retrouver tes racines ? demanda-t-il. Tu ne parles jamais de ta judéité. »

Elle secoua la tête. « Mes parents étaient laïcs. Je sais que Walter et Maud allaient à l'église, mais Carla a perdu cette habitude et la religion n'a jamais rien signifié pour moi. Quant à la race, mieux vaut l'oublier. Je veux honorer la mémoire de mes parents en œuvrant pour la liberté et la démocratie dans toute l'Allemagne, à l'est comme à l'ouest. » Elle esquissa un sourire ironique. « Désolée pour ce discours. Je ferais mieux de le garder pour le Parlement. » Elle attrapa le porte-documents contenant les papiers dont elle avait besoin pour la réunion.

Bernd consulta sa montre. « Tu devrais jeter un coup d'œil aux actualités avant de partir, ils donneront peut-être une information qui pourrait t'être utile. »

Rebecca alluma la télé. Le journal du soir commençait tout juste. Le présentateur déclara : « Le président John F. Kennedy a été tué par balle aujourd'hui à Dallas, dans le Texas.

— Non ! » L'exclamation de Rebecca fut presque un cri.

« Le jeune Président et son épouse Jackie traversaient la ville à bord d'une voiture décapotée lorsqu'un homme a tiré plusieurs coups de feu, touchant le Président. Le décès a été constaté quelques minutes plus tard dans un hôpital de la ville.

— Sa pauvre femme ! murmura Rebecca. Et ses enfants ! »

« Le vice-président Lyndon B. Johnson, qui se trouvait dans une autre voiture du cortège, est semble-t-il reparti à Washington pour assumer les fonctions présidentielles. »

« Kennedy était le défenseur de Berlin-Ouest, reprit Rebecca, bouleversée. Il a dit : "Je suis un Berlinois." Il était de notre côté.

— Oui, acquiesça Bernd.

— Que va-t-il nous arriver à présent ? »

*

« J'ai commis une terrible erreur, avoua Karolin à Lili dans la cuisine de la maison du Mitte. J'aurais dû partir avec Walli. Tu veux bien me préparer une bouillotte ? J'ai tout le temps mal au dos. »

Lili prit une bouillotte en caoutchouc dans le placard et la remplit d'eau chaude. Elle trouvait que Karolin se jugeait trop sévèrement. « Tu as agi dans l'intérêt de ton bébé, dit-elle.

— J'ai eu la trouille », répliqua Karolin.

Lili lui plaça la bouillotte au creux des reins. « Tu veux un peu de lait chaud ?

— Oui, ce serait vraiment gentil. »

Lili versa du lait dans une casserole et la mit à chauffer.

« J'avais peur, reprit Karolin. Je pensais que Walli était trop jeune pour pouvoir lui faire confiance. Je pensais que je pourrais compter sur mes parents. En fait, c'était l'inverse. »

Le père de Karolin l'avait jetée à la rue après que la Stasi eut menacé de le faire renvoyer de la gare routière où il travaillait. Lili en avait été scandalisée. Elle n'aurait jamais cru que des parents soient capables de faire une chose pareille. « Je ne peux pas imaginer que mes parents s'en prennent à moi, remarqua-t-elle.

— Ils ne feraient jamais ça, la rassura Karolin. Quand je suis venue frapper à leur porte, sans argent, sans abri et enceinte de six mois, ils m'ont accueillie sans hésiter. » Elle grimaça de douleur.

Lili versa du lait chaud dans une tasse et la tendit à Karolin.

Celle-ci en but une gorgée avant de poursuivre : « Je vous suis tellement reconnaissante, à toi et à ta famille. En fait, je ne ferai plus jamais confiance à personne. Dans la vie, tu ne peux compter que sur toi-même. Voilà ce que j'ai appris. » Elle fronça les sourcils puis s'exclama : « Oh mon Dieu !

— Qu'y a-t-il ?

— J'ai fait pipi dans ma culotte. » Une tache humide s'élargissait sur le devant de sa robe.

« Non, tu viens de perdre les eaux, affirma Lili. Ça veut dire que le bébé va bientôt naître.

— Il faut que je me nettoie. » Karolin se leva puis gémit. « Je ne crois pas que j'arriverai jusqu'à la salle de bains. »

Lili entendit la porte d'entrée s'ouvrir puis se refermer. « Mutti est rentrée. Dieu merci ! » Quelques instants plus tard, Carla les rejoignit dans la cuisine. Elle apprécia la situation d'un regard : « Quel est le rythme des contractions ?

— Toutes les deux minutes environ, répondit Karolin.

— Mince alors, ça ne nous laisse pas beaucoup de temps. Je ne vais même pas essayer de te faire monter dans ta chambre. » Vive et efficace, elle commença à étaler des torchons par terre. « Allonge-toi là, dit-elle. C'est ici même que j'ai accouché de Walli, ajouta-t-elle d'une voix enjouée, alors ça devrait faire l'affaire pour toi. » Karolin se coucha et Carla lui retira son sous-vêtement trempé.

Lili était terrifiée, bien que sa mère si compétente ait pris les choses en main. Il lui paraissait inconcevable qu'un bébé puisse sortir d'un si petit orifice. Sa peur ne fit que grandir lorsqu'elle le vit se dilater quelques minutes plus tard.

« Ça va aller vite, remarqua calmement Clara. Tu as de la chance. »

Karolin poussait des gémissements étouffés. Lili était sûre que pour sa part, elle aurait crié à pleins poumons.

« Mets ta main là, dit Carla à sa fille, et retiens la tête quand elle sortira. » Voyant Lili hésiter, Carla insista : « Vas-y, tout se passera bien. »

La porte de la cuisine s'ouvrit et le père de Lili apparut. « Tu as entendu ce qui est arrivé ! s'exclama-t-il.

— La cuisine est interdite aux hommes, rétorqua Carla sans lui accorder un regard. Monte dans notre chambre, ouvre le dernier tiroir de la commode et rapporte-moi le châle en cachemire bleu ciel.

— Entendu, fit Werner. Mais quelqu'un a tiré sur le président Kennedy. Il est mort.

— Tu me raconteras ça plus tard. Va chercher ce châle. »

Werner s'éclipsa.

« Qu'est-ce qu'il a dit à propos de Kennedy ? fit-elle une minute plus tard.

— Je crois bien que le bébé va sortir », murmura Lili d'une voix tremblante.

Karolin poussa un long cri de douleur et d'effort, et la tête du bébé apparut. Lili la maintint d'une main. Elle était chaude, humide et visqueuse. « Il est vivant ! » s'exclama-t-elle. Une bouffée d'émotion l'envahit : elle se sentait prête à aimer et à protéger ce tout petit morceau de vie nouveau-née.

Et elle cessa d'avoir peur.

*

Le journal de Jasper était produit dans une minuscule pièce du bâtiment de l'association des étudiants qui contenait un bureau, deux téléphones et trois chaises. Jasper y retrouva Pete Donegan une demi-heure après être sorti du théâtre.

« Il y a cinq mille étudiants dans cette fac et vingt mille de plus dans les autres universités de Londres, et bon nombre d'entre eux sont américains, fit remarquer Jasper dès que Pete fut entré. Il faut contacter la totalité de nos rédacteurs et les mettre au travail sans tarder. Qu'ils interviewent tous les étudiants américains sur lesquels ils pourront mettre la main, ce soir de préférence, demain matin au plus tard. Si on se débrouille bien, on va se faire un bénéfice colossal.

— Qu'est-ce que tu vois comme manchette ?

— Sans doute quelque chose comme LES ÉTUDIANTS AMÉRICAINS SOUS LE CHOC. Prends en photo tous ceux qui nous fourniront une bonne phrase à citer. Je m'occupe des profs américains. Il y a Heslop à la fac de lettres, Rawlings en technologie... Cooper, de l'institut de philosophie, va sûrement tenir des propos scandaleux, comme toujours.

— On devrait préparer une brève biographie de Kennedy, suggéra Donegan, et peut-être une page de photos illustrant sa vie – Harvard, la marine, son mariage avec Jackie...

— Minute ! l'interrompit Jasper. Il n'a pas fait des études à Londres à une certaine époque ? Son père était ambassadeur des États-Unis – un facho qui admirait beaucoup Hitler, si je ne me trompe – et je me rappelle vaguement que le fils a fréquenté la London School of Economics.

— Tu as raison, ça me revient maintenant, approuva Donegan. Mais il a interrompu ses études au bout de quelques semaines seulement.

— Peu importe, poursuivit Jasper, galvanisé. On trouvera forcément quelqu'un qui l'a connu là-bas. Et s'il n'a fait que discuter avec lui pendant cinq minutes, peu importe. Il nous faut une phrase à citer, c'est tout, et on la prendra même si c'est une banalité du genre "Il était très grand". On mettra en manchette JFK : L'ÉTUDIANT QUE J'AI CONNU, PAR UN PROFESSEUR DE LA LSE.

— Je m'en occupe tout de suite », dit Donegan.

*

Alors que George Jakes était encore à quinze cents mètres de la Maison Blanche, la circulation s'interrompit sans raison apparente. Frustré, il tapa du poing sur son volant. Il imaginait Maria pleurant toute seule dans un coin.

Les automobilistes se mirent à klaxonner. À plusieurs voitures de là, l'un d'eux descendit pour s'adresser à un piéton. Au coin de la rue, une demi-douzaine de personnes étaient massées autour d'un véhicule en stationnement aux fenêtres grandes ouvertes ; sans doute écoutaient-elles son autoradio. George vit une femme élégante plaquer une main sur sa bouche, horrifiée.

Sa Mercedes était précédée par une Chevrolet Impala blanche toute neuve. Sa portière s'ouvrit et le conducteur en descendit. Avec son costume et son chapeau, il avait l'air d'un représentant de commerce. Il regarda autour de lui, aperçut George dans sa décapotable et lui lança : « C'est vrai ?

— Oui, confirma George. On a tiré sur le Président.

— Il est mort ?

— Je ne sais pas. » La Mercedes n'avait pas d'autoradio.

Le représentant s'approcha d'une Buick à la vitre baissée. « Est-ce que le Président est mort ? »

George n'entendit pas la réponse.

La circulation était paralysée.

George coupa le moteur, descendit d'un bond et s'éloigna au pas de course.

Il constata avec consternation qu'il manquait d'entraînement. Tout à son travail, il n'avait jamais le temps de faire du sport. Il tenta de se rappeler de quand datait sa dernière séance de gymnastique, en pure perte. Il ne tarda pas à haleter et à transpirer à grosses gouttes. Malgré son impatience, il dut se résoudre à alterner entre la course et la marche rapide.

Sa chemise était trempée lorsqu'il atteignit la Maison Blanche. Maria n'était pas au service de presse. « Elle est allée faire des recherches aux Archives nationales, lui annonça une Nelly Fordham au visage baigné de larmes. Sans doute n'est-elle même pas encore au courant.

— Est-ce qu'on sait si le Président est mort ?

— Oui, il est mort, confirma Nelly en pleurant de plus belle.

— Je ne veux pas que Maria apprenne ça de la bouche d'un inconnu », dit George, et il sortit de l'immeuble pour longer Pennsylvania Avenue, toujours en courant, en direction des Archives nationales.

*

Dimka et Nina étaient mariés depuis un an, et leur fils Grigor venait d'avoir six mois lorsqu'il finit par s'avouer qu'il était amoureux de Natalia.

Après le travail, elle allait souvent boire un verre au Café de la berge avec ses amis, et Dimka prit l'habitude de se joindre à eux les jours où Khrouchtchev ne le retenait pas jusqu'à une heure tardive. Ils buvaient parfois plus d'un verre, et il n'était pas rare que Dimka et Natalia soient les derniers à partir.

Il découvrit qu'il était capable de la faire rire. En général, on ne le considérait pas comme un comique, mais, comme elle, il savourait les nombreuses ironies de la vie soviétique. « Dans une fabrique de bicyclettes, un ouvrier a montré à son contremaître qu'on pouvait fabriquer des garde-boue beaucoup plus rapidement en mettant en forme une large bande de fer-blanc avant de la découper en morceaux, au lieu de couper d'abord et de recourber chaque pièce ensuite. Il s'est fait réprimander pour avoir mis le plan quinquennal en péril. »

Natalia éclata de rire, ouvrant sa bouche généreuse et montrant toutes ses dents. Cette attitude suggérait qu'elle était susceptible d'un abandon insouciant qui faisait battre le cœur de Dimka plus fort. Il l'imagina rejetant la tête en arrière comme cela pendant qu'ils faisaient l'amour. Puis il s'imagina la voyant rire ainsi tous les jours durant les cinquante années à venir et comprit que c'était cette vie-là qu'il voulait.

Il s'abstint pourtant de le lui dire. Elle avait un mari et semblait heureuse avec lui ; en tout cas elle ne s'en plaignait jamais, même si elle n'était jamais pressée de rentrer chez elle. Et surtout, Dimka avait une femme et un fils, et se devait d'être loyal envers eux.

Il aurait voulu lui dire : Je t'aime. Je suis prêt à quitter ma famille. Es-tu prête à quitter ton mari, à vivre avec moi, à être mon amie et mon amante pour tout le reste de notre vie ?

Au lieu de quoi, il lui dit : « Il est tard. Je ferais mieux de rentrer.

— Je vais te raccompagner, proposa-t-elle. Il fait trop froid pour que tu prennes ta moto. »

Elle se gara au coin de la rue près de la Maison du gouvernement. Il se pencha pour lui souhaiter bonne nuit d'un baiser. Elle le laissa l'embrasser sur la bouche, un bref instant, puis s'écarta. Il descendit de voiture et entra dans l'immeuble.

Dans l'ascenseur, il réfléchit à l'excuse qu'il donnerait à Nina pour justifier son retard. Il y avait une vraie crise au Kremlin : la récolte de blé annuelle était catastrophique et le gouvernement soviétique s'efforçait désespérément d'acheter du blé étranger pour nourrir son peuple.

Lorsqu'il entra dans l'appartement, Grigor dormait et Nina regardait la télé. Il l'embrassa sur le front. « Désolé, dit-il, j'ai dû rester très tard au bureau. Un rapport sur les mauvaises récoltes à finir.

— Espèce de sale menteur, répliqua Nina. Ton bureau a appelé ici toutes les dix minutes, ils te cherchaient pour t'apprendre que le président Kennedy s'est fait tuer. »

*

Le ventre de Maria se mit à gargouiller. Elle consulta sa montre et s'aperçut qu'elle avait laissé passer l'heure du déjeuner. Son travail l'avait absorbée tout entière et personne n'était venu la déranger dans ce service pendant les deux ou trois heures qu'elle y avait passées. Comme elle était presque arrivée au bout de ses recherches, elle décida de les finir avant d'aller s'acheter un sandwich.

Elle se pencha sur le vieux registre qu'elle consultait puis leva la tête en entendant du bruit. À son grand étonnement, elle vit arriver un George Jakes pantelant, en nage, les yeux égarés. « George ! Que diable... ? » Elle se leva.

« Maria, je suis tellement navré. » Il fit le tour de la table et lui posa les mains sur les épaules, un geste un peu trop intime pour de simples amis.

« Pourquoi ? demanda-t-elle. Qu'est-ce que tu as fait ?

— Rien. » Elle chercha à se dégager, mais il resserra son étreinte. « Ils l'ont abattu », dit-il.

Maria remarqua que George était au bord des larmes. Elle cessa de lui résister et se rapprocha de lui. « Qui a-t-on abattu ?

— À Dallas... »

La vérité commença à se faire jour et une terrible angoisse l'envahit. « Non », murmura-t-elle.

George hocha la tête. Il reprit d'une voix douce : « Le Président est mort. Je suis tellement désolé.

— Mort, répéta Maria. Ce n'est pas possible. » Ses jambes la trahirent et elle tomba à genoux. George s'agenouilla près d'elle et la prit dans ses bras. « Non, pas mon Johnny, s'écria-t-elle alors qu'un profond sanglot montait en elle. Johnny, mon Johnny, gémit-elle. Ne m'abandonne pas, je t'en supplie. Je t'en supplie, Johnny. Je t'en supplie, ne t'en va pas. » Elle vit le monde virer au gris et s'affaissa, impuissante, puis ses yeux se fermèrent et elle perdit connaissance.

*

Au Jump Club à Londres, Plum Nellie interpréta une version tonitruante de « Dizzy Miss Lizzy » puis sortit de scène sous les ovations du public qui réclamait un bis.

« Formidable, les gars, lança Lennie une fois en coulisse, on n'a jamais aussi bien joué ! »

Dave se tourna vers Walli et ils échangèrent un large sourire. Le groupe progressait à pas de géant et chaque concert était meilleur que le précédent.

Dave fut surpris de découvrir sa sœur dans la loge. « Alors, cette première ? Comment ça s'est passé ? s'enquit-il. Je regrette vraiment d'avoir raté ça.

— On a interrompu la pièce pendant le premier acte. Le président Kennedy a été assassiné.

— Le Président ! répéta Dave. Quand est-ce que c'est arrivé ?

— Il y a environ deux heures. »

Dave pensa à leur mère américaine.

« Mam doit être dans tous ses états.

— Tu parles !

— Qui est-ce qui l'a tué ?

— On n'en sait rien. Ça s'est passé au Texas, dans une ville qui s'appelle Dallas.

— Jamais entendu parler.

— Qu'est-ce qu'on joue en bis ? demanda Buzz, le bassiste.

— On ne peut pas faire de bis, répondit Lennie, ce serait manquer de respect. Le président Kennedy a été assassiné. On doit faire une minute de silence, un truc comme ça.

— Ou alors un morceau triste, proposa Walli.

— Dave, intervint Evie, tu sais ce que nous devrions faire.

— Quoi donc ? » Il réfléchit une seconde puis s'écria : « Bien sûr.

— Viens. »

Dave monta sur scène en compagnie d'Evie et brancha sa guitare. Ils se plantèrent tous les deux devant le micro. Les autres musiciens les observaient depuis les coulisses.

Dave prit la parole. « Ma sœur et moi sommes moitié anglais et moitié américains, mais ce soir, nous nous sentons très américains. » Un temps. « Vous êtes sûrement déjà nombreux à savoir que le président Kennedy a été assassiné. »

Il entendit plusieurs cris étouffés parmi le public, ce qui prouvait que certains spectateurs n'avaient pas encore appris la nouvelle, puis le silence se fit. « Nous aimerions vous interpréter une chanson très spéciale, une chanson pour nous tous mais surtout pour les Américains. »

Il joua un accord de sol.

Et Evie chanta :

Oh ! Regardez dans la clarté du matin
Le drapeau par vos chants célèbre dans la gloire

On n'entendait plus une mouche voler.

Dont les étoiles brillent dans un ciel d'azur
Flottant sur nos remparts annonçant la victoire.

Sa voix s'éleva dans les aigus, saisissante.

L'éclair brillant des bombes éclatant dans les airs
Nous prouva dans la nuit, cet étendard si cher !

Dave constata que plusieurs spectateurs pleuraient sans honte.

Que notre bannière étoilée flotte longtemps
Sur le pays de la liberté, au pays des braves !

« Merci de nous avoir écoutés, dit Dave. Que Dieu bénisse l'Amérique. »

Cinquième partie

Chanson
1963-1967

XXXI

Maria ne fut pas autorisée à assister aux obsèques.

Le lendemain de l'assassinat était un samedi, mais comme la majeure partie du personnel de la Maison Blanche, elle alla travailler et vaqua à ses occupations, le visage baigné de larmes. Personne n'y prêta attention : au service de presse, la moitié des gens étaient en pleurs.

Elle était mieux au bureau que seule chez elle. Le travail lui faisait un peu oublier son chagrin, et il y avait de quoi s'occuper : la presse du monde entier voulait connaître tous les détails des funérailles.

Celles-ci furent retransmises à la télévision. Des millions de familles américaines passèrent le week-end devant le poste. Les trois chaînes annulèrent toutes les émissions habituelles. Aux actualités télévisées, il n'était question que de l'assassinat, et les bulletins d'informations alternaient avec des documentaires sur John Fitzgerald Kennedy, sa vie, sa famille, sa carrière et sa présidence. Sur les écrans revenaient impitoyablement, en boucle, les images pathétiques de John et Jackie, radieux, saluant la foule à Love Field, le vendredi matin, une heure avant sa mort. Maria se souvint qu'elle s'était vaguement demandé si elle aurait aimé être à la place de Jackie. Maintenant, elles l'avaient perdu toutes les deux.

Le principal suspect, Lee Harvey Oswald, fut lui-même assassiné le dimanche à midi, dans le sous-sol du poste de police de Dallas, en direct devant les caméras de télévision par un petit truand du nom de Jack Ruby ; un mystère sinistre venant s'ajouter à une tragédie insupportable.

Le dimanche après-midi, Maria demanda à Nelly Fordham s'il fallait une invitation pour assister à l'enterrement. « Oh, mon chou, je regrette, lui répondit gentiment Nelly. Personne du service n'est convié. À part Pierre Salinger. »

Maria fut prise de panique. Son cœur se serra. Comment pourrait-elle ne pas être là quand ils descendraient dans la tombe le corps de l'homme qu'elle aimait? « Il faut que j'y aille ! déclara-t-elle. Je vais parler à Pierre.

— Maria, tu ne peux pas y aller. C'est absolument hors de question. »

Quelque chose dans le ton de Nelly retentit à ses oreilles comme un signal d'alarme. Elle ne se contentait pas de lui donner un conseil. Elle avait presque l'air effrayée.

« Et pourquoi ? demanda Maria.

— Jackie est au courant pour toi », répondit Nelly en baissant la voix.

C'était la première fois que quelqu'un, au bureau, reconnaissait l'existence de sa liaison avec le Président. Pourtant, dans sa détresse, c'est à peine si Maria remarqua ce changement. « C'est impossible, voyons ! J'ai toujours été très prudente !

— Ne me demande pas comment elle le sait, je n'en ai aucune idée.

— Je ne te crois pas. »

Nelly aurait pu s'offusquer, mais elle se contenta de secouer tristement la tête. « D'après le peu que je sais de ces affaires, je crois que la femme finit toujours par l'apprendre. »

Maria aurait voulu démentir avec indignation, et puis elle pensa aux secrétaires Jenny et Jerry, à Mary Meyer, Judith Campbell, ces femmes en vue, et à combien d'autres. Elle était sûre qu'elles avaient toutes couché avec le président Kennedy. Elle n'en avait pas la preuve, néanmoins, quand elle les voyait avec lui, elle n'aurait su dire pourquoi, elle le sentait. Et Jackie n'était pas dépourvue d'intuition féminine, elle non plus.

Ce qui voulait dire que Maria ne pourrait pas assister aux obsèques. Elle le comprenait, à présent. Obliger une veuve à regarder la maîtresse de son mari en face dans un moment pareil était impossible. Maria en prit conscience avec une certitude absolue, désespérante.

Le lundi, elle resta donc chez elle pour suivre la cérémonie à la télévision.

Le cercueil avait été exposé dans la rotonde du Capitole. À dix heures et demie, la bière recouverte du drapeau américain avait été portée hors du bâtiment et placée sur un affût de canon tiré par six chevaux blancs. La procession s'était ensuite dirigée vers la Maison Blanche.

Dans le cortège funéraire, deux hommes se distinguaient par leur haute taille : Charles de Gaulle, le président de la République française, et le nouveau président des États-Unis, Lyndon Johnson.

Maria pleurait à chaudes larmes. Il y avait près de trois jours qu'elle sanglotait. Là, sur l'écran de télévision, elle ne voyait qu'un défilé, un spectacle organisé à l'intention du monde. Pour elle, ce n'était pas de tambours, de drapeaux et d'uniformes qu'il s'agissait. Elle avait perdu un homme ; un homme chaleureux, souriant, séduisant. Un homme qui avait des problèmes de dos, des petites pattes-d'oie au coin de ses yeux noisette, et une famille de canards en plastique sur le bord de sa baignoire. Elle ne le verrait plus jamais. Elle voyait le vide interminable de sa vie sans lui s'étendre devant elle.

Quand les caméras zoomèrent sur Jackie, son beau visage visible derrière le voile, Maria pensa qu'elle avait, elle aussi, l'air assommée. « Je vous ai fait du tort, murmura Maria à la femme sur l'écran. Que Dieu me pardonne. »

Un coup de sonnette à la porte la fit sursauter. C'était George Jakes. « Il ne faut pas que tu vives ça toute seule », expliqua-t-il.

Elle éprouva un élan de gratitude éperdue. Quand elle avait vraiment besoin d'un ami, George était là. « Entre, lui dit-elle. Je suis désolée. Je ne suis pas très présentable. » Elle était en chemise de nuit, et en vieux peignoir.

« Je te trouve très bien. » George l'avait déjà vue en tenue plus que négligée.

Il avait apporté un sachet de viennoiseries que Maria disposa sur une assiette. Elle n'avait pas pris son petit déjeuner, mais n'en avala pas une bouchée. Elle n'avait pas faim.

D'après les commentateurs de la télévision, un million de personnes étaient massées le long de la route. Le cercueil fut conduit de la Maison Blanche à la cathédrale Saint-Matthieu, où devait avoir lieu la messe.

À midi précis, le pays respecta cinq minutes de silence et toute la circulation s'arrêta d'un bout à l'autre de l'Amérique. Les caméras montraient des foules silencieuses, debout dans les rues des villes. C'était tellement étrange, à Washington, de ne pas entendre le bruit de la circulation, dehors. Dans le petit appartement de Maria, ils se tinrent debout, tête basse, devant le téléviseur. George prit la main de Maria et ne la lâcha pas. Elle se sentit pleine d'affection pour lui.

Après les cinq minutes de silence, Maria alla faire du café. Elle avait retrouvé l'appétit, et ils mangèrent les viennoiseries. Les caméras n'avaient pas été admises dans l'église et pendant un moment, il n'y eut rien à voir. George fit la conversation à Maria pour lui changer les idées, ce qu'elle apprécia. « Tu as l'intention de rester au service de presse ? lui demanda-t-il.

Elle n'y avait guère réfléchi, mais elle connaissait la réponse. « Non. Je vais quitter la Maison Blanche.

— Bonne idée.

— En dehors de toute autre considération, je ne pense pas avoir d'avenir au service de presse. Ils n'accordent jamais de promotion aux femmes, et je ne vais pas passer ma vie à un poste de documentaliste. Je suis au gouvernement parce que je veux faire avancer les choses.

— Ils cherchent quelqu'un au ministère de la Justice. Ça pourrait te convenir. » George avait dit cela comme s'il venait d'y penser, mais Maria le soupçonnait d'avoir prévu de lui en parler. « Il s'agit des relations avec les grandes entreprises qui enfreignent la réglementation gouvernementale. Ils appellent ça la conformité aux lois. Ça pourrait être intéressant.

— Tu crois que j'aurais ma chance ?

— Avec un diplôme de droit de l'université de Chicago et deux ans d'expérience à la Maison Blanche ? C'est certain.

— Pourtant, ils n'engagent pas beaucoup de Noirs.

— Tu veux que je te dise quelque chose ? Avec Lyndon, je pense que ça pourrait changer.

— Vraiment ? Il est du Sud !

— Ne le juge pas trop vite. Pour être honnête, nous avons probablement été injustes avec lui. Bob Kennedy le déteste, ne me demande pas pourquoi. Peut-être parce qu'il appelle sa queue Jumbo. »

Maria pouffa pour la première fois depuis trois jours. « Tu plaisantes !

— Il en aurait une grosse, apparemment. Quand il veut impressionner quelqu'un, il la dégaine et il dit : "Je vous présente Jumbo." Enfin, c'est ce qu'on prétend. »

Maria savait que les hommes racontaient ce genre d'histoires. Il se pouvait que ce soit vrai. Ou non. Elle se rembrunit. « Tout le monde, à la Maison Blanche, trouve que Johnson s'est comporté avec froideur, surtout envers les Kennedy.

— Je ne suis pas d'accord. Écoute, juste après la mort du Président, personne ne savait plus quoi faire, et l'Amérique était affreusement vulnérable. Et si les Russes en avaient profité pour envahir Berlin-Ouest? Nous sommes le gouvernement du pays le plus puissant du monde, et aussi malheureux que nous puissions être, nous devons faire notre boulot, sans une seconde de pause. Johnson a repris les rênes immédiatement, et nous pouvons nous en féliciter, parce que personne d'autre n'y pensait.

— Même pas Bob Kennedy?

— Bob moins que quiconque. Je l'adore, tu le sais bien, mais il est complètement effondré. Il réconforte Jackie et organise les funérailles de son frère, mais il ne gouverne pas le pays. Et franchement, la plupart d'entre nous ne valent pas mieux. Il se peut qu'ils jugent Lyndon insensible. Moi, je lui trouve une stature présidentielle. »

À la fin de la messe, le cercueil fut sorti de l'église et replacé sur l'affût de canon pour le trajet jusqu'au cimetière national d'Arlington. Cette fois, le cortège funéraire était formé d'une longue file de limousines noires. La procession passa devant le Lincoln Memorial et traversa le Potomac.

« Que va faire Johnson à propos du projet de loi sur les droits civiques? demanda Maria.

— C'est la grande question. Pour l'instant, ce texte est voué à l'échec. Il a été transmis à la Commission des règles, dont le président, Howard Smith, ne veut même pas préciser la date à laquelle ils vont l'examiner. »

Maria pensa à l'attentat à la bombe contre l'école du dimanche. Comment quelqu'un pouvait-il se ranger aux côtés de ces racistes de Sudistes?

« Son comité ne peut pas le court-circuiter?

— Théoriquement si, mais quand les républicains s'allient aux démocrates du Sud, ils ont la majorité et s'opposent toujours aux droits civiques, quel que soit l'état de l'opinion publique. Je ne sais pas comment ces gens-là peuvent prétendre croire à la démocratie. »

À la télévision, Jackie Kennedy allumait une flamme qui brûlerait à jamais sur la sépulture de son mari. George reprit la main de Maria, et elle vit qu'il avait les larmes aux yeux.

Ils regardèrent en silence le cercueil qui descendait lentement dans la tombe.

John Kennedy avait disparu.

« Mon Dieu, qu'allons-nous tous devenir, maintenant? demanda Maria.

— Je ne sais pas », répondit George.

*

Il la quitta à regret. Elle n'imaginait pas à quel point elle était attirante avec sa chemise de nuit en coton, son vieux peignoir en velours éponge, et ses cheveux, laborieusement défrisés d'habitude, bouclant naturellement et librement. Mais elle n'avait plus besoin de lui : elle ne serait pas seule ce soir-là car elle avait prévu de retrouver Nelly Fordham et quelques autres filles de la Maison Blanche dans un restaurant chinois, pour une soirée du souvenir privée.

George, lui, dînait avec Greg. Ils s'étaient donné rendez-vous dans la salle aux sombres lambris de l'Occidental Grill, à un jet de pierre de la Maison Blanche. George sourit en voyant la tenue de son père : des costumes qu'il payait une fortune ressemblaient toujours sur lui à des hardes. Son étroite cravate de soie noire tirebouchonnait, les poignets de sa chemise n'étaient pas boutonnés, et une trace blanchâtre déparait le revers de son veston noir. Heureusement, George n'avait pas hérité de son laisser-aller vestimentaire.

«Je me suis dit que nous aurions peut-être besoin de nous changer les idées », commença Greg. Il aimait les grands restaurants et la cuisine raffinée, et ça, c'était un trait de personnalité dont George avait hérité. Ils commandèrent du homard et une bouteille de chablis.

George se sentait plus proche de son père depuis la crise des missiles de Cuba, ce jour où la menace d'anéantissement imminent avait amené Greg à lui ouvrir son cœur. Le jeune homme avait toujours eu l'impression qu'étant un enfant illégitime, il constituait un fardeau plus qu'autre chose, et que lorsque Greg se comportait en père, il le faisait par devoir, sans enthousiasme. Cette conversation surprenante lui avait fait comprendre que Greg l'aimait vraiment. Leurs relations demeuraient occasionnelles et plutôt distantes, mais George était maintenant convaincu qu'elles reposaient sur un sentiment authentique et durable.

Ils attendaient leurs plats lorsque son ami Skip Dickerson s'approcha de leur table. Il avait revêtu pour la cérémonie funéraire un costume sombre et une cravate noire qui offraient un contraste spectaculaire avec ses cheveux d'un blond presque blanc et sa peau très pâle. « Salut, George, bonsoir, monsieur le sénateur, commença-t-il avec son accent traînant du Sud. Puis-je me joindre à vous une minute ?

— Je te présente Skip Dickerson. Il travaille pour Lyndon, dit George. Enfin, je devrais dire pour le Président.

— Je vous en prie, asseyez-vous », fit Greg.

Skip approcha une chaise rembourrée de cuir rouge, se pencha en avant et s'adressa à Greg, sur un ton pénétré : « Le Président sait que vous êtes un scientifique. »

Allons bon, se demanda George. Qu'est-ce que c'était encore que ça ? Skip n'était pas du genre à parler pour ne rien dire.

« J'ai fait des études universitaires de physique, en effet, répondit Greg en souriant.

— Et vous êtes diplômé de Harvard avec les félicitations du jury.

— Lyndon ne devrait pas se laisser impressionner par ce genre de chose.

— Mais vous avez fait partie des chercheurs qui ont mis au point la bombe atomique.

— J'ai participé au projet Manhattan, c'est vrai.

— Le président Johnson souhaite s'assurer que vous approuvez le projet d'étude du lac Érié. »

George savait de quoi parlait Skip. Le gouvernement fédéral finançait une étude des quais de la ville de Buffalo qui déboucherait probablement sur un grand projet de construction portuaire. Il y avait des millions de dollars à la clé pour plusieurs entreprises du nord de l'État de New York.

« Eh bien, Skip, déclara Greg, nous aimerions être sûrs que l'étude ne fera pas l'objet de coupes budgétaires.

— Vous pouvez compter dessus, monsieur. Le Président considère ce projet comme prioritaire.

— Ravi de l'apprendre. Merci. »

La conversation n'avait rien à voir avec la science, George en était certain. C'était un pur exemple de ce que les membres du

Congrès appelaient du clientélisme : l'affectation de projets d'investissement fédéral à des États privilégiés.

« Pas de quoi, répondit Skip. Je vous souhaite bon appétit. Oh, pendant que j'y suis, le Président peut-il compter sur votre soutien pour ce satané projet de loi sur le blé ? »

Les Russes avaient fait une mauvaise récolte de céréales et avaient désespérément besoin de blé. Dans le cadre de la tentative de rapprochement avec l'Union soviétique, le président Kennedy leur avait vendu à crédit des surplus de blé américain.

Greg s'appuya au dossier de sa chaise : « Les membres du Congrès considèrent que si les communistes ne peuvent pas nourrir leur population, ce n'est pas à nous de les aider. Le projet de loi sur le blé du sénateur Mundt annulerait l'accord conclu par le président Kennedy, et je pencherais plutôt du côté de Mundt.

— Le président Johnson est bien de votre avis ! répondit Skip. Il n'a certainement pas envie d'aider les communistes, mais ce sera le premier vote après les obsèques. Voulons-nous vraiment infliger ce camouflet au Président défunt ?

— Est-ce réellement le souci du président Johnson ? intervint George. Ou veut-il faire clairement comprendre qu'à partir de maintenant, c'est lui qui dirige la politique étrangère, et qu'il ne tolérera pas que le Congrès discute le moindre cent des décisions qu'il prend ? »

Greg émit un petit rire. « Il y a des moments où j'oublie à quel point tu es intelligent, George. C'est exactement ce que cherche Lyndon.

— Le Président veut travailler main dans la main avec le Congrès sur les questions de politique étrangère, reprit Skip. Mais il apprécierait vraiment de pouvoir compter sur votre soutien, demain. Il estime que ce serait un terrible désaveu du président Kennedy si le projet de loi sur le blé passait. »

Aucun des trois hommes ne tenait à parler clairement du vrai sujet de débat, remarqua George. La vérité pure et simple était que Johnson menaçait Greg de tirer un trait sur le projet de docks de Buffalo s'il votait en faveur de la loi sur le blé.

Greg céda. « Vous pouvez dire au Président que je comprends ses préoccupations et qu'il peut compter sur ma voix », dit-il.

Skip se leva. « Merci, monsieur le sénateur. Il en sera ravi.

— Avant que tu t'en ailles, Skip..., reprit George. Je sais que le nouveau Président n'a pas que ça en tête, mais le projet de loi sur les droits civiques ne devrait pas tarder à revenir sur le tapis. N'hésite pas à m'appeler si tu penses que je peux vous être utile d'une façon ou d'une autre.

— Merci, George. J'apprécie. »

Skip s'éloigna.

« Bien joué, approuva Greg.

— Je tenais juste à ce qu'il sache que la porte était ouverte.

— Ce genre de choses est tellement important en politique. »

Leurs plats arrivèrent. Quand les serveurs furent repartis, George prit sa fourchette et son couteau. « Je suis un homme de Bob Kennedy, jusqu'au bout des ongles, dit-il tout en attaquant son homard. Mais il ne faut pas sous-estimer Johnson.

— Tu as raison. Mais ne le surestime pas non plus.

— Que veux-tu dire ?

— Lyndon a deux travers. Une faiblesse intellectuelle. Bon, d'accord, il est rusé comme un renard, mais ce n'est pas pareil. Il a fait des études d'instituteur, et la réflexion abstraite n'est pas son fort. Du coup, il fait un complexe d'infériorité par rapport aux diplômés de Harvard, ce qui est justifié. Il n'a qu'une médiocre compréhension de la politique internationale. Les Chinois, les bouddhistes, les Cubains, les bolcheviks — tous ces gens ont des modes de pensée différents qui lui échapperont toujours.

— Et son deuxième défaut ?

— Il est moralement faible. Il n'a aucun principe. Il est sincèrement favorable aux droits civiques, mais pas pour des raisons éthiques. Il éprouve de la compassion pour les gens de couleur opprimés, et il se considère lui-même comme un opprimé, parce qu'il est issu d'une pauvre famille texane. C'est une réaction viscérale. »

George sourit. « Il vient juste de réussir à te faire faire exactement ce qu'il voulait.

— Exact. Lyndon sait manipuler les gens, individuellement. C'est le parlementaire le plus habile que j'aie rencontré de ma vie. Mais ce n'est pas un homme d'État. Tout le contraire de John Kennedy : d'une incompétence atterrante face au Congrès, et génial sur la scène internationale. Lyndon manœuvrera magnifiquement le Congrès, mais quant à diriger le monde libre... Je ne sais pas.

— Tu crois qu'il a une chance de faire passer le projet de loi sur les droits civiques malgré l'opposition du comité du député Howard Smith ?

— J'ai hâte de voir comment Lyndon va s'en sortir, répondit Greg avec un sourire. Mange ton homard. »

Le lendemain, le projet de loi sur le blé du sénateur Mundt fut rejeté par cinquante-sept voix contre trente-six.

Le surlendemain, les journaux titraient :

PROJET DE LOI SUR LE BLÉ
PREMIÈRE VICTOIRE DE JOHNSON

*

L'enterrement était passé. Kennedy avait disparu, et Johnson était Président. Le monde avait changé, mais George ne savait pas ce qu'il fallait en penser. Tout le monde l'ignorait, d'ailleurs. Quel genre de Président serait Johnson ? En quoi serait-il différent ? Un homme que la plupart des gens ne connaissaient pas se retrouvait tout à coup à la tête du monde libre et dirigeait son pays le plus puissant. Qu'allait-il faire ?

Il était sur le point de le dire.

L'amphithéâtre de la Chambre des représentants était bondé. Les projecteurs de la télévision étaient braqués sur les membres du Congrès et sur les sénateurs, sur les juges de la Cour suprême en robe noire et les chefs d'état-major bardés de médailles étincelantes.

George était assis à côté de Skip Dickerson dans la tribune, également bourrée à craquer. Il y avait des gens partout, assis sur les marches, dans les allées. George observait Robert Kennedy, tout en bas, au bout de la rangée du Cabinet, tête basse, les yeux rivés au sol. Il avait maigri au cours des cinq jours qui avaient suivi l'assassinat. De plus, il s'était mis à porter les vêtements de son frère défunt, qui ne lui allaient pas, accentuant l'impression d'un homme étrangement rétréci.

Dans la loge présidentielle étaient assises Lady Bird Johnson, avec ses deux filles, l'une jolie, l'autre non, toutes les trois affublées de coiffures vieillottes. Plusieurs sommités du parti démocrate les entouraient : Daley, le maire de Chicago, Lawrence, le gouverneur de Pennsylvanie, et Arthur Schlesinger, l'intellectuel attitré des Kennedy, dont George savait qu'il complotait déjà pour évincer Johnson à la présidentielle de l'année suivante. Chose étonnante, il y avait également deux visages noirs dans la loge. George les connaissait : Zephyr et Sammy Wright, la cuisinière et le chauffeur de la famille Johnson. Était-ce bon signe ?

Les imposantes doubles portes s'ouvrirent en grand. Un huissier, qui portait le nom comique de Fishbait Miller – littéralement « appât à poisson » – annonça : « Monsieur le Président ! Le président des États-Unis ! » Tout le monde se leva et Lyndon Johnson fit son entrée sous les acclamations.

George était taraudé par deux questions à propos de Lyndon Johnson, questions qui trouveraient toutes les deux leur réponse ce jour-là. La première était la suivante : renoncerait-il à l'épineux projet de loi sur les droits civiques, ainsi que l'y incitaient les membres les plus pragmatiques du parti démocrate ? Si Johnson avait besoin d'un prétexte pour le laisser tomber, il en avait un : le président Kennedy n'avait pas réussi à obtenir le soutien du Congrès pour ce projet de loi, qui était voué à l'échec. L'affaire était mal engagée, et le nouveau Président avait toutes les raisons d'y renoncer. Il pourrait faire valoir que légiférer sur le problème de la ségrégation était source de zizanie et de paralysie et qu'il valait mieux repousser cela après l'élection présidentielle.

S'il faisait cette annonce, le mouvement des droits civiques ferait machine arrière de plusieurs années. Les racistes fêteraient leur victoire, le Ku Klux Klan estimerait que toutes les actions qu'il avait entreprises étaient justifiées et les policiers, les juges, les responsables religieux et les politiciens blancs corrompus du Sud en concluraient qu'ils pouvaient continuer à persécuter, tabasser, torturer et assassiner les Noirs en toute impunité.

En revanche, si Johnson ne faisait pas cette déclaration, s'il réaffirmait son engagement en faveur des droits civiques, cela poserait une autre question : aurait-il l'autorité nécessaire pour assumer la succession de Kennedy ? Cette question trouverait elle aussi une réponse avant une heure, et les perspectives étaient peu encourageantes. Lyndon était très fort en tête à tête ; il était beaucoup moins doué quand il s'agissait de s'adresser à des groupes importants, en des occasions officielles – ainsi qu'il s'apprêtait précisément à le faire d'un moment à l'autre. Pour le peuple américain, c'était sa première apparition importante dans son rôle de chef d'État ; elle le définirait pour le meilleur ou pour le pire.

Skip Dickerson se rongeait les ongles.

« C'est toi qui lui as écrit son discours ? lui demanda George.

— Quelques lignes. C'est un travail d'équipe.

— Qu'est-ce qu'il va dire ? »

Skip secoua la tête avec angoisse. « Attends, tu verras bien. »

À Washington, les hommes du sérail s'attendaient à ce que Johnson se plante. En public, c'était un piètre orateur, ennuyeux, raide. Il lui arrivait de bafouiller, ou de prendre un ton pompeux. Quand il voulait insister sur un point, il se mettait à hurler. Sa gestuelle était d'une maladresse consternante : il levait la main et pointait un doigt en l'air, ou écartait les bras et agitait les poings. Ses discours révélaient généralement ce qu'il y avait de pire chez lui.

George se garda de tout pronostic en regardant Johnson traverser la foule qui l'applaudissait, s'approcher de l'estrade, se planter devant le lutrin et ouvrir un classeur à feuilles mobiles. Il chaussa sans nervosité particulière, mais sans grande assurance non plus, une paire de lunettes à monture très discrète et attendit patiemment que les applaudissements s'apaisent et que les membres du public se calent dans leur siège.

Enfin, il prit la parole, d'une voix égale, mesurée : « Tout ce que je possède, je l'aurais volontiers donné pour ne pas me trouver ici aujourd'hui. »

Un silence de mort se fit dans la Chambre. Il avait trouvé le ton juste, mélange d'humilité et d'affliction. George se dit que c'était un bon début.

Johnson continua sur le même registre, parlant lentement, dignement. S'il était tenté d'accélérer, il se contrôlait fermement. Il portait un complet bleu nuit, une cravate et une chemise à col anglais, d'un style qui passait pour guindé dans le Sud. Il regardait tantôt d'un côté tantôt de l'autre, s'adressant à l'ensemble de la Chambre, tout en semblant la dominer.

Faisant écho à Martin Luther King, il parla de rêves, les rêves de Kennedy de conquête de l'espace, d'éducation pour tous les enfants, d'un Corps de la Paix, le Peace Corps.

« Voilà notre défi, dit-il. Sans hésiter, sans marquer de pause, sans tergiverser et sans nous attarder sur le malheur qui nous frappe, nous devons poursuivre sur notre trajectoire afin d'accomplir le destin que l'histoire nous a fixé. »

Les applaudissements l'obligèrent à s'interrompre, puis il reprit :

« Nos tâches les plus immédiates, c'est ici, sur cette colline, qu'elles nous attendent. »

C'était le moment crucial. La colline du Capitole, où siégeait le Congrès, avait été en conflit avec le Président pendant la majeure partie de l'année 1963. Le Congrès avait le pouvoir de retarder les mesures législatives, et il en usait souvent, même lorsqu'il s'agissait de projets de campagne du Président et que la population les soutenait. Mais depuis que John Kennedy avait annoncé son projet de loi sur les droits civiques, les membres du Congrès s'étaient mis en grève. Comme une usine occupée par des ouvriers militants, ils retardaient tout, refusant obstinément de voter, même les projets de loi les plus insignifiants, au mépris de l'opinion publique et du processus démocratique.

« D'abord, reprit Johnson, et George retint son souffle. – Quelle mesure le nouveau Président allait-il annoncer en premier ? – Aucun éloge funèbre, aucune oraison ne pourrait rendre un hommage plus éloquent à la mémoire du président Kennedy que d'adopter, le plus rapidement possible, le projet de loi sur les droits civiques pour lequel il s'est si longtemps battu. »

George se leva d'un bond et applaudit, au comble de la joie. Et il n'était pas le seul : ce fut une véritable ovation, qui se prolongea plus longtemps que la précédente.

Johnson attendit que les acclamations cessent d'elles-mêmes, puis il reprit : « Cela fait assez longtemps que l'on parle, dans ce pays, des droits civiques. Il en est question depuis cent ans, sinon davantage. Il est temps, *maintenant*, d'écrire le chapitre suivant — et de l'écrire dans le registre des lois. »

Un nouveau tonnerre d'applaudissements lui répondit.

Euphorique, George regarda les rares visages noirs de l'assemblée : cinq membres du Congrès noirs, en comptant Gus Hawkins, de Californie, qui était presque blanc, en réalité ; Mr. et Mrs. Wright qui applaudissaient dans la loge présidentielle ; un saupoudrage de visages noirs dans le public de la galerie. Leurs visages exprimaient le soulagement, l'espoir, la joie.

Et puis son regard tomba sur les rangées de sièges situées derrière celle du Cabinet, où siégeaient les sénateurs les plus âgés, des hommes du Sud, pour la plupart, renfrognés et pleins de ressentiment.

Aucun d'eux n'applaudissait.

*

Skip Dickerson exposa le problème à George six jours plus tard, dans la petite pièce située à côté du Bureau ovale.

« Notre seule chance est une demande de décharge.

— Qu'est-ce que c'est ? »

Dickerson repoussa sa mèche blonde de ses yeux. « C'est une résolution passée par le Congrès qui décharge la Commisssion des règles de l'examen du projet de loi et le fait passer directement à la Chambre pour débat. »

George était exaspéré par toutes les procédures alambiquées qui devaient être respectées afin d'éviter au grand-père de Maria d'être envoyé en prison pour avoir voulu s'inscrire sur les listes électorales. « Je n'avais jamais entendu parler de ça, dit-il.

— Cette décision doit être prise à la majorité. Comme les démocrates du Sud seront contre, il nous manquera cinquante-huit voix d'après mes calculs.

— Et merde ! Il nous faut le soutien de cinquante-huit républicains pour pouvoir agir ?

— Oui. Et c'est là que tu interviens.

— Moi ?

— Beaucoup de républicains prétendent être en faveur des droits civiques. Après tout, leur parti est celui d'Abraham Lincoln, qui a libéré les esclaves. Nous voulons que Martin Luther King et tous les leaders noirs battent le rappel de leurs supporters républicains, leur exposent la situation, et leur demandent de voter pour la demande de décharge. Il faut leur faire comprendre qu'on ne peut pas être en faveur des droits civiques si on n'est pas en faveur de la décharge. »

George hocha la tête. « Très bien.

— Certains te diront qu'ils sont en faveur des droits civiques mais qu'ils n'aiment pas qu'on précipite la procédure. Il faut qu'ils sachent que le sénateur Howard Smith est un ségrégationniste pur et dur qui veillera à ce que son comité discute toutes les règles, point par point, jusqu'à ce qu'il soit trop tard pour adopter le projet de loi. Ce qu'il fait, ce n'est pas de l'obstruction, c'est du sabotage.

— Compris. »

Un secrétaire passa la tête par la porte et annonça : « Il est prêt à vous recevoir. »

Les deux jeunes gens se levèrent et entrèrent dans le Bureau ovale.

Comme toujours, George fut frappé par la stature de Lyndon Johnson. Il mesurait un mètre quatre-vingt-onze, mais ce n'était pas tout. Il avait une grosse tête, un long nez, et ses lobes d'oreilles étaient aplatis comme des crêpes. Il serra la main de George et sans la lâcher lui empoigna l'épaule de l'autre main, se tenant assez près de lui pour que le jeune homme en soit gêné.

« George, commença Johnson, j'ai demandé à tous les hommes de Kennedy de rester à la Maison Blanche et de m'aider. Vous sortez tous de Harvard, alors que moi, je viens de l'école d'instituteurs de l'État du Texas. Vous voyez, j'ai encore plus besoin de vous tous que lui. »

George ne savait pas comment réagir. Un tel degré d'humilité était embarrassant. Après un instant d'hésitation, il répondit : « Monsieur le Président, je suis là pour vous aider par tous les moyens à ma disposition. »

À ce jour, un bon millier de personnes avaient dû lui tenir les mêmes propos, à peu de choses près, mais Johnson fit comme si c'était la première fois qu'il les entendait. « J'apprécie vraiment ce que vous me dites, George, fit-il avec ferveur. Merci. »

Puis il passa aux affaires sérieuses : « Beaucoup de gens m'ont demandé d'édulcorer le projet de loi sur les droits civiques pour qu'il soit plus facile à avaler par les gens du Sud. On m'a suggéré de revenir sur l'interdiction de la ségrégation dans les établissements ouverts au public. Je ne suis pas disposé à prendre cette mesure, George, pour deux raisons. La première, c'est qu'ils détesteront ce projet de loi, quel que soit son contenu, et je doute fort qu'ils le soutiennent, même si je le privais de toute son efficacité. »

Ce que George trouva frappé au coin du bon sens. « Tant qu'à se battre, autant que ce soit pour ce qu'on veut vraiment.

— Exactement. Je vais maintenant vous donner ma seconde raison. J'ai une amie, et employée, Mrs. Zephyr Wright. »

George se souvenait d'avoir vu Mr. et Mrs. Wright dans la loge présidentielle, à la Chambre des représentants.

« Un jour, alors qu'elle s'apprêtait à se rendre dans le Texas en voiture, poursuivit Johnson, je lui ai demandé d'emmener mon chien. Elle m'a répondu : "S'il vous plaît, ne me demandez pas ça." Je lui ai demandé pourquoi, bien sûr. "Traverser le Sud en voiture, c'est déjà assez dur quand on est noir, m'a-t-elle répondu. On ne peut pas trouver d'endroit où manger, où dormir, ou même où aller aux toilettes. Avec un chien, ce serait tout bonnement impossible.» Ça m'a fait mal, George. J'en aurais pleuré. Mrs. Wright a un diplôme universitaire, vous savez. C'est ce jour-là que je me suis rendu compte qu'il était essentiel de mettre fin à la ségrégation dans les établissements publics. Je sais ce que c'est que d'être traité avec mépris, George, et je vous assure que je ne souhaite ça à personne.

— Voilà qui fait plaisir à entendre », répondit George.

Il savait que Johnson le baratinait. Il lui tenait toujours la main et l'épaule, il était encore trop près de lui, ses yeux noirs rivés aux siens avec une rare intensité. George était parfaitement conscient de ce que Johnson était en train de faire – mais ça marchait quand même. Il se sentit ému par l'histoire de Zephyr, et crut Johnson quand il affirma savoir ce que c'était que d'être méprisé. Il éprouva un élan d'admiration et d'affection pour ce grand gaillard maladroit, sensible, qui semblait prendre fait et cause pour les Noirs.

« Ça va être dur, mais je pense qu'on peut emporter le morceau, poursuivit Johnson. Faites de votre mieux, George.

— Oui, monsieur. Vous pouvez compter sur moi. »

*

Peu avant que Martin Luther King entre dans le Bureau ovale, George expliqua la stratégie du président Johnson à Verena Marquand. Elle était éblouissante dans un ciré rouge vif, mais pour une fois, George ne se laissa pas distraire par sa beauté.

« Il faut qu'on mette toutes nos forces dans la bagarre, lui dit-il d'un ton pressant. Si la demande de décharge échoue, le projet de loi tombera à l'eau, et les Noirs du Sud repartiront de zéro. »

Il fournit à Verena une liste de membres du Congrès républicains qui n'avaient pas encore signé la demande.

Elle fut impressionnée. « Le président Kennedy nous avait parlé des voix, mais il n'avait jamais fait établir une liste pareille, remarqua-t-elle.

— C'est du Lyndon tout craché, répondit George. Si les whips lui disent combien de voix ils pensent avoir, il rétorque : "Penser ne suffit pas – je veux savoir !" Il a exigé les noms. Et il a raison. L'enjeu est trop important pour qu'on joue aux devinettes. »

Il lui expliqua que les défenseurs des droits civiques devaient faire pression sur les républicains libéraux.

« Chacun de ceux qui figurent sur cette liste doit recevoir un appel de quelqu'un dont l'opinion compte pour lui.

— C'est ce que le Président va dire au pasteur King ce matin ?

— Exactement. »

Johnson avait rencontré individuellement les principaux défenseurs des droits civiques. John Kennedy les aurait réunis tous ensemble dans une pièce, mais le charme de Lyndon n'agissait pas aussi bien en présence de groupes importants.

« Johnson pense-t-il que les défenseurs des droits civiques pourront retourner tous ces républicains ? demanda Verena d'un ton dubitatif.

— Pas tout seuls, mais il en enrôle d'autres. Il est en train de rencontrer tous les responsables syndicaux. Il a pris le petit déjeuner avec George Meany, ce matin. »

Verena secoua sa jolie tête. Elle n'en revenait pas. « Il ne manque pas d'énergie, il faut le reconnaître. Pourquoi le président Kennedy n'a-t-il pas pu faire la même chose ? demanda-t-elle pensivement.

— Pour la même raison que Lyndon est incapable de manœuvrer un voilier – il ne savait pas le faire. »

L'entretien de Johnson avec Martin Luther King se déroula très bien. Mais dès le lendemain matin, une contre-attaque des ségrégationnistes fit baisser d'un cran l'optimisme de George.

D'éminents républicains critiquèrent la demande de décharge. McCullough, le représentant de l'Ohio, prétendit qu'elle avait irrité des gens qui, sans cela, auraient peut-être appuyé le projet de loi sur les droits civiques. Gerald Ford déclara aux journalistes qu'on aurait dû laisser à la Commission des règles le temps d'organiser des réunions, ce qui était une ineptie pure et simple : tout le monde savait que Smith ne voulait pas débattre du projet de loi mais l'étouffer dans l'œuf. Les journalistes furent néanmoins informés que la demande avait été rejetée.

Il en aurait fallu davantage pour décourager Johnson. Le mercredi matin, il prit la parole devant le Conseil consultatif des entreprises – qui rassemblait quatre-vingt-neuf des plus grands patrons des États-Unis – et leur déclara : «Je suis le seul Président que vous ayez; si vous voulez que j'échoue, vous échouerez avec moi, parce que c'est le pays tout entier qui échouera.»

Il s'adressa ensuite au conseil exécutif de l'AFL-CIO, la plus importante fédération syndicale, en ces termes : «J'ai besoin de vous, je vous veux à mes côtés, et je suis convaincu que vous devriez être dans mon camp.» Il eut droit à une standing ovation, et c'est gonflés à bloc que les trente-trois lobbyistes du syndicat des métallurgistes prirent d'assaut la colline du Capitole.

George dînait au restaurant avec Verena quand Skip Dickerson passa à côté de leur table et leur souffla : «Clarence Brown est allé voir Howard Smith.»

George expliqua à Verena : «Brown est la figure de proue républicaine du comité de Smith. De deux choses l'une : soit il demande à Smith de durcir sa position et d'ignorer le lobbying... soit il lui dit que les républicains ne peuvent plus supporter cette pression. Il suffit que deux membres du comité se retournent contre Smith pour que ses décisions puissent être annulées par un vote majoritaire.

— Tu crois que ça pourrait être réglé aussi rapidement? s'étonna Verena.

— Il n'est pas exclu que Smith décide de sauter avant qu'on ne le pousse. Histoire de sauver la face.» George repoussa son assiette. La tension lui avait coupé l'appétit.

Dickerson repassa une demi-heure plus tard. «Smith a cédé! triompha-t-il. Il y aura une déclaration officielle demain.» Il s'éloigna en répandant la nouvelle.

George et Verena se regardèrent en souriant.

«Eh bien, que Dieu bénisse Lyndon Johnson, soupira Verena.

— Tu peux le dire, renchérit George. Il faut qu'on fête ça.

— Où veux-tu aller?

— Viens chez moi, répondit George. Je trouverai bien une idée.»

XXXII

Il n'y avait pas d'uniforme à l'école de Dave, mais les garçons trop bien habillés se faisaient mettre en boîte. Le jour où Dave arriva en veston croisé, chemise blanche à col pointu, cravate cachemire et pantalon bleu marine, taille basse, avec une ceinture en plastique blanc, on se paya sa tête. Il se fichait pas mal des quolibets. Il était en mission.

Le groupe de Lennie se produisait depuis des années en marge du show business. Au train où allaient les choses, ils auraient pu passer dix ans de plus à jouer du rock'n'roll dans les boîtes et les pubs. En 1964, Dave voulait faire mieux. Et le seul moyen de percer pour de bon était d'enregistrer un disque.

Après les cours, il prit le métro pour Tottenham Court Road et continua à pied jusqu'à un immeuble de Denmark Street. À côté du magasin de guitares qui occupait le rez-de-chaussée, une porte permettait de monter à un bureau situé à l'étage tandis qu'une plaque indiquait CLASSIC RECORDS.

Dave avait parlé à Lennie de signer un contrat avec une maison de disques, mais son cousin l'avait découragé. «J'ai déjà essayé, lui avait-il répondu. Malheureusement, la porte est fermée. C'est un milieu auquel il est impossible d'accéder.»

C'était absurde. Il y avait forcément moyen d'entrer, autrement personne n'aurait jamais fait de disques. Dave savait cependant qu'il ne servait à rien de discuter avec Lennie. Il avait donc décidé d'y aller seul.

Il avait commencé par se renseigner sur les boîtes de disques qui figuraient au hit parade. C'était un exercice compliqué, parce qu'il y avait beaucoup de labels, qui n'appartenaient en fait qu'à un petit nombre de maisons. L'annuaire l'avait aidé à faire le tri, et il avait jeté son dévolu sur Classic.

Il avait téléphoné en disant : « Ici le bureau des objets trouvés des chemins de fer britanniques. Nous avons une bande magnétique dans un étui qui porte l'inscription « Direction des artistes et des enregistrements, Classic Records ». À qui devons-nous la faire parvenir ? »

La fille qui lui avait répondu lui avait donné un nom, et cette adresse dans Denmark Street.

En haut de l'escalier, il tomba sur une réceptionniste, probablement celle à qui il avait parlé au téléphone. Prenant un air assuré, il exploita l'information qu'elle lui avait donnée : « Je viens voir Eric Chapman.

— Qui dois-je annoncer ?

— Dave Williams. Dites-lui que c'est Byron Chesterfield qui m'envoie. »

C'était un mensonge, mais Dave n'avait rien à perdre.

La standardiste disparut derrière une porte. Dave regarda autour de lui, admirant les cadres qui ornaient les murs de l'accueil. Des disques d'or et d'argent. Une photo de Percy Marquand, le Bing Crosby noir, dédicacée « à Eric, avec tous mes remerciements ». Dave remarqua qu'il n'y avait pas un seul disque de moins de cinq ans. Eric avait besoin de nouveaux talents.

Dave était sur les nerfs. Il n'avait pas l'habitude d'user de subterfuges. Après tout, se dit-il, il n'y avait pas de quoi se laisser intimider. Il ne faisait rien d'illégal. Au pire, si on le perçait à jour, on lui dirait de prendre la porte et d'arrêter de faire perdre leur temps aux gens. Ça valait la peine de courir le risque.

La secrétaire réapparut, suivie par un homme d'une cinquantaine d'années aux cheveux gris clairsemés. Il portait un cardigan vert sur une chemise blanche et une cravate quelconque. Il s'appuya au montant de la porte, toisa Dave de la tête aux pieds avant de dire : « Alors comme ça, c'est Byron qui vous envoie, hein ? »

Son ton était dubitatif : de toute évidence, il n'en croyait pas un mot. Dave éluda la question en lui racontant un autre mensonge. « Byron a dit "EMI a les Beatles, Decca a les Rolling Stones, Classic a besoin de Plum Nellie". »

Byron n'avait jamais rien dit de tel. Dave avait tout inventé en lisant la presse musicale.

« Plum *quoi* ? »

Dave tendit à Chapman une photo du groupe. « On s'est produits au Dive, à Hambourg, comme les Beatles, et on a joué au

Jump Club à Londres, comme les Stones. » Il n'en revenait pas qu'on ne l'ait pas encore envoyé promener et se demandait combien de temps la chance lui sourirait.

« D'où est-ce que vous connaissez Byron ?

— C'est notre manager. » Nouvelle invention.

« Quel genre de musique vous faites ?

— Du rock'n'roll, avec beaucoup d'harmonies vocales.

— Comme tous les groupes pop du moment.

— Sauf que nous, on est meilleurs. »

Il y eut un long silence. Dave pouvait déjà s'estimer heureux que Chapman lui ait adressé la parole. Lennie lui avait prédit qu'il n'arriverait même pas à passer la porte. Ne serait-ce que sur ce point, il venait de prouver le contraire.

« Vous êtes un sale petit menteur », lança Chapman.

Dave ouvrit la bouche pour protester, mais Chapman leva la main, coupant court à ses dénégations. « Arrêtez de me raconter des salades. Byron n'est pas votre manager, et ce n'est pas lui qui vous envoie. Je veux bien croire que vous l'ayez rencontré, mais il n'a certainement pas dit que Classic Records avait besoin de Plum Nellie. »

Dave ne répondit pas. Il était démasqué. C'était humiliant. Il avait essayé d'entrer dans une maison de disques à coup de bluff, et il avait échoué.

« Comment dites-vous que vous vous appelez, déjà ? demanda Chapman.

— Dave Williams.

— Qu'est-ce que vous attendez de moi, Dave ?

— Un contrat.

— Vous m'étonnez...

— Accordez-nous une audition. Je vous promets que vous ne le regretterez pas.

— Je vais vous confier un secret, Dave. Quand j'avais dix-huit ans, j'ai décroché mon premier boulot dans un studio d'enregistrement en racontant que j'étais électricien qualifié. C'était un bobard. Ma seule qualification, c'était que j'avais fait sept ans de piano. »

Dave reprit espoir.

« J'apprécie votre culot, reprit Chapman, et il ajouta, un peu mélancolique : Si je pouvais remonter le temps, j'aimerais bien redevenir un jeune loup aux dents longues. »

Dave retint son souffle.

« Je vais vous faire passer une audition.

— Merci !

— Venez au studio d'enregistrement le lendemain de Noël. » Il esquissa un mouvement du pouce en direction de la standardiste. « Cherry va vous donner une heure. » Il regagna son bureau, fermant la porte derrière lui.

Dave n'arrivait pas à croire en sa chance. Ses mensonges idiots avaient été percés à jour – mais il avait quand même décroché une audition !

Il prit un rendez-vous provisoire avec Cherry, en précisant qu'il appellerait pour confirmer quand il aurait consulté le reste du groupe. Et c'est sur un petit nuage qu'il rentra chez lui.

Dès qu'il arriva à la maison de Great Peter Street, il appela Lennie sur le téléphone de l'entrée. « J'ai décroché une audition avec Classic Records ! » annonça-t-il triomphalement.

Lennie n'était pas aussi enthousiaste que Dave l'aurait cru. « Qui est-ce qui t'a dit de faire ça ? » Il était évidemment vexé que Dave ait pris l'initiative.

Celui-ci refusa de se laisser décourager. « Qu'est-ce qu'on a à perdre ?

— Comment tu as réussi ton coup ?

— Au bluff. J'ai vu Eric Chapman, et il a dit d'accord.

— Tu as eu du bol, répondit Lennie. Ce sont des choses qui arrivent.

— Ouais, fit Dave, tout en pensant : je n'aurais pas eu ce bol si j'étais resté chez moi, assis sur mon cul.

— Classic n'est pas vraiment un label de pop, reprit Lennie.

— C'est bien pour ça qu'ils ont besoin de nous, rétorqua Dave, qui commençait à perdre patience. Lennie, en quoi est-ce que ça pourrait être mauvais pour nous ?

— Non, non, c'est bon. On verra bien si ça mène à quelque chose.

— Maintenant, il faut qu'on décide ce qu'on jouera à l'audition. La secrétaire m'a dit qu'on nous ferait enregistrer deux morceaux.

— Eh bien, de toute façon, "Shake, Rattle and Roll", ça va de soi. »

Dave fut accablé. « Pourquoi ? demanda-t-il.

— C'est notre meilleur morceau. Ça passe toujours bien.

— Tu ne crois pas que c'est un peu démodé ?

— C'est un classique. »

Dave savait qu'il était inutile de discuter avec Lennie sur ce point, en tout cas pour le moment. Lennie avait déjà ravalé sa fierté une fois. Il ne fallait pas pousser trop loin. De toute façon, ils pourraient enregistrer deux chansons : la seconde serait peut-être plus originale. « Que dirais-tu d'un blues? suggéra Dave, désespéré. Pour l'effet de contraste. Pour leur montrer de quoi on est capables.

— Ouais. "Hoochie Coochie Man". »

C'était déjà mieux. Un peu plus dans le genre des Rolling Stones.

« Ça boume », répondit Dave.

Il passa au salon où il trouva Walli, sa guitare sur le genou. Il logeait chez les Williams depuis qu'il avait quitté Hambourg avec le groupe. Dave et lui choisissaient souvent cette pièce pour jouer et chanter, entre les cours et le dîner.

Dave lui annonça la nouvelle. Walli s'en réjouit, mais les choix de Lennie lui inspirèrent quelques doutes. « Deux tubes des années 1950 », remarqua-t-il. Il faisait des progrès rapides en anglais.

« C'est le groupe de Lennie, lui rappela Dave, résigné. Si tu crois pouvoir le faire changer d'avis, je t'en prie, ne te gêne pas. »

Walli haussa les épaules. C'était un excellent musicien, mais Dave le trouvait un peu passif. Il est vrai qu'Evie disait qu'à côté de la famille Williams, tout le monde était passif.

Ils s'interrogeaient sur les goûts musicaux de Lennie quand Evie entra avec Hank Remington. Malgré une première catastrophique le jour de l'assassinat du président Kennedy, *Le Procès d'une femme* remportait un joli succès. Hank était en train d'enregistrer un nouvel album avec les Kords. Ils passaient leurs après-midi ensemble, puis chacun repartait de son côté.

Hank portait un pantalon taille basse en velours dévoré et une chemise à pois. Il s'assit avec Dave et Walli pendant qu'Evie montait à l'étage se changer. Comme toujours il se montra charmant et raconta des anecdotes amusantes sur les tournées des Kords.

Il prit la guitare de Walli, plaqua distraitement quelques accords et leur proposa : « Vous voulez entendre une nouvelle chanson ? »

Ils acquiescèrent en chœur.

C'était une ballade sentimentale intitulée « Love Is It ». Elle leur plut immédiatement. La mélodie était magnifique, avec un rythme en shuffle. Ils le prièrent de la rejouer, ce qu'il fit de bonne grâce.

« C'était quoi, cet accord au début du pont ? demanda Walli.

— Un accord de *do* dièse mineur. » Il le lui montra et lui passa la guitare.

Walli joua les accords, et Hank chanta le morceau une troisième fois. Dave improvisa un accompagnement.

« C'était pas mal, commenta Hank. Quel dommage qu'on ne l'enregistre pas !

— Quoi ? fit Dave, incrédule. Mais c'est magnifique !

— Les Kords trouvent ça gnangnan. Ils disent qu'on est un groupe de rock ; pas question de faire du Peter, Paul and Mary.

— Moi, je suis sûr que ça peut faire un tabac », reprit Dave.

Sa mère passa la tête par la porte.

« Walli. Un appel d'Allemagne. »

C'était probablement Rebecca, la sœur de Walli, qui habitait Hambourg, supposa Dave. La famille de Walli, restée à Berlin-Est, ne pouvait pas l'appeler : le régime, n'autorisait pas les coups de fil vers l'Ouest.

Evie réapparut pendant l'absence de Walli. Elle avait relevé ses cheveux et enfilé un jean et un tee-shirt, prête à se confier aux mains des maquilleurs et des habilleuses. Hank allait la déposer au théâtre en rejoignant le studio d'enregistrement.

Dave était ailleurs. Il pensait à « Love Is It », une chanson géniale dont les Kords ne voulaient pas.

Walli revint, suivi par Daisy. « C'était Rebecca, dit-il.

— Elle est sympa, Rebecca, commenta Dave, en repensant aux côtes de porc et aux pommes de terre sautées.

— Elle vient de recevoir une lettre de Karolin à Berlin-Est ; elle a mis beaucoup de temps à lui parvenir. » Walli s'interrompit, visiblement submergé par l'émotion. Il réussit enfin à poursuivre : « Karolin a accouché. C'est une petite fille. »

Tout le monde se leva pour le féliciter. Daisy et Evie l'embrassèrent. « Elle est née quand ? s'exclama Daisy.

— Le 22 novembre. C'est facile à se rappeler : c'est le jour de l'assassinat de Kennedy.

— Combien elle pesait ? demanda Daisy.

— Combien elle pesait ? » répéta Walli, comme si c'était une question incompréhensible.

Daisy se mit à rire. « C'est toujours la première information qu'on donne sur un nouveau-né.

— Je n'ai pas demandé son poids.

— Ça ne fait rien. Et comment s'appelle-t-elle ?

— Karolin a proposé Alice.

— C'est un joli prénom, répondit Daisy.

— Karolin va m'envoyer une photo. De ma fille, ajouta Walli, comme abasourdi. Elle va l'envoyer par l'intermédiaire de Rebecca, parce que la censure est encore plus stricte avec le courrier pour l'Angleterre.

— J'ai tellement hâte de la voir ! » reprit Daisy.

Hank fit cliqueter impatiemment ses clés de voiture. Les conversations sur les bébés l'ennuyaient sans doute. À moins, pensa Dave, qu'il n'apprécie pas que le nouveau-né lui vole la vedette.

« Oh là là ! s'exclama Evie. Tu as vu l'heure ? Au revoir, tout le monde. Encore toutes mes félicitations, Walli. »

Comme ils s'en allaient, Dave lança : « Hank, les Kords ne veulent vraiment pas enregistrer "Love Is It" ?

— Vraiment pas. Quand ils prennent un morceau en grippe, il n'y a rien à faire. De vraies têtes de mule.

— Dans ce cas... On ne pourrait pas avoir cette chanson, Walli et moi, pour Plum Nellie ? On a une audition prévue en décembre, chez Classic Records.

— Bien sûr, fit Hank avec un haussement d'épaules. Pourquoi pas ? »

*

Le samedi matin, Lloyd Williams demanda à Dave de venir dans son bureau.

Dave, qui s'apprêtait à sortir, portait un pull à rayures horizontales bleu et blanc, un jean et un blouson en cuir.

« Pour quoi faire ? demanda-t-il hargneusement. Tu m'as déjà privé d'argent de poche. » Il ne gagnait pas grand-chose avec Plum Nellie, mais ça lui payait tout de même le métro, un coup à boire de temps en temps, et parfois une chemise ou une nouvelle paire de chaussures.

« Parce que tu ne parles à ton père que lorsqu'il s'agit d'argent ? »

Dave haussa les épaules et le suivit. La pièce était meublée d'un vieux bureau et de fauteuils de cuir. Un feu couvait dans l'âtre. Une photo de Lloyd à Cambridge dans les années 1930 était accrochée au mur. La pièce était un temple de la vieillerie. Il en émanait comme une odeur surannée.

«Je suis tombé sur Will Furbelow hier, au Reform Club», commença Lloyd. Will Furbelow était le proviseur du lycée de Dave. Son crâne chauve lui valait évidemment le surnom de Tête-d'Œuf.

«Selon lui, tu risques de rater tous tes examens.

— Ça n'a jamais été mon plus grand fan.

— Si tu ne réussis pas tes examens, tu ne pourras pas continuer le lycée. Ce sera la fin de ta scolarité.

— Que le ciel t'entende!»

Lloyd n'avait pas envie de s'énerver. «Tous les métiers te seront fermés, d'architecte à zoologiste. Impossible d'envisager une profession de ce genre si tu n'es pas allé au bout de tes études secondaires. Il ne te restera qu'une solution, un apprentissage. Tu pourrais apprendre à faire quelque chose d'utile, et tu ferais bien de réfléchir à ce qui serait susceptible de te plaire : maçon, cuisinier, mécanicien...»

Dave se demanda si son père avait perdu l'esprit. «Maçon? répéta-t-il. Tu sais qui je suis? Hé, c'est moi, Dave.

— Ne prends pas cet air ahuri. Ce sont les boulots que font les gens qui ne réussissent pas leurs examens. Au-dessous de ce niveau, tu peux être vendeur, ou ouvrier d'usine.

— Je n'en crois pas mes oreilles.

— C'est bien ce que je craignais : tu fais l'autruche et tu refuses de voir la réalité en face.»

Si quelqu'un faisait l'autruche ici, c'était Dad, songea Dave.

«Je suis parfaitement conscient que tu arrives à un âge où je ne peux pas espérer que tu feras ce que je te dis.»

Dave était surpris. C'était une nouvelle approche. Il ne répondit pas.

«Je tiens pourtant à ce que tu comprennes bien une chose : quand tu quitteras l'école, il va falloir que tu travailles.

— Mais je travaille. Assez dur, même. Je joue trois ou quatre soirs par semaine, et on a commencé, Walli et moi, à essayer d'écrire des chansons.

— Je veux dire que je compte sur toi pour subvenir à tes besoins. Ta mère a hérité d'une fortune, il n'empêche que nous avons toujours été d'accord pour ne pas entretenir nos enfants à ne rien faire.

— Je ne reste pas sans rien faire.

— Tu t'imagines que ce que tu fais est du travail, mais le monde pourrait ne pas voir les choses comme toi. En tout cas, si tu veux continuer à vivre ici, il faudra que tu paies ton écot.

— Un loyer, tu veux dire ?

— Tu peux appeler ça comme ça, oui.

— Jasper n'a jamais payé de loyer, et ça fait des années qu'il vit ici !

— Il est encore étudiant. Et il réussit ses examens.

— Et Walli ?

— C'est un cas particulier en raison de son passé ; mais tôt ou tard, il faudra bien qu'il paye sa part, lui aussi. »

Dave s'efforçait d'évaluer les conséquences de cette mesure.

« Autrement dit, si je ne deviens pas maçon ou vendeur, et si je ne gagne pas assez avec le groupe pour payer le loyer que tu réclames, alors...

— Alors il faudra que tu trouves à te loger ailleurs.

— Tu me ficheras à la porte. »

Lloyd eut l'air chagrin. « Toute ta vie, tout t'a été servi sur un plateau : une belle maison, une bonne école, les plus beaux jouets, les meilleurs livres. Tu as été bien nourri, tu as eu des leçons de piano, des vacances au ski. Mais tu étais un enfant, Dave. Maintenant, tu es presque adulte, et il faut que tu affrontes la réalité.

— Ma réalité, pas la tienne.

— Tu méprises le genre de travail que font les gens ordinaires. Tu es différent, tu es un rebelle. Très bien. Mais quand on veut être un rebelle, on en paye le prix. Un jour ou l'autre, il faudra que tu l'apprennes. C'est tout. »

Dave resta songeur une minute. Puis il se leva.

« D'accord, dit-il. Message reçu. » Il se dirigea vers la porte.

En sortant, il jeta un coup d'œil par-dessus son épaule et vit que son père le regardait bizarrement.

Il quitta la maison et claqua la porte derrière lui tout en s'interrogeant sur ce regard. Que signifiait-il ?

Il y pensait encore en achetant son ticket de métro. Et puis, en descendant l'escalier mécanique, il vit une affiche pour une pièce qui s'appelait *La Maison des cœurs brisés*. C'était ça, songea-t-il. C'était ça, l'expression de son père.

Il avait l'air d'avoir le cœur brisé.

*

Une petite photo en couleur d'Alice arriva au courrier, et Walli la regarda sous toutes les coutures. On y voyait un bébé comme tous les autres : une frimousse rose, des yeux bien bleus, une petite calotte de cheveux fins, brun foncé, le cou à peine marqué. Tout le reste de son petit corps était étroitement enveloppé d'une couverture bleu ciel. Walli se sentit soudain plein d'amour pour la minuscule créature sans défense qu'il avait créée, plein d'un irrépressible besoin de la protéger et de s'occuper d'elle.

Il se demanda s'il la verrait jamais.

La photo était accompagnée d'un mot de Karolin. Elle disait à Walli qu'elle l'aimait, qu'il lui manquait et qu'elle allait solliciter auprès du gouvernement d'Allemagne de l'Est l'autorisation d'émigrer à l'Ouest.

Sur la photo, Karolin tenait Alice et regardait l'objectif. Karolin s'était empâtée, elle avait le visage plus rond. Ses cheveux qui encadraient auparavant son visage comme des rideaux étaient tirés en arrière. Elle ne ressemblait plus à toutes les autres jolies filles du Minnesänger. Elle était mère désormais, et cela la rendait encore plus désirable aux yeux de Walli.

Il montra la photo à Daisy, la mère de Dave. « Eh bien dis donc, quel beau bébé ! » s'exclama-t-elle.

Walli sourit, mais de son point de vue, aucun bébé n'était beau, même pas le sien.

« Je trouve qu'elle a tes yeux », continua Daisy.

Les yeux de Walli avaient quelque chose de vaguement oriental. Il se disait qu'un de ses lointains ancêtres était probablement chinois. Il aurait été incapable de dire si les yeux d'Alice avaient la même forme.

Daisy continuait à s'extasier. « Alors, voilà Karolin. » C'était la première fois que Daisy la voyait; Walli n'avait pas de photos d'elle. « Quelle jolie jeune femme.

— Vous devriez la voir quand elle est bien habillée, s'enorgueillit Walli. Les gens se retournent sur son passage.

— J'espère avoir le plaisir de la rencontrer, un jour. »

Une ombre obscurcit le bonheur de Walli, comme si un nuage était passé devant le soleil. « Je l'espère, moi aussi », répondit-il.

Il suivait les nouvelles de Berlin-Est, lisait les journaux allemands à la bibliothèque publique et interrogeait souvent Lloyd

Williams, qui s'occupait de politique étrangère. Walli savait qu'il était de plus en plus difficile de sortir d'Allemagne de l'Est. Le Mur avait pris de l'ampleur, il était plus redoutable que jamais, les gardes et les miradors s'étaient multipliés. Karolin n'essaierait jamais de fuir, surtout maintenant qu'elle avait un enfant. Il pourrait toutefois y avoir un autre moyen. Officiellement, le gouvernement est-allemand refusait de préciser s'il était possible d'émigrer légalement; de fait, les autorités ne voulaient même pas dire quel service s'occupait des demandes. Mais Lloyd avait appris par l'ambassade britannique à Bonn que tous les ans, dix mille personnes environ étaient autorisées à quitter le pays. Peut-être Karolin en ferait-elle partie.

« Un jour, j'en suis certaine », lui assura Daisy. Elle ne disait ça que pour être gentille.

Walli montra la photo à Evie et à Hank Remington, qui lisaient un scénario au salon. Les Kords espéraient tourner un film, et Hank voulait qu'Evie y joue. Ils posèrent leurs papiers et admirèrent le bébé avec force roucoulements.

« C'est aujourd'hui que nous passons l'audition avec Classic Records, rappela Walli à Hank. Je dois retrouver Dave après les cours.

— Eh bien, je vous souhaite bonne chance, répondit Hank. Vous allez jouer "Love Is It" ?

— J'espère bien. Lennie voudrait enregistrer "Shake, Rattle and Roll". »

Hank secoua la tête, faisant voltiger ses longs cheveux roux, un geste qui avait fait hurler de joie un million d'adolescentes. « Complètement dépassé.

— Je sais bien. »

C'était un défilé permanent dans la maison de Great Peter Street; Jasper arriva avec une jeune femme que Walli n'avait encore jamais vue. « C'est Anna, ma sœur », annonça-t-il.

Anna était une jolie fille aux yeux noirs d'une vingtaine d'années. Jasper n'était pas mal non plus. À croire que toute la famille était belle, se dit Walli. Anna avait des formes généreuses, passées de mode à présent que tous les mannequins étaient plats comme des planches à pain, à l'instar de Jean Shrimpton, surnommée « the Shrimp », « la crevette ».

Jasper fit les présentations. Hank se leva pour serrer la main d'Anna. « Ravi de faire votre connaissance. Jasper m'a dit que vous êtes éditrice.

— En effet.

— J'envisage d'écrire l'histoire de ma vie. »

Walli trouvait que Hank était un peu jeune, à vingt ans, pour rédiger son autobiographie, mais tel n'était pas l'avis d'Anna. « Quelle excellente idée ! Ça intéressera des millions de gens.

— Oh, vous croyez ?

— J'en suis sûre, bien que la biographie ne soit pas mon domaine – je suis spécialisée dans la littérature d'Allemagne et d'Europe de l'Est.

— J'avais un oncle polonais ; ça pourrait aider ? »

Anna éclata d'un rire chaleureux, et Walli la trouva immédiatement sympathique. Hank aussi, du reste, et ils s'assirent pour discuter de ce projet de livre. Walli n'avait qu'une envie, montrer la photo de sa fille à Jasper et à sa sœur, mais ce n'était sans doute pas le bon moment. De toute façon, il devait partir.

Emportant deux guitares, Walli sortit de la maison.

Il avait trouvé que Hambourg offrait un contraste surprenant avec l'Allemagne de l'Est, mais Londres était encore différente, presque déstabilisante, une vraie scène de bataille anarchiste. Les gens s'habillaient n'importe comment, les chapeaux melon côtoyaient les minijupes et il y avait trop de garçons aux cheveux longs pour qu'on songe encore à les regarder. Le débat politique n'était pas seulement libre, il était carrément délirant : Walli avait été scandalisé de voir à la télévision un acteur incarner le Premier ministre Harold Macmillan, arborant la même petite moustache argentée, et tenant, en imitant sa voix, des propos complètement idiots. Et pourtant, la famille Williams avait ri de bon cœur.

Walli était aussi frappé par le nombre de gens de couleur. En Allemagne, il y avait quelques immigrés turcs à la peau café au lait, alors qu'à Londres, des milliers de gens venus des Antilles et du sous-continent indien travaillaient dans les hôpitaux et les usines, dans les bus et les trains. Walli avait remarqué que les filles des îles étaient séduisantes et s'habillaient avec beaucoup d'élégance.

Il retrouva Dave devant le lycée, et ils prirent le métro pour le nord de Londres.

Dave était tendu, Walli le voyait bien, mais lui-même n'était pas inquiet. Il savait qu'il était bon musicien. Au Jump Club, où il faisait la plonge tous les soirs, il avait vu passer des dizaines de guitaristes, et ils étaient rarement meilleurs que lui. La plupart s'en sortaient avec quelques accords et compensaient par beaucoup d'enthousiasme. Quand il en entendait un bon, il s'arrêtait de laver les verres pour l'observer, étudiant attentivement sa technique jusqu'à ce que le patron lui dise de se remettre au boulot. De retour chez lui, assis dans sa chambre, il imitait ce qu'il avait entendu jusqu'à ce qu'il réussisse à le jouer à la perfection.

Malheureusement, la virtuosité ne suffisait pas à faire de vous une vedette de la pop-music. Il fallait autre chose : du charme, un physique agréable, la tenue adéquate, un minimum de publicité, un management intelligent et, surtout, de bonnes chansons.

Or Plum Nellie tenait une bonne chanson. Walli et Dave avaient joué «Love Is It» au reste du groupe, et ils l'avaient interprété dans plusieurs concerts pendant la période de Noël, toujours très animée. Le morceau avait été bien accueilli, même si on ne pouvait pas danser dessus, comme l'avait fait remarquer Lennie.

Mais ce dernier refusait obstinément de le jouer à l'audition. «Ce n'est pas notre genre de musique», disait-il. Il pensait comme les Kords que c'était trop joli et sentimental pour un groupe de rock.

En sortant du métro, Walli et Dave se rendirent à pied jusqu'aux studios d'enregistrement, une grande maison ancienne transformée et insonorisée. Ils attendirent dans l'entrée. Les autres arrivèrent quelques minutes plus tard. Une jeune femme, à l'accueil, leur demanda à tous de signer un papier, «pour l'assurance», leur dit-elle. Walli avait l'impression que ça ressemblait plutôt à un contrat. Dave fronça les sourcils en le lisant, mais ils signèrent tous.

Au bout de quelques minutes, une porte intérieure s'ouvrit et un jeune homme d'allure quelconque sortit en traînant les pieds. Il portait un pull à col en V sur une chemise, avec une cravate, et fumait une cigarette roulée à la main. «Bon, dit-il en guise de présentations, et il repoussa ses cheveux de ses yeux. Ça va être votre tour. C'est la première fois que vous venez dans un studio d'enregistrement?»

Ils reconnurent que oui.

«Eh bien, notre boulot, c'est de faire en sorte que votre son soit aussi bon que possible, alors vous allez simplement suivre nos indications, d'accord?» Il avait l'air de penser qu'il leur accordait une immense faveur. « Entrez dans le studio, branchez-vous, on s'occupe du reste.

— Comment vous appelez-vous ? demanda Dave.

— Laurence Grant. » Il ne précisa pas son rôle, et Walli devina que c'était un sous-fifre qui essayait de se donner de l'importance.

Dave se présenta, présenta les membres du groupe, ce qui fit se tortiller Laurence d'impatience, et tout le monde entra dans le studio.

C'était une grande salle à l'éclairage crépusculaire. Un côté de la pièce était occupé par un piano à queue Steinway, qui ressemblait beaucoup à celui qu'il y avait chez Walli, à Berlin-Est. Le couvercle était rembourré et il était en partie dissimulé derrière un écran sur lequel étaient drapées des couvertures. Lennie s'assit devant et plaqua une série d'accords, des graves aux aigus. Le piano avait la tonalité chaude caractéristique des Steinway. Lennie eut l'air impressionné.

Une batterie complète était déjà installée. Lew, qui s'apprêtait à aller chercher son propre matériel dans sa fourgonnette, fit la grimace.

« Il y a quelque chose qui ne va pas avec notre batterie ? demanda Laurence.

— Non, c'est juste que je suis habitué à la mienne.

— La nôtre est plus adaptée à l'enregistrement.

— Oh bon, d'accord. »

Trois amplis étaient posés par terre. Les voyants lumineux montraient qu'ils étaient branchés et prêts à fonctionner. Walli et Dave connectèrent leurs deux Vox AC-C0 et Buzz prit le plus grand ampli de basse Ampeg. Ils s'accordèrent avec le piano.

« Je ne vois pas le reste du groupe avec cet écran, fit remarquer Lennie. On est obligés de le laisser ?

— Ouais, c'est obligé, répondit Laurence.

— À quoi ça sert ?

— À étouffer le son. »

Walli comprit, en voyant l'expression de Lennie, qu'il n'était pas plus renseigné que lui, mais il n'insista pas.

Un homme entre deux âges portant un cardigan entra par une autre porte. Il fumait. Il serra la main de Dave, qui l'avait visiblement déjà rencontré, et se présenta au reste du groupe. « Eric Chapman. C'est moi qui vais produire votre maquette. »

Voilà l'homme qui tient notre avenir entre ses mains, pensa Walli. S'il nous trouve bons, on fera des disques. Sinon, il n'y aura pas de session de rattrapage. Je me demande ce qu'il aime. Il n'a pas l'air très rock'n'roll. Plutôt le genre Sinatra.

« J'ai cru comprendre que c'est une première pour vous, dit Eric. Ce n'est pas grand-chose, en réalité. D'abord, oubliez le matos, essayez de vous détendre et faites comme si vous jouiez devant un public ordinaire. Si vous faites une erreur mineure, ne vous interrompez pas. » Il tendit le doigt vers Laurence. « Larry, que vous avez déjà rencontré, est notre factotum. Vous pouvez lui demander tout ce que vous voulez : du thé, du café, des câbles supplémentaires, n'importe quoi. »

C'était la première fois que Walli entendait le mot « factotum », mais il comprit de quoi il s'agissait.

« Juste un truc, Eric, intervint Dave. Notre batteur, Lew, avait apporté sa propre batterie, parce qu'il se sent plus à l'aise avec.

— C'est quoi ?

— Une Ludwig Oyster Black Pearl, répondit Lew.

— Ça devrait aller, fit Eric. Allez-y, faites l'échange.

— Et on est obligés de garder cette espèce de paravent, là ? demanda Lennie.

— J'en ai bien peur, confirma Eric. Ça empêche le micro du piano de capter trop de son de la batterie. »

Bon, pensa Walli, Eric sait de quoi il parle, et Larry est bidon.

« Si ce que vous faites me plaît, reprit Eric, on discutera de la suite. Sinon, je ne tournerai pas autour du pot, je vous dirai tout de suite que ce n'est pas ce que je cherche. Ça convient à tout le monde ? »

Ils acquiescèrent tous.

« Parfait. Allez, on y va. »

Eric et Larry sortirent par une porte insonorisée et réapparurent derrière la paroi vitrée. Eric se coiffa d'un casque et parla dans un micro. Le groupe entendit sa voix sortir d'un petit haut-parleur fixé au mur.

« Vous êtes prêts ?

Ils l'étaient.

« Ça tourne. Audition de Plum Nellie, prise numéro un. Quand vous voudrez, les gars. »

Lennie commença par un boogie-woogie au piano. Le son du Steinway était une pure merveille. Quatre mesures, et le groupe le rejoignit, réglé comme une horloge. Ils mettaient ce morceau au programme de tous leurs concerts; ils auraient pu le jouer en dormant. Lennie sortit tout ce qu'il avait dans le ventre, s'autorisant des fioritures vocales à la Jerry Lee Lewis. Quand ils eurent fini, Eric leur repassa la bande sans commentaire.

Walli trouva que ça sonnait bien. Mais qu'en pensait Eric?

« Vous ne vous en sortez pas trop mal, dit-il par le micro à la fin du morceau. Bon, vous n'avez rien de plus moderne?

Ils jouèrent « Hoochie Coochie Man ». Une fois encore, Walli admira la sonorité du piano, de ses accords en mineur grondant comme le tonnerre.

Eric leur demanda de rejouer les deux morceaux, ce qu'ils firent. Puis il sortit de la cabine de commande. Il s'assit sur un ampli et alluma une cigarette. « Je vous ai dit que je vous parlerais franchement, et je vais le faire – et Walli comprit qu'il allait les jeter. Vous êtes de bons musiciens, mais c'est vieux jeu. Le monde n'a pas besoin d'un nouveau Jerry Lee Lewis ou d'une resucée de Muddy Waters. Ce que je cherche, c'est le prochain grand tube, et ce n'est pas vous qui l'avez. Je suis désolé. » Il tira longuement sur sa cigarette et souffla la fumée. « Je vais vous donner la maquette. Vous pourrez en faire ce que vous voudrez. Merci d'être venus. » Il se leva.

Ils se regardèrent tous. La déception se lisait sur tous les visages.

Eric retourna en régie, et Walli le vit, à travers la vitre, retirer les bobines de la console d'enregistrement.

Walli se leva, prêt à remballer sa guitare.

Dave souffla dans son micro, le bruit résonna, amplifié : tout était encore branché. Il frappa un accord. Walli hésita. Qu'est-ce que Dave fabriquait?

Dave commença à chanter « Love Is It ».

Walli se joignit immédiatement à lui, et ils chantèrent en duo. Lew les accompagna par un pattern paisible à la batterie, et Buzz joua une walking bass très simple. Pour finir, Lennie se remit au piano.

Ils jouaient depuis deux minutes, quand Larry débrancha tout, leur coupant le sifflet.

C'était fini; c'était fichu. Walli ne s'attendait pas à être aussi déçu. Il était tellement sûr que le groupe était bon. Pourquoi Eric ne s'en rendait-il pas compte? Il passa la courroie de sa guitare par-dessus sa tête.

C'est alors qu'Eric revint. « Putain, c'était quoi, ça? demanda-t-il.

— Un morceau qu'on vient d'apprendre, répondit Dave. Ça vous a plu ?

— Ça n'a rien à voir avec ce que vous avez joué avant. Pourquoi vous êtes-vous arrêtés ?

— Larry nous a coupé le jus.

— Remets-leur le jus, Larry, espèce de con, ordonna Eric, puis il se tourna vers Dave. Où avez-vous trouvé cette chanson ?

— C'est Hank Remington qui nous l'a écrite.

— Hank, des Kords ? fit Eric, franchement sceptique. Et pourquoi vous aurait-il écrit une chanson ? »

— Parce qu'il sort avec ma sœur, expliqua Dave, tout aussi franchement.

— Oh. Je vois. »

Avant de regagner la cabine d'enregistrement, Eric parla tout bas à Larry : « Appelle Paulo Conti. Il habite à deux pas. S'il est chez lui, demande-lui de se pointer tout de suite. »

Larry quitta le studio.

Eric regagna la régie. « Ça tourne, annonça-t-il par le micro. Quand vous voudrez. »

Ils rejouèrent la chanson.

Eric ne prononça qu'une phrase : « Encore une fois, s'il vous plaît. »

Il ressortit après la seconde prise. Walli craignit qu'il ne décrète finalement que ce n'était pas assez bon. « On va le refaire, annonça-t-il. Cette fois, on va enregistrer d'abord l'instrumental, et ensuite les voix.

— Pourquoi ? interrogea Dave.

— Parce qu'on joue mieux si on n'est pas obligé de chanter en même temps, et qu'on chante mieux quand on n'a pas à jouer. »

Ils enregistrèrent les instruments, et puis ils chantèrent en écoutant la bande qu'on leur repassait au casque. Eric ressortit ensuite de la cabine pour écouter avec eux. Ils furent rejoints par un jeune homme bien habillé, avec une coupe de cheveux à la Beatles : Paulo Conti, supposa Walli. Que venait-il faire là ?

Ils écoutèrent la bande mixée, Eric assis sur un ampli, cigarette au bec.

Quand les dernières notes s'éteignirent, Paulo lança avec un accent londonien : « Ça me plaît. Jolie chanson. »

Il avait l'air plein d'assurance, malgré sa petite vingtaine d'années. Walli se demanda de quel droit il donnait son avis.

« Ce coup-ci, fit Eric en tirant sur sa cigarette, on a peut-être quelque chose. Mais il y a un problème. La partie de piano ne va pas. Ne le prenez pas mal, Lennie, mais le style Jerry Lee Lewis est un peu trop appuyé. J'ai demandé à Paulo de venir vous montrer ce que je veux dire. On va faire un nouvel enregistrement avec Paulo au piano. »

Walli se tourna vers Lennie. Il n'appréciait visiblement pas, mais réussit à se maîtriser. Toujours assis sur le tabouret de piano, il intervint : « On va mettre les choses au point, Eric. C'est mon groupe. Vous ne pouvez pas m'éjecter et mettre Paulo à ma place.

— Rassurez-vous, Lennie, vous n'avez pas à vous en faire pour ça, répondit Eric. Paulo joue avec le Royal National Symphony Orchestra, et il a enregistré trois albums de sonates de Beethoven. Il n'a aucune envie d'être membre d'un groupe de pop. Je ne peux que le regretter : je connais une demi-douzaine de groupes qui le prendraient en moins de temps qu'il ne vous en faut pour dire hit parade. »

Lennie dut se sentir ridicule. « Très bien, aquiesça-t-il sur un ton agressif. Tant qu'on est sur la même longueur d'onde. »

Ils rejouèrent le morceau, et Walli comprit aussitôt ce qu'Eric voulait dire. Paulo jouait de légers trilles de la main droite et des accords simples avec la gauche, ce qui convenait beaucoup mieux au morceau.

Ils firent une nouvelle prise avec Lennie. Il essaya de jouer comme Paulo, et ne s'en sortit pas trop mal, mais il n'avait pas vraiment le toucher.

Ils réenregistrèrent deux fois l'accompagnement, une fois avec Paulo, une fois avec Lennie, puis firent trois prises de la partie vocale. Eric s'estima enfin satisfait. « Bon, dit-il, maintenant, il nous faut une face B. Qu'est-ce que vous avez dans le même genre ?

— Attendez une minute, fit Dave. Ça veut dire qu'on a réussi l'audition ?

— Évidemment, répondit Eric. Vous croyez que je me donnerais tout ce mal pour un groupe que je m'apprête à virer ?

— Alors... alors "Love Is It" de Plum Nellie va sortir en disque ?

— J'espère bien que oui. Si mon patron le refuse, je rends mon tablier. »

Walli fut surpris d'apprendre qu'Eric avait un patron. Jusque-là, il avait donné l'impression que c'était lui, le chef. C'était une légère déception. Légère, mais quand même...

« Vous pensez que ça peut faire un tube ? demanda Dave.

— Je ne fais pas de pronostics – je suis dans le business depuis bien trop longtemps. Mais si je pensais que ça allait faire un bide, je ne serais pas là, à bavarder avec vous. Je serais au pub du coin. »

Dave parcourut le groupe du regard, avec un grand sourire.

« On a réussi l'audition, répéta-t-il.

— En effet, répondit Eric avec impatience. Bon, alors, qu'est-ce que vous avez à me proposer pour la face B ? »

*

Un mois plus tard, Eric Chapman passa un coup de fil à Dave Williams : « Tu as envie d'entendre une bonne nouvelle ? Vous allez à Birmingham. »

Dave ne comprit pas tout de suite. « Pour quoi faire ? » Birmingham était une ville industrielle, à deux cents kilomètres au nord de Londres. « Qu'est-ce qu'il y a à Birmingham ?

— Le studio de télévision où on enregistre *It's Fab !*, crétin.

— Oh ! » Dave en eut le souffle coupé. Il s'agissait d'une émission de variétés très populaire où des groupes de pop jouaient en playback. « On doit passer dans *It's Fab !* ?

— Un peu ! "Love Is It" est leur tube de la semaine. »

Le disque était sorti cinq jours auparavant. Il était passé une fois au Light Programme de la BBC, et plusieurs fois sur Radio Luxembourg. À la grande surprise de Dave, Eric ne savait pas exactement combien de disques avaient été achetés : l'industrie discographique n'était pas très douée pour le suivi des ventes.

Eric avait sorti la version avec Paulo au piano et Lennie avait fait semblant de ne pas s'en apercevoir. Malgré sa mise au point, Eric s'adressait à Dave comme si c'était lui le leader du groupe. « Vous avez des tenues correctes ?

— D'habitude, on porte des chemises rouges et des jeans noirs.

— La télé est en noir et blanc, alors ça devrait bien passer. Pensez à vous laver les cheveux, tous autant que vous êtes.

— Quand est-ce qu'on part ?

— Après-demain.

— Ça va me faire manquer des cours », remarqua Dave, ennuyé. C'était un truc à s'attirer des ennuis.

« Il se pourrait que tu sois obligé de quitter le lycée pour de bon, Dave. »

Le cœur de Dave fit un bond dans sa poitrine. Il se demandait si c'était vrai.

« Rendez-vous à la gare d'Euston à dix heures, demain matin, conclut Eric. Je m'occupe de vos billets. »

Dave raccrocha et resta un moment les yeux rivés sur le téléphone. Ils allaient passer à *It's Fab !*

Ça commençait à prendre tournure. Il allait peut-être réussir à gagner sa vie en chantant et en jouant de la guitare. Alors que cet avenir lui paraissait de jour en jour plus réalisable, les autres perspectives lui semblaient d'autant plus redoutables. Il tomberait vraiment de haut, maintenant, s'il devait finir par chercher un vrai boulot.

Il appela aussitôt le reste du groupe, mais décida de ne pas en parler tout de suite à sa famille. Son père risquait de vouloir l'empêcher de participer à l'émission.

Il garda ce secret exaltant pour lui toute la soirée. Le lendemain, à l'heure du déjeuner, il demanda à voir le proviseur, le vieux Tête-d'Œuf.

En entrant dans son bureau, Dave n'en menait pas large. À ses débuts dans cet établissement, il lui était arrivé à plusieurs reprises de recevoir des coups de canne dans cette pièce pour infractions au règlement, parce qu'il avait couru dans le couloir par exemple.

Il lui expliqua la situation et prétendit n'avoir pas eu le temps de demander un mot d'excuse à son père.

« Il me semble que vous avez le choix entre acquérir une éducation correcte et devenir chanteur de musique pop », répondit Mr. Furbelow, en articulant les mots « chanteur de musique pop » avec une grimace de dégoût. On aurait dit qu'on lui avait demandé de manger une boîte de pâtée pour chien.

Dave songea un instant à lui répondre *En fait, mon vrai projet de carrière est de devenir maquereau,* mais Furbelow était aussi dépourvu d'humour que de cheveux. « Vous avez dit à mon père que j'allais rater tous mes examens et que je serais renvoyé de l'école.

— Si votre travail ne s'améliore pas rapidement, et si par conséquent, vous échouez à vos examens de fin de premier cycle, vous ne serez pas admis à passer en seconde, répondit le proviseur avec une précision méticuleuse. Raison de plus pour que vous ne soyez pas autorisé à manquer une journée de cours pour participer à une émission de télévision poubelle. »

Dave envisagea un instant de contester le qualificatif de « poubelle » mais songea que la cause était perdue d'avance. « Il m'avait semblé qu'un passage dans un studio de télévision pouvait être considéré comme une expérience pédagogique, remarqua-t-il posément.

— Non. De nos jours, on parle à tort et à travers d'"expériences pédagogiques". La pédagogie s'exerce dans une salle de classe. »

Furbelow pouvait être têtu comme une mule, et pourtant, Dave n'avait pas encore renoncé à lui faire entendre raison. « J'aimerais faire carrière dans la musique.

— Vous ne faites même pas partie de l'orchestre du lycée.

— Il n'utilise pas un seul instrument inventé depuis moins d'un siècle.

— Il n'en est que meilleur. »

Dave avait de plus en plus de mal à garder son calme. « Je joue assez bien de la guitare électrique.

— Je ne considère pas cela comme un instrument de musique. »

Tout en sachant qu'il aurait mieux fait de s'abstenir, Dave haussa la voix, et c'est d'un ton de défi qu'il rétorqua : « Alors, qu'est-ce que c'est ? »

Furbelow releva le menton et répondit avec hauteur : « Une espèce de machine de Nègre à faire du bruit. »

Il avait réussi à clouer le bec de Dave, l'espace d'un instant. Puis celui-ci perdit son sang-froid. « Quelle ignorance crasse ! Je rêve !

— Sur quel ton osez-vous me parler ?

— Et en plus d'être ignare, vous êtes raciste ! »

Furbelow se leva. « Dehors, tout de suite !

— Vous vous imaginez qu'être le directeur ringard d'une école pour gosses de riches vous autorise à faire état de vos préjugés grossiers ?

— Taisez-vous !

— Jamais », conclut Dave, en quittant la pièce.

Dans le couloir, devant le bureau du proviseur, il prit conscience qu'il ne pouvait plus retourner en classe.

Un instant plus tard, il se rendit compte qu'il ne pourrait plus remettre les pieds au lycée.

Ce n'était pas ce qu'il avait prévu, mais dans un moment de folie, il avait bel et bien renoncé à ses études.

Ainsi soit-il, pensa-t-il. Et il quitta le bâtiment.

Il alla dans un café voisin et commanda des œufs au plat avec des frites. Il avait brûlé ses vaisseaux. Après avoir traité le principal d'ignare, de ringard et de raciste, il n'avait aucune chance qu'on le reprenne, quoi qu'il advienne. Il se sentait libéré, et en même temps mort de peur.

Pourtant, il ne regrettait pas ce qu'il avait fait. Il avait l'occasion de devenir une pop star, et le lycée aurait voulu qu'il la laisse échapper !

En attendant, il ne savait pas quoi faire de cette liberté inattendue. Il erra deux heures dans les rues, puis retourna devant la grille du lycée pour attendre Linda Robertson.

Il la raccompagna chez elle après les cours. Toute la classe avait évidemment remarqué son absence, mais les professeurs n'avaient rien dit. Quand Dave lui raconta ce qui s'était passé, elle en resta ébahie. « Alors, tu vas à Birmingham de toute façon ?

— Évidemment !

— Tu vas être obligé de quitter le lycée.

— C'est déjà fait.

— Qu'est-ce que tu vas devenir ?

— Si le disque marche bien, je pourrai me permettre de prendre un appartement avec Walli.

— Wouaah. Et s'il ne marche pas ?

— Alors là, j'aurai un problème. »

Elle l'invita à entrer. Ils profitèrent de l'absence de ses parents pour monter dans sa chambre, comme ils l'avaient déjà fait. Ils s'embrassèrent et elle se laissa caresser les seins, mais il sentait qu'elle n'était pas dans son assiette. « Qu'est-ce que tu as ? lui demanda-t-il.

— Tu vas être une vedette. J'en suis sûre.

— Et ça ne te fait pas plaisir ?

— Tu vas être entouré de minettes qui te laisseront aller jusqu'au bout.

— J'espère bien ! »

Elle fondit en larmes.

« Pardon, dit-il. Je plaisantais.

— Ça fait si longtemps que je te connais ! Tu étais un gentil garçon avec qui j'aimais bien discuter. Aucune des filles n'aurait accepté de t'embrasser. Et puis tu es entré dans un groupe et tu es devenu le type le plus cool de l'école ! Elles étaient vertes de jalousie. Maintenant, tu vas être célèbre, et je vais te perdre. »

Elle voulait certainement l'entendre dire qu'il lui resterait fidèle malgré tout, et il fut tenté de lui jurer un amour éternel, puis il se ravisa. Il l'aimait beaucoup, mais il n'avait pas encore seize ans ; c'était bien trop jeune pour s'engager. Pourtant, comme il ne voulait pas lui faire de peine, il lui dit : « On verra bien ce qui se passe, d'accord ? »

Il lut la déception sur son visage, mais elle la dissimula rapidement. « Tu as raison, répondit-elle. » Lorsqu'elle eut séché ses larmes, ils descendirent à la cuisine et prirent du thé avec des biscuits au chocolat, avant que sa mère ne rentre.

Quand il regagna Great Peter Street, tout paraissait comme d'habitude. Il en déduisit que le lycée n'avait pas prévenu ses parents. Tête-d'Œuf préférerait sûrement envoyer une lettre. Ce qui laissait à Dave une journée de répit.

Il ne dit rien à ses parents jusqu'au lendemain matin. Son père partit à huit heures, et Dave alla parler à sa mère. « Je ne vais pas en classe », lui annonça-t-il.

Elle ne se départit pas de son calme. « Rappelle-toi le chemin que ton père a accompli, lui dit-elle calmement. C'était un enfant illégitime, tu le sais. Sa mère travaillait dans un atelier de l'East End avant de se lancer dans la politique. Son grand-père était mineur. Et pourtant ton père a fréquenté l'une des plus grandes universités du monde, et à trente et un ans, il était ministre du gouvernement britannique.

— Je ne suis pas comme lui, moi.

— Bien sûr, mais à ses yeux, c'est comme si tu rejetais tout ce qu'ils ont réussi à faire, ses grands-parents, ses parents et lui.

— Il faut bien que je vive ma vie.

— Je sais.

— J'ai quitté le lycée. J'ai eu des mots avec le vieux Tête-d'Œuf. Vous recevrez probablement une lettre de lui aujourd'hui.

— Oh mon Dieu ! Ton père aura du mal à te pardonner ça.

— Je sais. Et je quitte la maison, aussi. »

Elle se mit à pleurer. « Où vas-tu aller ? »

Dave avait les larmes aux yeux, lui aussi, mais il se contint. « Je vais passer quelques jours à la YMCA, et puis je prendrai un appartement avec Walli.

Elle lui posa la main sur le bras. « Il ne faut pas en vouloir à ton père. Il t'aime profondément.

— Je ne lui en veux pas, répondit Dave, ce qui n'était pas vrai. Simplement, je ne le laisserai pas m'empêcher de faire ce que je veux, voilà tout.

— Oh mon Dieu, répéta-t-elle. Tu es aussi rebelle que moi, et tout aussi cabochard. »

Dave n'en revenait pas. Il savait qu'elle avait fait un premier mariage malheureux, mais avait tout de même du mal à imaginer sa mère en rebelle.

« J'espère que tu ne feras pas d'aussi grosses bêtises que moi », ajouta-t-elle.

Lorsqu'il partit, elle lui donna tout l'argent que contenait son porte-monnaie.

Walli l'attendait dans l'entrée. Ils sortirent de la maison avec leurs guitares. Dès qu'ils furent dehors, dans la rue, Dave sentit s'évanouir tous ses regrets, éprouvant un mélange d'excitation et d'appréhension. Il allait passer à la télévision ! D'un autre côté, il avait joué son va-tout. Il avait quitté la maison et le lycée, et chaque fois qu'il y repensait, il était saisi d'un léger vertige.

Ils prirent le métro jusqu'à Euston. Il fallait que ce passage à la télévision soit un succès. C'était primordial. Si le disque ne se vendait pas, se disait Dave avec angoisse, et si Plum Nellie ne marchait pas, alors... Il serait peut-être obligé de faire la plonge au Jump Club, comme Walli.

Comment faire pour que les gens achètent le disque ?

Il n'en avait aucune idée.

Eric Chapman les attendait à la gare en costume à fines rayures. Buzz, Lew et Lennie étaient déjà là. Ils chargèrent leurs guitares à bord du train. La batterie et les amplis voyageaient séparément, dans un camion conduit par Larry Grant. Mais personne ne voulait lui confier les précieuses guitares.

Dans le train, Dave s'adressa à Eric : « Merci d'avoir acheté nos billets.

— Ne me remercie pas. Le prix sera déduit de votre cachet.

— Parce que... c'est à vous que la télévision versera nos cachets ?

— Oui, et j'en déduirai vingt-cinq pour cent, plus les frais. Le reste sera pour vous.

— Pourquoi ? demanda Dave.

— Parce que je suis votre manager, voilà pourquoi.

— Ah bon ? Je ne savais pas.

— Enfin, vous avez signé un contrat !

— Vraiment ?

— Bien sûr. Je ne vous aurais pas fait faire de maquette sans ça. Est-ce que j'ai une tête d'assistante sociale ?

— Oh... Le papier qu'on a signé avant l'audition ?

— Exactement.

— La dame de l'accueil nous a dit que c'était pour l'assurance.

— Entre autres. »

Dave avait l'impression de s'être fait avoir.

« Eric, l'émission passe le samedi, intervint Lennie. Et on n'est que jeudi. Comment ça se fait ?

— Elle est presque entièrement préenregistrée. Il n'y a qu'une ou deux séquences qui passent en direct, le jour même. »

Dave n'en revenait pas. L'émission lui avait toujours fait l'effet d'une fête vachement sympa, pleine de jeunes qui dansaient et qui s'éclataient. « L'enregistrement se fait en public ? demanda-t-il.

— Pas aujourd'hui. Il faudra que vous fassiez semblant de chanter devant mille gamines qui hurlent et mouillent leur culotte pour vous.

— Ça, ce ne sera pas difficile, fit Buzz, le bassiste. Je joue pour des gamines imaginaires depuis que j'ai treize ans. »

C'était une blague, mais Eric acquiesça : « Il a raison. Regardez la caméra et imaginez à la place la plus jolie fille que vous connaissez en train d'enlever son soutien-gorge. Je vous garantis que ça vous mettra exactement le sourire qu'il faut sur la figure. »

Dave s'aperçut qu'il souriait déjà. Peut-être que le truc d'Eric fonctionnait.

Ils arrivèrent au studio à une heure. Ce n'était pas un endroit très chic. Ça ressemblait plutôt à une sorte d'usine miteuse. Ce qui se voyait à l'écran étaient décoré de façon clinquante, mais tout ce qui était hors champ était sale et délabré. Des gens allaient et venaient d'un air affairé, ignorant Plum Nellie. Dave eut l'impression que tout le monde savait qu'il était un débutant.

Quand ils arrivèrent, un groupe appelé Billy and the Kids était sur scène. Leur disque était diffusé à plein volume et ils chantaient et jouaient sans micros, les guitares non branchées. Dave savait que la plupart des téléspectateurs ne se doutaient pas que les numéros étaient en playback, et se demandait comment les gens pouvaient être aussi bêtes.

Lennie n'eut que mépris pour la musique des joyeux Billy and the Kids, mais Dave était impressionné. Ils souriaient et gesticulaient devant leur public imaginaire, et à la fin du morceau, ils s'inclinèrent et saluèrent comme pour répondre à un tonnerre d'applaudissements. Puis ils recommencèrent depuis le début, en y mettant tout autant de charme et d'énergie. C'était une façon de faire très professionnelle, se dit Dave.

La loge de Plum Nellie était grande et propre, avec de grands miroirs entourés de lampes comme à Hollywood, et il y avait un frigo plein de boissons sans alcool.

« C'est mieux que ce à quoi on a droit d'habitude, constata Lennie. Il y a même du papier aux chiottes ! »

Dave enfila sa chemise rouge et retourna assister à l'enregistrement. C'était maintenant le tour de Mickie McFee. Elle avait enchaîné les succès dans les années 1950 et faisait son comeback. Elle devait avoir au moins trente ans, estima Dave, mais elle était très attirante avec son pull rose qui lui moulait les seins. Elle avait une voix géniale. Elle interprétait une ballade sentimentale qui fleurait bon la soul, « It Hurts too Much », et chantait comme une Noire. Dave se demanda quel effet ça faisait, d'avoir autant d'assurance. Il était tellement tendu qu'il avait l'impression d'avoir l'estomac rempli de vers de terre.

Les cadreurs et les techniciens aimaient bien Mickie – ils étaient pour la plupart de la génération précédente –, et quand elle eut fini, ils l'applaudirent.

En descendant de la scène, elle aperçut Dave. « Salut, beau gosse, lança-t-elle.

— Vous avez été géniale », s'écria Dave et il se présenta.

Elle lui posa des questions sur le groupe. Il lui parlait de Hambourg quand ils furent interrompus par un homme en pull jacquard.

« Plum Nellie, sur scène, s'il vous plaît, dit-il gentiment. Désolé de vous interrompre, Mickie, mon chou. » Il se tourna vers Dave : « Je suis Kelly Jones, le producteur. Vous avez un look super, ajouta-t-il en le détaillant. Allez chercher votre guitare. » Il se tourna à nouveau vers Mickie. « Tu pourras le croquer plus tard.

— Hé ! Et si j'avais voulu me faire un peu prier ? se récria-t-elle.

— Alors là, mon canard, je voudrais bien voir ça. »

Mickie leur fit au revoir de la main et disparut.

Dave se demanda s'ils pensaient un seul mot des propos qu'ils avaient échangés.

Il n'eut guère le temps d'y réfléchir. Les membres du groupe montèrent sur scène et on leur indiqua leurs emplacements. Comme d'habitude, Lennie releva son col de chemise, façon Elvis. Dave se répéta de ne pas s'angoisser : ils allaient juste faire semblant, il n'avait donc même pas besoin de jouer convenablement ! Et puis le disque commença. C'était parti. Walli esquissa l'introduction avec ses doigts.

Dave parcourut les rangées de sièges vides en imaginant Mickie McFee passant le pull rose par-dessus sa tête, révélant un soutien-gorge noir. Il regarda la caméra bien en face avec un sourire ravi et chanta l'accompagnement.

Le disque durait deux minutes, mais ils eurent l'impression que tout était terminé en cinq secondes.

S'attendant à ce qu'on leur demande de refaire la prise, ils restèrent tous sur scène. Kelly Jones s'entretenait gravement avec Eric. Au bout d'une minute, ils s'approchèrent tous les deux du groupe. Eric leur annonça : « Problème technique, les gars. »

Leur numéro devait clocher, songea Dave fou d'angoisse, et leur passage à la télévision allait être annulé.

« C'est quoi, le problème technique ? demanda Lennie.

— C'est toi, Lennie, répondit Eric. Désolé.

— Comment ça ? »

Eric se tourna vers Kelly, qui répondit : « C'est une émission d'ados avec des fringues dans le vent, coiffés à la Beatles, qui s'éclatent sur le dernier tube. Je regrette, Lennie, mais tu n'es plus un ado, et ta coupe de cheveux est démodée depuis cinq ans.

— Eh bien, rétorqua Lennie, furieux, c'est vraiment dommage.

— Lennie, ils veulent que le groupe se produise sans toi, reprit Eric.

— Pas question. C'est mon groupe. »

Dave était épouvanté. Il avait tout sacrifié pour ça ! « Attendez, intervint-il, et si Lennie se coiffait vers l'avant et baissait le col de sa chemise ?

— Pas question, décréta Lennie.

— Il aurait toujours l'air trop vieux, lança Kelly.

— Je m'en fous, assena Lennie. C'est nous tous, ou personne. Pas vrai, les gars ? » demanda-t-il en parcourant le groupe du regard.

Personne ne répondit.

« Pas vrai ? » répéta Lennie.

Malgré son affolement, Dave s'obligea à reprendre la parole. « Je regrette, Lennie, mais on ne peut pas laisser échapper une chance pareille.

— Bande de salauds, fit rageusement Lennie. Je n'aurais jamais dû vous laisser changer le nom. Les Guardsmen était une super petite formation de rock'n'roll. Maintenant, c'est un putain de groupe de collégiens appelé Plum Nellie.

— Bon, coupa Kelly, impatiemment, vous reprenez tous vos instruments, sauf Lennie, et on la refait.

— Quoi ? protesta Lennie. Je suis viré de mon propre groupe ?

— Juste pour aujourd'hui », répondit Dave.

Il avait l'impression d'être un traître.

« Tu rigoles ? rétorqua Lennie. Tu veux que je dise à mes potes que mon groupe passe à la télé, mais sans moi ? Allez vous faire foutre. C'est à prendre ou à laisser. Si je pars maintenant, vous ne me reverrez plus. »

Tous restèrent cois.

« Bon, eh bien, d'accord. » Et Lennie quitta le studio.

Les autres avaient tous l'air penauds.

« C'était violent, commenta Buzz.

— C'est le show business, répondit Eric.

— C'est bon les gars, intervint Kelly, on la refait ? »

Après une épreuve aussi traumatisante, Dave craignait de ne pas réussir à faire son numéro avec l'entrain voulu, mais à sa grande surprise, il s'en sortit bien.

Ils rejouèrent deux fois le morceau, et Kelly leur annonça qu'il était satisfait. Il les remercia pour leur compréhension et leur dit qu'il espérait les revoir bientôt dans l'émission.

Laissant les autres regagner la loge, Dave s'attarda dans le studio et resta assis quelques minutes dans la salle, au milieu du public absent. Il était épuisé émotionnellement. Il avait fait ses débuts à la télévision, et avait trahi son cousin. Il ne pouvait s'empêcher de penser à tous les précieux conseils qu'il lui avait donnés. Je suis un ingrat, un pourri, se disait-il.

Comme il s'apprêtait à rejoindre les autres, il jeta un coup d'œil par une porte ouverte et aperçut Mickie McFee dans sa loge, un verre à la main. « Tu aimes la vodka ? demanda-t-elle.

— Je ne sais pas quel goût ça a, répondit Dave.

— Je vais te montrer. » Elle ferma la porte d'un coup de pied, passa ses bras autour de son cou et l'embrassa, bouche ouverte. Sa langue avait un vague goût d'alcool, un peu comme le gin. Dave lui rendit son baiser avec fougue.

Elle se dégagea, remplit son verre de vodka et le lui tendit.

« Non, bois-le, toi, dit-il. Je préfère comme ça. »

Elle vida le verre et l'embrassa à nouveau. « Dis donc, fit-elle au bout d'une minute, tu es un vrai chou, toi. »

Puis elle fit un pas en arrière et, à la stupéfaction de Dave, et à son ravissement plus grand encore, elle passa son pull rose moulant par-dessus sa tête et l'envoya promener.

Elle portait un soutien-gorge noir.

XXXIII

Katerina, la grand-mère de Dimka, mourut d'une crise cardiaque à l'âge de soixante-dix ans. On l'enterra au cimetière de Novodiévitchi, un petit parc plein de monuments funéraires et de chapelles. Les pierres tombales, joliment coiffées de neige, ressemblaient à des tranches de gâteau recouvertes d'un glaçage.

Ce prestigieux lieu de repos était réservé aux membres de la classe dirigeante. Katerina y était inhumée parce qu'un jour, Grigori, un héros de la révolution d'Octobre, la rejoindrait dans la même tombe. Ils avaient été mariés pendant près de cinquante ans. Le grand-père de Dimka regarda, l'air hébété comme s'il ne comprenait pas ce qui se passait, sa compagne de toute une vie descendre dans le sol gelé.

Dimka se demanda ce qu'on pouvait éprouver quand on avait aimé une femme pendant un demi-siècle et qu'on la perdait subitement, entre un battement de cœur et le suivant. Grigori n'arrêtait pas de répéter : «J'ai eu tellement de chance de l'avoir. J'ai eu tellement de chance.»

Un mariage comme le leur était probablement la plus belle chose au monde, pensa Dimka. Ils s'étaient aimés et avaient été heureux ensemble. Leur amour avait survécu à deux guerres mondiales et une révolution. Ils avaient eu des enfants et des petits-enfants.

Que penseraient les gens de son mariage à lui quand on l'ensevelirait dans la terre de Moscou, d'ici à une cinquantaine d'années peut-être? Comme disait Eschyle : «Ne dites jamais qu'un homme mortel a été heureux avant qu'il ait atteint le terme de sa vie.» Dimka avait entendu cette citation à l'université et ne l'avait jamais oubliée. Les drames de la vie pouvaient briser les promesses de la jeunesse; la sagesse venait souvent compenser la souffrance. D'après la légende familiale, la jeune Katerina avait préféré le frère de Grigori, Lev, un voyou qui avait fui vers l'Amérique en l'abandonnant enceinte. Grigori l'avait alors épousée et avait élevé Volodia comme son fils. Leur bonheur avait commencé sous de bien sombres auspices, ce qui venait étayer l'argument d'Eschyle.

Une autre grossesse imprévue avait été à l'origine du mariage de Dimka lui-même. Peut-être pourraient-ils, Nina et lui, finir par être aussi heureux que Grigori et Katerina. Il l'espérait, malgré les sentiments qu'il éprouvait pour Natalia. Si seulement il parvenait à l'oublier !

Son regard se porta de l'autre côté de la tombe, sur son oncle Volodia, sa tante Zoïa et leurs deux enfants adolescents. À cinquante ans, Zoïa était d'une beauté sereine. Encore un mariage qui semblait avoir assuré un bonheur durable.

Pour ce qui était de ses propres parents, il en était moins sûr. Son défunt père avait été un homme froid. Peut-être cela tenait-il à son métier : Ilia Dvorkine était membre de la police secrète. Comment pouvait-on être aimant et compatissant quand on faisait un travail aussi cruel ? Dimka observa sa mère, Ania, qui pleurait la mort de sa propre mère. Elle paraissait plus heureuse depuis la disparition d'Ilia.

Du coin de l'œil, il regarda Nina. Elle avait l'air grave, mais avait les yeux secs. Était-elle heureuse de l'avoir épousé ? Elle avait déjà été mariée et avait divorcé. Quand Dimka l'avait rencontrée, elle avait prétendu ne pas vouloir se remarier et ne pas pouvoir être mère. Et voilà qu'elle était debout auprès de lui, mariée avec lui, tenant dans ses bras Grigor, leur fils de neuf mois, enroulé dans une couverture de peau d'ours. Dimka songeait parfois qu'il n'avait aucune idée de ce qu'elle pouvait avoir dans la tête.

Comme Grigori avait fait partie de ceux qui avaient pris d'assaut le palais d'Hiver en 1917, beaucoup de gens étaient venus dire un dernier adieu à sa femme, dont un certain nombre de hauts dignitaires soviétiques. Il y avait là, serrant les mains de la famille endeuillée, Leonid Brejnev, le secrétaire du Comité central, avec ses sourcils broussailleux. Et puis le maréchal Mikhaïl Pouchnoï, qui avait été un jeune protégé de Grigori au cours de la Seconde Guerre mondiale. C'était maintenant un Casanova obèse, qui caressait sa luxuriante moustache grise et faisait du charme à tante Zoïa.

Oncle Volodia, qui s'attendait à cette affluence, avait organisé une réception dans un restaurant, tout près de la place Rouge. Les restaurants étaient des endroits sinistres, où des serveurs revêches servaient de la nourriture médiocre. D'après Grigori et Volodia, ceux de l'Ouest étaient très différents. En tout état de cause, celui-ci était typiquement soviétique. Quand ils arrivèrent, les cendriers étaient pleins. Les amuse-gueule étaient rances : des blinis desséchés et de vieux bouts de toast racornis, avec des tranches symboliques d'œufs durs et de poisson fumé. Par bonheur, faire de la mauvaise vodka était impossible, même pour les Russes, et elle coulait à flots.

La crise alimentaire soviétique avait été surmontée. Khrouchtchev avait réussi à acheter du blé aux États-Unis et dans d'autres pays. On ne mourrait pas de faim cet hiver-là. Mais cette situation dramatique avait attiré l'attention sur une désillusion préoccupante à plus long terme. Khrouchtchev avait placé tous ses espoirs dans la modernisation et la productivité de l'agriculture soviétique – et il avait échoué. Il vilipendait l'inefficacité, l'ignorance et la maladresse, mais n'avait pas avancé d'un pas sur ces problèmes. Et l'agriculture était le symbole de l'insuccès général de ses réformes. Malgré toutes les idées non conformistes et les changements aussi radicaux que subits de son dirigeant, l'URSS avait encore des dizaines d'années de retard sur l'Ouest dans tous les domaines, puissance militaire exceptée.

Pis encore, les opposants de Khrouchtchev au Kremlin étaient des hommes qui voulaient moins – et non davantage – de réformes : des conservateurs bornés comme le maréchal Pouchnoï qui était venu se pavaner, et Brejnev qui flanquait des tapes dans le dos de tout le monde, les deux hommes hurlant maintenant de rire à l'une des histoires de guerre de Grigori. Dimka n'avait jamais été aussi inquiet pour l'avenir de son pays, pour son dirigeant et pour sa propre carrière.

Nina confia le bébé à Dimka pour aller se chercher un verre. Une minute plus tard, elle était en compagnie de Brejnev et du maréchal Pouchnoï, faisant écho à leurs rires. Dimka avait remarqué que les gens riaient toujours beaucoup aux repas de funérailles : c'était une réaction naturelle après la solennité des obsèques.

Il se disait que Nina avait bien le droit de faire la fête : elle avait porté Grigor, lui avait donné le jour et l'avait allaité, de sorte qu'elle ne s'était pas beaucoup amusée depuis un an.

Elle n'en voulait plus à Dimka de lui avoir menti, la nuit de l'assassinat de Kennedy. Dimka avait apaisé sa mauvaise humeur par un autre mensonge : « J'ai travaillé tard, et puis je suis allé boire un verre avec des collègues. » Elle lui avait fait la tête pendant un moment, mais avait fini par se calmer et semblait à présent avoir oublié l'incident. Il était presque sûr qu'elle ne se doutait pas de ses sentiments coupables pour Natalia.

Dimka fit faire le tour de la famille à Grigor, exhibant fièrement sa première dent. Le restaurant occupait le rez-de-chaussée d'un immeuble ancien, et les tables étaient réparties entre plusieurs salles de différentes tailles. Dimka se retrouva dans la pièce du fond avec son oncle Volodia et sa tante Zoïa.

C'est là que sa sœur Tania le coinça. « Tu as vu comment Nina se conduit ? » lui demanda-t-elle.

Dimka éclata de rire. « Elle est soûle ?

— Et elle flirte. »

Cela ne gênait pas Dimka. De toute façon, il était mal placé pour la critiquer : il en avait fait autant au Café de la berge avec Natalia. « C'est la fête », répondit-il.

Tania n'avait pas l'habitude de mâcher ses mots avec son frère jumeau. « J'ai bien remarqué qu'elle se dirigeait droit vers les hommes les plus haut placés de l'assistance. Brejnev vient de partir, mais elle continue à faire de l'œil au maréchal Pouchnoï, qui doit avoir vingt ans de plus qu'elle.

— Il y a des femmes qui trouvent le pouvoir séduisant.

— Tu savais que son premier mari l'avait ramenée de Perm à Moscou, et que c'était lui qui lui avait trouvé son emploi au syndicat de la métallurgie ?

— Non, je l'ignorais.

— Et ensuite elle l'a plaqué.

— Comment tu sais ça, toi ?

— C'est sa mère qui me l'a dit.

— Tout ce que Nina a jamais obtenu de moi, c'est un bébé.

— Et un appartement dans la Maison du gouvernement.

— Tu crois qu'elle est intéressée ?

— Je m'inquiète pour toi. Tu es tellement futé dans tous les domaines, mais avec les femmes tu es d'une naïveté incroyable !

— Nina est un peu matérialiste. Ce n'est pas le plus grave des péchés.

— Alors, ça t'est égal.

— Oui.

— D'accord. Mais je te préviens, si elle fait du mal à mon frère, je lui arrache les yeux. »

*

Daniil vint s'asseoir en face de Tania à la cantine de l'agence TASS. Il posa son plateau et enfonça le coin de sa serviette dans son col de chemise pour protéger sa cravate avant de lui dire : « L'équipe du *Nouveau Monde* a beaucoup apprécié *La Morsure du gel.* »

Tania était folle de joie. « Formidable ! Il leur en a fallu, du temps – ça doit faire au moins six mois. Mais c'est une excellente nouvelle ! »

Daniil versa de l'eau dans son gobelet. « Ce sera l'un des textes les plus audacieux qu'ils auront jamais édités.

— Alors, ils vont le publier ?

— Oui. »

Elle aurait bien voulu pouvoir l'annoncer à Vassili, mais il faudrait qu'il l'apprenne tout seul. Elle se demandait s'il réussirait à se procurer la revue. On devait pouvoir la trouver dans les bibliothèques, en Sibérie.

« Quand ça ?

— Ce n'est pas encore décidé. Et ils n'ont pas l'habitude de se presser.

— Je patienterai. »

*

Dimka fut réveillé par la sonnerie du téléphone. Une voix féminine lui annonça : « Vous ne me connaissez pas, mais j'ai des informations qui pourraient vous intéresser. »

Dimka était troublé. C'était la voix de Natalia. Il jeta un coup d'œil coupable à sa femme. Elle avait encore les yeux fermés. Il regarda le réveil : cinq heures et demie du matin.

« Ne posez pas de questions », reprit Natalia.

Les pensées se bousculaient dans le cerveau de Dimka. Pourquoi Natalia se faisait-elle passer pour une étrangère ? Elle voulait manifestement qu'il entre dans son jeu. Craignait-elle que le ton de sa voix trahisse les sentiments qu'il éprouvait pour elle à la femme allongée à côté de lui ?

« Qui êtes-vous ? demanda-t-il.

— Ils complotent contre votre patron. »

Dimka comprit qu'il s'était trompé. Ce que Natalia redoutait, c'était que son téléphone soit sur écoute. Elle voulait s'assurer que Dimka ne prononcerait pas une parole susceptible de révéler son identité au KGB s'il les espionnait.

La peur l'étreignit. Vrai ou faux, cela n'annonçait rien de bon pour lui. « Et qui complote ? » demanda-t-il.

À côté de lui, Nina ouvrit les yeux.

Dimka esquissa à son intention un haussement d'épaules impuissant qui signifiait : « Je n'ai pas idée de ce qui se passe. »

« Leonid Brejnev est en train de rencontrer les autres membres du présidium pour fomenter un coup d'État.

— Et merde ! » Brejnev était l'un des cinq ou six hommes les plus puissants d'URSS après Khrouchtchev. C'était aussi un conservateur dépourvu d'imagination.

« Il a déjà Podgorny et Chélépine dans sa poche.

— Quand ça ? se renseigna Dimka, désobéissant à la consigne de ne pas poser de questions. Quand ont-ils prévu de frapper ?

— Ils vont arrêter le camarade Khrouchtchev à son retour de Suède. »

Khrouchtchev devait se rendre en Scandinavie au mois de juin.

« Mais pourquoi ?

— Ils pensent qu'il perd la tête », dit Natalia et la communication fut coupée.

Dimka raccrocha et répéta « Merde.

— Qu'est-ce qui se passe ? murmura Nina d'une voix ensommeillée.

— Un problème de boulot, c'est tout. Rendors-toi. »

Khrouchtchev ne perdait pas la tête. Il était maniaco-dépressif, certes, passant sans transition d'une jovialité hystérique à la mélancolie la plus noire. Mais c'était la crise agricole qui provoquait ses sautes d'humeur. Malheureusement, il se laissait facilement séduire par des solutions miracle : des engrais censés faire merveille, une pollinisation spéciale, de nouvelles espèces végétales. La seule proposition qu'il refusait d'envisager était de relâcher l'emprise du contrôle central. C'était pourtant le plus grand espoir de l'Union soviétique. Brejnev n'était pas un réformateur. S'il arrivait à la tête du pays, celui-ci régresserait inéluctablement.

En cet instant, Dimka ne s'en faisait pas seulement pour l'avenir de son patron ; il était aussi inquiet pour lui. Il devait prévenir Khrouchtchev de ce coup de fil. D'un certain côté, c'était moins risqué que de le dissimuler. Mais son patron était encore assez fruste pour punir le porteur de mauvaises nouvelles.

Dimka se demanda si le moment n'était pas venu d'abandonner le navire et de cesser de travailler pour Khrouchtchev. Ce ne serait pas facile : les apparatchiks occupaient généralement les postes qu'on leur donnait. Il existait tout de même quelques possibilités. Un autre personnage important pouvait être incité à solliciter le transfert à son bureau d'un jeune conseiller, par exemple parce qu'il avait besoin des compétences particulières de ce dernier. C'était envisageable. Dimka pourrait essayer de se faire embaucher par l'un des conspirateurs, Brejnev par exemple. Mais à quoi bon ? Il sauverait peut-être sa carrière, et après ? Dimka n'allait pas passer sa vie à aider Brejnev à entraver le progrès.

Cependant, s'il voulait s'en tirer, Khrouchtchev et lui devaient prendre les devants dans cette affaire. L'attitude la plus dangereuse était d'attendre et de voir venir.

Ce jour-là, le 17 avril 1964, Khrouchtchev fêtait ses soixante-dix ans. Dimka serait le premier à le féliciter.

Dans la chambre voisine, Grigor se mit à pleurer.

« C'est le téléphone qui l'a réveillé », constata Dimka.

Nina se leva en soupirant.

Dimka fit sa toilette et s'habilla rapidement, puis il sortit sa moto du garage en la poussant et fila vers la résidence de Khrouchtchev, dans un quartier périphérique appelé « les collines de Lénine ».

Il arriva en même temps qu'une camionnette qui livrait un cadeau d'anniversaire et suivit du regard les agents de sécurité qui transportaient jusqu'au salon un nouveau meuble avec radio et télévision intégrées, orné d'une plaque de métal sur laquelle était gravée l'inscription :

DE LA PART DE VOS CAMARADES DU COMITÉ CENTRAL
ET DU CONSEIL DES MINISTRES

Khrouchtchev disait souvent aux gens, d'un ton bougon, de ne pas gaspiller l'argent public en lui achetant des cadeaux, mais tout le monde savait qu'il était secrètement heureux d'en recevoir.

Ivan Tepper, le chef du personnel de maison, conduisit Dimka à l'étage, dans le dressing de Khrouchtchev. Un costume sombre, flambant neuf, l'attendait pour la journée de cérémonies d'anniversaire. Les trois étoiles de Héros du travail socialiste étaient déjà épinglées sur la veste. Khrouchtchev, en robe de chambre, lisait les journaux en buvant du thé.

Pendant qu'Ivan l'aidait à mettre sa chemise et à nouer sa cravate, Dimka lui parla du coup de fil. Si le KGB surveillait sa ligne et si Khrouchtchev vérifiait ce qu'il lui avait rapporté, il aurait confirmation que l'appel était anonyme. Natalia avait été fine mouche, comme toujours.

« Je ne sais pas si c'est important ou non, mais j'ai pensé que ce n'était pas à moi d'en décider », dit prudemment Dimka.

Khrouchtchev écarta la question d'un revers de main. « Alexandre Chélépine n'est pas prêt à diriger le pays », remarqua-t-il. Chélépine, le vice-premier ministre, avait été à la tête du KGB. « Nikolaï Podgorny est limité. Et Brejnev ne fait pas le poids non plus. Vous savez qu'on l'appelait la Ballerine ?

— Non », répondit Dimka. Massif et sans grâce, Brejnev était certainement la personne au monde qu'il avait le plus de mal à imaginer en danseuse.

« Avant la guerre, quand il était secrétaire de la province de Dniepropetrovsk. »

Dimka comprit qu'il était censé poser la question qui allait de soi : « Pourquoi ?

— Parce que n'importe qui pouvait le faire virevolter ! » s'exclama Khrouchtchev. Il éclata d'un gros rire et enfila sa veste.

La menace de coup d'État se trouva ainsi évacuée d'une plaisanterie. Dimka fut soulagé de ne pas se voir reprocher d'avoir accordé du crédit à une information stupide. Mais un nouveau sujet d'inquiétude succéda aussitôt au premier : Khrouchtchev avait-il raison ? Son instinct ne l'avait encore jamais trahi. En même temps, Natalia disposait toujours des informations avant tout le monde, et Dimka ne l'avait jamais vue se tromper.

Khrouchtchev revint alors sur le sujet selon un angle différent. Plissant ses petits yeux de paysan madré, il demanda : « Ces comploteurs à la noix ont-ils des raisons d'être mécontents ? Votre correspondante anonyme a dû vous le dire. »

La question était gênante. Dimka n'osait pas lui avouer que les gens le croyaient fou. Il improvisa désespérément une réponse : « Les récoltes. Ils vous en veulent pour la sécheresse de l'année dernière. » Il espérait que l'argument serait tellement peu plausible qu'il en deviendrait inoffensif.

Khrouchtchev ne fut pas offusqué, mais agacé. « Nous avons besoin de nouvelles méthodes ! lança-t-il furieusement. Ils devraient écouter Lyssenko ! » Il tripota maladroitement les boutons de son veston avant de laisser Tepper s'en occuper.

Dimka resta impassible. Trofim Lyssenko était un charlatan, un pseudo-scientifique qui cherchait à se mettre en avant et avait gagné la faveur de Khrouchtchev alors que ses recherches étaient sans valeur. Il promettait de meilleurs rendements qui ne se matérialisaient jamais, mais réussissait à persuader les dirigeants politiques que ses détracteurs étaient des « rétrogrades », accusation aussi fatale en URSS que celle de « communiste » aux États-Unis.

« Lyssenko utilise des vaches pour ses expérimentations, poursuivit Khrouchtchev. Ses rivaux travaillent sur les mouches du vinaigre ! Qu'est-ce qu'on en a à fiche des mouches du vinaigre ? »

Dimka se rappela avoir entendu sa tante Zoïa en parler. « Il me semble que les gènes évoluent plus vite chez les mouches du vinaigre.

— Les gènes ? rétorqua Khrouchtchev. Foutaises ! Personne n'a jamais vu un gène !

— Personne n'a jamais vu un atome non plus. Il n'empêche que la bombe atomique a détruit Hiroshima. »

Dimka regretta ses paroles à la seconde même où il les prononçait.

« Qu'est-ce que vous en savez ? rugit Khrouchtchev. Vous ne faites que répéter comme un perroquet ce que vous avez entendu dire ! Des gens sans scrupules utilisent des benêts comme vous pour répandre leurs mensonges. » Il agita le poing. « On obtiendra de meilleurs rendements, vous verrez ! Poussez-vous de là. »

Khrouchtchev passa devant Dimka et quitta la pièce.

Ivan Tepper regarda le jeune homme en haussant les épaules d'un air navré.

« Ne vous en faites pas, soupira Dimka. Ce n'est pas la première fois qu'il m'engueule. Il aura tout oublié demain. » Il l'espérait, du moins.

La colère de Khrouchtchev était moins inquiétante que ses erreurs de jugement. Il avait tort à propos de l'agriculture. Les projets de réforme d'Alexeï Kossyguine, le meilleur économiste du présidium, recommandaient de desserrer l'étau des ministères sur l'agriculture et les autres industries. Dimka était d'avis que c'était la voie à suivre, contrairement aux remèdes miracles.

Khrouchtchev se trompait-il aussi grossièrement au sujet des comploteurs ? Dimka l'ignorait. Il avait fait ce qu'il pouvait pour avertir son patron. Il ne pouvait pas lancer une riposte tout seul.

Il descendait l'escalier quand il entendit des applaudissements jaillir de la porte ouverte de la salle à manger. Khrouchtchev recevait les vœux du présidium. Dimka s'arrêta dans l'entrée. Quand les applaudissements s'apaisèrent, la voix grave et lente de Brejnev s'éleva : « Cher Nikita Sergueïevitch ! Nous, vos proches compagnons d'armes, membres et candidats-membres du présidium et secrétaires du Comité central, vous présentons tous nos vœux et vous félicitons sincèrement, vous, notre ami personnel et notre plus proche camarade, à l'occasion de votre soixante-dixième anniversaire. »

L'hommage était un peu excessif, même pour l'Union soviétique.

Et c'était mauvais signe.

*

Quelques jours plus tard, Dimka se vit attribuer une datcha.

Il y avait un loyer à payer, mais le montant était symbolique. Comme pour la plupart des privilèges en Union soviétique, le problème n'était pas le coût ; c'était d'arriver en tête de la liste d'attente.

Une datcha – une maison de week-end ou une villa de vacances – était la première ambition des couples soviétiques qui gravissaient l'échelle sociale (la seconde était une voiture). Normalement et en toute logique, les datchas n'étaient accordées qu'aux membres du parti communiste.

« Je me demande à quoi nous devons ça ? » s'interrogea rêveusement Dimka après avoir ouvert la lettre.

Nina n'y voyait aucun mystère. « Tu travailles pour Khrouchtchev. Il y a longtemps qu'on aurait dû t'en donner une.

— Pas forcément. En général, il faut quelques années d'ancienneté supplémentaires. Je ne vois pas ce que j'aurais pu faire ces derniers temps pour qu'il soit spécialement content de moi, ajouta-t-il en repensant à leur dispute sur les gènes. Au contraire.

— Il t'apprécie. Quelqu'un lui a tendu une liste de datchas libres, et il a écrit ton nom devant l'une d'elles. Il n'y a pas réfléchi plus de cinq secondes.

— Tu dois avoir raison. »

Une datcha pouvait être n'importe quoi, un palais au bord de la mer comme une cabane au milieu des champs. Le dimanche suivant, Dimka et Nina allèrent visiter la leur. Ils préparèrent un pique-nique, afin de déjeuner sur place avec le petit Grigor, et prirent le train, impatients et curieux, pour un village situé à cinquante kilomètres de Moscou. Un employé, à la gare, leur indiqua comment se rendre à leur maison, qui s'appelait « Le Pavillon ». Elle se trouvait à un quart d'heure de marche.

C'était une cabane en bois de plain-pied, composée d'une vaste cuisine-salle de séjour et de deux chambres. Elle était entourée d'un petit jardin qui descendait en pente vers un cours d'eau. Pour Dimka, c'était le paradis. Il se demanda encore une fois ce qu'il avait fait pour obtenir cela.

La maison plaisait aussi à Nina. Tout excitée, elle allait d'une pièce à l'autre en ouvrant les placards. Il y avait des mois que Dimka ne l'avait vue aussi heureuse.

Grigor, qui titubait plus qu'il ne marchait, parut ravi d'avoir un nouvel endroit où trébucher et tomber.

Dimka était plein d'optimisme. Il se voyait venir ici avec Nina, tous les week-ends d'été, année après année. Au fil des saisons, ils constateraient avec émerveillement combien Grigor avait changé depuis les vacances précédentes. La croissance de leur fils se mesurerait en étés : l'été prochain, il parlerait, celui d'après, il commencerait à compter, le suivant il réussirait à attraper un ballon, il saurait lire, et puis il apprendrait à nager. C'est ici, dans cette datcha, que le petit garçon qui marchait à peine grimperait aux arbres dans le jardin, deviendrait un adolescent boutonneux et se métamorphoserait en un jeune homme qui séduirait les filles du village.

L'endroit étant resté inhabité pendant au moins un an, ils ouvrirent toutes les fenêtres, et entreprirent de faire un grand ménage. La datcha était en partie meublée et ils commencèrent à dresser la liste des objets à apporter la fois suivante : une radio, un samovar, un seau.

« L'été, je pourrais venir ici le vendredi matin, avec Grigor, dit Nina en lavant des bols en terre cuite dans l'évier. Tu me rejoindrais le vendredi soir ou le samedi matin, si tu es obligé de rester tard au bureau.

— Ça ne t'ennuierait pas de passer la nuit toute seule ici ? s'étonna Dimka tout en grattant la graisse accumulée sur la cuisinière. C'est un peu isolé.

— Tu sais que je ne suis pas peureuse. »

Grigor réclama son déjeuner en pleurant et Nina s'assit pour lui donner la tétée. Dimka sortit faire un tour. Il faudrait qu'il installe une barrière en bas du jardin, pour empêcher Grigor de tomber dans le ruisseau. Il n'était pas profond, mais Dimka avait lu quelque part qu'un enfant pouvait se noyer dans dix centimètres d'eau.

Un portail dans un mur donnait sur un jardin plus vaste. Dimka se demanda qui étaient ses voisins. La grille n'étant pas fermée à clé, il l'ouvrit et se retrouva dans un petit bois. Poussant sa reconnaissance plus loin, il aperçut une vaste résidence. Sans doute sa datcha avait-elle été jadis la maison du jardinier de la grande demeure, songea-t-il.

Ne voulant pas s'introduire chez des inconnus, il fit demi-tour et se retrouva nez à nez avec un soldat en uniforme.

« Qui êtes-vous ? questionna l'homme.

— Dimitri Dvorkine. Je viens de m'installer dans la petite maison d'à côté.

— Vous avez de la chance. C'est un vrai bijou.

— J'explorais simplement les environs. J'espère que je ne me suis pas introduit illégalement chez quelqu'un.

— Vous feriez mieux de rester de votre côté du mur. Ici, vous êtes chez le maréchal Pouchnoï.

— Pouchnoï ! s'exclama Dimka. Mais c'est un ami de mon grand-père.

— Alors c'est grâce à lui que vous avez obtenu cette datcha.

— Oui, répondit Dimka, vaguement troublé. Vous devez avoir raison. »

XXXIV

George habitait un appartement au dernier étage d'une maison victorienne haute et étroite coincée dans le quartier de la colline du Capitole. Il préférait ces immeubles du XIXe aux constructions modernes, à cause des proportions des pièces. Il avait des fauteuils en cuir, une chaîne haute fidélité, quantité d'étagères pour ses livres et aux fenêtres, au lieu de doubles rideaux vieillots, des stores en toile unis.

L'appartement était encore plus agréable quand Verena s'y trouvait.

Il aimait la voir chez lui faire des gestes de tous les jours : s'asseoir sur le canapé et enlever ses chaussures d'un coup de pied, faire du café en culotte et soutien-gorge, ou brosser ses dents parfaites debout, toute nue dans la salle de bains. Mais surtout il aimait la voir endormie dans son lit, comme en cet instant, ses douces lèvres légèrement entrouvertes, son joli visage détendu, un long bras mince relevé, révélant une aisselle étrangement attirante. Il se pencha pour y déposer un baiser. Elle fit un bruit de gorge, sans se réveiller pour autant.

Verena logeait chez lui chaque fois qu'elle venait à Washington, c'est-à-dire à peu près une fois par mois. Ça le rendait fou. Il aurait voulu qu'elle soit là tout le temps. Mais elle ne voulait pas renoncer à travailler pour Martin Luther King à Atlanta, et George ne pouvait pas abandonner Robert Kennedy. La situation était donc bloquée.

George se leva et gagna la cuisine dans le plus simple appareil. Il prépara du café en pensant à Bob Kennedy, qui portait les costumes de son frère, passait trop de temps au cimetière en tenant Jackie par la main, et laissait complètement sombrer sa carrière politique.

Bob était le favori de l'opinion publique pour la vice-présidence. Si le président Johnson ne lui avait pas encore demandé d'être son colistier en novembre, il n'avait pas non plus exclu cette possibilité. Les deux hommes se détestaient mais cela ne les empêchait pas forcément de faire équipe pour la victoire du parti démocrate.

Du reste, Bob n'aurait pas eu beaucoup d'efforts à faire pour devenir l'ami de Johnson. Avec Lyndon, un minimum de flagornerie pouvait mener très loin. George en avait discuté avec son ami Skip Dickerson, un proche de Johnson. Un dîner chez Bob et Ethel, à Virginia Mansion, dans Hickory Hill ; quelques chaleureuses poignées de main bien visibles dans les couloirs du Capitole ; un discours dans lequel Bobby déclarerait que Lyndon était le digne successeur de son frère : rien de très compliqué.

George appelait cette solution de ses vœux. C'était un bon moyen de faire sortir Bobby de la léthargie dans laquelle le chagrin l'avait plongé. Et George aurait personnellement adoré participer à une campagne pour l'élection présidentielle.

Bob pouvait transformer le poste habituellement insignifiant de Vice-Président en lui insufflant quelque chose de spécial, tout comme il avait révolutionné le ministère de la Justice. Il ferait un avocat prestigieux pour les causes auxquelles il croyait, telles que les droits civiques.

Mais d'abord, il fallait que Robert Kennedy reprenne vie.

George remplit deux bols de café et retourna dans la chambre. Avant de se glisser sous la couette, il alluma la télévision. Il y avait un poste dans chaque pièce, comme chez Elvis : il avait du mal à rester trop longtemps privé de nouvelles. « Voyons un peu qui a remporté la primaire républicaine en Californie », dit-il.

Verena répondit d'une voix somnolente : « Plus romantique que ça, chéri, tu meurs. »

George éclata de rire. Verena le faisait souvent rire. C'était une des choses qu'il préférait chez elle. « Tu veux me faire croire que tu n'as pas envie de voir les infos, peut-être ?

— D'accord. Je le reconnais. »

Elle se redressa et avala une gorgée de café. Les draps glissèrent de sa poitrine, et George dut se faire violence pour garder les yeux sur l'écran.

Les deux candidats les mieux placés pour l'investiture républicaine étaient Barry Goldwater, un homme de droite, sénateur de l'Arizona, et Nelson Rockefeller, le gouverneur libéral de l'État de New York. Goldwater était un extrémiste qui détestait les syndicats, la protection sociale, l'Union soviétique et, plus que tout, les droits civiques. Rockefeller était favorable à l'intégration et admirait Martin Luther King.

Jusque-là, ils avaient été au coude à coude, mais le résultat de la primaire de Californie serait décisif. Le gagnant emporterait tous les délégués de l'État, près de quinze pour cent du total de ceux qui assisteraient à la convention républicaine. Le vainqueur de la veille au soir pouvait donc être quasiment sûr d'être le candidat républicain à l'élection présidentielle.

La publicité prit fin, laissant place aux informations. La primaire faisait l'ouverture du journal. Goldwater l'avait emporté. De justesse – cinquante-deux pour cent – mais tous les délégués de Californie lui étaient acquis.

« Et merde ! fit George.

— Tu l'as dit.

— Tu parles d'une mauvaise nouvelle ! Un des deux candidats à la présidentielle sera un raciste pur et dur.

— C'est peut-être une bonne nouvelle, au contraire. Il n'est pas impossible que tous les républicains sensés votent démocrate pour empêcher Goldwater d'accéder à la présidence.

— Espérons-le. »

Le téléphone posé sur la table de chevet sonna, et George décrocha. Il reconnut aussitôt le phrasé traînant des gens du Sud : c'était Skip Dickerson.

« Tu as vu le résultat ?

— Ce putain de Goldwater a gagné, répondit George.

— C'est plutôt une bonne nouvelle. Rockefeller aurait pu battre notre homme, mais Goldwater est trop conservateur. Johnson n'en fera qu'une bouchée en novembre.

— C'est ce que pensent les proches de Martin Luther King.

— Comment le sais-tu ? »

George le savait parce que Verena venait de le lui dire. « J'ai parlé à... certains d'entre eux.

— Déjà ? On vient d'annoncer le résultat. Rassure-moi, tu ne couches pas avec King, hein, George ? »

George éclata de rire. « Peu importe avec qui je couche. Qu'a dit Johnson quand tu lui as annoncé le résultat ? »

Skip hésita. « Ça ne va pas te plaire.

— Tu en as trop dit ou pas assez.

— Eh bien, il a répondu : “Maintenant, je peux l’emporter sans l’aide de ce petit con.” Désolé, mais c’est toi qui me l’as demandé.

— Et merde... »

Le petit con en question était Robert Kennedy. George comprit aussitôt le calcul politique de Johnson. S’il avait eu Rockefeller pour adversaire, il aurait dû se donner beaucoup de mal pour conquérir les suffrages libéraux, et avoir Bob comme colistier aurait été un atout. Mais s’il était en compétition avec Goldwater, il pouvait compter automatiquement sur les voix de tous les démocrates libéraux, et aussi d’un grand nombre de républicains. Son problème serait de s’assurer les votes de la classe ouvrière blanche, dont beaucoup étaient racistes. Il n’avait donc plus besoin de Bob. À vrai dire, celui-ci constituerait même un handicap.

« Je suis désolé, George, reprit Skip, mais c’est la *realpolitik*, tu sais bien.

— Ouais. Je vais en parler à Bob. Encore qu’il s’en doute probablement. Enfin, merci de m’avoir prévenu.

— Je t’en prie. »

George raccrocha et se tourna vers Verena : « Johnson ne veut pas de Bob comme colistier.

— Ça se comprend. Il ne l’aime pas, et maintenant il peut se passer de lui. Qui va-t-il prendre à la place ?

— Gene McCarthy, Hubert Humphrey ou Thomas Dodd.

— Et Bob, qu’est-ce qu’il va devenir ?

— Bonne question. » George se leva, baissa le son du téléviseur et retourna se coucher. « Depuis l’assassinat, Bob ne s’intéresse plus aux affaires du ministère. J’ai beau continuer à faire avancer les procès contre les États du Sud qui empêchent les Noirs de voter, ça ne l’intéresse pas vraiment. En plus, il a complètement oublié le crime organisé – lui qui était si bien parti ! On a fait condamner Jimmy Hoffa, et c’est à peine s’il l’a remarqué.

— Et toi, du coup, qu’est-ce que tu vas devenir ? » demanda Verena, toujours fine mouche. Elle faisait partie des rares personnes à réfléchir aussi vite que George.

« Il n’est pas impossible que je démissionne, répondit-il.

— Wouah.

— Ça fait six mois que je tourne en rond, et je n’ai pas l’intention de continuer comme ça éternellement. Si Bob est vraiment hors course, il faut que je passe à autre chose. J’ai une immense admiration pour lui, mais je ne vais pas lui sacrifier ma vie.

— Qu'est-ce que tu vas faire ?

— Je devrais arriver à décrocher un bon poste dans un cabinet juridique de Washington. J'ai trois ans d'expérience au ministère de la Justice ; ça vaut de l'or.

— Ils ne recrutent pas beaucoup de Noirs.

— C'est vrai, et un certain nombre d'entre eux ne m'accorderont même pas un entretien. Mais d'autres m'engageront simplement pour prouver qu'ils sont libéraux.

— Tu crois vraiment ?

— Les choses bougent. Lyndon est vraiment très concerné par l'égalité des chances. Il a envoyé à Bob une note reprochant au ministère de la Justice d'engager trop peu de juristes femmes.

— Bravo !

— Bob était fou de rage.

— Alors comme ça, tu comptes travailler pour un cabinet juridique.

— Si je reste à Washington.

— Et sinon, tu irais où ?

— À Atlanta. Si Martin Luther King veut toujours de moi.

— Tu t'installerais à Atlanta, répéta pensivement Verena.

— Ça se pourrait. »

Ils restèrent muets un instant, les yeux rivés sur l'écran. Ringo Starr avait une angine, annonça le présentateur du journal.

« Si je m'installais à Atlanta, reprit George, on pourrait vivre ensemble tout le temps. »

Elle prit l'air songeur.

« Ça te plairait ? » lui demanda-t-il.

Elle ne répondit pas.

Il savait pourquoi. Il n'avait pas précisé *comment* ils vivraient ensemble. Alors qu'il n'avait rien prévu, ils en étaient arrivés au point où il allait falloir parler mariage.

Verena attendait qu'il lui fasse sa proposition.

Malgré lui, l'image de Maria Summers lui traversa l'esprit. Il hésita.

Le téléphone sonna.

George décrocha. C'était Bob.

« Hé George, réveillez-vous ! » lança-t-il d'un ton enjoué.

George se concentra, essayant d'oublier un instant cette affaire de mariage. Il y avait longtemps que Bob n'avait pas paru aussi en forme.

« Vous avez vu le résultat de la Californie ? demanda George.

— Oui. Ça veut dire que Lyndon n'a pas besoin de moi. Je vais donc me présenter aux sénatoriales. Qu'est-ce que vous en dites ? »

George fut pris de court. « Sénateur ? Dans quel État ?

— New York. »

Robert Kennedy siégerait donc au Sénat. Peut-être pourrait-il secouer ces vieux croûtons de conservateurs, avec leurs incessantes obstructions parlementaires et leurs manœuvres dilatoires. « Mais c'est génial ! s'exclama George.

— Je vous veux dans mon équipe de campagne. Alors, qu'est-ce que vous dites de ça ? »

George regarda Verena. Il avait failli la demander en mariage. Mais il n'était plus question d'aller s'installer à Atlanta. Il participerait à la campagne électorale de Bob, et si celui-ci l'emportait, il reviendrait à Washington travailler pour le sénateur Kennedy. Voilà qui changeait tout, une fois de plus.

« Je dis oui, répondit George. Quand est-ce qu'on commence ? »

XXXV

En ce lundi 12 octobre 1964, Dimka se trouvait avec Khrouchtchev à Pitsounda, la station balnéaire sur la mer Noire, quand Brejnev appela.

Khrouchtchev n'était pas au mieux de sa forme. Il manquait de ressort et parlait de ces vieux qui feraient bien de prendre leur retraite et de laisser place à la nouvelle génération. Dimka regrettait l'ancien Khrouchtchev, le gnome rondouillard aux idées malicieuses, et se demandait quand il referait surface.

Le cabinet de travail de Khrouchtchev était une pièce lambrissée au sol recouvert d'un tapis d'Orient, avec une batterie de téléphones posés sur une grande table d'acajou. Le téléphone qui sonnait était un appareil spécial, à haute fréquence, qui reliait les bureaux du Parti et ceux du gouvernement. Dimka décrocha, entendit la voix caverneuse de Brejnev, et tendit le combiné à Khrouchtchev.

Dimka n'entendit que ce que disait Khrouchtchev. Quoi que Brejnev ait pu lui raconter, ses répliques furent les suivantes :

« Pourquoi ? ... Quel problème ? ... Je suis en vacances, qu'est-ce qu'il peut y avoir de si urgent ? Comment ça, vous êtes tous réunis ?... Demain ? ... D'accord ! »

Après avoir raccroché, il expliqua que le présidium voulait qu'il rentre à Moscou pour discuter de problèmes pressants concernant l'agriculture. Brejnev s'était montré très insistant.

Khrouchtchev resta assis, pensivement, un long moment, sans congédier Dimka. Il finit par dire : « Ils n'ont pas le moindre problème urgent. C'est vous qui aviez raison, il y a six mois, quand vous m'avez mis en garde le jour de mon anniversaire. Ils vont me destituer. »

Dimka en resta ébahi. Natalia avait donc vu juste.

Dimka avait cru aux propos rassurants de Khrouchtchev, et sa confiance avait paru justifiée en juin, quand Khrouchtchev était rentré de Scandinavie sans que la menace d'arrestation se concrétise. Natalia avait admis qu'elle n'y comprenait plus rien et Dimka s'était dit que le prétendu complot avait fait long feu.

De toute évidence, les conspirateurs n'avaient fait que reculer pour mieux sauter.

Khrouchtchev avait toujours été combatif. « Qu'allez-vous faire ? lui demanda Dimka.

— Rien du tout. »

C'était encore plus surprenant.

Khrouchtchev poursuivit. « Si Brejnev croit pouvoir faire mieux, qu'il essaie, ce gros couillon.

— Mais que se passera-t-il s'il accède au pouvoir ? Il n'a ni l'imagination ni l'énergie suffisantes pour faire passer des réformes malgré l'obstruction de la bureaucratie.

— Il ne voit même pas la nécessité du changement, répondit le vieil homme. Il a peut-être raison. »

Dimka était atterré.

En avril, il avait envisagé de quitter Khrouchtchev pour trouver un poste au côté d'un autre ponte du Kremlin, mais y avait renoncé. Il commençait à se demander s'il n'avait pas commis une erreur.

Khrouchtchev retrouva son esprit pratique. « On part demain. Annulez mon déjeuner avec le secrétaire d'État français. »

C'est d'humeur lugubre que Dimka entreprit de prendre les dispositions nécessaires : avancer le rendez-vous avec la délégation française, veiller à ce que l'avion et le pilote personnels de Khrouchtchev soient prêts et modifier l'emploi du temps du lendemain. Il fit tout cela comme en transe. Comment la situation avait-elle pu basculer aussi facilement ?

Jusque-là, aucun dirigeant soviétique n'avait jamais pris sa retraite. Lénine et Staline étaient morts alors qu'ils étaient au pouvoir. Khrouchtchev allait-il se faire assassiner ? Et ses conseillers ?

Dimka se demanda combien de temps il lui restait à vivre.

Le laisseraient-ils seulement revoir son petit Grigor ?

Il chassa cette pensée. Il ne serait bon à rien s'il était paralysé par la peur.

Ils décollèrent le lendemain à une heure de l'après-midi.

Le vol pour Moscou durait deux heures et demie, sans changement de fuseau horaire. Dimka n'avait aucune idée de ce qui les attendait au bout du voyage.

Ils atterrirent à Vnoukovo-2, au sud de Moscou, l'aéroport réservé aux vols officiels. Quand Dimka descendit de l'avion derrière Khrouchtchev, ils furent accueillis par un petit groupe de fonctionnaires de second rang, au lieu de la meute habituelle de ministres haut placés. Dimka eut alors la certitude que tout était fini.

Deux voitures étaient rangées sur le tarmac : une limousine ZIL-111 et une Moskvitch 403 à cinq places. Khrouchtchev se dirigea vers la limousine tandis qu'on poussait Dimka vers la berline plus modeste.

Khrouchtchev s'aperçut alors qu'on les séparait. Avant de monter en voiture, il se retourna et l'appela : « Dimka.

— Oui, camarade premier secrétaire ? répondit Dimka, au bord des larmes.

— Je ne vous reverrai peut-être pas.

— Ce n'est pas possible, voyons !

— Il y a une chose qu'il faut que je vous dise.

— Oui, camarade ?

— Votre femme couche avec Pouchnoï. »

Dimka le regarda, sans voix.

« Il vaut mieux que vous le sachiez, reprit Khrouchtchev. Au revoir. » Il monta dans la limousine, qui démarra.

Dimka s'assit sur la banquette arrière de la Moskvitch, hébété. Peut-être ne reverrait-il jamais ce roublard de Khrouchtchev, et en plus, Nina couchait avec un vieux général ventripotent à la moustache grise. Ça faisait beaucoup à encaisser.

Au bout d'une minute, le chauffeur demanda : « Au bureau ou à la maison ? »

Dimka s'étonna qu'on lui laisse le choix. Ça voulait dire qu'on ne le conduisait pas dans les sous-sols de la Loubianka ; pas aujourd'hui, du moins. On lui accordait un sursis.

Il réfléchit aux possibilités qui s'offraient à lui. Il aurait du mal à travailler. À quoi bon prendre des rendez-vous et préparer des réunions pour un patron sur le point d'être destitué ?

« À la maison. »

À son arrivée, il se rendit compte qu'il hésitait, étonnamment, à accuser Nina. Il était gêné, comme si c'était lui qui était en faute.

D'ailleurs, il était coupable. Une nuit de caresses un peu poussées avec Natalia n'était pas comparable, certes, à la liaison durable à laquelle Khrouchtchev semblait faire allusion, mais il n'y avait tout de même pas de quoi pavoiser.

Dimka ne dit rien pendant que Nina allaitait Grigor. Puis il donna son bain au petit garçon et le mit au lit, pendant que Nina préparait le dîner. Lorsqu'ils furent à table, il lui annonça que Khrouchtchev allait démissionner le soir même ou le lendemain. Ce serait dans les journaux dans quelques jours, à son avis.

« Et ton travail ? s'inquiéta Nina.

— Je ne sais pas ce qui va se passer, répondit-il avec angoisse. Pour le moment, personne ne se soucie des conseillers. Ils sont probablement en train de décider s'ils vont tuer Khrouchtchev ou non. Ils s'occuperont du menu fretin plus tard.

— Tu devrais t'en sortir sans problème, remarqua-t-elle après avoir réfléchi un instant. Ta famille ne manque pas d'influence. »

Dimka n'en était pas si sûr.

Ils débarrassèrent et elle s'aperçut qu'il n'avait presque rien mangé. « Tu n'as pas aimé le ragoût ?

— Je suis contrarié », répondit-il. Et puis il lâcha le morceau : « Tu es la maîtresse du maréchal Pouchnoï ?

— Ne dis pas de bêtises !

— Je ne plaisante pas. Alors c'est vrai ? »

Elle déposa bruyamment les assiettes dans l'évier.

« Qu'est-ce qui t'a mis cette idée stupide dans la tête ?

— Le camarade Khrouchtchev. Je suppose que c'est le KGB qui l'a renseigné.

— Et comment le sauraient-ils ? »

Dimka nota qu'elle répondait à ses questions par d'autres questions, ce qui était généralement un signe de duplicité. « Ils surveillent les allées et venues des principaux membres du gouvernement, pour traquer tous les comportements anticonformistes.

— C'est ridicule. » Elle s'assit et prit ses cigarettes.

« Tu flirtais avec Pouchnoï à l'enterrement de ma grand-mère.

— C'est une chose de flirter...

— Et puis on a obtenu une datcha juste à côté de la sienne. »

Elle glissa une cigarette entre ses lèvres, craqua une allumette, qui s'éteignit. « Pure coïncidence...

— Tu as du sang-froid, Nina, mais tes mains tremblent. »

Elle jeta l'allumette éteinte par terre.

« Eh bien, qu'est-ce que tu veux que je te dise ? demanda-t-elle furieuse. Je suis coincée dans cet appartement toute la journée sans personne à qui parler, en dehors d'un bébé et de ta mère. Je voulais une datcha, et ce n'était pas toi qui allais nous en procurer une ! »

Dimka n'en revenait pas. « Tu reconnais donc que tu t'es prostituée ?

— Sois un peu réaliste, voyons ! Comment crois-tu qu'on obtienne quoi que ce soit à Moscou ? » Elle réussit à allumer sa cigarette et inhala une longue bouffée. « Tu bosses pour un premier secrétaire cinglé. J'écarte les cuisses pour un maréchal en rut. Ça ne fait pas beaucoup de différence.

— Et avec moi, tu as écarté les cuisses pour obtenir quoi ? »

Elle ne répondit pas, mais ses yeux firent involontairement le tour de la pièce.

Il comprit aussitôt. « Pour un appartement dans la Maison du gouvernement ? »

Elle ne chercha même pas à nier.

« Moi qui croyais que tu m'aimais, murmura-t-il.

— Oh, je t'aimais bien, mais si tu crois que ça suffit ! Ne fais pas l'enfant. C'est la vraie vie. Quand on veut quelque chose, il faut en payer le prix. »

Comme il trouvait hypocrite ce rôle d'accusateur, il avoua :

« Eh bien, autant te le dire, je t'ai trompée, moi aussi.

— Ah ! Je n'aurais jamais cru que tu aurais assez de cran pour ça. Et avec qui ?

— Ça ne te regarde pas.

— Une petite dactylo du Kremlin, bien sûr.

— Ça n'a été qu'une nuit, et nous n'avons même pas vraiment couché ensemble, mais ça ne me paraît pas moins grave pour autant.

— Parce que tu crois que ça me fait quelque chose ? Mais je t'en prie, vas-y, profites-en ! »

Était-ce la colère qui la faisait délirer, ou pensait-elle vraiment ce qu'elle disait ? Dimka n'y comprenait plus rien. « Je n'avais jamais envisagé ce genre de mariage, murmura-t-il.

— Crois-en mon expérience, il n'y en a pas d'autre.

— Bien sûr que si, protesta-t-il.

— Rêve tes rêves, je rêve les miens. » Elle alluma le téléviseur.

Dimka resta un moment assis devant l'écran sans rien voir, sans rien entendre. Au bout d'un temps, il alla se coucher sans trouver le sommeil. Plus tard, Nina s'allongea à côté de lui, mais ils ne se touchèrent pas.

Le lendemain, Nikita Khrouchtchev quitta le Kremlin pour toujours.

Dimka continua à aller au bureau tous les matins. Ievguéni Filipov, qui se pavanait dans un nouveau costume bleu, avait obtenu de l'avancement. Il avait visiblement participé au complot contre Khrouchtchev, et obtenu sa récompense.

Deux jours plus tard, le vendredi, la *Pravda* annonça la démission de Khrouchtchev.

Assis désœuvré dans son bureau, Dimka jeta un coup d'œil à la presse occidentale qui relatait justement l'éviction du Premier ministre britannique. Sir Alec Douglas-Home, un conservateur de la haute société, avait été remplacé par Harold Wilson, le chef du parti travailliste, à la suite des élections législatives.

D'humeur cynique, Dimka se dit que décidément, le monde tournait à l'envers : un pays où le capitalisme régnait en maître pouvait virer son Premier ministre aristocratique et le remplacer par un social-démocrate, conformément à la volonté du peuple, alors que, dans le plus grand État communiste du monde, les changements de pouvoir faisaient l'objet de complots clandestins ourdis par une petite élite dirigeante, avant d'être annoncés, au bout de plusieurs jours, à une population docile et impuissante.

Les Anglais n'interdisaient même pas le communisme. Trente-six communistes avaient présenté leur candidature au Parlement. Aucun n'avait été élu.

Huit jours plus tôt, Dimka aurait mis ces considérations en balance avec l'écrasante supériorité du système communiste, surtout tel qu'il l'envisageait après les réformes nécessaires. À présent, l'espoir de réformes s'était évanoui et il était à prévoir que l'Union soviétique garderait ce cap, sans remédier à aucun de ses défauts. Il savait ce que dirait sa sœur : la résistance à toute évolution faisait partie intégrante du système et n'était qu'une tare parmi tant d'autres. Il ne pouvait cependant s'y résoudre.

Le lendemain, la *Pravda* condamna la dérive subjectiviste de Khrouchtchev, ses projets loufoques et irresponsables, ses rodomontades, ses gaffes et un certain nombre d'autres péchés. Pures conneries d'après Dimka. Ce qui se passait, c'était un bond en arrière. L'élite soviétique rejetait le progrès et optait pour ce qu'elle faisait le mieux : maintenir l'économie sous un contrôle rigide, étouffer les voix dissidentes et éviter les expériences. Ce serait plus confortable pour l'oligarchie, et comme ça, l'Union soviétique pouvait être assurée de rester à la traîne de l'Ouest dans tous les domaines – puissance, prospérité et influence mondiale.

On confiait à Dimka des tâches mineures à effectuer pour Brejnev. Quelques jours plus tard, il partageait son petit bureau avec l'un des conseillers du nouveau maître du Kremlin. Il serait bientôt évincé, ce n'était qu'une question de temps. En attendant, Khrouchtchev vivait toujours dans sa résidence des collines de Lénine, et Dimka commençait à avoir l'impression qu'ils ne seraient peut-être pas assassinés, son ancien patron et lui.

Au bout d'une semaine, Dimka fut muté.

Vera Pletner lui apporta une enveloppe cachetée, mais elle avait l'air tellement navrée que Dimka sut, avant de l'ouvrir, que les nouvelles étaient mauvaises. Il lut la lettre immédiatement. Elle le félicitait pour son affectation au poste de sous-secrétaire du parti communiste de Kharkov.

« Kharkov, dit-il. Et merde ! »

Ses liens avec le dirigeant en disgrâce l'avaient manifestement emporté sur l'influence de son éminente famille. Il était sévèrement rétrogradé. Cette mutation avait beau s'accompagner d'une augmentation de salaire, l'argent ne valait pas grand-chose en Union soviétique. On lui attribuerait un appartement et une voiture, mais il serait en Ukraine, loin du centre du pouvoir et des privilèges.

Et pire encore, à plus de sept cents kilomètres de Natalia.

Assis derrière son bureau, il se laissa aller au découragement. Khrouchtchev était liquidé, sa propre carrière régressait, c'était la dégringolade pour l'Union soviétique, son mariage avec Nina était un désastre, et on allait l'envoyer loin de Natalia, le rayon de soleil de son existence. Mais où s'était-il fourvoyé ?

Par les temps qui couraient, il n'y avait pas grande affluence au Café de la berge, mais ce soir-là, il y retrouva Natalia pour la première fois depuis son retour de Pitsounda. Son patron, Andreï Gromyko, n'était pas affecté par le coup d'État, et restait ministre des Affaires étrangères, si bien qu'elle conservait son poste.

« Khrouchtchev m'a fait un cadeau d'adieu, lui raconta Dimka.

— Qu'est-ce que c'est ?

— Il m'a appris que Nina avait une liaison avec le maréchal Pouchnoï.

— Et tu le crois ?

— Je suppose que c'est le KGB qui le lui a dit.

— Quand même, ça pourrait ne pas être vrai. »

Dimka secoua la tête. « Elle a avoué. Cette merveilleuse datcha qu'on nous a attribuée se trouve juste à côté de la maison de Pouchnoï.

— Oh, Dimka, je suis désolée.

— Je me demande qui surveille Grigor quand ils couchent ensemble.

— Qu'est-ce que tu vas faire ?

— Je ne peux pas vraiment lui en vouloir. Si j'avais un peu plus de culot, j'aurais eu une liaison avec toi. »

Natalia eut l'air troublée. « Ne dis pas des choses pareilles », le reprit-elle. Plusieurs émotions se succédèrent rapidement sur son visage : compassion, tristesse, désir, appréhension et indécision. D'un geste nerveux, elle repoussa ses cheveux indisciplinés.

« C'est trop tard, de toute façon, poursuivit Dimka. On m'envoie à Kharkov.

— Quoi ?

— Je l'ai appris aujourd'hui. Sous-secrétaire du parti communiste de Kharkov.

— Mais alors, quand est-ce que je te verrai ?

— Plus jamais, j'imagine. »

Ses yeux s'emplirent de larmes. « Je ne peux pas vivre sans toi », murmura-t-elle.

Dimka était stupéfait. Il savait qu'elle l'aimait bien, mais elle ne lui avait jamais tenu ce genre de propos, même pendant l'unique nuit qu'ils avaient passée ensemble. « Qu'est-ce que ça veut dire ? demanda-t-il bêtement.

— Je t'aime, tu ne le sais pas ?

— Mais non, répondit-il, abasourdi.

— Ça fait longtemps que je t'aime.

— Pourquoi est-ce que tu ne me l'as pas dit ?

— J'avais peur.

— Peur de quoi... ?

— De mon mari. »

Dimka avait bien soupçonné quelque chose de ce genre. Il supposait, sans en avoir la moindre preuve, que Nik n'était pas étranger au passage à tabac brutal du trafiquant qui avait essayé de rouler Natalia. Que sa femme hésite à déclarer son amour à un autre homme n'avait rien d'étonnant. Il comprenait mieux à présent la versatilité apparente de Natalia, chaleureuse et aguichante un jour, froide et distante le lendemain. « Je crois que moi aussi j'ai peur de Nik, dit-il.

— Quand dois-tu partir ?

— Le camion de déménagement passe vendredi.

— C'est tellement soudain !

— Au bureau, je suis comme un chien dans un jeu de quilles. Ils ne savent pas quoi faire de moi. Ils n'ont qu'une envie, me voir lever le camp au plus vite. »

Elle prit un mouchoir blanc et se tamponna les yeux. Puis elle se pencha vers lui par-dessus la petite table. « Tu te rappelles la chambre avec ce vieux mobilier du temps des tsars ? »

Il lui sourit. « Je ne l'oublierai jamais.

— Et le lit à baldaquin ?

— Évidemment.

— Quelle poussière !

— Et quel froid. »

Elle avait à nouveau changé d'humeur et était désormais espiègle, taquine. « De quoi est-ce que tu te souviens le mieux ? »

Une image se présenta aussitôt à son esprit : ses petits seins avec leurs gros mamelons qui pointaient. Il la refoula aussitôt.

« Allez, tu peux bien me le dire », insista-t-elle.

Qu'avait-il à perdre ? « Tes seins », avoua-t-il avec un mélange de gêne et de passion.

Elle gloussa. « Tu aurais envie de les revoir ? »

La gorge nouée, il répondit, essayant de se mettre au diapason : « Devine. »

Elle se leva soudain, l'air décidé. « Rendez-vous là-bas, à sept heures », dit-elle. Et elle sortit.

*

Nina était furieuse. « Kharkov ? hurla-t-elle. Qu'est-ce que tu veux que j'aille foutre à Kharkov ? »

Elle n'avait pas l'habitude de parler grossièrement : elle trouvait ça vulgaire. Elle s'était élevée au-dessus de ces habitudes plébéiennes et ce laisser-aller témoignait de la violence de ses sentiments.

Dimka ne lui manifesta aucune compassion. «Je suis sûr que le syndicat de la métallurgie local te trouvera un poste.» De toute façon, il était temps qu'elle inscrive Grigor à la crèche et reprenne le travail comme on l'attendait des mères soviétiques.

«Je n'ai aucune envie d'être exilée dans une ville de province !

— Moi non plus. Tu t'imagines que je me suis porté volontaire ?

— Tu n'as pas vu venir le coup ?

— Si, et j'ai même envisagé un instant de changer de travail, mais j'ai cru que le putsch avait été annulé, alors qu'il n'avait été que retardé. Ses auteurs se sont évidemment bien gardés de me mettre dans le secret.»

Elle lui jeta un regard soupçonneux. «J'imagine que tu as passé la soirée d'hier à faire tes adieux à ta dactylo.

— Je croyais que ça t'était égal.

— C'est ça, fais le malin ! Quand est-ce qu'on doit partir ?

— Vendredi.

— Oh, bon sang !» Nina commença rageusement à rassembler ses affaires.

Le mercredi, Dimka parla à son oncle Volodia de leur déménagement. «Ma carrière n'est pas seule en cause, expliqua-t-il. Je ne travaille pas au gouvernement pour mon profit personnel. Je voudrais prouver que le communisme peut marcher. Pour ça, il faudrait qu'il change, qu'il s'améliore. Et maintenant, j'ai bien peur que nous régressions.

— On te fera revenir à Moscou le plus vite possible, répondit Volodia.

— Merci», fit Dimka, sincèrement reconnaissant. Son oncle l'avait toujours soutenu.

«Tu le mérites, reprit Volodia avec chaleur. Tu es intelligent, bosseur et nous n'avons pas beaucoup de gens de ta trempe. Je voudrais bien t'avoir avec moi, dans mon bureau.

— Je n'ai jamais eu l'esprit militaire.

— Écoute-moi bien : après une affaire pareille, il faut que tu prouves ta loyauté en travaillant dur, sans te plaindre, et surtout, sans demander constamment à revenir à Moscou. Si tu fais tes preuves pendant cinq ans, je pourrai commencer à m'occuper de ton retour.

— Cinq ans ?
— Avant que je puisse *commencer*. Ne t'attends pas à moins de dix ans. En fait, ne t'attends à rien du tout. Personne ne sait comment Brejnev va s'en sortir. »
En dix ans, l'Union soviétique pouvait retomber dans la misère et le sous-développement, pensa Dimka. Mais ce n'était pas une chose à dire. Volodia n'était pas seulement sa meilleure chance – c'était la seule.
Dimka revit Natalia le jeudi. Elle avait la lèvre fendue.
« C'est Nik qui t'a fait ça ? demanda Dimka, furieux.
— Les marches étaient verglacées, j'ai glissé et je suis tombée sur la figure.
— Je ne te crois pas.
— Tu as tort », lui assura-t-elle, mais elle refusa de le retrouver dans la réserve de mobilier.
Le vendredi matin, un camion ZIL-130 se rangea devant la Maison du gouvernement, et deux hommes en combinaison commencèrent à descendre les affaires de Dimka et de Nina par l'ascenseur.
Quand le camion fut presque plein, ils s'accordèrent une pause. Nina leur préparait des sandwiches et du thé lorsque le téléphone sonna. C'était le concierge : « Quelqu'un du Kremlin souhaite vous remettre quelque chose en mains propres.
— Dites-lui de monter », répondit Dimka.
Deux minutes plus tard, Natalia se présentait sur le seuil, en manteau de vison champagne. Avec sa lèvre tuméfiée, on aurait dit une statue de déesse abîmée par le temps.
Dimka la dévisagea, ahuri, puis se tourna vers Nina.
Elle remarqua son air coupable et jeta alors un regard noir à Natalia. Dimka se demanda si les deux femmes allaient se voler dans les plumes et se tint prêt à intervenir.
Nina croisa les bras sur la poitrine. « Alors, Dimka, lança-t-elle. Je suppose que c'est ta petite dactylo ? »
Qu'était-il censé répondre ? Oui ? Non ? C'est ma maîtresse ?
« Je ne suis pas dactylo, rétorqua Natalia avec morgue.
— T'en fais pas, reprit Nina. Je sais très bien ce que tu es. »
La réplique ne manquait pas de sel, pensa Dimka, venant d'une femme qui avait couché avec un vieux général obèse pour se faire attribuer une datcha ; il tint pourtant sa langue.
Hautaine, Natalia lui tendit une enveloppe d'aspect officiel.
Il l'ouvrit. C'était une lettre d'Alexeï Kossyguine, l'écono-

miste réformateur. Il disposait de solides appuis, et malgré ses idées radicales, avait été nommé président du Conseil des ministres du gouvernement Brejnev.

Le cœur de Dimka fit un bond dans sa poitrine. La lettre lui proposait un poste de conseiller de Kossyguine, ici même, à Moscou.

« Comment as-tu réussi à faire ça ? demanda-t-il à Natalia.

— C'est une longue histoire.

— En tout cas, merci. »

Il mourait d'envie de la prendre dans ses bras et de l'embrasser, mais il se retint. Il se tourna vers Nina. « Je suis sauvé. Je peux rester à Moscou. Natalia vient de m'obtenir un poste auprès de Kossyguine. »

Les deux femmes se toisèrent haineusement. Personne ne savait quoi dire.

Après une longue pause, un des déménageurs lança : « Ça veut dire qu'il faut qu'on décharge le camion ? »

*

Tania prit un vol de l'Aeroflot pour Irkoutsk, en Sibérie. L'avion, qui faisait escale à Omsk, était un confortable jet Tupolev Tu-104. Le vol de nuit mettait huit heures, et elle dormit presque tout le temps.

Officiellement, elle était en mission pour l'agence TASS. En réalité, elle partait secrètement à la recherche de Vassili.

Deux semaines auparavant, Daniil Antonov était entré dans son bureau et lui avait tendu discrètement le manuscrit de *La Morsure du gel*. « Finalement, *Nouveau Monde* ne peut pas le publier, lui avait-il dit. Brejnev verrouille tout. Maintenant, le mot d'ordre est orthodoxie. »

Tania avait rangé les feuilles dans un tiroir. Elle était déçue, mais elle s'y attendait plus ou moins. « Tu te souviens de l'article que j'ai écrit il y a trois ans sur la vie en Sibérie ?

— Bien sûr. C'est l'une des séries d'articles les plus populaires qu'on ait jamais publiées – et le gouvernement a reçu un monceau de demandes de familles désireuses d'aller là-bas.

— Je devrais peut-être faire une suite. Aller voir les mêmes personnes et leur demander comment elles s'en sortent. Et interviewer de nouveaux arrivants.

— Très bonne idée. Alors tu sais où il est ? » ajouta Daniil en baissant la voix.

Il avait donc deviné, ce qui n'avait rien d'étonnant. « Non, répondit-elle. Mais j'arriverai bien à le savoir.

Tania habitait encore dans la Maison du gouvernement avec sa mère. Après la mort de Katerina, elles étaient montées d'un étage, dans l'appartement plus vaste des grands-parents, afin de pouvoir prendre soin de Grigori. Le vieux monsieur prétendait ne pas avoir besoin qu'on s'occupe de lui : il avait fait le ménage et la cuisine pour lui et pour son petit frère, Lev, quand ils étaient ouvriers d'usine avant la Première Guerre mondiale et qu'ils vivaient dans un taudis d'une pièce, à Saint-Pétersbourg, expliquait-il fièrement. Mais la vérité était qu'il avait soixante-dix-sept ans et n'avait pas préparé un repas ni donné un coup de balai depuis la Révolution.

Ce soir-là, Tania prit l'ascenseur et alla frapper à la porte de l'appartement de son frère.

Nina lui ouvrit. « Ah », dit-elle sèchement. Elle disparut dans l'appartement, laissant la porte ouverte. Elles ne s'étaient jamais bien entendues toutes les deux.

Tania entra dans le petit couloir. Dimka apparut, sortant de la chambre. Il sourit, visiblement ravi de la voir. « On peut se parler en tête à tête ? » lui demanda-t-elle.

Il prit ses clés sur une petite table, sortit avec elle et referma la porte de l'appartement derrière eux. Ils descendirent par l'ascenseur et s'assirent sur un banc, dans le vaste hall d'entrée. « Je voudrais que tu me trouves où est Vassili », dit Tania.

Il secoua la tête. « Non. »

Tania faillit fondre en larmes. « Et pourquoi ?

— Je viens d'éviter de justesse de me faire exiler à Kharkov et j'ai changé de boulot. Tu imagines l'impression que ça ferait si j'essayais de me renseigner sur un dissident, un *criminel* ?

— Il faut que je lui parle !

— Je ne vois pas pourquoi.

— Mets-toi un peu à sa place. Il a purgé sa peine il y a plus d'un an, et il est toujours là-bas. Il doit se demander s'il ne sera pas condamné à y rester jusqu'à la fin de ses jours ! Je dois lui dire que nous ne l'avons pas oublié. »

Dimka lui prit la main. «Je regrette, Tania. Je sais que tu as de l'affection pour lui. Mais je ne vois pas à quoi ça servirait que je prenne un risque pareil..

— *La Morsure du gel* est un texte incroyable ! Il a l'étoffe d'un grand écrivain. Il a le don de résumer tout ce qui ne va pas dans notre pays. Il faut que je lui dise de continuer à écrire.

— À quoi bon ?

— Tu travailles au Kremlin : tu ne peux rien changer. Et Brejnev ne réformera jamais le communisme.

— Je sais. Ça me désespère.

— La politique de ce pays est moribonde. La littérature pourrait être notre seul espoir, maintenant.

— Parce que tu crois qu'une nouvelle pourrait changer quelque chose ?

— Qui sait ? De toute façon, qu'est-ce qu'on peut faire d'autre ? Allez, Dimka. On n'a jamais été d'accord sur la nécessité de réformer ou d'abolir le communisme, mais on n'a jamais renoncé, ni l'un ni l'autre.

— Je ne sais pas...

— Tâche de savoir où vit et travaille Vassili Ienkov. Tu n'as qu'à dire que c'est une enquête politique confidentielle pour un rapport sur lequel tu travailles. »

Dimka poussa un soupir. « Tu as raison. On ne peut pas renoncer comme ça.

— Merci. »

Deux jours plus tard, il avait l'information demandée. Vassili avait été libéré du camp de prisonniers, mais pour une raison inconnue, sa nouvelle adresse ne figurait pas dans son dossier. Tout ce qu'on savait, c'est qu'il travaillait dans une centrale électrique, à quelques kilomètres d'Irkoutsk. Les autorités avaient refusé de lui remettre un passeport intérieur, et il était peu probable qu'on lui en accorde un dans un avenir prévisible.

Une représentante de l'agence de recrutement sibérienne était venue chercher Tania à l'aéroport. Elle s'appelait Irina et avait une trentaine d'années. Tania regretta que ce ne soit pas un homme. Les femmes avaient de l'intuition : Irina risquait de soupçonner la vraie mission de la journaliste.

« Je vous propose, camarade, de commencer par le grand magasin central, dit Irina avec vivacité. Nous avons beaucoup de choses qu'on ne peut pas se procurer facilement à Moscou, vous savez !

— Parfait ! » répondit Tania, feignant l'enthousiasme.

Irina la conduisit en ville au volant d'un 4×4 Moskvitch 410. Tania déposa ses bagages à l'hôtel Central, puis se laissa guider à travers le magasin. Rongeant son frein, elle interviewa le directeur et une vendeuse.

Et puis elle dit : « J'aimerais bien visiter la centrale électrique de Tchenkov.

— Ah bon ? s'étonna Irina. Pourquoi ?

— J'y suis allée lors de mon dernier séjour ici. » Pur mensonge, mais Irina ne pouvait pas le savoir. « Un des axes de mon reportage consiste à voir comment la situation a évolué. J'espère d'ailleurs pouvoir interroger à nouveau les gens que j'ai rencontrés la dernière fois.

— Mais la centrale n'a pas été avertie de votre visite.

— Aucune importance. Je préfère ne pas les déranger dans leur travail. Nous allons jeter un coup d'œil et je parlerai aux gens pendant la pause déjeuner.

— Comme vous voudrez. » Malgré ses réticences évidentes, Irina était obligée de faire tout ce qui était en son pouvoir pour satisfaire une journaliste de renom. « Je vais quand même téléphoner pour les prévenir. »

Tchenkov était une vieille centrale à charbon construite dans les années 1930, à une époque où on ne se souciait guère de la pollution. Une odeur de charbon planait dans l'air, et la poussière recouvrait tout, changeant le blanc en gris et le gris en noir. Elles furent accueillies par le directeur, en costume et chemise sale, visiblement pris au dépourvu.

Tout en le suivant parmi les installations, Tania cherchait Vassili du regard. Il serait facile à repérer avec sa haute taille, son épaisse chevelure noire, et son physique d'acteur de cinéma. Mais personne, ni Irina, ni qui que ce fût d'autre, ne devait se douter qu'elle le connaissait bien et était venue en Sibérie à sa recherche. « Il me semble que je vous reconnais, dirait-elle. J'ai dû vous interviewer, la dernière fois que je suis venue. » Vassili était assez vif d'esprit pour comprendre tout de suite de quoi il retournait, et elle continuerait à parler le plus longtemps possible, le temps qu'il se remette de sa surprise.

Un électricien devait probablement travailler dans la salle de contrôle, ou au niveau des chaudières, spéculait-elle ; et puis elle songea qu'il pouvait être en train de réparer un circuit électrique ou n'importe quoi dans un atelier ou un autre.

Elle se demanda s'il aurait beaucoup changé depuis toutes ces années. Il la considérait probablement encore comme une amie : il lui avait envoyé son récit. Il avait certainement une petite amie, ici – peut-être même plusieurs, tel qu'elle le connaissait. Prenait-il cette prolongation de peine avec philosophie, ou était-il révolté par cette injustice ? Le trouverait-elle dans un état pitoyable, ou remonté contre elle parce qu'elle ne le tirait pas de là ?

Elle fit son métier sérieusement, demandant aux ouvriers ce qu'ils pensaient, leur famille et eux, de la vie en Sibérie. Ils évoquèrent tous les salaires élevés et les possibilités d'avancement rapide qui s'expliquaient par le manque de travailleurs qualifiés. Les conditions de vie avaient beau être rudes, beaucoup lui parlèrent avec enthousiasme de la camaraderie, de l'esprit pionnier.

À la mi-journée, elle n'avait toujours pas aperçu Vassili. C'était agaçant ; il ne pouvait pourtant pas être loin.

Irina la conduisit vers la salle à manger de la direction, mais Tania insista pour déjeuner à la cantine, avec les ouvriers. En mangeant, les gens se détendaient et s'exprimaient plus naturellement, en donnant plus de détails. Tania prit note de ce qu'ils lui disaient sans cesser de parcourir la salle du regard afin de repérer ceux qu'elle interrogerait ensuite, espérant surtout trouver enfin Vassili.

L'heure du déjeuner prit fin ; il n'était pas venu. Le réfectoire commença à se vider. Irina proposa de passer à leur rendez-vous suivant, la visite d'une école qui permettrait à la journaliste d'interroger de jeunes mamans. Tania n'arriva pas à trouver de raison de refuser.

Il allait falloir qu'elle se renseigne en le nommant explicitement. Peut-être pourrait-elle dire : *Je me rappelle vaguement un type intéressant à qui j'ai parlé la dernière fois, un électricien. Il me semble qu'il s'appelait Vassili... Vassili comment, déjà ? Ienkov ? Vous pourriez me dire s'il travaille toujours ici ?* C'était un peu gros. Irina s'informerait ; elle n'était pas idiote et se demanderait sûrement pourquoi Tania s'intéressait particulièrement à lui. Elle ne mettrait pas longtemps à découvrir que Vassili était un prisonnier politique qu'on avait envoyé en Sibérie. Restait ensuite à savoir si Irina déciderait de tenir sa langue et de se mêler de ses affaires – le choix le plus fréquent en Union soviétique –, ou si elle chercherait à se faire mousser en signalant la requête de Tania à l'un de ses supérieurs du parti communiste.

Pendant des années, personne n'avait été au courant des liens d'amitié qui unissaient Tania et Vassili. C'est ce qui les avait protégés, et c'est grâce à cela qu'ils n'avaient pas été condamnés à la prison à vie pour la publication d'un magazine subversif. Après l'arrestation de Vassili, Tania n'avait mis qu'une personne dans le secret, son frère jumeau. Et Daniil avait deviné. Mais à présent, elle risquait d'éveiller les soupçons d'une inconnue.

Elle rassemblait son courage pour poser sa question quand Vassili apparut.

Tania se plaqua la main sur la bouche pour retenir un cri.

Vassili avait l'air d'un vieillard. Il était maigre, voûté, et ses cheveux longs, emmêlés, étaient striés de fils gris. Son visage, jadis charnu et sensuel, était émacié, ridé. Il portait une blouse crasseuse, avec des tournevis dans les poches. Il marchait en traînant les pieds.

« Quelque chose ne va pas, camarade Tania ? demanda Irina.

— J'ai terriblement mal aux dents, improvisa Tania.

— Je suis vraiment navrée. »

Tania n'aurait su dire si Irina était dupe.

Son cœur cognait contre ses côtes. Elle était transportée de joie d'avoir retrouvé Vassili, et en même temps consternée par son aspect. Et elle devait absolument dissimuler cette tempête d'émotions à Irina.

Elle se leva pour que Vassili la voie. Comme il n'y avait plus beaucoup de monde au réfectoire, il ne pouvait que la remarquer. Elle détourna le visage pour ne pas éveiller les soupçons d'Irina et ramassa son sac comme si elle s'apprêtait à partir. « Il faudra que j'aille chez le dentiste dès mon retour », dit-elle.

Du coin de l'œil, elle vit Vassili s'arrêter net, la regarder fixement. « Parlez-moi de l'école que nous allons visiter, demanda-t-elle à Irina pour faire diversion. Quel âge ont les élèves ? »

Elles commencèrent à se diriger vers la porte pendant qu'Irina répondait à sa question. Tania essayait d'observer Vassili sans en avoir l'air. Il resta figé, les yeux rivés sur elle, durant plusieurs secondes. Comme les deux femmes s'approchaient de lui, Irina lui jeta un regard intrigué.

Tania dévisagea alors Vassili.

Ses traits creusés exprimaient à présent une profonde surprise. Il la fixait, sans ciller, bouche bée. Elle lut pourtant dans ses yeux autre chose que de la stupeur. C'était de l'espoir, se dit-elle – un espoir médusé, incrédule, ardent. Il n'était pas complètement brisé : quelque chose avait donné à cette épave humaine la force d'écrire cette histoire merveilleuse.

Elle se rappela les paroles qu'elle avait préparées : « Vous me rappelez quelqu'un – on ne se serait pas parlé la dernière fois que je suis venue ici, il y a trois ans ? Je m'appelle Tania Dvorkine, et je travaille pour l'agence TASS. »

Vassili ferma la bouche et commença à reprendre ses esprits, mais il avait encore l'air hébété.

« Je prépare une suite à ma série sur les gens qui sont venus s'installer en Sibérie, poursuivit Tania. Mais je crains d'avoir oublié votre nom – j'ai interviewé plusieurs centaines de personnes au cours des trois dernières années !

— Ienkov, dit-il enfin. Vassili Ienkov.

— Nous avions eu une conversation tout à fait intéressante. Ça me revient. Il faut absolument que vous m'accordiez une nouvelle interview. »

Irina regarda sa montre. « Nous n'avons pas beaucoup de temps. Les écoles ferment tôt, ici. »

Tania acquiesça d'un hochement de tête et se tourna vers Vassili : « Nous pourrions peut-être nous voir ce soir ? Ça vous ennuierait de passer à l'hôtel Central ? Nous pourrions éventuellement prendre un verre.

— À l'hôtel Central, répéta Vassili.

— À six heures ?

— Six heures, à l'hôtel Central.

— Alors, à ce soir », répondit Tania. Et elle sortit.

*

Tania avait voulu rassurer Vassili : on ne l'avait pas oublié. Elle venait de le faire, mais était-ce suffisant ? Pourrait-elle lui redonner un peu d'espoir ? Elle voulait également lui dire que sa nouvelle était excellente et qu'il fallait qu'il en écrive d'autres, mais là encore, les encouragements qu'elle pouvait lui prodiguer étaient bien maigres : *La Morsure du gel* ne serait pas publié, et il en irait probablement de même de tout ce qu'il pourrait écrire. Elle craignait d'ajouter encore à son désespoir au lieu de le réconforter.

Elle l'attendit au bar. L'hôtel n'était pas trop mal. Tous les visiteurs qui venaient en Sibérie étaient des VIP – personne ne venait ici en vacances –, et l'établissement avait le niveau de luxe que l'élite communiste s'attendait à trouver.

Vassili arriva, un peu plus en forme apparemment qu'au début de l'après-midi. Il s'était coiffé et avait enfilé une chemise propre. Il avait encore l'air d'un grand malade en convalescence, mais avait retrouvé son regard brillant d'intelligence.

Il prit ses mains entre les siennes. « Merci d'être venue jusqu'ici, dit-il d'une voix frémissante d'émotion. Je ne peux te dire combien c'est important pour moi. Tu es une amie. Une amie en or massif. »

Elle l'embrassa sur la joue.

Ils commandèrent de la bière. Vassili se jeta sur les cacahuètes gratuites comme un homme affamé.

« Ta nouvelle est excellente, commença Tania. Pas seulement bonne : extraordinaire. »

Il sourit. « Merci. Peut-être quelque chose de bien sortira-t-il de ce lieu épouvantable.

— Je ne suis pas la seule à l'avoir admirée. Les éditeurs de *Nouveau Monde* avaient accepté de la publier. » Son visage s'illumina de joie, mais elle ne pouvait lui donner de faux espoirs. « Ils ont changé d'avis quand Khrouchtchev a été démis de ses fonctions. »

Vassili parut déçu. Il prit une nouvelle poignée de cacahuètes. « Ça ne m'étonne pas, dit-il, retrouvant vite sa sérénité. Au moins, ils l'ont aimée – c'est tout ce qui compte. Ça valait le coup de l'écrire.

— J'en ai fait plusieurs copies que j'ai envoyées, anonymement, bien sûr, à certains de ceux qui recevaient *Dissidence.* » Elle hésita. Ce qu'elle avait prévu de dire ensuite était risqué. Une fois la phrase prononcée, elle ne pourrait pas la retirer. Elle se jeta à l'eau : « Je ne vois plus qu'une autre solution, essayer d'en faire passer un exemplaire à l'Ouest. »

Une lueur d'optimisme éclaira son regard, mais il feignit le scepticisme. « Ce serait dangereux pour toi.

— Et pour toi. »

Vassili haussa les épaules. « Qu'est-ce que tu veux qu'ils me fassent ? M'envoyer en Sibérie ? Toi, en revanche, tu as tout à perdre.

— Tu pourrais écrire autre chose ? »

Il tira de sous son blouson une grande enveloppe usée. « C'est déjà fait », dit-il en lui tendant l'enveloppe, puis il vida son verre de bière.

Elle jeta un coup d'œil à l'intérieur. Les pages étaient couvertes de la petite écriture nette de Vassili. « Eh, mais il y a de quoi faire un livre ! » s'exclama-t-elle, enchantée, avant de songer que, si elle se faisait prendre avec ça, elle pouvait, elle aussi, se retrouver en Sibérie. Elle glissa prestement l'enveloppe dans la sacoche qu'elle portait en bandoulière.

« Qu'est-ce que tu vas en faire ? » lui demanda-t-il.

Tania y avait déjà réfléchi. « Il y a une Foire du livre qui se tient tous les ans à Leipzig, en Allemagne de l'Est. Je pourrais essayer de m'y faire envoyer par l'agence TASS – après tout, je parle plus ou moins allemand. Des éditeurs de l'Ouest fréquentent ce salon – des éditeurs de Paris, de Londres et de New York. Je pourrais peut-être faire publier ton œuvre en traduction. »

Son visage s'éclaira. « Tu crois vraiment ?

— Je suis sûre que *La Morsure du gel* est assez bon pour ça.

— Ce serait génial. Mais tu prendrais un énorme risque. »

Elle acquiesça. « Toi aussi. Si les autorités soviétiques découvraient l'identité de l'auteur, tu aurais de gros problèmes. »

Il éclata de rire. « Regarde-moi : à moitié mort de faim, vêtu de haillons, vivant tout seul dans un foyer pour hommes où il fait un froid de canard – je n'ai plus rien à craindre. »

Elle n'avait pas pensé qu'il pourrait ne pas avoir suffisamment à manger. « Il y a un restaurant ici, dit-elle. Tu veux qu'on dîne ?

— Oui, avec plaisir. »

Vassili commanda un bœuf Stroganov avec des pommes de terre à l'eau. La serveuse posa une corbeille de petits pains sur la table, comme dans les banquets. Vassili dévora tous les petits pains. Après le bœuf, il commanda des pirojkis, des petits pâtés en croûte fourrés à la compote de prunes et passés à la friture. Il termina même l'assiette de Tania.

« J'avais cru comprendre que les bons techniciens étaient bien payés, ici, remarqua-t-elle.

— Les volontaires, oui. Pas les anciens détenus. Les autorités ne respectent la loi du marché que contraintes et forcées.

— Je peux t'envoyer de la nourriture ? »

Il secoua la tête. « Tout est volé par le KGB. Les paquets arrivent éventrés, avec la mention “Colis suspect, officiellement inspecté”, et tout ce qu'ils contenaient d'intéressant a disparu. Le type dans la chambre à côté de la mienne a reçu six pots de confiture, tous vides. »

Tania signa l'addition du restaurant.

« Tu as une salle de bains avec ta chambre ?

— Oui.

— Avec de l'eau chaude ?

— Évidemment.

— Tu accepterais que je prenne une douche ? Au foyer, on n'a de l'eau chaude qu'une fois par semaine, et il faut qu'on se dépêche avant qu'il n'y en ait plus. »

Ils montèrent dans sa chambre.

Vassili passa un long moment dans la salle de bains. Tania resta assise sur le lit à regarder la neige crasseuse au-dehors. Elle était complètement abasourdie. Elle avait jusqu'alors une vague notion ce qu'étaient les camps de travail, mais l'image de Vassili lui en avait fait comprendre la réalité avec une force dévastatrice. Jusque-là, son imagination avait été incapable de prendre la mesure de la souffrance des prisonniers. Et pourtant, en dépit de tout, Vassili n'avait pas succombé au désespoir. Il avait même trouvé au fond de lui l'énergie et le courage de relater son expérience avec passion et humour. Elle l'admirait plus que jamais.

Quand il ressortit enfin de la salle de bains, ils se dirent au revoir. Au bon vieux temps, il lui aurait fait du plat, mais ce jour-là, cette idée ne parut même pas l'effleurer.

Elle lui donna tout l'argent qu'elle avait dans son portefeuille, une tablette de chocolat, et deux paires de caleçons longs, trop courts pour lui, mais qui devaient tout de même lui aller. « Ils sont peut-être en meilleur état que les tiens, dit-elle.

— Ça, c'est sûr, répondit-il. Je n'ai pas de sous-vêtements. »

Après son départ, elle fondit en larmes.

XXXVI

Chaque fois qu'ils jouaient « Love Is It » sur Radio Luxembourg, Karolin pleurait.

Lili, qui avait maintenant seize ans, pensait comprendre ce que ressentait Karolin. C'était comme si Walli était rentré à la maison, comme s'il chantait et jouait dans la pièce d'à côté, sauf qu'elles ne pouvaient pas aller le voir pour lui dire à quel point sa musique était bonne.

Si Alice était réveillée, elles l'asseyaient à côté de la radio et lui disaient « C'est ton papa ! » La fillette était tout excitée, sans comprendre ce qu'on lui racontait. Parfois, Karolin lui chantait la chanson, et Lili l'accompagnait à la guitare, joignant sa voix à la sienne.

La mission de Lili dans la vie était d'aider Karolin et Alice à émigrer à l'Ouest, pour qu'elles retrouvent enfin Walli.

Karolin s'était installée définitivement dans la villa des Franck, dans le quartier berlinois du Mitte. Ses parents ne voulaient plus entendre parler d'elle. Ils prétendaient qu'elle les avait déshonorés en donnant naissance à un enfant illégitime. En fait, c'étaient les menaces de la Stasi qui les avaient poussés à jeter leur fille dehors. Son père ne voulait pas perdre son travail de responsable d'une gare routière à cause des liens entre Karolin et Walli.

Lili était contente qu'elle soit là. Karolin était comme une grande sœur venue remplacer Rebecca, et elle adorait le bébé. Tous les jours, quand elle rentrait de cours, elle s'occupait d'Alice pendant deux heures, ce qui permettait à Karolin de souffler un peu.

Ce jour-là, pour le premier anniversaire d'Alice, Lili avait décidé de faire un gâteau. Assise dans sa chaise haute, la petite fille tapait joyeusement sur un bol avec une cuillère en bois pendant que Lili préparait une pâtisserie adaptée aux bébés.

Karolin écoutait Radio Luxembourg dans sa chambre, à l'étage.

L'anniversaire d'Alice était aussi celui de l'assassinat. La radio et la télévision d'Allemagne de l'Ouest diffusaient des émissions sur le président Kennedy et sur les conséquences de sa mort. Les radios d'Allemagne de l'Est se limitaient au minimum.

Lyndon Johnson avait été Président par défaut pendant près d'un an, mais trois semaines auparavant, lors de l'élection présidentielle, il avait remporté une victoire écrasante sur Goldwater, le républicain ultraconservateur. Lili s'en réjouissait. Elle n'était même pas née quand Hitler avait été vaincu, mais connaissait l'histoire de son pays et redoutait les hommes politiques qui trouvaient des justifications à la haine raciale.

Si Johnson était moins charismatique que Kennedy, il semblait tout aussi déterminé à défendre Berlin-Ouest. C'était le principal pour les Allemands, des deux côtés du Mur.

Lili sortait le gâteau du four quand sa mère rentra du travail. Carla avait réussi à garder son poste de responsable du personnel infirmier dans un grand hôpital, malgré son passé social-démocrate. Un jour, alors que la rumeur de son licenciement circulait, les infirmières avaient menacé de faire grève, et pour calmer le jeu, le directeur de l'hôpital avait été obligé de leur garantir que Carla resterait à la tête du service.

Le père de Lili essayait toujours de diriger son entreprise de Berlin-Ouest à distance, mais avait dû trouver du travail à Berlin-Est. Il avait été forcé de se contenter d'un emploi d'ingénieur dans une usine d'État, où l'on fabriquait des téléviseurs de bien moins bonne qualité que ceux d'Allemagne de l'Ouest. Au début, il avait fait des suggestions pour améliorer le produit; ses interventions ayant été considérées comme des critiques à l'égard de ses supérieurs, il avait cessé de le faire. Ce soir-là, en rentrant à la maison, il rejoignit les femmes dans la cuisine et ils chantèrent tous en chœur « Hoch soll sie leben », « Qu'elle vive longtemps », la chanson d'anniversaire traditionnelle.

Ils discutèrent ensuite autour de la table. Alice verrait-elle son père un jour?

Karolin avait fait une demande d'émigration. Il devenait de plus en plus difficile de s'enfuir. Elle aurait pu essayer quand même de passer à l'Ouest si elle avait été seule, mais elle n'était pas prête à risquer la vie d'Alice. Tous les ans, quelques personnes étaient autorisées à sortir légalement du pays. Personne n'avait jamais réussi à comprendre quels critères exacts étaient pris en compte, toutefois il semblait que la plupart de ceux qu'on laissait quitter le territoire étaient des gens dépendants, improductifs, des enfants et des personnes âgées.

Karolin et Alice étaient dépendantes et improductives, pourtant, leur demande avait été rejetée.

Bien sûr, on ne leur avait donné aucune raison.

Le gouvernement ne disait évidemment pas s'il était possible de faire appel et comme toujours, les rumeurs comblaient l'absence d'informations. On pouvait, disaient certains, adresser une requête au dirigeant du pays, Walter Ulbricht.

Piètre sauveur en vérité que ce petit homme avec sa barbichette à la Lénine, d'une orthodoxie servile dans tous les domaines. On disait qu'il se réjouissait du coup d'État de Moscou parce qu'il trouvait que Khrouchtchev n'appliquait pas la doctrine avec suffisamment de rigueur. Karolin avait tout de même écrit une lettre à son intention, lui expliquant qu'il fallait qu'elle émigre afin d'épouser le père de son enfant.

« Il paraît qu'il croit à la moralité de la famille traditionnelle, dit Karolin. Si c'est vrai, il devrait aider une femme qui ne veut qu'une chose : donner un père à son enfant. »

En Allemagne de l'Est, les gens passaient la moitié de leur vie à essayer de deviner ce que le gouvernement projetait de faire, voulait ou pensait. Le régime était imprévisible. On autorisait quelques disques de rock'n'roll dans les boîtes fréquentées par les jeunes, et puis tout d'un coup, on les interdisait complètement. Pendant un moment, on fermait les yeux sur les tenues vestimentaires, jusqu'au jour où l'on se mettait à arrêter les garçons qui portaient des blue-jeans. La Constitution du pays garantissait la liberté de circulation, mais très peu de gens avaient la permission d'aller voir leur famille en Allemagne de l'Ouest.

Maud se joignit à la conversation. « On ne peut jamais prévoir ce qu'un tyran va faire. L'incertitude est une de leurs armes. Avant le communisme, j'ai connu le nazisme. La similitude est déprimante. »

On frappa à la porte d'entrée. Lili alla ouvrir et découvrit, debout sur le seuil, son ex-beau-frère, Hans Hoffmann.

Lili maintint la porte entrouverte de quelques centimètres seulement. « Qu'est-ce que tu veux, Hans ? »

C'était un gaillard solide, qui aurait facilement pu repousser la jeune fille pour entrer. Il s'en abstint pourtant. « Ouvre-moi, Lili, dit-il sur un ton à la fois las et excédé. Je suis de la police, tu es obligée de me laisser entrer. »

Lili sentit les battements de son cœur s'accélérer, mais elle tint bon et cria par-dessus son épaule : « Mutti ! C'est Hans Hoffmann ! »

Carla arriva en courant. « Tu as bien dit Hans ?

— Oui. »

Carla prit la place de Lili à la porte. « Tu n'es pas le bienvenu dans cette maison, Hans. » Malgré l'assurance et le calme de son ton, Lili entendait la respiration rapide et angoissée de sa mère.

« Vraiment ? répondit froidement Hans. Il faut quand même que je parle à Karolin Koontz. »

Lili ne put retenir un petit cri d'effroi. Karolin ? Pourquoi ?

C'est la question que posa Carla. « Pourquoi ?

— Elle a adressé une lettre au camarade premier secrétaire du parti, Walter Ulbricht.

— Et alors ? C'est un crime ?

— Bien au contraire. C'est le dirigeant du peuple. Tout le monde peut lui écrire. Il apprécie toujours d'avoir des nouvelles de ses concitoyens.

— Dans ce cas, pourquoi viens-tu ici terrifier et brutaliser Karolin ?

— J'expliquerai moi-même les raisons de ma présence à Fräulein Koontz. Bon, vous ne croyez pas que vous feriez mieux de me laisser entrer ?

— Il se peut, chuchota Carla à l'oreille de Lili, qu'il ait quelque chose à nous dire à propos de sa demande d'émigration. Autant savoir de quoi il retourne. » Elle ouvrit la porte en grand.

Hans entra dans le couloir. C'était un homme de haute taille, légèrement voûté, qui approchait maintenant de la quarantaine. Il portait un épais manteau bleu marine, à double boutonnage, d'une qualité qu'on ne trouvait généralement pas dans les magasins d'Allemagne de l'Est et qui le faisait paraître plus imposant et plus menaçant. Lili s'écarta instinctivement.

Il connaissait la maison, et fit comme s'il y habitait encore. Il enleva son manteau et l'accrocha à une patère, dans le couloir, puis sans y être invité, entra dans la cuisine.

Lili et Carla le suivirent.

Werner était debout. Lili se demanda avec appréhension s'il avait pris son pistolet dans sa cachette derrière le tiroir à casseroles. Peut-être était-ce pour lui en laisser le temps que Carla était venue discuter avec Hans dans l'entrée. Lili essaya de maîtriser le tremblement de ses mains.

Werner ne tenta pas de dissimuler son hostilité. « Je suis surpris de te voir dans cette maison, dit-il à Hans. Après ce que tu as fait, tu devrais avoir honte de te montrer ici. »

Karolin avait l'air intriguée et inquiète, et Lili se rendit compte qu'elle ne savait pas qui était Hans. Elle le lui expliqua en aparté : « C'est un type de la Stasi. Il avait épousé ma sœur et il a habité ici pendant un an, à nous espionner. »

Karolin porta la main à sa bouche et étouffa une exclamation de surprise. « C'est lui ? murmura-t-elle. Walli m'en a parlé. Comment a-t-il pu faire une chose pareille ? »

Hans les entendit chuchoter. « Vous devez être Karolin. C'est vous qui avez écrit au camarade premier secrétaire. »

Malgré sa peur manifeste, Karolin lui tint tête. « Je veux épouser le père de mon enfant. Allez-vous m'y autoriser ? »

Hans se tourna vers Alice dans sa chaise de bébé. « Un bien joli bébé, commenta-t-il. C'est un garçon ou une fille ? »

Le regard de Hans posé sur Alice suffit à faire trembler Lili.

« Une fille, répondit Karolin à contrecœur.

— Et comment s'appelle-t-elle ?

— Alice.

— Alice... Oui, il me semble avoir lu ça dans votre lettre. »

En un sens, cette apparente gentillesse envers le bébé était encore plus angoissante qu'une menace.

Hans tira une chaise et s'assit à la table. « Alors, Karolin, il paraît que vous voulez quitter votre pays ?

— Il me semble que vous devriez vous en réjouir – le gouvernement désapprouve ma musique.

— Et pourquoi voulez-vous jouer de la musique pop américaine décadente ?

— Le rock'n'roll a été inventé par des Noirs américains. C'est la musique d'un peuple opprimé. Une musique révolutionnaire. Je trouve vraiment bizarre que le camarade Ulbricht déteste le rock'n'roll. »

Quand Hans se voyait opposer un argument qu'il ne pouvait réfuter, il se contentait de l'ignorer. « Mais l'Allemagne a un tel trésor de musique traditionnelle superbe... commença-t-il.

— J'adore les chants traditionnels allemands, et je suis sûre d'en connaître davantage que vous. Mais la musique est internationale. »

Maud se pencha en avant. « Comme le socialisme, camarade », dit-elle perfidement.

Hans l'ignora.

« Et mes parents m'ont jetée dehors, reprit Karolin.

— À cause de l'immoralité de votre conduite.

— Ils l'ont jetée dehors parce que toi, Hans, tu as menacé son père ! s'écria Lili, offusquée.

— Pas du tout, rétorqua-t-il platement. Que doivent faire des parents respectables quand leur fille devient une débauchée antisociale ?

— Je n'ai jamais été une débauchée, répliqua Karolin, les yeux brûlants de larmes de colère.

— Il n'empêche que vous avez un enfant illégitime.

— On dirait que tu ne comprends pas grand-chose à la biologie, intervint Maud. Il suffit d'un homme pour faire un bébé, légitime ou non. La débauche n'a rien à voir là-dedans. »

Hans eut l'air piqué au vif, mais une fois de plus, il refusa de mordre à l'hameçon. « L'homme que vous voulez épouser est recherché pour meurtre, lança-t-il à Karolin. Il a tué un garde-frontière et il est passé à l'Ouest.

— Je l'aime.

— Et c'est pour ça, Karolin, que vous implorez le premier secrétaire de vous accorder le privilège d'émigrer.

— Ce n'est pas un privilège, c'est un droit ! objecta Carla. Un peuple libre devrait avoir le droit de se déplacer librement. »

Cette fois, Hans accusa le coup. « Vous autres, vous croyez avoir tous les droits ! Vous ne vous rendez pas compte que vous appartenez à une société qui doit agir comme un seul homme. Même les poissons qui nagent dans la mer forment des bancs !

— Nous ne sommes pas des poissons. »

Hans ne daigna pas lui répondre et se retourna vers Karolin. « Vous êtes une jeune femme immorale rejetée par sa famille en raison de son comportement scandaleux. Vous vous êtes réfugiée dans une famille connue pour ses tendances antisociales. Et vous voulez épouser un meurtrier.

— Ce n'est pas un meurtrier, chuchota Karolin.

— Quand les gens écrivent au camarade Ulbricht, leurs lettres passent d'abord par la Stasi pour appréciation, continua

Hans. La vôtre, Karolin, a été remise à un sous-officier. Étant jeune et inexpérimenté, il a pris en pitié une mère célibataire, et a recommandé qu'on lui accorde l'autorisation.» Voilà qui paraissait de bon augure, pensa Lili, mais son petit doigt lui faisait craindre un coup tordu. Avec raison. «Par bonheur, poursuivit Hans, son supérieur m'a transmis son rapport, se souvenant que j'avais précédemment eu affaire à cette...» Il parcourut l'assemblée du regard avec une expression de dégoût. «Cette clique indisciplinée, anticonformiste et fauteuse de troubles.»

Lili comprit, le cœur gros, ce qu'il s'apprêtait à dire. Hans était venu leur annoncer le rejet de la demande de Karolin, et il avait tenu à s'en charger personnellement, histoire de bien remuer le couteau dans la plaie.

«Vous recevrez une réponse officielle – comme tout le monde, continua-t-il. Mais je peux vous annoncer tout de suite que vous ne serez pas autorisées à émigrer.

— Je ne pourrais pas aller rendre visite à Walli? implora Karolin. Juste pour quelques jours? Alice n'a jamais vu son père!

— Non, répondit Hans avec un petit sourire mesquin. Les personnes qui ont fait une demande d'émigration se voient interdire définitivement d'aller passer leurs vacances à l'étranger. Vous nous prenez pour qui? ajouta-t-il, laissant transparaître sa haine. Pour des imbéciles?

— Je referai une demande dans un an», s'obstina Karolin.

Hans se leva, un sourire supérieur, triomphant, aux lèvres. «La réponse sera la même l'année prochaine, et l'année d'après, et toutes les suivantes.» Il les défia tous du regard. «Aucun de vous n'aura la permission de sortir. Jamais. J'en fais serment.»

Sur ces mots, il prit congé.

*

Dave Williams appela Classic Records.

«Allô, Cherry? Ici Dave. Je pourrais parler à Eric?

— Il n'est pas là pour le moment», répondit-elle.

Dave était déçu et indigné. «C'est la troisième fois que je l'appelle!

— Pas de chance.

— Il pourrait me rappeler au moins.

— Je le lui demanderai. »

Dave raccrocha. La malchance n'y était pour rien. Il y avait quelque chose qui clochait.

L'année 1964 avait été formidable pour Plum Nellie. « Love Is It » s'était retrouvé en tête du hit parade, et le groupe – sans Lennie – avait fait une tournée en Angleterre avec une brochette de vedettes de la pop-music, dont le légendaire Chuck Berry. Dave et Walli s'étaient installés dans un deux-pièces dans le quartier des théâtres.

Mais la ferveur du public était retombée. C'était frustrant.

Plum Nellie avait fait un second album. Pour Noël, Classic Records avait sorti « Shake, Rattle and Roll » avec « Hoochie Coochie Man » en face B. Eric n'avait pas consulté le groupe, et Dave aurait préféré enregistrer un nouveau titre.

Les faits lui avaient donné raison. « Shake, Rattle and Roll » avait fait un bide. Et maintenant, en ce mois de janvier 1965, Dave paniquait en envisageant l'année à venir. La nuit, il rêvait qu'il tombait d'un toit, d'un avion, d'une échelle – et il se réveillait persuadé qu'il n'avait plus que quelques instants à vivre. La même sensation l'envahissait quand il songeait à son avenir.

Il s'était plu à croire qu'il serait musicien. Il avait quitté ses parents et son lycée. Il avait seize ans, il était en âge de se marier et de payer des impôts. Il avait été convaincu qu'une grande carrière l'attendait. Et voilà que d'un coup, tout s'écroulait. Il ne savait pas quoi faire. Il n'était bon à rien en dehors de la musique. L'idée même de retourner habiter chez ses parents était trop humiliante. Dans les récits un peu désuets, le jeune héros « prenait la mer ». Dave se voyait bien disparaître et revenir cinq ans plus tard, bronzé, barbu, ayant quantité d'histoires à raconter sur des contrées lointaines. Mais au fond de son cœur, il savait qu'il détesterait la discipline qui régnait à bord d'un bateau. Ce serait pire que l'école.

Il n'avait même pas de petite amie. En quittant le lycée, il avait rompu avec Linda Robertson. Elle avait dit qu'elle s'y attendait, mais elle avait quand même pleuré. Après l'apparition de Plum Nellie dans *It's Fab!*, quand il avait touché son cachet, il avait demandé à Eric le numéro de téléphone de Mickie McFeee, et il l'avait appelée pour lui demander si elle voulait sortir avec lui, peut-être pour dîner et aller au cinéma. Elle avait réfléchi un instant avant de répondre : « Non. Tu es vraiment mignon, mais il ne faut pas qu'on me voie avec un gamin de seize ans. J'ai déjà assez mauvaise réputation, et je ne veux pas avoir l'air stupide à ce point. » Dave l'avait mal pris.

Ce jour-là, Walli était assis à côté de Dave, la guitare posée sur le genou, comme toujours. Il jouait avec un tube de métal fixé au majeur de la main gauche, et chantait « Woke up this morning, believe I'll dust my broom », « Je me suis réveillé ce matin, et je me suis dit que j'allais mettre les voiles ».

Dave fronça les sourcils. « C'est la sonorité d'Elmore James ! remarqua-t-il au bout d'une minute.

— Ouais, c'est le bottleneck qui fait ça, confirma Walli. Avant, on se servait du goulot d'une bouteille cassée, mais maintenant, quelqu'un fabrique ces trucs en métal.

— Ça sonne rudement bien.

— Pourquoi est-ce que tu appelles tout le temps Eric ?

— Je veux savoir combien on a vendu de "Shake, Rattle and Roll", ce que donne le lancement de "Love Is It" aux États-Unis et si on a des engagements à venir pour une tournée, et notre manager refuse de me parler !

— Vire-le, répondit Walli. C'est un cul. »

Walli parlait presque parfaitement anglais, maintenant.

« Un con, tu veux dire, remarqua Dave. On dit, c'est un con, pas un cul.

— Merci.

— Comment veux-tu que je le vire alors que je ne peux même pas l'avoir au téléphone ? maugréa Dave.

— Passe à son bureau. »

Dave regarda Walli. « Tu sais que tu n'es pas aussi bête que tu en as l'air ? C'est pile ce que je vais faire. »

Il commençait à se sentir mieux, et son accablement s'évanouit dès qu'il eut mis le nez dehors. Quelque chose dans les rues de Londres lui remontait toujours le moral. C'était l'une des plus grandes villes du monde : tout pouvait arriver.

Denmark Street était à un peu plus d'un kilomètre. Dave y fut en un quart d'heure. Il monta l'escalier jusqu'au bureau de Classic Records. « Eric est sorti, lui annonça Cherry.

— Vous êtes sûre ? » demanda Dave. Au culot, il alla ouvrir la porte d'Eric.

Il était là, assis à son bureau. Il avait l'air un peu idiot de s'être laissé prendre en flagrant délit de mensonge. Et puis son expression se mua en colère. « Qu'est-ce que tu veux ? » lança-t-il hargneusement.

Dave resta d'abord silencieux. Son père lui disait parfois : « Ce n'est pas parce qu'on te pose une question que tu es obligé de répondre. C'est une des choses que la politique m'a apprises. » Dave se contenta d'entrer dans la pièce et referma la porte derrière lui.

S'il restait debout, songea-t-il, il donnerait l'impression de s'attendre à ce qu'on lui dise de sortir à tout moment. Il s'assit donc dans le fauteuil devant le bureau d'Eric et croisa les jambes.

« Pourquoi m'évites-tu ? demanda-t-il.

— J'étais occupé, espèce de petit crétin arrogant. Qu'est-ce que tu veux ?

— Oh, un tas de choses, répliqua Dave avec emphase. Comment marche "Shake, Rattle and Roll" ? Qu'est-ce qu'on va faire cette année ? Quelles sont les nouvelles d'Amérique ?

— Rien, rien et rien. Satisfait ?

— Je ne vois pas comment je pourrais me satisfaire de ça. »

Eric enfonça la main dans sa poche, en sortit un rouleau de billets et en jeta quatre de cinq livres sur son bureau. « Tiens, voilà vingt livres. C'est ce que va te rapporter "Shake, Rattle and Roll". Et maintenant, tu es satisfait ?

— Je voudrais voir les chiffres. »

Eric éclata de rire. « Les chiffres ? Mais tu te prends pour qui ?

— Je suis ton client, et tu es mon manager.

— Ton manager ? Il n'y a rien à manager, bougre de petit couillon. Tu as fait un tube sans lendemain. Ça arrive tout le temps dans ce métier. Tu as eu un coup de bol avec la chanson que Hank Remington t'a donnée, mais tu n'as jamais eu de vrai talent. C'est fini, oublie tout ça et retourne à l'école.

— Je ne peux pas.

— Et pourquoi ? Quel âge tu as, seize, dix-sept ans ?

— J'ai raté tous mes examens.

— Eh bien, va chercher du travail.

— Plum Nellie sera un groupe mondialement connu, et je ferai de la musique jusqu'à la fin de mes jours.

— Tu peux toujours rêver, mon gars.

— Pour ça, compte sur moi. »

Dave se leva. Il s'apprêtait à partir quand il se rappela le contrat qu'ils avaient signé avec Eric. Si le groupe avait vraiment du succès, Eric pourrait réclamer un pourcentage.

« Si j'ai bien compris, Eric, tu ne représentes plus Plum Nellie, c'est bien ça ?

— Alléluia ! Il a fini par piger.

— Dans ce cas, je veux récupérer le contrat.

— Hein ? Et pourquoi ? fit Eric, soudain méfiant.

— Le contrat que nous avons signé, le jour où nous avons enregistré "Love Is It". Tu ne tiens pas à le conserver, j'imagine ? »

Eric hésita. « Pourquoi veux-tu le récupérer ?

— Tu viens de me dire que je n'ai aucun talent. Évidemment, si tu penses que le groupe est promis à un grand succès...

— Ne me fais pas rigoler. » Eric décrocha le téléphone. « Cherry, mon chou, prends le contrat Plum Nellie dans le dossier et remets-le au jeune Dave qui s'en va. » Il raccrocha.

Dave ramassa l'argent sur le bureau. « Eric, l'un de nous deux est un imbécile. Je me demande lequel. »

*

Walli adorait Londres. Il y avait de la musique partout : des groupes de *folk song*, des boîtes de beat, des théâtres, des salles de concert, des opéras. Tous les soirs, quand Plum Nellie ne jouait pas, il sortait écouter de la musique, tantôt avec Dave, tantôt seul. De temps à autre, il assistait à un récital de musique classique où il entendait des accords nouveaux pour lui.

Les Anglais étaient bizarres. Quand il disait qu'il était allemand, ils ne pouvaient pas s'empêcher de lui parler de la guerre, et s'offusquaient s'il faisait remarquer qu'en réalité, c'étaient les Russes qui avaient vaincu les Allemands. Parfois, il disait qu'il était polonais, simplement pour éviter cette discussion rasoir, toujours la même.

De toute façon, à Londres, la moitié des gens n'étaient pas anglais : il y avait des Irlandais, des Écossais, des Gallois, des Antillais, des Indiens et des Chinois. Tous les dealers venaient des îles : les Maltais vendaient des amphétamines, les trafiquants d'héroïne venaient de Hong Kong et si on voulait de la marijuana, c'est aux Jamaïcains qu'il fallait s'adresser. Walli aimait les boîtes antillaises, où ils faisaient de la musique sur des rythmes différents. Il se faisait draguer par un tas de filles d'un peu partout ; il leur disait toujours qu'il était déjà pris.

Un jour, le téléphone sonna alors que Dave était sorti. Walli décrocha. « Je pourrais parler à Walter Franck ? » fit une voix d'homme.

Walli faillit répondre que son grand-père était mort depuis plus de vingt ans. « Walli ? C'est moi », répondit-il après un instant d'hésitation.

Son correspondant poursuivit. « Je m'appelle Enok Andersen, et j'appelle de Berlin-Ouest. »

Andersen était le comptable danois qui dirigeait l'usine de Werner Franck. Walli se rappelait un homme chauve avec des lunettes et un stylo bille dans la poche poitrine de son veston. « Il y a un problème ?

— Toute votre famille va bien, mais j'ai une nouvelle décevante à vous annoncer. Karolin et Alice se sont vu refuser la permission d'émigrer. »

Walli eut l'impression d'avoir reçu un coup de poing. Il se rassit lourdement. « Pourquoi ? Pour quelle raison ?

— Le gouvernement d'Allemagne de l'Est ne justifie jamais ses décisions. Mais un agent de la Stasi s'est rendu à leur domicile – Hans Hoffmann, vous le connaissez.

— Un vrai salopard.

— Il leur a fait savoir qu'aucun d'entre eux n'aurait jamais l'autorisation d'émigrer ou de se rendre en vacances à l'Ouest. »

Walli posa la main sur ses yeux. « Jamais ?

— C'est ce qu'il a dit. Votre père m'a demandé de vous en informer. Je suis vraiment désolé.

— Merci.

— Y a-t-il un message que je pourrais transmettre à votre famille ? Je me rends encore une fois par semaine à Berlin-Est.

— Dites-leur que je les aime tous, s'il vous plaît, fit Walli, une boule dans la gorge.

— Très bien.

— Et dites-leur que je les reverrai tous un jour. J'en suis sûr... ajouta-t-il d'une voix brisée.

— Je le leur dirai. Au revoir.

— Au revoir. »

Walli raccrocha, la mort dans l'âme.

Au bout d'une minute, il prit sa guitare et joua un accord mineur. La musique était une consolation. Elle était abstraite, des notes qui s'enchaînaient, rien d'autre. Pas d'espions, pas de traîtres, pas de policiers, pas de murs. Il se mit à chanter : « I miss you, Alice... »

Tu me manques, Alice...

*

Dave était ravi de revoir sa sœur. Il la retrouva devant le bureau de son agence, International Stars. Evie portait un chapeau melon violet. « C'est plutôt tristounet à la maison, sans toi, remarqua-t-elle.

— Il n'y a plus personne pour s'engueuler avec Dad, c'est ça ? demanda Dave en souriant.

— Il est très occupé depuis la victoire électorale des travaillistes. Il fait partie du gouvernement, maintenant.

— Et toi ?

— Je tourne un nouveau film.

— Bravo ! C'est super !

— Alors comme ça, tu as viré ton manager ?

— Eric était convaincu que Plum Nellie ne sortirait jamais d'autre tube. Mais on n'a pas dit notre dernier mot. Cela étant, il faut qu'on trouve plus d'engagements. Tout ce qu'on a au programme pour le moment, c'est quelques soirées au Jump Club ; ça ne suffira même pas à payer le loyer.

— Je ne peux pas te promettre qu'International Stars vous prendra sous contrat, répondit Evie. Ils ont accepté de discuter avec toi, c'est tout.

— Je sais. »

Mais les impresarios ne rencontraient pas les gens pour les envoyer promener, se disait Dave. De toute évidence, l'agence avait envie de faire une fleur à Evie Williams, la jeune actrice la plus en vue de Londres. Tous les espoirs étaient donc permis.

Ils entrèrent. L'endroit n'avait rien à voir avec le bureau d'Eric Chapman. La réceptionniste n'était pas du genre à mâchonner du chewing-gum, il n'y avait pas de trophées sur les murs de l'entrée, juste quelques aquarelles de bon goût. Ça avait de l'allure, mais ce n'était pas vraiment rock'n'roll.

On ne les fit pas attendre. La réceptionniste les conduisit dans le bureau de Mark Batchelor, un grand jeune homme d'une vingtaine d'années qui portait une chemise à col anglais très élégante et une cravate en tricot. Sa secrétaire apporta du café sur un plateau. « On adore Evie, et on serait enchantés de pouvoir aider son frère, commença Batchelor après les civilités d'usage. Mais je ne suis pas sûr que nous puissions le faire. "Shake, Rattle and Roll" a porté préjudice à Plum Nellie.

— Ce n'est pas moi qui vous dirai le contraire, fit Dave, mais pourriez-vous préciser votre pensée ?

— Si je puis vous parler franchement...

— Évidemment, répondit Dave en se disant que cette conversation était bien différente de celles qu'il avait pu avoir avec Eric Chapman.

— Pour moi, vous êtes un groupe de pop moyen qui a eu la bonne fortune de mettre la main sur une chanson de Hank Remington. Les gens trouvent que c'était une chanson géniale, pas que *vous* êtes géniaux. C'est un tout petit monde – quelques boîtes de disques, une poignée d'organisateurs de tournées, deux émissions de télé – et tout le monde pense la même chose. Franchement, je ne vois pas qui pourrait vouloir de vous. »

Dave eut du mal à encaisser. Il ne s'attendait pas à ce que Batchelor soit aussi direct et il essaya de ne pas montrer sa déception.

« On a eu de la chance d'obtenir une chanson de Hank Remington, admit-il. Mais nous ne sommes pas un groupe moyen. Nous avons une section rythmique géniale et un guitariste incroyable. Et en plus, on a un look super.

— Dans ce cas, il va falloir que vous prouviez que vous n'avez pas été propulsés au firmament du star system grâce à un tube unique.

— Je sais. Mais sans contrat d'enregistrement, sans engagements importants, je ne vois pas bien comment on pourrait y arriver.

— Il vous faut un nouveau tube. Vous ne pouvez pas obtenir autre chose de Hank Remington ? »

Dave secoua la tête. « Hank n'écrit pas pour les autres. "Love Is It" était une exception, une ballade que les Kords ont refusé d'enregistrer.

— Il pourrait peut-être vous écrire quelque chose quand même, insista Batchelor d'un geste évasif. Je ne suis pas un créatif, c'est pour ça que je suis agent, mais j'en sais suffisamment pour me rendre compte que Hank est un prodige.

— Eh bien..., fit Dave en regardant Evie. Je pourrais toujours lui poser la question.

— Ça ne peut pas faire de mal», commenta Batchelor d'un ton jovial.

Evie haussa les épaules. «Moi, je n'ai rien contre.

— Alors, c'est d'accord», confirma Dave.

Batchelor se leva et lui tendit la main. «Bonne chance.»

Comme ils quittaient le bâtiment, Dave sollicita immédiatement Evie. «On pourrait peut-être aller voir Hank tout de suite ?

— J'ai des courses à faire, répondit-elle. On a prévu de se retrouver ce soir.

— C'est vachement important, Evie. Toute ma vie est en train de foutre le camp.

— Bon, d'accord. J'ai ma voiture au coin de la rue.»

Ils rejoignirent Chelsea dans l'Alpine Sunbeam d'Evie. Dave se mordillait la lèvre. Batchelor lui avait fait la faveur d'être d'une honnêteté sans fard. Mais il ne croyait pas au talent de Plum Nellie, seulement à celui de Hank Remington. Tout de même, si Dave réussissait à obtenir une nouvelle bonne chanson de Hank, le groupe pourrait repartir à la conquête du hit parade.

Qu'allait-il lui dire ?

Salut, Hank, tu n'aurais pas une autre ballade ? Non, trop banal.

Hank, je suis dans la merde. Trop paumé.

Notre boîte de disques a fait une vraie bourde en sortant «Shake, Rattle and Roll». Mais on pourrait redresser la situation – avec un coup de main de ta part. Dave n'aimait aucune de ces approches, ne fût-ce que parce qu'il détestait mendier.

Il le ferait pourtant.

Hank habitait un appartement au bord de la Tamise. Evie conduisit son frère dans un grand immeuble ancien et lui fit prendre un ascenseur grinçant. Elle passait de plus en plus souvent la nuit là, maintenant. Elle ouvrit la porte de l'appartement avec sa propre clé.

«Hank ! appela-t-elle. C'est moi.»

Dave entra derrière elle dans un couloir orné d'un tableau moderne tape-à-l'œil. Ils passèrent devant une cuisine étincelante et jetèrent un coup d'œil dans un séjour où trônait un piano à queue. Personne.

«Il est sorti, constata Dave, abattu.

— Il fait peut-être la sieste.» Une autre porte s'ouvrit, et Hank émergea de ce qui était visiblement la chambre à coucher, en finissant d'enfiler son jean. Il referma la porte derrière lui. « Salut, chérie, dit-il. J'étais au lit. Salut, Dave. Qu'est-ce que tu fais ici ?

— J'ai demandé à Evie de m'amener, répondit Dave. J'ai un immense service à te demander.

— Ah ouais, fit Hank en regardant Evie. Je t'attendais plus tard.

— Dave tenait à te voir tout de suite.

— On a besoin d'une nouvelle chanson, reprit Dave.

— Le moment est mal choisi, Dave. » Celui-ci s'attendait à ce qu'il s'explique, ce qu'il ne fit pas.

« Hank, intervint Evie, quelque chose ne va pas ?

— Ouais, en fait, ouais », répondit Hank.

Dave fut surpris. Personne ne répondait jamais « oui » à cette question.

L'intuition féminine d'Evie battit celle de Dave d'une longueur. « Tu étais avec quelqu'un ?

— Je suis désolé, chérie, fit Hank. Je ne pensais pas que tu rentrerais aussi tôt. »

C'est alors que la porte de la chambre s'ouvrit sur Anna Murray.

Dave en resta bouche bée. Le petit ami d'Evie était au lit avec la sœur de Jasper !

Anna était tout habillée, en tenue de travail, tailleur et hauts talons, mais elle avait les cheveux en bataille, et sa veste boutonnée de travers. Sans dire un mot, le regard fuyant, elle passa dans le salon et en ressortit avec un attaché-case. Elle se dirigea vers la porte d'entrée, attrapa un manteau accroché à une patère et quitta l'appartement sans avoir prononcé une parole.

« Elle est venue discuter de mon autobiographie, expliqua Hank, et de fil en aiguille... »

Evie fondit en larmes. « Hank, comment as-tu pu... ?

— Je ne l'ai pas fait exprès. C'est arrivé comme ça, c'est tout.

— Moi qui croyais que tu m'aimais.

— Mais je t'aimais. Je t'aime. C'était juste...

— Juste quoi ? »

Hank regarda Dave, en quête d'appui. « Il y a des tentations auxquelles un homme ne peut pas résister. »

Dave pensa à Mickie McFee et hocha la tête.

« Dave n'est qu'un gosse ! lança Evie furieuse. Mais toi, Hank, je te croyais plus adulte que ça !

— Arrête, siffla-t-il, soudain agressif. N'exagère pas. »

Evie n'en revenait pas. « C'est moi qui exagère ? Je te surprends au lit avec une autre, et c'est moi qui exagère ?

— Je ne plaisante pas, reprit-il, toujours menaçant. Ne va pas trop loin. »

Tout à coup, Dave prit peur. Hank paraissait prêt à frapper Evie. Était-ce ce que faisaient les Irlandais de la classe ouvrière ? Et comment était-il censé réagir, lui ? Protéger sa sœur ? Se battre avec le plus grand génie de la musique depuis Elvis Presley ?

« Trop loin ? répéta rageusement Evie. Je vais y aller tout de suite, trop loin, par cette putain de porte. Qu'est-ce que tu dis de ça ? »

Elle tourna les talons et s'éloigna d'un air décidé.

Dave se tourna vers Hank. « Euh... pour cette chanson... ? »

Hank secoua la tête en silence.

« Ouais..., reprit Dave. Bon, eh bien... »

Il ne voyait pas comment poursuivre la conversation.

Hank lui tint la porte, et il sortit.

Evie pleura cinq minutes dans la voiture, puis elle s'essuya les yeux. « Je vais te ramener chez toi », dit-elle.

De retour dans le West End, Dave proposa : « Monte avec moi à l'appart. Je vais te faire un café.

— Merci. »

Walli était sur le canapé en train de jouer de la guitare. « Evie est un peu contrariée, lui annonça Dave. Elle vient de rompre avec Hank. »

Il passa dans la cuisine et brancha la bouilloire.

« Quand les Anglais disent "un peu contrarié", releva Walli, ça veut dire "très malheureux". Si tu n'étais qu'un peu malheureuse, mettons, parce que j'aurais oublié ton anniversaire, tu dirais que tu es "terriblement contrariée", non ? »

Evie esquissa un sourire. « Bravo, Walli, j'ai toujours admiré ta logique.

— Et ma créativité. Attends, je vais te remonter le moral. Écoute ça. »

Il commença à jouer, puis se mit à chanter : « I miss ya, Alicia. »

Dave sortit de la cuisine pour écouter. C'était une ballade mélancolique en *ré* mineur, avec quelques accords qu'il ne reconnaissait pas.

« C'est vachement bien ce truc, s'écria Dave quand il eut fini. Tu as entendu ça à la radio ? C'est de qui ?

— De moi, répondit Walli. C'est moi qui l'ai composé.

— Waouh, fit Dave. Rejoue-moi ça. »

Cette fois, il prit sa guitare et improvisa un accompagnement.

« Vous êtes géniaux, tous les deux, lança Evie. Vous n'avez pas besoin de ce salaud de Hank.

— J'aimerais bien qu'on fasse écouter ça à Mark Batchelor », reprit Dave. Il consulta sa montre : cinq heures et demie. Il décrocha le téléphone et appela International Stars. Batchelor était encore là. « On a une chanson, annonça Dave. On peut venir vous la chanter au bureau ?

— Je serais ravi de l'entendre, mais j'étais sur le point de partir.

— Vous pourriez passer par Henrietta Street en rentrant chez vous ? »

Batchelor marqua un instant d'hésitation avant de répondre : « Pourquoi pas ? C'est tout près de ma gare.

— Qu'est-ce que vous buvez ?

— Un gin tonic, s'il vous plaît. »

Vingt minutes plus tard, Batchelor était assis dans le canapé, un verre à la main, tandis que Dave et Walli jouaient le morceau à deux guitares, et chantaient en duo, Evie les accompagnant pour le refrain.

À la fin de la chanson, Batchelor demanda : « Rejouez-moi ça. »

Après la seconde fois, ils le regardèrent, pleins d'espoir. Il y eut un moment de silence. « Je ne serais pas dans ce métier, si je ne savais pas reconnaître un tube quand j'en entends un. Et ça, c'en est un. »

Un immense sourire éclaira le visage de Dave et Walli. « J'en étais sûr, déclara Dave.

— J'adore, reprit Batchelor. Avec ça, je peux vous décrocher un contrat. »

Dave posa sa guitare, se leva et alla lui serrer la main. « Marché conclu. »

Batchelor prit une longue gorgée de son gin tonic. « Hank vous l'a écrite sur le coup, ou bien elle traînait dans un tiroir ? »

Dave sourit de plus belle. Maintenant qu'ils s'étaient serré la main, il pouvait jouer franc jeu avec lui. « Ce n'est pas une chanson de Hank Remington ».

Batchelor haussa les sourcils.

« C'est évidemment ce que vous avez cru, reprit Dave, et je vous demande pardon de ne pas vous avoir détrompé tout de suite. Je voulais que vous l'écoutiez sans préjugés.

— C'est une bonne chanson, c'est tout ce qui compte. Mais où l'avez-vous dénichée ?

— C'est Walli qui l'a composée, répondit Dave. Cet après-midi, pendant que j'étais dans votre bureau.

— Formidable », fit Batchelor. Puis il se tourna vers Walli. « Et pour la face B, qu'est-ce que vous avez ? »

*

« Tu devrais sortir un peu », dit Lili Franck à Karolin.

Ce n'était pas l'idée de Lili. En réalité, c'était celle de sa mère. Carla se faisait du souci pour Karolin. Depuis la visite de Hans Hoffmann, elle avait maigri. Elle était pâle, sans ressort. Carla avait dit à Lili : « Karolin n'a que vingt ans. Elle ne peut pas vivre enfermée comme une nonne jusqu'à la fin de ses jours. Tu ne pourrais pas l'emmener quelque part ? »

Les deux filles se trouvaient dans la chambre de Karolin, où elles chantaient en s'accompagnant à la guitare pour Alice, assise par terre, au milieu de ses jouets. La petite frappait parfois dans ses mains avec enthousiasme, mais la plupart du temps, elle les ignorait. La chanson qu'elle préférait était « Love Is It ».

« Comment veux-tu que je fasse, répondit Karolin. Il faut que je m'occupe d'Alice. »

Lili s'était préparée à ses objections. « Ma mère pourrait la garder. Ou même grand-mère Maud. Alice ne pose pas de problème, le soir. » Alice avait maintenant quatorze mois, et elle faisait ses nuits.

« Je ne sais pas. Je trouve que ça ne serait pas bien.

— Tu n'as pas passé une soirée dehors depuis des années – vraiment.

— Mais que penserait Walli ?

— Il ne s'attend certainement pas à ce que tu restes terrée à la maison sans jamais t'amuser, si ?

— Je ne sais pas.

— Écoute, je vais au patronage Sainte-Gertrude, ce soir. Si tu m'accompagnais ? On écoute de la musique, on danse, et généralement, ça se termine par une discussion. Walli n'aurait sûrement rien contre. »

Walter Ulbricht, le dirigeant est-allemand, était bien conscient que les jeunes avaient besoin de distractions. Malheureusement, tout ce qu'ils aimaient – la pop-music, la mode, les bandes dessinées, les films de Hollywood – était soit introuvable, soit interdit. Le sport était approuvé, mais ce n'était généralement pas une activité mixte. Il y avait un vide dans la vie des adolescents est-allemands, et l'autorisation de patronages paroissiaux était une timide tentative pour le combler. Ces associations de jeunes n'avaient rien de contestataire sans être pour autant d'une orthodoxie étouffante comme l'étaient les Pionniers, l'organisation du parti communiste pour la jeunesse.

La plupart des jeunes de l'âge de Lili détestaient le gouvernement. Ne se préoccupant guère de communisme ni de capitalisme, ils se passionnaient pour les coupes de cheveux, les vêtements et le rock. L'aversion puritaine d'Ulbricht pour tout ce qui leur plaisait lui avait aliéné la génération de Lili. Pis, elle avait favorisé leur vision fantasmatique, sans doute parfaitement irréaliste, de la vie des jeunes à l'Ouest : ils imaginaient qu'ils avaient tous des électrophones dans leur chambre, des placards bourrés d'habits à la dernière mode et mangeaient des glaces tous les jours.

« Tu as peut-être raison, répondit pensivement Karolin. Je ne vais pas rester éternellement une victime. Je n'ai pas eu de chance, mais ça ne va quand même pas peser sur toute ma vie. Même si, pour la Stasi, je ne suis que la fille dont le petit ami a tué un garde-frontière, rien ne me force à accepter ce qu'elle raconte.

— Tu as bien raison ! s'exclama Lili, ravie.

— Je vais écrire à Walli pour lui expliquer ça. Et je vais t'accompagner.

— D'accord. Allons nous changer. »

Lili retourna dans sa chambre enfiler une jupe courte – pas tout à fait une minijupe comme en portaient les filles dans les émissions de télé occidentales que tout le monde regardait en Allemagne de l'Est, mais au-dessus du genou. Maintenant que Karolin avait accepté, Lili commença à s'interroger. Était-ce une bonne idée ? Karolin avait indiscutablement besoin de vivre un peu pour elle ; elle avait absolument raison de refuser que la Stasi lui dicte tous ses faits et gestes. Mais qu'en penserait Walli, quand il l'apprendrait ? Et s'il avait peur que Karolin l'oublie ? Lili n'avait pas vu son frère depuis près de deux ans. Il avait dix-neuf ans, maintenant, et c'était une vedette de la musique pop. Elle ignorait tout de ce qu'il pouvait penser.

Karolin emprunta le blue-jean de Lili, puis elles se maquillèrent ensemble. La sœur aînée de Lili, Rebecca, leur avait envoyé de Hambourg de l'eye-liner noir et de l'ombre à paupières bleue, et par miracle la Stasi ne les avait pas subtilisés.

Elles retournèrent ensuite dans la cuisine dire qu'elles sortaient. Carla donnait à manger à Alice, qui fit au revoir à sa mère avec une telle allégresse que Karolin en fut un peu déconcertée.

Elles rejoignirent à pied une église protestante située à quelques rues de là. Seule Maud fréquentait régulièrement l'église, mais Lili était déjà allée deux fois au patronage, qui se tenait dans la crypte. C'était un nouveau jeune pasteur appelé Odo Vossler qui s'en occupait. Il était plutôt mignon avec sa coupe à la Beatles, mais trop vieux pour Lili. Il avait au moins vingt-cinq ans.

Pour assurer la partie musicale, Odo avait un piano, deux guitares et un tourne-disque. Ils commencèrent la soirée par une danse folklorique, que le gouvernement ne pouvait pas désapprouver. Lili se retrouva avec Berthold, un garçon qui devait avoir à peu près seize ans comme elle, gentil, mais sans charme. Lili avait le béguin pour Thorsten, qui était un peu plus âgé et ressemblait à Paul McCartney.

Les pas de danse exigeaient une certaine énergie. On se frappait beaucoup dans les mains en tournant sur soi-même. Lili constata avec plaisir que Karolin se laissait prendre par le rythme. Elle souriait, elle riait et avait déjà meilleure mine.

Mais la danse folklorique n'était qu'un alibi, ce que l'on mettrait en avant en cas d'interrogatoire insidieux. Quelqu'un posa « I Feel Fine » des Beatles sur le plateau de l'électrophone, et tout le monde se mit à danser le twist.

Au bout d'une heure, ils firent une pause pour souffler un peu et boire un verre de Vita-Cola, le Coca est-allemand. À la grande satisfaction de Lili, Karolin, les joues rosies, avait l'air tout heureuse. Odo fit le tour des jeunes, pour échanger quelques mots avec chacun. Il voulait leur faire savoir que si l'un d'eux avait un problème ou se posait des questions, même sur les relations personnelles et la sexualité, il était là pour les écouter et les conseiller. « Mon problème, lui expliqua Karolin, c'est que le père de mon enfant est à l'Ouest », et ils s'engagèrent dans une longue discussion jusqu'à ce que tout le monde se remette à danser.

À dix heures, quand on éteignit l'électrophone, Lili eut la surprise de voir Karolin attraper une des guitares et lui faire signe de prendre l'autre. Les deux jeunes filles jouaient et chantaient ensemble à la maison, mais Lili n'avait jamais imaginé le faire en public. Et voilà que Karolin se lançait dans un morceau des Everly Brothers, « Wake Up, Little Susie ». Les deux guitares s'accordaient parfaitement, et les voix de Karolin et de Lili se mariaient harmonieusement. Bientôt, tout le monde dans la crypte recommença à danser. À la fin de la chanson, ils en réclamèrent une autre.

Elles jouèrent alors « I Want To Hold Your Hand », « If I Had a Hammer » et, en guise de slow, « Love Is It ». Les jeunes ne voulaient pas qu'elles arrêtent, et Odo leur accorda une dernière danse, leur demandant de rentrer gentiment chez eux ensuite, avant que la police ne vienne l'arrêter. Il le dit avec le sourire, mais il était sérieux.

En guise de final, elles interprétèrent « Back in the USA » de Chuck Berry.

XXXVII

Au début de l'année 1965, tout en s'apprêtant à passer ses derniers examens universitaires, Jasper Murray écrivit à toutes les sociétés de radiodiffusion des États-Unis dont il avait pu trouver l'adresse.

À sa lettre – toujours la même – il joignait son article sur Evie et Hank, son texte sur Martin Luther King et le numéro spécial d'*À vrai dire* sur l'assassinat de Kennedy. Et il demandait un emploi. N'importe quel emploi, pourvu que ce fût à la télévision américaine.

Il n'avait jamais rien désiré aussi ardemment. Les informations télévisées étaient meilleures que la presse écrite – plus rapides, plus attrayantes, plus vivantes –, et la télé américaine était meilleure que la télé anglaise. De plus, il était convaincu que lui-même serait excellent. Il avait simplement besoin qu'on lui mette le pied à l'étrier. Il le voulait avec une telle force que c'en était une souffrance.

Quand il eut posté les lettres – ce qui lui coûta une fortune –, il se laissa inviter à déjeuner par sa sœur Anna. Ils allèrent au Gay Hussar, un restaurant hongrois fréquenté par les écrivains et les hommes politiques de gauche. « Qu'est-ce que tu feras si tu ne trouves pas de travail aux États-Unis ? » lui demanda Anna quand ils eurent passé commande.

Cette perspective le déprimait. « Aucune idée. En Angleterre, on doit d'abord travailler pour la presse régionale, rédiger des comptes rendus d'expositions félines et d'enterrements de conseillers municipaux gâteux. Je ne crois pas que je pourrais le supporter. »

Anna avait pris la soupe de cerises froide qui était la spécialité du restaurant et Jasper leurs beignets de champignons à la sauce tartare. « Écoute, dit Anna, je voulais te présenter mes excuses. J'ai bien peur de t'avoir mis dans une situation un peu délicate.

— En effet, répondit Jasper. Je vois à quoi tu fais allusion.

— En même temps, Hank et Evie n'étaient pas mariés. Même pas fiancés d'ailleurs.

— Mais tu savais parfaitement qu'ils étaient ensemble.

— Oui, et j'ai eu tort de coucher avec lui.

— Tu peux le dire.

— Pas la peine de prendre ce ton moralisateur. Ça ne me ressemble pas. Ce sont des choses qui se produisent, voilà tout. »

Il ne discuta pas, parce qu'elle avait raison. Il lui était arrivé de coucher avec des femmes mariées, ou fiancées. « Maman est au courant ? demanda-t-il.

— Oui, et elle est furieuse. Daisy Williams est sa meilleure amie depuis trente ans. En plus, elle été incroyablement sympa de te laisser habiter chez eux sans rien payer – et voilà que moi, j'ai fait ça à sa fille. Que t'a dit Daisy ?

— Elle est fâchée contre toi, parce que tu as fait de la peine à sa fille. En même temps, elle reconnaît que quand elle est tombée amoureuse de Lloyd, elle était déjà mariée à un autre : elle s'estime donc mal placée pour faire la morale à qui que ce soit.

— Enfin, bon. Je suis désolée.

— D'accord.

— Sauf que je ne le suis pas vraiment.

— Comment ça ?

— J'ai couché avec Hank parce que j'étais amoureuse de lui. Depuis cette première fois, on a passé presque toutes les nuits ensemble. C'est l'homme le plus merveilleux que j'aie jamais rencontré, et je t'assure que l'épouserai si j'arrive à lui passer la corde au cou.

— Tu n'en voudras pas à ton frère de te demander ce qu'il peut bien te trouver ?

— À part mes gros nichons, tu veux dire ? » Elle éclata de rire.

« Ce n'est pas que tu ne sois pas jolie, mais enfin... Tu as quelques années de plus que lui, et il y a dans ce pays près d'un million de filles prêtes à sauter dans son lit sur un claquement de doigts. »

Elle hocha la tête. « Deux choses. D'abord, il est intelligent, mais n'a pas fait d'études. Je lui sers de guide dans le monde des choses de l'esprit : les arts, le théâtre, la politique, la littérature... Il est ravi que quelqu'un lui parle de tout ça sans condescendance. »

Jasper la croyait volontiers. « Hank adorait discuter avec Daisy et Lloyd de tous ces trucs-là. Et l'autre chose, c'est quoi ?

— Tu sais que c'est le deuxième homme avec qui je couche. »

Jasper hocha la tête. Les filles n'étaient pas censées s'étendre sur ces questions, mais Anna et lui avaient toujours été au courant de leurs conquêtes réciproques.

« Bref, continua-t-elle, je suis restée près de quatre ans avec Sebastian. Bien assez longtemps pour qu'une fille en apprenne un rayon. Hank est à peu près ignare en matière sexuelle, parce qu'il n'a jamais gardé une petite amie suffisamment de temps pour parvenir à une vraie intimité. Evie a été sa plus longue relation, et elle était trop jeune pour apprendre quoi que ce soit à un homme.

— Je vois. » Jasper n'avait jamais envisagé les relations amoureuses sous cet angle, mais ça se tenait. Il était un peu comme Hank. Il se demanda si les femmes le trouvaient peu raffiné au lit.

« Hank a beaucoup appris d'une chanteuse qui s'appelle Mickie McFee, mais il n'a couché avec elle que deux fois.

— Ah oui ? Figure-toi que Dave Williams l'a tringlée dans une loge.

— C'est Dave qui t'a raconté ça ?

— Il a dû le dire à tout le monde. C'était peut-être la première fois qu'il le faisait.

— Mickie McFee n'est pas farouche.

— Donc, tu te charges de l'initiation de Hank.

— Il apprend vite. Et il mûrit vite. Ce qu'il a fait à Evie, il ne le refera jamais. »

Jasper en était moins sûr qu'elle, mais garda ses doutes pour lui.

*

Dimka Dvorkine prit l'avion pour le Vietnam en février 1965 en compagnie d'une importante délégation de personnalités et de conseillers, dont Natalia Smotrov.

C'était la première fois qu'il quittait le territoire soviétique. Être avec Natalia était cependant ce qui l'excitait le plus. Il ne savait pas comment les choses allaient se passer, mais il éprouvait un sentiment de libération exaltant et savait qu'elle ressentait la même chose. Ils étaient loin de Moscou, hors de portée de sa femme et du mari de Natalia. Tout pouvait arriver.

Dimka était plus optimiste, à tous points de vue. Kossyguine, son patron depuis la chute de Khrouchtchev, avait compris que l'Union soviétique était en passe de perdre la guerre froide pour des raisons économiques. L'industrie soviétique se caractérisait par son inefficacité, et les citoyens soviétiques vivaient dans la misère. Le but de Kossyguine était d'améliorer la productivité de l'URSS. Les Soviétiques devaient apprendre à fabriquer des articles que les habitants d'autres pays pourraient avoir envie d'acheter. Ils devaient concurrencer les Américains sur le terrain de la prospérité, et pas seulement sur celui des chars d'assaut et des missiles. Ils ne pouvaient espérer convertir le monde à leur vision de l'existence qu'à cette condition. Cette attitude remontait le moral de Dimka. Brejnev, le chef d'État, était d'un conservatisme affligeant, mais Kossyguine arriverait peut-être à réformer le communisme.

Les difficultés économiques étaient dues en partie au fait qu'une part importante du produit national était engloutie dans les dépenses militaires. Espérant réduire ce budget faramineux, Khrouchtchev avait inventé le concept de coexistence pacifique, une politique qui consistait à vivre côte à côte avec les capitalistes sans conflits armés. Khrouchtchev n'avait pas fait grand-chose pour mettre cette idée en pratique : loin de réduire les dépenses militaires, ses échauffourées à Berlin et à Cuba les avaient accrues. Mais les esprits progressistes du Kremlin croyaient toujours en cette stratégie.

Le Vietnam serait un test majeur.

En descendant de l'avion, Dimka fut assailli par une chaleur humide comme il n'en avait jamais connu. Hanoi était l'ancienne capitale d'un pays très ancien, longtemps opprimé par des étrangers, d'abord les Chinois, puis les Français, et enfin les Américains. Dimka n'avait jamais vu de lieu aussi peuplé et aussi coloré que le Vietnam.

C'était aussi un pays coupé en deux.

Dans les années 1950, Hô Chi Minh, le dirigeant du Vietnam, avait mené une lutte armée contre la colonisation française, et l'avait emporté. Mais Hô Chi Minh était un communiste hostile à la démocratie, et les Américains avaient refusé de reconnaître son autorité. Le président Eisenhower avait financé, dans la partie sud du pays, un gouvernement fantoche qui avait son siège dans la capitale provinciale de Saigon. Ce régime non élu, tyrannique et impopulaire, subissait les attaques de la résistance armée du Viêt-cong. L'armée du Sud-Vietnam était tellement faible qu'elle devait maintenant, en 1965, être épaulée par vingt-trois mille soldats américains.

Les Américains prétendaient que le Sud-Vietnam était un pays distinct, exactement comme l'Union soviétique prétendait que l'Allemagne de l'Est était un pays à part entière. Le Vietnam était comme un reflet de l'Allemagne : un parallèle que Dimka se garderait bien de faire à voix haute.

Pendant que les ministres participaient à un banquet avec les responsables du Nord-Vietnam, les conseillers soviétiques dînaient avec leurs homologues vietnamiens – qui parlaient tous russe, certains s'étant rendus à Moscou. Les plats, composés pour l'essentiel de légumes et de riz, avec un peu de poisson et de viande, étaient savoureux. Il n'y avait pas de femmes dans l'état-major vietnamien, et les hommes parurent surpris par la présence de Natalia et des autres membres féminins de la délégation soviétique.

Dimka était assis à côté d'un apparatchik austère, sans âge, appelé Pham An. Natalia, qui se trouvait en face de lui, lui demanda ce qu'il espérait de ces pourparlers.

An lui répondit par une liste de courses : « Nous avons besoin d'avions, d'artillerie, de radars, de systèmes de défense aérienne, d'armement léger, de munitions et de matériel médical. »

Exactement ce que les Soviétiques espéraient éviter. « Mais vous n'aurez pas besoin de tout ça si la guerre prend fin, fit remarquer Natalia.

— Quand nous aurons vaincu les impérialistes américains, nos besoins évolueront.

— Nous aimerions tous assister à la victoire écrasante du Viêt-cong, reprit Natalia. Il pourrait cependant y avoir une autre issue. »

Elle essayait d'aborder l'idée de coexistence pacifique.

« La victoire est la seule issue possible », répondit Pham An d'un ton sans réplique.

Dimka était consterné. An refusait obstinément d'aborder la discussion pour laquelle les Soviétiques étaient venus. Peut-être considérait-il comme indigne de lui de débattre avec une femme.

Dimka espérait que c'était la seule raison de son entêtement. Si les Vietnamiens ne voulaient pas envisager d'autres solutions que la guerre, la mission soviétique échouerait.

Natalia n'entendait pas se laisser détourner aussi facilement de son but. « La victoire militaire n'est certainement pas la seule issue possible », insista-t-elle, et Dimka éprouva une pointe de fierté devant sa persévérance. C'était courageux de sa part.

« Vous voulez parler d'une défaite ? releva An, irrité – ou feignant, du moins, de l'être.

— Non, répondit-elle calmement. Mais la guerre n'est pas le seul chemin vers la victoire. Les négociations en sont un autre.

— Je ne sais combien de fois nous avons négocié avec les Français, rétorqua rageusement An. Tous ces accords n'avaient d'autre fonction que de leur faire gagner du temps pendant qu'ils préparaient d'autres agressions. Notre peuple en a tiré une leçon sur la façon de traiter avec les impérialistes, et cette leçon, nous ne l'oublierons jamais. »

Dimka avait lu l'histoire du Vietnam et savait que la colère de An était justifiée. Les Français s'étaient montrés aussi perfides que malhonnêtes, comme tous les colonisateurs. Pourtant, l'histoire ne s'arrêtait pas là.

Natalia insista – avec raison, puisque c'était le message que Kossyguine voulait faire passer à Hô Chi Minh. « Les impérialistes sont des traîtres, nous le savons tous. Mais les révolutionnaires peuvent également utiliser la négociation. Lénine a négocié à Brest-Litovsk. Il a fait des concessions, il est resté au pouvoir, et dès qu'il a été plus fort, il est revenu sur toutes ces concessions. »

An récita comme un perroquet la doctrine de Hô Chi Minh : « Nous n'envisagerons pas de négocier tant qu'il n'y aura pas de gouvernement de coalition neutre, incluant des représentants du Viêt-cong à Saigon.

— Soyez raisonnable, dit doucement Natalia. Imposer des exigences majeures en préalable aux négociations revient à éviter de négocier. Vous devez envisager d'accepter des compromis.

— Quand les Allemands ont envahi la Russie et marché jusqu'aux portes de Moscou, vous en avez fait des compromis, vous ? s'emporta An en frappant du poing sur la table – un geste qui surprit Dimka de la part d'un Asiatique dont il attendait plus de subtilité. Non ! Pas de négociations, pas de compromis – et pas d'Américains ! »

Le banquet prit fin peu après.

Dimka et Natalia regagnèrent leur hôtel. Il la raccompagna jusqu'à sa chambre. « Viens », murmura-t-elle simplement quand ils furent devant sa porte.

Ce ne serait que leur troisième nuit ensemble. Les deux premières, ils les avaient passées au Kremlin, dans un lit à baldaquin remisé avec d'autres vieux meubles dans une pièce poussiéreuse. Pourtant, ils trouvaient aussi naturel de se retrouver ensemble dans une chambre que s'ils avaient été amants depuis des années.

Ils s'embrassèrent et retirèrent leurs chaussures, s'embrassèrent, se lavèrent les dents et s'embrassèrent encore. Ils n'étaient pas en proie à un désir incontrôlable, insensé : ils étaient au contraire détendus et d'humeur badine. « Nous avons la nuit entière devant nous pour faire tout ce que nous voulons », lui rappela Natalia, et Dimka pensa qu'il n'avait jamais rien entendu de plus excitant.

Ils firent l'amour, mangèrent un peu de caviar arrosé de vodka qu'elle avait apportés avec elle, puis refirent l'amour.

Après, allongés sur les draps chiffonnés, regardant le ventilateur paresseux qui tournait au plafond, Natalia dit : « Je suppose que quelqu'un nous espionne.

— J'espère bien, répondit Dimka. On a envoyé une équipe du KGB ici, à grand frais, pour leur apprendre à installer des micros dans les chambres d'hôtel.

— C'est peut-être Pham An qui nous écoute, pouffa Natalia.

— Dans ce cas, j'espère qu'il a apprécié le spectacle plus que le banquet.

— Hum. On ne peut pas dire que ça ait été un succès.

— Il va falloir qu'ils changent d'attitude s'ils veulent que nous leur fournissions des armes. Brejnev lui-même n'a aucune envie que nous nous engagions dans un conflit massif en Asie du Sud-Est.

— Mais si nous refusons de les armer, ils risquent de se tourner vers la Chine.

— Ils détestent les Chinois.

— Je sais. Mais quand même...

— Certes. »

Ils s'endormirent et furent réveillés par la sonnerie du téléphone. Natalia décrocha, donna son nom, écouta un instant. « Et merde ! » lâcha-t-elle. Une minute passa, puis elle raccrocha.

« Des nouvelles du Sud-Vietnam, annonça-t-elle. Le Viêt-cong a attaqué une base américaine, hier soir.

— Hier soir ? Quelques heures après l'arrivée de Kossyguine à Hanoi ? Ce n'est pas une coïncidence. Où ça ?

— Un endroit qui s'appelle Pleiku. Huit Américains ont été tués, et il y a une centaine de blessés. En plus, ils ont détruit dix avions américains au sol.

— Combien de victimes du côté Viêt-cong ?

— Ils n'ont laissé qu'un cadavre derrière eux. »

Dimka secoua la tête, ébahi. « Il faut reconnaître que ces Vietnamiens sont de redoutables combattants.

— Ceux du Viêt-cong, oui. L'armée sud-vietnamienne en revanche est minable. C'est pour ça qu'ils ont besoin des Américains pour se battre à leur place. »

Dimka fronça les sourcils. « Il n'y a pas un gros bonnet américain au Sud-Vietnam, en ce moment ?

— Si. McGeorge Bundy, le conseiller à la Sécurité nationale, un des pires va-t-en guerre capitalistes impérialistes.

— Il doit être au téléphone avec le président Johnson en ce moment précis.

— C'est certain. Je me demande ce qu'il peut bien lui raconter. »

Elle eut la réponse plus tard, le jour même.

Les avions américains du porte-avions USS *Ranger* bombardèrent le camp militaire de Dong Hoi, sur la côte du Nord-Vietnam. C'était la première fois que les Américains bombardaient le Nord, et cette opération donna le coup d'envoi à une nouvelle phase du conflit.

Dimka assista, désespéré, à l'effritement progressif de la position de Kossyguine au cours de la journée.

Après le bombardement, l'agression américaine fut condamnée par les pays communistes et les États non alignés du monde entier.

Les dirigeants du tiers monde s'attendaient à présent à ce que Moscou se porte au secours du Vietnam, un pays communiste directement agressé par l'impérialisme américain.

Kossyguine ne voulait pas d'escalade dans la guerre du Vietnam, le Kremlin ne pouvait pas se permettre d'apporter une aide militaire massive à Hô Chi Mihn, or c'était exactement ce qu'ils furent obligés de faire.

Ils n'avaient pas le choix. S'ils se retiraient, les Chinois prendraient le relais, avides de supplanter l'URSS dans le rôle de puissant allié des petits pays communistes. La position de l'Union soviétique en tant que championne du monde communiste était en jeu, et personne ne l'ignorait.

Tous les discours de coexistence pacifique étaient désormais oubliés.

Dimka et Natalia étaient accablés, comme toute la délégation soviétique. Leur base de négociation avec les Vietnamiens était définitivement minée. Kossyguine n'avait aucune carte à jouer : il devait accorder à Hô Chi Minh tout ce qu'il demanderait.

Ils restèrent encore trois jours à Hanoi. Dimka et Natalia faisaient l'amour toute la nuit. Pendant la journée, ils se contentaient d'établir des notes détaillées à partir de la liste de courses de Pham An. Une cargaison de missiles sol-air soviétiques se mit en route avant même leur départ.

Dimka et Natalia étaient assis côte à côte dans l'avion qui les reconduisait à Moscou. Dimka somnolait, se rappelant avec délices quatre torrides nuits d'amour sous un ventilateur lymphatique.

« Pourquoi est-ce que tu souris ? » lui demanda Natalia.

Il rouvrit les yeux. « Tu le sais bien.

— Et à part ça... ? insista-t-elle avec un petit rire.

— Quoi donc ?

— Quand tu repenses à ce voyage, tu n'as pas l'impression que... ?

— Que nous nous sommes fait manipuler et avoir en beauté ? Si, bien sûr. Depuis le premier jour.

— Il faut bien reconnaître que Hô Chi Minh a habilement manœuvré les deux pays les plus puissants du monde et a fini par obtenir tout ce qu'il voulait.

— Oui, acquiesça Dimka. C'est exactement le sentiment que j'ai. »

*

Tania gagna l'aéroport, le manuscrit subversif de Vassili dans sa valise et la peur au ventre.

Elle avait déjà fait des choses dangereuses. Elle avait publié un journal séditieux ; elle avait été arrêtée place Maïakovski et traînée vers le tristement célèbre sous-sol de la Loubianka, l'immeuble du KGB ; elle avait pris contact avec un dissident en Sibérie. Mais ce qu'elle s'apprêtait à faire était encore plus risqué.

Entrer en contact avec l'Ouest était un crime de catégorie supérieure. Elle emportait le manuscrit dactylographié de Vassili à Leipzig, où elle espérait le faire publier par un éditeur occidental.

Le journal qu'ils publiaient, Vassili et elle, n'avait été distribué qu'en URSS. Les autorités apprécieraient beaucoup moins qu'un texte dissident réussisse à passer à l'Ouest. Les auteurs de ce délit ne seraient pas seulement considérés comme des rebelles, mais comme des traîtres.

Songeant à ce qu'elle risquait, assise à l'arrière du taxi, elle fut prise d'une nausée d'angoisse. Elle se plaqua la main sur la bouche, affolée, jusqu'à ce que le malaise reflue.

En arrivant à l'aéroport, elle faillit demander au chauffeur de faire demi-tour et de la reconduire chez elle. Puis en repensant à Vassili, en Sibérie, gelé, affamé, elle prit son courage à deux mains et entra dans le bâtiment, valise à la main.

Son voyage en Sibérie l'avait changée. Avant cela, elle considérait le communisme comme une expérience bien intentionnée qui avait échoué et sur laquelle il faudrait tirer un trait un jour ou l'autre. Maintenant, elle y voyait une tyrannie brutale dirigée par des hommes pernicieux. Chaque fois qu'elle pensait à Vassili, elle était remplie de haine pour ceux qui lui avaient fait ça. Elle avait même du mal à parler à son frère jumeau, qui espérait encore que le communisme pourrait être réformé plutôt que supprimé. Elle aimait Dimka, mais il refusait de voir la réalité. Et elle avait pris conscience que dans tous les lieux où régnait une cruelle oppression – dans le Sud profond des États-Unis, en Irlande du Nord, en Allemagne de l'Est –, il devait y avoir de braves gens ordinaires comme les membres de sa famille qui détournaient les yeux de la sinistre vérité. Tania, elle, n'en ferait pas partie. Elle combattrait cette tyrannie jusqu'au bout.

Quels que soient les risques.

Au comptoir d'enregistrement, elle tendit ses papiers et posa sa valise sur la balance. Si elle avait cru en Dieu, elle aurait prié.

Les employés appartenaient tous au KGB. Celui qu'elle avait devant elle était un homme d'une trentaine d'années aux joues bleuies par une barbe drue. Tania essayait souvent de se faire une idée des gens en imaginant comment ils se comporteraient si elle les interviewait. Celui-ci ferait preuve d'une assurance proche de l'agressivité, se dit-elle, répondant à des questions anodines comme si elles étaient hostiles, constamment à la recherche de sous-entendus et d'accusations voilées.

Il la regarda durement, bien en face, comparant son visage à sa photo. Elle essaya de ne pas montrer son angoisse. Après tout, se rassura-t-elle, même les citoyens soviétiques innocents avaient peur quand les hommes du KGB les dévisageaient.

Il posa son passeport sur son bureau. « Ouvrez votre bagage. »

Il n'y avait pas à demander pourquoi. Ils pouvaient vous l'ordonner parce que vous aviez l'air suspect, parce qu'ils n'avaient rien de mieux à faire, ou parce qu'ils aimaient tripoter les sous-vêtements féminins. Ils n'avaient pas besoin de justification.

Le cœur battant, Tania ouvrit sa valise.

L'employé s'agenouilla et commença à farfouiller dans ses affaires. Il lui fallut moins d'une minute pour découvrir le manuscrit de Vassili. Il le sortit et lut la page de titre : *Stalag : Un roman sur les camps de concentration nazis*, par Klaus Holstein.

Le titre tout comme la table des matières, la préface et le prologue, étaient modifiés et n'avaient rien à voir avec le véritable contenu du livre.

« Qu'est-ce que c'est ? demanda l'employé.

— La traduction partielle d'un livre est-allemand. Je me rends à la Foire du livre de Leipzig.

— Ce texte a-t-il été approuvé ?

— En Allemagne de l'Est, oui, bien sûr, sans quoi il n'aurait pas été publié.

— Et en Union soviétique ?

— Pas encore. Les œuvres n'ont pas à être soumises à approbation avant d'être achevées, cela va de soi. »

Elle essayait de respirer normalement tandis que l'employé tournait les pages.

« Tous ces gens ont des noms russes, constata-t-il.

— Il y avait beaucoup de Russes dans les camps nazis, comme vous le savez », répondit Tania.

S'ils prenaient la peine de vérifier son histoire, elle serait démasquée en un rien de temps. Pour peu que l'employé prenne le temps de lire plus loin que les toutes premières pages du texte, il ne manquerait pas de remarquer qu'il ne s'agissait pas de nazis, mais du goulag. Et il ne faudrait que quelques heures au KGB pour découvrir qu'il n'y avait pas de livre est-allemand, pas d'éditeur, et Tania serait reconduite au sous-sol de la Loubianka.

L'homme feuilleta distraitement le manuscrit, l'air de se demander si cela valait la peine de créer un incident. Il y eut alors du raffut au comptoir voisin : un passager protestait parce qu'on lui avait confisqué une icône. L'employé qui s'occupait de Tania lui rendit ses papiers avec sa carte d'embarquement et lui fit signe de passer avant d'aller se porter au secours de son collègue.

Elle avait les jambes en coton au point qu'elle eut peur d'être incapable de marcher.

Elle se ressaisit pourtant, et accomplit le reste des formalités. L'avion était le Tupolev Tu-104, un modèle qu'elle connaissait bien, un peu exigu avec ses rangées de six sièges quand il était configuré pour des passagers civils. Il y avait mille sept cents kilomètres entre Moscou et Leipzig, et le vol durait un peu plus de trois heures.

À l'arrivée, quand Tania récupéra sa valise, elle l'observa attentivement, et ne repéra aucun signe indiquant qu'elle avait été ouverte. Elle ne serait toutefois vraiment tirée d'affaire qu'après les formalités de la douane et des services d'immigration. Elle avait l'impression de transporter une matière radioactive. Le régime est-allemand passait pour plus rigoureux encore que son homologue soviétique et la Stasi était plus omniprésente que le KGB.

Elle montra ses papiers. Un fonctionnaire les examina soigneusement et la congédia ensuite d'un geste discourtois.

Elle se dirigea vers la sortie en évitant de croiser le regard des fonctionnaires en uniforme, tous des hommes, plantés là, les yeux rivés sur les passagers.

L'un d'eux s'avança alors vers elle. « Tania Dvorkine ? »

Elle faillit fondre en larmes de nervosité. « Ou-oui...

— Veuillez me suivre », lui dit-il en allemand.

Et voilà, pensa-t-elle, ma vie est finie.

Il la fit passer par une porte latérale. À sa grande surprise, il la conduisit vers un parking. « Le directeur de la Foire du livre vous a envoyé une voiture », lui annonça le fonctionnaire.

Un chauffeur l'attendait. Il se présenta et rangea la valise compromettante dans le coffre d'une limousine Wartburg 311 bicolore, vert et blanc.

Tania se laissa tomber sur la banquette arrière et s'effondra, comme ivre : elle n'en pouvait plus.

Elle commença à reprendre le dessus quand la voiture arriva dans le centre-ville. Leipzig était un ancien carrefour routier qui hébergeait des foires commerciales depuis le Moyen Âge. Sa gare était la plus grande d'Europe. Dans son article, Tania parlerait de la forte tradition communiste de la ville et de sa résistance au nazisme qui s'était poursuivie jusque dans les années 1940. Elle passerait en revanche sous silence les réflexions qu'elle se fit pendant le trajet : l'architecture brutaliste de l'ère soviétique accentuait encore l'élégance des grandioses immeubles XIXe.

La voiture la conduisit à la foire. Dans une sorte d'immense hangar, les éditeurs d'Allemagne et d'ailleurs avaient érigé des stands sur lesquels ils disposaient leurs publications. Le directeur lui fit visiter les lieux. Il lui expliqua que la principale activité de cette foire n'était pas l'achat et la vente de livres matériels, mais des droits de traduction et de publication dans d'autres pays.

Vers la fin de l'après-midi, elle réussit à se débarrasser de lui et à poursuivre la visite toute seule.

Elle fut étonnée par l'immense quantité d'ouvrages et par leur incroyable variété : des manuels d'automobile, des revues scientifiques, des almanachs, des albums pour enfants, des bibles, des livres d'art, des atlas, des dictionnaires, des manuels scolaires, sans oublier les œuvres complètes de Marx et de Lénine dans toutes les principales langues européennes.

Elle cherchait un éditeur occidental susceptible d'être intéressé par la traduction et la publication de littérature russe.

Elle commença à parcourir les stands à la recherche de romans russes en langues étrangères. L'alphabet occidental était différent du russe, mais Tania avait appris à l'école l'allemand et l'anglais, et avait fait des études d'allemand à l'université, ce qui lui permettait de lire le nom des auteurs et généralement de deviner les titres.

Elle parla à plusieurs éditeurs en leur expliquant qu'elle était journaliste à l'agence TASS, et leur demanda quelles retombées ils espéraient de leur présence à la Foire. Elle recueillit des témoignages utiles pour son article. Elle ne fit même pas allusion au livre russe qu'elle avait à leur proposer.

Sur le stand d'un éditeur londonien appelé Rowley, elle remarqua une traduction anglaise d'un roman populaire soviétique d'Alexandre Fadeïev, *La Jeune Garde*. Elle le connaissait bien et s'amusait à déchiffrer le texte anglais de la première page lorsqu'une jeune femme séduisante qui devait avoir à peu près son âge s'adressa à elle en allemand. « Si vous avez des questions, surtout n'hésitez pas. »

Tania se présenta et interrogea la jeune femme sur la Foire. Elles s'aperçurent bientôt que celle-ci était plus à l'aise en russe que Tania en allemand, et changèrent donc de langue. Tania interrogea l'éditrice sur les traductions en anglais de romans russes. « J'aimerais en publier davantage, répondit-elle. Mais un grand nombre de romans soviétiques contemporains – dont celui que vous avez en main – sont trop servilement procommunistes. »

Tania fit mine d'être piquée au vif. « Vous voudriez publier de la propagande antisoviétique ?

— Pas du tout, expliqua l'éditrice avec un sourire indulgent. Les écrivains ont le droit d'apprécier leur gouvernement. Ma maison d'édition publie beaucoup de livres qui célèbrent l'empire britannique et ses triomphes. Mais il est difficile de prendre au sérieux un auteur qui approuve entièrement la société qui l'entoure. Il paraît plus raisonnable d'introduire une pointe de critique, ne fût-ce que pour ajouter à la crédibilité. »

Cette femme commençait à plaire à Tania. « Pourrions-nous nous revoir plus tard ? »

L'éditrice hésita. « Vous avez quelque chose pour moi ? »

Tania ne répondit pas à la question. « Dans quel hôtel êtes-vous descendue ?

— À l'Europa. »

Tania avait une chambre réservée au même endroit. C'était commode. « Comment vous appelez-vous ?

— Anna Murray. Et vous ?

— Je reprendrai contact avec vous. » Et elle s'éloigna.

Tania se sentait instinctivement attirée vers Anna Murray, un instinct aiguisé par un quart de siècle d'existence en Union soviétique. Mais ce sentiment était étayé par des éléments plus tangibles. Primo, Anna était manifestement britannique, ce n'était ni une Russe, ni une Allemande de l'Est qui se faisait passer pour une Anglaise. Secundo, elle n'était pas communiste, sans se revendiquer non plus d'un anticommunisme farouche. Une espionne du KGB n'aurait jamais pu feindre sa neutralité décontractée. Tertio, elle n'employait pas de jargon. Les gens élevés dans l'orthodoxie soviétique ne pouvaient pas s'empêcher de parler du parti, de classes, de cadres et d'idéologie. Anna n'avait utilisé aucun de ces termes.

La Wartburg vert et blanc l'attendait au-dehors. Le chauffeur la déposa à l'Europa, où elle prit ses clés. Presque aussitôt, elle ressortit de sa chambre et redescendit dans le hall.

Elle ne voulait pas attirer l'attention ne fût-ce qu'en demandant à la réception le numéro de la chambre d'Anna Murray. Un des employés au moins devait être un informateur de la Stasi, et risquait de faire savoir qu'une journaliste soviétique avait cherché à joindre une éditrice anglaise.

Elle aperçut alors, derrière le comptoir de la réception, toute une rangée de casiers numérotés où les employés déposaient les clés des chambres et le courrier. Tania se contenta de fermer une enveloppe vide, d'écrire dessus « Frau Anna Murray » et de la tendre sans dire un mot. L'employé la glissa aussitôt dans le casier de la chambre 305.

Celui-ci contenait une clé, ce qui voulait dire qu'Anna Murray n'était pas dans sa chambre pour le moment.

Tania se rendit au bar. Anna n'y était pas. Tania y passa une heure, attablée devant une bière, à tracer les grandes lignes de son article dans un carnet. Puis elle gagna le restaurant. Anna ne s'y trouvait pas non plus. Elle avait dû aller dîner en ville avec des collègues. Tania dîna seule et commanda la spécialité locale, un plat de légumes appelé *Allerlei*. Elle resta une heure devant son café avant de se lever.

En traversant le hall, elle jeta un nouveau coup d'œil vers les casiers numérotés. La clé du 305 avait disparu.

Tania regagna sa chambre, prit le manuscrit et se dirigea vers la porte de la chambre 305.

Arrivée là, elle hésita. Si elle allait jusqu'au bout de son projet, elle ne pourrait pas revenir en arrière. Elle aurait beau imaginer tous les prétextes qu'elle voudrait, rien ne pourrait justifier ni excuser une telle initiative. Elle diffusait de la propagande antisoviétique à l'Ouest. Se faire prendre, c'était signer son arrêt de mort.

Elle frappa à la porte.

Anna lui ouvrit. Elle était pieds nus, une brosse à dents à la main. Il était clair qu'elle s'apprêtait à se coucher.

Posant l'index sur ses lèvres, Tania lui fit signe de ne rien dire, lui tendit le manuscrit et chuchota : « Je reviens dans deux heures. » Sur ce, elle repartit.

Elle retourna à sa chambre et s'assit sur le lit, toute tremblante.

Si Anna se contentait de refuser le manuscrit, ce serait déjà terrible. Mais si Tania l'avait mal jugée, Anna pourrait se sentir tenue de révéler aux autorités qu'on lui avait proposé un livre dissident. Elle pouvait craindre, si elle ne disait rien, d'être accusée de complicité de conspiration. Elle estimerait peut-être que la seule solution raisonnable serait de signaler la démarche illicite dont elle avait fait l'objet.

Tania pensait pourtant que la plupart des Occidentaux ne raisonnaient pas ainsi. Malgré les précautions spectaculaires qu'elle avait prises, il était peu probable qu'Anna comprenne que la simple lecture d'un manuscrit pouvait être un crime.

La vraie question était donc la suivante : Anna aimerait-elle le texte de Vassili ? Il avait plu à Daniil, ainsi qu'aux éditeurs de *Nouveau Monde*. Ils étaient cependant les seuls à avoir lu ses récits, et ils étaient tous russes. Comment un étranger réagirait-il ? Tania était convaincue qu'Anna le trouverait bien écrit, mais réussirait-il à l'émouvoir ? À lui briser le cœur ?

Quelques minutes après onze heures, Tania reprit le chemin de la chambre 305.

Anna lui ouvrit la porte, le manuscrit à la main.

Elle avait le visage ruisselant de larmes.

« C'est insoutenable, murmura-t-elle. Il faut le faire savoir au monde. »

*

Un vendredi soir, Dave et les autres musiciens découvrirent que Lew, le batteur de Plum Nellie, était homosexuel.

Jusque-là, il avait simplement pensé que Lew était timide. Beaucoup de filles ne demandaient qu'à coucher avec les musiciens des groupes de pop, et les loges ressemblaient parfois à des bordels, mais Lew n'en profitait jamais. Après tout, ça n'avait rien d'étonnant : il y avait des garçons que ça intéressait, d'autres non. Walli ne couchait jamais avec les groupies. Ce que Dave faisait occasionnellement. Et Buzz, le bassiste, ne refusait jamais.

Plum Nellie recommençait à obtenir des engagements. « I Miss Ya Alicia » figurait au Top 20, en dix-neuvième position, et montait dans le classement. Dave et Walli écrivaient des chansons ensemble, et espéraient enregistrer un album. Ce vendredi-là, en fin d'après-midi, le groupe se rendit aux studios de la BBC, sur Portland Place, et enregistra une émission de radio. Ils étaient payés trois fois rien, à vrai dire, mais cela faisait une bonne publicité pour « I Miss Ya, Alicia », et la chanson finirait peut-être en tête du hit-parade. Et, comme le disait parfois Dave, on pouvait vivre avec trois fois rien.

Ils sortirent en clignant des yeux dans le soleil couchant et décidèrent d'aller prendre un verre à un pub voisin, le Golden Horn.

« Je n'ai pas très envie de boire, objecta Lew.

— Ne dis pas de bêtises. Depuis quand est-ce que tu dis non à une bière ?

— D'accord, mais allons dans un autre pub, répondit Lew.

— Pourquoi ?

— Celui-ci ne me dit rien.

— Si tu as peur qu'on te harcèle, mets tes lunettes noires. »

Ils étaient passés plusieurs fois à la télévision, et il arrivait que des fans les reconnaissent au restaurant ou dans des bars. Cela posait rarement de problèmes. Ils avaient appris à éviter les repaires d'ados, comme les cafétérias proches des établissements scolaires, parce que ça pouvait tourner à l'émeute ; mais dans les pubs pour adultes, tout se passait bien.

Ils entrèrent donc au Golden Horn et se dirigèrent vers le bar. Le barman accueillit Lew avec le sourire : « Salut, Lucy, mon chou. Qu'est-ce que ce sera ? Vod and ton ? »

Walli, Dave et Buzz dévisagèrent Lew avec étonnement.

« Alors comme ça, tu es un habitué ? demanda Buzz.

— C'est quoi un "vod and ton" ? questionna Walli.

— "Lucy" ? » s'étonna Dave.

Le barman eut l'air inquiet. « C'est qui tes potes, Lucy ?

— Eh ben voilà, bande de salauds, fit Lew en regardant les trois autres. Vous avez découvert le pot aux roses.

— Quoi, tu es pédé ? » s'exclama Buzz.

Démasqué, Lew s'autorisa une certaine franchise. « Eh oui, je suis une bizarrerie de la nature, comme une orange mécanique, un billet de trois livres, une licorne violette ou une batte de football. Si vous n'étiez pas tous aussi aveugles qu'idiots, il y a des lustres que vous vous en seriez rendu compte. Oui, j'embrasse des hommes et je couche avec eux chaque fois que je peux sans me faire pincer. Mais vous n'avez rien à craindre, je ne vous ferai pas d'avances. Vous êtes tous des putains de mochetés. Bon, et maintenant, si on buvait un coup ? »

Dave se mit à applaudir et à l'acclamer, et après un instant d'hésitation, le choc passé, Buzz et Walli suivirent son exemple.

Dave était intrigué. Il savait qu'il y avait des pédés, mais c'était une connaissance toute théorique. Il n'avait jamais eu un seul copain homosexuel, à sa connaissance – car la plupart gardaient le secret, comme Lew l'avait fait, parce que l'homosexualité était un délit en Angleterre. La grand-mère de Dave, maintenant Lady Leckwith, militait pour faire évoluer la loi, mais elle n'y était pas encore parvenue.

Dave était favorable à la campagne d'Ethel, surtout parce qu'il détestait le genre d'individus qui y étaient hostiles : des pasteurs pontifiants, des conservateurs scandalisés et des colonels à la retraite. Il n'avait jamais vraiment pensé que la loi pouvait concerner des amis à lui.

Un deuxième verre fut suivi d'un troisième. Dave commençait à être à court d'argent, mais il avait de grands espoirs. « I Miss Ya, Alicia » allait sortir aux États-Unis. S'il marchait là-bas, le groupe serait lancé. Et il n'aurait plus jamais à s'en faire pour ses problèmes d'orthographe.

Le pub se remplissait rapidement. La plupart des hommes avaient quelque chose en commun : une façon un peu théâtrale de marcher et de parler. Ils s'appelaient « chéri » et « ma grande ». Au bout d'un moment, il n'était pas difficile de distinguer les homos des autres. C'était peut-être pour cette raison qu'ils adoptaient ce type de comportement. Il y avait aussi quelques couples de filles, la plupart aux cheveux courts et en pantalon. Dave avait l'impression d'avoir débarqué sur une autre planète.

Tous les habitués du lieu n'étaient cependant pas sectaires et paraissaient ravis de partager leur pub préféré avec des hétérosexuels, hommes et femmes. Près de la moitié des clients connaissaient Lew, et plusieurs d'entre eux se réunirent autour du groupe pour bavarder. Les homos faisaient assaut de plaisanteries bien particulières et Dave ne pouvait s'empêcher de rire. Un homme qui portait une chemise pareille à celle de Lew lui lança : « Ooh, Lucy, tu portes la même chemise que moi ! Comme c'est adorable. » Et il ajouta dans un chuchotement de théâtre : « Espèce de sale petite copieuse, va ! » Tout le monde éclata de rire, même Lew.

Un grand type s'approcha de Dave et lui demanda tout bas : « Dis-moi, mon pote, tu sais où je pourrais trouver des pilules ? »

Dave comprenait ce qu'il voulait. Un tas de musiciens prenaient des stimulants. On pouvait en acheter de différentes sortes dans des endroits comme le Jump Club. Dave en avait essayé parfois, mais ça ne lui avait pas vraiment plu.

Il jeta un regard dur à l'inconnu. Même s'il était habillé de façon décontractée avec un pull à rayures et un jean, son pantalon bon marché n'allait pas avec son pull, et ses cheveux presque ras, lui donnaient un air militaire. Dave ne le sentait pas.

« Non », le rabroua-t-il sèchement, et il se détourna.

Dans un coin, un micro était installé sur une petite estrade. À neuf heures, un comédien fit son entrée, accueilli par des applaudissements enthousiastes. C'était un homme habillé en femme, mais il était si bien coiffé et maquillé que, dans un environnement différent, Dave ne s'en serait peut-être pas rendu compte.

« Votre attention, s'il vous plaît, commença le comique. J'ai une annonce importante à vous faire. Jerry Robertson a la chtouille. »

Tout le monde éclata de rire. « C'est quoi, la chtouille ? demanda Walli à Dave.

— Une maladie vénérienne, répondit Dave. Des cochonneries sur la queue. »

Après une brève interruption, le comédien reprit : « Je le sais parce que c'est moi qui la lui ai refilée. »

Ce qui suscita un nouvel éclat de rire. Il y eut soudain un grand bruit du côté de la porte. Dave se retourna et vit entrer plusieurs policiers en uniforme, écartant les gens devant eux.

Le comique reprit : « Ooh, les représentants de la loi ! J'adore les uniformes. La police vient souvent ici, vous avez remarqué ? Je me demande ce qui les attire. »

Il tournait la chose à la blague, mais les flics ne plaisantaient pas et se montraient même franchement désagréables. Ils se frayèrent un chemin parmi les clients, faisant preuve d'une brutalité inutile, comme à plaisir. Quatre d'entre eux se dirigèrent vers les toilettes des hommes. « Peut-être qu'ils sont juste venus faire pipi », reprit le comique. Un policier monta sur l'estrade. « Vous êtes inspecteur, n'est-ce pas ? s'enquit le travesti sur un ton aguichant. Vous êtes venu m'inspecter ? »

Deux autres flics se saisirent de lui et l'emmenèrent. « Ne vous en faites pas ! s'écria-t-il. Je vous suivrai sans résistance ! »

L'inspecteur s'empara du micro. « Bon, espèces de sales pédales, commença-t-il. J'ai été informé qu'on vendait des substances illicites par ici. Si vous ne voulez pas qu'on vous fasse du mal, tenez-vous face au mur. On va vous fouiller. »

D'autres policiers continuaient à arriver. Dave chercha du regard une sortie, mais toutes les portes étaient bloquées par des uniformes bleus. Certains clients se rapprochèrent des murs de la pièce et se retournèrent, l'air résigné, comme si tout ça leur était déjà arrivé. La police ne faisait jamais de descente au Jump Club, songea Dave, alors qu'on y vendait de la drogue presque ouvertement.

Les flics qui étaient entrés dans les toilettes en ressortirent en encadrant deux hommes, dont l'un saignait du nez. L'un des flics s'adressa à l'inspecteur : « Chef, ils étaient dans la même cabine.

— Arrêtez-les pour attentat à la pudeur.

— Entendu, chef. »

Dave reçut un coup dans le dos et poussa un cri de douleur. Un policier brandissant une matraque lui dit : « Toi, rapproche-toi du mur.

— Pourquoi vous faites ça ? » demanda Dave.

Le flic lui fourra sa matraque sous le nez. « Ta gueule, espèce de tante, ou je te la ferme avec ça.

— Je ne suis pas... »

Dave s'interrompit aussitôt. Qu'ils pensent ce qu'ils veulent, se dit-il. Je préfère être du côté des homos que de la police. Il se planta devant le mur comme on le lui avait ordonné, en se frottant le dos. Le flic lui avait fait vraiment mal.

Il se retrouva à côté de Lew, qui lui demanda : « Ça va ?

— J'ai pris un coup, c'est tout. Et toi ?

— Rien de grave. »

Dave découvrait pourquoi sa grand-mère voulait changer la loi. Il avait honte d'avoir vécu si longtemps dans l'ignorance.

« Au moins, les flics ne nous ont pas reconnus, lui souffla Lew.

— C'est pas le genre à connaître la tête des groupes de pop », acquiesça Dave.

Du coin de l'œil, il vit l'inspecteur parler au type mal habillé qui lui avait demandé où on pouvait acheter des pilules. Il comprenait mieux le jean à deux balles et la coupe de cheveux militaire : c'était un flic en civil, mal déguisé. Le type haussa les épaules et écarta les mains dans un geste d'impuissance, et Dave se dit qu'il n'avait pas réussi à repérer un seul dealer.

La police fouilla tout le monde, fit retourner les poches de chacun. Celui qui fouilla Dave lui palpa l'entrejambe beaucoup plus longtemps que nécessaire. Ces flics sont-ils pédés, eux aussi ? se demanda Dave. Est-ce pour ça qu'ils agissent ainsi ?

Plusieurs hommes protestèrent contre la fouille au corps. On leur flanqua des coups de matraque, et ils furent arrêtés pour avoir agressé des représentants de l'ordre. Un homme, qui avait sur lui un paquet de comprimés dont il disait qu'ils lui avaient été prescrits par le médecin, fut embarqué quand même.

La police finit par repartir. Le barman annonça une tournée générale, mais peu de clients acceptèrent l'offre. Les membres de Plum Nellie quittèrent le pub. Dave décida de rentrer chez lui pour se coucher tôt.

Comme ils se disaient au revoir, il interrogea Lew :

« Ce genre de choses, ça arrive souvent aux homos ?

— Tout le temps, mon pote, répondit Lew. Tout le temps, putain. »

*

Jasper alla voir sa sœur dans l'appartement de Hank Remington à Chelsea, un soir, à sept heures, moment où il était sûr qu'Anna serait rentrée du travail et que le couple ne serait pas encore ressorti. Il était tendu. Il avait quelque chose à leur demander, une chose vitale pour son avenir.

Il s'assit dans la cuisine et regarda Anna préparer le plat préféré d'Hank, un sandwich aux frites. « Alors, ça marche, le boulot ? fit-il, histoire de dire quelque chose.

— Super, répondit-elle avec enthousiasme, des étoiles dans les yeux. On a découvert un nouvel auteur, un dissident russe. Je ne connais même pas son vrai nom, mais c'est un génie. Je vais publier ses récits, qui se passent dans un camp de prisonniers russe. Ça s'intitule *La Morsure du gel.*

— Ça n'a pas l'air très marrant.

— Il y a des passages assez drôles, mais dans l'ensemble, c'est franchement poignant. Je suis en train de le faire traduire. »

Jasper était sceptique. « Il y a des gens qui ont envie de lire des histoires de pauvres types emprisonnés dans un camp ?

— Le monde entier. Attends, tu verras. Bon, et toi – tu sais ce que tu veux faire après ton diplôme ?

— On m'a proposé un poste de journaliste stagiaire au *Western Mail*, mais je n'ai pas envie d'accepter. Bon sang, j'ai été directeur et rédacteur en chef de mon propre journal.

— Tu as eu des réponses des États-Unis ?

— Une.

— Une seule ? Et qu'est-ce qu'elle dit ? »

Jasper sortit la lettre de sa poche et la lui montra. L'en-tête était celle d'une émission de télévision appelée *This Day*.

Anna la lut. « Tout ce qu'ils disent, c'est qu'ils n'engagent personne sans entretien. C'est décevant.

— J'ai l'intention de les prendre au mot.

— Comment ça ? »

Jasper désigna l'adresse indiquée sur la lettre.

« Je vais me pointer à leurs bureaux avec cette lettre et leur dire que je viens pour mon entretien.

— Ils ne pourront qu'admirer ton culot », fit Anna en riant.

Jasper prit une profonde inspiration. « Il n'y a qu'un problème. J'aurais besoin de quatre-vingt-dix livres pour le billet d'avion. Et je n'en ai que vingt. »

Elle sortit le panier de la friteuse, mit les pommes de terre à égoutter et regarda Jasper. « C'est pour ça que tu es venu ? »

Il hocha la tête. « Tu pourrais me prêter soixante-dix livres ?

— Certainement pas. Je ne les ai pas. Je travaille dans l'édition, je te rappelle. Ça représente près d'un mois de salaire. »

Jasper avait prévu cette réponse, mais ne s'avoua pas vaincu. Il serra les dents et murmura : « Tu crois que tu pourrais les demander à Hank ? »

Anna déposa les frites sur une tranche de pain de mie beurré, les aspergea de vinaigre de malt et les sala abondamment. Elle recouvrit le tout d'une autre tranche de pain, puis coupa le sandwich en deux.

Hank entra en enfonçant les pans de sa chemise dans un pantalon taille basse en velours côtelé orange. Ses longs cheveux roux étaient encore trempés. Il sortait de la douche. « Salut, Jasper », dit-il avec sa cordialité habituelle, et il embrassa Anna. « Wouah, ma chérie, ça sent bon.

— Hank, répondit Anna, ce sandwich pourrait bien être le plus cher que tu mangeras de ta vie. »

XXXVIII

Dave Williams avait hâte de rencontrer son célèbre grand-père, Lev Pechkov.

À l'automne 1965, Plum Nellie faisait une tournée aux États-Unis. La All-Star Touring Beat Revue payait une chambre aux membres du groupe une nuit sur deux. L'autre, ils la passaient dans le bus.

Ils donnaient leur concert, à minuit ils remontaient dans le car et repartaient pour la ville suivante. Dave avait du mal à dormir sur la route. Les sièges étaient inconfortables, et il y avait une petite cabine de toilettes puante à l'arrière. Une glacière contenait des rafraîchissements, des sodas sucrés gracieusement fournis par Dr Pepper, le sponsor de la tournée, dont il fallait se contenter. Un groupe de soul de Philadelphie, les Topspins, organisait un tournoi de poker dans le bus : Dave perdit dix dollars une nuit et ne rejoua jamais.

Le matin, ils arrivaient à un hôtel. Quand ils avaient de la chance, ils avaient tout de suite leur chambre. Sinon, ils devaient traîner dans le hall, de mauvais poil et pas lavés, en attendant que les clients de la nuit précédente libèrent les lieux. Le soir, ils assuraient le spectacle, puis ils passaient la nuit à l'hôtel, et le lendemain matin ils reprenaient le bus.

Plum Nellie adorait ça.

Ils ne gagnaient pas grand-chose, mais parcouraient les États-Unis : ils l'auraient fait pour rien.

Et puis, il y avait les filles.

Plusieurs fans défilaient souvent en l'espace de vingt-quatre heures dans la chambre d'hôtel de Buzz, le bassiste. Lew explorait avec enthousiasme le milieu homo – que les Américains appelaient « gay ». Walli restait fidèle à Karolin, mais il était heureux quand même. Il était devenu une pop star, réalisant ainsi son rêve.

Dave n'aimait pas beaucoup coucher avec les groupies, mais il y avait plusieurs filles super dans la tournée. Il fit du plat à la blonde Joleen Johnson des Tamettes, qui l'envoya promener en lui expliquant qu'elle était heureuse en ménage depuis qu'elle avait treize ans. Ensuite, il tenta sa chance avec Little Lulu Small, qui aimait flirter, mais refusa de monter dans sa chambre. Finalement, un soir, il entreprit Mandy Love, une jeune Noire de Love Factory, un groupe de Chicago. Elle avait d'immenses yeux noirs, une grande bouche et une peau brun clair, douce comme du satin sous les doigts de Dave. Elle l'initia à la marijuana, qu'il préféra à la bière. À partir d'Indianapolis, ils passèrent ensemble toutes les nuits d'hôtel. Ils durent pourtant se montrer discrets : dans certains États, les relations sexuelles interraciales étaient un délit.

Le bus arriva à Washington un mercredi matin. Dave avait rendez-vous pour déjeuner avec son grand-père Pechkov. C'était sa mère, Daisy, qui avait tout organisé.

Il s'habilla pour la circonstance comme la vedette de pop-music qu'il était : chemise rouge, pantalon taille basse bleu, veste de tweed grise à carreaux rouges, boots à bout étroit et talon cubain. Il prit un taxi depuis l'hôtel bon marché où les groupes étaient descendus pour rejoindre l'établissement plus chic où son grand-père avait une suite.

Dave était intrigué. Il avait entendu dire tellement de mal du vieil homme : à en croire la légende familiale, Lev avait tué un policier à Saint-Pétersbourg et avait fui la Russie, en abandonnant derrière lui une petite amie enceinte. À Buffalo, il avait engrossé la fille de son patron, l'avait épousée et avait hérité de sa fortune. On l'avait soupçonné d'avoir assassiné son beau-père, mais il n'avait jamais été inquiété. Pendant la prohibition, il avait fait de la contrebande d'alcool. Alors qu'il était marié à la mère de Daisy, il avait eu de nombreuses liaisons, notamment avec une vedette de cinéma, Gladys Angelus. Et ainsi de suite.

En l'attendant dans le hall de l'hôtel, Dave se demanda à quoi Lev ressemblait. Ils ne s'étaient jamais vus. Apparemment, Lev était venu une fois à Londres, pour le mariage de Daisy avec son premier mari, Boy Fitzherbert, mais il n'y était jamais retourné.

Daisy et Lloyd se rendaient aux États-Unis tous les cinq ans à peu près, principalement pour rendre visite à la mère de Daisy, Olga, qui était maintenant dans une maison de retraite à Buffalo. Dave savait que Daisy avait souffert du manque d'affection de son père. Lev avait été absent pendant presque toute son enfance. Il avait une seconde famille dans la même ville – une maîtresse, Marga, et un fils illégitime, Greg –, qu'il avait apparemment toujours préférés à Daisy et à sa mère.

Dave aperçut à l'autre bout du hall un homme qui devait avoir soixante-dix ans, en complet gris argenté avec une cravate à rayures rouges et blanches. Il se rappela que sa mère lui avait dit que son père avait toujours été un dandy. Dave l'aborda avec un sourire : « Grand-père Pechkov ? »

Ils se serrèrent la main, et Lev lui demanda : « Tu n'as pas de cravate ? »

Dave était habitué à ce genre de réaction. Les générations précédentes pensaient, allez savoir pourquoi, qu'elles avaient le droit de critiquer la tenue des jeunes. Dave avait un certain nombre de répliques toutes prêtes, qui allaient de la parfaite amabilité à l'hostilité déclarée. Il se contenta de répondre : « Grand-père, quand vous étiez adolescent, à Saint-Pétersbourg, que portaient les mecs dans le vent comme vous ? »

Lev se dérida. « Je portais une veste avec des boutons en nacre, un gilet, une chaîne de montre dorée et une casquette en velours. Et j'avais les cheveux longs, avec la raie au milieu, exactement comme toi.

— Alors, on est pareils, rétorqua Dave. Sauf que moi, je n'ai jamais tué personne. »

Après un bref instant de stupeur, Lev éclata de rire. « Tu es un petit malin. C'est de moi que tu tiens ça. »

Une femme en manteau et chapeau bleus très chics s'approcha du vieil homme. Elle marchait comme un mannequin, bien qu'elle eût, à peu de chose près, l'âge de Lev. « Voici Marga, annonça-t-il. Ce n'est pas ta grand-mère. »

C'est donc la maîtresse, pensa Dave. « Vous êtes bien trop jeune pour être grand-mère, répondit-il en souriant. Comment dois-je vous appeler ?

— Quel charmeur tu fais ! Tu peux m'appeler Marga. J'ai été chanteuse, moi aussi, tu sais, mais je n'avais pas autant de succès que toi, dit-elle sur un ton nostalgique. À l'époque, les jolis garçons comme toi, je les croquais pour mon petit déjeuner. »

Les chanteuses n'ont pas changé, se dit Dave en repensant à Mickie McFee.

Ils allèrent au restaurant. Marga posa d'innombrables questions sur Daisy, Lloyd et Evie. Ils se passionnèrent pour la carrière d'actrice d'Evie – Lev était propriétaire d'un studio à Hollywood –, mais c'étaient surtout Dave et son métier qui intéressaient son grand-père. « Alors, Dave, il paraît que tu es millionnaire ?

— N'importe quoi. On vend beaucoup de disques, c'est vrai, mais ça rapporte moins que les gens ne l'imaginent. On touche à peu près un penny par disque. Alors si on en vend un million, chacun gagne à peu près de quoi s'acheter une petite voiture.

— Quelqu'un vous vole, répondit Lev.

— Ça ne m'étonnerait pas, acquiesça Dave. Mais je ne sais pas comment faire. J'ai viré notre premier manager, et celui-ci est bien meilleur. En attendant, je n'ai toujours pas de quoi me payer une maison.

— Je suis dans le cinéma, et il arrive qu'on vende les disques des bandes originales de nos films. Alors je sais un peu comment fonctionne l'industrie musicale. Tu veux quelques conseils ?

— Oui, volontiers.

— Crée ton propre label. »

Dave tendit l'oreille. Il avait déjà eu cette idée, mais s'était dit que c'était irréaliste. « Vous croyez que ce serait possible ?

— Vous pourriez certainement louer un studio d'enregistrement pour un jour ou deux, ou le temps qu'il vous faut.

— L'enregistrement ne pose pas de problème et je pense qu'on pourrait trouver une usine pour presser les disques. Le vrai problème, c'est la diffusion. Même si je savais le faire, je n'ai pas envie de passer mon temps à gérer une équipe de commerciaux.

— Rien ne t'y oblige. Tu n'as qu'à confier les ventes et la diffusion à une grosse maison de disques, sur la base d'un pourcentage. Ils toucheront des clopinettes, et toi tu te feras de sacrés bénéfices.

— Je ne sais pas s'ils accepteraient.

— Pas de bon gré, c'est sûr, mais ils le feront, parce qu'ils ne pourront pas se permettre de vous laisser vous adresser à la concurrence.

— Possible. »

Dave se sentit attiré par ce vieil homme astucieux, malgré sa réputation sulfureuse.

Lev n'avait pas fini. « Et l'édition musicale ? C'est toi qui composes les chansons, n'est-ce pas ?

— On les compose généralement ensemble, Walli et moi. » En réalité, c'était Walli qui les couchait sur le papier, parce que l'écriture et l'orthographe de Dave étaient tellement déplorables que personne ne pouvait le relire ; mais la création elle-même était une collaboration. « Les droits d'auteur nous rapportent un petit supplément.

— Un petit supplément ? Vous devriez vous faire un sacré paquet, oui. À tous les coups, votre éditeur musical emploie un agent étranger qui touche un pourcentage.

— En effet.

— Si tu creuses un peu, tu découvriras que cet agent étranger emploie lui-même un agent qui touche lui aussi un pourcentage, et ainsi de suite. Tous ceux qui prélèvent un pourcentage font partie de la même boîte. Quand ils vous ont pris vingt-cinq pour cent trois ou quatre fois, il vous reste que dalle, conclut Lev en secouant la tête avec dégoût. Monte ta propre boîte de production. Tu ne feras jamais fortune tant que tu ne seras pas aux commandes.

— Dave, quel âge as-tu ? demanda Marga.

— Dix-sept ans.

— Que tu es jeune ! Enfin, au moins, tu es assez futé pour t'intéresser aux affaires.

— Je voudrais bien l'être plus que ça. »

Après le déjeuner, ils s'installèrent dans le salon de l'hôtel. « Ton oncle Greg va nous rejoindre pour le café, annonça Lev. C'est le demi-frère de ta mère. »

Dave se souvint que Daisy parlait de Greg avec affection. Il avait fait des bêtises dans sa jeunesse, disait-elle, mais elle aussi, après tout. Greg était sénateur. Républicain malheureusement, ce qu'elle lui pardonnait tout de même.

« Mon fils, Greg, ne s'est jamais marié, intervint Marga, mais il a un fils. Il s'appelle George.

— C'est une sorte de secret de polichinelle, reprit Lev. Personne n'en parle, mais tout le monde, à Washington, est au courant. Greg n'est pas le seul sénateur à avoir un enfant illégitime. »

Dave avait entendu parler de George par sa mère et Jasper Murray l'avait même rencontré. Dave trouvait super d'avoir un cousin de couleur.

« Alors comme ça, George et moi, nous sommes vos deux petits-fils, remarqua Dave.

— Ouais.

— Tiens, voilà Greg et George », annonça Marga.

Dave leva les yeux. Un homme entre deux âges en complet de flanelle gris bien coupé, mais qui aurait eu besoin d'un bon coup de brosse et de fer à repasser, traversait le salon. Il était flanqué d'un jeune Noir d'une trentaine d'années, séduisant, élégamment vêtu d'un costume en mohair gris anthracite avec une cravate étroite.

Les deux hommes s'approchèrent et embrassèrent Marga. « Greg, dit Lev, c'est ton neveu, Dave Williams. George, je te présente ton cousin anglais. »

Ils prirent place à leur table. Dave remarqua que George avait l'air confiant et sûr de lui, bien qu'il fût le seul Noir de la pièce. Les vedettes noires de pop-music se laissaient pousser les cheveux, comme tout le monde dans le show business, alors que George avait les cheveux courts, probablement parce qu'il était dans la politique.

« Alors, Papa, lança Greg. Tu aurais imaginé avoir un jour une famille pareille ?

— Écoute, se réjouit Lev. Si tu pouvais remonter dans le temps, à l'époque où j'avais l'âge de Dave, si tu rencontrais le jeune Lev Pechkov et lui disais comment sa vie allait tourner, tu sais ce qu'il te répondrait ? Il te répondrait que tu es complètement cinglé. »

*

Ce soir-là, George invita Maria Summers à dîner pour son anniversaire. Elle avait vingt-neuf ans.

Il se faisait du souci pour elle. Maria avait changé de travail, avait emménagé dans un nouvel appartement, mais était toujours seule. Une fois par semaine environ, elle sortait avec d'autres employées du Département d'État et elle voyait George de temps en temps ; en revanche, sa vie sentimentale était un désert. George craignait qu'elle ne porte encore le deuil. L'assassinat de John Kennedy remontait à près de deux ans, mais il fallait peut-être plus longtemps pour se remettre du meurtre de celui qu'on aimait.

Son affection pour Maria n'avait absolument rien de fraternel. Il la trouvait séduisante et même plus que cela depuis ce fameux voyage en car dans l'Alabama. Il avait à son égard un peu la même attitude qu'envers la femme de Skip Dickerson, qui était ravissante et charmante. Comme l'épouse de son meilleur ami, Maria n'était tout simplement pas disponible. En d'autres circonstances, il était certain qu'ils se seraient mariés, et auraient été heureux en ménage. Cependant il avait Verena ; et Maria ne voulait personne.

Ils se rendirent au Jockey Club. Maria portait une robe de laine grise toute simple mais très jolie. Elle ne portait pas de bijoux, et ne quitta pas ses lunettes. Son postiche était un peu démodé. Elle avait un joli visage, une bouche sensuelle, et surtout elle avait un grand cœur : elle aurait facilement pu trouver un homme, si seulement elle avait essayé. Mais les gens commençaient à la considérer comme une carriériste, une femme qui sacrifiait tout à son travail. George doutait que cela suffise à la rendre heureuse, et ça le préoccupait.

« Je viens d'obtenir une promotion, annonça-t-elle lorsqu'ils eurent pris place.

— Félicitations, répondit George. Sablons le champagne !

— Oh non, merci. J'ai du travail, demain.

— Mais c'est ton anniversaire !

— Je sais, et c'est quand même non. Je prendrai peut-être un petit cognac après le dîner ; ça m'aidera à dormir. »

George haussa les épaules. « Eh bien, j'imagine que ton professionnalisme justifie ta promotion. Je sais que tu es intelligente, compétente et remarquablement cultivée, mais en général, rien de tout ça n'entre en ligne de compte quand on a la peau noire.

— Tu as raison. Il a toujours été presque impossible aux gens de couleur d'obtenir des postes élevés au sein du gouvernement.

— Eh bien, bravo ! Tu as surmonté ce préjugé ; c'est un sacré exploit.

— Les choses ont bien changé depuis que tu as quitté le ministère de la Justice, et tu sais pourquoi ? Le gouvernement essaie de persuader les forces de police du Sud d'engager des Noirs, et les gens du Sud rétorquent : "Regardez vos propres équipes : il n'y a que des Blancs." Les hauts fonctionnaires sont sous pression. Pour prouver qu'ils n'ont pas de préjugés, ils doivent accorder de l'avancement aux gens de couleur.

— Ils pensent sans doute qu'un exemple suffit.

— Amplement ! » répondit Maria en riant.

Ils passèrent commande. George se dit qu'ils avaient réussi, Maria et lui, à surmonter l'obstacle de leur couleur de peau, ce qui ne prouvait pas qu'il n'existait plus. Au contraire, ils étaient les exceptions qui confirmaient la règle.

Les pensées de Maria avait suivi le même cours.

« Bob Kennedy a l'air bien, remarqua-t-elle.

— La première fois que je l'ai rencontré, il considérait que les droits civiques ne faisaient que détourner l'attention de problèmes plus importants. Mais ce qu'il y a de bien chez lui, c'est qu'on peut lui faire entendre raison, et qu'il est capable de changer d'avis au besoin.

— Comment s'en sort-il ?

— C'est encore un peu tôt pour le dire. » Bob Kennedy avait été élu sénateur de New York, et George, qui était l'un de ses plus proches conseillers, jugeait qu'il avait du mal à s'adapter à ce nouveau rôle. Il avait connu récemment tant de changements – après avoir été le principal conseiller de son frère, le Président, il avait été mis sur la touche par le président Johnson, et venait d'être élu sénateur –, que George craignait qu'il ne sache plus très bien où il en était.

« Il devrait prendre position contre la guerre du Vietnam ! »

Maria se passionnait visiblement pour la question, et George eut le sentiment qu'elle avait l'intention de faire pression sur lui. « Le président Kennedy cherchait à *réduire* notre effort de guerre au Vietnam, et avait refusé à plusieurs reprises d'y envoyer des troupes au sol, reprit-elle. Or, la première chose que Johnson a faite, après son élection, a été d'y envoyer trois mille cinq cents marines, et le Pentagone a immédiatement réclamé de nouveaux renforts. En juin, ils ont exigé cent soixante-quinze mille hommes de plus, et le général Westmoreland a déclaré que ça ne suffirait probablement pas ! Et Johnson nous sert mensonge sur mensonge.

— Je sais. On dirait que le bombardement du Nord, qui était censé obliger Hô Chi Minh à s'asseoir à la table de négociations, n'a fait que renforcer la détermination des communistes.

— C'est exactement ce qu'avait prévu le Pentagone dans ses études stratégiques.

— Ah oui? Je ne crois pas que Bob Kennedy le sache. »
George le lui dirait dès le lendemain.

« On ne le sait généralement pas, mais ils avaient esquissé deux modèles stratégiques sur les effets des bombardements du Nord-Vietnam. Et les deux révélaient le même résultat : une *intensification* des attaques du Viêt-cong contre le Sud.

— C'est exactement la spirale d'échec et d'escalade que John Kennedy redoutait.

— Le fils aîné de mon frère va avoir l'âge d'être enrôlé, murmura Maria, dont l'expression trahissait l'angoisse qu'elle éprouvait pour son neveu. Je ne veux pas que Stevie se fasse tuer ! Pourquoi le sénateur Kennedy ne s'exprime-t-il pas ?

— Il sait que ça le rendrait impopulaire. »

Maria n'était pas disposée à accepter pareille réponse. « Tu crois vraiment? Les gens n'approuvent pas cette guerre.

— Les gens n'aiment pas les hommes politiques qui sapent le moral de nos troupes en critiquant la guerre.

— Il ne peut quand même pas se laisser dicter son comportement par l'opinion publique.

— Les hommes qui ignorent l'opinion publique ne restent pas longtemps en politique. Pas dans une démocratie.

— Autrement dit, personne ne peut jamais s'opposer à une guerre ? rétorqua Maria d'une voix exaspérée.

— C'est peut-être pour ça qu'il y en a tant. »

Leurs plats arrivèrent, et Maria changea de sujet. « Comment va Verena ? »

George avait l'impression de connaître assez bien Maria pour être franc. « Je l'adore, répondit-il. Elle descend chez moi chaque fois qu'elle est de passage à Washington, c'est-à-dire une fois par mois à peu près. Mais je n'ai pas l'impression qu'elle veuille faire sa vie avec moi.

— Ça l'obligerait à s'installer à Washington.

— Et alors ?

— Son travail est à Atlanta. »

George ne voyait pas le problème. « La plupart des femmes vivent dans la ville où travaille leur mari.

— Les choses changent. Si les Noirs peuvent obtenir l'égalité des droits, pourquoi les femmes ne le pourraient-elles pas ?

— Oh, voyons ! fit George indigné. Ce n'est pas pareil.

— Tu as raison. Le sexisme est encore pire. La moitié de la race humaine est réduite en esclavage.

— En esclavage ?

— Réfléchis au nombre de mères de famille qui s'échinent toute la journée sans salaire ! Et dans la plupart des pays du monde, une femme qui quitte son mari risque de se faire arrêter et ramener chez elle par la police. Travailler pour rien et ne pas pouvoir quitter son poste, ça s'appelle de l'esclavage, George. »

Cette discussion agaçait d'autant plus George que Maria semblait avoir le dessus. Mais il y vit une occasion d'aborder son vrai sujet de préoccupation. « C'est pour ça que tu es célibataire ? demanda-t-il.

— En partie, répondit-elle en évitant son regard, visiblement mal à l'aise.

— Quand penses-tu pouvoir recommencer à avoir un homme dans ta vie ?

— Bientôt, sûrement.

— Tu n'en as pas envie ?

— Si, mais je travaille beaucoup et j'ai peu de temps libre.

— À d'autres ! Tu penses que personne n'arrivera jamais à la cheville de celui que tu as perdu. »

Elle ne chercha pas à nier. « Ça peut se comprendre, non ?

— Je suis convaincu que tu pourrais trouver quelqu'un qui serait plus gentil avec toi qu'il ne l'a été. Quelqu'un d'intelligent, de séduisant, et de fidèle, en plus.

— Peut-être.

— Tu accepterais que je t'arrange un rendez-vous ?

— Pourquoi pas ?

— Blanc ou Noir, ça a de l'importance pour toi ?

— Noir plutôt. C'est trop compliqué de sortir avec des Blancs.

— Entendu. »

George pensait à Leopold Montgomery, le journaliste. Mais il n'en dit rien sur le moment. « Comment était ton steak ?

— Délicieusement tendre. Merci de m'avoir invitée ici. Et d'avoir pensé à mon anniversaire. »

Après le dessert, ils commandèrent un cognac avec le café.

« Figure-toi que j'ai un cousin blanc, reprit George. Qu'est-ce que tu dis de ça ? Dave Williams. J'ai fait sa connaissance aujourd'hui.

— Et tu ne l'avais encore jamais rencontré ? Comment ça se fait ?

— Il est anglais. C'est un chanteur de pop-music. Il est en tournée ici avec son groupe, Plum Nellie. »

Maria n'en avait jamais entendu parler. « Il y a dix ans, je connaissais tous les chanteurs du hit-parade. Tu crois que je vieillis ? »

George sourit. « Tu as eu vingt-neuf ans aujourd'hui.

— Plus qu'un an et j'en aurai trente ! C'est fou comme ça file !

— Ils ont fait un sacré tube : “I Miss Ya, Alicia”.

— Ah oui, bien sûr ! J'ai entendu ça à la radio. Alors ton cousin fait partie de ce groupe ?

— Ouais.

— Et comment tu le trouves ?

— Très sympa. Il est jeune, il n'a même pas dix-huit ans, mais il est mûr pour son âge, et il a charmé notre grand-père russe qui n'est pourtant pas commode.

— Tu l'as vu sur scène ?

— Non. Il m'a offert un billet, malheureusement ils ne donnent qu'un concert à Washington, ce soir, et j'étais déjà pris.

— Oh, George, on aurait pu se voir une autre fois.

— Alors que c'est ton anniversaire ? Sûrement pas ! »

Il demanda l'addition.

Il la reconduisit jusque chez elle dans sa vieille Mercedes. Elle s'était installée dans un appartement plus spacieux, toujours dans le quartier de Georgetown.

Ils eurent la surprise de voir une voiture de police rangée devant l'immeuble, gyrophare clignotant.

George raccompagna Maria à la porte. Un policier blanc montait la garde devant les marches. « Il y a un problème, monsieur l'agent ? demanda George.

— Trois appartements viennent d'être cambriolés, expliqua le flic. Vous habitez là ?

— Moi, oui ! répondit Maria. L'appartement numéro quatre. Vous savez s'il a été visité ?

— On va aller voir. »

Ils le suivirent dans l'immeuble. La porte de Maria avait été forcée. Elle entra chez elle, blême, George et le policier sur ses talons.

Maria fit le tour de l'appartement, stupéfaite. « Tout a l'air en ordre, constata-t-elle avant d'ajouter : sauf que tous les tiroirs ont été ouverts.

— Vous devriez vérifier si on ne vous a rien pris.

— Je n'ai aucun bien de valeur.

— Généralement, les voleurs prennent l'argent, les bijoux, les alcools et les armes à feu.

— Je portais ma montre et ma bague. Je ne bois pas, et je n'ai évidemment pas d'arme. » Elle entra dans la cuisine et George la suivit du regard par la porte ouverte. Elle ouvrit une boîte de café. « J'avais quatre-vingts dollars là-dedans, dit-elle au policier. Ils ont disparu. »

Il prit note dans son calepin. « Quatre-vingts exactement ?

— Trois billets de vingt dollars et deux de dix. »

Il y avait une autre pièce, de l'autre côté du salon. George se dirigea vers la porte qu'il ouvrit.

« George ! N'entre pas ! » s'écria Maria.

Trop tard.

George resta planté sur le seuil, parcourant la chambre du regard, stupéfait. « Oh, mon Dieu ! » souffla-t-il. Il comprenait, à présent, pourquoi elle n'avait pas d'homme dans sa vie.

Maria se détourna, affreusement gênée.

Le policier passa devant George et entra dans la chambre. « Ça alors ! Il doit bien y avoir une centaine de photos du président Kennedy, là-dedans ! Vous étiez sûrement une de ses fans, pas vrai ? »

Maria dut faire un effort sur elle-même pour répondre. « Oui, aquiesça-elle, d'une voix étranglée. Une de ses fans.

— Tous ces cierges, les fleurs et tout ça. C'est stupéfiant. »

George fit demi-tour pour ne plus voir ça. « Maria, je suis désolé », murmura-t-il.

Elle secoua la tête, l'air de dire qu'il n'avait pas à s'excuser : c'était un accident. Mais George avait conscience d'avoir violé un lieu secret, sacré. Il se serait giflé.

Le policier poursuivait son aparté. « On croirait presque, comment on appelle ça, dans les églises catholiques ? Un sanctuaire ? Je crois que c'est ça.

— C'est ça, répéta Maria. Un sanctuaire. »

*

This Day était une émission produite par une société qui possédait des chaînes de télévision, des stations de radio et des studios, dont certains étaient hébergés dans un gratte-ciel du centre-ville. Mrs. Salzman, une femme séduisante d'une quarantaine d'années qui travaillait au service du personnel, était tombée sous le charme de Jasper Murray. Elle croisait ses jambes galbées un peu trop haut, lui jetait des regards malicieux pardessus ses lunettes à monture bleue, et lui donnait du monsieur Murray. Il lui allumait ses cigarettes et l'appelait Yeux-Bleus.

Elle était navrée pour lui. Il était venu d'Angleterre dans l'espoir d'obtenir un entretien pour un poste qui n'existait pas. *This Day* n'engageait jamais de débutants : tout le personnel était composé de professionnels de la télévision, de journalistes, de producteurs, de cadreurs et de documentalistes expérimentés. Plusieurs étaient connus dans le métier. Même les secrétaires étaient des spécialistes de l'information. Jasper avait eu beau se récrier qu'il n'était pas un débutant et faire remarquer qu'il avait publié son propre journal, la presse étudiante ne comptait pas, lui avait expliqué Mrs. Salzman, débordante de compassion.

Il ne pouvait pas rentrer à Londres. Ce serait trop humiliant. Il était prêt à faire n'importe quoi pour rester aux États-Unis. Le poste qu'on lui avait proposé précédemment au *Western Mail* avait certainement été confié à un autre.

Il avait imploré Mrs. Salzman de lui trouver quelque chose, n'importe quoi, n'importe quel petit boulot, n'importe où dans le groupe qui diffusait *This Day*. Il lui avait montré sa carte verte délivrée par l'ambassade des États-Unis à Londres, qui l'autorisait à travailler aux États-Unis. Elle lui avait dit de revenir une semaine plus tard.

Il était descendu dans un foyer international d'étudiants, dans le Lower East Side, qui lui coûtait un dollar la nuit. Il avait passé une semaine à explorer New York à pied par souci d'économies. Puis il était retourné voir Mrs. Salzman, une rose à la main. Et elle lui avait donné un boulot.

Un *tout petit* boulot. Il était commis-dactylographe dans une station de radio locale, et son travail consistait à écouter les émissions toute la journée et à noter tout ce qui passait sur les ondes : les publicités diffusées, les disques programmés, qui était interviewé, la longueur des bulletins d'informations, les prévisions météo et les communiqués sur la circulation. Jasper s'en fichait. Il avait un pied dans la place. Il travaillait en Amérique.

Le bureau du personnel, la station de radio et le studio de *This Day* se trouvaient tous dans le même gratte-ciel, et

Jasper espérait réussir à frayer avec l'équipe de l'émission. Malheureusement, ça ne se passait pas comme ça. C'était un petit groupe fermé qui ne fréquentait pas les autres.

Un matin, Jasper prit l'ascenseur avec Herb Gould, le réalisateur de *This Day*, un homme d'une quarantaine d'années, au menton perpétuellement bleu de barbe. Jasper se présenta et enchaîna : « Je suis un grand admirateur de votre émission.

— Merci, répondit poliment Gould.

— Je n'ai qu'une ambition, travailler pour vous.

— Nous ne cherchons personne pour l'instant.

— Un jour, si vous avez le temps, j'aimerais bien vous montrer les articles que j'ai rédigés pour la presse nationale britannique. »

L'ascenseur s'arrêta. Jasper continua, désespérément : « J'ai écrit... »

Gould tendit la main pour couper court à son discours et sortit de l'ascenseur. « Merci quand même », dit-il en s'éloignant.

Quelques jours plus tard, Jasper était à son poste, devant sa machine à écrire, casque sur la tête, quand il entendit la voix suave de Chris Gardner, l'animateur de la matinale, annoncer : « Le groupe anglais Plum Nellie est en ville aujourd'hui. Il se produit ce soir avec la All-Star Touring Beat Revue. » Jasper dressa l'oreille. « Nous espérions vous passer une interview de ces jeunes gens qu'on nous présente comme les nouveaux Beatles, mais l'organisateur de la tournée nous a répondu qu'ils n'auraient pas le temps de nous rencontrer. Pour vous consoler, voici leur dernier tube, écrit par Dave et Walli : "Goodbye London Town". »

Dès qu'il entendit les premières notes du disque, Jasper arracha ses écouteurs, bondit hors de sa cabine, se rua dans le couloir et fit irruption dans le studio. « Je peux vous obtenir une interview avec Plum Nellie », annonça-t-il.

Le Chris Gardner dont la voix radiophonique faisait songer à un jeune premier de cinéma abonné aux rôles romantiques était en réalité un type quelconque, avec un vulgaire pull aux épaules couvertes de pellicules. « Ah oui ? Et comment comptez-vous faire, Jasper ? demanda-t-il, pour le moins sceptique.

— Je connais le groupe. J'ai grandi avec Dave Williams. Sa mère est la meilleure amie de la mienne.

— Vous pourriez faire venir le groupe au studio ? »

Jasper aurait probablement pu l'obtenir, mais ce n'était pas ce qu'il voulait. « Non, répondit-il. Mais donnez-moi un micro, un magnétophone, et je vous garantis que je les interviewerai dans leur loge. »

Quelques chicaneries administratives plus tard – le directeur de la radio s'était fait tirer l'oreille pour laisser un de ses précieux magnétophones quitter le bâtiment –, à dix-huit heures, Jasper était dans les coulisses de la salle de spectacle, avec les membres du groupe.

Chris Gardner n'attendait d'eux que quelques minutes de platitudes : est-ce que les États-Unis leur plaisaient, qu'est-ce qu'ils pensaient des filles qui hurlaient à leurs concerts, est-ce qu'ils avaient le mal du pays ? Jasper souhaitait pourtant rapporter mieux que ça à la radio. Il espérait que cette interview serait le sésame qui lui ouvrirait les portes de la télévision. Il fallait que ce soit un reportage sensationnel, qui ferait vibrer l'Amérique.

Il les interviewa d'abord tous ensemble, et pour les mettre à l'aise, leur posa des questions bateau sur leurs débuts à Londres. Il leur expliqua que la station voulait mettre en évidence toute leur complexité d'êtres humains – l'expression journalistique annonçant des questions personnelles indiscrètes, ce qu'ils étaient trop jeunes et trop inexpérimentés pour savoir. Ils ne se méfiaient visiblement pas de lui, à l'exception de Dave, qui restait sur ses gardes, se souvenant peut-être du tapage provoqué par l'article de Jasper sur Evie et Hank Remington. Les autres lui firent confiance. Encore une chose qu'il leur faudrait apprendre : ne jamais se fier à un journaliste.

Il leur demanda ensuite des interviews individuelles. Il commença par Dave, sachant qu'il était le leader du groupe. Il ne le poussa pas dans ses retranchements, évita les questions insidieuses et accepta toutes ses réponses sans insister. Dave regagna sa loge l'air tranquille, ce qui rassura les autres.

Walli fut le dernier à être interviewé.

C'était celui qui avait une vraie histoire à raconter. Mais accepterait-il de se confier à lui ? C'était l'objectif de toute la mise en condition de Jasper.

Il rapprocha leurs chaises l'une de l'autre et s'adressa à Walli à voix basse pour créer une illusion d'intimité, alors même que leurs paroles seraient entendues par des millions d'auditeurs. Il posa un cendrier à côté du siège de Walli pour l'encourager à fumer, se disant qu'une cigarette le mettrait encore plus à l'aise. Walli en alluma une.

« Quel genre d'enfant étiez-vous ? demanda Jasper en souriant, comme s'il s'agissait d'une conversation anodine. Un enfant sage, ou un sale gosse ? »

Le visage de Walli se fendit d'un grand sourire. « Un sale gosse », répondit-il en riant.

Excellent début, songea Jasper.

Walli évoqua son enfance dans le Berlin d'après-guerre et son goût précoce pour la musique, puis il raconta son passage au Minnesänger, où il avait obtenu la deuxième place à un concours. Ce qui conduisit tout naturellement la conversation sur Karolin, sur le duo qu'ils avaient formé, tous les deux, ce soir-là. Et c'est d'un ton passionné que Walli parla d'eux, de leur collaboration musicale, de leurs choix artistiques et de leur manière de jouer ensemble. Son amour pour elle transparaissait au travers de tous ses propos.

C'était un matériau génial, bien meilleur que les interviews de vedettes de pop-music habituelles, mais Jasper n'était pas encore satisfait.

« Vous vous amusiez, vous faisiez de la bonne musique et le public vous appréciait. Que s'est-il passé ?

— On a chanté "If I Had a Hammer". On n'aurait pas dû.

— Et pourquoi ?

— Ça n'a pas plu à la police. Le père de Karolin a eu peur de perdre son emploi à cause de nous, et il l'a obligée à arrêter les concerts.

— Autrement dit, si vous vouliez continuer à jouer ce que vous aimiez, il fallait passer à l'Ouest.

— Oui », répondit laconiquement Walli.

Jasper sentit que Walli s'efforçait d'endiguer l'émotion qui le submergeait.

Effectivement, après un instant d'hésitation, il reprit : « Je ne veux pas trop parler de Karolin – ça pourrait lui attirer des ennuis.

— Je doute que la police secrète d'Allemagne de l'Est écoute notre station de radio, le rassura Jasper en souriant.

— Non, mais quand même...

— Je ne diffuserai rien de compromettant, je vous assure. »

C'était une promesse en l'air, mais Walli y crut. « Merci », dit-il.

Jasper se hâta de pousser l'avantage : « Je crois savoir que vous n'avez emporté qu'une chose avec vous en partant : votre guitare.

— C'est vrai. C'était une décision subite.

— Vous avez volé un véhicule...

— Je m'occupais du matériel pour le chef du groupe. J'ai pris sa camionnette. »

Jasper savait que cette histoire, sur laquelle la presse s'était largement répandue en Allemagne, n'avait guère eu d'écho en Amérique. « Vous êtes allé jusqu'au point de contrôle...

— Et j'ai foncé dans la barrière en bois.

— Les gardes vous ont tiré dessus... »

Walli fit « oui » de la tête.

Jasper baissa la voix. « Et la camionnette a heurté l'un d'eux. »

Walli acquiesça à nouveau d'un simple hochement de tête. Jasper dut se retenir pour ne pas hurler : *On est à la radio, arrête de me répondre par signes !* Il se contenta de relancer : « Et alors...

— Je l'ai tué, reprit enfin Walli. J'ai tué ce type.

— Mais il allait vous tirer dessus. »

Walli secoua la tête comme si Jasper ne comprenait rien.

« Il avait mon âge. J'ai lu quelque chose sur lui, dans le journal, plus tard. Il avait une petite amie...

— Et c'est important pour vous... »

Walli hocha à nouveau la tête.

Jasper insista : « Pourquoi ?

— Il était comme moi, reprit Walli. Sauf que moi, j'aimais les guitares, et lui les armes.

— Mais il travaillait pour le régime qui vous tenait prisonnier en Allemagne de l'Est.

— Nous n'étions que deux gamins. Je m'enfuyais parce que je ne pouvais pas faire autrement. Il me tirait dessus parce qu'il ne pouvait pas faire autrement. C'est le Mur qui est mauvais. »

C'était une déclaration tellement sensationnelle que Jasper fit un effort pour dissimuler sa jubilation. Dans sa tête, il écrivait l'article qu'il proposerait au *New York Post*, un tabloïd. Il voyait déjà le gros titre :

LE DRAME SECRET
DE WALLI, STAR DE LA POP

Il n'en avait pas encore assez. « Karolin n'est pas partie avec vous.

— Elle n'est pas venue au rendez-vous. Je ne savais pas pourquoi. J'étais vraiment déçu, et je n'arrivais pas à comprendre.

Alors je me suis enfui quand même. » Dans la douleur du souvenir, Walli avait oublié toute prudence.

Jasper continuait à l'aiguillonner. « Mais vous êtes retourné la chercher.

— J'ai rencontré des gens qui creusaient un tunnel pour aider ceux d'en face à fuir. Je voulais absolument savoir pourquoi elle n'était pas venue. Alors j'ai emprunté le tunnel à contresens, pour repasser à l'Est.

— C'était dangereux.

— Si je m'étais fait prendre, oui.

— Et vous avez retrouvé Karolin…

— Oui. Elle m'a annoncé qu'elle était enceinte.

— Et qu'elle ne voulait pas fuir avec vous.

— Elle avait peur pour le bébé.

— Alicia.

— En vrai, elle s'appelle Alice. J'ai changé le nom dans la chanson. Pour la rime, vous comprenez ?

— Je comprends. Et quelle est votre situation, maintenant, Walli ? »

La voix de Walli se brisa. « Karolin n'arrive pas à obtenir l'autorisation de quitter l'Allemagne de l'Est, même pas pour une brève visite. Et moi, je ne peux pas retourner là-bas.

— Autrement dit, votre famille est coupée en deux par le mur de Berlin.

— Oui. » Walli laissa échapper un sanglot. « Je ne verrai peut-être jamais Alice. »

Bingo ! pensa Jasper.

*

Dave Williams n'avait pas revu Beep Dewar depuis quatre ans, depuis son séjour à Londres. Il avait hâte de la retrouver.

La dernière soirée de la tournée Beat Revue avait lieu à San Francisco, où vivait Beep. Dave avait obtenu l'adresse des Dewar par sa mère et leur avait envoyé quatre places et un petit mot les invitant à le retrouver dans les coulisses après le concert. Il ne pouvait pas avoir de réponse parce qu'il changeait de ville tous les jours : il ne savait donc pas s'ils viendraient.

Il ne couchait plus avec Mandy Love – à son grand regret. Elle lui avait beaucoup appris, caresses buccales comprises. Mais le fait de sortir avec un Anglais blanc la mettait mal à l'aise, et elle était retournée à son amant régulier, un chanteur de Love Factory. Ils se marieraient probablement à la fin de la tournée, pensait Dave.

Depuis, il était seul.

Il savait maintenant ce qu'il appréciait le plus en amour. Au lit, les filles pouvaient être passionnées ou salopes, sentimentales et gentiment soumises, ou encore d'une efficacité technique un peu brutale. Dave raffolait des filles taquines.

Il était sûr que Beep était comme ça.

Et se demandait ce qui se passerait si elle venait, ce soir-là.

Il se souvenait d'elle à treize ans, en train de fumer des Chesterfield dans le jardin de Great Peter Street. Elle avait été menue, jolie et sexy comme personne : c'était dingue de l'être autant à cet âge-là. À treize ans, Dave, en plein tsunami hormonal, l'avait trouvée irrésistiblement séduisante. Il en avait été raide dingue. Ils s'étaient bien entendus, malheureusement, il ne l'intéressait pas sur le plan sentimental et avait été consterné qu'elle lui préfère Jasper Murray, plus âgé.

Ses pensées dérivèrent du côté de Jasper. Walli n'avait pas apprécié son interview quand elle était passée à la radio. Et encore moins l'article du *New York Post* intitulé :

JE NE CONNAÎTRAI PEUT-ÊTRE JAMAIS MA FILLE
LE PAPA POP STAR
par Jasper Murray

Walli avait peur pour Karolin, restée en Allemagne de l'Est. Il redoutait que cette publicité ne lui attire des ennuis. Dave repensa à l'interview d'Evie qu'avait faite Jasper, et prit note mentalement de ne jamais croire un mot de ce que ce type pouvait raconter.

Il se demandait si Beep aurait beaucoup changé en quatre ans. Elle aurait peut-être grandi, ou grossi. Est-ce qu'il la trouverait encore terriblement désirable ? Est-ce qu'elle s'intéresserait davantage à lui, maintenant qu'il était plus âgé ?

Il n'était évidemment pas exclu qu'elle ait un petit ami. Et qu'elle soit sortie avec lui, ce soir, au lieu d'assister au concert.

Les musiciens de Plum Nellie avaient quelques heures à tuer avant le spectacle. Ils en profitèrent pour faire un tour et se rendirent très vite compte que San Francisco était une ville super sympa. Tous les jeunes portaient des tenues dans le vent.

La minijupe était définitivement démodée et les filles arboraient des robes traînant jusqu'au sol, elles avaient des fleurs dans les cheveux et des grelots qui tintaient au moindre mouvement. Les hommes se laissaient pousser les cheveux comme nulle part ailleurs, même à Londres. Certains jeunes Noirs, les garçons aussi bien que les filles, arboraient des coupes stupéfiantes, qui formaient un énorme nuage crépu autour de leur tête.

Walli, en particulier, adorait cette ville. Il avait l'impression qu'on pouvait tout y faire, disait-il. Elle était aux antipodes de Berlin-Est.

Douze groupes se produisaient dans la Beat Revue. La plupart jouaient deux ou trois morceaux et laissaient place au suivant. Le groupe qui occupait le haut de l'affiche disposait de vingt minutes à la fin. Plum Nellie avait suffisamment de succès pour conclure la première partie du spectacle : pendant un quart d'heure, ils jouaient cinq courtes chansons. Ils n'avaient pas emporté leurs amplis pour la tournée ; ils faisaient avec ce qu'ils trouvaient sur place, souvent des haut-parleurs rudimentaires conçus pour les commentaires d'événements sportifs. Le public, presque exclusivement composé d'adolescentes, hurlait à pleins poumons du début à la fin, si bien que le groupe ne s'entendait pas jouer. Ça n'avait pas d'importance : personne n'écoutait.

L'exaltation de la tournée commençait à s'émousser. Les membres du groupe s'ennuyaient un peu et attendaient avec impatience de rentrer à Londres, où ils devaient enregistrer un nouvel album.

Après le spectacle, ils regagnèrent les coulisses. Ils jouaient dans une salle de théâtre et disposaient d'une loge assez vaste. Les toilettes étaient propres – rien à voir avec les boîtes de Londres et de Hambourg. Les seuls rafraîchissements à leur disposition étaient les Dr Pepper gratuits du sponsor, mais le portier acceptait généralement d'envoyer chercher de la bière.

Dave annonça au groupe que des amis de ses parents viendraient peut-être le voir en coulisses, et qu'ils étaient priés de se tenir convenablement. Ils poussèrent des gémissements : ça voulait dire pas de drogue, et pas question de peloter les groupies avant le départ des vieux.

Pendant la seconde partie, Dave alla trouver le portier, à l'entrée des artistes, et s'assura qu'il avait bien noté les noms de ses invités : Mr. Woody Dewar, Mrs. Bella Dewar, Mr. Cameron Dewar et miss Ursula Dewar, dite Beep.

Un quart d'heure après la fin du concert, ils se présentèrent à l'entrée de sa loge.

Dave constata avec ravissement que Beep avait à peine changé. Elle était toujours menue, pas plus grande qu'à treize ans, mais plus pulpeuse. Son jean épousait ses hanches et s'élargissait sous les genoux, comme le voulait la dernière mode, et elle portait un pull moulant à larges bandes bleues et blanches.

S'était-elle mise sur son trente et un spécialement pour lui ? Pas forcément. Toutes les adolescentes soignaient certainement leur tenue pour aller dans les coulisses d'un concert pop.

Il serra la main de ses quatre visiteurs et les présenta au reste du groupe. Il avait peur que les autres ne lui fassent honte, mais en réalité, ils se conduisirent de façon irréprochable. Il leur arrivait à tous d'inviter des membres ou des amis de leur famille, et chacun appréciait que ses compagnons se comportent correctement dans de telles circonstances.

Dave dut faire un effort pour détacher ses yeux de Beep. Elle avait toujours cette étincelle dans le regard. Mandy Love l'avait, elle aussi. Un truc indéfinissable qu'on appelait le sex-appeal ou « un petit je ne sais quoi ». Beep avait un sourire mutin, un air de curiosité plein d'entrain, et elle balançait les hanches en marchant. Dave découvrit qu'il était tout aussi consumé de désir que le puceau de treize ans qu'il avait été.

Il essaya de parler à Cameron qui avait deux ans de plus que Beep et faisait déjà ses études à l'université de Californie à Berkeley, juste à côté de San Francisco. Mais Cam était d'un abord difficile. Il était pour la guerre au Vietnam, estimait que les droits civiques devraient être accordés plus progressivement et trouvait normal que l'homosexualité soit considérée comme un délit. En plus, il préférait le jazz.

Dave accorda un quart d'heure aux Dewar avant d'annoncer : « C'est notre dernier spectacle de la tournée. Il y a une fête d'adieu à l'hôtel dans quelques minutes. Ça vous dit, Beep et Cam ?

— Pas pour moi, répondit aussitôt Cameron. Merci quand même.

— Dommage, fit Dave, avec une politesse hypocrite. Et toi, Beep ?

— Ça me ferait super plaisir, dit Beep en regardant sa mère.

— Couvre-feu à minuit, décréta Bella.

— Et je te demanderai de faire appel à notre service de taxi pour rentrer, s'il te plaît, ajouta Woody.

— J'y veillerai », assura Dave.

Les parents et Cameron prirent congé, et les musiciens montèrent dans le bus avec leurs invités pour le bref trajet jusqu'à l'hôtel.

La fête se tenait au bar de l'établissement, mais arrivé dans le hall, Dave murmura à l'oreille de Beep : « Tu as déjà fumé de la marijuana ?

— De l'herbe, tu veux dire ? Tu parles !

— Pas si fort – c'est illégal !

— Tu en as ?

— Oui. On ferait probablement mieux d'aller fumer dans ma chambre, on rejoindra la fête après.

— D'accord. »

Ils montèrent dans sa chambre. Dave roula un joint pendant que Beep cherchait une station de rock à la radio. Ils s'assirent sur le lit et se passèrent et se repassèrent le pétard. Commençant à planer, Dave sourit et dit : « Quand tu étais à Londres...

— Quoi ?

— Tu ne t'intéressais pas à moi.

— Je t'aimais bien, mais tu étais trop jeune.

— C'est toi qui étais trop jeune pour ce que j'avais envie de te faire. »

Elle esquissa un sourire espiègle. « Et qu'est-ce que tu voulais me faire ?

— La liste serait longue.

— Qu'est-ce qui venait en premier ?

— En premier, hein ? » Il n'allait tout de même pas lui avouer ça. Et puis il réfléchit : pourquoi pas ? « J'avais envie de voir tes nichons. »

Elle lui tendit le joint et fit glisser son pull à rayures au-dessus de sa tête d'un mouvement coulé. Elle n'avait rien en dessous.

Dave n'en revenait pas, il était au comble de la joie. Il se mit à bander, rien qu'en la regardant. « Ils sont vachement beaux...

— C'est vrai, fit-elle rêveusement. Si jolis que, des fois, je ne peux pas me retenir de les caresser.

— Oh là là..., gémit Dave.

— Et sur ta fameuse liste, reprit Beep, qu'est-ce qui venait ensuite ? »

*

Dave repoussa de huit jours la date de son retour et garda sa chambre d'hôtel. Il voyait Beep après les cours, tous les jours de la semaine, et toute la journée le samedi et le dimanche. Ils allaient au cinéma, ils achetaient des vêtements branchés, et allaient faire un tour au zoo. Ils faisaient l'amour deux ou trois fois par jour, toujours avec un préservatif.

Un soir, il se déshabillait lorsqu'elle lui dit : « Enlève ton jean. »

Il la regarda, allongée sur le lit, dans la chambre d'hôtel, vêtue en tout et pour tout de sa culotte et d'une casquette en jean.

« Qu'est-ce que tu dis ?

— Ce soir, tu es mon esclave. Fais ce que je t'ordonne. Enlève ton jean. »

Il avait déjà commencé à l'enlever, et c'est ce qu'il s'apprêtait à lui dire quand il comprit que c'était un fantasme. Comme cette idée l'amusait, il décida de jouer le jeu. Il fit semblant de résister. « Euh, je suis vraiment obligé ?

— Tu dois faire tout ce que je te dis, parce que tu m'appartiens. Enlève ce putain de jean.

— Oui, maîtresse. »

Elle se redressa et le regarda. Il lut un désir malicieux dans son léger sourire. « C'est bien, approuva-t-elle.

— Et maintenant, qu'est-ce que je dois faire ? » demanda Dave.

Il avait compris pourquoi il était tombé tellement amoureux d'elle quand il avait treize ans, puis une nouvelle fois, quelques jours plus tôt. Elle débordait de joie de vivre, était prête à tout essayer, avide de nouvelles expériences. Avec certaines filles, Dave s'était ennuyé après avoir tiré deux coups. Il sentait qu'avec elle il ne s'ennuierait jamais.

Ils firent l'amour, Dave feignant de se faire prier alors que Beep lui ordonnait de faire des choses dont il mourait déjà d'envie. C'était étrangement excitant.

Après, il lui demanda paresseusement : « À propos, d'où te vient ton surnom ?

— Je ne te l'ai jamais raconté ?

— Non. Il y a tant de choses que j'ignore sur toi. En même temps, j'ai l'impression de te connaître depuis toujours.

— Quand j'étais petite, j'avais une voiture à pédales, tu sais, celles dans lesquelles on peut s'asseoir. Je ne m'en souviens même pas, mais il paraît que je l'adorais. Je passais des heures au volant en faisant tout le temps "Beep ! Beep !" »

Ils se rhabillèrent et allèrent chercher des hamburgers. Lorsqu'elle mordit dans le sien, Dave regarda le jus couler sur son menton et prit conscience qu'il était amoureux.

« Je n'ai pas envie de retourner à Londres », murmura-t-il.

Elle mâcha, avala et répondit : « Eh bien, reste ici.

— Je ne peux pas. Plum Nellie doit enregistrer un nouvel album. Et ensuite, on part en tournée en Australie et en Nouvelle-Zélande.

— Je t'adore. Quand tu partiras, je pleurerai. Mais je n'ai pas l'intention de gâcher cette journée en me lamentant sur ce qui se passera demain. Mange ton hamburger. Tu vas avoir besoin de protéines.

— J'ai l'impression d'avoir trouvé l'âme sœur. Je sais que je suis jeune, mais j'ai déjà connu tout un tas de filles.

— Pas la peine de te vanter. Je ne suis pas restée jambes serrées non plus.

— Je ne disais pas ça pour me vanter, je n'en suis même pas fier. C'est trop facile quand on est chanteur de pop. J'essaie de t'expliquer, de m'expliquer à moi-même aussi bien qu'à toi, pourquoi je suis tellement sûr. »

Elle plongea une frite dans le ketchup. « Sûr de quoi ?

— Que je veux que ça dure toujours. »

Elle se figea, la frite à mi-chemin des lèvres, avant de la reposer sur son assiette. « Qu'est-ce que tu veux dire ?

— Je veux qu'on soit toujours ensemble. Je veux qu'on vive ensemble.

— Qu'on vive ensemble... comment ça ?

— Beep.

— Je suis là. »

Il tendit le bras par-dessus la table et lui prit la main. « Qu'est-ce que tu dirais qu'on se marie ?

— Oh la vache !

— Je sais, c'est dingue. Je sais.

— Pas dingue, non. Un peu soudain, c'est tout.

— Parce que tu serais d'accord ? Qu'on se marie ?

— Tu as raison. On est des âmes sœurs. Je ne me suis jamais amusée comme ça avec aucun autre garçon. »

Elle ne répondait toujours pas à sa question. Il reprit alors lentement, en articulant distinctement : «Je t'aime. Veux-tu m'épouser?

Elle hésita un long moment, puis répondit : «Ah ça oui ! »

*

«Je ne veux même pas en entendre parler, fit rageusement Woody Dewar. Vous ne vous marierez pas, un point c'est tout. »

C'était un homme de haute taille, en chemise, cravate et veste de tweed. Dave avait du mal à ne pas être impressionné.

« Comment tu l'as su ? demanda Beep.

— Peu importe.

— C'est mon fayot de frère qui vous l'a dit, reprit Beep. J'ai vraiment été trop conne de me confier à lui.

— Pas besoin de parler grossièrement. »

Les Dewar se tenaient dans le salon de leur maison victorienne de Nob Hill, sur Gough Street. Les beaux meubles anciens et les tentures luxueuses, un peu fanées cependant, rappelaient à Dave la maison de Great Peter Street. Dave et Beep étaient assis côte à côte sur le canapé de velours rouge. Bella occupait un fauteuil de cuir patiné, tandis que Woddy était planté devant la cheminée de pierre sculptée.

«Je sais que c'est un peu rapide, intervint Dave, mais j'ai des obligations : un enregistrement à Londres, une tournée en Australie, et ce n'est pas tout.

— Rapide? répéta Woody. C'est complètement irresponsable, oui. Le seul fait que vous puissiez parler mariage alors que ça ne fait que huit jours que vous sortez ensemble prouve que vous n'avez absolument pas la maturité nécessaire.

— Je déteste me vanter, répondit Dave, mais je vous rappelle que j'ai quitté la maison de mes parents depuis deux ans, et que pendant ces deux ans, j'ai mis sur pied une entreprise internationale de plusieurs millions de dollars. Bien que je ne sois pas aussi riche que certains le croient, je suis en mesure de faire vivre votre fille très confortablement.

— Beep a dix-sept ans ! Et toi aussi, mon petit Dave. Elle ne peut pas se marier sans mon consentement, et je le lui refuse. Je parie que Lloyd et Daisy auront la même attitude à ton égard.

— Dans certains États, on peut se marier à dix-huit ans, intervint Beep.

— Tu ferais mieux de ne pas le prendre comme ça, Beep.

— Qu'est-ce que tu as l'intention faire, Papa, de m'enfermer dans un couvent?

— Tu menaces de t'enfuir?

— Je t'informe simplement du fait qu'en fin de compte, tu n'as pas vraiment le pouvoir de nous empêcher de faire ce qu'on veut. »

Elle disait vrai. Dave l'avait vérifié à la bibliothèque publique de San Francisco, sur Larkin Street. La majorité légale était à vingt et un ans, mais plusieurs États autorisaient les jeunes filles à se marier à dix-huit ans sans consentement parental. Et en Écosse, on était majeur à seize ans. Dans la pratique, les parents avaient du mal à empêcher le mariage de deux jeunes gens déterminés.

Woody rétorqua pourtant : « Je n'en serais pas si sûr, si j'étais toi. De toute façon, il n'en est pas question. »

Dave observa sans hausser le ton : « Nous ne voudrions surtout pas nous fâcher avec vous mais Beep veut simplement vous faire remarquer que vous n'êtes pas le seul ici à avoir voix au chapitre. »

Il pensait n'avoir rien dit de répréhensible et s'être exprimé avec une parfaite courtoisie, mais son intervention eut pour seul effet de décupler la colère de Woody. « Sors d'ici avant que je te fiche dehors ! »

Bella prit alors la parole pour la première fois. « Reste où tu es, Dave. »

Dave n'avait pas bougé. Woody avait une jambe en mauvais état à la suite d'une blessure de guerre : il n'était pas en mesure de mettre sa menace à exécution.

« Chéri, reprit Bella en se tournant vers son mari, il y a vingt et un ans, c'est toi qui étais assis dans cette pièce et qui tenais tête à ma mère.

— Je n'avais pas dix-sept ans, j'en avais vingt-cinq.

— Ma mère t'accusait d'avoir provoqué la rupture de mes fiançailles avec Victor Rolandson. Elle avait raison : c'était ta faute, alors que nous n'avions passé qu'une soirée ensemble, toi et moi. Faut-il que je te rafraîchisse la mémoire? Nous nous étions rencontrés à la fête de la mère de Dave, après quoi tu étais parti envahir la Normandie et je ne t'avais pas revu pendant un an.

— Une seule soirée? s'étonna Beep. Et qu'est-ce que tu lui avais fait, Mama? »

Bella regarda sa fille, hésita et répondit : «Je lui avais taillé une pipe dans un parc, ma chérie.»

Dave était ébahi. Bella et Woody? Il avait peine à le croire.

«Bella! se récria Woody.

— N'ayons pas peur des mots, Woody chéri.

— À votre premier rendez-vous? insista Beep. Wouah, Mama! Chapeau!

— Pour l'amour du ciel..., protesta Woody.

— Mon chéri, j'essaie simplement de te rappeler ce que c'est qu'être jeune.

— Je ne t'ai pas proposé le mariage aussitôt!

— C'est vrai. J'ai cru que tu ne te déciderais jamais.»

Beep pouffa et Dave réprima un sourire.

«Tu ne crois pas que tu pourrais faire preuve d'un minimum de solidarité conjugale, non? demanda Woody.

— Il n'y a pas de quoi monter sur tes grands chevaux, voyons, répondit-elle avec un sourire. On était amoureux. Eux aussi. On avait de la chance. Ils en ont aussi.»

La colère de Woody sembla s'apaiser légèrement. «Tu trouves donc qu'on devrait les laisser faire n'importe quoi?

— Sûrement pas. Mais on pourrait peut-être trouver un compromis.

— Je vois mal lequel.

— Et si nous leur demandions de nous reposer la question dans un an? En attendant, Dave sera le bienvenu chez nous s'il veut venir habiter ici chaque fois qu'il pourra prendre congé de son groupe pour quelques jours. Et il pourra partager le lit de Beep, s'il le souhaite.

— Ça, pas question!

— Ils le feront de toute façon, ici ou ailleurs. À quoi bon livrer des batailles perdues d'avance? Et ne fais pas l'hypocrite, tu veux? Nous avons fait l'amour avant d'être mariés, et tu avais couché avec Joanne Rouzrokh avant de me rencontrer.

— Je vais y réfléchir», dit-il et il quitta la pièce.

Bella se tourna vers Dave. «Je n'ai pas d'ordres à te donner, Dave. Pas plus qu'à Beep. Je te demande – je t'implore d'être patient. Tu es un gentil garçon, d'une bonne famille, et je serai très heureuse le jour où tu épouseras ma fille. Mais je t'en prie, attendez un an.»

Dave regarda Beep. Elle acquiesça d'un hochement de tête.

«D'accord, répondit Dave. Un an.»

*

En sortant du foyer d'étudiants ce matin-là, Jasper vérifia son casier à courrier. Il contenait deux lettres. Il reconnut l'écriture élégante de sa mère sur la petite enveloppe par avion. L'adresse de l'autre était tapée à la machine. Il s'apprêtait à les ouvrir quand on l'appela. « Téléphone pour Jasper Murray ! » Il fourra les deux enveloppes dans la poche intérieure de sa veste.

C'était Mrs. Salzman. « Bonjour, monsieur Murray.

— Salut, Yeux-Bleus.

— Portez-vous une cravate, monsieur Murray ? »

La cravate n'était plus à la mode, et de toute façon on ne demandait pas à un commis-dactylographe d'être un champion d'élégance. « Non, répondit-il.

— Eh bien, mettez-en vite une. Herb Gould veut vous voir à dix heures.

— Ah oui ? Pourquoi ?

— Il y a un poste de documentaliste qui se libère à *This Day*. Je lui ai montré vos articles.

— Merci ! Vous êtes un ange !

— N'oubliez pas la cravate. »

Mrs. Salzman raccrocha.

Jasper remonta dans sa chambre, enfila une chemise blanche, propre, et une cravate aussi sobre que sombre. Puis il remit sa veste, son pardessus et partit travailler.

En arrivant dans le vestibule du gratte-ciel, il acheta une petite boîte de chocolats pour Mrs. Salzman au kiosque à journaux.

À dix heures moins dix, il se dirigea vers les bureaux de *This Day*. Un quart d'heure plus tard, une secrétaire l'introduisait dans le bureau de Gould.

« Ravi de faire votre connaissance, commença Gould. Merci d'être venu jusqu'ici.

— C'est moi qui vous remercie. » Jasper comprit que Gould ne se souvenait pas de leur conversation dans l'ascenseur.

Gould lisait l'édition d'*À vrai dire* sur l'assassinat de John Kennedy. « Si j'en crois votre CV, c'est vous qui avez fondé ce journal.

— Oui.

— Vous pouvez m'en dire un peu plus long ?

— Je travaillais pour le *St Julian's News*, le journal officiel des étudiants de la fac.» Au fur et à mesure qu'il parlait, Jasper se sentait moins nerveux. «J'avais posé ma candidature pour le poste de rédacteur en chef, mais c'est la sœur du précédent rédacteur en chef qui a été nommée.

— Vous l'avez mal pris, et du coup, vous vous êtes lancé.

— En partie, oui, acquiesça Jasper avec un sourire. Mais j'étais sûr que j'aurais fait un bien meilleur boulot que Valerie. Alors j'ai emprunté vingt-cinq livres, et j'ai lancé un journal concurrent.

— Et comment ça a marché ?

— Au bout de trois numéros, on faisait de meilleures ventes que le *St Julian's News*. Et on était bénéficiaires, alors que le *St Julian's News* était subventionné.» Ce n'était qu'une légère exagération. *À vrai dire* n'avait réussi à couvrir ses frais qu'au bout d'un an.

«Jolie réussite.

— Merci.»

Gould montra l'article du *New York Post* qui avait publié l'interview de Walli. «Comment avez-vous décroché ça ?

— L'histoire de Walli n'était pas un secret. La presse allemande en avait parlé. Mais à l'époque, ce n'était pas une vedette de la pop-music. Si je puis me permettre...

— Allez-y.

— Je crois que l'art du journalisme ne consiste pas toujours à découvrir des faits. Il consiste parfois à *prendre conscience* que certains faits déjà connus, présentés sous le bon angle, peuvent faire un super article.»

Gould opina du chef. «D'accord. Pourquoi souhaitez-vous passer du journalisme écrit à la télévision ?

— Chacun sait qu'une bonne photo à la une fait mieux vendre que le meilleur des gros titres. Les images animées sont encore plus efficaces. Je suis certain qu'il y aura toujours un marché pour les articles de fond de la presse écrite, mais dans un avenir prévisible, c'est la télévision que le grand public choisira pour l'informer.

— Ce n'est pas moi qui vous dirai le contraire», approuva Gould en souriant.

L'interphone posé sur son bureau bipa et la voix de sa secrétaire annonça : «Mr. Thomas, du bureau de Washington, vous demande.

— Merci, mon chou. Jasper, j'ai été ravi de vous rencontrer. Je vous recontacterai. » Il décrocha le téléphone. « Salut, Larry. Quoi de neuf ? »

Jasper quitta le bureau. L'entretien s'était bien passé, mais il s'était interrompu avec une soudaineté agaçante. Il regrettait de ne pas avoir pu demander à Gould quand il pouvait espérer avoir de ses nouvelles. Il est vrai qu'il était dans la position du demandeur : ses états d'âme n'intéressaient personne.

Il retourna à la station de radio. Pendant son entretien, il avait été remplacé par la secrétaire qui le relevait normalement à l'heure du déjeuner. Il la remercia et prit le relais. Il enleva sa veste et repensa au courrier qu'il avait fourré dans sa poche. Il mit son casque et s'assit à son petit bureau. À la radio, un journaliste sportif annonçait un match qui n'allait pas tarder à commencer. Jasper sortit les lettres et ouvrit celle dont l'adresse avait été tapée à la machine.

Elle venait du président des États-Unis.

C'était une circulaire, portant son nom écrit à la main dans une case.

Elle disait :

Cher Jasper Murray,

Vous êtes par la présente appelé à rejoindre les Forces armées des États-Unis...

« Quoi ? » s'exclama Jasper, tout haut.

... et vous êtes convoqué le 20 janvier 1966, à 7 h 00, à l'adresse ci-dessous d'où vous serez affecté à un poste d'incorporation dans les Forces armées...

Jasper refusa de céder à la panique. C'était forcément une erreur de l'administration : il était citoyen britannique. L'armée américaine n'enrôlait certainement pas les ressortissants étrangers.

Tout de même, il fallait qu'il règle cette affaire au plus vite. Les bureaucrates américains étaient aussi atrocement incompétents que partout ailleurs, et parfaitement capables de lui attirer des ennuis aussi superflus qu'interminables. Il fallait jouer le jeu, faire mine de les prendre au sérieux, comme on respecte le feu rouge à un carrefour désert.

Le bureau d'incorporation n'était qu'à quelques rues de la station de radio. À l'heure du déjeuner, il enfila sa veste, son pardessus, et quitta le bâtiment.

Il releva son col pour se protéger du vent new-yorkais glacial et se précipita vers l'immeuble de l'administration fédérale.

Dans un bureau de l'armée, au deuxième étage, il tomba sur un homme en uniforme de capitaine, assis devant une table de travail. Sa coupe ultracourte, presque rase sur les côtés, paraissait plus ridicule que jamais maintenant que même les hommes d'âge mûr se laissaient pousser les cheveux. « Que puis-je pour vous ? demanda le capitaine.

— Je suis presque sûr que cette lettre m'a été envoyée par erreur », commença Jasper, et il lui tendit l'enveloppe.

Le capitaine parcourut le feuillet. « Savez-vous qu'il existe un système de loterie ? répondit-il. Le nombre d'hommes susceptibles de servir sous les drapeaux est plus important que le nombre de soldats requis, et les recrues sont sélectionnées par tirage au sort. » Il lui rendit la lettre.

Jasper reprit avec un sourire : « Je ne crois pas être tenu de servir dans l'armée, voyez-vous.

— Et pourquoi ? »

Peut-être le capitaine n'avait-il pas remarqué son accent. « Je ne suis pas citoyen américain. Je suis britannique.

— Que faites-vous aux États-Unis ?

— Je suis journaliste. Je travaille pour une station de radio.

— Vous avez évidemment un permis de travail.

— Oui.

— Vous êtes un résident étranger.

— Exactement.

— Dans ce cas, vous pouvez être enrôlé.

— Mais je ne suis pas américain.

— Ça ne change rien. »

Cela devenait exaspérant. L'armée s'était trompée, Jasper en était persuadé. Mais le capitaine, comme beaucoup de sous-officiers, n'était pas disposé à admettre qu'une erreur ait pu se produire. « Vous me dites que l'armée des États-Unis enrôle les étrangers ?

— La conscription ne tient pas compte de la nationalité, mais du lieu de résidence, répondit le capitaine, imperturbable.

— Enfin, c'est impossible ! »

Le capitaine commençait à avoir l'air agacé. « Si vous ne me croyez pas, renseignez-vous.

— C'est ce que je vais faire. »

Jasper quitta le bâtiment et retourna au bureau. Le service du personnel devait être au courant de ce genre de choses. Le mieux était d'aller voir Mrs. Salzman.

Il lui donna la boîte de chocolats.

« C'est vraiment gentil, remercia-t-elle. Mr. Gould vous aime bien, lui aussi.

— Qu'a-t-il dit ?

— Il m'a simplement remerciée de vous avoir envoyé. Il n'a pas encore pris de décision. À ma connaissance pourtant, il n'y a pas d'autre candidature.

— C'est formidable ! Mais j'ai un petit problème et vous devriez pouvoir m'aider. » Il lui montra la lettre de l'armée. « C'est forcément une erreur, non ? »

Mrs. Salzman mit ses lunettes et lut la lettre. « Oh, mon pauvre garçon, s'exclama-t-elle. Alors ça, ce n'est vraiment pas de chance. Juste au moment où ça marchait si bien pour vous ! »

Jasper ne pouvait en croire ses oreilles. « Vous voulez dire que je suis vraiment tenu de faire mon service militaire ?

— En effet, répondit-elle tristement. Nous avons déjà rencontré ce problème avec des employés étrangers. Le gouvernement estime que, si vous voulez vivre et travailler aux États-Unis, vous devez aider le pays à se défendre contre l'agression communiste.

— Vous êtes en train de me dire que je vais être enrôlé ?

— Pas forcément. »

Le cœur de Jasper fit un bond dans sa poitrine. Allons, tout espoir n'était pas perdu. « Quelle est l'autre solution ?

— Vous pouvez rentrer chez vous. Personne ne cherchera à vous empêcher de quitter le pays.

— Mais c'est scandaleux ! Vous ne pouvez pas m'aider à me sortir de là ?

— Êtes-vous atteint d'une affection quelconque ? Les pieds plats, la tuberculose, un souffle au cœur ?

— Je n'ai jamais été malade de ma vie. »

Elle baissa la voix. « Et je présume que vous n'êtes pas homosexuel ?

— Non !

— Vous n'êtes pas issu d'une famille dont la confession interdit le service militaire ?

— Mon père est colonel dans l'armée britannique.

— Dans ce cas, je suis vraiment désolée. »

Jasper commençait à admettre la réalité. « Je vais donc être obligé de partir. Même si j'obtiens le poste à *This Day*, je ne pourrai pas l'accepter. » C'est alors qu'une idée lui traversa l'esprit. « On n'est pas tenu de vous rendre votre poste après votre service militaire ?

— Seulement si vous l'avez occupé pendant au moins un an.

— Je ne pourrai donc peut-être même pas retrouver mon poste de commis-dactylographe à la station de radio !

— En effet.

— Alors que si je quittais les États-Unis tout de suite...

— Vous pourriez rentrer chez vous. En revanche, vous ne pourriez plus jamais travailler aux États-Unis.

— Bon sang...

— Qu'allez-vous faire ? Rentrer chez vous ou rejoindre l'armée ?

— Je n'en sais rien, répondit-il. Merci pour votre aide.

— Merci pour les chocolats, monsieur Murray. »

Jasper s'éloigna dans un état second. Impossible de retourner travailler : il devait réfléchir. Il ressortit. En temps normal, il adorait les rues de New York : les grands immeubles, les puissants camions Mack, les voitures d'une élégance extravagante, les vitrines étincelantes des merveilleux magasins. Mais ce jour-là, tout cet éclat était voilé d'amertume.

Il marcha vers l'East River et s'assit dans le parc, à un endroit d'où il pouvait regarder le Brooklyn Bridge. Allait-il devoir quitter tout cela et rentrer chez lui, à Londres, la queue entre les jambes ? Passer deux longues années à travailler pour un journal anglais de province ? Ne plus jamais pouvoir travailler aux États-Unis ?

Il pensa ensuite à l'armée. Les cheveux ras, les marches, les sous-officiers tyranniques, la violence. Les jungles moites d'Asie du Sud-Est. Il pourrait être obligé de tirer sur des petits paysans maigrichons en pyjama. Il pourrait se faire tuer, ou estropier.

Il revit tous ceux qu'il connaissait à Londres, tous ceux qui l'avaient envié de partir aux États-Unis. Anna et Hank qui l'avaient invité à dîner au Savoy pour fêter ça. Daisy qui avait donné une soirée d'adieu en son honneur, dans la maison de Great Peter Street. Sa mère qui avait pleuré.

Il se vit revenir comme une jeune mariée rentrant de voyage de noces pour annoncer son divorce. L'humiliation n'était-elle pas pire que le risque de mourir au Vietnam ?

Qu'allait-il faire ?

XXXIX

Le patronage Sainte-Gertrude avait changé.

Au début, se rappelait Lili, l'ambiance était plutôt bon enfant. Le gouvernement est-allemand approuvait les danses folkloriques, même dans le sous-sol d'une église. Et le gouvernement ne demandait qu'à laisser un pasteur protestant comme Odo Vossler parler aux jeunes de relations, notamment sexuelles, persuadé que son approche serait aussi puritaine que la sienne.

Deux ans plus tard, ce club de jeunes n'était plus aussi innocent. La soirée ne commençait plus par une danse folklorique. Ils jouaient de la musique rock et dansaient frénétiquement chacun dans son coin, « s'éclatant » comme la jeunesse du monde entier. Ensuite, Lili et Karolin chantaient en s'accompagnant à la guitare des chansons qui parlaient de liberté. La soirée se terminait toujours par un débat, mené par le pasteur Odo. Et ces discussions s'aventuraient régulièrement en territoire interdit : la démocratie, la religion, les travers du gouvernement est-allemand et l'attrait irrésistible de la vie à l'Ouest.

Lili était habituée à ce genre de conversations, mais pour certains jeunes, entendre critiquer le gouvernement et remettre en cause les idées du communisme était une expérience inédite, libératrice.

Cet endroit n'était pas un cas isolé. Trois ou quatre soirs par semaine, Lili et Karolin prenaient leur guitare pour se rendre dans une autre église ou chez des particuliers, à Berlin ou dans les environs. Elles savaient que c'était risqué, mais estimaient n'avoir pas grand-chose à perdre. Karolin savait que tant que le mur de Berlin serait debout, elle ne retrouverait jamais Walli. Après la publication d'articles à leur sujet dans la presse américaine, la Stasi avait puni la famille Franck en faisant renvoyer

Lili du lycée : elle travaillait maintenant comme serveuse à la cantine du ministère des Transports. Les deux jeunes femmes étaient déterminées à ne pas se laisser étouffer par le gouvernement. Elles étaient devenues célèbres parmi les jeunes qui s'opposaient secrètement au communisme. Elles enregistraient leurs chansons sur des bandes magnétiques, et leurs fans se les échangeaient. Lili avait le sentiment qu'elles entretenaient la flamme de l'espoir.

Pour cette dernière, Sainte-Gertrude était doté d'un attrait supplémentaire : Thorsten Greiner. Il avait vingt-deux ans, mais son visage poupin à la Paul McCartney le faisait paraître plus jeune. Il partageait la passion de Lili pour la musique. Il avait récemment rompu avec une certaine Helga qui, d'après Lili, n'était tout bonnement pas assez intelligente pour lui.

Un soir de 1967, Thorsten apporta au patronage le dernier disque des Beatles. Sur une face, il y avait un morceau joyeux et bondissant intitulé « Penny Lane » sur lequel ils dansèrent tous avec entrain; l'autre face était consacrée à une chanson étrangement envoûtante, « Strawberry Fields Forever », sur laquelle Lili et les autres improvisèrent une espèce de lente chorégraphie rêveuse, oscillant en mesure avec la musique, les bras et les mains ondulant comme des plantes sous-marines. Et ils remirent inlassablement les deux faces du disque, encore et encore.

Quand on demandait à Thorsten comment il l'avait obtenu, il se tapotait le nez d'un air mystérieux sans répondre. Mais Lili connaissait la vérité. Une fois par semaine, son oncle Horst franchissait la frontière et passait à Berlin-Ouest au volant d'un camion plein de ballots de tissus et de vêtements bon marché, le principal produit d'exportation de l'Est. Horst donnait toujours aux gardes-frontières une partie des bandes dessinées, des disques de pop, des produits de maquillage et des vêtements à la mode qu'il rapportait.

Les parents de Lili estimaient que la musique était frivole. Pour eux, il n'y avait qu'une seule chose sérieuse : la politique. Ils n'arrivaient pas à comprendre que pour Lili et sa génération, la musique était politique, même quand les paroles parlaient d'amour. Les nouvelles façons de jouer de la guitare et de chanter étaient indissociables des cheveux longs et des tenues vestimentaires différentes, de la tolérance raciale et de la liberté sexuelle. Toutes les chansons des Beatles ou de Bob Dylan disaient aux générations précédentes : « Nous ne faisons pas comme vous. » Pour les adolescents d'Allemagne de l'Est, c'était un message farouchement politique, et le gouvernement, qui le savait, interdisait les disques.

Ils étaient tous en train de se déchaîner sur « Strawberry Fields Forever » quand la police fit une descente.

Lili dansait en face de Thorsten tandis que John Lennon chantait « Living is easy with eyes closed, misunderstanding all you see ». Elle comprenait l'anglais, et trouvait que : « Il est facile de vivre les yeux fermés sans rien comprendre à ce que tu vois » décrivait de manière frappante l'attitude de la plupart des habitants d'Allemagne de l'Est.

Elle fut parmi les premières à repérer les hommes en uniforme qui entraient par la porte donnant sur la rue et comprit aussitôt que la Stasi avait fini par s'intéresser au patronage Sainte-Gertrude. C'était inévitable : les jeunes avaient du mal à ne pas parler des choses passionnantes qu'ils faisaient. Personne ne savait combien d'Allemands de l'Est étaient des indicateurs de la police secrète. Carla, la mère de Lili, prétendait qu'ils étaient plus nombreux que ceux de la Gestapo. « On ne pourrait plus faire aujourd'hui ce qu'on a fait pendant la guerre », avait-elle dit. Mais quand Lili lui avait demandé ce qu'elle avait fait pendant la guerre, elle s'était refermée telle une huître, comme toujours. Il fallait s'y attendre : tôt ou tard, la Stasi ne pouvait qu'avoir vent de ce qui se passait dans le sous-sol de Sainte-Gertrude.

Lili cessa aussitôt de danser et chercha Karolin du regard, sans la trouver. Odo n'était pas là non plus. Ils avaient dû quitter le sous-sol. Dans le coin opposé à la porte de la rue, un escalier menait directement à la maison du pasteur, contiguë à l'église. Sans doute étaient-ils remontés, pour une raison ou pour une autre.

« Je vais chercher Odo », annonça Lili à Thorsten.

Elle réussit à se faufiler entre les danseurs et à s'esquiver avant que la plupart d'entre eux aient compris de quoi il retournait. Thorsten la suivit. Ils arrivaient en haut de l'escalier quand la voix de Lennon qui chantait « Let me take you down... », « Laisse-moi t'emmener... » s'arrêta net.

La voix brutale d'un policier commença à donner des ordres, en bas, alors qu'ils traversaient l'entrée. La maison était vaste pour un célibataire : Odo avait de la chance. Lili, qui n'était pas souvent allée chez lui, savait pourtant que son bureau se trouvait au rez-de-chaussée, sur la façade. C'était là, se dit-elle, qu'elle avait le plus de chances de le trouver. La porte étant entrebâillée, elle la poussa.

Dans la pièce lambrissée de chêne, aux étagères couvertes de livres de théologie, Odo et Karolin s'embrassaient à bouche que veux-tu, enlacés dans une étreinte passionnée. Karolin tenait la tête d'Odo entre ses mains, ses doigts enfouis dans ses longs cheveux épais. Odo lui caressait et lui pressait les seins. Elle était collée contre lui, le corps incurvé comme un arc bandé.

Lili resta muette de surprise. Karolin était la femme de son frère ; bien sûr, ils n'étaient pas vraiment mariés, mais ce n'était qu'un détail. Il ne lui était jamais venu à l'esprit que Karolin pourrait tomber amoureuse d'un autre – surtout du pasteur ! L'espace d'un instant, son esprit chercha fébrilement une autre explication : ils répétaient une pièce de théâtre, ou une figure de gymnastique.

C'est alors que Thorsten s'exclama : « Alors ça ! »

Odo et Karolin se séparèrent brusquement, avec une soudaineté presque comique, les traits figés dans une expression de surprise et de culpabilité. Puis ils se mirent à parler tous les deux en même temps. « On allait te le dire », commença Odo, pendant que Karolin murmurait : « Oh, Lili, je suis vraiment désolée... »

Le temps sembla s'arrêter et Lili enregistra toutes sortes de détails qui se gravèrent dans son esprit avec une étrange acuité : les carreaux de la veste d'Odo, les mamelons de Karolin qui pointaient à travers le tissu de sa robe, le diplôme de théologie d'Odo dans un cadre doré au mur, le tapis à fleurs démodé, l'endroit usé devant la cheminée, où la trame apparaissait.

Elle se souvint enfin du problème urgent qui l'avait fait remonter du sous-sol : « La police est en bas ! annonça-t-elle.

— Merde ! » s'exclama Odo. Il sortit de la pièce à grands pas et Lili l'entendit dévaler l'escalier.

Karolin regardait Lili fixement. Ni l'une ni l'autre ne savaient quoi dire. Karolin rompit le charme : « Il faut que je l'accompagne », dit-elle, et elle suivit Odo.

Lili et Thorsten restèrent seuls dans le bureau. C'était un endroit idéal pour s'embrasser, songea tristement Lili : les lambris de chêne, la cheminée, les livres, le tapis. Elle se demanda combien de fois Odo et Karolin avaient fait ça, et depuis quand. Elle pensa à Walli. Pauvre Walli.

Elle reprit ses esprits en entendant des cris, en bas. Elle n'avait aucune raison de redescendre au sous-sol. Bien sûr, son manteau était resté en bas, mais la soirée n'était pas très froide. Elle se débrouillerait sans. Elle pouvait se sauver.

La porte d'entrée de la maison ouvrait sur la façade opposée de celle où se situait l'accès au sous-sol. Elle se demanda si la police avait fait cerner tout l'immeuble ; c'était peu probable.

Elle traversa le hall et ouvrit la porte de devant. Pas un policier en vue.

« On y va ? demanda-t-elle à Thorsten.

— Oui, et en vitesse. »

Ils sortirent, refermant la porte sans bruit derrière eux.

« Je te raccompagne chez toi », proposa Thorsten.

Ils se hâtèrent de tourner au coin de la maison et ralentirent le pas quand ils furent hors de vue de l'église. « Ça a dû te faire un choc, commença Thorsten.

— Moi qui croyais qu'elle aimait Walli ! gémit Lili. Comment est-ce qu'elle a pu lui faire ça ? » Elle se mit à pleurer.

Thorsten passa son bras autour de ses épaules tout en continuant à marcher. « Il y a longtemps qu'il est parti ?

— Près de quatre ans.

— Et Karolin a de meilleures chances de pouvoir émigrer ? »

Lili secoua la tête. « Ça serait plutôt pire.

— Elle a besoin de quelqu'un pour l'aider à élever Alice.

— Elle nous a, ma famille et moi !

— Elle se dit peut-être qu'il faut un père à Alice.

— Mais enfin... un pasteur !

— La plupart des hommes n'envisageraient pas un instant d'épouser une mère célibataire. Odo n'est pas comme ça, justement parce qu'il est pasteur. »

Arrivée chez elle, Lili dut sonner parce que sa clé était restée dans son manteau. Sa mère vint ouvrir, et voyant la tête qu'elle faisait, lui demanda : « Au nom du ciel, que s'est-il passé ? »

Lili et Thorsten entrèrent. « La police a fait une descente dans l'église, lui expliqua Lili, et je suis allée prévenir Karolin. Je l'ai trouvée en train d'embrasser Odo ! » Elle se remit à pleurer.

Carla referma la porte d'entrée. « Tu veux dire, en train de l'embrasser sérieusement ?

— Oui, tu aurais dû les voir ! s'exclama Lili.

— Venez dans la cuisine, tous les deux. On va faire du café. »

Dès qu'ils eurent fini leur récit, Werner les quitta. Il espérait éviter à Karolin une nuit en prison. Carla conseilla à Thorsten de rentrer chez lui : ses parents risquaient de s'inquiéter s'ils avaient entendu parler de la descente de police. Lili le raccompagna jusqu'à la porte et il lui déposa un rapide baiser sur les lèvres, bref, mais délicieux, avant de s'éloigner.

Les trois femmes se retrouvèrent seules dans la cuisine : Lili, Carla et Maud. Alice, qui avait maintenant trois ans, dormait à l'étage.

« Ne sois pas trop dure avec Karolin, dit Carla à Lili.

— Et pourquoi ? s'emporta Lili. Elle a trahi Walli !

— Ça fait quatre ans...

— Grand-mère a attendu grand-père Walter pendant quatre ans, répondit Lili. Et elle n'avait même pas de bébé, elle !

— C'est vrai, convint Maud. Mais Gus Dewar ne me laissait pas indifférente, tu sais.

— Le père de Woody ? releva Carla, étonnée. Je ne savais pas

— Walter avait connu la tentation, lui aussi, poursuivit Maud, avec la joyeuse indiscrétion propre aux personnes trop âgées pour s'embarrasser de scrupules. Avec Monika von der Helbard. Mais il ne s'était rien passé. »

La légèreté avec laquelle elle prenait l'affaire agaçait Lili.

« C'est facile pour toi, grand-mère, remarqua-t-elle. Ça s'est passé il y a si longtemps.

— Cela m'attriste, Lili, mais je ne vois pas comment nous pourrions en vouloir à Karolin, reprit Carla. Walli ne rentrera peut-être jamais et il se peut que Karolin n'obtienne jamais l'autorisation de quitter l'Allemagne de l'Est. Pouvons-nous exiger qu'elle passe sa vie à attendre un homme qu'elle ne reverra sans doute pas ?

— Je pensais que c'était ce qu'elle allait faire. Je pensais qu'elle se sentait engagée envers lui. » Lili dut cependant admettre en son for intérieur qu'elle ne se rappelait pas avoir entendu Karolin le dire explicitement.

« Je trouve qu'elle a déjà beaucoup attendu.

— Quatre ans, ça fait beaucoup ?

— Suffisamment pour qu'une jeune femme se demande si elle a envie de sacrifier sa vie à un souvenir. »

Lili comprit avec consternation que Carla et Maud compatissaient avec Karolin.

Elles commentèrent les événements jusqu'à minuit, heure à laquelle Werner rentra, accompagné de Karolin et d'Odo.

« J'ai le plaisir de vous annoncer qu'à part deux garçons qui ont réussi à se bagarrer avec les policiers, personne n'est allé en prison, lança-t-il. Il n'empêche que le patronage est fermé. »

Ils s'assirent avec elles à la table de la cuisine, Odo à côté de Karolin. Lili fut horrifiée de constater qu'il lui tenait la main devant tout le monde. « Lili, dit-il, je suis désolé que tu aies découvert cela accidentellement, au moment même où nous nous apprêtions à te mettre au courant.

— Au courant de quoi ? » lança-t-elle d'un ton agressif. Malheureusement, elle pensait pouvoir répondre elle-même à cette question.

« Nous nous aimons, répondit Odo. Je sais que c'est difficile à accepter pour toi mais nous y avons longuement pensé et nous avons prié à ce sujet.

— Prié ? s'exclama Lili. Je n'ai jamais vu Karolin prier pour quoi que ce soit.

— Les gens changent. »

Les femmes faibles changent pour faire plaisir aux hommes, songea Lili. Mais avant qu'elle ait eu le temps d'exprimer sa pensée, sa mère prit la parole. « C'est dur pour nous tous, Odo. Walli aime Karolin, et le bébé qu'il n'a jamais vu. Nous le savons parce qu'il nous l'écrit. Et même sans ses lettres, les chansons de Plum Nellie nous l'auraient fait comprendre : il y en a tant qui parlent de la douleur de la séparation.

— Si vous voulez, intervint Karolin, je peux quitter la maison dès ce soir.

— C'est dur pour nous, Karolin, mais ça doit l'être encore plus pour toi, poursuivit Carla en secouant la tête. Je ne peux pas demander à une jeune femme normalement constituée de vouer sa vie à un jeune homme qu'elle ne reverra peut-être jamais – même s'il s'agit de notre fils bien-aimé. Nous en avons déjà discuté, Werner et moi. Nous savions que ça finirait par arriver. »

Lili était ébahie. Ses parents s'y attendaient ! Et ils ne lui avaient rien dit. Comment pouvaient-ils manquer de cœur à ce point ?

Mais peut-être n'était-ce que du bon sens ? Elle avait peine à le croire.

« Nous voulons nous marier », annonça alors Odo.

Lili se leva d'un bond. « Non ! s'écria-t-elle.

— Et nous espérons que vous nous donnerez tous votre bénédiction, reprit Odo. Vous, Maud, Werner, Carla, et surtout toi, Lili, qui as été une grande amie pour Karolin pendant toutes ces années si difficiles.

— Allez vous faire voir ! » s'exclama Lili, et elle quitta la pièce.

*

Dave Williams poussait le fauteuil roulant de sa grand-mère autour de Parliament Square. Ils étaient suivis par une meute de photographes. L'agent de publicité de Plum Nellie avait prévenu la presse, et Dave et Ethel s'attendaient à voir tous ces objectifs braqués sur eux. Ils prirent docilement la pose pendant dix minutes, puis Dave leur dit : « Merci, messieurs », et s'engagea dans le parking du palais de Westminster. Il s'arrêta devant l'entrée des pairs, fit signe aux photographes, se prêtant à une dernière photo, et poussa le fauteuil dans la Chambre des lords.

« Bon après-midi, milady », fit courtoisement l'huissier.

Ethel, baronne Leckwith, était atteinte d'un cancer du poumon. Les médicaments puissants qu'elle prenait pour lutter contre la douleur ne lui avaient pas troublé l'esprit. Elle pouvait encore faire quelques pas, mais s'essoufflait vite. Elle aurait eu d'excellentes raisons de quitter la vie politique active. Mais en ce jour de 1967, les lords discutaient du projet de loi sur les délits sexuels.

Ethel se sentait très concernée, en partie à cause de Robert, son ami homosexuel. À la grande surprise de Dave, son père, qu'il considérait comme un vieux croûton, était lui aussi passionnément en faveur de cette réforme législative. Apparemment, Lloyd avait vu de près comment les nazis persécutaient les homosexuels, et ne l'avait jamais oublié ; il refusait pourtant d'entrer dans les détails.

Ethel ne prendrait pas la parole lors des débats – elle était trop malade pour cela –, mais elle était déterminée à voter. Et quand Eth Leckwith avait une idée en tête, rien ne pouvait l'en détourner.

Dave la poussa dans le hall d'entrée, qui faisait office de vestiaire. Chaque patère était munie d'une boucle de ruban rose à laquelle les membres étaient censés accrocher leur épée.

La Chambre des lords ne faisait même pas mine d'évoluer avec son temps.

En Angleterre, tout homme qui avait des relations sexuelles avec un autre homme commettait un délit, et chaque année, ils étaient des centaines à faire l'objet de poursuites, à se faire arrêter, et – pire que tout – humilier publiquement. Le projet de loi en débat ce jour-là devait légaliser les relations homosexuelles entre adultes consentants et dans la sphère privée.

C'était une question controversée. Une bonne partie de l'opinion publique était hostile à ce projet. Il existait malgré tout un fort courant favorable à la réforme. L'Église d'Angleterre avait décidé de ne pas s'opposer à la révision de la loi. Elle considérait toujours l'homosexualité comme un péché, mais acceptait qu'elle ne soit plus tenue pour un délit. Le projet de loi avait donc de bonnes chances de passer. Ses partisans craignaient pourtant un revirement de dernière minute, raison pour laquelle Ethel était bien décidée à voter.

« Pourquoi tenais-tu tellement à m'accompagner ? demanda-t-elle à Dave. Tu n'as jamais manifesté beaucoup d'intérêt pour la politique.

— Notre batteur, Lew, est gay, expliqua Dave, utilisant le terme américain. Un jour, j'étais avec lui dans un pub, le Golden Horn, quand la police a fait une descente. J'ai été tellement écœuré par le comportement des flics que depuis ce jour, je cherche un moyen de montrer que je suis du côté des homosexuels.

— C'est tout à ton honneur », répondit Ethel avant d'ajouter, avec l'humour caustique qui la caractérisait désormais : « Je suis contente de voir que le rock'n'roll n'est pas complètement venu à bout de l'esprit de croisade de tes aïeux. »

Plum Nellie avait plus de succès que jamais. Ils avaient sorti un « album-concept » intitulé *For Your Pleasure Tonight*, le plaisir promis étant le prétendu enregistrement d'une émission où se seraient produits des groupes de différents styles : du music-hall à l'ancienne, de la folk, du blues, du swing, du gospel, du « son Motown » – en réalité, exclusivement des morceaux de Plum Nellie. Ils en avaient vendu des millions d'exemplaires à travers le monde.

Un policier aida Dave à hisser le fauteuil roulant au sommet d'une volée de marches. Dave le remercia tout en se demandant s'il était déjà arrivé à cet homme de prendre part à une descente dans un pub gay. Ils arrivèrent dans le vestibule des pairs, et Dave poussa Ethel jusqu'à l'entrée de la salle des débats.

Ethel, qui avait tout prévu, avait obtenu du leader de la Chambre des lords l'autorisation de venir en fauteuil roulant. Cependant, Dave n'avait pas le droit de la pousser lui-même à l'intérieur de la Chambre, ce qui les obligea à attendre que l'un de ses amis vienne prendre le relais.

Le débat avait déjà commencé, et les pairs étaient assis sur les bancs de cuir rouge, de part et d'autre d'une salle dont les ornements paraissaient d'une richesse déplacée, comme les palais des films de Walt Disney.

Dave écouta l'un des pairs déclamer pompeusement : « Ce projet de loi est une incitation à la pédérastie, qui encouragera la plus répugnante des créatures, le prostitué de sexe masculin. Elle ne fera qu'accroître les tentations qui jalonnent le chemin des adolescents. » C'était franchement loufoque, se dit Dave. Ce type croyait-il que tous les hommes étaient homos et ne faisaient que résister à la tentation ? « Ne croyez pas que je n'éprouve aucune compassion envers le malheureux homosexuel, mais je compatis également avec ceux qu'il attire dans ses rets. »

Ceux qu'il attire dans ses rets ? Quel ramassis de conneries ! songea Dave.

Un homme se leva, du côté des travaillistes, et vint prendre les poignées du fauteuil roulant d'Ethel. Quittant la Chambre, Dave emprunta l'escalier qui rejoignait la galerie du public.

Quand il y arriva, un nouvel orateur avait pris la parole. « La semaine dernière, un des plus populaires journaux du dimanche s'est fait l'écho, vos Seigneuries l'auront peut-être lu, d'un mariage homosexuel célébré dans un pays du continent. » Dave était tombé sur cet article paru dans *News of the World*. « Je pense qu'il faudrait féliciter le journal concerné pour avoir braqué les feux des projecteurs sur cet événement parfaitement déplorable. » Comment un mariage pouvait-il être un événement déplorable ? « J'espère seulement que, si cette loi venait à être votée, l'attention la plus vigilante serait portée sur les pratiques de cette sorte. Je ne pense pas que pareille chose puisse arriver dans ce pays, mais on ne peut exclure cette possibilité. »

Dave se demanda où ils déterraient ce genre de dinosaures...

Par bonheur, tous les pairs n'étaient pas aussi affligeants. Une femme impressionnante, aux cheveux argentés, se leva. Dave la connaissait : c'était Dora Gaitskell. Il l'avait rencontrée chez sa mère. « Notre société ferme les yeux sur bien des perversions auxquelles les hommes et les femmes se livrent en privé. La loi et la société se montrent très tolérantes envers ces pratiques », déclara-t-elle, et Dave se demanda avec ébahissement ce qu'elle pouvait bien savoir des perversions entre les hommes et les femmes. « Ces hommes qui sont de naissance ou par suite d'un conditionnement irrésistiblement attirés vers d'autres hommes devraient bénéficier du même degré de tolérance que celui dont on fait preuve à l'égard de toutes les prétendues perversions entre hommes et femmes. » Bravo, Dora, pensa Dave.

Mais sa préférée était une autre femme âgée, aux cheveux blancs et au regard pétillant : Barbara Wootton avait elle aussi été l'invitée de la maison de Great Peter Street. Après que l'un des orateurs se fut étendu avec complaisance sur la sodomie, elle fit vibrer une note d'ironie : « Je me demande de quoi les adversaires de ce projet de loi peuvent bien avoir peur, remarqua-t-elle. Ils ne peuvent pas redouter d'être confrontés au spectacle de pratiques répugnantes, ces pratiques ne devant être légalisées qu'à condition qu'elles demeurent privées. Ils ne peuvent pas appréhender qu'elles n'entraînent une corruption de la jeunesse, ces pratiques ne devant être légalisées qu'entre adultes consentants. J'en suis réduite à supposer que s'ils sont opposés à ce projet de loi, c'est qu'ils craignent que leur imagination soit tourmentée par les visions de ce qui se passera ailleurs. » Le sous-entendu était clair : les hommes qui tenaient à préserver l'illégalité de l'homosexualité le faisaient dans l'espoir de contrôler leurs propres fantasmes... Dave éclata de rire tout haut – et fut très vite rappelé à l'ordre par un huissier.

Le scrutin eut lieu à six heures et demie. Dave avait l'impression d'avoir entendu s'exprimer davantage d'opposants que de partisans au projet de loi. Le vote prit un temps infini. Au lieu de déposer des bulletins dans une urne ou d'appuyer sur des boutons, les pairs devaient se lever, quitter la Chambre et passer dans l'un des deux vestibules, selon qu'ils étaient « Pour » ou « Contre ». Un autre pair poussa le fauteuil roulant d'Ethel dans le vestibule des « Pour ».

Le projet de loi fut adopté par cent onze voix contre quarante-huit. Dave aurait bien voulu crier sa joie, mais jugea que ce serait aussi inapproprié, que d'applaudir dans une église.

Il retrouva Ethel à l'entrée de la Chambre et reprit son fauteuil roulant des mains d'un de ses amis. Elle avait l'air triomphante, mais épuisée, et il ne put s'empêcher de se demander combien de temps il lui restait à vivre.

Quelle existence elle avait menée, songea-t-il en la poussant vers la sortie à travers les couloirs richement décorés. Sa propre métamorphose de cancre en vedette de la pop-music n'était rien en comparaison de sa trajectoire à elle : partie d'une masure de deux chambres à côté du crassier d'Aberowen, elle se retrouvait sous les moulures dorées de la Chambre des lords. Et elle avait transformé son pays autant qu'elle avait changé elle-même. Elle avait livré et remporté des combats politiques – en faveur du droit de vote des femmes, de la sécurité sociale, de la gratuité des soins médicaux, de l'éducation des filles, et maintenant de la liberté pour la minorité homosexuelle persécutée. Dave avait écrit des chansons appréciées du monde entier, mais cela lui paraissait dérisoire à côté des exploits de sa grand-mère.

Dans un couloir lambrissé, ils furent arrêtés par un vieux monsieur qui marchait avec deux cannes. Son élégance d'un autre âge lui rappelait quelque chose, et Dave se souvint de l'avoir déjà vu à la même Chambre des lords, le jour où Ethel était devenue baronne, cinq ans auparavant. «Eh bien, Ethel, dit-il aimablement, je vois que vous avez réussi à faire adopter votre projet de loi sur la sodomie. Félicitations.»

— Merci, Fitz», répondit-elle.

Cela revint alors à Dave : c'était le comte Fitzherbert, qui possédait autrefois à Aberowen une grande demeure appelée Tŷ Gwyn, transformée depuis en Centre de formation continue.

«J'ai été désolé, ma chère, d'apprendre que vous aviez été souffrante», poursuivit Fitz. Il avait l'air de lui être très attaché.

«Je ne tournerai pas autour du pot avec vous, répondit Ethel. Je n'en ai plus pour longtemps. Cette rencontre est probablement la dernière.

— J'en suis profondément attristé.» À la grande surprise de Dave, des larmes roulèrent sur les joues ridées du vieux comte qui tira un grand mouchoir blanc de sa poche poitrine et s'essuya les yeux. Il se rappela alors combien il avait été frappé, lorsqu'il les avait vus ensemble la fois précédente, par le puissant courant d'émotion, à peine maîtrisé, qui passait entre eux.

«Je suis heureuse de vous avoir connu, Fitz, reprit Ethel, sur un ton qui suggérait qu'il aurait pu croire le contraire.

— Vraiment?» demanda Fitz. Et, achevant de surprendre Dave, il ajouta : «Je n'ai jamais aimé personne comme je vous ai aimée.

— J'éprouve le même sentiment», murmura-t-elle, et l'étonnement de Dave ne connut plus de bornes. «Je peux le dire maintenant que mon cher Bernie n'est plus. Il était mon âme sœur, mais vous étiez autre chose.

— J'en suis profondément heureux.

— Je n'ai qu'un regret, poursuivit Ethel.

— Je sais... Le garçon.

— Oui. S'il me reste un vœu à formuler avant ma mort, ce serait que vous acceptiez de lui serrer la main.»

Dave se demanda qui pouvait être ce «garçon». Sûrement pas lui, en tout cas.

Le comte reprit : «Je savais que vous me demanderiez cela.

— Je vous en prie, Fitz.»

Il hocha la tête. «À l'âge que j'ai, je devrais pouvoir reconnaître mes erreurs.

— Merci. Je peux mourir heureuse à présent.

— J'espère qu'il y a une vie après la mort.

— Je n'en ai aucune idée. Au revoir, Fitz.»

Le vieil homme se pencha sur le fauteuil roulant, non sans difficulté, et posa un baiser sur ses lèvres. «Adieu, Ethel», dit-il en se redressant.

Dave reprit les poignées du fauteuil et ils s'éloignèrent.

Au bout d'une minute, il demanda : «C'était le comte Fitzherbert, n'est-ce pas?

— Oui, répondit Ethel. C'est ton grand-père.»

*

Walli n'avait qu'un problème : les filles.

Jeunes, jolies, et séduisantes d'une manière qui avait quelque chose de sain et de spécifiquement américain selon lui, elles franchissaient sa porte par dizaines, toutes prêtes à coucher avec lui. Sa fidélité déclarée à sa petite amie restée à Berlin-Est ne faisait apparemment que le rendre plus désirable encore.

«Achetez-vous une maison, avait conseillé Dave aux membres du groupe. Comme ça, au moins, quand la chance tournera et que Plum Nellie n'intéressera plus personne, vous aurez un toit au-dessus de vos têtes.»

Walli commençait à trouver que Dave était très futé. Depuis qu'il avait créé les deux boîtes, Nellie Records et Plum Publishing, le groupe gagnait beaucoup plus d'argent. Contrairement à ce que pensaient les gens, Walli n'était pas encore millionnaire, mais il le serait dès qu'il commencerait à toucher les droits d'auteur de *For Your Pleasure Tonight.* En attendant, il pouvait déjà se permettre de s'acheter une maison.

Au début de l'année 1967, il fit l'acquisition à San Francisco d'une demeure victorienne avec un bow-window en façade, sur Haight Street, près de l'intersection avec Ashbury Street. Dans ce quartier, le marché immobilier avait pâti pendant des années d'un projet de construction d'autoroute qui n'avait jamais vu le jour. La modestie des loyers avait attiré une population jeune, notamment étudiante, créant une atmosphère décontractée qui avait séduit des acteurs et des musiciens, comme les membres de Grateful Dead et de Jefferson Airplane. On y voyait souvent des vedettes de rock, et Walli pouvait s'y promener sans attirer l'attention.

Les Dewar, les seules personnes que Walli connaissait à San Francisco, étaient convaincus qu'il allait éventrer la maison pour la moderniser, mais il trouvait que les plafonds à caissons et les lambris à l'ancienne étaient formidables, et il les conserva. Il se contenta de tout faire repeindre en blanc.

Il installa deux salles de bains luxueuses et une cuisine équipée d'un lave-vaisselle. Il s'offrit un poste de télévision et ce qui se faisait de mieux en matière de chaîne stéréo. Pour le reste, il se contenta d'un mobilier succinct. Il recouvrit le parquet ciré de tapis et de coussins, installa des matelas et des portants dans les chambres. Comme sièges, seulement six tabourets ressemblant à ceux des guitaristes dans les studios d'enregistrement.

Cameron et Beep Dewar faisaient leurs études à Berkeley, l'université de Californie sur la baie de San Francisco. Cam était bizarroïde, plus conservateur que Barry Goldwater et du genre à s'habiller comme un type de cinquante ans. Mais Beep était sympa, et elle présenta Walli à ses amis, donc certains habitaient le quartier.

C'est là que logeait Walli quand il n'était pas en tournée avec le groupe, ou en train d'enregistrer à Londres. Lorsqu'il était là, il passait le plus clair de son temps à travailler sa guitare. Jouer sans effort apparent, comme il le faisait sur scène, exigeait une technique irréprochable, et il ne se passait pas une journée sans qu'il s'exerce au moins deux heures. Il travaillait ensuite sur ses chansons : il essayait des accords, assemblait des fragments de mélodie, se creusant la tête pour déterminer ceux qui étaient vraiment géniaux et ceux qui n'étaient qu'harmonieux.

Il écrivait à Karolin une fois par semaine. Il ne savait pas très bien quoi lui raconter. N'était-il pas un peu cruel de lui parler de films, de concerts et de restaurants qu'elle ne connaîtrait jamais ?

Avec l'aide de Werner, il avait organisé l'envoi de virements mensuels pour subvenir aux besoins de Karolin et d'Alice. Une petite mensualité en devises étrangères pouvait permettre d'acheter bien des choses en Allemagne de l'Est.

Karolin lui répondait une fois par mois. Elle avait appris à jouer de la guitare et formait un duo avec Lili. Elles chantaient des chansons engagées qu'elles enregistraient, et elles faisaient circuler les bandes. À part ça, sa vie semblait bien vide par rapport à celle de Walli, et elle lui donnait essentiellement des nouvelles d'Alice.

Comme la plupart des habitants du quartier, Walli ne fermait jamais sa porte à clé. Amis et inconnus allaient et venaient à leur guise. Ses guitares préférées étaient à l'abri dans une pièce verrouillée, au dernier étage de la maison. Pour le reste, il ne possédait pas grand-chose susceptible d'intéresser les voleurs. Une fois par semaine, un magasin local remplissait le réfrigérateur et l'armoire à provisions. Les invités se servaient, et quand il n'y avait plus rien à manger, Walli allait au restaurant.

Le soir, il se rendait au cinéma, au théâtre et au concert, ou passait un moment avec d'autres musiciens, à boire de la bière et à fumer de la marijuana, chez eux ou chez lui. Il y avait tant de choses à voir, dehors : des orchestres improvisés, du théâtre de rue, des performances artistiques qu'on appelait des « happenings ». Dans le courant de l'été 1967, le quartier connut une soudaine notoriété dans le monde entier en tant que haut lieu du mouvement hippie. Quand les écoles et les universités fermèrent pour les vacances, des jeunes de toute l'Amérique rejoignirent San Francisco en auto-stop et convergèrent vers l'intersection de Haight et Ashbury Streets. La police décida de fermer les yeux sur l'utilisation répandue de la marijuana et du LSD ; les jeunes faisaient l'amour plus ou moins au vu et au su de tous dans le parc de Buena Vista. Et toutes les filles prenaient la pilule.

Walli n'avait qu'un problème : les filles.

Tammy et Lisa étaient des représentantes typiques de leur génération. Elles étaient venues en car Greyhound depuis

Dallas, au Texas. Tammy était blonde, Lisa hispanique. Elles avaient dix-huit ans. Venues demander un simple autographe à Walli, elles avaient eu la surprise de trouver sa porte ouverte et de le découvrir assis par terre, sur un gigantesque coussin, en train de jouer de la guitare acoustique.

Elles lui expliquèrent qu'après ce long trajet en car, elles avaient grand besoin d'une douche, et il leur indiqua la salle de bains. Elles se douchèrent ensemble, sans fermer la porte, ce dont Walli s'aperçut lorsqu'il y entra pour se soulager, l'esprit occupé par de nouvelles harmonies. Le hasard – mais était-ce un hasard ? – voulut qu'à cet instant précis, Tammy fût occupée à savonner de ses blanches mains les petits seins basanés de Lisa.

Walli dut faire un gros effort pour ressortir et se rendre dans la seconde salle de bains...

Le facteur apporta le courrier, notamment des lettres réexpédiées de Londres par Mark Batchelor, le manager de Plum Nellie. L'adresse de l'une d'elles était écrite de la main de Karolin, et portait un timbre d'Allemagne de l'Est. Walli la mit de côté pour la lire plus tard.

C'était une journée comme les autres à Haight-Ashbury. Un ami musicien passa et ils commencèrent à écrire une chanson ensemble, sans beaucoup de succès. Dave Williams et Beep Dewar firent un saut : Dave, qui habitait chez les parents de Beep, cherchait une maison à acheter. Un dealer qui s'appelait Jesus déposa une livre de marijuana, et Walli en dissimula la majeure partie dans le coffrage d'un ampli de guitare. Il n'avait rien contre le partage, mais s'il ne l'avait pas rationnée, tout aurait disparu avant le coucher du soleil.

Ce soir-là, Walli alla dîner avec quelques amis en emmenant Tammy et Lisa. Quatre ans après avoir quitté le bloc soviétique, il s'émerveillait encore de l'abondance qui régnait en Amérique : les énormes steaks, les hamburgers juteux, les montagnes de frites, les gigantesques salades croquantes, les milkshakes onctueux et le café qu'on vous resservait à volonté, tout ça pour presque rien ! Non que ce genre de nourriture fût hors de prix en Allemagne de l'Est : elle n'existait tout simplement pas. Les meilleurs morceaux manquaient toujours à l'étal des bouchers et les restaurants servaient en maugréant de maigres portions peu appétissantes. Walli n'avait jamais vu un milkshake, là-bas.

Pendant le dîner, Walli apprit que le père de Lisa était médecin dans la communauté mexicaine de Dallas et qu'elle espérait faire des études de médecine et suivre ses traces. La famille de Tammy tenait une station-service qui marchait bien, mais ses frères la reprendraient, alors elle fréquentait une école de stylisme dans l'idée d'ouvrir une boutique de vêtements. C'étaient des filles comme toutes les autres, mais on était en 1967, elles prenaient la pilule et avaient bien l'intention de s'envoyer en l'air.

La nuit était chaude. Après avoir mangé, ils se rendirent tous ensemble au parc. Ils s'assirent dans l'herbe avec un groupe de jeunes qui chantaient du gospel. Walli se joignit à eux, et personne ne le reconnut dans le noir. Fatiguée après son trajet en car, Tammy s'allongea, la tête sur les cuisses de Walli. Il caressa ses longs cheveux blonds et elle s'endormit.

Un peu après minuit, les gens commencèrent à s'en aller. Walli rentra à pied sans se presser et ne remarqua qu'en arrivant que Tammy et Lisa l'avaient suivi. « Vous avez un endroit où passer la nuit ? leur demanda-t-il.

— On pourrait dormir dans le parc, répondit Tammy avec l'accent du Texas.

— Si vous préférez, vous pouvez pieuter par terre chez moi.

— Tu as envie de coucher avec l'une de nous ? proposa Lisa.

— Ou avec les deux ? suggéra Tammy.

— Non, j'ai une amie à Berlin, Karolin.

— C'est vrai ? fit Lisa. J'ai lu ça dans les journaux, mais...

— C'est vrai.

— Et tu as une petite fille ?

— Oui. Elle a trois ans, maintenant. Elle s'appelle Alice.

— Enfin tout de même, la fidélité et toutes ces conneries, personne n'y croit plus, si ? Surtout à San Francisco. *All you need is love*, pas vrai ?

— Bonne nuit, les filles. »

Il monta dans sa chambre, comme d'habitude, et se déshabilla. Il entendit les filles tourner un moment en rond, en bas. Il était à peine plus d'une heure et demie quand il se mit au lit – tôt pour un musicien.

C'était le moment de la journée où il aimait lire et relire les lettres de Karolin. Ça le détendait de penser à elle, et il s'endormait souvent en imaginant qu'il la tenait dans ses bras. Il s'installa dans son lit, le dos calé contre un oreiller appuyé au mur, remonta le drap jusqu'au menton et ouvrit l'enveloppe.

Il lut :

Cher Walli...

Tiens, c'était bizarre. D'habitude, elle écrivait « mon Walli adoré », ou « mon amour ».

Je sais que cette lettre va te faire de la peine, que tu vas être malheureux, et j'en suis terriblement désolée. Ça me brise le cœur...

Qu'est-ce qui avait bien pu arriver, bon sang? Ses yeux parcourent précipitamment la page.

Mais cela fait quatre ans que tu es parti, et nous n'avons aucun espoir d'être réunis dans un avenir prévisible. Je suis faible, et je ne peux pas affronter l'idée de toute une vie de solitude.

Elle mettait fin à leur relation – elle rompait. C'était la dernière chose à laquelle il s'attendait.

J'ai rencontré quelqu'un, un homme bon, qui m'aime.

Elle avait quelqu'un d'autre dans sa vie ! C'était encore pire. Elle l'avait trahi. La colère commença à l'envahir. Lisa avait raison : plus personne ne croyait à la fidélité et à toutes ces conneries.

Odo est le pasteur de l'église Sainte-Gertrude, dans le Mitte.

« Putain ! Un curé ! » s'exclama Walli.

Il aimera mon bébé et s'en occupera bien.

« "Mon bébé ?" – merde alors, Alice est aussi le mien ! »

On va se marier. Tes parents sont évidemment bouleversés, mais ils sont très gentils avec moi, comme ils l'ont toujours été avec tout le monde. Même ta sœur Lili essaie de comprendre, mais elle a du mal.

Tu parles, pensa Walli. C'était Lili qui tiendrait bon le plus longtemps.

Tu m'as rendue heureuse un petit moment, et tu m'as donné ma précieuse Alice, et pour cette simple raison, je t'aimerai toujours.

Walli sentit que des larmes brûlantes ruisselaient sur ses joues.

J'espère qu'avec le temps, tu trouveras dans ton cœur la force de me pardonner, et à Odo, aussi, et qu'un jour on pourra se revoir comme de bons amis, peut-être quand on sera vieux et qu'on aura les cheveux gris.

« En enfer, oui », lança Walli.

Avec toute ma tendresse,

Karolin.

La porte s'ouvrit sur Tammy et Lisa.

La vision de Walli était brouillée par les larmes, mais il lui sembla qu'elles étaient nues, toutes les deux.

« Qu'est-ce que tu as ? demanda Lisa.

— Pourquoi tu pleures ? renchérit Tammy.

— Karolin vient de rompre, répondit Walli. Elle va épouser le pasteur.

— Oh là là ! Je suis vraiment désolée, fit Tammy.

— Pauvre Walli », soupira Lisa.

Walli avait honte de ses larmes, mais n'arrivait pas à cesser de pleurer. Il jeta la lettre par terre, se retourna et remonta le drap sur sa tête.

Elles se glissèrent dans le lit, une de chaque côté. Il ouvrit les yeux. Tammy, qui était en face de lui, effleura ses larmes d'un doigt, tout doucement. Derrière lui, Lisa plaqua son corps chaud contre son dos.

« Je ne veux pas..., bredouilla-t-il.

— Il ne faut pas que tu restes seul, voyons, tu es tellement triste, murmura Tammy. On va juste te câliner. Ferme les yeux. »

Il céda, et ferma les paupières. Lentement, sa souffrance se mua en torpeur. Son esprit se vida, et il finit par s'assoupir.

Quand il se réveilla, Tammy l'embrassait sur la bouche et Lisa lui suçait le sexe.

Il leur fit l'amour à l'une, puis à l'autre. Tammy était douce et gentille, Lisa passionnée et pleine de fougue. Il leur était reconnaissant de le consoler dans son chagrin.

Malgré tout, il eut beau faire, il fut incapable de jouir.

XL

Le chien démineur commençait à fatiguer.

C'était un gamin vietnamien chétif, en short de coton. Jasper Murray lui donnait peut-être treize ans. Il avait eu l'imprudence de s'aventurer dans la jungle pour ramasser des noix de coco, ce matin-là, juste au moment où un peloton de la compagnie D – D pour « Desperados » – partait en mission.

Il avait les mains liées dans le dos avec une ficelle d'une trentaine de mètres de long, attachée à la ceinture d'un caporal. Il avançait sur le chemin, devant les hommes. Mais la matinée avait été longue, c'était encore un enfant, et il se mettait à trébucher, obligeant les hommes à ralentir pour ne pas le rattraper. Lorsque cela arrivait, le sergent Smithy lui lançait un projectile sur la tête ou dans le dos, le môme poussait un cri et pressait l'allure.

Les pistes de la jungle avaient été piégées par les résistants, les insurgés du Viêt-cong – que les soldats américains appelaient Charlie –, à l'aide de mines improvisées : du matériel américain recyclé, comme des douilles d'artillerie bourrées d'explosifs et des vieilles mines antipersonnel américaines appelées Bouncing Betty parce qu'elles bondissaient quand on les actionnait, des bombes non éclatées réutilisées, et même des mines à pression abandonnées par l'armée française dans les années 1950.

Employer un paysan vietnamien comme chien démineur n'était pas inhabituel, même si personne ne voulait l'admettre aux États-Unis. Les bridés savaient parfois quels tronçons de la piste avaient été minés. Ou bien ils réussissaient à voir des signes de danger invisibles pour les troufions. Et si le chien démineur ne repérait pas le piège, c'était lui qui se faisait tuer à leur place. Risque zéro pour l'armée américaine.

Jasper était révulsé, mais il avait vu pire depuis six mois qu'il était au Vietnam. Il était convaincu que les hommes de toutes les nations étaient capables d'une barbarie sans nom, surtout quand ils avaient peur. Il savait que l'armée britannique avait commis des atrocités effroyables au Kenya : son père y avait été, et maintenant, chaque fois qu'on parlait du Kenya devant lui, il blêmissait et murmurait vaguement quelque chose sur la sauvagerie des deux camps.

Quand même, la compagnie D, c'était quelque chose.

C'était un détachement de la Tiger Force, l'unité des Forces spéciales de la 101e division aéroportée. Le commandant suprême, le général William Westmoreland, l'appelait fièrement sa « brigade du feu ». Au lieu des uniformes de l'armée régulière, ils portaient des treillis à rayures de tigre, sans insignes. Ils avaient le droit de se laisser pousser la barbe et de porter ostensiblement des armes de poing. Leur rôle spécifique était la pacification.

Jasper avait intégré la compagnie D huit jours auparavant. Cette affectation était probablement due à une erreur de l'administration : il n'avait a priori rien à y faire, mais la Tiger Force était composée d'hommes de nombreuses unités et divisions différentes. C'était la première fois qu'il partait en patrouille avec eux. La section comptait vingt-cinq hommes, à peu près autant de Noirs que de Blancs.

Ils ne savaient pas que Jasper était anglais. La plupart des GI's n'avaient jamais rencontré d'Anglais, et il en avait assez qu'on le regarde comme une bête curieuse. Il avait même changé d'accent, et les gars le prenaient pour un Canadien ou quelque chose de ce genre. Il ne voulait plus jamais avoir à expliquer qu'il ne connaissait pas personnellement les Beatles.

Ce jour-là, ils étaient chargés de « nettoyer » un village et se trouvaient dans la province de Quang Ngai, dans la partie nord du Sud-Vietnam, rebaptisée par l'armée « zone tactique du 1er corps », ou simplement « région nord ». Comme près de la moitié du Sud-Vietnam, elle n'était pas gouvernée par le régime de Saigon, mais par les guérilleros du Viêt-cong, qui s'occupaient de l'administration des villages et même de la collecte des impôts.

« Les Vietnamiens sont infoutus de comprendre la façon de faire américaine », disait l'homme qui marchait à côté de Jasper. C'était Neville, un grand Texan sarcastique. « Quand le Viêt-cong a pris le contrôle de la région, beaucoup de terres appartenaient à des riches personnages de Saigon qui ne se donnaient pas la peine de les cultiver, alors Charlie les a attribuées aux paysans. Ensuite, quand on a commencé à reprendre le contrôle du territoire, le gouvernement de Saigon a restitué les terres à leurs propriétaires d'origine. Et maintenant, les paysans nous en veulent à mort, incroyable, non ? La notion de propriété privée leur échappe complètement. Tu vois à quel point ils peuvent être cons. »

Le caporal John Donellan, un Noir connu sous le sobriquet de Donny, intervint : « T'es qu'un putain de communiste, Neville.

— Pas du tout, j'ai voté Goldwater, répondit calmement Neville. Il avait promis de remettre à leur place les Nègres qui la ramènent. »

Ceux qui étaient à portée de voix éclatèrent de rire. Les soldats adoraient ces échanges de vannes. Ça les aidait à oublier la peur.

Jasper appréciait lui aussi l'humour subversif de Neville. Mais au cours de leur première pause de la matinée, il l'avait surpris en train de se rouler un joint et de saupoudrer la marijuana de *brown sugar* – de l'héroïne non raffinée. S'il n'était pas encore accro, ça n'allait pas tarder.

Le président Mao, le dirigeant communiste chinois, prétendait que les guérilleros se fondaient dans la population comme les poissons dans la mer. La stratégie du général Westmoreland consistait à priver les poissons du Viêt-cong de leur mer. Trois cent mille paysans de la région de Quang Ngai avaient été regroupés et déplacés dans soixante-huit camps de concentration fortifiés, afin de vider la campagne de toute sa population, à l'exception des hommes du Viêt-cong.

Malheureusement, ça ne marchait pas. Comme disait Neville : « Ces mecs-là ont l'air de croire qu'on n'a pas le droit de venir dans leur pays, de les chasser de chez eux et de leurs champs et de les expédier dans des camps de prisonniers. Ils ont un grain, ou quoi ? » De nombreux paysans avaient échappé aux rafles et étaient restés sur leurs terres. D'autres s'étaient laissé emmener dans les camps surpeuplés, insalubres, avant de se faire la belle et de rentrer chez eux. Dans un cas comme dans l'autre, c'étaient désormais des cibles légitimes aux yeux de l'armée. « Tous ceux qui sont encore dehors, dans la campagne et pas dans les camps, sont des sympathisants communistes, des roses à nos yeux », disait le général Westmoreland. Le lieutenant qui avait briefé la section avait été encore plus clair : « Il n'y a pas de civils amis, compris ? Il n'y a pas de civils amis. Personne n'est censé être là. Tirez sur tout ce qui bouge. »

La cible de ce matin-là était un village qui avait été évacué et réoccupé. Leur mission était de le nettoyer et de le raser.

D'abord, il fallait le trouver. Il n'était pas facile de s'orienter. Les points de repère étaient rares et la visibilité limitée.

Et Charlie pouvait être n'importe où, à moins d'un mètre peut-être. Cela les obligeait à être constamment sur le qui-vive. Jasper avait appris à scruter au travers de la végétation, d'une couche à la suivante, à la recherche d'une couleur, d'une forme ou d'une texture qui tranchaient sur le reste. Il était difficile de rester sur ses gardes quand on était fatigué, ruisselant de sueur et harcelé par les insectes, mais les hommes qui relâchaient leur vigilance au mauvais moment se faisaient tuer.

De surcroît, il existait différentes sortes de jungle. Les fourrés de bambous et d'herbes à éléphant étaient infranchissables, bien que le haut commandement de l'armée ait refusé de l'admettre. La forêt à canopée était plus accessible, parce que la lumière tamisée limitait la croissance de la végétation. Mais les secteurs moins compliqués étaient les plantations d'hévéa : les arbres en rangées bien nettes, les fourrés réduits au minimum, des routes carrossables. Ce jour-là, Jasper se trouvait dans une forêt mixte ; les banyans, la mangrove et les jacquiers composaient un fond vert éclaboussé de couleurs vives par les fleurs tropicales, orchidées, arums et chrysanthèmes. Jamais l'enfer n'avait été aussi joli, pensait Jasper au moment où la bombe explosa.

Il fut assourdi par la détonation et plaqué au sol. S'étant rapidement remis du choc, il quitta la piste en roulé-boulé, s'arrêta sous le fragile abri d'un buisson, épaula son M16 et regarda autour de lui.

À la tête de la colonne, cinq corps gisaient à terre. Aucun ne bougeait. Plusieurs fois depuis son arrivée au Vietnam, Jasper avait vu des morts au combat, mais il n'arrivait pas à s'y habituer. Un instant auparavant, cinq êtres humains marchaient, parlaient, des hommes qui lui avaient raconté des blagues, payé un verre ou tendu la main pour l'aider à franchir un arbre abattu ; et maintenant il n'y avait plus par terre que des lambeaux de chair sanglants, déchiquetés.

Il devinait ce qui s'était passé. Quelqu'un avait posé le pied sur une mine à pression invisible. Pourquoi le chien démineur ne l'avait-il pas déclenchée ? Il avait dû la repérer et avait eu la présence d'esprit de ne rien dire et de la contourner. Il avait disparu. Il avait finalement été plus malin que ceux qui l'avaient capturé.

Un des compagnons de Jasper était arrivé à la même conclusion : Mad Jack Baxter, un grand gaillard du Middle West, au visage mangé par une barbe noire. Il courut droit devant lui en hurlant « Ce putain de bridé nous a feintés ! », tout en tirant à l'aveuglette, envoyant des balles se perdre dans la jungle, gâchant ainsi de précieuses munitions. « L'enculé, je vais le tuer ! » braillait-il. Il s'arrêta lorsqu'il eut vidé son chargeur de vingt balles.

Ils étaient tous furieux évidemment, mais certains avaient plus de sang-froid que d'autres. Le sergent Smithy demandait déjà, par radio, l'évacuation sanitaire. Agenouillé près d'un des corps, le caporal Donny cherchait vainement son pouls. Jasper se rendit compte qu'un hélicoptère ne pourrait jamais se poser sur cette piste étroite. Se relevant d'un bond, il cria à Smithy : « Je vais voir s'il y a une clairière dans le coin !

— McCain et Frazer, allez avec Murray ! » approuva Smithy.

Jasper s'assura qu'il avait deux Willie Pete, des grenades à phosphore blanc, et quitta le sentier, suivi par les deux autres.

Il examina le sol à la recherche de signes indiquant que le terrain devenait rocheux ou sablonneux ; la végétation pourrait alors se raréfier et laisser place à une clairière. Il prit soin de repérer les points saillants du paysage afin de pouvoir retrouver son chemin. Deux minutes plus tard, ils émergèrent de la jungle en bordure d'une rizière.

Au bout du champ, Jasper vit trois ou quatre silhouettes portant l'espèce de fin pyjama de coton qui était la tenue habituelle des paysans. Avant qu'il ait eu le temps de les dénombrer exactement, ceux-ci l'avaient aperçu et s'étaient fondus dans la jungle.

Il se demanda s'ils venaient du village qu'ils devaient rayer de la carte. Le cas échéant, il les avait avertis, malgré lui, de l'approche de la compagnie. Tant pis : la priorité était de sauver les blessés.

McCain et Frazer firent en courant le tour de la rizière pour sécuriser le périmètre. Jasper fit sauter une Willie Pete. Le riz s'enflamma, mais les pousses étant vertes, le feu s'étouffa rapidement. Une colonne de fumée blanche, épaisse, phosphorée, s'éleva néanmoins dans l'air, signalant leur présence.

Jasper parcourut les environs du regard. Charlie savait que quand les Américains étaient préoccupés par leurs blessés et leurs morts, c'était le bon moment pour les attaquer. Tenant son M16 à deux mains, il scruta la jungle, prêt à se plaquer au sol et à riposter si on leur tirait dessus. Il vit que McCain et Frazer faisaient de même. Selon toute probabilité, aucun d'eux n'aurait le temps de se mettre à couvert. Un sniper embusqué dans les arbres aurait tout loisir de les viser et de tirer un coup de feu précis, mortel. C'était toujours comme ça dans cette putain de guerre, pensa Jasper. Charlie nous voit, alors que nous, on ne le voit pas. Il frappe et se barre en courant. Et le lendemain, le sniper repique le riz dans une rizière comme un brave paysan incapable de savoir par quel bout on prend une kalachnikov.

Tout en attendant, il laissa ses pensées divaguer. À l'heure qu'il est, je pourrais être en train de travailler pour le *Western Mail*, se dit-il rêveusement. Assis dans une confortable salle de réunion à somnoler pendant qu'un conseiller municipal épiloguerait sur le danger d'un éclairage public insuffisant, au lieu de suer sang et eau dans une rizière en me demandant si je ne vais pas me prendre une balle dans quelques secondes.

Il pensa à sa famille et à ses amis. Sa sœur Anna était devenue une grande pointure du monde de l'édition après avoir découvert un brillant auteur russe dissident dont on ne connaissait que le pseudonyme, Ivan Kouznetsov. Evie Williams, qui avait eu, du temps de son adolescence, le béguin pour Jasper, était une vedette de cinéma et vivait à Los Angeles. Dave et Walli étaient des rockers millionnaires. Quant à lui, il se trouvait à mille kilomètres de nulle part, simple troufion dans une guerre barbare, inepte, qu'ils étaient en train de perdre.

Il s'interrogea sur le mouvement pacifiste aux États-Unis. Gagnait-il du terrain ? Ou l'opinion publique se faisait-elle encore avoir par la propagande présentant les manifestants comme un ramassis de communistes et de drogués dont le seul but dans la vie était de provoquer la chute de l'Amérique ? Une élection présidentielle aurait lieu l'année suivante, en 1968. Johnson serait-il battu ? Le vainqueur mettrait-il fin à la guerre ?

L'hélicoptère se posa et Jasper conduisit l'équipe de brancardiers dans la jungle vers le lieu de l'explosion. Il retrouva sans difficulté ses points de repère et rejoignit la section. Il comprit aussitôt, à l'attitude des hommes qui les entouraient, que toutes les victimes étaient mortes. L'hélicoptère sanitaire ne remporterait que cinq housses mortuaires.

Les rescapés fulminaient. « Ce bridé nous a menés droit dans un putain de piège, disait le caporal Donny. C'est ce qui s'appelle se faire baiser en beauté, non ?

— Ça, il nous l'a enfoncé bien profond », renchérit Mad Jack.

Comme toujours, Neville fit semblant d'approuver ses compagnons tout en insinuant le contraire : « Ce stupide gamin a probablement pensé qu'on allait le tuer quand on n'aurait plus besoin de lui. Trop con pour se douter que le sergent Smithy avait l'intention de le remmener avec lui à Philadelphie pour qu'il puisse s'inscrire à la fac. » Ça ne fit rire personne.

Jasper parla au sergent des paysans qu'il avait aperçus dans la rizière. « Notre village doit être par là-bas », conclut Smithy.

La compagnie raccompagna les cadavres jusqu'à l'hélicoptère. Après qu'il eut décollé, Donny incendia la rizière avec un lance-flammes M2 au napalm, détruisant en quelques minutes une récolte entière. « Bien joué, commenta Smithy. Comme ça, ils savent que s'ils reviennent, ils n'auront plus rien à bouffer.

— L'arrivée de l'hélicoptère aura forcément prévenu les villageois, fit remarquer Jasper. Ils auront sans doute vidé les lieux. » À moins, ajouta-t-il mentalement, qu'ils ne nous tendent une embuscade. Il préféra cependant garder cette réflexion pour lui.

« Si c'est vide, moi, ça me va, répondit Smithy. N'importe comment, on va tout raser. D'après le service de renseignement, tout le coin est truffé de galeries souterraines. Il va falloir qu'on les trouve et qu'on les détruise. »

Les Vietnamiens avaient entrepris de creuser des tunnels depuis le début de leur guerre contre les colonisateurs français, en 1946. Des centaines de kilomètres de galeries souterraines, de dépôts de munitions, de dortoirs, de cuisines, d'ateliers et même de cliniques s'étendaient sous la jungle, difficiles à détruire. Des pièges à eau disposés à intervalles réguliers protégeaient leurs occupants de toute tentative pour les enfumer. Les bombardements aériens manquaient généralement leur cible. La seule façon d'en venir à bout était de pénétrer à l'intérieur.

Encore fallait-il les trouver.

Le sergent Smithy conduisit la section le long d'une piste qui partait de la rizière et traversait une petite palmeraie. Quand ils en ressortirent, ils virent le village, une centaine de maisons donnant sur des champs cultivés. Aucun signe de vie, ce qui ne les empêcha pas de s'y engager très prudemment.

L'endroit paraissait désert.

Les hommes passèrent de maison en maison en hurlant «*Didi mau!*», ce qui voulait dire «Sortez!» en vietnamien. Jasper regarda à l'intérieur d'une habitation et aperçut l'autel des ancêtres qui était au cœur de la plupart des foyers vietnamiens : un étalage de bougies, de manuscrits, de tapisseries et de brûle-encens. Le caporal Donny brandit alors son lance-flammes. Le napalm embrasa rapidement les toits de palmes et les murs de bambou tressé enduits de boue, faisant tout flamber.

En se dirigeant vers le centre du village, son M16 prêt à tirer, Jasper fut surpris d'entendre un martèlement régulier. C'était, comprit-il, un battement de tambour, probablement un *mo*, un instrument de bois creux sur lequel on frappait avec un bâton. Quelqu'un avait dû s'en servir pour avertir les villageois qu'il fallait prendre la fuite. Mais pourquoi continuait-il à battre?

Ils arrivèrent à un bassin rituel sur lequel flottaient des fleurs de lotus. Le bruit provenait du petit bâtiment situé à l'arrière : le *dinh*, qui était le centre de la vie du village, tout à la fois temple, école et lieu de réunion.

À l'intérieur, assis en tailleur sur le sol de terre battue, un moine bouddhiste au crâne rasé tambourinait sur un poisson de bois d'une cinquantaine de centimètres de longueur. Il les vit entrer, mais ne s'arrêta pas.

La compagnie comptait dans ses rangs un soldat qui parlait un peu vietnamien, un Blanc, originaire de l'Iowa, qu'ils appelaient Slope. «Slope, ordonna Smith, demande au bridé où sont les tunnels.»

Slope cria en vietnamien quelque chose au moine. Lequel l'ignora et continua à taper sur son tambour.

Smithy adressa un signe de tête à Mad Jack, qui s'approcha du moine et lui flanqua un coup de pied dans la figure. Ledit pied, chaussé d'une lourde botte de combat M-1966 de l'armée américaine, projeta l'homme à la renverse. Le sang jaillit de sa bouche et de son nez, tandis que son tambour et son bâton volaient dans des directions opposées. Chose terrifiante, il n'émit pas un son.

Jasper en eut la gorge serrée. Il avait vu torturer des guérilleros du Viêt-cong à qui on voulait arracher des informations. C'était banal. Cela ne lui plaisait pas, mais il estimait que ça se justifiait; après tout, ces hommes voulaient sa peau. Tout individu d'une vingtaine d'années capturé dans cette zone était probablement un guérillero, ou un sympathisant actif, et Jasper comprenait qu'on torture ces hommes, même si l'on n'avait pas la moindre preuve qu'ils aient jamais combattu les Américains. Ce moine pouvait avoir l'air de ne pas être un combattant; il n'empêche que Jasper avait vu une gamine de dix ans lancer une grenade à l'intérieur d'un hélicoptère au sol.

Smithy releva le moine et le remit sur ses pieds, face aux soldats. Il avait les yeux clos, mais il respirait. Slope lui reposa la question.

Le moine ne répondit pas.

Mad Jack ramassa le poisson en bois et, le tenant par la queue, commença à en frapper l'homme violemment sur la tête, les épaules, la poitrine, l'entrejambe, les genoux, s'interrompant de temps en temps pour laisser Slope reposer la question.

Jasper était affreusement mal à l'aise. Par le simple fait d'assister à ce spectacle, il se rendait complice de crime de guerre. Ce n'était pourtant pas ce qui le tracassait le plus : il savait parfaitement que, quand les enquêteurs de l'armée américaine se penchaient sur les allégations d'atrocités, ils ne trouvaient jamais de preuves suffisantes. Il estimait simplement que ce moine ne méritait pas un tel traitement. Écœuré, il se détourna.

Il n'en voulait pas aux soldats. De tout temps, en tout lieu, dans tous les pays, des hommes avaient agi de cette façon lorsque les circonstances les y poussaient. Il en voulait aux officiers qui savaient ce qui se passait et ne faisaient rien pour y remédier, aux généraux qui mentaient à la presse et à l'opinion publique à Washington, et surtout aux hommes politiques qui n'avaient pas le courage de se lever pour dire : « C'est mal. »

Quelques instants plus tard, Slope lança : « Laisse tomber, Jack, il est mort, ce con.

— Et merde ! » Smithy lâcha le moine, qui s'écroula par terre, inerte. « Il faut qu'on trouve ces putains de tunnels. »

Le caporal Donny et quatre autres soldats entrèrent dans le temple, traînant trois Vietnamiens derrière eux : un homme et une femme d'âge mûr, et une fille d'une quinzaine d'années.

« Ils ont cru pouvoir nous échapper en se cachant dans la remise à noix de coco », expliqua Donny.

Les trois Vietnamiens contemplèrent avec horreur le corps du moine, sa robe trempée de sang, son visage réduit à une bouillie sanglante qui n'avait presque plus rien d'humain.

« Voilà à quoi ils ressembleront s'ils ne nous montrent pas les tunnels. Tu peux le leur dire », fit Smithy.

Slope s'exécuta. Le paysan lui répondit. Slope traduisit : « Il prétend qu'il n'y a pas de tunnels dans ce village.

— Il ment, ce fils de pute, lança Smithy.

— Je peux... ? » demanda Jack.

Smithy prit l'air pensif avant de lancer : « Vas-y, Jack, occupe-toi de la fille. Et que les parents regardent. »

L'air avide, Jack arracha le pyjama de la fille, qui se mit à hurler. Elle avait un corps pâle et mince. Il la jeta par terre. Danny la maintint au sol. Jack dégagea son sexe, déjà à moitié en érection, et le frotta pour le raidir.

Une fois de plus, Jasper fut horrifié, sans être surpris pour autant. Le viol n'était pas une pratique admise mais il n'en était pas moins bien trop fréquent. Certains hommes, généralement des nouveaux venus au Vietnam, en signalaient parfois. L'armée enquêtait et ne trouvait pas de preuves pour étayer leurs dires : tous les autres soldats disaient qu'ils ne voulaient pas s'attirer d'ennuis et que de toute façon ils n'avaient rien vu. L'affaire en restait là.

La femme se mit à parler, un flot de paroles hystériques, implorantes. « Elle dit que la fille est vierge et que ce n'est encore qu'une enfant, traduisit Slope.

— C'est pas une enfant, objecta Smithy. Regardez-moi la fourrure noire de cette petite chatte.

— La mère jure ses grands dieux qu'il n'y a pas de tunnels ici. Elle dit qu'elle ne soutient pas le Viêt-cong parce qu'elle était la prêteuse du village, et que Charlie a mis fin à ses activités.

— Allez, Jack, vas-y », ordonna Smithy.

Jack s'allongea sur la fille dont le petit corps mince disparut presque entièrement sous la grande carcasse de l'homme. Il parut avoir du mal à la pénétrer. Les autres lui lançaient des encouragements, des plaisanteries. Jack donna alors une bonne poussée, et la fille hurla.

Il s'activa énergiquement pendant quelques instants. Slope ne se donnait plus la peine de traduire les supplications de la mère. Le père ne disait rien, mais Jasper vit des larmes couler sur ses joues. Jack poussa un ou deux grognements, puis s'arrêta et se retira. Les cuisses de la fille étaient maculées de sang, rouge vif sur sa peau d'ivoire.

« À qui le tour ? demanda Smithy.

— Je vais me la faire », dit Donny en se débraguettant.

Jasper sortit du temple.

Tout cela dépassait les bornes. Ils ne pouvaient plus prétendre faire parler le père en agissant ainsi : s'il avait su quelque chose, il l'aurait dit avant que sa fille soit violée. Jasper ne trouvait plus d'excuses aux hommes de cette section. Ils étaient devenus incontrôlables. Le général Westmoreland avait créé un monstre auquel il laissait délibérément la bride sur le cou. Ils étaient au-delà de la folie ; ce n'étaient même plus des animaux, ils étaient pires que ça. Des démons, maléfiques, déments.

Neville le suivit au-dehors. « Rappelle-toi, Jasper. On est obligés de faire ça pour gagner les cœurs et les esprits du peuple vietnamien. »

Jasper avait beau savoir que c'était sa manière à lui de supporter l'insoutenable, il n'arrivait plus à digérer l'humour de Neville. « Tu peux pas fermer ta putain de gueule ? » lança-t-il, et il s'éloigna.

Il n'était pas le seul à être outré par la scène qui se déroulait dans le temple. Près de la moitié de la section était sortie pour regarder brûler le village, au-dessus duquel planait un dais de fumée noire tel un linceul. Jasper entendait toujours la fille hurler dans le temple. Elle finit cependant par se taire. Peu après, il y eut un coup de feu, puis un autre.

Que pouvait-il y faire ? Dénoncer ces comportements ne servirait à rien, sinon à foutre la merde, ce que l'armée trouverait le moyen de lui faire payer. Enfin, peut-être le ferait-il quand même, se dit-il. Il se jura qu'en tout cas, lorsqu'il serait rentré aux États-Unis, il passerait le restant de son existence à démasquer les menteurs et les imbéciles responsables de ces horreurs.

Donny sortit alors du temple et s'approcha de lui. « Smithy veut que tu ailles le voir. »

Jasper suivit le caporal dans le temple.

La fille gisait au sol, un trou au milieu du front. Jasper remarqua également une marque de morsure sanglante sur son petit sein.

Le père était mort, lui aussi.

À genoux, la mère implorait, sans doute qu'on l'épargne.

« T'es toujours puceau, Murray », lança Smithy.

Il voulait dire que Jasper n'avait pas encore commis de crime de guerre.

Jasper comprit ce qui allait arriver.

« Tue la vieille, lui ordonna Smithy.

— Va te faire foutre, Smithy, répliqua Jasper. Tu n'as qu'à le faire toi-même. »

Mad Jack haussa son fusil et appuya l'extrémité du canon sur le côté du cou de Jasper.

Soudain, tous les hommes se figèrent, muets. Sauf Smithy.

« Descends-la, ou c'est Jack qui va te descendre. »

Jasper était certain que Smithy était prêt à en donner l'ordre à Jack, et que celui-ci obéirait. Il comprenait pourquoi. Il fallait qu'ils soient tous complices. Une fois qu'il aurait tué la femme, il serait aussi coupable que n'importe lequel d'entre eux, ce qui lui interdirait de faire des histoires.

Il regarda les autres. Tous les yeux étaient rivés sur lui. Personne ne protestait, personne n'avait même l'air gêné. De toute évidence, c'était un rite auquel ils s'étaient déjà livrés. Ils faisaient certainement ça avec tous les nouveaux venus dans la compagnie. Jasper se demanda combien d'hommes avaient refusé d'obtempérer et s'étaient pris une balle. Leur décès avait sûrement été enregistré comme dû à un tir ennemi. Là encore, risque zéro pour l'armée.

« Décide-toi, on a pas que ça à faire », insista Smithy.

Jasper savait que, de toute façon, ils tueraient la femme. Il ne la sauverait pas en refusant de le faire. Il se sacrifierait pour rien.

Jack lui enfonça le canon de son fusil dans les côtes.

Jasper leva son M16, le braqua sur le front de la femme. Il vit qu'elle avait les yeux brun foncé, et quelques fils gris dans ses cheveux noirs. Elle n'esquissa pas un mouvement de recul, elle ne cilla pas ; elle continua à se lamenter dans une langue qu'il ne comprenait pas.

Jasper effleura le sélecteur de tir sur le côté gauche de son arme, le déplaçant de « sécurité » à « semi » pour pouvoir tirer une unique balle.

Ses mains ne tremblaient pas.

Il pressa la détente.

Sixième partie

Fleur
1968

XLI

Jasper Murray avait passé deux ans dans l'armée, une année de classes aux États-Unis et une année de combats au Vietnam. Il fut libéré en janvier 1968, sans avoir été blessé. Il estimait avoir eu de la chance.

Daisy Williams lui paya son billet d'avion pour rentrer à Londres voir sa famille. Sa sœur Anna était à présent directrice éditoriale chez Rowley Publishing. Elle avait fini par épouser Hank Remington, qui semblait promis à un succès plus durable que la plupart des vedettes de la pop. La maison de Great Peter Street était étrangement silencieuse : tous les jeunes avaient pris leur envol; Lloyd et Daisy y vivaient désormais seuls. Ministre dans le gouvernement travailliste, Lloyd était rarement chez lui. Ethel mourut au mois de janvier, et son enterrement eut lieu quelques heures avant que Jasper ne reparte pour New York.

La cérémonie se déroula à la chapelle évangélique du Calvaire d'Aldgate, une petite baraque en bois où elle avait épousé Bernie Leckwith, cinquante ans plus tôt : c'était le temps où son frère Billy et un nombre incalculable d'autres jeunes gens se battaient dans les tranchées de boue gelée de la Première Guerre mondiale.

La petite chapelle contenait une centaine de chaises auxquelles s'ajoutaient une vingtaine ou une trentaine de places debout; or plus de mille personnes étaient venues dire au revoir à Eth Leckwith.

Le pasteur décida donc de célébrer la messe en plein air. La police ferma la rue à la circulation, et ceux qui prirent la parole durent monter sur des chaises pour s'adresser à la foule. Les deux enfants d'Ethel, Lloyd Williams et Millie Avery, âgés désormais d'une cinquantaine d'années, se tenaient devant, accompagnés de la plupart des petits-enfants d'Ethel, et de quelques-uns de ses arrière-petits-enfants.

Evie Williams lut la parabole du bon Samaritain tirée de l'Évangile de saint Luc. Dave et Walli, qui avaient apporté leurs guitares, chantèrent « I Miss Ya, Alicia ». La moitié du cabinet gouvernemental était là. Ainsi que le comte Fitzherbert. Deux autocars avaient amené d'Aberowen une centaine de voix galloises pour renforcer les chœurs.

La plupart de ceux qui étaient venus dire un dernier adieu à Ethel étaient cependant des Londoniens ordinaires dont elle avait changé la vie. En ce mois de janvier, chapeau à la main, ils étaient debout dans le froid, les femmes imposant le silence à leurs enfants, les personnes âgées grelottant dans leurs manteaux trop légers. Et quand le pasteur pria pour le repos de l'âme d'Ethel, tous répondirent *Amen.*

*

George Jakes avait un plan très simple pour 1968 : Robert Kennedy deviendrait Président et mettrait fin à la guerre.

Tous les conseillers de Bob n'étaient pas favorables à ce projet. Dennis Wilson aurait préféré qu'il reste sénateur de New York. « Les gens diront qu'on a déjà un Président démocrate, et que Bob ferait mieux de soutenir Lyndon Johnson au lieu de se présenter contre lui. On n'a jamais vu une chose pareille ! »

En ce 30 janvier 1968, ils s'étaient retrouvés au National Press Club de Washington où ils attendaient Robert pour un petit déjeuner en présence de quinze journalistes.

« Ce n'est pas exact, répondit George. Strom Thurmond et Henry Wallace se sont présentés contre Truman.

— C'était il y a vingt ans. Et de toute façon, Bob n'obtiendra jamais l'investiture démocrate.

— Je suis convaincu qu'il est plus populaire que Johnson.

— Ce n'est pas une question de popularité, rétorqua Wilson. La plupart des délégués de la convention sont sous la coupe des grands manitous du parti : les dirigeants syndicalistes, les gouverneurs d'États et les maires des grandes villes. Des hommes du genre de Daley. » Le maire de Chicago, Richard Daley, était un politicien à l'ancienne, de la pire espèce, sans scrupules et corrompu. « Et s'il y a un truc où Johnson est bon, c'est la lutte au corps à corps. »

George secoua la tête, écœuré. Il faisait de la politique pour combattre ces anciennes structures de pouvoir, pas pour s'en accommoder. Et Robert Kennedy aussi, dans le fond. « Bob sera porté par un tel mouvement d'opinion que les hiérarques du parti ne pourront pas l'ignorer.

— Vous n'en avez pas discuté avec lui ? fit Wilson, feignant l'étonnement. Il est sûr de se faire traiter d'égoïste et d'ambitieux s'il se présente contre le candidat démocrate sortant.

— Beaucoup de gens le considèrent pourtant comme l'héritier naturel de son frère.

— Quand il a pris la parole à l'université de Brooklyn, les étudiants brandissaient une banderole portant ces mots : "Faucon, colombe ou poule mouillée ?" »

Cette pique avait heurté Bob et consterné George. Mais ce dernier s'efforça de présenter la chose sous un jour optimiste. « Ils veulent qu'il se présente, voilà tout ce que ça veut dire ! Ils savent qu'il est le seul candidat capable de rassembler les jeunes et les vieux, les Blancs et les Noirs, les riches et les pauvres, et de les convaincre d'unir leurs forces pour mettre fin à la guerre et accorder aux Noirs leurs droits légitimes. »

Wilson esquissa une grimace de mépris, mais avant qu'il ait eu le temps de fustiger l'idéalisme de George, Robert Kennedy entra et tout le monde s'assit pour le petit déjeuner.

George avait changé d'avis à propos de Lyndon Johnson. Il avait pourtant si bien commencé, en faisant adopter la loi sur les droits civiques en 1964 puis celle sur le droit de vote en 1965, et enfin en lançant son programme de guerre contre la pauvreté. Mais comme l'avait anticipé Greg, le père de George, il ne comprenait rien à la politique internationale. Johnson ne savait qu'une chose : il ne voulait pas être le Président qui aurait laissé le Vietnam aux mains des communistes. Aussi s'était-il embourbé dans une sale guerre, mentant au peuple américain en prétendant qu'il était en train de la gagner.

Le vocabulaire avait changé, aussi. Quand George était jeune, « Nègre » était un gros mot, « de couleur » était une expression plus choisie, et le libéral *New York Times* trouvait de bon ton d'employer le terme de « Noir » en l'affublant d'une majuscule, comme « Juif ». À présent, « Noir » lui-même était considéré comme presque injurieux et « de couleur » comme une formule évasive. On ne disait plus que « black » : la communauté *black*, la fierté *black*, et même le Black Power. *Black is beautiful*, affirmait-on. George n'était pas sûr que les mots changent quoi que ce soit dans le fond.

Lors ce petit déjeuner, il ne mangea presque rien ; il était trop occupé à noter les questions et les réponses de Robert afin de préparer un communiqué de presse.

L'un des journalistes demanda à Bob : « On fait pression sur vous afin que vous présentiez votre candidature à la présidence. Comment le prenez-vous ? »

George releva le nez de ses notes et vit Robert ébaucher un bref sourire sans joie et répondre : « Mal, mal. »

George grinça des dents. Il y avait des moments où ce satané Bob était trop honnête.

« Et que pensez-vous de la campagne du sénateur McCarthy ? » insista le journaliste.

Il ne parlait pas du célèbre sénateur Joe McCarthy qui avait fait la chasse aux communistes dans les années 1950, mais d'un personnage radicalement différent, le sénateur Eugene McCarthy, un homme politique libéral doublé d'un poète. Deux mois plus tôt, Gene McCarthy avait annoncé son intention de briguer l'investiture démocrate en se présentant comme le candidat opposé à la guerre contre Johnson. La presse ne s'intéressait guère à lui, ne lui accordant aucune chance.

« À mon sens, la campagne de McCarthy va aider Johnson », répondit Bob, qui se refusait encore à appeler le Président par son prénom. Ce que Skip Dickerson, l'ami de George qui travaillait pour Johnson, trouvait minable.

« Alors, vous présenterez-vous ? »

Bob disposait de tout un répertoire de réponses évasives propres à éluder la question. Mais ce jour-là, il n'en utilisa aucune : « Non », répondit-il.

George en lâcha son stylo. Bon sang, qu'est-ce qui lui prenait ?

Il ajouta : « Je n'ai l'intention de me présenter dans aucune circonstance imaginable. »

George se retint de lancer : *Dans ce cas, qu'est-ce qu'on fout tous ici ?*

Il remarqua que Dennis Wilson réprimait un petit sourire ironique.

George eut grande envie de se lever et de partir. Évidemment, cela ne se faisait pas. Il resta donc sagement assis et continua à prendre des notes jusqu'à la fin du petit déjeuner.

De retour dans le bureau de Robert, sur la colline du Capitole, il se mit en pilote automatique pour rédiger le communiqué de presse. Il modifia la déclaration de Bob pour en faire «Je n'ai l'intention de me présenter dans aucune circonstance prévisible», ce qui ne changeait pas grand-chose.

Cet après-midi-là, trois membres de l'équipe de Bob démissionnèrent. Ils n'étaient pas venus à Washington pour assister quelqu'un qui refusait de se battre.

George était tellement furieux qu'il faillit en faire autant. Il s'en abstint pourtant, voulant prendre le temps de réfléchir. Et d'en parler avec Verena.

Elle était à Washington, et elle logeait chez lui, comme toujours. Il lui avait désormais réservé dans sa chambre un placard où elle gardait les vêtements chauds dont elle n'avait pas besoin à Atlanta.

Elle fut tellement bouleversée que les larmes lui vinrent aux yeux. «On n'a personne d'autre! gémit-elle ce soir-là. Tu sais combien de victimes il y a eu l'an dernier au Vietnam?

— Bien sûr, répondit George. Quatre-vingt mille. J'ai cité ce chiffre dans l'un des discours de Bob, mais il a coupé ce paragraphe.

— Quatre-vingt mille hommes tués, blessés ou disparus. C'est terrible – et maintenant, ça va continuer.

— Ils seront sûrement encore plus nombreux cette année.

— Je vais finir par croire que Bob n'est pas à la hauteur! Mais pourquoi? Pourquoi a-t-il dit ça?

— Je suis trop furieux pour en parler avec lui, mais je crois qu'il s'interroge sincèrement sur ses propres motivations. Il se demande si c'est le bien de son pays ou son ego qui le pousse. Voilà le genre de questions qui le tourmente.

— Comme Martin Luther King. Figure-toi qu'il se demande si les émeutes dans les villes ne sont pas de sa faute.

— À cette différence près que King garde ses doutes pour lui. C'est comme ça qu'il faut agir quand on est un chef.

— Tu crois que Bob avait prémédité cette annonce?

— Non, il a agi de façon impulsive, j'en suis sûr. C'est un de ses traits de caractère qui rend le travail avec lui difficile.

— Qu'est-ce que tu vas faire?

— Démissionner, probablement. Je réfléchis encore.»

Ils se changèrent avant d'aller sortir dîner tranquillement. Alors qu'il nouait autour de son cou une large cravate à rayures, George surprit dans la glace le reflet de Verena qui enfilait ses sous-vêtements. Son corps avait changé depuis qu'il l'avait vue nue pour la première fois, cinq ans plus tôt. Elle aurait vingt-neuf ans cette année et n'avait plus ses longues jambes charmantes de faon ; en revanche, elle avait gagné en grâce et en assurance. George la trouvait plus attirante que jamais. Elle s'était laissé pousser les cheveux qu'elle laissait friser dans une coiffure afro très naturelle qui soulignait encore la beauté de ses yeux verts.

« Si tu démissionnes, tu pourrais venir à Atlanta travailler pour Martin, dit-elle alors tout en se maquillant devant le miroir qu'il utilisait pour se raser

— Non, répondit George. King n'a qu'un thème de campagne. Les opposants manifestent, mais ce sont les politiques qui changent le monde.

— Alors, qu'est-ce que tu vas faire ?

— Me présenter au Congrès, sans doute. »

Verena posa sa brosse à mascara et se retourna vers lui. « Wouah ! Alors ça, tu m'en bouches un coin.

— Je suis venu à Washington me battre pour les droits civiques, mais l'injustice dont souffrent les Noirs n'est pas qu'une question de droits. » George y réfléchissait depuis longtemps. « C'est aussi un problème de logement et de chômage, sans parler de la guerre du Vietnam, où des jeunes Noirs se font tuer tous les jours. À long terme, la vie des Noirs est même affectée par ce qui se passe à Moscou et à Pékin. Un homme comme Martin Luther King inspire les gens, mais il faut être un politique aguerri pour réussir à changer vraiment les choses.

— Moi, je crois qu'on a besoin des deux », conclut Verena.

George enfila son plus beau costume, ce qui lui remontait toujours le moral. Il prendrait un martini, plus tard, peut-être deux. Pendant sept ans, sa vie avait été inextricablement liée à celle de Robert Kennedy. Il était peut-être temps de passer à autre chose.

« Tu ne t'es jamais dit que notre relation, à toi et moi, était franchement particulière ? » demanda-t-il.

Elle éclata de rire. « Ça, c'est sûr ! On vit chacun de son côté, et on se retrouve tous les mois ou tous les deux mois, pour baiser comme des fous. Et il y a des années que ça dure !

— Un homme qui ferait ça, qui profiterait de ses voyages d'affaires pour retrouver sa maîtresse, tout le monde trouverait ça normal, répondit George. Surtout s'il était marié.

— J'aime bien cette idée. Viande et patates à la maison, et un peu de caviar loin de chez soi.

— Eh bien, je suis ravi d'être le caviar. »

Elle se lécha les lèvres. « Miam, c'est salé. »

George sourit et décida d'oublier Bob pour la soirée.

La télévision était allumée et le journal télévisé commençait tout juste. George monta le son. Il pensait que les informations s'ouvriraient sur la déclaration de Robert Kennedy mais il y avait une nouvelle plus importante. Pendant les fêtes du nouvel an que les Vietnamiens appelaient le Têt, les Vietcongs avaient lancé une offensive majeure. Ils avaient attaqué cinq des six plus grandes villes, trente-six capitales de province et soixante petites villes. L'ampleur de l'opération avait stupéfié l'armée américaine : personne n'aurait cru la guérilla capable d'une action d'une telle envergure.

Le Pentagone affirmait que les forces du Viêt-cong avaient été repoussées, mais George n'en croyait rien.

Le présentateur du journal annonça qu'on s'attendait à de nouvelles attaques majeures dès le lendemain.

«Je me demande l'influence que ça aura sur la campagne de Gene McCarthy», dit George à Verena.

*

Beep Dewar persuada Walli Franck de faire une déclaration politique.

Il avait commencé par refuser. Il était guitariste, et avait peur de se ridiculiser; c'était un peu, trouvait-il, comme si un sénateur se mettait à chanter de la musique pop en public. Toutefois, il était issu d'une famille extrêmement politisée et son éducation lui interdisait l'indifférence. Il n'avait pas oublié le mépris de ses parents pour les Allemands de l'Ouest qui n'avaient pas protesté contre le mur de Berlin et le gouvernement répressif d'Allemagne de l'Est. Ils étaient aussi coupables que les communistes, prétendait sa mère. Walli finit par se dire que s'il ne profitait pas de l'occasion de se prononcer en faveur de la paix, il ne valait pas plus cher que Lyndon Johnson.

Sans compter qu'il trouvait pratiquement impossible de résister à Beep.

Il accepta donc.

Elle vint le chercher au volant de la Dodge Charger rouge de Dave et le conduisit au QG de campagne de Gene McCarthy, à San Francisco, où il se retrouva devant une petite armée de jeunes militants enthousiastes qui avaient passé la journée à faire du porte-à-porte.

Il avait le trac, mais avait préparé sa phrase d'ouverture : « Certaines personnes m'ont dit que je ne devrais pas me mêler de politique parce que je ne suis pas américain », commença-t-il lentement, sur le ton de la conversation. Après un petit haussement d'épaule, il continua : « Mais comme ces personnes-là ne voient pas d'inconvénient à ce que des Américains aillent au Vietnam tuer des gens, il me semble qu'il ne faut pas s'offusquer qu'un Allemand vienne à San Francisco simplement pour parler... »

À sa grande surprise, il fut interrompu par des hurlements de rire et par des applaudissements. Il allait peut-être s'en sortir, finalement.

Depuis l'offensive du Têt, les jeunes se bousculaient pour soutenir la campagne de McCarthy. Ils étaient tous bien habillés. Les garçons étaient rasés de près et avaient les cheveux mi-longs. Les filles portaient des twin-sets et des chaussures plates bicolores. Ils avaient changé de look pour convaincre les électeurs que McCarthy était le Président idéal non seulement pour les hippies mais aussi pour les Américains de la classe moyenne. Leur mot d'ordre était « pas de blue-jean pour Gene ».

Walli marqua une pause, histoire de soigner son effet, porta la main aux boucles blondes qui lui tombaient sur les épaules et dit : « Pardon pour mes cheveux. »

Nouvelle salve de rires et d'acclamations. Walli se rendit compte que c'était exactement comme le show business ; quand vous étiez une star, les gens vous adoraient simplement parce que vous vous comportiez plus ou moins normalement. À un concert de Plum Nellie, le public applaudissait frénétiquement à tout ce que Walli ou Dave pouvait dire au micro. N'importe quelle plaisanterie devenait dix fois plus drôle dès qu'elle était racontée par une célébrité.

« Je ne fais pas de politique, je suis incapable de faire un discours politique... mais ça, les gars, j'imagine que vous en avez plus que votre dose...

— Tu l'as dit ! s'écria l'un des garçons, et tout le monde s'esclaffa.

— J'ai tout de même une certaine expérience, vous savez. J'ai vécu dans un pays communiste. Un jour, où je chantais une chanson de Chuck Berry, "Back in the USA", les flics ont pété ma guitare. »

Le silence se fit dans le public.

« C'était ma première guitare. À l'époque, je n'en avais pas d'autre. Ils ont brisé ma guitare et ils m'ont brisé le cœur. Alors vous voyez, le communisme, je connais. J'en connais probablement plus long que Lyndon Johnson. Je déteste le communisme. » Il haussa un peu la voix. « Et je suis quand même contre la guerre. »

Nouveau tonnerre d'applaudissements.

« Il y a des gens qui croient que Jésus reviendra sur terre un jour. Je ne sais pas si c'est vrai. » Il y eut un moment de flottement ; ils ne savaient pas trop comment le prendre. Et puis Walli poursuivit : « S'il vient en Amérique, on dira probablement que c'est un communiste. »

Il jeta un coup d'œil en biais à Beep, qui riait avec les autres. Elle portait un pull et une jupe courte, mais tout à fait correcte. Elle avait les cheveux coupés au carré, bien nets. Elle n'en était pas moins sexy ; c'était inhérent à sa personne, quelle que fût sa tenue.

« Jésus se ferait probablement arrêter par le FBI pour activités antiaméricaines, poursuivit Walli. Ça ne l'étonnerait pas tellement en fait : c'est plus ou moins ce qui lui est arrivé la première fois qu'il est venu sur Terre. »

N'ayant pas prévu grand-chose au-delà de sa première phrase, Walli était contraint d'improviser, mais le public buvait ses paroles. Il préféra s'arrêter tant qu'il le tenait en haleine.

Il avait tout de même préparé sa conclusion. « Je suis juste venu ici vous dire une chose : Merci. Merci de la part des millions de gens dans le monde entier qui veulent que cette sale guerre finisse. Nous apprécions le mal que vous vous donnez ici. Continuez, et j'espère de tout cœur que vous allez gagner. Bonsoir. »

Il s'éloigna du micro. Beep s'approcha de lui, le prit par le bras, et ils sortirent ensemble par la porte de derrière tandis que les applaudissements et les acclamations retentissaient encore. Dès qu'ils furent dans la voiture de Dave, Beep lança : « Bon sang, tu as été génial ! C'est toi qui devrais te présenter à la présidentielle ! »

Il sourit en haussant les épaules. « Les gens sont toujours contents de voir qu'une pop star est un être humain comme les autres. C'est tout.

— Mais tu as parlé avec sincérité, et avec tellement d'esprit !

— Merci.

— Tu tiens peut-être ça de ta mère. Tu ne m'as pas dit qu'elle faisait de la politique ?

— Pas exactement. La politique normale, ça n'existe pas en Allemagne de l'Est. Elle a été conseillère municipale, avant que les communistes prennent le pouvoir. Au fait, on remarquait mon accent ?

— Un tout petit peu.

— C'est bien ce que je craignais. » Son accent était un sujet sensible pour lui. Les gens l'associaient aux nazis des films de guerre. Il avait beau essayer de parler comme un Américain, il avait du mal.

« En fait, je trouve ça charmant, le rassura Beep. Je regrette que Dave n'ait pas pu t'entendre.

— Où est-il, au fait ?

— À Londres, je crois. Je pensais que tu le saurais. »

Walli esquissa une moue évasive. « Tout ce que je sais, c'est qu'il règle des affaires, quelque part. Il débarquera dès qu'on aura des chansons à écrire, un film à tourner ou qu'il faudra reprendre la route. Mais je croyais que vous deviez vous marier, tous les deux.

— Tu as raison. On ne s'en est pas encore occupés, c'est tout, Dave est tellement pris. Et puis tu sais, mes parents sont vachement sympas : comme on peut coucher dans la même chambre quand il est là, on n'est pas tellement pressés de quitter la maison.

— C'est chouette. » Ils arrivèrent à Haight-Ashbury et Beep arrêta la voiture devant chez Walli. « Tu veux un café, ou quelque chose ? » Walli ne savait pas pourquoi il avait dit ça : c'était sorti sans qu'il réfléchisse.

— Volontiers. » Beep coupa le moteur.

La maison était déserte. Tammy et Lisa avaient aidé Walli à surmonter le chagrin de sa rupture avec Karolin, et il leur en serait éternellement reconnaissant, mais ce qu'ils avaient vécu était une parenthèse, qui n'avait duré que le temps des vacances. Quand l'été avait laissé place à l'automne, elles avaient quitté San Francisco et étaient rentrées chez elles pour la rentrée universitaire, comme la plupart des hippies de 1967.

Ils n'en avaient pas moins passé quelques semaines idylliques.

Walli mit le dernier album des Beatles, *Magical Mystery Tour*, puis fit du café et roula un joint. Ils s'assirent sur un coussin géant, Walli en tailleur, Beep les jambes repliées sous elle, et ils tirèrent des taffes tour à tour. Walli ne tarda pas à planer et à se retrouver dans l'état cotonneux qu'il aimait tant. «Je déteste les Beatles, lança-t-il au bout d'un moment. Ils sont tellement bons que c'en est dégueulasse, franchement.»

Beep pouffa.

«Putains de chansons, reprit Walli.

— Ça oui!

— Qu'est-ce que ça veut dire : *Four of fish and finger pies*? "Quatre de poissons et tartes aux doigts?" On dirait du cannibalisme, un truc comme ça.

— Dave m'a expliqué, répondit Beep. En Angleterre, il y a des restaus qui vendent du poisson pané et des frites. Des "fish and chips", ça s'appelle. "Quatre de poisson", ça veut dire pour quatre pence de poisson.

— Et "tarte aux doigts"?

— Bon, ça, c'est quand un garçon met ses doigts, dans, tu sais, le vagin de la fille.

— Quel est le rapport?

— Ça veut dire que si tu payes du poisson et des frites à une nana, elle te laissera la tripoter.

— Tu te rappelles l'époque où c'était osé, tout ça? fit Walli nostalgique.

— Heureusement, tout a changé, maintenant. On a balancé aux orties toutes les vieilles règles. L'amour est libre.

— Maintenant, on taille une pipe ou on fait minette au premier rancard.

— Qu'est-ce que tu préfères? l'interrogea Beep sur un ton rêveur. Sucer ou te faire sucer?

— Tu parles d'une question!» répondit Walli, qui se demandait s'il était vraiment correct de parler de ce genre de sujet avec la fiancée de son meilleur ami. «Je crois que je préfère me faire sucer.» Il ne put résister à la tentation d'ajouter : «Et toi?

— Moi, je préfère sucer.

— Pourquoi?»

Elle hésita. L'espace d'un instant, elle eut un air coupable. Peut-être se demandait-elle elle aussi, malgré ses discours de hippie sur l'amour libre, s'il était bien raisonnable de discuter de ça. Elle tira longuement sur le joint et rejeta la fumée. Son visage retrouva sa sérénité et elle reprit : « La plupart des garçons sucent si mal que ce n'est jamais aussi formidable que ça devrait l'être. »

Walli lui reprit le joint. « Si tu pouvais dire aux garçons d'Amérique ce qu'il faut savoir à ce sujet, qu'est-ce que tu leur dirais ? »

Elle éclata de rire. « Eh bien, d'abord, qu'il ne faut pas commencer tout de suite par lécher.

— Ah bon ? fit Walli, surpris. J'avais toujours cru que c'était de ça qu'il s'agissait : lécher.

— Pas du tout. D'abord, il faut être gentil. Juste l'embrasser. »

Walli sut alors qu'il était cuit.

Il regarda les jambes de Beep. Ses genoux étaient étroitement serrés. Était-ce un signe de défense ? D'excitation ?

Ou les deux ?

« Aucune fille ne m'a jamais dit ça », murmura-t-il en lui repassant le joint.

Un élan de désir irrésistible l'envahit. Éprouvait-elle la même chose ou n'était-ce qu'un jeu pour elle ?

Elle tira une dernière bouffée et laissa tomber le joint dans le cendrier. « La plupart des filles sont trop timides pour dire ce qu'elles aiment. La vérité, c'est que même un baiser, ça peut être trop, tout au début. En réalité... » Elle le regarda bien en face, et à cet instant, il sut qu'elle était perdue, elle aussi. Elle poursuivit, un ton plus bas : « En réalité, tu peux l'exciter rien qu'en soufflant dessus.

— Oh la vache...

— Le mieux, c'est de souffler dessus à travers le tissu de sa culotte. »

Elle remua légèrement, écarta enfin les genoux, et il vit que sous sa jupe courte, elle portait une culotte blanche.

« Alors ça, je n'en reviens pas, souffla-t-il d'une voix rauque.

— Tu veux essayer ?

— Oh oui. S'il te plaît. »

*

Quand Jasper Murray revint à New York, il alla voir Mrs. Salzman. Elle lui décrocha un nouvel entretien avec Herb Gould en vue d'un poste de documentaliste pour l'émission d'actualités télévisées *This Day*.

Il se trouvait à présent dans une position toute différente. Deux ans plus tôt, il était venu en quémandeur, il n'était qu'un étudiant en journalisme qui cherchait du boulot, et personne ne lui devait rien. Maintenant, il était un ancien combattant qui avait risqué sa vie pour les États-Unis. Il était plus âgé, plus expérimenté, et les autres, surtout ceux qui n'avaient pas fait le Vietnam, avaient une dette à son égard. Il obtint le poste.

C'était bizarre. Il avait oublié l'impression que procurait le froid. Ses vêtements le gênaient : son costume, sa chemise blanche au col à pointes boutonnées et sa cravate. Ses chaussures de ville – des richelieus – étaient si légères qu'il avait toujours l'impression de marcher pieds nus. Quand il se rendait au bureau, il se surprenait à scruter le trottoir à la recherche de mines invisibles.

D'un autre côté, il était très occupé. La vie civile ne connaissait guère ces longues périodes d'inactivité exaspérantes qui caractérisaient l'existence militaire : attendre les ordres, attendre un moyen de transport, attendre l'ennemi. Depuis le jour de son retour, Jasper n'arrêtait pas de passer des coups de fil, de consulter des dossiers, de chercher des informations en bibliothèque et de préparer des interviews.

Une petite surprise l'attendait dans les bureaux de *This Day*. Sam Cakebread, son vieux rival du journal de la fac, travaillait maintenant pour cette émission. Il n'avait pas perdu de temps à faire la guerre, et était journaliste à part entière. C'était franchement exaspérant : Jasper était souvent amené à faire des recherches pour des sujets que Sam développait ensuite devant la caméra.

C'est ainsi que Jasper prépara des émissions sur la mode, le crime, la musique, la littérature et le monde des affaires. Il enquêta même sur le best-seller de sa sœur, *La Morsure du gel* et sur son auteur, qui signait d'un pseudonyme. Le documentaire, en se fondant sur le style et les expériences du camp qu'il décrivait, essayait de deviner qui parmi les dissidents soviétiques connus avait pu l'écrire et finissait par conclure qu'il s'agissait probablement de quelqu'un dont personne n'avait encore entendu parler.

Et puis ils décidèrent de consacrer une émission à la stupéfiante opération du Viêt-cong qu'on appelait l'offensive du Têt.

Penser au Vietnam mettait encore Jasper en rage. La colère couvait en lui, comme des braises à demi éteintes. Il n'avait rien oublié, et moins encore le serment qu'il s'était fait de dénoncer ceux qui mentaient au peuple américain.

Quand les combats commencèrent à perdre de leur virulence, au cours de la deuxième semaine de février, Herb Gould demanda à Sam Cakebreak de préparer un rapport de synthèse sur la façon dont l'offensive avait changé le cours de la guerre. Sam présenta ses conclusions préliminaires lors d'une réunion éditoriale à laquelle assistait toute l'équipe, y compris les documentalistes.

D'après Sam, l'offensive du Têt avait été un triple échec pour les Nord-Vietnamiens : « D'abord, les forces communistes avaient reçu l'ordre général d'aller de l'avant pour remporter la victoire finale. Nous le savons grâce à des documents découverts sur les prisonniers ennemis. Deuxièmement, bien que les combats se poursuivent à Hue et à Khe Sanh, le Viêt-cong n'a pas réussi à tenir une seule ville. Troisièmement, il a perdu plus de vingt mille hommes, pour rien. »

Herb Gould regarda autour de lui, attendant les commentaires.

Jasper avait beau n'être qu'un subalterne, nouveau venu de surcroît dans ce groupe, il ne put se retenir. « J'aimerais poser une question à Sam.

— Allez-y, Jasper, répondit Herb.

— Sur quelle putain de planète tu vis ? »

Un silence choqué suivit cette intervention brutale. Herb reprit alors avec douceur : « Beaucoup de gens partagent vos doutes, Jasper, mais pourriez-vous vous expliquer – en évitant les grossièretés, si possible ?

— Ce que Sam vient de nous exposer, c'est la version du président Johnson sur le Têt, rien d'autre. Depuis quand cette émission fait-elle la propagande de la Maison Blanche ? Ne devrions-nous pas plutôt contester le point de vue gouvernemental ? »

Herb ne le contredit pas. « Et comment vous y prendriez-vous ?

— D'abord, il ne faut pas prendre au pied de la lettre les documents trouvés sur des soldats ennemis capturés. Les ordres écrits donnés aux troupes ne sont pas une indication fiable des objectifs stratégiques de l'ennemi. J'en ai un exemple traduit à vous soumettre : “Attachez-vous à manifester votre héroïsme révolutionnaire en surmontant toutes les difficultés et tous les problèmes.” Ce n'est pas de la stratégie, c'est un discours de motivation.

— Dans ce cas, demanda Herb, quel était leur objectif ?

— Prouver leur force et leur capacité d'action afin de démoraliser le régime sud-vietnamien, nos troupes et le peuple américain. Et ils ont réussi.

— Ils n'ont pas encore pris de villes, intervint Sam.

— Ils n'ont pas besoin de tenir les villes, ils y sont déjà chez eux. Comment crois-tu qu'ils sont arrivés à l'ambassade américaine de Saigon ? Ils ne se sont pas fait parachuter, ils ont tourné le coin de la rue ! Ils habitaient probablement le pâté de maisons voisin. Ils ne prennent pas les villes, parce qu'ils les possèdent déjà.

— Et le troisième point de Sam, les pertes qu'ils ont subies ? demanda Herb.

— Aucun des chiffres du Pentagone sur les victimes ennemies n'est fiable, répondit Jasper.

— Dire au peuple américain que le gouvernement ment à ce sujet, ce n'est pas une mince affaire pour une émission comme la nôtre.

— Tout le monde, de Lyndon Johnson aux troufions qui patrouillent dans la jungle, raconte des salades, parce qu'ils ont tous besoin de gonfler le nombre de victimes pour justifier ce qu'ils font. Moi, je connais la vérité parce que j'y étais. Au Vietnam, tout mort est comptabilisé comme un ennemi tué. Balancez une grenade dans un abri antiaérien, massacrez tous les occupants – deux jeunes gens, quatre femmes, un vieillard et un bébé –, et vous aurez huit morts dans le camp du Viêt-cong selon le rapport officiel. »

Herb était dubitatif. « Comment pouvons-nous être sûrs de ce que vous avancez ?

— Interrogez n'importe quel ancien combattant.

— C'est difficile à croire. »

Jasper avait raison, et Herb le savait, mais il hésitait à suivre une ligne aussi intransigeante. Jasper sentait pourtant qu'il n'était pas loin de se laisser convaincre. « Écoutez, reprit-il, il y a maintenant quatre ans que nous avons envoyé les premières troupes de combat au sol au Sud-Vietnam. Pendant ces quatre années, le Pentagone nous a annoncé une succession de victoires, et *This Day* s'en est fait l'écho auprès du peuple américain. Si nous n'avons remporté que des victoires pendant quatre ans, comment expliquer que l'ennemi ait pu pénétrer au cœur de la capitale et cerner l'ambassade américaine ? Ouvrez les yeux, je vous en prie. »

Herb était pensif. « Bon, Jasper, admettons que vous ayez raison et que Sam ait tort. Comment comptez-vous présenter les choses ?

— C'est facile. Quelle est la crédibilité du gouvernement après l'offensive du Têt ? En novembre dernier, le vice-président Humphrey nous disait que la victoire était à portée de main. En décembre, le général Palmer nous annonçait que le Viêt-cong était vaincu. En janvier, McNamara, le secrétaire à la Défense, prétendait que le moral des combattants nord-vietnamiens était en berne. Le général Westmoreland en personne déclarait à la presse que les communistes étaient incapables de monter une campagne un tant soit peu importante. Et voilà qu'un beau matin, le Viêt-cong attaque presque toutes les villes du Sud-Vietnam.

— Nous n'avons jamais remis en cause l'honnêteté du Président, objecta Sam. Aucune chaîne de télévision ne l'a jamais fait.

— Eh bien, il serait temps ! répliqua Jasper. Le Président nous ment-il ? C'est la question que se pose la moitié de l'Amérique. »

Tous les yeux étaient rivés sur Herb. La décision lui appartenait. Il resta longuement silencieux, avant de dire : « Bon d'accord, ce sera le titre de notre émission : "Le Président nous ment-il ?" Allez, on fonce. »

*

À New York, Dave Williams embarqua sur un vol matinal à destination de San Francisco et prit son petit déjeuner – pancakes et bacon – en première classe.

La vie était belle. Plum Nellie cartonnait, et il n'aurait plus à passer un seul examen de toute sa vie. Il aimait Beep et il l'épouserait dès qu'il en trouverait le temps.

Il était le seul membre du groupe à ne pas s'être encore acheté de maison, mais il espérait le faire le jour même. Ce ne serait pas qu'une maison, d'ailleurs. Il projetait d'acheter quelque chose à la campagne, avec du terrain, afin de construire un studio d'enregistrement. Tout le groupe pourrait loger là pour préparer un nouvel album, ce qui prenait plusieurs mois, désormais. Dave se rappelait souvent avec un sourire intérieur qu'ils avaient enregistré leur premier album en un jour.

Il était dans tous ses états : il n'avait encore jamais acheté de maison. Il avait hâte de revoir Beep, mais avait décidé de régler cette affaire avant, pour avoir tout son temps à lui consacrer ensuite. Son fondé de pouvoir, Mortimer Schulman, l'attendait à l'aéroport. Dave avait embauché Morty pour s'occuper de ses finances personnelles, indépendamment de celles du groupe. Morty était un homme d'une quarantaine d'années, habillé décontracté, à la californienne, d'un blazer bleu marine sur une chemise bleue à col ouvert. Dave, qui n'avait que vingt ans, constatait que les avocats et les conseillers financiers le traitaient souvent avec condescendance, et essayaient de lui donner des instructions plutôt que des informations. Morty en revanche le traitait comme le patron, qu'il était, et lui présentait différentes options, sachant que c'était à Dave de décider.

Ils récupérèrent la Cadillac de Morty, prirent le Bay Bridge et se dirigèrent vers le nord, en passant devant la ville universitaire de Berkeley où Beep faisait ses études. Tout en conduisant, Mort lui dit : « J'ai reçu une proposition pour vous. Ce n'est pas vraiment mon rôle, mais ils ont dû penser que j'étais ce qui ressemblait le plus à votre agent.

— De quoi s'agit-il ?

— Un producteur de télévision, un certain Charlie Lacklow, voudrait discuter avec vous d'un projet d'émission. »

Dave était surpris : il ne s'attendait vraiment pas à ça. « Quel genre d'émission ?

— Un peu comme le *Danny Kaye Show*, ou le *Dean Martin Show*, vous voyez.

— Sérieusement ? » Ça, c'était une sacrée nouvelle. Dave avait parfois l'impression que les succès lui tombaient tout cuits dans le bec : des tubes, des albums de platine, des tournées vendues d'avance, des films qui faisaient un tabac – et maintenant, ça.

Chaque semaine, la télévision américaine diffusait au moins une dizaine d'émissions de variétés, animées pour la plupart par une vedette de cinéma ou un comique. L'animateur présentait un invité et bavardait avec lui une minute, puis l'invité chantait son dernier tube ou interprétait un sketch. Le groupe avait souvent participé à ce genre d'émission, mais Dave ne voyait pas comment ils pourraient s'intégrer dans ce format en tant qu'animateurs. « Ce serait le *Plum Nellie Show* ?

— Non. *Dave Williams et ses amis.* Ce n'est pas le groupe qu'ils veulent, c'est vous. »

Dave était dubitatif. « C'est flatteur, mais...

— C'est une occasion en or, si vous voulez mon avis. Les groupes pop ont généralement une durée de vie assez limitée, et on vous offre une chance de devenir présentateur d'une émission grand public – c'est un truc que vous pouvez faire jusqu'à soixante-dix ans. »

Cette phrase fit vibrer une corde sensible chez Dave. Il s'était déjà demandé ce qu'il pourrait faire quand Plum Nellie n'aurait plus la faveur du public. C'était le sort qui attendait la plupart des acteurs de la scène musicale, à quelques exceptions près : le succès d'Elvis ne s'était jamais démenti. Dave prévoyait d'épouser Beep et d'avoir des enfants, et cette perspective le terrorisait. Le moment viendrait peut-être où il faudrait qu'il gagne sa vie autrement. Il avait envisagé de devenir producteur de disques et agent d'artistes : il avait joué ces deux rôles pour Plum Nellie et s'en était bien sorti.

Mais c'était trop tôt. Le groupe était extrêmement populaire, et il gagnait enfin beaucoup d'argent. « Je ne peux pas faire ça, dit-il à Morty. Ça pourrait faire éclater le groupe, et je ne peux pas prendre ce risque alors que ça marche si bien.

— Vous voulez que je réponde à Charlie Lacklow que ça ne vous intéresse pas ?

— Ouais. Avec tous mes regrets. »

Ils franchirent un autre pont et arrivèrent dans une campagne vallonnée. Le pied des collines était couvert de vergers, les fleurs des pruniers et des amandiers s'épanouissant en une brume rose et blanche. « Nous voilà dans la vallée de la rivière Napa », lui annonça Morty. Il bifurqua sur une petite route poussiéreuse qui serpentait à flanc de coteau. Au bout d'un ou deux kilomètres, il franchit une grille ouverte et s'arrêta devant un vaste ranch.

« C'est le premier sur ma liste, et le plus proche de San Francisco, lui expliqua Morty. Je ne sais pas si c'est le genre de chose que vous avez en tête. »

Ils descendirent de voiture et découvrirent un grand bâtiment hétéroclite à ossature en bois dont on ne voyait pas la fin. On aurait dit qu'on avait ajouté deux ou trois annexes, à différentes époques, au corps de logis principal. Ils en firent le tour à pied et découvrirent sur l'arrière une vue spectaculaire sur la vallée. « Wouah, s'écria Dave. Beep va adorer ça. »

Des champs cultivés s'étendaient sur les pentes qui descendaient derrière la maison. « Qu'est-ce qu'ils font pousser ici ? demanda Dave.

— De la vigne.

— Je n'ai pas l'intention de me lancer dans l'agriculture.

— Vous seriez propriétaire terrien. Une douzaine d'hectares sont loués. »

Ils entrèrent dans la maison. Elle était à peine meublée et ne contenait que des tables et des chaises de bric et de broc. Il n'y avait pas de lits. « Personne n'habite ici ? s'étonna Dave.

— Non. Ça sert de dortoir aux vendangeurs pendant quelques semaines, en automne.

— Et si je m'y installais...

— Le viticulteur trouverait un autre endroit pour héberger ses saisonniers. »

Dave parcourut les lieux du regard. Tout était délabré, à l'abandon, mais magnifique. Les murs à ossature en bois paraissaient solides. Le bâtiment principal avait des plafonds hauts et un escalier élégant. « J'ai vraiment hâte que Beep voie ça », dit-il.

On découvrait de la chambre de maître le même panorama spectaculaire sur la vallée. Il se vit se lever le matin avec Beep, regarder ensemble dehors, se faire du café et prendre le petit déjeuner avec deux ou trois enfants courant pieds nus autour d'eux. C'était parfait.

Il y avait de quoi aménager une demi-douzaine de chambres d'invités. La grande grange séparée, qui était actuellement pleine de machines agricoles, avait juste les bonnes dimensions pour un studio d'enregistrement.

Dave avait envie de signer immédiatement mais ne voulut pas s'emballer. « Combien en demandent-ils ?

— Soixante mille dollars.

— Une sacrée somme.

— Cinq mille dollars l'hectare, c'est à peu près le prix du marché pour un vignoble en exploitation, répondit Mory. Ils offrent la maison pour rien.

— Il va y avoir un tas de travaux à prévoir.

— C'est sûr. Tout est à refaire, l'électricité, les salles de bains, l'isolation, le chauffage central... La remise en état pourrait vous coûter à peu près autant.

— Disons cent mille dollars, sans compter le matériel d'enregistrement.

— Ça fait un paquet d'argent. »

Dave sourit. « Par bonheur, je peux me le permettre.

— C'est certain. »

Quand ils ressortirent, un pick-up était en train de se garer devant la maison. Le type qui en sortit avait de larges épaules et un visage boucané. Un Mexicain, peut-être, pourtant il parlait sans accent. « Danny Medina, c'est moi qui m'occupe des vignes », dit-il. Il s'essuya les mains sur sa salopette et leur serra la main.

« J'envisage d'acheter la propriété, annonça Dave.

— Parfait. Ce sera sympa d'avoir un voisin.

— Où habitez-vous, monsieur Medina ?

— J'ai une petite maison à l'autre bout du vignoble, juste de l'autre côté de la crête. On ne la voit pas d'ici. Vous venez d'Europe ?

— Oui. Je suis anglais.

— Les Européens aiment bien le vin, en général.

— Vous faites du vin, ici ?

— Un peu. On vend presque tout le raisin. Les Américains n'aiment pas le vin, sauf les Italo-Américains, et ils boivent des vins importés. La plupart des gens préfèrent les cocktails ou la bière. Mais notre vin est bon.

— Blanc ou rouge ?

— Rouge. Vous voulez le goûter ?

— Volontiers. »

Danny tendit le bras à l'intérieur de la cabine du pick-up et attrapa deux bouteilles qu'il tendit à Dave.

Dave regarda l'étiquette. « Daisy Farm Red ? Le Rouge de Daisy Farm ?

— C'est le nom du domaine, répondit Morty. Je ne vous l'avais pas dit : Daisy Farm.

— Ma mère s'appelle Daisy.

— Hé, fit Danny en remontant dans son véhicule, c'est peut-être un bon présage. Bonne chance ! »

Il démarra et repartit.

« J'aime bien cet endroit, reprit Dave. Je crois bien que je vais l'acheter.

— Mais j'en ai cinq autres à vous montrer ! protesta Morty.

— J'ai hâte de revoir ma fiancée.

— Une des autres propriétés pourrait vous plaire encore davantage. »

Dave désigna les vignes, ouvrant le bras d'un geste circulaire. « Vous en avez une autre qui ait une vue pareille ?

— Non.

— Dans ce cas, on rentre à San Francisco.

— Très bien. C'est vous le patron. »

Sur le chemin du retour, Dave se sentit tout à coup un peu découragé par l'envergure de ce projet. « Il va falloir que je trouve un entrepreneur.

— Ou un architecte, suggéra Morty.

— Vous croyez ? Simplement pour restaurer une maison ?

— Un architecte discutera avec vous de ce que vous voulez en faire, il établira des plans, et confiera le chantier à un maître d'œuvre qui embauchera les différents corps de métier. En plus, il se chargera de superviser les travaux – en théorie, du moins, parce que, d'après mon expérience, ils ont un peu tendance à se désintéresser du chantier une fois qu'il est en route.

— D'accord, acquiesça Dave. Vous avez quelqu'un à me proposer ?

— Vous voulez un cabinet qui a pignon sur rue, ou quelqu'un de jeune et branché ? »

Dave réfléchit. « Pourquoi pas quelqu'un de jeune et branché qui travaillerait pour un cabinet qui a pignon sur rue ? »

Morty se mit à rire. « Je vais me renseigner. »

Ils regagnèrent San Francisco et, peu après midi, Morty déposa Dave devant la maison des Dewar, sur Nob Hill.

La mère de Beep le fit entrer. « Bienvenue ! Tu es en avance, c'est parfait, sauf que Beep n'est pas là. »

Si Dave était déçu, il n'était pas vraiment surpris. Il avait prévu de passer toute la journée à visiter des propriétés avec Morty et avait prévenu Beep de ne pas l'attendre avant la fin de l'après-midi. « Elle doit être en cours », répondit-il. Elle était en deuxième année à Berkeley. Dave savait – contrairement à ses parents – qu'elle ne faisait pas grand-chose à l'université, et qu'elle risquait fort de rater ses examens et de ne pas pouvoir poursuivre ses études.

Il rejoignit la chambre de Beep et posa sa valise. La plaquette de pilules contraceptives de Beep était sur la table de nuit. Elle ne faisait pas très attention, et oubliait parfois de la prendre, mais Dave s'en fichait. Si elle tombait enceinte, ils se marieraient en vitesse, voilà tout.

Il redescendit, s'assit à la table de la cuisine avec Bella et lui parla de Daisy Farm. Il avait l'enthousiasme contagieux et elle se montra impatiente d'aller voir cette propriété.

« Tu veux déjeuner ? lui proposa-t-elle. J'allais me préparer de la soupe et un sandwich.

— Non, merci. J'ai pris un petit déjeuner gigantesque dans l'avion. » Dave ne tenait pas en place. « Je vais aller voir Walli pour lui parler de Daisy Farm.

— Ta voiture est au garage. »

Dave monta dans sa Dodge Charger rouge et traversa les rues de San Francisco, de ses quartiers les plus huppés aux plus pauvres.

Walli allait sûrement être emballé par cette idée d'une ferme où ils pourraient tous vivre et faire de la musique, songeait Dave. Ils auraient tout le temps qu'ils voudraient pour peaufiner leurs enregistrements. Walli mourait d'envie de travailler avec un des nouveaux enregistreurs huit pistes – et il était déjà question de modèles à seize pistes. La musique actuelle plus complexe était aussi plus longue à mettre au point. Les heures de studio coûtaient cher, et les musiciens étaient souvent bousculés. Dave croyait avoir trouvé la solution.

Tout en conduisant, des bribes de mélodie lui passèrent par la tête, et il se mit à fredonner : « On va tous à Daisy Farm. » Il sourit. Il en ferait peut-être une chanson. « Daisy Farm Red ». C'était un bon titre. Ça pouvait être une fille, une couleur ou un type de marijuana. Il chanta « On va tous voir Daisy Farm Red, Le pays des raisins vermeils ».

Il se rangea devant chez Walli, à Haight-Ashbury. La porte d'entrée n'était pas fermée à clé ; elle ne l'était jamais. Il n'y avait personne au rez-de-chaussée, mais le séjour était jonché des vestiges de la soirée de la veille : cartons de pizza, tasses à café sales, cendriers pleins et bouteilles de bière vides.

Dave regretta que Walli ne soit pas encore levé. Il était tellement impatient de lui parler de Daisy Farm qu'il décida d'aller le réveiller.

Il monta à l'étage. La maison était plongée dans le silence.

Il n'était pas impossible que Walli se soit levé tôt et soit sorti sans prendre le temps de remettre de l'ordre.

La porte de la chambre était fermée. Dave frappa et ouvrit. Il entra en chantant « On va tous à Daisy Farm », et s'arrêta net.

Walli était au lit, à moitié assis, visiblement surpris.

Il y avait une fille à côté de lui. C'était Beep.

L'espace d'un instant, Dave fut trop choqué pour parler.

« Hé, mec... », commença Walli.

Dave eut l'étrange impression d'être dans un ascenseur qui descendait trop vite. Il éprouva un instant de panique, d'apesanteur. La terre s'ouvrait sous ses pieds. Beep était au lit avec Walli. « Putain, mais c'est quoi, ça ? murmura-t-il bêtement.

— C'est rien, mec... »

Son ébahissement se mua alors en colère. « Ah ouais ? Tu es au lit avec ma fiancée ! Et tu dis que c'est *rien* ? »

Beep se redressa, les cheveux en bataille. Le drap retomba, laissant apparaître ses seins. « Dave, attends, on va tout t'expliquer.

— D'accord, je t'écoute », fit Dave en croisant les bras.

Elle se leva. Elle était nue, et la parfaite beauté de son corps lui fit comprendre, avec la force et la violence d'un coup de poing, qu'il l'avait perdue. Il en aurait pleuré.

« On va commencer par prendre un café tous ensemble...,

— Pas de café, coupa Dave, en adoptant une voix dure pour s'épargner l'humiliation des larmes. J'attends tes explications, c'est tout.

— Attends un peu, je suis à poil !

— Parce que tu viens de te faire baiser par le meilleur pote de ton fiancé, rétorqua Dave, masquant sa douleur sous la colère. Tu disais que tu allais tout m'expliquer. J'attends. »

Beep repoussa une mèche de cheveux tombée sur ses yeux. « Écoute, la jalousie c'est complètement dépassé, d'accord ?

— Ça veut dire quoi, ça ?

— Je t'aime et je veux qu'on se marie, mais j'aime bien Walli aussi, et j'aime bien faire l'amour avec lui. L'amour est libre, pas vrai ? Alors pourquoi se raconter des salades ?

— C'est tout ? demanda Dave, incrédule. C'est ça, ton explication ?

— Le prends pas mal, mec, intervient Walli. Je crois que je plane encore un peu.

— Vous avez pris de l'acide hier soir, tous les deux ? C'est comme ça que c'est arrivé ?

Dave entrevit une lueur d'espoir. S'ils ne l'avaient fait qu'une fois...

« C'est toi qu'elle aime, mec. Elle passe juste le temps avec moi quand t'es pas là, tu vois ? »

Son espoir fut balayé d'un coup ; ce n'était pas la première fois. Ils se voyaient régulièrement.

Walli se leva et enfila un jean. « La vache ! Mes pieds ont poussé pendant la nuit. C'est dingue, ça. »

C'était encore les effets de la drogue et Dave l'ignora. « Vous auriez quand même pu dire que vous étiez désolés, tous les deux !

— On est pas désolés, répondit Walli. On avait envie de baiser et on l'a fait. Qu'est-ce que ça peut faire ? La fidélité, c'est fini, aujourd'hui. On n'a besoin que d'amour, t'as pas compris la chanson ? » Il regarda Dave fixement « Tu savais que tu avais une aura ? Comme une espèce de halo. Je l'avais jamais remarqué avant. Un machin bleu. »

Dave, qui avait déjà pris du LSD, savait qu'il serait impossible d'avoir une conversation cohérente avec Walli tant qu'il serait dans cet état. Il se tourna vers Beep, qui semblait avoir les idées un peu plus claires. « Et toi, tu regrettes ?

— Je n'estime pas que ce qu'on a fait était mal. Je ne m'arrête plus à ces considérations morales.

— Autrement dit, tu vas recommencer ?

— Dave, ne me quitte pas.

— Comment tu veux que je te quitte ? demanda rageusement Dave. On n'est pas ensemble. Tu baises avec tout ce qui passe. Vis comme ça si tu veux, mais moi, ce n'est pas comme ça que je vois le mariage.

— Ce sont des idées du passé. Il faut que tu vives avec ton temps !

— Il faut que je sorte de cette baraque, oui. » La fureur de Dave laissait place au chagrin. Il avait perdu Beep. Perdu à cause de la drogue et de l'amour libre, de la culture hippie que sa musique avait contribué à créer. « Il faut que je m'éloigne de toi. » Il tourna les talons.

« Ne pars pas ! cria-t-elle. Je t'en prie ! »

Il quitta la chambre.

Il descendit l'escalier en courant et sortit de la maison comme une tornade. Il se mit au volant et démarra sur les chapeaux de roues. Il faillit renverser un garçon aux cheveux longs qui traversait Hashbury Street en titubant, un sourire vague aux lèvres, complètement stone en plein après-midi. Que tous les hippies aillent au diable, pensa Dave. Surtout Walli et Beep. Il ne voulait plus jamais les revoir, ni l'un ni l'autre.

Il se rendit compte alors que c'était la fin de Plum Nellie. Walli et lui étaient l'âme du groupe, et maintenant qu'ils étaient fâchés, il n'y avait plus de groupe. Eh bien tant pis ! Il entamerait sa carrière en solo le jour même.

Apercevant une cabine téléphonique, il s'arrêta. Il ouvrit la boîte à gants, prit le rouleau de pièces qu'il y gardait toujours et appela le bureau de Morty.

« Hé, Dave ! fit Morty. Ça y est, je viens d'avoir l'agent immobilier. Je lui ai proposé cinquante mille et on s'est mis d'accord sur cinquante-cinq. Qu'est-ce que vous en dites ?

— Super, Morty », répondit Dave. Il aurait besoin du studio d'enregistrement pour son travail personnel. « Dites-moi, comment s'appelait ce producteur de télé ?

— Charlie Lacklow. Mais je croyais que vous aviez peur de faire éclater le groupe ?

— Tout à coup, ça m'inquiète moins, fit Dave. Prenez rendez-vous avec lui. »

*

En mars, l'avenir paraissait bien sombre pour George et pour l'Amérique.

Le mardi 12 mars, jour de la primaire du New Hampshire, premier affrontement majeur entre les candidats démocrates rivaux, George se trouvait à New York avec Robert Kennedy. Bob avait dîné tard avec de vieux amis au « 21 », le restaurant à la mode de la 52e Rue. Pendant qu'il était à l'étage, George et les autres conseillers mangeaient au rez-de-chaussée.

George n'avait pas démissionné. Robert paraissait libéré depuis qu'il avait annoncé qu'il ne serait pas candidat à la présidence. Après l'offensive du Têt, George lui avait écrit un discours attaquant de front le président Johnson, et, pour la première fois, Bob ne s'était pas censuré ; il avait repris chacun des termes incendiaires employés par George. « Un demi-million de soldats américains appuyés par sept cent mille alliés vietnamiens, disposant d'immenses ressources et des armes les plus modernes n'ont pas été capables de mettre une seule ville à l'abri des attaques d'une force ennemie de quelque deux cent cinquante mille hommes ! »

À l'instant même où Bob semblait retrouver toute sa fougue, la désillusion de George à l'égard du Président fut parachevée par la réaction de Johnson à l'égard de la commission Kerner, nommée pour examiner les causes des émeutes raciales qui avaient agité le long et chaud été 1967. Ses rapporteurs n'y allaient pas par quatre chemins : les soulèvements avaient été provoqués par le racisme blanc, disaient-il. Ils critiquaient sévèrement le gouvernement, les médias et la police, et préconisaient des mesures radicales en matière de logement, d'emploi et de déségrégation. Ce rapport, publié en livre de poche, s'était vendu à deux millions d'exemplaires. Et pourtant, Johnson n'en avait tenu aucun compte. L'homme qui avait eu le courage de se faire le champion de la loi sur les droits civiques de 1964 et de la loi sur le droit de vote de 1965 – clés de voûte de l'amélioration de la situation des Noirs – avait renoncé au combat.

Bien qu'il eût décidé de ne pas se présenter, Bob continuait à se torturer en se demandant s'il avait bien fait. C'était tout lui. Il en parlait à ses plus vieux amis aussi bien qu'à des gens qu'il rencontrait pour la première fois, à ses conseillers les plus proches – dont George – comme aux journalistes. Certains faisaient courir la rumeur qu'il aurait changé d'avis. George refuserait d'y croire tant qu'il ne l'entendrait pas de sa bouche.

Les primaires voyaient s'affronter à l'échelle locale des candidats du même bord qui briguaient l'investiture du parti pour l'élection présidentielle. La première primaire démocrate devait avoir lieu dans le New Hampshire. Gene McCarthy était l'espoir de la jeunesse, mais les sondages d'opinion lui accordaient des résultats médiocres, largement inférieurs à ceux du président Johnson, qui souhaitait se représenter. McCarthy ne disposait que d'un financement modeste. Dix mille jeunes bénévoles enthousiastes étaient venus dans le New Hampshire faire campagne pour lui. George et les autres conseillers qui se trouvaient autour de la table du « 21 » n'en étaient pas moins convaincus que Johnson sortirait vainqueur de la soirée, avec une marge confortable.

George attendait avec appréhension l'élection présidentielle de novembre. Du côté républicain, le leader modéré George Romney avait jeté l'éponge, laissant la voie libre à Richard

Nixon, un conservateur peu brillant. L'élection présidentielle se jouerait donc probablement entre Johnson et Nixon, tous les deux favorables à la poursuite de la guerre.

Vers la fin d'un repas morose, George fut appelé au téléphone par un membre de l'équipe de campagne qui venait d'obtenir les chiffres du New Hampshire.

Tout le monde s'était trompé. Le résultat était complètement inattendu. McCarthy avait rassemblé quarante-deux pour cent des voix, ce qui n'était vraiment pas loin des quarante-neuf pour cent de Johnson.

Ce fut alors que George comprit qu'après tout, Johnson n'était pas sûr de l'emporter.

Il gravit les marches quatre à quatre pour annoncer la nouvelle à Bob.

Sa réaction fut stupéfiante. « C'est beaucoup trop ! déclara-t-il. Comment est-ce que je vais convaincre McCarthy de laisser tomber maintenant ? »

Et George comprit que, finalement, Bob avait décidé de se présenter.

*

Walli et Beep se rendirent au meeting de Robert Kennedy pour le perturber.

Ils avaient une dent contre lui. Il avait refusé pendant des mois de déclarer sa candidature à l'élection présidentielle. Il ne pensait pas pouvoir l'emporter et – se disaient-ils – il n'avait pas le cran nécessaire pour essayer. Gene McCarthy avait donc sauté le pas et s'en sortait si bien qu'il avait maintenant une vraie chance de battre le président Johnson.

Enfin, jusqu'à ce que Bob Kennedy annonce qu'il était candidat. Il était entré en lice pour tirer parti du boulot accompli par les partisans de McCarthy, et lui souffler la victoire. C'était un comportement opportuniste et cynique à leurs yeux.

Beep ne décolérait pas. Walli était méprisant. Sa réaction était plus modérée, parce que, au-delà de la morale individuelle, il comprenait les réalités politiques. La base électorale de McCarthy était essentiellement constituée d'étudiants et d'intellectuels. Son coup de maître avait été d'enrôler ses jeunes adeptes dans une armée de bénévoles en faveur de sa campagne, ce qui lui avait valu une vague de succès inattendue.

Mais ces bénévoles suffiraient-ils à le conduire jusqu'à la Maison Blanche ? Pendant toute sa jeunesse, Walli avait entendu ses parents porter ce genre de jugements sur les élections – pas celles d'Allemagne de l'Est, qui n'étaient qu'une mascarade, mais sur les élections qui se déroulaient en Allemagne de l'Ouest, en France et aux États-Unis.

Robert Kennedy bénéficiait d'une base plus large. Il séduisait les Noirs, qui le croyaient de leur côté, et la vaste classe ouvrière catholique – les Irlandais, les Polonais, les Italiens et les Hispaniques. Walli détestait sa morale trop superficielle, mais devait bien admettre – ce qui exaspérait Beep – qu'il avait de meilleures chances de battre le président Johnson que Gene.

Quoi qu'il en fût, ils avaient admis tous les deux que la chose à faire était d'aller huer Bob Kennedy, ce soir-là.

Il y avait beaucoup de gens comme eux dans le public : des jeunes barbus et chevelus, des filles hippies pieds nus. Walli se demanda combien d'entre eux étaient venus faire du chahut. Il aperçut aussi des Noirs de tous âges, des jeunes coiffés dans le style « afro » et leurs parents qui avaient mis les robes aux couleurs vives et les costumes élégants qu'ils portaient pour aller à l'église. Une substantielle minorité de Blancs d'âge mûr appartenant à la classe moyenne, en pull et pantalon de toile kaki dans la fraîcheur du printemps de San Francisco témoignait de l'ampleur de l'attrait qu'exerçait Bob.

Walli lui-même avait fourré ses cheveux longs sous une casquette en jean et portait des lunettes de soleil pour éviter qu'on le reconnaisse.

La tribune était étonnamment dépouillée. Walli s'attendait à des drapeaux, des banderoles, des affiches et des photos géantes du candidat, comme il en avait vu à la télévision à d'autres meetings. Bobby n'avait qu'une estrade nue, avec un lutrin et un micro. S'agissant d'autres candidats, cette austérité aurait pu révéler qu'ils étaient à court d'argent, mais tout le monde savait que Bob avait un accès illimité à la fortune des Kennedy. Alors, quel message voulait-il faire passer ? Pour Walli, c'était clair : « Trêve de foutaises, voici qui je suis vraiment. » Intéressant, se dit-il.

Pour le moment, un démocrate local se tenait devant le pupitre pour chauffer la salle en attendant la vraie vedette. Ça ressemblait beaucoup au show business, songea Walli. Le public s'habituait à rire et à applaudir, tout en redoublant d'impatience à l'idée d'entendre enfin ce pour quoi il était venu. Pour la même raison, les concerts de Plum Nellie étaient précédés d'une première partie, confiée à un groupe moins prestigieux.

Mais Plum Nellie n'existait plus. Le groupe aurait dû être en train de préparer un nouvel album pour Noël, et Walli avait quelques chansons suffisamment avancées qu'il aurait bien voulu montrer à Dave pour que celui-ci puisse composer un pont, modifier un accord ou dire, « Génial, on va l'appeler "Soul Kiss". » Malheureusement, Dave avait disparu du paysage.

Il avait envoyé un mot froidement poli à la mère de Beep, pour la remercier de lui avoir permis d'habiter chez eux et lui demander de bien vouloir faire emballer ses vêtements ; il enverrait un assistant les chercher. Walli savait, par un coup de fil passé à Daisy, à Londres, que Dave rénovait une ferme dans la vallée de Napa et prévoyait d'y installer un studio d'enregistrement. Et Jasper Murray avait appelé Walli afin d'avoir confirmation de la rumeur selon laquelle Dave préparait une émission de télévision régulière, sans le groupe.

Dave souffrait d'une jalousie démodée, plus du tout dans le coup, selon la pensée hippie. Il fallait qu'il comprenne que les gens ne pouvaient pas être tenus en laisse, qu'ils devaient pouvoir faire l'amour avec qui ils voulaient. Walli en était convaincu, ce qui ne l'empêchait pas de se sentir coupable. Dave et lui avaient été proches, ils s'aimaient bien et ils se faisaient confiance, ils s'étaient soutenus depuis la Reeperbahn. Walli était malheureux d'avoir fait de la peine à son ami.

De plus, Beep n'était pas l'amour de sa vie. Il l'aimait beaucoup – elle était belle, drôle, géniale au pieu, et ils formaient un couple en vue – mais ce n'était pas la seule fille au monde. Walli n'aurait certainement pas baisé avec elle s'il avait su que ça détruirait le groupe. Il n'avait pas réfléchi aux conséquences ; il avait vécu dans l'instant, comme tout le monde devrait le faire. Et il était d'autant plus facile de s'abandonner à des impulsions irréfléchies qu'on était défoncé.

Beep était encore très secouée de s'être fait plaquer par Dave. C'était peut-être pour ça qu'ils étaient bien ensemble, Walli et elle : elle avait perdu Dave, et il avait perdu Karolin.

Walli fut arraché à ses divagations et ramené à la réalité quand on annonça Robert Kennedy.

Walli ne l'avait pas imaginé comme ça : il était plus petit et avait l'air moins assuré qu'il ne l'aurait cru. Il s'approcha du lutrin avec un demi-sourire et un geste presque timide. Il enfonça la main dans la poche de son veston, et Walli se souvint que le président Kennedy faisait la même chose.

Plusieurs membres de l'assistance agitèrent aussitôt des pancartes. Wally déchiffra EMBRASSE-MOI, BOBBY! et BOBBY TU ME BOTTES. Beep tira alors une banderole de papier roulée qu'elle avait cachée dans la jambe de son pantalon, et ils la brandirent, Walli et elle. Elle portait un simple mot : TRAÎTRE.

Bobby prit la parole en consultant un petit paquet de fiches qu'il avait sorti de la poche intérieure de son veston. « Permettez-moi de commencer par un mot d'excuse, dit-il. J'ai participé de près à un grand nombre de décisions sur le Vietnam, tout au début, des décisions qui nous ont engagés sur la voie que nous suivons maintenant. »

« Tu m'étonnes ! » cria Beep, et autour d'elle, tout le monde éclata de rire.

Bobby continua avec son accent bostonien monocorde : « Je suis prêt à assumer ma part de responsabilité. Mais les erreurs du passé ne sont pas une excuse pour poursuivre dans cette voie. La tragédie devrait être un outil permettant aux vivants d'accéder à la sagesse. "Il arrive à tout homme de faillir", disait Sophocle dans *Antigone*. "Mais celui qui, tombé dans le mal, veut, après la faute, s'en guérir et non s'y entêter n'est ni sot ni malheureux. La présomption est une maladresse condamnable." »

Le public, ravi, se mit à applaudir. Bob en profita pour jeter un coup d'œil à ses notes et Walli songea qu'il commettait une erreur scénique. Cela aurait dû être un moment d'échange réciproque. La foule aurait voulu que son idole la regarde et réagisse à ses acclamations, or Bob Kennedy avait l'air gêné. Ce genre de meeting n'était certainement pas un exercice facile pour lui, comprit Walli.

Bob continua sur le sujet du Vietnam, mais malgré le succès initial de son aveu de départ, il ne s'en sortit pas très bien. Il hésitait, il bredouillait, se répétait. Il était debout, raide comme un piquet, et semblait ne pas savoir quoi faire de son corps et hésiter à bouger les mains.

Quand quelques opposants dans la salle entreprirent de le chahuter, Walli et Beep ne se joignirent pas à eux. C'était inutile. Il se tirait lui-même une balle dans le pied.

Pendant un instant de silence, un bébé se mit soudain à pleurer. Du coin de l'œil, Walli vit une femme se lever et se diriger vers la sortie. Bob s'arrêta au milieu de sa phrase : « S'il vous plaît, madame, ne partez pas ! »

Quelques gloussements s'élevèrent du public. Depuis l'allée centrale, la femme se retourna vers Bobby, debout sur l'estrade.

« J'ai l'habitude des bébés qui pleurent », dit-il.

La salle éclata de rire : tout le monde savait qu'il avait dix enfants.

« En outre, ajouta-t-il, si vous sortez, les journaux diront que j'ai brutalement mis dehors une mère et son bébé. »

Ce fut une ovation : beaucoup de jeunes détestaient la presse pour la partialité avec laquelle elle couvrait les manifestations.

La femme regagna sa place en souriant.

Bobby se replongea dans ses notes. L'espace d'un instant, il était apparu comme un être humain, de sang et de chair. Il aurait pu mettre alors la foule dans sa poche, mais il la perdit en retournant à son discours préparé. Walli pensa qu'il avait raté une belle occasion.

Bob parut alors en prendre conscience. Relevant les yeux, il lança : « Il fait froid, ici. Vous n'avez pas froid, vous ? »

Un rugissement d'approbation lui répondit.

« Applaudissons, proposa-t-il. Allez, ça va nous réchauffer. » Il commença à frapper dans ses mains et le public lui emboîta le pas en riant.

Au bout d'une minute, il s'arrêta et dit : « Ça va mieux. Et vous ? » Tout le monde acquiesça bruyamment.

« Je voudrais vous parler de décence », dit-il alors. Il avait repris le fil de son discours, mais ne regardait plus ses notes. « Il y a des gens qui trouvent que les cheveux longs, c'est indécent, et qu'il est indécent de se promener pieds nus et de se bécoter dans les parcs. Je vais vous dire ce que je pense. Je pense, poursuivit-il en haussant la voix, que c'est la pauvreté qui est indécente ! » La foule hurla son approbation. « C'est l'illettrisme qui est indécent ! » Ils applaudirent encore. « Et je vous le dis, ici même, en Californie, il est indécent qu'un homme travaille de ses mains, se casse le dos dans les champs, sans avoir le moindre espoir d'envoyer un jour son fils à l'université. »

Personne dans la salle ne pouvait douter de sa sincérité. Il avait rangé ses fiches. Il agitait les bras avec passion, tendait le doigt, tapait du poing sur son pupitre. Et le public réagissait à la force de ses émotions, acclamant chacune des phrases qu'il prononçait avec ferveur. En observant leurs visages, Walli reconnut l'expression qu'il voyait quand il était sur scène : des jeunes gens, hommes et femmes, le regardaient, en extase, les yeux écarquillés, bouche bée, le visage illuminé par l'adoration.

Personne n'avait jamais regardé Gene McCarthy comme ça.

À un moment, Walli se rendit compte que Beep et lui avaient purement et simplement laissé tomber leur banderole « TRAÎTRE ».

Bob parlait de la misère. « Dans le delta du Mississippi, j'ai vu des enfants au ventre gonflé, avec sur le visage des plaies dues à la malnutrition. » Sa voix s'enfla. « Je pense que ce n'est pas acceptable !

« Des Indiens qui vivent dans des réserves désertiques et sans ressources ont si peu d'espoir d'avenir que la première cause de mortalité des adolescents est le suicide. Je crois que nous pouvons faire mieux que ça !

« Les habitants des ghettos noirs écoutent des promesses toujours plus mirobolantes d'égalité et de justice alors qu'ils restent assis dans les mêmes écoles décrépites et s'entassent dans des pièces crasseuses au milieu des rats. Je suis convaincu que l'Amérique peut faire mieux que ça ! »

Il s'approchait, comprit Walli, du point culminant de son discours. « Je suis venu ici aujourd'hui vous demander votre aide pour les quelques mois à venir. Si vous pensez, vous aussi, que la misère est indécente, apportez-moi votre soutien. »

Ils hurlèrent qu'il pouvait compter sur eux.

« Si vous pensez, vous aussi, qu'il est inadmissible que des enfants meurent de faim dans notre pays, soutenez ma campagne. »

Nouveaux hourras de la foule.

« Croyez-vous, comme moi, que l'Amérique peut mieux faire ? »

Rugissement d'approbation.

« Alors, joignez-vous à moi, et l'Amérique fera mieux ! »

Il s'éloigna du lutrin et ce fut du délire.

Walli se tourna vers Beep. De toute évidence, elle partageait son sentiment. « Il va gagner, hein ? lui demanda Walli.

— Oui, répondit Beep. Il va aller jusqu'à la Maison Blanche. »

*

Robert Kennedy parcourut treize États au cours de sa tournée de dix jours. À la fin du dernier jour, à Phoenix, il reprit l'avion pour New York avec son entourage. À ce moment-là, George Jakes était certain que Bob serait Président.

L'accueil du public avait été renversant. Des milliers de gens se pressaient autour de lui dans les aéroports. Ils s'étaient massés dans les rues pour regarder passer son cortège, Bob toujours debout sur le siège arrière d'une décapotable, George et les autres assis par terre, à lui maintenir les jambes pour que la foule ne le tire pas au-dehors. Des bandes de gamins couraient le long de sa voiture en criant « Bobby ! » Partout où la voiture s'arrêtait, les gens se jetaient sur lui. Ils lui arrachaient ses boutons de manchettes, ses épingles de cravate, les boutons de ses costumes.

Dans l'avion, aussitôt assis, Robert Kennedy vida ses poches. Il en sortit une pluie de papiers pareils à des confettis. George ramassa certains de ceux qui étaient tombés sur la moquette. C'étaient des messages, des dizaines de messages, soigneusement écrits, pliés tout petit et fourrés dans ses poches. On l'implorait d'assister à des remises de diplômes ou de venir voir des enfants malades dans les hôpitaux de la ville. On lui annonçait que des prières seraient dites pour lui dans des maisons de banlieue, et des cierges allumés dans des églises de campagne.

Bob enleva son veston et remonta ses manches, selon son habitude. C'est alors que George remarqua ses bras. Il avait les avant-bras poilus, mais ce n'était pas ce qui le frappa. Ses mains était tout enflées et sa peau striée de vilaines égratignures rouges. C'était la foule qui lui avait fait ça en le touchant, comprit-il. Les gens ne lui voulaient pas de mal, mais l'adoraient tellement qu'ils étaient allés jusqu'à le faire saigner.

Le peuple avait trouvé le héros dont il avait besoin – et Bob s'était trouvé, lui aussi. Aussi George et les autres conseillers parlèrent-ils désormais de la tournée « Enfin libre ». Bob avait trouvé un style bien à lui. Une nouvelle version du charisme des Kennedy. Son frère avait été charmant mais réservé, se maîtrisant toujours parfaitement, ne se confiant à personne – le genre qui convenait à 1963. Bob était plus ouvert. Au meilleur de sa forme, il donnait à l'assistance l'impression de lui livrer son âme, il reconnaissait n'être qu'un homme pétri de défauts, plein de bonnes intentions, mais pas toujours certain de savoir comment s'y prendre. Le maître mot de 1968 était : « Déboutonnez-vous. » Bob savait le faire, et les gens ne l'en aimaient que davantage.

La moitié des passagers de l'avion qui les reconduisait à New York étaient des journalistes. Pendant dix jours, ils avaient photographié et filmé les foules extatiques, et rédigé des articles sur la séduction que le nouveau Bob Kennedy exerçait sur les électeurs. Les grands manitous du parti démocrate pouvaient ne pas apprécier le libéralisme juvénile de Bob, mais il leur serait impossible d'ignorer sa phénoménale popularité. Comment pourraient-ils froidement choisir Lyndon Johnson pour briguer un second mandat alors que le peuple américain appelait Bob à grands cris ? Et s'ils présentaient un autre candidat favorable à la guerre – par exemple le vice-président Hubert Humphrey, ou le sénateur Muskie –, celui-ci se contenterait de prendre des voix à Johnson sans entamer le soutien de Bob. George ne voyait pas comment il pourrait ne pas obtenir l'investiture.

Et Bob battrait le républicain. Ce serait certainement Richard Nixon, Dick le Rusé, un homme du passé qui avait déjà été battu par un Kennedy.

La route vers la Maison Blanche semblait libre.

Alors que l'avion amorçait sa descente vers New York et l'aéroport John F. Kennedy, George se demanda ce que les adversaires de Bob allaient imaginer pour lui mettre des bâtons dans les roues. Le président Johnson avait prononcé une allocution télévisée nationale ce soir-là, alors que l'avion était encore dans les airs. George avait hâte de savoir ce qu'il avait bien pu dire. Il ne voyait pas ce qui pourrait changer la donne.

« Ça doit faire quelque chose, dit l'un des journalistes en se tournant vers Bob Kennedy, de se poser sur un aéroport qui porte le nom de votre frère. »

C'était une intervention intrusive, hostile. Le journaliste espérait provoquer une réponse spontanée qui ferait un bon papier. Mais Bob y était habitué. Il se contenta de répondre : « Je préférerais qu'il s'appelle encore Idlewild. »

L'avion roula jusqu'à l'aérogare. Le signal « attachez votre ceinture » n'était pas encore éteint qu'une silhouette familière monta à bord et se précipita dans l'allée centrale en courant. C'était le président du parti démocrate de l'État de New York. Avant même d'arriver auprès de Bob, il cria : « Le Président ne sera pas candidat ! Le Président ne sera pas candidat !

— Redites-moi ça ? fit Bob.

— Le Président ne sera pas candidat !

— Vous plaisantez ! »

George était abasourdi. Lyndon Johnson, qui détestait les Kennedy, avait compris qu'il ne pouvait pas remporter l'investiture démocrate, sans doute pour toutes les raisons auxquelles George lui-même avait pensé. Il n'en espérait pas moins qu'un autre démocrate partisan de la guerre réussirait à battre Robert Kennedy. Johnson s'était donc dit que la meilleure façon de saboter la candidature de ce dernier était de se retirer de la course.

Décidément, les jeux n'étaient pas faits.

XLII

Dave Williams se doutait que sa sœur mijotait quelque chose.

Il préparait le pilote de son émission de télévision, *Dave Williams et ses amis*. Quand on lui avait proposé d'être présentateur, il avait d'abord pris l'idée à la légère, estimant que la vague de succès qui portait Plum Nellie était telle que ce serait un plus parfaitement superflu. Maintenant que le groupe avait éclaté, Dave avait besoin de l'émission. C'était le début de sa carrière en solo. Il n'avait pas le droit de se planter.

Le producteur avait suggéré de choisir pour invitée la sœur de Dave, la célèbre actrice de cinéma. Evie avait plus de succès que jamais. Son dernier film, une comédie dont l'héroïne était une snobinarde qui embauchait un avocat noir, faisait un tabac.

Evie avait proposé de chanter en duo avec son partenaire du film, Percy Marquand. Cette idée avait emballé le producteur; en revanche, le choix de la chanson le chiffonnait. Charlie était un petit teigneux à la voix rugueuse. « Il me faut une chanson comique. Ils ne peuvent pas chanter "True Love" ou "Baby, It's Cold Outside".

— C'est plus facile à dire qu'à faire, répondit Dave. La plupart des duos sont des chansons sentimentales. »

Charlie avait secoué la tête. « Dans ce cas, on laisse tomber. C'est la télévision. On ne peut même pas faire la moindre allusion à une attirance sexuelle entre une Blanche et un Noir.

— Ils pourraient chanter "Anything You Can Do, I Can Do Better". C'est un truc comique.

— Non. Les gens y verraient un commentaire sur les droits civiques. »

Charlie Lacklow était intelligent, mais Dave ne l'aimait pas. Personne ne l'aimait. C'était un tyran coléreux, et lorsqu'il faisait un effort, sa gentillesse mielleuse était encore plus insupportable. « Que diriez-vous de “Mockingbird” ?» tenta Dave.

Charlie réfléchit un instant et entonna : « “Si cet oiseau moqueur me refuse son chant, il me payera une bague de diamants.” Ça pourrait peut-être aller, convint-il.

— Bien sûr que oui, répondit Dave. La chanson a été créée par un duo frère-sœur, Inez et Charlie Foxx. Personne n’a jamais vu quoi que ce soit d’incestueux là-dedans.

— D’accord. »

Dave évoqua avec Evie la susceptibilité des téléspectateurs américains et lui expliqua le choix de la chanson : elle accepta avec dans le regard une lueur que Dave ne connaissait que trop bien. Il pouvait s’attendre au pire. C’était le regard qu’elle avait eu juste avant de jouer *Hamlet* au lycée, quand elle avait interprété Ophélie dans le plus simple appareil.

Ils parlèrent aussi de sa rupture avec Beep. « Tout le monde réagit comme si ce n’était qu’une amourette de jeunesse typique qui n’était pas destinée à durer, se lamentait Dave. Pourtant, j’ai arrêté d’avoir des amourettes de jeunesse bien avant d’être adulte, et je n’ai jamais aimé coucher à droite et à gauche. C’était sérieux, avec Beep. Je voulais des enfants.

— Tu as mûri plus vite qu’elle, répondit Evie. Et moi, j’ai mûri plus vite que Hank Remington. Hank s’est mis en ménage avec Anna Murray. Il paraît qu’il ne couche plus à droite et à gauche. Beep fera peut-être pareil.

— Oui, mais il sera trop tard pour moi, exactement comme cela l’a été pour toi », fit amèrement Dave.

À présent, l’orchestre s’accordait, Evie était au maquillage et Percy s’habillait. Pendant ce temps-là, Tony Peterson, le réalisateur, demanda à Dave d’enregistrer son introduction.

L’émission était en couleur, et Dave portait un costume de velours bordeaux. Il regarda la caméra bien en face et imagina que Beep revenait dans sa vie et tendait les bras vers lui, avec son sourire craquant. « Et maintenant, mes amis, une surprise. Nous avons la joie d’accueillir sur ce plateau les deux vedettes d’un film que vous avez tous adoré, *Ma cliente et moi.* J’ai nommé : Percy Marquand et Evie Williams, ma propre sœur ! » Il frappa dans ses mains. Il n’y avait pas de public dans le studio et les applaudissements seraient ajoutés sur la bande son avant la diffusion.

« J’adore ce sourire, Dave, approuva Tony. Allez, on la refait. »

Dave enregistra trois fois son intro avant que Tony ne se déclare pleinement satisfait.

Charlie fit alors son entrée, accompagné d'un homme d'une quarantaine d'années en costume gris. Dave constata immédiatement que le producteur avait adopté une attitude obséquieuse. « Dave, je voudrais vous présenter notre commanditaire, Albert Wharton, le patron de National Soap, l'un des plus grands hommes d'affaires d'Amérique. Il est venu en avion de Cleveland, dans l'Ohio, pour vous voir. N'est-ce pas vraiment génial de sa part ?

— En effet », répondit Dave. Des tas de gens venaient en avion du bout du monde pour le voir chaque fois qu'il donnait un concert, ce qui ne l'empêchait pas de faire toujours comme s'il était enchanté.

« J'ai deux enfants adolescents, lui confia Wharton. Un garçon et une fille. Ils vont être fous de jalousie quand je leur dirai que j'ai fait votre connaissance. »

Dave cherchait à se concentrer pour faire une bonne émission, et la dernière chose dont il avait envie était de parler de la pluie et du beau temps avec un magnat de la lessive. Il savait néanmoins qu'il devait faire preuve de courtoisie. « Je pourrais vous signer des autographes pour vos enfants, proposa-t-il.

— Ça leur ferait très plaisir. »

Charlie claqua des doigts à l'intention de miss Pritchard, sa secrétaire, qui les suivait. « Jenny, dit-il à cette femme réservée d'une quarantaine d'années, allez nous chercher quelques photos de Dave dans le bureau. »

Wharton avait tout de l'industriel conservateur typique, avec ses cheveux courts et son complet austère. Ce qui incita Dave à lui demander : « Eh bien, monsieur Wharton, qu'est-ce qui vous a décidé à parrainer mon émission ?

— Notre produit leader est un détergent appelé Samousse, commença Wharton.

— Je connais votre publicité, approuva Dave avec un sourire. "Samousse, une blancheur maousse !" »

Wharton hocha la tête. Tous ceux qu'il rencontrait devaient lui réciter son slogan. « Samousse est un bon produit, bien connu, depuis de nombreuses années, poursuivit-il. Ce qui explique qu'il soit aussi un peu vieux jeu. Les jeunes ménagères ont tendance à dire "Samousse, ah oui, ma mère ne jurait que par ça !" C'est bien gentil, mais ça finit par ne plus être très porteur. »

Dave était amusé de l'entendre parler du caractère d'un détergent comme si c'était une personne. Toutefois, Wharton n'y mettait pas une once d'humour ni d'ironie, et Dave résista à la tentation de prendre la chose à la légère. « Autrement dit, je suis là pour leur faire savoir que Samousse est un produit jeune et branché.

— Exactement, répondit Wharton en esquissant enfin un sourire. Et en même temps, pour apporter un peu de musique populaire et d'humour salutaire dans les foyers américains.

— Heureusement que je ne fais pas partie des Rolling Stones ! répliqua Dave avec un sourire plus large encore.

— En effet », acquiesça Wharton, sérieux comme un pape.

Jenny revint avec deux photos en couleur de vingt centimètres sur vingt-cinq et un stylo feutre.

« Comment s'appellent vos enfants ? demanda Dave.

— Caroline et Edward. »

Dave dédicaça une photo à chacun.

Tony Peterson revint sur ces entrefaites. « Prêt pour la séquence "Mockingbird" », annonça-t-il.

Un petit décor avait été mis en place pour cette séquence. On aurait dit un stand de grand magasin, avec des vitrines de verre garnies d'objets de luxe. Percy arriva habillé en chef de rayon, costume sombre et cravate gris argent. Evie jouait le rôle d'une cliente fortunée avec son chapeau, ses gants et son sac à main. Ils prirent place de part et d'autre d'un comptoir. Dave sourit en voyant le mal que Charlie s'était donné pour que leur relation ne puisse en aucun cas être interprétée comme sentimentale.

Ils répétèrent avec l'orchestre. C'était une chanson légère, optimiste. Le baryton de Percy et le contralto d'Evie s'harmonisaient merveilleusement. Au moment approprié, Percy sortait de sous le comptoir un oiseau en cage et un plateau de bagues. « À ce moment-là, expliqua Charlie, on ajoutera des rires enregistrés, pour que le public comprenne que c'est censé être drôle. »

Ils tournèrent la scène. La première prise était parfaite, mais ils la recommencèrent par mesure de précaution, comme toujours.

Alors qu'ils arrivaient à la fin, Dave poussa un soupir de soulagement. C'était un spectacle de variétés idéal pour le public familial américain. Il commençait à croire que son émission allait marcher.

Et voilà que, sur la dernière mesure de la chanson, Evie se pencha par-dessus le comptoir, se dressa sur la pointe des pieds et embrassa Percy sur la joue.

« Merveilleux, approuva Tony en entrant dans le décor. Merci, tout le monde. On se prépare pour la prochaine introduction de Dave, s'il vous plaît. » Il avait l'air visiblement gêné, et Dave se demanda pourquoi.

Evie et Percy s'éloignèrent.

Debout à côté de Dave, Mr. Wharton remarqua : « Ce baiser ne peut pas passer à l'antenne. »

Avant que Dave ait eu le temps d'intervenir, Charlie répondit d'un ton servile : « Bien sûr que non, monsieur Wharton, ne vous en faites pas, nous pouvons très bien le supprimer et cadrer sur Dave en train d'applaudir.

— Moi, j'ai trouvé ce baiser charmant et parfaitement innocent, remarqua calmement Dave.

— Vraiment ? » fit Wharton sur un ton sévère.

Dave se demanda avec appréhension si cela allait réellement poser un problème.

« Laissez tomber, Dave, lança Charlie. Il n'est pas question de montrer un baiser interracial à la télévision américaine. »

Dave tombait des nues. Pourtant, en y réfléchissant, il se rendit compte que les Blancs n'avaient pas souvent, voire jamais, de contact physique avec les rares Noirs qui passaient à la télévision. « C'est une sorte de politique maison, c'est ça ? demanda-t-il.

— Plutôt une règle de conduite tacite, répondit Charlie. Tacite, mais inviolable », ajouta-t-il fermement.

Evie, qui avait surpris cet échange, s'écria alors d'un ton agressif : « Et pourquoi ? »

En voyant son expression, Dave poussa un gémissement intérieur. Evie n'allait pas laisser passer ça. Elle cherchait la bagarre.

Pendant quelques instants, ce fut le silence ; personne ne savait quoi dire, surtout devant Percy.

Finalement, Wharton répondit à la question d'Evie de son ton sec de comptable : « Le public désapprouverait. La plupart des Américains ne sont pas favorables aux mariages interraciaux.

— C'est vrai, acquiesça Charlie Lacklow. Ce qui se passe sur les écrans se passe chez vous, dans votre salon, sous les yeux de vos enfants et de votre belle-mère. »

Wharton regarda Percy et se rappela qu'il avait épousé Babe Lee, une Blanche. « Monsieur Marquand, je suis désolé si cela peut vous paraître choquant.

— Oh, j'ai l'habitude », répondit doucement Percy, refusant de prétendre qu'il n'était pas offensé tout en évitant d'en faire toute une histoire. Ce que Dave trouva d'une grande élégance.

« Ne pensez-vous pas que la télévision devrait s'efforcer de combattre les préjugés ? intervint Evie avec indignation.

— Ne soyez pas naïve, coupa grossièrement Charlie. Si on montre aux téléspectateurs quelque chose qui ne leur plaît pas, ils se contenteront de changer de chaîne.

— Dans ce cas, toutes les chaînes devraient faire pareil et montrer que l'Amérique est un pays où les hommes sont égaux.

— Ça ne marchera pas, répliqua Charlie.

— Peut-être, admit Evie, mais il faut bien essayer, non ? Nous avons tous une responsabilité dans cette affaire. » Elle parcourut le groupe des yeux : Charlie, Tony, Percy, Wharton et Dave. Celui-ci se sentit coupable en croisant le regard de sa sœur, parce qu'il savait qu'elle avait raison. « Oui, nous tous, insista-t-elle. Nous faisons des programmes de télévision qui ont une influence sur la pensée des gens.

— Pas forcément..., objecta Charlie.

— Ne discutez pas, Charlie, coupa Dave. Nous influençons les gens. Si ce n'était pas le cas, Mr. Wharton jetterait son argent par les fenêtres. »

Charlie eut l'air mécontent, mais il resta muet.

« Nous avons aujourd'hui, là, maintenant, l'occasion de changer le monde, de le rendre meilleur, poursuivit Evie. Personne ne trouverait rien à redire si j'embrassais Bing Crosby à la télévision, à une heure de grande écoute. Aidons les gens à comprendre qu'il n'y a aucune différence si la joue que j'embrasse est un peu plus foncée. »

Tous les regards se tournèrent vers Mr. Wharton.

Dave sentit sa chemise à jabot moulante se mouiller de transpiration. Pourvu que Wharton ne prenne pas la mouche.

« Vous avez de solides arguments, mademoiselle, reconnut Wharton. Mais si j'ai un devoir envers quelqu'un, c'est en priorité envers mes actionnaires et mes employés. Je ne suis pas là pour rendre le monde meilleur, je suis là pour vendre Samousse aux mères de famille. Et je n'y arriverai pas si j'associe mon produit aux relations sexuelles interraciales – avec tout le respect que je vous dois, monsieur Marquand. Au fait, Percy, sachez que je suis un de vos grands admirateurs; j'ai tous vos disques. »

Dave se surprit à penser à Mandy Love. Il avait été fou d'elle. Elle était noire – pas café au lait doré, comme Percy, mais d'un beau brun chocolat, profond. Il avait embrassé sa peau à en avoir les lèvres gercées. Si elle n'avait pas préféré retourner avec son ancien petit ami, il aurait pu lui proposer le mariage. Et il se serait retrouvé dans la position de Percy, à supporter des propos insultants pour son couple, en se forçant à rester de marbre.

«Je pense que ce duo représente un beau symbole d'harmonie interraciale sans qu'il soit besoin de faire allusion au sujet épineux des relations amoureuses entre les races, reprit Charlie. J'estime que nous avons fait un beau, un merveilleux boulot – à condition de couper ce baiser.

— Bien joué, Charlie, dit Evie, mais ce sont des conneries, et vous le savez.

— C'est la réalité. »

Dans l'espoir d'alléger l'atmosphère, Dave intervint : «J'ai bien entendu, Charlie, vous avez qualifié les relations amoureuses de "sujet épineux" ? C'est plutôt marrant, non ? »

Personne ne rit.

« À part des blagues, Dave, qu'est-ce que tu as l'intention de faire ? lui demanda Evie d'un ton sarcastique. On nous a appris, à toi comme à moi, à nous battre pour les causes qui nous paraissaient justes. Notre père a participé à la guerre civile en Espagne. Notre grand-mère a milité pour le droit de vote des femmes. Et toi, tu vas baisser les bras ?

— C'est vous qui avez du talent ici, Dave, intervint Percy Marquand. Ils ont besoin de vous. Sans vous, il n'y a pas d'émission. Le pouvoir est entre vos mains; utilisez-le pour faire quelque chose de bien.

— Soyez réaliste : sans National Soap, il n'y a pas d'émission non plus, objecta Charlie. Nous aurons du mal à trouver un autre sponsor – surtout quand les gens sauront que Mr. Wharton s'est retiré du jeu. »

Wharton n'avait pas vraiment dit qu'il retirerait son financement s'ils gardaient le baiser, remarqua Dave. Et Charlie n'avait pas dit non plus qu'il serait impossible de trouver un nouveau sponsor – simplement que ce serait difficile. Si Dave insistait pour conserver le baiser, l'émission pourrait peut-être continuer tout de même, et la carrière de Dave à la télé ne serait peut-être pas condamnée.

Peut-être...

« C'est vraiment à moi de décider ?

— On dirait », rétorqua sa sœur.

Était-il prêt à courir ce risque ?

Non.

« On coupe le baiser. »

*

En avril, Jasper Murray prit l'avion pour Memphis afin d'enquêter sur une grève des éboueurs qui devenait violente.

La violence, Jasper connaissait. Il était persuadé que tout individu – lui-même compris – pouvait être paisible ou brutal, selon les circonstances. Les hommes avaient naturellement tendance à mener une vie tranquille, dans le respect de la loi ; mais si on les y poussait, il savait que la plupart étaient capables de tuer, de torturer et de violer.

À son arrivée à Memphis, il écouta donc les deux parties. D'après le porte-parole de la mairie, des agitateurs extérieurs incitaient les grévistes à la violence. Les manifestants invoquaient quant à eux des brutalités policières.

« Qui est le responsable ? demanda Jasper.

— Henry Loeb », lui répondit-on.

Jasper apprit que Loeb, le maire démocrate de Memphis, était ouvertement raciste. Il croyait à la ségrégation, défendait des services publics « séparés mais égaux » pour les Noirs et les Blancs, et vitupérait publiquement contre les mesures d'intégration imposées par les tribunaux.

Or, presque tous les éboueurs étaient noirs.

Ils étaient si mal rémunérés que beaucoup auraient eu droit à l'aide sociale. On les obligeait à faire des heures supplémentaires non payées. Et la municipalité refusait de reconnaître leur syndicat.

C'était pourtant une question liée à la sécurité qui avait déclenché la grève. En raison d'un problème mécanique, deux hommes étaient morts écrasés par une benne à ordures. Loeb refusait de retirer les camions hors d'usage de la circulation ou de renforcer les règles de sécurité.

Le conseil municipal avait voté la reconnaissance du syndicat des éboueurs, une condition posée par les grévistes, mais Loeb n'en avait tenu aucun compte.

Le mouvement s'était élargi.

Il attira l'attention du pays entier quand Martin Luther King prit le parti des éboueurs.

King retourna à Memphis le même jour que Jasper, le 3 avril 1968. C'était un mercredi. Ce soir-là, la ville était assombrie par un orage. Sous une pluie battante, Jasper alla assister au meeting que donnait le pasteur King au temple maçonnique.

Ralph Abernathy avait été chargé de chauffer la salle. Plus grand et plus noir de peau que King, moins séduisant et plus agressif, c'était – d'après les ragots – son copain de beuveries et de coucheries en même temps que son plus proche ami et allié.

L'assistance était composée d'éboueurs, de leurs familles et de partisans de leur mouvement. En contemplant leurs chaussures éculées, leurs vieux manteaux et leurs chapeaux hors d'âge, Jasper se rendit compte qu'ils faisaient partie de la frange la plus pauvre de la population américaine. Ils étaient peu instruits, exerçaient des emplois sales et vivaient dans une ville qui les considérait comme des citoyens de seconde zone, des Nègres, des boys. Mais ils avaient du courage. Ils ne voulaient plus supporter ça. Ils croyaient à une vie meilleure. Ils faisaient un rêve.

Et ils avaient le soutien de Martin Luther King.

King faisait plus que ses trente-neuf ans. Quand Jasper l'avait entendu parler à Washington, il était déjà bien en chair; il avait forci au cours des cinq années qui s'étaient écoulées depuis, et s'était franchement empâté. Sans son élégant costume, on aurait pu le confondre avec un boutiquier. Avant qu'il ne prenne la parole du moins; car ensuite, il se métamorphosa en géant.

Ce soir-là, il était d'humeur apocalyptique. Au milieu du crépitement des éclairs qui embrasaient les vitres et des grondements de tonnerre qui ponctuaient son discours, il raconta au public que son avion, ce matin-là, avait été retardé par une alerte à la bombe. « Cela n'a pas d'importance pour moi maintenant, car j'ai atteint le sommet de la montagne », ajouta-t-il, et ils l'acclamèrent. « Je ne veux qu'une chose, faire la volonté de Dieu. » Alors, comme sur les marches du Lincoln Memorial, l'émotion l'envahit et c'est d'un ton pressant, d'une voix vibrante, qu'il continua : « Il m'a permis de monter jusqu'au sommet de la montagne, s'écria-t-il, et j'ai regardé autour de moi. » Sa voix s'enfla encore. « Et j'ai *vu* la Terre promise ! »

Il était sincèrement ému, constata Jasper. Il transpirait abondamment et des larmes ruisselaient sur ses joues. La foule, qui partageait sa passion, réagissait à grand renfort de « Oui ! » et de « *Amen !* »

« Je ne vous accompagnerai peut-être pas jusqu'au bout, poursuivit-il d'une voix frémissante d'exaltation, et Jasper se rappela que dans la Bible, Moïse n'arrivait jamais au pays de Canaan. Mais je veux que vous sachiez ce soir que nous, en tant que peuple, nous atteindrons la Terre promise. » Deux mille personnes l'acclamèrent et l'applaudirent à tout rompre. « Ce soir, je suis heureux. Je ne redoute rien. Je ne crains aucun homme. » Il s'interrompit et dit lentement : « Mes yeux ont vu la gloire de la venue du Seigneur. »

Sur ces mots, il parut reculer sur l'estrade en titubant. Ralph Abernathy, qui se trouvait derrière lui, bondit pour le soutenir et le reconduisit à sa place au milieu d'une tempête d'acclamations qui rivalisait avec les éléments déchaînés du dehors.

Jasper consacra la journée du lendemain à un conflit juridique. La ville essayait d'obtenir des tribunaux l'interdiction d'une manifestation que Martin Luther King avait prévue pour le lundi suivant, tandis que celui-ci s'efforçait de trouver un compromis en proposant une petite marche pacifique.

À la fin de l'après-midi, Jasper s'entretint avec Herb Gould à New York. Ils tombèrent d'accord pour que Jasper essaie d'obtenir une interview de Loeb et du pasteur King par Sam Cakebread le samedi ou le dimanche. Herb enverrait une équipe pour filmer la manifestation de lundi, le sujet devant être diffusé le lundi soir.

Après sa conversation avec Gould, Jasper se rendit au Lorraine Motel, où était descendu King. C'était un bâtiment bas, à un étage, dont les balcons donnaient sur le parking. Jasper repéra une Cadillac blanche avec chauffeur qui avait été prêtée à King par un salon funéraire de Memphis appartenant à un Noir. Près de la voiture, il reconnut Verena Marquand au milieu d'un groupe de conseillers de King.

Elle était toujours d'une beauté à couper le souffle, comme cinq ans plus tôt. Elle avait changé pourtant. Elle arborait une coupe afro, et elle portait des colliers et un caftan. Jasper remarqua de petites rides de fatigue autour de ses yeux ; travailler pour un homme aussi passionnément adoré et en même temps aussi farouchement haï que Martin Luther King ne devait pas être de tout repos, se dit-il.

Jasper lui adressa son sourire le plus charmeur et se présenta : « Nous nous sommes déjà rencontrés, ajouta-t-il.

— Je n'ai pas l'impression, répliqua-t-elle, sur la défensive.

— Si, si, je vous assure. Mais je ne peux pas vous en vouloir de l'avoir oublié. C'était le 28 août 1963. Il s'est passé beaucoup de choses, ce jour-là.

— Surtout le discours de Martin, "J'ai fait un rêve".

— J'étais alors étudiant en journalisme et je vous avais demandé de m'obtenir une interview avec le pasteur King. Vous m'aviez envoyé promener. » Jasper n'avait pas oublié non plus qu'il avait été fasciné par la beauté de Verena. Le charme opérait encore.

Elle se radoucit et répondit avec un sourire : « J'imagine que vous voulez toujours cette interview, c'est ça ?

— Sam Cakebread sera ici ce week-end. Il va interviewer Herb Loeb. Il aimerait beaucoup pouvoir s'entretenir aussi avec le pasteur King.

— Je vais voir ce que je peux faire, monsieur Murray.

— Jasper, je vous en prie. »

Elle hésita. « Par simple curiosité, dans quelles circonstances nous étions-nous rencontrés, ce jour-là, à Washington ?

— Je prenais le petit déjeuner avec Greg Pechkov, le député. C'est un ami de ma famille. Vous étiez avec George Jakes.

— Et où étiez-vous passé pendant tout ce temps ?

— Au Vietnam, un moment.

— Vous avez combattu ?

— J'ai participé à certaines actions, oui. » Il détestait en parler. « Je peux vous poser une question personnelle ?

— Allez-y toujours, mais je ne vous promets pas de répondre.

— Vous êtes toujours ensemble, George et vous ?

— Je ne répondrai pas à cette question. »

À cet instant, la voix de King leur fit lever les yeux. Il était sur le balcon, devant sa chambre, et regardait dans leur direction. Il dit quelques mots à un de ses conseillers qui se trouvait tout près de Jasper et Verena, dans le parking, tout en enfonçant les pans de sa chemise dans son pantalon, comme s'il se rhabillait après sa douche. Il se préparait probablement à sortir dîner, songea Jasper.

King posa les deux mains sur la rambarde et se pencha en avant. Il échangea une blague avec un de ses amis qui se trouvait en bas : « Ben, ce soir, je veux que tu me joues “Precious Lord, Take My Hand” comme tu ne l'as jamais joué. Je veux que tu le joues vraiment bien. »

Le chauffeur de la Cadillac blanche s'adressa ensuite à lui : « L'air commence à fraîchir, monsieur le pasteur. Vous feriez peut-être mieux de mettre un pardessus, ce soir.

— Entendu, Jonesy », acquiesça King. Se redressant, il s'écarta légèrement de la balustrade.

Un coup de feu retentit.

King recula en titubant, leva les bras au ciel comme un crucifié, heurta le mur qui se trouvait derrière lui et tomba.

Verena poussa un cri.

Les conseillers de King s'abritèrent derrière la Cadillac blanche.

Jasper se laissa tomber sur un genou. Verena était accroupie devant lui. Il l'entoura de ses bras, attira sa tête contre sa poitrine dans un geste protecteur et scruta les environs, cherchant l'origine du tir. Il remarqua, de l'autre côté de la rue, une maison qui devait être un immeuble de rapport.

Il n'y eut pas d'autre coup de feu.

Jasper hésita un instant, puis desserra son étreinte. « Ça va? demanda-t-il à Verena.

— Oh, Martin ! » s'exclama-t-elle en levant les yeux vers le balcon.

Ils se redressèrent tous les deux prudemment, mais les tirs semblaient avoir cessé.

Sans un mot, ils se ruèrent vers l'escalier extérieur qui rejoignait le balcon.

King était allongé sur le dos, les pieds contre la rambarde. Ralph Abernathy était penché sur lui, ainsi qu'un autre de ses adeptes, le sympathique Billy Kyles, avec ses grosses lunettes. Les cris et les gémissements de ceux qui avaient assisté au drame depuis le parking s'élevaient jusqu'à eux.

La balle avait déchiré le cou et la mâchoire de King, lui arrachant sa cravate. La blessure était terrible, et Jasper comprit aussitôt qu'il avait été frappé par une balle expansive, dite « dum-dum ». Le sang formait une mare autour de ses épaules.

Abernathy hurlait « Martin ! Martin ! Martin ! », tout en lui tapotant la joue. Jasper crut voir passer une lueur de conscience sur son visage. « Martin, c'est Ralph, ne t'en fais pas, ça va aller ! » King remua les lèvres, sans qu'aucun son n'en sortit.

Kyles fut le premier à se précipiter vers le téléphone de la chambre. Il décrocha, mais il n'y avait apparemment personne au standard. Il se mit à donner des coups de poing contre le mur en criant : « Répondez ! Répondez ! Bon sang, répondez ! »

Puis il renonça et retourna en courant vers le balcon. Il cria à ceux qui se trouvaient dans le parking : « Appelez une ambulance ! On a tiré sur le pasteur King ! »

Quelqu'un entoura la tête fracassée de King avec une serviette de toilette qu'on était allé chercher dans la salle de bains.

Kyles prit le dessus-de-lit orange et l'étendit sur lui, recouvrant son corps jusqu'à son cou massacré.

Jasper savait combien de sang pouvait perdre un homme, et de quelle blessure il était possible de se remettre.

Il n'y avait plus aucun espoir pour Martin Luther King.

Kyles souleva la main de King et récupéra le paquet de cigarettes qu'il tenait entre ses doigts. Jasper ne l'avait jamais vu fumer : de toute évidence, il ne se le permettait qu'en privé. À présent encore, Kyles protégeait son ami. Ce geste émut profondément Jasper.

Abernathy lui parlait toujours. « Tu m'entends ? lui demandait-il. Tu m'entends ? »

Jasper vit la couleur du visage de King s'altérer spectaculairement. Sa peau brune pâlit, prit une teinte jaune grisâtre. Un calme surnaturel envahit ses traits séduisants.

Jasper savait aussi ce qu'était la mort et elle était là.

Verena avait vu la même chose que lui. Se détournant, elle entra dans la chambre en sanglotant.

Jasper passa un bras autour de ses épaules.

Elle se laissa aller contre lui en pleurant et ses larmes brûlantes trempèrent sa chemise blanche.

« Je suis vraiment désolé, murmura Jasper. Vraiment désolé. » Désolé pour Verena, pensait-il. Désolé pour Martin Luther King.

Désolé pour l'Amérique.

*

Cette nuit-là, le centre de toutes les villes des États-Unis s'embrasa.

Dave Williams, dans le bungalow du Beverly Hills Hotel où il avait élu domicile, regardait les images télévisées avec horreur. Cent dix villes étaient à feu et à sang. À Washington, vingt mille personnes avaient débordé la police et incendié des bâtiments. À Baltimore, on avait dénombré six morts et sept cents blessés. À Chicago, West Madison Street n'était plus que décombres sur trois kilomètres.

Toute la journée du lendemain, Dave resta assis sur le canapé de sa chambre, devant le téléviseur, à fumer cigarette sur cigarette. À qui fallait-il en vouloir? Le tireur n'était pas le seul responsable. Tous les racistes blancs qui attisaient la haine étaient coupables. Et tous ceux qui ne faisaient rien, face à une injustice insoutenable.

Des gens comme Dave.

Pour une fois, il avait eu l'occasion de s'élever contre le racisme, quelques jours auparavant, dans le studio de télévision de Burbank : on lui avait dit qu'une Blanche ne pouvait pas embrasser un Noir sur un écran de la télévision américaine. Sa sœur lui avait demandé de réagir contre cette règle raciste. Et il avait plié devant les préjugés.

Il avait tué Martin Luther King aussi sûrement qu'Henry Loeb, Barry Goldwater et George Wallace.

L'émission serait diffusée le lendemain, samedi, à vingt heures, sans la séquence du baiser.

Dave commanda une bouteille de bourbon au service d'étage et s'endormit sur le canapé.

Le lendemain matin, il se réveilla de bonne heure. Il savait ce qu'il avait à faire.

Il se doucha, prit deux aspirines – il avait la gueule de bois –, et enfila la plus sobre de ses tenues, un complet vert à carreaux, avec de larges revers et un pantalon pattes d'éléphant. Il commanda une limousine et rejoignit les studios de Burbank où il arriva à dix heures.

C'était le week-end, mais il savait que Charlie Lacklow serait au bureau, parce que l'émission était diffusée le samedi et qu'il y avait toujours des imprévus de dernière minute – exactement comme celui que Dave s'apprêtait à provoquer.

Jenny, la secrétaire de Charlie, était dans son bureau qui communiquait avec celui de son patron. « Bonjour, miss Pritchard », dit Dave. Il redoublait toujours de courtoisie avec elle parce que Charlie la traitait comme un chien. En conséquence de quoi elle adorait Dave et se serait mise en quatre pour lui. « Vous voulez bien vous renseigner sur les vols pour Cleveland, s'il vous plaît ?

— Cleveland, dans l'Ohio ? »

Il lui adressa un grand sourire. « Il y en a un autre ?

— Vous voulez partir aujourd'hui ?

— Le plus tôt possible.

— Vous savez à quelle distance se trouve Cleveland ?

— Trois mille kilomètres, quelque chose comme ça ? »

Elle décrocha le téléphone.

« Et réservez-moi une limousine à l'arrivée du vol », ajouta-t-il.

Elle prit note et parla dans le combiné : « À quelle heure y a-t-il un vol pour Cleveland ? ... Merci, j'attends. » Elle se retourna vers Dave. « Où voulez-vous vous rendre, une fois à Cleveland ?

— Donnez au chauffeur l'adresse personnelle d'Albert Wharton, s'il vous plaît.

— Mr. Wharton vous attend ?

— Je vais lui faire la surprise. » Sur un clin d'œil, il pénétra dans l'antre de Charlie.

Celui-ci était assis à son bureau, en veste de tweed et sans cravate. C'était samedi, tout de même. « Vous pourriez monter deux versions de l'émission ? lui demanda Dave. Une avec le baiser et une sans ?

— Rien de plus facile, répondit Charlie. On a déjà une version sans le baiser, prête à être diffusée. On pourrait monter l'autre ce matin. Mais on ne le fera pas.

— Plus tard, dans la journée, vous allez recevoir un coup de fil d'Albert Wharton vous demandant de laisser la scène du baiser. Je voulais simplement m'assurer que vous seriez prêt. Il ne s'agirait pas de décevoir notre commanditaire.

— Bien sûr que non. Et qu'est-ce qui vous permet d'être tellement sûr qu'il va changer d'avis ? »

Dave n'en était pas sûr du tout, mais préféra ne rien dire. « Une fois que les deux versions seront prêtes, quelle serait l'heure limite pour procéder au changement ?

— Une dizaine de minutes avant vingt heures, heure de la côte Est. »

Jenny Pritchard passa la tête par la porte. « Dave, vous avez une réservation sur le vol de onze heures. Mais l'aéroport est à quinze kilomètres, il faudrait que vous partiez tout de suite.

— Je suis déjà parti.

— Comme il y a quatre heures et demie de vol, et trois heures de décalage horaire, vous arriverez à dix-huit heures trente. » Elle lui tendit un morceau de papier portant l'adresse de Mr. Wharton. « Vous devriez y être vers sept heures.

— Ça me laissera juste le temps », répondit Dave. Il fit au revoir de la main à Charlie tout en lui disant : « Restez près du téléphone. »

Charlie avait l'air un peu perdu. Il n'avait pas l'habitude qu'on le traite de façon aussi cavalière. « Je ne bougerai pas », assura-t-il.

Quand ils furent sortis, miss Pritchard dit à Dave : « Sa femme s'appelle Susan et ses enfants Caroline et Edward.

— Merci. » Dave ferma la porte du bureau de Charlie. « Miss Pritchard, si vous en avez assez un jour de travailler pour Charlie, j'ai besoin d'une secrétaire.

— J'en ai déjà assez. Quand est-ce que je commence ?

— Lundi.

— Voulez-vous que je sois au Beverly Hills Hotel à neuf heures ?

— Plutôt dix heures. »

La limousine de l'hôtel conduisit Dave à l'aéroport de Los Angeles. Miss Pritchard avait appelé la compagnie aérienne, et une hôtesse l'attendait pour le faire passer par l'entrée VIP, afin d'éviter l'émeute dans le hall des départs.

N'ayant rien pris pour le petit déjeuner en dehors de ses deux aspirines, il fit honneur au repas servi dans l'avion. Tandis que l'appareil descendait vers la ville plate qui s'étendait au bord du lac Érié, il rumina ce qu'il allait dire à Mr. Wharton. Ce ne serait pas facile. Mais en s'y prenant bien, il arriverait peut-être à le convaincre. Ça compenserait sa lâcheté de l'autre jour. Il avait hâte d'annoncer à sa sœur qu'il s'était racheté.

Les dispositions prises par miss Pritchard fonctionnèrent à merveille. Une voiture l'attendait effectivement à l'aéroport Hopkins pour le conduire dans un quartier verdoyant, non loin de là. Quelques minutes après sept heures, la limousine s'arrêtait dans l'allée d'une grande maison de style ranch, sans prétention. Dave se dirigea vers la porte d'entrée et sonna.

Il était nerveux.

Wharton lui-même vint lui ouvrir, tout de gris vêtu, pull à col en V et pantalon. « Dave Williams ? s'étonna-t-il. Mais qu'est-ce que... ?

— Bonsoir, monsieur Wharton, répondit Dave. Désolé de débarquer chez vous à l'improviste, mais il faut absolument que je vous parle. »

Dès qu'il fut remit de sa surprise, Wharton parut ravi. « Venez, dit-il. Je vais vous présenter à ma famille. »

Il fit entrer Dave dans la salle à manger. Les Wharton finissaient visiblement de dîner. Wharton avait une jolie femme qui approchait de la quarantaine, une fille qui devait avoir environ seize ans et un garçon boutonneux, son cadet d'un ou deux ans. « Nous avons un visiteur inattendu, leur annonça Wharton. Je vous présente monsieur Dave Williams, de Plum Nellie. »

Portant une petite main blanche à sa bouche, Mrs. Wharton laissa échapper : « Oh ! Mince alors ! »

Dave lui serra la main avant de se tourner vers les jeunes. « Vous devez être Caroline et Edward. »

Wharton parut tout heureux que Dave se soit souvenu du nom de ses enfants.

Les adolescents n'en revenaient pas de cette visite surprise d'une vraie vedette de la pop-music qu'ils avaient vue à la télévision. Edward arrivait à peine à parler. Caroline redressa les épaules, mettant sa poitrine en valeur, et jeta à Dave un regard qu'il avait déjà vu chez un millier d'adolescentes. Il disait : Tu peux me faire tout ce que tu veux.

Dave fit mine de ne rien remarquer.

« Asseyez-vous, Dave, suggéra Mr. Wharton. Je vous en prie, joignez-vous à nous.

— Voulez-vous partager notre dessert ? proposa Mrs. Wharton. Nous avons un fraisier.

— Avec plaisir, répondit Dave. Je vis à l'hôtel, alors un dessert maison sera un vrai régal pour moi !

— Oh, mon pauvre garçon, dit-elle avant de disparaître dans la cuisine.

— Vous êtes arrivé aujourd'hui de Los Angeles ? demanda Wharton.

— Oui.

— Pas spécialement pour me voir, j'imagine ?

— En réalité, si. Je voulais vous reparler de l'émission de ce soir.

— Bien », fit Wharton, sur ses gardes.

Mrs. Wharton revint avec le gâteau et commença à servir.

Dave tenait à mettre les enfants dans son camp. Il s'adressa donc à eux : « Dans l'émission que nous avons faite, votre papa et moi, il y a un numéro où Percy Marquand chante en duo avec ma sœur, Evie Williams.

— J'ai vu leur film, s'exclama Edward. Il est génial !

— À la fin de la chanson, Evie embrasse Percy sur la joue. »

Dave s'interrompit.

« Oui ? dit Caroline. Et alors ? »

Mrs. Wharton haussa un sourcil aguicheur en tendant à Dave une énorme part de fraisier.

Dave poursuivit : « Nous avons discuté, Mr. Wharton et moi, de ce qu'en penserait notre public. Serait-il choqué – chose que nous n'avons ni l'un ni l'autre envie de provoquer ? Nous avons finalement préféré couper la scène du baiser.

— Je pense que c'était une sage décision, commenta Wharton.

— Je suis venu ici aujourd'hui pour vous voir, monsieur Wharton, parce qu'il me semble que la situation a changé depuis que nous avons fait ce choix.

— Vous voulez parler de l'assassinat de Martin Luther King.

— Le pasteur King a été tué, mais c'est l'Amérique tout entière qui saigne. » Cette phrase lui était venue à l'esprit, surgie de nulle part, un peu comme cela lui arrivait parfois avec les paroles des chansons.

Wharton secoua la tête et serra les lèvres dans une moue obstinée. L'optimisme de Dave baissa d'un cran. « J'ai plus d'un millier d'employés – dont beaucoup de Noirs, soit dit en passant, déclara Wharton avec emphase. Si les ventes de Samousse plongent parce que nous avons heurté les téléspectateurs, combien d'entre eux perdront leur emploi ? C'est un risque que je ne peux pas prendre.

— Nous serions deux à le courir, fit valoir Dave. Ma propre popularité est en jeu, elle aussi. Mais je veux absolument faire quelque chose pour aider ce pays à guérir. »

Wharton esquissa le sourire indulgent qu'il aurait pu adresser à l'un de ses enfants lui faisant part d'une idée parfaitement utopique. « Et vous pensez y parvenir grâce à un baiser ?

— Nous sommes samedi, monsieur, répondit Dave d'une voix qu'il rendit délibérément plus grave et plus ferme. Imaginez cela : dans toute l'Amérique, de jeunes Noirs se demandent s'ils vont sortir ce soir, mettre le feu partout et fracasser des vitrines, ou rester chez eux et éviter les ennuis. Avant de prendre leur décision, beaucoup d'entre eux vont regarder *Dave Williams et ses amis*, simplement parce que l'animateur est une vedette du rock. Que voulez-vous qu'ils éprouvent à la fin de l'émission ?

— Eh bien, évidemment...

— Pensez à la façon dont nous avons construit ce décor pour Percy et Evie. Tout dans la scène dit que les Blancs et les Noirs doivent être tenus à l'écart les uns des autres : leurs vêtements, le rôle qu'ils jouent, le comptoir qui les sépare.

— C'était bien l'intention, souligna Wharton.

— Nous avons accentué cette séparation, et je ne veux pas que nous envoyions ce message-là au peuple noir, surtout ce soir, alors que leur grand héros vient d'être assassiné. Le baiser d'Evie, à la fin, apporte un démenti à toute cette mise en scène. Il dit que rien ne nous oblige à nous exploiter, à nous écraser mutuellement et à nous entretuer. Il dit : “Nous pouvons nous toucher les uns les autres.” Il ne devrait pas y avoir de quoi en faire un plat et pourtant, c'est le cas. »

Dave retint son souffle. En réalité, il n'était pas persuadé que le baiser empêcherait de nombreuses émeutes. Il voulait qu'il soit diffusé parce qu'il incarnait la victoire du bien contre le mal. Il pensait tout de même que cet argument pourrait peut-être convaincre Wharton.

« Dave a raison, Dad, intervint Caroline. Tu devrais vraiment faire ça.

— Ouais », surenchérit Edward.

Wharton ne parut pas très ému par l'opinion de ses enfants, mais à la grande surprise de Dave, il se tourna vers sa femme et lui demanda : « Qu'en penses-tu, chérie ?

— Tu sais que je ne te dirais jamais de faire quoi que ce soit qui risque de nuire à l'entreprise, répondit-elle. Mais je crois que si tu décidais de diffuser cette scène, cela pourrait tourner à l'avantage de National Soap. Si on te la reproche, tu n'auras qu'à dire que tu as fait ça à cause de Martin Luther King. Tu finiras peut-être par être un héros, qui sait ?

— Il est huit heures moins le quart, monsieur Wharton, reprit Dave. Charlie Lacklow attend à côté du téléphone. Si vous l'appelez dans moins de cinq minutes, il aura juste le temps de changer les bandes. À vous de voir. »

Le silence se fit dans la pièce. Wharton réfléchit un bref instant. Puis il se leva. « Et puis flûte, vous avez peut-être raison. »

Il passa dans le couloir.

Ils l'entendirent tous composer un numéro. Dave se mordit la lèvre. « Monsieur Lacklow, s'il vous plaît... Salut, Charlie... Oui, il est là, il prend le dessert avec nous... Nous avons eu une longue discussion à ce sujet, et je vous appelle pour vous demander de remettre la scène du baiser dans l'émission... Oui, c'est bien ce que j'ai dit. Merci, Charlie. Bonsoir. »

Dave l'entendit raccrocher et se laissa emporter par un vif sentiment de triomphe.

Mr. Wharton revint dans la pièce. « Voilà, c'est fait, annonça-t-il.

— Merci, monsieur Wharton », répondit Dave.

*

Le mardi, Dave déjeunait avec Evie au Polo Lounge.

« Le baiser a eu d'immenses retombées, presque unanimement positives, lui annonça-t-il.

— Autrement dit, National Soap n'en a pas pâti, bien au contraire ?

— C'est ce que m'a fait savoir mon nouvel ami, Mr. Wharton. Loin de baisser, les ventes de Samousse ont grimpé en flèche.

— Et l'émission ?

— Un succès, elle aussi. Ils ont déjà signé pour une saison.

— Et tout ça parce que tu as fait ce qu'il fallait.

— C'est un excellent départ pour ma carrière en solo. Pas mal, hein, pour un gamin qui a raté tous ses exams. »

Charlie Lacklow vint les rejoindre. « Désolé d'être en retard, dit-il pour la forme en s'asseyant. J'ai rédigé un communiqué de presse commun avec National Soap. Un peu tard, trois jours après l'émission, mais ils voulaient tirer parti du succès médiatique. » Il tendit deux feuillets à Dave.

« Je peux voir ? » demanda Evie. Elle savait que Dave avait du mal à lire. Il lui tendit les documents. « Dave ! s'exclama-t-elle aussitôt. Écoute ce qu'ils te font dire : "Je tiens à rendre hommage au PDG de National Soap, Mr. Albert Wharton, pour le courage et le discernement dont il a fait preuve en insistant pour que l'émission soit diffusée avec le baiser controversé." Ils ne manquent pas de culot ! »

Dave récupéra le papier.

Charlie lui tendit un stylo-bille.

Dave nota « OK » en haut de la feuille, signa et la rendit à Charlie.

Evie était indignée. « Mais c'est scandaleux ! s'exclama-t-elle.

— Ouais, évidemment, répondit Dave. C'est ça, le showbiz. »

XLIII

Le jour où le divorce de Dimka fut prononcé, les principaux conseillers du Kremlin se réunirent pour discuter de la crise en Tchécoslovaquie.

Dimka était aux anges. Il avait hâte d'épouser Natalia et un obstacle majeur venait d'être levé. Il était impatient de lui annoncer cette bonne nouvelle, mais quand il entra dans la salle Nina Onilova, plusieurs autres conseillers s'y trouvaient déjà et il fut bien obligé d'attendre.

Quand elle arriva, les boucles qui ensorcelaient toujours Dimka encadrant son visage, il l'accueillit avec un grand sourire. Elle ne pouvait pas savoir pourquoi, mais elle le lui rendit joyeusement.

Dimka était presque aussi content pour la Tchécoslovaquie. Le nouveau dirigeant de Prague, Alexandre Dubček, était un réformateur selon son cœur. Pour la première fois depuis que Dimka était entré au Kremlin, un satellite de l'Union soviétique faisait savoir que sa version du communisme pourrait diverger légèrement du modèle soviétique. Le 5 avril, Dubček avait annoncé un programme d'action qui prévoyait la liberté de parole, le droit de voyager à l'Ouest, la fin des arrestations arbitraires et une indépendance accrue des entreprises industrielles.

Et si ça marchait en Tchécoslovaquie, ça pourrait marcher en URSS aussi.

Contrairement à sa sœur et aux dissidents, qui voulaient purement et simplement tirer un trait sur le communisme, Dimka était persuadé qu'il fallait le réformer.

Ievguéni Filipov ouvrit la réunion en présentant un rapport du KGB prétendant que des éléments bourgeois cherchaient à ébranler la révolution tchèque.

Dimka poussa un gros soupir. C'était typique du Kremlin sous Brejnev. Dès que l'autorité de ces gens-là se heurtait à la moindre résistance, ils ne se demandaient jamais s'il y avait des raisons légitimes à la contestation ; ils cherchaient – ou inventaient – systématiquement des motifs pervers.

« Après vingt ans de communisme, je doute fort qu'il reste beaucoup d'éléments bourgeois en Tchécoslovaquie », intervint-il d'un ton méprisant.

À titre de preuves, Filipov présenta deux documents. Le premier était une lettre de Simon Wiesenthal, le directeur du Centre de documentation juive de Vienne, qui rendait hommage au travail de ses collègues sionistes de Prague. L'autre, un feuillet imprimé en Tchécoslovaquie, incitait l'Ukraine à faire sécession de l'URSS.

Assise en face de lui, Natalia Smotrov lança, railleuse : « Ces documents sont de toute évidence des faux ! C'est complètement ridicule ! Qui pourrait imaginer que Simon Wiesenthal fomente une contre-révolution à Prague ? Ça dépasse l'entendement. Le KGB devrait pouvoir faire mieux que ça, non ?

— Dubček a prouvé qu'il n'était qu'un faux frère ! » rétorqua Filipov avec colère.

Il y avait un fond de vérité dans cette affirmation. Quand le précédent dirigeant tchèque était devenu impopulaire, Brejnev avait approuvé son remplacement par Dubček qui était considéré comme un personnage falot et complaisant. Son radicalisme avait été une mauvaise surprise pour les conservateurs du Kremlin.

« Dubček a laissé les journaux attaquer les responsables communistes ! » ajouta Filipov, indigné.

Cette accusation ne tenait pas la route. Le prédécesseur de Dubček, Novotný, était un escroc. Ce que Dimka s'empressa de lui rappeler : « La presse devenue libre depuis peu a révélé que Novotný achetait, grâce à des licences d'importation du gouvernement, des Jaguar qu'il revendait à ses collègues du parti en réalisant d'énormes profits. Le camarade Filipov tient-il vraiment à protéger des hommes de cet acabit ? ajouta-t-il, feignant l'incrédulité.

— Je veux que les pays communistes soient gouvernés avec rigueur et discipline, répondit Filipov. Les journaux subversifs ne vont pas tarder à réclamer une prétendue démocratie à l'occidentale dans laquelle les partis politiques au service de factions bourgeoises rivales créent un choix illusoire alors que leur volonté commune est d'asservir la classe ouvrière.

— Personne ne veut une chose pareille, contra Natalia. Ce que nous voulons en revanche, c'est que la Tchécoslovaquie soit un pays culturellement avancé, qui attire les Occidentaux. Si nous intervenons par la force et que le tourisme décline, l'Union soviétique sera contrainte d'augmenter encore son financement pour soutenir l'économie tchèque. »

Filipov esquissa un sourire fielleux. « Est-ce le point de vue du ministre des Affaires étrangères ?

— Le ministre des Affaires étrangères souhaite négocier avec Dubček afin de s'assurer que la Tchécoslovaquie restera communiste. Il ne veut pas d'une intervention brutale qui nous aliénerait à la fois les pays capitalistes et communistes. »

Finalement, les arguments économiques rallièrent une majorité autour de la table. Les conseillers recommanderaient au Politburo que Dubček soit interrogé par d'autres membres du pacte de Varsovie lors de leur prochaine réunion à Dresde, en Allemagne de l'Est. Dimka exultait : la menace d'une purge dure avait été écartée, pour le moment du moins. L'exaltante expérience tchèque de communisme réformé pouvait se poursuivre.

Aussitôt sorti de la salle, Dimka s'approcha de Natalia et lui annonça : « Mon divorce a été prononcé. Je ne suis plus le mari de Nina, c'est officiel. »

Sa réaction fut en demi-teinte. « Tant mieux », dit-elle, mais elle avait l'air tendu.

Dimka vivait séparé de Nina et du petit Grigor depuis un an. Il occupait un modeste appartement où Natalia et lui profitaient de quelques heures d'intimité volée, une ou deux fois par semaine. C'était insatisfaisant pour l'un comme pour l'autre. « Je veux t'épouser, déclara-t-il.

— Moi aussi, bien sûr.

— Tu vas parler à Nik ?

— Oui.

— Ce soir ?

— Bientôt.

— De quoi as-tu peur ?

— Ce n'est pas pour moi que j'ai peur. Il peut me faire ce qu'il veut, ça m'est bien égal. » Dimka tressaillit, en repensant à sa lèvre fendue. « C'est pour toi que je m'en fais, reprit-elle. Rappelle-toi ce qui est arrivé au type au magnétophone. »

Dimka ne l'avait pas oublié. Le trafiquant du marché noir qui avait escroqué Natalia avait été si violemment tabassé qu'il s'était retrouvé à l'hôpital. Natalia sous-entendait que Dimka pourrait subir le même traitement si elle demandait le divorce à Nik.

Dimka n'y croyait pas. « Je ne suis pas un trafiquant des bas-fonds, je suis le bras droit du président du Conseil. Nik ne peut rien contre moi. » Il en était sûr à quatre-vingt-dix-neuf pour cent.

« Je ne sais pas, répondit Natalia, malheureuse. Nik a des relations haut placées, lui aussi.

— Tu couches encore avec lui ? demanda Dimka en baissant la voix.

— Rarement. Il a d'autres filles.

— Et quand tu le fais, ça te plaît ?

— Non !

— Et à lui ?

— Pas trop.

— Alors, quel est le problème ?

— Son orgueil. Il ne supportera pas l'idée que je puisse lui préférer un autre homme. Il se mettra dans une colère noire.

— Je n'ai pas peur de lui.

— Moi si. Mais je lui parlerai, je te le promets.

— Merci. Je t'aime, chuchota Dimka.

— Moi aussi je t'aime. »

Dimka retourna dans son bureau et résuma la teneur de la réunion à son patron, Alexeï Kossyguine.

« Moi non plus, je ne crois pas le KGB, approuva Kossyguine. Andropov veut abroger les réformes de Dubček, et il fabrique des pseudo-preuves pour justifier une intervention. » Iouri Andropov était le nouveau chef du KGB, et un partisan fanatique de la ligne dure. « Mais il me faut des renseignements solides sur ce qui se passe en Tchécoslovaquie, poursuivit Kossyguine. Si on ne peut pas faire confiance au KGB, à qui pourrais-je m'adresser ?

— Envoyez-y ma sœur, répondit Dimka. Elle est journaliste pour l'agence TASS. Pendant la crise des missiles cubains, elle a fait parvenir à Khrouchtchev, de La Havane, de précieux renseignements par le service télégraphique de l'armée Rouge. Elle pourrait faire la même chose pour vous depuis Prague.

— Excellente idée, approuva Kossyguine. Organisez ça, vous voulez bien ? »

*

Dimka ne revit pas Natalia le lendemain, mais, le surlendemain, elle l'appela à l'instant même où il s'apprêtait à quitter le bureau, à sept heures.

« Tu as parlé à Nik ? lui demanda-t-il.

— Pas encore. » Sans laisser à Dimka le temps d'exprimer sa déception, elle ajouta : « Mais il s'est passé quelque chose. Filipov lui a rendu visite.

— Filipov ? répéta Dimka, surpris. Qu'est-ce qu'un fonctionnaire du ministère de la Défense peut bien vouloir à ton mari ?

— Rien de bon. Je pense qu'il lui a parlé de nous deux.

— Pourquoi aurait-il fait ça ? Je sais qu'on a de nombreux différends lui et moi, mais quand même...

— Je ne t'ai pas tout dit. Filipov m'a fait des avances.

— Le connard. Quand ça ?

— Il y a deux mois. Au Café de la berge. Tu étais parti avec Kossyguine.

— Alors ça ! Il a cru que tu accepterais peut-être de coucher avec lui simplement parce que j'étais en déplacement ?

— Un truc de ce genre. C'était affreusement gênant. J'ai fini par lui dire que je ne coucherais pas avec lui, même s'il n'y avait pas d'autre homme que lui à Moscou. J'aurais sans doute mieux fait de le ménager.

— Tu crois qu'il a parlé à Nik pour se venger ?

— J'en suis sûre.

— Que t'a dit Nik ?

— Rien du tout. C'est ce qui m'inquiète le plus. J'aurais préféré qu'il me fende à nouveau la lèvre.

— Ne dis pas ça.

— J'ai peur pour toi.

— Ne t'en fais pas pour moi, tout ira bien.

— Fais attention.

— Promis.

— Ne rentre pas chez toi à pied. Prends ta voiture.

— C'est ce que je fais toujours. »

Ils se dirent au revoir et raccrochèrent. Dimka enfila son gros manteau, sa toque de fourrure et quitta le bâtiment. Sa Moskvitch 408 était rangée au parking du Kremlin, où il ne pouvait rien lui arriver. Il rentra chez lui en se demandant si Nik aurait le culot d'emboutir sa voiture, mais il arriva dans sa rue sans encombre.

Il se gara devant le pâté de maisons voisin de son domicile. C'était le moment où il était le plus vulnérable. Il fallait qu'il rejoigne son immeuble à pied depuis sa voiture à la lumière des lampadaires. S'ils voulaient lui tomber dessus, l'endroit était propice.

Il n'aperçut personne, mais ils se cachaient peut-être.

Nik ne l'attaquerait pas lui-même, songea Dimka. Il lui enverrait ses sbires. Dimka se demanda combien ils seraient. Devrait-il rendre les coups ? Contre deux, il aurait une chance ; il n'était pas une mauviette. S'ils étaient trois ou plus, il ferait peut-être mieux de se coucher par terre et d'encaisser.

Il sortit de sa voiture, verrouilla la portière.

Il s'avança sur le trottoir. Surgiraient-ils de derrière cette camionnette ? Déboucheraient-ils au prochain coin de rue ? Et s'ils étaient embusqués dans l'entrée de son immeuble ?

Parvenu devant le bâtiment, il entra. Peut-être l'attendaient-ils dans le hall.

L'ascenseur mit un temps interminable à arriver.

Quand enfin les portes se refermèrent sur lui, il se demanda s'il les trouverait dans son appartement.

Il déverrouilla la porte d'entrée. Chez lui, tout était calme et silencieux. Il fit le tour du salon, de sa chambre, de la cuisine, de la salle de bains.

Personne.

Il ferma la porte à clé.

*

Dimka passa deux semaines à aller et venir en redoutant à tout moment de se faire agresser. Il finit par se rassurer. Nik se fichait peut-être pas mal que sa femme ait une liaison ; à moins qu'il ne soit trop futé pour se mettre à dos un homme qui travaillait au Kremlin. En tout cas, Dimka commença à se sentir moins menacé.

Il se demandait encore pourquoi Ievguéni lui en voulait à ce point. Comment avait-il pu s'étonner que Natalia le repousse ? C'était un type sans intérêt, conservateur, sans charme et mal habillé : comment pouvait-il imaginer séduire une jolie femme qui avait déjà un amant en plus de son mari ? En tout état de cause, il avait subi une cruelle blessure d'amour-propre. Cependant, sa vengeance avait apparemment fait long feu.

Dimka avait un sujet de préoccupation plus important qui était le mouvement de réforme tchèque appelé le Printemps de Prague. Il avait provoqué la plus grave fracture au sein du Kremlin depuis la crise des missiles de Cuba. Le patron de Dimka, Alexeï Kossyguine, président du Conseil et chef de file du camp des optimistes, espérait que les Tchèques parviendraient à se tirer du bourbier d'inefficacité et de gâchis qui caractérisait l'économie communiste typique. Mettant leur enthousiasme en sourdine pour des raisons stratégiques, ils proposèrent de placer Dubček sous surveillance mais d'éviter tout affrontement dans la mesure du possible. En revanche, les événements de Prague exaspéraient des conservateurs comme le patron de Filipov, le ministre de la Défense Andreï Gretchko, et Andropov, le chef du KGB. Ils craignaient que des idées radicales ne viennent saper leur autorité, contaminer d'autres pays et ébranler l'alliance militaire du pacte de Varsovie. Ils voulaient y envoyer les chars, déposer Dubček, et mettre en place un régime communiste d'une loyauté servile envers Moscou.

Quant à leur chef à tous, Leonid Brejnev, il était assis entre deux chaises et attendait selon sa bonne habitude qu'un consensus se dégage.

Les dirigeants du Kremlin avaient beau faire partie des hommes les plus puissants du monde, ils craignaient de s'écarter de la ligne du parti. Le marxisme-léninisme répondant à toutes les questions, la décision finale serait forcément la bonne, et tous ceux qui auraient suggéré une autre issue auraient prouvé qu'ils étaient coupables de déviationnisme. Il arrivait à Dimka de se demander si le Vatican se montrait aussi obtus.

Aucun d'eux ne voulant être le premier à donner publiquement son avis, ils en étaient réduits à faire présenter leurs points de vue de façon informelle par leurs conseillers avant les réunions du Politburo.

« Ce ne sont pas seulement les idées révisionnistes de Dubček sur la liberté de la presse qui posent problème, expliqua Ievguéni Filipov à Dimka un après-midi dans le large couloir, devant la salle du présidium. C'est un Slovaque qui veut donner plus de droits à la minorité opprimée dont il est issu. Imaginez que la contagion gagne des régions comme l'Ukraine et la Biélorussie ! »

Comme toujours, Filipov paraissait avoir dix ans de retard. Aujourd'hui, presque tout le monde se laissait pousser les cheveux, alors qu'il arborait toujours une coupe militaire. Dimka essaya d'oublier un instant que c'était un vrai salaud, qui avait cherché à lui attirer des ennuis. « Le risque est faible, objecta-t-il. Il n'y a aucune menace immédiate contre l'Union soviétique – rien en tout cas qui justifie une intervention militaire inconsidérée.

— Dubček a affaibli le KGB. Il a expulsé plusieurs agents de Prague et autorisé une enquête sur la mort de l'ancien ministre des Affaires étrangères, Jan Masaryk.

— Le KGB serait-il autorisé à assassiner les ministres de gouvernements amis ? Est-ce le message que vous voulez envoyer à la Hongrie et à l'Allemagne de l'Est ? Ça voudrait dire que le KGB est pire que la CIA. Au moins, les Américains ne commettent de meurtres que dans des pays ennemis, comme Cuba.

— Quel intérêt aurions-nous à autoriser cette folie à Prague ? s'emporta Filipov.

— Vous savez pertinemment que si nous envahissons la Tchécoslovaquie, il y aura un gel des relations diplomatiques.

— Et alors ?

— Alors, nos relations avec l'Ouest en pâtiront. Nous faisons de gros efforts pour parvenir à la détente avec les États-Unis dans l'espoir de réduire nos dépenses militaires. Tous ces efforts pourraient être réduits à néant. Une intervention de notre part pourrait même aider Richard Nixon à se faire élire à la présidence, et il est parfaitement capable d'augmenter le budget de la Défense américaine. Vous imaginez ce que ça nous coûterait ? »

Filipov tenta de l'interrompre, mais Dimka ne lui en laissa pas le temps. « Une invasion scandaliserait également le tiers monde. Nous essayons de renforcer nos liens avec les pays non alignés, alors que la Chine cherche à nous supplanter dans le rôle de leader du communisme mondial. C'est même pour cela que nous organisons en novembre une conférence mondiale des partis communistes. Elle pourrait se solder par un fiasco humiliant si nous envahissons la Tchécoslovaquie.

— Vous laisseriez donc Dubček n'en faire qu'à sa tête ? rétorqua Filipov avec un rictus mauvais.

— Au contraire. » Dimka lui révéla alors la proposition qui avait les faveurs de son patron. « Kossyguine va se rendre à Prague pour négocier un compromis – une solution non militaire. »

À son tour, Filipov abattit son jeu. « Le ministre de la Défense soutiendra ce plan devant le Politburo – à condition que nous engagions immédiatement les préparatifs d'une invasion dans l'éventualité d'un échec de cette négociation.

— Marché conclu », fit Dimka, convaincu que l'armée procéderait à ces préparatifs de toute façon.

Cette décision prise, chacun partit de son côté. Dimka regagna son bureau à l'instant précis où sa secrétaire, Vera Pletner, décrochait le téléphone. Il vit son visage prendre la couleur du papier qui se trouvait dans sa machine à écrire. « Il est arrivé quelque chose ? s'étonna-t-il.

— Votre ex-femme », répondit-elle en lui tendant le combiné.

Réprimant son angoisse, Dimka prit le téléphone. « Oui, Nina, que se passe-t-il ?

— Viens tout de suite ! hurla-t-elle. Gricha a disparu ! »

Dimka crut que son cœur cessait de battre. Grigor, qu'ils appelaient Gricha, n'avait pas tout à fait cinq ans et n'allait pas encore à l'école. « Comment ça, disparu ?

— Je n'arrive pas à le trouver, il n'est plus là. Je l'ai cherché partout ! »

Dimka eut l'impression qu'un poignard lui transperçait le cœur. Il s'efforça pourtant de rester calme. « Où et quand l'as-tu vu pour la dernière fois ?

— Il était monté voir ta mère. Je l'ai laissé y aller tout seul, comme toujours, ce n'est qu'à trois étages, par l'ascenseur.

— Ça s'est passé quand ?

— Il y a moins d'une heure. Il faut que tu viennes !

— J'arrive. Appelle la police.

— Viens tout de suite !

— Appelle la police, d'accord ?

— D'accord. »

Dimka laissa tomber le combiné, sortit de la pièce en trombe et se rua hors du bâtiment. Il n'avait pas pris le temps d'enfiler son manteau, mais c'est à peine s'il remarqua l'air moscovite glacial. Il bondit dans sa Moskvitch, passa la première sur le levier de vitesses situé au volant et quitta l'enceinte du Kremlin pied au plancher. Malgré cela, la petite voiture se traînait.

Nina avait gardé l'appartement où ils avaient vécu ensemble, dans la Maison du gouvernement, à un peu plus d'un kilomètre. Il s'arrêta devant en double file et entra en courant dans l'immeuble.

Un portier du KGB se tenait dans l'entrée. « Bonjour, Dimitri Ilitch, dit-il poliment.

— Vous n'avez pas vu Gricha, mon petit garçon ? demanda Dimka.

— Pas aujourd'hui.

— Il a disparu. Vous pensez qu'il aurait pu sortir ?

— Pas depuis que je suis revenu de ma pause déjeuner, à une heure.

— Des étrangers sont-ils entrés dans la maison aujourd'hui ?

— Plusieurs, comme toujours. J'ai la liste...

— Je la regarderai plus tard. Si vous voyez Gricha, appelez aussitôt l'appartement.

— Oui, bien sûr.

— La police sera là d'une minute à l'autre.

— Je vous l'envoie tout de suite. »

Dimka attendit l'ascenseur. Il était en nage et sa nervosité était telle qu'il appuya sur le mauvais bouton et dut patienter pendant que l'ascenseur s'arrêtait à un palier intermédiaire. Quand il arriva à l'étage de Nina, elle se trouvait dans le couloir, avec Ania, la mère de Dimka.

Ania s'essuyait fébrilement les mains sur son tablier à fleurs. « Il n'est jamais arrivé jusque chez moi. Je ne comprends pas ce qui a pu se passer !

— Vous pensez qu'il aurait pu se perdre ? suggéra Dimka.

— Il est déjà monté vingt fois. Il connaît le chemin. Mais enfin, oui, il aurait pu se laisser distraire par quelque chose, et se tromper d'étage. Il n'a que cinq ans.

— Le portier est sûr qu'il n'a pas quitté l'immeuble. Il ne nous reste qu'à le chercher partout et à aller frapper à la porte de tous les appartements. Non, attendez, la plupart des résidents ont le téléphone. Je vais descendre demander la liste au portier et les appeler.

— Et s'il n'est pas dans un appartement ? demanda Ania.

— Explorez tous les couloirs, vous deux, les cages d'escalier et les locaux de service.

— Entendu, répondit Ania. Nous allons monter au dernier étage par l'ascenseur et redescendre à pied. »

Pendant qu'elles prenaient l'ascenseur, Dimka dévala l'escalier quatre à quatre. Dans l'entrée, il exposa la situation au portier et commença à téléphoner dans tous les appartements. Il ne savait pas très bien combien il y en avait dans l'immeuble : une centaine peut-être? « Un petit garçon s'est égaré, l'avez-vous vu? » demandait-il chaque fois qu'on décrochait. Dès qu'il entendait « non », il raccrochait et composait le numéro suivant. Il prenait note de ceux qui ne répondaient pas ou qui n'avaient pas le téléphone.

Il avait appelé quatre étages sans réponse qui pût éveiller quelque espoir quand les policiers arrivèrent, un brigadier corpulent et un jeune agent. Ils étaient d'un calme exaspérant. « On va aller jeter un coup d'œil, dit le brigadier. On connaît l'immeuble.

— Vous ne serez jamais assez de deux pour le fouiller convenablement ! protesta Dimka.

— On demandera des renforts si nécessaire », répondit le brigadier.

Dimka ne voulut pas perdre de temps à discuter avec eux. Il reprit le téléphone, tout en commençant à penser que Nina et Ania avaient plus de chances que lui de retrouver Gricha. Si le petit garçon s'était trompé d'appartement, son occupant aurait sûrement appelé le portier, à l'heure qu'il était. Gricha était peut-être en train de monter et de redescendre les escaliers, complètement perdu. Dimka, les larmes aux yeux, imagina la peur qu'il devait éprouver.

Après avoir consacré dix minutes supplémentaires à appeler les habitants de l'immeuble, il vit les policiers remonter du sous-sol, encadrant Gricha qui tenait le brigadier par la main.

Dimka lâcha le téléphone et se précipita vers lui.

« Je n'arrivais pas à ouvrir la porte, alors j'ai pleuré ! » fit Gricha.

Dimka l'étreignit en s'efforçant de ne pas fondre en larmes de soulagement.

« Que s'est-il passé, Gricha? lui demanda-t-il au bout d'une minute.

— Les policiers m'ont trouvé », répondit le petit garçon.

Ania et Nina surgirent de la cage d'escalier et coururent vers eux, folles de joie. Nina prit Gricha des bras de Dimka et le serra sur sa poitrine à l'écraser.

Dimka se tourna vers le brigadier : « Où l'avez-vous trouvé ? »

L'homme avait l'air très content de lui. « À la cave, dans un local de service. La porte n'était pas fermée à clé, mais il n'arrivait pas à atteindre la poignée. Il a simplement eu très peur ; à part ça, il ne s'est apparemment pas fait mal.

— Dis-moi, Gricha, lui demanda Dimka, pourquoi es-tu descendu à la cave ?

— Le monsieur a dit qu'il y avait un petit chien, mais je n'ai pas trouvé le petit chien !

— Le monsieur ?

— Oui.

— Tu le connaissais ? »

Gricha secoua la tête.

Le sergent remit sa casquette, s'apprêtant à repartir. « Enfin, tout est bien qui finit bien.

— Une minute, l'interrompit Dimka. Vous l'avez entendu. Un homme l'a attiré dans la cave en lui parlant d'un petit chien.

— Oui, monsieur, c'est ce qu'il m'a dit aussi. Mais aucun crime n'a été commis, que je sache.

— L'enfant a été enlevé !

— Difficile de savoir ce qui s'est passé au juste avec un témoin aussi jeune.

— Ce n'est pourtant pas bien malin. Quelqu'un a attiré le petit dans la cave sous un prétexte et l'y a abandonné.

— Pourquoi aurait-on fait ça ?

— Écoutez, je vous suis très reconnaissant de l'avoir retrouvé, mais vous ne pensez pas que vous prenez cette affaire un peu à la légère ?

— Des enfants s'égarent tous les jours. »

Dimka commençait à avoir des soupçons. « Comment avez-vous su où le chercher ?

— Un coup de chance. Comme je vous le disais, nous connaissons bien l'immeuble. »

Dimka préféra ne pas exprimer ses soupçons dans l'état d'extrême émotivité où il se trouvait. Se détournant du policier, il s'adressa à nouveau à Gricha. « Le monsieur t'a dit comment il s'appelait ?

— Oui. Il s'appelait Nik. »

*

Le lendemain matin, Dimka fit rechercher le dossier du KGB concernant Nik Smotrov.

Il était hors de lui. Il n'avait qu'une envie : prendre une arme et aller le tuer. Il s'exhortait inlassablement au calme.

Nik n'avait certainement pas eu de difficulté à passer devant le portier, la veille. Il avait pu donner un faux nom, dire qu'il faisait une livraison, entrer juste derrière des résidents légitimes comme s'il les accompagnait ou présenter une carte du parti communiste. Dimka avait un peu plus de mal à comprendre comment il avait pu savoir qu'il arrivait à Gricha de circuler tout seul entre les étages, mais à la réflexion, il se dit que Nik était probablement venu en reconnaissance quelques jours plus tôt. Il avait pu bavarder avec des voisins, reconstituer les déplacements quotidiens de l'enfant et sauter sur l'occasion la plus favorable. Et il avait probablement graissé la patte des policiers du quartier. Son but était de rendre Dimka fou de peur.

Il avait réussi.

Mais il allait le regretter.

En théorie, en tant que président du Conseil, Alexeï Kossyguine avait accès à tous les dossiers qu'il voulait ; dans la pratique, le chef du KGB, Iouri Andropov, décidait de ce que Kossyguine pouvait voir ou non. Néanmoins, Dimka était à peu près sûr que les activités de Nik, bien que délictueuses, étaient dépourvues de toute dimension politique. Il n'y avait donc aucune raison pour que le dossier soit bloqué. En effet, il le trouva sur son bureau l'après-midi même.

Il était épais.

Ainsi que le soupçonnait Dimka, Nik faisait du marché noir. Comme la plupart des trafiquants, c'était un opportuniste. Il achetait et revendait tout ce qui lui tombait sous la main : des chemises à fleurs, du parfum de prix, des guitares électriques, de la lingerie, du whisky – n'importe quel produit de luxe importé illégalement et difficile à se procurer en Union soviétique. Dimka éplucha soigneusement les rapports à la recherche d'un élément qu'il pourrait utiliser pour détruire Nik.

Le KGB s'appuyait sur des rumeurs, or Dimka avait besoin de faits précis. Il aurait pu aller voir la police, informer les autorités du contenu du dossier du KGB et réclamer une enquête. Mais il était sûr que Nik versait des pots-de-vin aux policiers, sans quoi, depuis tout ce temps et avec tous les délits qu'il commettait, ils auraient mis fin à ses agissements. Ses protecteurs n'avaient évidemment pas intérêt à laisser tarir cette manne. Ils veilleraient donc à ce que l'enquête n'aboutisse pas.

Le dossier contenait de nombreuses informations sur la vie personnelle de Nik. Il avait une maîtresse et plusieurs petites amies, dont une fille avec laquelle il fumait de la marijuana. Dimka se demanda ce que Natalia savait à ce sujet. Nik rencontrait ses relations d'affaires presque tous les après-midi au Café Madrid, un bar situé près du marché central. Il avait une jolie femme, qui...

Dimka eut le souffle coupé en lisant que l'épouse de Nik entretenait une liaison de longue date avec Dimitri « Dimka » Ilitch Dvorkine, conseiller du président du Conseil Kossyguine.

Voir son propre nom noir sur blanc dans ce dossier le bouleversa. Rien ne pouvait être gardé pour soi, apparemment.

Au moins, le dossier ne contenait ni enregistrements, ni photos de lui.

En revanche, il y en avait une de Nik. Dimka ne l'avait jamais vu. C'était un bel homme au sourire charmeur. Sur la photo, il portait un blouson à épaulettes, un article très à la mode. D'après les commentaires, il faisait à peine moins d'un mètre quatre-vingts, et était bâti en athlète.

Dimka aurait voulu le réduire en bouillie à coups de poing.

Chassant ses fantasmes de vengeance, il poursuivit sa lecture.

Et il trouva exactement ce qu'il lui fallait.

Nik achetait des postes de télévision à l'armée Rouge.

L'armée soviétique disposait d'un budget colossal que personne n'osait contester, de peur d'être accusé d'antipatriotisme. Une partie des fonds était consacrée à l'importation de matériel de haute technologie fabriqué à l'Ouest. L'armée Rouge achetait notamment tous les ans plusieurs centaines de téléviseurs haut de gamme. Elle avait une prédilection pour les postes Franck, une marque de Berlin-Ouest, qui offraient une excellente image et un son irréprochable. D'après le dossier, l'armée n'avait aucun besoin de la plupart de ces téléviseurs. Ils étaient commandés par un petit groupe d'officiers subalternes, dont les noms étaient consignés. Ceux-ci enregistraient ensuite les appareils comme obsolètes et les cédaient pour trois fois rien à Nik, lequel les revendait à prix d'or au marché noir avant de partager le butin avec eux.

La plupart des petits trafics de Nik ne lui rapportaient pas grand-chose, en revanche, cette arnaque-là générait des sommes colossales depuis des années.

Il n'y avait aucune preuve de la véracité de cette histoire, mais Dimka ne la mit pas en doute un seul instant. Si le KGB en avait informé l'armée, l'enquête militaire avait probablement été classée. Selon toute vraisemblance, pensa Dimka, l'enquêteur avait dû, lui aussi, toucher un dessous-de-table.

Il appela Natalia à son bureau. «Juste une question, commença-t-il. Quelle est la marque de votre téléviseur?

— Un Franck, répondit-elle aussitôt. Il est super. Je peux t'en avoir un, si tu veux.

— Non, merci.

— Pourquoi me demandes-tu ça?

— Je t'expliquerai plus tard.» Il raccrocha.

Il regarda sa montre. Cinq heures. Il quitta le Kremlin, prit sa voiture et se rendit rue Sadovaïa Samotiotchnaïa.

Il fallait qu'il terrorise Nik. Ce ne serait pas facile, mais il devait le faire. Il fallait faire comprendre à ce salopard qu'il ne devait plus jamais, jamais, menacer sa famille.

Il gara sa Moskvitch sans en descendre immédiatement. Il était dans le même état d'esprit que pendant l'affaire des missiles de Cuba, quand il avait dû à tout prix garder le secret sur sa mission. Il avait alors détruit la carrière de plusieurs hommes, ruiné leur vie sans hésiter, parce qu'il le fallait. Maintenant, il allait ruiner la vie de Nik.

Il ferma la portière de sa voiture à clé et se dirigea vers le Café Madrid.

Il poussa la porte et entra. Il resta un instant immobile, à regarder autour de lui. C'était un établissement moderne, morne et froid avec du plastique partout, qu'un radiateur électrique peinait à chauffer. Des photos de danseuses de flamenco ornaient les murs. Les clients, peu nombreux, le regardèrent avec curiosité. Ils avaient des têtes de petits malfrats. Aucun ne ressemblait au Nik, dont il avait vu la photo dans le dossier.

L'extrémité de la salle était occupée par un bar d'angle, à côté d'une porte portant un panonceau «Privé».

Dimka traversa la salle comme s'il était chez lui. Sans s'arrêter, il demanda au type derrière le bar : «Nik est là?»

L'autre parut sur le point de lui dire de s'arrêter et d'attendre, puis il le regarda plus attentivement et se ravisa. «Oui», répondit-il.

Dimka poussa la porte.

Dans une petite arrière-salle, quatre hommes jouaient aux cartes. Il y avait beaucoup d'argent sur la table. Dans un coin, sur un canapé, deux jeunes femmes très maquillées, en robe de cocktail, fumaient de longues cigarettes américaines, l'air de s'ennuyer ferme.

Dimka reconnut Nik tout de suite. Il était aussi beau que sur la photo, mais il s'y ajoutait un trait que l'objectif n'avait pas réussi à saisir : son expression glaciale. Nik leva les yeux sur lui et lança : « C'est une salle privée. Tirez-vous.

— J'ai un message pour vous », répliqua Dimka.

Nik posa ses cartes face contre la table et se cala contre le dossier de sa chaise. « Putain, qui vous êtes, vous ?

— Il va vous arriver quelque chose de moche. »

Deux des joueurs se levèrent et se tournèrent vers lui. L'un d'eux glissa la main à l'intérieur de son blouson. Dimka pensa qu'il allait en sortir une arme, mais Nik arrêta son geste, et l'homme hésita.

Nik ne détachait pas son regard de Dimka. « Qu'est-ce que vous racontez ?

— Quand ce truc moche vous arrivera, vous voudrez savoir à qui vous le devez.

— Et vous allez me le dire ?

— Je vais vous le dire tout de suite : à Dimitri Ilitch Dvorkine. C'est lui la cause de vos problèmes.

— Je n'ai pas de problèmes, ducon.

— Vous n'en aviez pas, jusqu'à hier. Et puis vous avez commis une erreur – ducon. »

Les hommes qui entouraient Nik se crispèrent, tandis que lui-même restait impassible. « Hier ? fit-il en étrécissant les paupières. C'est donc vous le minus avec qui elle baise ?

— Quand des problèmes tellement énormes que vous ne pourrez pas vous en dépêtrer s'abattront sur vous, souvenez-vous de mon nom.

— Vous êtes Dimka !

— On se reverra », conclut Dimka. Il se retourna lentement et quitta la pièce.

Il traversa le bar, sentant tous les regards rivés sur lui. Il regardait droit devant lui, s'attendant à prendre une balle dans le dos à tout moment.

Il arriva à la porte et sortit.

Il sourit intérieurement. Bon, j'en ai réchappé, pensa-t-il.

Maintenant, il fallait qu'il mette ses menaces à exécution.

Il se dirigea vers l'aéroport de Khodinka, à une dizaine de kilomètres du centre-ville, et se gara devant le quartier général des services de renseignement de l'armée Rouge. Ce bâtiment ancien était un curieux spécimen d'architecture de l'ère stalinienne, une tour de huit étages entourée par un anneau extérieur sur deux niveaux. La direction s'était installée dans un bâtiment plus récent, d'une quinzaine d'étages, situé non loin de là. Les effectifs des services de renseignement ne cessaient de s'accroître.

Muni du dossier du KGB sur Nik, Dimka entra dans le vieux bâtiment et demanda à voir le général Volodia Pechkov.

« Vous avez rendez-vous ? » s'enquit le garde.

Dimka le prit de haut. « Ne m'emmerdez pas, fiston. Appelez la secrétaire du général et dites-lui que je suis là, c'est tout. »

Après un instant de frénésie angoissée – peu de gens s'invitaient là de leur plein gré –, il passa par un détecteur de métaux et on lui fit prendre un ascenseur jusqu'au dernier étage.

C'était le plus grand bâtiment à la ronde, et d'en haut, on avait une vue superbe sur les toits de Moscou. Volodia accueillit Dimka et lui proposa du thé. Dimka avait toujours aimé son oncle qui avait à présent une cinquantaine d'années et des fils d'argent dans sa chevelure. Malgré le regard glacial de ses yeux bleu acier, c'était un réformateur – chose inhabituelle dans l'armée, généralement conservatrice. Il est vrai qu'il était allé en Amérique.

« Que se passe-t-il ? demanda Volodia. Tu en fais une tête. On dirait que tu as envie de tuer quelqu'un.

— J'ai un problème, répondit Dimka. Je me suis fait un ennemi.

— Rien d'étonnant, dans les cercles que tu fréquentes.

— Ça n'a rien à voir avec la politique. Nik Smotrov est un truand.

— Comment as-tu réussi à te mettre à dos un type pareil ?

— Je couche avec sa femme.

— Et maintenant, il te menace », commenta Volodia d'un ton réprobateur.

Il n'avait probablement jamais trompé sa femme Zoïa, une scientifique aussi belle que brillante, et les frasques de Dimka ne lui inspiraient guère de compassion. Il aurait probablement vu les choses autrement s'il avait eu la bêtise d'épouser une femme comme Nina.

« Nik a enlevé Gricha », lâcha Dimka.

Volodia se redressa d'un bond. « Hein ? Quand ça ?

— Hier. Tout va bien, nous l'avons retrouvé. Il était simplement enfermé dans la cave de la Maison du gouvernement. Mais c'était un avertissement.

— Il faut que tu cesses de fréquenter cette femme ! »

Dimka ignora la remarque. « Mon oncle, je suis venu te voir pour une raison bien précise. Tu aurais un moyen de m'aider, tout en rendant service à l'armée.

— Je t'écoute.

— Nik est à la tête d'un trafic qui vous coûte tous les ans plusieurs millions de roubles. » Dimka lui expliqua la combine des téléviseurs. Quand il eut terminé, il posa le dossier sur le bureau de Volodia. « Tu trouveras tout là-dedans – même les noms des officiers qui ont mis cette escroquerie sur pied. »

Volodia ne toucha pas au dossier. « Je ne suis pas de la police. Je ne peux pas arrêter ton Nik. Et s'il graisse la patte à des policiers, je ne peux pas y faire grand-chose.

— Tu peux tout de même arrêter les officiers de l'armée impliqués dans ce trafic.

— Oui, bien sûr. Ils seront tous sous les verrous d'ici à vingt-quatre heures.

— Et tu peux mettre fin à leurs malversations.

— Très rapidement. »

Et dans ce cas, Nik sera ruiné, pensa Dinka. « Merci, mon oncle, dit-il. Tu me rends un immense service. »

*

Dimka était chez lui en train de faire ses bagages pour son voyage en Tchécoslovaquie quand Nik vint le voir.

Le Politburo avait approuvé le plan de Kossyguine et Dimka prenait l'avion avec celui-ci pour Prague, afin d'essayer de négocier une issue non militaire à la crise. Ils trouveraient sûrement le moyen de permettre à l'expérience de libéralisation de se poursuivre, tout en rassurant les irréductibles : les fondements du système soviétique n'étaient pas directement menacés. Ce qui n'empêchait pas Dimka d'espérer qu'à long terme le système soviétique évoluerait, lui aussi.

Le temps étant censé être doux et humide à Prague au mois de mai, Dimka pliait son imperméable dans sa valise quand on sonna à la porte.

Il n'y avait pas de concierge dans son immeuble, et pas d'interphone. La porte donnant sur la rue n'était jamais verrouillée, et les visiteurs montaient aux étages sans être annoncés. Ce n'était pas aussi luxueux que la Maison du gouvernement, où Nina occupait toujours leur ancien appartement. Dimka lui en voulait quelquefois ; d'un autre côté, il était heureux que Gricha grandisse près de sa grand-mère.

Dimka ouvrit la porte et fut sidéré en reconnaissant le mari de sa maîtresse.

Nik mesurait quelques centimètres de plus que lui, et il était plus massif, mais s'il voulait la bagarre, Dimka était prêt. Il fit un pas en arrière et s'empara du premier objet lourd qui lui tomba sous la main, un cendrier de verre, afin de l'utiliser comme arme.

« Pas la peine, l'avertit Nik en entrant dans l'appartement dont il referma la porte derrière lui.

— Dégagez ! Allez, foutez-moi le camp d'ici avant de vous attirer encore plus d'ennuis ! » lui ordonna Dimka avec une assurance qu'il était loin d'éprouver.

Nik riva sur lui un regard brûlant de haine. « J'ai reçu le message. Vous n'avez pas peur de moi. Vous êtes assez puissant pour me pourrir la vie. Vous vouliez me faire peur ? C'est bon, j'ai pigé. J'ai peur. »

Il n'en avait pourtant pas l'air.

« Alors, qu'est-ce que vous venez faire ici ? demanda Dimka.

— Je me fous complètement de cette pute. Je ne l'ai épousée que pour faire plaisir à ma mère, et maintenant, ma mère est morte. N'empêche que quand on a un peu d'honneur, on n'aime pas trop qu'un autre vienne piétiner vos plates-bandes, si vous voyez ce que je veux dire.

— Venez-en au fait.

— Je suis ruiné. Plus personne dans l'armée ne veut m'adresser la parole, et encore moins me vendre des télés. Aujourd'hui, des types qui se sont fait construire des datchas de quatre chambres avec l'argent que je leur ai fait gagner détournent les yeux quand ils me croisent dans la rue – enfin, ceux qui ne sont pas en taule.

— Il ne fallait pas vous en prendre à mon fils.

— C'est bon, j'ai compris. Je pensais que ma femme se faisait sauter par un petit apparatchik. Je ne savais pas que c'était un putain de seigneur de la guerre. Je vous ai sous-estimé.

— Alors tirez-vous d'ici et allez panser vos blessures ailleurs.

— Il faut bien que je gagne ma vie.

— Vous pourriez essayer de travailler.

— Ne plaisantez pas, je vous en prie. J'ai trouvé une autre source de téléviseurs occidentaux – rien à voir avec l'armée.

— Qu'est-ce que ça peut me faire ?

— Je suis en mesure de remonter toute l'entreprise que vous avez fichue par terre.

— Et alors ?

— Je peux entrer et m'asseoir ?

— Vous êtes complètement à côté de la plaque, ou quoi ? »

Une étincelle de fureur brilla dans les yeux de Nik, et Dimka craignit d'être allé trop loin, mais la lueur s'éteignit et Nik reprit piteusement : « Bon, d'accord, voilà le marché. Je vous donne dix pour cent des bénéfices.

— Quoi, vous voulez que je m'associe avec vous ? Dans une entreprise criminelle ? Mais vous êtes cinglé !

— D'accord. Vingt pour cent. Vous n'aurez absolument rien à faire, juste me fiche la paix.

— Je ne veux pas de votre argent, espèce d'imbécile. On est en Union soviétique, ici. Vous ne pouvez pas acheter tout ce que vous voulez, comme ça. Vous vous croyez en Amérique, ou quoi ? Mes relations valent dix fois plus que tout ce que vous pourriez me donner.

— Il doit bien y avoir quelque chose que vous voulez. »

Jusque-là, Dimka n'avait discuté avec Nik que pour le déséquilibrer, mais il entrevoyait désormais une possibilité alléchante. « Oui, dit-il. Il y a une chose que je veux.

— Demandez et c'est à vous.

— Divorcez d'avec votre femme.

— Quoi ?

— Je veux que vous divorciez.

— Divorcer d'avec Natalia ?

— Divorcez de votre femme, répéta Dimka. Lequel de ces quatre mots avez-vous du mal à comprendre ?

— Putain, c'est tout ?

— Oui.

— Vous pouvez vous marier avec elle. Je n'ai plus aucune envie d'y toucher, de toute façon.

— Si vous lui rendez sa liberté, je vous fous la paix. Je ne suis pas flic, et je ne livre pas de croisade contre la corruption en URSS. J'ai plus important à faire.

— C'est d'accord. » Nik ouvrit la porte. « Je vous l'envoie. »

Dimka fut pris de court. « Elle est là ?

— Elle attend dans la voiture. Je vais faire emballer ses affaires et je vous les ferai parvenir demain. Mais qu'elle ne remette plus les pieds chez moi, c'est pigé.

— Vous n'avez pas intérêt à lui faire du mal, lança Dimka en haussant le ton. Si elle a ne serait-ce qu'un bleu, l'accord ne tient plus. »

Au moment de franchir la porte, Nik se retourna et tendit un doigt menaçant. « Et vous, ne revenez pas sur votre parole. Si vous essayez de me baiser, je lui coupe les tétons avec des ciseaux de cuisine. »

Dimka le croyait parfaitement capable de le faire. Il réprima un frisson. « Foutez le camp. »

Nik sortit sans refermer la porte derrière lui.

Dimka était hors d'haleine, comme s'il avait couru. Il resta planté dans la petite entrée de son appartement à écouter le bruit des pas de Nik décroître dans l'escalier. Il reposa le cendrier sur la table de l'entrée. Sa main était moite et il faillit le laisser tomber par terre.

Il se demandait s'il n'avait pas rêvé. Nik s'était-il vraiment tenu dans ce couloir et avait-il accepté de divorcer ? Dimka avait-il vraiment réussi à lui faire peur ?

Une minute plus tard, il entendit un bruit de pas différent dans l'escalier : plus léger, plus rapide, et qui montait vers lui. Il ne sortit pas de l'appartement; il avait l'impression d'être changé en pierre.

Natalia apparut dans l'embrasure de la porte, son immense sourire illuminant les lieux. Elle se jeta dans ses bras. Il enfouit son visage dans ses boucles. « Tu es là, murmura-t-il.

— Oui, acquiesça-t-elle. Et jamais je ne repartirai. »

XLIV

Rebecca avait eu la tentation de tromper Bernd. Mais elle était incapable de lui mentir. Alors elle lui avait tout avoué dans un élan de repentir. « J'ai rencontré quelqu'un qui me plaît vraiment, lui avait-elle dit. Et je l'ai embrassé. Deux fois. Je suis vraiment désolée. Je ne recommencerai plus jamais. »

Elle redoutait sa réponse. Il pourrait demander aussitôt le divorce. C'est ce qu'auraient fait la plupart des hommes. Mais Bernd était meilleur que la plupart. En même temps, s'il était humilié sans être en colère, elle en aurait le cœur brisé.

Elle était loin d'imaginer la réaction de Bernd : « Vas-y, avait-il répondu. Tu devrais avoir une liaison avec ce type. »

Ils étaient au lit et s'apprêtaient à dormir. Elle s'était retournée vers lui et l'avait regardé en ouvrant de grands yeux. « Comment peux-tu dire une chose pareille ?

— On est en 1968, l'époque de l'amour libre. Tout le monde couche avec tout le monde. Pourquoi devrais-tu t'en priver ?

— Tu ne penses pas ce que tu dis.

— Je regrette si j'ai pu te paraître trivial.

— Où veux-tu en venir ?

— Je sais que tu m'aimes. Et je sais que tu apprécies nos relations sexuelles, mais ça ne t'oblige pas à passer le reste de ta vie sans le faire pour de vrai.

— Je ne crois pas qu'il y ait une vraie façon de le faire, avait-elle objecté. C'est différent pour chaque individu. C'est bien meilleur avec toi que ça ne l'a jamais été avec Hans.

— Ce sera toujours bon, parce que nous nous aimons. Mais moi, je crois que baiser un bon coup te ferait du bien. »

Il avait raison. Elle aimait Bernd, et elle appréciait leurs relations sexuelles un peu particulières, mais quand elle imaginait

Claus allongé sur elle, l'embrassant, allant et venant en elle, tandis qu'elle basculait les hanches pour s'offrir à ses assauts, elle mouillait aussitôt. Elle avait honte d'elle. Était-elle une bête ? Peut-être. En tout cas, Bernd avait raison.

« Je crois que je suis bizarre. C'est peut-être à cause de ce qui m'est arrivé pendant la guerre. » Bernd était le seul à qui elle avait raconté que des soldats de l'armée Rouge s'apprêtaient à la violer quand Carla s'était offerte à sa place. Les Allemandes évoquaient rarement cette période, même entre elles. Mais Rebecca n'oublierait jamais l'image de Carla montant stoïquement cet escalier, la tête haute, suivie par les soldats soviétiques tels des chiens en rut. Rebecca, qui avait treize ans, savait ce qu'ils allaient lui faire, et elle avait fondu en larmes, soulagée d'y échapper.

Toujours perspicace, Bernd lui avait demandé : « Tu te sens coupable d'avoir évité le sort de Carla ?

— Oui. C'est bizarre, non ? Je n'étais qu'une enfant, et une victime qui plus est. Il n'empêche que j'ai l'impression d'avoir fait quelque chose de honteux.

— Ça n'a rien d'inhabituel, lui avait expliqué Bernd. Les hommes qui survivent aux combats éprouvent souvent des remords parce que les autres sont morts et pas eux. » Bernd devait sa cicatrice au front à une blessure reçue à la bataille des Hauteurs de Seelow.

« Je me suis sentie mieux quand Carla et Werner m'ont adoptée, avait poursuivi Rebecca. En un sens, ça remettait les choses en place. Les parents se sacrifient pour leurs enfants, non ? Les femmes souffrent quand elles accouchent. Ce n'est peut-être pas d'une logique imparable, mais à partir du moment où je suis devenue la fille de Carla, j'ai eu l'impression que c'était normal.

— C'est parfaitement logique, au contraire.

— Tu veux vraiment que je couche avec un autre homme ?

— Oui.

— Mais pourquoi ?

— Parce qu'autrement ce serait pire. Si tu ne le fais pas, tu auras toujours l'impression, au fond de toi, d'être passée à côté de quelqu'un à cause de moi, de t'être sacrifiée pour moi. Vas-y et essaie, je préfère. Tu n'as pas besoin de tout me raconter : rentre simplement à la maison et dis-moi que tu m'aimes.

— Je ne sais pas », avait répondu Rebecca, et elle avait mal dormi cette nuit-là.

Le lendemain soir, elle était assise à côté de l'homme qui voulait devenir son amant, Claus Krohn, dans une salle de réunion de l'hôtel de ville de Hambourg, une énorme bâtisse néo-Renaissance au toit vert. Rebecca était membre du parlement qui dirigeait la ville-État de Hambourg. Le comité discutait du projet de démolition d'un ensemble de taudis qui permettrait de construire à la place un nouveau centre commercial. Mais elle ne pouvait pas détacher ses pensées de Claus.

Elle était sûre qu'après la réunion, il l'inviterait à prendre un verre dans un bar. Ce serait la troisième fois. La première fois, il l'avait embrassée en sortant, pour lui souhaiter bonne nuit. La deuxième s'était achevée dans un parking, par une étreinte passionnée au cours de laquelle ils s'étaient embrassés à pleine bouche, et il lui avait caressé les seins. Elle était sûre que ce soir, il lui proposerait de monter dans son appartement.

Elle ne savait pas quoi faire. Elle n'arrivait pas à se concentrer sur les débats. Elle griffonnait sur son agenda. Elle s'ennuyait, et en même temps elle était crispée : la réunion était assommante, mais elle aurait voulu qu'elle s'éternise parce qu'elle redoutait ce qui arriverait ensuite.

Claus était un homme séduisant : intelligent, gentil, charmant, et juste de son âge, trente-sept ans. Il avait perdu sa femme dans un accident de voiture, deux ans plus tôt, et il n'avait pas d'enfants. S'il n'avait pas la beauté d'un acteur de cinéma, il avait un sourire chaleureux. Ce soir-là, il portait un costume bleu d'homme politique, mais il était le seul homme de la pièce à avoir laissé le col de sa chemise ouvert. Rebecca voulait faire l'amour avec lui, elle le voulait de toutes ses forces. En même temps, ça la terrifiait.

La réunion prit fin et, comme elle s'y attendait, Claus lui proposa de se retrouver au Yacht Bar, un endroit tranquille, à bonne distance de l'hôtel de ville. Ils s'y rendirent chacun avec sa propre voiture.

Le bar, petit et sombre, était plus fréquenté dans la journée, parce que c'était le repaire des amateurs de voile. À cette heure-là, il était presque désert. Claus commanda une bière, Rebecca un verre de Sekt. «J'ai parlé de nous à mon mari, dit-elle dès qu'ils furent assis.

— Pourquoi? demanda Claus, surpris. Il n'y a pas grand-chose à raconter, de toute façon.» Il avait la mine coupable quand même.

« Je ne peux pas mentir à Bernd. Je l'aime.

— Et apparemment, tu ne peux pas me mentir à moi non plus, remarqua Claus.

— Je suis désolée.

— Tu n'as pas à t'excuser, au contraire. Merci de ton honnêteté. J'apprécie beaucoup. » Claus avait l'air déconfit, et parmi toutes les émotions que Rebecca ressentait, elle éprouva une intense satisfaction à l'idée qu'il tenait suffisamment à elle pour être déçu. « Si tu as tout avoué à ton mari, reprit-il tristement, pourquoi es-tu ici avec moi en ce moment ?

— C'est Bernd qui m'a dit de le faire.

— Ton mari veut que tu m'embrasses ?

— Il veut que je devienne ta maîtresse.

— C'est bizarre, ça. Ça a quelque chose à voir avec sa paralysie ?

— Non, mentit-elle. L'état de Bernd n'a aucune incidence sur notre vie sexuelle. » C'était ce qu'elle avait raconté à sa mère et à quelques autres femmes dont elle était vraiment proche. Elle leur mentait par amour pour Bernd : il lui semblait que si les gens savaient la vérité, ce serait humiliant pour lui.

« Eh bien, dit Claus, puisque c'est mon jour de chance, veux-tu qu'on aille tout de suite chez moi ?

— Ne nous précipitons pas, si ça ne t'ennuie pas. »

Il posa la main sur les siennes. « C'est normal que tu sois un peu nerveuse.

— C'est que je ne suis pas très habituée à ça.

— Ce n'est pas plus mal, tu sais, même si on vit à l'ère de l'amour libre, répondit-il en lui souriant.

— J'ai couché avec deux garçons, à l'université. Et puis je me suis mariée avec Hans, pour découvrir ensuite que c'était un espion de la police secrète. Ensuite, je suis tombée amoureuse de Bernd, et nous avons fui ensemble. Voilà, tu sais tout de ma vie amoureuse.

— Parlons d'autre chose, tu veux ? Tes parents vivent toujours à l'Est ?

— Oui. Ils n'auront jamais l'autorisation de sortir. Quand on se met à dos un type comme Hans Hoffmann – mon premier mari –, il n'oublie jamais.

— Ils doivent te manquer. »

Elle n'aurait su dire combien sa famille lui manquait. Les communistes ayant bloqué les appels vers l'Ouest le jour où ils avaient construit le Mur, elle ne pouvait même pas téléphoner à ses parents. Ils n'avaient que le courrier, des lettres – ouvertes et lues par la Stasi, généralement en retard et souvent censurées, tout ce qu'elles pouvaient contenir de précieux ayant été volé par la police. Quelques photos avaient réussi à passer, et Rebecca les gardait à côté de son lit : son père maintenant grisonnant, sa mère qui s'était un peu empâtée, Lili qui devenait une belle jeune femme.

Au lieu de lui faire part de son chagrin, elle dit : « Et toi ? Parle-moi de toi. Qu'est-ce qui t'est arrivé pendant la guerre ?

— Pas grand-chose, si ce n'est que je mourais de faim, comme la plupart des enfants. L'immeuble voisin du nôtre a été détruit et tous ses occupants ont été tués, mais nous en avons réchappé. Mon père est géomètre : il a passé une bonne partie de la guerre à estimer les dégâts des bombardements et à sécuriser les bâtiments.

— Tu as des frères et sœurs ?

— Un de chaque. Et toi ?

— Ma sœur, Lili, est encore à Berlin-Est. Mon frère, Walli, est passé à l'Ouest peu après moi. Il joue de la guitare dans un groupe appelé Plum Nellie.

— Ce Walli-là ? C'est ton frère ?

— Oui. Figure-toi que je l'ai vu naître, par terre, dans notre cuisine ; c'était la seule pièce chauffée de la maison. Une sacrée expérience pour une gamine de quatorze ans.

— Alors comme ça, il s'est enfui.

— Il est venu vivre avec moi, ici, à Hambourg et il a rejoint le groupe quand ils sont venus jouer dans une boîte minable de la Reeperbahn.

— Et maintenant, c'est une vedette de la pop. Tu le vois toujours ?

— Évidemment. Chaque fois que Plum Nellie vient jouer en Allemagne de l'Ouest.

— Incroyable ! » Claus regarda le verre vide de Rebecca. « Tu veux un autre Sekt ?

— Non, merci. Je ne crois pas. » Elle avait comme un poids sur la poitrine.

« Écoute, reprit-il, je veux que tu comprennes bien une chose. J'ai terriblement envie de faire l'amour avec toi, mais je sais que tu es tiraillée. Sache que tu peux changer d'avis à tout moment. Il n'y a pas de point de non-retour, ça n'existe pas.

Si tu te sens mal à l'aise, dis-le-moi, c'est tout. Je ne serai pas fâché, je n'insisterai pas, je te le promets. J'aurais horreur de penser que je t'ai poussée à faire une chose à laquelle tu n'étais pas prête. »

Rebecca apprécia de tout cœur sa délicatesse et respira plus librement. Elle avait eu peur de trop s'engager, de se rendre compte qu'elle avait pris une mauvaise décision et de ne pas pouvoir revenir en arrière. La promesse de Claus la tranquillisait. « Allons-y », dit-elle.

Ils reprirent leurs voitures, Rebecca suivant Claus. Au volant, elle éprouva une exaltation proche de l'ivresse. Elle allait se donner à lui. Elle imaginait son visage quand elle enlèverait son chemisier : elle portait un soutien-gorge neuf, noir garni de dentelle. Elle pensait à la façon dont ils s'embrasseraient – frénétiquement avant, amoureusement après. Elle imaginait le soupir qu'il pousserait quand elle prendrait son sexe dans sa bouche. Elle avait l'impression de n'avoir jamais voulu quelque chose avant autant de force, et devait serrer les dents pour se retenir de crier.

Claus avait un petit appartement dans un immeuble moderne. Dans l'ascenseur, Rebecca fut à nouveau assaillie de doutes. Et s'il n'aimait pas ce qu'il verrait quand elle se déshabillerait? Elle avait trente-sept ans : elle n'avait plus les seins fermes ni la peau parfaite d'une adolescente. Et s'il avait une face obscure soigneusement cachée? Si, après avoir verrouillé la porte, il sortait des menottes et un fouet...

Elle se morigéna. Comme toutes les femmes normales, elle savait repérer les cinglés, et Claus était délicieusement normal. Ce qui ne l'empêcha pas d'éprouver une pointe d'appréhension lorsqu'il ouvrit la porte de son appartement et la fit entrer.

C'était un pied-à-terre typiquement masculin, à la décoration un peu spartiate, meublé de façon utilitaire, à l'exception d'un grand téléviseur et d'une chaîne stéréo haut de gamme. « Il y a longtemps que tu habites ici? lui demanda-t-elle.

— Un an. »

Comme elle l'avait deviné, ce n'était pas l'appartement où il avait vécu avec sa défunte femme.

Il avait visiblement prévu la suite. Rapidement, il alluma le radiateur à gaz, mit un quatuor à cordes de Mozart sur la platine et disposa sur un plateau une bouteille de schnaps, deux verres, et un bol de fruits secs salés.

Ils s'assirent côte à côte sur le canapé.

Soucieuse de ne pas jeter un froid, elle se retint de lui demander combien d'autres femmes il avait séduites sur ce divan, mais quand même, elle s'interrogeait. Était-il satisfait de sa vie de célibataire, ou avait-il envie de se remarier? Une seconde question qu'elle ravala.

Il remplit les deux verres, et elle trempa les lèvres dans le sien, pour se donner une contenance.

« Si on s'embrasse maintenant, dit-il, on sentira le goût de l'alcool sur la langue de l'autre. »

Cela la fit sourire. « D'accord.

— J'ai horreur du gâchis, murmura-t-il en se penchant sur elle.

— Ton sens de l'économie m'enchante. »

Pendant un moment, ils ne purent pas s'embrasser tellement ils riaient.

Puis ils s'embrassèrent.

*

Quand Cameron Dewar invita Richard Nixon à parler à l'université de Berkeley, tout le monde le crut fou. C'était le campus le plus notoirement radical du pays. Nixon allait être cloué au pilori, disait-on. Il allait provoquer une émeute. Mais cela laissait Cam parfaitement froid.

Il estimait que Nixon était le seul espoir de l'Amérique. Il était solide et déterminé. On le disait sournois et sans scrupules : et alors? L'Amérique avait besoin d'un chef comme lui. Et surtout pas d'un Robert Kennedy, qui passait son temps à se demander ce qui était bien ou mal. Le prochain Président devrait écraser les agitateurs dans les ghettos et le Viêt-cong dans la jungle, au lieu de se livrer en permanence à un examen de conscience.

Dans sa lettre à Nixon, Cam affirmait que la presse, favorable à la gauche, ne s'intéressait qu'aux libéraux et aux cryptocommunistes du campus, alors qu'en réalité, la plupart des étudiants étaient conservateurs et respectueux de la loi. Ils se bousculeraient au meeting de Nixon.

La famille de Cam était furieuse. Son grand-père et son arrière-grand-père avaient été sénateurs démocrates. Ses parents avaient toujours voté démocrate. Quant à sa sœur, Beep, elle était tellement indignée qu'elle en bredouillait : « Comment peux-tu militer pour l'injustice, la malhonnêteté et la guerre ?

— Il n'y a pas de justice quand il n'y a pas d'ordre dans les rues, et il n'y a pas de paix quand on est menacé par le communisme international.

— Où étais-tu pendant toutes ces années ? Quand les Noirs ont choisi la non-violence, on leur a envoyé les chiens et on leur a flanqué des coups de matraque ! Le gouverneur Reagan a félicité la police pour avoir tabassé des étudiants qui manifestaient !

— Tu es systématiquement contre la police.

— Non, pas du tout. Je suis contre les criminels. Les flics qui frappent des manifestants sont des criminels, et on devrait les foutre en prison.

— Voilà pourquoi je soutiens des hommes comme Nixon et Reagan : parce que leurs adversaires veulent mettre les flics en prison à la place des fauteurs de troubles. »

Cam fut ravi que le vice-président Hubert Humphrey déclare sa candidature à l'investiture démocrate. Humphrey était le béni-oui-oui de Johnson depuis quatre ans, et personne ne comptait sur lui ni pour gagner la guerre, ni pour négocier la paix. Il avait donc bien peu de chances d'être élu, mais pourrait compliquer la tâche de Robert Kennedy, qui était autrement dangereux.

La lettre de Cam à Nixon ne resta pas sans réponse ; un des membres de son équipe, John Ehrlichman, lui proposa de le rencontrer. Cam était fou de joie. Son ambition était de travailler dans la politique ; ce serait peut-être le début de sa carrière !

Ehrlichman était un des organisateurs de campagne de Nixon. C'était un homme d'une taille impressionnante – un mètre quatre-vingt-dix –, aux sourcils noirs et au crâne dégarni. « Richard a adoré votre lettre », lui dit-il.

Ils se retrouvèrent au milieu des savoureux effluves d'une cafétéria de Telegraph Avenue, et s'installèrent en terrasse. Assis sous un arbre aux jeunes feuilles printanières, ils regardèrent les étudiants passer à bicyclette sous le soleil. « Un bel endroit pour faire ses études, nota Ehrlichman. Personnellement, je suis allé à l'UCLA. »

Il soumit Cam à un feu roulant de questions. Il était intrigué par ses antécédents démocrates. « Ma grand-mère publiait un journal appelé *The Buffalo Anarchist*, avoua Cam.

— Voilà qui prouve que l'Amérique devient plus conservatrice », remarqua Ehrlichman.

Cam poussa intérieurement un soupir de soulagement : sa famille ne constituerait pas un obstacle à sa future carrière dans le parti républicain.

« Richard ne prendra pas la parole sur le campus de Berkeley, lui annonça alors Ehrlichman. C'est trop risqué. »

Cam fut déçu. Il pensait qu'Ehrlichman avait tort : une telle intervention aurait pu avoir un grand succès.

Il s'apprêtait à argumenter quand Ehrlichman poursuivit : « Mais il voudrait que vous créiez une association qui s'appellerait "les Étudiants de Berkeley pour Nixon". Ça montrerait que tous les jeunes ne sont pas dupes de Gene McCarthy, ni en transe devant Bob Kennedy. »

Flatté d'être pris au sérieux par un candidat à la présidentielle, Cam s'empressa d'accéder à la demande d'Ehrlichman.

Son meilleur ami sur le campus, Jamie Mulgrove, qui faisait, comme lui, des études de russe, faisait partie des Jeunes Républicains. Ils annoncèrent la formation de l'association, et le *Daily Californian*, le journal étudiant, leur fit un peu de publicité. Malheureusement, ils n'enregistrèrent que dix adhésions.

Cam et Jamie organisèrent une réunion à l'heure du déjeuner dans l'espoir d'attirer plus de membres. Avec l'aide d'Ehrlichman, Cam réussit à obtenir la participation de trois grandes figures républicaines de Californie. Il retint une salle susceptible d'accueillir deux cent cinquante personnes.

Il envoya un communiqué de presse, et réussit cette fois à éveiller l'intérêt des stations de radio et des journaux locaux qu'intriguait la notion incongrue d'un soutien des étudiants de Berkeley à Nixon. Plusieurs s'en firent l'écho et promirent d'envoyer des journalistes au meeting.

Sharon McIsaac, du *San Francisco Examiner*, appela Cam. « Combien d'adhérents avez-vous, déjà ? » lui demanda-t-elle.

Cam détesta d'instinct cette approche rentre-dedans. « Je ne peux pas vous répondre. Secret défense, en quelque sorte. Avant une bataille, on n'informe pas l'ennemi du nombre de fusils dont on dispose.

— Autrement dit, vous n'en avez pas beaucoup », répliqua-t-elle d'un ton caustique.

La réunion s'annonçait comme un événement médiatique mineur.

Malheureusement, ils n'arrivaient pas à vendre les billets d'entrée au meeting.

Ils auraient pu les distribuer gratuitement, ce qui était à double tranchant : ils risquaient d'attirer des étudiants gauchistes décidés à semer la pagaille.

Même si Cam restait convaincu que des milliers d'étudiants avaient des idées conservatrices, il prit conscience qu'ils n'étaient pas prêts à l'admettre car l'époque ne s'y prêtait pas. Pas très courageux de leur part, mais il savait que la plupart des gens ne s'intéressaient guère à la politique.

Qu'allait-il faire ?

La veille du meeting, il lui restait plus de deux cents billets invendus quand Ehrlichman l'appela. « Juste pour information, Cam, comment est-ce que ça se présente ?

— Ça va être formidable, John, mentit Cam.

— Et côté presse, ça s'annonce comment ?

— Ça bouge. On devrait avoir quelques journalistes.

— Il vous reste beaucoup de billets ? » On aurait dit qu'Ehrlichman arrivait à lire dans ses pensées à l'autre bout du fil.

Englué dans ses mensonges, Cam ne pouvait pas faire marche arrière. « Encore quelques-uns, et nous aurons tout vendu. » Avec un peu de chance, Ehrlichman ne saurait jamais la vérité.

C'est alors qu'il lâcha sa bombe. « Je serai de passage à San Francisco demain, ce qui me permettra d'être des vôtres.

— Génial ! fit Cam, sentant la terre se dérober sous ses pieds.

— Très bien, nous nous verrons donc demain. »

Cet après-midi-là, après un cours sur Dostoïevski, Cam et Jamie restèrent dans l'amphithéâtre à se creuser la tête. Où allaient-ils trouver deux cents étudiants républicains ?

« Ils n'ont pas besoin d'être de vrais étudiants, nota Cam.

— Il ne manquerait plus que la presse raconte qu'on a bourré la salle de figurants, objecta Jamie, inquiet.

— Pas des figurants. Des vrais républicains, qui ne sont plus étudiants, c'est tout.

— C'est quand même risqué, non ?

— Je sais. Mais on ne peut pas se permettre de faire un bide.

— Où est-ce qu'on va trouver ces gars-là ?

— Tu n'as pas le numéro des Jeunes Républicains d'Oakland ?

— Si. »

Ils se rendirent dans une cabine téléphonique, et Cam appela. « J'ai besoin de deux cents personnes, simplement pour donner l'impression que la réunion est un succès, avoua-t-il.

— Je vais voir ce que je peux faire, répondit son interlocuteur.

— Prévenez-les bien de ne pas parler aux journalistes. Nous ne tenons pas à ce que la presse découvre que la plupart des Étudiants de Berkeley pour Nixon ne sont pas étudiants. »

Cam raccrocha, et Jamie demanda : « Ce n'est pas un peu malhonnête ?

— Qu'est-ce que tu veux dire ? » Ce qu'il voulait dire, Cam le savait très bien mais il n'était pas disposé à l'admettre. Il n'allait pas rater sa grande chance de se faire valoir auprès d'Ehrlichman. Tant pis si le prix à payer était un petit mensonge.

« Eh bien, on raconte que les étudiants de Berkeley soutiennent Nixon alors que c'est faux, répondit Jamie.

— On ne peut plus reculer maintenant ! » Cameron craignait que Jamie préfère tout annuler.

« Tu as sans doute raison », convint Jamie, manifestement peu convaincu.

Cam passa toute la matinée du lendemain sur des charbons ardents. À midi et demi, il n'y avait que sept personnes dans la salle. Quand les orateurs arrivèrent, il les conduisit dans une pièce à part et leur offrit du café et des cookies préparés par la mère de Jamie. À une heure moins le quart, les sièges étaient encore quasiment vides. Et puis, à une heure moins dix, les gens commencèrent à arriver, au compte-gouttes. À une heure, la salle était presque pleine, et Cam respira un peu mieux.

Il invita Ehrlichman à présider la réunion. « Non, répondit Ehrlichman. Ça fera meilleur effet si c'est un étudiant qui s'en charge. »

Cam présenta les orateurs et les laissa parler. C'est à peine s'il entendit ce qu'ils racontaient. Son meeting était un succès, Ehrlichman était impressionné, mais Cam n'était pas à l'abri d'un pépin de dernière minute.

Il fit un discours de conclusion, affirmant que la popularité de la réunion traduisait le ras-le-bol des étudiants à l'égard des manifestations, du libéralisme et de la drogue. Il fut acclamé avec enthousiasme.

Quand ce fut fini, Cam n'avait qu'une hâte : que tout le monde s'en aille.

La journaliste Sharon McIsaac était venue. Ses allures de pasionaria lui rappelèrent Evie Williams, qui avait repoussé ses avances quand il était adolescent. Sharon s'adressait à des étudiants. Quelques-uns refusèrent de lui parler ; et puis, au grand soulagement de Cam, elle mit le grappin sur l'un des rares vrais républicains de Berkeley. Le temps qu'ils aient fini de discuter, tous les autres étaient partis.

À deux heures et demie, Cam et Ehrlichman étaient debout dans la salle vide. « Bien joué, le félicita Ehrlichman. Vous êtes sûr que tous ces gens étaient des étudiants ? »

Cam hésita. « Il n'y a pas de micros ? »

Ehrlichman éclata de rire. « Écoutez, dit-il, que diriez-vous de venir travailler pour la campagne présidentielle de Richard à la fin du semestre ? Un type comme vous pourrait nous être utile. »

Le cœur de Cam fit un bond dans sa poitrine. « J'en serais ravi ! » répondit-il.

*

Dave était à Londres et logeait chez ses parents, dans la maison de Great Peter Street.

Quand Fitz frappa à la porte, ils se trouvaient tous les trois dans la cuisine, Lloyd, Daisy et lui – Evie était à Los Angeles. Il était six heures, l'heure du dîner des enfants, qu'on appelait « le thé », quand ils étaient petits. À l'époque, leurs parents passaient un moment avec eux pour parler de la journée avant de sortir, généralement pour se rendre à une réunion politique. Daisy fumait, et Lloyd préparait parfois des cocktails. Il y avait longtemps que les enfants étaient trop grands pour prendre « le thé », mais l'habitude de se retrouver en fin d'après-midi à la cuisine pour bavarder s'était perpétuée.

Dave parlait à ses parents de sa rupture avec Beep quand la bonne entra et annonça : « Le comte Fitzherbert voudrait vous voir. »

Dave vit son père se crisper.

« Tout se passera bien », le rassura Daisy en posant la main sur le bras de Lloyd.

Dave était dévoré de curiosité. Il savait à présent que le comte avait séduit Ethel quand elle était femme de chambre au château, et que Lloyd était le fruit illégitime de leur liaison. Il savait aussi que Fitz refusait obstinément, depuis plus d'un demi-siècle, de le reconnaître comme son fils. Alors que venait-il faire ici, ce soir-là ?

Entrant dans la pièce en s'appuyant sur deux cannes, Fitz déclara : « Ma sœur, Maud, vient de mourir. »

Daisy se leva d'un bond. « Oh, Fitz, je suis désolée. Venez vous asseoir. » Elle le prit par le bras.

Fitz hésita. « Je n'ai pas le droit de m'asseoir dans cette maison », dit-il en regardant Lloyd.

Dave comprit que l'humilité n'était pas dans sa nature.

Lloyd s'efforçait de maîtriser une vive émotion. C'était le père qui l'avait rejeté toute sa vie. « Asseyez-vous, je vous en prie », fit-il avec raideur.

Dave lui approcha une chaise de cuisine et Fitz s'assit à la table. « J'ai l'intention d'aller à son enterrement, qui a lieu dans deux jours.

— Ne vivait-elle pas en Allemagne de l'Est ? demanda Lloyd. Comment avez-vous appris sa mort ?

— Maud avait une fille, Carla. Elle a téléphoné à l'ambassade de Grande-Bretagne à Berlin-Est. Ils ont eu l'amabilité de m'appeler pour m'annoncer la nouvelle. J'ai été ministre des Affaires étrangères jusqu'en 1945, et je constate avec plaisir que cela compte encore pour quelque chose. »

Sans qu'on lui ait rien demandé, Daisy sortit une bouteille de scotch d'un placard, en versa un doigt dans un verre et le plaça devant Fitz avec un petit pichet d'eau du robinet. Fitz ajouta un peu d'eau dans le whisky et en but une gorgée. « Je suis très touché que vous n'ayez pas oublié, Daisy », murmura-t-il. Dave se souvint que Daisy avait vécu avec Fitz un moment, à l'époque où elle était l'épouse de son fils, Boy Fitzherbert. C'est ainsi qu'elle avait appris comment il aimait son whisky.

« Lady Maud était la meilleure amie de ma défunte mère, poursuivit Lloyd, visiblement un peu plus détendu. La dernière fois que je l'ai vue, c'est quand Mam m'a emmené à Berlin, en 1933. À l'époque, Maud était journaliste et écrivait des articles qui ne plaisaient pas à Hitler.

— Je n'ai pas revu ma sœur et je ne lui ai plus parlé depuis 1919, reprit Fitz. Je lui en voulais de s'être mariée sans ma permission, avec un Allemand, qui plus est. Et notre brouille a duré près de cinquante ans. » Son visage ridé et sans couleurs trahissait une profonde tristesse. « Maintenant, il est trop tard pour que je lui pardonne. Quel sot j'ai été. » Il regarda Lloyd bien en face. « Sot dans cette circonstance, et dans d'autres. »

Lloyd esquissa un bref hochement de tête.

Dave surprit le regard de sa mère. Il lui avait semblé que quelque chose d'important venait de se produire, et l'expression de Daisy le lui confirmait. Fitz éprouvait des regrets si profonds qu'il lui était difficile de les traduire en paroles, mais ses excuses étaient implicites.

Comment imaginer que ce vieil homme affaibli ait jadis été la proie d'une passion torride ? Dave savait pourtant qu'il avait aimé Ethel, et qu'elle lui avait rendu son amour, parce qu'il l'avait entendu de sa bouche. Fitz avait pourtant rejeté leur enfant, et à présent, après une vie de déni, se penchant sur son passé, il comprenait enfin tout ce qu'il avait manqué. C'était d'une tristesse insoutenable.

« Je vais vous accompagner, proposa Dave impulsivement.

— Pardon ?

— À l'enterrement. Je vais vous accompagner à Berlin. » Dave n'aurait su dire pourquoi il tenait à le faire. Il sentait cependant que cela pourrait apaiser son grand-père.

« Vous êtes vraiment gentil, jeune Dave, répondit Fitz.

— Quelle excellente idée, mon chéri », renchérit Daisy.

Dave jeta un coup d'œil à son père. Craignant qu'il ne soit pas d'accord, il constata avec étonnement que Lloyd avait les larmes aux yeux.

Le lendemain, Dave et Fitz prirent l'avion. Ils passèrent la nuit dans un hôtel à Berlin-Ouest.

« Ça ne vous ennuie pas que je vous appelle Fitz ? demanda Dave, au cours du dîner. Nous avons toujours appelé Bernie Leckwith Grandpa, alors que nous savions qu'il n'était que le beau-père de mon père. Et quand j'étais petit, je ne vous ai jamais vu. Alors j'ai, comment dire ? L'impression qu'il est trop tard pour changer.

— Je ne suis pas en position de vous imposer quoi que ce soit. Et à vrai dire, cela m'indiffère. »

Ils parlèrent politique. « Nous, les conservateurs, nous avions raison à propos du communisme, lui confia Fitz. Nous avions dit que ça ne marcherait pas, et c'est le cas. En revanche, nous nous sommes trompés à propos de la social-démocratie. Quand Ethel affirmait qu'il fallait accorder à tous l'éducation et l'accès aux soins gratuits ainsi qu'une assurance chômage, je rétorquais que c'était de l'utopie. Pourtant, voyez-vous, tout ce pour quoi elle a milité s'est réalisé, et malgré tout, l'Angleterre est toujours l'Angleterre. »

Fitz admettait ses erreurs avec panache, pensa Dave. De toute évidence, le comte n'avait pas toujours été comme ça : il était resté brouillé avec sa famille pendant plusieurs dizaines d'années. Peut-être était-ce une qualité qu'on acquérait avec l'âge.

Le lendemain matin, une Mercedes noire avec chauffeur, réservée par Jenny Pritchard, la secrétaire de Dave, les attendait pour les conduire de l'autre côté de la frontière, à l'Est.

Arrivés à Checkpoint Charlie, ils franchirent une barrière et s'engagèrent dans un long hangar où ils durent remettre leurs passeports. Là, on les pria d'attendre.

Le garde-frontière qui avait pris leurs papiers disparut. Au bout d'un moment, un grand type voûté en civil leur ordonna de descendre de leur Mercedes et de le suivre.

L'homme, qui marchait très vite, jeta un coup d'œil par-dessus son épaule, irrité par la lenteur de Fitz. « Veuillez vous dépêcher, lança-t-il en anglais.

— Mon grand-père est un vieux monsieur ! » riposta Dave en allemand. Il l'avait appris à l'école et perfectionné à Hambourg.

« Ne discutez pas, lui chuchota Fitz. Ce salaud fait partie de la Stasi. » Dave haussa le sourcil : c'était la première fois qu'il entendait Fitz employer ce genre de vocabulaire. « Ces gens-là sont d'une incroyable arrogance. Comme le KGB, en plus impitoyable encore », ajouta Fitz.

On les conduisit dans un bureau qui ne contenait qu'une table métallique et des chaises en bois. Constatant qu'on ne leur proposait pas de siège, Dave approcha une chaise pour Fitz qui s'y laissa tomber avec gratitude.

Le grand type s'adressa en allemand à un interprète qui traduisit sa question entre deux bouffées de cigarette : « Quel est le but de votre visite en Allemagne de l'Est ?

— Assister à l'enterrement d'une proche parente, ce matin, à onze heures », répondit Fitz. Il regarda sa montre, une Omega en or. « Il est déjà dix heures. J'espère que vous ne nous retiendrez pas trop longtemps.

— Nous vous retiendrons le temps qu'il faudra. Quel est le nom de votre sœur ?

— Pourquoi me demandez-vous ça ?

— Vous venez de dire que vous souhaitiez assister à l'enterrement de votre sœur. Comment s'appelle-t-elle ?

— Je vous ai dit que je voulais assister à l'enterrement d'une proche parente. Je n'ai pas dit que c'était ma sœur. Manifestement, vous êtes fort bien informés. »

Ce type de la police secrète les attendait, comprit Dave. Il avait du mal à comprendre pourquoi.

« Répondez. Comment s'appelle votre sœur ?

— Elle s'appelait Frau Maud von Ulrich, ainsi que vos espions vous l'auront certainement dit. »

Dave remarqua que Fitz commençait à s'énerver et dérogeait à sa recommandation d'en dire le moins possible.

« Comment se fait-il que Lord Fitzherbert ait une sœur allemande ? demanda le type.

— Ma sœur a épousé un de mes amis, Walter von Ulrich, un diplomate allemand en poste à Londres. Il a été tué par la Gestapo pendant la Seconde Guerre mondiale. Et vous, qu'avez-vous fait pendant la guerre ? »

L'expression furieuse qui s'inscrivit sur le visage du grand type révéla à Dave qu'il avait compris. Sans répondre à la question, il se tourna vers Dave : « Où est Walli Franck ?

— Je n'en sais rien, fit Dave, ébahi.

— Bien sûr que si. Vous faites partie du même groupe de musiciens.

— Le groupe s'est dissous. Ça fait des mois que je n'ai pas vu Walli. Je ne sais pas où il est.

— Je ne vous crois pas. Vous êtes associés.

— Il arrive que des associés se séparent.

— Quelle est la raison de votre rupture ?

— Des différends personnels et artistiques. » En réalité, les causes de leur brouille étaient exclusivement personnelles. Dave et Walli n'avaient jamais eu de différend musical.

« Et pourtant, vous souhaitez assister à l'enterrement de sa grand-mère.

— C'était ma grand-tante.

— Où avez-vous vu Walli Franck pour la dernière fois ?

— À San Francisco.

— Son adresse, s'il vous plaît. »

Dave hésita. Ça commençait à sentir mauvais.

« Répondez, je vous prie. Walli Franck est recherché pour meurtre.

— La dernière fois que je l'ai vu, c'était dans le parc de Buena Vista. Dans Haight Street. Je ne sais pas où il habite.

— Savez-vous que faire obstruction à une enquête de police est un délit ?

— Bien sûr.

— Et que si vous commettez un tel délit, vous risquez d'être arrêté, jugé et emprisonné ici ? »

Dave commença à s'inquiéter sérieusement, tout en essayant de garder son sang-froid. « Et des millions de fans dans le monde entier réclameront ma libération.

— Ils ne parviendront pas à interférer avec la justice. »

Fitz intervint : « Êtes-vous sûr que vos camarades de Moscou vous approuveraient de provoquer un incident diplomatique majeur pour une affaire pareille ? »

Le grand type éclata d'un rire méprisant, peu convaincant cependant.

« Vous êtes Hans Hoffmann, n'est-ce pas ? lança soudain Dave dans un éclair d'intuition »

L'interprète ne traduisit pas mais répondit de lui-même, très vite : « Son nom ne vous regarde pas. »

Dave comprit cependant à l'expression du grand type qu'il avait vu juste. « Walli m'a parlé de vous, reprit-il. Sa sœur vous a plaqué, et depuis, vous vous vengez sur sa famille.

— Répondez à la question qu'on vous pose, c'est tout.

— Vous faites ça pour vous venger ? Harceler deux innocents qui vont à un enterrement ? Vous êtes vraiment comme ça, vous, les communistes ?

— Attendez ici, s'il vous plaît. » Hans et son interprète quittèrent la pièce et Dave entendit claquer un verrou de l'autre côté de la porte.

« Je suis désolé, dit Dave. Apparemment, tout le problème vient de Walli. Vous vous en seriez mieux sorti sans moi.

— Vous n'y êtes pour rien. J'espère simplement que nous ne manquerons pas l'enterrement. » Fitz prit son étui à cigares. « Vous ne fumez pas, n'est-ce pas, Dave ? »

Dave secoua la tête. « Pas de tabac, en tout cas.

— La marijuana est mauvaise pour la santé.

— Contrairement aux cigares, c'est ça ? »

Fitz sourit. « Bien joué.

— J'ai eu la même conversation avec mon père. Il boit du whisky. Vous, les parlementaires, vous avez une ligne de conduite parfaitement claire : toutes les drogues dangereuses sont illégales, sauf celles que vous aimez. Et vous vous plaignez que les jeunes ne vous écoutent pas.

— Vous avez raison, assurément. »

C'était un gros cigare, et Fitz le fuma en entier, avant de laisser tomber le mégot dans un cendrier en métal embouti. Onze heures sonnèrent et passèrent. Ils avaient raté l'enterrement pour lequel ils étaient venus de Londres.

À onze heures et demie, la porte se rouvrit. Hans Hoffmann apparut sur le seuil et dit avec un petit sourire : « Vous êtes autorisés à entrer en Allemagne de l'Est. » Il tourna les talons.

Dave et Fitz reprirent leur voiture. « À l'heure qu'il est, nous ferions aussi bien d'aller directement chez eux », remarqua Fitz et il donna l'adresse au chauffeur.

Ils empruntèrent la Friedrichstrasse jusqu'à Unter den Linden. Les vieux immeubles gouvernementaux n'avaient rien perdu de leur superbe, mais les trottoirs étaient déserts. « Mon Dieu, soupira Fitz. C'était dans le temps une des artères les plus commerçantes d'Europe. Regardez ça ! On se croirait à Merthyr Tydfil un lundi. »

La voiture s'arrêta devant une villa en meilleur état que les autres. « La fille de Maud a l'air plus à l'aise que ses voisins, remarqua Fitz.

— Le père de Walli possède une usine de téléviseurs à Berlin-Ouest, lui expliqua Dave. Il se débrouille d'une façon ou d'une autre pour la diriger d'ici. Apparemment, l'entreprise continue à dégager des bénéfices. »

Ils entrèrent dans la maison et tous les membres de la famille se présentèrent. Les parents de Walli, Werner et Carla, un homme séduisant et une femme quelconque, aux traits énergiques. La sœur de Walli, Lili, une jolie fille de dix-neuf ans, qui ne ressemblait pas du tout à Walli. Dave était curieux de faire la connaissance de Karolin, dont les cheveux blonds séparés par une raie au milieu encadraient le visage comme des rideaux. Elle tenait par la main Alice, l'inspiratrice de la chanson, une petite fille timide de quatre ans, avec un nœud noir dans les cheveux en signe de deuil. Le mari de Karolin, Odo, était un peu plus âgé qu'elle. Il devait avoir une trentaine d'années. Il avait les cheveux longs, à la mode, mais portait un col d'ecclésiastique.

Dave expliqua pourquoi ils avaient manqué l'enterrement. Ils parlaient en mélangeant les langues, mais les Allemands étaient plus à l'aise en anglais qu'inversement. L'attitude de la famille Franck à l'égard de Fitz était clairement ambivalente. C'était compréhensible, songea Dave : après tout, il avait été très dur avec Maud, et sa fille jugeait sans doute qu'il était trop tard pour faire amende honorable. Il était également trop tard pour se lancer des reproches à la tête, et personne n'évoqua les cinquante années de brouille.

Une dizaine d'amis et de voisins qui avaient assisté à la cérémonie prenaient le café et des amuse-gueule servis par Carla et Lili. Dave discuta guitare avec Karolin et découvrit que Lili et elle étaient des vedettes de la scène musicale clandestine. Elles n'étaient pas autorisées à faire des disques parce que leurs chansons parlaient de liberté, mais les amateurs les enregistraient sur bandes qu'ils se prêtaient entre eux. C'était un peu comme les samizdats édités en Union soviétique. Ils parlèrent des enregistrements sur cassettes, un nouveau format plus pratique, bien que de qualité sonore inférieure. Dave proposa à Karolin de lui envoyer des cassettes et un magnétophone, mais elle l'en dissuada : la police secrète les volerait.

Dave avait imaginé Karolin comme une femme insensible – après tout, elle avait plaqué Walli pour épouser Odo –, mais s'aperçut avec étonnement qu'il la trouvait vraiment sympathique. Elle avait l'air intelligente et douce. Elle parlait de Walli avec beaucoup d'affection et voulait tout savoir sur lui, et sur la façon dont il vivait.

Lorsque Dave lui avoua qu'ils s'étaient fâchés et lui en exposa les raisons, elle fut atterrée. « Ça ne lui ressemble pas. Walli n'a jamais été du genre volage. Toutes les filles lui couraient après et il aurait pu en avoir une nouvelle tous les week-ends, mais il ne l'a jamais fait. »

Dave haussa les épaules. « Il a changé.

— Et votre ancienne fiancée ? Comment s'appelle-t-elle ?

— Ursula, mais tout le monde l'appelle Beep. Pour être honnête, son infidélité ne me surprend pas. Ce n'est pas une fille très sérieuse. Ça fait partie de son charme.

— J'ai l'impression que vous l'aimez toujours.

— J'étais fou d'elle », répondit Dave, éludant la question, parce qu'il ne savait pas très bien où il en était. Il en voulait à Beep, il était furieux de sa trahison, mais si elle avait été prête à lui revenir, il ignorait comment il réagirait.

Fitz s'approcha d'eux. « Dave, je voudrais voir la tombe avant que nous repartions à Berlin-Ouest. Ça ne vous ennuie pas ?

— Bien sûr que non. » Dave se leva. « Nous n'allions pas tarder à partir, de toute façon.

— Si vous vous reparlez, Walli et vous, lui dit Karolin, transmettez-lui tout mon amour, s'il vous plaît. Dites-lui que j'attends avec impatience le jour où il pourra enfin voir Alice. Je lui parlerai de son père dès qu'elle sera assez grande. »

Werner, Carla et Lili, tous avaient des messages pour Walli. Dave allait devoir reprendre contact avec lui, songea-t-il, ne fût-ce que pour les lui transmettre.

Comme ils prenaient congé, Carla s'adressa à Fitz : « Je voudrais vous donner un souvenir de Maud.

— Ça me ferait grand plaisir.

— Je sais ce que je veux que vous emportiez. » Elle disparut un instant et revint avec un vieil album de photos relié en cuir. Fitz l'ouvrit. Les photos étaient toutes en noir et blanc, ou en sépia, souvent passées et légendées d'une grande écriture penchée, sans doute celle de Maud. La plus ancienne avait été prise dans une superbe maison de campagne. Dave lut : « Tŷ Gwyn, 1905. » C'était la demeure des Fitzherbert, devenue le Centre de formation continue d'Aberowen.

En voyant des photos de Maud et lui dans leur jeunesse, Fitz ne put s'empêcher de pleurer. De grosses larmes roulèrent sur sa vieille peau ridée, parcheminée, et se perdirent dans le col de sa chemise blanche immaculée. « Le bon vieux temps ne revient jamais », murmura-t-il d'une voix étranglée.

Ils prirent congé. Le chauffeur les conduisit jusqu'à un vaste cimetière municipal dénué de charme, où ils trouvèrent la tombe de Maud. La fosse avait déjà été comblée, et la terre formait un petit monticule dont, détail pathétique, la taille et la forme étaient approximativement celles d'un être humain. Ils restèrent debout côte à côte pendant quelques minutes, sans rien dire. On n'entendait que des chants d'oiseaux.

Fitz s'essuya les yeux avec un grand mouchoir blanc. « Allons-y », dit-il.

Au poste de contrôle, on les fit patienter une nouvelle fois. Hans Hoffmann assista en souriant à la fouille de leur voiture et de leurs personnes.

« Qu'est-ce que vous cherchez ? demanda Dave. Qu'imaginez-vous que nous voulions faire sortir clandestinement d'Allemagne de l'Est ? Vous n'avez rien dont on puisse avoir envie ! » Personne ne lui répondit.

Un officier en uniforme s'empara de l'album photo et le tendit à Hoffmann.

Celui-ci le feuilleta distraitement. « Il faudra que nos services judiciaires l'examinent de près.

— Évidemment », répondit tristement Fitz.

Ils durent repartir sans.

Comme ils s'éloignaient, Dave jeta un coup d'œil par-dessus son épaule et vit Hans qui laissait tomber l'album dans une poubelle.

*

George Jakes prit l'avion à Portland pour aller voir Verena à Los Angeles. Dans sa poche, il avait une bague de diamants.

Ayant été très occupé par la campagne de Bob Kennedy, il n'avait pas vu Verena depuis les funérailles de Martin Luther King à Atlanta, plusieurs semaines auparavant.

George avait été accablé par cet assassinat. Le pasteur King faisait briller une lumière d'espoir radieuse, ardente, pour tous les Noirs américains, et voilà qu'il avait disparu, abattu par un raciste blanc armé d'un fusil de chasse. Le président Kennedy avait rendu l'espoir aux Noirs, et avait été tué, lui aussi, par un Blanc armé d'un pistolet. À quoi servait la politique si de grands hommes pouvaient être aussi facilement anéantis ? Enfin, se disait George, au moins il nous reste Robert.

Verena avait été encore plus durement frappée. Aux obsèques, elle avait eu l'air désorientée, furieuse, perdue. L'homme qu'elle avait admiré, aimé et assisté pendant sept ans n'était plus.

À la grande consternation de George, elle n'avait pas accepté qu'il la console. Ils vivaient à mille kilomètres l'un de l'autre, mais il était le seul homme dans sa vie. Il se rassurait en se disant que si elle l'avait repoussé, c'était sous le coup du chagrin et que cela passerait.

Elle n'avait plus rien à faire à Atlanta – elle ne voulait pas travailler pour le successeur de King, Ralph Abernathy –, et avait donc démissionné. George avait espéré qu'elle viendrait s'installer chez lui, à Washington. Or sans un mot d'explication, elle était retournée chez ses parents, à Los Angeles. Peut-être avait-elle besoin d'un moment de solitude pour faire son deuil.

Ou alors, peut-être attendait-elle mieux qu'une simple invitation à emménager chez lui.

D'où la bague.

La primaire suivante se déroulant en Californie, cela donnait à George un prétexte pour aller voir Verena.

À l'aéroport, il loua une Plymouth Valiant blanche, une petite voiture compacte, bon marché – c'était le comité de campagne qui payait –, et prit la route de North Roxbury Drive, à Beverly Hills.

Franchissant la haute grille, il s'arrêta devant une maison de brique de style Tudor qui devait faire, se dit-il, cinq fois la taille des vraies demeures Tudor. Les parents de Verena, Percy Marquand et Babe Lee, vivaient comme les stars qu'ils étaient.

Une domestique lui ouvrit la porte et le fit entrer dans un salon qui n'avait rien de Tudor : moquette blanche, climatisation, et une baie vitrée qui occupait tout un mur donnant sur une piscine. La domestique lui demanda s'il voulait boire quelque chose. « Un soda, s'il vous plaît, répondit-il. N'importe lequel. »

Quand Verena arriva, il fut pétrifié.

Sa merveilleuse coupe afro avait disparu et elle avait maintenant les cheveux aussi courts que lui, presque ras. Elle portait un pantalon noir, une chemise bleue, une veste de cuir et un béret noir. C'était l'uniforme du parti des Panthères noires pour l'autodéfense.

Dominant son indignation, George l'embrassa. Elle lui offrit ses lèvres, mais brièvement, et il comprit qu'elle était toujours dans le même état d'esprit qu'à l'enterrement. Il espéra que sa demande en mariage l'aiderait à en sortir.

Ils s'assirent sur un canapé tendu d'un tissu au motif de volutes orange brûlée, jaune primevère et chocolat. La domestique apporta à George, sur un plateau d'argent, un grand verre de Coca avec des glaçons. Quand elle fut ressortie, il prit Verena par la main et, retenant sa colère, lui demanda avec toute la douceur dont il était capable : « Que fais-tu dans cet uniforme ?

— C'est évident, non ?

— Pas pour moi.

— Martin Luther King a mené un combat non-violent, et ils l'ont tué. »

George était déçu. Il s'attendait à un argument plus solide. « Abraham Lincoln a mené une guerre civile, répondit-il, et ils l'ont tué aussi.

— Les Noirs ont le droit de se défendre. Personne ne le fera à leur place – et surtout pas la police. »

George eut le plus grand mal à dissimuler le mépris que lui inspiraient ces idées. « Vous voulez simplement foutre la trouille aux sales Blancs. Ce genre de démagogie n'a jamais rien donné de bon.

— Et la non-violence, ça a donné quoi ? Des centaines de Noirs lynchés, assassinés, des milliers d'autres tabassés et jetés en prison. »

George n'avait aucune envie de se disputer, au contraire, il voulait l'aider à redevenir elle-même, mais il ne put s'empêcher de hausser le ton. « Tu oublies la loi sur les droits civiques de 1964, la loi sur le droit de vote de 1965, sans compter six députés et un sénateur noirs !

— Le problème, c'est que les Blancs disent que maintenant ça suffit. Personne n'a réussi à faire passer une loi contre la discrimination en matière de logement.

— Les Blancs ont peut-être peur de voir des Panthères en tenues de nazis se balader armées dans leurs jolies banlieues.

— La police est armée. Nous devons l'être aussi. »

George comprit alors que cette discussion, apparemment politique concernait en réalité leur relation. Et qu'il était en train de perdre Verena. S'il était incapable de lui faire quitter les Panthères noires, elle ne pourrait pas reprendre place dans sa vie. « Écoute, je sais que dans toute l'Amérique, la police est pleine de racistes violents, mais la solution, c'est de faire le ménage dans la police, pas de descendre les flics. Il faut se débarrasser d'hommes politiques comme Ronald Reagan qui encouragent les brutalités policières.

— Je refuse d'accepter une situation où les Blancs ont des fusils et pas nous.

— Eh bien, milite pour la limitation des armes, et pour qu'il y ait davantage de responsables noirs dans la police.

— C'est à ça que croyait Martin, et il est mort », lança-t-elle crânement, et puis elle craqua et fondit en larmes.

Quand George voulut la serrer contre lui, elle le repoussa. Il s'efforça tout de même de lui faire entendre raison. « Si tu veux protéger les Noirs, viens faire campagne avec nous. Bob sera Président.

— Même s'il l'emporte, le Congrès l'empêchera d'agir.

— Ils chercheront à lui mettre des bâtons dans les roues, bien sûr, il faudra mener un combat politique, et puis un camp gagnera et l'autre perdra. Voilà comment on change les choses en Amérique. C'est un système pourri, mais tous les autres sont pires. Et s'entretuer est la plus mauvaise des solutions.

— On ne sera jamais d'accord, toi et moi.

— Bon. On s'est déjà disputés, poursuivit-il en baissant le ton, mais on a toujours continué à s'aimer, pas vrai ?

— Cette fois, ce n'est pas la même chose.

— Ne dis pas ça.

— Toute ma vie a changé. »

George la regarda bien en face et lut sur son visage un mélange de provocation et de culpabilité qui lui fit deviner ce qui se passait. « Tu couches avec un type des Panthères, c'est ça?

— Oui. »

George fut pris d'une crampe à l'estomac, comme s'il avait bu d'un trait une chope de bière glacée. « Tu aurais pu me le dire.

— Eh bien, je te le dis maintenant.

— Mon Dieu. » George était accablé. Ses doigts serrèrent la bague qui se trouvait dans sa poche. Allait-elle y rester? « Tu te rends compte que sept ans ont passé depuis que nous avons obtenu notre diplôme de Harvard ? » Il refoula ses larmes.

« Je sais.

— Les chiens policiers à Birmingham, "Je fais un rêve", à Washington, le soutien de Johnson aux droits civiques, deux assassinats...

— Et les Noirs sont toujours les Américains les plus pauvres, ils vivent dans les baraques les plus pourries, ils bénéficient des soins médicaux les plus merdiques – et ils font plus que leur part dans la guerre au Vietnam.

— Bob va changer tout ça.

— Tu rigoles.

— Je t'assure. Et je t'inviterai à la Maison Blanche pour que tu reconnaisses que tu t'es trompée. »

Verena se dirigea vers la porte. « Au revoir, George.

— Je ne peux pas croire que ça se termine comme ça.

— La bonne va te raccompagner. »

George n'arrivait pas à aligner deux idées. Il aimait Verena depuis des années et avait toujours pensé qu'ils finiraient par se marier, tôt ou tard. Et voilà qu'elle le larguait pour un membre des Panthères noires. Il ne savait plus où il en était. Même s'ils avaient vécu chacun de leur côté, il n'avait jamais cessé de penser à ce qu'il lui dirait et aux caresses qu'ils échangeraient à leur prochaine rencontre. Et voilà qu'il était seul.

La domestique réapparut. « Par ici, monsieur Jakes, s'il vous plaît. »

Il la suivit dans l'entrée comme un robot. Elle lui ouvrit la porte. « Merci, dit-il.

— Au revoir, monsieur Jakes. »

George remonta dans sa voiture de location et démarra.

*

Le jour de la primaire californienne, George se trouvait à Malibu en compagnie de Robert Kennedy dans la maison que John Frankenheimer, le réalisateur de films, possédait au bord de la mer. Le temps était couvert, ce matin-là, mais Robert était quand même allé se baigner avec son fils de douze ans, David. Ils avaient été entraînés par un courant sournois qui les avait roulés sur les galets du fond et étaient ressortis couverts d'égratignures et d'éraflures. Après le déjeuner, Bob s'endormit dans un fauteuil à côté de la piscine, les pieds sur un autre fauteuil, la bouche ouverte. En le regardant par les portes vitrées du patio, George remarqua sur son front une vilaine entaille due à l'incident de la matinée.

Il ne lui avait pas annoncé sa rupture avec Verena. Il n'en avait parlé qu'à sa mère. Il avait à peine le temps de réfléchir quand ils étaient en campagne, et en Californie, ils n'avaient pas arrêté : les bains de foule à l'aéroport, les cortèges de voitures, les meutes hystériques et les meetings bondés. George était content d'être aussi occupé. Il ne pouvait se permettre de céder à la tristesse que pendant quelques minutes, tard le soir, avant de s'endormir. Et il se surprenait à imaginer les conversations qu'il pourrait avoir avec Verena pour la convaincre de revenir à la politique, la vraie, et de faire campagne pour Bob. Peut-être leurs approches différentes avaient-elles toujours été l'expression d'une incompatibilité fondamentale. Il n'avait jamais voulu le croire.

À quinze heures, la télévision donna les résultats des premiers sondages à la sortie des urnes. Robert l'emportait sur Gene McCarthy par quarante-neuf à quarante et un. George exultait. Je ne peux pas gagner le cœur de ma chérie, mais je peux gagner des élections, se dit-il.

Bob se doucha, se rasa et enfila une chemise blanche et un costume bleu à fines rayures. Était-ce sa tenue ou sa confiance accrue, quoi qu'il en fût, George lui trouva l'air plus présidentiel que jamais.

L'ecchymose sur le front de Bobby était vilaine, mais John Frankenheimer avait une maquilleuse de cinéma professionnelle sous la main, et elle masqua les dégâts.

À six heures et demie, l'entourage de Kennedy monta en voiture pour regagner Los Angeles. Ils allaient célébrer la victoire à l'hôtel Ambassador ; la fête battait déjà son plein dans la salle de bal. George monta avec Bob dans la suite royale, au quatrième étage. Là, dans un grand salon, plus d'une centaine d'amis, de conseillers et de journalistes privilégiés se congratulaient en buvant des cocktails. Tous les téléviseurs de la suite étaient allumés.

George et les autres proches conseillers traversèrent la pièce sur les pas de leur patron pour se rendre dans une des chambres. Comme toujours, Bob associait réjouissances et discussions politiques sérieuses. Ce jour-là, il était également sorti vainqueur d'une primaire moins importante, dans le Dakota du Sud, terre natale de Hubert Humphrey. Après la Californie, il était confiant : il l'emporterait certainement à New York, où il avait l'avantage d'être un des sénateurs de l'État. « Bon sang, on est en train de battre McCarthy ! » s'écria-t-il avec enthousiasme, assis par terre dans un coin de la pièce, suivant d'un œil ce qui se passait à la télévision.

George commençait à se préoccuper de la convention. Comment s'assurer que la popularité de Bob se traduirait dans le vote des délégués des États où il n'y avait pas de primaire ? « Humphrey laboure le terrain dans des États comme l'Illinois, où le maire Daley contrôle les voix des délégués.

— Ouais, répondit Bob. Mais en fin de compte, des hommes comme Daley eux-mêmes ne peuvent pas ignorer le sentiment populaire. Ils veulent gagner. Or contrairement à moi, Hubert ne peut pas battre Richard Nixon.

— C'est vrai, mais les grands manitous du parti démocrate le savent-ils ?

— Ils le sauront avant le mois d'août. »

George était d'accord avec Bob pour estimer qu'ils avaient le vent en poupe, ce qui ne l'empêchait pas de percevoir clairement les dangers qui les attendaient. « Il faut que McCarthy se retire pour que nous puissions concentrer nos efforts contre Humphrey. Il va falloir négocier un accord avec McCarthy. »

Bob secoua la tête. «Je ne peux pas lui proposer la vice-présidence. Il est catholique. Les protestants peuvent voter pour un catholique, mais pas pour deux.

— Vous pourriez lui proposer un poste important au cabinet.

— Secrétaire d'État?

— À condition qu'il se retire tout de suite de la course.»

Bob fronça les sourcils. «Je me vois mal bosser avec lui à la Maison Blanche.

— Si vous ne gagnez pas, vous ne serez pas à la Maison Blanche. Voulez-vous que je sonde le terrain?

— Laissez-moi y réfléchir encore un peu.

— Entendu.

— Vous voulez que je vous dise une chose, George? Pour la première fois, je n'ai pas l'impression d'être là parce que je suis le frère de John.»

George sourit. C'était un grand pas en avant.

Il retourna au salon parler aux journalistes, mais refusa les verres qu'on lui proposait. Il préférait rester en pleine possession de ses moyens quand il était avec Bob, qui pour sa part avait un faible pour le bourbon. L'incompétence le rendait cependant complètement fou, et si un membre de son équipe le mettait en colère, il était capable de lui arracher les yeux. George n'osait boire d'alcool qu'en l'absence de Bob.

Il était encore parfaitement sobre quelques minutes avant minuit, quand il redescendit avec Bob dans la salle de bal où le candidat à l'investiture devait prononcer son discours de victoire. Ethel, sa femme, était à la pointe de la mode, en minirobe orange et blanche sur collant blanc, bien qu'elle attendît leur onzième enfant.

La foule se déchaîna, comme toujours. Les garçons portaient tous le chapeau de paille orné du ruban tricolore «Votez Kennedy» et les filles étaient en uniforme : jupe bleue, chemisier blanc et écharpe Kennedy rouge. Un orchestre se mit à jouer une chanson de campagne. Les puissants projecteurs de la télévision ajoutaient à la chaleur qui régnait dans la salle. Conduits par Bill Barry, leur garde du corps, Bobby et Ethel traversèrent le public, leurs jeunes supporters tendant les mains pour les toucher et agripper leurs vêtements jusqu'à ce qu'ils arrivent à une petite estrade. Avec la bousculade des photographes, le chaos était à son comble.

Si l'hystérie du public donnait des sueurs froides à George et aux autres organisateurs, c'était la grande force de Bob : sa faculté de susciter des réactions passionnées le conduirait à la Maison Blanche, c'était certain.

Il se tenait derrière une forêt de micros. Il n'avait pas demandé qu'on lui rédige de discours, et n'avait que quelques notes. Sa performance fut médiocre, ce qui n'avait aucune importance. « Nous sommes un grand pays, un pays altruiste et plein de compassion, déclara-t-il. Voilà le thème sur lequel j'ai l'intention de faire campagne. » Ce n'étaient pas des paroles très inspirées, mais la foule l'adorait trop pour lui en vouloir.

George décida de ne pas accompagner Bob à la Factory, une discothèque, après le meeting. Voir des couples danser ne ferait que lui rappeler sa solitude. Il préférait s'accorder une bonne nuit de sommeil avant de prendre l'avion pour New York dans la matinée, afin d'y lancer la campagne. Il espérait que le travail panserait les plaies de son cœur.

«Je vous remercie tous, car c'est vous qui avez rendu cette soirée possible», disait Bobby. Il effectua le V de la victoire churchillien, et dans la salle, des centaines de jeunes imitèrent son geste. Il se pencha depuis l'estrade pour serrer quelques-unes des mains qui se tendaient vers lui.

Une petite complication vint entraver la suite du programme. Il avait rendez-vous avec la presse dans une salle voisine et devait traverser la foule pour repartir. George constata que Bill Barry n'arrivait pas à lui dégager le passage entre des jeunes filles hystériques qui hurlaient : « On veut Bobby ! On veut Bobby ! »

Un membre du personnel, un maître d'hôtel à en juger par sa tenue, résolut le problème en indiquant à Bob une double porte battante d'où l'on pouvait apparemment rejoindre la salle de presse par les locaux de service. Bob et Ethel le suivirent dans un couloir mal éclairé. George, Bill Barry et le reste de son entourage se précipitèrent derrière eux.

George se demandait quand il pourrait rediscuter avec Bob de la nécessité de conclure un accord avec Gene McCarthy. Il jugeait que c'était la priorité stratégique, mais les Kennedy attachaient une grande importance aux relations amicales. Si Bobby avait réussi à se faire un ami de Lyndon Johnson, tout aurait pu être différent.

Le couloir menait à un office vivement éclairé, avec de gigantesques chauffe-plats en acier inox étincelant et une immense machine à glace. Un journaliste de la radio interrogeait Bob tout en marchant : « Sénateur, comment allez-vous faire barrage à Mr. Humphrey ? » Sans s'arrêter, Bob serra les mains des employés souriants. Un garçon de cuisine qui débarrassait un chariot de plateaux se retourna comme pour le saluer.

Et puis, dans un éclair de terreur, George vit surgir dans la main du jeune homme une arme à feu.

C'était un petit revolver noir, à canon court.

L'homme le pointa vers la tête de Bob.

George ouvrit la bouche pour crier, mais la détonation ne lui en laissa pas le temps.

Le bruit que fit la petite arme ressemblait plus à celui d'un bouchon qui saute qu'à un coup de feu.

Bob porta les mains à son visage, recula, trébucha, et tomba à la renverse sur le sol de béton.

George rugit : « Non ! Non ! » C'était impossible – ça n'allait pas recommencer !

Un instant plus tard, il entendit une salve de crépitements, comme des pétards chinois. Quelque chose piqua George au bras, mais il n'y prêta pas attention.

Bobby était allongé sur le dos à côté de la machine à glace, les mains au-dessus de la tête, les pieds écartés. Il avait les yeux ouverts.

Des gens poussaient des cris et des hurlements. Le journaliste de la radio bégayait dans son micro : « On a tiré sur le sénateur Kennedy ! On a tiré sur le sénateur Kennedy ! Est-ce possible ? Est-ce possible ? »

Plusieurs hommes se jetèrent sur le tireur. Quelqu'un cria : « Le pistolet ! Prenez-lui son pistolet ! » George vit Bill Barry donner un coup de poing dans la figure de l'agresseur.

George s'accroupit à côté de Bob. Il était encore vivant, mais perdait son sang par une blessure, juste derrière l'oreille. Il avait l'air mal en point. George desserra sa cravate pour l'aider à respirer. Quelqu'un d'autre lui plaça un manteau plié sous la tête.

Une voix d'homme gémissait : « Mon Dieu, non... Seigneur, non... »

Ethel, qui s'était laissé distancer, se fraya un chemin à travers la foule, s'agenouilla à côté de George et parla à son mari. Une lueur d'intelligence passa sur son visage et il essaya de parler.

George crut l'entendre dire : « Tous les autres vont bien ? » Ethel lui caressa la joue.

George parcourut la pièce du regard. Il était impossible de savoir si quelqu'un d'autre avait été atteint par la volée de balles. Il aperçut alors son propre avant-bras. La manche de son costume était déchirée et tachée de sang. Il avait été touché. Maintenant qu'il l'avait remarqué, il souffrait le martyre.

Une porte s'ouvrit au fond de l'office. Les journalistes et les photographes massés dans la salle de presse se précipitèrent vers eux. Les cameramen se ruèrent sur le groupe qui entourait Bob, se bousculant, montant sur les tables et les éviers pour prendre de meilleures images de la victime qui se vidait de son sang à côté de sa femme bouleversée. Ethel implorait : « Laissez-le respirer, je vous en supplie ! Laissez-lui de l'air ! »

Une équipe d'ambulanciers arriva avec une civière. Ils soulevèrent Bob par les pieds et les épaules. Il cria faiblement : « Oh non, non...

— Doucement ! fit Ethel, implorant les ambulanciers. Doucement ! »

Ils le déposèrent sur la civière et le sanglèrent. Les yeux de Bob se fermèrent.

Il ne devait plus jamais les rouvrir.

XLV

Cet été-là, Dimka et Natalia peignirent l'appartement où le soleil entrait à flots par les fenêtres ouvertes. Comme ils ne cessaient de s'interrompre pour faire l'amour, cela leur prit plus de temps que prévu. Elle avait attaché ses beaux cheveux et les avait cachés sous un foulard. Elle portait une des vieilles chemises de Dimka, au col élimé, et un short si moulant qu'il ne pouvait s'empêcher de l'embrasser chaque fois qu'il la voyait perchée sur une échelle. Il le lui enlevait tellement souvent qu'elle avait fini par s'en passer. Et leurs ébats n'en avaient été que plus fréquents.

Ils ne pouvaient pas se marier tant que le divorce de Natalia n'était pas prononcé et, pour sauver les apparences, elle avait un minuscule appartement à proximité, mais en réalité, ils vivaient déjà officieusement ensemble, chez Dimka. Ils modifièrent l'aménagement pour le mettre au goût de Natalia et achetèrent un canapé. Ils prirent des habitudes : il préparait le petit déjeuner, elle faisait le dîner; il cirait ses chaussures, elle repassait ses chemises; il achetait la viande, elle, le poisson.

Ils ne voyaient jamais Nik, mais Natalia se mit à fréquenter régulièrement Nina. L'ex-femme de Dimka était désormais la maîtresse attitrée du maréchal Pouchnoï et passait de nombreux week-ends avec lui dans sa datcha, organisant des dîners pour ses amis intimes, parfois accompagnés eux aussi de leurs maîtresses. Dimka ignorait comment Pouchnoï s'arrangeait avec son épouse, une jolie femme d'âge mûr qui se tenait toujours à ses côtés lors des manifestations officielles. Quand Nina partait à la campagne pour le week-end, Dimka et Natalia s'occupaient de Gricha. Au début, Natalia, qui n'avait jamais eu d'enfant (Nik les détestait), n'était pas très à l'aise. Mais elle s'était rapidement prise d'affection pour Gricha, qui ressemblait beaucoup à Dimka. Et évidemment, son instinct maternel n'avait pas tardé à se révéler.

Si leur vie privée les comblait de bonheur, il n'en allait pas de même de leur vie publique. Les ultras du Kremlin feignaient seulement d'accepter le compromis tchécoslovaque. Dès le retour de Kossyguine et de Dimka, les conservateurs se mirent à l'œuvre pour démolir l'accord, préconisant une invasion qui écraserait Dubček et ses réformes. La question fut débattue en juin et en juillet dans la chaleur de Moscou et la fraîcheur des datchas de la mer Noire où se retirait l'élite du parti communiste pour les vacances d'été.

Ce qui préoccupait Dimka n'était pas tant la Tchécoslovaquie que son fils et le monde dans lequel il grandirait. Dans quinze ans, Gricha entrerait à l'université ; dans vingt ans, il travaillerait ; dans vingt-cinq ans, il aurait peut-être des enfants à son tour. La Russie aurait-elle alors un régime plus souple, quelque chose d'analogue au communisme à visage humain prôné par Dubček ? Ou l'Union soviétique vivrait-elle toujours sous la tyrannie d'un parti à l'autorité despotique, brutalement imposée par le KGB ?

Le secrétaire général, Leonid Brejnev, ménageait la chèvre et le chou de manière exaspérante. Dimka avait fini par le mépriser. Terrifié à l'idée d'être dans le camp des perdants, Brejnev ne se prononcerait que lorsqu'il saurait dans quel sens irait la décision collective. Il n'avait aucune vision d'envergure, aucun courage, aucun projet pour améliorer l'état du pays. Il n'avait rien d'un leader.

La tension fut à son comble lors de la réunion du Politburo qui se tint le vendredi 15 août et le samedi 16 août. Comme toujours, la séance officielle se limita pour l'essentiel à des échanges courtois de lieux communs, alors que les vraies batailles se livraient ailleurs.

C'est sur la place que Dimka se heurta à Ievguéni Filipov : il prenait le soleil au milieu des voitures stationnées et des limousines en attente devant le palais jaune et blanc abritant le Sénat.

« Vous avez vu les rapports du KGB en provenance de Prague ? demanda Filipov. Des rassemblements contre-révolutionnaires d'étudiants ! Des clubs où l'on parle ouvertement de renverser le communisme ! Des caches d'armes secrètes !

— Je ne crois pas à toutes ces histoires, répliqua Dimka. Bien sûr, il est question de réformes, mais les dirigeants en faillite du passé qui se trouvent aujourd'hui sur la touche exagèrent les dangers. » En réalité, Andropov, l'impitoyable chef du KGB, fabriquait des rapports effrayants pour appuyer la ligne des conservateurs. Mais Dimka n'était pas assez fou pour le dire à haute voix.

Il disposait d'une source de renseignement solide : sa sœur jumelle. Tania était à Prague, d'où elle envoyait des articles d'une prudente neutralité à l'agence TASS tout en transmettant à Dimka et à Kossyguine des comptes rendus révélant que Dubček était un héros pour tous les Tchèques à l'exception des vieux apparatchiks du Parti.

La population n'avait presque aucun moyen d'accéder à la vérité dans une société fermée. Les Russes mentaient à tout va. La quasi-totalité des documents produits en Union soviétique était fallacieuse : les chiffres de production, les analyses de politique étrangère, les comptes rendus d'interrogatoires de suspects, les prévisions économiques. Les gens murmuraient entre eux que la seule page du journal qui disait la vérité était celle des programmes de radio et de télévision.

« Je ne sais pas dans quel sens la situation va évoluer », fit remarquer Natalia à Dimka le vendredi soir. Elle travaillait toujours pour le ministre des Affaires étrangères, Andreï Gromyko. « Tous les signaux en provenance de Washington indiquent que le président Johnson ne réagira pas si nous envahissons la Tchécoslovaquie. Il a trop de problèmes à régler chez lui : révoltes, assassinats, le Vietnam et l'élection présidentielle. »

Ils avaient fini de peindre pour la journée et buvaient une bière, assis par terre. Une trace de peinture jaune maculait le front de Natalia. Bizarrement, cela donnait à Dimka une furieuse envie de la culbuter. Il était en train de se demander s'il allait passer à l'action tout de suite ou faire d'abord sa toilette et l'entraîner au lit quand elle dit : « Avant qu'on se marie... »

Voilà qui était de mauvais augure. « Oui ?

— Il faudrait qu'on aborde la question des enfants.

— On aurait sans doute dû y penser avant de passer l'été à forniquer comme des bêtes. »

Ils n'avaient utilisé aucun moyen contraceptif.

« C'est vrai. Mais tu as déjà un enfant.

— Nous avons un enfant. Nous deux. Tu seras sa belle-mère.

— J'ai beaucoup d'affection pour lui. Ce n'est pas difficile d'aimer un petit garçon qui est ton portrait craché. Mais est-ce que tu voudrais en avoir d'autres ? »

Dimka la sentait inquiète ; il éprouva le besoin de la rassurer. Il posa sa bière et la prit dans ses bras. « Je t'adore et j'aimerais beaucoup avoir des enfants avec toi.

— Ouf, ça tombe bien. Parce que je suis enceinte. »

*

Tania constata qu'il n'était pas facile de trouver des journaux à Prague. C'était une des conséquences paradoxales de l'abolition de la censure par Dubček. Auparavant, les gens ne prenaient pas la peine de lire les articles mensongers et lénifiants d'une presse contrôlée par l'État. Maintenant que les journaux étaient autorisés à dire la vérité, il n'y avait jamais suffisamment d'exemplaires pour satisfaire la demande. Elle devait se lever tôt le matin pour les acheter avant qu'ils ne soient épuisés.

La libéralisation touchait aussi la télévision. Ouvriers et étudiants interpellaient et critiquaient les ministres dans des émissions de débat. Les prisonniers politiques libérés étaient autorisés à questionner directement les agents de la police secrète qui les avaient jetés en prison. Dans les halls des grands hôtels, on voyait souvent de petits attroupements de spectateurs captivés, regroupés autour du téléviseur pour suivre les échanges qui se déroulaient à l'écran.

Partout dans les cafés, les cantines, les bâtiments publics, on assistait aux mêmes discussions. Des gens qui refoulaient leurs véritables sentiments depuis vingt ans avaient soudain le droit d'exprimer ce qu'ils avaient sur le cœur.

Le climat de liberté était contagieux. Tania était tentée de croire que le passé était révolu et le danger aboli. Elle devait sans cesse se rappeler que la Tchécoslovaquie restait un pays communiste avec sa police secrète et ses sous-sols où se pratiquait la torture.

Elle avait entre les mains le tapuscrit du premier roman de Vassili.

Il lui était parvenu, peu de temps après son départ de Moscou, de la même manière que sa première nouvelle, remis dans la rue, devant son bureau, par un étranger peu bavard. Comme le texte précédent, il était écrit à la main d'une écriture serrée, sans doute pour économiser le papier. Il portait le titre ironique d'*Un homme libre*.

Tania l'avait dactylographié sur du papier pelure. Elle était partie du principe que ses bagages seraient ouverts. Elle avait beau être une journaliste de confiance de l'agence TASS, il n'était pas impossible que les chambres des hôtels où elle descendait soient fouillées, tout comme l'appartement qu'on lui avait attribué dans le centre ancien de Prague. Elle avait trouvé une cachette ingénieuse, selon elle, ce qui ne l'empêchait pas de vivre dans la crainte. Elle avait un peu l'impression de détenir une bombe atomique et avait hâte de s'en défaire.

Elle s'était liée d'amitié avec le correspondant à Prague d'un journal britannique et profita de la première occasion pour lui dire : « Il y a une éditrice à Londres qui est spécialisée dans les traductions d'œuvres d'Europe de l'Est, Anna Murray, chez Rowley Publishing. J'aimerais bien l'interviewer sur la littérature tchèque. Vous croyez que vous pourriez lui transmettre un message ? »

C'était une démarche dangereuse car elle créait un lien identifiable entre Tania et Anna ; mais Tania était obligée de prendre des risques et celui-ci lui semblait minime.

Deux semaines plus tard, le journaliste anglais lui annonçait : « Anna Murray vient à Prague mardi prochain. Je n'ai pas pu lui donner votre numéro de téléphone parce que je ne le connais pas, mais elle sera au Palace Hotel. »

Le mardi suivant, Tania appela l'hôtel et laissa un message à l'attention d'Anna, disant : « Rendez-vous avec Jakub au pied de la statue de Jan Hus à quatre heures. » Jan Hus était un philosophe du Moyen Âge, qui avait été condamné au bûcher par le pape pour avoir soutenu que la messe devrait être dite en langue vernaculaire. Il était devenu pour les Tchèques un symbole de la résistance à toute autorité étrangère et on lui avait érigé un monument sur la place de la Vieille-Ville.

Les agents de la police secrète s'intéressaient particulièrement aux visiteurs occidentaux. Tania devait tenir pour acquis qu'on leur montrait tous les messages ; il n'était donc pas impossible qu'ils surveillent le monument pour voir qui Anna devait rencontrer. Aussi ne se rendit-elle pas au rendez-vous. Elle préféra intercepter Anna dans la rue et lui glisser une carte portant l'adresse d'un restaurant de la Vieille-Ville, avec ces mots : « Huit heures ce soir. Table réservée au nom de Jakub. »

Anna pouvait aussi être suivie sur le chemin de l'hôtel au restaurant. C'était cependant peu probable. La police secrète n'avait pas des effectifs suffisants pour filer en permanence tous les étrangers. Tania n'en prit par moins d'infinies précautions. Le soir venu, elle enfila une veste de cuir ample malgré la douceur de la température et partit en avance pour le restaurant. Elle s'assit à une autre table que celle qu'elle avait réservée. Quand Anna arriva, elle baissa la tête et surveilla ce qui se passait pendant qu'on l'installait.

Anna ne pouvait pas cacher qu'elle était étrangère. Elle était trop bien habillée pour une ressortissante d'Europe de l'Est. Elle était vêtue d'un tailleur pantalon rouge foncé qui soulignait ses formes sensuelles. Elle le portait avec un ravissant foulard multicolore qui devait venir de Paris. Elle avait des yeux et de cheveux noirs, hérités probablement de sa mère juive allemande. Tania lui donnait près de trente ans, mais elle était de ces femmes dont la beauté s'épanouit quand leur jeunesse les quitte.

Personne ne suivit Anna dans le restaurant. Tania resta à sa place pendant un quart d'heure, surveillant les clients qui entraient pendant qu'Anna sirotait le riesling hongrois qu'elle avait commandé. Quatre personnes entrèrent, un couple d'âge mûr et deux jeunes qui sortaient en amoureux ; aucun ne ressemblait de près ou de loin à un policier. Tania finit par se lever pour aller s'asseoir à la table d'Anna en accrochant sa veste au dossier de sa chaise.

« Merci d'être venue, dit-elle.

— Je vous en prie. Je suis contente d'être là.

— C'est un long voyage.

— Je serais allée dix fois plus loin pour rencontrer celle qui m'a apporté *La Morsure du gel.*

— Il a écrit un roman. »

Anna s'appuya contre son dossier en poussant un soupir de satisfaction. « J'espérais bien que vous me diriez cela. » Elle versa du vin dans le verre de Tania. « Où est le manuscrit ?

— Caché. Je vous le donnerai avant que nous partions.

— Entendu. » Anna était perplexe car elle n'en voyait pas trace, mais elle se fia à Tania.

« Vous m'avez fait un beau cadeau.

— J'ai toujours su que *La Morsure du gel* était excellent, admit Tania d'un air songeur. Et pourtant, j'étais loin d'imaginer un tel succès international. Au Kremlin, ils étaient furieux, d'autant plus qu'ils sont incapables d'en identifier l'auteur.

— Il faut que vous sachiez que nous lui devons une vraie fortune en droits d'auteur. »

Tania secoua la tête. « S'il touche de l'argent de l'étranger, il sera démasqué.

— Eh bien, un jour, peut-être. J'ai demandé à la plus grande agence littéraire de Londres de le représenter.

— Qu'est-ce que c'est qu'une agence littéraire ?

— Les agents littéraires veillent sur les intérêts de l'auteur, négocient les contrats et s'assurent que l'éditeur lui paye ce qu'il lui doit.

— Je ne savais même pas que ça existait.

— Son agent a ouvert un compte bancaire au nom d'Ivan Kouznetsov. Vous devriez réfléchir à la façon dont cet argent pourrait être investi.

— Ça représente quelle somme ?

— Plus d'un million de livres. »

Tania en fut abasourdie. Vassili serait l'homme le plus riche de Russie s'il pouvait mettre la main sur son argent.

Elles commandèrent à dîner. Les restaurants praguois s'étaient améliorés au cours des derniers mois mais continuaient à servir des plats traditionnels. Le bœuf et les boulettes de pâte tranchées étaient servis avec une sauce veloutée, agrémentée de crème fouettée et d'une cuillerée de gelée d'airelles.

Anna demanda : « Que va-t-il se passer ici, à Prague ?

— Dubček est un communiste sincère qui souhaite que son pays reste au sein du pacte de Varsovie. Il ne représente donc pas une menace sérieuse pour Moscou. Mais les dinosaures du Kremlin ne le voient pas de cet œil. Personne ne sait comment les choses vont évoluer.

— Vous avez des enfants ? »

Tania sourit. « Bonne question. Nous pouvons éventuellement nous résigner au régime soviétique en échange de la tranquillité, mais avons-nous le droit de léguer cette situation de misère et d'oppression à la génération suivante ? Non, je n'ai pas d'enfant. J'ai un neveu, Gricha, le fils de mon frère jumeau. Je l'aime beaucoup. Ce matin, mon frère m'annonçait dans une lettre que la jeune femme qui doit bientôt devenir sa seconde épouse est déjà enceinte. Je vais donc avoir un autre neveu, ou une nièce. J'espère pour eux que Dubček réussira et que d'autres pays communistes suivront l'exemple tchèque. Mais le régime soviétique est intrinsèquement conservateur et beaucoup plus réfractaire au changement que le capitalisme. Ce sera peut-être sa faille principale, à long terme. »

Le dîner terminé, Anna demanda : « Si nous ne pouvons pas payer notre auteur, nous pouvons peut-être vous confier un cadeau à lui remettre ? Y a-t-il quelque chose de l'Ouest qui lui ferait plaisir ? »

Une machine à écrire, voilà ce dont il avait besoin, mais elle le trahirait.

« Un chandail, dit-elle. Un bon gros pull bien chaud. Il a toujours froid. Et des sous-vêtements, des maillots de corps à manches longues et des caleçons longs. »

Cet aperçu de la vie d'Ivan Kouznetsov atterra visiblement Anna. « Je ferai un saut à Vienne dès demain et je lui en achèterai de la meilleure qualité. »

Tania hocha la tête d'un air satisfait. « On peut se retrouver ici vendredi ?

— Oui. »

Tania se leva. « Il vaut mieux que nous ne partions pas ensemble. »

L'affolement se peignit sur le visage d'Anna. « Et le manuscrit ?

— Enfilez ma veste. » Elle serait peut-être un peu juste pour Anna, qui était légèrement plus ronde qu'elle, mais elle devait pouvoir la mettre. « Quand vous serez à Vienne, décousez la doublure. » Elle prit la main d'Anna. « Ne le perdez pas. Je n'en ai pas d'autre exemplaire dactylographié. »

*

Tania fut réveillée au milieu de la nuit par la sensation que son lit tremblait. Elle se redressa, terrifiée, persuadée que la police secrète venait l'arrêter. En allumant sa lampe de chevet, elle constata qu'elle était seule, mais le tremblement n'était pas un rêve. La photo encadrée de Gricha dansait sur sa table de nuit et elle entendait ses flacons de produits de beauté tinter sur la plaque de verre de sa coiffeuse.

Sautant du lit, elle courut à la fenêtre. L'aube commençait à poindre. Un grondement sonore s'élevait de la grande rue voisine, sans qu'elle parvienne à en repérer la cause. Elle éprouva une vague appréhension.

Elle chercha sa veste de cuir avant de se rappeler qu'elle l'avait laissée à Anna. Elle enfila rapidement un pull et un jean et sortit précipitamment. Malgré l'heure matinale, il y avait du monde dans la rue. Elle partit aussitôt en direction du bruit.

En débouchant dans l'avenue, elle comprit.

Des chars remontaient la rue, lentement mais inexorablement. Leurs chenilles produisaient un vacarme infernal. Ils étaient conduits par des soldats en uniforme soviétique, jeunes pour la plupart, des gamins. Regardant plus loin dans l'avenue à la faible lueur de l'aube, Tania constata qu'il y avait des dizaines de chars, peut-être des centaines, formant une ligne ininterrompue qui s'étendait jusqu'au pont Charles et au-delà. Au bord des trottoirs, de petits groupes d'hommes et de femmes, la plupart en tenue de nuit, assistaient, stupéfaits et consternés, à l'invasion de leur ville.

Les conservateurs du Kremlin avaient gagné, songea Tania. L'Union soviétique occupait la Tchécoslovaquie. La brève période de réformes et d'espoir était terminée.

Tania croisa le regard d'une femme d'âge mûr qui se tenait près d'elle. Elle portait sur la tête une résille démodée, comme celle que mettait sa mère pour la nuit. Son visage ruisselait de larmes.

À cet instant, Tania s'aperçut qu'elle avait, elle aussi, les joues trempées et qu'elle pleurait.

*

Une semaine après l'entrée des chars à Prague, affalé en sous-vêtements sur son canapé à Washington, George Jakes regardait un reportage télévisé sur la convention démocrate de Chicago.

Il avait déjeuné d'une soupe de tomates en conserve qu'il avait réchauffée et avalée à même la casserole, laquelle casserole traînait à présent sur la table basse, son contenu gluant désormais figé.

Il savait ce qu'il aurait dû faire. Il aurait dû enfiler un costume et aller se chercher un nouveau travail, une nouvelle petite amie, une nouvelle vie.

Il n'en voyait pas l'intérêt.

Il avait entendu parler de dépression et savait que c'était ce dont il souffrait.

Il réagit à peine en voyant la police de Chicago se déchaîner. Quelques centaines de manifestants étaient tranquillement assis dans la rue, devant le bâtiment où se tenait la convention. Les policiers se frayaient un passage parmi eux en les matraquant sauvagement, comme s'ils ignoraient qu'ils commettaient un acte illégal diffusé en direct à la télévision... ou alors ils s'en moquaient, ce qui était très possible.

Quelqu'un, le maire Richard Daley sans doute, avait lâché les chiens.

George réfléchissait mollement aux conséquences politiques. C'en était fini de la stratégie politique de non-violence. Martin Luther King et Robert Kennedy s'étaient trompés tous les deux. Ils en étaient morts. Les Panthères noires avaient raison. Le maire Daley, le gouverneur Ronald Reagan, le candidat à la présidentielle George Wallace et leurs chefs de police racistes n'hésiteraient jamais à recourir à la violence contre tous ceux dont ils n'approuvaient pas les idées. Les Noirs avaient besoin d'armes pour se défendre. Comme tous ceux qui envisageaient de défier les mammouths de la société américaine. En ce moment même, à Chicago, la police traitait des jeunes Blancs de la classe moyenne comme elle avait toujours traité les Noirs. Cela ne pouvait que faire évoluer les mentalités.

On sonna à sa porte. Surpris, il fronça les sourcils. Il n'attendait pas de visite et n'avait envie de parler à personne. Il fit la sourde oreille, espérant que le fâcheux s'en irait. La sonnette tinta à nouveau. Je pourrais très bien être sorti, se dit-il. Comment cette personne sait-elle que je suis là ? Un troisième coup de sonnette retentit, long et insistant. Il comprit que l'intrus ne renoncerait pas.

Il alla ouvrir. C'était sa mère. Elle portait une marmite couverte.

Jacky l'inspecta de la tête aux pieds. « C'est bien ce que je pensais. » Et elle entra sans y avoir été invitée.

Elle posa la cocotte sur le fourneau et alluma le feu. « Va te doucher, ordonna-t-elle. Va raser ta triste figure et t'habiller convenablement. »

Il voulut protester mais n'en eut pas la force. Il était plus simple de lui obéir.

Elle entreprit de ranger la pièce, alla poser la casserole de soupe dans l'évier de la cuisine, plia les journaux, ouvrit les fenêtres.

George se retira dans sa chambre. Il enleva ses sous-vêtements, prit une douche et se rasa. Ça n'avait pas d'importance. Il recommencerait à glander le lendemain.

Il enfila un pantalon et une chemise bleue et retourna au salon. Il n'y avait pas à dire, le contenu de la cocotte sentait bon. Jacky avait mis le couvert. « Assieds-toi, lui dit-elle. Le dîner est prêt. »

Elle avait préparé un ragoût de poulet à la mexicaine gratiné avec une sauce tomate à la crème et des piments verts. Incapable de résister, George en dévora deux assiettes. Sa mère fit la vaisselle et l'essuya.

Puis elle vint s'asseoir à côté de lui pour suivre l'émission sur la convention démocrate. Le sénateur Abraham Ribicoff avait pris la parole pour présenter George McGovern, candidat pacifiste de dernière minute à l'investiture. Il fit forte impression en déclarant : « Avec George McGovern comme président des États-Unis, nous ne verrions pas des méthodes dignes de la Gestapo dans les rues de Chicago. »

« Bien envoyé », commenta Jacky.

Le silence se fit dans la salle. L'opérateur fit un gros plan sur Daley. Il ressemblait à une grenouille géante avec ses yeux globuleux, ses bajoues et son cou gonflé de plis graisseux. Oubliant un instant qu'il était face aux caméras, comme ses policiers quelques instants plus tôt, il se mit à vitupérer contre Ribicoff.

Les micros n'enregistrèrent pas ses paroles. « Je serais curieux de savoir ce qu'il a raconté, murmura George d'un air songeur.

— Je peux te le dire si tu veux, répondit Jacky. Je sais lire sur les lèvres.

— Alors ça !

— À neuf ans, je suis devenue sourde. Les médecins ont mis un temps fou à comprendre ce qui n'allait pas. On a fini par m'opérer et j'ai retrouvé l'ouïe. Mais entretemps, j'avais appris à lire sur les lèvres et je n'ai jamais oublié.

— Très bien, Mom, prouve-le. Qu'a dit Daley à Abe Ribicoff ?

— Il a dit : "Va te faire foutre, sale juif". Voilà ce qu'il lui a dit. »

*

Walli et Beep logeaient au Hilton de Chicago, au quinzième étage, où McCarthy avait installé son QG de campagne. Ce jeudi-là, dernier jour de la convention, ils regagnèrent leur chambre à minuit, déprimés et fatigués. Ils avaient perdu : Hubert Humphrey, le Vice-Président de Johnson, avait été choisi comme candidat démocrate. L'élection présidentielle se jouerait entre deux hommes favorables à la guerre du Vietnam.

Ils n'avaient même pas d'herbe à fumer. Ils y avaient renoncé provisoirement pour éviter de fournir une occasion à la presse de discréditer McCarthy. Ils regardèrent un moment la télévision avant d'aller se coucher, trop démoralisés pour faire l'amour.

« Merde, lança Beep, les cours reprennent dans deux semaines. Je ne sais pas si j'aurai le courage d'y aller.

— Je crois que je vais faire un disque, annonça Walli. J'ai quelques nouvelles chansons.

— Tu penses que tu vas pouvoir te rabibocher avec Dave ? demanda Beep, sceptique.

— Non. J'aimerais bien, mais il ne voudra pas. Quand il m'a téléphoné pour m'annoncer qu'il avait vu ma famille à Berlin-Est, il a été très froid et pourtant, c'était sympa de sa part.

— Oh, la vache, on l'a vraiment blessé, déplora Beep.

— De toute façon, il s'en sort très bien tout seul, avec son émission de télé et tout le reste.

— Mais alors, comment comptes-tu enregistrer un album ?

— J'irai à Londres. Lew m'accompagnera à la batterie et Buzz à la basse. Ils en veulent tous les deux à Dave d'avoir quitté le groupe. Je mettrai au point les pistes de base avec eux, ensuite j'enregistrerai seul les parties vocales et j'ajouterai des re-recordings, des riffs de guitare, des harmonies vocales et peut-être même des cordes et des cuivres.

— Wouah, tu as déjà bien réfléchi à ton truc.

— J'ai eu le temps. Ça fait six mois que je n'ai pas mis les pieds dans un studio. »

Un grand fracas et un craquement résonnèrent alors dans la pièce soudain éclairée par la lumière du couloir. Walli se rendit compte avec effroi et stupéfaction que quelqu'un avait forcé la porte. Il repoussa les draps et sauta du lit en criant : « C'est quoi, ce bordel ? »

Les lumières de la chambre s'allumèrent et il vit deux hommes en uniforme de la police de Chicago faire irruption par la porte défoncée. « Mais merde, qu'est-ce qui se passe ? » réitéra-t-il.

En guise de réponse, il reçut un coup de matraque.

Il réussit à esquiver. Au lieu de l'atteindre à la tête, la matraque atterrit douloureusement sur son épaule. Il poussa un hurlement. Beep cria.

Walli recula vers le lit en tenant son épaule blessée. Le flic abattit à nouveau sa matraque. Walli fit un bond en arrière, se réceptionnant sur le lit. Ce furent ses jambes qui encaissèrent, lui arrachant un nouveau cri de douleur.

Les deux policiers levèrent à nouveau le bras. Walli roula sur le côté pour couvrir Beep de son corps. Une matraque le frappa dans le dos, l'autre à la hanche. « Je vous en prie, arrêtez, cria Beep, on n'a rien fait de mal, pourquoi est-ce que vous vous acharnez sur lui ? »

Après deux nouveaux coups déchirants, Walli crut qu'il allait s'évanouir. Brusquement, la bastonnade cessa et le bruit des gros godillots des flics traversa la chambre et s'éloigna.

Walli s'écarta de Beep. « Ah, putain, ça fait mal », gémit-il.

Beep s'agenouilla sur le lit pour évaluer l'étendue de ses blessures. « Pourquoi est-ce qu'ils ont fait ça ? » demanda-t-elle.

Walli entendit d'autres portes voler en éclats dans le couloir et les cris de ceux qu'on tirait du lit pour les rouer de coups. « La police de Chicago a le droit de faire tout ce qu'elle veut, répondit-il. C'est pire qu'à Berlin-Est. »

*

En octobre, dans un avion à destination de Nashville, Dave Williams se trouva assis à côté d'un partisan de Nixon.

Dave se rendait à Nashville pour enregistrer un disque. Son studio de Napa, Daisy Farm, était encore en travaux. D'ailleurs, les meilleurs musiciens du moment étaient presque tous à Nashville. Dave trouvait que la musique rock devenait trop cérébrale avec ses accords psychédéliques et ses solos de guitare de vingt minutes. Il projetait donc de composer un album de chansons pop classiques de deux minutes : « The Girl of My Best Friend », « I Heard It Through the Grapevine », « Wooly Bully ». De plus, il savait que Walli préparait un album solo à Londres et ne voulait pas être en reste.

Ce n'était pas sa seule motivation. La petite Lulu Small, qui avait flirté avec lui pendant la tournée de la All-Star Touring Beat Review, habitait désormais à Nashville, où elle travaillait comme choriste. Il lui fallait quelqu'un pour l'aider à oublier Beep.

Une photo des jeux Olympiques de Mexico trônait à la une de son journal. Il s'agissait de la cérémonie de remise des médailles du deux cents mètres en athlétisme. La médaille d'or avait été remportée par Tommie Smith, un Noir américain, qui avait battu le record du monde. L'argent revenait à un Australien blanc et le bronze à un autre Noir américain. Les trois hommes arboraient l'insigne des droits de l'homme sur leur blouson. Pendant que résonnait l'hymne américain, les deux athlètes Noirs avaient baissé la tête en brandissant le poing, geste symbolique du Black Power. Ce cliché avait été repris par tous les journaux.

« C'est honteux », maugréa l'homme qui occupait le siège voisin de celui de Dave en première classe.

Il avait la quarantaine et portait un costume austère avec une chemise blanche et une cravate. Il avait sorti de sa mallette un gros document dactylographié qu'il annotait au stylo à bille.

D'ordinaire, Dave évitait de parler aux gens dans les avions. La conversation se transformait en général en interrogatoire sur le thème « Quel effet ça fait d'être une pop star ? », ce qui était franchement rasoir. Mais ce type-là avait l'air d'ignorer qui il était. Et Dave était curieux de savoir ce que le bonhomme avait dans la tête.

Son voisin poursuivit : « J'ai vu que le président du Comité international olympique les avait exclus des jeux. Il a bien fait.

— Le président s'appelle Avery Brundage, précisa Dave. D'après ce que je lis dans mon journal, il a défendu les Allemands pour qu'ils aient le droit de faire le salut nazi aux jeux Olympiques de Berlin, en 1936.

— Je n'approuve pas ça non plus. Les jeux sont apolitiques. Nos athlètes y participent en tant qu'Américains.

— Ils sont américains quand ils gagnent les courses et quand ils sont enrôlés dans l'armée. Mais ce sont des Noirs quand ils veulent acheter une maison près de chez vous.

— Je suis pour l'égalité, mais en général, il vaut mieux que les changements se fassent lentement.

— Dans ce cas, nous devrions peut-être avoir une armée exclusivement blanche au Vietnam, le temps de voir si la société américaine est prête pour l'égalité intégrale.

— Je suis aussi contre la guerre. Si les Vietnamiens sont assez bêtes pour vouloir être communistes, grand bien leur fasse. Nous ferions mieux de nous inquiéter des communistes que nous avons chez nous. »

Il vit sur une autre planète, se dit Dave. « Dans quelle branche travaillez-vous ?

— Je vends des publicités aux stations de radio. » Il lui tendit la main. « Ron Jones.

— Dave Williams. Je suis dans la musique. Si vous n'y voyez pas d'inconvénient, puis-je vous demander pour qui vous voterez en novembre ?

— Pour Nixon, répondit Jones sans hésitation.

— Pourtant vous êtes contre la guerre, favorable aux droits civiques des Noirs, même si vous préférez que les choses ne bougent pas trop vite ; vous êtes donc d'accord avec Humphrey sur les problèmes essentiels.

— Au diable les problèmes. J'ai une femme et trois enfants, un crédit sur ma maison, un autre sur ma voiture ; c'est ça, mes problèmes. J'ai gravi les échelons jusqu'au poste de directeur régional des ventes et j'ai une chance de passer directeur national d'ici quelques années. J'ai travaillé comme une bête pour en arriver là et personne ne m'enlèvera ce que j'ai acquis, ni les Noirs révoltés, ni les hippies drogués, ni les communistes à la solde de Moscou et certainement pas un libéral au grand cœur comme Hubert Humphrey. Vous pouvez dire de Nixon ce que vous voulez ; au moins, il défend les gens comme moi. »

À cet instant, Dave pressentit, avec une terrible impression de faillite imminente, que Nixon allait l'emporter.

*

Pour la première fois depuis des mois, George enfila un costume, une chemise blanche et une cravate, et se rendit au Jockey Club pour déjeuner avec Maria Summers. C'était elle qui l'avait invité.

Il se doutait de ce qui allait se passer. Maria avait dû discuter avec sa mère. Jacky lui avait raconté que George passait ses journées à ne rien faire, telle une loque, dans son appartement et Maria allait lui dire de se ressaisir.

Il n'en voyait pas l'intérêt. Sa vie était un naufrage. Bob Kennedy était mort. Le prochain Président serait Humphrey ou

Nixon. Il n'y avait plus rien à faire pour mettre fin à la guerre ou obtenir l'égalité pour les Noirs, ni même pour empêcher la police de brutaliser tous ceux qu'elle prenait en grippe.

Il avait tout de même accepté de déjeuner avec elle. Ils se connaissaient depuis si longtemps...

La maturité n'avait rien retiré de sa séduction à Maria. Elle portait une robe noire et une veste assortie laissant entrevoir un rang de perles. Elle respirait l'assurance et l'autorité. Elle avait l'apparence de ce qu'elle était, une brillante fonctionnaire du ministère de la Justice. Comme elle ne voulait pas d'apéritif, ils commandèrent le repas.

Quand le serveur se fut éloigné, elle dit à George : « On ne s'en remet jamais. »

Il comprit qu'elle comparait le chagrin que lui causait la disparition de Bob Kennedy à la peine qu'elle avait elle-même éprouvée en perdant John.

« On a dans le cœur un vide qui reste toujours béant », continua-t-elle.

George acquiesça. Ses mots étaient si justes qu'il eut du mal à ne pas pleurer.

« Le meilleur antidote, c'est le travail, murmura-t-elle. Et le temps. »

Elle avait survécu. Et pourtant son deuil était plus profond, car elle n'avait pas seulement perdu un ami, mais un amant.

« Tu m'as aidée. Tu m'as obtenu une place au ministère de la Justice. Ça m'a sauvée : un nouveau milieu, un nouveau défi.

— Mais pas de nouvel amour.

— Non.

— Tu vis toujours seule ?

— J'ai deux chats. Julius et Loopy. »

George hocha la tête. Le fait qu'elle soit célibataire avait dû jouer en sa faveur au ministère. Ils hésitaient à confier des responsabilités aux femmes mariées qui risquaient de tomber enceinte et de partir. Les vieilles filles avaient de meilleures chances.

On leur apporta leurs assiettes. Ils mangèrent en silence pendant quelques minutes. Maria posa ensuite sa fourchette.

« Je veux que tu te remettes au travail, George. »

George était touché par l'affectueuse sollicitude qu'elle lui témoignait et admirait la force d'âme avec laquelle elle avait reconstruit sa vie. Mais il était incapable de mobiliser la moindre énergie. Il se contenta de hausser les épaules. « Bob n'est plus là, McCarthy n'a pas obtenu l'investiture. Pour qui veux-tu que je travaille ? »

La réponse de Maria le stupéfia. « Pour Fawcett Renshaw.

— Ces ordures ? » C'était le cabinet d'avocats de Washington qui lui avait fait une offre d'emploi quand il avait obtenu son diplôme, avant de la retirer parce qu'il avait pris part à la Freedom Ride.

« Tu pourrais être leur spécialiste des droits civiques », ajouta-t-elle.

L'ironie de l'histoire arracha un demi-sourire à George. Sept ans plus tôt, son combat pour les droits civiques l'avait empêché de travailler pour Fawcett Renshaw. Aujourd'hui, il le qualifiait pour ce poste. Malgré tout, nous avons quand même remporté quelques victoires, se dit-il. Cette idée lui remonta le moral.

« Tu as travaillé au ministère de la Justice et au Capitole, ce qui te donne une expérience inestimable, poursuivit-elle. Et puis tu sais quoi ? C'est très à la mode aujourd'hui chez les avocats de Washington d'avoir un Noir dans leur équipe.

— Comment sais-tu ce que recherche Fawcett Renshaw ?

— Nous avons souvent affaire à eux au ministère. Le plus souvent pour inciter leurs clients à respecter la législation gouvernementale.

— Autrement dit, j'aurais à défendre des sociétés qui violent la loi sur les droits civiques.

— Vois ça comme une expérience formatrice. Tu serais aux premières loges pour observer comment la loi est appliquée sur le terrain. Cela te servira si tu refais de la politique un jour. D'ici là, tu gagneras un paquet d'argent. »

George se demanda s'il referait de la politique un jour.

En levant les yeux, il vit son père qui s'avançait vers eux. « Je viens de finir de déjeuner, annonça Greg. Je peux prendre le café avec vous ? »

George se demanda si cette rencontre apparemment fortuite n'avait pas été préparée par Maria. Il se souvint aussi que le vieux Renshaw, le principal associé du cabinet, était un ami d'enfance de son père.

Maria se tourna vers Greg : « Nous étions en train de parler travail avec George. Fawcett Renshaw voudrait l'embaucher.

— Renshaw m'en a touché un mot. Tu leur serais extrêmement précieux. Tes contacts valent de l'or.

— Nixon a toutes les chances de gagner, remarqua George d'un ton dubitatif. Presque tous mes contacts appartiennent au camp démocrate.

— Ils n'en seront pas moins utiles. Et puis ça m'étonnerait que Nixon dure longtemps. Il va se casser la figure vitesse grand V. »

George haussa les sourcils. Greg était un républicain libéral qui aurait préféré un candidat comme Nelson Rockefeller. Néanmoins, il faisait preuve d'une étrange déloyauté envers son parti. « Tu penses que le mouvement pacifiste va avoir raison de Nixon ? lui demanda George.

— Tu rêves ? Ce serait plutôt l'inverse. Nixon n'est pas Lyndon Johnson. Nixon comprend la politique étrangère, sans doute mieux que n'importe qui à Washington. Ne te laisse pas impressionner par les conneries qu'il dit à propos des communistes, c'est destiné à ses partisans qui vivent dans des caravanes. » Greg était snob. « Nixon va nous faire sortir du Vietnam et dira que nous avons perdu la guerre à cause du mouvement pacifiste qui a sapé le moral des troupes.

— Mais alors, qu'est-ce qui va le faire tomber ?

— Richard Nixon est un menteur. Chaque fois qu'il ouvre la bouche, c'est pour proférer un mensonge. Quand les Républicains sont arrivés au pouvoir en 1952, il a prétendu qu'on avait découvert des milliers d'agents subversifs au sein du gouvernement.

— Combien en aviez-vous démasqué ?

— Aucun. Pas un seul. Je le sais, j'étais alors un jeune parlementaire. Ensuite, il a annoncé à la presse que nous étions tombés dans les dossiers du gouvernement démocrate sortant sur un projet visant à instaurer un régime socialiste en Amérique. Les journalistes ont demandé à le voir.

— Il a été incapable de leur fournir un exemplaire.

— Exact. Il a également prétendu détenir un document secret émanant des communistes et expliquant comment ils comptaient infiltrer le parti démocrate. Personne ne l'a jamais vu. Je crois que sa maman a oublié de lui dire que c'était mal de mentir.

— Il y a beaucoup de gens malhonnêtes en politique, remarqua George.

— Comme dans bien d'autres domaines. Mais j'en connais peu qui mentent autant et aussi effrontément que Nixon. C'est un tricheur et un escroc. Jusqu'à présent, il s'en est toujours sorti. Il y a des gens comme ça. Mais ce n'est plus pareil quand on est Président. Les journalistes savent qu'on leur a menti à propos du Vietnam et vérifient de plus en plus ce que dit le gouvernement. Nixon finira par être pris la main dans le sac et alors, il se cassera la figure. Et tu sais quoi ? Il ne comprendra pas pourquoi. Il dira que la presse n'a jamais cessé de vouloir sa peau.

— J'espère que tu as raison.

— Accepte ce poste, George, insista Greg. Il y a tant à faire. »

George hocha la tête.

« Oui, peut-être. »

*

Claus Krohn était roux. Il avait les cheveux auburn foncé, mais le reste de son corps était couvert d'un duvet couleur carotte. Rebecca aimait particulièrement le petit triangle frisé qui allait de son pubis à son nombril. Elle le contemplait chaque fois qu'elle prenait son sexe dans sa bouche, plaisir qu'elle appréciait autant que lui.

Elle était allongée, la tête posée sur son ventre, ses doigts lissant paresseusement les boucles de sa toison. Ils étaient chez lui, un lundi soir. Rebecca n'avait pas de réunion le lundi, mais elle prétendait le contraire et son mari feignait de la croire.

Physiquement, elle s'accommodait aisément de la situation. Elle avait plus de mal à gérer ses sentiments. Il était si difficile de ranger ces deux hommes dans des compartiments distincts de son esprit qu'elle avait souvent eu envie de tout arrêter. Elle se sentait affreusement coupable d'être infidèle à Bernd. En contrepartie, elle était comblée par des relations sexuelles passionnées avec un homme charmant qui l'adorait. De plus, Bernd lui avait donné sa bénédiction. Elle ne cessait de se le répéter.

D'ailleurs, cette année-là, tout le monde en faisait autant. *Love is all you need* était sur toutes les lèvres. On n'a besoin que d'amour... Rebecca n'avait pourtant rien d'une hippie. C'était une enseignante, une personnalité respectée de la politique locale. Elle n'en était pas moins contaminée par l'atmosphère de liberté sexuelle ambiante, comme si elle inhalait involontairement un peu des vapeurs de marijuana qui flottaient dans l'air. Et pourquoi pas ? se demandait-elle. Où était le mal ?

Quand elle considérait les trente-sept premières années de sa vie, les seules choses qu'elle regrettait étaient celles qu'elle n'avait pas faites : elle n'avait pas trompé son ordure de premier mari ; elle n'avait pas eu d'enfant de Bernd quand c'était encore possible ; elle n'avait pas fui plus tôt la tyrannie de Berlin-Est.

Au moins, elle n'aurait pas à regretter plus tard de n'avoir pas fait l'amour avec Claus.

« Es-tu heureuse ? » lui demanda Claus.

Oui, quand j'arrive à oublier Bernd pendant quelques minutes, se dit-elle. « Évidemment. Sinon, je ne serais pas en train de tripoter tes charmants petits poils.

— J'aime tellement les moments que nous passons ensemble, mais ils sont toujours trop courts.

— C'est vrai. J'aimerais bien avoir une deuxième vie pour pouvoir la passer entièrement avec toi.

— Je me contenterais d'un week-end. »

Rebecca comprit trop tard la tournure qu'était en train de prendre la conversation. Elle cessa un instant de respirer.

Cela faisait un moment qu'elle le redoutait. Les lundis soir ne lui suffisaient pas. Sans doute était-il écrit depuis le début que Claus ne se satisferait pas d'une rencontre hebdomadaire.

« Tu n'aurais pas dû dire ça, se désola-t-elle.

— Tu pourrais engager une infirmière pour s'occuper de Bernd.

— Oui, je sais.

— On pourrait faire une virée au Danemark. Là-bas, personne ne nous connaît. On prendrait une chambre dans un petit hôtel au bord de la mer. On se promènerait sur une de ces plages interminables en respirant l'air du large.

— Je savais que ça arriverait un jour. » Elle se leva et chercha ses sous-vêtements d'un œil distrait. « Ce n'était qu'une question de temps.

— Hé, du calme ! Je ne t'oblige pas.

— Je sais bien, tu es si doux et si gentil.

— Si ça t'ennuie de t'absenter tout un week-end, on s'en passera.

— On s'en passera. » Elle retrouva sa culotte, l'enfila, tendit la main vers son soutien-gorge.

« Pourquoi te rhabilles-tu ? On a encore au moins une demi-heure devant nous.

— Quand on a commencé à se voir, je me suis juré que j'arrêterais avant que ça devienne sérieux.

— Écoute ! Je te prie de m'excuser d'avoir eu envie de passer un week-end avec toi. Je n'en parlerai plus, c'est promis.

— Le problème n'est pas là.

— Il est où alors ?

— C'est que j'ai envie de partir avec toi. Voilà ce qui m'ennuie. J'en ai encore plus envie que toi. »

Il en resta bouche bée. « Mais alors... ?

— Il faut que je choisisse. Je ne peux pas continuer à vous aimer tous les deux. » Elle remonta la fermeture Éclair de sa robe et enfila ses chaussures.

« Choisis-moi, implora-t-il. Tu as donné six longues années à Bernd. C'est bien assez. De quoi pourrait-il se plaindre ?

— Je lui ai fait une promesse.

— Tu n'as qu'à la rompre.

— Quelqu'un qui rompt sa promesse s'amoindrit. C'est comme perdre un doigt. C'est pire que d'être paralysé. La paralysie est purement physique. Quand une personne trahit sa parole, c'est son âme qui est infirme. »

Il prit l'air honteux. « Tu as raison.

— Merci de m'avoir aimée, Claus. Je n'oublierai jamais une minute de nos lundis soir.

— Je n'arrive pas à croire que je suis en train de te perdre. » Il se détourna.

Elle mourait d'envie de l'embrasser une dernière fois, mais y renonça.

« Au revoir », lui dit-elle. Et elle s'en alla.

*

Finalement, l'élection se joua dans un mouchoir de poche.

En septembre, Cam était sûr et certain que Nixon allait l'emporter. Il caracolait en tête des sondages. La répression policière des émeutes lors de la convention démocrate de Chicago, encore fraîche dans les mémoires de tous les téléspectateurs, nuisait à la réputation de son adversaire, Hubert Humphrey. Puis, septembre et octobre passant, Cam avait pris conscience que les électeurs avaient la mémoire extrêmement courte. À son grand désarroi, il avait vu Humphrey remonter dans les sondages et l'écart se réduire. Le vendredi précédant les élections, l'institut Harris donnait Nixon gagnant à quarante contre trente-sept; le lundi, Gallup le situait à quarante-deux contre quarante; le jour du vote, Harris plaçait Humphrey en tête « d'un cheveu ».

Le soir des élections, Nixon prit une suite au Waldorf Towers de New York. Cam et quelques bénévoles de sa garde rapprochée s'installèrent dans une chambre plus modeste disposant d'un téléviseur et d'un réfrigérateur rempli de bières. Quand ils furent réunis, Cam regarda autour de lui en se demandant combien d'entre eux obtiendraient des postes à la Maison Blanche si Nixon était élu.

Cam avait fait la connaissance d'une fille sérieuse et moyennement jolie qui s'appelait Stephanie Maple. Il espérait bien la fourrer dans son lit, soit pour fêter la victoire de Nixon, soit pour se consoler de sa défaite.

À onze heures et demie, ils virent sur l'écran Herb Klein, l'attaché de presse de Nixon de longue date, qui s'exprimait depuis la vaste salle de presse située plusieurs étages plus bas. « Nous pensons encore pouvoir gagner avec un avantage de trois à cinq millions de voix, mais il serait plus proche de trois millions à l'heure où je vous parle. » Cam croisa le regard de Stéphanie et haussa les sourcils. Ils savaient que Herb racontait des salades. À minuit, selon les premiers dépouillements, Humphrey était en tête avec une marge de six cent mille voix. Puis, à minuit dix, Cam perdit tout espoir quand la nouvelle tomba : CBS annonça que Humphrey avait remporté New York, non pas de justesse, mais avec un demi-million de voix de plus que son adversaire.

Tous les regards se tournèrent alors vers la Californie où les bureaux de vote fermaient trois heures plus tard que sur la côte Est. La Californie vota majoritairement pour Nixon. Tout reposait désormais sur les résultats de l'Illinois.

Personne ne pouvait prédire ce qu'y donnerait le scrutin. L'appareil du parti démocrate de Daley trichait toujours de façon éhontée. Mais l'influence du maire avait-elle souffert du spectacle de sa police frappant de jeunes manifestants devant les caméras de télévision ? Humphrey pouvait-il vraiment compter sur son appui ? Il avait critiqué Daley en termes modérés et prudents en déclarant : « Le mois d'août à Chicago a été très douloureux. » Mais les brutes sont susceptibles. Certaines rumeurs prétendaient que Daley avait été tellement vexé qu'il ne soutenait plus Humphrey que du bout des lèvres.

Quelle qu'en fût la raison, Daley n'apporta pas l'Illinois à Humphrey.

Quand la télévision annonça que Nixon l'emportait par cent quarante mille voix dans cet État, ses bénévoles explosèrent de joie. C'était fini, ils avaient gagné.

Après s'être congratulés, ils se dispersèrent pour regagner leurs chambres et dormir quelques heures avant le discours de victoire que prononcerait Nixon dans la matinée. Cam chuchota à Stéphanie : « Que dirais-tu d'un dernier verre ? J'ai une bouteille dans ma chambre.

— Oh là là, non merci. Je suis morte. »

Il dissimula sa déception. « Une autre fois, peut-être.

— Oui. »

En remontant se coucher, il tomba sur John Ehrlichman. « Félicitations, monsieur !

— À vous aussi, Cam.

— Merci.

— Quand passez-vous votre diplôme ?

— En juin.

— Venez me voir quand vous l'aurez. J'aurai peut-être un poste à vous proposer. »

Cam en rêvait. « Merci ! »

Malgré le refus de Stéphanie, il regagna sa chambre, tout joyeux. Il régla son réveil et s'effondra sur son lit, épuisé mais ravi. Nixon avait gagné. Les années 1960 libérales et décadentes touchaient à leur fin. Désormais, les gens devraient travailler pour obtenir ce qu'ils voulaient au lieu de le réclamer à grand renfort de manifestations. L'Amérique allait redevenir une nation puissante, disciplinée, conservatrice et riche. Un nouveau régime s'installerait à Washington.

Et Cam en serait l'un des rouages.

Septième partie

Bande magnétique
1972-1974

XLVI

Jacky Jakes avait préparé du poulet frit, des patates douces, du chou vert et du pain de maïs. « Tant pis pour mon régime », dit Maria Summers en attaquant son assiette. Elle adorait ce genre de plats. Elle remarqua que George grignotait à peine, un peu de poulet, quelques légumes verts, pas de pain. Il avait toujours eu des goûts raffinés.

C'était un dimanche. Maria se rendait chez les Jakes comme si elle faisait partie de la famille. C'était une habitude qu'ils avaient prise quatre ans plus tôt, lorsqu'elle avait aidé George à entrer au cabinet Fawcett Renshaw. Le soir de Thanksgiving, George l'avait invitée à partager la dinde traditionnelle chez sa mère pour essayer de se remonter le moral après la victoire électorale de Nixon qui avait anéanti leurs espoirs. Maria lui en avait été reconnaissante. Sa famille, qui était loin, à Chicago, lui manquait. Elle aimait la chaleureuse vivacité de Jacky et celle-ci l'avait manifestement prise en affection. Depuis, Maria passait les voir à peu près une fois tous les deux mois.

Après le repas, ils allèrent s'asseoir au salon. Profitant de ce que George était sorti, Jacky demanda à Maria : « Quelque chose te préoccupe, mon petit. Qu'est-ce qui te tracasse ? »

Maria soupira. Jacky avait de l'intuition. « J'ai une décision difficile à prendre.

— Amour ou travail ?

— Travail. Vous comprenez, au début, on a pu croire que le président Nixon ne serait pas aussi nuisible que nous le craignions. Il a plus fait pour les Noirs que personne ne l'imaginait. » Elle se mit à compter sur ses doigts. « Premièrement : il a obligé les syndicats du bâtiment à accueillir davantage de Noirs dans leur secteur. Les syndicats lui ont opposé une forte résistance, mais il a tenu bon. Deuxièmement : il a aidé les entreprises appartenant à la minorité. En trois ans, leur participation aux contrats de gouvernement est passée de huit millions de dollars à deux cent quarante-deux millions. Troisièmement : il a mis fin à la ségrégation dans nos écoles. Les lois existaient déjà, mais c'est Nixon qui les a fait appliquer. Avant la fin de son premier mandat, la proportion d'enfants fréquentant des établissements réservés aux Noirs dans le Sud sera inférieure à dix pour cent, alors qu'elle était de soixante-huit pour cent.

— D'accord. Je suis convaincue. Mais où est le problème alors ?

— Le gouvernement se livre également à des actions qui sont parfaitement inadmissibles... condamnables, même. Le Président agit comme s'il était au-dessus des lois !

— Crois-moi, ma belle, c'est ce que pensent tous les criminels.

— En tant que fonctionnaires, nous sommes tenus à une certaine discrétion. Notre déontologie comporte un devoir de réserve. Nous ne déblatérons pas sur les hommes politiques, même quand nous désapprouvons ce qu'ils font.

— Hum. Conflit entre deux principes moraux. Ton devoir envers ton patron est en contradiction avec ton devoir envers ton pays.

— Je pourrais démissionner, évidemment. En plus, je serais sans doute mieux payée dans le privé. Mais Nixon et sa clique continueraient leurs magouilles de mafieux. Et puis, je n'ai pas envie de travailler dans le privé. Je veux contribuer à rendre la société américaine plus juste, en particulier pour les Noirs. J'y ai consacré toute ma vie. Pourquoi devrais-je y renoncer simplement parce que Nixon est une crapule ?

— Beaucoup de membres de l'entourage du gouvernement parlent à la presse. Je lis tous les jours des commentaires à propos de faits que les journalistes tiennent de "source bien informée".

— Nous sommes d'autant plus scandalisés que Nixon et Agnew se sont fait élire en promettant de veiller au respect de la loi et de l'ordre. Quelle bande d'hypocrites. Ça nous rend fous de rage.

— Autrement dit, tu te demandes s'il faut ou non divulguer certaines choses à la presse.

— C'est un peu ça, oui.

— Si tu décides de lâcher le morceau, reprit Jacky d'un air angoissé, je t'en prie, fais très attention. »

Maria et George assistèrent avec Jacky à l'office du soir de l'église évangélique de Bethel, puis George raccompagna Maria chez elle. Il avait toujours la Mercedes décapotable bleu foncé qu'il avait achetée à son arrivée à Washington. « Je crois que j'ai dû changer presque toutes les pièces de cette voiture, lui confia-t-il. Elle m'a déjà coûté une fortune.

— Ça tombe bien puisque que tu gagnes une fortune chez Fawcett Renshaw.

— Je m'en sors plutôt bien, c'est vrai. »

Maria se rendit compte qu'elle avait mal au dos à force d'avoir les épaules contractées. Elle essaya de se détendre. « George, j'ai un truc important à te dire.

— Je t'écoute. »

Elle hésita. C'était maintenant ou jamais. « Le mois dernier, au ministère de la Justice, trois enquêtes pour atteinte aux lois antitrust concernant trois entreprises différentes ont été suspendues sur ordre direct de la Maison Blanche.

— Pour quel motif ?

— On ne nous en a donné aucun. Mais ces trois sociétés ont fait partie des principaux donateurs de la campagne de Nixon en 1968 et devraient selon toute probabilité financer sa campagne pour sa réélection cette année.

— Dans ce cas, c'est une entrave pure et simple à la justice ! C'est un délit.

— Je ne te le fais pas dire.

— Je savais que Nixon était un menteur, j'ignorais qu'en plus, c'était un escroc.

— C'est difficile à croire, je sais.

— Pourquoi m'en parles-tu ?

— Je veux alerter la presse.

— Oh, Maria, c'est franchement dangereux.

— Je suis prête à prendre le risque. Mais je serai très, très prudente.

— Ça vaut mieux.

— Tu connais des journalistes ?

— Bien sûr. Lee Montgomery, pour commencer. »

Maria sourit. « Il m'est arrivé de sortir avec lui.

— Je sais... c'est moi qui vous ai présentés.

— Du coup, il sait que nous nous connaissons, toi et moi. Si tu lui fais des révélations et qu'il se demande d'où tu les tiens, je serai la première à qui il pensera.

— Tu as raison, c'est une mauvaise idée. Pourquoi pas Jasper Murray ?

— Le directeur de l'antenne de *This Day* à Washington ? Ce serait génial. Comment le connais-tu ?

— Je l'ai rencontré il y a des années quand il était étudiant en journalisme et qu'il harcelait Verena pour obtenir une interview avec Martin Luther King. Et puis, il y a six mois, il est venu me trouver lors d'une conférence de presse que donnait un de mes clients. Il se trouve qu'il était dans le motel de Memphis, en train de discuter avec Verena, et qu'ils ont assisté en direct à l'assassinat du pasteur King. Il m'a demandé ce qu'elle était devenue. J'ai dû lui avouer que je n'en savais rien. Je crois qu'il était un peu amoureux d'elle.

— La majorité des hommes le sont.

— Moi compris.

— Tu iras voir Murray ? » Maria était inquiète. Elle craignait que George ne refuse et lui explique qu'il ne voulait pas être mêlé à une affaire pareille. « Tu peux lui raconter ce que je t'ai dit ?

— Comme ça, je te servirais de fusible en quelque sorte. Il n'y aura pas de lien direct entre Jasper et toi.

— Exactement.

— On se croirait dans un film de James Bond.

— Tu veux bien ? » Elle retint son souffle.

Il esquissa un sourire. « Et comment ! »

*

Le président Nixon était fou de rage.

Il se tenait debout derrière la grande table de travail à double caisson du Bureau ovale, encadré par les rideaux jaune d'or de la fenêtre. Il avait le dos voûté, la tête baissée, les sourcils froncés. Ses bajoues étaient assombries par un début de barbe qu'il ne parvenait jamais à faire entièrement disparaître. Sa lèvre inférieure était incurvée dans une expression, caractéristique chez lui, de défi qui semblait sur le point de céder à l'auto-apitoiement.

Il avait la voix grave, râpeuse et grinçante. « Je me fiche pas mal de la méthode employée. Faites ce qu'il faut pour arrêter ces indiscrétions et empêcher d'autres fuites. »

Face à lui, Cam Dewar et son patron, John Ehrlichman, écoutaient. Si Cam était grand, comme son père et son grand-père,

Ehrlichman était plus grand encore. Il était le conseiller pour les Affaires intérieures du Président. L'intitulé modeste de sa fonction était trompeur : il était en réalité l'un des plus proches collaborateurs de Nixon.

Cam connaissait les raisons de la colère du Président. Ils avaient tous regardé *This Day* la veille au soir. Jasper Murray avait braqué l'objectif de sa caméra fouineuse sur les soutiens financiers de Nixon. Il assurait que ce dernier avait annulé des enquêtes pour infraction à la loi antitrust ouvertes contre trois grandes entreprises qui avaient largement contribué au financement de sa campagne.

C'était vrai.

Pis, Murray avait laissé entendre qu'en cette année d'élection présidentielle il suffisait à une société désireuse de se soustraire à une enquête de verser des fonds importants au CREEP, le Comité de réélection du Président.

Cam supposait que c'était tout aussi vrai.

Nixon profitait de son pouvoir de Président pour favoriser ses amis, ainsi que pour nuire à ses ennemis, à coup de contrôles fiscaux et d'autres inspections visant des sociétés qui avaient financé les démocrates.

Cam avait été écœuré par l'hypocrisie du reportage de Murray. Tout le monde savait que la politique fonctionnait comme ça. Il fallait bien trouver de l'argent pour les campagnes électorales, non ? Les frères Kennedy en auraient fait autant s'ils n'avaient pas déjà été riches comme Crésus.

Les révélations de la presse avaient empoisonné toute la présidence de Nixon. Le *New York Times,* citant des sources anonymes de la Maison Blanche, avait dévoilé l'existence de raids aériens top secrets sur le Cambodge, le pays voisin du Vietnam. Le journaliste indépendant Seymour Hersh avait révélé que des soldats américains avaient massacré des centaines d'innocents dans le village vietnamien de My Lai, une atrocité que le Pentagone avait désespérément cherché à dissimuler. Désormais, en janvier 1972, la popularité de Nixon était à un niveau historiquement bas.

Richard Nixon le prenait comme une atteinte personnelle. Il prenait tout comme une atteinte personnelle. Ce matin-là, il avait l'air meurtri, trahi, humilié. Il était convaincu que le monde entier lui en voulait, et ces fuites renforçaient sa paranoïa.

Cam était furieux, lui aussi. Quand il avait été engagé pour travailler à la Maison Blanche, il avait cru entrer dans une équipe qui changerait l'Amérique. Or tout ce que l'administration Nixon entreprenait était sapé par les libéraux appuyés par les médias et par leurs « sources », des traîtres tapis au sein du gouvernement. C'était exaspérant.

« Ce Jasper Murray », dit Nixon.

Cam se souvenait de lui. Il logeait chez les Williams, à Londres, au moment où la famille Dewar y avait fait un séjour dix ans plus tôt. C'était vraiment un nid de cryptocommunistes.

Nixon continua : « Il est juif ? »

Malgré son agacement, Cam resta de marbre. Nixon avait parfois des idées tordues. Parmi elles, la conviction que les Juifs étaient tous des espions.

« Je ne crois pas, répondit Ehrlichman.

— J'ai rencontré Murray à Londres il y a des années, intervint Cam. Sa mère est à moitié juive. Son père est officier dans l'armée britannique.

— Murray est anglais ?

— Oui, mais nous ne pouvons pas utiliser cela contre lui car il a servi dans l'armée américaine au Vietnam. Il s'est battu et a toutes les médailles qu'il faut pour le prouver.

— Eh bien, débrouillez-vous pour faire cesser ces fuites. Et ne me dites pas que ce n'est pas possible. Je n'accepterai aucun prétexte. Je veux des résultats. Je veux que cela cesse, à n'importe quel prix. »

C'était le genre de discours combatif que Cam aimait entendre. Il en fut tout revigoré.

« Merci, monsieur le Président, dit Ehrlichman, et ils se retirèrent.

— Bon, voilà qui est clair ! s'enthousiasma Cam dès qu'ils eurent quitté le Bureau ovale.

— Il faut placer Murray sous surveillance, déclara Ehrlichman d'un ton résolu.

— Je m'en occupe. »

Ehrlichman regagna son bureau. Cam sortit de la Maison Blanche et remonta Pennsylvania Avenue pour se rendre au ministère de la Justice.

« Sous surveillance » pouvait signifier beaucoup de choses. Il n'était pas illégal d'installer des micros cachés dans une pièce. En revanche, s'introduire clandestinement dans un lieu pour y placer ces micros constituait un délit d'effraction ou de tentative de cambriolage. Et il était parfaitement illégal d'enregistrer des conversations téléphoniques, à quelques exceptions près. L'administration Nixon considérait cependant que c'était légal à condition d'obtenir l'approbation du ministre de la Justice. Au cours des deux dernières années, la Maison Blanche avait fait mettre sur écoute par le FBI dix-sept personnes, avec la bénédiction du ministre de la Justice, pour des motifs de sécurité nationale. Cam s'apprêtait à demander la dix-huitième autorisation.

Il gardait du jeune Jasper Murray un souvenir assez vague. En revanche, il se rappelait très bien la belle Evie Williams et la sécheresse avec laquelle elle l'avait rembarré quand il avait quinze ans. Lorsqu'il lui avait avoué qu'il était amoureux d'elle, elle avait répondu : « Ne sois pas ridicule. » Et comme il insistait pour connaître la raison de son rejet, elle avait ajouté : « J'aime Jasper, espèce d'idiot. »

Il se disait que ce n'était que les drames anodins de l'adolescence. Evie était devenue une vedette de cinéma, et défendait activement toutes les causes communistes, des droits civiques à l'éducation sexuelle. Lors d'un épisode demeuré célèbre, elle avait embrassé Percy Marquand au cours d'une émission télévisée animée par son frère Dave, au grand scandale de certains téléspectateurs peu habitués à voir une telle proximité entre Blancs et Noirs. Elle n'était certainement plus amoureuse de Jasper. Elle était sortie un moment avec Hank Remington, une star de la pop-music, mais ils n'étaient plus ensemble.

Tout de même, le souvenir de sa rebuffade restait cuisant. D'ailleurs, les femmes continuaient à le repousser. Même Stephanie Maple, qui n'était franchement pas une beauté, l'avait envoyé bouler le soir de la victoire de Nixon. Plus tard, quand ils s'étaient retrouvés tous les deux à Washington pour y travailler, elle avait fini par accepter de coucher avec lui, mais avait mis fin à leur liaison après leur première nuit, ce qui était presque pire.

Cam savait qu'il était grand et dégingandé : c'était aussi le cas de son père, qui pourtant n'avait apparemment jamais eu aucun mal à séduire les femmes. Cam en avait parlé à sa mère, de façon détournée. « Qu'est-ce qui t'a séduite chez Papa ? lui avait-il demandé. Il n'est pas vraiment beau.

— Oh, mais il était tellement gentil ! » avait-elle répondu.

Cam n'avait pas vraiment compris ce qu'elle voulait dire.

Arrivé au ministère, il pénétra dans le grand hall orné de luminaires en aluminium Art déco. Il pensait pouvoir obtenir l'autorisation sans problème : le ministre, John Mitchell, était un ami de Nixon, dont il avait dirigé la campagne en 1968.

La porte métallique de l'ascenseur s'ouvrit. Cam entra et appuya sur le bouton du cinquième étage.

*

Depuis dix ans qu'elle travaillait dans l'administration de Washington, Maria avait appris à être vigilante. Son bureau était situé dans le couloir menant à l'ensemble de pièces réservées au ministre. Elle laissait sa porte ouverte pour voir qui entrait et sortait. Le lendemain de la diffusion de *This Day* rendant compte des informations qu'elle avait transmises, elle redoubla d'attention. Elle s'attendait à une réaction explosive de la Maison Blanche et se demandait quelle forme elle prendrait.

En apercevant l'un des conseillers de John Ehrlichman, elle bondit de sa chaise pour l'intercepter.

« Le ministre est en réunion. On ne peut pas le déranger », lui annonça-t-elle. Elle l'avait déjà vu. C'était un Blanc, une grande perche un peu gauche, maigre comme un clou, les épaules en porte manteau. Elle connaissait ce genre de type : malin et naïf à la fois. Elle arbora son sourire le plus aimable. « Je peux peut-être vous aider ?

— Ce ne sont pas des questions dont on peut discuter avec une secrétaire », rétorqua-t-il avec irritation.

Maria sentit frémir ses antennes, percevant le danger. Elle continua cependant à se montrer serviable. « Ça tombe bien, je ne suis pas secrétaire. Je suis juriste. Maria Summers. »

Manifestement, il avait du mal à imaginer qu'une Noire pût être juriste. « Où avez-vous fait vos études ? » demanda-t-il d'un air sceptique.

Comme il s'attendait sans doute à entendre le nom d'une obscure université noire, elle prit un malin plaisir à répondre d'un air détaché : « À la faculté de droit de Chicago. » Et elle ne résista pas à l'envie de lui demander à son tour : « Et vous ?

— Je ne suis pas juriste. J'ai fait des études de russe à Berkeley. Cam Dewar.

— Ah ! J'ai entendu parler de vous. Vous travaillez pour John Ehrlichman. Et si nous allions bavarder un instant dans mon bureau ?

— Je vais attendre le ministre.

— C'est au sujet de l'émission d'hier soir ? »

Cam jeta des regards furtifs autour de lui. Personne ne pouvait les entendre.

« Il faut absolument faire quelque chose, déclara Maria d'un ton convaincu. Le gouvernement ne peut pas continuer à travailler avec ces fuites récurrentes, continua-t-elle en feignant l'indignation. C'est impossible ! »

L'attitude du jeune homme changea. Il s'anima.

« C'est bien ce que pense le Président.

— Qu'allons-nous faire ?

— Il faut mettre Jasper Murray sur écoute. »

Maria déglutit. Heureusement que j'ai découvert ça, pensa-t-elle. Elle continua pourtant sur le même ton : « Très bien... enfin une mesure ferme.

— Un journaliste qui reconnaît recevoir des informations confidentielles d'une source gouvernementale constitue un danger évident pour la sécurité nationale.

— Absolument. Ne vous en faites pas pour la paperasse. Je présenterai dès aujourd'hui un formulaire d'autorisation à Mitchell. Il se fera une joie de le signer, j'en suis sûre.

— Merci. »

Elle surprit son regard posé sur sa poitrine. Après l'avoir prise pour une secrétaire, puis cataloguée comme Noire, il la voyait maintenant comme une paire de seins. Les hommes, surtout jeunes, étaient tellement prévisibles ! « Ce sera ce qu'ils appellent un *black bag job*, une opération fric-frac », lui dit-elle. L'expression désignait le fait de s'introduire illégalement dans des locaux. « C'est Joe Hugo qui en est chargé au FBI.

— Je vais le voir tout de suite. » Le siège du FBI se trouvait dans le même bâtiment. « Merci de votre aide, Maria.

— Je vous en prie, monsieur Dewar. »

Elle le regarda s'éloigner dans le couloir avant de refermer la porte de son bureau. Elle décrocha son téléphone et composa le numéro de Fawcett Renshaw. « Je voudrais laisser un message à George Jakes », dit-elle.

*

Joseph Hugo, maintenant âgé d'une trentaine d'années, avait gardé son teint pâle et son regard singulier, dû à ses yeux exorbités. Comme celle de tous les agents du FBI, sa tenue était d'un classicisme insoutenable : costume gris neutre, chemise blanche, cravate quelconque, chaussures noires à bout renforcé. Cam avait lui-même des goûts très conventionnels en matière vestimentaire, mais son costume marron à fines rayures claires, sa veste à larges revers et son pantalon à pattes d'éléphant paraissaient soudain le comble de l'excentricité.

Cam expliqua à Hugo qu'il travaillait pour Ehrlichman et lui annonça tout de go : « Je veux mettre Jasper Murray, le journaliste de télévision, sur écoute. »

Hugo prit un air soucieux. « Des micros dans les bureaux de *This Day* ? Si ça se sait...

— Pas dans son bureau, chez lui. Les informateurs qui nous intéressent doivent probablement l'appeler tard le soir à son domicile depuis une cabine.

— Cela ne change rien au problème. Le FBI ne se charge plus de ce genre d'opérations clandestines.

— Ah bon ? Pourquoi ?

— Mr. Hoover a peur qu'on veuille lui faire porter le chapeau à la place d'autres membres du gouvernement. »

Cam ne pouvait pas dire le contraire. Si des agents du FBI étaient surpris chez un journaliste, le Président nierait en avoir été informé. C'était comme ça. Edgar Hoover violait la loi depuis des années mais, pour d'obscures raisons, il était subitement devenu chatouilleux sur la question. Avec Hoover, soixante dix-sept ans et toujours aussi irrationnel, on ne savait jamais à quoi s'attendre.

Cam haussa le ton. « C'est le Président qui demande ces écoutes et le ministre de la Justice est tout disposé à les autoriser. Allez-vous refuser ?

— Du calme. Il y a toujours moyen de donner satisfaction au Président.

— Vous voulez dire que vous allez le faire ?

— Je dis qu'il existe un moyen. » Hugo griffonna quelque chose sur un bloc-notes et arracha la page. « Appelez ce gars. Autrefois, il se chargeait officiellement de ce genre de besogne. Maintenant, comme il est à la retraite, il les exécute officieusement. »

L'idée d'une intervention officieuse mettait Cam mal à l'aise. Qu'est-ce que cela signifiait exactement ? Mais ce n'était pas le moment de chipoter.

Il prit la feuille. Elle portait un nom, Tim Tedder, et un numéro de téléphone. «Je vais l'appeler dans la journée, confirma Cam.
— D'une cabine publique», recommanda Hugo.

*

Robert Denny, maire de Roath, dans le Mississippi, avait pris place dans le bureau de George Jake, chez Fawcett Renshaw. «Appelez-moi Denny, lui dit-il. Tout le monde connaît Denny. Même ma petite femme m'appelle Denny.» Il appartenait à l'espèce que George combattait depuis dix ans, celle des gros Blancs racistes, stupides, moches et grossiers.

Il construisait un aéroport dans sa ville avec l'aide du gouvernement. Les bénéficiaires de subventions publiques devaient garantir l'égalité des chances dans l'attribution des emplois. Or Maria et le ministère de la Justice avaient appris que le personnel de l'aéroport ne comprendrait aucun Noir, à part les porteurs.

C'était le genre d'affaire typique que George avait à traiter.

Denny dégoulinait de condescendance. «Les choses se passent un peu différemment dans le Sud, George.»

Putain, je suis bien placé pour le savoir, rumina George intérieurement; des brutes de votre acabit m'ont cassé le bras il y a onze ans et ça me fait encore un mal de chien quand il fait froid.

«Les habitants de Roath n'auraient pas confiance si l'aéroport était administré par des gens de couleur, continua Denny. Ils auraient peur qu'il y ait quelques failles, au niveau de la sécurité, vous voyez. Je suis sûr que vous comprenez.»

Ben voyons, sale raciste.

«Renshaw senior est un vieil ami à moi.»

Renshaw n'était pas du tout un ami de Denny. George le savait. L'avocat n'avait rencontré ce client que deux fois. Mais Denny espérait intimider George. *Si tu merdes, ton patron te le fera payer.*

Denny poursuivit : «Il m'a assuré que vous étiez la personne la plus compétente de tout Washington pour réussir à convaincre le ministère de la Justice de me ficher la paix.
— Mr. Renshaw a parfaitement raison.»

Denny était accompagné de deux conseillers municipaux et de trois adjoints, tous blancs. Ils se calèrent contre leurs dossiers, visiblement soulagés. George les avait rassurés : leur problème n'était pas insoluble.

« Voilà, reprit George, il y a deux méthodes possibles. Nous pouvons porter l'affaire devant les tribunaux en contestant la réglementation du ministère de la Justice. Ils ne sont pas très finauds. On trouvera toujours des vices de forme, des erreurs dans leurs rapports, des partis pris évidents. Les procès, c'est bon pour mon cabinet, parce que nos honoraires ne sont pas donnés.

— Nous avons les moyens de payer », fit Denny. L'aéroport était sûrement une affaire lucrative.

« Cette méthode présente cependant deux inconvénients. Le premier est que les procédures sont toujours très longues. Or vous souhaitez certainement que votre aéroport soit construit et puisse entrer en service au plus vite. Le deuxième est qu'aucun avocat ne pourra vous jurer la main sur le cœur qu'il sait ce que décidera la Cour. On n'est jamais sûr de rien.

— À Washington, en tout cas. »

Apparemment, les tribunaux de Roath se montraient plus accommodants envers Denny.

« Autre possibilité, reprit George, négocier.

— Qu'est-ce que cela impliquerait ?

— L'intégration progressive d'employés noirs en plus grand nombre, à tous les niveaux.

— Il n'y a qu'à leur promettre n'importe quoi !

— Ils ne sont pas complètement idiots. Ils prévoiront des pénalités financières en cas de non-respect.

— Que demanderont-ils, d'après vous ?

— Le ministère s'en moque plus ou moins du moment qu'il peut dire qu'il a fait bouger les choses. Néanmoins, il consultera les associations noires de votre ville. » George jeta un coup d'œil au dossier qu'il avait devant lui. « Cette affaire a été soumise au ministère de la Justice par les Roath Christians for Equal Rights, les Chrétiens de Roath pour l'égalité des droits.

— Salauds de communistes, grommela Denny.

— Le ministère acceptera sans doute un accord approuvé par cette organisation. Dès lors, il n'aura plus à s'occuper ni d'elle ni de vous. »

Denny s'empourpra. « Vous n'allez pas me dire que je vais devoir négocier avec cette association de merde ?

— C'est pourtant ce que vous avez de mieux à faire si vous voulez obtenir une solution rapide à votre problème. »

Denny eut l'air outré.

«Vous n'êtes pas obligé de les rencontrer personnellement, précisa George. En réalité, je vous conseillerais même d'éviter tout contact.

— Qui négociera avec eux, dans ce cas?

— Moi. J'irai là-bas demain.»

Le maire sourit. «Et étant donné – si vous voyez ce que je veux dire –, la couleur de votre peau, vous arriverez évidemment à les convaincre de renoncer.»

George l'aurait volontiers étranglé. Pauvre con. «Je ne voudrais pas que vous vous mépreniez, monsieur le maire... Denny, pardon. Vous devrez réellement effectuer quelques changements. Mon rôle est de les rendre aussi indolores que possible. Mais vous êtes un homme politique expérimenté, vous n'ignorez pas l'importance des relations publiques.

— C'est vrai.

— Si on raconte que les Chrétiens pour les droits civiques sont en train de faire machine arrière, cela pourrait faire capoter l'accord. Mieux vaut adopter le profil de l'homme qui a gentiment accordé quelques concessions minimes, à son corps défendant, pour pouvoir construire cet aéroport dans l'intérêt de la ville.

— Pigé», lança Denny en lui adressant un clin d'œil.

Sans s'en rendre compte, le maire venait d'accepter de revenir sur une pratique quasi séculaire et d'employer davantage de Noirs dans son aéroport. C'était une modeste victoire, ce qui n'empêcha pas George de la savourer. Cependant, Denny ne serait pleinement satisfait que s'il pouvait se dire et proclamer à la ronde qu'il s'en était sorti comme un chef. Mieux valait peut-être lui laisser ses illusions.

George lui rendit son clin d'œil.

Au moment où la délégation du Mississippi repartait, sa secrétaire lui remit un papier en lui décochant un drôle de regard.

C'était un message téléphonique dactylographié : «Réunion de prière à la Full Gospel Church de Barney Circle demain à six heures.»

L'air interloqué de la secrétaire s'expliquait : elle trouvait qu'un grand avocat de Washington avait de curieuses façons de passer ses soirées.

George savait que le message venait de Maria.

*

Tim Tedder déplut à Cam. Il portait un costume kaki. Sa coupe de cheveux militaire, sans pattes, détonait à une époque où tout le monde en avait. Cam le trouvait un peu trop tête brûlée. Il adorait manifestement les opérations clandestines. Cam se demanda comment il aurait réagi s'il ne lui avait pas simplement demandé de poser des micros chez Jasper Murray, mais de le tuer.

Tedder n'avait aucun scrupule à enfreindre la loi. En revanche, il avait l'habitude de travailler pour le gouvernement et, vingt-quatre heures plus tard, il débarquait dans le bureau de Cam avec un projet écrit et un budget.

Le plan prévoyait d'envoyer trois hommes surveiller l'appartement de Murray pendant deux jours afin de connaître ses habitudes. Ils s'introduiraient chez lui en son absence et placeraient une capsule microphonique dans son téléphone. Ils installeraient également un magnétophone à proximité, probablement sur le toit de l'immeuble, dissimulé dans un boîtier portant l'inscription 50000 VOLTS – NE PAS TOUCHER pour dissuader les curieux. Ils changeraient les bandes magnétiques toutes les vingt-quatre heures pendant un mois et Tedder fournirait des transcriptions de toutes les conversations.

Le prix de l'opération se montait à cinq mille dollars. L'argent serait prélevé sur la caisse noire du Comité de réélection du Président.

Conscient d'être sur le point de franchir une ligne rouge, Cam soumit la proposition à Ehrlichman. Il n'avait jamais commis d'acte délictueux. Il allait se rendre coupable de complicité de violation de domicile. C'était nécessaire, les fuites devaient cesser et le Président avait dit : « Je me fiche pas mal de la méthode employée. » Il n'empêche que Cameron n'était pas très à l'aise. C'était un saut dans l'inconnu et il ne savait pas ce qui l'attendait.

John Ehrlichman cocha la case « approuvé ».

Il ajouta une petite note inquiétante : « Si vous garantissez que l'origine de l'opération ne pourra pas être établie. »

Cam savait ce que cela signifiait.

Si les choses tournaient mal, c'était lui qui porterait le chapeau.

*

George quitta son bureau à cinq heures et demie pour se rendre à Barney Circle, un quartier résidentiel modeste situé à l'est de Capitol Hill. L'église consistait en une cabane plantée au milieu d'un terrain entouré d'un grillage. À l'intérieur, les rangs de chaises dures n'étaient qu'à moitié occupés. L'assemblée des fidèles se composait exclusivement de Noirs, en majorité des femmes. C'était un bon endroit pour un rendez-vous clandestin : un agent du FBI se verrait comme le nez au milieu de la figure.

Une femme se retourna. George reconnut Maria Summers. Il alla s'asseoir à côté d'elle.

« Que se passe-t-il ? demanda-t-il à voix basse. Quelle est l'urgence ? »

Elle posa un doigt sur ses lèvres. « Après. »

Il esquissa un petit sourire dépité. Il allait devoir assister à une heure de prière. Après tout, cela ne pourrait pas faire de mal à son âme.

George était ravi de participer à ce complot avec Maria. Son travail chez Fawcett Renshaw ne comblait pas son désir de justice. Il contribuait à faire progresser la cause des Noirs, mais au compte-gouttes, très lentement. À trente-six ans, il était assez mûr pour avoir compris que les rêves d'un monde meilleur qu'on fait dans sa jeunesse s'accomplissent rarement. Il lui semblait pourtant qu'il devait pouvoir obtenir mieux que l'embauche de quelques Noirs supplémentaires à l'aéroport de Roath.

Un pasteur en soutane fit son entrée et entonna une oraison improvisée qui dura dix ou quinze minutes. Il invita ensuite les fidèles à s'entretenir personnellement avec Dieu en silence. « Si un homme parmi vous se sent inspiré par l'esprit saint et souhaite nous faire partager sa prière, nous serons heureux de l'entendre. Conformément à l'enseignement de l'apôtre Paul, les femmes doivent garder le silence dans l'église. »

George donna un coup de coude à Maria, sachant que cette manifestation de sexisme dévot devait la hérisser.

La mère de George adorait Maria. George soupçonnait Jacky de voir dans cette jeune femme ce qu'elle aurait pu être si elle était née une génération plus tard. Elle aurait pu faire de solides études, exercer un poste à responsabilité et porter une robe noire avec un collier de perles.

Pendant les prières, l'esprit de George se mit à divaguer et il pensa à Verena. Elle avait totalement disparu de la circulation depuis qu'elle avait rejoint les Panthères noires. Il aurait voulu croire qu'elle s'occupait des aspects les plus humains de leur mission, qu'elle offrait par exemple des petits déjeuners gratuits aux enfants dont les mères partaient à l'aube faire le ménage dans les bureaux des Blancs. Mais, telle qu'il la connaissait, elle pouvait très bien cambrioler des banques.

Le pasteur clôtura la réunion par une dernière prière interminable. Dès qu'il eut dit *Amen*, les fidèles se tournèrent les uns vers les autres et commencèrent à bavarder. Leurs conversations étaient si bruyantes que George estima qu'il pouvait parler à sa voisine sans risque.

Maria lui dit aussitôt : « Ils vont mettre Jasper Murray sur écoute. Un type de l'entourage d'Ehrlichman est passé ; il venait de la Maison Blanche.

— C'est certainement la dernière émission de Jasper qui a déclenché ce branle-bas.

— À coup sûr.

— Et ce n'est pas vraiment Jasper qu'ils recherchent.

— Je sais. C'est son informateur. C'est-à-dire moi.

— Je vais aller voir Jasper ce soir et l'avertir qu'il doit faire attention à ce qu'il dit au téléphone.

— Merci. » Elle regarda autour d'elle. « Nous passons moins inaperçus que je ne l'avais pensé.

— Pourquoi ?

— Nous sommes trop bien habillés. Il est évident que nous ne sommes pas à notre place ici.

— Ma secrétaire est persuadée que je suis un nouveau converti. Partons.

— Il ne faut pas qu'on nous voie ensemble. Vas-y d'abord. »

George quitta la petite église et retourna à la Maison Blanche.

À son avis, Maria n'était pas le seul membre du personnel à divulguer des informations à la presse. Ils étaient nombreux. Le mépris désinvolte du Président à l'égard de la loi avait indigné certains fonctionnaires au point de les inciter à renier le devoir de réserve auquel ils s'étaient toujours astreints. La malhonnêteté de Nixon était particulièrement insupportable de la part d'un Président qui avait fondé sa campagne sur le respect de la loi et de l'ordre. George avait l'impression que le peuple américain était victime d'une gigantesque arnaque.

Il réfléchit à l'endroit le plus approprié pour rencontrer Jasper. La dernière fois, il s'était tout simplement rendu dans les locaux de *This Day*. Qu'il y aille une fois, c'était sans risque, mais il fallait éviter de recommencer. Il ne voulait pas qu'on le voie trop souvent en compagnie de Jasper. Il fallait par ailleurs que leur rencontre ait l'air naturelle, qu'ils ne donnent pas l'impression de se retrouver en catimini, au cas où on les repérerait.

Il se dirigea vers le parking à étages le plus proche du bureau de Jasper. Au troisième, un espace était réservé au personnel de *This Day*. Il se gara à proximité et trouva un téléphone public.

Jasper était à son bureau.

George ne se présenta pas. « On est vendredi soir, dit-il sans préambule. Quand comptez-vous rentrer chez vous ?

— Bientôt.

— Maintenant, ce serait bien.

— D'accord. »

George raccrocha.

Quelques minutes plus tard, Jasper, reconnaissable à sa grande taille et à son épaisse chevelure blonde, sortit de l'ascenseur, un imperméable sur le bras. Il gagna son véhicule, une Lincoln Continental de couleur bronze à la capote en toile noire.

George le rejoignit et s'asseyant à côté de lui, l'informa du projet d'écoutes.

«Je vais devoir démonter mon téléphone pour retirer le micro. »

George secoua la tête. « Si vous faites ça, ils s'en apercevront, parce qu'aucune transmission ne leur parviendra.

— Et alors ?

— Alors, ils trouveront un autre moyen de vous surveiller et, la prochaine fois, nous n'aurons peut-être pas la chance d'être prévenus.

— Merde. Je reçois presque tous mes coups de fil importants chez moi. Qu'est-ce que je vais faire ?

— Quand un informateur vous appelle, dites-lui que vous êtes occupé et que vous allez le rappeler. Et faites-le depuis une cabine.

— Je vais trouver une solution. Merci du tuyau. Il vient de la source habituelle ?

— Oui.

— Il est bien informé.

— Oui, acquiesça George. En effet. »

XLVII

Beep vint rendre visite à Dave Williams à Daisy Farm, son studio d'enregistrement de la vallée de Napa.

L'aménagement des pièces était à la fois simple et confortable. Le studio, en revanche, bénéficiait d'un équipement des plus sophistiqués. Un certain nombre d'albums à succès y avaient été enregistrés. La location des installations à des groupes et orchestres constituait une petite activité somme toute assez rentable. Certains demandaient à Dave d'être leur producteur et il s'était découvert un talent réel pour les aider à obtenir le son qu'ils désiraient.

Ce qui tombait plutôt bien, car Dave ne gagnait plus autant d'argent qu'avant. Depuis la dissolution de Plum Nellie, il y avait eu une compilation, un album live, un album d'inédits et de versions alternatives. Chacun de ces disques s'était moins bien vendu que le précédent. Les albums solo des anciens membres du groupe n'avaient pas très bien marché. Dave n'avait pas de réels problèmes financiers, mais il ne pouvait plus changer de Ferrari tous les ans. Et la tendance était à la baisse.

Quand Beep l'avait appelé pour lui demander si elle pouvait passer le voir le lendemain, il avait été tellement surpris qu'il n'avait pas pensé à lui demander la raison de sa visite.

Ce matin-là, il se shampouina la barbe sous la douche, enfila un jean propre et choisit une chemise bleu vif. Il se demanda alors pourquoi il se donnait autant de mal. Il n'était plus amoureux de Beep. Pourquoi s'inquiéter de l'impression qu'il pourrait lui donner ? Il se rendit compte que ce qu'il voulait, c'était qu'elle regrette de l'avoir largué en le voyant. « Imbécile », gronda-t-il tout haut. Et il passa un vieux tee-shirt.

Malgré tout, il était intrigué.

Il était en train de travailler dans son studio avec un jeune chanteur auteur-compositeur qui enregistrait son premier album, lorsque le voyant de l'interphone du portail se mit à clignoter silencieusement. Il laissa l'artiste fignoler le pont de huit mesures et sortit. Beep s'avança devant la maison au volant d'une Mercury Cougar rouge décapotée.

Il s'attendait à la trouver changée. Il était curieux de voir à quoi elle ressemblerait. En réalité, elle était toujours la même : petite et jolie avec un regard malicieux, telle qu'il l'avait connue dix ans plus tôt, quand elle avait treize ans et un charme renversant. Elle portait un pantalon corsaire bleu et un débardeur rayé et ses cheveux courts étaient coupés au carré.

Il la conduisit d'abord derrière la maison pour lui faire admirer la vue sur la vallée. C'était l'hiver. Les vignes étaient dénudées. Sous le soleil, les rangées de ceps bruns jetaient des ombres bleues qui dessinaient sur le sol des motifs contournés, comme des coups de pinceau.

« Quel type de cépage cultives-tu ? lui demanda-t-elle

— Du cabernet sauvignon, le rouge classique. C'est un raisin résistant et ce sol caillouteux lui convient.

— Tu fais du vin ?

— Oui. Il n'est pas extraordinaire, mais il s'améliore. Entre, je vais te faire goûter. »

Elle fut séduite par la cuisine tout en bois qui avait un petit air ancien malgré les derniers gadgets dont elle était équipée. Les placards étaient en pin naturel poncé à la main, badigeonné d'une lasure claire qui lui donnait un éclat doré. Dave avait supprimé le plafond pour doubler la hauteur en dégageant la pente du toit.

Il avait apporté beaucoup d'attention à l'agencement de cette pièce pour qu'elle ressemble à la cuisine de la maison de Great Peter Street où tout le monde venait passer un moment, manger, boire et bavarder.

Ils s'assirent devant la table ancienne en pin. Dave ouvrit une bouteille de rouge Daisy Farm 1969, la première cuvée produite en commun avec Danny Medina. Il était encore un peu trop tannique et Beep fit la grimace. Dave rit. « Évidemment, il faut savoir apprécier son potentiel.

— Je te crois sur parole. »

Elle sortit un paquet de Chesterfields.

« Tu fumais déjà des Chesterfields quand tu avais treize ans, remarqua Dave.

— Je devrais arrêter.

— Je n'avais jamais vu de cigarettes aussi longues.

— Tu étais mignon à l'époque.

— Et quand je te voyais en coincer une entre tes lèvres, ça m'émoustillait, sans que je sache pourquoi.

— J'aurais pu te l'expliquer », dit-elle en riant.

Il but une gorgée de vin. Il serait sans doute meilleur dans un an ou deux. « Comment va Walli ? demanda-t-il.

— Bien. Il consomme plus de drogue qu'il ne devrait mais, que veux-tu ? C'est une rock star. »

Dave sourit. « Moi-même, je fume un joint presque tous les soirs.

— Tu es avec quelqu'un ?

— Oui. Sally Dasilva.

— Ah ! L'actrice. J'ai vu une photo de vous deux à une première, mais je ne savais pas que c'était sérieux. »

Ça ne l'était pas. « Elle est à Los Angeles. On bosse beaucoup tous les deux. Mais on arrive à passer un week-end ensemble de temps en temps.

— Au fait, il faut que je te dise à quel point j'admire ta sœur.

— Evie est une bonne actrice.

— Elle m'a fait mourir de rire dans le film où elle joue une flic débutante. Mais ce que j'admire le plus, c'est son militantisme. Un tas de gens manifestent contre la guerre, mais il n'y en a pas beaucoup qui ont le courage d'aller au Nord-Vietnam.

— Elle crevait de trouille.

— Je veux bien le croire. »

Dave posa son verre et regarda Beep en face. Il était impatient de connaître la raison de sa venue. « Bon alors, Beep, et si tu en venais au fait ?

— D'abord, merci d'avoir accepté de me voir. Tu n'y étais pas obligé et je t'en suis sincèrement reconnaissante.

— Je t'en prie. » Il avait failli refuser. Mais la curiosité avait été plus forte que la rancœur.

« Ensuite, je te présente mes excuses pour ce que je t'ai fait. Je suis désolée de t'avoir blessé. C'était cruel et je ne cesserai jamais d'en avoir honte. »

Dave hocha la tête. Il n'allait pas la contredire. Une fille pouvait difficilement faire pire que laisser son fiancé la surprendre au lit avec son meilleur copain. Même si elle n'avait que vingt ans à l'époque, ce n'était pas une excuse.

« Troisièmement, Walli regrette, lui aussi. On s'aime toujours, tous les deux, il faut que tu le saches, mais on est parfaitement conscients de ce qu'on a fait. Walli te le dira lui-même si tu veux bien lui en fournir l'occasion.

— D'accord. » Ses paroles commençaient à faire bouillonner les émotions dans le cœur de Dave et à raviver des sentiments enfouis : colère, rancune, dépit. Il avait hâte de savoir où elle voulait en venir.

Beep continua : « Est-ce que tu pourras nous pardonner un jour ? »

Il ne s'attendait pas à cette question. « Je ne sais pas, je n'y ai pas réfléchi », murmura-t-il d'une petite voix. Jusqu'à ce jour, il aurait pu dire que ça ne lui faisait plus rien, mais les questions de Beep réveillaient une douleur ignorée. « Ça servirait à quoi, que je vous pardonne ? »

Beep inspira profondément. « Walli voudrait reconstituer le groupe.

— Oh ! » Ça non plus, il ne s'y attendait pas.

« Il aimerait retravailler avec toi. Ça lui manque. »

Non sans une certaine mesquinerie, Dave trouva cet aveu réconfortant.

« Les albums solo ne marchent pas très bien, ajouta Beep.

— Le sien s'est mieux vendu que le mien.

— Ce ne sont pas les ventes qui le chagrinent. Il se fiche de l'argent, il ne dépense pas la moitié de ce qu'il gagne. Ce qui compte pour lui, c'est que la musique était meilleure quand vous la composiez ensemble, tous les deux.

— Je ne dirai pas le contraire.

— Et puis il a quelques chansons qu'il aimerait bien faire avec toi. Tu pourrais faire venir Lew et Buzz de Londres. On pourrait tous s'installer ici, à Daisy Farm. Et quand le disque sortirait, vous pourriez donner des concerts pour fêter vos retrouvailles et pourquoi pas, organiser une tournée. »

Dave était tenté, malgré lui. Il n'avait rien connu de plus exaltant que les années Plum Nellie, de Hambourg à Haight-Ashbury. Le groupe s'était fait exploiter, escroquer, plumer, mais chaque minute de cette aventure avait été exaltante. Maintenant, il était respecté, bien payé, il était une personnalité de la télévision, un animateur d'émission de variétés, il travaillait dans l'industrie du spectacle. Mais ce n'était pas du tout aussi amusant.

« Repartir sur les routes ? dit-il d'un air songeur. Je ne sais pas.

— Penses-y, insista Beep. Tu n'es pas obligé de répondre par oui ou non.

— Entendu. J'y réfléchirai. »

Il connaissait déjà la réponse.

Il la raccompagna à sa voiture. Un journal était posé sur le siège avant. Beep le prit et le lui tendit. « Tu as vu ça ? C'est une photo de ta sœur. »

*

La photo montrait Evie Williams en treillis.

Cam fut d'abord frappé par sa beauté. Il revoyait sous cette tenue informe le corps magnifique que le monde avait admiré dans le film *Le Modèle du peintre*. Les lourds godillots et le calot militaires ne faisaient qu'ajouter à son charme.

Elle était assise sur un char. Cam ne s'y connaissait pas très bien en armes, mais la légende précisait qu'il s'agissait d'un blindé soviétique T-54 équipé d'un canon de cent millimètres.

Elle était entourée de soldats de l'armée nord-vietnamienne en uniforme. Elle semblait leur raconter quelque chose de drôle et son visage était tout à la fois animé et amusé. Ils riaient et souriaient comme tous les gens, dans le monde entier, en présence d'une célébrité de Hollywood.

D'après l'article qui accompagnait la photo, elle était partie là-bas pour promouvoir la paix. Elle avait appris que le peuple vietnamien ne voulait pas faire la guerre aux États-Unis. « Ah tiens, vraiment ! » ironisa Cam. Ils ne demandaient qu'une chose : qu'on les laisse tranquilles, disait Evie.

Cette photo était un chef-d'œuvre de communication en faveur du mouvement pacifiste. La moitié des filles d'Amérique voulaient ressembler à Evie Williams, la moitié des garçons voulaient l'épouser et tous admiraient le courage dont elle avait fait preuve en allant au Nord-Vietnam. Pis encore, les communistes ne la maltraitaient pas. Ils discutaient avec elle et lui expliquaient qu'ils voulaient être les amis du peuple américain.

Comment le méchant Président pouvait-il bombarder des gens aussi sympathiques ?

Cam était écœuré.

Mais la Maison Blanche n'allait pas les laisser faire.

Cam se pendit au téléphone pour appeler des journalistes compréhensifs. Il n'y en avait pas des masses : la presse libérale détestait Nixon et une partie des médias conservateurs le trouvait trop modéré. Cam espérait pourtant rallier suffisamment de sympathisants pour organiser une contre-attaque, à condition qu'ils veuillent bien jouer le jeu.

Il avait sous les yeux une liste d'arguments, qu'il choisissait en fonction de son interlocuteur. « D'après vous, combien de jeunes Américains ont été tués par ce char ? demanda-t-il à un réalisateur de talk-show.

— Je ne sais pas. Mais vous allez sûrement me le dire. »

La réponse était sans doute zéro, car les chars nord-vietnamiens n'affrontaient généralement pas les forces américaines, mais uniquement l'armée du Sud-Vietnam. Là n'était pas l'essentiel. « C'est une question que vous devriez poser aux libéraux dans votre émission, suggéra Cam.

— Vous avez raison, c'est une bonne idée. »

La question n'était pas la même pour un chroniqueur d'un tabloïd de droite : « Saviez-vous qu'Evie Williams est anglaise ?

— Sa mère est américaine, lui rappela le journaliste.

— Peut-être, mais elle déteste tellement l'Amérique qu'elle l'a quittée en 1936 et n'y a plus jamais remis les pieds.

— Intéressant ! »

À un journaliste libéral qui critiquait souvent Nixon : « Vous admettrez certainement qu'elle a été bien naïve de se laisser utiliser par les Nord-Vietnamiens pour leur propagande anti-américaine. Ou bien prenez-vous vraiment au sérieux sa mission pacifiste ? »

Le résultat fut spectaculaire. Le lendemain, Evie Williams commença à être la cible d'une campagne de dénigrement dont l'ampleur dépassa largement l'impact de son succès initial. Elle devint l'ennemie publique numéro un, supplantant dans ce rôle Eldridge Cleaver, violeur en série et leader des Panthères noires. Des lettres la vilipendant affluèrent à la Maison Blanche, pas toujours à l'instigation des partis républicains locaux. Elle cristallisa la haine de tous ceux qui avaient voté pour Nixon, des gens guidés par l'idée simpliste selon laquelle on était pour l'Amérique ou contre elle.

Cam était ravi. Chaque fois qu'il lisait une diatribe contre elle dans un tabloïd, il repensait au mépris avec lequel elle l'avait éconduit.

Pourtant, il n'en avait pas encore fini avec elle.

Au plus fort de cette campagne de lynchage médiatique, il téléphona à Melton Faulkner, un homme d'affaires favorable à Nixon qui siégeait au conseil d'administration d'une chaîne de télévision. Il fit passer l'appel par le standard pour que la secrétaire de Faulkner puisse lui dire : « Monsieur, vous avez la Maison Blanche en ligne ! »

Quand il eut Faulkner au bout du fil, il se présenta et lui annonça : « Le Président m'a demandé de vous appeler pour vous parler du telefilm sur Jane Addams que vous prévoyez de réaliser. »

Jane Addams, morte en 1935, avait été une suffragette et militante progressiste, lauréate du prix Nobel de la paix.

« En effet, confirma Faulkner. Le Président est un de ses admirateurs ? »

Ouais, tu parles, se dit Cam. Jane Addams était le type même de la libérale aux idées nébuleuses qu'il exécrait. « Oui, absolument, répondit-il. D'après le *Hollywood Reporter,* vous songeriez à confier le rôle à Evie Williams.

— C'est exact.

— Vous avez certainement suivi les actualités concernant Evie Williams et la façon dont elle s'est laissé exploiter par la propagande antiaméricaine de nos ennemis.

— Oui, je suis au courant.

— Êtes-vous sûr que cette actrice anglaise, antiaméricaine et socialiste soit la personne adéquate pour incarner une héroïne nationale ?

— En tant que membre du conseil d'administration, je n'ai pas mon mot à dire...

— Le Président n'a pas le pouvoir d'influer sur la distribution, Dieu merci, mais il a pensé que vous seriez heureux de connaître son opinion.

— C'est certain.

— Ça a été un plaisir de discuter avec vous, monsieur Faulkner. » Cam raccrocha.

Il avait entendu dire que la vengeance est douce. Il n'aurait jamais deviné à quel point c'était vrai.

*

Dave et Walli étaient perchés sur de hauts tabourets dans le studio d'enregistrement, leurs guitares sur les genoux. Ils travaillaient sur une chanson intitulée « Back Together Again », « À nouveau réunis ». Elle était en deux parties, dans deux tonalités distinctes. Ils cherchaient un accord de transition. Ils répétaient inlassablement la chanson en essayant différentes solutions.

Dave était heureux. Ça marchait exactement comme avant. Walli n'avait rien perdu de son originalité, il inventait des mélodies et des progressions harmoniques absolument uniques. Ils échangeaient des idées et le résultat était nettement meilleur que lorsqu'ils travaillaient chacun de leur côté. Ils allaient faire un come-back triomphal.

Si Beep n'avait pas changé, Dave ne pouvait en dire autant de Walli. Il était émacié. Sa maigreur faisait ressortir ses pommettes marquées et ses yeux en amande, le parant d'une sorte de beauté spectrale.

Buzz et Lew écoutaient et fumaient en attendant. Ils étaient patients. Dès que Dave et Walli avaient mis au point un passage, ils s'emparaient de leurs instruments et élaboraient les accompagnements à la basse et à la batterie.

Il était dix heures du soir et cela faisait trois heures qu'ils travaillaient. Ils continueraient jusqu'à trois ou quatre heures du matin, puis iraient se coucher et se lèveraient à midi. Tels étaient les horaires du rock'n' roll.

C'était leur troisième jour de répétition au studio. Ils avaient passé la première journée à improviser, à reprendre de vieux airs, à se réhabituer à faire de la musique ensemble. Walli avait joué de merveilleuses lignes mélodiques à la guitare. Malheureusement, le deuxième jour, il avait eu des problèmes gastriques et s'était très vite arrêté. C'était donc la première fois qu'ils travaillaient sérieusement.

Une bouteille de Jack Daniels ainsi qu'un grand verre de glaçons étaient posés sur un ampli près de Walli. Autrefois, il leur arrivait souvent de boire de l'alcool et de fumer des joints en créant leurs chansons. Cela faisait partie du plaisir. Désormais, Dave préférait s'abstenir, mais Walli n'avait pas changé ses habitudes.

Beep arriva avec quatre bières sur un plateau. Dave devina qu'elle préférait que Walli boive de la bière plutôt que du whisky. Elle apportait souvent des choses à grignoter : des myrtilles avec de la glace, du gâteau au chocolat, des cacahuètes, des bananes. Elle voulait éviter que Walli ne se nourrisse que d'alcool. Il prenait une cuillère de glace ou une poignée de cacahuètes, puis revenait à son Jack Daniels.

Heureusement, son talent était intact, comme le prouvait sa nouvelle chanson. Malgré tout, leur incapacité à trouver le bon accord de transition commençait à l'énerver. « Putain, maugréa-t-il, je l'ai dans la tête, mais il ne veut pas sortir.

— Cas typique de constipation musicale, mon vieux, lança Buzz. Il te faut un laxatif rock'n'roll. Qu'est-ce qui pourrait tenir lieu de décoction de pruneaux ?

— Un opéra de Schoenberg, suggéra Dave.

— Un solo de batterie de Dave Clark, proposa Lew.

— Un album de Demis Roussos », renchérit Walli.

L'interphone se mit à clignoter. Beep décrocha. « Venez », dit-elle à son interlocuteur. Et elle raccrocha. Elle se tourna vers Walli : « C'est Hilton.

— OK. » Il descendit de son tabouret, posa sa guitare sur un support et sortit.

Dave jeta un regard interrogateur à Beep : « C'est un dealer », lui expliqua-t-elle.

Dave continua à jouer la chanson. La visite d'un dealer à un studio d'enregistrement n'avait rien d'inhabituel. Il ne savait pas pourquoi les musiciens se droguaient plus que le reste de la population, mais ce n'était pas nouveau : Charlie Parker avait été héroïnomane et il appartenait à la génération précédente.

Pendant que Dave grattait sa guitare, Buzz prit sa basse et commença à jouer avec lui. Lew s'installa derrière sa batterie et entama un accompagnement discret, cherchant le rythme. Ils improvisaient depuis une vingtaine de minutes quand Dave s'interrompit et demanda : « Et Walli ? Qu'est-ce qu'il fabrique ? »

Il sortit du studio pour regagner la grande maison, les autres sur les talons.

Ils trouvèrent Walli dans la cuisine. Il était affalé sur le sol, complètement défoncé, la seringue encore plantée dans le bras. Il s'était piqué dès qu'il avait mis la main sur sa came.

Beep se pencha sur lui et retira délicatement l'aiguille. « Il va être dans les vapes jusqu'à demain matin, leur annonça-t-elle. Je suis désolée. »

Dave jura. Ils ne travailleraient plus aujourd'hui.

Buzz demanda à Lew : « On va faire un tour à la cantina ? »

Au pied de la colline, il y avait un bar essentiellement fréquenté par des ouvriers agricoles mexicains. Comme il portait le nom ridicule de Mayfair Lounge, ils l'appelaient la cantina par dérision.

« Pourquoi pas ? » acquiesça Lew.

La section rythmique du groupe s'éclipsa.

« Aide-moi à le mettre au lit », demanda Beep à Dave.

Il prit Walli par les épaules, Beep saisit ses jambes et ils le portèrent jusqu'à sa chambre. Puis ils retournèrent dans la cuisine. Beep s'appuya au comptoir pendant que Dave préparait un café.

« Il est accro, c'est ça ? » fit Dave en dépliant le filtre.

Beep hocha la tête.

« Tu crois qu'on va réussir à faire cet album ?

— Oui ! Je t'en prie, ne le laisse pas tomber. J'ai peur...

— D'accord, ne t'énerve pas. »

Il mit la cafetière en marche.

« J'arrive à le gérer, reprit-elle d'un ton désespéré. Il va à peu près bien le soir. Il ne prend que des petites doses pour pouvoir travailler. Et à la fin de la nuit, il se shoote et il sombre. Ce qui s'est passé aujourd'hui n'est pas habituel. C'est rare qu'il s'effondre comme ça. Normalement, je surveille les quantités qu'il prend. Je le rationne.

— Tu es devenue la garde-malade d'un junky, constata Dave, consterné.

— On s'est engagés sur certaines voies à un âge où on était trop jeunes pour en saisir toutes les conséquences. Maintenant, il faut vivre avec. »

Elle fondit en larmes.

Dave la prit dans ses bras et elle pleura sur son épaule. Il la laissa s'épancher et tremper sa chemise tandis qu'une odeur de café se répandait dans la cuisine. Au bout d'un moment, il se dégagea doucement et servit deux tasses.

« Ne t'en fais pas, dit-il. Maintenant qu'on connaît le problème, on va s'adapter. On s'occupera des trucs les plus difficiles quand Walli sera en forme : l'écriture des chansons, les solos de guitare, les harmonies vocales. Et quand il sera HS, on mettra en place les accompagnements et on fera un mixage provisoire. On peut très bien s'en sortir comme ça.

— Oh, merci. Tu lui sauves la vie. Si tu savais comme je suis soulagée. Tu es vraiment un type super. »

Elle se hissa sur la pointe des pieds et l'embrassa sur la bouche.

Dave était un peu déconcerté. Elle le remerciait de sauver la vie de son compagnon et en même temps, elle l'embrassait.

« Quelle idiote j'ai été de ne pas rester avec toi », murmura-t-elle alors.

C'était déloyal envers l'homme qui reposait dans la chambre à côté. Mais la loyauté n'avait jamais été son fort.

Elle glissa ses bras autour de sa taille et se plaqua contre lui.

Il resta un moment les mains en l'air, sans la toucher. Puis, il céda et l'enlaça à son tour. Peut-être n'était-il pas non plus un modèle de loyauté.

« Les junkies ne baisent pas beaucoup, observa-t-elle. Ça fait un bail. »

Dave se mit à trembler. En réalité, il avait su que ça arriverait dès l'instant où elle avait débarqué dans sa décapotable rouge.

Il tremblait parce qu'il la désirait éperdument.

Pourtant, il ne dit rien.

« Emmène-moi dans ton lit, Dave. Allons baiser comme on faisait avant, juste une fois, en souvenir du bon vieux temps.

— Non », protesta-t-il.

Il le fit quand même.

*

Ils terminèrent l'album le jour de la mort d'Edgar Hoover, le directeur du FBI.

Alors qu'ils prenaient le petit déjeuner, à midi, dans la cuisine de Daisy Farm, Beep déclara : « Mon grand-père est sénateur. D'après lui, Hoover était pédé comme un phoque. »

Ils en restèrent pantois.

Dave sourit. Il était convaincu que Gus Dewar n'avait pas prononcé ces mots en parlant à sa petite-fille. Mais Beep aimait employer ce genre de langage devant les garçons. Elle savait que ça les déstabilisait. C'était une spécialiste de la provocation. Ça faisait partie de son charme.

Elle enchaîna : « Grand-père m'a dit qu'il vivait avec son directeur adjoint, un type qui s'appelle Tolson. Ils allaient partout ensemble, comme mari et femme.

— C'est les gens comme Hoover qui nous font du tort, à nous, les homos », commenta Lew.

Walli, qui s'était levé plus tôt que d'habitude, lança : « Eh, écoutez, quand l'album sortira, on donnera un concert pour fêter nos retrouvailles, d'accord ?

— Oui, dit Dave. Mais qu'est-ce que tu as en tête au juste ?

— Et si on en faisait un concert de gala pour lever des fonds pour la campagne de McGovern ? »

Il était de plus en plus courant que des groupes de rock donnent des concerts pour soutenir des hommes politiques libéraux, or, en cette année d'élection présidentielle, George McGovern était le candidat à l'investiture démocrate le mieux placé.

« Excellente idée, acquiesça Dave. C'est une bonne publicité pour nous et en même temps, ça contribuera à hâter la fin de la guerre.

— Je suis pour, approuva Lew.

— Très bien, je suis en minorité, je m'incline », dit Buzz.

Lew et Buzz partirent aussitôt après prendre un avion pour Londres. Walli alla au studio emballer ses guitares, une tâche qu'il ne confiait à personne.

Dave se tourna vers Beep : « Tu ne vas pas t'en aller comme ça.

— Pourquoi ?

— Parce que ça fait six semaines qu'on baise comme des fous chaque fois que Walli est défoncé.

— C'était super, non ? fit-elle avec un grand sourire.

— Et parce qu'on s'aime. » Dave se demandait si elle nierait ou confirmerait.

Elle ne fit ni l'un ni l'autre.

« Tu ne peux pas partir comme ça, répéta-t-il.

— Qu'est-ce que je peux faire d'autre ?

— Il faut que tu parles à Walli. Qu'il se trouve une autre infirmière. Reste ici avec moi. »

Beep secoua la tête.

« Je t'ai rencontrée il y a dix ans, reprit Dave. On a couché ensemble. On était fiancés, on devait se marier. Je crois bien te connaître.

— Et alors ?

— Tu as de l'affection pour Walli, tu t'occupes de lui, tu veux qu'il aille bien. Mais vous ne faites presque plus l'amour et, ce qui est pire encore, ça t'est égal. Ça veut dire que tu ne l'aimes pas. »

Cette fois encore, elle ne nia ni ne confirma.

Dave continua : « Je crois que tu m'aimes, moi. »

Elle contempla sa tasse vide comme si elle pouvait lire les réponses dans le marc de café.

« Tu veux qu'on se marie ? reprit Dave. C'est pour ça que tu hésites ? Tu veux que je te demande en mariage ? D'accord. Épouse-moi, Beep. Je t'aime. Je t'aimais quand tu avais treize ans et je n'ai jamais cessé de t'aimer.

— Ah oui ? Même quand tu couchais avec Mandy Love ? »

Il lui adressa un sourire espiègle. « Bon, il a pu m'arriver de t'oublier brièvement de temps en temps. »

Elle sourit à son tour. « Maintenant, je te crois.

— Et les enfants ? Tu voudrais en avoir ? Moi oui. »

Elle ne répondit pas.

« Je suis là à déballer mon cœur, remarqua Dave, et tu restes muette. Qu'est-ce que tu as dans le crâne ? »

Elle leva les yeux. Il vit alors qu'elle pleurait. « Si je quitte Walli, il mourra, dit-elle.

— Ça m'étonnerait. »

Beep leva la main pour le faire taire. « Tu m'as demandé ce que j'avais dans le crâne. Si tu veux vraiment le savoir, ne m'interromps pas. »

Dave se tut.

« J'ai fait beaucoup de choses égoïstes et détestables dans ma vie. Tu en connais certaines, mais pas toutes. »

Dave n'avait pas de mal à la croire. Il aurait voulu lui dire qu'elle avait aussi apporté aux autres de la joie et des rires, à lui notamment. Mais comme elle lui avait demandé d'écouter sans parler, il se retint.

« La vie de Walli est entre mes mains. »

Dave se retint de répliquer. Beep dit à sa place ce qu'il avait sur le bout de la langue. « D'accord, ce n'est pas ma faute s'il est drogué et je ne suis pas sa mère. Rien ne m'oblige à le sauver. »

Dave songea que Walli était peut-être plus solide qu'elle ne le pensait. Et pourtant, Jimi Hendrix était mort, Janis Joplin était morte, Jim Morrison était mort...

« Je veux changer, continua Beep. Et puis je veux réparer mes torts. Il est temps que je cesse de suivre simplement mes impulsions du moment. Il est temps que je fasse quelque chose de bien. Voilà pourquoi je vais rester avec Walli.

— C'est ton dernier mot ?

— Oui.

— Dans ce cas, au revoir », dit Dave.

Il sortit précipitamment de la pièce pour qu'elle ne le voie pas pleurer.

XLVIII

« La visite de Nixon en Chine a semé la panique au Kremlin », dit Dimka à Tania.

Ils se trouvaient dans l'appartement de Dimka. Katia, sa fille de trois ans, était juchée sur les genoux de Tania. Elles regardaient un livre illustré sur les animaux de la ferme.

Dimka et Natalia avaient emménagé à la Maison du gouvernement. Le clan Pechkov-Dvorkine occupait à présent trois logements dans le même immeuble. Grigori habitait toujours l'appartement d'origine, avec sa fille Ania et sa petite-fille Tania. L'ex-femme de Dimka, Nina, vivait avec Gricha, qui avait huit ans et allait à l'école. Et Dimka, Natalia et la petite Katia s'y étaient installés à leur tour. Tania adorait son neveu et sa nièce et les gardait toujours avec plaisir. La Maison du gouvernement ressemblait presque à un village paysan où les membres de la famille élargie veillent sur les enfants, se disait parfois Tania.

On lui demandait souvent si elle n'avait pas envie, elle-même, d'avoir des enfants. Elle répondait : « J'ai tout mon temps. » Elle n'avait encore que trente-deux ans. Mais surtout, elle ne se sentait pas libre de se marier. Vassili n'avait jamais été son amant, mais elle avait voué son existence à leur action clandestine commune, d'abord en publiant *Dissidence,* puis en faisant passer les livres de Vassili à l'Ouest. Il arrivait que des célibataires de son âge lui fassent des avances, mais ils étaient de moins en moins nombreux à être libres. Parfois elle sortait avec l'un d'eux et couchait éventuellement avec lui. Cependant, il n'y avait pas de place pour eux dans sa vie secrète.

L'existence de Vassili comptait désormais plus que la sienne. Après la publication d'*Un homme libre,* il était devenu un écrivain majeur de la littérature mondiale. Il expliquait l'Union soviétique au reste de la planète. Après son troisième ouvrage, *L'Âge de la stagnation,* il avait été question de lui attribuer le prix Nobel. Malheureusement, on ne pouvait pas le décerner à un auteur qui se cachait sous un pseudonyme. Tania était le canal par lequel ses œuvres transitaient jusqu'à l'Ouest. Il serait impossible de cacher un secret aussi lourd et aussi terrible à un mari.

Les communistes haïssaient « Ivan Kouznetsov ». Le monde entier savait qu'il ne pouvait pas révéler sa véritable identité car cela aurait mis son œuvre en péril, ce qui donnait des dirigeants l'image des béotiens qu'ils étaient. Chaque fois qu'on parlait de ses livres dans les médias occidentaux, on faisait remarquer qu'ils n'avaient jamais été publiés en russe, la langue dans laquelle ils avaient été écrits, à cause de la censure soviétique. Ça rendait le Kremlin fou furieux.

« Le voyage de Nixon a été un grand succès, dit Tania. On reçoit toutes les informations occidentales à nos bureaux. Les gens n'arrêtent pas de féliciter Nixon pour sa clairvoyance. D'après eux, il a accompli un pas de géant en faveur de la stabilité du monde. Du coup, sa cote de popularité est montée en flèche. Or il y a des élections cette année aux États-Unis. »

L'idée que les impérialistes capitalistes puissent faire ami-ami avec ces francs-tireurs de communistes chinois afin de se liguer contre l'URSS terrifiait les leaders soviétiques. Ils avaient donc invité aussitôt Nixon à Moscou pour rétablir l'équilibre.

« Maintenant, ils tiennent absolument à ce que la visite de Nixon soit aussi un succès, intervint Dimka. Il sont prêts à tout pour empêcher les États-Unis de s'allier avec la Chine. »

Une pensée traversa l'esprit de Tania. « À tout ?

— J'exagère. Pourquoi ? »

Tania sentit son cœur battre plus vite. « Tu crois qu'ils libéreraient des dissidents ?

— Ah ! » Dimka comprit qu'elle pensait à Vassili, mais il n'en dit rien. Dimka était l'un des rares à savoir que Tania entretenait des relations avec un dissident. Il était trop prudent pour y faire allusion sans nécessité. « Le KGB propose le contraire : une répression massive. Ils envisagent de fourrer en prison tous ceux qui risqueraient de brandir une pancarte de protestation au passage du Président.

— C'est idiot. Si on emprisonne soudainement des centaines de personnes, les Américains le sauront – ils ont des espions, eux aussi – et ils ne seront pas contents. »

Dimka acquiesça. « Nixon ne souhaite pas donner l'occasion à ses adversaires de prétendre qu'en venant ici, il a fait l'impasse sur la question des droits de l'homme, pas en cette année électorale.

— C'est sûr. »

Dimka était songeur. « Il faut exploiter au mieux la situation. Je dois rencontrer demain des membres de l'ambassade américaine. Je me demande si je ne pourrais pas en profiter... »

*

Dimka avait changé. C'était la conséquence de l'invasion de la Tchécoslovaquie. Jusque-là, il s'était accroché obstinément à la conviction que le communisme pouvait être réformé. Mais en 1968, il avait constaté que, dès que quelques personnes entreprenaient de modifier un tant soit peu la nature du régime communiste, leurs efforts étaient contrecarrés par ceux qui avaient intérêt à ce que rien ne bouge. Les Brejnev et les Andropov aimaient le pouvoir, le prestige et les privilèges : pourquoi prendre le risque de les perdre ? Dimka était maintenant du même avis que sa sœur : le vrai problème du communisme était que l'autorité omniprésente du Parti étouffait toute velléité de changement. Le système soviétique était irrémédiablement figé dans un conservatisme craintif, comme le régime des tsars soixante ans plus tôt, à l'époque où son grand-père travaillait aux usines Poutilov de Petrograd.

Quand on songe, méditait Dimka, que le premier philosophe à expliquer le phénomène du changement social a été Karl Marx ! Quelle ironie !

Le lendemain, il présida l'une des innombrables discussions au sujet de la venue de Nixon à Moscou. Natalia y assistait, ainsi, malheureusement, qu'Ievguéni Filipov. L'équipe américaine était dirigée par Ed Markham, un diplomate de carrière d'une cinquantaine d'années. Tous communiquaient par l'intermédiaire d'interprètes.

Nixon et Brejnev devaient signer deux traités sur la limitation des armements et un accord sur la protection de l'environnement. L'« environnement » n'avait pas place dans la politique soviétique mais c'était apparemment une des préoccupations majeures de Nixon, qui avait soutenu l'instauration d'une législation novatrice aux États-Unis. Ces trois documents suffiraient à faire de ce voyage un triomphe historique et à éloigner les dangers d'une alliance sino-américaine. Mrs. Nixon visiterait des hôpitaux et des écoles. Nixon réclamait avec insistance une entrevue avec un poète dissident, Evguéni Evtouchenko, qu'il avait rencontré autrefois à Washington.

Au cours de la réunion qui se tenait ce jour-là, les Soviétiques et les Américains parlèrent sécurité et protocole, comme toujours. Au milieu de la séance, Natalia prononça les paroles qu'elle avait préalablement préparées avec Dimka. S'adressant aux Américains d'un ton neutre, elle dit : « Nous avons examiné attentivement votre requête concernant la libération d'un certain nombre de soi-disant prisonniers politiques en tant que geste symbolique dans le cadre de ce que vous appelez la défense des droits de l'homme. »

Ed Markham jeta un regard stupéfait à Dimka, qui présidait la réunion. Markham ignorait tout de cette affaire, pour la bonne raison que les Américains n'avaient fait aucune demande en ce sens. Dimka esquissa un geste furtif pour prier Markham de garder le silence. En négociateur aguerri, l'Américain se tint coi.

Filipov manifesta lui aussi sa surprise : «Je n'ai pas eu connaissance de... »

Dimka haussa le ton. « Ievguéni Davidovitch, laissez parler la camarade Smotrov, je vous prie. Chacun doit s'exprimer à tour de rôle, vous le savez bien. »

Filipov avait l'air furieux. Néanmoins, en bon communiste, il était habitué à respecter les règles.

Natalia poursuivit : « Nous n'avons pas de prisonniers politiques en Union soviétique et ne voyons pas l'intérêt de lâcher des criminels dans les rues au moment de la visite d'un chef d'État étranger.

— Absolument », appuya Dimka.

Markham était manifestement perplexe. Pourquoi évoquer une requête fictive pour la repousser aussitôt? Gardant le silence, il attendit, curieux de savoir où Natalia voulait en venir. Quant à Filipov, il pianotait rageusement sur son bloc-notes.

« Cependant, continua Natalia, certains individus ont été privés de leur passeport intérieur par suite de leur association avec des groupes antisociaux et des fauteurs de troubles. »

C'était exactement le cas de l'ami de Tania, Vassili. Dimka avait déjà essayé de le faire libérer autrefois, sans succès. Il aurait peut-être plus de chance cette fois-ci.

Dimka regardait fixement Markham. Finirait-il par comprendre ce qui se tramait et par accepter de jouer son rôle ? Il fallait que les Américains prétendent avoir demandé la libération de dissidents. Dimka pourrait alors déclarer au Kremlin que les États-Unis en faisaient une condition préalable à la venue de Nixon. Les dirigeants du Kremlin tenaient tellement à recevoir Nixon pour l'éloigner de leurs rivaux chinois exécrés que cela suffirait à balayer toutes les objections du KGB ou d'autres organisations.

« Ces individus n'ayant pas fait l'objet d'un jugement, enchaîna Natalia, il n'y a aucun empêchement légal à ce que le gouvernement intervienne. Aussi, en signe de bonne volonté, proposons-nous d'assouplir les interdictions qui les frappent et de les autoriser à voyager.

— Ce geste pourra-t-il satisfaire votre Président ? » demanda Dimka.

Le visage de Markham s'était éclairé. Il avait saisi la manœuvre de Dimka et Natalia. Heureux d'être ainsi mis à contribution, il répondit : « Oui, je pense que cela lui conviendra.

— Dans ce cas, c'est entendu », déclara Dimka, qui se cala contre le dossier de sa chaise avec un sens aigu du devoir accompli.

*

Le président Nixon se rendit à Moscou en mai. La neige avait fondu et le soleil brillait.

Tania avait espéré que sa visite entraînerait la libération massive de prisonniers politiques. Elle avait été déçue. C'était l'occasion ou jamais de faire sortir Vassili de son taudis sibérien et de le faire revenir à Moscou. Son frère avait fait tout ce qui était en son pouvoir, mais ça n'avait pas marché. Elle en aurait pleuré.

« Tania, lui dit Daniil Antonov, son patron, je voudrais qu'aujourd'hui tu suives l'épouse du Président.

— Fais chier. Ce n'est pas parce que je suis une femme que je ne dois m'occuper que d'histoires de bonnes femmes. »

Depuis le début de sa carrière, Tania se battait pour n'être pas systématiquement chargée des « questions féminines ». Parfois elle l'emportait, d'autres fois non.

Aujourd'hui, c'était non.

Daniil était un chic type, mais il n'était pas du genre à se laisser marcher sur les pieds. « Je ne te demande pas de t'intéresser uniquement aux affaires de femmes, je ne l'ai jamais fait, alors ne raconte pas de bêtises. Je te demande de couvrir le programme de Pat Nixon aujourd'hui. Fais ce que je te dis. »

En réalité, Daniil était un excellent patron et Tania n'insista pas.

Ce jour-là, Pat Nixon devait se rendre à l'université d'État de Moscou, un bâtiment en pierre jaune de trente-deux étages, abritant des milliers de salles. Il semblait presque vide.

« Où sont donc passés tous les étudiants ? » demanda Mrs. Nixon.

Le recteur, assisté d'un interprète, lui répondit : « C'est une période d'examens. Ils sont en train de réviser.

— On ne me laisse pas rencontrer la population russe », déplora Mrs. Nixon.

Tania avait envie de lui dire *On ne va certainement pas vous laisser rencontrer la population, elle risquerait de vous dire la vérité.*

Même pour les critères moscovites, Mrs. Nixon affichait un style extrêmement classique. Elle avait les cheveux crêpés en hauteur et fixés à la laque, comme un casque de viking et presque aussi rigide. Elle portait des vêtements d'allure trop jeune pour elle et pourtant démodés. Elle arborait un sourire figé dont elle se départait rarement, même quand les membres de la presse qui la suivaient devenaient importuns.

On la conduisit dans une salle de cours où trois étudiants étaient en train de travailler. Ils parurent surpris de la voir. Ils ne savaient manifestement pas qui elle était. Et de toute évidence, ils n'avaient aucune envie de discuter avec elle.

La pauvre Mrs. Nixon ignorait probablement que le moindre contact avec un Occidental mettait en danger les citoyens russes ordinaires. Ils risquaient de se faire arrêter et interroger sur le contenu de leur conversation et sur l'éventuel caractère prémédité de la rencontre. Seuls les plus téméraires s'aventuraient à adresser la parole aux visiteurs étrangers.

Tout en suivant la visite, Tania composait son article dans sa tête. *Mme Nixon a été visiblement impressionnée par la modernité de la nouvelle université d'État. Les États-Unis ne possèdent aucun bâtiment universitaire de cette taille.*

La véritable actualité se déroulait au Kremlin, d'où la mauvaise humeur de Tania envers Daniil. Nixon et Brejnev étaient en train de signer des traités destinés à rendre le monde plus sûr. C'était cet événement-là qu'elle aurait voulu couvrir.

Elle avait appris en lisant la presse étrangère que les voyages de Nixon en Chine puis à Moscou avaient modifié les pronostics de l'élection présidentielle de novembre. Sa cote d'opinions favorables, basse en janvier, avait sensiblement augmenté. Ses chances d'être réélu étaient bonnes.

Mme Nixon était vêtue d'un tailleur à carreaux avec une veste courte et une jupe juste au-dessous du genou. Elle portait des chaussures blanches à talon plat. Un foulard de mousseline de soie complétait sa tenue. Tania avait horreur de commenter la mode et les détails vestimentaires. Elle avait couvert la crise des missiles de Cuba, bon sang ! ... et depuis Cuba !

On conduisit enfin la Première Dame dans une limousine Chrysler LeBaron et la presse se dispersa.

Sur le parking, Tania aperçut un homme de grande taille, enveloppé dans un long manteau élimé malgré la douceur printanière. Il avait des cheveux gris acier en broussaille. Son visage ridé avait dû être beau autrefois.

C'était Vassili.

Portant la main à ses lèvres, elle se mordit le poing pour étouffer le cri qui montait dans sa gorge.

Voyant qu'elle l'avait reconnu, il sourit, découvrant les brèches laissées dans sa bouche par les dents qu'il avait perdues.

Elle s'avança lentement vers lui. Les mains enfoncées dans les poches de son manteau, il plissait les yeux à cause du soleil parce qu'il n'avait pas de chapeau.

« On t'a libéré !

— Pour faire plaisir au président des États-Unis. Merci, monsieur Nixon. »

C'était Dimka Dvorkine qu'il devait remercier. Mais il valait sans doute mieux ne l'avouer à personne, pas même à Vassili.

Elle regarda autour d'elle d'un air inquiet. Par bonheur, il n'y avait personne en vue.

« Rassure-toi, lui dit Vassili. Depuis deux semaines, l'endroit grouille de membres de la police de Sécurité, mais ils sont tous partis il y a cinq minutes. »

Incapable de se retenir plus longtemps, elle se jeta dans ses bras. Il lui tapota le dos comme pour la réconforter. Elle le serra de toutes ses forces.

« Wouah, s'écria-t-il, tu sens bon. »

Elle se dégagea. Bien qu'elle eût mille questions à lui poser, elle se retint et se contenta d'une seule. « Où habites-tu ?

— On m'a attribué un appartement stalinien, vétuste mais agréable. »

Les logements de l'époque stalinienne avaient des pièces plus vastes et des plafonds plus hauts que les appartements plus exigus construits à la fin des années 1950 et dans la décennie suivante.

Elle débordait d'enthousiasme. « Je pourrai aller te voir chez toi ?

— Pas tout de suite. Il faut d'abord savoir si on me surveille de près.

— Tu as du travail ? » Une des astuces préférées des communistes consistait à s'assurer qu'un homme ne trouverait pas de travail pour l'accuser ensuite d'être un parasite de la société.

« Je suis au ministère de l'Agriculture. Je rédige des brochures pour expliquer aux paysans les nouvelles techniques de culture. Ne me plains pas : c'est une activité utile et je m'en tire plutôt bien.

— Et ta santé ?

— Je suis gros ! » Il ouvrit son manteau pour montrer sa corpulence.

Elle éclata de rire. Il n'était pas gros, mais sans doute moins maigre qu'il ne l'avait été. « Tu portes le pull-over que je t'ai envoyé. Je m'étonne que tu l'aies reçu. » C'était celui qu'Anna Murray avait acheté à Vienne. Tania allait devoir lui raconter tout ça. Elle ne savait pas par où commencer.

« Je ne l'ai pour ainsi dire pas enlevé depuis quatre ans. Je n'en ai pas vraiment besoin en plein mois de mai à Moscou, mais j'ai du mal à m'habituer à l'idée qu'il ne gèle pas toujours à pierre fendre.

— Je vais pouvoir t'en acheter un autre.

— Tu dois bien gagner ta vie, alors !

— Non, pas moi, répondit-elle avec un large sourire. Toi. »

Il fronça les sourcils sans comprendre.

« Comment ça ?

— Allons dans un café, suggéra-t-elle en lui prenant le bras. J'ai beaucoup de choses à te dire. »

*

Le 18 juin au matin, le *Washington Post* publiait un curieux article à la une. La plupart des lecteurs le découvrirent avec stupéfaction. Une poignée d'entre eux le trouvèrent plus que troublant.

DES MICROS DANS LES LOCAUX DU PARTI DÉMOCRATE

CINQ PERSONNES PRISES SUR LE FAIT

Alfred E. Lewis

Journaliste au Washington Post

Cinq hommes, dont l'un prétend être un ancien membre de la Central Intelligence Agency, ont été arrêtés hier à 2h30 du matin au cours de ce que les autorités définissent comme une tentative soigneusement préparée d'espionnage dans les locaux du Comité national du parti démocrate à Washington.

Trois de ces hommes sont cubains de naissance, un autre aurait entraîné des exilés cubains à la guérilla après le débarquement de la baie des Cochons en 1961.

Ils ont été surpris en flagrant délit par trois inspecteurs en civil des services de police dans un bureau du sixième étage du luxueux immeuble du Watergate, au 2600 Virginia Avenue, étage entièrement occupé par le Comité national du parti démocrate.

On ignore encore la raison pour laquelle ces cinq suspects ont cherché à placer des micros dans les locaux du Comité national du parti démocrate, et s'ils ont agi à la demande d'autres individus ou organisations.

« Et merde ! » lança Cameron Dewar après avoir lu l'article.

Trop tendu pour manger, il repoussa ses cornflakes. Il savait très bien de quoi il retournait, et cette affaire représentait une terrible menace pour le président Nixon. Si l'on venait à apprendre, voire seulement à soupçonner, que le Président garant de la loi et de l'ordre était derrière cette opération, cela pourrait même compromettre sa réélection.

Cam parcourut les paragraphes à la recherche des noms des individus mis en cause. Il craignait d'y voir cité celui de Tim Tedder. À son grand soulagement, il constata qu'il n'en était rien.

Cependant, les hommes dont les noms apparaissaient étaient des amis et des associés de Tedder.

Avec un groupe d'anciens agents du FBI et de la CIA, Tim Tedder formait l'Unité spéciale d'investigations de la Maison Blanche. Ils disposaient d'un bureau hautement sécurisé au rez-de-chaussée de l'immeuble du Bureau exécutif du Président, situé en face de la Maison Blanche. Un papier scotché sur leur porte annonçait : « Plombiers ». C'était une blague : leur métier, c'était de colmater les fuites.

Cam ignorait qu'ils avaient l'intention de placer des micros dans les locaux des démocrates. Il n'en était pourtant pas surpris : c'était une excellente idée, qui pourrait permettre de repérer les auteurs des fuites.

Mais ces imbéciles n'étaient pas censés se faire coincer par la police de Washington.

Le Président était aux Bahamas, d'où il devait revenir le lendemain.

Cam appela le bureau des « plombiers ». Tim Tedder lui répondit. « Qu'est-ce que vous faites ? demanda Cam.

— On détruit des documents. »

Cam entendait crépiter un broyeur en bruit de fond. « Parfait. »

Il s'habilla et se rendit à la Maison Blanche.

Au début, on ne décela aucun lien direct entre les cambrioleurs et la présidence, et pendant toute la journée du dimanche, Cam se persuada que le scandale pourrait être étouffé. Puis on découvrit que l'un d'eux avait donné un faux nom. « Edward Martin » était en réalité James McCord, un agent retraité de la CIA employé à plein temps par le CREEP, le Comité de réélection du Président.

« C'est cuit », soupira Cam, effondré. C'était une catastrophe.

Dans son édition du lundi, le *Washington Post* révéla l'information concernant McCord dans un article signé par Bob Woodward et Carl Bernstein.

Cam espérait qu'on arriverait encore à tenir le Président en dehors de toute cette affaire.

C'est alors que le FBI entra en scène. Il entama une enquête sur les cinq cambrioleurs. On n'aurait jamais vu une chose pareille du temps d'Edgar Hoover, déplora Cam. Malheureusement Hoover était mort. Nixon avait nommé un de ses amis, Patrick Gray, à la direction du Bureau, mais Gray ne connaissait pas la maison et avait beaucoup de mal à s'imposer. Le résultat était que le FBI commençait à se comporter comme un véritable organe chargé de faire respecter la loi.

Les cambrioleurs avaient été trouvés en possession d'importantes sommes en liquide, sous forme de billets neufs dont les numéros se suivaient. Le FBI remonterait tôt ou tard la filière et découvrirait qui leur avait donné cet argent.

Cam le savait déjà. Comme celui qui avait servi à financer toutes les opérations clandestines de l'administration, il venait de la caisse noire du CREEP.

Il fallait empêcher le FBI de poursuivre son enquête.

*

Lorsque Cam Dewar entra dans le bureau de Maria Summers au ministère de la Justice, elle fut momentanément prise d'effroi. L'avait-on démasquée ? La Maison Blanche avait-elle découvert qu'elle était la source interne qui informait Jasper Murray ? Elle se tenait devant son classeur, les jambes si flageolantes qu'elle crut qu'elle allait tomber.

Constatant que Cam était fort aimable, elle se rassura. Il lui sourit, s'assit et la regarda de haut en bas, comme font les adolescents pour faire savoir à une fille qu'ils la trouvent à leur goût.

Tu peux toujours rêver, petit Blanc, pensa-t-elle.

Que lui voulait-il ? Elle s'installa à son bureau, retira ses lunettes et lui adressa un sourire cordial. « Bonjour, monsieur Dewar. Et ces écoutes ? Tout s'est bien passé ?

— Elles ne nous ont pas appris grand-chose finalement. Murray doit avoir un téléphone sécurisé qu'il utilise pour ses appels confidentiels. »

Ouf, songea-t-elle. « Quel dommage !

— Nous vous sommes tout de même très reconnaissants de votre aide.

— Merci. Y a-t-il autre chose que je puisse faire pour vous ?

— Oui. Le Président souhaite que le ministre de la Justice donne l'ordre au FBI de renoncer à enquêter sur le cambriolage du Watergate. »

Maria s'efforça de masquer sa surprise tout en réfléchissant à ce que cela signifiait. C'était donc bien un coup de la Maison Blanche. Elle était abasourdie. De tous les présidents, seul Nixon était capable de faire preuve d'autant d'arrogance et de stupidité.

Une fois encore, elle en apprendrait davantage en se montrant coopérative. « Bien, dit-elle. Voyons cela. Kleindienst n'est pas Mitchell, vous savez. » John Mitchell avait démissionné de son poste de ministre de la Justice pour prendre la direction du CREEP. Son remplaçant, Richard Kleindienst, était également un ami de Nixon, mais il était un peu moins docile. « Kleindienst voudra savoir pourquoi.

— Nous pouvons lui fournir une excellente raison. L'enquête du FBI risque de le conduire à des affaires de politique étrangère absolument confidentielles. Elle pourrait, en particulier, mettre en évidence des informations compromettantes sur l'implication de la CIA dans le débarquement de la baie des Cochons sous la présidence de Kennedy. »

C'était une manœuvre typique de Richard le combinard, observa Maria, écœurée. Tout le monde prétendrait chercher à protéger les intérêts de l'Amérique, alors qu'ils ne défendaient que la peau de cet escroc de Président. « Il s'agit donc d'une question de sécurité nationale.

— En effet, confirma Cam sans ciller.

— Bien. C'est un motif valable pour que le ministre ordonne au FBI de renoncer à son enquête. » Ne voulant tout de même pas trop faciliter les choses à la Maison Blanche, Maria ajouta : « Néanmoins, Kleindienst voudra sans doute des assurances concrètes.

— Nous les lui procurerons. La CIA est disposée à déposer une demande officielle. Walters s'en chargera.

— Si la demande est officielle, je pense qu'il n'y aura aucun problème pour accéder aux vœux du Président.

— Merci, Maria. – Il se leva. – Vous m'avez été d'un grand secours, une fois de plus.

— C'est un plaisir, monsieur Dewar. »

Cam sortit.

Maria garda les yeux pensivement fixés sur le siège qu'il venait de quitter. Le Président avait dû commanditer ce cambriolage ou du moins décider de fermer les yeux. C'était la seule raison qui pouvait expliquer l'acharnement de Cam Dewar à étouffer l'affaire. Si ce fric-frac avait été organisé par un membre de l'administration contre la volonté du Président, l'auteur aurait déjà été nommé, humilié et viré. Nixon n'avait aucun état d'âme lorsqu'il s'agissait de se débarrasser de collaborateurs encombrants. La seule personne qu'il cherchait à protéger, c'était lui-même.

Allait-elle le laisser s'en tirer comme ça ?

Jamais de la vie !

Décrochant son téléphone, elle dit : « Veuillez me passer le cabinet Fawcett Renshaw, je vous prie. »

IL

Dave Williams avait le trac. Il y avait près de cinq ans que Plum Nellie ne s'était pas produit en public. Et voilà qu'ils s'apprêtaient à affronter six mille fans au Candlestick Park de San Francisco.

Jouer en studio n'était pas du tout la même chose. Le magnétophone était indulgent : si on faisait une fausse note, qu'on avait la voix qui flanchait ou qu'on oubliait les paroles, il suffisait d'effacer le passage et de recommencer.

Si quelque chose allait de travers ce soir, tous les spectateurs du stade l'entendraient, sans correction possible.

Dave essaya de se raisonner. Il avait fait ça des centaines de fois. Il avait joué avec les Guardsmen dans des bars de l'East End de Londres quand il ne connaissait qu'une poignée d'accords. En y repensant, il n'en revenait pas : quel culot il avait à l'époque ! Il se souvenait du soir au Bouge de Hambourg, où, Geoffrey s'étant écroulé, ivre mort, Walli était monté sur scène et avait assuré la partie de première guitare pendant tout le concert sans avoir répété. C'était le bon temps.

Dave avait maintenant neuf ans d'expérience. Une carrière plus longue que celle de la plupart des pop stars. Et pourtant, pendant que les fans remplissaient le stade et achetaient des bières, des tee-shirts et des hot-dogs en comptant sur lui pour vivre une soirée mémorable, il était mort d'angoisse.

Une jeune femme de la société de distribution des Nellie Records entra dans sa loge pour lui demander s'il n'avait besoin de rien. Son pantalon à pattes d'éléphant et son haut court et ajusté laissaient deviner une silhouette parfaite. « Non merci, chérie », lui dit-il. Toutes les loges comportaient un petit bar approvisionné en bières et alcools, boissons non alcoolisées, glace et cigarettes.

« Si tu veux de quoi te détendre, j'ai ce qu'il te faut. »

Il secoua la tête. Il ne voulait pas de drogue pour le moment. Il fumerait peut-être un pétard après.

Elle insista : « Si je peux faire... enfin, tu vois. »

Elle lui proposait un câlin. Elle était aussi ravissante que peut l'être une Californienne mince et blonde, ce qui n'était pas rien, mais il n'était pas d'humeur.

Il n'était plus d'humeur depuis sa dernière rencontre avec Beep.

« Peut-être après le spectacle. » Si je suis assez soûl, ajouta-t-il intérieurement. « Merci de ta proposition, mais là tout de suite, je préférerais que tu me fiches la paix. »

Elle ne le prit pas mal. « Préviens-moi si tu changes d'avis ! » lâcha-t-elle d'un ton enjoué. Et elle disparut.

Le concert qu'ils allaient donner était un gala au profit de George McGovern. Sa campagne électorale avait eu pour effet de réconcilier les jeunes avec la politique. En Europe, il se serait situé au centre. Aux États-Unis, il était considéré comme nettement à gauche. Ses critiques acerbes contre la guerre du Vietnam enchantaient les libéraux et sa parole avait du poids car il s'était battu pendant la Seconde Guerre mondiale.

Evie, la sœur de Dave, apparut dans sa loge pour lui souhaiter bonne chance. Elle s'était habillée de façon à ne pas être reconnue, les cheveux relevés sous une casquette de tweed, les yeux cachés derrière des lunettes noires, un blouson de motard sur le dos. « Je retourne en Angleterre », lui annonça-t-elle.

Il en fut surpris. « Je sais que la presse ne t'a pas épargnée depuis la photo de Hanoï, mais...

— S'il n'y avait que la presse ! Tout le monde me déteste aujourd'hui avec la même passion qu'ils m'adulaient il y a un an. Oscar Wilde avait remarqué ce phénomène : les gens changent d'avis avec une stupéfiante rapidité.

— Je pensais que tu surmonterais cette crise.

— J'y suis parvenue pendant un certain temps. Mais cela fait six mois qu'on ne m'a pas proposé de rôle intéressant. Je pourrais jouer la jeune fille courageuse dans un western spaghetti, une strip-teaseuse dans une improvisation d'avant-garde ou n'importe quel rôle dans la tournée australienne de *Jésus Christ superstar*.

— Je suis désolé... j'étais loin de me douter...

— En plus, on ne peut pas vraiment dire que cette haine soit née spontanément.

— Que veux-tu dire ?

— Certains journalistes m'ont dit qu'ils avaient reçu des coups de fil de la Maison Blanche.

— Tu crois que c'est une campagne orchestrée contre toi ?

— Oui. Réfléchis, je suis célèbre, populaire, et je n'ai jamais manqué une occasion de m'en prendre à Nixon. Je peux comprendre qu'il n'ait pas hésité à me poignarder dans le dos dès que j'ai eu la bêtise de lui en donner l'occasion. C'est de bonne guerre après tout : moi aussi, je fais tout pour lui faire perdre son job.

— Je te trouve bien indulgente.

— D'ailleurs, ça ne vient peut-être même pas de lui. Qui connaissons-nous qui bosse à la Maison Blanche ?

— Le frère de Beep ? Tu crois que Cam est derrière tout ça ? demanda Dave incrédule.

— Il avait le béguin pour moi, autrefois, à Londres, et je l'ai rembarré un peu brutalement.

— Et il t'en voudrait depuis tout ce temps ?

— Je ne pourrai jamais le prouver.

— Le salaud !

— Bon, enfin, j'ai mis ma super baraque de Hollywood en vente, je me suis débarrassée de ma décapotable et j'ai emballé ma collection d'art moderne.

— Que comptes-tu faire ?

— Lady Macbeth pour commencer.

— Tu seras géniale. Où ça ?

— À Stratford-upon-Avon. J'ai été engagée par la Royal Shakespeare Company.

— Une porte se ferme, une autre s'ouvre.

— Je suis ravie de rejouer Shakespeare. Tu te rappelles quand j'ai joué Ophélie au lycée, il y a dix ans ?

— À poil. »

Elle esquissa un petit sourire mélancolique. « Quelle frimeuse j'étais !

— Mais tu étais aussi une excellente actrice, à cette époque déjà. »

Elle se leva. « Je vais te laisser te préparer. Amuse-toi bien, ce soir, petit frère. Je serai dans la salle en train de me trémousser.

— Quand est-ce que tu pars ?

— Je prends l'avion demain.

— Préviens-moi quand tu commenceras *Macbeth.* J'irai te voir.

— Ce serait sympa. »

Dave sortit avec Evie. La scène avait été montée sur une estrade provisoire à une extrémité du terrain. Derrière la scène, une foule de techniciens, d'ingénieurs du son, d'employés de la maison de disques et de journalistes privilégiés allaient et venaient sur la pelouse. Les loges étaient installées dans des tentes plantées dans une zone délimitée par des clôtures qui en interdisaient l'accès.

Buzz et Lew étaient déjà là. En revanche, aucun signe de Walli. Dave comptait sur Beep pour qu'il soit à l'heure. Il se demandait avec inquiétude où ils étaient passés.

Peu après le départ d'Evie, les parents de Beep vinrent en coulisses. Dave était à nouveau en très bons termes avec Bella et Woody. Il préféra ne pas leur rapporter ce qu'avait dit Evie à propos de Cam qu'elle soupçonnait d'avoir monté la presse contre elle. En démocrates convaincus depuis toujours, ils étaient déjà navrés de voir leur fils travailler pour Nixon.

Dave souhaitait connaître l'avis de Woody sur les chances de McGovern. « George McGovern a un problème, lui répondit Woody. Pour battre Hubert Humphrey et obtenir l'investiture, il a dû briser le pouvoir des vieux barons du parti démocrate, les maires, les gouverneurs, les responsables syndicaux. »

Dave n'avait pas suivi la campagne de près. « Comment s'y est-il pris ?

— Après le gâchis de Chicago en 1968, le parti a réécrit les règles et McGovern a présidé la commission qui s'en est chargée.

— En quoi est-ce que cela pose un problème ?

— Les vieux manitous refusent de se mobiliser pour lui. Certains le détestent tellement qu'ils ont créé un mouvement qu'ils ont appelé "les démocrates pour Nixon".

— La jeunesse l'apprécie beaucoup, pourtant.

— Espérons que ce sera suffisant. »

Beep arriva enfin avec Walli. Les parents Dewar les suivirent dans la loge du guitariste. Dave enfila son costume de scène, une combinaison rouge d'une seule pièce et des bottes de motard. Il fit quelques exercices pour s'échauffer la voix. Pendant qu'il exécutait des vocalises, Beep entra.

Elle lui adressa un sourire radieux et l'embrassa sur la joue. Comme toujours, elle illuminait la pièce par sa seule présence. Je n'aurais jamais dû la laisser partir, pensa Dave. Quel idiot je suis !

« Comment va Walli ? s'inquiéta-t-il.

— Il a pris de quoi tenir pendant le concert. Il se fera un fixe en sortant de scène. En attendant, il est prêt à jouer.

— Ouf ! »

Elle portait un minishort en satin et un bustier pailleté. Dave remarqua qu'elle avait pris un peu de poids depuis les séances d'enregistrement. Sa poitrine s'était arrondie et elle avait un petit ventre adorable. Il lui proposa un verre. Elle demanda un Coca. « Si tu veux une cigarette, sers-toi, lui dit-il.

— J'ai arrêté.

— Voilà pourquoi tu t'es un peu remplumée.

— Non.

— Ce n'était pas une critique. Tu es sublime.

— Je vais quitter Walli. »

S'écartant du bar, il la regarda, ébahi. « Quoi ! Il le sait ?

— Je lui annoncerai après le spectacle.

— Je suis soulagé pour toi ! Mais tout ce que tu m'avais dit : que tu voulais être moins égoïste et sauver la vie de Walli, qu'est-ce que tu en fais ?

— J'ai une vie plus importante à préserver.

— La tienne ?

— Celle de mon bébé.

— Alors ça ! » Dave s'assit. « Tu es enceinte ?

— De trois mois.

— Voilà pourquoi tu t'es arrondie.

— Quand je fume, j'ai envie de dégobiller. Même l'herbe, c'est fini. »

Le haut-parleur de la loge grésilla et une voix annonça : « Concert dans cinq minutes. Les techniciens, en place. »

Dave reprit : « Si tu es enceinte, pourquoi quittes-tu Walli ?

— Je ne veux pas élever un enfant dans un environnement pareil. Me sacrifier, c'est une chose, imposer ça à un enfant, c'en est une autre. Je veux qu'il mène une vie normale.

— Où vas-tu aller ?

— Je vais retourner chez mes parents. » Elle secoua la tête d'un air un peu perplexe. « Je n'y crois pas. Pendant dix ans, j'ai tout fait pour les faire chier et quand j'ai eu besoin d'eux, ils ont simplement dit oui. Tu imagines ça ? »

« Une minute, annonça le haut-parleur. Les musiciens sont priés de se présenter en coulisses dès qu'ils seront prêts. »

Une idée soudaine traversa l'esprit de Dave. « Trois mois...

— Je ne sais pas de qui est le bébé. Il a été conçu pendant l'enregistrement de l'album. Je prenais la pilule, mais il m'est arrivé d'oublier, surtout quand j'étais défoncée.

— Pourtant, tu m'as dit que vous couchiez rarement ensemble, Walli et toi.

— Rarement ne veut pas dire jamais. Selon moi, il y a dix pour cent de chances que ce soit l'enfant de Walli.

— Donc, quatre-vingt dix pour cent que ce soit le mien. »

Lew passa la tête dans la tente de Dave. « On y va.

— J'arrive. »

Lew disparut. « Viens vivre avec moi », proposa Dave.

Beep le regarda avec de grands yeux. « Tu es sérieux ?

— Oui.

— Même si le bébé n'est pas de toi ?

— Je suis sûr que j'aimerai ton enfant. Je t'aime. Et merde, j'aime Walli. Viens vivre avec moi, je t'en supplie.

— Oh, mon Dieu, soupira-t-elle en fondant en larmes. J'espérais tant que tu me dirais ça.

— Ça veut dire que tu acceptes ?

— Bien sûr. C'est tout ce que je souhaite. »

Dave avait l'impression que le soleil venait de se lever. « Dans ce cas, c'est une affaire entendue.

— Qu'est-ce qu'on va faire pour Walli ? Je ne veux pas qu'il meure.

— J'ai ma petite idée sur la question. Je t'en parlerai après le concert.

— Vas-y. Ils t'attendent.

— Je sais. » Il l'embrassa tendrement sur les lèvres. Elle l'enlaça et le serra contre lui. « Je t'aime, dit-il.

— Moi aussi, je t'aime. J'ai été folle de ne pas te garder.

— Ne recommence jamais.

— Jamais. »

Dave s'éloigna. Il traversa la pelouse en courant et gravit quatre à quatre les marches menant aux coulisses où le groupe l'attendait. À peine arrivé, une pensée lui traversa l'esprit. « J'ai oublié un truc. »

Buzz se tourna vers lui, agacé : « Quoi ? Les guitares sont sur scène. »

Dave ne répondit pas. Il regagna sa loge au pas de course. Beep y était encore. Assise sur une chaise, elle s'essuyait les yeux.

Dave demanda : « On se marie ?

— D'accord.

— Parfait. »

Il repartit en courant vers l'estrade.

« Tout le monde est prêt ? » lança-t-il.

Tout le monde était prêt.

Dave entra en scène, suivi des membres du groupe.

*

Après une séance du parlement de Hambourg, Claus Krohn invita Rebecca à prendre un verre.

Elle en fut déconcertée. Il y avait quatre ans qu'elle avait mis fin à leur liaison. Elle savait que Claus fréquentait depuis plusieurs mois une jolie femme, responsable des adhésions dans un syndicat. Entretemps, Claus s'était affirmé comme une étoile montante du parti libéral-démocrate, auquel Rebecca appartenait aussi. Claus et son amie formaient un couple bien assorti. D'ailleurs, Rebecca avait entendu dire qu'ils allaient se marier.

Aussi lui adressa-t-elle un regard dissuasif.

« Pas au Yacht, ajouta Claus précipitamment. Dans un endroit moins discret. »

Elle rit, soulagée.

Il l'emmena dans un café du centre, non loin de l'hôtel de ville. En souvenir du bon vieux temps, Rebecca commanda un verre de Sekt. « J'irai droit au but, déclara Claus dès qu'on leur eut servi leurs boissons. Nous voulons que tu te présentes aux élections législatives.

— Oh ! s'exclama-t-elle. J'aurais été moins surprise si tu avais cherché à me faire du gringue. »

Il sourit. « Ça ne devrait pas t'étonner. Tu es intelligente, séduisante, tu parles bien et les gens t'apprécient. Tu es respectée par les hommes de tous les partis à Hambourg. Tu as près de dix ans d'expérience en politique. Tu représentes un sacré atout.

— C'est tellement soudain.

— Tout paraît toujours soudain quand il s'agit d'élections. »

Le chancelier Willy Brandt avait organisé un scrutin anticipé qui devait avoir lieu huit semaines plus tard. Si Rebecca acceptait, elle serait peut-être membre du parlement avant Noël.

Dès qu'elle fut revenue de sa surprise, l'idée commença à la tenter. Elle souhaitait ardemment la réunification de l'Allemagne, pour que des milliers d'Allemands comme elle puissent retrouver leur famille. Elle n'y parviendrait jamais en se contentant d'une activité politique locale ; en revanche, si elle entrait au parlement national, elle pourrait exercer une certaine influence.

Son parti, le FDP, était allié aux sociaux-démocrates au sein d'une coalition gouvernementale dirigée par Willy Brandt. Rebecca approuvait l'*Ostpolitik* de Willy Brandt, qui préconisait un rapprochement avec l'Est, malgré le Mur. C'était selon elle la façon la plus sûre et la plus rapide d'ébranler le régime de l'Allemagne de l'Est.

« Il va falloir que j'en parle à mon mari.

— Je savais que tu dirais ça. Toutes les femmes le font.

— Je serai obligée de le laisser plus souvent seul.

— C'est le lot de tous les conjoints de députés.

— Oui, mais mon mari est un cas particulier.

— C'est vrai.

— Je lui en parlerai ce soir. » Rebecca se leva.

Claus l'imita. « Si je peux me permettre une remarque personnelle...

— Oui ?

— Nous nous connaissons bien, tous les deux.

— Oui.

— C'est ton destin. » Il était sérieux. « Tu es faite pour t'occuper de politique à l'échelle nationale. Te tenir en retrait serait gâcher ton talent. Et ce serait un crime, je le pense vraiment. »

Elle fut impressionnée par sa fougue. « Merci », lui dit-elle.

Elle rentra chez elle euphorique et un peu hébétée. Un nouvel avenir s'ouvrait soudain devant elle. Elle avait songé à faire de la politique au niveau national, mais avait craint que ce ne soit trop difficile, parce qu'elle était une femme et que son mari était handicapé. Mais maintenant que cette idée prenait un visage concret, elle était impatiente.

D'un autre côté, comment Bernd se débrouillerait-il sans elle ?

Elle se gara et se hâta de gagner l'appartement. Bernd était devant la table de la cuisine dans son fauteuil roulant, en train de corriger des copies, armé d'un crayon rouge. Il était en robe de chambre, un des rares vêtements qu'il pouvait mettre seul. Le plus difficile, pour lui, étant d'enfiler un pantalon.

Elle lui parla aussitôt de la proposition de Claus. « Avant de me donner ton avis, ajouta-t-elle, laisse-moi te préciser une chose. Si tu ne veux pas que je le fasse, je m'en passerai. Pas de discussion, pas de regrets, pas de récriminations. Nous formons une association, ce qui signifie qu'aucun de nous n'a le droit de décider unilatéralement de changer de vie.

— Merci, répondit-il. Voyons d'abord les détails pratiques.

— Le Bundestag siège du lundi au vendredi environ vingt semaines par an et la présence est obligatoire.

— Tu passerais donc à peu près quatre-vingts nuits hors de la maison au cours d'une année normale. Je peux m'en accommoder, surtout si nous trouvons une infirmière pour venir m'aider le matin.

— Ça ne t'ennuierait pas ?

— Bien sûr que si. Mais les nuits où tu seras là n'en seront que meilleures.

— Bernd, tu es trop gentil.

— Tu dois le faire. C'est ton destin.

— C'est ce qu'a dit Claus, remarqua-t-elle en riant.

— Ça ne m'étonne pas. »

Son mari et son ancien amant estimaient l'un comme l'autre qu'elle devait se présenter. Elle le pensait également. Ce qui ne l'empêchait pas d'éprouver une certaine appréhension : elle estimait pouvoir y arriver, mais ce serait un défi. La politique au niveau national était plus exigeante et brutale qu'au niveau local. La presse pouvait se montrer impitoyable.

Sa mère serait fière d'elle. Carla aurait certainement exercé de hautes fonctions si elle n'avait pas été enfermée dans la prison qu'était devenue l'Allemagne de l'Est. Elle serait ravie de voir sa fille réaliser ses aspirations contrariées.

Ils en discutèrent trois soirs de suite. Le quatrième, Dave Williams débarqua.

Ils ne l'attendaient pas. Rebecca fut surprise de le découvrir sur le pas de sa porte, vêtu d'un manteau en daim et portant une petite valise ornée d'une étiquette de l'aéroport de Hambourg. « Tu aurais dû téléphoner ! lui dit-elle en anglais.

— J'ai perdu votre numéro », répondit-il en allemand.

Elle l'embrassa sur la joue. « Quelle bonne surprise ! » Elle avait toujours eu de l'affection pour Dave depuis l'époque où

Plum Nellie se produisait sur la Reeperbahn et où les garçons se retrouvaient chez elle pour avaler leur seul vrai repas de la semaine. Dave avait exercé une influence bénéfique sur Walli, dont le talent s'était épanoui à son contact.

Dave entra dans la cuisine, posa sa valise et serra la main de Bernd. « Tu arrives de Londres ? lui demanda celui-ci.

— De San Francisco. Je suis parti il y a vingt-quatre heures. »

Ils parlaient un mélange d'anglais et d'allemand, comme d'habitude.

Rebecca brancha la cafetière. La première surprise passée, elle se dit que Dave ne pouvait avoir fait un aussi long voyage sans une raison précise, et elle commença à s'inquiéter. Dave était en train de discuter avec Bernd de son studio d'enregistrement. Rebecca l'interrompit : « Pourquoi es-tu venu, Dave ? Il y a un problème ?

— Oui. C'est Walli. »

Rebecca sentit son cœur faire un bond dans sa poitrine. « Que se passe-t-il ? Dis-moi ! Il n'est pas mort...

— Non. Il est vivant. Mais il est accro à l'héroïne.

— Oh, non ! » Rebecca se laissa tomber lourdement sur une chaise. « Oh, non ! » Elle enfouit son visage dans ses mains.

« Ce n'est pas tout, ajouta Dave. Beep le quitte. Elle est enceinte et ne veut pas élever un enfant dans un univers de drogués.

— Mon pauvre petit frère... »

Bernd demanda : « Que va faire Beep ?

— Elle va venir habiter avec moi à Daisy Farm.

— Oh. » Sentant l'embarras de Dave, Rebecca comprit que leur idylle avait repris. Cela ne pouvait que rendre les choses encore plus pénibles pour son frère. « Que pouvons-nous faire pour Walli ?

— Il faut qu'il décroche de l'héro, c'est clair.

— Tu crois que c'est possible ?

— Oui, si on l'y aide. Il existe des centres, aux États-Unis et ici, en Europe, qui offrent une prise en charge psychologique en y associant un produit de substitution, la méthadone. Mais Walli vit à Haight-Ashbury. Il y a des dealers à tous les coins de rue. S'il ne sort pas de chez lui pour s'approvisionner, il y en aura toujours un pour venir frapper à sa porte. C'est trop facile de rechuter.

— Autrement dit, il faudrait qu'il déménage.

— Je crois que le mieux serait qu'il vienne s'installer ici.

— Oh, mon Dieu !

— S'il habite chez vous, je pense qu'il pourra décrocher. »

Rebecca regarda Bernd.

« Ça m'ennuie pour toi, lui dit celui-ci. Tu as un travail et une carrière politique. J'ai de l'affection pour Walli, ne serait-ce que parce que tu l'aimes. Mais je ne veux pas que tu sacrifies ta vie pour lui.

— Ce ne serait pas pour très longtemps, intervint Dave précipitamment. Si vous pouviez vous assurer qu'il tient bon pendant un an... »

Rebecca regardait toujours Bernd. « Il n'est pas question que je sacrifie ma vie. Mais je vais peut-être devoir la mettre entre parenthèses pendant un an.

— Si tu refuses un siège au Parlement maintenant, l'occasion ne se représentera peut-être pas.

— Je sais. »

Dave s'adressa à Rebecca : « Je voudrais que tu m'accompagnes à San Francisco pour convaincre Walli.

— Quand ?

— Demain, ce serait bien. J'ai déjà pris nos billets d'avion.

— Demain ! »

Elle n'avait pas vraiment le choix. La vie de Walli était en jeu. Rien n'était plus important. Elle devait lui accorder la priorité ; et elle le ferait, évidemment. C'était tout réfléchi.

Elle n'en regrettait pas moins de renoncer à la chance qui lui avait été si brièvement offerte. « Qu'est-ce que vous disiez, tout à l'heure, à propos du Parlement ? demanda alors Dave.

— Rien, répondit Rebecca. C'était un vague projet que j'avais. Mais je vais t'accompagner à San Francisco. Bien sûr.

— Demain ?

— Oui.

— Merci. »

Rebecca se leva. « Je vais faire ma valise. »

L

Jasper Murray était déprimé. Le président Nixon, ce menteur, ce tricheur, cet escroc, avait été réélu à une écrasante majorité. Il avait remporté quarante-neuf États. George McGovern, l'un des candidats les plus malchanceux de l'histoire des États-Unis, n'était arrivé en tête que dans le Massachusetts et le district de Columbia.

Pis encore, alors que de nouvelles révélations sur le Watergate scandalisaient l'intelligentsia libérale, sa cote de popularité restait élevée. En avril 1973, cinq mois après les élections, Nixon bénéficiait d'un pourcentage d'opinions favorables de soixante contre trente-trois.

« Que faire ? » demandait Jasper, exaspéré, à tous ceux qui voulaient bien l'entendre. Les médias, le *Washington Post* en tête, dévoilaient tous les jours de nouvelles malversations de la présidence, tandis que Nixon tentait désespérément de dissimuler son implication dans une affaire de cambriolage. Un des « cambrioleurs » du Watergate avait écrit une lettre, que le juge avait lue à haute voix au tribunal, dans laquelle il affirmait que les accusés avaient subi des pressions pour plaider coupables et se taire. Si c'était vrai, cela signifiait que le Président s'efforçait d'entraver le cours de la justice. Mais cela ne semblait pas ébranler les électeurs.

Le mardi 17 avril, Jasper se trouvait dans la salle de presse de la Maison Blanche quand le vent tourna.

La salle était équipée d'une estrade légèrement surélevée. Un lutrin se dressait devant un rideau tiré, dont la couleur bleu-gris offrait un fond flatteur aux images télévisées. Comme il n'y avait jamais suffisamment de chaises, certains journalistes étaient assis sur la moquette brun clair tandis que les cameramen se bousculaient pour trouver une place.

La Maison Blanche avait annoncé que le Président ferait une brève déclaration mais ne répondrait à aucune question. Les journalistes étaient arrivés à trois heures. Il était quatre heures et demie et il ne s'était toujours rien passé.

Nixon apparut à seize heures quarante-deux. Jasper remarqua que ses mains tremblaient. Il annonça le règlement d'un différend opposant la Maison Blanche à Sam Ervin, président de la commission sénatoriale qui enquêtait sur le Watergate. Le personnel de la Maison Blanche serait désormais autorisé à témoigner devant la commission Ervin, tout en étant libre de refuser de répondre à certaines questions. Jasper se fit la réflexion que ce n'était pas une concession majeure. Cela étant, un Président innocent n'aurait même pas eu à régler ce genre de litige.

Nixon ajouta : « Aucune personne occupant actuellement ou ayant occupé par le passé une fonction importante dans l'administration ne peut se voir accorder une immunité la mettant à l'abri de poursuites judiciaires. »

Jasper fronça les sourcils. Qu'est-ce que ça voulait dire ? Quelqu'un avait dû demander l'immunité, un proche de Nixon sûrement. Et voilà que Nixon la lui refusait publiquement. Il était en train de passer la corde autour du cou d'un membre de son entourage. Mais de qui ?

« Je condamne toute tentative de dissimulation, quel qu'en soit l'auteur », ajouta le Président qui avait essayé d'enterrer l'enquête du FBI. Puis il se retira.

Le porte-parole de la Maison Blanche, Ron Ziegler, monta sur l'estrade et fut aussitôt assailli de questions. Jasper n'en posa pas. Il était intrigué par ces propos sur l'immunité.

Ziegler était en train de dire que l'annonce que venait de faire le Président était la déclaration « opérante ». Jasper y vit un bel exemple de langue de bois, d'un flou délibéré destiné à masquer la vérité plus qu'à la clarifier. Les autres journalistes présents dans la salle ne s'y trompèrent pas plus que lui.

Johnny Apple, du *New York Times*, demanda alors si cela signifiait que les précédentes déclarations étaient « inopérantes ».

« En effet », confirma Ziegler.

Les journalistes étaient furieux. Cela voulait dire qu'on leur avait menti. Pendant quatre ans, ils avaient fidèlement rendu compte des déclarations de Nixon, en leur accordant la crédibilité due au chef d'État. On les avait pris pour des imbéciles.

Ils ne lui feraient plus jamais confiance.

Jasper regagna le siège de *This Day* en continuant à se demander qui était visé par l'allusion de Nixon à l'immunité.

Il obtint la réponse deux jours plus tard. Lorsqu'il décrocha son téléphone, il entendit une voix de femme tremblante lui dire qu'elle était la secrétaire du conseiller juridique à la Maison Blanche, John Dean, et qu'elle appelait les journalistes de Washington pour leur lire une déclaration de sa part.

C'était une curieuse façon de procéder. Si le conseiller juridique du Président souhaitait s'adresser à la presse, il aurait dû passer par Ron Ziegler. Il y avait manifestement de l'eau dans le gaz.

« Certains pensent ou espèrent peut-être faire de moi un bouc émissaire dans l'affaire du Watergate, lut la secrétaire. C'est mal me connaître... »

Ah, songea Jasper, les rats commencent à abandonner le navire.

*

Maria était abasourdie par l'attitude de Nixon. Il n'avait aucune dignité. Alors que chaque jour apportait de nouvelles preuves de sa malhonnêteté, au lieu de démissionner, il se cramponnait à la Maison Blanche et continuait à fanfaronner, feinter, menacer et mentir, mentir, mentir.

Fin avril, John Ehrlichman et Bob Haldeman démissionnèrent de concert. Ils avaient été l'un et l'autre des proches de Nixon. Leurs noms allemands leur avaient valu d'être surnommés « le mur de Berlin » par ceux qui avaient le sentiment qu'ils faisaient barrage autour du Président. Ils avaient organisé des cambriolages et fait de faux serments pour aider le Président : qui pouvait croire qu'ils avaient agi à son insu et contre sa volonté ? C'était risible.

Le lendemain, le Sénat se prononça à l'unanimité pour la nomination d'un procureur spécial, indépendant du ministère de la Justice suspect. Il serait chargé d'enquêter pour établir la culpabilité éventuelle du Président.

Dix jours plus tard, le pourcentage d'opinions favorables à Nixon tombait à quarante-quatre contre quarante-cinq ; c'était la première fois qu'il obtenait un score négatif.

Le procureur spécial se mit aussitôt au travail. Il commença par engager une équipe de juristes. Parmi eux, il y avait une femme, Antonia Capel, qui avait travaillé autrefois avec Maria au ministère de la Justice. Antonia habitait à Georgetown, pas très loin de chez elle. Un soir, Maria alla sonner à sa porte.

Antonia ne cacha pas sa surprise en lui ouvrant.

« Ne prononce pas mon nom », lui dit Maria.

Bien que prise au dépourvu, Antonia fit preuve de vivacité d'esprit. « Entendu, acquiesça-t-elle.

— On peut parler un moment ?

— Certainement. Entre.

— Je préférerais qu'on se retrouve au café, plus bas dans la rue. »

Antonia eut l'air étonnée, mais elle accepta : « Oui. Je vais demander à mon mari de donner leur bain aux enfants... euh, tu m'accordes un quart d'heure ?

— Pas de problème. »

En arrivant au café, Antonia demanda : « Tu crois qu'il y a des micros chez moi ?

— Je n'en sais rien, mais ce n'est pas impossible maintenant que tu bosses pour le procureur spécial.

— Alors ça !

— Écoute, reprit Maria. Je ne travaille pas pour Richard Nixon. Je travaille pour le ministère de la Justice et pour le peuple américain.

— D'accord.

— Je n'ai rien de particulier à t'apprendre pour le moment. Je veux pourtant que tu saches que, si je peux aider le procureur en quoi que ce soit, je le ferai. »

Antonia était assez futée pour comprendre qu'on lui offrait la possibilité d'avoir une espionne au ministère de la Justice. « Ça pourrait être précieux, reconnut-elle. Mais comment rester en contact sans nous trahir ?

— Appelle-moi depuis un téléphone public. Ne dis pas qui tu es. Parle simplement d'aller prendre un café. Je viendrai te retrouver ici le jour même. La même heure qu'aujourd'hui, ça te convient ?

— Parfaitement.

— Comment ça se passe ?

— Nous n'en sommes qu'au début. On cherche des juristes compétents pour rejoindre l'équipe.

— J'ai un nom à te proposer : George Jakes.

— Je crois que je l'ai déjà rencontré. Rappelle-moi son parcours.

— Il a travaillé pour Robert Kennedy pendant sept ans, d'abord à la justice quand Bob Kennedy était ministre, puis au Sénat. Après l'assassinat de Bob, George est entré chez Fawcett Renshaw.

— Il me paraît idéal. Je vais l'appeler. »

Maria se leva. « Partons séparément. Il ne faut pas qu'on nous voie ensemble.

— C'est terrible d'avoir à se cacher alors que nous ne faisons que notre devoir.

— Je sais.

— Merci d'être venue me voir, Maria. Je t'en suis très reconnaissante.

— Au revoir. Ne dis pas à ton patron comment je m'appelle. »

*

Cameron Dewar avait un poste de télévision dans son bureau. Lorsque les audiences de la commission Ervin étaient retransmises depuis le Sénat, son téléviseur était allumé en permanence, comme ceux de tout Washington d'ailleurs.

Le lundi 17 avril, dans l'après-midi, Cam travaillait sur un rapport pour son nouveau patron, Al Haig, qui avait remplacé Bob Haldeman comme secrétaire général de la Maison Blanche. Il suivait distraitement le témoignage d'Alexander Butterfield, un fonctionnaire de la Maison Blanche qui avait été chargé d'organiser le programme quotidien du président Nixon lors de son premier mandat, avant de prendre la direction de la Federal Aviation Administration.

Un juriste de la commission, un certain Fred Thompson, interrogeait Butterfield. « Aviez-vous connaissance de l'existence de systèmes d'écoute dans le Bureau ovale ? »

Cam leva les yeux. C'était inattendu. Des systèmes d'écoute dans le Bureau ovale ? Impensable.

Butterfield ne répondit pas tout de suite. Le silence se fit dans la salle. « Bon sang », murmura Cam.

Butterfield dit enfin : « Je savais qu'il y avait des systèmes d'écoute, oui. »

Cam se leva en s'écriant : « Putain, non ! »

À l'écran, Thompson demanda : « Quand ces systèmes ont-ils été installés dans le Bureau ovale ? »

Butterfield hésita, soupira, déglutit péniblement et répondit : « Dans le courant de l'été 1970. »

« Bordel de merde ! s'exclama Cam. Je rêve ! Comment le Président a-t-il pu être aussi stupide ? »

Thompson poursuivit : « Expliquez-nous un peu comment fonctionnaient ces dispositifs. Comment on les mettait en marche par exemple.

— Tais-toi ! Ta gueule, bordel ! » hurla Cam dans son bureau désert.

Butterfield se lança dans une longue description du fonctionnement des appareils et finit par révéler que les enregistrements se déclenchaient à la voix.

Cam se rassit. C'était une catastrophe. Nixon avait enregistré en secret tout ce qui se passait dans le Bureau ovale. Il avait parlé de cambriolages, de pots-de-vin et de chantages en sachant que tous ses propos accablants resteraient gravés sur bande magnétique. « Quel con ! Quel con ! Quel con ! » pesta Cam à haute voix.

Il devinait ce qui allait suivre. La commission Ervin et le procureur spécial demanderaient à écouter les bandes. Ils parviendraient certainement à obtenir qu'on les leur remette : elles constituaient des pièces à conviction capitales dans plusieurs enquêtes criminelles. Et alors, le monde entier connaîtrait la vérité.

Nixon réussirait peut-être à les conserver ou même à les détruire ; ce serait presque pire, en réalité. En effet, s'il était innocent, les enregistrements le blanchiraient. Dans ce cas, pourquoi les dissimuler ? S'il les détruisait, on y verrait un aveu de culpabilité et une infraction de plus dans la longue liste des forfaits dont il pourrait avoir à répondre devant la justice.

C'en était fini de la présidence Nixon.

Il s'accrocherait sans doute. Cam commençait à bien le connaître. Nixon était incapable de s'avouer vaincu. Il l'avait toujours été. Ce trait de caractère avait été sa force. Désormais, il risquait de lui valoir des semaines, voire des mois de déclin et d'humiliation avant la chute.

Cam n'avait pas l'intention de l'accompagner dans cette descente aux enfers.

Décrochant son téléphone, il appela Tim Tedder. Ils se retrouvèrent une heure plus tard à l'Electric, un snack à l'ancienne.

« Vous ne craignez pas d'être vu en ma compagnie ? demanda Tedder.

— Ça n'a plus d'importance. Je quitte la Maison Blanche.

— Pourquoi ?

— Vous n'avez pas regardé la télé ?

— Pas aujourd'hui.

— Le Bureau ovale est équipé d'un système d'enregistrement actionné à la voix. Il a enregistré tout ce qui s'y est dit au cours des trois dernières années. C'est la fin. Nixon est fichu.

— Attendez. Pendant qu'il organisait toutes ses manigances, il s'enregistrait lui-même ?

— Oui.

— Autrement dit, il s'est compromis lui-même.

— Oui.

— Il faut être complètement débile !

— Je le pensais intelligent. Je crois qu'il nous a tous roulés dans la farine. Moi, en tout cas.

— Qu'est-ce que vous comptez faire ?

— C'est pour ça que je vous ai appelé. Commencer une nouvelle vie. Je veux changer de boulot.

— Vous voulez travailler pour mon entreprise de sécurité ? Je suis l'unique employé...

— Non, non. Écoutez. J'ai vingt-sept ans. J'ai cinq ans d'expérience à la Maison Blanche. Je parle russe.

— Et vous voulez travailler pour...

— La CIA. J'ai les compétences requises.

— Je n'en doute pas. Mais vous devrez suivre une formation.

— Pas de problème. Une bonne manière de redémarrer.

— Je veux bien en parler aux amis que j'ai dans la place, dire un mot en votre faveur.

— Je vous en remercie. Autre chose.

— Quoi ?

— Je ne vais pas m'étendre sur la question, mais je sais dans quels placards sont les cadavres. La CIA a enfreint un certain nombre de règles dans cette affaire du Watergate. Je n'ignore rien du rôle qu'elle a joué.

— Je m'en doute.

— Il ne s'agit pas de faire chanter qui que ce soit. Vous savez à quel camp va ma loyauté. Vous pourriez tout de même faire comprendre à vos amis de l'Agence que, bien évidemment, je n'irai jamais vendre la mèche à propos de mon employeur.

— Pigé.
— Alors, qu'en pensez-vous ?
— C'est comme si c'était fait. »

*

George était heureux et fier de faire partie de l'équipe du procureur. Il avait l'impression d'appartenir au petit groupe qui définissait la politique du pays, comme lorsqu'il travaillait pour Robert Kennedy. Le seul problème était qu'il se voyait mal retourner aux affaires à deux balles qu'il traitait chez Fawcett Renshaw.

Cela dura cinq mois, mais finalement, Nixon fut contraint de remettre au procureur trois enregistrements originaux des écoutes du Bureau ovale.

George se trouvait avec le reste de l'équipe quand ils écoutèrent la bande du 23 juin 1972, enregistrée moins d'une semaine après le cambriolage du Watergate.

Il entendit la voix de Bob Haldeman qui disait : « Le FBI n'est pas sous contrôle parce que Gray ne sait pas vraiment comment le contrôler. »

Il y avait de l'écho, mais le timbre de baryton et les intonations cultivées de Haldeman étaient parfaitement identifiables.

« Pourquoi le Président aurait-il besoin que le FBI soit sous contrôle ? » demanda quelqu'un. C'était une question de pure forme, selon George. Il s'agissait évidemment de dissuader le FBI d'enquêter sur les malversations présidentielles.

Sur l'enregistrement, Haldeman expliquait : « L'enquête entre dans une phase plus productive car ils ont pu remonter la filière de l'argent. »

George se souvenait que les cambrioleurs du Watergate avaient sur eux d'importantes sommes en billets dont les numéros se suivaient. Cela voulait dire que tôt ou tard le FBI serait en mesure de déterminer qui étaient leurs commanditaires.

Tout le monde savait que cet argent provenait du CREEP. Pourtant, Nixon continuait encore à jurer qu'il n'était pas au courant. Or il en parlait six jours à peine après le cambriolage !

La voix rauque de Nixon intervint : « Ceux qui ont payé n'ont qu'à dire qu'ils avaient donné l'argent à des Cubains. »

George entendit quelqu'un s'exclamer dans la salle : « Quelle pourriture ! »

Le procureur arrêta la bande.

« Sauf erreur de ma part, intervint George, le Président suggère de demander à ceux qui lui ont procuré les fonds de faire de fausses déclarations. »

Le procureur spécial soupira, l'air abasourdi : « Peut-on imaginer une chose pareille ? »

Il appuya sur le bouton et Haldeman reprit : « Nous ne voulons pas faire appel à trop de gens. Le mieux est de demander à Walters d'appeler Pat Gray et de lui dire simplement : "Tenez-vous en dehors de ça." »

C'était assez proche de ce que Jasper Murray avait relaté dans un article grâce aux informations de Maria. Le général Vernon Walters était le directeur adjoint de la CIA. La CIA avait depuis longtemps conclu un accord avec le FBI : si l'enquête de l'une de ces institutions risquait de mettre au jour des opérations secrètes de l'autre, l'enquête en question pouvait être interrompue sur simple demande. Haldeman suggérait apparemment que la CIA prétend que l'enquête du FBI sur le cambriolage du Watergate constituait une menace pour la sécurité nationale.

Ce qui revenait à entraver le cours de la justice.

Sur la bande enregistrée, le président Nixon répondait : « Oui, parfait. »

Le procureur interrompit encore une fois l'enregistrement.

« Vous avez entendu ça ? s'exclama George, incrédule. Il a dit : "Oui, parfait." »

Nixon continua : « Ça pourrait faire sortir toute l'affaire de la baie des Cochons, ce qui serait un sale coup pour la CIA, pour le pays et pour la politique étrangère américaine. » Il était manifestement en train de mettre au point l'histoire que la CIA pourrait raconter au FBI.

« Oui, approuva Haldeman. On va s'appuyer là-dessus.

— Le président des États-Unis, dans son bureau, en train d'expliquer à ses collaborateurs comment faire de fausses déclarations ! » remarqua le procureur, hébété.

Dans la salle, les auditeurs étaient pétrifiés. Le Président était un criminel et ils en détenaient la preuve.

« Le salaud, on le tient », dit George

La voix enregistrée de Nixon poursuivit : « Je ne veux surtout pas qu'ils s'imaginent que nous faisons ça dans un objectif politique.

— Bien sûr », approuva Haldeman.

Les juristes réunis autour du magnétophone éclatèrent de rire.

*

Maria était à son bureau du ministère de la Justice quand George l'appela. « Je viens d'avoir des nouvelles de notre ami », lui annonça-t-il. Elle savait qu'il s'agissait de Jasper. Ils utilisaient un langage codé, craignant que le téléphone ne soit sur écoute. « Le service de presse de la Maison Blanche a contacté les chaînes de télé pour réserver un créneau pour le Président. Neuf heures ce soir. »

On était le jeudi 8 août 1974.

Le cœur de Maria fit un bond. Était-ce enfin le dénouement ? « Il va peut-être démissionner, dit-elle.

— Peut-être.

— Mon Dieu, pourvu que ce soit ça !

— Ou alors, il viendra une fois de plus protester de son innocence. »

Maria ne voulait pas être seule pour assister à cela. « Tu ne veux pas venir chez moi ? proposa-t-elle. On regardera la télé ensemble.

— Très volontiers.

— Je préparerai à dîner.

— Rappelle-toi que je fais attention à ma ligne.

— George Jakes, tu es un garçon futile.

— Fais une salade.

— Sois là à sept heures et demie.

— J'apporterai le vin. »

Maria alla faire les courses pour le dîner dans la chaleur étouffante du mois d'août. Son travail ne l'intéressait plus beaucoup. Elle avait perdu toute confiance dans le ministère de la Justice. Si Nixon annonçait sa démission, elle se mettrait à la recherche d'un nouvel emploi. Elle voulait rester dans la fonction publique : le gouvernement était le seul à avoir les moyens de changer le monde. Mais elle ne supportait plus les magouilles et l'impunité des magouilleurs. Elle voulait que ça bouge. Elle songea qu'elle pourrait tenter sa chance aux Affaires étrangères.

Elle acheta une salade, mais aussi des pâtes, du parmesan et des olives. George avait toujours eu des goûts raffinés et ça ne s'arrangeait pas avec l'âge. En tout cas, il n'avait aucun problème de poids. Sans être corpulente, Maria n'était plus vraiment mince. À l'approche de la quarantaine, elle se mettait à ressembler davantage à sa mère, surtout autour des hanches.

Elle quitta le bureau un peu avant cinq heures. Un attroupement s'était formé devant la Maison Blanche. La foule scandait *Jail to the chief*, « le chef en prison ». Ce slogan était un jeu de mot sur les paroles de l'hymne qui accompagne les apparitions publiques des présidents américains, *Hail to the chief*, « saluons le chef ».

Maria prit un bus pour Georgetown.

Au fil des ans, ses augmentations de salaire s'étaient accompagnées de plusieurs déménagements. Chaque fois, elle s'était installée dans un logement un peu plus grand, mais n'avait jamais quitté le quartier. Lors de son dernier déménagement, elle avait jeté toutes les photos du président Kennedy, sauf une. Son appartement actuel donnait une impression de confort. Alors que George avait toujours privilégié le mobilier moderne dans un décor dépouillé, Maria préférait les tissus imprimés, les lignes courbes et les coussins en abondance.

Comme toujours, sa chatte grise, Loopy, vint l'accueillir en frottant sa tête contre sa jambe. Julius, le mâle, était plus indépendant : il se montrerait un peu plus tard.

Elle mit le couvert, lava la salade et râpa le parmesan. Puis elle prit une douche et revêtit une robe d'été en coton turquoise, sa couleur favorite. Elle songea à mettre du rouge à lèvres et se ravisa.

Les actualités télévisées se livraient à toutes sortes de spéculations. Nixon avait eu une entrevue avec Gerald Ford, qui serait peut-être Président le lendemain. Le porte-parole Ziegler avait annoncé aux journalistes accrédités à la Maison Blanche que le Président prononcerait une allocution à neuf heures et avait quitté la salle sans répondre aux questions de ceux qui voulaient savoir sur quoi porterait son intervention.

George arriva à sept heures et demie, en pantalon, mocassins et chemise légère bleue, ouverte au col. Pendant qu'il débouchait une bouteille de chianti, Maria mélangea la salade et plongea les pâtes dans l'eau bouillante.

La porte de sa chambre était ouverte. George jeta un coup d'œil à l'intérieur. « Pas d'autel du souvenir, remarqua-t-il.

— J'ai jeté la plupart des photos. »

Ils s'assirent à table pour dîner.

Ils étaient amis depuis treize ans. Chacun avait vu l'autre plongé dans les affres du désespoir. Ils avaient eu tous les deux un grand amour qui les avait quittés : Verena Marquand pour rallier les Panthères noires, le président Kennedy parti dans l'au-delà. Chacun à leur manière, ils avaient été abandonnés. Ils avaient tant de choses en commun qu'ils se sentaient bien ensemble.

« Le cœur est une carte du monde, tu savais ça ? lui demanda Maria.

— Je ne comprends même pas ce que ça veut dire.

— J'ai vu une carte du Moyen Âge un jour. La terre était représentée sous la forme d'un disque plat, avec Jérusalem au centre. Rome était plus grande que l'Afrique, et l'Amérique n'y figurait même pas, naturellement. Le cœur ressemble à ces cartes. Nous nous situons au centre, et tout le reste est disproportionné. Les amis de jeunesse apparaissent en grand. Ensuite, il est impossible de modifier leur taille quand il faut ajouter d'autres personnes, encore plus importantes. Ceux qui nous ont fait du mal occupent toujours trop de place, comme ceux qu'on a aimés.

— D'accord, je comprends, mais...

— Je me suis débarrassée des photos de John Kennedy. Mais il occupera toujours une trop grande place dans mon cœur. Voilà tout ce que je veux dire. »

Le dîner terminé, ils firent la vaisselle et s'installèrent dans le grand canapé moelleux devant la télévision avec la fin de la bouteille du vin. Les chats vinrent somnoler sur le tapis.

Nixon apparut sur l'écran à neuf heures.

Pourvu que ce soit la fin de ce supplice, pria Maria intérieurement.

Nixon était assis dans le Bureau ovale, un rideau bleu derrière lui, le drapeau américain à sa droite, celui de la présidence à sa gauche. Il prit aussitôt la parole de sa voix grave et rocailleuse. « C'est la trente-septième fois que je m'adresse à vous depuis ce bureau où ont été prises tant de décisions qui ont forgé l'histoire de cette nation. »

La caméra amorça lentement un zoom. Le Président était habillé simplement d'un costume bleu avec cravate. « Pendant tout le long et difficile épisode du Watergate, j'ai cru de mon devoir de persévérer, de m'efforcer d'assurer, jusqu'au bout de mon mandat, la fonction pour laquelle vous m'avez élu. Cependant, au cours des derniers jours, il est devenu évident que je ne disposais plus d'un soutien politique suffisant au Congrès pour me permettre de poursuivre cet effort.

— Ça y est ! Il démissionne ! » s'écria George, tout excité.

Dans le feu de l'exaltation, Maria lui prit le bras.

Les caméras le cadrèrent en gros plan. « Je n'ai jamais été homme à renoncer, continua Nixon.

— Merde, dit George, il ne va pas reculer ?

— Néanmoins, en tant que Président, je dois placer les intérêts de l'Amérique au-dessus de tout.

— Non, non, murmura Maria, il va le faire.

— Je démissionne donc de la présidence, une décision qui prendra effet demain à midi. À la même heure, le vice-président Ford prêtera serment dans ce bureau en tant que nouveau Président.

— Ouais ! » George leva le poing en l'air. « Il l'a fait ! Il se tire ! »

Maria éprouvait moins un sentiment de triomphe que de soulagement. Elle avait l'impression de s'éveiller d'un mauvais rêve. Dans son cauchemar, les plus hauts fonctionnaires du pays étaient des escrocs que rien ni personne ne pouvait arrêter.

Heureusement, dans la vraie vie, ils avaient fini par être démasqués, humiliés et destitués. Elle se sentait soudain en sécurité et se rendait compte que, depuis deux ans, l'Amérique ne lui avait plus semblé un endroit sûr.

Nixon ne se reconnaissait coupable de rien. Il n'admettait pas avoir commis de délits, menti et tenté de rejeter la responsabilité de ses actes sur autrui. En tournant les pages de son discours, il rappelait ses succès : la Chine, les pourparlers sur la limitation des armements, la diplomatie au Proche-Orient. Il terminait sur une note de fierté arrogante.

« C'est fini, murmura Maria d'un ton incrédule.

— On a gagné », dit George en la prenant dans ses bras.

Alors, spontanément, ils s'embrassèrent.

Cela leur parut la chose la plus naturelle du monde.

Ce ne fut pas un brusque déchaînement de passion, mais un baiser joyeux, un effleurement ludique de langues et de lèvres. Celles de George avaient un goût de vin. C'était comme s'ils découvraient un sujet de conversation captivant qu'ils avaient négligé jusqu'alors. Maria souriait tout en embrassant et en se laissant embrasser.

Leur étreinte ne tarda pas à devenir plus ardente. Maria éprouva soudain un tel désir que sa respiration se fit haletante. Elle déboutonna la chemise de George pour sentir le contact de sa poitrine. Il y avait si longtemps qu'elle n'avait pas tenu dans ses bras un corps d'homme qu'elle en avait oublié la sensation. Elle savourait la douceur de ces mains qui effleuraient ses régions intimes, un contact si différent de celui de ses propres mains aux doigts si minces.

Du coin de l'œil, elle vit les chats quitter la pièce.

George la caressa longtemps. Elle n'avait eu qu'un amant avant lui, et il n'avait pas été aussi patient. Il aurait déjà été allongé sur elle depuis longtemps. Elle était partagée entre le plaisir que lui procuraient ces préliminaires et l'intense besoin de l'accueillir en elle.

Cela finit par arriver. Elle avait oublié à quel point c'était bon. Elle le pressa contre elle et leva les jambes pour l'entraîner au plus profond. Elle répéta son nom encore et encore jusqu'à ce que les spasmes de la jouissance lui arrachent un cri. Un instant plus tard, il éjacula et cela la fit tressaillir une dernière fois.

Ils restèrent unis l'un à l'autre, pantelants. Maria ne se lassait pas de le toucher. Elle posa une main sur son dos, l'autre sur sa tête, tâta son corps, comme pour s'assurer qu'il était bien réel, qu'elle ne rêvait pas. Elle déposa un baiser sur son oreille déformée. Son haleine saccadée lui soufflait de l'air chaud dans le cou.

Elle retrouva peu à peu une respiration normale. Le monde alentour reprit sa réalité. La télévision, restée allumée, diffusait des réactions à la démission du Président. Elle entendit un commentateur déclarer : « La journée aura été agitée. »

« C'est le moins qu'on puisse dire », soupira Maria.

*

George estimait que l'ancien Président devait aller en prison. Il n'était pas le seul. Nixon avait commis suffisamment de délits pour justifier une peine d'emprisonnement. L'Amérique n'était pas l'Europe du Moyen Âge, où les rois étaient au-dessus des lois : aux États-Unis, la justice était la même pour tous. La commission judiciaire de la chambre s'était prononcée pour la destitution de Nixon. Le Congrès avait approuvé ses conclusions à une majorité remarquable de quatre cent douze voix contre trois. L'opinion était favorable à la destitution à soixante-six pour cent contre vingt-trois. John Ehrlichman avait déjà été condamné à vingt mois de prison : il ne serait pas juste que celui dont il n'avait fait qu'accomplir les ordres échappe à toute sanction.

Un mois après le départ de Nixon, le président Ford le graciait.

George fut indigné, comme presque tout le monde. Le porte-parole de Ford donna sa démission. Le *New York Times* écrivit que cette grâce était « un acte profondément malavisé, injuste et créateur de dissensions », qui anéantissait d'un coup la crédibilité du nouveau Président. Tout le monde était convaincu que Nixon avait conclu un arrangement avec Ford avant de lui transmettre le pouvoir.

« J'en ai par-dessus la tête », dit George à Maria. Dans la cuisine de son appartement, il était en train de mélanger de l'huile d'olive et du vinaigre de vin pour faire une vinaigrette. « Je n'en peux plus de rester vissé sur une chaise chez Fawcett Renshaw pendant que le pays va à vau-l'eau.

— Que vas-tu faire ?

— J'y ai beaucoup réfléchi. Je vais refaire de la politique. »

Elle se tourna vers lui. Son expression désapprobatrice le surprit. « Comment ça ? demanda-t-elle.

— Le député de la circonscription de ma mère, le neuvième district du Maryland, prend sa retraite dans deux ans. Je devrais pouvoir obtenir son siège. En fait, je sais que c'est possible.

— Tu as donc déjà pris contact avec le parti démocrate local. »

Visiblement, elle lui en voulait. Il n'arrivait pas à comprendre pourquoi.

« Nous avons eu quelques échanges préliminaires, oui, admit-il.

— Et tu ne m'en as pas parlé avant. »

George était un peu éberlué. Leur liaison ne datait que d'un mois. Était-il déjà censé discuter de tout avec elle ? Il faillit protester énergiquement, mais se retint à temps et s'exprima avec douceur. « J'aurais peut-être dû t'en parler, c'est sûr. En fait, ça ne m'est pas venu à l'esprit. » Il versa la vinaigrette sur la salade et commença à la remuer.

« Tu sais que je viens de postuler pour un poste très important au département d'État.

— Oui.

— Tu sais aussi, je pense, que j'ai l'intention de gravir tous les échelons jusqu'au plus haut niveau.

— Et je suis sûr que tu y arriveras.

— Pas avec toi, non.

— Qu'est-ce que tu racontes ?

— Les hauts fonctionnaires du ministère doivent être politiquement neutres. Ils doivent assister les représentants démocrates et républicains avec le même zèle. Si on apprend que je vis avec un membre du Congrès, je n'obtiendrai jamais de promotion. On dira : "On ne peut pas se fier à Maria Summers, elle couche avec le député Jakes." Ils partiront du principe que je suis plus disposée à servir tes intérêts que les leurs. »

George n'avait pas pensé à ça. « Je suis vraiment désolé. Qu'est-ce que je peux faire ?

— Quelle importance attaches-tu à notre relation ? »

George crut percevoir une demande derrière son ton belliqueux. « Eh bien, il est encore un peu tôt pour parler mariage...

— Tôt ? rétorqua–elle, de plus en plus furieuse. J'ai trente-huit ans et je n'ai eu qu'un amant avant toi. Tu t'imaginais vraiment que je ne cherchais qu'une amourette de passage ?

— J'allais dire, reprit-il patiemment, que si nous nous marions, je suppose que nous aurons des enfants et que tu resteras à la maison pour t'en occuper.

— Ah, oui, c'est ce que tu supposes ? fulmina-t-elle, rouge de fureur. Non seulement tu prétends m'empêcher d'obtenir la moindre promotion, mais en fait, tu t'attends même à ce que je renonce purement et simplement à ma carrière !

— C'est ce que font généralement les femmes quand elles se marient.

— Alors ça ! Réveille-toi, George. Je sais que ta mère s'est entièrement consacrée à toi dès l'âge de seize ans, mais tu es né en 1936, bon sang ! On est dans les années 1970. Tu as entendu parler du féminisme ? Il est fini, le temps où les femmes travaillaient pour s'occuper en attendant qu'un homme condescende à faire d'elle leur esclave domestique. »

George tombait des nues. Cette diatribe le prenait complètement au dépourvu. Il s'était comporté normalement, calmement, et voilà qu'elle bouillait de rage. « Je ne comprends pas pourquoi tu es aussi hargneuse, remarqua-t-il. Je n'ai pas brisé ta carrière ni fait de toi une esclave domestique ; d'ailleurs, je ne t'ai même pas demandée en mariage. »

Elle baissa la voix. « Tu es vraiment trop con. »
Et elle quitta la pièce.
« Ne pars pas », lança-t-il.
Il entendit claquer la porte.
« Merde. »
Une odeur de brûlé parvint à ses narines. Les steaks ! Il éteignit le feu sous la poêle. La viande était carbonisée, immangeable. Il la jeta dans la poubelle.
« Merde », répéta-t-il.

Huitième partie

Grèves
1976-1983

LI

Grigori Pechkov se mourait. Le vieux combattant avait quatre-vingt-sept ans et son cœur était usé.

Tania avait réussi à faire passer un message à son frère. Malgré ses quatre-vingt-deux ans, Lev avait annoncé son arrivée à Moscou, en jet privé. Tania s'était demandé s'il aurait l'autorisation de se rendre en URSS, mais il l'avait obtenue. Il avait atterri la veille et la famille l'attendait au chevet de Grigori.

Celui-ci gisait dans son lit, pâle et immobile. Comme il était sensible au moindre contact et ne supportait pas le poids des couvertures sur ses pieds, Ania, la mère de Tania, avait glissé deux cartons à l'intérieur du lit pour les soulever afin qu'elles lui tiennent chaud sans le toucher.

Tania sentait encore la force de sa présence, même s'il était affaibli. Son menton conservait son expression volontaire malgré la position couchée. Quand il ouvrait les yeux, il avait toujours ce regard bleu acier qui avait si souvent suscité la crainte dans le cœur des ennemis de la classe ouvrière.

C'était un dimanche. Famille et amis défilèrent pour lui rendre visite. Sans l'avouer, ils venaient lui dire adieu. Le jumeau de Tania, Dimka, et sa femme Natalia vinrent avec leur jolie petite Katia, qui avait sept ans. La première épouse de Dimka, Nina, était accompagnée du jeune Gricha, qui, à onze ans, manifestait déjà le caractère passionné de son grand-père. Grigori leur adressa un sourire affectueux. « J'ai traversé deux révolutions et deux guerres mondiales, leur dit-il. C'est un miracle que j'aie vécu aussi longtemps. »

Puis il s'endormit. Les membres de la famille sortirent, laissant Tania et Dimka à son chevet. La carrière de Dimka avait évolué : il était désormais fonctionnaire au commissariat d'État à la Planification et candidat au Politburo. Il collaborait encore de près avec Kossyguine, mais les conservateurs du Kremlin faisaient systématiquement obstruction à leurs tentatives pour réformer l'économie soviétique. Natalia, sa femme, présidait le Centre d'analyse au ministère des Affaires étrangères.

Tania se mit à parler à son frère des derniers articles qu'elle avait écrits pour l'agence TASS. Sur le conseil de Vassili, qui travaillait au ministère de l'Agriculture, elle avait pris l'avion pour Stavropol, une région fertile du sud où les fermes collectives expérimentaient un système de primes accordées en fonction des résultats. « Les récoltes ont augmenté, lui annonça-t-elle. La réforme est un succès.

— Le Kremlin ne va pas apprécier cette idée de primes, commenta Dimka. Il va trouver que ça pue le révisionnisme à plein nez.

— Ce système fonctionne depuis des années. Leur premier secrétaire régional a un dynamisme incroyable. Un certain Mikhaïl Gorbatchev.

— Il doit avoir des amis haut placés.

— Il connaît Andropov, qui va prendre les eaux dans une station thermale de la région. » Le chef du KGB avait souffert de calculs rénaux, causes de crises atrocement douloureuses. Tania estimait que si quelqu'un méritait d'endurer de telles souffrances, c'était bien Youri Andropov.

Dimka était intrigué. « Ce Gorbatchev serait un réformateur et un ami d'Andropov ? Voilà qui n'est pas ordinaire. Il faut que je le suive de près.

— Je l'ai trouvé d'un bon sens rafraîchissant.

— Nous avons besoin d'idées nouvelles, c'est certain. Tu te souviens de Khrouchtchev qui prédisait, en 1961, que la production de l'URSS et sa puissance militaire dépasseraient celles des États-Unis en vingt ans ? »

Tania acquiesça. « À l'époque, on le disait pessimiste.

— Quinze ans ont passé et notre retard n'a jamais été aussi important. D'après Natalia, les pays d'Europe de l'Est sont eux aussi à la traîne par rapport à leurs voisins. Ils se tiennent tranquilles parce que nous les inondons de subventions.

— Heureusement que nous exportons du pétrole et des matières premières en grande quantité pour payer les factures.

— Malheureusement, c'est insuffisant. Regarde l'Allemagne de l'Est. On est obligés d'avoir une saloperie de mur pour empêcher les gens de fuir vers le capitalisme. »

Grigori remua et Tania fut prise de remords. Elle avait remis en cause les convictions profondes de son grand-père alors qu'il était sur son lit de mort.

La porte s'ouvrit sur un inconnu. C'était un homme âgé, mince et voûté, mais d'une remarquable élégance. Il portait un costume gris sombre, parfaitement ajusté, comme ceux des héros de cinéma. Sa cravate rouge était resplendissante et sa chemise blanche immaculée. Ses vêtements étaient manifestement occidentaux. Tania ne l'avait jamais rencontré, mais sa physionomie avait quelque chose de familier. C'était sûrement Lev.

Ignorant Tania et Dimka, il s'approcha de l'homme alité.

Grigori lui jeta un regard laissant entendre qu'il le reconnaissait sans parvenir à l'identifier tout à fait.

« Grigori, dit alors le visiteur. Mon frère. Comment se fait-il que nous soyons devenus si vieux ? » Il parlait un étrange dialecte russe suranné, avec l'accent rugueux des ouvriers de Leningrad.

« Lev, murmura Grigori. C'est toi ? Toi qui étais si beau ! »

Lev se pencha et embrassa son frère sur les deux joues. Ils s'étreignirent.

« Tu arrives juste à temps, lui dit Grigori. Je n'en ai plus pour longtemps. »

Une femme de près de quatre-vingts ans entra derrière Lev. Tania lui trouva l'air d'une prostituée avec sa robe noire trop chic, ses talons hauts, son maquillage et ses bijoux. Tania se demanda si toutes les vieilles dames s'habillaient ainsi en Amérique.

« J'ai vu quelques-uns de tes petits-enfants à côté, reprit Lev. Une jolie famille ! »

Grigori sourit. « Le bonheur de ma vie. Et toi ?

— J'ai eu une fille d'Olga, mon épouse que je n'ai jamais beaucoup aimée, et un fils de Marga, que voici et que j'ai toujours préférée. Je n'ai été un bon père pour aucun de mes enfants. Je n'ai jamais eu ton sens des responsabilités.

— Des petits-enfants ?

— Trois. Une vedette de cinéma, un chanteur pop et un métis.

— Un Noir ? Comment ça se fait ?

— Comme ça se fait d'habitude, bêta. Mon fils Greg, qui porte le prénom de son oncle, soit dit en passant, a baisé une jeune Noire.

— Eh bien, son oncle n'en a jamais fait autant. » Les deux hommes pouffèrent.

« Quelle vie j'ai menée, Lev ! s'écria Greg. J'ai donné l'assaut au palais d'Hiver. Nous avons renversé le tsar et édifié le premier pays communiste. J'ai défendu Moscou contre les nazis. Je suis général. Volodia aussi. Je me sens tellement coupable envers toi !

— Coupable ? Envers moi ?

— Tu es parti pour l'Amérique et tu as tout raté.

— Je ne me plains pas.

— J'ai même eu Katerina, alors que c'était toi qu'elle préférait. »

Lev sourit. « Et moi, tout ce que j'ai eu, c'est cent millions de dollars.

— Oui, dit Grigori. Tu as eu la moins bonne part. Je suis désolé, Lev.

— C'est bon. Je te pardonne. » Tania eut l'impression que Grigori ne percevait pas l'ironie de sa réponse.

Volodia arriva à son tour. Devant assister à une cérémonie militaire, il avait revêtu son uniforme de général. Tania prit conscience, non sans saisissement, que c'était la première fois qu'il voyait son vrai père. Lev observa le fils qu'il n'avait jamais rencontré. « Bon sang, il te ressemble, Grigori.

— Et pourtant, il est de toi. »

Le père et le fils se serrèrent la main.

Volodia resta muet, apparemment en proie à une émotion trop forte pour parler.

Lev lui dit : « Quand tu as été privé du père que j'étais, Volodia, tu n'as pas perdu grand-chose. » Gardant sa main dans la sienne, il l'inspecta sous toutes les coutures : bottes reluisantes, uniforme de l'armée Rouge, médailles militaires, yeux bleu acier, cheveux gris argentés. « En revanche moi, ajouta Lev, je crois que j'ai beaucoup perdu. »

*

En quittant l'appartement, Tania se surprit à se demander à quel moment les bolcheviks s'étaient fourvoyés, à quel moment l'idéalisme et l'énergie de Grigori avaient été pervertis en tyrannie. Elle se dirigea vers un arrêt d'autobus car elle avait rendez-vous avec Vassili. Dans le bus, en réfléchissant aux premières années de la révolution russe, elle se dit que, peut-être, la grande erreur venait de la décision de Lénine d'interdire tous les journaux qui n'étaient pas bolcheviques. Cela avait empêché d'emblée toute circulation d'idées novatrices et toute critique contre la doctrine en vigueur. Le cas de Gorbatchev, autorisé à tenter une expérience différente à Stavropol, était exceptionnel. D'habitude, les gens comme lui étaient réprimés. En tant que journaliste, Tania reconnaissait qu'elle avait sans doute tendance, par déformation professionnelle, à exagérer l'importance de la liberté de la presse, mais il lui semblait que l'absence de journaux d'opposition favorisait l'épanouissement de toutes les formes d'oppression.

Cela faisait désormais quatre ans que Vassili avait été libéré. Depuis, il avait habilement travaillé à sa réhabilitation. Au ministère de l'Agriculture, il avait créé pour la radio une série éducative dont l'intrigue se déroulait dans une ferme collective. Au milieu des drames familiaux autour de femmes infidèles et d'enfants rebelles, les personnages discutaient de techniques agricoles. Naturellement, les paysans qui ne suivaient pas les directives de Moscou étaient paresseux et voués à l'échec, et les adolescents rétifs qui remettaient en question l'autorité du Parti perdaient leurs amis et rataient leurs examens. Ce feuilleton connaissait un vif succès. Vassili était retourné à Radio Moscou et on lui avait attribué un appartement dans un immeuble occupé par des écrivains approuvés par le gouvernement.

Ils se rencontraient en secret, mais Tania le croisait parfois lors de réunions syndicales ou de réceptions privées. Il n'était plus le cadavre ambulant revenu de Sibérie en 1972. Il avait repris du poids et retrouvé une partie de sa prestance. À quarante-cinq ans, il avait définitivement perdu sa beauté de jeune premier ; en même temps, les rides que les épreuves avaient tracées sur son visage ne faisaient qu'accentuer son charme. Chaque fois que Tania le voyait, il était avec une femme différente. Ce n'était plus les adolescentes rêveuses qui l'idolâtraient quand il avait trente ans, mais peut-être les femmes mûres que ces mêmes adolescentes étaient devenues : intelligentes, élégantes et perchées sur des talons hauts, manifestement capables de se procurer des articles aussi rares que du vernis à ongles, des teintures capillaires et des bas.

Tania voyait Vassili en cachette une fois par mois.

Il lui apportait chaque fois les derniers feuillets du livre auquel il travaillait, écrits de la petite écriture fine qu'il s'était forgée en Sibérie pour économiser le papier. Elle les dactylographiait pour lui, corrigeant au besoin l'orthographe et la ponctuation. À leur rencontre suivante, elle lui remettait le tapuscrit pour qu'il le relise et pour en discuter avec lui.

Il avait des millions de lecteurs dans le monde entier, mais il n'en avait jamais rencontré un seul. Il ne pouvait même pas lire les critiques de ses ouvrages publiées en langue étrangère dans les journaux occidentaux. Tania était donc la seule personne avec qui il pouvait parler de son œuvre. Il écoutait avidement tout ce qu'elle avait à en dire. Elle était sa conseillère littéraire.

Tous les ans, en mars, Tania se rendait à Leipzig pour assister à la Foire du livre, où elle retrouvait Anna Murray. En 1973, elle lui avait confié le manuscrit de *L'Âge de la stagnation*. Tania revenait toujours avec un cadeau pour Vassili de la part d'Anna : une machine à écrire électrique, un manteau en cachemire, et des nouvelles de son compte en banque londonien sur lequel l'argent s'accumulait. Il n'aurait sans doute jamais la possibilité de le dépenser.

Elle continuait à prendre d'infinies précautions quand ils se retrouvaient.

Ce jour-là, elle descendit du bus un kilomètre avant leur lieu de rendez-vous et s'assura qu'elle n'était pas suivie en se dirigeant vers le café, le Josef. Vassili était déjà là, assis à une table devant un verre de vodka. Une grosse enveloppe chamois était posée sur la chaise à côté de lui. Tania lui adressa un petit signe, comme à une connaissance sur laquelle elle serait tombée par hasard. Elle commanda une bière au bar et s'assit en face de lui.

Elle était heureuse de le voir en aussi bonne forme. Les traits de son visage étaient empreints d'une certaine dignité dont ils étaient dépourvus quinze ans auparavant. Il avait toujours des yeux bruns au regard doux, mais ils lui semblaient à présent plus souvent pénétrants que pétillants de malice. Elle se fit la réflexion que personne ne lui était plus proche, à part les membres de sa famille. Elle connaissait ses points forts : de l'imagination, de l'intelligence, du charme et cette féroce détermination qui lui avait permis de survivre et de continuer à écrire pendant les dix ans qu'il avait passés en Sibérie. Elle connaissait aussi ses faiblesses, dont l'irrésistible besoin de séduire n'était pas la moindre.

« Merci pour l'info sur Stavropol, dit-elle. J'en ai tiré un bon article.

— Tant mieux. Espérons que cette expérience ne sera pas tuée dans l'œuf. »

Elle tendit à Vassili le dernier épisode dactylographié de son livre et pointa le menton en direction de l'enveloppe. « Un autre chapitre ?

— Le dernier. » Il le lui donna.

« Anna Murray sera contente. » Le nouveau roman de Vassili s'appelait *Première Dame*. On y voyait l'épouse du Président américain, en l'occurrence Pat Nixon, se perdre dans Moscou pendant vingt-quatre heures. Tania admirait la puissance d'invention de Vassili. L'idée de présenter la vie en URSS à travers les yeux d'une Américaine conservatrice et bien-pensante permettait de distiller une critique incroyablement comique de la société soviétique. Elle glissa l'enveloppe dans son sac.

« Quand pourras-tu remettre ce manuscrit à ton amie éditrice ? demanda Vassili.

— Dès que j'aurai l'occasion de me rendre à l'étranger. Au plus tard en mars, à Leipzig.

— En mars ? » Vassili avait l'air déçu. « C'est dans six mois, regretta-t-il.

— J'essaierai de me faire envoyer en mission à un endroit où je pourrai la rencontrer.

— Oui, s'il te plaît.

— Vassili, je risque ma vie pour toi ! fit remarquer Tania. blessée. Tu n'as qu'à te trouver quelqu'un d'autre, si tu y arrives, ou t'en occuper toi-même. Pour ma part, je n'y verrais pas d'inconvénient.

— Évidemment, fit-il d'un air contrit. Excuse-moi. Je me suis tellement investi dans ce livre... Trois ans de travail, tous les soirs en rentrant chez moi après le boulot. Mais ce n'est pas une raison pour te bousculer. » Il posa la main sur la sienne de l'autre côté de la table. « Tu as été ma bouée de sauvetage, si souvent. »

Elle hocha la tête. C'était la vérité.

Malgré tout, elle lui en voulait encore en sortant du café avec la fin de son roman dans son sac. Qu'est-ce qui la chiffonnait ? Ces femmes à hauts talons, voilà ce qu'elle n'arrivait pas à digérer. Vassili aurait dû dépasser ce stade. Ce donjuanisme était un comportement d'adolescent. Il se déconsidérait en se pavanant dans toutes les soirées littéraires avec une nouvelle poule. Depuis le temps, il aurait dû nouer une relation durable avec une femme digne de lui. Un peu plus jeune, peut-être, mais d'une intelligence égale à la sienne et capable d'apprécier son travail et même de l'aider. Il lui fallait une partenaire, pas un défilé de conquêtes.

Elle passa à l'agence TASS. Avant d'avoir atteint son bureau, elle fut accostée par Piotr Opotkine, le responsable éditorial des articles de fond et garant de la ligne politique du service. Comme toujours, il avait une cigarette au bec. «J'ai reçu un appel du ministère de l'Agriculture, lui annonça-t-il. Votre article sur Stavropol ne peut pas être publié.

— Pourquoi ? Le système des primes a été approuvé par le ministère. Et il marche.

— Faux. » Opotkine adorait dire aux gens qu'ils avaient tort. « On l'a laissé tomber. On vient d'adopter une nouvelle approche, la méthode Ipatovo. On envoie toute une armada de moissonneuses-batteuses dans la région.

— Retour au contrôle centralisé, au lieu de l'initiative privée.

— Exactement. » Il retira la cigarette de ses lèvres. « Vous allez devoir écrire un nouveau papier sur la méthode Ipatovo.

— Qu'en pense le premier secrétaire régional ?

— Le jeune Gorbatchev ? Il applique la nouvelle méthode. »

Évidemment. C'était un homme intelligent. Il savait quand il était préférable de se taire et d'obtempérer. Si ce n'était pas le cas, il ne serait jamais devenu premier secrétaire.

« Très bien, acquiesça-t-elle en ravalant sa fureur. Je vais rédiger un autre article. »

Opotkine hocha la tête et s'éloigna.

Tout cela avait été trop beau pour être vrai, songea Tania : une idée nouvelle, des primes versées en cas de bons résultats, des récoltes bien meilleures de ce fait, aucun financement de Moscou. C'était un miracle que ce système ait réussi à fonctionner pendant quelques années. Qu'il pût se maintenir à long terme était totalement impensable.

Évidemment.

LII

George Jakes portait un tout nouveau smoking. Il se trouvait très beau dans cette tenue. À quarante-deux ans, il avait perdu le physique de lutteur dont il était si fier, mais était encore mince et musclé et le costume noir et blanc de marié lui allait bien.

Il se tenait devant l'autel dans l'église évangélique de Bethel, que sa mère fréquentait depuis des dizaines d'années, dans la banlieue de Washington dont il était désormais député. C'était un petit édifice en brique, un bâtiment bas tout simple, habituellement orné en tout et pour tout de quelques citations encadrées de la Bible : « Le Seigneur est mon berger », « Au commencement était le Verbe ». Mais aujourd'hui, l'église avait été décorée pour la cérémonie de serpentins, de rubans et d'une profusion de fleurs blanches. La chorale chantait à pleine voix « Lorsque mon roi viendra » pendant que George attendait la mariée.

Assise au premier rang, sa mère arborait une nouvelle robe bleu foncé avec une toque assortie, garnie d'une voilette. « Je suis bien contente, avait-elle dit à George quand il lui avait annoncé qu'il allait se marier. J'ai cinquante-huit ans et je regrette que tu aies attendu aussi longtemps, mais je suis heureuse que tu aies fini par te décider. » Elle avait toujours la langue bien pendue, mais pour l'instant, son visage rayonnait de fierté. Son fils se mariait dans sa paroisse, devant tous ses amis et voisins, et en plus, il était membre du Congrès.

Greg Pechkov, le père de George, était assis à côté d'elle. Sur lui, même un smoking avait l'air d'un pyjama froissé. Il avait oublié de mettre des boutons de manchettes et son nœud papillon avait des allures d'insecte mort. Tout le monde s'en moquait.

Les grands-parents russes de George, Lev et Marga, désormais octogénaires, étaient là eux aussi, également au premier rang. Malgré leur fragilité apparente, ils étaient venus de Buffalo en avion pour assister au mariage de leur petit-fils.

Par leur présence au premier rang, le père et les grands-parents blancs de George reconnaissaient la vérité à la face du monde ; en fait, plus personne ne se souciait de ce genre de chose. On était en 1978. Ce qui était autrefois un secret honteux n'avait plus d'importance.

Lorsque le chœur entonna « Tu es si belle », tout le monde se retourna vers la porte de l'église.

Verena s'avança au bras de son père, Percy Marquand. George étouffa une exclamation en la voyant et plusieurs personnes dans l'assemblée eurent la même réaction. Elle portait une audacieuse robe bustier blanche, moulante jusqu'à mi-cuisse et s'évasant ensuite pour former une traîne. La peau caramel de ses épaules paraissait aussi lisse et douce que le satin de sa robe. Elle était d'une beauté presque douloureuse et George sentit des larmes lui piquer les yeux.

La cérémonie se déroula comme dans un brouillard. George parvint à prononcer les formules rituelles, mais il ne pensait qu'à une chose : Verena était désormais sienne, elle était à lui pour toujours.

Si la célébration fut sans prétention, la réception somptueuse offerte par le père de la mariée ne faisait pas dans la sobriété. Percy avait réservé le Pisces, une boîte de nuit de Georgetown, remarquable par la fontaine de six mètres de haut qui se dressait à son entrée et dont les eaux se déversaient dans un gigantesque bassin de poissons rouges situé à l'étage inférieur ; s'y ajoutait un aquarium au milieu de la piste de danse.

George et Verena attaquèrent leur première danse sur « Stayin' alive » des Bee Gees. George n'était pas très bon danseur, mais cela importait peu : tous les yeux étaient rivés sur Verena qui tenait sa traîne d'une main tout en se déhanchant sur un rythme disco. George était tellement heureux qu'il avait envie d'embrasser tout le monde.

Le deuxième cavalier de Verena fut Ted Kennedy, venu sans sa femme, Joan ; certaines rumeurs prétendaient qu'ils étaient séparés. Jacky agrippa le beau Percy Marquand. La mère de Verena, Babe Lee, dansa avec Greg.

Le cousin de George, Dave Williams, la pop star, était là avec sa femme, la piquante Beep, et leur fils de cinq ans, John Lee, qui devait son nom au chanteur de blues John Lee Hooker. Le petit garçon dansa avec sa mère. Il se dandinait avec tant d'assurance qu'il fit rire tout le monde. Il avait dû voir *La Fièvre du samedi soir.*

Elizabeth Taylor dansa avec son dernier mari en date, le millionnaire et sénateur potentiel John Warner. Elle portait à l'annulaire de la main droite son fameux diamant Krupp de taille Asscher de trente-trois carats. En voyant tout cela à travers une brume d'euphorie, George se rendit compte, non sans étonnement, que son mariage allait compter parmi les réceptions les plus marquantes de l'année.

Il avait convié Maria Summers, mais elle avait décliné l'invitation. Après leur brève liaison qui s'était terminée par une dispute, ils ne s'étaient pas parlé pendant un an. Cette brouille avait déconcerté et blessé George. Il ne savait plus où il en était : les règles n'étaient plus les mêmes. Il éprouvait aussi une certaine rancœur. Les femmes voulaient changer la donne et s'attendaient à ce qu'il connaisse les nouveaux codes, sans les lui avoir expliqués. Il était censé l'accepter sans avoir son mot à dire.

C'est alors que Verena avait resurgi après sept ans d'absence. Elle avait monté son propre cabinet de lobbying à Washington, spécialisé dans les droits civiques et autres problèmes d'égalité. Elle avait eu pour premiers clients de petits groupes de pression qui n'avaient pas les moyens d'avoir leur propre lobbyiste à plein temps. La rumeur selon laquelle elle avait appartenu aux Panthères noires ne faisait que renforcer sa crédibilité. George et elle n'avaient pas tardé à se remettre ensemble.

Verena avait changé. « Les grandes actions spectaculaires ont leur place en politique, avait-elle reconnu un soir, mais en fin de compte, on progresse grâce à un patient travail de fourmi : en rédigeant des lois, en s'adressant aux médias, en remportant des élections. » Tu as drôlement mûri, pensa George. Il faillit le lui dire mais se retint à temps.

La nouvelle Verena voulait se marier et avoir des enfants, et comptait bien poursuivre simultanément sa carrière. Chat échaudé craignant l'eau froide, George se garda bien de discuter.

George avait adressé à Maria une lettre pleine de tact, qui commençait par ces mots : « Je ne veux pas que tu l'apprennes par quelqu'un d'autre. » Il lui expliquait que Verena et lui vivaient à nouveau ensemble et envisageaient de se marier. Maria avait répondu par un mot très chaleureux et ils avaient recommencé à se voir comme avant la démission de Nixon. Néanmoins, elle était restée célibataire et elle n'assista pas à leur mariage.

Ayant besoin de souffler un peu, George vint s'asseoir à côté de son père et de son grand-père. Lev, d'excellente humeur, descendait une coupe de champagne après l'autre en racontant des histoires drôles. Un cardinal polonais venait d'être élu pape et Lev avait tout un stock d'histoires polonaises de mauvais goût sur le nouveau chef de l'Église catholique. « Il a accompli un miracle : grâce à lui, un aveugle est devenu sourd !

— C'est un geste politique fort de la part du Vatican », fit remarquer Greg.

George fut surpris par cette réflexion, mais Greg s'exprimait rarement à la légère. « Pourquoi ? s'étonna George.

— Le catholicisme est plus populaire en Pologne que partout ailleurs en Europe. Les communistes ne sont pas assez puissants pour réprimer la religion dans ce pays comme ils l'ont fait dans d'autres. Il y a en Pologne une presse religieuse, une université catholique et plusieurs associations humanitaires qui viennent en aide aux dissidents et dénoncent les atteintes aux droits de l'homme sans être inquiétées.

— Quelles sont les intentions du Vatican ? demanda George.

— Semer la zizanie. À mon avis, ils considèrent la Pologne comme le talon d'Achille de l'Union soviétique. Ce pape ne se contentera pas de saluer les touristes depuis son balcon. Tu verras. »

George s'apprêtait à lui demander comment le pape pourrait agir concrètement quand un grand silence se fit soudain. Le président Carter venait d'entrer.

Tout le monde applaudit, même les républicains. Le Président embrassa la mariée, serra la main de George et accepta une coupe de champagne rosé, dont il ne but qu'une gorgée.

Pendant que Carter s'entretenait avec Percy et Babe, qui contribuaient depuis de longues années à collecter des fonds pour les démocrates, un membre de l'entourage du Président s'approcha de George. Après quelques civilités, l'homme lui dit : « Accepteriez-vous de faire partie de la commission permanente du Congrès chargée du renseignement ? »

George fut flatté par cette proposition. Les commissions du Congrès jouaient un rôle important. Siéger dans l'une d'elles vous conférait un certain pouvoir. «Je ne suis au Congrès que depuis deux ans.

— Le Président souhaite accélérer la promotion des représentants noirs et Tip O'Neill l'approuve.» Tip O'Neill était le leader de la majorité à la chambre. C'était lui qui attribuait les sièges au sein des commissions.

«Je serai heureux de servir le Président, reprit George, mais... pourquoi le renseignement?»

La CIA et les autres agences de renseignement rendaient compte au Président et au Pentagone, mais elles étaient missionnées, financées et en principe contrôlées par le Congrès. Pour des raisons de sécurité, ce contrôle était assuré par deux commissions, l'une émanant de la Chambre des représentants, l'autre du Sénat.

«Je sais ce que vous pensez, continua le conseiller. Les commissions du renseignement regorgent généralement de conservateurs favorables à l'armée. Or vous êtes libéral, vous avez critiqué le Pentagone au moment de la guerre du Vietnam et la CIA lors du Watergate. Voilà exactement pourquoi nous avons besoin de vous. Actuellement, ces commissions ne surveillent rien, elles se contentent d'applaudir. Or une agence de renseignement qui pense pouvoir commettre des meurtres impunément en commettra. Nous avons besoin de quelqu'un qui sache poser les bonnes questions.

— La communauté du renseignement va pousser les hauts cris.

— Tant mieux. Vu la façon dont elle s'est comportée sous Nixon, ça lui fera du bien d'être un peu secouée.» Il se tourna vers la piste de danse. En suivant son regard, George vit que le président Carter prenait congé. «Il faut que j'y aille, dit le conseiller. Voulez-vous prendre le temps de réfléchir?

— Inutile. J'accepte.»

*

«Marraine, moi? s'étonna Maria Summers. Tu es sérieux?»

George Jakes sourit. «Je sais que tu n'es pas très pratiquante. Nous non plus, d'ailleurs, pas vraiment. Je vais à l'église pour faire plaisir à ma mère. Verena a dû y aller une fois en dix ans et c'était pour notre mariage. Mais nous aimons bien le principe des parrains et marraines.»

Ils étaient en train de déjeuner à la cantine de la Chambre des représentants, au rez-de-chaussée du Capitole, sous la fameuse fresque figurant *La Reddition de Lord Cornwallis.* Maria avait pris du pain de viande, George une salade.

« La naissance est prévue pour quand ? demanda Maria.

— Dans un mois, plus ou moins, début avril.

— Comment va Verena ?

— Mal. Elle est à la fois impatiente et léthargique. Et fatiguée, constamment fatiguée.

— Ce sera bientôt fini. »

George lui reposa la question. « Alors tu veux bien être marraine ?

— Pourquoi moi ? » éluda-t-elle encore.

George réfléchit. « Parce que j'ai confiance en toi. Tu es la personne en qui j'ai le plus confiance en dehors de ma famille. Si Verena et moi mourons dans un accident d'avion et que mes parents sont morts ou trop vieux, je suis certain que tu veilleras au bien-être de mes enfants.

— C'est merveilleux de s'entendre dire une chose pareille », murmura Maria, visiblement émue.

George songeait également, ce qu'il se garda d'exprimer tout haut, que Maria n'aurait sans doute jamais d'enfants. D'après ses calculs, elle allait avoir quarante-quatre ans. Elle aurait donc d'immenses réserves d'amour maternel à offrir aux enfants de ses amis.

Elle faisait déjà partie de la famille. Ils étaient amis depuis près de vingt ans. Elle continuait à rendre visite à Jacky plusieurs fois par an. Greg aussi aimait bien Maria, ainsi que Lev et Marga. Il était difficile de ne pas l'aimer.

George ne lui dit rien de tout cela. Il ajouta simplement : « Verena et moi serions très heureux que tu acceptes.

— Verena le souhaite vraiment ?

— Oui, confirma George en souriant. Elle sait que nous avons eu une liaison, toi et moi, mais elle n'est pas jalouse. En fait, elle admire la façon dont tu as mené ta carrière. »

Maria observa les personnages de la fresque dans leurs costumes du XVIIIe siècle. « Eh bien, je crois que je vais faire comme le général Cornwallis, je vais capituler.

— Merci ! s'exclama George. Je suis ravi. J'aurais bien commandé du champagne, mais je sais que tu n'en boirais pas en pleine journée de travail.

— Pour la naissance du bébé peut-être. »

La serveuse vint débarrasser leurs assiettes et ils commandèrent un café. « Comment ça se passe au ministère ? » demanda George. Maria occupait à présent un poste important aux Affaires étrangères. Son titre de sous-secrétaire adjointe correspondait à des fonctions plus considérables qu'il n'y paraissait.

« Nous essayons de comprendre ce qui est en train de se passer en Pologne. Ce n'est pas facile. Nous avons l'impression que le gouvernement est très critiqué à l'intérieur du parti ouvrier unifié, le parti communiste, en fait. Les travailleurs sont pauvres, les élites trop privilégiées, et la "propagande du succès" ne fait que souligner l'ampleur de la faillite. En réalité, le revenu national a baissé l'année dernière.

— Tu sais que je siège à la commission du renseignement de la Chambre.

— Oui.

— Les agences te fournissent-elles des informations solides ?

— Oui, pour autant que nous le sachions, mais elles ne sont pas assez nombreuses.

— Tu veux que j'en parle à la commission ?

— Ça serait vraiment sympa de ta part.

— Il serait peut-être bon d'envoyer plus d'agents secrets en Pologne.

— C'est une bonne idée. Ce qui se passe en Pologne pourrait être très important.

— C'est ce que Greg a dit au moment où le Vatican a élu un pape polonais. Et en général, il a raison. »

*

À quarante ans, Tania commençait à être insatisfaite de sa vie.

Elle se demandait ce qu'elle avait envie de faire des quarante années à venir pour conclure qu'elle ne voulait pas les passer à servir de factotum à Vassili Ienkov. Elle avait risqué sa liberté pour faire connaître son génie au monde, et cela ne lui avait rien rapporté. Elle décida qu'il était grand temps de s'occuper d'elle-même, sans savoir très bien ce que cela voulait dire.

Son mécontentement s'exacerba encore à l'occasion d'une réception donnée à l'occasion de l'attribution du prix Lénine à Leonid Brejnev pour ses Mémoires. Le choix était risible : les trois volumes de l'autobiographie du leader soviétique étaient mal écrits, mensongers et n'étaient même pas l'œuvre de Brejnev qui en avait confié la rédaction à des nègres. L'Union des écrivains y avait cependant vu un excellent prétexte pour faire la fête.

En se préparant pour la soirée, Tania noua ses cheveux en queue-de-cheval, comme Olivia Newton-John dans le film *Grease* qu'elle avait vu sur une cassette vidéo clandestine. Cette nouvelle coiffure n'eut pourtant pas sur son moral l'effet bénéfique qu'elle en attendait.

Au moment où elle sortait de chez elle, elle tomba sur son frère dans l'entrée de l'immeuble. Elle lui annonça où elle allait. « Il paraît que ton protégé, Gorbatchev, a prononcé un discours dithyrambique à la gloire du génie littéraire du camarade Brejnev, lui dit-elle.

— Mikhaïl sait lécher les bottes quand il faut, répondit Dimka.

— Tu as réussi à le faire entrer au Comité central.

— Il avait déjà le soutien d'Andropov qui l'a à la bonne, expliqua Dimka. Il ne me restait qu'à convaincre Kossyguine que Gorbatchev est un authentique réformateur. » Andropov, le chef du KGB, s'affirmait de plus en plus comme le leader de la faction conservatrice du Kremlin ; Kossyguine comme le chef de file des réformateurs.

« Il est rare d'obtenir l'approbation des deux camps.

— C'est un homme rare. Amuse-toi bien à ta soirée. »

La réception se tenait dans les bureaux fonctionnels de l'Union des écrivains. Ils avaient réussi à mettre la main sur plusieurs caisses de Bagrationi, le champagne géorgien. Légèrement éméchée, Tania se laissa aller à un échange un peu vif avec Piotr Opotkine, de l'agence TASS. Personne n'aimait cet homme qui n'était pas un journaliste, mais un politique. Il fallait néanmoins l'inviter aux réceptions, car il était trop influent pour qu'on puisse courir le risque de l'offenser. Il fonça sur Tania en lui déclarant d'un ton accusateur : « La visite du pape à Varsovie est une catastrophe ! »

Opotkine avait raison. Personne n'avait imaginé la tournure que prendrait ce séjour. Or le pape Jean-Paul II s'était révélé un communicateur de talent. En descendant de l'avion à l'aéroport d'Okecie, il était tombé à genoux pour baiser le sol polonais. Dès le lendemain, cette image était à la une de tous les journaux occidentaux ; Tania savait, et le pape ne l'ignorait pas non plus, qu'elle finirait par arriver en Pologne par des voies détournées. Tania s'en réjouissait secrètement.

Daniil, son patron, qui avait surpris leur conversation, intervint : « Quand il est entré dans Varsovie à bord d'une voiture découverte, il a été acclamé par deux millions de personnes.

— Deux *millions* ! » répéta Tania. Elle n'avait pas eu connaissance de ce chiffre. « Comment est-ce possible ? Ça doit représenter cinq pour cent de la population totale, un Polonais sur vingt !

— À quoi sert que le Parti contrôle la télévision si les gens peuvent voir le pape en chair et os ? » s'agaça Opotkine d'un ton hargneux.

« Contrôler », c'était le maître mot pour les types comme Opotkine. Il n'en avait pas fini. « Il a célébré une messe sur la place de la Victoire en présence de deux cent cinquante mille personnes ! »

Tania savait cela. C'était un chiffre choquant, même pour elle, car il révélait crûment l'incapacité des communistes à gagner le cœur des Polonais. Trente-cinq ans de vie sous le régime soviétique n'avaient converti personne, à part les élites privilégiées. Elle traduisit cette réalité dans le jargon communiste orthodoxe. « La classe ouvrière polonaise a réaffirmé ses vieilles tendances réactionnaires à la première occasion.

— Ce sont les réformistes comme vous qui ont voulu qu'il se rende là-bas, affirma Opotkine en pointant un index accusateur sur l'épaule de Tania.

— N'importe quoi ! » répondit-elle avec mépris. Les libéraux du Kremlin comme Dimka avaient plaidé pour qu'on permette au pape de se rendre en Pologne et n'avaient pas été entendus. Moscou avait demandé à Varsovie d'interdire la venue du pape... mais les communistes polonais avaient désobéi aux ordres. Dans un accès d'indépendance inhabituel de la part d'un État satellite de l'Union soviétique, le dirigeant polonais Edward Gierek avait défié Brejnev. « C'est le pouvoir polonais qui a pris cette décision, rappela Tania. Il craignait un soulèvement s'il s'opposait à la visite du pape.

— Nous savons mater les soulèvements », répliqua Opotkine.

Tania savait qu'elle ne faisait que compromettre sa carrière en contredisant Opotkine, mais elle avait quarante ans et en avait assez de plier l'échine devant des imbéciles. « Les pressions financières rendaient la décision polonaise inévitable, s'obstina-t-elle.

Nous finançons largement la Pologne, mais elle est également obligée d'emprunter à l'Occident. Le président Carter s'est montré très ferme quand il s'est rendu à Varsovie. Il a fait clairement savoir que l'aide financière dépendait de ce qu'ils appellent les droits de l'homme. Si vous tenez à reprocher à quelqu'un le triomphe du pape, c'est à Jimmy Carter qu'il faut vous en prendre. »

Opotkine savait sans doute qu'elle avait raison, mais il n'était pas prêt à l'admettre. «J'ai toujours dit que c'était une erreur de laisser les pays communistes emprunter à des banques occidentales. »

Tania aurait dû s'en tenir là pour qu'Opotkine puisse sauver la face, pourtant c'était plus fort qu'elle. Elle enfonça le clou : « Vous voilà devant un sacré dilemme, n'est-ce pas ? Si on renonce aux financements occidentaux, la seule solution sera de libéraliser l'agriculture polonaise par des réformes pour qu'elle puisse produire de quoi nourrir les Polonais.

— Encore des réformes ! protesta Opotkine. Vous n'avez que ce mot à la bouche !

— Le peuple polonais a toujours acheté ses produits alimentaires à bas prix ; c'est pourquoi il se tient tranquille. Dès que le gouvernement augmente les prix, il se révolte.

— Nous savons mater les révoltes », réitéra Opotkine. Et il tourna les talons.

Daniil avait l'air frappé de stupeur. « Bravo, dit-il à Tania. Mais tu peux être sûre qu'il te le fera payer.

— Je prendrais bien encore un peu de champagne », fit Tania.

Elle retrouva Vassili au bar. Il était seul. Tania avait remarqué que, depuis quelque temps, il ne débarquait plus dans les réceptions de ce genre avec une fille à son bras. Elle se demandait pourquoi. Mais ce soir-là, c'était le cadet de ses soucis. «Je ne vais pas pouvoir continuer comme ça longtemps », dit-elle.

Vassili lui tendit un verre. « Comment ça ?

— Tu sais bien.

— Je peux imaginer.

— J'ai quarante ans. Il faut que je vive ma vie.

— Qu'est-ce que tu as envie de faire ?

— Je n'en sais rien. C'est bien là le problème.

— J'ai quarante-huit ans. Et je suis à peu près dans le même état d'esprit.

— C'est-à-dire ?

— Je ne cours plus après les filles. Ni après les femmes.

— Tu ne leur cours plus après... ou tu n'arrives plus à les attraper ? demanda-t-elle, d'humeur cynique

— Je te sens un peu sceptique.

— Très perspicace.

— Écoute. J'ai réfléchi. Je pense que nous n'avons plus besoin de faire semblant de ne pas nous connaître.

— Qu'est-ce qui te fait dire ça ? »

Il se pencha en avant et baissa la voix. Elle dut tendre l'oreille pour l'entendre au milieu du brouhaha environnant. « Tout le monde sait qu'Ivan Kouznetsov est édité par Anna Murray, et personne n'a jamais fait le lien entre elle et toi.

— C'est parce qu'on a fait preuve d'une extrême prudence. On s'est toujours débrouillées pour qu'on ne nous voie pas ensemble.

— Dans ces conditions, nous ne courons aucun danger si les gens savent qu'on est amis. »

Elle n'en était pas si sûre. « Admettons. Et alors ? »

Vassili lui adressa un sourire qui se voulait aguicheur. « Tu m'as dit un jour que tu accepterais de coucher avec moi si je laissais tomber le reste de mon harem.

— Je ne crois pas avoir jamais dit ça.

— Mettons que tu l'as laissé entendre.

— En tout cas, ça devait être il y a dix-huit ans.

— Est-il trop tard pour accepter la proposition ? »

Elle en resta sans voix.

Il combla le silence. « Tu es la seule femme qui ait jamais vraiment compté pour moi. Les autres n'étaient que des passades. Des femmes que je n'aimais même pas. Il suffisait que je n'aie jamais couché avec elles pour que j'aie envie de les séduire.

— Est-ce censé te rendre plus irrésistible à mes yeux ?

— En revenant de Sibérie, j'ai voulu renouer avec cette vie-là. Ça m'a pris du temps, mais j'ai fini par voir la vérité en face : cette existence ne me rend pas heureux.

— Tiens donc ? » Tania était de plus en plus agacée.

Vassili ne s'en aperçut pas. « Nous sommes amis depuis longtemps, toi et moi. Nous sommes des âmes sœurs. Nous sommes liés l'un à l'autre. Si nous couchons ensemble, ce sera dans l'ordre des choses.

— Ah, je vois. »

Il ne releva pas l'ironie. « Tu es célibataire, je suis célibataire. Pourquoi sommes-nous célibataires ? Nous devrions être ensemble. Nous devrions être mariés.

— Donc, pour résumer, tu as passé ta vie à séduire des femmes qui ne te plaisaient pas vraiment. Maintenant, tu approches la cinquantaine et elles ne t'attirent plus, ou peut-être que tu ne les attires plus. Alors, au point où tu en es, tu condescends à me demander en mariage.

— Je ne me suis peut-être pas très bien exprimé. Je suis plus fort à l'écrit qu'à l'oral.

— Tu t'es exprimé on ne peut plus clairement ! Je suis le dernier recours de Casanova sur le déclin.

— Oh, zut, tu es fâchée contre moi, c'est ça ?

— Fâchée, le mot est faible.

— Ce n'était pas du tout mon intention. »

Par-dessus l'épaule de Vassili, elle croisa le regard de Daniil. Sur une impulsion, elle planta là le premier et se dirigea vers le second. « Daniil, lui dit-elle. J'aimerais repartir à l'étranger. Tu crois qu'il y aurait un poste pour moi quelque part ?

— Certainement. Tu es ma meilleure journaliste. Je ferai tout ce qui est raisonnablement en mon pouvoir pour te donner satisfaction.

— Merci.

— J'étais justement en train de penser qu'il serait bon de renforcer notre présence dans un pays, en particulier.

— Lequel ?

— La Pologne.

— Tu m'enverrais à Varsovie ?

— C'est là que tout ça se passe.

— Parfait. Va pour la Pologne. »

*

Cam Dewar en avait ras le bol de Jimmy Carter. Il trouvait son administration timorée, surtout dans ses négociations avec l'URSS. Cam travaillait à la section Moscou du quartier général de la CIA à Langley, à quinze kilomètres de la Maison Blanche. Le conseiller à la Sécurité nationale Zbigniew Brzezinski était un anticommuniste farouche, mais Carter était un homme prudent.

Heureusement, des élections devaient avoir lieu cette année-là et Cam espérait qu'elles verraient la victoire de Ronald

Reagan. Reagan se montrait ferme en politique étrangère et promettait de délivrer les agences de renseignement des frileuses contraintes éthiques de Carter. Cam espérait qu'il ressemblerait davantage à Nixon.

Au début de l'année 1980, Cam eut la surprise de se voir convoqué par la directrice du service chargé du bloc communiste, Florence Geary. C'était une femme séduisante, un peu plus âgée que lui : il avait trente-trois ans, elle devait en avoir environ trente-huit. Il connaissait son histoire. Elle avait été embauchée comme stagiaire, employée pendant des années comme secrétaire et n'avait été autorisée à suivre une formation que lorsqu'elle avait fait un esclandre. Elle était arrivée ainsi à devenir officier de renseignement. C'était une femme extrêmement compétente, mais que la plupart des hommes détestaient à cause du scandale qu'elle avait provoqué.

Elle portait ce jour-là une jupe écossaise et un gilet vert. Cam trouva que cela lui donnait un air de maîtresse d'école, mais d'une maîtresse d'école sexy avec une poitrine avantageuse.

« Asseyez-vous, dit-elle. La commission du renseignement de la Chambre estime que nous ne collectons pas suffisamment d'informations en provenance de Pologne. »

Cameron s'assit et se tourna vers la fenêtre pour éviter de lorgner ses seins. « En même temps, ils savent à qui en imputer la faute...

— À qui ?

— Au directeur de la CIA, l'amiral Turner, et à celui qui l'a nommé, le président Carter.

— Pourquoi ?

— Parce que Turner ne croit pas au *Humint.* » Le renseignement humain, Humint, désignait les informations recueillies par les espions. Turner faisait davantage confiance au *Sigint*, le renseignement technique, obtenu en surveillant les communications.

« Et vous, vous croyez au Humint ? »

Elle avait une jolie bouche, des lèvres roses, des dents bien rangées. Il se força à rester concentré sur la discussion. « Il est peu fiable par essence, parce que tous les traîtres sont des menteurs, forcément. S'ils nous disent la vérité, ils sont obligés de mentir à leur propre camp. Mais le renseignement humain n'en reste pas moins précieux, à condition qu'il soit corroboré par des données provenant d'autres sources.

— Je suis contente que vous voyiez les choses ainsi. Il faut que nous renforcions notre renseignement humain. Que diriez-vous d'aller travailler à l'étranger ? »

L'intérêt de Cameron monta d'un cran. « Depuis que je suis entré à l'agence, il y a six ans, je demande une affectation à l'étranger.

— Parfait.

— Je parle russe couramment. J'adorerais aller à Moscou.

— Eh bien, la vie est capricieuse. Vous partez pour Varsovie.

— Sans blague.

— Je ne plaisante jamais.

— Je ne parle pas polonais.

— Votre connaissance du russe vous sera très utile. Les Polonais apprennent le russe à l'école depuis trente-cinq ans. Mais vous devrez quand même vous mettre au polonais.

— Entendu.

— C'est tout. »

Cameron se leva. « Merci. » Il se dirigea vers la porte. « Pourrions-nous en reparler, Florence ? Autour d'un dîner, peut-être ?

— Non », répondit-elle d'un ton ferme. Et pour s'assurer qu'il avait bien reçu le message, elle ajouta : « Certainement pas. »

Il sortit et referma la porte derrière lui. Varsovie ! Tout bien considéré, il était ravi. Un poste à l'étranger. Il se sentait confiant. Il regrettait qu'elle ait refusé son invitation à dîner mais de cela, il savait comment se consoler.

Il enfila son manteau et sortit. Il monta dans sa voiture, une Mercury Capri couleur argent et prit la route de Washington. Il se fraya un passage à travers les encombrements jusqu'au quartier d'Adams Morgan. Là, il se gara à une rue d'un salon de massage à l'enseigne des « Mains de soie ».

La jeune femme qui se tenait à la réception l'accueillit : « Bonjour, Christopher, comment ça va aujourd'hui ?

— Très bien, merci. Suzy est libre ?

— Vous avez de la chance, elle est disponible. Chambre trois.

— Super. » Cam lui tendit un billet et s'éloigna dans le couloir.

Écartant un rideau, il pénétra dans une cabine équipée d'un lit étroit. Une femme d'une vingtaine d'années, assez corpulente, lisait un magazine, assise sur une chaise en plastique. Elle était en bikini. « Bonjour, Chris », dit-elle en posant sa revue. Elle se leva. « Une branlette, comme d'habitude ? »

Cam n'avait jamais de rapport complet avec les prostituées. « Oui, s'il te plaît, Suzy. » Il lui glissa un billet et commença à se déshabiller.

« Avec plaisir », acquiesça-t-elle en rangeant l'argent. Elle l'aida à se dévêtir. « Allonge-toi et détends-toi, chéri. »

Cam se coucha sur le lit et ferma les yeux pendant que Suzy se mettait à l'œuvre. Il imagina Florence Geary dans son bureau. Dans son fantasme, elle faisait passer son pull vert au-dessus de sa tête et baissait la fermeture Éclair de sa jupe. « Oh, Cam, je ne peux pas te résister », minaudait-elle. Elle sortait de derrière son bureau en petite tenue et l'embrassait. « Fais-moi tout ce que tu voudras, Cam. Mais, s'il te plaît, vas-y à fond. »

Dans la cabine, il dit tout haut : « Ouais, mon chou. »

*

Tania se regarda dans la glace. Elle tenait à la main un petit coffret contenant de l'ombre à paupières et une brosse. On trouvait plus facilement des produits de maquillage à Varsovie qu'à Moscou. Tania n'avait pas une grande habitude du fard à paupières et avait remarqué que certaines femmes l'appliquaient n'importe comment. Elle avait devant elle, posée sur sa coiffeuse, une revue ouverte sur une photo de Bianca Jagger. Elle entreprit de se maquiller en s'inspirant de l'image qu'elle avait sous les yeux.

Le résultat lui parut assez satisfaisant.

Assis sur le lit, en uniforme, les pieds sur un journal pour protéger les couvertures, Stanislaw Pawlak l'observait en fumant une cigarette. Il était grand, beau, intelligent, et elle était folle de lui.

Elle l'avait rencontré peu après son arrivée en Pologne, lors d'une visite au quartier général de l'armée. Il appartenait à ce qu'on appelait le « fonds doré », un groupe de jeunes officiers compétents choisis par le ministre de la Défense, le général Jaruzelski, pour bénéficier d'un avancement rapide. Ils changeaient souvent d'affectation afin d'acquérir l'expérience diversifiée qui leur serait nécessaire pour assumer les fonctions de haut commandement auxquelles ils étaient destinés.

Staz, comme on l'appelait, lui avait tapé dans l'œil à cause de sa prestance, mais aussi parce qu'elle ne le laissait manifestement pas insensible. Il parlait russe couramment. Après lui avoir présenté son unité, chargée de la liaison avec l'armée Rouge, il l'avait accompagnée pendant toute la visite, par ailleurs plutôt ennuyeuse.

Le lendemain, s'étant procuré son adresse grâce au SB, la police secrète polonaise, il s'était présenté sur le pas de sa porte à six heures du soir. Il l'avait invitée à dîner dans le nouveau restaurant à la mode, Le Canard. Elle avait très vite compris qu'il était aussi sceptique qu'elle à l'égard du communisme. Une semaine plus tard, ils couchaient ensemble.

Elle pensait encore à Vassili, se demandant comment marchaient ses travaux d'écriture et si leurs rencontres mensuelles lui manquaient. Elle était viscéralement en rogne contre lui, sans vraiment savoir pourquoi. Il s'était conduit comme un goujat, mais tous les hommes étaient des goujats, surtout les plus séduisants. Ce qui l'exaspérait le plus, c'était le nombre d'années qu'il avait attendu pour lui faire sa déclaration. Elle avait l'impression que tout ce qu'elle avait fait pour lui avait été souillé. Croyait-il vraiment qu'elle avait attendu, année après année, qu'il s'estime prêt à devenir son mari ? Cette idée la faisait bouillir.

Staz passait maintenant deux ou trois nuits par semaine chez elle. Ils n'allaient jamais chez lui : il disait que son appartement n'était guère qu'une chambre de caserne. En tout cas, ils s'en donnaient à cœur joie. Et pendant tout ce temps, elle se demandait si l'anticommunisme qu'il professait l'inciterait un jour à passer à l'action.

Elle se retourna vers lui. « Comment trouves-tu mes yeux ?

— Je les adore. Ils me fascinent. Tes yeux sont...

— Je parle du maquillage, idiot.

— Tu es maquillée ?

— Les hommes sont aveugles. Comment veux-tu défendre ton pays si tu as un esprit d'observation aussi défaillant ?

— Nous ne sommes absolument pas préparés à défendre notre pays, remarqua-t-il sombrement. L'armée polonaise est complètement à la botte de l'URSS. Tout ce qu'on nous demande, c'est d'être prêts à soutenir l'armée Rouge pour envahir l'Europe de l'Ouest. »

Staz tenait souvent ce genre de propos, se plaignant de l'emprise des Soviétiques sur l'armée polonaise. C'était la preuve qu'il lui faisait confiance. Tania s'était aperçue que les Polonais n'hésitaient pas à parler des défauts des régimes communistes. Ils s'autorisaient des critiques que d'autres nations du bloc soviétique n'auraient jamais osé formuler : elles auraient eu l'impression de commettre un péché en remettant en question le communisme. Les Polonais toléraient le communisme tant qu'il leur était utile et le condamnaient dès qu'il décevait leurs attentes.

Tania alluma alors la radio qui se trouvait sur sa table de chevet même si elle ne pensait pas que son appartement soit truffé de micros. Le SB était trop occupé à espionner les journalistes occidentaux et laissait probablement les Russes tranquilles. Cependant, la prudence était devenue chez elle une seconde nature.

« Nous sommes tous des traîtres », conclut Staz.

Tania s'inquiéta. C'était la première fois qu'il se qualifiait de traître. C'était grave. « Qu'est-ce que tu veux dire ? demanda-t-elle.

— L'Union soviétique a un plan d'urgence pour envahir l'Europe de l'Ouest avec une armée qu'on appelle le "second échelon tactique". L'essentiel des chars et des transports de troupes de l'armée Rouge à destination de l'Allemagne de l'Ouest, de la France, de la Hollande et de la Belgique traversera la Pologne. Les États-Unis utiliseront des armes nucléaires pour essayer d'écraser ces forces avant qu'elles n'atteignent leur but, c'est-à-dire pendant qu'elles se trouvent en territoire polonais. Nous estimons entre quatre et six cents le nombre de bombes nucléaires qui seraient larguées sur notre pays. Il ne restera plus qu'un désert atomique. La Pologne aura disparu. Que sommes-nous sinon des traîtres si nous coopérons pour planifier une telle opération ? »

Tania frémit. C'était un scénario cauchemardesque... et pourtant d'une logique imparable.

« Les États-Unis ne sont pas les ennemis de la Pologne, reprit Staz. Si l'Amérique et l'URSS s'affrontent dans une guerre en Europe, nous devrions nous ranger du côté des Américains et nous débarrasser du joug de Moscou. »

N'étaient-ce que des paroles en l'air ou l'expression d'une conviction plus profonde ? Tania demanda prudemment : « Es-tu le seul à penser cela, Staz ?

— Absolument pas. La plupart des officiers de ma génération sont de cet avis. Leur allégeance au communisme n'est qu'une attitude de façade, mais si tu discutes avec eux quand ils ont un coup dans le nez, tu entendras un autre son de cloche.

— Dans ce cas, le problème est de taille, remarqua-t-elle. Quand la guerre éclatera, il sera trop tard pour gagner la confiance des Américains.

— C'est tout le dilemme.

— Il n'y a qu'une solution. Créer dès maintenant un canal de communication. »

Il lui jeta un regard glacial. Soudain, elle se dit que c'était peut-être un agent provocateur, chargé de l'inciter à exprimer des opinions subversives pour qu'on puisse l'arrêter. Mais un amant pareil ne pouvait pas feindre, elle en était convaincue.

« On bavarde, là, ou on parle sérieusement ? » demanda Staz.

Tania inspira profondément. « Je suis aussi sérieuse qu'on puisse l'être.

— Tu crois vraiment que c'est envisageable ?

— J'en suis sûre », répondit-elle d'un ton catégorique. Cela faisait vingt ans qu'elle pratiquait la subversion clandestine. « C'est simple comme bonjour. En revanche, il est plus difficile de garder le secret et de ne pas se faire repérer. Il faut prendre d'infinies précautions.

— Tu crois que je devrais m'y atteler, moi ?

— Oui ! acquiesça-t-elle avec ferveur. Je ne veux pas voir une nouvelle génération d'enfants russes, ou polonais, grandir sous cette dictature étouffante. »

Il hocha la tête. « Je vois que tu es sincère.

— Je le suis.

— Tu accepteras de m'aider ?

— Naturellement. »

*

Cameron Dewar n'était pas sûr de faire un bon espion. Ses activités souterraines du temps de Nixon tenaient de l'amateurisme. Il avait eu de la chance de ne pas aller en prison avec son patron, John Ehrlichman. Quand il était entré à la CIA, on lui avait tout appris de l'art des boîtes aux lettres et des échanges discrets, mais il n'avait jamais eu à appliquer concrètement ces méthodes. Après six années au siège de la CIA à Langley, il était enfin affecté dans une capitale étrangère, sans avoir jamais effectué la moindre mission clandestine.

L'ambassade américaine à Varsovie occupait un imposant bâtiment de marbre blanc situé dans la rue Aleje Ujazdowskie.

La CIA était cantonnée dans un unique bureau jouxtant l'enfilade de pièces réservées à l'ambassadeur et près duquel un cagibi aveugle servait au développement des photos. Le personnel comprenait quatre espions et une secrétaire. C'était une antenne modeste, car elle disposait de peu d'informateurs.

Cam n'avait pas grand-chose à faire. Il lisait les journaux de Varsovie en s'aidant d'un dictionnaire. Il signalait les graffitis qu'il relevait : « Vive le pape » et « Nous voulons Dieu ». Il discutait avec ses homologues des services de renseignement d'autres pays membres de l'Organisation du traité de l'Atlantique Nord – l'Otan –, en particulier avec les agents d'Allemagne de l'Ouest, de France et de Grande-Bretagne. Il circulait à bord d'une Fiat Polski jaune citron d'occasion, dont la batterie était tellement limitée qu'il fallait la recharger toute la nuit pour que la voiture redémarre le matin. Il essaya de draguer l'une ou l'autre des secrétaires de l'ambassade, sans succès.

Il se faisait l'effet d'être un raté. Sa vie lui avait paru autrefois pleine de promesses. Il avait été un élève brillant au lycée puis à l'université, et avait obtenu un boulot à la Maison Blanche dès le début de sa carrière professionnelle. Mais ensuite, tout avait dérapé. Il était bien décidé à ne pas laisser les maladresses de Nixon lui gâcher la vie. Il fallait pour cela qu'il accomplisse un coup d'éclat. Il voulait redevenir le premier de la classe.

En attendant, il courait les soirées.

Les membres du personnel de l'ambassade qui avaient femme et enfants étaient enchantés de rentrer le soir chez eux pour regarder des cassettes de films américains. Les célibataires étaient donc envoyés d'office à toutes les réceptions de moindre importance. Ce soir-là, Cam devait se rendre à l'ambassade d'Égypte, qui donnait un cocktail en l'honneur du nouveau premier conseiller.

Quand il fit démarrer la Polski, la radio se mit en marche. Elle était toujours réglée sur la longueur d'onde du SB. La réception n'était en général pas très bonne, mais il lui arrivait d'entendre les conversations d'agents de la police secrète qui opéraient des filatures dans toute la ville.

Parfois, c'était lui qu'ils suivaient. Les véhicules changeaient, mais c'étaient habituellement les deux mêmes types, un mince au teint basané qu'il avait surnommé Mario et un gros qu'il appelait Ollie. Leur surveillance ne répondait apparemment à aucun plan particulier. Il en déduisait qu'ils devaient le tenir à l'œil plus ou moins en permanence. C'était sans doute leur objectif : une surveillance aléatoire destinée à le maintenir sur le qui-vive.

Mais il avait, lui aussi, suivi un entraînement. Il avait appris à ne jamais se soustraire à une filature de façon trop ostentatoire, car les poursuivants savaient alors qu'on avait un projet en tête. Adoptez des habitudes régulières, lui avait-on dit : allez au restaurant A le lundi, au café B le mardi. Endormez-les en leur donnant une impression de routine facile. C'est alors que vous pourrez entreprendre quelque chose à leur insu.

En s'éloignant de l'ambassade, il vit une Skoda 105 bleue s'insérer dans la circulation, deux voitures derrière lui.

La Skoda le suivit à travers les rues de la ville. Mario conduisait, Ollie occupait le siège du passager.

Cam se gara dans la rue Alzacka. La Skoda le dépassa et alla se ranger une centaine de mètres plus loin.

Il était parfois tenté d'aller parler à Mario et Ollie, tant ils avaient fini par faire partie de sa vie. On le lui avait fortement déconseillé car dans ce cas, le SB affecterait d'autres agents à sa surveillance et il lui faudrait un peu de temps pour repérer ses nouveaux chiens de garde.

En pénétrant dans l'ambassade d'Égypte, il prit un cocktail sur un plateau. Il était tellement dilué qu'on sentait à peine le gin. Il évoqua avec un diplomate autrichien la difficulté de trouver des sous-vêtements d'homme corrects à Varsovie. Quand l'Autrichien s'éloigna, Cam aperçut, en regardant autour de lui, une jeune femme blonde d'une vingtaine d'années, seule dans son coin. Elle croisa son regard et lui sourit. Il s'approcha d'elle.

Il apprit qu'elle était polonaise, qu'elle s'appelait Lidka et travaillait comme secrétaire à l'ambassade du Canada. Elle portait un haut moulant rose sur une jupe noire courte qui mettait en valeur ses longues jambes. Elle parlait bien anglais. Elle écoutait Cam avec une attention et une concentration qu'il trouva flatteuses.

Soudain, un homme en costume à fines rayures appela Lidka d'un ton péremptoire qui semblait indiquer qu'il s'agissait de son patron. Ils interrompirent leur conversation. Presque aussitôt, Cam fut abordé par une autre femme tout à fait séduisante. Il se dit que c'était son jour de chance. Celle-ci était un peu plus âgée, une petite quarantaine d'années, mais plus jolie, avec des cheveux courts blond clair et de beaux yeux d'un bleu lumineux rehaussé par un fard à paupières du même ton. Elle s'adressa à lui en russe : « On s'est déjà rencontrés. Vous vous appelez Cam Dewar. Je suis Tania Dvorkine.

— Je me souviens, confirma-t-il, ravi de pouvoir montrer son aisance en russe. Vous êtes reporter pour l'agence TASS.

— Et vous, vous êtes un agent de la CIA. »

Ce n'était certainement pas lui qui le lui avait dit. Elle avait donc dû le deviner. En général, il niait, par principe. « Rien d'aussi glorieux. Je ne suis qu'un humble attaché culturel.

— Culturel ? Parfait ! Dans ce cas, vous allez pouvoir m'aider. Quel genre de peintre est Jan Matejko ?

— Je ne sais pas trop. Impressionniste, je crois. Pourquoi ?

— La peinture n'est pas vraiment votre truc, si ?

— Je suis plutôt mélomane », répondit-il. Il se sentait au pied du mur.

« Vous appréciez certainement Szpilman, le violoniste polonais ?

— Absolument. Une technique d'archet remarquable !

— Que pensez-vous de la poésie de Wislawa Szymborska ?

— Je n'ai pas lu les œuvres de ce poète, malheureusement. C'était un test ?

— Oui, et vous avez échoué. Szymborska est une femme. Szpilman n'est pas violoniste, mais pianiste. Matejko n'est pas un impressionniste mais un peintre académique qui représentait des scènes de cour et de batailles. Et vous n'êtes pas attaché culturel. »

Cam fut mortifié d'avoir été si facilement percé à jour. Quel agent minable il faisait ! Il essaya de s'en tirer par une pointe d'humour. « Je suis peut-être simplement un très mauvais attaché culturel. »

Elle poursuivit à voix basse : « Si un officier de l'armée polonaise souhaitait parler à un représentant des États-Unis, vous pourriez arranger une rencontre ? »

L'échange prenait soudain un tour moins badin. Cam était mal à l'aise. Il s'agissait peut-être d'un piège.

Ou d'une authentique tentative d'approche, auquel cas c'était une occasion à ne pas manquer.

Il préféra se montrer prudent : « Naturellement, je peux donner la possibilité à qui le souhaite de s'entretenir avec un représentant du gouvernement américain.

— En secret ? »

Allons bon, où voulait-elle en venir ? « Oui.

— Très bien. »

Elle s'éloigna.

Cam prit un autre verre. Qu'est-ce que cela signifiait ? Était-elle sincère ou s'était-elle moquée de lui ?

La réception touchait à sa fin. Il se demandait où terminer la soirée. Il envisagea d'aller au bar de l'ambassade d'Australie, où il lui arrivait de jouer aux fléchettes avec les émissaires du pays des kangourous. C'est alors qu'il aperçut Lidka, à nouveau seule, à quelques pas de lui. Elle était décidément très attirante. « Vous avez des projets pour le dîner ? » lui demanda-t-il.

Elle eut l'air étonnée. « Vous voulez dire des recettes ? »

Il sourit. Elle avait mal compris l'expression « projets pour le dîner ». Il expliqua : « Non, je voulais savoir si vous aimeriez dîner avec moi.

— Oh, oui, répondit-elle aussitôt. On pourrait aller au Canard ?

— Certainement. » Ce n'était pas un restaurant bon marché, sauf si on payait en dollars américains. Il consulta sa montre. « On y va maintenant ? »

Lidka examina les alentours. L'homme en costume rayé avait disparu. « Je suis libre. »

Ils se dirigèrent vers la sortie. Comme ils franchissaient la porte, la journaliste russe, Tania, surgit et s'adressa à Lidka en mauvais polonais. « Vous avez fait tomber ceci, lui dit-elle en lui tendant un foulard rouge.

— Ce n'est pas à moi.

— Je l'ai vu tomber de vos mains. »

Quelqu'un effleura le coude de Cam. Il se retourna. Un grand et bel homme d'une quarantaine d'années, en uniforme de colonel de l'armée polonaise, s'adressa à lui dans un russe irréprochable : « Je voudrais vous parler.

— Entendu, répondit Cam dans la même langue.

— Je vais trouver un endroit sûr. »

Cam ne put que répéter : « Entendu.

— Tania vous précisera où et quand.

— Parfait. »

L'homme tourna les talons.

Cameron se retourna vers les deux femmes. Tania disait à Lidka : « Désolée, j'ai dû me tromper. » Elle s'éclipsa précipitamment. Elle avait manifestement voulu détourner l'attention de Lidka pendant que l'officier parlait à Cam.

Lidka était un peu perplexe. « C'était bizarre », remarqua-t-elle lorsqu'ils quittèrent le bâtiment.

Pour dissimuler son excitation, Cam fit lui aussi l'étonné. « Oui, curieux.

— Qui était cet officier polonais avec qui tu discutais ?

— Aucune idée. Ma voiture est par là.

— Oh ! Tu as une voiture ?

— Oui.

— Génial », dit Lidka, visiblement ravie.

*

Une semaine plus tard, Cam, dans l'appartement de Lidka, se réveillait.

C'était plutôt un studio : une pièce avec un lit, un poste de télévision, un évier. Elle partageait la douche et les toilettes, situées au fond du couloir, avec trois autres personnes.

Pour Cam, c'était le paradis.

Il se redressa dans le lit. Elle était en train de préparer du café dans le coin cuisine. Avec les grains qu'il avait apportés car elle n'avait pas les moyens de s'acheter du vrai café. Elle était nue. Elle s'approcha du lit avec une tasse. Ses poils pubiens formaient un triangle châtain soyeux. Elle avait de petits seins aux mamelons pointus au milieu d'aréoles rose foncé.

Au début, il avait été gêné de la voir se promener toute nue parce qu'il avait tendance à la dévorer des yeux, ce qui n'était pas très poli. Quand il le lui avait avoué, elle avait dit : « Tu peux me regarder autant que tu veux. J'aime bien ça. » Il était encore un peu intimidé, mais moins qu'avant.

Depuis une semaine, il passait toutes ses nuits avec Lidka.

Il avait fait l'amour avec elle sept fois : c'était plus que durant toute sa vie jusqu'à ce jour, si l'on exceptait les branlettes des salons de massages.

Un matin au réveil, elle lui avait demandé s'il voulait recommencer et sa réponse avait été : « Tu es nymphomane ou quoi ? »

Elle avait été vexée, mais ils s'étaient réconciliés.

Pendant qu'elle se brossait les cheveux, il but son café en pensant à la journée qui l'attendait. Il n'avait toujours pas eu de nouvelles de Tania Dvorkine. Il avait rapporté à son patron, Keith Dorset, la conversation qu'il avait eue à l'ambassade d'Égypte et ils étaient convenus qu'il n'y avait qu'à attendre.

Il avait un souci plus important en tête. Il connaissait l'expression « piège à miel ». Pour ne pas se demander si Lidka avait une raison cachée de coucher avec lui, il aurait fallu n'avoir rien dans le crâne. Peut-être le faisait-elle sur ordre du SB ; il était bien obligé d'envisager cette possibilité. Il soupira. « Je vais devoir parler de toi à mon patron.

— Vraiment ? » Cela n'avait pas l'air de l'inquiéter. « Pourquoi ?

— Les diplomates américains sont censés ne sortir qu'avec des ressortissants de pays membres de l'Otan. On appelle ça la règle Otan de la baise. Il faut éviter que nous tombions amoureux de communistes, ce serait trop risqué. » Il ne lui avait pas dit qu'il n'était pas vraiment diplomate, mais espion.

Elle vint s'asseoir près de lui sur le lit avec un petit air triste. « Tu veux rompre avec moi, c'est ça ?

— Non, non ! protesta-t-il, paniqué à cette idée. Mais je suis obligé de leur parler de toi et ils feront une enquête à ton sujet. »

Cette fois, elle eut l'air inquiète. « Ça veut dire quoi ?

— Ils chercheront à savoir si tu n'es pas un agent de la police secrète polonaise, quelque chose de ce genre. »

Elle haussa les épaules. « Ah, bon, alors ce n'est pas grave. Ils s'apercevront vite que ce n'est pas le cas. »

Elle avait l'air tout à fait détendue. « Je suis désolé, mais c'est obligatoire, reprit Cam. Une liaison sans lendemain, ça n'a pas d'importance, mais nous sommes tenus de les mettre au courant si ça va plus loin, tu comprends, en cas de relation amoureuse sérieuse.

— Je comprends.

— C'est bien notre cas, non ? demanda Cam d'un ton peu assuré. Notre relation amoureuse est sérieuse ? »

Lidka sourit. « Oh, oui. Tout à fait. »

LIII

La famille Franck partit pour la Hongrie dans deux Trabant. Ils allaient y passer des vacances. La Hongrie était une destination très courue des Allemands de l'Est qui avaient de quoi payer l'essence.

À leur connaissance, ils ne furent pas suivis.

Ils avaient fait leurs réservations par l'intermédiaire de l'Office du tourisme du gouvernement est-allemand. Ils s'attendaient plus ou moins à ce qu'on leur refuse leurs visas, bien que la Hongrie fît partie du bloc soviétique, et avaient été agréablement surpris du contraire. Hans Hoffmann avait raté une occasion de les persécuter. Il devait être occupé ailleurs.

Il leur fallait deux voitures parce qu'ils emmenaient Karolin et sa famille. Werner et Carla adoraient leur petite fille Alice, qui avait désormais seize ans. Lili éprouvait une profonde affection pour Karolin, mais n'aimait pas beaucoup son mari, Odo. Il était gentil et Lili lui devait son emploi actuel d'administratrice d'un orphelinat privé. L'amour qu'il manifestait à Karolin et à Alice avait pourtant quelque chose de forcé, un peu comme s'il les aimait par devoir. Lili estimait que l'amour était un sentiment spontané, pas un devoir moral.

Karolin ressentait la même chose. Lili et elles étaient assez proches pour se faire des confidences et Karolin lui avait avoué qu'elle avait commis une erreur en épousant Odo. Sans être malheureuse, elle n'était pas non plus amoureuse de lui. Il était agréable et attentionné, mais peu empressé sexuellement : ils faisaient l'amour une fois par mois.

La petite troupe de vacanciers comprenait donc six personnes. Werner, Carla et Lili prirent la voiture couleur bronze, Karolin, Odo et Alice la blanche.

C'était un long voyage, surtout en Trabant, avec leur moteur à deux temps de six cents centimètres cubes : neuf cent soixante kilomètres en traversant la Tchécoslovaquie de part en part. Le premier jour, ils atteignirent Prague, où ils passèrent la nuit. En quittant l'hôtel, le matin du deuxième jour, Werner remarqua : « Je suis presque sûr que personne ne nous suit. On dirait que nous sommes tranquilles de ce côté-là. »

Ils roulèrent jusqu'au lac Balaton, le plus grand d'Europe centrale avec ses quatre-vingts kilomètres de long. Il se trouvait si près de l'Autriche, un pays libre, que c'en était frustrant. Cependant, la frontière était gardée sur deux cent cinquante kilomètres par une clôture électrique qui empêchait les gens de s'évader du paradis des travailleurs.

Ils plantèrent deux tentes côte à côte dans un camping de la rive sud.

Ils avaient un projet secret : ils allaient retrouver Rebecca.

C'était elle qui en avait eu l'idée. Elle avait consacré une année de sa vie à s'occuper de Walli, qui avait réussi à décrocher de la drogue. Il habitait désormais dans son propre appartement, près de chez Rebecca à Hambourg. Pour pouvoir le soigner, elle avait renoncé à se présenter au Bundestag, le parlement allemand. Lorsqu'il avait été tiré d'affaire, l'occasion s'était représentée. Elle siégeait dorénavant au Parlement en tant que députée spécialisée dans les questions de politique étrangère. À l'occasion d'un voyage officiel en Hongrie, elle avait constaté que ce pays cherchait à attirer les vacanciers occidentaux : le tourisme et le riesling à bas prix représentaient pour la Hongrie le seul moyen de se procurer des devises étrangères et de réduire son énorme déficit commercial. Les Occidentaux étaient accueillis dans des camps de vacances qui leur étaient spécialement réservés, mais à l'extérieur des campings, rien ne pouvait empêcher la fraternisation.

Aucune loi n'interdisait donc aux Franck de mettre leur plan à exécution. Leur voyage était autorisé, celui de Rebecca aussi. Comme eux, elle se rendait en Hongrie pour y passer des vacances bon marché. Ils se rencontreraient apparemment par hasard.

Il est vrai que la loi était purement symbolique dans les pays communistes. Les Franck savaient qu'ils auraient de graves ennuis si la police secrète découvrait leurs intentions. Rebecca avait donc tout organisé dans la plus grande discrétion, avec l'aide d'Enok Andersen, le comptable danois qui franchissait encore souvent la frontière de Berlin-Ouest à Berlin-Est pour voir Werner. Il n'y avait eu aucun coup de téléphone et rien n'avait été écrit. Leur plus grande crainte était que Rebecca se fasse arrêter, ou tout bonnement enlever par la Stasi et transférer dans une prison d'Allemagne de l'Est. Cela créerait un incident diplomatique, mais ce n'était pas le genre de considérations qui arrêtaient la Stasi.

Bernd, le mari de Rebecca, n'était pas du voyage. Son état s'était dégradé, il souffrait d'insuffisance rénale. Il ne travaillait plus qu'à mi-temps et ne pouvait pas entreprendre de longs déplacements.

Werner, qui était en train d'enfoncer un piquet de tente, se redressa et dit à Lili : « Va donc jeter un coup d'œil dans les environs. Si nous n'avons pas été suivis jusqu'ici, c'est peut-être parce qu'ils avaient déjà envoyé des gens sur place et n'avaient pas besoin de le faire. »

Lili partit flâner dans le camp, comme si elle visitait les lieux. Les campeurs du lac Balaton se montrèrent enjoués et amicaux. Ils saluèrent la jolie promeneuse, prêts à lui offrir un café, une bière ou quelque chose à grignoter. La plupart des tentes abritaient des familles, mais il y avait aussi des bandes de garçons ou de filles, en moins grand nombre cependant. Toutes ces âmes seules se rapprocheraient certainement dans les jours à venir.

Lili n'avait pas d'homme dans sa vie. Elle aimait le sexe et avait eu plusieurs aventures, dont une avec une femme, ce que sa famille ignorait. Elle pensait avoir le même instinct maternel que les autres et adorait la fille de Walli, Alice. Mais l'idée d'avoir à élever des enfants en Allemagne de l'Est la dissuadait d'en avoir.

S'étant vu refuser l'entrée à l'université à cause des activités politiques de sa famille, elle avait suivi une formation de puéricultrice. Elle n'aurait jamais progressé dans sa carrière si les autorités avaient eu le dernier mot. Pourtant, grâce à Odo, elle avait obtenu un emploi dans un établissement géré par la paroisse, un domaine où le parti communiste n'avait pas son mot à dire.

En réalité, son vrai métier, c'était la musique. Avec Karolin, elle chantait en s'accompagnant à la guitare dans les bars, les centres de jeunesse, et souvent dans des églises. Elles s'étaient spécialisées dans les chansons engagées contre la pollution industrielle, la destruction des monuments et bâtiments anciens, la déforestation et la laideur de l'architecture. Elles exaspéraient le gouvernement. Elles avaient toutes les deux été arrêtées et mises en garde pour diffusion de propagande. Mais les communistes ne pouvaient pas décemment se prétendre en faveur de l'empoisonnement des rivières par les rejets industriels. Aussi leur était-il difficile de réprimer sévèrement les écologistes, qu'ils essayaient plutôt d'enrôler dans l'inoffensive association officielle pour la protection de la nature et de l'environnement.

D'après le père de Lili, aux États-Unis, les conservateurs accusaient les militants écologistes de s'opposer au monde des affaires. Les conservateurs du bloc soviétique avaient du mal à les accuser d'anticommunisme. Après tout, toute la philosophie du communisme prônait l'idée que l'industrie devait travailler pour le peuple et non pour les patrons.

Une nuit, Karolin et Lili avaient investi un studio en catimini pour enregistrer un album. Distribuées sous le manteau, les cassettes aux boîtiers vierges de tout nom s'étaient vendues par milliers.

Lili fit le tour du camp, presque exclusivement occupé par des Allemands de l'Est ; le camp des Occidentaux se trouvait à plus d'un kilomètre de là. Comme elle revenait vers sa famille, elle remarqua, devant une tente proche des leurs, deux jeunes gens à peu près de son âge en train de boire de la bière. L'un avait des cheveux blonds clairsemés, l'autre une coupe à la Beatles, démodée depuis quinze ans. Le blond croisa son regard et se détourna aussitôt, ce qui éveilla ses soupçons : il était plutôt rare que les jeunes gens cherchent à l'éviter. Ces deux-là ne lui proposèrent pas de boire un coup ni de venir bavarder avec eux. « Oh, non », murmura-t-elle.

Les agents de la Stasi n'étaient pas difficiles à repérer. C'étaient des rustres qui manquaient de finesse. Le métier attirait des gens avides de pouvoir et de prestige, mais sans grande intelligence ni talent. Hans, le premier mari de Rebecca, en était un exemple typique. C'était une sorte de tyran malveillant, ce qui ne l'avait pas empêché de prendre du galon et de devenir un des chefs de la police secrète, de ceux qui roulaient en limousine et habitaient de grandes villas entourées de murs.

Lili ne tenait pas à attirer l'attention : elle tenait cependant à en avoir le cœur net. Pour cela, elle dut faire preuve d'audace. « Salut, les gars », leur lança-t-elle aimablement.

Ils grommelèrent un bonjour indifférent.

Lili n'était pas du genre à se laisser démonter. « Vous êtes venus avec vos épouses ? » demanda-t-elle. Ils ne pouvaient pas ne pas y voir une invite.

Le blond secoua la tête, l'autre répondit simplement par la négative. Ils n'étaient même pas assez futés pour faire semblant.

« Vraiment ? » C'était presque suffisant à son avis pour confirmer ses soupçons. Que venaient faire deux célibataires dans un camp de vacances, sinon chercher des âmes sœurs ? Ils étaient trop mal attifés pour être homos. « Dites-moi, leur demanda Lili en s'efforçant de prendre un ton détaché. Où est-ce qu'on peut aller ici, le soir, pour faire la fête ? Il y a un endroit où on peut danser ?

— Aucune idée. »

C'était assez clair. Si ces deux hommes sont en vacances, moi, je suis la reine d'Angleterre, se dit-elle. Et elle reprit son chemin.

C'était ennuyeux. Comment les Franck pourraient-ils rencontrer Rebecca à l'insu des agents de la Stasi ?

Lili retrouva sa famille. Les deux tentes étaient plantées. « Mauvaise nouvelle, annonça-t-elle à son père. Deux types de la Stasi. À trois tentes de nous à l'est, un rang plus au sud.

— C'est bien ce que je craignais », dit Werner.

*

Ils devaient retrouver Rebecca deux jours plus tard dans un restaurant où elle s'était rendue lors de son précédent séjour. Mais avant, ils allaient devoir semer les agents de la police secrète. Lili était inquiète. Ses parents en revanche affichaient un calme olympien.

Le premier jour, Werner et Carla montèrent de bonne heure dans la Trabi couleur bronze en déclarant qu'ils partaient en reconnaissance. Les agents de la Stasi les suivirent dans une Skoda verte. Werner et Carla ne revinrent qu'en fin de journée. Ils avaient l'air confiants.

Le lendemain matin, Werner annonça à Lili qu'il l'emmenait en randonnée. Ils s'équipèrent devant la tente, chacun aidant l'autre à se charger d'un gros sac à dos. Ils enfilèrent de solides chaussures de marche et des chapeaux à large bord. Il était évident pour d'éventuels observateurs qu'ils se préparaient pour une longue excursion.

Au même moment, Carla fit mine de partir avec des cabas, en dressant une liste qu'elle lisait à haute et intelligible voix : « Jambon, fromage, pain... autre chose ? »

Lili trouvait qu'ils en faisaient un peu trop.

Les types de la Stasi les surveillaient en fumant, assis devant leur tente.

Ils partirent dans des directions opposées, Carla vers le parking, Werner et Lili vers la plage.

« Jusqu'ici, tout va bien, remarqua Werner. Nous les avons obligés à se séparer. »

Quand ils atteignirent le lac, Werner prit la direction de l'ouest, en longeant la rive. Il avait manifestement repéré le trajet la veille. Le sol était inégal par endroits. L'agent blond les suivait à distance, non sans mal. Il n'avait pas l'équipement adéquat. Ils s'arrêtaient de temps en temps, sous prétexte de faire une pause, pour lui permettre de les rattraper.

Ils marchèrent pendant deux heures avant de déboucher sur une longue plage déserte. À une certaine distance, une piste forestière émergeait des arbres pour s'achever sur le sable.

Carla les y attendait, au volant de la Trabant bronze.

Il n'y avait personne d'autre en vue.

Werner et Lili montèrent dans la voiture et Carla démarra, laissant en plan l'agent de la Stasi.

Lili dut se retenir pour ne pas lui adresser un petit salut.

« Tu as semé l'autre ? demanda Werner à Carla.

— Oui. J'ai créé une diversion devant le magasin en mettant le feu à une poubelle. »

Werner sourit. « Un truc que je t'ai appris il y a bien longtemps.

— En effet. Il est évidemment sorti de sa voiture pour voir ce qui se passait.

— Et alors...

— J'ai profité de qu'il avait le dos tourné pour enfoncer un clou dans un de ses pneus. Quand je suis partie, il était en train de changer la roue.

— Excellent.

— Vous avez fait ce genre de trucs pendant la guerre, c'est ça ? » interrogea Lili.

Il y eut un silence. Ils ne parlaient pas beaucoup de la guerre. Carla admit enfin : « Oui, on a fait deux trois petites choses, rien de très héroïque tu sais. »

Ils n'en disaient jamais plus.

Ils gagnèrent un village et ralentirent devant une petite maison surmontée d'une enseigne annonçant BAR en lettres latines. Un homme qui se tenait à la porte leur suggéra d'aller se garer dans un champ, derrière le bâtiment, où ils seraient hors de vue.

Ils entrèrent dans une petite auberge trop charmante pour être une entreprise d'État. Lili aperçut aussitôt Rebecca et se jeta dans ses bras. Elles ne s'étaient pas vues depuis dix-huit ans. Lili s'écarta pour mieux regarder le visage de sa sœur, mais les larmes lui brouillaient la vue. Carla et Werner la serrèrent à leur tour dans leurs bras.

Quand elle put enfin l'observer, Lili constata que Rebecca avait l'air d'une femme d'âge mûr, ce qui n'avait rien d'étonnant : elle allait avoir cinquante ans. Elle était un peu plus ronde que dans son souvenir.

Cependant, le plus frappant était son élégance. Elle portait une robe d'été bleue à pois et une veste assortie. Une unique grosse perle suspendue à une chaîne d'argent ornait son cou ; elle avait un large bracelet d'argent au poignet et, aux pieds, de jolies sandales à semelles de liège. Un sac de cuir bleu marine pendait à son épaule. À la connaissance de Lili, la politique n'était pas un métier très bien payé. Fallait-il en déduire qu'à l'Ouest, n'importe qui pouvait s'habiller aussi bien ?

Rebecca les conduisit vers une salle privée à l'arrière de l'auberge, où les attendait une longue table chargée de plats de viande froide, de salades et de bouteilles de vin. Un bel homme très mince, décharné même, dans sa chemise blanche et son jean noir étroit, se tenait près de la table. Il pouvait avoir une quarantaine d'années, peut-être moins s'il avait eu des ennuis de santé. Lili le prit pour un employé du restaurant.

Carla laissa échapper une exclamation et Werner murmura : « Oh, mon Dieu. »

Lili constata que l'homme maigre la fixait comme s'il attendait quelque chose d'elle. Remarquant alors ses yeux en amande, elle se rendit compte que c'était son frère, Walli. Elle poussa un petit cri d'effroi : il avait tellement vieilli !

Carla prit Walli dans ses bras en répétant : « Mon petit garçon ! Mon petit garçon ! »

Lili le serra contre elle et l'embrassa, à nouveau en larmes. « Comme tu as changé, sanglota-t-elle. Que t'est-il arrivé ?

— Le rock'n' roll, que veux-tu, répondit-il en riant. Mais je me remets. » Il se tourna vers son autre sœur. « Rebecca a sacrifié toute une année, et une occasion professionnelle en or, pour me sauver la vie.

— C'était la moindre des choses, répliqua Rebecca. Je suis ta sœur. »

Lili était sûre que Rebecca n'avait pas hésité un instant. Pour elle, la famille passait avant tout. Lili était convaincue que c'était parce qu'elle avait été adoptée qu'elle y attachait un tel prix.

Werner garda longtemps Walli contre son cœur. « Nous ne savions pas, murmura-t-il d'une voix cassée par l'émotion. Nous ne savions pas que tu viendrais.

— J'ai préféré ne rien dire, expliqua Rebecca.

— Est-ce que ce n'est pas terriblement dangereux ? s'inquiéta Carla.

— Si, certainement. Mais Walli a tenu à prendre le risque. »

À cet instant, Karolin arriva à son tour avec sa famille. Comme les autres, elle mit un moment à reconnaître Walli et poussa un cri de surprise.

« Bonjour, Karolin », dit-il. Il lui prit les mains et l'embrassa sur les deux joues. « Quelle joie de te revoir. »

Odo se présenta : « Je suis Odo, le mari de Karolin. Je suis ravi de vous rencontrer enfin. »

Une expression fugace passa sur le visage de Walli. Cela ne dura qu'une fraction de seconde, mais Lili comprit que Walli avait perçu chez Odo quelque chose qui l'avait heurté et s'était rapidement ressaisi pour ne rien laisser paraître. Les deux hommes se serrèrent la main cordialement.

« Et voici Alice, annonça Karolin.

— Alice ? » Walli considéra d'un air ébahi la grande fille de seize ans aux longs cheveux blonds encadrant son visage comme des rideaux. « J'ai écrit une chanson sur toi. Quand tu étais petite.

— Je sais, fit-elle en lui posant un baiser sur la joue.

— Alice n'ignore rien de son histoire, précisa Odo. Nous lui avons tout expliqué dès qu'elle a été en âge de comprendre. »

Lili se demanda si Walli avait relevé le ton pontifiant d'Odo. Ou peut-être était-ce elle qui ne le supportait pas ?

« Je t'aime, dit Walli à Alice, mais c'est Odo qui t'a élevée. Je ne l'oublierai jamais et toi non plus, j'en suis sûr. »

Il se tut, la gorge serrée. Puis, surmontant son trouble, il déclara : « Allons nous asseoir et manger toutes ces bonnes choses. Aujourd'hui, c'est jour de fête. » Lili eut l'intuition que c'était Walli qui avait tout payé.

Ils s'assirent autour de la table. Au début, ils se comportèrent comme des étrangers, mal à l'aise, peinant à trouver des sujets de conversation. Et puis tout le monde se mit à parler en même temps et à bombarder Walli de questions. Ils éclatèrent de rire. « Un seul à la fois ! » supplia Walli et l'atmosphère se détendit.

Walli leur raconta qu'il occupait un superbe appartement sur les toits de Hambourg. Il n'était pas marié, mais avait une petite amie. Tous les dix-huit mois ou tous les deux ans, il se rendait en Californie, s'installait dans la ferme de Dave Williams pendant quatre mois et enregistrait un nouvel album avec Plum Nellie. « Je suis toxico, avoua-t-il. Mais je suis clean depuis sept ans. Ça fera huit ans en septembre. Quand je donne un concert avec le groupe, il y a un type qui garde la porte de ma loge et qui fouille tout le monde pour s'assurer qu'ils n'ont pas de came. » Il haussa les épaules. « Ça peut paraître excessif, mais c'est comme ça. »

Walli avait lui aussi des questions à poser, en particulier à Alice. Tandis qu'elle lui répondait, Lili regarda les convives attablés. C'était sa famille : ses parents, sa sœur, son frère, sa nièce et sa meilleure amie et complice musicale. Quelle chance de les voir tous réunis dans la même pièce, en train de manger, de bavarder et de boire du vin ensemble !

Elle se dit que certaines familles se réunissaient ainsi toutes les semaines et trouvaient ça normal.

Karolin était assise à côté de Walli. Lili les observa. Ils s'amusaient bien. Ils savaient encore se faire rire mutuellement. Si les choses s'étaient passées différemment, si le mur de Berlin était tombé, leur histoire d'amour aurait-elle pu reprendre ? Ils étaient encore jeunes : Walli avait trente-trois ans, Karolin trente-cinq. Lili chassa cette pensée. Ce n'étaient que vaines spéculations, rêves insensés.

Walli relata une nouvelle fois sa fuite de Berlin à l'intention d'Alice. Quand il en arriva au moment où il avait passé la nuit à attendre Karolin, en vain, celle-ci l'interrompit. « J'avais peur. Peur pour moi et pour le bébé que je portais.

— Je ne te fais aucun reproche, la rassura Walli. Tu n'as rien fait de mal. Je n'ai rien fait de mal. Le mal, c'est le Mur. »

Il expliqua comment il avait franchi le barrage policier, en fonçant dans la barrière. « Je n'oublierai jamais que j'ai tué un homme.

— Ce n'était pas ta faute, réagit Carla. Il te tirait dessus !

— Je sais. » Lili comprit, au ton de sa voix, qu'il était enfin en paix avec lui-même. « Je regrette profondément ce que j'ai fait, mais je ne me sens pas coupable. Je n'avais pas tort de m'enfuir ; il n'avait pas tort de me tirer dessus.

— Comme tu viens de le dire, glissa Lili, le mal, c'est le Mur. »

LIV

Le patron de Cam Dewar, Keith Dorset, était un petit homme grassouillet aux cheveux blond-roux. Comme beaucoup de membres de la CIA, il s'habillait mal. Ce jour-là, il portait une veste en tweed marron sur un pantalon en flanelle grise, une chemise blanche à grosses rayures marron et une cravate d'un vert lavasse. En le croisant dans la rue, n'importe quel passant aurait posé sur lui un regard distrait en le classant mentalement dans la catégorie des gens sans intérêt. C'était peut-être l'effet recherché, se dit Cameron. Ou alors, il n'avait aucun goût, tout simplement.

« À propos de votre amie Lidka... », lui dit Keith, assis derrière un vaste bureau à l'ambassade américaine.

Cam avait la certitude que Lidka était au-dessus de tout soupçon, mais était impatient d'en avoir confirmation.

Keith lâcha : « ... Votre demande est rejetée.

— Comment ça ? s'étonna Cam.

— Votre demande est rejetée. Lequel de ces quatre mots avez-vous du mal à comprendre ? »

Les membres de la CIA se croyaient parfois dans l'armée, autorisés à aboyer des ordres sur les moins gradés qu'eux. Cependant, Cam n'était pas du genre à se laisser intimider. Il avait travaillé à la Maison Blanche, après tout. « Pour quel motif ? s'insurgea-t-il.

— Rien ne m'oblige à vous le dire. »

À trente-quatre ans, Cam avait pour la première fois de sa vie une vraie petite amie. Après s'être fait envoyer sur les roses pendant vingt ans, il couchait avec une femme qui, visiblement, ne demandait qu'à le rendre heureux. Affolé à l'idée de la perdre, il abandonna toute retenue. « Rien ne vous oblige non plus à être un connard, lâcha-t-il d'un ton cassant.

— Faites attention à ce que vous dites. Encore une insolence de ce genre et vous rentrez chez vous. »

Cam n'avait aucune envie de rentrer chez lui. Il se reprit. « Je vous prie de m'excuser. Mais j'aimerais quand même connaître la raison de votre refus.

— Vous entretenez ce qu'on appelle "une relation stable et suivie" avec elle, n'est-ce pas ?

— Oui. C'est moi-même qui vous l'ai dit. Où est le problème ?

— Les statistiques. La majorité des traîtres que nous surprenons à espionner contre les États-Unis ont des parents ou de proches amis étrangers. »

Cam s'attendait à un argument de ce genre. « Je ne veux pas renoncer à elle à cause des statistiques. Avez-vous quelque chose de précis à lui reprocher ?

— Qu'est-ce qui vous autorise à me faire subir pareil interrogatoire ?

— Autrement dit, non.

— Je vous ai prévenu : pas d'impertinence. »

Ils furent interrompus par l'arrivée d'un autre agent, Tony Savino, qui s'avança en brandissant une feuille de papier. « Je viens de consulter la liste des accréditations pour la conférence de presse de ce matin, annonça-t-il. Tania Dvorkine représentera l'agence TASS. » Il se tourna Cam. « C'est bien elle qui vous a parlé à l'ambassade d'Égypte, n'est-ce pas ?

— Oui, en effet.

— Quel est le thème de cette conférence de presse ? demanda Keith.

— Le lancement d'un nouveau protocole rationalisé d'échange d'œuvres d'art entre les musées américains et polonais. C'est ce qui est écrit. » Tony leva les yeux de son papier. « Ce n'est pas le genre de sujet susceptible d'intéresser une journaliste vedette de l'agence TASS, il me semble.

— Elle vient certainement pour me voir », dit Cam.

*

Tania repéra Cam Dewar dès l'instant où elle entra dans la salle de presse de l'ambassade américaine. Il se tenait debout, au fond, grand, efflanqué, raide comme un piquet. S'il n'avait pas été là, elle l'aurait cherché à la fin de la conférence de presse, mais c'était mieux ainsi, plus discret.

Néanmoins, elle ne voulait pas donner l'impression d'être trop impatiente. Aussi décida-t-elle d'écouter d'abord la présentation. Elle alla s'asseoir à côté d'une journaliste polonaise qu'elle aimait bien : Danuta Gorski, une brune pleine d'allant, au large sourire. Danuta faisait partie d'un mouvement semi-clandestin, le Comité de défense, qui publiait des brochures sur les revendications des ouvriers et les atteintes aux droits de l'homme. Ces publications illégales portaient le nom de *bibula.* Danuta habitait le même immeuble que Tania.

Tandis que le porte-parole de l'ambassade leur lisait la présentation dont il leur avait déjà distribué la version imprimée, Danuta murmura : « Tu devrais aller faire un tour à Gdansk.

— Pourquoi ?

— Il va y avoir une grève au chantier naval Lénine.

— Il y a des grèves partout. » Les ouvriers réclamaient des augmentations de salaires pour compenser la hausse considérable des prix alimentaires décidée par le gouvernement. Dans ses articles, Tania parlait d'« arrêts de travail », car il n'y avait de grèves que dans les pays capitalistes.

« Crois-moi, insista Danuta. Celle-ci pourrait bien être différente. »

Le gouvernement polonais mettait rapidement fin aux mouvements de contestation en accordant ponctuellement des augmentations de salaires et d'autres concessions, soucieux de faire taire les protestations avant qu'elles ne fassent tache d'huile. Le cauchemar de l'élite au pouvoir, et le rêve des dissidents, était de voir ces taches se rejoindre jusqu'à donner au tissu sur lequel elles s'élargissaient une tout autre couleur.

« Différente en quoi ?

— Ils ont licencié une grutière qui est membre de notre comité. Mais ils ont mal choisi leur cible. Anna Walentynowicz est une femme, veuve, âgée de cinquante et un ans.

— Elle suscite donc la sympathie des Polonais chevaleresques.

— Et c'est une figure populaire. On l'appelle Pani Ania, Madame Annie.

— Je vais peut-être aller jeter un œil. » Dimka voulait être informé de tous les mouvements qui risquaient de prendre de l'ampleur, pour essayer, le cas échéant, de dissuader le Kremlin d'intervenir.

Lorsque tout le monde se dispersa à la fin de la conférence de presse, Tania passa près de Cam Dewar et lui chuchota en russe : « Rendez-vous à la cathédrale Saint-Jean vendredi à deux heures de l'après-midi. Allez admirer le crucifix Baryczkowski.

— Ce n'est pas un bon endroit, grommela le jeune homme.

— C'est à prendre ou à laisser.

— Dites-moi de quoi il s'agit », insista Cam d'un ton ferme.

Tania comprit qu'elle allait devoir prendre le risque de prolonger cette conversation. « D'une voie de communication au cas où l'Union soviétique déciderait d'envahir l'Europe de l'Ouest. La possibilité de constituer un groupe d'officiers polonais prêts à changer de camp. »

L'Américain en resta bouche bée. « Oh... oh..., bégaya-t-il. Oui, bon, d'accord. »

Elle lui sourit. « Satisfait ?

— Comment s'appelle-t-il ? »

Tania hésita.

Cam reprit : « Il connaît mon nom, lui. »

Elle était bien obligée de faire confiance à cet homme. Elle avait déjà remis sa propre vie entre ses mains. « Stanislaw Pawlak. Tout le monde l'appelle Staz.

— Dites à Staz que, pour des raisons de sécurité, il ne doit parler à aucun autre membre de l'ambassade qu'à moi-même.

— Entendu. » Tania s'éclipsa promptement.

Elle transmit le message à Staz le soir même. Le lendemain, elle lui dit au revoir et parcourut en voiture les trois cents kilomètres qui la séparaient de la mer Baltique, au nord. Elle avait une vieille Mercedes Benz 280s, fiable malgré son grand âge, dotée d'une double paire de phares disposés verticalement. En fin d'après-midi, elle prit une chambre dans un hôtel de la vieille ville de Gdansk, donnant directement sur les quais et les cales sèches du chantier naval, situé sur l'île d'Ostrow.

Le lendemain, cela faisait une semaine jour pour jour qu'Anna Walentynowicz avait été licenciée.

Tania se leva tôt, enfila un bleu de travail, traversa le pont qui menait à l'île, arriva à l'entrée du chantier avant le lever du soleil et pénétra à l'intérieur au milieu d'un groupe de jeunes ouvriers.

C'était son jour de chance.

Le chantier était tapissé d'affiches réclamant la réintégration de Pani Ania. De petits groupes se formaient autour d'elles.

Quelques personnes distribuaient des tracts. Tania en prit un et déchiffra le texte en polonais.

Anna Walentynowicz est devenue gênante parce que son exemple motivait les autres. Elle est devenue gênante parce qu'elle défendait les autres et savait rassembler les travailleurs. Les autorités cherchent toujours à isoler ceux qui ont des talents de meneur. Si vous ne luttez pas contre cela, nous n'aurons personne pour nous défendre quand ils augmenteront les rythmes de travail, quand les règles de sécurité et de santé seront violées ou quand on nous obligera à faire des heures supplémentaires.

Ce texte était proprement surprenant, songea Tania. Il ne s'agissait pas seulement d'augmentations de salaires ou de diminutions des heures de travail : il s'agissait d'affirmer le droit des ouvriers polonais à s'organiser eux-mêmes, indépendamment de la hiérarchie communiste. Elle avait le sentiment d'assister à une évolution significative. Et de voir s'allumer une lueur d'espoir.

Elle fit le tour du chantier naval pendant que le jour se levait. C'était une entreprise gigantesque : des milliers d'ouvriers, des tonnes d'acier, des millions de boulons. Les carcasses des navires en cours de construction s'élevaient à des hauteurs impressionnantes, posées en équilibre précaire, de tout leur poids colossal, sur des échafaudages en toile d'araignée. D'immenses grues inclinaient leurs flèches vers les bateaux, tels des rois mages en adoration.

Partout où elle passait, les ouvriers déposaient leurs outils pour lire les tracts et discuter entre eux.

Quelques hommes entamèrent une marche. Tania leur emboîta le pas. Ils défilèrent autour du chantier en portant des banderoles improvisées, en distribuant des tracts, en invitant les autres à se joindre à eux. Ils étaient de plus en plus nombreux. Lorsqu'ils arrivèrent devant la grille, ils annoncèrent aux ouvriers qui entraient qu'ils étaient en grève.

Ils fermèrent les grilles, déclenchèrent les sirènes et hissèrent le drapeau national polonais sur le bâtiment le plus proche.

Puis ils entreprirent d'élire un comité de grève.

Ils venaient de commencer lorsqu'ils furent interrompus. Un homme en costume grimpa sur une excavatrice et entreprit de s'adresser à la foule en hurlant. Tania ne comprenait pas tout ce qu'il disait. Il semblait protester contre la constitution d'un comité de grève. Les ouvriers l'écoutaient. Tania demanda à son plus proche voisin qui c'était. « Klemens Gniech, le directeur du chantier naval, lui répondit-il. Ce n'est pas un mauvais bougre. »

Tania était consternée. Comment pouvait-on être aussi faible !

Gniech proposait d'ouvrir des négociations si les grévistes reprenaient le travail. Tania trouva la ficelle un peu grosse. La plupart des ouvriers le huèrent et le sifflèrent, d'autres approuvèrent en hochant la tête, quelques-uns s'éloignèrent, sans doute pour regagner leur poste de travail. Les choses n'allaient pas en rester là ?

Soudain, un homme se hissa sur l'excavatrice et tapa sur l'épaule du directeur. C'était un petit type trapu au visage barré d'une grosse moustache broussailleuse. Tania ne lui trouvait rien d'extraordinaire. Pourtant la foule l'acclama. Apparemment, ce n'était pas un inconnu pour les ouvriers. « Vous vous souvenez de moi ? cria-t-il à l'adresse du directeur d'une voix assez forte pour être entendue de tous. J'ai travaillé ici pendant dix ans et vous m'avez viré ! »

« Qui est-ce ? demanda Tania à son voisin.

— Lech Walesa. Ce n'est qu'un électricien, mais tout le monde le connaît. »

Le directeur essaya de parlementer avec Walesa devant la foule, mais le petit homme à la grosse moustache demeura inflexible. « Je déclare la grève avec occupation du chantier ! » lança-t-il d'une voix tonitruante. La foule manifesta son approbation à grands cris.

Walesa et le directeur descendirent de l'excavatrice. Walesa prit la direction des opérations, ce qui fut apparemment accepté par tout le monde sans contestation. Quand il ordonna au chauffeur du directeur d'aller chercher Anna Walentynowicz avec sa limousine, le chauffeur obtempéra et, plus étonnant encore, Gniech ne souleva aucune objection.

Walesa organisa l'élection du comité de grève. La limousine revint avec Anna, qui fut accueillie par un tonnerre d'applaudissements. Elle était petite, avec des cheveux aussi courts que ceux d'un homme. Elle portait des lunettes rondes et un chemisier aux rayures horizontales voyantes.

Le comité de grève et le directeur se replièrent à l'intérieur du Centre de santé et de sécurité pour négocier. Tania eut envie de les suivre discrètement. Elle préféra pourtant ne pas pousser le bouchon trop loin. Elle avait déjà eu de la chance de pouvoir pénétrer à l'intérieur du chantier. Les ouvriers accueillaient les médias occidentaux avec bienveillance, mais sa carte de presse la désignait comme journaliste soviétique de l'agence TASS. Si les grévistes s'en apercevaient, ils la jetteraient dehors.

Les tables autour desquelles s'étaient rassemblés les négociateurs étaient manifestement équipées de micros, car la discussion était intégralement retransmise à l'extérieur par des haut-parleurs, ce que Tania jugea remarquablement démocratique. Les grévistes pouvaient réagir en direct aux propos qui se tenaient en poussant des huées ou des hourras.

Elle comprit que les grévistes avaient d'autres revendications que la réintégration d'Anna. Ils voulaient, entre autres, avoir l'assurance qu'il n'y aurait pas de représailles. Curieusement, la seule exigence à laquelle le directeur ne pouvait pas accéder était l'édification d'un monument devant les grilles du chantier pour commémorer un massacre commis par la police en 1970 alors que les ouvriers protestaient contre la hausse des prix alimentaires.

Tania se demandait si cette grève s'achèverait elle aussi dans un bain de sang. Si tel était le cas, elle était pile dans la ligne de tir. Cette pensée la fit frémir.

Gniech expliqua que le terrain situé devant les grilles était destiné à la construction d'un hôpital.

Les grévistes répliquèrent qu'ils préféraient un monument.

Le directeur proposa d'apposer une plaque commémorative à un autre endroit du chantier naval.

Ils refusèrent.

Un ouvrier prit le micro et dit, écœuré : « Nous marchandons la mémoire de héros morts comme des mendiants sur un trottoir ! »

La foule applaudit.

Un autre négociateur en appela directement à l'assistance : Voulaient-ils un monument ?

Une clameur lui répondit.

Le directeur se retira pour consulter ses supérieurs.

Des milliers de sympathisants s'étaient massés devant les grilles. Les gens avaient collecté des vivres pour les grévistes. Rares étaient les familles polonaises qui pouvaient se permettre de donner de la nourriture. Pourtant, ceux qui étaient à l'extérieur passaient des dizaines de sacs de provisions à travers les barreaux pour nourrir les hommes, les femmes et les grévistes qui se trouvaient à l'intérieur.

Le directeur revint dans l'après-midi. Il annonça que les plus hautes autorités avaient approuvé le principe du monument.

Walesa déclara que la grève se poursuivrait jusqu'à ce que toutes les revendications soient satisfaites.

Puis il ajouta, comme si l'idée venait de lui traverser l'esprit, que les grévistes voulaient aussi discuter de la possibilité de créer des syndicats indépendants.

Tiens, se dit Tania, voilà qui devenait vraiment intéressant.

*

Le vendredi, après le déjeuner, Cam Dewar prit sa voiture pour se rendre dans la Vieille-Ville de Varsovie.

Mario et Ollie le suivaient.

Varsovie avait été presque entièrement rasée pendant la guerre. Elle avait été reconstruite avec des rues et des trottoirs rectilignes, et des bâtiments modernes. Ce paysage urbain se prêtait mal aux rendez-vous clandestins et aux échanges furtifs. En revanche, les urbanistes s'étaient efforcés de recréer la vieille ville à l'identique, avec ses chaussées pavées, ses ruelles sinueuses et ses maisons disparates. Ils avaient trop bien fait les choses : les angles vifs, les plans réguliers, les couleurs éclatantes avaient l'air trop neuf. On aurait dit un décor de cinéma. Néanmoins, cet environnement convenait bien mieux aux agents secrets que le reste de la ville.

Cam se gara et se dirigea vers une grande maison qui abritait, au premier étage, l'équivalent des « Mains de soie ». Cam en avait été un client régulier jusqu'à ce qu'il rencontre Lidka.

Dans la salle principale de l'établissement, les filles, en petite tenue, regardaient la télévision en fumant. Une blonde voluptueuse se leva à son entrée, laissant entrevoir, sous son peignoir entrouvert, des cuisses dodues et des dessous à dentelles. « Bonjour, Crystek, ça fait un moment qu'on ne t'a pas vu !

— Bonjour, Pela. »

Cam se dirigea vers la fenêtre et jeta un coup d'œil dans la rue. Mario et Ollie étaient installés, comme d'habitude, au bar d'en face et buvaient des bières en regardant passer les filles en robes d'été. Ils savaient qu'il resterait une bonne demi-heure à l'intérieur, peut-être une heure.

Jusque-là, tout allait bien.

Pela demanda : « Qu'est-ce qui se passe ? Ta femme te surveille ? »

Les autres éclatèrent de rire.

Cam sortit son argent et donna à Pela la somme correspondant au tarif de ses séances habituelles. « Aujourd'hui, j'ai un service à te demander, lui dit-il. Ça t'ennuie si je file par la porte de derrière ?

— Ta femme ne va pas débarquer ici pour faire un esclandre ?

— Ce n'est pas ma femme. C'est le mari de ma petite amie. S'il fait des histoires, propose-lui une pipe gratuite. Je te paierai. »

Pela haussa les épaules.

Cam dévala l'escalier de service et sortit dans la cour, tout content de lui. Il avait semé ses anges gardiens, sans qu'ils s'en doutent. Il serait de retour dans une heure et ressortirait par la grande porte. Ils ne sauraient jamais qu'il avait quitté l'appartement.

Il traversa à la hâte la place de la Vieille-Ville et s'engagea dans la rue Swiftojanska pour rejoindre la cathédrale Saint-Jean, entièrement détruite pendant la guerre et reconstruite depuis. Les agents du SB ne le suivaient plus, mais peut-être filaient-ils Stanislaw Pawlak.

L'antenne de la CIA à Varsovie avait tenu une longue réunion pour décider de la façon de traiter ce contact. Elle en avait planifié toutes les étapes.

Cam aperçut son patron, Keith Dorset, devant la cathédrale. Il portait ce jour-là un costume gris de coupe droite provenant d'un magasin polonais, qu'il réservait à ses missions de surveillance. Il avait une casquette enfoncée dans la poche de sa veste. C'était le signal indiquant que la voie était libre. S'il l'avait portée sur la tête, cela aurait voulu dire que le SB était à l'intérieur et qu'il fallait annuler le rendez-vous.

Cam entra par le grand portail gothique de la façade ouest. L'architecture majestueuse et l'atmosphère de recueillement renforçaient encore son impression de vivre une heure majeure de son existence. Il s'apprêtait à établir le contact avec un informateur ennemi. C'était un moment crucial.

Si tout se passait bien, sa carrière d'agent de la CIA serait définitivement sur les rails. Sinon, il se retrouverait à nouveau derrière un bureau à Langley en moins de temps qu'il n'en faut pour le dire.

Cam voulait faire croire à Staz qu'il ne pourrait être en relation qu'avec lui. Ce mensonge avait pour but d'empêcher Keith de le renvoyer aux États-Unis. Celui-ci faisait des histoires à propos de Lidka, alors que l'enquête dont elle faisait l'objet avait confirmé qu'elle n'avait aucun lien avec le SB et n'était même pas membre du parti communiste. Si Cam parvenait à recruter un colonel polonais comme espion pour la CIA, pareil exploit le mettrait évidemment en position de force pour défier Keith.

Il regarda autour de lui, cherchant à repérer d'éventuels agents de la police secrète, mais il ne vit que des touristes, des fidèles et des prêtres.

Il se dirigea vers le transept nord où se trouvait la chapelle abritant le fameux crucifix du XVIe siècle. Le bel officier polonais était en contemplation devant le visage du Christ. Cam se glissa à son côté. Ils étaient seuls.

Cam s'adressa à lui en russe : « C'est la dernière fois que nous nous parlons. »

Stanislaw répondit dans la même langue. « Pourquoi ?

— Trop dangereux.

— Pour vous ?

— Non, pour vous.

— Comment communiquerons-nous ? Par l'intermédiaire de Tania ?

— Non. D'ailleurs, s'il vous plaît, à partir de maintenant, ne lui dites plus un mot de nos échanges. Laissez-la en dehors de tout ça. Vous pouvez continuer à coucher avec elle, si c'est le cas.

— Merci », répondit Stanislaw d'un ton ironique.

Cam ne releva pas. « Qu'est-ce que vous avez comme voiture ?

— Une Saab 99 verte de 1975. » Il récita les numéros de la plaque d'immatriculation.

Cameron les mémorisa. « Où la rangez-vous la nuit ?

— Dans la rue Jana Olbrachta, près de l'immeuble où j'habite.

— Quand vous la garez, laissez la vitre légèrement ouverte. Nous glisserons une enveloppe par l'ouverture.

— C'est risqué. Quelqu'un pourrait lire votre message.

— Ne vous inquiétez pas. L'enveloppe ne contiendra qu'une annonce dactylographiée proposant de laver votre véhicule pour pas cher. Mais si vous passez un fer à repasser chaud sur le papier, vous verrez apparaître un message. Il vous indiquera où et quand nous retrouver. Si vous ne pouvez pas être présent au rendez-vous, quelle qu'en soit la raison, aucune importance. Nous déposerons simplement une nouvelle enveloppe.

— Comment se dérouleront ces rencontres ?

— J'y viens. » Cam avait une liste de points à évoquer, établie par ses collègues lors de leur réunion de préparation, et devait les énoncer le plus rapidement possible. « À propos de votre groupe d'amis.

— Oui ?

— Ne formez pas de conspiration.

— Pourquoi ?

— Vous serez démasqués. Les conspirateurs sont toujours démasqués. Il faudra attendre la dernière minute.

— Dans ce cas, que pouvons-nous faire ?

— Deux choses. D'abord, vous tenir prêts. Dresser une liste de responsables en qui vous avez confiance. Décider quel sera exactement le rôle de chacun pour s'opposer aux Soviétiques en cas de guerre. Vous faire connaître des meneurs de la contestation comme Lech Walesa, sans leur dévoiler vos intentions. Effectuer une reconnaissance de l'immeuble de la télévision et mettre sur pied un plan pour vous en emparer. Mais tout cela doit rester dans votre tête. Rien d'écrit, c'est compris ?

— Et la deuxième chose ?

— Nous transmettre des informations. » Cam essaya de ne pas montrer sa nervosité. Il en arrivait au point essentiel, à la demande que Staz pouvait refuser. « L'ordre de bataille de l'armée soviétique et des autres armées du pacte de Varsovie : le nombre de soldats, de chars, d'avions...

— Je sais ce qu'est un ordre de bataille.

— Et leurs plans d'attaque en cas de crise. »

Il y eut un long silence et Stanislaw répondit enfin : « Je peux vous obtenir ça.

— Parfait, dit Cam avec chaleur.

— Et en échange, qu'est-ce que vous me proposez ?

— Je vais vous donner un numéro de téléphone et un mot de passe. Vous ne devrez vous en servir qu'en cas d'invasion de l'Europe de l'Ouest par l'Union soviétique. Quand vous appellerez à ce numéro, vous tomberez sur un membre du haut commandement du Pentagone qui parle polonais. Il vous traitera comme le représentant de la résistance polonaise à l'invasion soviétique. Vous serez considéré, dans les faits, comme le chef de la Pologne libre. »

Stanislaw hocha la tête d'un air pensif. Cam voyait bien que cette perspective ne lui déplaisait pas. Au bout d'un moment, il remarqua : « Si j'accepte, je remets ma vie entre vos mains.

— C'est déjà fait », répliqua Cam.

*

Les grévistes des chantiers navals de Gdansk veillaient à informer les médias internationaux de leurs activités dans le détail. Paradoxalement, c'était la meilleure manière de communiquer avec le peuple polonais. Les médias polonais étaient soumis à la censure, mais les reportages des journaux occidentaux étaient repris par Radio Free Europe, une radio financée par les États-Unis et diffusée en Pologne. C'était, pour les Polonais, la façon la plus sûre de connaître la vérité sur ce qui se passait dans leur pays.

Lili Franck suivait les événements de Pologne sur les chaînes de télévision de l'Allemagne de l'Ouest, qu'on parvenait à capter à Berlin-Est en orientant son antenne correctement.

Malgré tous les efforts du gouvernement, la grève s'étendait, à la grande joie de Lili. Le chantier de Gdynia suivit le mouvement et les ouvriers des transports publics en firent autant, par solidarité. Ils formèrent un comité de grève interusines, le MKS, dont le siège se trouvait au chantier Lénine. Leur revendication numéro un portait sur le droit de former des syndicats libres.

Comme beaucoup d'Allemands de l'Est, la famille Franck commentait ces événements avec passion, réunie dans le salon de sa maison du Mitte, à Berlin devant leur téléviseur Franck. Une brèche venait de s'ouvrir dans le Rideau de fer et ils discutaient fiévreusement des conséquences possibles. Si les Polonais pouvaient se rebeller, peut-être les Allemands pourraient-ils en faire autant.

Le gouvernement polonais tenta de négocier usine par usine, offrant de généreuses augmentations à ceux qui quitteraient le MKS et renonceraient à la contestation. La tactique échoua.

Au bout d'une semaine, trois cents entreprises en grève avaient rejoint le MKS.

L'économie polonaise déjà vacillante ne pouvait pas survivre longtemps à une telle situation. Le gouvernement finit par admettre la réalité et envoya le Vice-Premier ministre à Gdansk.

Une semaine plus tard, un accord était trouvé. Les grévistes obtinrent le droit de créer des syndicats libres. Le monde en resta bouche bée.

Si les Polonais avaient pu conquérir la liberté, qu'est-ce qui empêcherait les Allemands d'en faire autant ?

*

« Vous voyez toujours cette Polonaise ? » demanda Keith.

Cam ne répondit pas. Bien sûr, il continuait à la voir. Il était heureux comme un gamin dans un magasin de bonbons. Lidka ne demandait qu'à faire l'amour chaque fois qu'il en avait envie. Jusqu'à présent, rares étaient les filles qui avaient bien voulu faire l'amour avec lui ne fût-ce qu'une fois. « Tu aimes ça ? » demandait-elle en le caressant. S'il disait oui, elle insistait : « Mais tu aimes comment ? Un peu ? Beaucoup ? Ou tellement que tu voudrais mourir ? »

Keith continua : « Je vous ai dit que votre demande avait été rejetée.

— Mais vous ne m'avez pas dit pourquoi. »

Keith prit l'air fâché. « C'est une décision que j'ai prise.

— Est-ce la bonne ?

— Mettez-vous en cause mon autorité ?

— Non, mais vous, vous mettez en cause ma petite amie. »

La colère de Keith monta d'un cran. « Vous croyez que vous me tenez parce que Stanislaw ne veut parler à personne d'autre qu'à vous ? »

C'était très exactement ce que pensait Cam, qui n'en protesta pas moins. « Ça n'a rien à voir avec Staz. Je refuse de renoncer à elle sans une bonne raison.

— Je risque d'avoir à vous virer.

— Ça ne changera rien. En fait... » Cam hésita. Il n'avait pas prévu de prononcer les mots qui lui venaient à l'esprit. Il se lança pourtant : « En fait, j'ai l'intention de l'épouser. »

Keith changea de ton. « Cam, ce n'est peut-être pas un agent du SB, mais ça ne veut pas dire qu'elle couche avec vous sans arrière-pensées. »

Cam se rebiffa. « Si ce n'est pas une affaire de renseignement, ça ne vous regarde pas. »

Keith insista, parlant gentiment, visiblement soucieux de ne pas blesser Cam. « Beaucoup de jeunes Polonaises rêvent d'aller en Amérique, vous savez ça ? »

Cam le savait. Cette idée lui avait déjà traversé l'esprit. Mais l'entendre de la bouche de Keith était gênant et humiliant. Le visage crispé, il répondit : « Je sais.

— Pardonnez-moi de mettre les points sur les i, mais elle vous joue peut-être la comédie pour cette raison. Avez-vous envisagé cette possibilité ?

— Oui, je l'ai envisagée. Et je m'en fiche. »

*

À Moscou, la grande question était de savoir s'il fallait envahir la Pologne.

La veille, avant la séance du Politburo, Dimka et Natalia eurent une prise de bec avec Ievguéni Filipov lors d'une réunion préparatoire dans la salle Nina Olinova. Filipov déclara : « Nos camarades ont besoin d'une aide militaire de toute urgence pour résister aux attaques des traîtres à la solde des puissances impérialistes capitalistes.

— Ce que vous voulez, c'est une invasion, répliqua Natalia, comme en Tchécoslovaquie en 1968 et en Hongrie en 1956. »

Filipov ne la contredit pas. « L'Union soviétique a le droit d'intervenir dans n'importe quel pays quand les intérêts du communisme sont menacés. C'est la doctrine Brejnev.

— Je suis contre une intervention militaire, lança Dimka.

— Quelle surprise ! » remarqua Filipov d'un ton sarcastique.

Dimka ne releva pas. « En Hongrie comme en Tchécoslovaquie, la contre-révolution était menée par des éléments révisionnistes appartenant aux cadres dirigeants du parti communiste, poursuivit-il. Il était donc possible de les éliminer, comme on coupe la tête d'un poulet. Ils avaient peu de soutien populaire.

— En quoi est-ce différent aujourd'hui ?

— En Pologne, les contre-révolutionnaires sont des dirigeants de la classe ouvrière, soutenus par la classe ouvrière. Lech Walesa est électricien. Anna Walentynowicz est grutière.

Plusieurs centaines d'usines sont en grève. Nous sommes en présence d'un mouvement de masse.

— Nous devons tout de même l'écraser. Seriez-vous en train de suggérer sérieusement que nous abandonnions le communisme polonais ?

— Il y a un autre problème, glissa Natalia. L'argent. En 1968, le bloc soviétique n'avait pas des milliards de dollars de dette extérieure. Aujourd'hui, nous sommes totalement dépendants des prêts occidentaux. Vous avez entendu ce qu'a dit le président Carter à Varsovie. Le financement occidental et le respect des droits de l'homme sont étroitement liés.

— Et alors... ?

— Si nous envoyons des chars en Pologne, notre ligne de crédit sera interrompue. Autrement dit, camarade Filipov, votre invasion ruinera l'économie de tout le bloc soviétique. »

Le silence tomba.

« Quelqu'un a-t-il d'autres suggestions à faire ? » demanda Dimka.

*

Cam considérait comme un heureux présage le fait qu'un officier polonais se retourne contre l'armée Rouge au moment où les ouvriers polonais s'élevaient contre la tyrannie communiste. Ces deux événements étaient les symptômes d'un même changement. En partant pour son rendez-vous avec Stanislaw, il avait l'impression qu'il s'apprêtait à participer à ce qui serait peut-être un véritable séisme historique.

Il sortit de l'ambassade et monta dans sa voiture. Comme il l'escomptait, Mario et Ollie le suivirent. Il était important qu'ils continuent à le surveiller quand il rencontrait Stanislaw. Si l'échange se déroulait comme prévu, Mario et Ollie pourraient dire en toute bonne foi, en faisant leur rapport, qu'ils n'avaient rien remarqué de suspect.

Cam espérait que Stanislaw avait reçu et compris ses instructions.

Après s'être garé sur la place de la Vieille-Ville, il la traversa, un exemplaire du *Tribuna Ludu,* le journal officiel du gouvernement, sous le bras. Mario sortit de sa voiture et lui emboîta le pas. Trente secondes plus tard, Ollie suivit, à quelques mètres de distance.

Cam s'engagea dans une rue latérale, les deux agents de la police secrète dans son sillage.

Il entra dans un café, s'assit près de la fenêtre et commanda une bière. Il voyait ses deux anges gardiens rôder dans les parages. Il paya dès qu'on lui apporta son verre pour pouvoir s'éclipser ensuite rapidement.

Tout en buvant sa bière, il consultait souvent sa montre.

À trois heures moins une, il ressortit.

Il avait répété la manœuvre un nombre incalculable de fois à Camp Peary, le centre d'entraînement de la CIA près de Williamsburg, en Virginie. Il s'en était parfaitement acquitté. Mais c'était la première fois qu'il allait l'exécuter sur le terrain.

Vers l'extrémité du pâté de maisons, il pressa le pas. Au moment de tourner à l'angle, il regarda par-dessus son épaule. Mario était à dix mètres derrière lui.

Juste après le coin, il y avait une boutique qui vendait des cigarettes et du tabac. Stanislaw se trouvait exactement à l'endroit prévu, devant la boutique, en contemplation devant la vitrine. Cam disposait de trente secondes avant l'arrivée de Mario, plus de temps qu'il n'en fallait pour effectuer un changement de main.

Il lui suffisait d'échanger son journal contre celui que tenait Stanislaw. Ils étaient identiques à cette différence près que, si tout se passait comme convenu, celui de Stanislaw contiendrait les photocopies qu'il avait faites des documents contenus dans son coffre au quartier général de l'armée.

Il n'y avait qu'un hic.

Stanislaw n'avait pas de journal.

Il tenait en revanche une grande enveloppe brune.

Il n'avait pas suivi ses instructions à la lettre. Soit il n'avait pas bien compris, soit il avait pensé que les détails n'avaient pas d'importance.

Quelle qu'en fût la raison, c'était très ennuyeux.

Cam fut pris de panique. Il hésita. Que faire ? Il avait envie d'agonir Staz d'injures.

Il se maîtrisa et s'efforça de recouvrer son calme. Il prit sa décision en un éclair. Il n'allait pas annuler. L'échange aurait lieu.

Il se dirigea vers Stanislaw.

Quand ils se croisèrent, ils échangèrent le journal et l'enveloppe.

Stanislaw entra aussitôt dans la boutique, avec le journal, et disparut.

Cam poursuivit sa route avec l'enveloppe et ses trois centimètres d'épaisseur de documents.

Au coin suivant, il se retourna à nouveau et aperçut Mario. Il marchait à six ou sept mètres derrière lui, l'air parfaitement tranquille et détendu. Il n'avait aucune idée de ce qui venait de se passer. Il n'avait même pas vu Stanislaw.

Remarquerait-il que Cam ne tenait plus un journal à la main, mais une enveloppe ? Si c'était le cas, il risquait d'arrêter Cam et de confisquer l'enveloppe. Ce serait la fin de son triomphe... et la mort de Stanislaw.

Comme c'était l'été, Cam n'avait pas de manteau sous lequel dissimuler l'enveloppe. D'ailleurs, il n'aurait fait qu'aggraver les choses en tentant de la cacher : s'il se retrouvait soudain les mains vides, Mario risquait fort de s'en apercevoir.

Il passa devant un kiosque à journaux. Il ne pouvait pas s'arrêter pour acheter un quotidien sous le nez de Mario sans attirer son attention sur la disparition de son journal.

Il se rendit compte qu'il avait commis une erreur stupide. Il était tellement obsédé par la technique de l'échange qu'il n'avait pas songé à la solution la plus évidente. Il aurait dû prendre l'enveloppe et garder le journal.

Trop tard.

Il se sentait pris au piège. C'était tellement agaçant qu'il en aurait hurlé. Tout avait si bien marché, à un détail près !

Il pouvait encore entrer dans une boutique pour acheter un autre journal. Il en chercha une du regard. Mais la Pologne n'était pas l'Amérique. On ne trouvait pas de magasins à tous les coins de rue.

En tournant dans la rue suivante, il repéra une poubelle. Alléluia ! Il se précipita pour regarder à l'intérieur. Pas de chance : elle ne contenait aucun journal. En revanche, il y trouva un magazine à la couverture colorée. Il s'en empara et reprit sa marche. Il replia la revue de façon à masquer la couverture et à laisser apparaître à l'extérieur une page imprimée en noir et blanc. Il fronça le nez : il y avait dans la poubelle quelque chose de répugnant dont la revue avait gardé l'odeur. Il glissa l'enveloppe entre les pages en retenant sa respiration.

Il se sentit mieux. Il avait presque la même apparence qu'auparavant.

Il retourna à sa voiture et sortit ses clés. Peut-être était-ce le moment qu'ils attendaient pour l'arrêter. Il entendait déjà Mario lui dire : « Attendez un peu, montrez-moi l'enveloppe que vous essayez de cacher. » Il ouvrit la portière aussi vite qu'il put.

Mario se rapprochait.

Cam grimpa dans sa voiture et posa la revue sur le sol, côté passager.

En relevant les yeux, il vit Ollie et Mario remonter dans leur véhicule.

Apparemment, il était tiré d'affaire.

Pendant un moment, il n'eut pas la force de bouger.

Puis il démarra et regagna l'ambassade.

*

Installé dans le studio de Lidka, Cam Dewar attendait son retour.

Elle avait une photo de lui sur sa coiffeuse. C'était tellement émouvant qu'il faillit pleurer. Aucune fille n'avait jamais souhaité avoir sa photo et encore moins l'encadrer et l'exposer chez elle.

La pièce reflétait sa personnalité. Sa couleur préférée était le rose vif, qu'on retrouvait sur le couvre-lit, la nappe et les coussins. Son placard renfermait peu de vêtements, mais tous visaient à la mettre à son avantage : jupes courtes, robes à encolure en V, jolis accessoires fantaisie, imprimés à petites fleurs, nœuds et fanfreluches. La bibliothèque contenait les œuvres complètes de Jane Austen en anglais et *Anna Karénine* de Tolstoï en polonais. Dans une boîte glissée sous son lit comme une pile de revues pornographiques honteuses, elle conservait une collection de revues de décoration américaines, remplies de photos de cuisines ensoleillées aux couleurs vives.

Lidka avait accepté de se prêter au laborieux processus de l'enquête menée par la CIA pour vérifier ses aptitudes à devenir l'épouse d'un de ses agents. Les investigations étaient beaucoup plus poussées que pour une simple petite amie. Elle devait mettre par écrit son autobiographie, subir des journées entières d'interrogatoire et passer au détecteur de mensonge. Tout cela se déroulait dans d'autres locaux de l'ambassade pendant que Cam vaquait à ses occupations professionnelles habituelles. Il n'avait le droit de la voir que lorsqu'elle rentrait chez elle.

Keith aurait désormais du mal à renvoyer Cam. Les informations que Staz lui communiquait étaient de l'or en barre.

Cam avait fourni à son informateur une caméra trente-cinq millimètres compacte, une Zorki, une copie soviétique du Leica, pour qu'il puisse photographier les documents dans son bureau, la porte fermée, au lieu de devoir les glisser dans la photocopieuse, dans l'enclos des secrétaires. Il pouvait ainsi transmettre à Cam des centaines de pages de documents sous la forme d'une poignée de pellicules.

La dernière question que l'antenne de la CIA à Varsovie avait posée à Staz avait été celle-ci : qu'est-ce qui pourrait déclencher une attaque du second échelon tactique de l'armée Rouge ? Il avait apporté en réponse des dossiers tellement détaillés que Keith Dorset avait eu droit, chose rare, aux compliments écrits de Langley.

Quant à Mario et Ollie, ils n'avaient toujours pas vu Staz.

Cam était donc confiant, certain qu'il ne serait pas renvoyé et que son mariage serait autorisé, à moins que Lidka ne se révèle effectivement être un agent du KGB.

Pendant ce temps-là, la Pologne s'acheminait vers la liberté. Dix millions de personnes avaient rejoint le premier syndicat libre, Solidarnosc – Solidarité. Cela représentait un ouvrier polonais sur trois. Désormais, le problème de la Pologne n'était plus l'Union soviétique, mais l'argent. Les grèves et l'impuissance qu'elles avaient provoquée au sommet du parti communiste avaient paralysé une économie déjà fragile, entraînant des pénuries dans tous les secteurs. Le gouvernement rationnait la viande, le beurre et la farine. Les travailleurs qui avaient obtenu de généreuses augmentations de salaire s'apercevaient qu'ils ne pouvaient rien acheter avec leur argent. Le taux de change du dollar au marché noir avait plus que doublé, passant de cent vingt zlotys à deux cent cinquante. Le premier secrétaire Gierek fut remplacé par Kania, lui-même remplacé par Jaruzelski, sans que cela change grand-chose.

Tout en étant tentés de le faire, Lech Walesa et Solidarnosc hésitaient à rejeter le communisme. Une grève générale fut annoncée, puis annulée à la dernière minute, sur le conseil du pape et du nouveau président américain, Ronald Reagan, qui craignaient une effusion de sang. Cam fut déçu du manque d'audace de Reagan.

Il sortit du lit et dressa le couvert. Il avait rapporté deux steaks. Les diplomates n'étaient pas soumis aux mêmes restrictions que les Polonais. Comme ils payaient en dollars, une devise très recherchée, ils obtenaient tout ce qu'ils voulaient. Lidka était sans doute mieux nourrie que l'élite du parti communiste elle-même.

Cam se demandait s'ils feraient l'amour avant ou après le repas. Parfois, l'attente était délicieuse. Parfois, il était trop pressé. Lidka paraissait aussi satisfaite dans un cas que dans l'autre.

Elle arriva enfin. Elle l'embrassa sur la joue, posa son sac, enleva son manteau et se dirigea vers la salle de bains.

À son retour, il lui montra les steaks. « Merveilleux, lança-elle sans le regarder.

— Il y a quelque chose qui ne va pas ? » demanda Cam. Il ne l'avait jamais vue de mauvaise humeur. C'était inédit.

« Je ne crois pas que je puisse devenir l'épouse d'un agent de la CIA », déclara-t-elle enfin.

Cam réprima un élan de panique. « Dis-moi ce qui s'est passé.

— Je n'y retournerai pas demain. Je ne supporte plus ça.

— Où est le problème ?

— J'ai l'impression d'être une criminelle.

— Pourquoi, qu'est-ce qu'ils t'ont fait ? »

Elle le regarda enfin en face. « Tu penses que je me sers simplement de toi pour aller en Amérique ?

— Non, pas du tout.

— Alors, pourquoi est-ce qu'ils m'ont posé la question ?

— Je ne sais pas.

— Est-ce que ça a quelque chose à voir avec la sécurité nationale ?

— Rien du tout.

— Ils m'ont accusée de mentir.

— As-tu menti ? »

Elle haussa les épaules. « Je ne leur ai pas tout dit. Je ne suis pas une bonne sœur, j'ai eu des amants. J'en ai oublié un ou deux... mais cette atroce CIA sait tout ! Ils ont dû aller se renseigner dans mon ancienne école !

— Je sais que tu as eu des aventures, moi aussi j'en ai eu. » Pas beaucoup, songea-t-il, mais il se garda de le préciser. « Ça m'est égal.

— Ils m'ont traitée comme si j'étais une prostituée.

— Je suis désolé. Mais peu importe ce qu'ils pensent de nous du moment qu'ils t'accordent l'autorisation.

— Ils vont te raconter plein d'horreurs sur mon compte. Des choses qui leur ont été soufflées par des gens qui me détestent... des filles jalouses, des garçons avec qui je n'ai pas voulu coucher.

— Je ne les croirai pas.

— Promis ?

— Promis. »

Elle vint s'asseoir sur ses genoux. « Je suis désolée d'avoir été grincheuse.

— Je te pardonne.

— Je t'aime, Cam.

— Moi aussi, je t'aime.

— Je me sens mieux.

— Bon.

— Tu veux que je t'aide à te sentir mieux ? »

Ce genre de proposition mettait Cam dans tous ses états. « Oui, je veux bien.

— D'accord. » Elle se leva. « Allonge-toi et détends-toi, chéri. »

*

Dave Williams prit l'avion pour Varsovie avec sa femme, Beep, et leur fils John Lee, pour assister au mariage de son beau-frère, Cam.

Bien qu'intelligent et fréquentant une bonne école, à huit ans, John Lee ne savait pas lire. Dave et Beep avaient consulté un pédopsychiatre, qui leur avait appris que leur fils souffrait d'une affection commune appelée dyslexie, un trouble de la lecture. John Lee apprendrait à lire, mais il aurait besoin d'un soutien particulier et devrait travailler très dur. La dyslexie était un trouble d'origine génétique, qui affectait plus souvent les garçons que les filles.

Dave avait alors compris son propre problème.

Ce soir-là, dans la cuisine en bois de Daisy Farm, après avoir couché John Lee, il expliqua à Beep : « Pendant toute ma scolarité, j'ai cru que j'étais débile. C'est ce que mes profs me disaient. Mes parents savaient que je n'étais pas idiot, du coup ils me croyaient paresseux.

— Tu n'es pas paresseux. Tu es le mec le plus bosseur que je connaisse.

— Il y avait quelque chose qui clochait chez moi, mais on ne savait pas quoi. Maintenant, nous savons.

— Et on fera tout pour que John Lee n'ait pas à en souffrir comme toi. »

Les problèmes de lecture et d'écriture avec lesquels Dave s'était débattu toute sa vie trouvaient enfin une explication. Cela ne le perturbait plus depuis longtemps, depuis qu'il écrivait des chansons dont les paroles étaient reprises par des millions de fans. Son soulagement n'en était pas moins immense. Un mystère était dissipé, une cruelle inaptitude élucidée. Et surtout, il savait maintenant comment en épargner les inconvénients à la génération suivante.

« Et tu sais quoi ? avait ajouté Beep en remplissant un verre de cabernet sauvignon de Daisy Farm.

— Oui. Ça veut dire que c'est certainement mon fils. »

Beep n'avait jamais su qui, de Dave ou de Walli, était le père de John Lee. À mesure que l'enfant grandissait, changeait et se mettait à ressembler de plus en plus à Dave, ni lui ni elle n'avaient été en mesure de dire si cette ressemblance été innée ou acquise : les gestes, les tournures de phrases, les enthousiasmes pouvaient relever du mimétisme inconscient d'un garçon qui adorait son papa. En revanche, la dyslexie ne s'apprenait pas.

« Ce n'est pas une preuve irréfutable, remarqua Beep. Mais c'est une solide présomption.

— De toute façon, on s'en fiche », dit Dave.

D'ailleurs, ils s'étaient juré de ne jamais évoquer ce doute devant qui que ce fût, pas même John Lee.

Le mariage de Cam fut célébré dans une église catholique moderne de la petite ville d'Otwock, dans la banlieue de Varsovie. Cam s'était converti au catholicisme. Dave était persuadé qu'il s'agissait d'une conversion de convenance.

La mariée portait la robe blanche dans laquelle sa propre mère s'était mariée : les Polonais étaient obligés de recycler leurs vêtements.

Dave trouva Lidka jolie ; elle était mince, avait de longues jambes et une belle poitrine, mais il perçut également quelque chose de dur dans l'expression de la bouche. Peut-être était-il trop sévère : quinze ans de carrière de rock star l'avaient rendu cynique à l'égard des filles. D'après son expérience, elles couchaient souvent avec les hommes dans le but d'en tirer un avantage pour elles-mêmes ; c'était plus fréquent qu'on ne le pensait.

Les trois demoiselles d'honneur s'étaient confectionné de courtes robes d'été en coton rose vif.

La réception se tint à l'ambassade américaine. Celle-ci avait réussi à se procurer de grandes quantités de nourriture et autre chose à boire que de la vodka. Woody Dewar avait réglé la note.

Le père de Lidka raconta une histoire drôle, dans un mélange de polonais et d'anglais. Un homme entre dans une boucherie d'État et demande une livre de bœuf.

« *Nie ma,* nous n'en avons pas.

— Du porc alors.

— *Nie ma.*

— Du veau ?

— *Nie ma.*

— Du poulet.

— *Nie ma.* »

Le client s'en va. La femme du boucher remarque : « Il est fou, ce type.

— Oui, répond le boucher. Mais quelle mémoire ! »

Les Américains restèrent perplexes ; les Polonais, eux, étaient pliés de rire.

Dave avait demandé à Cam de ne pas dire que son beau-frère faisait partie de Plum Nellie, mais la nouvelle avait filtré, comme toujours, et il fut assiégé par les amis de Lidka. Les demoiselles d'honneur se pressaient autour de lui. L'une d'elles laissa entendre qu'il pouvait coucher avec n'importe laquelle d'entre elles, voire avec les trois en même temps si ça lui disait.

« Il faudrait que je vous présente mon bassiste », regretta Dave.

Quand Cam et Lidka ouvrirent le bal, Beep glissa à l'oreille de Dave : « Je sais que c'est une fripouille, mais c'est mon frère et ça me fait plaisir qu'il ait enfin trouvé quelqu'un.

— Tu es sûre que Lidka n'est pas une fille intéressée qui cherche surtout un passeport américain ? répondit Dave

— C'est ce que mes parents craignent. Mais Cam a trente-quatre ans et il est célibataire.

— Tu as sans doute raison. Qu'est-ce qu'il a à perdre ? »

*

En septembre 1981, Tania assista au premier congrès national de Solidarnosc, la peur au ventre.

La session débuta par une cérémonie à la cathédrale d'Oliwa, une banlieue située au nord de Gdansk. Deux tours effilées encadraient de leurs silhouettes menaçantes le portail baroque par lequel les délégués entrèrent. Tania s'assit à côté de Danuta Gorski, sa voisine de Varsovie, journaliste et soutien inconditionnel de Solidarnosc. Comme Tania, elle écrivait des articles d'une orthodoxie irréprochable dans la presse officielle, tout en menant sa propre barque en toute discrétion.

L'archevêque prononça un sermon lénifiant sur la paix et l'amour de la patrie. Malgré le fervent appui du pape, le clergé polonais était partagé à l'égard de Solidarnosc. Si les ecclésiastiques exécraient le communisme, ils étaient aussi intrinsèquement partisans de l'autorité, et hostiles à la démocratie. Certains prêtres défiaient héroïquement le régime, mais en réalité, l'Église souhaitait remplacer une tyrannie athée par une tyrannie chrétienne.

Cependant, ce n'était pas l'Église qui préoccupait Tania, ni aucune des autres forces susceptibles de diviser le mouvement. Les manœuvres inquiétantes de la marine soviétique dans la baie de Gdansk et les « exercices » des cent mille hommes de l'armée Rouge à la frontière orientale de la Pologne présentaient un danger autrement plus effrayant. Selon l'article de Danuta dans la *Tribuna Ludu* du jour, cette démonstration de force militaire répondait à l'agressivité grandissante de l'Amérique. Personne n'était dupe. L'Union soviétique voulait faire savoir au monde qu'elle était prête à intervenir si Solidarnosc sortait des clous.

Après la célébration religieuse, les neuf cents délégués partirent en autocars pour le campus de l'université de Gdansk, où le congrès devait se tenir dans l'immense salle des sports Olivia.

C'était d'une provocation extrême. Le Kremlin avait Solidarnosc en horreur. Il n'était rien arrivé d'aussi périlleux dans un pays du bloc soviétique depuis plus de dix ans. Les délégués démocratiquement élus convergeaient de toute la Pologne pour débattre et voter des résolutions tandis que le parti communiste n'avait aucun contrôle sur la situation. C'était un parlement national qui ne disait pas son nom. On l'aurait appelé révolutionnaire si ce mot n'avait pas été galvaudé par les bolcheviks. Il ne fallait pas s'étonner que les Soviétiques soient aux cent coups.

Le stade couvert était équipé d'un tableau d'affichage électronique. Lorsque Walesa se leva pour parler, il s'éclaira, révélant une croix surmontant le slogan en latin : *Polonia semper fidelis*, Pologne toujours fidèle.

Tania sortit pour aller allumer la radio dans sa voiture. Toutes les stations diffusaient leurs programmes ordinaires. Les Soviétiques n'avaient pas encore envahi le pays.

La journée du samedi s'écoula sans événement majeur. Ce n'est que le mardi que Tania recommença à avoir peur.

Le régime en place avait publié un projet de loi sur le gouvernement autonome des travailleurs qui permettait aux salariés d'être consultés sur les embauches au sein de la direction. Tania se fit la réflexion que jamais le président Reagan n'aurait envisagé d'accorder de tels droits aux Américains. Et pourtant, la loi n'était pas encore assez radicale aux yeux de Solidarnosc car elle n'allait pas jusqu'à octroyer aux salariés le droit de procéder aux embauches et aux licenciements. Le syndicat proposa donc un référendum national sur cette question.

Lénine devait se retourner dans son mausolée.

Pis, une clause fut ajoutée prévoyant que si le gouvernement refusait d'organiser un référendum, le syndicat s'en chargerait lui-même.

Tania sentit à nouveau l'angoisse la tenailler. Le syndicat commençait à s'arroger le pouvoir de direction normalement réservé au parti communiste. Les athées s'emparaient de l'Église. L'Union soviétique ne pourrait jamais accepter cela.

La résolution fut votée à l'unanimité moins une voix et les délégués s'applaudirent eux-mêmes.

Mais ce ne fut pas tout.

Quelqu'un suggéra d'adresser un message aux ouvriers de Tchécoslovaquie, de Hongrie, d'Allemagne de l'Est et de « toutes les nations de l'Union soviétique ». Ce message disait notamment : « Nous soutenons ceux d'entre vous qui se sont engagés sur la voie difficile de la lutte pour la création de syndicats libres. » La proposition fut acceptée par un vote à main levée.

Ils étaient allés trop loin, Tania en était persuadée.

La grande crainte des Soviétiques était que la croisade des Polonais pour la liberté ne s'étende aux autres pays du Rideau de fer. Or c'était précisément ce que les délégués cherchaient à obtenir ! L'invasion semblait désormais inévitable.

Le lendemain, l'indignation des Soviétiques s'étalait dans toute la presse. Solidarnosc s'ingérait dans les affaires intérieures d'États souverains, fulminaient-ils.

Pourtant, il n'y eut pas d'intervention militaire.

*

Leonid Brejnev ne voulait pas envahir la Pologne. Il ne pouvait pas se permettre de renoncer à la manne financière des banques occidentales. Il avait d'autres projets, que Cam apprit par Staz.

Il fallait toujours plusieurs jours pour traiter le matériau brut fourni par ce dernier. Récupérer les pellicules au prix de dangereuses manœuvres n'était qu'une première étape. Il fallait ensuite développer le film dans la chambre noire de l'ambassade, puis imprimer et photocopier les documents. Ils étaient ensuite confiés à un traducteur tenu au plus haut degré de confidentialité, qui les traduisait du russe et du polonais en anglais. S'il y avait plus de cent pages, ce qui était fréquent, il y passait des jours. Le résultat devait à son tour être dactylographié et photocopié. Alors seulement, Cam savait quelle espèce de poisson il avait pêché.

Alors que le grand froid hivernal s'installait, Cam, en se plongeant dans la dernière liasse reçue, prit connaissance d'un projet de reprise en main par le gouvernement polonais, bien structuré et détaillé. Il s'agissait de déclarer la loi martiale, de suspendre toutes les libertés et de revenir sur tous les accords conclus avec Solidarnosc.

Ce n'était encore qu'un plan d'urgence. Cam eut cependant la surprise de découvrir que Jaruzelski l'avait élaboré dans la semaine qui avait suivi son entrée en fonction. De toute évidence, il avait déjà cette idée en tête en arrivant au pouvoir.

Désormais, Brejnev le pressait instamment de le mettre à exécution.

Jaruzelski avait résisté à ses sollicitations quelques mois plus tôt. À cette date, Solidarnosc avait les moyens de riposter : les ouvriers occupaient les usines à travers tout le pays et tout était en place pour déclencher une grève générale.

Solidarnosc l'avait emporté à ce moment-là, et le communisme avait cédé du terrain. Désormais, les ouvriers n'étaient plus sur leurs gardes.

De plus, ils avaient faim et froid et ils étaient fatigués. Le pays manquait de tout, l'inflation était galopante et les distributions de nourriture sabotées par les bureaucrates communistes qui souhaitaient revenir en arrière. Jaruzelski calculait qu'à partir d'un certain degré de privations, le peuple exsangue accueillerait le retour à un régime autoritaire comme une bénédiction.

Jaruzelski *voulait* l'invasion soviétique. Il avait envoyé au Kremlin un message demandant sans détour : « Pouvons-nous compter sur l'appui militaire de Moscou ? »

Il avait reçu une réponse tout aussi directe : « Nous n'enverrons pas de troupes. »

C'était une bonne nouvelle pour la Pologne, songea Cam. Les Soviétiques avaient beau montrer leurs muscles et fanfaronner, ils n'étaient pas disposés à passer à l'acte. Quelle que fût la suite des événements, elle serait le fait du peuple polonais.

Cependant, Jaruzelski pouvait parfaitement prendre des mesures autoritaires, même sans le soutien des chars soviétiques. Son plan était exposé là, sur le film transmis par Staz. Celui-ci craignait d'ailleurs que le plan ne soit mis à exécution, car il avait ajouté une note manuscrite. C'était suffisamment inhabituel pour que Cam s'y intéresse de près. Staz avait écrit : « Reagan peut empêcher cela en menaçant de suspendre l'aide financière. »

C'était bien vu. Les prêts des gouvernements et des banques d'Occident maintenaient la Pologne à flot. Aux yeux du pouvoir polonais, la seule chose pire que la démocratie serait la faillite.

Cam avait voté pour Reagan parce qu'il avait promis plus de fermeté en politique étrangère. C'était l'occasion ou jamais. S'il réagissait immédiatement, Reagan pouvait éviter à la Pologne un gigantesque pas en arrière.

*

George et Verena habitaient une maison agréable dans le comté de Prince George, à la limite de Washington, dans la petite ville qu'il représentait au Congrès. Désormais, il devait aller à l'église toutes les semaines, en variant les cultes, pour prier avec ses électeurs. Sa fonction comportait quelques corvées de ce genre, mais il remplissait son rôle avec passion. Ronald Reagan avait remplacé Jimmy Carter à la Maison Blanche. George pouvait se consacrer à la défense des plus démunis, noirs pour la plupart.

Deux ou trois fois par trimestre, Maria Summers venait voir son filleul, le petit Jack, âgé maintenant d'un an et demi et déjà aussi dynamique que sa grand-mère Jacky. Elle lui apportait des livres. Après le déjeuner, George faisait la vaisselle et elle l'essuyait en discutant avec lui de renseignement et de politique étrangère.

Maria travaillait toujours au Département d'État. Elle avait pour patron le secrétaire d'État Alexander Haig. George lui demanda si le ministère était désormais mieux informé de la situation en Pologne. « Beaucoup mieux, assura-t-elle. Je ne sais pas comment vous vous y êtes pris, mais la CIA est nettement plus productive. »

George lui tendit un plat à essuyer. « Alors, que se passe-t-il à Varsovie ?

— Les Soviétiques n'enverront pas de chars. Nous le savons. Les communistes polonais ont demandé à ce qu'ils viennent et ils ont refusé tout net. En revanche, Brejnev pousse Jaruzelski à instaurer la loi martiale et à dissoudre Solidarnosc.

— Ce serait scandaleux.

— C'est ce que pense le Département d'État. »

George hésita. « Il y a un mais... ?

— Tu me connais trop bien. » Elle sourit. « Nous pouvons empêcher la mise en œuvre de ce projet de loi martiale. Il suffirait que le président Reagan rappelle que notre aide économique est liée au respect des droits de l'homme.

— Pourquoi ne le fait-il pas ?

— Haig et lui ne pensent pas que les Polonais imposeront la loi martiale à leur propre peuple.

— Comment en être sûrs ? Il vaudrait peut-être mieux leur adresser tout de même un avertissement.

— C'est aussi mon avis.

— Mais alors, qu'est-ce qu'ils attendent ?

— Ils ne veulent pas que l'autre camp se rende compte de l'efficacité de nos services de renseignement.

— À quoi bon recueillir des informations si on ne s'en sert pas ?

— Ça viendra peut-être. Mais pour le moment, ils hésitent. »

*

Deux semaines avant Noël, la neige tombait sur Varsovie. Tania passa le samedi soir seule. Staz ne donnait jamais d'explications sur ses disponibilités. Elle savait où il habitait, mais n'était jamais allée chez lui. Depuis qu'elle l'avait présenté à Cam Dewar, Staz restait muet comme une carpe sur tout ce qui concernait l'armée. Elle supposait que c'était parce qu'il transmettait des renseignements à l'Américain. Il était comme un prisonnier qui affiche un comportement irréprochable dans la journée et passe la nuit à creuser un tunnel pour s'évader.

C'était tout de même le deuxième samedi qu'elle passait sans lui. Sans qu'elle en sache la raison. Commençait-il à se lasser d'elle ? Les hommes étaient comme ça. Vassili était le seul à avoir toujours fait partie de sa vie et ils n'avaient jamais partagé le même lit.

En réalité, Vassili lui manquait. Elle avait pris grand soin de ne pas tomber amoureuse de lui parce que c'était un coureur de jupons, mais il l'attirait indéniablement. À vrai dire, ce qu'elle appréciait chez les hommes était leur courage. Les trois hommes qui avaient le plus compté dans sa vie étaient Paz Oliva, Staz Pawlak et Vassili. Tous les trois beaux comme des dieux. Et courageux. Paz s'était dressé contre la puissance des États-Unis, Staz avait trahi les secrets de l'armée Rouge et Vassili avait défié le Kremlin. Des trois, Vassili était celui qui excitait le plus son imagination : il avait été capable d'écrire des textes accablants sur l'Union soviétique alors qu'il mourait de faim et de froid au fond de la Sibérie. Elle se demandait comment il allait. Elle aurait aimé savoir ce qu'il était en train d'écrire. Et s'il avait repris ses vieilles habitudes de Casanova ou s'il s'était réellement assagi.

Elle se coucha et lut *Le Docteur Jivago* en allemand (il n'avait toujours pas été publié en russe) jusqu'à ce que ses yeux se ferment. Elle éteignit.

Elle fut réveillée par un terrible vacarme. Elle se redressa et alluma. Il était deux heures et demie du matin. Quelqu'un donnait des coups dans une porte, mais ce n'était pas la sienne.

Elle se leva et regarda par la fenêtre. Les automobiles garées dans la rue étaient couvertes d'une fine couche de neige. Deux voitures de police et un véhicule blindé de transport de troupes BTR-60 occupaient le milieu de la chaussée, stationnés n'importe comment, avec le sans-gêne des flics qui savent qu'ils peuvent tout se permettre.

Le bruit de coups répétés laissa place à un violent fracas. On aurait dit que quelqu'un cherchait à démolir le bâtiment à la masse.

Tania enfila un peignoir. Dans l'entrée, elle saisit sa carte de presse qui était posée sur une table avec de la monnaie et ses clés de voiture. Elle ouvrit sa porte et inspecta le couloir. Elle ne remarqua rien de particulier, à part deux voisins qui observaient les alentours d'un air inquiet, comme elle.

Tania coinça sa porte avec une chaise et sortit. Le raffut venait de l'étage inférieur. En se penchant par-dessus la rampe, elle aperçut un groupe d'hommes portant l'uniforme camouflé de la ZOMO, la fameuse milice de sécurité. Ils étaient en train de défoncer la porte de Danuta Gorski, l'amie de Tania, à coups de marteau et de barre à mine.

Tania hurla : « Qu'est-ce que vous faites ? Qu'est-ce qui se passe ? »

Certains voisins les interpellaient aussi en criant. Les policiers ne leur prêtèrent aucune attention.

La porte s'ouvrit de l'intérieur. Le mari de Danuta, en pyjama, lunettes sur le nez, se tenait sur le seuil, visiblement effrayé. « Qu'est-ce que vous voulez ? » demanda-t-il. Un enfant pleurait à l'intérieur.

Les policiers l'écartèrent brutalement et entrèrent dans le logement.

Tania dévala l'escalier. « Vous n'avez pas le droit ! protesta-t-elle. Vous devez vous identifier ! »

Deux grands flics ressortirent de l'appartement en traînant Danuta, les cheveux en bataille, vêtue d'une chemise de nuit sous un peignoir blanc en éponge.

Tania se campa devant eux, bloquant l'accès à l'escalier. Elle brandit sa carte de presse. « Je suis une journaliste soviétique !

— Dégagez le passage », gronda l'un des policiers. Il la frappa avec la barre de fer qu'il tenait à la main. Cherchant en même temps à maîtriser Danuta, il n'avait pas vraiment visé et la barre atteignit Tania au visage. Elle ressentit une vive douleur et vacilla. Les deux miliciens la poussèrent et entraînèrent Danuta dans l'escalier.

Tania avait l'œil droit injecté de sang, mais voyait encore du gauche. Un autre flic sortit de l'appartement avec une machine à écrire et un répondeur téléphonique.

Le mari de Danuta reparut, un enfant dans les bras. « Où l'emmenez-vous ? » cria-t-il. Les policiers ne daignèrent pas répondre.

« Je vais appeler l'armée, lui dit Tania, et essayer de me renseigner. » Elle remonta à son étage, une main posée sur son visage ensanglanté.

Elle se regarda dans la glace de l'entrée. Elle avait une entaille au front, un début d'hématome à la joue, mais pensait n'avoir rien de cassé.

Elle prit son téléphone pour appeler Staz.

Pas de tonalité.

Elle alluma la télévision et la radio. L'écran était vide, la radio silencieuse.

Il ne s'agissait donc pas seulement de Danuta.

Une voisine l'avait suivie à l'intérieur. « Je vais appeler un médecin pour vous, déclara-t-elle.

— Pas le temps. » Tania gagna sa petite salle de bains, mouilla une serviette sous le robinet et se lava délicatement le visage. De retour dans sa chambre, elle enfila rapidement des dessous en Thermolactyl, un jean, un gros pull et un épais manteau doublé de fourrure.

Elle descendit l'escalier quatre à quatre et sauta dans sa voiture. La neige s'était remise à tomber. Pourtant, les artères principales étaient dégagées. Elle ne tarda pas à comprendre pourquoi. Il y avait des chars et des camions de l'armée partout. Elle se rendit compte avec un effroi grandissant que l'arrestation de Danuta n'était qu'un tout petit élément d'un ensemble de bien plus grande ampleur, éminemment inquiétant.

Cependant, les troupes massées dans le centre de Varsovie n'étaient pas russes. Il ne s'agissait pas d'une réédition de l'épisode de Prague en 1968. Les véhicules arboraient les emblèmes de l'armée polonaise et les soldats portaient l'uniforme polonais. Les Polonais avaient envahi leur propre capitale.

Ils installaient des barrages routiers, mais l'opération venant de commencer, il était encore possible de les contourner. Tania conduisait vite, prenant les virages sur les chapeaux de roue au risque de déraper. Elle arriva rue Jana Olbrachta, à l'ouest de la ville et se gara devant l'immeuble de Staz. Elle connaissait l'adresse, bien qu'elle n'y soit jamais allée. Il disait toujours que son logement ne valait guère mieux qu'une chambre de caserne.

Elle pénétra dans l'immeuble. Il lui fallut un moment pour localiser le bon appartement. Elle frappa à la porte, espérant de toutes ses forces le trouver chez lui. Il était pourtant plus que probable qu'il soit dans les rues avec le reste de l'armée.

Une femme lui ouvrit.

Tania en resta muette de stupeur. Staz avait-il une autre petite amie ?

La femme était blonde, plutôt jolie. Elle portait une chemise de nuit en nylon rose. Elle dévisagea Tania d'un air consterné. « Vous êtes blessée ! » s'exclama-t-elle en polonais.

Derrière elle, Tania remarqua un petit tricycle rouge. Cette femme n'était pas sa petite amie, c'était son épouse, et ils avaient un enfant !

Tania fut accablée par un immense sentiment de culpabilité. Ce fut comme une décharge électrique. Elle avait enlevé Staz à sa famille. Et il lui avait menti.

Elle dut faire un immense effort pour revenir à l'urgence du moment. « Je voudrais parler au colonel Pawlak, dit-elle. C'est urgent. »

En entendant son accent russe, la jeune femme changea soudain d'attitude. « Ah, c'est vous, la putain russe », siffla-t-elle en jetant à Tania un regard haineux.

De toute évidence, Staz n'avait pas réussi à cacher son infidélité à sa femme. Tania aurait voulu lui expliquer qu'elle ignorait qu'il était marié, mais elle n'en avait pas le temps. « Ce n'est pas le moment, supplia-t-elle. Ils sont en train d'occuper la ville ! Où est-il ?

— Il n'est pas ici.

— Vous voulez bien me dire où je peux le trouver ?

— Certainement pas. Foutez le camp, vous pouvez crever. » Elle lui claqua la porte au nez.

« Et merde », grommela Tania.

Elle resta plantée devant la porte de l'appartement. Elle porta la main à sa joue douloureuse et constata qu'elle avait enflé dans des proportions grotesques. Tania ne savait plus que faire désormais.

Elle pensa alors à une autre personne susceptible de savoir ce qui se passait : Cam Dewar. Il n'était sans doute pas possible de lui téléphoner car toutes les lignes civiles devaient être coupées, cependant, elle le trouverait peut-être à l'ambassade américaine.

Elle ressortit, remonta dans sa voiture et fila vers le sud de la ville. Elle prit par les quartiers extérieurs pour éviter le centre-ville, probablement déjà bloqué par les barrages.

Staz était marié. Il avait trompé les deux femmes. Quel sacré menteur, se dit Tania avec amertume : cela faisait sans doute de lui un excellent espion. Elle était tellement furieuse qu'elle avait bien envie de renoncer aux hommes. Ils étaient tous les mêmes.

Elle aperçut un groupe de soldats qui accrochaient une pancarte à un lampadaire. Elle s'arrêta pour mieux voir, sans prendre le risque de descendre de voiture. C'était un arrêté édicté par un organe appelé « Conseil militaire de sûreté nationale ». Il n'existait aucun conseil de ce nom : Jaruzelski venait de le créer. Elle fut épouvantée par ce qu'elle lut. La loi martiale était en vigueur. Les droits civiques étaient suspendus, les frontières fermées, les déplacements entre les villes interdits, les rassemblements prohibés, un couvre-feu était instauré de dix heures du soir à six heures du matin et les forces armées étaient habilitées à rétablir l'ordre par la force.

La répression était en marche. Elle avait été soigneusement préparée. Ces affiches avaient été imprimées à l'avance. Le plan était appliqué avec une efficacité brutale. Restait-il une parcelle d'espoir ?

Elle s'éloigna. Dans une rue obscure, deux agents de la ZOMO surgirent dans le faisceau de ses phares. L'un d'eux leva la main pour lui faire signe de s'arrêter. À cet instant, Tania ressentit un élancement dans la joue. Elle se décida en une fraction de seconde. Elle écrasa la pédale d'accélérateur et bénit son puissant moteur allemand qui lança la voiture à pleine vitesse. Surpris, les deux hommes se jetèrent de côté. Elle tourna à l'angle dans un crissement de pneus. Le temps qu'ils sortent leurs armes, elle était déjà loin.

Quelques minutes plus tard, elle pilait devant les marbres blancs de l'ambassade américaine. Toutes les fenêtres étaient éclairées : ici aussi, on cherchait à prendre la mesure de la situation. Elle sortit en coup de vent et se précipita vers le marine de faction à la porte. « J'ai des informations importantes pour Cam Dewar », lui dit-elle en anglais.

Le marine pointa l'index derrière elle. « Le voilà justement. »

Tania se retourna. Une Fiat Polski jaune citron venait de s'immobiliser au bord du trottoir. Cam était au volant. Tania s'approcha de la voiture. Cam baissa sa vitre. Il s'adressa à elle en russe, comme toujours : « Oh là là, qu'est-ce qui vous est arrivé ?

— J'ai eu quelques démêlés avec la ZOMO. Savez-vous ce qui se passe ?

— Le gouvernement a fait arrêter presque tous les leaders et organisateurs de Solidarnosc... des milliers d'entre eux, annonça Cam d'un air sombre. Toutes les lignes téléphoniques sont coupées. D'énormes barrages ont été dressés sur toutes les grandes routes du pays.

— Mais je n'ai vu aucun Russe !

— Non. Les Polonais s'en sont chargés tout seuls.

— Le gouvernement américain savait-il ce qui se préparait ? Staz vous avait-il prévenu ? »

Cam resta muet.

Tania prit son silence pour une réponse affirmative. « Reagan ne pouvait pas empêcher ça ? »

Cam semblait aussi perplexe et déçu qu'elle. « Je le croyais, admit-il.

— Mais alors, bon sang, pourquoi n'a-t-il rien fait ? » Sa voix monta dans les aigus sous l'effet du désespoir.

« Je ne sais pas, répondit Cam. Je ne sais pas. »

*

Quand Tania revint à Moscou, un bouquet l'attendait dans l'appartement de sa mère de la part de Vassili. Comment avait-il fait pour trouver des roses à Moscou en plein hiver ?

Ces fleurs mettaient une touche de couleur dans un paysage de désolation. Tania venait de subir deux chocs simultanés : Staz l'avait trompée et le général Jaruzelski avait trahi le peuple polonais. Staz ne valait pas mieux que Paz Oliva. Elle en venait à se demander comment elle pouvait manquer de jugement à ce point. Peut-être se méprenait-elle aussi sur le communisme. Elle avait toujours pensé qu'il ne pourrait pas durer. Elle était une gamine en 1956, quand la rébellion hongroise avait été écrasée. Douze ans plus tard, l'histoire s'était répétée lors du Printemps de Prague et trente ans plus tard encore, Solidarnosc subissait le même sort. Après tout, peut-être le communisme représentait-il vraiment la voie de l'avenir, comme grand-père Grigori l'avait cru jusqu'à sa mort. Si c'était le cas, une bien triste vie attendait son neveu et sa nièce, Gricha et Katia, les enfants de Dimka.

Peu après son retour, Vassili l'invita à dîner.

Ils estimaient pouvoir désormais afficher leur amitié au grand jour. Il avait été réhabilité. Son feuilleton radiophonique connaissait un vif succès qui ne se démentait pas au fil du temps et il était devenu une vedette de l'Union des écrivains. Personne ne savait qu'il était Ivan Kouznetsov, l'auteur dissident de *La Morsure du gel* et d'autres livres anticommunistes qui avaient été des best-sellers en Occident. Tania trouvait remarquable qu'ils aient réussi à garder le secret aussi longtemps.

Elle s'apprêtait à aller rejoindre Vassili quand Piotr Opotkine se planta devant son bureau, plissant les yeux à travers la fumée de son éternelle cigarette. « Vous avez remis ça, lança-t-il. Nous avons reçu des plaintes des plus hautes autorités au sujet de votre article sur les vaches. »

Tania s'était rendue dans la région de Vladimir, où les cadres du parti communiste étaient tellement incompétents que les bovins mouraient par centaines pendant que leur fourrage pourrissait dans les granges. Elle avait écrit un article indigné, que Daniil avait publié. Elle répondit à Opotkine : « J'imagine bien que les salopards flemmards et corrompus qui laissent mourir les vaches n'ont pas été contents.

— Eux, je m'en fiche. Mais j'ai reçu une lettre du secrétaire du Comité central responsable de l'idéologie !

— Il s'y connaît en vaches, c'est sûr. »

Opotkine lui tendit un papier. « Nous allons devoir publier un démenti. »

Tania lui prit la feuille des mains, sans la lire. « Pourquoi tenez-vous tellement à défendre des gens qui détruisent notre pays ?

— Nous ne devons pas saper l'autorité des cadres du parti communiste ! »

Le téléphone posé sur le bureau de Tania sonna. Elle décrocha. « Tania Dvorkine. »

Une voix vaguement familière demanda : « C'est vous qui avez écrit l'article sur les vaches qui meurent dans la région de Vladimir ? »

Tania soupira. « Oui, c'est moi, et j'ai déjà été rappelée à l'ordre. Qui est à l'appareil ?

— Je suis le secrétaire chargé de l'agriculture. Je m'appelle Mikhaïl Gorbatchev. Vous m'avez interviewé en 1976.

— Oui, en effet. » Gorbatchev venait sans doute ajouter ses reproches à ceux d'Opotkine, songea Tania, résignée.

Gorbatchev reprit : « Je vous appelle pour vous féliciter de votre excellente analyse. »

Tania n'en revenait pas. « Je... euh, merci, camarade !

— Il est extrêmement important de mettre un terme à cette inefficacité dans nos fermes.

— Euh, camarade secrétaire, pourriez-vous le dire à mon responsable éditorial ? Nous étions justement en train de discuter de cet article et nous envisagions de publier un démenti.

— Un démenti ? Jamais de la vie. Passez-le-moi. »

Tania annonça à Opotkine, avec un large sourire : « Le secrétaire Gorbatchev voudrait vous parler. »

Opotkine crut d'abord à une blague. Il prit le combiné et demanda : « Qui est à l'appareil, je vous prie ? »

À partir de là, on ne l'entendit plus sauf pour quelques : « Oui, camarade. »

Puis il raccrocha et s'en alla sans un mot de plus à Tania.

Elle froissa le démenti et le jeta à la poubelle avec un sentiment d'intense satisfaction.

Elle se rendit chez Vassili sans savoir à quoi s'attendre. Elle espérait qu'il n'avait pas l'intention de lui demander d'entrer dans son harem. Par mesure de précaution, elle avait mis un pantalon de serge et un chandail gris assez peu aguichants pour le décourager. Malgré tout, elle envisageait cette soirée avec plaisir.

Il lui ouvrit, vêtu d'une chemise blanche et d'un gilet bleu apparemment flambant neufs. Elle l'embrassa sur la joue et l'examina. Ses cheveux, gris désormais, étaient toujours aussi épais et ondulés. À cinquante ans, il gardait une silhouette parfaitement droite et élancée.

Il ouvrit une bouteille de champagne géorgien et posa des amuse-gueule sur la table, des toasts carrés avec de l'œuf dur et de la tomate, et des œufs de poisson sur des rondelles de concombre. Tania se demanda qui les avait préparés. Il pouvait très bien avoir eu le culot de demander ça à une de ses petites amies.

L'appartement était confortable, rempli de livres et de tableaux. Vassili avait un lecteur de cassettes. Il était à présent à l'aise financièrement, même sans la fortune en droits étrangers qu'il ne pouvait pas toucher.

Il voulait tout savoir sur la Pologne. Comment le Kremlin avait pu écraser Solidarnosc sans intervention militaire ? Pourquoi Jaruzelski avait trahi le peuple polonais ? Il ne pensait pas que son appartement fût truffé de micros, mais avait mis une cassette de Tchaïkovski, au cas où.

Tania lui apprit que Solidarnosc n'était pas mort. Le mouvement survivait dans la clandestinité. Les hommes arrêtés en vertu de la loi martiale étaient encore en prison, mais avec sa mentalité sexiste, la police secrète avait sous-estimé le rôle essentiel joué par les femmes. La plupart des cadres féminins avaient été remis en liberté, dont Danuta, relâchée peu après son arrestation. Elle s'était remise à œuvrer en cachette en publiant des brochures et des journaux illégaux et en rétablissant les lignes de communication.

Pourtant, Tania conservait peu d'espoir. Tout nouveau soulèvement serait victime de la même répression. Vassili se montrait plus optimiste. « C'était à deux doigts de réussir, jugeait-il. En un demi-siècle, personne n'a jamais été aussi près de renverser le communisme. »

C'était comme autrefois, constata Tania sous l'effet réconfortant du champagne. Dans les années 1960, avant l'emprisonnement de Vassili, ils se retrouvaient souvent ainsi, assis l'un en face de l'autre, à bavarder et discuter politique, art et littérature.

Elle lui fit part du coup de téléphone de Mikhaïl Gorbatchev. « C'est vraiment un drôle de type, commenta Vassili. Nous le voyons beaucoup au ministère de l'Agriculture. C'est le chouchou de Youri Andropov. C'est apparemment un communiste pur et dur. Sa femme est encore pire. Et pourtant, il soutient des idées réformistes chaque fois que c'est possible sans se mettre ses supérieurs à dos.

— Mon frère a une haute opinion de lui.

— Quand Brejnev mourra, ce qui, avec un peu de chance, ne devrait plus tarder, Andropov briguera le pouvoir, avec l'appui de Gorbatchev. Si la tentative échoue, ils seront cuits, l'un comme l'autre. On les enverra en province. Mais si Andropov réussit son coup, Gorbatchev aura un bel avenir devant lui.

— Dans n'importe quel autre pays, à cinquante ans, Gorbatchev serait en âge d'occuper le pouvoir. Ici, il est trop jeune.

— Le Kremlin est un ramassis de vieillards. »

Vassili servit un bortsch, une soupe de betteraves au bœuf. « C'est délicieux, reconnut Tania, qui ne put s'empêcher de demander : Qui l'a fait ?

— Moi, bien sûr. Qui veux-tu que ce soit ?

— Je ne sais pas. Tu as une aide ménagère ?

— Une babouchka qui vient de temps en temps faire le ménage et repasser mes chemises.

— Une de tes petites copines alors.

— Je n'ai pas de petite copine en ce moment. »

Tania était intriguée. Elle se souvenait de leur dernière conversation avant son départ pour Varsovie. Il avait prétendu avoir changé, avoir mûri. Elle lui avait répondu que ce n'était pas le tout de le dire, fallait-il encore le prouver. Elle avait été persuadée que c'était encore du baratin pour l'attirer dans son lit. S'était-elle trompée ? Elle en doutait.

Après le dîner, elle lui demanda comment il réagissait à tous ces droits d'auteur qui s'accumulaient à Londres.

« C'est à toi que devrait revenir cet argent, remarqua-t-il.

— Ne dis pas de bêtises. C'est toi qui as écrit les bouquins.

— Je n'avais pas grand-chose à perdre, j'étais déjà en Sibérie. Il ne pouvait rien m'arriver de pire, sinon être tué. Et franchement, la mort aurait été un soulagement pour moi. Toi, tu as tout risqué : ta carrière, ta liberté, ta vie. Tu mérites cet argent plus que moi.

— Même si tu pouvais me le donner, je ne l'accepterais pas.

— Dans ce cas, il va probablement rester là où il est jusqu'à ma mort.

— Tu n'es pas tenté de passer à l'Ouest ?

— Non.

— Tu as l'air bien sûr de toi.

— En effet.

— Pourquoi ? Tu serais libre d'écrire ce que tu veux et d'y consacrer tout ton temps. Plus de feuilletons radiophoniques.

— Je ne partirai pas... sauf si tu pars avec moi.

— Tu ne penses pas ce que tu dis. »

Il haussa les épaules. « Je ne m'attends pas à ce que tu me prennes au sérieux. Pourquoi me croirais-tu ? Il n'empêche que tu es la personne la plus importante de ma vie. Tu es venue me voir en Sibérie... Tu es la seule. Tu as essayé de me faire libérer. Tu as fait passer mes écrits à l'Ouest. Pendant vingt ans, tu as été la meilleure amie dont un homme puisse rêver. »

Elle fut émue. Elle n'avait jamais considéré les choses sous cet angle. « Merci de m'avoir dit ça, murmura-t-elle.

— C'est la pure vérité. Je ne partirai pas. » Il ajouta : « À moins que tu ne m'accompagnes. »

Elle le dévisagea. Parlait-il sérieusement ? Elle avait peur de lui poser cette question. Elle regarda par la fenêtre les flocons de neige qui tourbillonnaient dans le halo du lampadaire.

Vassili reprit : « Vingt ans et nous ne nous sommes jamais embrassés.

— Exact.

— Et tu me prends toujours pour un Casanova sans cœur. »

En vérité, elle ne savait plus que penser. Avait-il changé ? Les gens pouvaient-ils vraiment changer ? « Après tout ce temps, remarqua-t-elle, ce serait dommage de gâcher ce record.

— Pourtant, il n'est rien que je souhaite davantage. »

Elle changea de sujet. « Si tu en avais la possibilité, tu passerais à l'Ouest ?

— Avec toi, oui. Sinon, non.

— J'ai toujours voulu rester pour essayer de faire bouger les choses en Union soviétique. Mais depuis l'échec de Solidarnosc, j'ai du mal à croire encore en un avenir meilleur. Le communisme va peut-être durer mille ans.

— En tout cas, plus longtemps que toi et moi. »

Tania hésita. Elle était surprise de découvrir à quel point elle avait envie de l'embrasser. Plus encore : elle avait envie de rester là très très longtemps à bavarder avec lui, enfoncée dans son canapé, dans la chaleur de son appartement, avec la neige qui tombait au-dehors. Quel étrange sentiment, songea-t-elle. C'était peut-être ça, l'amour.

Alors, elle l'embrassa.

Peu après, elle le suivit dans sa chambre.

*

Natalia était toujours la première informée. La veille de Noël, elle débarqua dans le bureau de Dimka, l'air préoccupée. « Andropov n'assistera pas à la réunion du Politburo, annonça-t-elle. Il est trop malade pour quitter l'hôpital. »

La réunion du Politburo devait avoir lieu le lendemain de Noël.

« Zut, grommela Dimka. C'est on ne peut plus fâcheux. »

Curieusement, Youri Andropov s'était révélé un bon chef d'État. Pendant quinze ans, il avait dirigé avec efficacité le KGB, un Service secret cruel et brutal. Devenu secrétaire général du parti communiste d'Union soviétique, il avait continué à réprimer sévèrement la dissidence. Mais au sein du Parti, il faisait preuve d'une tolérance étonnante à l'égard des idées nouvelles et des réformes. Tel un pape médiéval qui torture les hérétiques tout en débattant avec ses cardinaux des arguments infirmant l'existence de Dieu, Andropov évoquait librement les failles du système soviétique dans son cercle restreint, dont faisaient partie Dimka et Natalia. Mieux, les paroles entraînaient des actes. Le programme de Gorbatchev destiné à l'agriculture avait été élargi à tous les secteurs de l'économie. Il avait présenté un plan visant à décentraliser l'économie soviétique, à retirer certains pouvoirs de décision à Moscou pour les confier à des responsables locaux informés des vrais problèmes, sur le terrain.

Malheureusement, Andropov était tombé malade peu avant les fêtes de Noël de 1983, après avoir gouverné moins d'un an, ce qui inquiétait fort Dimka et Natalia. Le principal rival d'Andropov, Konstantin Tchernenko, un dirigeant sclérosé, était toujours numéro deux au sein de la hiérarchie. Dimka craignait qu'il ne profite de la maladie d'Andropov pour reprendre la main.

« Andropov a rédigé un discours à lire pendant la réunion », dit Natalia.

Dimka secoua la tête. « Ça ne suffit pas. En l'absence d'Andropov, la réunion sera présidée par Tchernenko. Dès cet instant, tout le monde le considérera comme le chef d'État par intérim. Et le pays fera marche arrière. » Pareille perspective était trop déprimante pour pouvoir être envisagée.

« Il faut se débrouiller pour que ce soit Gorbatchev qui préside la réunion.

— Mais le numéro deux, c'est Tchernenko. Si seulement il pouvait être à l'hôpital, lui aussi.

— Ça ne va pas tarder. Il a de gros problèmes de santé.

— Oui, mais ça n'arrivera probablement pas assez tôt. Il n'y a pas un moyen de le contourner ? »

Natalia réfléchit. « En fait, le Politburo doit obéir aux directives d'Andropov.

— Autrement dit, celui-ci pourrait donner l'ordre de faire présider la réunion par Gorbatchev, c'est ça ?

— Oui. C'est toujours lui le patron.

— Il pourrait ajouter un paragraphe à son discours.

— Bonne idée. Je vais l'appeler pour le lui suggérer. »

Plus tard dans l'après-midi, Dimka reçut un message lui demandant de passer au bureau de Natalia. En arrivant, il remarqua tout de suite la lueur d'exaltation et de triomphe qui brillait dans ses yeux. Arkadi Volski, le conseiller personnel d'Andropov, se trouvait avec elle. Andropov l'avait convoqué à l'hôpital pour lui remettre une note manuscrite à ajouter à son discours. Volski la tendit à Dimka.

L'addendum disait ceci :

Pour des raisons évidentes, je ne serai pas en mesure de présider les réunions du Politburo pendant quelque temps. En conséquence, je prie les membres du Comité central de bien vouloir examiner la possibilité de confier la direction du Politburo et du secrétariat à Mikhaïl Gorbatchev.

C'était présenté sous forme de suggestion, mais au Kremlin, une suggestion du chef d'État avait valeur d'ordre.

« C'est de la dynamite, s'enthousiasma Dimka. Ils ne peuvent pas passer outre.

— Que dois-je en faire ? demanda Volski.

— D'abord, en tirer plusieurs photocopies, répondit Dimka, pour que personne ne soit tenté de déchirer ce document. Ensuite... » Dimka hésita.

Natalia continua pour lui : « N'en parlez à personne. Donnez-la à Bogolioubov. » Klavdi Bogolioubov était chargé de préparer les documents pour les réunions du Politburo. « Soyez discret. Dites-lui simplement de glisser cette note supplémentaire dans la chemise rouge contenant le discours d'Andropov. »

Ils convinrent que c'était la tactique la plus sûre.

Noël n'était pas une grande fête, le communisme n'appréciant pas son aspect religieux. Le père Noël avait été rebaptisé le « père Gel » et la Vierge Marie la « fille des neiges ». Et la date de la célébration avait été repoussée au nouvel an. C'était ce jour-là que les enfants recevaient leurs cadeaux. Gricha, qui avait vingt ans, avait demandé un lecteur de cassettes et Katia, quatorze ans, une nouvelle robe. En tant qu'éminents cadres politiques du régime communiste, Dimka et Natalia ne tenaient pas particulièrement à fêter Noël, indépendamment de leurs convictions personnelles. Ils travaillèrent ce jour-là comme d'habitude.

Le lendemain, Dimka se rendit dans la salle du présidium pour assister à la réunion du Politburo. Il fut accueilli sur le seuil par Natalia qui était arrivée en avance. Elle était aux cent coups. Elle avait en main le dossier rouge contenant le discours d'Andropov. « Ils ne l'ont pas mis ! chuchota-t-elle. Ils n'ont pas mis le paragraphe supplémentaire ! »

Dimka se laissa tomber lourdement sur une chaise. « Je ne pensais pas que Tchernenko aurait un culot pareil. »

Ils ne pouvaient rien faire. Andropov était à l'hôpital. S'il avait surgi dans la salle en invectivant tout le monde, il aurait réaffirmé son autorité ; mais c'était impossible. Tchernenko avait tablé avec raison sur son impuissance.

« Ils ont encore gagné ? demanda Natalia.

— Oui. Nous voilà de retour à l'Âge de la stagnation. »

Neuvième partie

Bombe
1984 -1987

LV

George Jakes se rendit au vernissage d'une exposition d'art afro-américain au centre de Washington. Il ne s'intéressait pas particulièrement à l'art, mais un député noir se devait de soutenir ce genre de manifestation. L'essentiel de ses activités de membre du Congrès étaient néanmoins plus importantes.

Le président Reagan avait considérablement augmenté les dépenses militaires du gouvernement. Qui allait les payer ? Pas les riches, qui avaient bénéficié d'importantes réductions d'impôts.

Il y avait une blague que George reprenait souvent. Un journaliste demande à Reagan comment il espère à la fois réduire les impôts et augmenter les dépenses. Reagan répond : « Je vais tenir deux livres de comptes différents. »

En réalité, Reagan avait pour projet de diminuer les budgets des programmes sociaux et de l'assurance maladie. Si on le laissait faire, les chômeurs et les mères dépendant de l'aide publique perdraient leurs moyens de subsistance afin de financer l'essor de l'industrie de l'armement. Cette idée mettait George en fureur. Avec d'autres membres du Congrès, George se battait pour empêcher cela et jusqu'à présent, ils avaient eu gain de cause.

Du coup, le gouvernement empruntait davantage. Reagan avait creusé le déficit. Les belles armes toutes neuves du Pentagone seraient payées par les générations futures.

George prit un verre de vin blanc sur le plateau que lui présentait une serveuse, jeta un coup d'œil aux œuvres exposées et parla brièvement avec un journaliste. Il n'avait pas beaucoup de temps. Verena avait prévu de sortir dans la soirée pour prendre part à un dîner politique à Georgetown. Il devrait donc s'occuper de leur fils, Jack, âgé maintenant de quatre ans. Même s'ils avaient une nourrice, une nécessité avec leurs métiers très prenants, un des deux assurait toujours une présence en cas d'empêchement de la nounou.

Il posa son verre sans y avoir touché. Le vin gratuit n'était jamais bon. Il reprit son manteau et s'en alla. Une pluie fine s'était mise à tomber. Il courut vers sa voiture en se protégeant la tête avec le catalogue de l'exposition. Il n'avait plus sa vieille Mercedes élégante depuis longtemps : un homme politique devait rouler en voiture américaine. Maintenant, il avait une Lincoln Town Car gris métallisé.

Il s'installa au volant, mit les essuie-glaces en marche et partit pour le comté de Prince George. Il emprunta le pont de South Capitol Street et s'engagea dans Suitland Parkway East. Il jura en tombant sur des encombrements : il allait être en retard.

En arrivant chez lui, il vit la Jaguar rouge de Verena stationnée dans l'allée, le nez vers la sortie, prête à partir. Son père la lui avait offerte pour son quarantième anniversaire. George se gara à côté et se dirigea vers la maison, prenant sa mallette remplie de dossiers à étudier dans la soirée.

Il trouva Verena dans l'entrée, éblouissante dans une robe de cocktail noire et de superbes escarpins à talons hauts. Elle fulminait. « Tu es en retard !

— Je suis vraiment désolé. Il y avait une circulation d'enfer ce soir sur Suitland Parkway.

— C'est un dîner très important pour moi. Il y aura trois membres du cabinet de Reagan et à cause de toi, je ne serai pas à l'heure ! »

George comprenait son exaspération. Quand on faisait du lobbying, c'était une aubaine de pouvoir rencontrer des personnages influents à des réceptions. « Je suis là maintenant, dit-il.

— Je ne suis pas la bonne ! Quand on se met d'accord sur un horaire, on le respecte ! »

Ce n'était pas la première fois qu'il entendait cette tirade. Il arrivait souvent à Verena de se mettre en colère et de vitupérer contre lui. Il essayait toujours de réagir avec calme. « Nanny Tiffany n'est pas là ?

— Non. Elle a dû rentrer chez elle, elle est malade. C'est pour ça que j'ai dû t'attendre.

— Où est Jack ?

— Dans le bureau. Il regarde la télé.

— D'accord, je vais le rejoindre. Tu peux y aller. »

Elle émit un grognement hargneux et s'éloigna à grands pas.

Il enviait celui qui serait assis à côté d'elle à la table du dîner. Elle restait la femme la plus sexy qu'il ait rencontrée. Pourtant, il savait maintenant qu'il valait mieux être son amant épisodique, comme il l'avait été pendant quinze ans, que son mari. Autrefois, ils faisaient l'amour plus souvent en une semaine que maintenant en un mois. Depuis leur mariage, leurs violentes et fréquentes disputes – le plus souvent à propos de la manière d'élever l'enfant – avaient miné leur affection mutuelle, comme un lent goutte-à-goutte de vitriol. Ils vivaient ensemble, ils s'occupaient de leur fils et menaient leurs carrières. S'aimaient-ils? George ne savait plus.

Il rejoignit le bureau. Jack était vautré sur le canapé, devant la télévision. Son fils était sa grande consolation. Il s'assit à côté de lui et passa son bras autour de ses petites épaules. Jack se blottit contre lui.

Sur l'écran, on voyait un groupe de jeunes lycéens en train de vivre une grande aventure. « Qu'est-ce que tu regardes? demanda George.

— *Les Petits Génies.* C'est super.

— Qu'est-ce que ça raconte?

— Ils attrapent des bandits avec leurs ordinateurs. »

L'un des petits génies de la série était noir. Comme les temps changent ! songea George.

*

« Nous avons de la chance d'être invités à ce dîner, fit remarquer Cam Dewar à sa femme Lidka dans le taxi qui s'arrêtait devant une belle demeure de R Street, près de la bibliothèque de Georgetown. Je veux que nous fassions bonne impression. »

Lidka répliqua d'un ton méprisant : « Tu es un membre important de la police secrète. C'est à *eux* de te faire bonne impression. »

Lidka ne comprenait rien à l'Amérique. « La CIA n'est pas la police secrète, lui expliqua Cam. Et je ne suis pas quelqu'un de très important aux yeux de ces gens-là. »

Il jouait tout de même un rôle appréciable : grâce à son expérience à la Maison Blanche, il était désormais chargé d'assurer la liaison entre la CIA et l'administration Reagan. Il était ravi d'avoir obtenu ce poste.

Il avait surmonté la déception que lui avait causée l'échec de Reagan en Pologne. Il le mettait sur le compte de l'inexpérience. Reagan était Président depuis moins d'un an quand Solidarnosc avait été écrasé.

Au fond de son esprit, une petite voix lui disait qu'un Président devrait être assez intelligent et compétent pour prendre les décisions qui s'imposent dès son accession au pouvoir. Il se rappelait les propos de Nixon : « Reagan est un chic type, mais il n'y connaît strictement rien en politique étrangère. »

Tout de même, Reagan avait le cœur qui penchait du bon côté, ce qui était le principal. Il était farouchement anticommuniste.

« Ton grand-père était sénateur ! » insista Lidka.

Cela ne comptait pas beaucoup non plus. Gus Dewar avait plus de quatre-vingt dix ans. Après la mort de sa femme, il avait quitté Buffalo pour s'installer à San Francisco et se rapprocher de Woody, de Beep et de son arrière-petit-fils John Lee. Il y avait longtemps qu'il s'était retiré de la politique. En plus, il était démocrate et, selon les critères reaganiens, d'un libéralisme extrême.

Cam et Lidka gravirent les marches du perron menant à une maison en briques rouges, qui ressemblait à un petit château français avec son toit d'ardoises percé de lucarnes et son porche en pierre blanche surmonté d'un fronton à la grecque. C'était la demeure de Franck et Marybell Lindeman, généreux donateurs de campagne de Reagan et bénéficiaires multimillionnaires de ses réductions d'impôts. Marybell était l'une des cinq ou six femmes qui dominaient la vie mondaine à Washington. Elle donnait des réceptions pour les hommes qui dirigeaient l'Amérique. C'est pourquoi Cam s'estimait chanceux d'avoir été invité.

Bien que les Lindeman fussent républicains, les dîners de Marybell réunissaient des gens de tous bords. Cam s'attendait donc à rencontrer des membres des deux partis.

Un majordome les débarrassa de leurs manteaux. En observant le grand hall d'entrée, Lidka demanda : « Pourquoi ont-ils ces horribles tableaux ? »

— On les appelle les peintres de l'Ouest américain, expliqua Cam. Celui-ci est un Remington, une toile d'une grande valeur.

— Si j'avais autant d'argent, je n'achèterais pas des peintures de cow-boys et d'Indiens.

— Ils veulent démontrer que les impressionnistes ne sont pas forcément les meilleurs peintres du monde. Les artistes américains font aussi bien.

— Ce n'est pas vrai. Tout le monde le sait.

— Question de goût. »

Lidka haussa les épaules : un nouveau mystère de la vie américaine.

Le majordome les fit entrer dans une vaste salle de réception. On aurait dit un salon XVIIIe avec un tapis chinois orné d'un dragon et des sièges aux pieds grêles, tapissés de soie jaune. Cam se rendit compte qu'ils étaient les premiers. Un instant plus tard, Marybell surgit d'une autre porte. C'était une femme d'une beauté sculpturale, dotée d'une abondante chevelure rousse dont la couleur n'était peut-être pas naturelle. Elle portait un collier de diamants que Cam jugea d'une taille exceptionnelle. « Comme c'est gentil à vous d'arriver si tôt ! »

Si Cam comprit que c'était un reproche, ce ne fut pas le cas de Lidka, qui répondit d'un ton enjoué : « J'étais très impatiente de voir votre merveilleuse maison.

— Comment trouvez-vous l'Amérique ? lui demanda Marybell. Dites-moi, qu'y a-t-il de plus remarquable dans ce pays, à votre avis ? »

Lidka réfléchit. « Tous ces Noirs que vous avez », dit-elle enfin.

Cam étouffa une exclamation. Mais qu'est-ce qu'elle racontait ?

Interloquée, Marybell resta muette.

Lidka tendit la main pour désigner le serveur qui tenait un plateau de flûtes à champagne, la serveuse qui apportait des canapés et le majordome ; ils étaient tous afro-américains. « Ils font plein de choses pour vous : ils ouvrent les portes, servent à boire, balayent. En Pologne, nous n'avons personne pour faire ça à notre place, nous devons tout faire nous-mêmes ! »

Marybell eut l'air gênée. De tels propos étaient déplacés, même à Washington sous Reagan. Regardant alors par-dessus l'épaule de Lidka, elle vit s'avancer un autre invité. Elle s'écria : « Karim, très cher ! » Elle étreignit un grand et bel homme à la peau sombre en costume à fines rayures impeccable. « Je vous présente Cam Dewar et son épouse, Lidka. Voici Karim Abdullah, de l'ambassade d'Arabie Saoudite. »

Karim leur serra la main. « J'ai entendu parler de vous, Cam, dit-il. Je collabore de près avec certains de vos collègues de Langley. »

Karim faisait savoir à Cam qu'il était dans le renseignement saoudien.

Il se tourna vers Lidka, qui semblait stupéfaite. Cam savait pourquoi. Elle n'avait pas imaginé rencontrer une personne au teint aussi foncé à la réception de Marybell.

Karim déploya néanmoins tout son charme. « On m'avait dit que les femmes polonaises étaient les plus belles du monde. Je ne l'avais pas cru... jusqu'à aujourd'hui », déclara-t-il en accompagnant sa phrase d'un baisemain.

Lidka buvait du petit-lait.

« J'ai entendu ce que vous disiez à propos des Noirs, continua Karim. Je suis d'accord avec vous. Nous n'en avons pas en Arabie Saoudite. C'est pourquoi nous sommes obligés de les importer d'Inde ! »

Cam voyait bien que les subtiles nuances du racisme de Karim échappaient à Lidka. Fort heureusement, elle avait appris à se taire et à écouter les hommes parler.

D'autres invités arrivaient. Karim baissa la voix : « Cependant, nous devons faire attention à ce que nous disons, murmura-t-il d'un ton de conspirateur. Il y a peut-être des libéraux parmi les invités. »

Comme pour lui donner raison, un homme grand, athlétique, à l'épaisse chevelure blonde, fit son entrée. Il ressemblait à un acteur de cinéma. C'était Jasper Murray.

Cam fut contrarié. Il détestait Jasper depuis l'adolescence. Ensuite, celui-ci était devenu journaliste d'investigation et avait contribué à la chute du président Nixon. Son livre sur Nixon, *Tricky Dick* – Richard le combinard –, un best-seller, avait été adapté au cinéma avec grand succès. Jasper s'était tenu relativement tranquille sous la présidence de Carter, pour repartir à l'attaque dès l'élection de Reagan. C'était maintenant une célébrité de la télévision, aussi populaire que Peter Jennings et Barbara Walters. Pas plus tard que la veille, son émission, *This Day,* avait consacré une demi-heure au soutien américain à la dictature militaire du Salvador. Murray avait relayé les protestations des défenseurs des droits de l'homme qui prétendaient que les escadrons de la mort gouvernementaux avaient assassiné trente mille personnes.

La chaîne qui diffusait *This Day* appartenait à Frank Lindeman, le mari de Marybell; c'était sans doute la raison pour laquelle Jasper n'avait pas pu se permettre de décliner leur invitation. La Maison Blanche avait fait pression sur Franck pour qu'il se débarrasse de Jasper. Jusqu'à présent, il avait refusé. Bien que détenteur de la majorité des actions, il avait des comptes à rendre au conseil d'administration et aux actionnaires qui risquaient de ruer dans les brancards s'il virait un de ses présentateurs vedettes.

Marybell semblait attendre quelque chose avec impatience. Une dernière invitée arriva enfin, légèrement en retard. C'était une certaine Verena Marquand, une lobbyiste noire, d'une incroyable beauté. Cam ne l'avait jamais rencontrée mais l'avait souvent vue en photo.

Le majordome annonça que le dîner était servi. Ils passèrent tous dans la salle à manger en franchissant une porte à double battant. Les femmes émirent des petits cris admiratifs en découvrant la longue table ornée de verres étincelants et de coupelles en argent remplies de roses de serre jaunes. Cam remarqua les yeux écarquillés de Lidka. Cela surpassait toutes les photos de ses revues de décoration. Elle n'avait certainement jamais rien vu ni imaginé d'aussi somptueux.

Ils étaient dix-huit autour de la table, mais la conversation fut aussitôt monopolisée par une seule personne, Suzy Cannon, virulente journaliste spécialisée dans les chroniques mondaines. La moitié des potins qu'elle rapportait se révélaient faux, ce qui ne l'empêchait pas d'avoir un don redoutable pour détecter les failles d'autrui. Elle était conservatrice, mais s'intéressait davantage aux scandales qu'à la politique. Rien n'échappait à sa plume acérée. Cam pria le ciel pour que Lidka soit discrète. Tout ce qui se dirait ce soir-là risquait de se retrouver dans les journaux du lendemain.

À sa grande surprise, ce fut sur lui que Suzy posa son regard perçant. « Il me semble que vous vous connaissez, Jasper et vous, dit-elle.

— Pas vraiment, répondit Cam. Nous nous sommes croisés à Londres il y a très longtemps.

— Il paraît que vous étiez tous les deux amoureux de la même fille. C'est vrai ? »

Comment diable était-elle au courant ? « J'avais quinze ans, Suzy. J'étais sans doute amoureux de la moitié des filles de Londres. »

Suzy se tourna vers Jasper. « Et vous ? Vous souvenez-vous de cette rivalité ? »

Jasper était en grande conversation avec Verena Marquand, sa voisine de table. Il eut l'air agacé. « Si vous avez l'intention d'écrire un article sur des amours adolescentes qui remontent à plus de vingt ans et de présenter ça comme l'actualité du jour, Suzy, tout ce que je peux dire, c'est que vous devez coucher avec votre rédacteur en chef. »

Il y eut un éclat de rire général : Suzy était en effet mariée au rédacteur en chef de son journal.

Cam constata que Suzy riait jaune et que ses yeux jetaient des éclairs de haine en direction de Jasper. Il se souvint qu'elle avait été renvoyée de *This Day* après une série de reportages totalement fantaisistes quand elle était jeune journaliste.

Elle reprit : « Cam, vous avez certainement suivi avec intérêt l'émission de Jasper à la télévision hier soir.

— Avec plus de consternation que d'intérêt. Le Président et la CIA s'efforcent d'apporter leur soutien au gouvernement anticommuniste du Salvador.

— Jasper semble être dans l'autre camp, n'est-ce pas ?

— Je suis dans le camp de la vérité, Suzy, intervint Jasper. J'imagine que c'est une chose que vous devez avoir du mal à comprendre. » Cam nota qu'il avait perdu toute trace d'accent britannique.

« Je regrette de voir ce genre de propagande sur une grande chaîne nationale, intervint-il.

— Quelle serait *votre* approche pour un reportage sur un gouvernement qui assassine trente mille de ses concitoyens ? tonna Jasper.

— Nous n'admettons pas ce chiffre.

— Alors, d'après vous, combien de Salvadoriens ont été massacrés par leur gouvernement ? Quelle est l'estimation de la CIA ?

— Vous auriez dû vous en informer avant de diffuser votre reportage.

— J'ai essayé, soyez-en sûr. Je n'ai pas obtenu de réponse.

— Aucun gouvernement d'Amérique centrale n'est parfait. Vous ne vous intéressez qu'à ceux que nous soutenons. Pour moi, c'est de l'antiaméricanisme pur et simple. »

Suzy sourit. « Vous êtes anglais, n'est-ce pas, Jasper ? » demanda-t-elle avec une onctuosité perfide.

Jasper était excédé. «J'ai acquis la nationalité américaine il y a plus de dix ans. Je suis tellement pro-américain que j'ai risqué ma vie pour ce pays. J'ai passé deux ans dans l'armée américaine, dont une au Vietnam. Et je ne suis pas resté assis sur mon cul derrière un bureau à Saigon. J'ai combattu, j'ai tué des gens. Vous n'en avez jamais fait autant, Suzy. Et vous, Cam, qu'avez-vous fait au Vietnam ?

— Je n'ai pas été appelé.

— Dans ce cas, vous feriez peut-être mieux de fermer votre grande gueule. »

Marybell intervint. «Je crois que nous avons assez parlé de Jasper et de Cam », déclara-t-elle en se tournant vers un représentant de New York au Congrès, assis à côté d'elle. «J'ai vu que votre ville avait interdit la discrimination contre les homosexuels. Êtes-vous favorable à cette mesure ? »

La discussion s'orienta sur les droits des gays et Cam se détendit – trop tôt.

Quelqu'un posa une question sur les législations en vigueur dans les autres pays. Suzy s'adressa à Lidka : « Et en Pologne ? Que dit la loi ?

— La Pologne est un pays catholique. Nous n'avons pas d'homosexuels chez nous. » Tout le monde resta silencieux, et Lidka ajouta : « Dieu merci. »

*

Jasper Murray partit en même temps que Verena Marquand. « Suzy Cannon est une vraie langue de vipère », remarqua-t-il en descendant les marches du perron.

Verena rit et ses dents blanches scintillèrent, éclairées par la lumière du réverbère. « C'est vrai. »

Quand ils arrivèrent sur le trottoir, le taxi que Jasper avait commandé n'était pas encore arrivé. Il escorta Verena jusqu'à sa voiture. « Suzy m'a pris comme tête de Turc, remarqua-t-il.

— Elle ne peut pas beaucoup vous nuire. Vous êtes une vraie sommité maintenant.

— Détrompez-vous. Je fais l'objet d'une vraie campagne de dénigrement à Washington en ce moment. C'est une année électorale et le gouvernement ne veut pas d'émissions du genre de celle que j'ai diffusée hier. » Il lui parlait en toute confiance.

Ils avaient assisté ensemble à l'assassinat de Martin Luther King. Cette complicité ne s'était jamais vraiment effacée.

« Je suis sûre que vous êtes de taille à résister à ce genre d'attaques, dit-elle.

— Je ne sais pas. Mon patron, Sam Cakebread, est un ancien rival qui ne m'a jamais apprécié. Et Frank Lindeman, le propriétaire de la chaîne, serait ravi de trouver un prétexte pour se débarrasser de moi. Pour le moment, les administrateurs craignent d'être accusés de parti pris s'ils me virent. Mais il suffit d'une erreur et je me retrouverai sur le carreau.

— Vous devriez faire comme Suzy, épouser le patron.

— Si je pouvais ! » Il jeta un coup d'œil dans la rue. « J'ai demandé un taxi pour onze heures, mais il n'a pas l'air de venir. La production ne nous paie pas de limousine.

— Vous voulez que je vous dépose ?

— Ce serait vraiment gentil de votre part. »

Ils montèrent dans la Jaguar.

Elle enleva ses escarpins à talons et les lui tendit. « Pouvez-vous les poser par terre, s'il vous plaît ? » Elle conduisait pieds nus. Jasper fut parcouru d'un frisson érotique. Il avait toujours trouvé Verena irrésistiblement attirante. Il l'observa pendant qu'elle se mêlait à la faible circulation de la nuit et accélérait dans la ligne droite. Elle conduisait bien, peut-être un peu trop vite : rien de surprenant.

« Il n'y a pas beaucoup de gens en qui j'ai confiance, reprit-il. Je suis une des personnes les plus connues de ce pays et je me sens plus seul que jamais. Mais j'ai confiance en vous.

— Je comprends ce que vous voulez dire. Ce terrible jour à Memphis a créé un lien entre nous. Je ne me suis jamais sentie aussi vulnérable qu'au moment où j'ai entendu le coup de feu. Vous m'avez protégé la tête avec vos bras. On n'oublie pas ce genre de chose.

— Je regrette de ne pas vous avoir trouvée avant George. »

Elle lui jeta un coup d'œil et sourit.

Il ne sut pas trop comment interpréter sa réaction.

Ils arrivèrent devant chez lui. Elle se gara du côté gauche de la rue à sens unique. « Merci de m'avoir raccompagné », fit Jasper. Avant de sortir, il se pencha pour ramasser ses escarpins et les poser sur le siège. « Jolies chaussures. » Il claqua la portière.

Il gagna le trottoir en contournant la voiture et s'approcha de sa fenêtre. Elle abaissa la vitre. « J'ai oublié de vous dire au revoir », ajouta-t-il. Il se pencha à l'intérieur et l'embrassa sur la bouche. Elle ouvrit aussitôt les lèvres pour un baiser passionné et, lui posant la main sur sa nuque, elle l'attira à l'intérieur. Ils s'embrassèrent avec fougue. Jasper passa la main dans la voiture, la glissa sous sa jupe et la plaqua sur le triangle d'étoffe qui couvrait son entrejambe. Elle leva son bassin en gémissant.

« Viens chez moi, murmura-t-il en cessant de l'embrasser.

— Non, répondit-elle en écartant sa main.

— Retrouvons-nous demain. »

Elle ne répondit pas, mais le repoussa jusqu'à ce que sa tête et ses épaules sortent de l'habitacle.

Il répéta : « Retrouvons-nous demain.

— Appelle-moi », dit-elle en engageant une vitesse. Elle appuya sur l'accélérateur et démarra en trombe.

*

George Jakes ne savait pas s'il fallait croire le reportage de Jasper Murray qui était passé à la télévision. Même George avait du mal à imaginer que le président Reagan puisse soutenir un gouvernement qui exterminait ses concitoyens par milliers. Mais un mois plus tard, le *New York Times* révéla que le chef de l'escadron de la mort du Salvador, le colonel Nicolas Carranza, était un agent de la CIA rémunéré quatre-vingt dix mille dollars par an par les contribuables américains.

Les électeurs étaient furieux. Ils avaient cru qu'après l'affaire du Watergate, la CIA avait été remise au pas. Or, elle échappait visiblement à tout contrôle puisqu'elle payait un monstre pour perpétrer des massacres.

Chez lui, dans son bureau, George termina l'examen de ses dossiers un peu avant dix heures du soir. Il vissa le capuchon de son stylo mais resta assis un moment, à réfléchir.

Personne à la commission du renseignement de la Chambre ni à son équivalent du Sénat n'avait eu connaissance de l'existence de ce colonel Carranza. Pris au dépourvu, ils étaient tous très embarrassés. Ils étaient censés surveiller la CIA. Les gens les jugeaient responsables de cet imbroglio. Mais que pouvaient-ils faire si les barbouzes leur mentaient ?

George se leva en soupirant. Il sortit de son bureau, éteignit la lampe et entra dans la chambre de Jack. Le petit bonhomme dormait profondément. En voyant son fils ainsi, aussi paisible, il sentit son cœur gonfler à en éclater. Jack avait la peau étonnamment sombre, comme celle de Jacky, alors qu'il avait deux grands-parents blancs. En dépit de tous les discours sur la beauté des Noirs, « Black is beautiful », les teints plus clairs continuaient à avoir la préférence dans la communauté afro-américaine. Mais pour George, Jack était le plus beau. Sa tête, auréolée de boucles soyeuses comme les siennes, reposait de travers sur son nounours, dans une position assez inconfortable. George glissa la main dessous, la souleva légèrement, tira doucement l'ours et la replaça sur l'oreiller. Jack continua à dormir ; il ne s'était rendu compte de rien.

George alla dans la cuisine se servir un verre de lait qu'il apporta dans la chambre. Verena était déjà couchée, en chemise de nuit, environnée d'une pile de revues qu'elle lisait tout en regardant la télévision. Après avoir bu son lait, George alla se brosser les dents dans la salle de bains.

Leurs relations semblaient s'être apaisées. Ils faisaient rarement l'amour ces derniers temps, mais Verena était de meilleure humeur. Cela faisait bien un mois qu'elle ne s'était pas emportée. Elle travaillait dur, souvent tard le soir. Peut-être était-elle plus heureuse quand son travail était plus exigeant.

George retira sa chemise et souleva le couvercle du panier à linge sale. Il s'apprêtait à l'y déposer quand son regard tomba sur les dessous de Verena, un soutien-gorge en dentelle noire et une culotte assortie. Une parure tout neuve apparemment, qu'il ne se rappelait pas avoir vue sur elle. Si elle achetait des dessous affriolants, pourquoi les lui cachait-elle ? Elle n'était pourtant pas du genre pudique.

Un regard plus attentif lui révéla un détail encore plus surprenant : un cheveu blond.

Un sentiment de terreur s'empara de lui. L'estomac noué, il sortit les sous-vêtements du panier.

Il les apporta dans la chambre : « Dis-moi que je suis fou.

— Tu es fou. » Verena vit alors ce qu'il tenait à la main. « Tu as l'intention de faire ma lessive ? plaisanta-t-elle, sans parvenir à masquer sa nervosité.

— Jolis dessous, remarqua-t-il.

— Veinard.

— Sauf que je ne t'ai jamais vue avec.

— Pas de chance.

— Quelqu'un d'autre a eu cette chance.

— Oui. Le docteur Bernstein.

— Le docteur Bernstein est chauve. Il y a un cheveu blond sur ta culotte. »

Sa peau caramel pâlit, mais elle ne se laissa pas démonter. « Et alors, Sherlock Holmes, qu'est-ce que tu en déduis ?

— Que tu as couché avec un homme qui a de longs cheveux blonds.

— Pourquoi serait-ce un homme ?

— Parce que tu aimes les hommes.

— J'aime peut-être aussi les filles. C'est à la mode. Tout le monde est bisexuel de nos jours. »

George fut accablé de tristesse. « Je remarque que tu ne nies pas avoir une liaison.

— Bravo, George, bien joué. »

Il secoua la tête, incrédule. « Tu as l'air de prendre ça à la légère.

— En effet.

— Donc, tu reconnais les faits. Alors, avec qui tu baises ?

— Je ne te le dirai pas, alors ce n'est pas la peine de me le demander. »

George avait de plus en plus de mal à contenir sa colère. « À t'entendre, on pourrait croire que tu n'as rien fait de mal.

— Je ne vais pas te mentir. Oui, j'ai une liaison avec quelqu'un qui me plaît. Je suis désolée de te faire de la peine. »

George n'en revenait pas. « Comment ça a pu arriver si vite ?

— C'est arrivé lentement. Ça fait plus de cinq ans qu'on est mariés. Le frisson n'y est plus, comme dit la chanson.

— Qu'est-ce que j'ai fait de mal ?

— Tu m'as épousée.

— Depuis quand es-tu fâchée comme ça ?

— Fâchée ? Je dirais plutôt que je m'ennuie.

— Qu'est-ce que tu as l'intention de faire ?

— En tout cas pas de renoncer à cet homme au nom d'un mariage qui n'existe pour ainsi dire plus.

— Tu sais que je n'accepterai jamais ça.

— Dans ce cas, va-t'en. Tu es libre. »

George s'assit sur le tabouret de la coiffeuse et enfouit son visage dans ses mains, en proie à une vive émotion. Son enfance lui revint soudain en mémoire. Il se rappela la gêne qu'il éprouvait parce qu'il était le seul petit garçon de la classe à ne pas avoir de papa. Il ressentait encore la brûlure de la jalousie qui le dévorait quand il voyait les autres avec leur père, jouer au ballon avec lui, réparer le pneu crevé d'une bicyclette, acheter une batte de baseball, essayer des chaussures. Il bouillait de colère une nouvelle fois contre celui qui, pensait-il, les avait abandonnés, sa mère et lui, indifférent à celle qui s'était donnée à lui et à l'enfant né de leur amour. Il avait envie de crier, de frapper Verena, de pleurer.

Il réussit enfin à parler. « Je n'abandonnerai pas Jack.

— Comme tu veux. » Elle jeta ses revues par terre, éteignit la télévision et sa lampe de chevet et s'allongea en lui tournant le dos.

« C'est tout ? demanda George, stupéfait. C'est tout ce que tu as à me dire ?

— Il faut que je dorme. J'ai un petit déjeuner de travail demain matin. »

Il la regarda fixement. L'avait-il jamais connue ?

Oui, il la connaissait. Il avait compris au fond de lui qu'il y avait deux Verena : l'une qui militait activement pour les droits civiques, l'autre qui aimait faire la fête. Il les aimait toutes les deux. Il avait cru qu'avec son aide, ces deux Verena pourraient devenir une seule personne, heureuse et équilibrée. Il s'était trompé.

Il resta ainsi un long moment, à l'observer à la faible lueur projetée par le lampadaire de la rue. Je t'ai attendue si longtemps, pensa-t-il. Toutes ces années à t'aimer de loin. Enfin, nous nous sommes mariés, nous avons eu Jack et j'ai cru que tout irait bien, pour toujours.

Il finit par se lever. Il se déshabilla et enfila son pyjama.

Il ne pouvait se résoudre à se coucher près d'elle.

Il y avait un lit dans la chambre d'amis, mais il n'était pas fait. Il chercha son manteau le plus chaud dans le placard de l'entrée pour se couvrir et alla s'allonger dans la chambre vide.

Il ne dormit pas.

*

George avait déjà remarqué qu'il arrivait à Verena de mettre des vêtements qui ne lui allaient pas du tout. Elle avait une jolie robe à fleurs qu'elle portait quand elle voulait se donner des airs d'innocente jeune fille, alors qu'elle était en fait un peu ridicule sur elle. Elle avait un ensemble marron qui lui affadissait le teint, mais elle l'avait acheté si cher qu'elle se refusait à admettre que c'était une erreur. Elle avait un pull couleur moutarde qui ternissait son beau regard vert.

Cela arrivait à tout le monde, sans doute. George lui-même avait trois chemises crème dont il attendait avec impatience que les cols s'effilochent pour pouvoir s'en débarrasser. Pour tout un tas de raisons, les gens portaient des vêtements qu'ils détestaient.

Mais jamais quand il s'agissait d'aller retrouver la personne qu'ils aimaient.

Quand Verena revêtait son tailleur Armani noir avec son chemisier turquoise et son collier de corail noir, elle ressemblait à une actrice de cinéma et elle le savait.

Elle avait sûrement rendez-vous avec son amant.

George en éprouvait une telle humiliation que c'était comme si un mal lui rongeait l'estomac. Il ne pourrait pas le supporter très longtemps. Ça lui donnait envie de sauter du haut d'un pont.

Verena partit de bonne heure, en annonçant qu'elle rentrerait tôt. George en déduisit qu'elle devait retrouver son amant pour le déjeuner. Il prit son petit déjeuner avec Jack et le confia à Nanny Tiffany. Il se rendit à son travail au bâtiment Cannon, près du Capitole et annula tous ses rendez-vous de la journée.

À midi, la Jaguar rouge de Verena était garée, comme d'habitude, sur le parking de son bureau du centre-ville. George attendit un peu plus bas dans la rue, dans sa Lincoln gris métallisé, en surveillant la sortie. La voiture apparut à midi et demi. Il démarra et la suivit.

Elle traversa le Potomac et prit la direction de la Virginie. La circulation devenant moins dense, il resta prudemment en arrière. La situation serait franchement embarrassante si elle le repérait. Il espérait qu'elle ne remarquerait pas la présence d'une voiture aussi banale que la Lincoln grise. Il n'aurait jamais pu la filer dans sa vieille Mercedes très reconnaissable.

Quelques minutes avant treize heures, elle quitta la route pour s'arrêter devant un restaurant de campagne, le Worcester Sauce. George continua tout droit et fit demi-tour quelques centaines de mètres plus loin. Il alla se garer dans le parking du restaurant à un endroit d'où il pouvait voir la Jaguar. Et il attendit.

Il ruminait des idées noires. Il savait qu'il était stupide. Il savait qu'il risquait de se mettre dans une situation gênante ou extrêmement compliquée. Il savait qu'il ferait mieux de s'en aller.

Mais il voulait savoir qui était l'amant de sa femme.

Ils ressortirent à trois heures.

Il devina à sa démarche que Verena avait bu un ou deux verres de vin pendant le déjeuner. Ils traversèrent le parking main dans la main. Elle riait pendant qu'il lui parlait. George écumait de rage.

L'homme était grand, large d'épaules, avec d'épais cheveux blonds, assez longs.

Quand ils furent plus près, George reconnut Jasper Murray.

« Salopard », gronda-t-il à haute voix.

Jasper avait toujours eu un faible pour Verena, dès leur première rencontre à l'hôtel Willard, le jour où Martin Luther King avait prononcé son fameux discours contenant ces mots : « Je fais un rêve ». Il est vrai que beaucoup d'hommes avaient un faible pour Verena. George n'avait jamais imaginé que la trahison viendrait de Jasper.

Ils se dirigèrent vers la Jaguar et s'embrassèrent.

George aurait dû démarrer et partir. Il avait appris ce qu'il voulait savoir. Il n'avait plus rien à faire là.

Verena avait la bouche ouverte. Elle pressait ses hanches contre Jasper. Ils avaient tous les deux les yeux fermés.

George sortit de sa voiture.

Jasper posa les mains sur les seins de Verena.

George claqua sa portière et marcha vers eux.

Jasper était trop absorbé par ce qu'il faisait, mais Verena entendit le bruit et ouvrit les yeux. Elle vit George, repoussa Jasper et cria.

Trop tard.

George prit son élan et frappa Jasper de toute la force de son bras et de son buste projetés en avant. Son poing s'abattit sur le côté gauche de son visage. George sentit avec une immense satisfaction le tassement de la chair tendre et, une fraction de seconde plus tard, le contact dur des dents et des os. La douleur irradia dans sa main.

Jasper chancela et tomba à terre.

« George ! Qu'est-ce que tu as fait ? » hurla Verena. Elle s'agenouilla près de Jasper, sans se soucier de ses collants.

Jasper se hissa sur un coude et se palpa le visage. « Sale brute », dit-il.

George aurait voulu que Jasper se relève et le frappe à son tour. Il aurait voulu plus de violence, plus de douleur, plus de sang. Il considéra longuement Jasper à travers un brouillard écarlate. Puis la brume s'éclaircit et il comprit que Jasper ne répliquerait pas.

Tournant les talons, il regagna sa voiture et démarra.

Quand il arriva chez lui, Jack jouait aux petites voitures dans sa chambre. George ferma la porte pour que la nounou ne les entende pas. Il s'assit sur le lit, recouvert d'une courtepointe en forme de voiture de course. « J'ai quelque chose de très pénible à te dire.

— Qu'est-ce que tu t'es fait à la main ? demanda Jack. Elle est toute rouge et toute gonflée.

— Je me suis cogné. Jack, il faut que tu m'écoutes.

— Bon, d'accord. »

Ce ne serait pas facile à comprendre pour un enfant de quatre ans. « Tu sais que je t'aimerai toujours, commença George. Comme Grandma Jacky m'aime, bien que je ne sois plus un petit garçon.

— Grandma va venir aujourd'hui ?

— Demain peut-être.

— Elle apporte toujours des gâteaux.

— Écoute-moi. Parfois les papas et les mamans cessent de s'aimer. Tu savais ça ?

— Oui. Le papa de Pete Robbins n'aime plus sa maman. » Jack prit un ton solennel. « Ils ont *divorcé.*

— C'est bien que tu comprennes ça, parce que tu vois, ta maman et moi, nous ne nous aimons plus. »

George observa le visage de son fils pour voir s'il avait saisi ce qu'il lui disait. L'enfant semblait effaré, comme s'il se produisait un événement qu'il aurait cru impossible. Son expression lui serra le cœur. Il se demanda : Comment puis-je infliger quelque chose d'aussi cruel à l'être que j'aime le plus au monde ?

Comment en suis-je arrivé là ?

« Tu sais que je dors dans la chambre d'amis depuis quelque temps, reprit-il.

— Oui. »

Il en arrivait au moment le plus difficile. « Cette nuit, je vais dormir chez Grandma.

— Pourquoi ?
— Parce que maman et moi, nous ne nous aimons plus.
— D'accord. Je te verrai demain alors.
— Je dormirai souvent chez Grandma à partir de maintenant. »
Jack commença à se rendre compte que ce ne serait pas sans conséquences pour lui. « Tu me liras quand même une histoire le soir ?
— Tous les soirs, si tu veux. » George se jura de tenir sa promesse.
Jack était encore en train d'évaluer les répercussions. « Tu me prépareras mon lait chaud au petit déjeuner ?
— Parfois. Ou alors ce sera maman. Ou Nanny Tiffany. »
Le faux-fuyant n'échappa pas à Jack. « Je ne sais pas. Je crois que tu ne devrais pas aller dormir chez Grandma. »
George était à bout de forces. « Eh bien, on verra. Dis-moi, qu'est-ce que tu dirais d'une glace ?
— Ouais ! »
Ce fut la journée la plus noire de la vie de George.

*

Alors qu'il se rendait du Capitole au comté de Prince George, George pensait tristement aux otages. Quatre Américains et un Français avaient été enlevés cette année-là au Liban. Un des Américains avait été relâché, mais les autres moisissaient dans une prison quelconque, s'ils n'étaient pas déjà morts. George savait que l'un des Américains était le chef de l'antenne de la CIA à Beyrouth.

Leurs ravisseurs appartenaient très probablement à un groupe de militants musulmans appelé le Hezbollah, le parti de Dieu, créé à la suite de l'invasion du Liban par Israël en 1982. Ils avaient été financés par l'Iran et entraînés par les gardiens de la révolution iranienne. Les États-Unis considéraient le Hezbollah comme la branche armée du gouvernement iranien et classaient l'Iran parmi les commanditaires du terrorisme, et donc parmi les pays qui ne devaient pas avoir le droit d'acheter des armes. George appréciait l'ironie au moment où le président Reagan encourageait le terrorisme au Nicaragua en finançant les Contras, un groupe violemment hostile au gouvernement qui perpétrait des assassinats et des enlèvements.

Ce qui ne l'empêchait pas de considérer les événements du Liban avec colère. Il aurait voulu envoyer les marines à Beyrouth, armés jusqu'aux dents. Il fallait apprendre à ces gens ce qu'il en coûtait de s'en prendre à des citoyens américains.

Malgré la force de son ressentiment, il savait que c'était une réaction infantile. Comme l'invasion israélienne avait engendré le Hezbollah, des représailles violentes des Américains contre le Hezbollah ne feraient qu'attiser le terrorisme. Une autre génération d'hommes grandirait au Proche-Orient en criant vengeance contre l'Amérique, le grand Satan. Comme tous ceux qui réfléchissaient, George se rendait compte, une fois la fureur apaisée, que la vengeance était autodestructrice. La seule solution était de rompre le cercle vicieux.

Ce qui était plus facile à dire qu'à faire.

George était conscient d'avoir lui-même échoué dans ce domaine. Il avait frappé Jasper Murray. Murray n'était pas une poule mouillée. Il avait pourtant eu l'intelligence de ne pas céder à la tentation de répliquer. Cela avait permis de limiter les dégâts... et ce n'était pas grâce à George.

George habitait à nouveau chez sa mère, à quarante-huit ans! Verena était restée dans leur maison avec le petit Jack. Il présumait que Jasper y passait certaines nuits, mais il n'en était pas certain. Il luttait pour arriver à surmonter ce divorce, comme des millions d'autres.

En ce vendredi soir, il se mit à penser au week-end. Il était en route pour se rendre chez Verena. L'organisation était parfaitement au point. George prenait Jack le vendredi soir et l'emmenait chez sa grand-mère pour le week-end, puis il le reconduisait chez Verena le lundi matin. Ce n'était pas ainsi qu'il avait envisagé d'élever son enfant, mais il ne pouvait pas faire mieux.

Il réfléchit à ce qu'ils feraient ensemble. Demain, ils iraient peut-être à la bibliothèque choisir des livres d'histoires. Dimanche, l'église, naturellement.

Il arriva devant la maison de style ranch qui avait été son foyer. La voiture de Verena n'était pas dans l'allée : elle n'était pas encore rentrée. George se gara et se dirigea vers la porte. Par politesse, il sonna avant de tourner sa clé dans la serrure.

Tout était silencieux. « C'est moi », lança-t-il. Il n'y avait personne dans la cuisine. Il trouva Jack devant la télévision, seul. « Salut », lui dit-il. Il s'assit à côté de lui et lui posa le bras sur les épaules. « Où est Nanny Tiffany ?

— Elle est partie, répondit Jack. Maman est en retard. »

George ravala sa colère. « Et tu es tout seul ?

— Tiffany a dit que c'était une "rugence".

— Il y a longtemps qu'elle est partie ?

— Je ne sais pas. » Jack n'avait pas encore la notion du temps.

George était furieux. On avait laissé son fils tout seul alors qu'il n'avait que quatre ans. Qu'est-ce que Verena avait donc dans la tête ?

Il se leva et regarda autour de lui. La valise de Jack était dans l'entrée. George l'ouvrit pour en vérifier le contenu. Il y avait tout ce qu'il fallait : pyjama, vêtements de rechange, nounours. Nanny Tiffany avait tout préparé avant d'aller s'occuper de ce que Jack appelait sa « rugence ».

Il retourna dans la cuisine pour y laisser un mot : « J'ai trouvé Jack seul à la maison. Appelle-moi. »

Puis il alla chercher l'enfant et le fit monter en voiture.

Jacky habitait à moins d'un kilomètre. Dès qu'ils arrivèrent, Jacky donna à Jack un verre de lait et un biscuit fait maison. Il lui parla du chat des voisins qui était venu leur rendre visite et avait eu droit à une soucoupe de lait. Puis Jacky, après un regard à George, demanda : « Bon, dis-moi, qu'est-ce qui te préoccupe ?

— Viens dans le salon. Je vais t'expliquer. » Quand ils furent dans la pièce voisine, George explosa : « J'ai trouvé Jack seul à la maison.

— Oh, ça ne devrait pas arriver.

— Tu peux le dire, bordel. »

Exceptionnellement, elle ne releva pas la grossièreté. « Tu sais ce qui s'est passé ?

— Verena n'est pas rentrée à l'heure prévue et la nounou a dû partir. »

À ce moment-là, ils entendirent un crissement de pneus au-dehors. Par la fenêtre, ils virent Verena jaillir de sa Jaguar et remonter l'allée en courant.

« Je vais la tuer », gronda George.

Jacky ouvrit la porte à Verena. Elle se précipita dans la cuisine et embrassa Jack. « Oh, mon bébé chéri, tu vas bien ? s'écria-t-elle d'un ton éploré.

— Oui, répondit tranquillement Jack. J'ai eu un gâteau.

— Les biscuits de Grandma sont drôlement bons, hein ?

— Ça oui.

— Verena, dit George. Tu ferais mieux de venir t'expliquer. »

Elle était essoufflée et transpirait. Pour une fois, elle avait perdu son arrogance et son aplomb. « Je n'ai eu que quelques minutes de retard ! s'écria-t-elle. Je ne comprends pas pourquoi cette fichue nounou ne m'a pas attendue !

— Tu n'as pas à être en retard quand tu as la garde de Jack », fit George sévèrement.

Elle n'apprécia pas. « Oh, parce que ça ne t'est jamais arrivé ?

— Je ne l'ai jamais laissé tout seul.

— Ce n'est pas facile pour moi, tu sais !

— Tu n'as à t'en prendre qu'à toi.

— George, tu ne devrais pas la réprimander comme ça, intervint Jacky.

— Ne te mêle pas de ça, Mom.

— Excuse-moi, mais c'est ma maison et mon petit-fils. J'ai mon mot à dire.

— Je ne peux pas laisser passer ça, Mom ! Elle a mal agi.

— Si je n'avais jamais mal agi, je ne t'aurais pas eu.

— Ça n'a rien à voir.

— Ce que je veux que tu comprennes, c'est que nous faisons tous des erreurs et que parfois, les choses s'arrangent pour le mieux. Alors, arrête de houspiller Verena. Ça ne réglera rien. »

George admit, à contrecœur, qu'elle avait raison. « Mais alors, qu'est-ce qu'on va faire ?

— Je suis désolée, George, murmura Verena. Ce qu'il y a, c'est que je ne m'en sors pas. » Elle fondit en larmes.

« Bon, maintenant qu'on a fini de hurler, dit Jacky, on va peut-être pouvoir commencer à réfléchir. Vous ne pouvez pas compter sur votre nourrice.

— Vous n'imaginez pas à quel point il est difficile de trouver des nounous ! s'écria Verena. Et c'est encore plus compliqué pour nous que pour la majorité des gens. Tout le monde engage des immigrées clandestines et les paye en liquide. Les politiciens, eux, doivent avoir des employés déclarés, qui paient des impôts. Du coup, personne ne veut travailler pour eux.

— C'est bon, calme-toi, je ne te fais aucun reproche, reprit Jacky. Je peux peut-être vous aider. »

George et Verena la dévisagèrent.

« J'ai soixante-quatre ans, je vais bientôt prendre ma retraite. Il faut que je m'occupe. Je vous servirai de roue de secours.

Si votre nounou vous laisse tomber, amenez-moi Jack. Il pourra passer la nuit ici si c'est nécessaire.

— Eh bien, dit George. Ça me paraît une bonne solution.

— Jacky, ce serait super ! renchérit Verena.

— Ne me remercie pas, ma chérie. C'est très égoïste de ma part. Comme ça, je verrai plus souvent mon petit-fils.

— Tu es sûre que ça ne te fera pas trop de travail, Mom ? » s'inquiéta George.

Jacky esquissa une moue dédaigneuse. « Tu m'as déjà entendue me plaindre d'avoir trop de travail ? »

George sourit. « Jamais, c'est vrai. »

Et la question fut réglée.

LVI

Les larmes de Rebecca gelaient sur ses joues.

On était en octobre. Un vent cinglant venu de la mer du Nord balayait le cimetière d'Ohlsdorf à Hambourg. C'était un des plus grands cimetières du monde, quatre cents hectares de deuil et de tristesse. Il abritait un monument aux victimes du nazisme, un bosquet entouré de murs dédié aux martyrs de la résistance et une sépulture collective pour les trente-huit mille hommes, femmes et enfants tués au cours des dix jours de l'opération Gomorrah, la campagne de bombardements alliés de l'été 1943 sur Hambourg.

Il n'y avait pas de secteur réservé aux victimes du Mur.

Rebecca s'agenouilla pour enlever les feuilles mortes éparpillées sur la tombe de son mari. Elle déposa une unique rose rouge.

Elle resta un moment immobile à contempler la dalle de pierre en évoquant son souvenir.

Bernd était mort depuis un an. Il avait vécu jusqu'à soixante-deux ans, un bel âge pour un homme souffrant d'une lésion de la moelle épinière. Ses reins avaient fini par lâcher, comme il arrive souvent en pareil cas.

Rebecca pensait à la vie qu'il avait menée. Elle avait été saccagée par le Mur et par la blessure qu'il s'était faite en fuyant l'Allemagne de l'Est ; malgré tout, il avait bien vécu. Il avait été un bon enseignant, peut-être même excellent. Défiant la tyrannie du communisme, il s'était enfui vers la liberté. Son premier mariage s'était achevé par un divorce, mais Rebecca et lui s'étaient aimés passionnément pendant vingt ans.

Elle n'avait pas besoin de venir sur sa tombe pour se souvenir de lui. Elle pensait à lui tous les jours. Elle ressentait sa mort comme une amputation : elle s'étonnait sans cesse de son absence. Seule dans l'appartement qu'ils avaient partagé pendant si longtemps, elle lui parlait, lui racontait sa journée, commentait l'actualité, lui disait comment elle se sentait, si elle avait faim, si elle était fatiguée ou énervée. Elle n'avait rien modifié : les cordes et les poignées qui permettaient à Bernd de se déplacer étaient toujours en place. Son fauteuil roulant était rangé près du lit, comme s'il devait s'y hisser sur les bras et s'y installer à tout instant. Quand elle se caressait, elle imaginait Bernd allongé à son côté, son bras enroulé autour d'elle, la chaleur de son corps, ses lèvres sur les siennes.

Heureusement, son travail était passionnant et très absorbant. Elle était maintenant secrétaire d'État au ministère des Affaires étrangères du gouvernement ouest-allemand. Comme elle parlait russe et qu'elle avait vécu en république démocratique allemande, elle s'était spécialisée dans les pays d'Europe de l'Est. Elle avait peu de temps libre.

Hélas, la réunification de son pays paraissait plus lointaine que jamais. Erich Honecker, l'irréductible dirigeant de l'Allemagne de l'Est, demeurait inflexible. Des gens continuaient à mourir en essayant de franchir le Mur. En Union soviétique, la mort d'Andropov avait amené au pouvoir un nouveau septuagénaire maladif, Konstantin Tchernenko. De Berlin à Vladivostok, l'empire soviétique était un marécage dans lequel les populations se débattaient et sombraient souvent, sans jamais progresser.

Rebecca se rendit compte que ses pensées vagabondaient et ne concernaient plus Bernd. Il était temps de partir. « Au revoir, mon amour », murmura-t-elle avant de s'éloigner lentement de la tombe.

Elle traversa le cimetière glacé les bras croisés, serrant son manteau autour d'elle. Elle monta avec soulagement dans sa voiture et mit le contact. Elle avait toujours la camionnette équipée d'un élévateur pour charger le fauteuil roulant. Elle ferait bien de la vendre pour s'acheter une voiture normale.

Elle rentra chez elle. Une Mercedes S500 noire rutilante était rangée devant l'immeuble, avec un chauffeur à casquette qui attendait à côté. Cette vision lui remonta le moral. Comme elle s'y attendait, elle trouva Walli, qui était entré avec sa clé. Assis à la table de la cuisine, il écoutait de la musique pop à la radio en tapant du pied en mesure. Un exemplaire du dernier album de

Plum Nellie, *The Interpretation of Dreams* – L'Interprétation des rêves –, était posé devant lui. «Je suis content que tu sois rentrée à temps, dit-il. J'allais partir pour l'aéroport. Je vais à San Francisco.» Il se leva et l'embrassa.

Dans deux ans, il aurait quarante ans et il était maintenant en pleine forme. Il fumait toujours, mais avait renoncé à la drogue et à l'alcool. Il portait une veste de cuir fauve sur une chemise en jean. Aucune fille n'avait eu envie de lui mettre le grappin dessus? s'étonna Rebecca. Il avait des petites amies, mais ne semblait pas pressé de s'établir.

En l'embrassant, elle effleura son bras. Elle remarqua que le cuir de sa veste était souple comme de la soie. Elle avait dû coûter une fortune. «Mais vous venez à peine de finir votre album, remarqua-t-elle.

— On fait une tournée aux États-Unis. Je passe d'abord trois semaines à Daisy Farm pour les répétitions. Premier concert à Philadelphie dans un mois.

— Embrasse les garçons pour moi.

— Je n'y manquerai pas.

— Ça fait un moment que vous n'avez pas fait de tournée.

— Trois ans. D'où les trois semaines de répétition. Les concerts ont lieu dans des stades maintenant. Fini le temps des tournées groupées du All-Star Touring Beat Review où nous étions douze orchestres à jouer deux ou trois morceaux chacun devant deux mille personnes dans un théâtre ou un gymnase. Désormais, il n'y a plus que nous et cinquante mille personnes.

— Vous viendrez en Europe?

— Oui, mais les dates ne sont pas encore fixées.

— En Allemagne?

— C'est très probable.

— Tu me préviendras.

— Bien sûr. Je pourrai sans doute t'avoir un billet gratuit.»

Rebecca éclata de rire. En tant que sœur de Walli, elle était traitée comme une reine dans les coulisses des concerts de Plum Nellie. Les membres du groupe avaient souvent raconté dans leurs interviews leurs débuts à Hambourg et les dîners chez la grande sœur de Walli qui leur offrait leur seul vrai repas de la semaine. Cela lui avait valu une certaine notoriété dans le monde du rock'n'roll.

«J'espère que votre tournée se passera bien, dit-elle.

— Tu te rends bientôt à Budapest, n'est-ce pas?

— Oui. Pour une conférence sur les questions commerciales.

— Il y aura des Allemands de l'Est ?

— Bien sûr. Pourquoi ?

— Tu crois que l'un d'eux pourrait rapporter un album à Alice ? »

Rebecca fit la grimace. « Je ne sais pas. Mes relations avec les hommes politiques d'Allemagne de l'Est ne sont pas très cordiales. Pour eux, je suis un laquais de l'impérialisme capitaliste alors que pour moi, ce sont des bandits qui gouvernent par la terreur un peuple qui ne les a pas élus et qu'ils maintiennent en prison. »

Walli sourit. « Pas beaucoup de terrain d'entente, à ce que je vois.

— Non. Mais j'essaierai quand même.

— Merci. » Il lui tendit le disque.

Rebecca examina la photographie de la pochette. On y voyait quatre hommes d'âge mûr aux cheveux longs et en jeans. Buzz, le bassiste cavaleur, avait pris du poids. Le batteur gay, Lew, perdait ses cheveux. Dave, le leader du groupe, avait les tempes grisonnantes. Ils étaient reconnus, établis et riches. Elle se souvenait des gamins affamés qui venaient chez elle autrefois : maigres, dépenaillés, drôles, charmants, la tête remplie d'espoirs et de rêves. « Vous avez fait du chemin, remarqua-t-elle.

— Oui, confirma Walli. C'est vrai. »

*

À la fin de la conférence de Budapest, le dernier soir, Rebecca et les autres délégués furent conviés à une dégustation de tokay. On les conduisit dans une cave appartenant à l'organisation d'embouteillage du gouvernement hongrois. Elle se trouvait dans le secteur de Pest, à l'est du Danube. On leur fit goûter plusieurs sortes de vins blancs : des secs, des puissants, l'eszencia, un nectar faiblement alcoolisé et le fameux aszú, un vin doux, fruit d'une lente fermentation.

Quel que fût le pays, les fonctionnaires du gouvernement n'étaient pas doués pour organiser des réceptions et Rebecca craignait de s'ennuyer ferme. Pourtant, cette vieille cave au plafond voûté, remplie d'empilements de caisses de vin, était chaleureuse et elle apprécia les amuse-gueule hongrois, boulettes de pâte épicées, champignons farcis et saucisses.

Repérant un des délégués est-allemands, Rebecca lui adressa son sourire le plus engageant : « Nos vins allemands sont meilleurs, vous ne trouvez pas ? » lui dit-elle.

Elle bavarda quelques minutes avec lui sur un ton badin et finit par lui poser la question. « J'ai une nièce à Berlin-Est, à qui je voudrais faire parvenir un disque de musique pop, mais j'ai peur qu'il ne soit abîmé si je l'envoie par la poste. Pourriez-vous le lui apporter de ma part ?

— Oui, ça devrait être possible, répondit-il d'un ton dubitatif.

— Je vous le donnerai demain au petit déjeuner, si vous voulez bien. C'est très aimable à vous.

— Entendu. » Il avait l'air ennuyé. Rebecca se demanda s'il ne risquait pas de remettre le disque à la Stasi. Mais il fallait tenter le coup.

Quand le vin eut égayé tout le monde, Rebecca fut abordée par Frederik Biró, un politicien hongrois de son âge qu'elle aimait bien. Il s'occupait de politique étrangère, comme elle. « Quelle est réellement la situation de ce pays ? » lui demanda-t-elle.

Il consulta sa montre. « Nous sommes à un peu plus d'un kilomètre de votre hôtel », observa-t-il. Comme tous les Hongrois cultivés, il parlait bien allemand. « Voulez-vous que nous y allions ensemble ? »

Ils prirent leurs manteaux et s'éloignèrent. Le trajet longeait le large fleuve aux eaux sombres. Sur l'autre rive, les lumières de la ville médiévale de Buda convergeaient en une procession romantique vers le palais perché au sommet de la colline.

« Les communistes ont promis la prospérité et la population est déçue, lui confia Biró pendant qu'ils marchaient. Les membres du parti communiste eux-mêmes se plaignent du gouvernement de Kádár. » Il préférait certainement lui parler à l'air libre, là où aucun micro ne risquait de surprendre leur conversation, devina Rebecca.

« Quelle est la solution ? s'enquit-elle.

— Le plus curieux, c'est que tout le monde connaît la réponse. Il faut décentraliser les décisions, mettre en place des marchés restreints et légaliser l'économie grise plus ou moins clandestine pour lui permettre de se développer.

— Qui empêche que soient prises ces mesures ? » Elle s'aperçut qu'elle le bombardait de questions comme un juge au tribunal. « Pardonnez-moi. Je ne voudrais pas avoir l'air de vous soumettre à un interrogatoire.

— Pas du tout, la rassura-t-il avec un sourire. J'aime bien les gens qui vont droit au fait. Ça fait gagner du temps.

— Les hommes ne sont pas toujours prêts à accepter qu'une femme leur parle aussi directement.

— Ce n'est pas mon cas. On pourrait même dire que j'ai un faible pour les femmes qui ont de l'assurance.

— Est-ce le cas de votre épouse ?

— Ça l'était. Je suis divorcé. »

Consciente que cela ne la regardait pas, Rebecca revint à leur sujet précédent. « Vous alliez me dire qui s'oppose aux réformes.

— Quinze mille bureaucrates qui perdraient leur pouvoir et leur poste ; cinquante mille cadres du parti communiste qui prennent toutes les décisions ; sans oublier János Kádár qui nous gouverne depuis 1956. »

Rebecca haussa les sourcils. Biró faisait preuve d'une incroyable franchise. L'idée lui traversa l'esprit que cette honnêteté n'était peut-être pas tout à fait spontanée. Avait-il prémédité cette discussion ? « Kádár a-t-il une solution de rechange ? poursuivit-elle.

— Oui. Pour maintenir le niveau de vie des ouvriers hongrois, il multiplie les emprunts auprès des banques occidentales, allemandes notamment.

— Et comment rembourserez-vous les intérêts de ces emprunts ?

— Bonne question. »

Ils étaient arrivés au niveau de l'hôtel de Rebecca, de l'autre côté de la rue. Elle s'arrêta et s'accouda au parapet bordant le fleuve. « Est-ce que Kádár est indéboulonnable ?

— Pas forcément. Je suis assez proche d'un jeune homme très prometteur, Miklós Németh. »

Ah, songea Rebecca, voilà où il voulait en venir : faire savoir au gouvernement allemand, de façon discrète et officieuse, que le rival réformiste de Kádár se nomme Németh.

« Il a une trentaine d'années, il est extrêmement brillant, continua Biró. Mais nous redoutons une version hongroise du scénario soviétique : Brejnev remplacé par Andropov remplacé par Tchernenko. On dirait la queue devant les toilettes d'un hospice de vieillards. »

Rebecca pouffa de rire. Décidément, elle aimait bien Biró.

Il se pencha vers elle et l'embrassa.

Elle n'en fut pas vraiment surprise. Elle avait deviné qu'elle l'attirait. Ce qui l'étonna, en revanche, fut de constater à quel point ce baiser lui procurait du plaisir. Elle le lui rendit de bon cœur.

Puis elle s'écarta. Elle posa les mains sur sa poitrine et le repoussa doucement. Elle l'observa à la lumière du réverbère. Un homme de cinquante ans n'est plus un Adonis, mais Frederik avait un visage empreint d'intelligence et de compassion, sur lequel les ironies de la vie faisaient facilement naître un sourire narquois. Il avait des cheveux gris coupés court et des yeux bleus. Il portait un manteau bleu foncé et une écharpe rouge vif, une tenue classique avec une note de gaieté.

« Pourquoi avez-vous divorcé ? lui demanda-t-elle.

— J'ai eu une liaison et ma femme m'a quitté. Libre à vous de m'accabler de reproches.

— Non. J'ai commis ma part d'erreurs, moi aussi.

— J'ai regretté, mais il était trop tard.

— Des enfants ?

— Deux, adultes. Ils m'ont pardonné. Marta s'est remariée. Moi, je suis toujours célibataire. Et vous ?

— J'ai divorcé de mon premier mari quand je me suis aperçue qu'il travaillait pour la Stasi. Mon second mari a été blessé en franchissant le mur de Berlin quand nous avons fui à l'Ouest. Il s'est retrouvé en fauteuil roulant, mais nous avons vécu heureux ensemble pendant vingt ans. Il est mort l'année dernière.

— Ma parole, la chance ne vous a pas beaucoup souri jusqu'à présent.

— Peut-être. Vous voulez bien me raccompagner jusqu'à l'entrée de l'hôtel ? »

Ils traversèrent. À l'angle de la rue, là où la lumière des réverbères était plus faible, elle l'embrassa à nouveau. Elle y prit encore plus de plaisir que la première fois et se serra contre lui.

« Passons la nuit ensemble », lui proposa-t-il.

Elle avait terriblement envie d'accepter. « Non. C'est trop tôt. Je vous connais à peine.

— Mais vous partez demain.

— Je sais.

— Nous ne nous reverrons peut-être jamais.

— Je suis sûre que si.

— Vous pourriez venir chez moi. Ou je pourrais vous rejoindre dans votre chambre.

— Non. Mais votre insistance me flatte. Bonsoir.

— Bon, dans ce cas bonsoir. »

Elle commença à s'éloigner.

« Je viens souvent à Bonn, ajouta-t-il. J'y serai dans dix jours. »

Elle se retourna, tout sourire.

« Accepteriez-vous de dîner avec moi ? poursuivit-il.

— Avec plaisir. Appelez-moi.

— Entendu. »

Elle entra dans l'hôtel, le sourire aux lèvres.

*

Par un après-midi d'orage, Lili était chez elle à Berlin, dans le quartier du Mitte, quand Alice vint emprunter des livres. Malgré ses notes excellentes, on lui avait refusé l'entrée à l'université à cause de la carrière clandestine de chanteuse contestataire de sa mère. Cependant, Alice avait la ferme intention de s'instruire par elle-même. Aussi apprenait-elle l'anglais le soir, quand elle avait fini sa journée à l'usine. Carla possédait une petite collection d'ouvrages en anglais, héritée de sa propre mère, Maud. Lili se trouvant à la maison quand Alice passa, elles montèrent ensemble au salon pour regarder les livres pendant que la pluie tambourinait contre les vitres. C'étaient d'anciennes éditions, datant sans doute d'avant la guerre selon Lili. Alice choisit un recueil d'histoires de Sherlock Holmes. Lili calcula qu'Alice représentait la quatrième génération qui lirait ces livres.

« Nous avons déposé une demande pour pouvoir aller en Allemagne de l'Ouest, lui annonça Alice.

— Nous ? s'étonna Lili.

— Helmut et moi. »

Helmut Kappel était son petit ami. Il avait vingt-deux ans, un an de plus qu'elle, et étudiait à l'université.

« Et vous avez une raison précise ?

— J'ai expliqué qu'on voulait rendre visite à mon père à Hambourg. Les grands-parents de Helmut sont à Francfort. Ce qu'il y a surtout, c'est que Plum Nellie est en tournée mondiale et qu'on veut absolument voir mon père sur scène. On va essayer de programmer notre voyage en fonction de la date de son concert en Allemagne, s'il en donne un.

— Oh, sûrement.

— Tu crois qu'ils nous laisseront y aller ?

— Avec un peu de chance, oui. » Lili ne voulait pas refroidir son enthousiasme juvénile, mais elle avait des doutes. Pour sa part, l'autorisation lui avait toujours été refusée. Très peu de gens l'obtenaient. Les autorités soupçonnaient les jeunes comme Helmut et Alice de n'avoir aucune intention de revenir.

Lili partageait ces soupçons. Alice avait souvent parlé d'un air rêveur d'aller vivre en Allemagne de l'Ouest. Comme tous les jeunes, elle avait envie de lire des livres et des journaux non censurés, de voir les pièces et les films les plus récents et d'écouter de la musique sans avoir besoin de l'approbation du vieux barbon de soixante-douze ans qu'était Erich Honecker. Si elle réussissait à quitter l'Allemagne de l'Est, pourquoi aurait-elle envie d'y revenir ?

« Tu sais, toutes les raisons pour lesquelles cette famille est mal vue des autorités datent d'avant ma naissance, reprit Alice. Je ne vois pas pourquoi elles s'en prennent à moi. »

Cependant, sa mère, Karolin, continuait à chanter ses chansons séditieuses, se dit Lili.

La sonnette retentit et des voix animées résonnèrent peu après dans l'entrée : elles descendirent pour voir ce qui se passait et découvrirent Karolin, trempée sous son imperméable. Curieusement, elle portait une valise. La porte lui avait été ouverte par Carla qui se tenait près d'elle, un tablier noué sur son austère tenue de travail.

Karolin avait le visage rouge et gonflé de larmes.

Alice s'approcha. « Maman... ?

— Il s'est passé quelque chose ? demanda Lili

— Alice, ton beau-père m'a quittée. »

Lili n'en revenait pas. Odo Vossler ? Elle n'aurait jamais cru que le débonnaire Odo aurait le cran de quitter sa femme.

Alice prit sa mère dans ses bras sans un mot.

« C'est arrivé quand ? » demanda Carla.

Karolin s'essuya le nez avec son mouchoir. « Il me l'a annoncé il y a trois heures. Il veut divorcer. »

Pauvre Alice, abandonnée par deux pères, songea Lili.

« Je croyais que les pasteurs n'étaient pas censés divorcer, s'indigna Carla.

— Il quitte aussi le clergé.

— Alors ça ! »

Lili se rendit compte qu'un séisme venait d'ébranler sa famille.

L'esprit pratique de Carla prit rapidement le dessus. « Tu ferais bien de venir t'asseoir. Allons dans la cuisine. Alice, prends l'imperméable de ta mère et mets-le à sécher. Lili, fais-nous du café. »

Lili mit de l'eau à chauffer et sortit un gâteau du garde-manger. « Karolin, qu'est-ce qui a pris à Odo ? » reprit Carla.

Elle baissa la tête. « Il est... » Elle avait visiblement du mal à prononcer les mots. Elle murmura enfin en détournant le regard : « Odo m'a expliqué qu'il s'était rendu compte qu'il était homosexuel. »

Alice poussa un petit cri.

« Oh ma pauvre ! Quel choc ça a dû être ! » s'exclama Carla.

Un souvenir revint à la mémoire de Lili. Cinq ans plus tôt, lorsqu'ils s'étaient tous retrouvés en Hongrie et que son frère avait fait la connaissance d'Odo, une brève expression de stupeur était passée sur le visage de Walli, fugace mais indéniable. Avait-il entraperçu la véritable nature d'Odo à cet instant ?

Lili avait toujours eu l'impression que l'amour d'Odo pour Karolin tenait plus de son devoir de chrétien que d'une grande passion. Si un homme devait un jour lui demander de l'épouser, elle ne voudrait pas qu'il le fasse par grandeur d'âme. Il faudrait qu'il la désire au point de ne pas pouvoir se passer de la toucher : ce serait une bonne raison d'envisager le mariage.

Karolin releva les yeux. Maintenant que l'affreuse vérité avait été dite, elle pouvait affronter le regard de Carla. « Un choc ? Pas vraiment, dit-elle d'une voix calme. Je m'en doutais un peu.

— Comment ça ?

— Au début de notre mariage, il y avait un jeune homme, un certain Paul, très beau garçon. On l'invitait à dîner une ou deux fois par semaine, ils étudiaient la Bible à la sacristie Odo et lui et les samedis après-midi, ils faisaient de longues marches dans le parc de Treptower. Ils n'ont peut-être jamais rien fait... Odo n'est pas du genre infidèle. Mais quand il me faisait l'amour, j'étais sûre, je ne sais trop comment, qu'il pensait à Paul.

— Que s'est-il passé ? Comment ça s'est terminé ? »

Lili écoutait en coupant le gâteau. Elle disposa les parts dans des assiettes. Personne n'en mangea.

« Je n'ai pas très bien su, répondit Karolin. Paul a cessé de venir à la maison et à l'église. Odo ne m'a jamais dit pourquoi. Ils ont peut-être voulu éviter la tentation de l'amour physique.

— En tant que pasteur, Odo a dû vivre un terrible conflit intérieur, remarqua Carla.

— C'est vrai. J'en suis désolée pour lui quand je ne suis pas en colère.

— Pauvre Odo.

— Paul n'a été que le premier d'une série de cinq ou six garçons, tous assez semblables, beaux comme des astres et chrétiens convaincus.

— Et maintenant ?

— Odo a trouvé le grand amour. Il se répand en excuses au point d'en être abject, mais il a décidé d'assumer sa nature profonde. Il va vivre avec cet homme. Il s'appelle Eugen Freud.

— Qu'est-ce qu'il va faire ?

— Enseigner dans un institut de théologie. Il dit que c'est sa vraie vocation. »

Lili versa l'eau bouillante sur le café moulu. Que penserait Walli de la séparation de Karolin et Odo ? se demanda-t-elle. Évidemment, il n'était pas question pour lui de retrouver Karolin et Alice à cause de ce maudit mur de Berlin. Mais le souhaiterait-il ? Il n'avait jamais vécu durablement avec une autre femme. Lili avait l'intuition que Karolin restait le grand amour de sa vie.

Tout cela était évidemment pure rhétorique. Les communistes avaient décidé qu'ils ne vivraient pas ensemble.

« Si Odo renonce à sa charge de pasteur, vous allez devoir quitter votre maison, remarqua Carla.

— Oui. Je suis à la rue.

— Ne dis pas de bêtises. Tu seras toujours chez toi ici.

— Je savais que tu dirais ça », murmura Karolin. Elle fondit en larmes.

La sonnette retentit à nouveau.

« J'y vais », fit Lili.

Deux hommes se tenaient sur le seuil. L'un d'eux, en uniforme de chauffeur, brandissait un parapluie au-dessus de la tête du second, qui n'était autre que Hans Hoffman.

« Puis-je entrer ? » demanda Hans en pénétrant à l'intérieur sans attendre de réponse. Il portait un mince paquet carré de trente centimètres de haut.

Le chauffeur regagna la limousine Zil noire rangée au bord du trottoir.

Lili demanda sans dissimuler sa répugnance : « Qu'est-ce que tu veux ?

— Parler à ta nièce, Alice.

— Comment sais-tu qu'elle est ici ? »

Hans sourit sans se donner la peine de répondre. La Stasi savait tout.

Lili retourna dans la cuisine. « C'est Hans Hoffmann. Il veut voir Alice. »

Alice se leva, blême de peur.

« Emmène-le là-haut, Lili, dit Carla. Et reste avec eux.

— C'est à moi de l'accompagner », intervint Karolin en se mettant debout.

Carla la retint en posant la main sur son bras. « Tu n'es pas en état d'affronter la Stasi. »

Karolin accepta l'objection et se rassit. Lili tint la porte pour Alice, qui sortit de la cuisine. Les deux femmes s'engagèrent dans l'escalier, suivies par Hans.

Par politesse et par habitude, Lili faillit lui proposer une tasse de café. Elle se ravisa aussitôt. Il pouvait crever de soif.

Hans prit le Sherlock Holmes qu'Alice avait laissé sur la table. « De l'anglais », remarqua-t-il, comme si cette constatation confirmait ses soupçons. Il s'assit en tirant sur les plis de son pantalon de laine fine pour éviter de le froisser. Il posa son paquet par terre à côté de sa chaise et déclara : « Ainsi, jeune Alice, vous voulez vous rendre en Allemagne de l'Ouest. Peut-on savoir pourquoi ? »

Il avait pris du galon. Lili ne connaissait pas son titre exact, mais il n'était plus un simple agent de la police secrète. Il prononçait des discours à des réunions nationales et donnait des interviews à la presse. Toutefois, ses fonctions importantes ne l'empêchaient pas de persécuter la famille Franck.

« Mon père vit à Hambourg, expliqua Alice pour répondre à sa question. Ainsi que ma tante Rebecca.

— Votre père est un meurtrier.

— Ça s'est passé avant ma naissance. Vous voulez m'en faire payer le prix ? C'est ainsi que vous concevez la justice communiste ? »

Hans esquissa à nouveau son hochement de tête entendu. « Vous avez la langue bien pendue, comme votre grand-mère. Décidément, cette famille est incapable de tirer les leçons de ses erreurs. »

Lili répliqua avec hargne : « Ce que nous avons appris, c'est que le communisme permet à de petits fonctionnaires de se venger, sans égard pour la justice ni pour la loi.

— Vous croyez que c'est avec de tels propos que vous allez m'inciter à accorder à Alice l'autorisation de voyager ?

— Vous avez déjà pris votre décision, lança Lili d'un ton las. Vous allez la lui refuser. Vous ne seriez pas venu jusqu'ici pour lui dire oui. Vous êtes là pour savourer votre victoire.

— Où est-il dit dans les écrits de Karl Marx que les ouvriers des États communistes n'ont pas le droit de se rendre dans les autres pays ? demanda alors Alice.

— Les conditions actuelles imposent certaines restrictions.

— Non, ce n'est pas vrai. Je veux voir mon père. Vous m'en empêchez. Pourquoi ? Parce que vous en avez le pouvoir. Cela n'a rien à voir avec le socialisme. C'est de la tyrannie, un point c'est tout.

— Vous, les bourgeois, lança Hans d'un ton méprisant, vous ne supportez pas que d'autres exercent la moindre autorité sur vous.

— Bourgeois ? s'indigna Lili. Moi, je n'ai pas de chauffeur en uniforme pour me tenir un parapluie au-dessus de la tête quand je sors de ma voiture. Alice non plus. Il n'y a qu'un bourgeois dans cette pièce, Hans. »

Il ramassa le paquet posé à ses pieds et le tendit à Alice. « Ouvrez-le. »

Alice déchira l'emballage de papier kraft. Elle trouva à l'intérieur un exemplaire du dernier album de Plum Nellie, « The Interpretation of Dreams ». Son visage s'éclaira.

Lili se demandait quel tour Hans était en train de leur jouer.

« Vous ne voulez pas écouter tout de suite le disque de votre père ? » suggéra Hans.

Alice sortit l'enveloppe intérieure blanche de la pochette. Entre le pouce et l'index, elle saisit le vinyle noir pour le retirer de l'enveloppe.

Il sortit en deux morceaux.

« On dirait qu'il est cassé. Quel dommage ! » soupira Hans.

Alice se mit à pleurer.

Hans se leva. « Je connais le chemin. » Et il s'en alla.

*

Unter den Linden était la grande avenue qui traversait Berlin-Est jusqu'à la porte de Brandebourg. Elle se poursuivait sous un autre nom dans Berlin-Ouest, à travers le parc du Tiergarten. Mais depuis 1961, elle s'achevait en cul-de-sac à la porte de Brandebourg, là où se dressait le Mur. Vue du parc, à l'ouest, la porte de Brandebourg semblait défigurée par un hideux rempart vert-de-gris, couvert de graffitis et surmonté d'une pancarte annonçant en allemand :

ATTENTION
Vous quittez maintenant
Berlin-Ouest

Derrière cette barrière s'étendait la zone du Mur où l'on tirait à vue.

L'équipe de tournée de Plum Nellie dressa une scène contre l'horrible clôture et disposa une rangée de puissants haut-parleurs orientés vers le parc. Sur les instructions de Walli, ils installèrent une batterie d'enceintes tout aussi puissantes dirigées de l'autre côté, vers Berlin-Est. Il voulait qu'Alice l'entende. Un journaliste lui avait appris que le gouvernement est-allemand désapprouvait la présence de ces baffles. Walli lui avait répondu : « Dites-leur que, s'ils enlèvent leur mur d'enceinte, j'enlèverai le mien. » La phrase avait été reprise par tous les journaux.

À l'origine, ils avaient prévu de donner leur concert à Hambourg, mais quand Walli avait appris que Hans Hoffmann avait cassé le disque d'Alice, il avait demandé à Dave, par mesure de représailles, de le programmer à Berlin pour qu'un million d'Allemands de l'Est puisse entendre la musique dont Hoffmann avait privé sa fille. Dave avait été emballé par cette idée.

À côté de la scène, ils regardaient ensemble les milliers de fans se rassembler dans le parc. « On n'aura jamais joué aussi fort, remarqua Dave.

— Parfait, approuva Walli. Je veux qu'on entende ma guitare jusqu'à Leipzig.

— Tu te souviens de nos débuts, dans le temps ? Les tout petits haut-parleurs qu'on avait dans les stades de base-ball ?

— On ne nous entendait pas... même nous, on n'arrivait pas à s'entendre !

— Maintenant, on peut faire entendre notre musique avec le son qu'on veut à des centaines de milliers d'auditeurs.

— Un miracle. »

Quand Walli regagna sa loge, il y trouva Rebecca. « C'est génial, s'enthousiasma-t-elle. Il doit y avoir cent mille personnes dans le parc ! »

Elle était accompagnée d'un homme grisonnant de son âge. «Je te présente mon ami Fred Biró.»

Walli lui serra la main. «C'est un honneur de vous rencontrer», dit Fred. Il parlait allemand avec l'accent hongrois.

Walli sourit intérieurement. Alors, comme ça, à cinquante-trois ans, sa sœur avait un copain! Eh bien, tant mieux pour elle. Le type avait l'air d'être tout à fait son genre, intellectuel sans pédanterie. Elle-même paraissait rajeunie avec sa robe violette et sa coupe de cheveux à la princesse Diana.

Ils bavardèrent un moment, puis le laissèrent se préparer. Walli troqua sa tenue contre un jean propre et une chemise d'un rouge flamboyant. Face au miroir, il entoura ses yeux d'un trait d'eye-liner pour que son expression se voie mieux de loin pendant qu'il jouerait. Il se souvenait avec dégoût de l'époque où il devait gérer sa consommation de drogue avec soin : une faible quantité pour tenir le coup pendant le spectacle, une grosse dose après à titre de récompense. Tout un rituel. Il ne regrettait vraiment pas d'y avoir renoncé.

On l'appela sur scène et il rejoignit Dave, Buzz et Lew. Toute la famille de Dave était venue leur souhaiter bonne chance : sa femme Beep, John Lee, leur fils de onze ans, Daisy et Lloyd, les parents de Dave, et même sa sœur Evie. Tous étaient fiers de lui. Walli était heureux de les voir. En même temps, leur présence lui rappelait douloureusement qu'il n'avait pas le droit, lui, de voir les siens : Werner, Carla, Lili, Karolin et Alice.

Avec un peu de chance, ils l'écouteraient de l'autre côté du Mur.

Le groupe monta sur scène sous les acclamations de la foule.

*

Unter den Linden grouillait de milliers de fans de Plum Nellie, jeunes et vieux. Lili et toute sa famille, y compris Karolin, Alice et son petit ami Helmut, étaient là depuis le matin. Ils s'étaient fait une place près des barrières dressées par la police pour tenir la foule à distance du Mur. À mesure que le public s'était amassé au fil de la journée, une atmosphère de fête s'était peu à peu installée, des inconnus s'adressaient la parole et partageaient leurs pique-niques en écoutant des airs de Plum Nellie sur leurs radiocassettes. À la nuit tombante, ils ouvrirent des bouteilles de bière et de vin.

Puis le groupe entra en scène et la foule se déchaîna.

Les Berlinois de l'Est ne voyaient rien d'autre que les quatre chevaux tirant le chariot de la Victoire au-dessus de l'arc de triomphe. Mais ils entendaient tout, parfaitement : la batterie de Lew, les pulsations de la basse de Buzz, les rythmes et les harmonies de la guitare de Dave et surtout, la voix pure de baryton de Walli et les lignes mélodiques de sa guitare. Les chansons connues jaillissaient des baffles, électrisant la foule mouvante, dansante. C'est mon frère, se répétait Lili, mon grand frère, qui chante pour la terre entière. La fierté se lisait sur le visage de Werner et Carla, Karolin souriait, Alice avait les yeux brillants.

Lili leva les yeux vers un immeuble de bureaux gouvernementaux. Une demi-douzaine d'hommes en costume sombre et cravate se tenaient sur un petit balcon, bien visibles à la lumière des réverbères. Ils ne dansaient pas. L'un d'eux prenait des photos de la foule. Des hommes de la Stasi, pensa Lili. Ils fichaient les traîtres au régime de Honecker – c'est-à-dire presque tout le monde désormais.

En regardant plus attentivement, il lui sembla reconnaître l'un des membres de la police secrète. C'était Hans Hoffmann, elle l'aurait juré. Grand et légèrement voûté, il parlait en agitant son bras de bas en haut comme un marteau; il avait l'air furieux. Walli avait expliqué dans une interview que le groupe voulait jouer à cet endroit-là parce que les Allemands de l'Est n'avaient pas le droit d'écouter leurs disques. Il avait dû comprendre qu'en brisant le disque destiné à Alice, il avait lui-même provoqué ce concert et rassemblé cette foule. Pas étonnant qu'il soit en colère.

Elle vit Hans écarter les mains dans un geste d'impuissance, se détourner et quitter le balcon pour disparaître dans les profondeurs du bâtiment. Une chanson s'acheva, une autre commença. La foule hurla de bonheur en reconnaissant l'introduction d'un des plus grands succès de Plum Nellie. La voix de Walli s'éleva dans les haut-parleurs : «Je dédie ce morceau à ma fille.»

Et il se mit à chanter «I Miss Ya, Alicia», «Tu me manques, Alice.»

Lili se tourna vers Alice. Des larmes ruisselaient sur ses joues, mais elle souriait.

LVII

William Buckley, l'Américain enlevé par le Hezbollah au Liban le 16 mars 1984, était officiellement conseiller politique à l'ambassade des États-Unis à Beyrouth. En réalité, il était le chef de l'antenne de la CIA.

Cam Dewar connaissait Bill Buckley et l'appréciait. C'était un homme mince, toujours vêtu de costumes classiques de chez Brooks Brothers. Il avait une chevelure fournie qui commençait à grisonner et une allure de séducteur. Militaire de carrière, il s'était battu en Corée, avait servi au Vietnam dans les Forces spéciales et fini avec le grade de colonel. Dans les années 1960, il était entré à la Division des activités spéciales de la CIA, celle qui était chargée des assassinats.

À cinquante-six ans, Bill était célibataire. D'après les cancans qui circulaient à Langley, il entretenait une liaison à distance avec une certaine Candace, qui vivait à Farmer, en Caroline du Nord. Elle lui écrivait des lettres d'amour et il lui téléphonait d'un peu partout dans le monde. Quand il était aux États-Unis, ils étaient amants. C'était du moins ce qu'on racontait.

Cam, comme tout le monde à Langley, était furieux que Bill ait été enlevé et souhaitait de tout cœur sa libération. Mais toutes les tentatives avaient échoué.

Et des nouvelles encore plus alarmantes leur parvenaient. Les agents et les informateurs de Bill à Beyrouth se mirent à disparaître les uns après les autres. Le Hezbollah devait obtenir leur identité par Bill. Ce qui voulait dire qu'il était torturé.

La CIA connaissait les méthodes du Hezbollah et devinait aisément ce qu'il subissait. Il devait avoir en permanence un bandeau sur les yeux, des chaînes aux pieds et aux mains, et être enfermé dans une caisse semblable à un cercueil jour après jour, semaine après semaine. Au bout de quelques mois de ce traitement, il avait dû devenir fou, au sens propre : il devait baver, marmonner, trembler, rouler des yeux et pousser de temps en temps des cris de terreur.

Aussi Cam fut-il au comble du bonheur quand quelqu'un finit par concevoir un plan d'action contre les kidnappeurs.

Ce plan n'émanait pas de la CIA, mais du conseiller à la Sécurité nationale du Président, Bud McFarlane. Bud comptait dans son personnel un lieutenant-colonel des marines, un risque-tout appelé Oliver North plus connu sous le nom d'Ollie, et Tim Tedder faisait partie des hommes que North avait recrutés pour l'épauler. Tim parla à Cam du plan de McFarlane et Cam l'invita aussitôt à l'accompagner dans le bureau de Florence Geary. Tim Tedder était un ancien agent de la CIA et une vieille connaissance de Florence. Il avait, comme toujours, les cheveux tondus comme s'il était encore à l'armée et portait ce jour-là une tenue safari, le costume civil qui se rapproche le plus de l'uniforme militaire.

« Nous allons travailler avec des ressortissants étrangers, expliqua Tim. Il y aura trois équipes, de cinq hommes chacune. Ce ne seront pas des employés de la CIA et ils ne seront même pas américains. Mais l'Agence les entraînera, les équipera et assurera le financement. »

Florence hocha la tête. « Et que feront ces équipes ? demanda-t-elle d'un ton neutre.

— L'idée est de frapper les terroristes avant qu'ils puissent agir, répondit Tim. Dès que nous apprenons qu'ils projettent d'enlever quelqu'un, de déposer une bombe ou de commettre un attentat quelconque, nous envoyons une équipe éliminer les auteurs.

— Que je comprenne bien, insista Florence. Ces équipes sont censées tuer les terroristes *avant* qu'ils aient commis leurs crimes. »

Elle ne semblait visiblement pas aussi enthousiasmée que Cam par le plan de Tim. Cam eut un mauvais pressentiment.

« C'est ça, confirma Tim.

— J'ai une question à vous poser, reprit Florence. Vous êtes complètement cinglés tous les deux, ou quoi ? »

Cam était révolté. Comment pouvait-elle être hostile à de telles mesures ?

Tim protesta d'un ton indigné : «Je sais que ce n'est pas très orthodoxe...

— Pas très orthodoxe? l'interrompit Florence. En vertu des lois de tous les pays civilisés, ça s'appelle un meurtre. Pas de jugement, aucune exigence de preuves et, comme vous l'admettez vous-mêmes, ceux que vous prendrez pour cibles n'auront peut-être fait qu'*envisager* de commettre un crime.

— En fait, il ne s'agit pas de meurtres, intervint Cam. Nous agirons comme les policiers qui tirent les premiers contre des malfaiteurs qui pointent leurs armes sur eux. Ça s'appelle de la légitime défense.

— Depuis quand êtes-vous juriste, Cam?

— Ce n'est pas moi qui le dis, c'est Sporkin.» Stanley Sporkin était le conseiller juridique général de la CIA.

«Eh bien, Stanley a tort, rétorqua Florence. Parce que nous ne voyons jamais d'arme pointée contre nous. Nous n'avons aucun moyen de savoir qui s'apprête à commettre un acte terroriste. Notre réseau de renseignement au Liban n'est pas de ce niveau... et ne l'a jamais été. Autrement dit, nous allons finir par tuer des gens dont nous pensons qu'ils projettent de perpétrer des actes terroristes.

— Nous pouvons peut-être améliorer la fiabilité de notre réseau d'information.

— Et la fiabilité de vos ressortissants étrangers? Qui y aura-t-il dans ces équipes de cinq hommes? Des bandits locaux? Des mercenaires? Une société de sécurité internationale Euromerde? Comment pouvez-vous leur faire confiance? Comment comptez-vous les contrôler? Et pourtant, nous serons responsables de l'intégralité de leurs actes... surtout s'ils tuent des innocents!

— Non, non..., protesta Tim. Toute l'opération se déroulera à l'extérieur de notre sphère et nous aurons toutes les possibilités de démenti.

— Cela ne me paraît pas aussi évident que vous le prétendez. C'est la CIA qui les formera, les équipera et financera leurs activités. Avez-vous réfléchi aux conséquences politiques?

— Moins d'enlèvements, moins de bombes qui explosent.

— Comment pouvez-vous être aussi naïfs? Si nous nous attaquons ainsi au Hezbollah, vous vous imaginez vraiment qu'ils vont se tenir tranquilles en se disant : "Aïe, les Américains sont plus coriaces que nous ne le pensions, mieux vaut renoncer à toute cette histoire de terrorisme." Vous rigolez, oui. Ils crieront vengeance ! Au Proche-Orient, la violence appelle toujours la violence. Vous ne vous en êtes pas encore aperçus ? Le Hezbollah a fait sauter la caserne des marines à Beyrouth. Pourquoi ? D'après le colonel Geraghty qui commandait les marines à l'époque, c'était en réponse aux tirs de la 6e flotte américaine contre les musulmans innocents du village de Souk el-Gharb. Une atrocité en entraîne toujours une autre.

— Autrement dit, vous préférez abandonner sous prétexte qu'il n'y a pas de solution ?

— Il n'y a pas de solution facile, il n'y a que des solutions politiques qui exigent beaucoup de travail. On fait tomber la fièvre, on calme les deux camps et on les amène à la table des négociations, encore et encore, autant de fois que nécessaire. On ne renonce pas et, quoi qu'il arrive, on évite l'escalade de la violence.

— Je pense que nous pouvons... »

Florence n'avait pas fini. « Ce plan est criminel, il est inapplicable, il aurait de terribles conséquences politiques au Proche-Orient et compromettrait la réputation de la CIA, du Président et des États-Unis. Mais ce n'est pas tout. Il y a un élément qui l'exclut catégoriquement. »

Elle s'interrompit, obligeant Cam à demander : « Lequel ?

— Le *Président* nous interdit de perpétrer des assassinats. "Aucune personne employée par le gouvernement des États-Unis ou agissant en son nom ne devra commettre ni contribuer à commettre des assassinats." Ordonnance numéro 12333. Ronald Reagan l'a signée en 1981.

— À mon avis, il a oublié », dit Cam.

*

Maria retrouva Florence Geary dans le centre de Washington, au grand magasin Woodward and Lothrop, que tout le monde appelait Woodies. Elles s'étaient donné rendez-vous au rayon lingerie. La plupart des agents étant des hommes, toute tentative de filature aurait du mal à passer inaperçue dans cet environnement. Son éventuel auteur risquait même de se faire arrêter.

« Avant, je faisais du 90A, remarqua Florence. Maintenant, j'en suis au 95C. Que s'est-il passé ? »

Maria pouffa de rire. À quarante-huit ans, elle était légèrement plus âgée que Florence. « Bienvenue dans le club des femmes mûres, lui dit-elle. J'ai toujours eu un gros cul, mais au moins j'avais de jolis petits seins qui tenaient tout seuls. Maintenant, ils ont besoin d'un solide maintien. »

Depuis vingt ans qu'elle était à Washington, Maria avait patiemment cultivé ses contacts. Elle avait rapidement compris que les relations personnelles permettaient d'accomplir bien des choses, pour le meilleur ou pour le pire. À l'époque où la CIA employait Florence comme secrétaire, sans lui accorder la formation d'agent qu'elle lui avait promise, Maria avait compati par solidarité féminine. Elle se liait le plus fréquemment avec des femmes, toujours libérales. Elle échangeait des informations avec elles, les avertissait de manœuvres menaçantes de leurs adversaires politiques et les aidait discrètement, souvent en accordant une plus haute priorité à des projets que des conservateurs n'auraient pas hésité à enterrer. Les hommes n'agissaient pas autrement.

Elles choisirent chacune cinq ou six soutiens-gorge et allèrent les essayer. C'était un mardi matin. La cabine d'essayage était vide. Florence prit tout de même la précaution de parler à voix basse. « Bud McFarlane a pondu un plan complètement dingue, dit-elle en déboutonnant son chemisier. Mais Bill Casey a engagé la CIA dans ce projet. » Casey, qui était un ami du président Reagan, était le directeur de la CIA. « Et le Président a accepté.

— C'est quoi, ce plan ?

— Nous sommes en train de former des équipes de tueurs constituées de ressortissants étrangers chargés d'assassiner des terroristes à Beyrouth. Ils appellent ça du contreterrorisme préventif. »

Maria était scandalisée. « Mais enfin, c'est un crime selon la loi ! S'ils exécutent ce projet, McFarlane, Casey et Reagan seront des assassins.

— Je ne te le fais pas dire. »

Les deux femmes enlevèrent les soutiens-gorge qu'elles portaient et se placèrent côte à côte devant la glace. « Tu vois ? dit Florence. Ils ont perdu leur petit air effronté.

— Les miens aussi. »

Autrefois, songea Maria, elle n'aurait jamais osé faire preuve d'une telle liberté avec une Blanche. Peut-être les choses étaient-elles vraiment en train de changer.

Elles commencèrent à essayer les soutiens-gorge. Maria demanda : « Est-ce que Casey en a informé les commissions chargées du renseignement ?

— Non. Reagan a estimé qu'il suffisait d'aviser les présidents et vice-présidents des deux commissions ainsi que les leaders républicain et démocrate de la Chambre et du Sénat. »

Cela expliquait pourquoi George Jakes n'était pas au courant. Reagan avait agi en catimini. Les commissions du renseignement comportaient un certain quota de libéraux, pour qu'il y ait au moins quelques contradicteurs dans leurs rangs. Reagan avait trouvé un moyen d'éviter les critiques en n'informant que ceux qui le soutiendraient à coup sûr.

Florence reprit : « L'une des équipes est actuellement aux États-Unis pour deux semaines d'entraînement.

— Le projet est donc déjà bien avancé.

— En effet. » Florence se regarda dans la glace après avoir enfilé un soutien-gorge noir. « Frank est ravi que ma poitrine ait changé. Il a toujours rêvé d'une femme à gros nénés. Il prétend qu'il va à l'église pour en rendre grâce à Dieu. »

Maria gloussa. « Tu as un gentil mari. J'espère qu'il aimera ton nouveau soutif.

— Et toi ? Qui va admirer tes dessous ?

— Tu me connais, il n'y a que ma carrière qui compte.

— Tu as toujours été comme ça ?

— Il y a eu un homme dans ma vie, il y a longtemps, mais il est mort.

— Oh, ma pauvre !

— C'est comme ça, que veux-tu ?

— Personne d'autre depuis ? »

Elle marqua une brève hésitation. « Ça a failli. Tu vois, j'aime les hommes, j'aime l'amour, mais je n'ai pas envie de renoncer à ma vie et de devenir l'ombre d'un type. Apparemment, ton Frank le comprend parfaitement. Ce n'est pas le cas de beaucoup d'hommes. »

Florence acquiesça. « Je ne peux pas te donner tort. »

Maria fronça les sourcils. « Qu'est-ce que tu veux que je fasse à propos de ces équipes de tueurs ? » Elle se rappela soudain qu'après tout, Florence était un agent secret. Peut-être avait-elle découvert ou deviné que Maria avait fait un certain nombre de révélations à Jasper Murray. Souhaitait-elle qu'elle laisse aussi fuiter cette histoire ?

Florence la détrompa aussitôt : « Rien pour l'instant. Ce plan n'est encore qu'une idée idiote qui sera peut-être étouffée dans l'œuf. Tout ce que je veux, c'est que quelqu'un d'extérieur à la communauté du renseignement soit au courant. Si on se retrouve dans la merde et que Reagan essaie de nier ces meurtres comme Nixon a nié les écoutes, toi, au moins, tu sauras la vérité.

— En attendant, on n'a plus qu'à prier pour que ça n'arrive pas.

— En effet. »

*

« Nous avons sélectionné notre première cible, annonça Tim Tedder à Cam. On vise le gros poisson.

— Fadlallah ?

— Lui-même. »

Cam hocha la tête. Mohamed Hussein Fadlallah était un éminent intellectuel musulman, grand ayatollah de surcroît. Il appelait dans ses prêches à la résistance armée à l'occupation du Liban par Israël. Le Hezbollah prétendait qu'il n'était que leur maître à penser, mais la CIA était convaincue qu'il était le cerveau de la campagne d'enlèvements. Cam serait heureux de le voir mort.

Cam discutait avec Tim dans son bureau de Langley. Sur sa table, était posée une photo où on le voyait en grande conversation avec le président Nixon. Langley était un des rares endroits où l'on pouvait encore se vanter d'avoir travaillé avec Nixon. « Est-ce que Fadlallah projette d'autres enlèvements ? demanda Cam.

— Est-ce que le pape projette d'autres baptêmes ?

— Et les membres de l'équipe ? Ils sont fiables ? Ils sont sous contrôle ? » On n'avait pas tenu compte des objections de Florence Geary. Pourtant, ses inquiétudes n'étaient pas sans fondement et Cam n'avait pas oublié ses réserves.

Tim soupira. « Cam, si c'étaient des gens fiables, responsables et respectueux de la légalité, on ne pourrait pas les engager comme tueurs. Ils sont aussi fiables que peuvent l'être ces gens-là. Nous les contrôlons à peu près pour le moment.

— Bon, enfin, au moins ce n'est pas nous qui les finançons. J'ai obtenu des fonds des Saoudiens... trois millions de dollars. »

Tim haussa un sourcil. « Bien joué.

— Merci.

— Nous pourrions envisager de placer ce projet sous l'autorité théorique des renseignements saoudiens, pour mieux nous blanchir.

— Bonne idée. Malgré tout, il faudra trouver une couverture après la mort de Fadlallah. »

Tim réfléchit : « Faisons porter le chapeau à Israël.

— Ouais !

— Tout le monde ne demandera qu'à croire que le Mossad en est capable. »

Cam fronça les sourcils d'un air ennuyé. « Je suis quand même inquiet. J'aimerais savoir comment ils vont s'y prendre.

— Mieux vaut ne pas le savoir.

— Mais j'ai besoin de le savoir. Je vais peut-être aller au Liban. Pour voir ça de plus près.

— Si tu y vas, fais gaffe. »

*

Cam loua une Toyota Corolla blanche et quitta le centre de Beyrouth pour rejoindre le faubourg à majorité musulmane de Bir-el-Abed, au sud. C'était une jungle de vilains immeubles d'habitation en béton, entremêlés de belles mosquées trônant chacune au centre d'un vaste espace, comme de précieux spécimens d'arbres amoureusement cultivés au milieu d'un fouillis de buissons de ronces. Le pays avait beau être pauvre, la circulation était dense dans les rues étroites, et les gens se pressaient dans les boutiques et autour des échoppes. Il faisait chaud et la Toyota n'avait pas l'air conditionné. Cam conduisait néanmoins toutes vitres fermées pour s'isoler d'une population imprévisible.

Il était déjà venu dans ce quartier, avec un guide de la CIA. Il retrouva très vite la rue où habitait l'ayatollah Fadlallah. Il longea lentement la tour où était situé son appartement, contourna le pâté de maisons et se gara à une centaine de mètres de l'immeuble, le long du trottoir opposé.

Il y avait plusieurs autres immeubles d'habitation dans la rue, ainsi qu'un cinéma et, surtout, une mosquée. Tous les après-midi à la même heure, Fadlallah se rendait à pied de son appartement à la mosquée pour les prières.

C'est à ce moment-là qu'on l'éliminerait.

S'il vous plaît, mon Dieu, pourvu que ça ne foire pas, supplia Cam. Des véhicules étaient stationnés pare-chocs contre pare-chocs dans le tronçon de rue que Fadlallah devrait emprunter. L'un de ces véhicules contenait une bombe. Cam ne savait pas lequel.

L'homme qui déclencherait l'explosion se cachait à proximité et, comme Cam, surveillait la voie en attendant l'ayatollah. Cam examina les voitures et les fenêtres donnant sur la rue sans arriver à localiser le tueur. Parfait. Il était bien caché, comme il fallait.

Les Saoudiens avaient assuré qu'aucun passant innocent ne serait atteint. Fadlallah était toujours entouré de gardes du corps. Certains d'entre eux seraient certainement blessés, mais ils tenaient toujours la population à l'écart de leur chef.

Pouvait-on prévoir les effets d'une bombe avec autant de précision ? se demandait pourtant Cam, inquiet. Après tout, il arrivait que des civils soient touchés en temps de guerre. Il n'y avait qu'à voir toutes les femmes et les enfants qui avaient trouvé la mort à Hiroshima et Nagasaki. Évidemment, les États-Unis étaient en guerre contre le Japon à l'époque, alors qu'ils ne l'étaient pas contre le Liban. Mais, se rassura Cam, le principe était le même. Si quelques passants en étaient quittes pour quelques bleus et quelques éraflures, la fin justifiait indéniablement les moyens.

Le nombre de piétons le préoccupait quand même. Un endroit plus désert aurait mieux convenu à un attentat à la voiture piégée. Dans cet environnement, un tireur d'élite armé d'un fusil puissant eût été préférable.

Il était trop tard à présent.

Il consulta sa montre. Fadlallah était en retard. C'était ennuyeux. Si seulement il pouvait se dépêcher.

Les femmes et les jeunes filles étaient particulièrement nombreuses dans cette rue et Cam se demanda pourquoi. Puis il remarqua qu'elles sortaient de la mosquée. Il avait dû y avoir une cérémonie spécialement destinée aux femmes, l'équivalent musulman des réunions de prière pour mères de famille. Malheureusement, elles encombraient la rue. L'équipe serait peut-être obligée d'annuler l'opération.

Cam se prenait maintenant à souhaiter que Fadlallah soit très en retard.

Il regarda encore autour de lui, espérant apercevoir un individu aux aguets dissimulant un mécanisme de déclenchement à distance. Cette fois, il lui sembla avoir repéré l'homme en question. À trois cents mètres, en face de la mosquée, une fenêtre du premier étage était ouverte sur le mur latéral d'un autre immeuble. Cam ne l'aurait pas remarqué si le soleil, en poursuivant sa course dans le ciel à l'ouest, n'avait chassé l'ombre et éclairé sa silhouette, debout devant la fenêtre. Cam ne pouvait pas distinguer ses traits, mais son langage corporel était parlant : tendu, immobile, attentif, effrayé, les deux mains agrippées à un objet qui ressemblait à un transistor muni d'une longue antenne rétractable, à cette différence près que personne ne se cramponne à un transistor comme si sa vie en dépendait.

Les femmes continuaient à sortir en foule de la mosquée, certaines coiffées d'un hijab, d'autres revêtues d'une burqa. Elles se pressaient sur les trottoirs dans les deux sens. Cam espérait qu'elles se seraient bientôt dispersées.

En tournant son regard vers l'immeuble de Fadlallah, il vit avec horreur l'ayatollah en sortir, escorté de six ou sept hommes.

Fadlallah était un petit homme à la longue barbe blanche. Il portait une tunique blanche et un chapeau rond de couleur noire. Ses traits avaient une expression vive et intelligente. Il souriait vaguement en écoutant l'un de ses compagnons pendant que la petite troupe s'engageait dans la rue.

« Non, dit Cam à haute voix. Pas maintenant. Pas maintenant ! »

Il inspecta la rue. Les trottoirs grouillaient encore de filles et de femmes qui bavardaient, riaient, manifestaient par leurs sourires et leurs gestes le soulagement qu'on éprouve à la fin d'une longue cérémonie solennelle dans un lieu saint. Elles avaient fait leur devoir, sanctifié leurs âmes, elles étaient prêtes à reprendre le cours de leur vie ordinaire, réjouies par la perspective de la soirée qui les attendait : le dîner, les conversations, la détente, la famille et les amis.

Et pourtant, certaines allaient mourir.

Cam bondit hors de sa voiture.

Il agita frénétiquement les bras en direction de la fenêtre du bâtiment derrière laquelle se cachait l'homme chargé de déclencher la bombe. Il n'y eut aucune réaction. Ce n'était pas étonnant : Cam était trop loin et toute l'attention du tueur se concentrait sur Fadlallah.

Cam regarda de l'autre côté de la rue. Faldlallah s'éloignait de lui se dirigeant d'un pas alerte vers la mosquée et vers le repaire du tueur. La bombe exploserait dans quelques secondes.

Cam se précipita vers le bâtiment, mais la foule des femmes le ralentissait. Il s'attirait des regards curieux et hostiles. Que faisait cet homme, de toute évidence américain, à bousculer ainsi des musulmanes ? Il arriva à la hauteur de Fadlallah. L'un des gardes du corps le désigna du doigt, alertant ses collègues. Quelqu'un allait lui demander des comptes d'un moment à l'autre.

Il continua à courir, faisant fi de toute prudence. Il s'arrêta à quinze mètres du bâtiment et cria tout en agitant les bras vers le tueur posté à la fenêtre. Maintenant, il le voyait distinctement. C'était un jeune Arabe à la barbe clairsemée et à l'air terrifié. « Ne le fais pas ! hurla Cam en sachant qu'il risquait sa vie. Annule, annule ! Pour l'amour du ciel, annule ! »

Derrière lui, quelqu'un l'agrippa par l'épaule en lui débitant quelque chose en arabe d'un ton agressif.

Puis il y eut une monstrueuse détonation.

Cam fut projeté à terre.

Il avait le souffle coupé, comme si quelqu'un l'avait violemment frappé dans le dos avec une planche. Sa tête lui faisait mal. Il entendait des cris, des imprécations et un bruit d'éboulement. Il roula sur le dos, haletant, et se remit péniblement debout. Il était vivant et, à première vue, à peu près indemne. Un Arabe était allongé, inerte, à ses pieds, sans doute celui qui l'avait agrippé par-derrière. Il avait pris la déflagration de plein fouet, le protégeant de son corps.

Il regarda le trottoir d'en face.

« Oh, mon Dieu », murmura-t-il.

Il y avait des corps partout, horriblement tordus, ensanglantés, disloqués. Ceux qui ne gisaient pas, immobiles, sur le sol, titubaient, essayaient de panser leurs blessures qui saignaient, criaient, cherchaient ceux qui leur étaient chers. Les amples vêtements orientaux avaient parfois été arrachés et certaines femmes étaient livrées, à demi nues, à l'obscénité crue de la mort.

Les façades de deux immeubles avaient été soufflées. Des débris de murs et du mobilier continuaient à se déverser dans la rue, mélange de blocs de béton, de sièges et de postes de télévision. Plusieurs bâtiments étaient en feu. La rue était jonchée de véhicules endommagés, comme si tous les véhicules, lâchés du ciel, étaient retombés au petit bonheur.

Cam comprit aussitôt que la bombe avait été trop puissante, beaucoup trop puissante.

Un peu plus loin, il aperçut la barbe blanche et le chapeau noir de Fadlallah que ses gardes du corps reconduisaient en hâte à son appartement. Il était apparemment sain et sauf.

L'opération avait échoué.

Cam considéra le carnage qui l'entourait. Combien de personnes étaient mortes ? Cinquante, soixante, peut-être soixante-dix, au jugé. Sans compter les centaines de blessés.

Il fallait qu'il sorte de là. D'une minute à l'autre, on allait commencer à chercher les coupables. Même avec son visage tuméfié et son costume en lambeaux, on verrait tout de suite qu'il était américain. Il fallait qu'il disparaisse avant que quelqu'un ne se venge sur lui.

Il regagna rapidement sa voiture. Les vitres avaient éclaté, mais elle semblait encore en état de marche. Il ouvrit la portière. Le siège était constellé d'éclats de verre. Il enleva sa veste et s'en servit pour balayer les débris. Pour plus de précautions, il la plia et la posa sur le siège. Il s'assit au volant et tourna la clé de contact.

Le moteur démarra.

Il s'éloigna de la bordure du trottoir, fit demi-tour et s'éloigna.

Il se rappela l'avertissement de Florence Geary, qu'il avait trouvé exagéré et délirant sur le moment. « En vertu des lois de tous les pays civilisés, c'est un meurtre. »

C'était plus qu'un meurtre. C'était un massacre.

Le président Ronald Reagan était coupable.

Cam Dewar aussi.

*

Dans le salon, Jack faisait un puzzle sur une petite table avec Maria, sa marraine, sous le regard attentif de George. C'était un dimanche après-midi et ils se trouvaient chez Jacky Jakes. Ils étaient allés ensemble à l'église évangélique de Bethel, puis avaient déjeuné de côtes de porc cuites à l'étouffée dans une sauce à l'oignon avec des doliques, préparés par Jacky. Maria avait alors sorti le puzzle, qu'elle avait choisi avec soin pour qu'il ne soit ni trop facile ni trop difficile pour un enfant de cinq ans. Maria s'en irait bientôt et George ramènerait Jack chez Verena. Il s'installerait ensuite à la table de la cuisine avec ses dossiers pendant une heure ou deux pour préparer sa semaine au Congrès.

Pour l'instant, ils étaient au calme, sans obligation immédiate ni urgente. La lumière du jour finissant tombait sur les deux têtes penchées sur le puzzle. Jack serait un beau jeune homme, George n'en doutait pas. Il avait le front haut, les yeux écartés, un petit nez plat adorable, une bouche souriante, un menton bien dessiné, le tout bien proportionné. Son caractère transparaissait déjà dans ses expressions. Il était entièrement absorbé par le défi intellectuel que posait le puzzle. Lorsque Maria ou lui trouvait l'emplacement d'une pièce, il souriait d'un air satisfait et son petit visage s'illuminait. George ne connaissait rien de plus fascinant ni de plus émouvant que de voir se développer l'esprit de son propre enfant, de le voir maîtriser chaque jour de nouveaux savoirs, les lettres, les nombres, les mécanismes, les gens, les groupes sociaux. C'était déjà miraculeux de le voir courir, sauter, lancer un ballon, mais George était encore plus touché par le spectacle de son intense réflexion. Il en avait les larmes aux yeux de fierté, de gratitude, d'émerveillement.

Il était aussi très reconnaissant à Maria. Elle leur rendait visite environ une fois par mois et apportait invariablement un cadeau ; elle passait chaque fois du temps à lire patiemment avec son filleul, à parler, à jouer. Maria et Jacky avaient offert à Jack un havre de stabilité au milieu du traumatisme que représentait le divorce de ses parents. Il y avait un an maintenant que George avait quitté le foyer conjugal et Jack ne se réveillait plus au milieu de la nuit en pleurant. Il semblait s'être adapté à son nouveau mode de vie. George n'en était pas moins inquiet des éventuels effets à long terme.

Ils terminèrent le puzzle. Jacky fut invitée à venir admirer le résultat. Puis elle conduisit Jack dans la cuisine pour lui donner un verre de lait et un biscuit.

« Merci pour tout ce que tu fais pour Jack, dit George à Maria. Tu es la meilleure marraine qui soit.

— Ce n'est pas un sacrifice, répondit-elle. C'est un plaisir d'être avec lui. »

Maria fêterait ses cinquante ans l'année suivante. Elle n'aurait jamais d'enfants à elle. Elle avait des neveux et des nièces à Chicago, mais tout son amour maternel se déversait sur Jack.

« J'ai quelque chose à te dire, lui annonça alors Maria. Quelque chose d'important. »

Elle se leva pour aller fermer la porte du salon. George se demanda ce qui allait suivre.

Elle vint se rasseoir et commença : « L'attentat à la voiture piégée, avant-hier, à Beyrouth.

— Quelle horreur ! Il y a eu quatre-vingts morts et deux cents blessés, en majorité des femmes et des jeunes filles.

— Ce ne sont pas les Israéliens qui ont posé cette bombe.

— Qui alors ?

— Nous.

— Qu'est-ce que tu racontes ?

— C'était une initiative de contreterrorisme du président Reagan. Les auteurs étaient des Libanais, mais ils avaient été entraînés, financés et contrôlés par la CIA.

— Bon sang ! Ce n'est pas possible ! Le Président est légalement tenu d'informer ma commission de toutes les actions clandestines en préparation.

— Tu découvriras qu'il en a informé le président et le vice-président de la commission.

— Mais c'est épouvantable, s'indigna George. Tu as l'air bien sûre de toi.

— Je l'ai appris par un membre éminent de la CIA. Un grand nombre d'anciens de l'Agence étaient hostiles à ce projet. Mais le Président y tenait et Bill Casey l'a imposé.

— Qu'est-ce qui leur a pris ? s'étonna George. Ils ont commis un massacre !

— Ils sont prêts à tout pour mettre un terme aux enlèvements. Ils pensent que Fadlallah en est le cerveau. Ils ont essayé de le supprimer.

— Et ils ont merdé.

— Dans les grandes largeurs.

— Il faut que ça se sache.

— C'est bien mon avis. »

Jacky entra. « Notre jeune homme est prêt à retourner chez sa mère.

— J'arrive. » George se leva. « D'accord, dit-il à Maria. Je m'en occupe.

— Merci. »

George monta en voiture avec Jack et parcourut lentement les rues de banlieue jusqu'à la maison de Verena. La Cadillac bronze de Jasper Murray était rangée dans l'allée à côté de la Jaguar rouge de Verena. Jasper devait être là. Tant mieux.

Verena ouvrit la porte en tee-shirt noir et jean délavé. George entra. Elle emmena Jack prendre tout de suite son bain, ce qui permit à George d'interpeller Jasper qui sortait de la cuisine : « J'aimerais te dire un mot, si c'est possible.

— D'accord, accepta Jasper, sur ses gardes.

— On peut aller dans... » George faillit dire « mon bureau ». Il se rattrapa à temps. « ... le bureau ?

— Entendu. »

Il remarqua avec un pincement au cœur que la machine à écrire de Jasper trônait sur sa vieille table, à côté d'une pile d'ouvrages de référence utiles à un journaliste : le *Who's who en Amérique,* un *Atlas du monde,* une encyclopédie et l'*Almanach de la politique américaine.*

Le bureau était une petite pièce qui ne comportait qu'un fauteuil. Aucun des deux hommes n'avait envie de prendre le siège placé derrière la table de travail. Après un moment d'hésitation embarrassant, Jasper attrapa la chaise et la tira pour la positionner en face du fauteuil. Ils s'assirent.

George répéta à Jasper ce que lui avait confié Maria, sans la nommer. Tout en parlant, il se demandait pourquoi Verena lui préférait Jasper. Il lui trouvait l'air dur des gens prêts à écraser les autres pour arriver à leurs fins. Il avait posé la question à sa mère, qui lui avait dit : « Jasper est une star de la télévision. Le père de Verena est une star de cinéma. Elle a travaillé pendant sept ans au côté de Martin Luther King, qui était une star du mouvement de défense des droits civiques. Elle a peut-être besoin d'avoir un homme qui soit une star. Mais qu'est-ce que j'en sais, après tout ? »

« C'est de la dynamite, commenta Jasper quand George lui eut tout raconté. Tu es sûr de ta source ?

— C'est la même que celle qui m'avait transmis les autres informations que je t'ai communiquées. Elle est absolument digne de confiance.

— Cela fait du président Reagan le responsable d'un massacre.

— Oui, acquiesça George. Je sais. »

LVIII

Ce dimanche-là, pendant que Jacky, George, Maria et le petit Jack chantaient « Assemblons-nous à la rivière » à l'église, Konstantin Tchernenko mourait.

Il était dix-neuf heures trente à Moscou. Dimka et Natalia étaient chez eux en train de dîner avec leur fille Katia, une collégienne de quinze ans, et le fils de Dimka, Gricha, maintenant jeune étudiant de vingt et un ans. Le téléphone sonna. Natalia décrocha. Dès qu'il entendit sa femme dire : « Bonjour, Andreï », Dimka comprit ce qui était arrivé.

Tchernenko était mourant depuis qu'il était arrivé au pouvoir, à peine treize mois plus tôt. Atteint de cirrhose et d'emphysème, il avait fini par être hospitalisé. Tout Moscou attendait impatiemment qu'il pousse son dernier soupir. Natalia avait soudoyé Andreï, infirmier à l'hôpital, pour qu'il l'appelle dès que Tchernenko aurait expiré. Elle raccrocha et confirma la nouvelle : « Il est mort. »

L'espoir renaissait. Pour la troisième fois en moins de trois ans, un vieux dirigeant conservateur et cacochyme rendait l'âme. Peut-être un homme jeune arriverait-il enfin à la tête de l'Union soviétique pour en faire le pays que Dimka souhaitait pour ses enfants et petits-enfants. Mais cet espoir avait déjà été déçu à deux reprises. Serait-ce encore le cas ?

Dimka repoussa son assiette. « Il faut agir maintenant, déclara-t-il. La succession va se décider dans les prochaines heures. »

Natalia acquiesça. « Tout ce qu'il faut, c'est savoir qui va présider la prochaine réunion du Politburo. »

Dimka était de son avis. C'était ainsi que les choses se passaient en Union soviétique. Dès qu'un prétendant prenait une longueur d'avance, plus personne ne pariait sur un autre.

En tant que vice-secrétaire, Mikhaïl Gorbatchev était l'adjoint officiel du défunt chef d'Etat. Cependant, sa nomination à cette fonction avait été violemment critiquée par la vieille garde, qui lui aurait préféré le chef du parti de Moscou, Victor Grichine, âgé de soixante-dix ans et hostile à toute réforme. Gorbatchev l'avait emporté à une voix près.

Dimka et Natalia sortirent de table pour aller s'enfermer dans leur chambre car ils ne voulaient pas parler de la situation devant les enfants. Natalia s'assit au bord du lit pendant que Dimka, debout devant la fenêtre, contemplait les lumières de la ville. Le temps pressait.

« Maintenant que Tchernenko est mort, dit Dimka, il reste exactement dix membres titulaires du Politburo, en comptant Gorbatchev et Grichine. » Les membres titulaires constituaient le premier cercle du pouvoir soviétique. « D'après mes calculs, ils se répartissent exactement en deux moitiés égales : Gorbatchev a quatre partisans, Grichine en a quatre aussi.

— Mais ils ne sont pas tous à Moscou, remarqua Natalia. Deux des défenseurs de Grichine sont en déplacement : Chtcherbitski aux États-Unis et Kounaïev chez lui, au Kazakhstan, à cinq heures d'avion.

— Tout comme l'un des soutiens de Gorbatchev : Vorotnikov se trouve en Yougoslavie.

— Ce qui nous assure tout de même une majorité de trois contre deux... pour quelques heures.

— Il faut que Gorbatchev convoque une réunion des membres titulaires ce soir. Je lui suggérerai d'annoncer qu'il s'agit de préparer les funérailles. Puisqu'il aura convoqué la réunion, il pourra la présider. Et une fois qu'il l'aura présidée, il présidera automatiquement les suivantes et deviendra ensuite chef de l'État. »

Natalia fronça les sourcils. « Tu as raison, mais je préférerais assurer le coup. Je ne tiens pas à ce que les absents débarquent demain en disant qu'il faut reprendre les discussions à zéro parce qu'ils n'étaient pas là. »

Dimka réfléchit. « Je ne vois pas ce que nous pouvons faire d'autre. »

Dimka appela Gorbatchev depuis le téléphone de leur chambre. Gorbatchev savait déjà que Tchernenko était mort. Lui aussi, il avait ses espions. Il convint avec Dimka qu'il devait convoquer la réunion immédiatement.

Dimka et Natalia enfilèrent des bottes et leurs gros manteaux d'hiver et prirent la voiture pour se rendre au Kremlin.

Une heure plus tard, les hommes les plus puissants d'Union soviétique s'assemblaient dans la salle du présidium. Dimka n'était pas encore rassuré. Le groupe de Gorbatchev allait devoir jouer fin pour qu'il accède définitivement au pouvoir.

Juste avant la réunion, Gorbatchev sortit un lapin de son chapeau. Il s'approcha de son principal adversaire, Victor Grichine, et lui demanda cérémonieusement : « Victor Vassilievitch, voulez-vous présider la séance ? »

En surprenant ces propos, Dimka fut atterré. À quoi jouait Gorbatchev ? Admettait-il sa défaite ?

En revanche, Natalia, juste à côté de Dimka, souriait aux anges. « Bien joué ! dit-elle d'un air réjoui. Il peut toujours proposer à Grichine de présider, les autres voteront contre de toute façon. C'est une fausse proposition, un paquet cadeau vide. »

Après un instant de réflexion, Grichine arriva apparemment à la même conclusion. « Non, camarade, répondit-il. C'est à vous de présider. »

Dimka, ravi, comprit alors que Gorbatchev venait de refermer le piège. Maintenant que Grichine avait refusé, il lui serait difficile de changer d'avis et de réclamer la présidence le lendemain, lorsque ses partisans seraient arrivés. Toute tentative en ce sens se heurterait alors à un argument irréfutable : il avait déjà refusé ce poste. Et s'il le contestait, il passerait pour un indécis.

Ainsi, constata Dimka exultant à cette idée, le prochain dirigeant de l'Union soviétique serait Gorbatchev.

Ce fut exactement ce qui arriva.

*

Tania rentra chez elle, impatiente de soumettre son plan à Vassili.

Ils vivaient plus ou moins ensemble depuis deux ans, sans que ce soit officiel. Ils n'étaient pas mariés : s'ils formaient un couple légitime, ils ne seraient plus jamais autorisés à sortir d'URSS ensemble. Or ils étaient bien décidés à quitter le bloc soviétique. Ils se sentaient piégés. Tania continuait à écrire des articles pour l'agence TASS, en suivant servilement la ligne du parti. Vassili était maintenant scénariste en chef d'une série télévisée dans laquelle des héros du KGB à la mâchoire carrée neutralisaient de stupides espions américains sadiques. Ils étaient impatients de proclamer à la face du monde que Vassili n'était autre qu'Ivan Kouznetsov, l'auteur couvert d'éloges, dont le dernier roman, *Le Pavillon de gériatrie*, une satire grinçante des règnes de Brejnev, Andropov et Tchernenko, connaissait un succès phénoménal en Occident. Vassili disait parfois que l'essentiel était d'avoir dénoncé la vérité sur l'Union soviétique dans des ouvrages qui étaient lus dans le monde entier. Tania savait pourtant qu'il aurait aimé être reconnu et recueillir fièrement les lauriers qui lui étaient dus, au lieu de cacher ce qu'il avait fait comme un secret honteux.

Malgré son enthousiasme, Tania prit soin d'allumer la radio dans la cuisine avant de parler. Elle ne pensait pas vraiment qu'il y avait des micros dissimulés dans leur appartement, mais c'était une vieille habitude et il était inutile de prendre des risques.

Le présentateur de la radio commentait la visite de Gorbatchev et de sa femme dans une usine de jeans de Leningrad. Tania nota l'importance de ce choix. Les précédents dirigeants visitaient des aciéries et des chantiers navals. Gorbatchev vantait les biens de consommation. Il disait souvent que les usines soviétiques devaient égaler celles de l'Ouest, une chimère pour ses prédécesseurs.

Et il était accompagné de sa femme. Contrairement aux épouses des précédents chefs d'État, Raïssa n'était pas un simple accessoire. Elle était jolie et élégante, comme une Première Dame américaine. En plus, elle était intelligente : elle avait été professeur d'université avant que son mari devienne premier secrétaire.

Tout cela était prometteur, mais pour le moment, purement symbolique, selon Tania. L'issue dépendrait de l'Occident. Si les Américains et les Allemands prenaient acte de la libéralisation en cours en URSS et encourageaient cette évolution, Gorbatchev pourrait obtenir des résultats. En revanche, si les faucons de Bonn et de Washington y voyaient un signe de faiblesse et se livraient à des manœuvres agressives ou menaçantes, l'élite en place en Union soviétique rentrerait dans sa coquille d'orthodoxie communiste et de surarmement. Et Gorbatchev rejoindrait Kossyguine et Khrouchtchev au panthéon des réformateurs ratés.

« Il y a un congrès de scénaristes à Naples, annonça Tania à Vassili pendant que la radio jacassait à l'arrière-plan.

— Ah ! » Vassili saisit aussitôt l'intérêt de cette information. La ville de Naples était gérée par des élus communistes.

Ils s'assirent côte à côte sur le canapé. « Ils veulent inviter des écrivains du bloc soviétique pour prouver qu'il n'y a pas qu'à Hollywood qu'on crée des séries télévisées, poursuivit Tania.

— Naturellement.

— Tu es l'auteur de films de télévision le plus réputé d'URSS. Tu devrais y aller.

— C'est l'Union des écrivains qui désignera les heureux élus.

— Sur proposition du KGB, bien évidemment.

— Tu crois que j'ai une chance ?

— Porte-toi candidat et je demanderai à Dimka de te recommander.

— Tu pourras venir ?

— Daniil pourrait m'envoyer couvrir le congrès pour l'agence TASS.

— Et nous serions tous les deux dans le monde libre.

— Oui.

— Et ensuite ?

— J'ai tout prévu, mais ça devrait être la partie la plus facile. Nous appellerons Anna Murray à Londres de notre chambre d'hôtel. Dès qu'elle saura que nous sommes en Italie, elle sautera dans un avion. Nous sèmerons nos gorilles du KGB et filerons à Rome avec elle. Elle annoncera au monde qu'Ivan Kouznetsov est en réalité Vassili Ienkov et que sa compagne et lui demandent l'asile politique à la Grande-Bretagne. »

Vassili resta un moment silencieux. « Tu crois que c'est vraiment possible ? » demanda-t-il, presque comme un enfant parlant d'un conte de fées.

Tania prit ses deux mains dans les siennes. « Je ne sais pas. Mais je veux essayer. »

*

Dimka avait désormais un vaste bureau au Kremlin. Il comprenait une grande table de travail munie de deux téléphones, une petite table de conférence et deux canapés disposés devant une cheminée. Une reproduction grandeur nature du célèbre tableau soviétique, *Lénine haranguant les ouvriers de Poutilov,* ornait l'un des murs.

Il recevait ce jour-là Frederik Biró, un ministre du gouvernement hongrois aux idées progressistes. Bien qu'âgé de deux ou trois ans de plus que Dimka, Biró avait l'air intimidé quand il s'assit sur un des canapés et demanda un verre d'eau à la secrétaire. « M'avez-vous fait venir ici pour me réprimander ? demanda-t-il avec un sourire forcé.

— Pourquoi cette question ?

— Je fais partie d'un groupe qui estime que le communisme hongrois s'est enlisé. Ce n'est un secret pour personne.

— Je n'ai pas l'intention de vous faire le moindre reproche, ni pour ça ni pour autre chose.

— Vous voulez me féliciter alors ?

— Non plus. Je suppose que vos amis et vous constituerez le nouveau régime hongrois quand Janos Kádár mourra ou démissionnera et je vous souhaite bonne chance, mais ce n'est pas pour vous dire ça que je vous ai fait venir. »

Biró posa son verre d'eau sans y avoir goûté. « Maintenant, je suis vraiment inquiet.

— Je vais tout de suite vous rassurer. Gorbatchev a pour priorité de redresser l'économie soviétique en réduisant les dépenses militaires et en produisant davantage de biens de consommation.

— Un bon plan, admit Biró d'un ton las. Bien des gens aimeraient en faire autant en Hongrie.

— Notre seul problème, c'est que ça ne marche pas. Ou, plus exactement, que ça ne va pas assez vite, ce qui revient au même. L'Union soviétique est en faillite, fauchée, ratissée. La baisse du prix du pétrole explique évidemment la crise actuelle, mais le problème à long terme est l'accablante inefficacité de l'économie planifiée. La situation est trop grave pour qu'on puisse la régler simplement en annulant quelques commandes de missiles et en fabriquant davantage de jeans.

— Quelle est la solution ?

— Nous allons cesser de vous subventionner.

— La Hongrie ?

— Tous les États d'Europe de l'Est. Vous avez toujours vécu au-dessus de vos moyens. C'est nous qui finançons votre niveau de vie en vous vendant le pétrole et d'autres matières premières à un prix inférieur à celui du marché et en achetant vos immondes produits manufacturés dont personne d'autre ne veut.

— C'est vrai, reconnut Biró. Mais c'est la seule manière d'assurer la paix civile et de maintenir le parti communiste au pouvoir. Si le niveau de vie baisse, la population ne tardera pas à demander pourquoi elle est obligée d'être communiste.

— Je sais.

— Qu'est-ce que nous sommes censés faire, alors ? »

Dimka haussa les épaules avec ostentation. « Ce n'est pas mon problème. C'est le vôtre.

— Notre problème ? s'étonna Biró, incrédule. Bon sang, qu'est-ce que vous racontez ?

— Que c'est à vous de trouver la solution.

— Et que se passera-t-il si le Kremlin n'approuve pas la solution que nous trouvons ?

— Aucune importance. Vous allez devoir vous débrouiller sans nous.

— Êtes-vous en train de me dire que les quarante années de domination de l'Europe de l'Est par l'Union soviétique appartiennent au passé et que nous allons être des pays indépendants ? demanda Biró, méfiant.

— Exactement. »

Biró regarda fixement Dimka pendant un long moment. Puis il dit : « Je ne vous crois pas. »

*

Tania et Vassili se rendirent à l'hôpital pour aller voir tante Zoïa, la physicienne. Âgée de soixante-quatorze ans, Zoïa était atteinte d'un cancer du sein. En tant que femme de général, elle avait droit à une chambre particulière. Les visiteurs n'étaient autorisés à entrer que deux par deux et Tania et Vassili durent attendre dans le couloir avec d'autres membres de la famille.

Au bout d'un moment, l'oncle Volodia sortit au bras de son fils quadragénaire, Kotia. L'homme robuste au passé héroïque paraissait désormais impuissant comme un enfant, se laissant traîner là où on le menait et sanglotant sans pouvoir s'arrêter, le nez dans un mouchoir déjà trempé de larmes. Zoïa et lui étaient mariés depuis quarante ans.

Tania pénétra dans la chambre avec sa cousine Galina, la fille de Volodia et Zoïa. Elle fut impressionnée en voyant sa tante. Elle qui avait été d'une beauté époustouflante, conservée même après la soixantaine, était maintenant d'une maigreur cadavérique, presque chauve, et manifestement à quelques jours, peut-être même quelques heures, de la fin. Elle oscillait entre veille et sommeil et ne semblait pas souffrir. Tania supposa qu'on l'avait mise sous morphine.

« Volodia est allé en Amérique après la guerre pour essayer de découvrir comment ils avaient fabriqué la bombe d'Hiroshima », raconta joyeusement Zoïa, faisant fi de toute discrétion sous l'effet des calmants. Tania faillit lui conseiller de se taire, avant de songer que ces secrets n'avaient plus d'importance. « Il a rapporté un catalogue de Sears Roebuck, continua Zoïa en souriant à ce souvenir. On y voyait plein de choses merveilleuses que les Américains pouvaient acheter : des robes, des bicyclettes, des disques, de bons manteaux pour les enfants et même des tracteurs pour les agriculteurs. Je ne voulais pas y croire, j'aurais été sûre que c'était de la pure propagande si Volodia n'avait pas constaté sur place que c'était vrai. Depuis, j'ai toujours eu envie d'aller en Amérique, pour voir tout ça de mes propres yeux. Voir toute cette abondance. Je crois que je n'en aurai plus l'occasion. » Elle ferma les yeux. « Ça ne fait rien », murmura-t-elle. Et elle parut s'endormir.

Tania et Galina restèrent encore quelques minutes avant de repartir. Deux petits-enfants les remplacèrent au chevet de Zoïa.

Arrivé entretemps, Dimka s'était mêlé à la petite troupe qui attendait dans le couloir. Il prit Tania et Vassili à part et leur parla à voix basse. « Je t'ai recommandé pour le congrès de Naples, dit-il à Vassili.

— Merci...

— Ne me remercie pas. Ça n'a pas marché. J'ai eu une discussion tout à l'heure avec cette teigne d'Ievguéni Filipov. C'est lui qui est chargé de ça maintenant et il sait que tu as été envoyé en Sibérie en 1961 pour activités subversives.

— Mais Vassili a été réhabilité, protesta Tania.

— Filipov n'en ignore rien. D'après lui, la réhabilitation est une chose, un voyage à l'étranger en est une autre. C'est hors de question. » Dimka effleura le bras de Tania. « Je suis désolé, sœurette.

— Autrement dit, on est coincés ici.

— Un tract à une lecture de poésie il y a un quart de siècle, remarqua Vassili d'un ton amer, et on continue à me le faire payer. Tout le monde s'imagine que notre pays est en train de changer, mais ce n'est pas vrai.

— Comme tante Zoïa, nous ne verrons jamais le reste du monde, renchérit Tania.

— Ne renoncez pas trop vite », leur conseilla Dimka.

Dixième partie

Mur
1988-1989

LIX

Jasper Murray fut licencié à l'automne 1988.

Il n'en fut pas surpris. L'atmosphère n'était plus la même à Washington. Le président Reagan restait populaire malgré les crimes qu'il avait commis, bien pires pourtant que ceux qui avaient causé la chute de Nixon : il avait financé le terrorisme au Nicaragua, échangé les otages du Liban contre des armes, réduit à l'état de cadavres mutilés des femmes et des jeunes filles dans les rues de Beyrouth. Son collaborateur, le vice-président George H. W. Bush, avait de bonnes chances d'être le prochain Président. Jasper n'arrivait pas à comprendre par quel tour de passe-passe on en était arrivé là, mais curieusement, ceux qui défiaient le Président et dénonçaient ses arnaques et ses mensonges ne passaient plus pour des héros, comme dans les années 1970, mais faisaient figure de traîtres anti-américains.

Jasper n'en fut pas moins profondément blessé. Ayant rejoint l'équipe de *This Day* vingt ans plus tôt, il avait largement contribué à en faire une émission d'actualité extrêmement respectée. Son licenciement paraissait réduire à néant vingt années de travail. La généreuse indemnité de départ qui lui fut accordée ne soulagea en rien sa peine.

Il n'aurait peut-être pas dû faire une blague sur Reagan à la fin de sa dernière émission. Après avoir annoncé son départ aux téléspectateurs, il avait ajouté : « Et n'oubliez pas, si le Président vous dit qu'il pleut, même s'il a l'air vraiment, vraiment sincère, jetez quand même un coup d'œil par la fenêtre pour vérifier. » Frank Lindemann avait été vert de rage.

Ses collègues organisèrent un pot d'adieu à l'Old Ebbitt Grill, où se rassemblèrent tous ceux qui comptaient à Washington. Tard dans la soirée, Jasper prononça un discours, appuyé au bar. Blessé, triste et mordant, il déclara : « J'aime ce pays. Je l'ai aimé dès que j'y ai posé les pieds pour la première fois, en 1963. Je l'aime parce que c'est un pays libre. Ma mère a fui l'Allemagne nazie ; le reste de sa famille y est restée. La première mesure d'Hitler a été de bâillonner la presse et de la placer au service du gouvernement. Lénine a fait la même chose. » Ayant bu quelques verres de vin, Jasper se montra un peu plus franc que d'habitude. « L'Amérique est libre parce qu'elle a des émissions de télévision et des journaux irrévérencieux, qui montrent du doigt les présidents qui baisent la constitution jusqu'au trognon. » Il leva son verre. « À la liberté de la presse. À l'insolence. Et que Dieu bénisse l'Amérique. »

Le lendemain, Suzy Cannon, toujours prompte à frapper un homme à terre, publia un long portrait au vitriol de Jasper. Elle y suggérait que sa participation à la guerre du Vietnam et sa naturalisation n'étaient que des tentatives maladroites pour masquer sa haine féroce des États-Unis. Elle le décrivait aussi comme un prédateur sexuel sans scrupules, qui avait enlevé Verena à George Jakes comme il avait enlevé autrefois Evie Williams à Cam Dewar, dans les années 1960.

À la suite de cet article, il eut beaucoup de mal à trouver un autre emploi. Après plusieurs semaines de recherche, une autre chaîne lui proposa un poste de correspondant en Europe, à Bonn.

« Tu peux sûrement trouver mieux que ça, protesta Verena, qui n'aimait pas les perdants.

— Aucune chaîne ne veut de moi comme présentateur. »

Ils étaient dans leur salon, tard dans la soirée, s'apprêtant à aller se coucher après avoir regardé les nouvelles.

« Enfin quand même, l'Allemagne ? insista Verena. C'est un poste qu'on offre aux débutants.

— Pas nécessairement. Ça bouge, en Europe de l'Est. Il pourrait s'y passer des choses intéressantes dans les prochaines années.

— Il y a des jobs plus intéressants que ça, reprit-elle, bien décidée à enfoncer le clou. Tu ne m'as pas dit que le *Washington Post* t'avait proposé ta propre tribune ?

— J'ai bossé toute ma vie à la télévision.

— Et les télés locales ? Avec ta notoriété, tu serais le roi !

— Non. Je serais un ringard sur le déclin. » Il frémit d'humiliation à cette perspective. « Pas question. »

Elle lui jeta un regard de défi. « En tout cas, ne me demande pas de t'accompagner en Allemagne. »

Il s'y attendait, et pourtant la détermination brutale de Verena le heurta. « Pourquoi ?

— Tu parles allemand, pas moi. »

Jasper ne parlait pas très bien allemand, mais ce n'était pas un bon argument. « Ce serait une aventure intéressante, plaida-t-il.

— Sois réaliste, répliqua Verena d'un ton sec. J'ai un fils.

— Ce serait aussi une aventure pour Jack. Il serait bilingue.

— George m'attaquera en justice si j'emmène Jack à l'étranger. Nous avons la garde partagée. De toute manière, je ne le ferai pas. Jack a besoin de son père et de sa grand-mère. Et mon travail, tu y as pensé ? J'ai une super situation, Jasper. J'ai douze personnes qui travaillent pour défendre des causes progressistes auprès du gouvernement. Tu ne peux pas sérieusement me demander de renoncer à ça.

— Eh bien, je reviendrai pour les vacances, sans doute.

— Tu parles sérieusement? Tu crois que c'est une vie de couple, ça? Combien de temps te faudra-t-il avant de culbuter une Mädchen dodue aux nattes blondes ? »

Jasper avait été très coureur pendant une bonne partie de sa vie, il ne pouvait pas le nier, mais il n'avait jamais trompé Verena. L'idée de la perdre lui fut soudain insupportable. « Je peux être fidèle », murmura-t-il accablé.

Devant son désarroi, Verena se radoucit. « Jasper, c'est très touchant. Je crois même que tu es sincère. Mais je te connais et tu me connais. Nous ne sommes capables ni l'un ni l'autre de rester bien longtemps célibataires.

— Écoute, insista-t-il. Toutes les télévisions américaines savent que je cherche du travail. C'est la seule qui m'ait proposé un job. Tu comprends? Je suis dos au mur, bon sang. Je n'ai pas le choix !

— Je comprends et je suis désolée. Mais il faut être réalistes. »

Jasper trouvait sa compassion pire encore que son mépris. « De toute façon, ça ne durera pas éternellement.

— Vraiment?

— Oh, oui. Je ferai mon come-back.

— À Bonn ?

— L'Europe sera bientôt plus présente aux actualités télévisées américaines qu'elle ne l'a jamais été. Attends un peu. Tu verras. »

Verena se rembrunit. « Merde. Tu pars vraiment, c'est ça?

— Je te l'ai dit. Je suis obligé.

— Bon, conclut-elle avec regret. Ne t'attends pas à me retrouver ici à ton retour. »

*

Jasper n'était jamais allé à Budapest. Quand il était jeune, tous ses regards se portaient vers l'ouest, vers l'Amérique. D'ailleurs, il avait toujours connu la Hongrie sous la chape de plomb du communisme. Pourtant, en novembre 1988, alors que l'économie du pays était en ruine, il se produisit un événement extraordinaire. Un petit groupe de jeunes communistes réformateurs prit le contrôle du gouvernement et l'un d'eux, un certain Miklós Németh, devint Premier ministre. Entre autres changements, il créa une Bourse.

Jasper n'en revenait pas.

Six mois plus tôt seulement, Karoly Grosz, le premier secrétaire brutal du parti communiste, avait déclaré à *Newsweek* que le multipartisme était une « impossibilité historique » en Hongrie. Ce qui n'avait pas empêché Németh de promulguer une loi autorisant les « clubs » politiques indépendants.

C'était un événement important. Mais ces évolutions seraient-elles définitives ? Moscou y mettrait-il un coup d'arrêt ?

Jasper atterrit à Budapest en janvier, en pleine tempête de neige. Au bord du Danube, les tourelles néo-gothiques du vaste Parlement étaient coiffées d'une épaisse couche blanche. C'était là qu'il devait rencontrer Miklós Németh.

Jasper avait obtenu cette interview grâce à Rebecca Held. Sans l'avoir jamais rencontrée, il avait entendu parler d'elle par Dave Williams et Walli Franck. Il l'avait contactée dès son arrivée à Bonn : elle était la seule vague connaissance qu'il eût en Allemagne. Elle était devenue une personnalité importante au ministère allemand des Affaires étrangères. Et mieux encore, elle était aussi une amie, peut-être même la maîtresse selon Jasper, de Frederik Biró, un conseiller de Miklós Németh. C'était Biró qui avait organisé cette rencontre.

Et ce fut lui qui accueillit Jasper dans l'entrée et le conduisit à travers un dédale de passages et de couloirs jusqu'au bureau du Premier ministre.

Németh n'avait que quarante et un ans. C'était un homme de petite taille dont les épais cheveux bruns retombaient sur le front. Son visage reflétait l'intelligence et la détermination, mais aussi une certaine inquiétude. Il s'était installé pour l'interview derrière une table en chêne et s'était entouré de conseillers, pour se rassurer sans doute. Il était certainement conscient de s'adresser non seulement à Jasper, mais à travers lui, au gouvernement des États-Unis – et il n'ignorait pas que Moscou serait aussi aux aguets.

Comme tous les Premiers ministres, il déroula les clichés habituels. Des temps difficiles attendaient le pays, qui n'en ressortirait que plus fort à long terme. Et patati et patata, se dit Jasper. Il lui fallait quelque chose de plus consistant.

Il lui demanda si les nouveaux « clubs » politiques pourraient se transformer un jour en partis libres.

Németh décocha à Jasper un regard direct et assuré et répondit d'une voix ferme : « C'est l'une de nos plus grandes ambitions. »

Jasper dissimula sa surprise. Aucun pays du Rideau de fer n'avait jamais eu de partis politiques indépendants. Németh était-il sincère ?

Jasper lui demanda alors si le parti communiste renoncerait un jour au « rôle directeur » qu'il exerçait sur la société hongroise.

Németh fixa sur lui le même regard. « Je peux très bien imaginer que dans deux ans, le chef du gouvernement ne soit pas membre du Politburo. »

Jasper dut se pincer pour y croire.

Sur sa lancée, il décida de poser la grande question : « Les Soviétiques pourraient-ils intervenir pour empêcher ces changements, comme ils l'ont fait en 1956 ? »

Németh le cloua pour la troisième fois de son regard pénétrant. « Gorbatchev a soulevé le couvercle d'une marmite en ébullition », énonça-t-il lentement et distinctement, avant d'ajouter : « La vapeur brûlante peut causer de douloureuses blessures, mais le changement est irréversible. »

Jasper comprit qu'il tenait son premier reportage choc sur l'Europe.

*

Quelques jours plus tard, il regarda une cassette de son reportage tel qu'il avait été diffusé à la télévision américaine. Rebecca était assise à côté de lui. C'était une femme d'une cinquantaine d'années, posée, pleine d'assurance, amicale, mais qui avait l'air de savoir ce qu'elle voulait. « Oui, je crois que Németh pense tout ce qu'il dit », affirma-t-elle en réponse à la question de Jasper.

Celui-ci avait terminé son reportage en parlant à la caméra devant le Parlement, sous la neige qui accrochait des flocons dans ses cheveux. « Le sol est gelé dans ce pays d'Europe de l'Est, disait-il à l'écran. Mais comme toujours, les graines du printemps attendent leur heure dans la terre. Le peuple hongrois souhaite le changement. Les maîtres de Moscou le permettront-ils ? Miklós Németh est convaincu qu'un nouvel esprit de tolérance souffle sur le Kremlin. Seul le temps nous dira s'il a raison. »

C'étaient ses mots de conclusion. À sa grande surprise, Jasper constata qu'on y avait ajouté une séquence. Un porte-parole de James Baker, secrétaire d'État du tout nouveau Président, George H. W. Bush, s'adressait à un journaliste invisible. « Il ne faut pas se fier aux signes d'adoucissement émanant des communistes, affirmait-il. Les Soviétiques cherchent à endormir les États-Unis en leur donnant une fausse impression de sécurité. Il n'y a aucune raison de douter de la volonté du Kremlin d'intervenir en Europe de l'Est dès qu'il se sentira menacé. Il faut renforcer de toute urgence la crédibilité de l'arsenal de dissuasion nucléaire de l'Otan. »

« Mon Dieu, soupira Rebecca. Sur quelle planète vivent-ils ? »

*

Tania Dvorkine retourna à Varsovie en février 1989.

Elle regrettait de laisser Vassili seul à Moscou, parce qu'il lui manquerait bien sûr, mais aussi parce qu'elle continuait à craindre confusément qu'il profite de son absence pour remplir l'appartement d'adolescentes. Elle n'y croyait pas vraiment. Cette époque était révolue. Ce qui ne l'empêchait pas d'éprouver une vague inquiétude.

Cependant, cette mission à Varsovie était importante. La Pologne était en effervescence. Solidarnosc avait fini par renaître de ses cendres. De façon tout à fait inattendue, le général Jaruzelski, le dictateur qui avait étouffé toute velléité de liberté huit ans auparavant en annulant toutes les promesses et en écrasant le syndicat indépendant, venait, en désespoir de cause, d'accepter l'idée d'une table ronde avec des groupes d'opposition.

Selon Tania, ce n'était pas Jaruzelski qui avait changé, c'était le Kremlin. Jaruzelski était toujours un tyran, mais il ne pouvait plus compter sur le soutien des Soviétiques. D'après Dimka, Jaruzelski s'était entendu dire que la Pologne devait régler ses problèmes elle-même, sans l'aide de Moscou. Lorsque Mikhaïl Gorbatchev le lui avait annoncé, le vieux dictateur n'y avait pas cru. Pas plus que les autres dirigeants d'Europe de l'Est, d'ailleurs. Mais cela remontait à trois ans déjà et le message avait fini par passer.

Tania ne savait pas ce qui allait advenir. Personne n'en savait rien. Elle n'avait jamais entendu autant parler de changement, de libéralisation, de liberté. Cependant, les communistes étaient toujours au pouvoir dans le bloc soviétique. Le jour approchait-il où Vassili et elle pourraient révéler leur secret et dévoiler au monde la véritable identité de l'écrivain Ivan Kouznetsov? Par le passé, ce genre d'espoir avait toujours fini broyé sous les chenilles des chars soviétiques.

Dès son arrivée à Varsovie, Tania fut invitée à dîner chez Danuta Gorski.

Quand elle sonna à sa porte, elle se rappela sa dernière vision de son amie, traînée hors de son appartement par les brutes en treillis des ZOMO, la police secrète, la nuit où Jaruzelski avait décrété la loi martiale, sept ans plus tôt.

Danuta ouvrit, le visage fendu d'un large sourire sous sa chevelure foisonnante. Elle serra Tania dans ses bras et l'entraîna vers la salle à manger du petit appartement. Marek, son mari, était en train d'ouvrir une bouteille de riesling hongrois. Des saucisses cocktail et une petite coupelle de moutarde étaient posées sur la table.

« J'ai passé dix-huit mois en prison, raconta Danuta. Je crois qu'on m'a laissée sortir parce que j'endoctrinais les autres détenues. » Elle éclata de rire en rejetant la tête en arrière.

Tania admirait son cran. Si j'étais lesbienne, pensa-t-elle, j'aurais pu tomber amoureuse d'elle. Tous les hommes qu'elle avait aimés se distinguaient par leur courage.

« Maintenant, je participe à cette table ronde, continua Danuta. Tous les jours, toute la journée.

— C'est vraiment une table ronde?

— Oui, énorme. Théoriquement, personne ne préside. Mais en réalité, c'est Lech Walesa qui dirige les débats. »

Tania n'en revenait pas. Un simple électricien sans éducation présidait aux discussions sur l'avenir de la Pologne. C'était le genre de chose dont avait rêvé son grand-père, l'ouvrier bolchevique Grigori Pechkov. À cette différence près que Walesa était anticommuniste. Peut-être valait-il mieux que son grand-père n'ait pas vécu assez longtemps pour voir ça. Il en aurait eu le cœur brisé.

« Cette table ronde, tu crois qu'il va en sortir quelque chose ? » demanda Tania.

Sans laisser à Danuta le temps de répondre, Marek intervint : « C'est un piège. Jaruzelski veut paralyser l'opposition en récupérant ses dirigeants et en les faisant participer au gouvernement communiste sans changer le système. C'est sa stratégie pour conserver le pouvoir.

— Marek a sans doute raison, acquiesça Danuta. Mais le piège ne fonctionnera pas. Nous réclamons des syndicats libres, la liberté de la presse et de vraies élections. »

Tania tomba des nues. « Jaruzelski accepte de parler d'élections libres ? » La Pologne avait déjà des élections factices, auxquelles seuls les partis communistes et leurs alliés pouvaient présenter des candidats.

« Les pourparlers sont perpétuellement interrompus. Mais comme il a besoin de mettre un terme aux grèves, il convoque à nouveau la table ronde et nous redemandons des élections.

— Pourquoi est-ce qu'il y a des grèves ? questionna Tania. Fondamentalement, je veux dire. »

Marek s'immisça une fois de plus dans la conversation. « Tu sais ce que disent les gens ? "Quarante-cinq ans de communisme et on n'a toujours pas de papier toilette." Nous sommes pauvres ! Le communisme ne marche pas.

— Marek a raison, approuva encore Danuta. Il y a quelques semaines, un magasin de Varsovie a annoncé qu'il accepterait le versement d'acomptes pour l'achat de téléviseurs le lundi suivant. Il n'avait pas de téléviseurs, il espérait en avoir, c'est tout. Les gens ont commencé à faire la queue dès le vendredi. Le lundi matin, ils étaient quinze mille dans la file, simplement pour pouvoir s'inscrire sur une liste. »

Danuta disparut dans la cuisine et revint avec une jatte odorante de *zupa ogórkova*, la soupe de concombre aigre que Tania adorait. « Que va-t-il se passer ? fit-elle en plongeant sa cuillère dans son assiette. Y aura-t-il de vraies élections ?

— Non, dit Marek.

— Peut-être, objecta Danuta. La dernière proposition en

date envisage de réserver les deux tiers des sièges parlementaires au parti communiste, le tiers restant étant pourvu par des élections libres.

— Autrement dit, des élections factices, une fois de plus, remarqua Marek.

— Ce serait toujours mieux que ce que nous avons maintenant, observa Danuta. Tu ne crois pas, Tania ?

— Je ne sais pas. »

*

Le dégel n'avait pas encore commencé et Moscou était encore enfoui sous son édredon de neige quand le nouveau Premier ministre hongrois rendit visite à Mikhaïl Gorbatchev.

Ievguéni Filipov savait que Miklós Németh devait venir. Il intercepta Dimka à l'entrée du bureau de Gorbatchev quelques minutes avant la rencontre. « Il faut mettre un terme à ces absurdités ! » déclara-t-il.

Dimka avait remarqué que, depuis quelque temps, Filipov semblait de plus en plus nerveux. Ses cheveux gris n'étaient plus coiffés et il courait partout comme une poule affolée. Il avait maintenant soixante ans passés et son visage portait en permanence l'expression réprobatrice qu'il avait affichée pendant une si grande partie de son existence. Sa coupe de cheveux ultracourte et ses costumes avachis étaient redevenus à la mode : la jeunesse occidentale appelait cela le look rétro.

Filipov détestait Gorbatchev. Le dirigeant soviétique incarnait tout ce contre quoi il avait lutté toute sa vie : l'assouplissement des règles au lieu de la stricte discipline de parti ; l'initiative privée au lieu de la planification centralisée ; l'amitié avec l'Occident au lieu de la guerre contre l'impérialisme capitaliste. Dimka avait presque pitié de cet homme qui avait gâché sa vie à mener une bataille vouée à l'échec.

Dimka espérait du moins qu'elle était vouée à l'échec. Le combat n'était pas encore fini.

« De quelles absurdités voulez-vous parler ? demanda Dimka d'un ton las.

— Les partis politiques indépendants ! s'exclama Filipov comme s'il évoquait une atrocité. Les Hongrois ont pris un virage dangereux. Jaruzelski parle maintenant d'en faire autant en Pologne. Jaruzelski ! »

Dimka comprenait l'incrédulité de Filipov. Il était effectivement étonnant d'entendre le tyran polonais envisager de faire une place à Solidarnosc dans l'avenir du pays et de permettre à des partis politiques de se présenter à des élections à la mode occidentale.

Et encore, Filipov ne savait pas tout. La sœur de Dimka, envoyée spéciale de l'agence TASS à Varsovie, lui transmettait des informations très précises. Jaruzelski était dos au mur et Solidarnosc ne lâchait rien. Ils ne parlaient pas seulement d'élections, ils les préparaient.

C'était ce que Filipov et les conservateurs du Kremlin voulaient éviter à tout prix.

« C'est une situation à haut risque ! insista Filipov. Ils ouvrent la porte à toutes les dérives contre-révolutionnaires et révisionnistes. À quoi cela rime-t-il ?

— Au fait que nous n'avons plus les moyens de financer nos satellites...

— Nous n'avons pas de satellites. Nous avons des alliés.

— Quel que soit le nom qu'on leur donne, ils n'ont aucune envie de faire ce qu'on leur dit si nous ne pouvons plus acheter leur obéissance.

— Autrefois, nous avions une armée pour défendre le communisme... ce n'est plus le cas. »

Même s'il exagérait un peu, ce n'était pas tout à fait faux. Gorbatchev avait annoncé le retrait de deux cent cinquante mille soldats et de dix mille chars d'Europe de l'Est, une mesure principalement économique, mais aussi un geste de paix. « Nous n'avons pas les moyens d'entretenir cette armée », précisa Dimka.

Filipov était au comble de l'indignation. « Ne comprenez-vous pas que vous parlez de la fin de tout ce pour quoi nous avons œuvré depuis 1917 ?

— Khrouchtchev avait annoncé qu'il nous faudrait vingt ans pour rattraper le niveau de richesse et de puissance militaire des Américains. C'était il y a vingt-huit ans et la situation est pire aujourd'hui qu'en 1961, au moment où Khrouchtchev a fait cette promesse. Ievguéni, qu'est-ce que vous vous acharnez à préserver ?

— L'Union soviétique ! Selon vous, que pensent les Américains en nous voyant démanteler notre armée et laisser le révisionnisme gagner du terrain chez nos alliés ? Ils se marrent !

Le président Bush est un homme de la guerre froide, qui a bien l'intention de nous renverser. Ne vous faites pas d'illusion.

— Je ne suis pas de votre avis, répliqua Dimka. Plus nous réduisons notre armement, moins les Américains ont de raisons de renforcer leur arsenal nucléaire.

— J'espère que vous avez raison, lança encore Filipov. Pour notre bien à tous. » Et il s'éloigna.

Dimka espérait, lui aussi, qu'il ne se trompait pas. Filipov avait mis le doigt sur le point faible de la stratégie de Gorbatchev. Elle reposait sur l'hypothèse que le président Bush se montrerait raisonnable. Si les Américains répondaient au désarmement par des mesures de réciprocité, Gorbatchev obtiendrait gain de cause et ses rivaux du Kremlin passeraient pour des imbéciles. Mais si Bush ne réagissait pas ou, pire, augmentait ses dépenses militaires, c'est Gorbatchev qui aurait l'air idiot. Il serait décrédibilisé et ses opposants en profiteraient peut-être pour l'écarter et renouer avec le bon vieux modèle de l'affrontement des superpuissances.

Dimka rejoignit les bureaux de Gorbatchev, impatient de rencontrer Németh. Ce qui se passait en Hongrie était passionnant. Il était aussi curieux d'entendre ce que Gorbatchev dirait à Németh.

Le dirigeant soviétique était imprévisible. Communiste de toujours, il ne tenait pas, pourtant, à imposer le communisme aux autres pays. Sa stratégie était claire : glasnost et perestroïka, transparence et restructuration. Sa tactique était moins évidente. Chaque fois qu'un problème se posait, bien malin qui aurait pu savoir de quel côté il pencherait. Avec lui, Dimka était constamment sur le qui-vive.

Gorbatchev ne se montrait pas très chaleureux envers Németh. Le Premier ministre hongrois avait sollicité une entrevue d'une heure. On lui avait accordé vingt minutes. La rencontre risquait d'être houleuse.

Németh arriva accompagné de Frederik Biró, que Dimka connaissait déjà. La secrétaire de Gorbatchev les conduisit aussitôt tous les trois dans le grand bureau. C'était une vaste pièce, haute de plafond, aux murs lambrissés peints en jaune clair. Gorbatchev se tenait derrière un bureau contemporain en bois teinté de noir, posé de biais dans un angle. Il n'y avait rien sur le plateau, hormis une lampe et un téléphone. Les visiteurs s'assirent dans des fauteuils en cuir noir. Tout le décor symbolisait la modernité.

Németh alla droit au but après quelques politesses d'usage. Il expliqua qu'il s'apprêtait à annoncer la tenue d'élections libres. Libres au sens de libres : le résultat pourrait porter au pouvoir un gouvernement non communiste. Quelle serait la réaction de Moscou en pareil cas ?

Gorbatchev rougit. La tache de vin pourpre qui éclaboussait son crâne dégarni s'assombrit. « La juste voie consiste à revenir aux racines du léninisme », déclara-t-il.

Cela ne voulait pas dire grand-chose. Tous ceux qui cherchaient à faire évoluer l'Union soviétique prétendaient revenir aux racines du léninisme.

Gorbatchev poursuivit : « Le communisme peut retrouver son cap en renouant avec l'époque antérieure à Staline.

— Non, c'est impossible, coupa Németh brusquement.

— Seul le Parti peut créer une société juste ! Cela ne peut être laissé au hasard.

— Nous ne sommes pas de cet avis. » Németh commençait à avoir l'air mal à l'aise. Il était pâle et sa voix tremblait. On aurait dit un cardinal défiant l'autorité du pape. « Permettez-moi de vous poser une question très directe, reprit-il. Si nous organisons un scrutin et que le parti communiste est chassé du pouvoir par les électeurs, l'Union soviétique interviendra-t-elle militairement comme en 1956 ? »

Un silence de mort se fit dans la pièce. Dimka lui-même ignorait quelle serait la réponse de Gorbatchev.

Celui-ci prononça alors un unique mot en russe : « *Niet* ». Non.

Németh ressemblait à un condamné à mort gracié au dernier moment.

Gorbatchev ajouta : « Du moins, tant que je serai assis dans ce fauteuil. »

Németh rit. Il était convaincu que Gorbatchev ne risquait pas d'être déposé.

Il avait tort. Le Kremlin présentait toujours un front uni à la face du monde. La réalité était moins harmonieuse. Personne n'imaginait à quel point la position de Gorbatchev était fragile. Németh était satisfait d'avoir appris les intentions personnelles de Gorbatchev, mais Dimka savait que les choses étaient plus compliquées.

Németh n'avait pas fini cependant. Il avait obtenu de Gorbatchev une énorme concession : la promesse que l'URSS n'interviendrait pas pour maintenir le communisme au pouvoir en Hongrie ! Et voilà qu'avec une audace incroyable, il exigea encore une autre garantie. « La clôture est dans un état épouvantable, remarqua-t-il. Il faut soit la réparer, soit y renoncer. »

Dimka savait à quoi il faisait allusion. La frontière séparant la Hongrie communiste de l'Autriche capitaliste était fermée par une clôture électrique en acier de deux cent quarante kilomètres de long. Son entretien était évidemment très onéreux. Quant à son remplacement, il coûterait des millions.

« Si elle a besoin d'être réparée, répondit Gorbatchev, faites-le.

— Non », répliqua Németh. S'il était inquiet, il n'en était pas moins déterminé. Dimka admira son courage. « Je n'ai pas l'argent nécessaire et je n'ai pas besoin de cette clôture. Elle a été installée par le pacte de Varsovie. Si vous tenez à ce qu'elle reste en place, c'est à vous de la réparer.

— Il n'en est pas question, dit Gorbatchev. L'Union soviétique n'en a plus les moyens. Il y a dix ans, le pétrole valait quarante dollars le baril et nous pouvions faire tout ce que nous voulions. Aujourd'hui, il vaut quoi ? Neuf dollars ? Nous sommes fauchés.

— Pardonnez-moi d'insister, mais je tiens à être sûr que nous nous comprenons bien », reprit Németh. Il transpirait et s'essuya le visage avec un mouchoir. « Si vous ne payez pas, nous ne remplacerons pas la clôture et elle ne remplira plus sa fonction de barrière infranchissable. Les gens pourront passer en Autriche et nous ne les en empêcherons pas. »

Il y eut un nouveau silence pesant. Gorbatchev soupira et lança : « Eh bien, tant pis. »

L'entrevue s'acheva sur ces mots. Les adieux furent de pure forme. Les Hongrois semblaient pressés de partir. Ils avaient obtenu toutes les assurances qu'ils voulaient. Ils serrèrent la main de Gorbatchev et s'éloignèrent d'un pas rapide. Ils donnaient l'impression de vouloir remonter dans leur avion le plus vite possible, avant que Gorbatchev n'ait changé d'avis.

Dimka regagna son bureau d'humeur songeuse. Gorbatchev l'avait surpris par deux fois : d'abord en se montrant étrangement hostile aux réformes de Németh, ensuite en ne faisant rien pour s'y opposer.

Les Hongrois allaient-ils vraiment renoncer à la clôture ? Elle faisait partie intégrante du Rideau de fer. Si les gens pouvaient soudain franchir la frontière pour passer à l'Ouest, cela représenterait un changement encore plus radical que des élections libres.

Filipov et les conservateurs n'avaient pourtant pas encore rendu les armes. Ils étaient à l'affût du moindre signe de faiblesse chez Gorbatchev. Dimka était persuadé qu'ils avaient déjà concocté un plan en prévision d'un éventuel coup d'État.

Il contemplait d'un air rêveur le grand tableau révolutionnaire qui ornait le mur de son bureau quand Natalia l'appela. « Tu sais ce qu'est un missile Lance, j'imagine ? demanda-t-elle sans préambule.

— Une arme nucléaire tactique sol-sol de courte portée, répondit-il. Les Américains en ont près de sept cents en Allemagne. Heureusement, leur portée n'est que de cent vingt kilomètres environ.

— Plus maintenant. Le président Bush veut les moderniser. Les nouveaux auront une portée de quatre cent cinquante kilomètres.

— Et merde ! » C'était bien ce que redoutait Dimka et qu'avait prédit Filipov. « Ça n'a aucun sens, voyons. Il n'y a pas si longtemps, Reagan et Gorbatchev ont *retiré* des missiles balistiques à portée intermédiaire.

— Bush estime que Reagan est allé trop loin dans le désarmement.

— C'est un projet définitif ?

— À en croire l'antenne du KGB à Washington, Bush s'est entouré de faucons de la guerre froide. Le ministre de la Défense Dick Cheney est un va-t-en-guerre. Scowcroft aussi. » Brent Scowcroft était le conseiller à la Sécurité nationale. « Il y a aussi une femme, une certaine Condoleezza Rice, qui ne vaut guère mieux. »

Dimka était consterné. « J'entends déjà Filipov : Je vous l'avais bien dit !

— Filipov et d'autres. C'est embêtant pour Gorbatchev.

— Quel est le calendrier des Américains ?

— Ils vont mettre la pression sur les Européens de l'Ouest à la conférence de l'Otan en mai.

— Merde, jura Dimka. Ça, c'est vraiment la poisse. »

*

Un soir, Rebecca Held se trouvait chez elle à Hambourg. Entourée de papiers, elle travaillait à la table ronde de la cuisine. Une tasse de café sale traînait sur le plan de travail à côté d'une assiette jonchée des miettes du sandwich qui lui avait tenu lieu de dîner. Elle avait enlevé les vêtements élégants qu'elle portait dans la journée, s'était démaquillée, douchée, et avait enfilé de vieux dessous avachis et un peignoir de soie hors d'âge.

Elle préparait son premier voyage aux États-Unis. Elle devait s'y rendre avec son patron, Hans-Dietrich Genscher, qui était vice-chancelier d'Allemagne, ministre des Affaires étrangères et chef du parti libéral-démocrate auquel elle appartenait. Ils devaient aller expliquer aux Américains pourquoi ils ne voulaient plus d'armes nucléaires. L'Union soviétique était devenue moins menaçante sous Gorbatchev. Une modernisation de l'arsenal nucléaire était inutile et risquait même d'être contre-productive car elle compromettrait les démarches de paix de Gorbatchev et renforcerait l'influence des faucons de Moscou.

Elle lisait un rapport du renseignement allemand sur les luttes de pouvoir au Kremlin quand on sonna à la porte.

Elle regarda sa montre. Il était neuf heures et demie. Elle n'attendait personne et n'était vraiment pas en tenue pour recevoir des visites. C'était sans doute un voisin qui avait besoin de quelque chose, une bouteille de lait par exemple.

Elle n'avait pas de garde du corps : elle n'était pas assez importante pour attirer les terroristes, Dieu merci. Sa porte était néanmoins équipée d'un judas qui lui permettait de jeter un coup d'œil sur le palier avant d'ouvrir.

À son grand étonnement, elle découvrit Frederik Biró derrière la porte.

Elle fut assaillie de sentiments contradictoires. Si elle était enchantée de cette visite surprise de son amant, d'un autre côté, elle n'était vraiment pas présentable. À cinquante-sept ans, une femme a besoin d'un minimum de temps pour se préparer avant de se montrer à l'homme qu'elle aime.

Elle pouvait difficilement lui demander d'attendre dans le couloir qu'elle se soit changée et maquillée.

Elle ouvrit la porte.

« Ma chérie, dit-il avant de l'embrasser.

— Je suis ravie de te voir, mais tu me prends un peu de court. Je dois être affreuse à voir. »

Il entra. Elle referma la porte. Il se recula en la tenant par les épaules pour la considérer à bout de bras.

« Cheveux en bataille, lunettes, robe de chambre, pieds nus. Tu es adorable », conclut-il.

Elle rit et l'entraîna à la cuisine. « Tu as dîné ? Tu veux que je te fasse une omelette ?

— Juste un peu de café, s'il te plaît. J'ai dîné dans l'avion.

— Qu'est-ce qui t'amène à Hambourg ?

— C'est mon patron qui m'envoie. » Il s'assit à la table. « Le Premier ministre Németh vient la semaine prochaine en Allemagne pour voir le chancelier Kohl. Il a une question à lui poser. Et comme tous les hommes politiques, il tient à connaître la réponse avant.

— Quelle question ?

— Voilà qui exige quelques explications. »

Elle posa une tasse de café devant lui. « Vas-y, j'ai toute la nuit.

— J'espère que ça prendra moins de temps que ça. » Il glissa la main le long de sa jambe sous le peignoir. « J'ai d'autres projets. » En arrivant à la culotte, il remarqua : « Oh, grand confort ! »

Elle rougit. « Je ne t'attendais pas ! »

Il sourit. « Je pourrais y mettre les deux mains... les deux bras même, qui sait ? »

Elle le repoussa et passa de l'autre côté de la table. « Demain, je jette toute ma vieille lingerie. » Elle s'assit en face de lui. « Arrête de m'embêter et dis-moi pourquoi tu es venu.

— La Hongrie va ouvrir sa frontière avec l'Autriche. »

Rebecca crut avoir mal entendu. « Qu'est-ce que tu racontes ?

— Nous allons ouvrir notre frontière. Laisser la clôture s'effondrer. Permettre à notre peuple d'aller où il veut.

— Tu plaisantes ?

— C'est une décision économique autant que politique. La clôture est délabrée et nous n'avons pas les moyens de la reconstruire. »

Rebecca commençait à comprendre. « Mais si les Hongrois peuvent sortir, n'importe qui pourra en faire autant. Comment empêcherez-vous les Tchèques, les Yougoslaves, les Polonais...

— Nous ne les empêcherons pas.

— ... et les Allemands de l'Est. Oh, mon Dieu, ma famille va enfin pouvoir sortir !

— Oui.

— Ce n'est pas possible. Les Soviétiques ne permettront jamais ça.

— Németh est allé à Moscou en informer Gorbatchev.

— Qu'a dit Gorbi ?

— Rien. Ça ne le réjouit pas, mais il n'interviendra pas. Il n'a pas plus que nous les moyens de réparer la clôture.

— Mais...

— J'ai assisté à cette réunion, au Kremlin. Németh lui a demandé carrément si les Soviétiques envahiraient le pays comme en 1956. La réponse a été *niet.*

— Et tu le crois ?

— Oui. »

Cette nouvelle allait changer le monde. Rebecca y avait consacré toute sa vie politique, mais elle était incapable de croire que son rêve se réalisait vraiment : sa famille autorisée à passer d'Allemagne de l'Est en Allemagne de l'Ouest ! La liberté !

« Il peut y avoir un os, ajouta Fred.

— C'est bien ce que je craignais.

— Gorbatchev s'est engagé à ne pas intervenir militairement, mais il n'a pas écarté la possibilité de sanctions économiques. »

Pour Rebecca, ce problème n'en était pas un. « Dès qu'elle se tournera vers l'Ouest, l'économie hongroise se développera.

— C'est ce que nous souhaitons. Mais cela prendra du temps. Notre population risque de connaître des temps difficiles. Le Kremlin espère peut-être nous acculer à la ruine avant que notre économie n'ait eu le temps de s'adapter. Ce qui pourrait entraîner une contre-révolution. »

Il avait évidemment raison. Le risque était réel. « Je me disais bien que c'était trop beau pour être vrai, soupira Rebecca.

— Ne désespère pas. Nous avons une solution. C'est la raison qui m'amène ici.

— De quoi s'agit-il ?

— Nous avons besoin du soutien du pays le plus riche d'Europe. Si les banques allemandes nous accordent une importante ligne de crédit, nous pourrons résister aux pressions soviétiques. La semaine prochaine, Németh demandera à Kohl de lui accorder un prêt. Je sais que c'est une décision qui n'est pas de ton ressort, mais je me disais que tu pourrais peut-être me donner un tuyau. Quelle sera la réponse de Kohl ?

— Je serais surprise qu'il refuse si la contrepartie est l'ouverture des frontières. Outre l'intérêt politique, rends-toi compte de l'avantage que cela représenterait pour l'économie allemande.

— Il nous faut beaucoup d'argent.

— Combien ?

— Quelque chose comme un milliard de deutsche marks.

— Ne t'en fais pas, répondit Rebecca. C'est comme si c'était fait. »

*

D'après le rapport de la CIA que George Jakes, membre du Congrès, avait sous les yeux, l'économie soviétique ne cessait de se dégrader. Les réformes de Gorbatchev – décentralisation, développement des biens de consommation, réduction de l'armement – étaient insuffisantes.

Les satellites d'Europe de l'Est étaient tentés de suivre l'URSS en libéralisant leurs propres économies, mais, selon les prévisions de l'Agence, les évolutions seraient lentes et minimes. Si un pays s'avisait de rejeter le communisme en bloc, Gorbatchev enverrait les chars.

George, qui participait à une réunion de la commission chargée du renseignement à la Chambre des représentants, avait tendance à douter de la justesse de cette analyse. La Pologne, la Hongrie et la Tchécoslovaquie s'acheminaient plus vite que l'URSS vers l'économie de marché et vers la démocratie, et Gorbatchev ne faisait rien pour les en empêcher.

Le président Bush et son ministre de la Défense Dick Cheney n'en croyaient pas moins dur comme fer à la réalité de la menace soviétique et la CIA se croyait obligée de dire au Président ce qu'il voulait entendre.

George sortit contrarié et inquiet de la réunion. Il reprit la petite navette souterraine pour retourner au Cannon House Office Building où il disposait de trois pièces encombrées. Le hall d'entrée comportait un bureau de réception, un canapé destiné aux visiteurs obligés de patienter et une table de réunion ronde. Il donnait d'un côté sur le service administratif, rempli de bureaux, d'étagères et de classeurs. De l'autre, sur le bureau de George, avec sa table de travail, une table de conférence et un portrait de Robert Kennedy.

Il fut étonné de voir, sur sa liste de rendez-vous, le nom d'un membre du clergé d'Anniston, en Alabama, le pasteur Clarence Bowyer, qui souhaitait lui parler des droits civiques.

Il n'oublierait jamais Anniston. C'était dans cette ville que les Freedom Riders avaient été pris à partie par une foule en colère et que leur car avait été incendié. C'était la seule fois où quelqu'un avait vraiment cherché à le tuer.

Sans doute avait-il accepté cette demande de rendez-vous, mais il ne se rappelait pas pourquoi. Persuadé qu'un prédicateur venu d'Alabama pour le rencontrer serait forcément noir, il fut fort étonné de voir entrer un Blanc derrière sa secrétaire. Le révérend Bowyer avait à peu près le même âge que George. Il était vêtu d'un costume gris, d'une chemise blanche et d'une cravate sombre, mais chaussé de baskets, sans doute parce qu'il avait prévu de beaucoup marcher dans Washington. Avec ses grandes incisives et son menton fuyant, ses cheveux poivre et sel accentuaient sa ressemblance avec un écureuil. George avait vaguement l'impression de l'avoir déjà rencontré. Il était accompagné d'un adolescent qui était son portrait craché.

« J'essaie d'apporter l'Évangile de Jésus Christ aux soldats et à tous ceux qui travaillent à l'arsenal d'Anniston, déclara-t-il en guise de présentation. La plupart de mes paroissiens sont afro-américains. »

George eut l'impression qu'il était sincère. Il était à la tête d'une paroisse multiraciale, ce qui était rare. « Vous vouliez me parler de droits civiques, monsieur le pasteur ?

— Voyez-vous, monsieur, j'étais ségrégationniste quand j'étais jeune.

— C'était le cas de beaucoup de gens, remarqua George. Notre société a beaucoup évolué.

— J'ai fait plus qu'évoluer. J'ai vécu plusieurs dizaines d'années dans la repentance. »

Voilà qui semblait pour le moins exagéré. Les personnes qui demandaient à rencontrer des parlementaires étaient parfois un peu dérangées. Le personnel de George faisait de son mieux pour filtrer les doux dingues, mais certains arrivaient à passer à travers les mailles du filet. Bowyer paraissait pourtant avoir la tête sur les épaules. « La repentance, répéta George pour gagner du temps.

— Monsieur le député, reprit Bowyer d'un ton solennel, je suis venu vous demander pardon.

— Pour quoi exactement ?

— En 1961, je vous ai frappé avec une barre de fer. Je crois que je vous ai cassé le bras. »

George comprit soudain pourquoi il avait l'impression de connaître cet homme. Il faisait partie de la bande de brutes d'Anniston. Il s'en était pris à Maria et George s'était interposé en la protégeant de son bras. Celui-ci lui faisait encore mal par temps froid. George considéra avec étonnement l'austère pasteur. « C'était donc vous...

— Oui, monsieur. Je n'ai aucune excuse. Je savais ce que je faisais et j'ai mal agi. Mais je ne vous ai jamais oublié. Je tenais à ce que vous sachiez combien je regrette ce que je vous ai fait, et je tenais à ce que mon fils Clam soit témoin de cet aveu. »

George n'en revenait pas. C'était bien la première fois qu'il lui arrivait une chose pareille. « Et vous êtes devenu pasteur.

— Je suis d'abord devenu poivrot. À cause du whisky, j'ai perdu mon boulot, ma maison et ma voiture. Et puis un dimanche, le Seigneur a conduit mes pas dans une toute petite église, à peine plus qu'une cabane, d'un quartier pauvre. Le prédicateur, qui était noir, avait choisi de commenter le chapitre vingt-cinq de l'évangile selon saint Matthieu, et plus particulièrement le verset quarante : "Ce que vous avez fait au plus petit d'entre mes frères, c'est à moi que vous l'avez fait." »

George avait entendu de multiples sermons sur ce verset. Le message était simple : lorsqu'on faisait du mal à quelqu'un, c'était à Jésus qu'on le faisait. Cette idée était d'un grand réconfort pour les Afro-Américains, qui avaient été plus maltraités que la plupart des autres citoyens. La phrase était même inscrite sur le vitrail offert par le pays de Galles à l'église baptiste de la 16e Rue à Birmingham.

Bowyer poursuivit : « Je suis entré dans cette église pour railler, j'en suis sorti sauvé.

— Je suis heureux d'apprendre que vous avez changé de point de vue, monsieur le pasteur.

— Je ne mérite pas votre pardon, mais j'espère en la miséricorde de Dieu. » Bowyer se leva. « Je ne veux pas abuser davantage de votre précieux temps. Merci. »

George se leva à son tour. Il avait l'impression de n'avoir pas réagi comme il l'aurait dû devant cet homme en proie à une vive émotion. « Avant que vous ne partiez, lui dit-il, serrons-nous la main. » Il referma ses deux mains sur celle de Bowyer. « Si Dieu peut vous pardonner, Clarence, j'imagine que moi aussi. »

Bowyer s'étrangla. Des larmes emplirent ses yeux lorsqu'il serra la main de George.

Sous le coup d'une impulsion, George lui donna l'accolade. L'homme était secoué de sanglots.

Au bout d'un moment, George mit fin à leur étreinte et s'écarta. Bowyer voulut parler mais en fut incapable. Il tourna les talons, en larmes, et sortit.

Son fils serra lui aussi la main de George. « Merci, monsieur, dit le jeune homme d'une voix tremblante. Vous ne savez pas l'importance qu'a votre pardon pour mon père. Vous êtes un homme bon, monsieur. » Il sortit à son tour.

George se rassit, un peu éberlué. Eh bien, se dit-il, quelle histoire !

*

Le soir même, il raconta l'épisode à Maria.

Sa réaction fut plutôt agressive. « Tu as bien le droit de lui pardonner, sans doute. C'est ton bras qu'il a cassé, remarqua-t-elle. Moi, je n'ai pas beaucoup d'indulgence pour les ségrégationnistes. J'aimerais bien voir le pasteur Bowyer passer un ou deux ans en prison, ou aux travaux forcés. Alors, peut-être, je pourrais accepter ses excuses. Tous ces juges corrompus, ces salauds de flics, ces jeteurs de bombes se promènent en liberté. Ils n'ont jamais été jugés pour ce qu'ils ont fait. Certains doivent même couler une retraite heureuse. Et ils voudraient qu'on leur pardonne ? Je n'ai pas l'intention d'apaiser leurs consciences. Si la culpabilité les ronge, tant mieux. Ils ne méritent pas autre chose. »

George sourit. À plus de cinquante ans, Maria n'avait rien perdu de sa pugnacité, bien au contraire. Elle était l'une des plus hautes fonctionnaires du Département d'État, respectée par tous, républicains et démocrates confondus. Toute son attitude respirait l'assurance et l'autorité.

Ils étaient chez elle. Elle préparait un bar aux fines herbes pendant que George mettait le couvert. Un délicieux fumet flottait dans la pièce. George en avait l'eau à la bouche. Maria remplit son verre de lynmar chardonnay et mit des brocolis à cuire à la vapeur. Elle s'était un peu arrondie avec le temps et s'efforçait d'adopter le régime alimentaire léger de George.

Après le dîner, ils allèrent s'asseoir sur le canapé avec une tasse de café. Elle était d'humeur philosophe. «Je veux pouvoir me dire, en quittant le Département d'État que le monde est moins dangereux qu'au moment où j'y suis entrée, dit-elle. Je veux que mes neveux, mes nièces et mon filleul Jack puissent élever leurs enfants sans vivre sous la menace d'un holocauste des superpuissances suspendue au-dessus de leurs têtes. Alors je pourrai dire que ma vie a été bien employée.

— Je comprends, approuva George. Mais tu y crois vraiment? Est-ce réellement possible?

— Peut-être. Depuis la fin de la Seconde Guerre mondiale, le bloc soviétique n'a jamais été aussi proche de l'effondrement. Notre ambassadeur à Moscou pense que la doctrine Brejnev est définitivement enterrée.»

En vertu de cette doctrine, l'Union soviétique avait la mainmise sur l'Europe de l'Est, à l'image de la doctrine Monroe, qui octroyait aux États-Unis les mêmes droits sur l'Amérique du Sud.

George hocha la tête. «Si Gorbatchev ne veut plus régenter l'empire communiste, c'est une avancée politique considérable pour les États-Unis.

— Et nous devrions tout faire pour l'aider à se maintenir au pouvoir. Ce que nous ne sommes pas en train de faire parce que le président Bush s'obstine à croire à une manœuvre pour endormir sa confiance. Par conséquent, il projette au contraire d'*augmenter* notre arsenal nucléaire en Europe.

— Ce qui aurait inévitablement pour effet d'affaiblir Gorbatchev et d'encourager les faucons du Kremlin.

— Exactement. Mais je reçois demain une délégation allemande qui va tenter de lui faire entendre raison.

— Je te souhaite bien du plaisir, conclut George d'un air sceptique.

— Merci.»

George avait fini son café mais n'avait aucune envie de partir. Il se sentait bien, réconforté par le vin et un bon dîner, et il avait toujours aimé discuter avec Maria. «Tu sais quoi? lui dit-il. À part ma mère et mon fils, tu es la personne que j'aime le plus au monde.

— Comment va Verena ? » demanda Maria avec brusquerie.

George sourit. « Elle sort avec ton ancien copain Lee Montgomery. Il est rédacteur au *Washington Post* maintenant. Je crois que c'est sérieux.

— Alors ça !

— Tu te rappelles... » Il aurait sans doute mieux fait de se taire, mais après avoir bu une demi-bouteille de vin, il se dit *Et puis merde.* « Tu te rappelles la fois où nous avons fait l'amour sur ce canapé ?

— George, répondit-elle. Cela ne m'arrive pas assez souvent pour que j'oublie.

— Moi non plus malheureusement.

— Eh bien tant mieux », dit-elle en riant.

Une bouffée de nostalgie l'envahit. « C'était il y a combien de temps ?

— C'était le soir où Nixon a démissionné, il y a quinze ans. Tu étais jeune et beau.

— Et toi, tu étais presque aussi jolie que maintenant.

— Baratineur, va !

— C'était bien, non ? Nous deux, je veux dire.

— Bien ? » Elle prit l'air offensé. « C'est tout ?

— C'était super !

— J'aime mieux ça. »

Il regretta soudain toutes les occasions perdues. « Que nous est-il arrivé ?

— Nous avions des chemins différents à suivre.

— Oui, sans doute. » Après un silence, George demanda : « Tu veux qu'on recommence ?

— J'ai bien cru que tu ne me le proposerais jamais. »

Ils s'embrassèrent. Il retrouva aussitôt les sensations de la première fois : tout était si simple, si naturel, si normal.

Le corps de Maria avait changé. Il était plus tendre, moins ferme, sa peau plus sèche sous ses doigts. Sans doute se faisait-elle la même réflexion : ses muscles de lutteur avaient fondu depuis longtemps. Cela n'avait aucune d'importance. Elle lui rendait passionnément ses baisers et il retrouvait le même intense plaisir à se couler dans les bras d'une femme aimante et sensuelle.

Elle déboutonna sa chemise. Pendant qu'il l'enlevait, elle se leva et ôta rapidement sa robe.

George dit : « Avant d'aller plus loin...

— Quoi ? » Elle se rassit. « Tu as changé d'avis ?
— Au contraire. Joli soutien-gorge, au fait.
— Merci. Tu pourras me le retirer dans une minute. » Elle déboucla la ceinture de George.
« Je voudrais te dire quelque chose. Au risque de tout gâcher...
— Vas-y. À tes risques et périls.
— Je viens de me rendre compte de quelque chose. J'aurais dû m'en apercevoir plus tôt. »
Elle le considéra sans rien dire, avec un petit sourire au coin des lèvres. Il eut la curieuse impression qu'elle savait ce qui allait suivre.
« Tu sais quoi ? Je t'aime, dit-il.
— Vraiment ?
— Oui. Ça t'ennuie ? J'ai gâché l'ambiance ?
— Idiot. Je suis amoureuse de toi depuis des années. »

*

Rebecca arriva au Département d'État à Washington par une belle journée de printemps. Les jonquilles étaient en fleur dans les parterres et elle était pleine d'espoir. L'empire soviétique vacillait et finirait peut-être par s'effondrer pour de bon, offrant ainsi à l'Allemagne la possibilité de se réunifier et de retrouver la liberté. Il fallait simplement pousser un peu les Américains dans la bonne direction.

Rebecca songea que c'était grâce à Carla, sa mère adoptive, qu'elle se trouvait à Washington pour représenter son pays et négocier en son nom avec les hommes les plus puissants de la planète. Carla avait pris sous son aile une petite Juive de treize ans terrifiée dans le Berlin en guerre et lui avait donné l'assurance nécessaire pour devenir une femme politique d'envergure internationale. Il faut que je prenne une photo pour l'envoyer à Carla, se dit-elle.

En compagnie de son patron, Hans-Dietrich Genscher, et de quelques conseillers, elle pénétra dans le bâtiment moderne qui abritait le Département d'État. Il y avait, dans le grand hall, haut de deux étages, une vaste fresque intitulée *La Défense des libertés humaines*, sur laquelle étaient représentées les cinq libertés fondamentales protégées par l'armée américaine.

Les Allemands furent accueillis par une femme dont Rebecca ne connaissait jusque-là que la voix chaude et intelligente au téléphone : Maria Summers. Rebecca fut étonnée de constater que Maria était noire. Elle se sentit aussitôt coupable : pourquoi une Afro-Américaine n'occuperait-elle pas un poste élevé au Département d'État ? Elle se rendit pourtant compte assez rapidement que les peaux sombres étaient rares dans ce bâtiment. Maria était une exception et sa surprise n'était, somme toute, pas injustifiée.

Maria se montra chaleureuse et amicale, mais visiblement, le secrétaire d'État James Baker n'était pas dans les mêmes dispositions. Les Allemands attendirent à la porte de son bureau cinq minutes, puis dix. Maria était visiblement embarrassée. Rebecca commença à s'inquiéter. Ce n'était pas un hasard. Faire attendre ainsi le vice-chancelier allemand était une insulte parfaitement calculée. Baker tenait à manifester son hostilité.

Rebecca avait déjà entendu parler de cette manière d'agir des Américains. Ils expliqueraient ensuite aux médias que leurs visiteurs avaient été mal reçus à cause de leurs positions, et des articles embarrassants fleuriraient dans la presse à leur retour en Allemagne. Ronald Reagan avait réservé le même traitement au responsable de l'opposition britannique Neil Kinnock, parce qu'il préconisait le désarmement, lui aussi.

La rebuffade en soi laissait Rebecca parfaitement indifférente. Les hommes politiques prenaient volontiers des postures. Ils se conduisaient comme des petits garçons qui cherchaient à montrer qu'ils en avaient une plus grosse. Le vrai problème était que la réunion risquait de ne déboucher sur rien, ce qui n'était pas de bon augure pour la détente.

Au bout d'un quart d'heure, on les fit enfin entrer. Baker était un grand costaud dégingandé à l'accent texan, mais sa tenue n'avait rien de celle du péquenaud de province : il était extrêmement soigné et élégamment vêtu. Il gratifia Hans-Dietrich Genscher d'une poignée de main glaciale en déclarant : « Nous sommes profondément déçus par votre attitude. »

Heureusement, Genscher n'était pas du genre à se laisser intimider. Il avait été vice-chancelier et ministre des Affaires étrangères d'Allemagne pendant quinze ans et avait appris à ne pas faire cas des mauvaises manières. Chauve, le nez chaussé de lunettes, il avait un visage carré à l'expression déterminée. « Nous estimons que votre politique est dépassée, répondit-il avec calme. La situation a changé en Europe et vous devez en tenir compte.

— Il faut maintenir la force de dissuasion nucléaire de l'Otan », rétorqua Baker comme s'il récitait une leçon.

Genscher maîtrisa son impatience au prix d'un effort manifeste. « Ce n'est pas notre avis, ni celui de notre peuple. Quatre Allemands sur cinq souhaitent le retrait de toutes les armes nucléaires d'Europe.

— Ils se laissent avoir par la propagande du Kremlin !

— Nous sommes en démocratie. C'est le peuple qui décide en dernier ressort. »

Dick Cheney, le ministre américain de la Défense, assistait à la discussion. « L'un des principaux objectifs du Kremlin est de dénucléariser l'Europe, remarqua-t-il. Nous ne devons pas tomber dans ce piège ! »

Genscher était visiblement agacé de s'entendre donner des leçons de politique européenne par des hommes qui en savaient beaucoup moins que lui sur la question. On aurait dit un professeur cherchant vainement à expliquer quelque chose à des élèves délibérément butés. « La guerre froide est finie », dit-il.

Rebecca assistait, effondrée, à un débat qui menait à une impasse. Personne n'écoutait : ils s'étaient tous fait une opinion avant de se rencontrer.

Elle ne se trompait pas. Ils échangèrent encore quelques remarques exaspérées et la réunion prit fin.

Elle n'eut pas l'occasion de prendre une photo.

Pendant que la délégation allemande se dirigeait vers la sortie, Rebecca se creusait la tête, se demandant vainement comment résoudre le problème.

Dans le hall, Maria se tourna vers elle : « Ça ne s'est pas passé comme je l'aurais espéré. »

Ce n'étaient pas des excuses, mais ce qui s'en rapprochait le plus dans le cadre étroit de ses attributions. « Tout va bien, la rassura Rebecca. Je regrette qu'il n'y ait pas eu davantage de dialogue et moins d'affrontement.

— Pouvons-nous faire quelque chose pour faciliter un rapprochement de nos responsables sur cette question ? »

Rebecca s'apprêtait à répondre qu'elle n'en savait rien quand elle eut une idée. « Peut-être, dit-elle. Et si vous suggériez au président Bush de venir en Europe ? Qu'il se rende compte par lui-même. Qu'il parle aux Polonais et aux Hongrois. Cela pourrait l'amener à changer d'avis, vous ne croyez pas ?

— Vous avez raison, convint Maria. Je vais lancer l'idée. Merci.

— Bonne chance », lui dit Rebecca.

LX

Lili Franck et sa famille n'en revenaient pas.

Ils regardaient le bulletin d'informations sur une chaîne ouest-allemande. Tout le monde en Allemagne de l'Est en faisait autant, même les apparatchiks du parti communiste : l'angle des antennes fichées sur les toits les trahissait.

Les parents de Lili, Carla et Werner, étaient réunis en compagnie de Karolin et d'Alice, et du fiancé de celle-ci, Helmut.

Ce jour-là, le 2 mai, les Hongrois avaient ouvert leur frontière avec l'Autriche.

Sans la moindre discrétion, qui plus est. Le gouvernement avait en effet tenu une conférence de presse à Hegyeshalom, le village où la route reliant Budapest à Vienne quittait la Hongrie pour entrer en Autriche. On aurait pu croire qu'il cherchait *délibérément* à provoquer une réaction soviétique. En grande pompe, devant plusieurs centaines de caméras étrangères, le système électronique d'alarme et de surveillance avait été débranché tout le long de la frontière.

La famille Franck avait les yeux rivés sur le poste, incrédule.

Des gardes-frontières équipés d'énormes cisailles entreprirent de couper la clôture, faisant tomber de grands pans de barbelés qu'ils ramassaient pour les empiler négligemment. « Bon sang, s'écria Lili. C'est le Rideau de fer qui tombe.

— Les Soviétiques n'accepteront jamais ça », murmura Werner.

Lili en était moins convaincue que lui. Il faut dire qu'elle n'était plus sûre de rien ces derniers temps. « Les Hongrois ne l'auraient certainement pas fait s'ils craignaient une intervention soviétique, tu ne crois pas ?

— Ils *pensent* peut-être s'en sortir à bon compte... », répondit son père en secouant la tête.

Alice avait les yeux brillants d'espoir. « Ça veut dire qu'on va pouvoir partir, Helmut et moi ! » lança-t-elle. Le jeune couple n'avait qu'une idée en tête : quitter l'Allemagne de l'Est. « Il suffit d'aller en Hongrie comme si on partait en vacances, et on n'aura plus qu'à passer la frontière à pied ! »

Lili la comprenait : elle aurait tant voulu qu'Alice profite de toutes les chances dont elle-même avait été privée. Mais cela ne pouvait pas être aussi simple.

« Tu crois qu'on peut vraiment ? demanda Helmut.

— Non, rétorqua Werner fermement en pointant le téléviseur du doigt. D'abord, je ne vois personne traverser la frontière à l'heure qu'il est. L'avenir nous dira si certains le font vraiment. Ensuite, le gouvernement hongrois peut changer d'avis à tout moment et arrêter ceux qui cherchent à passer. Enfin, si les Hongrois commencent réellement à laisser partir les gens, les Soviétiques enverront les chars et y mettront le holà, croyez-moi. »

Lili se demandait si son père n'était pas trop pessimiste. À soixante-dix ans, il faisait preuve d'une frilosité de vieillard. Elle avait déjà remarqué cette évolution dans son travail : il n'avait pas cru que les télécommandes réussiraient à s'imposer et quand personne n'avait plus pu s'en passer, ce qui n'avait pas tardé, son usine avait eu le plus grand mal à combler le retard. « On verra bien, dit-elle. Il y aura sûrement des gens qui chercheront à s'enfuir dans les jours qui viennent. On saura alors si quelqu'un les en empêche.

— Et si grand-père Werner se trompe ? lança Alice, folle d'impatience. Ça serait trop bête de manquer une chance pareille ! Qu'est-ce qu'il faut faire ? »

Sa mère Karolin était inquiète : « Ça paraît bien risqué.

— Qu'est-ce qui te fait penser que le gouvernement est-allemand continuera à nous laisser entrer en Hongrie ? demanda alors Werner à Lili.

— Il sera bien obligé. S'il annule les vacances d'été de milliers de familles, il va se retrouver avec une vraie révolution sur les bras, ça, c'est sûr.

— Même si d'autres peuvent le faire, ça ne sera pas forcément notre cas.

— Et pourquoi ?

— Parce qu'on est la famille Franck, expliqua Werner d'un ton exaspéré. Ta mère a été conseillère municipale social-démocrate, ta sœur a humilié Hans Hoffmann, Walli a tué un garde-frontière, et Karolin et toi, vous chantez des chansons engagées. En plus, l'entreprise familiale se trouve à Berlin-Ouest, ce qui les empêche de la confisquer. Nous avons toujours été une épine dans le pied des communistes. D'où le traitement particulier qu'ils nous réservent, malheureusement.

— Il faudra donc prendre un surcroît de précautions, voilà tout, reprit Lili. Alice et Helmut seront d'autant plus prudents.

— Je partirai, quel que soit le danger, s'écria Alice avec fougue. Je comprends les risques et je suis prête à les assumer.» Elle jeta un regard accusateur à son grand-père. «Vous avez élevé deux générations sous le communisme. C'est un régime de merde, un régime stupide et tyrannique, et en plus, il est en faillite – n'empêche qu'il est toujours là. Je veux vivre à l'Ouest, moi. Helmut aussi. Nous voulons que nos enfants grandissent dans la liberté et la prospérité.» Elle se tourna vers son fiancé. «Pas vrai ?

— Si, approuva-t-il, mais Lili le sentit plus réservé qu'Alice.

— C'est de la folie», insista Werner.

Carla intervint alors pour la première fois. «Mais non, mon chéri, ce n'est pas de la folie, dit-elle à Werner avec force. C'est dangereux, je te l'accorde. Mais rappelle-toi ce qu'on a fait, nous, les risques qu'on a pris pour défendre la liberté.

— Certains des nôtres en sont morts.»

— Nous pensions tout de même que le jeu en valait la chandelle, insista Carla.

— C'était la guerre. Il fallait vaincre les nazis.

— Aujourd'hui, c'est la guerre d'Alice et d'Helmut – la guerre froide.»

Werner hésita, avant de pousser un profond soupir. «Tu as peut-être raison, reconnut-il à contrecœur.

— Très bien, dans ce cas, essayons de voir ce qu'on peut faire.»

Le regard de Lili se posa à nouveau sur l'écran de la télé. En Hongrie, ils continuaient à démonter la clôture.

*

Le 4 juin, jour des élections polonaises, Tania alla à l'église avec Danuta, qui était candidate.

C'était un dimanche ensoleillé, avec quelques petits nuages duveteux qui couraient dans un ciel d'azur. Danuta habilla ses deux enfants de leurs plus beaux vêtements et leur brossa soigneusement les cheveux. Marek mit une cravate aux couleurs de Solidarnosc, rouge et blanc, qui étaient également celles du drapeau polonais. Danuta portait un petit chapeau rond en paille blanche avec une plume rouge.

Tania était rongée de doutes. Était-ce possible ? Des élections, en Pologne ? Les barbelés qui tombaient en Hongrie ? Le désarmement en Europe ? Gorbatchev était-il sincère quand il parlait de transparence et de restructuration ?

Tania rêvait de liberté au côté de Vassili. Ils feraient le tour du monde ensemble : Paris, New York, Rio de Janeiro, Delhi. Vassili serait interviewé par la télévision, il parlerait de son œuvre et de ses longues années de clandestinité. Tania écrirait des articles de voyage, peut-être même un livre.

Mais quand elle revenait à la réalité, elle attendait, heure après heure, les mauvaises nouvelles : les barrages routiers, les chars, les arrestations, le couvre-feu et l'apparition sur les écrans d'hommes chauves en costume bon marché annonçant qu'ils avaient déjoué des menées contre-révolutionnaires financées par les puissances impérialistes capitalistes.

Le prêtre demanda à l'assemblée de voter pour les candidats les plus pieux. Tous les communistes étant en principe athées, le conseil était clair. S'il n'aimait pas beaucoup Solidarnosc, trop libéral à ses yeux, le clergé polonais autoritaire savait tout de même reconnaître ses véritables ennemis.

Les élections législatives avaient été annoncées plus tôt que Solidarnosc ne l'avait imaginé. Le syndicat avait dû faire des pieds et des mains pour trouver des fonds, louer des bureaux, embaucher du personnel et mener une campagne électorale en l'espace de quelques semaines seulement. Jaruzelski avait délibérément cherché à prendre Solidarnosc de vitesse, sachant que le gouvernement disposait, pour sa part, d'une organisation solide, prête à agir.

Cette décision avait cependant été la dernière initiative intelligente de Jaruzelski. Depuis, les communistes s'étaient montrés léthargiques ; peut-être étaient-ils tellement sûrs de l'emporter qu'ils ne prenaient même pas la peine de se battre. Leur slogan,

« Avec nous, c'est plus sûr », faisait penser à une publicité pour des préservatifs. Tania avait glissé cette plaisanterie dans son compte rendu destiné à la TASS et, à sa grande surprise, les responsables éditoriaux l'avaient laissée passer.

Les gens voyaient dans ce scrutin un duel entre le général Jaruzelski, qui dirigeait le pays d'une main de fer depuis près de dix ans, et Lech Walesa, l'électricien trublion. Danuta s'était fait photographier au côté de Walesa, comme tous les autres candidats de Solidarnosc, et ces portraits avaient été affichés un peu partout. Pendant toute la durée de la campagne, le syndicat avait publié un quotidien, essentiellement rédigé par Danuta et ses amies. Sur l'affiche la plus populaire de Solidarnosc, on voyait Gary Cooper dans le rôle du maréchal Will Kane, brandissant un bulletin de vote au lieu d'un pistolet, à côté du slogan « HIGH NOON, 4 JUIN 1989 ». *High Noon* signifiait « l'heure de vérité » et c'était le titre américain du film *Le train sifflera trois fois.*

Peut-être l'incompétence des communistes dans cette campagne était-elle prévisible, songea Tania. Après tout, la perspective d'aller faire du porte-à-porte, casquette à la main, pour dire aux électeurs « S'il vous plaît, votez pour moi » était totalement étrangère à l'élite dirigeante polonaise.

La nouvelle Chambre haute, le Sénat, comptait cent sièges, et les communistes s'attendaient à en remporter la plupart. Dos au mur économiquement, le peuple polonais voterait probablement pour Jaruzelski, une personnalité connue, se disait Tania, plutôt que pour un franc-tireur comme Walesa. À la Chambre basse – la Sejm –, les communistes ne pouvaient que l'emporter, car soixante-cinq pour cent des sièges leur étaient réservés d'office, à eux et leurs alliés.

Les aspirations de Solidarnosc étaient modestes. Ses militants pensaient que s'ils obtenaient une minorité substantielle de voix, les communistes seraient obligés de leur accorder leur mot à dire au sein du gouvernement.

Tania espérait qu'ils avaient raison.

Après la messe, Danuta échangea une poignée de main avec tous les paroissiens.

Tania et la famille Gorski se rendirent ensuite au bureau de vote. Les bulletins étant longs et compliqués, Solidarnosc avait installé un stand devant le bureau pour expliquer aux électeurs comment voter. Au lieu de cocher leurs candidats préférés, ils devaient rayer ceux dont ils ne voulaient pas. Les militants de Solidarnosc montraient en jubilant des bulletins de vote modèles sur lesquels les noms de tous les communistes avaient été biffés.

Tania observa ceux qui s'apprêtaient à voter. La majorité d'entre eux faisaient leur première expérience d'élections libres. Elle vit une femme misérablement vêtue parcourir la liste, crayon à la main, poussant un petit grognement de satisfaction chaque fois qu'elle repérait un communiste et rayait le nom de son crayon avec un sourire ravi. Le gouvernement n'avait-il pas eu tort de choisir un mode de scrutin dans lequel le rejet de certains candidats pouvait apporter une telle satisfaction physique, se demanda Tania.

Elle parla à certains électeurs, les interrogeant sur les motifs de leur choix. «J'ai voté communiste, lui dit une femme en manteau de luxe. Ce sont eux qui ont permis la tenue de ces élections.» La plupart semblaient toutefois avoir accordé leur voix aux candidats de Solidarnosc ; évidemment, l'échantillonnage de Tania n'avait aucune valeur scientifique.

Elle alla déjeuner chez Danuta, puis les deux femmes confièrent les enfants à Marek et prirent la voiture de Tania pour rejoindre le siège de Solidarnosc, au premier étage du Café Surprise, au centre-ville.

L'humeur était au beau fixe : les sondages donnaient Solidarnosc vainqueur. Les militants hésitaient cependant à y croire, car il restait près de cinquante-cinq pour cent d'indécis. Néanmoins, à en croire les comptes rendus en provenance de tout le pays, il y avait de bonnes raisons d'espérer. Tania elle-même était pleine d'optimisme. Quel que fût le résultat, un pays du bloc soviétique organisait, semblait-il, de véritables élections, ce qui était déjà une raison suffisante de se réjouir.

Après la fermeture des bureaux de vote ce soir-là, Tania assista avec Danuta au dépouillement des bulletins de sa circonscription. La tension était palpable. Si les autorités décidaient de frauder, elles ne manquaient pas de moyens de truquer les résultats. Les scrutateurs de Solidarnosc étaient très vigilants, mais aucun ne constata d'irrégularité avérée. Ce qui en soi était déjà surprenant.

Danuta l'emporta haut la main.

Elle ne s'y attendait pas vraiment, constata Tania en la voyant pâlir d'émotion. «Je suis députée, répétait-elle sans y croire tout à fait. Élue par le peuple.» Son visage se fendit alors d'un immense sourire, et tous se précipitèrent vers elle pour la féliciter. Tant de gens l'embrassaient que Tania commença à se demander si c'était bien hygiénique.

Dès qu'elles réussirent à s'éclipser, elles longèrent les rues éclairées par les réverbères pour regagner le Café Surprise où tout le monde était rassemblé autour des postes de télévision. La victoire de Danuta n'était pas le seul raz-de-marée : les résultats des candidats de Solidarnosc dépassaient toutes les prévisions, et de loin.

« C'est formidable, s'écria Tania.

— Ne te réjouis pas trop vite », lui répondit Danuta sombrement.

Tania constata que les membres de Solidarnosc étaient singulièrement moroses. « Que se passe-t-il ?

— Nos résultats sont trop bons, lui expliqua Danuta. Les communistes n'accepteront jamais ça. Ils vont forcément réagir. »

Tania n'y avait pas pensé.

« Pour le moment, le gouvernement n'a obtenu aucun siège, poursuivit Danuta. Même dans les circonscriptions où aucun candidat d'opposition ne se présentait, certains communistes n'ont pas enregistré les cinquante pour cent nécessaires. C'est trop humiliant. Jaruzelski va forcément contester ces chiffres.

— Je vais parler à mon frère », proposa Tania.

Elle disposait d'un numéro spécial qui lui permettait de joindre rapidement le Kremlin. Malgré l'heure tardive, Dimka était encore à son bureau. « Oui, confirma-t-il, Jaruzelski vient d'appeler. J'ai l'impression que les communistes se sont pris une sacrée claque. Ils n'apprécient pas...

— Qu'est-ce qu'il a dit au juste ?

— Il veut imposer la loi martiale, exactement comme il y a huit ans.

— Et merde ! » lâcha Tania accablée. L'image de Danuta traînée en prison par les brutes du ZOMO sous les yeux de ses enfants en pleurs lui traversa l'esprit. « Ça ne va pas recommencer !

— Il a l'intention de déclarer les élections nulles et non avenues. "Nous détenons toujours les leviers du pouvoir" : voilà ce qu'il a dit.

— En plus, il a raison, confirma Tania consternée. Ce sont eux qui ont toutes les armes.

— Le truc, c'est que Jaruzelski refuse d'agir seul, il a la trouille. Il veut l'appui de Gorbatchev. »

Tania reprit courage. « Et qu'a dit Gorbi ?

— Il n'a pas encore répondu. Quelqu'un est en train de le réveiller à l'instant où je te parle.

— À ton avis, comment est-ce qu'il va réagir ?

— Il va probablement répondre à Jaruzelski de régler ses problèmes lui-même. Il ne dit pas autre chose depuis quatre ans. Évidemment, je ne peux pas te le jurer. Voir le parti communiste laminé comme ça lors d'élections libres... La pilule risque d'être amère, même pour Gorbatchev.

— Quand penses-tu en savoir plus long ?

— Gorbatchev va dire oui ou non et se rendormir, c'est tout. Rappelle-moi dans une heure. »

Tania raccrocha, perplexe. Manifestement, Jaruzelski était prêt à serrer la vis, à faire arrêter tous les militants de Solidarnosc, à jeter les libertés civiques aux orties et à réimposer sa dictature, exactement comme en 1981. Les choses s'étaient toujours passées comme ça, chaque fois qu'un parfum de liberté avait chatouillé les narines d'un pays communiste. En même temps, Gorbatchev avait déclaré que le passé était révolu. Fallait-il le prendre au mot ?

La Pologne n'allait pas tarder à le savoir.

Tania avait toujours les yeux rivés sur le téléphone, en proie à une incertitude déchirante. Que dire à Danuta ? Elle ne voulait pas les affoler, mais il fallait peut-être tout de même les informer des intentions de Jaruzelski.

« C'est toi qui fais une sale tête, maintenant, remarqua Danuta. Qu'est-ce que ton frère t'a appris ? »

Tania hésita et préféra répondre que rien n'avait été décidé, ce qui était la stricte vérité. « Jaruzelski a appelé Gorbatchev, mais il ne lui a pas encore parlé. »

Ils continuèrent à regarder les écrans. Solidarnosc était vainqueur partout. Pour le moment, les communistes n'avaient pas remporté un seul des sièges disputés. La plupart des résultats ne faisaient que confirmer les premières estimations. Le mot de raz-de-marée n'était pas assez fort : c'était un tsunami.

Dans le local au-dessus du café, l'euphorie était mêlée d'appréhension. Il ne fallait plus compter sur le changement de pouvoir progressif qu'ils avaient espéré. Au cours des vingt-quatre heures à venir, il ne pouvait se passer que deux choses :

soit les communistes reprendraient le pouvoir par la force, soit c'était définitivement terminé pour eux.

Tania s'obligea à attendre qu'une heure soit écoulée avant de rappeler Moscou.

« Ils ont discuté, lui annonça Dimka. Gorbatchev a refusé de soutenir des mesures de répression.

— Ouf ! soupira Tania. Et alors, que va faire Jaruzelski ?

— Faire machine arrière aussi vite que possible.

— Vraiment ? » Tania avait peine à croire à cette bonne nouvelle.

« Il n'a pas d'autre solution.

— Puisque tu le dis.

— Fêtez bien ça ! »

Tania raccrocha et se tourna vers Danuta. « Il n'y aura pas de violence. Gorbatchev l'a exclu.

— Oh, mon Dieu ! s'écria Danuta d'une voix où se mêlaient incrédulité et allégresse. Nous l'avons emporté pour de bon, est-ce possible ?

— Eh oui, confirma Tania tandis qu'un sentiment de satisfaction et d'espoir lui réchauffait le cœur. C'est le début de la fin. »

*

L'été battait son plein et il faisait une chaleur étouffante à Bucarest en ce 7 juillet. Dimka et Natalia y avaient accompagné Gorbatchev pour un sommet du pacte de Varsovie. Ils étaient les invités de Nicolae Ceauşescu, le dictateur dément de Roumanie.

Le premier point à l'ordre du jour était « le problème hongrois ». Dimka savait qu'il avait été porté sur la liste des priorités par le dirigeant est-allemand, Erich Honecker. La libéralisation de la Hongrie menaçait tous les autres membres du pacte de Varsovie en attirant l'attention sur la nature répressive et l'intransigeance de leurs régimes ; mais la situation était particulièrement grave pour l'Allemagne de l'Est. Abandonnant leurs tentes, plusieurs centaines de ses ressortissants en vacances en Hongrie allaient se promener dans les bois et passaient par les brèches de l'ancienne clôture pour rejoindre l'Autriche et la liberté. Les bas-côtés des routes conduisant du lac Balaton à la frontière étaient jonchés de Trabant et de Wartburg, tacots abandonnés sans regret. La plupart des émigrants n'avaient pas de passeports, ce qui n'avait aucune importance : on les faisait passer en Allemagne de l'Ouest où les autorités leur accordaient automatiquement la citoyenneté et les aidaient à s'établir. Ils pouvaient espérer avoir bientôt remplacé leurs vieilles guimbardes par des Volkswagen plus sûres et plus confortables.

Les dirigeants du pacte de Varsovie se retrouvèrent dans une grande salle meublée de tables disposées en rectangle et recouvertes de drapeaux. Comme toujours, les conseillers, dont Dimka et Natalia, étaient assis le long des murs. Honecker était la locomotive de cette réunion, et pourtant ce fut Ceauşescu qui mena la charge. Se levant de son siège, situé à côté de celui de Gorbatchev, il se mit à vitupérer contre la politique réformiste du gouvernement hongrois. C'était un petit homme voûté, aux sourcils broussailleux et au regard fou. Il s'adressait à quelques dizaines de personnes seulement à l'intérieur d'une salle de réunion, ce qui ne l'empêchait pas de hurler et de gesticuler comme s'il s'exprimait dans un stade devant des milliers de spectateurs. Ses lèvres tordues postillonnaient tandis qu'il fulminait. Il fit clairement savoir ce qu'il voulait : un remake de 1956. Il exigea que les pays du pacte de Varsovie envahissent la Hongrie pour expulser Miklós Németh et rétablir le règne du parti communiste orthodoxe dans le pays.

Dimka parcourut la salle du regard. Honecker hochait la tête. Milos Jakes, l'homme fort de la Tchécoslovaquie, semblait approuver. Todor Jivkov de Bulgarie était manifestement sur la même longueur d'onde, lui aussi. Seul le dirigeant polonais, le général Jaruzelski, était assis, immobile et impassible, peut-être encore sous le coup de sa défaite électorale.

Tous ces hommes étaient des tyrans impitoyables, des bourreaux, qui avaient commis de terribles massacres. Loin d'avoir été un cas exceptionnel, Staline avait été un dirigeant communiste typique. Un système politique, quel qu'il soit, qui laisse gouverner des hommes pareils était néfaste, se dit Dimka. Pourquoi nous a-t-il fallu tout ce temps pour le comprendre ?

Mais Dimka, comme la plupart des membres de l'assistance, avait les yeux rivés sur Gorbatchev.

La rhétorique n'avait plus sa place ici et peu importait qui avait tort ou raison. Aucun de ceux qui se trouvaient dans cette pièce n'avait le pouvoir de remuer le petit doigt sans l'approbation de l'homme au crâne chauve marqué d'une tache de vin.

Dimka pensait savoir ce qu'allait faire Gorbatchev, bien qu'il fût difficile d'en être certain. Son patron était déchiré, à l'image de l'empire qu'il dirigeait, entre des tendances conservatrices et des tendances réformistes. Aucun discours n'avait le pouvoir de le faire changer d'avis. La plupart du temps, il avait simplement l'air de s'ennuyer.

La voix de Ceauşescu s'enfla presque jusqu'au cri. À cet instant, le regard de Gorbatchev croisa celui de Miklós Németh. Le Russe adressa au Hongrois un léger sourire tandis que Ceauşescu continuait à postillonner et à vitupérer.

Et soudain, à la surprise de Dimka, Gorbatchev fit un clin d'œil.

Gorbatchev laissa son sourire s'attarder sur ses lèvres une seconde encore, avant de détourner le regard. Son visage se figea à nouveau dans un masque d'ennui.

*

Maria réussit à éviter Jasper Murray presque jusqu'à la fin du voyage de Bush en Europe.

Elle ne l'avait jamais rencontré. Elle connaissait ses traits pour l'avoir vu à la télévision, comme tout le monde. Il était simplement plus grand qu'elle ne l'aurait cru. Au fil des ans, elle avait été, à l'insu de Jasper, la source clandestine de certains de ses meilleurs sujets d'émission. Il n'avait jamais rencontré que George Jakes, leur intermédiaire. Ils avaient été d'une extrême prudence, ce qui leur avait permis de ne pas se faire prendre.

Elle connaissait toute l'histoire du départ de Jasper de *This Day*. La Maison Blanche avait fait pression sur Frank Lindeman, le propriétaire de la chaîne, condamnant ainsi un reporter vedette à l'exil. Mais grâce au bouleversement politique de l'Europe de l'Est et au flair journalistique de Jasper, cette mission s'était révélée d'un intérêt brûlant.

Bush et son entourage, Maria comprise, finirent leur périple par Paris. Le 14 juillet, impatiente de rentrer chez elle pour faire à nouveau l'amour avec George, Maria se tenait sur les Champs-Élysées en compagnie de la presse pour assister à un interminable défilé militaire quand Jasper lui adressa la parole. Il lui montra une immense affiche publicitaire sur laquelle Evie Williams vantait les mérites d'une crème hydratante. « Quand je pense qu'elle m'a dragué quand elle avait quinze ans », lui dit-il.

Maria regarda la photo. Inscrite sur la liste noire de

Hollywood à cause de ses idées politiques, Evie Williams était une immense star en Europe et Maria se rappela avoir lu que sa ligne de produits de beauté bio lui rapportait plus d'argent qu'elle n'en avait jamais gagné au cinéma.

« Nous ne nous sommes jamais vus, vous et moi, poursuivit Jasper, mais j'ai fait la connaissance de votre filleul, Jack Jakes, quand je vivais avec Verena Marquand. »

Maria lui serra la main avec méfiance. Il était toujours dangereux de parler à des journalistes. Quelle que fût la teneur de vos propos, le simple fait de s'entretenir avec eux vous plaçait en position de faiblesse, car il pouvait être difficile plus tard de réfuter ce qu'ils prétendaient vous faire dire. « Enchantée de faire enfin votre connaissance, murmura-t-elle.

— Votre réussite me plonge dans l'admiration. Votre carrière serait déjà remarquable pour un homme blanc. Pour une femme afro-américaine, elle est stupéfiante. »

Maria sourit. Jasper avait indéniablement un charme fou – et savait en user pour faire parler les gens. Elle n'en avait pas moins conscience qu'on ne pouvait absolument pas lui faire confiance et qu'il aurait été prêt à trahir sa propre mère pour un bon sujet. Aussi préféra-t-elle lui poser une question anodine : « Vous vous plaisez en Europe ?

— En ce moment, c'est l'endroit le plus excitant du monde, c'est certain. J'ai une sacrée veine.

— Eh bien, tant mieux.

— En revanche, poursuivit Jasper, ce voyage n'aura pas été un grand succès pour le président Bush. »

Nous y voilà, pensa Maria. Elle se trouvait dans une position délicate. Elle devait défendre le Président et la politique du Département d'État, alors qu'elle approuvait le jugement de Jasper. Bush n'avait pas su prendre la tête du mouvement de libération de l'Europe de l'Est : il était bien trop timoré pour cela. « Nous estimons que c'est une remarquable victoire, protesta-t-elle cependant.

— Évidemment, vous ne pouvez pas dire autre chose. Mais entre nous, Bush a-t-il eu raison d'exhorter Jaruzelski – un tyran communiste de la vieille école – à se présenter à l'élection présidentielle en Pologne ?

— Jaruzelski est peut-être le candidat le plus à même de mettre en place une réforme progressive, objecta Maria sans y croire.

— Bush a exaspéré Lech Walesa en proposant une enveloppe d'aide dérisoire : cent millions de dollars, alors que Solidarnosc en réclamait dix milliards.

— Le président Bush est un homme prudent, argumenta Maria. Il estime que les Polonais doivent d'abord réformer leur économie, et que nous les aiderons ensuite. Autrement, ce serait jeter l'argent par les fenêtres. Le Président est un conservateur. Cela ne vous plaît peut-être pas, Jasper, mais le peuple américain est de son côté. C'est pour cela qu'il l'a élu. »

Jasper sourit, reconnaissant qu'elle avait marqué un point, mais il insista. « En Hongrie, Bush a fait l'éloge du gouvernement communiste qui a ouvert la frontière, mais n'a pas eu un mot pour l'opposition qui avait fait pression sur ce même gouvernement. Il n'arrête pas d'exhorter les Hongrois à ne pas aller trop loin, ni trop vite ! Comment admettre que le chef de file du monde libre donne des conseils pareils ? »

Maria ne contredit pas Jasper. Il avait absolument raison et elle décida de changer de sujet. Pour se donner le temps de la réflexion, elle suivit des yeux un semi-remorque qui passait, chargé d'un long missile dont le flanc s'ornait d'un drapeau français peint. « Je crains que vous ne ratiez un sujet de reportage bien plus intéressant. »

Il haussa un sourcil sceptique. Ce n'était pas un reproche que l'on faisait fréquemment à Jasper Murray. « Je vous écoute, dit-il d'un ton vaguement amusé.

— Je ne peux pas vous parler à titre officiel.

— Officieusement, alors. »

Elle lui décocha un regard dur. « À condition que les choses soient parfaitement claires entre nous.

— Vous avez ma parole.

— Bien. Vous savez sans doute que, parmi les avis prodigués au Président, certains suggèrent que Gorbatchev est un imposteur, que la glasnost et la perestroïka ne sont que du baratin communiste et que tout ce cinéma est un piège destiné à inciter l'Ouest à baisser sa garde et à désarmer prématurément.

— Qui est de cet avis ? »

La réponse était la CIA, le conseiller à la Sécurité nationale et le ministre de la Défense, mais Maria n'avait pas l'intention de les dénigrer devant un journaliste, fût-ce hors micro. « Si vous ne le savez pas Jasper, répondit-elle, c'est que vous n'êtes pas le reporter que nous croyons. »

Il sourit. « D'accord. Alors, c'est quoi ce grand sujet ?

— Le président Bush avait tendance à se ranger à cette vision des choses – avant ce voyage. Sur place, en Europe, il a pu observer lui-même ce qui se passait, ce qui l'a conduit à changer d'avis. Voilà le sujet que je vous propose. Je vais même vous confier ce qu'il a dit en Pologne : "J'ai le sentiment grisant d'assister à l'histoire à l'instant même où elle se fait."

— Je peux reprendre cette citation ?

— Oui. C'est à moi qu'il a tenu ces propos.

— Merci.

— Le Président est désormais convaincu que le changement au sein du monde communiste est une réalité inéluctable et qu'il convient de l'encourager prudemment au lieu de nous bercer d'illusions en nous persuadant que tout ça, c'est du pipeau. »

Jasper jeta à Maria un regard appuyé qui exprimait, lui sembla-t-il, un certain respect mêlé d'étonnement. « Vous avez raison, acquiesça-t-il enfin. C'est un meilleur sujet. Les tenants de la guerre froide à Washington, comme Dick Cheney et Brent Scowcroft, vont être fous de rage.

— Si vous le dites... », remarqua Maria.

*

Lili, Karolin, Alice et Helmut montèrent tous dans la Trabant blanche de Lili et quittèrent Berlin pour le lac Balaton en Hongrie. Comme d'habitude, le trajet dura deux jours. En route, Lili et Karolin chantèrent toutes les chansons qu'elles connaissaient.

Elles chantaient pour oublier leur peur. Alice et Helmut allaient essayer de passer à l'Ouest. Personne ne savait ce qui les attendait.

Lili et Karolin resteraient à l'Est. Elles avaient beau être célibataires l'une comme l'autre, elles avaient bâti leurs existences en Allemagne de l'Est. Elles détestaient le régime, mais voulaient lutter contre lui, pas le fuir. La situation était différente pour Alice et Helmut qui avaient toute la vie devant eux.

Lili ne connaissait que deux personnes qui avaient essayé de partir : Rebecca et Walli. Le fiancé de Rebecca était tombé d'un toit et était resté infirme à vie. Walli avait écrasé un garde-frontière et l'avait tué, un traumatisme qui l'avait hanté pendant des années. Ce n'étaient pas des précédents heureux. Tout de même, la situation avait changé, non ?

Le premier soir, au camp de vacances, ils rencontrèrent un homme d'âge mûr, un certain Berthold, assis devant sa tente en train de discourir devant une demi-douzaine de jeunes qui buvaient des canettes de bière. « C'est évident, non ? disait-il sur le ton de la confidence mais avec énergie. Tout ce machin est un piège de la Stasi. C'est sa nouvelle méthode pour pincer les subversifs. »

Un jeune homme, assis par terre, cigarette aux lèvres, était sceptique. « Et comment ils font, alors ?

— Dès que tu franchis la frontière, tu te fais arrêter par les Autrichiens. Ils te remettent à la police hongroise qui te renvoie en Allemagne de l'Est, menottes aux poignets. Et tu pars directement pour les salles d'interrogatoire au siège de la Stasi, à Lichtenberg. »

Une fille debout à côté du garçon demanda : « Et comment vous savez ça, vous ?

— Mon cousin a essayé de passer la frontière ici même, répondit Berthold. "Je t'enverrai une carte postale de Vienne" : c'est la dernière chose qu'il m'ait dite. Maintenant, il est dans un camp de détention du côté de Dresde, il bosse dans une mine d'uranium. Notre gouvernement n'a pas d'autre moyen de trouver de la main-d'œuvre pour ces mines, personne ne veut y bosser – on est quasi certain de se choper un cancer du poumon à cause des radiations. »

La famille discuta tout bas de la théorie de Berthold avant d'aller se coucher. Alice lança avec mépris : « Encore un de ces types qui savent tout. Qui lui a dit que son cousin travaille dans une mine d'uranium ? Le gouvernement ne reconnaît jamais qu'il utilise des prisonniers pour ce genre de boulots. »

Helmut n'en était pas moins inquiet. « Ce Berthold est peut-être un idiot, mais quand même, et si son histoire était vraie ? L'ouverture de la frontière peut très bien être un piège.

— Pourquoi les Autrichiens renverraient-ils les fugitifs ? Ils n'aiment pas le communisme.

— Ils n'ont sûrement pas envie de devoir régler les problèmes et tous les frais liés à l'arrivée d'un grand nombre d'immigrants. Pourquoi est-ce que les Autrichiens se préoccuperaient des Allemands de l'Est ? »

Ils débattirent pendant une heure sans arriver à trancher. Lili resta longuement éveillée, à se ronger les sangs.

Le lendemain matin, au réfectoire, Lili repéra Berthold qui régalait un autre groupe de jeunes de ses théories, devant une énorme assiettée de jambon et de fromage. Était-il sincère ou était-ce un imposteur de la Stasi ? Elle tenait à le savoir. Il en avait sûrement pour un moment avant d'avoir fini son repas. Sur un coup de tête, elle décida d'en profiter pour aller fouiller sa tente. Elle sortit.

Il n'y avait pas de système sécurisé pour fermer les tentes : les responsables du camp conseillaient simplement aux vacanciers de n'y laisser ni argent ni objets précieux. Pourtant, les cordons qui défendaient l'entrée de celle de Berthold étaient méticuleusement noués.

Lili commença à les défaire, cherchant à prendre l'air décontracté de celle qui ne faisait rien de répréhensible. Son cœur battait la chamade. Elle dut faire un effort pour ne pas afficher un regard coupable quand des gens passaient. Elle avait l'habitude d'agir à la dérobée – les concerts qu'elle donnait avec Karolin étaient toujours plus ou moins illégaux –, mais n'avait encore jamais rien fait de tel. Si Berthold devait, pour quelque raison, abandonner son petit déjeuner et revenir plus tôt que prévu, que dirait-elle ? « Oups ! Je me suis trompée de tente, excusez-moi » ? Les tentes étaient toutes semblables. Même s'il ne la croyait pas, que pourrait-il faire ? Appeler la police ?

Elle écarta le rabat et entra.

Berthold était soigneux pour un homme. Ses vêtements étaient pliés dans une valise et un sac fermé par un cordon était rempli de linge sale. Une trousse en éponge contenait un rasoir mécanique et du savon à raser. Son lit était fait d'une toile tendue sur un châssis de tubes métalliques. À côté de celui-ci, une petite pile de revues en allemand. Tout avait l'air parfaitement innocent.

Ne te précipite pas, se sermonna-t-elle. *Cherche méthodiquement d'éventuels indices. Qui est ce type et que fait-il ici ?*

Un sac de couchage était plié sur le lit de camp. En le soulevant, Lili sentit quelque chose de lourd à l'intérieur. Elle défit la fermeture à glissière et glissa la main dedans. Elle en sortit un album de photos pornographiques – et un pistolet.

C'était un petit pistolet noir à canon court. Elle ne s'y connaissait pas en armes à feu et fut incapable d'identifier la marque, mais c'était peut-être ce qu'on appelait un neuf millimètres. Il avait l'air fait pour être dissimulé.

Elle le fourra dans la poche de son jean.

Elle avait la réponse à sa question. Berthold n'était pas une grande gueule. C'était un agent de la Stasi, envoyé dans ce camping pour répandre des histoires terrifiantes et décourager les candidats au départ.

Lili replia le sac de couchage et ressortit de la tente. Pas de Berthold à l'horizon. Elle renoua rapidement le rabat de toile, les doigts tremblants. Quelques secondes encore et elle serait hors de danger. Dès que Berthold chercherait son arme, il saurait que quelqu'un s'était introduit sous sa tente, mais si elle arrivait à s'esquiver immédiatement, il ne saurait jamais qui c'était. Lili se doutait qu'il se garderait bien de signaler le vol à la police hongroise, laquelle n'apprécierait certainement pas qu'un agent secret est-allemand introduise des armes à feu dans un camp de vacances.

Elle s'éloigna d'un pas vif.

Karolin était dans la tente d'Helmut et d'Alice et ils parlaient tout bas, se demandant toujours s'ils ne risquaient pas de tomber dans un piège. Lili interrompit leur discussion. « Berthold est un agent de la Stasi, annonça-t-elle. Je viens de fouiller sa tente. » Et elle sortit le pistolet de sa poche.

« C'est un makarov, réagit Helmut qui avait servi dans l'armée. Un pistolet semi-automatique de fabrication soviétique, l'arme réglementaire de la Stasi.

— Si l'ouverture de la frontière était vraiment un piège, la Stasi garderait le secret, fit remarquer Lili. Le fait que Berthold le raconte à tout le monde prouve que ce n'est pas vrai.

— C'est bon, acquiesça Helmut. On part. »

Ils se levèrent d'un bond. « Veux-tu que je me débarrasse de ce machin-là ? demanda Helmut à Lili.

— Oh oui, volontiers ! » Elle lui tendit le pistolet avec soulagement.

« Je vais trouver un coin de plage discret et le balancer dans le lac. »

Pendant l'absence d'Helmut, les jeunes femmes rangèrent draps de bain, maillots et flacons d'ambre solaire dans le coffre de la Trabi, comme s'ils partaient en excursion pour la journée, préservant la fiction de vacances en famille. Quand Helmut revint, ils firent un saut à l'épicerie et achetèrent du fromage, du pain et du vin pour un pique-nique.

Ils prirent ensuite la direction de l'Ouest.

Lili ne cessait de se retourner avec inquiétude; apparemment, personne ne les suivait.

Ils parcoururent quatre-vingts kilomètres et quittèrent la route principale au voisinage de la frontière. Alice s'était munie d'une carte et d'une boussole. Alors qu'ils suivaient des petites routes sinueuses, faisant semblant de chercher un endroit où pique-niquer dans la forêt, ils remarquèrent plusieurs voitures portant des plaques minéralogiques est-allemandes abandonnées sur le bas-côté. Ils étaient manifestement dans le bon coin.

Rien n'indiquait la présence de représentants des forces de l'ordre, ce qui n'empêchait pas Lili d'être inquiète. La police secrète est-allemande ne pouvait que s'intéresser aux candidats à l'émigration, mais sans doute était-elle impuissante.

Ils passaient devant un petit lac quand Alice remarqua : « Si mes calculs sont justes, nous devons être à un kilomètre à peine de la clôture. »

Quelques secondes plus tard, Helmut, qui était au volant, quitta la route pour s'engager sur une piste de terre à travers les arbres. Il arrêta la voiture dans une clairière tout près de l'eau et coupa le moteur. « Eh bien, dit-il dans un silence général. On fait semblant de déjeuner ?

— Non, répondit Alice, dont la tension faisait monter la voix dans les aigus. Je préfère y aller tout de suite. »

Ils sortirent tous de voiture.

Alice allait en tête, les yeux sur la boussole. La progression était facile, avec peu de broussailles pour ralentir leurs pas. De grands pins filtraient le soleil, dessinant des taches d'or sur le tapis d'aiguilles sous leurs pieds. La forêt était silencieuse. Lili n'entendit que le cri d'un oiseau aquatique et, occasionnellement, le grondement lointain d'un tracteur.

Ils passèrent devant une Wartburg 353, à demi dissimulée sous des branches basses, ses vitres brisées et ses ailes déjà attaquées par la rouille. Un oiseau s'envola de son coffre ouvert, et Lili se demanda s'il y avait fait son nid.

Elle ne cessait de scruter les environs, cherchant la tache verte ou grise qui trahirait la présence d'un uniforme. En vain. Elle remarqua qu'Helmut était aux aguets, lui aussi.

Ils gravirent une butte, et la forêt prit brusquement fin. Ils se trouvaient sur une bande de terrain dégagé. La clôture se dressait devant eux, à une centaine de mètres à peine.

Elle n'avait rien d'impressionnant. Les poteaux de bois à peine dégrossi portaient plusieurs rangées de fil de fer, qui avaient dû être électrifiées autrefois. La rangée supérieure, à une hauteur d'un mètre quatre-vingts, était en barbelés. De l'autre côté, un champ de céréales jaunes mûrissait sous le soleil d'août.

Ils traversèrent la bande de terre dégagée et s'approchèrent de la clôture.

« Nous pouvons l'escalader ici, suggéra Alice.

— Vous êtes sûres qu'ils ont bien coupé le jus… ? s'inquiéta Helmut.

— Mais oui », le rassura Alice.

Impatiente, Karolin tendit le bras vers les fils. Elle les toucha tous, les prenant fermement en main, un par un. « Tout va bien », conclut-elle.

Alice se jeta dans les bras de sa mère puis dans ceux de Lili. Helmut serra la main aux deux femmes.

À une centaine de mètres, au sommet d'une butte, surgirent alors deux soldats en tunique grise coiffés des hautes casquettes à visière du service hongrois des gardes-frontières.

« Oh, non ! » s'écria Lili.

Les deux hommes pointèrent leurs fusils dans leur direction.

« Ne bougez plus, lança Helmut.

— Ce n'est pas vrai, gémit Alice. Nous y étions presque ! » Elle fondit en larmes.

« Courage ! la consola Helmut. Tout n'est peut-être pas perdu. »

Les gardes qui s'approchaient baissèrent leurs fusils et s'adressèrent à eux en allemand. Ils savaient bien sûr parfaitement de quoi il retournait. « Qu'est-ce que vous fabriquez ici ? demanda le premier.

— Nous sommes venus pique-niquer dans les bois, répondit Lili.

— Pique-niquer ? Ah oui ?

— Nous ne pensions pas mal faire !

— Vous n'avez pas le droit de vous trouver ici. »

Lili était morte de peur à l'idée que les soldats les arrêtent. « Très bien, très bien. Nous allons partir », implora-t-elle.

Elle redoutait aussi qu'Helmut n'en vienne aux mains. Ils risquaient de se faire tuer tous les quatre. Elle tremblait et sentait ses jambes flageoler.

Le second garde prit alors la parole. « Faites attention, dit-il en tendant le bras vers la clôture dans la direction d'où il était venu. À quatre cents mètres d'ici, il y a une brèche dans les fils de fer. Vous risqueriez de franchir la frontière sans le vouloir. »

Les deux gardes échangèrent un regard et éclatèrent de rire. Puis ils s'éloignèrent.

Lili contempla leurs dos, stupéfaite. Ils continuèrent à marcher sans se retourner. Lili et les autres les suivirent des yeux en silence.

Enfin, Lili murmura. « Est-ce qu'ils voulaient nous dire...

— De trouver le trou de la clôture ! termina Helmut. Allons-y, vite ! »

Ils coururent dans la direction que le garde avait indiquée sans trop s'éloigner de la forêt cependant, dans l'éventualité où ils auraient à se cacher. Effectivement, quatre cents mètres plus loin, ils arrivèrent à un endroit où la clôture était en mauvais état. Les piquets de bois avaient été déterrés et les fils de fer, arrachés par endroits, gisaient au sol. On aurait cru qu'un gros camion était passé par là. Aux alentours, la terre était piétinée, l'herbe brune et rare. Au-delà de la brèche, un sentier conduisait entre deux champs vers un bosquet d'arbres, au loin, derrière lequel on distinguait quelques toits : un village, ou peut-être un simple hameau.

La liberté.

Aux branches d'un petit pin tout proche étaient accrochés des porte-clés, trente, quarante, cinquante peut-être. Des gens avaient laissé les clés de leurs appartements et de leurs voitures, un geste de défi pour affirmer clairement qu'ils ne reviendraient jamais. Alors qu'une légère brise agitait les rameaux, le métal scintillait sous les rayons du soleil, transformant l'arbre en sapin de Noël.

« Pas d'hésitation, s'écria Lili. Nous nous sommes dit au revoir il y a dix minutes. Filez !

— Maman, je t'aime, dit Alice, et toi aussi Lili.

— Allez-y ! » insista Karolin.

Alice prit Helmut par la main.

Lili parcourut du regard la bande dégagée le long de la clôture. Il n'y avait personne en vue.

Les deux jeunes gens franchirent la brèche, marchant prudemment sur les fils de fer à terre.

De l'autre côté, ils s'arrêtèrent et agitèrent les bras au-dessus de leurs têtes; ils n'étaient pourtant encore qu'à quelques mètres.

« Nous sommes libres ! cria Alice.

— Embrasse Walli pour moi, lui répondit Lili.

— Et pour moi », renchérit Karolin.

Alice et Helmut s'éloignèrent sur le sentier, main dans la main, à travers les champs de blé.

Arrivés au bout, ils leur firent un dernier signe.

Puis ils entrèrent dans le petit village et disparurent aux regards.

Le visage de Karolin était baigné de larmes. « Je me demande si nous les reverrons un jour », murmura-t-elle.

LXI

Berlin-Ouest rendait Walli nostalgique. Il se revoyait à quinze ans, guitare à la main, en train de jouer des morceaux des Everly Brothers au Minnesänger, un club de folk à deux pas du Ku'damm, rêvant d'aller en Amérique et d'y devenir une pop star. J'ai obtenu ce que je voulais, songea-t-il – avec en prime, bien des choses dont je me serais volontiers passé.

En arrivant à son hôtel, il tomba sur Jasper Murray. « J'ai entendu dire que vous étiez là, remarqua Walli. J'imagine que ça doit être passionnant de couvrir l'actualité allemande.

— C'est sûr, approuva Jasper. En général, les Américains ne s'intéressent pas beaucoup à ce qui se passe en Europe, mais ce coup-ci, c'est différent.

— Votre émission, *This Day*, n'est plus la même depuis votre départ. Il paraît que son indice d'écoute est en baisse.

— Je devrais faire semblant de le regretter... Et vous, qu'est-ce que vous devenez ?

— Je prépare un nouvel album. J'ai laissé Dave s'occuper du mixage en Californie. Il va probablement tout foutre en l'air en ajoutant des cordes et un glockenspiel.

— Qu'est-ce qui vous amène à Berlin ?

— Je suis venu voir ma fille, Alice. Elle a enfin réussi à quitter l'Allemagne de l'Est.

— Et vos parents ? Ils y sont toujours ?

— Oui. Ma sœur Lili aussi. » Et Karolin, pensa Walli, mais il ne la mentionna pas. Il aurait tant voulu qu'elle passe à l'Ouest, elle aussi. Tout au fond de son cœur, elle lui manquait encore, malgré toutes ces années. « Mon autre sœur, Rebecca, est ici, à l'Ouest, poursuivit-il. C'est une grosse pointure du ministère des Affaires étrangères, maintenant.

— Je sais. Elle m'a beaucoup aidé depuis mon arrivée ici. J'envisage de faire un reportage sur une famille divisée par le Mur. En montrant les souffrances humaines provoquées par la guerre froide.

— Pas question », répondit Walli fermement. Il n'avait pas oublié l'interview qu'il avait accordée à Jasper dans les années 1960 et qui avait valu de terribles ennuis aux Franck à l'Est. « Le gouvernement est-allemand s'en prendrait encore à ma famille.

— Dommage. Quoi qu'il en soit, ça m'a fait plaisir de vous revoir. »

Walli avait réservé la suite présidentielle. Il alluma la télé dans le salon. Le poste était un Franck, fabriqué dans l'usine de son père. Tous les bulletins d'informations ne parlaient que des gens qui fuyaient l'Allemagne de l'Est par la Hongrie, et maintenant aussi par la Tchécoslovaquie. Il laissa le téléviseur allumé en baissant le son. C'était une habitude qu'il avait, et il avait lu quelque part avec un petit frisson de plaisir qu'il la partageait avec Elvis.

Il prit une douche et venait de s'habiller quand la réception l'appela pour lui annoncer l'arrivée d'Alice et d'Helmut. « Faites-les monter », dit Walli.

Il était nerveux. Bêtement. C'était sa fille, après tout. Mais il ne l'avait vue qu'une fois en vingt-cinq ans. À l'époque, c'était une ado maigrichonne aux longs cheveux blonds qui lui avait rappelé Karolin à l'époque où il avait fait sa connaissance, au début des années 1960.

Une minute plus tard, on sonna à la porte. En ouvrant, il découvrit une jeune femme qui avait perdu toute sa gaucherie adolescente. Alice, avec ses cheveux blonds coupés au carré, ne ressemblait plus de façon aussi frappante à la jeune Karolin, dont elle possédait pourtant le sourire à cent mille volts. Elle portait des vêtements est-allemands miteux et des chaussures éculées. Il prit mentalement note de l'emmener faire du shopping.

Il l'embrassa maladroitement sur les deux joues et serra la main d'Helmut.

Alice parcourut la suite du regard. « Wouah, s'écria-t-elle, c'est géant ici. »

Ce n'était rien en comparaison des hôtels de Los Angeles que fréquentait Walli. Il n'en dit rien : elle avait beaucoup à apprendre mais ils avaient le temps.

Il commanda du café et des gâteaux au service de chambres et ils s'assirent autour de la table du salon. « C'est bizarre, observa Walli avec franchise. Tu es ma fille, et pourtant, nous sommes des étrangers l'un pour l'autre.

— Peut-être. Il n'empêche que je connais tes chansons. Toutes, sans exception. Tu n'étais pas là, mais tu as chanté pour moi toute ma vie.

— Ça fait un peu bizarre, mais c'est génial, non ?

— Ouais. »

Les jeunes gens lui firent un récit détaillé de leur évasion. « Quand j'y pense aujourd'hui, ça a été facile, remarqua Alice. Mais sur le moment, j'étais morte de trouille. »

Ils vivaient provisoirement dans un appartement que le comptable de l'usine Franck, Enok Andersen, avait loué pour eux. « Et qu'est-ce que vous comptez faire, à plus long terme ? leur demanda Walli.

— Je suis ingénieur électricien, répondit Helmut. Mais j'aimerais me former aux techniques commerciales. La semaine prochaine, je pars en tournée avec un des vendeurs des télévisions Franck. Votre père, Werner, dit que c'est comme ça qu'on débute.

— À l'Est, je bossais dans une pharmacie, enchaîna Alice. Pour commencer, je vais probablement essayer de trouver le même genre d'emploi ici, mais j'aimerais bien avoir un jour ma propre officine. »

Walli fut soulagé d'apprendre qu'ils avaient l'intention de travailler. Il avait été vaguement inquiet à l'idée qu'ils puissent vouloir vivre de son argent, ce qui n'aurait pas été une bonne chose pour eux. Il leur sourit. « Je suis content qu'aucun de vous n'ait l'intention de faire carrière dans la musique.

— Ce que nous voulons avant tout, reprit Alice, c'est avoir des enfants.

— Génial ! Un papy rock star : voilà ce que j'aimerais être ! Vous allez vous marier ?

— On en a parlé. Il n'en était pas question tant qu'on vivait à l'Est, mais maintenant, ça nous dirait bien. Qu'est-ce que tu en penses ?

— Je ne peux pas dire que j'attache une grande importance au mariage, mais en fait, je serais ravi.

— Super, Vati ! Tu accepterais de chanter à mon mariage ? »

C'était inattendu et Walli en fut bouleversé. Il eut le plus grand mal à retenir ses larmes. « Bien sûr, ma chérie », réussit-il à bredouiller. Pour cacher son émotion, il se tourna vers le téléviseur.

L'écran montrait une manifestation qui avait eu lieu la veille au soir à Leipzig, en Allemagne de l'Est. Des manifestants sortaient d'une église et défilaient, bougies à la main. Ils étaient pacifiques et pourtant, on vit des fourgonnettes de la police foncer dans la foule, renversant plusieurs personnes, et les flics bondir de leurs véhicules et arrêter les contestataires.

« Les salauds, lâcha Helmut.

— Ils manifestent pour quoi ? demanda Walli.

— Pour avoir le droit de voyager, répondit Helmut. Nous nous sommes échappés, mais nous ne pouvons pas retourner là-bas. Alice vous a, vous, bien sûr. N'empêche qu'elle ne peut pas aller voir sa mère. Et moi, j'ai dû quitter mes deux parents. Nous ne savons pas si nous les reverrons un jour.

— Les gens manifestent, intervint Alice avec colère, parce qu'il n'y a aucune raison pour que nous soyons obligés de vivre comme ça. Je devrais pouvoir voir ma mère aussi facilement que mon père. Nous devrions être autorisés à aller et venir entre l'Est et l'Ouest. L'Allemagne n'est qu'un pays. On devrait se débarrasser de ce Mur.

— Je suis parfaitement d'accord avec toi », approuva Walli.

*

Dimka appréciait énormément son patron. Au tréfonds de son âme, Gorbatchev croyait aux vertus de la vérité. Depuis la mort de Lénine, tous les dirigeants soviétiques avaient été des menteurs. Ils avaient tous dissimulé ce qui n'allait pas et refusé d'admettre la réalité. La caractéristique la plus frappante de la direction soviétique au cours des soixante-cinq dernières années avait été le refus d'affronter la vérité. Gorbatchev n'était pas comme ses prédécesseurs. Tout en s'efforçant de maintenir le cap à travers la tempête qui secouait l'Union soviétique, il s'en tenait à cet unique principe directeur : dire la vérité. Dimka était pétri d'admiration.

La destitution d'Erich Honecker, le dirigeant d'Allemagne de l'Est, fut une grande satisfaction pour Dimka comme pour Gorbatchev. Honecker avait perdu le contrôle du pays et du Parti. Ils furent néanmoins déçus par la nomination du successeur. Au grand regret de Dimka, ce fut son fidèle second,

Egon Krenz, qui prit la relève. Autant remplacer Dupond par Dupont.

Dimka estimait pourtant que Gorbatchev ne pourrait qu'accorder son soutien à Krenz. L'effondrement de l'Allemagne de l'Est était inenvisageable pour l'Union soviétique. Peut-être l'URSS pouvait-elle survivre à l'organisation d'élections libres en Pologne et à la mise en place d'une économie de marché en Hongrie. L'Allemagne, en revanche, était une autre affaire. Elle était divisée, comme l'Europe, entre l'Est et l'Ouest, entre communisme et capitalisme ; et si l'Allemagne de l'Ouest triomphait, cela marquerait la victoire du capitalisme en même temps que la fin du rêve de Marx et de Lénine. Gorbatchev lui-même ne pouvait certainement pas l'accepter.

Krenz fit le pèlerinage habituel à Moscou deux semaines plus tard. Dimka serra la main d'un homme aux épais cheveux gris, dont les traits exprimaient une satisfaction bouffie de suffisance. Peut-être avait-il été un bourreau des cœurs dans sa jeunesse.

Gorbatchev l'accueillit avec une courtoisie glacée, dans son immense bureau aux murs jaunes lambrissés.

Krenz apportait un rapport du responsable des services de planification : l'Allemagne de l'Est était en faillite. La diffusion de ce rapport avait été interdite par Honecker, déclara Krenz. Dimka savait que cela faisait des dizaines d'années que l'on cachait à tous la vérité sur l'économie est-allemande. L'intégralité de la propagande sur la croissance n'avait été que mensonges. La productivité des usines et des mines atteignait à peine cinquante pour cent de celle de l'Ouest.

« Nous nous en sommes sortis en empruntant, expliqua Krenz à Gorbatchev, assis sur un siège de cuir noir dans la vaste salle du Kremlin. Dix milliards de deutsche marks par an. »

Gorbatchev lui-même n'en revenait pas : « Dix *milliards* ?

— Nous avons dû contracter des prêts à court terme pour payer les intérêts de nos prêts à long terme.

— Ce qui est illégal, intervint Dimka. Si les banques l'apprennent...

— Les intérêts de nos emprunts se montent actuellement à quatre milliards et demi de dollars par an, soit les deux tiers de l'intégralité de nos recettes en devises étrangères. Nous avons besoin de votre aide pour faire face à cette crise. »

Gorbatchev se hérissa. Il détestait que les dirigeants d'Allemagne de l'Est viennent mendier.

Krenz chercha alors à l'amadouer. « L'Allemagne de l'Est est en un sens la fille de l'Union soviétique. » Il tenta une blague entre hommes. « Reconnaître la paternité de ses enfants est un devoir. »

Gorbatchev ne sourit même pas. « Nous ne sommes pas en mesure de vous apporter la moindre assistance, répondit-il sans ménagement. La situation actuelle de l'URSS ne nous le permet pas. »

Dimka fut surpris. Il ne s'attendait pas à pareille intransigeance.

Quant à Krenz, il était déconcerté. « Mais alors, qu'est-ce que je dois faire ?

— Être honnête avec votre peuple et lui dire qu'il ne peut pas continuer à vivre comme il en a pris l'habitude.

— Des troubles vont fatalement éclater, protesta Krenz. Nous allons être obligés de déclarer l'état d'urgence. Il faut prendre des mesures pour éviter que les gens ne franchissent le Mur en masse. »

On n'était pas loin du chantage politique, estima Dimka. Gorbatchev était manifestement du même avis, et il se crispa. « Le cas échéant, ne vous attendez pas à ce que l'armée Rouge se porte à votre secours. Vous devrez résoudre vos problèmes tout seuls. »

Était-il sincère ? L'URSS allait-elle vraiment se laver les mains de ce qui se passait en Allemagne de l'Est ? L'excitation de Dimka grandissait en même temps que son étonnement. Gorbatchev était-il prêt à aller jusqu'au bout ?

Krenz faisait la tête d'un prêtre qui prend soudain conscience que Dieu n'existe pas. L'Allemagne de l'Est avait été créée par l'Union soviétique, financée par les fonds du Kremlin et protégée par l'armée Rouge. Il ne pouvait pas admettre l'idée que c'était fini. De toute évidence, il ne savait absolument pas quoi faire.

Après son départ, Gorbatchev se tourna vers Dimka. « Envoyez une note de rappel aux commandants de nos forces en Allemagne de l'Est. Ils ne doivent *en aucune circonstance* se mêler des conflits entre le gouvernement local et ses citoyens. C'est une priorité absolue. »

Bon sang, songea Dimka, est-ce vraiment la fin ?

*

En novembre, des manifestations eurent lieu toutes les semaines dans les principales villes d'Allemagne de l'Est. Il y avait de plus en plus de monde et les foules s'enhardissaient. Les charges de la police armée de matraques étaient impuissantes à les juguler.

Lili et Karolin furent invitées à jouer à un rassemblement organisé sur l'Alexanderplatz, non loin de chez elles. Plusieurs centaines de milliers de personnes y assistèrent. Quelqu'un avait peint une immense affiche portant le slogan « *WIR SIND DAS VOLK* », nous sommes le peuple. Des policiers en tenue antiémeute avaient pris position tout autour de l'esplanade, attendant de recevoir l'ordre de se ruer contre la foule, matraque à la main. Mais les flics avaient l'air plus inquiets que les manifestants.

Les orateurs se succédèrent, dénonçant le régime politique. La police ne bougeait pas.

Les organisateurs autorisèrent également des intervenants procommunistes à prendre la parole et Lili constata avec étonnement que le défenseur du gouvernement n'était autre que Hans Hoffmann. Depuis les coulisses improvisées où elles attendaient de monter sur scène, Karolin et elle, Lili ne quittait pas des yeux la silhouette voûtée si familière de celui qui avait persécuté sa famille pendant un quart de siècle. Malgré son luxueux manteau bleu, il tremblait de froid – ou était-ce de peur ?

Quand Hans essaya de sourire aimablement, il ne réussit qu'à ressembler à un vampire. « Camarades, assura-t-il, le Parti a entendu la voix du peuple, et de nouvelles mesures sont en préparation. »

Sachant que ce n'était que du vent, la foule se mit à le siffler.

« Mais nous devons procéder avec ordre, en reconnaissant le rôle directeur du Parti dans le développement du communisme. »

Les sifflets se transformèrent en huées.

Lili observait attentivement Hans. On lisait la fureur et la contrariété sur son visage. Un an plus tôt, un seul mot de lui aurait pu causer la perte de n'importe quel individu parmi cette foule qui semblait à présent détenir le pouvoir. Il ne pouvait même pas la faire taire. Malgré son micro, il était obligé de hausser le ton jusqu'à crier pour réussir à se faire entendre. « Nous devons absolument éviter de transformer tous les membres des organisations de la Sécurité d'État en boucs émissaires des erreurs dont la précédente direction s'est rendue coupable. »

C'était purement et simplement un plaidoyer en faveur des brutes et des sadiques qui avaient opprimé le peuple pendant des décennies. La foule indignée le conspua et se mit à hurler : « *Stasi raus* », la Stasi dehors.

Hans cria à pleins poumons : « Après tout, ils n'ont fait qu'obéir aux ordres ! »

Un hurlement de rires narquois lui répondit.

Hans n'avait jamais supporté qu'on se moque de lui et son visage s'empourpra de colère. Lili se rappela soudain ce jour où, vingt-huit ans auparavant, Rebecca lui avait jeté ses chaussures au visage depuis la fenêtre de l'étage. C'était le rire méprisant des voisines qui avait rendu Hans fou de rage.

Il restait planté devant son micro, incapable de se faire entendre à cause du tapage, mais refusant de plier. Une guerre des nerfs se livrait entre les manifestants et lui, et ce fut Hans qui la perdit. Son visage se décomposa, son expression d'arrogance s'effaça et il parut au bord des larmes. Enfin, il se détourna du micro et s'écarta du lutrin.

Après un dernier regard à la foule qui riait et se moquait de lui, il renonça pour de bon. Comme il quittait les lieux, il aperçut Lili et la reconnut. Leurs regards se rencontrèrent au moment où elle entrait en scène avec Karolin, guitares en bandoulière. En cet instant, il eut un tel air de chien battu que Lili faillit avoir pitié de lui.

Elle s'avança, après l'avoir croisé, jusqu'au milieu de l'estrade. Certains manifestants les reconnurent, Karolin et elle, d'autres les connaissaient de nom, et tout le monde les accueillit par des hurlements de joie. Elles s'approchèrent des micros. Elles frappèrent un accord majeur sur leurs guitares puis entonnèrent ensemble « This Land is Your Land ».

La foule se déchaîna.

*

Bonn était une petite bourgade provinciale nichée sur les bords du Rhin. C'était un curieux choix pour une capitale, et la ville avait été désignée comme telle pour cette raison même, afin de symboliser sa nature provisoire et la conviction du peuple allemand qu'un jour, Berlin redeviendrait la capitale d'une Allemagne réunifiée. Quarante années s'étaient déjà écoulées, et Bonn était toujours la capitale.

La vie y était plutôt ennuyeuse, ce qui ne déplaisait pas à Rebecca, toujours trop occupée pour sortir, sauf quand Fred Biró était de passage.

Elle ne chômait pas. Sa sphère de compétence était l'Allemagne de l'Est, qui vivait une révolution dont personne ne pouvait prévoir l'issue. Elle avait des déjeuners de travail presque quotidiennement, mais ce jour-là, elle était exceptionnellement libre. Elle quitta le ministère des Affaires étrangères et se rendit à pied au restaurant bon marché où elle avait ses habitudes et où elle commanda son plat préféré, *Himmel und Erde* – ciel et terre –, un mélange de pommes de terre et de pommes accompagné de lard.

Elle était en train de manger quand Hans Hoffmann surgit devant elle.

Rebecca repoussa sa chaise et se leva d'un bond. Sa première pensée fut qu'il allait la tuer. Elle s'apprêtait à crier à l'aide quand elle remarqua son expression. Il avait l'air triste et abattu. Sa crainte s'évanouit : cet homme n'était plus dangereux.

« N'aie pas peur, fit-il, je ne te veux pas de mal. »

Elle resta debout. « Qu'est-ce que tu veux ?

— Te dire quelques mots. J'en ai pour une minute ou deux, pas plus. »

Elle se demanda un instant comment il avait pu passer d'Est en Ouest, avant de se rappeler que les restrictions de voyage ne s'appliquaient pas aux officiers supérieurs de la police secrète. Ils pouvaient faire tout ce qu'ils voulaient. Hans avait probablement prétendu avoir une mission de renseignement à effectuer à Bonn. C'était peut-être le cas, au demeurant.

Le propriétaire du restaurant s'approcha : « Tout va bien, Frau Held ? »

Rebecca dévisagea longuement Hans avant de répondre : « Oui, je vous remercie, Günter, il ne devrait pas y avoir de problème. » Elle se rassit et Hans prit place en face d'elle.

Elle souleva sa fourchette avant de la reposer. Elle avait perdu l'appétit. « Une ou deux minutes, alors, pas plus.

— Aide-moi », murmura-t-il.

Elle eut peine à en croire ses oreilles. « Quoi ? T'aider ? *Toi ?*

— Tout fout le camp. Il faut que je parte. Les gens se moquent de moi. J'ai peur de me faire assassiner.

— Parce que tu t'imagines que je peux faire quelque chose pour toi ?

— Il me faut un logement, de l'argent, des papiers.

— Tu es complètement cinglé, ou quoi ? Après tout ce que tu nous as fait, à ma famille et à moi ?

— Tu ne comprends donc pas pourquoi j'ai agi comme ça ?

— Oh si ! Parce que tu nous détestes !

— Parce que je t'aime.

— Arrête. Tu es ridicule.

— On m'avait chargé de vous espionner, ta famille et toi, c'est vrai. Je suis sorti avec toi pour pouvoir m'introduire chez toi, c'est vrai aussi. Mais ensuite, il s'est passé quelque chose. Je suis tombé amoureux de toi. »

Il lui avait déjà dit ça le jour où elle avait franchi le Mur. Le pire était qu'il était sincère. Il *était* cinglé, se dit-elle. Une nouvelle bouffée d'angoisse l'envahit.

« Je n'ai confié mes sentiments à personne, poursuivit-il avec un sourire nostalgique comme s'il se remémorait une histoire d'amour juvénile et innocente et non une imposture perverse. Je faisais semblant de t'exploiter et de manipuler tes sentiments. Mais en réalité, je t'aimais vraiment. Et puis tu m'as dit que tu voulais qu'on se marie. J'étais aux anges ! J'avais une excuse idéale à présenter à mes supérieurs. »

Il vivait sur une autre planète... Après tout, n'était-ce pas le cas de toute l'élite dirigeante est-allemande ?

« L'année que nous avons passée ensemble après notre mariage a été la plus heureuse de ma vie. Et notre rupture m'a brisé le cœur.

— Comment peux-tu dire une chose pareille ?

— Pourquoi crois-tu que je ne me suis jamais remarié ? »

Elle était stupéfaite. « Aucune idée.

— Les autres femmes ne m'intéressent pas. Rebecca, tu es l'amour de ma vie. »

Elle le regarda fixement, prenant conscience qu'il ne jouait pas la comédie, que ce n'était pas une tentative désespérée et stupide pour éveiller sa compassion. Hans disait la vérité. Chacune de ses paroles venait du cœur.

« Reprends-moi, supplia-t-il.

— Non.

— Je t'en prie.

— La réponse est non. Et elle sera toujours non. Rien de ce que tu pourras dire ne me fera jamais changer d'avis. Je t'en prie, ne m'oblige pas à être cruelle. » Je me demande pourquoi j'hésite à le blesser, pensa-t-elle. Il n'a jamais eu le moindre scrupule, lui. « Il faut que tu l'acceptes. Va-t'en maintenant.

— Très bien, dit-il sombrement. Je m'en doutais, mais il fallait quand même que j'essaye. » Il se leva. « Merci Rebecca. Merci pour cette année de bonheur. Je t'aimerai toujours. » Il tourna les talons et sortit du restaurant.

Rebecca le suivit des yeux, éberluée. Grands dieux, songea-t-elle, si je m'attendais à ça !

LXII

C'était une froide journée de novembre. Berlin était noyé dans le brouillard et une odeur de soufre due aux abominables fumées d'usines de l'Est empuantissait l'atmosphère. Mutée précipitamment de Varsovie pour couvrir l'agitation grandissante qui régnait dans la ville, Tania avait l'impression que l'Allemagne de l'Est était au bord de la crise cardiaque. Tout s'effondrait. Dans un incroyable remake de ce qui s'était passé en 1961 avant la construction du Mur, les gens étaient si nombreux à être passés à l'Ouest que les établissements scolaires fermaient faute d'enseignants et que les hôpitaux fonctionnaient avec des effectifs squelettiques. Quant à ceux qui restaient, ils étaient de plus en plus furieux et de plus en plus frustrés.

Le nouveau chef d'État, Egon Krenz, se concentrait sur la question des voyages. Il espérait que si elle obtenait satisfaction sur ce point, la population oublierait ses autres griefs. Tania lui donnait tort : réclamer une plus grande liberté risquait fort de devenir une habitude chez les Allemands de l'Est. Krenz avait publié le 6 novembre de nouvelles réglementations qui permettaient aux gens de se rendre à l'étranger moyennant une autorisation du ministère de l'Intérieur, en emportant quinze deutsche marks, à peine de quoi se payer une assiette de saucisses et un bock de bière en Allemagne de l'Ouest. L'opinion publique avait réagi à cette concession par le mépris. En ce 9 novembre, de plus en plus aux abois, le dirigeant avait convoqué une conférence de presse pour présenter une nouvelle loi sur les voyages.

Tania comprenait que les Allemands de l'Est aient envie de pouvoir se déplacer à leur guise. Elle aurait tant aimé que Vassili et elle puissent jouir de cette liberté ! Mondialement célèbre, il était toujours obligé de dissimuler ses talents d'écrivain derrière un pseudonyme. Il n'avait jamais quitté l'Union soviétique, où ses livres n'étaient pas publiés. Il aurait dû être autorisé à aller recevoir personnellement les prix décernés à Ivan Kouznetsov, pouvoir savourer un peu de sa gloire – et Tania aurait voulu être à ses côtés.

Malheureusement, elle ne voyait pas comment l'Allemagne de l'Est pourrait accorder la liberté à son peuple. Elle avait déjà le plus grand mal à exister en tant qu'État indépendant : c'était la raison initiale de la construction du Mur. Si elle laissait ses citoyens voyager à leur guise, ils seraient des millions à mettre définitivement la clé sous la porte. L'Allemagne de l'Ouest était peut-être d'un conservatisme étriqué, elle avait peut-être des idées dépassées sur les droits des femmes, mais c'était un paradis par rapport à l'Est. Aucun pays ne pouvait survivre à l'exode de sa jeunesse la plus dynamique. Aussi Krenz n'accorderait-il jamais de son plein gré à ses compatriotes ce qu'ils désiraient par-dessus tout.

Quelques minutes avant dix-huit heures, Tania gagna donc le Centre de presse international de la Mohrenstrasse sans attendre trop de choses de cette conférence. La salle était déjà bondée de journalistes, de photographes et de caméras de télévision. Toutes les rangées de sièges étaient occupées, ce qui obligea Tania à rejoindre la foule qui s'était massée sur les côtés, tout autour de la salle. La presse internationale était venue en force, attirée par l'odeur du sang.

Le porte-parole du gouvernement est-allemand, Günter Schabowski, entra à dix-huit heures tapantes, accompagné de trois autres officiels. Ils prirent place derrière une table dressée sur l'estrade. Les cheveux gris, vêtu d'un costume gris et d'une cravate assortie, c'était un bureaucrate compétent que Tania appréciait et auquel elle faisait confiance. Pendant une heure, il annonça des remaniements ministériels et des réformes administratives.

Tania s'étonnait de voir un gouvernement communiste faire des pieds et des mains pour satisfaire les revendications de la population. C'était presque inédit. Et dans les rares cas où cela s'était produit, les chars n'avaient pas tardé à intervenir. Elle se rappela les atroces déceptions du Printemps de Prague en 1968 et de Solidarnosc en 1981. Pourtant, à en croire son frère, l'Union soviétique n'avait plus ni le pouvoir ni l'envie d'écraser la dissension. Si seulement il disait vrai ! Elle osait à peine l'espérer, espérer une vie dans laquelle Vassili et elle pourraient écrire la vérité sans crainte. La liberté... C'était presque inimaginable.

À dix-neuf heures, Schabowski entreprit de présenter la nouvelle loi sur les voyages. « Il sera possible à tous les citoyens d'Allemagne de l'Est de quitter le pays par les points de passage de la frontière », déclara-t-il. Cette phrase n'étant pas très explicite, plusieurs journalistes lui demandèrent des éclaircissements.

Schabowski lui-même sembla hésiter. Il chaussa des lunettes demi-lune et lut le texte du décret à haute voix : « Les demandes de voyages privés à l'étranger peuvent être déposées sans conditions préalables – motif du déplacement ou liens familiaux. »

Tout cela avait beau être rédigé dans un style administratif abscons, le message paraissait prometteur. Quelqu'un demanda : « Quand cette nouvelle réglementation entre-t-elle en vigueur ? »

Manifestement, Schabowski n'en savait rien. Remarquant qu'il transpirait, Tania devina que la nouvelle loi avait été rédigée à la va-vite. Il feuilleta les papiers posés devant lui, y cherchant vainement la réponse. « Pour autant que je sache, bredouilla-t-il, c'est maintenant, immédiatement. »

Tania était perplexe. Une mesure entrait en vigueur immédiatement, mais laquelle ? N'importe qui pouvait-il prendre sa voiture, se rendre à un poste de contrôle et franchir la frontière ? La conférence de presse s'acheva sans plus de précisions.

En parcourant la brève distance qui la séparait de l'Hôtel Métropole sur la Friedrichstrasse, Tania se demanda ce qu'elle allait bien pouvoir écrire. Dans la pompe défraîchie du vestibule de marbre, des agents de la Stasi en vestes de cuir réglementaires et en jeans se prélassaient, cigarettes aux lèvres, devant un poste de télévision à l'image tremblée. C'était la retransmission de la conférence de presse. En demandant la clé de sa chambre, Tania entendit un réceptionniste interroger son collègue : « Qu'est-ce que ça veut dire ? On peut partir ? »

Personne n'en savait rien.

*

Dans sa suite d'hôtel à Berlin-Ouest, Walli regardait les actualités en compagnie de Rebecca, qui avait pris l'avion pour venir voir Alice et Helmut. Ils avaient l'intention de dîner tous ensemble.

Walli et Rebecca s'interrogeaient sur un compte rendu prudent diffusé au cours de l'émission d'informations de dix-neuf heures, *Heute* – Aujourd'hui –, diffusé sur la ZDF, la deuxième chaîne de la télévision ouest-allemande. L'Allemagne de l'Est avait apparemment adopté de nouvelles réglementations en matière de voyages, mais on ne savait pas encore très bien de quoi il retournait. Walli était incapable de comprendre si sa famille serait autorisée à venir lui rendre visite en Allemagne de l'Ouest. « Je commence à me demander si je ne vais pas bientôt revoir Karolin », murmura-t-il, songeur.

Alice et Helmut arrivèrent quelques minutes plus tard et retirèrent leurs épais manteaux et leurs écharpes.

À vingt heures, Walli mit le *Tagesschau*, le journal télévisé de l'ARD, sans en apprendre beaucoup plus long.

Il paraissait impensable que le Mur qui avait si longtemps empoisonné sa vie puisse tomber. Dans un défilé d'images trop familier, il revécut les quelques secondes traumatisantes passées au volant de la vieille camionnette Framo noire de Joe Henry. Il se rappela sa terreur en voyant le garde-frontière s'agenouiller et braquer sa mitraillette sur lui, sa panique lorsqu'il avait donné un coup de volant et foncé sur le garde, son désarroi quand les balles avaient fait éclater le pare-brise. Il fut pris de nausée en retrouvant la sensation des roues écrasant un corps humain. Puis il fonça dans la barrière qui le séparait de la liberté.

Le Mur lui avait volé son innocence. Il lui avait aussi volé Karolin. Et l'enfance de sa fille.

Cette fille, qui aurait vingt-six ans dans quelques jours, demandait justement : « Alors, le Mur est encore le Mur oui ou non ?

— Je n'y comprends rien, répondit Rebecca. On dirait presque qu'ils ont ouvert la frontière par erreur.

— Et si on sortait voir ce qui se passe dans les rues ? » suggéra Walli.

*

Comme des millions d'habitants d'Allemagne de l'Est, Lili, Karolin, Werner et Carla suivaient régulièrement le *Tagesschau*, le journal télévisé de l'ARD. Ils estimaient que cette chaîne disait la vérité, contrairement aux bulletins d'informations de la télévision d'État est-allemande qui décrivaient un monde imaginaire auquel personne ne croyait. Ils n'en furent pas moins intrigués par le communiqué ambigu de vingt heures. « Alors quoi, demanda Carla, la frontière est ouverte, oui ou non ?

— Elle ne peut pas l'être, voyons », objecta Werner.

Lili se leva. « Bon, en tout cas, moi, je vais voir. »

Ils décidèrent finalement d'y aller tous ensemble.

Dès qu'ils eurent quitté la maison et que leurs poumons s'emplirent de la fraîcheur de l'air nocturne, ils sentirent que le climat était électrique. Les rues de Berlin-Est, faiblement éclairées par des lampadaires jaunes, étaient étrangement animées. Il y avait des gens partout, des voitures. Tous se dirigeaient dans le même sens, vers le Mur, en groupes le plus souvent. Certains jeunes essayaient de faire du stop, un délit qui leur aurait valu de se faire appréhender huit jours plus tôt. Des inconnus s'adressaient la parole, avides de nouvelles, cherchant à savoir s'il était vrai que l'on pouvait désormais se rendre à Berlin-Ouest.

« Walli est à Berlin-Ouest, annonça Karolin à Lili. Ils l'ont dit à la radio. Il a dû venir voir Alice... Pourvu qu'ils s'entendent bien », poursuivit-elle pensivement.

La famille Franck longea la Friedrichstrasse en direction du sud jusqu'à ce qu'apparaissent au loin les puissants projecteurs de Checkpoint Charlie, un poste de contrôle qui occupait la rue sur toute la largeur d'un pâté d'immeubles, depuis la Zimmerstrasse de leur côté, le côté communiste, jusqu'à la Kochstrasse, du côté libre.

De plus près, ils virent une marée humaine émerger de la station de métro de Stadtmitte et venir gonfler la multitude de gens déjà présents. Une file de voitures s'était également formée, leurs conducteurs hésitant manifestement à approcher du point de passage. L'atmosphère de fête était palpable, et pourtant Lili se demandait s'il y avait vraiment quelque chose à fêter. D'après ce qu'elle pouvait voir, les barrières étaient toujours fermées.

Beaucoup de gens se tenaient en retrait, hors de portée des projecteurs, inquiets à l'idée de montrer leur visage en pleine lumière ; les plus audacieux s'avançaient pourtant, au risque de se faire arrêter pour « intrusion injustifiable dans une zone frontière », un délit passible de trois ans de camp de travail.

La rue s'étrécissait à proximité du poste de contrôle, et la foule devenait plus dense. Lili et sa famille se frayèrent un chemin jusqu'aux premiers rangs. Devant eux, sous des lumières si vives qu'on se serait cru en plein jour, ils aperçurent les barrières rouge et blanc interdisant le passage aux piétons et aux voitures, les gardes-frontières armés qui attendaient nonchalamment et les miradors qui dominaient la scène. À l'intérieur d'un poste de commandement aux parois vitrées, un policier discutait au téléphone, en faisant de grands gestes exaspérés.

Sur la droite et sur la gauche du point de passage, s'étirant le long de la Kochstrasse dans les deux sens, se dressait le Mur abhorré. Lili fut prise d'une brusque nausée. Pendant l'essentiel de sa vie, cette construction avait coupé sa famille en deux moitiés qui ne s'étaient presque jamais retrouvées. Elle détestait le Mur plus encore qu'elle ne détestait Hans Hoffmann.

« Quelqu'un a déjà essayé de passer ? demanda Lili tout haut.

— Ils les renvoient, lui répondit avec colère une femme debout à côté d'elle. Ils disent qu'il faut un visa d'un commissariat. Je suis allée au commissariat. Ils ne sont au courant de rien. »

Un mois plus tôt, cette femme aurait haussé les épaules devant cette incohérence administrative typique et serait rentrée chez elle. Ce soir, quelque chose avait indéniablement changé. Elle était toujours là, faisant clairement état de son mécontentement. Personne ne rebroussait chemin.

Autour de Lili, les gens se mirent à scander : « Ouvrez ! Ouvrez ! »

Lorsque le brouhaha diminua, Lili eut l'impression d'entendre crier de l'autre côté du Mur. Elle tendit l'oreille. Que disaient-ils ? Elle finit par distinguer : « Venez ! Venez ! » Elle comprit alors que les Berlinois de l'Ouest s'étaient rassemblés, eux aussi, aux points de passage.

Qu'allait-il se passer ? Comment cela se terminerait-il ?

Un convoi d'une demi-douzaine de fourgonnettes arriva le long de la Zimmerstrasse et déversa entre cinquante et soixante gardes-frontières armés.

Debout à côté de Lili, Werner murmura d'un air sombre : « Des renforts. »

*

Dimka et Natalia étaient assis dans les fauteuils de cuir noir du bureau de Gorbatchev, exaltés et tendus. La stratégie consistant à laisser les satellites d'Europe de l'Est suivre leur propre voie avait entraîné une crise qui semblait échapper à tout contrôle. Fallait-il y voir un danger ou une source d'espoir ? Les deux, peut-être.

Dimka s'interrogeait, comme toujours, sur le monde dans lequel grandiraient ses petits-enfants. Grigor, le fils qu'il avait eu avec Nina, était déjà marié ; Katia, la fille de Dimka et Natalia, était étudiante ; ils auraient sans doute des enfants tous les deux au cours des années à venir. Quel avenir les attendait ? Le communisme à l'ancienne mode vivait-il ses dernières heures ? Dimka aurait été bien en peine de le dire.

« Des milliers de personnes convergent vers les points de passage du mur de Berlin, déclara-t-il à Gorbatchev. Si le gouvernement est-allemand n'ouvre pas les barrières, il va y avoir des émeutes, c'est certain.

— Ce n'est pas notre problème », rétorqua Gorbatchev. C'était toujours le même refrain. « Je veux parler au chancelier Kohl d'Allemagne de l'Ouest, poursuivit-il.

— Il est en Pologne ce soir, lui fit savoir Natalia.

— Débrouillez-vous pour l'avoir au téléphone aussitôt que possible – demain au plus tard. Il ne faut surtout pas qu'il se mette à parler de réunification allemande. Cela ne ferait qu'aggraver la crise. L'ouverture du Mur constitue probablement la dose maximale de déstabilisation que l'Allemagne de l'Est puisse encaisser pour le moment. »

Il avait absolument raison, songea Dimka. Si la frontière s'ouvrait, la perspective d'une réunification allemande redevenait d'actualité ; mieux valait cependant ne pas mettre une question aussi explosive sur le tapis pour le moment.

« Je vais essayer de joindre les Allemands de l'Ouest immédiatement, annonça Natalia. Autre chose ?

— Non, merci. »

Natalia et Dimka se levèrent. Gorbatchev ne leur avait toujours pas dit comment il comptait gérer la crise en cours. « Et si Egon Krenz appelle de Berlin-Est ? demanda Dimka.

— Ne me réveillez pas. »

Dimka et Natalia quittèrent la pièce.

Dès qu'ils furent dans le couloir, Dimka murmura : « S'il n'intervient pas rapidement, il sera trop tard.

— Trop tard pour quoi ?

— Pour sauver le communisme. »

*

Maria Summers était chez Jacky Jakes en train de dîner avec son filleul, Jack, qui mangeait de bonne heure. La télévision était allumée et elle reconnut Jasper Murray, en pardessus et en écharpe, qui parlait depuis Berlin. Il était à l'Ouest, du côté libre de Checkpoint Charlie, devant une foule regroupée près de la guérite alliée construite au milieu de la Friedrichstrasse, juste à côté d'un panneau annonçant en quatre langues « VOUS SORTEZ DU SECTEUR AMÉRICAIN ». Maria apercevait derrière lui les projecteurs et les miradors.

« La crise du communisme atteint un nouveau sommet de tension ici ce soir, disait Jasper. Après plusieurs semaines de manifestations, le gouvernement est-allemand a annoncé aujourd'hui l'ouverture de la frontière avec l'Ouest – mais il semblerait que personne n'en ait informé les gardes-frontières ni la police des passeports. Des milliers de Berlinois se rassemblent actuellement de part et d'autre du Mur de la honte, exigeant de pouvoir exercer le droit qui vient de leur être accordé et qui les autorise à passer de l'autre côté. Le gouvernement ne fait rien – et la nervosité des gardes armés devient palpable. »

Jack termina son sandwich et alla prendre son bain. « Il a neuf ans et commence à devenir pudique, remarqua Jacky avec un sourire narquois. Il me dit qu'il est trop grand pour que sa grand-mère l'aide à se laver. »

Maria était captivée par les nouvelles en provenance de Berlin. Elle se rappelait le jour où son amant, le président Kennedy, avait proclamé au monde entier : *« Ich bin ein Berliner. »*

« J'ai travaillé toute ma vie pour le gouvernement américain, expliqua-t-elle à Jacky. Pendant tout ce temps, notre objectif a été de vaincre le communisme. Et voilà qu'en définitive, il s'est vaincu tout seul.

— Comment les choses en sont-elles arrivées là ? demanda Jacky. J'ai du mal à comprendre.

— Une nouvelle génération de dirigeants est arrivée au pouvoir, Gorbatchev en tête. Quand ils ont ouvert les livres de comptes et consulté les chiffres, ils se sont dit : “Si on n'arrive pas à faire mieux que ça, à quoi sert le communisme ?” J'ai l'impression que j'aurais aussi bien pu ne jamais entrer au Département d'État – moi, et des centaines d'autres.

— Qu'est-ce que tu aurais aimé faire d'autre ? »

Sans réfléchir, Maria répondit : « Me marier. »

Jacky s'assit. « George ne m'a jamais confié tes secrets. Mais j'ai toujours pensé que tu avais dû être amoureuse d'un homme marié, autrefois, dans les années 1960. »

Maria acquiesça. « J'ai aimé deux hommes dans ma vie. Celui dont tu parles, et George.

— Que s'est-il passé ? Il est retourné auprès de sa femme ? C'est malheureusement courant.

— Non. Il est mort.

— Oh, mon Dieu ! s'écria Jacky. C'était le président Kennedy ? »

Maria lui jeta un regard ébahi. « Comment le sais-tu ?

— Je ne le savais pas, je viens de le deviner.

— Je t'en supplie, ne le dis à personne ! George est le seul à être au courant.

— Sois tranquille, je sais garder un secret. » Jacky sourit. « Greg n'a pas su qu'il était père avant le sixième anniversaire de George.

— Merci. Si ça devait s'ébruiter, cette affreuse presse à sensation ne me lâcherait plus. Je ne sais pas si ma carrière s'en remettrait.

— Ne t'en fais pas. Mais écoute-moi. George ne va pas tarder à rentrer. Vous vivez presque ensemble maintenant. Vous êtes si bien assortis ! » Elle baissa la voix. « Il est bien mieux avec toi qu'avec Verena, si tu veux savoir ce que je pense. »

Maria éclata de rire. « Je peux te dire que mes parents auraient préféré George au président Kennedy s'ils avaient été au courant, tu peux en être sûre.

— Tu ne crois pas que vous devriez vous marier, George et toi ?

— Le problème est que si j'épouse un membre du Congrès, je ne pourrai plus faire mon boulot. Il faut que je sois impartiale, ou en tout cas qu'on ne puisse pas m'accuser de conflit d'intérêts.

— Tu prendras ta retraite un jour.

— J'aurai soixante ans dans sept ans.

— À ce moment-là, tu l'épouseras ?

— S'il me le demande, oui. »

*

Rebecca se tenait à côté de Checkpoint Charlie, du côté Ouest, avec Walli, Alice et Helmut. Elle veillait soigneusement à éviter Jasper Murray et ses cadreurs. Elle estimait en effet que la place d'un député du Bundestag, et plus encore d'un ministre du gouvernement, n'était pas dans la rue, avec la foule. Tout de même, elle n'avait pas l'intention de manquer un événement pareil, la plus grande manifestation de l'histoire contre le Mur – ce Mur qui avait rendu infirme l'homme qu'elle aimait et avait gâché sa propre vie. Le gouvernement est-allemand ne pourrait certainement pas survivre à un tel mouvement de contestation.

Il faisait froid, mais elle avait chaud au milieu de tous ces gens. Plusieurs milliers de personnes se bousculaient dans le tronçon de la Friedrichstrasse qui menait au point de passage. Rebecca et le reste de sa famille étaient aux tout premiers rangs. Juste au-delà de la guérite alliée, une ligne blanche peinte à travers la rue marquait l'intersection entre la Friedrichstrasse et la Kochstrasse. Cette ligne indiquait la fin de Berlin-Ouest et le début de Berlin-Est. À l'angle, le café Adler faisait des affaires en or.

Le Mur longeait la rue perpendiculaire, la Kochstrasse. Il y avait deux murs, en réalité, tous deux faits de grandes plaques de béton séparées par une bande de terrain dégagé. Du côté Ouest, le béton était recouvert de graffiti multicolores. Juste en face de Rebecca s'ouvrait une brèche au-delà de laquelle plusieurs gardes en armes étaient en faction devant trois barrières rouge et blanc, deux pour les véhicules, la dernière pour les piétons. Trois miradors se dressaient derrière les barrières. Rebecca distinguait des soldats derrière les vitres, qui scrutaient la foule d'un regard malveillant à travers leurs jumelles.

À côté de Rebecca, certains s'adressaient aux gardes, les suppliant de laisser passer ceux qui voulaient quitter l'Est. Les gardes ne réagissaient pas. Un gradé s'approcha de la foule et entreprit de lui expliquer que les nouvelles réglementations touchant les voyages des Allemands de l'Est n'avaient pas encore pris effet. Personne ne le crut : ils l'avaient vu à la télé !

La bousculade était irrésistible et, peu à peu, Rebecca fut obligée d'avancer. Elle finit par franchir la ligne blanche. Théoriquement, elle se trouvait à présent à Berlin-Est. Les gardiens assistaient à la scène, impuissants.

Ils finirent par se réfugier derrière les barrières. Rebecca n'en revenait pas. En temps normal, jamais des soldats est-allemands n'auraient reculé devant une foule : ils l'auraient maîtrisée, avec toute la brutalité nécessaire.

Il n'y avait plus de gardes aux intersections et les gens continuaient d'avancer. Des deux côtés, le double mur aboutissait à un petit mur perpendiculaire reliant les barrières extérieure et intérieure et empêchant l'accès à la bande centrale dégagée. À la stupéfaction de Rebecca, deux contestataires audacieux l'escaladèrent et s'assirent sur la partie supérieure arrondie des panneaux de béton.

Des gardes s'approchèrent : « Veuillez descendre », leur dirent-ils.

Les grimpeurs refusèrent poliment d'obtempérer.

Le cœur de Rebecca battait à tout rompre. Les grimpeurs étaient à Berlin-Est – elle aussi, désormais. Les gardes pouvaient donc les abattre pour tentative de traversée illégale du Mur, comme tant d'autres candidats à l'évasion au cours des vingt-huit dernières années.

Il n'y eut pas le moindre coup de feu. Au contraire, plusieurs autres personnes grimpèrent sur le Mur en différents endroits et s'assirent eux aussi au sommet, à califourchon, jambes ballantes, défiant les gardes.

Ceux-ci reprirent position derrière les barrières.

La scène était hallucinante. Selon tous les critères du régime communiste, c'était un exemple flagrant de non-respect des lois, d'anarchie. Or personne ne faisait rien pour y mettre fin.

Rebecca se rappela ce dimanche d'août 1961. Elle avait alors trente ans et était partie de chez elle pour gagner Berlin-Ouest, quand elle avait constaté que tous les points de passage avaient été fermés par des barbelés. Cette barrière avait tenu bon pendant la moitié de sa vie. Était-il possible que cette ère touche enfin à son terme ? Elle y aspirait de toute son âme.

À présent, la foule défiait ouvertement le Mur, les gardes et le régime est-allemand. L'humeur des gardes évoluait, constata Rebecca. Certains adressaient la parole aux contestataires, ce qui était strictement interdit. Un jeune homme tendit le bras et attrapa la casquette d'un gardien, dont il se coiffa. « Vous pouvez me la rendre, s'il vous plaît ? lui demanda le garde. J'en ai besoin, autrement je vais avoir des ennuis. » Le contestataire la lui rendit gentiment.

Rebecca consulta sa montre. Il était presque minuit.

*

Du côté Est, tout autour de Lili des gens scandaient : « Laissez-nous partir ! Laissez-nous partir ! »

Un chœur leur répondait à l'Ouest du point de passage : « Venez ! Venez ! Venez ! »

La foule s'était approchée des gardes, minute après minute, et se trouvait désormais à portée de main des barrières. Les gardes s'étaient retirés à l'intérieur du poste de contrôle.

Derrière Lili, plusieurs dizaines de milliers de personnes, ainsi qu'une longue file de voitures, s'étiraient sur la Friedrichstrasse aussi loin que portait son regard.

Personne ne pouvait ignorer que la situation était dangereusement instable. Lili redoutait que les gardes ne se mettent simplement à tirer dans le tas. Ils n'avaient pas suffisamment de munitions pour se protéger contre dix mille citoyens en colère. Mais que pouvaient-ils faire d'autre ?

Lilia ne tarda pas à le savoir.

Un officier surgit soudain et cria : « *Alles auf!* »

Les barrières se levèrent d'un coup.

Un hurlement s'éleva de la foule et tout le monde se précipita en avant. Lili se débattit pour ne pas être séparée de sa famille tandis que la mêlée franchissait les barrières pour piétons et véhicules.

Courant, trébuchant, criant, hurlant de joie, ils passèrent devant le poste de contrôle. De l'autre côté, les barrières étaient déjà ouvertes. D'un puissant élan, l'Est se porta à la rencontre de l'Ouest.

Les gens pleuraient, s'étreignaient, s'embrassaient. Ceux qui attendaient à l'Ouest avaient les bras chargés de fleurs et de bouteilles de champagne. La clameur était assourdissante.

Lili regarda alentour. Ses parents étaient juste derrière elle, Karolin à deux pas devant. « Je me demande où sont Walli et Rebecca », dit-elle.

*

Le retour d'Evie Williams en Amérique fut triomphal. La première représentation de *La Maison de poupées* à Broadway lui valut une interminable standing ovation. Cette pièce austère et introspective d'Ibsen convenait à merveille à la passion rentrée de ses meilleures interprétations.

Quand le public se lassa enfin d'applaudir et commença à quitter le théâtre, Dave, Beep et leur fils de seize ans, John Lee, se glissèrent en coulisses pour rejoindre la foule de ses admirateurs. La loge d'Evie débordait de monde et de fleurs, et plusieurs bouteilles de champagne reposaient dans des seaux à glace. Curieusement pourtant, les gens étaient silencieux et les bouchons restaient sur les bouteilles.

Presque tous les acteurs de la pièce étaient regroupés devant un téléviseur installé dans un angle. Muets, ils regardaient les informations en provenance de Berlin.

« Qu'y a-t-il ? demanda Dave. Que se passe-t-il ? »

*

Cam était dans son bureau de Langley avec Tim Tedder. Ils regardaient la télévision, un verre de scotch à la main. Jasper Murray était à l'écran en direct de Berlin. Il hurlait, au comble de l'excitation : « Les barrières sont ouvertes et les Allemands de l'Est arrivent ! Ils passent par centaines, par milliers ! C'est un moment historique ! Le mur de Berlin est tombé ! »

Cam baissa le son. « Alors ça ! »

Tedder leva son verre : « À la fin du communisme !

— Voilà à quoi nous avons œuvré pendant toutes ces années », se félicita Cam.

Tedder secoua la tête, sceptique. « Tout ce que nous avons fait a été parfaitement inefficace. Malgré tous nos efforts, le Vietnam, Cuba et le Nicaragua sont aux mains des communistes. Quant aux autres endroits où nous avons essayé d'empêcher le communisme de s'implanter, l'Iran, le Guatemala, le Chili, le Cambodge, le Laos... il n'y a franchement pas de quoi pavoiser. Et voilà qu'aujourd'hui, l'Europe de l'Est renonce au communisme sans que nous y soyons pour rien.

— Il faut tout de même trouver le moyen de nous en attribuer le mérite. Ou de l'attribuer au Président, au minimum.

— Bush est en fonction depuis moins d'un an, remarqua Tim, et il a eu un train de retard du début à la fin. Il peut difficilement prétendre être à l'origine de ce qui se passe : il aurait tout au plus cherché à freiner les choses.

— Reagan, peut-être ?

— Allons, sois sérieux. Reagan n'a rien fait. Le responsable, c'est Gorbatchev. Lui, et le cours du pétrole. Sans compter que de toute manière, le communisme n'a jamais vraiment marché.

— Et le programme de la Guerre des étoiles ?

— Un programme d'armement qui n'a jamais dépassé le stade de la science-fiction, ce que personne n'ignorait, pas plus les Soviétiques que les autres.

— Tout de même, il y a eu ce discours de Reagan. "Mr. Gorbatchev, faites tomber ce mur." Tu te rappelles ?

— Oui, évidemment. Tu as vraiment l'intention de prétendre que le communisme s'est effondré à cause d'un discours de Reagan ? Personne n'avalera ça.

— Bien sûr que si », répliqua Cam.

*

Le premier qu'aperçut Rebecca fut son père, un homme de haute taille aux cheveux blonds un peu clairsemés, sa cravate parfaitement nouée visible dans l'encolure en V de son manteau. Elle le trouva vieilli. « Regarde ! hurla-t-elle à Walli. C'est Vati ! »

Le visage de Walli se fendit d'un large sourire. « Hé oui ! Je n'aurais jamais cru qu'on arriverait à les retrouver au milieu de tout ce monde. » Il prit Rebecca par les épaules et ensemble, ils essayèrent de se frayer un chemin à travers la cohue. Helmut et Alice les suivaient de près.

Il était presque impossible d'avancer. La foule était compacte et tout le monde dansait, sautait de joie, embrassait des inconnus.

Rebecca repéra sa mère, à côté de son père, et puis Lili et Karolin. « Ils ne nous ont pas vus, dit-elle à Walli. Fais-leur signe ! »

Il était inutile de crier au milieu du vacarme général. « C'est la plus grande fête de rue du monde », remarqua Walli.

Une femme hérissée de bigoudis heurta violemment Rebecca qui serait tombée si le bras de Walli ne l'avait retenue.

Enfin, les deux groupes se rejoignirent. Rebecca se jeta dans les bras de son père. Elle sentit ses lèvres sur son front. Le baiser familier, le contact de son menton légèrement rugueux, le léger parfum de son après-rasage lui firent déborder le cœur d'émotion.

Walli serra leur mère contre lui. Puis ils changèrent de bras. Rebecca était aveuglée par les larmes. Ils étreignirent Lili et Karolin. Celle-ci embrassa Alice en murmurant, «Je ne pensais pas te revoir aussi vite. Oh ! Je ne savais même pas si je te reverrais un jour. »

Rebecca se tourna vers Walli au moment où il retrouvait Karolin. Il lui prit les deux mains, et ils se sourirent. «Je suis tellement heureux de te revoir, Karolin, dit simplement Walli. Tellement heureux.

— Moi aussi », répondit-elle.

Étroitement enlacés, ils formèrent un cercle au cœur de la rue, au cœur de la nuit, au cœur de l'Europe. « Nous voilà, soupira Carla, parcourant du regard toute sa famille avec un immense sourire de bonheur. Enfin réunis. Après tout ça. » Elle s'interrompit, puis répéta : « Après tout ça. »

Épilogue

4 novembre 2008

LXIII

Ils formaient une bien curieuse famille, songea Maria, parcourant d'un regard circulaire le salon de Jacky Jakes quelques secondes avant minuit.

Il y avait Jacky elle-même, la belle-mère de Maria, quatre-vingt-neuf ans et plus combative que jamais.

Il y avait George, l'époux de Maria depuis douze ans. À soixante-douze ans, il avait les cheveux blancs comme neige. Maria s'était mariée pour la première fois à soixante ans, ce qu'elle aurait pu trouver embarrassant si elle n'avait pas été aussi heureuse.

Il y avait l'ex-épouse de George, Verena, indéniablement la plus belle femme de soixante-neuf ans de toute l'Amérique. Elle était accompagnée de son second mari, Lee Montgomery.

Et puis il y avait le fils que George avait eu avec Verena : Jack, un avocat de vingt-sept ans, qui était là avec sa femme et leur adorable petite fille de cinq ans, Marga.

Ils regardaient la télévision. L'émission était diffusée depuis un parc de Chicago où s'étaient rassemblées deux cent quarante mille personnes en liesse.

Une famille occupait l'estrade : un père séduisant, une mère de toute beauté et deux adorables petites filles. C'était la soirée électorale, et Barack Obama était vainqueur.

Lorsque Michelle Obama et les fillettes quittèrent la scène, le Président élu s'approcha du micro. « Hello, Chicago », dit-il.

Jacky, la doyenne de la famille Jakes, lança : « Taisez-vous tous. Écoutez. » Elle monta le son.

Obama portait un costume gris foncé et une cravate bordeaux. Derrière lui, des drapeaux américains plus nombreux que Maria ne pouvait les compter ondulaient sous une légère brise.

Parlant lentement, s'interrompant après chaque phrase, Obama poursuivit : « S'il y a une seule personne ici qui doute encore que l'Amérique soit un lieu où tout est possible, qui se demande encore si le rêve de nos pères fondateurs est toujours vivant, qui s'interroge encore sur le pouvoir de notre démocratie – ce soir, vous avez la réponse. »

La petite Marga s'approcha de Maria, assise sur le canapé. « Granny Maria », dit-elle.

Maria prit la petite sur ses genoux et la fit taire : « Chut, ma chérie, tout le monde veut écouter le nouveau Président. »

« C'est la réponse donnée par des jeunes et des vieux, des riches et des pauvres, des démocrates et des républicains, des Noirs, des Blancs, des Hispaniques, des Asiatiques, des Amérindiens, des homos, des hétéros, des handicapés et des valides – par des Américains qui ont rappelé au monde entier que nous n'avons jamais été un simple rassemblement d'individus ni d'États rouges et d'États bleus... Nous sommes et nous serons toujours les États-*Unis* d'Amérique ! »

« Granny Maria, insista Marga tout bas. Tu as vu Grandad ? »

Maria se tourna vers son mari, George. Il regardait la télévision, son visage brun ridé sillonné de larmes. Il les essuyait avec un grand mouchoir blanc, mais à peine avait-il séché ses yeux qu'ils recommençaient à ruisseler.

« Pourquoi est-ce qu'il pleure, Grandad ? » demanda Marga.

Maria le savait. Il pleurait pour Bob, pour Martin et pour John. Pour quatre élèves de l'école du dimanche. Pour Medgar Evers. Pour tous les combattants de la liberté, morts et vivants.

« Pourquoi ? répéta Marga.

— Ma puce, répondit Maria, c'est une longue histoire. »

La gloire du temps est d'apaiser des princes les querelles,
De démasquer le dol, d'éclairer la vérité,
De marquer de son sceau toute chose mortelle,
D'éveiller le matin, sur la nuit de veiller,
D'offenser l'offenseur pour le faire expier,
De saper lentement les demeures altières,
Et souiller leurs tours d'or splendides de poussière.

Shakespeare, *Le Viol de Lucrèce.*

Remerciements

Mon principal conseiller historique pour la trilogie du *Siècle* a été Richard Overy. Les autres historiens universitaires qui m'ont aidé à rédiger ce volume sont Clayborne Carson, Mary Fulbrook, Claire McCallum et Matthias Reiss.

De nombreuses personnes qui ont vécu les événements de cette époque m'ont apporté leur concours, en révisant mon premier jet ou en m'accordant des interviews. Je tiens à citer tout spécialement Mimi Alford sur la Maison Blanche de Kennedy, Peter Asher sur l'existence de pop star, Jay Coburn et Howard Stringer sur le Vietnam, Frank Gannon sur la Maison Blanche de Nixon, ainsi que ses collègues Jim Cavanaugh, Tod Hullin et Geoff Shephard, John Lewis, membre du Congrès, sur les droits civiques, sans oublier Angela Spizig et Annemarie Behnke sur la vie en Allemagne. Comme toujours, Dan Starer de Research for Writers à New York m'a aidé à trouver mes conseillers.

Lors de mon voyage d'études dans le sud des États-Unis, j'ai eu pour guides Barry McNealy à Birmingham, Alabama, Ron Flood à Atlanta, Georgie, et Ismail Naskai à Washington. Ray Young de la gare routière des Greyhound de Fredericksburg a eu la gentillesse de me dénicher des photos des années 1960.

Mes amis Johnny Clare et Chris Manners ont lu la première mouture de mon texte et ont formulé des critiques constructives. Charlotte Quelch a corrigé de nombreuses inexactitudes.

Ma famille m'a apporté une aide incommensurable. Le Dr Kim Turner m'a conseillé sur de nombreux sujets, médicaux surtout. Jann Turner et Barbara Follett ont lu mon premier jet et m'ont prodigué des commentaires aussi perspicaces qu'utiles.

Parmi les éditeurs et les agents qui ont lu la première version de ce livre, je tiens à mentionner Amy Berkower, Cherise Fisher, Leslie Gelman, Phyllis Grann, Neil Nyren, Susan Opie, Jeremy Trevathan et, comme toujours, Al Zuckerman.

La photocomposition de cet ouvrage
a été réalisée par
Graphic Hainaut
59410 Anzin

Achevé d'imprimer en août 2014
dans les ateliers de Normandie Roto Impression s.a.s.
61250 Lonrai (Orne)
N° d'impression : 1403151
Dépôt légal : septembre 2014

Imprimé en France